D1934149

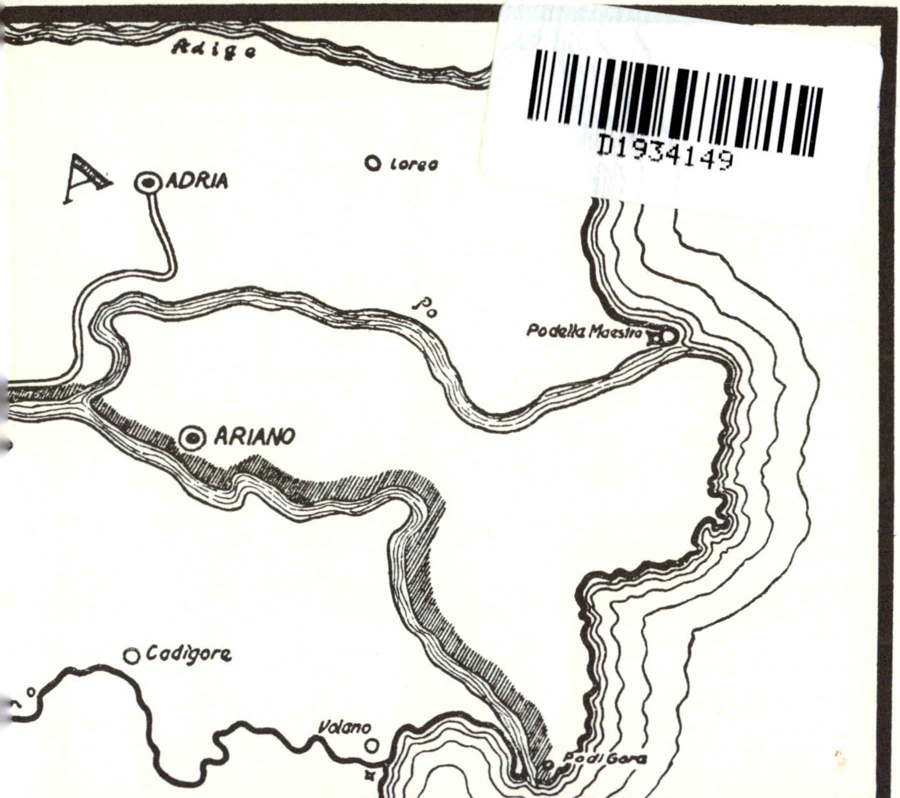
Adige
ADRIA
Loreo
Po
Po della Maestra
ARIANO
Cadigore
Volano
Po di Gora

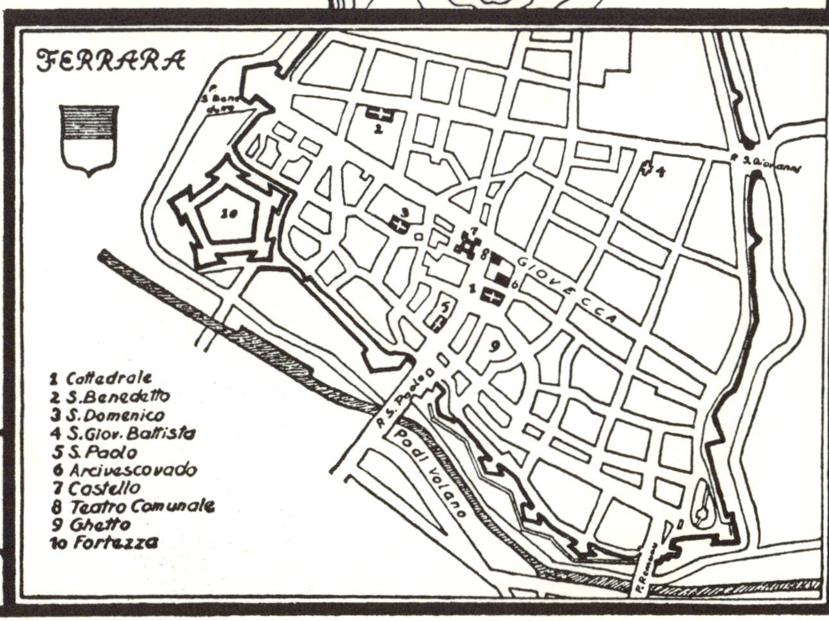
FERRARA
GIOVECCA
P. S. Paolo
Po di Volano
1 Cattedrale
2 S. Benedetto
3 S. Domenico
4 S. Giov. Battista
5 S. Paolo
6 Arcivescovado
7 Castello
8 Teatro Comunale
9 Ghetto
10 Fortezza

Erschienen im Jubiläumsjahr 1987
bei Klett-Cotta

Riccardo Bacchelli

DIE MÜHLE AM PO

ROMAN

AUS DEM ITALIENISCHEN

VON STEFAN ANDRES

Klett-Cotta

Verlagsgemeinschaft Ernst Klett Verlag –
J. G. Cotta'sche Buchhandlung
Aus dem Italienischen übersetzt von Stefan Andres
Die Originalausgabe erschien in den Jahren 1938–1940
unter dem Titel »Il mulino del Po«
Die vorliegende Übersetzung folgt der 1952 im
Paul List Verlag erschienenen Ausgabe
© Arnoldo Mondadori Editore 1976
Über alle Rechte der deutschen Ausgabe verfügt
die Ernst Klett Verlage GmbH u. Co. KG, Stuttgart
Fotomechanische Wiedergabe nur mit
Genehmigung des Verlages
Printed in Germany
Schutzumschlag: Klett-Cotta-Design
Im Filmsatz aus der 10 Punkt Aldus gesetzt
von Hans Janß, Pfungstadt
Auf holzfreiem Werkdruckpapier im Offsetverfahren
gedruckt von May + Co, Darmstadt
Die buchbinderische Verarbeitung erfolgte
durch May + Co, Darmstadt

CIP-Kurztitelaufnahme der Deutschen Bibliothek
Bacchelli, Riccardo:
Die Mühle am Po: Roman / Riccardo Bacchelli.
Aus d. Ital. von Stefan Andres. –
Stuttgart: Klett-Cotta, 1987.
Einheitssacht.: Il mulino del Po ⟨dt.⟩
ISBN 3-608-95465-1

I DIE BRÜCKE ÜBER DEN VOP / »Sollte man's glauben, daß es derselbe ist?« fragte der Offizier die Soldaten und wies auf den Fluß. Sie betrachteten die Strömung, und sie sagten weder ja noch nein, die durcheinandergewürfelten Pioniere und Sappeure, die abgezehrte Vorhut des von Italienern gebildeten IV. Korps, das der Vizekönig Eugenio befehligte und das von kräftigen Matrosen aus der königlichen Garde begleitet war. Der Fluß war der Vop, der Tag der achte November 1812. Der Hauptmann Maurelio Mazzacorati, schmächtig und erschöpft, war einer der wenigen Offiziere, die noch ein Pferd besaßen, nach jenem unglücklichen Übergang über den Dnjepr und nach Malojaroslawez, das elfmal verloren, elfmal wiedergenommen worden war. Und nun die zwanzig Tage Rückzug, die Kosaken des Hetmans Platow auf den Fersen! Wenn man den Schneesturm hinzufügt, waren es eigentlich diese zwei Tage, die das Lager des IV. Korps zerstört hatten, samt Wagen und Gepäck.

Wer das skeletthafte Pferd betrachtete, das den Kopft senkte und auf seinen vier erstarrten Beinen zusammenschauerte, konnte leicht merken, daß binnen kurzem auch er zu den Fußgängern gehören würde, der Hauptmann Mazzacorati, der nun wiederholte, wie zu sich selber sprechend: »Es scheint derselbe zu sein, der Fluß vom vergangenen Sommer!«

Er floß breit und grau und tückisch mit einer Art von wütendem Gekeuch. In den reißenden Strudeln ritten Schollen und Eisblöcke übereinander, sich stoßend und brechend, und aus der Tiefe stieg ein dumpfes Getöse, Malmen und Geschlürfe, angreiferisch, aber weniger erbarmungslos als der hinterhältige Schnee, der die entkräfteten Männer zu tödlichem Entschlafen einlud. Bis dort, wo der Blick sich an dem nahgerückten Horizont verlor, Schnee, Schnee unter einem düsteren Himmel, an dem zur Hälfte des Tages sich schon blutrot die Nacht ankündete und Schnee, neuer Schnee. Die Luft schnitt wie eine Klinge kalt ins Fleisch. Von Nord über die eintönige Linie, wo der Himmel die Erde berührte, krochen ein Schweigen und ein Aschengrau, die voll dichtester Düsternis waren; wer zurückblieb, war ein toter Mann.

In diesem Augenblick antwortete dem Hauptmann endlich einer, aus der Gruppe hervortretend: »Zu Befehl! In diesem Sommer waren wir dick, der Fluß aber dünn!«

Die Gestalt und Montur, die der Sprechende trug, glichen der gewaltsamen Ausgelassenheit dieses Scherzes. Übermäßig lang und mager und noch jung, stand er da, und ungeachtet der Entbehrungen strahlte sein bartloses Gesicht, von der Kälte gekniffen, in rosigster Gesundheit. Er hatte ein Fell auf den Schultern und war in einen kotbespritzten Pelzmantel gehüllt, der einmal als herrschaftlich galt. Statt Waffen schwang er einen Stock, über die Schulter hing ihm auf den Gürtel eine Bratpfanne von riesigen Ausmaßen. – Irgend jemand lachte, nicht aber der abgezehrte Hauptmann, dem in den Augen das Fieber stand und die Gallsucht auf der Haut.

An dem Punkte, wo sie angekommen waren, bog die Straße ab und lief den Vop entlang bis zu den elenden Hütten eines Dorfrandes nahebei.

Der russische Führer sprach auf den Offizier ein, und unter den vielen Worten, die er machte, hob sich eines deutlicher hervor, schon zu verschiedenen Malen hatte es der Offizier gehört: »Sloboda«. Er deutete auch an, daß der Flußboden sich ebendort hebe und so eine Furt bilde. »Sloboda«, sagte der Offizier, ohne noch weiter zuzuhören, »für diese verfluchten Hunde heißt jedes Dorf Sloboda!« Und da keiner von ihnen wußte, daß in der Sprache ihres Führers Sloboda Dorf bedeute, war sofort der immer sprungbereite und allgegenwärtige Verdacht da, der Mann habe sie verraten.

Und angesichts des zwischen seinen Eisufern angeschwollenen und drohenden Flusses, der Schneewüste, aus der die schwarzen Hütten und die Tannenwälder, mit Birken besetzt, hervorstachen, neigten sie dazu, anzunehmen, der Führer habe sie falsch geführt, um sie den Kosaken vor die Lanzen zu bringen. Sie waren gewohnt, daß diese aus der weißen Wüste auf ihren feurigen Pferdchen auftauchten, um mit wildem Geschrei und Lanzen und Gewehren in die Flanken des sich auflösenden Heeres einzufallen.

Die Kompanie Marinesoldaten von der königlichen Garde, stolz auf den eigenen Wert und auch eitel auf die Auszeichnungen, die ihnen der Kaiser, der selber ihr Oberst war, verliehen hatte – zum Beispiel: keinem als den eigenen Offizieren Gehorsam schuldig zu sein –, war eine Elitetruppe und auch noch ganz in Zucht und Ordnung. Sie blickte mit Verachtung auf die traurigen Überreste der Pioniere und Sappeure, an denen alle Anzeichen der Auflösung sich zeigten, indem sie dem Kommando des Offiziers, aus dem Wald und den Häusern Brückenholz herbeizuschaffen, nur müde und ungern gehorchten und mit offen gezeigtem Widerstreben sich zerstreuten. Die Marinesoldaten bekamen Befehl, die Patrouille zu übernehmen. Kaum wollte Mazzacorati sein Pferd in Bewegung setzen, brach das Tier in die Knie und fiel hin, die

Beine nach oben. Der junge Mann im Pelz lief herbei, den Offizier zu befreien. Er rief mit lauter Stimme, daß man sich diesen Abend bei Gebratenem und Gesottenem gütlich tun werde.

Aber für den andern, für Mazzacorati, bedeutete der Verlust des Pferdes den Tod. Er betrachtete das Tier in seinen letzten Zügen ohne Mitleid. Der Junge jedoch bemerkte in seiner Sorglosigkeit nichts davon, er trommelte mit den Knöcheln auf seiner Pfanne, tanzte stampfend und die Beine nach allen Seiten werfend, um sich zu erwärmen, bis es einem älteren Soldaten zuviel wurde trotz der Verheißung von Gesottenem und Gebratenem; er sagte finster und drohend: »Keltre nur den Schnee! Aber auch du holst da keinen Most raus!« »Dir gefällt dieser russische Reigen nicht? Und dabei frieren dir die Füße ein, die Nase, die ...« »Hol dich der Teufel, wie kommst du dazu, einen alten Soldaten hochzunehmen?« »Ob alt oder jung, weißt du, das ist mir dreckegal, auch du und deine Nase und was alles noch dazugehört!« »Ich schneid dir deine ab, Bürschchen, wenn du sie heil in die Garnison bringst. Aber ich weiß wirklich nicht, ob du ein Soldat bist und ob ich dir die Ehre antun kann, mich mit dir zu schlagen!« »Lazzaro Scacerni«, sagte der andere, immer noch lachend und die Beine tänzerisch werfend, »von der zweiten Kompanie der Pioniere vom großen Wagenpark, als es noch so was gab, königliche Gardedivision!« »Das werde ich mir merken«, sagte der andere mit schwerer Stimme; er gehörte zur Ehrengarde, einem ausgewählten Truppenteil, wo die Duelle um kleinlicher Anlässe willen gang und gäbe waren.

In diesen bitteren Umständen den Ehrenkodex hervorzuziehen und sich Duelle anzubieten, konnte ebenso zum Lachen reizen wie zur Bewunderung. Die laute Stimme des Hauptmanns, der auf beschleunigten Vollzug seiner Anordnung drang, klang dazwischen. Scacerni sagte im Fortgehen: »Wenn ich das Ende dieses Feldzuges erlebe, möchte ich mal lustig sein.« Mazzacorati, der nicht weitab stand, hörte den sich gegen das Dorf entfernenden Burschen singen, er erkannte das Lied:

Wenn das Blatt sich ründet an den Bäumen,
Will ich Liebe nicht versäumen.

Es war ein Ritornell der jungen Bäuerinnen aus seinen Heimatdörfern, unter den Dämmen des Po, des Reno und des Panaro; wenn die Wiesen trocken und die Weiden zur Zeit der großen Hitze abgeweidet waren, schickte man die Mädchen auf die Bäume, um Blätter für das Vieh zu schneiden. Der Gesang ging so weiter:

Die Zeit der Blätterernte ist gekommen,
Mein Liebster war so schön, wer hat ihn mir genommen!

Die traurige und hingeschleppte Weise, die den Worten ein seltsames Schweben zwischen Schwermut und leichtem Spott verlieh, wirkte derart auf sein Gedächtnis, daß er sich zurückversetzt sah in die große, sommerliche Ebene von Ferrara, unter die Sonne jener Mittage und Dämmerstunden und breiten Morgen, so weit weg von diesem Rußland, in dem der Tod saß und so grausamen Schweigens voll seine Beute anblickte. Überdruß, Groll und Verzweiflung beschlichen ihn, auch Haß gegen die gesunde Kraft in den Beinen seines Leutnants Scacerni. Nicht, daß er ihn beneidete, aber er wollte ohne quälendes Zerwürfnis mit sich selber sterben. Er hoffte, ihn niemals wiederzusehen, diesen albernen Kerl.

Der General Poitevin vom IV. Geniekorps kam binnen kurzem mit dem eigentlichen Truppenkern an. Er befahl, daß die Brücke dort, wo die Straße auf den Fluß stieß, errichtet werde, und daß man sofort beginne, die Uferböschung aufzufüllen, um Anfahrt und Rampe für die Brücke zu bekommen.

Es mangelte an allem, an Werkzeug und Baustoffen. Die leichten Feldäxte der Sappeure wurden sofort stumpf, oder die Stiele zersplitterten. Fackeln gab es nur wenige, und die Nacht neigte sich schon. Im Rücken der von Mazzacorati kommandierten Pioniere, die mit ein paar Nägeln und Haken und dem herbeigetragenen Holz einige Brückenträger am Flußufer zu zimmern versuchten, begann sich nun der Haufen der mehr oder minder in Unordnung geratenen Soldaten zu stauen, und man fing an, am Rande der Straße im hohen Schnee Feuer zu entzünden, um im Biwak die Fertigstellung der Brücke zu erwarten. Der General hatte Eile: die Brücke mußte am frühen Morgen bei der Ankunft des Vizekönigs fertig sein.

Die ersten Traggerüste waren bald aufgerichtet, aber hier war der Fluß nicht tief und die Strömung sanft, da der Vop an das gegenüberliegende Ufer schlug. Auf der Brücke oben fand Mazzacorati, mit dem Herablassen von Traggerüsten, mit dem Einschlagen von Pfählen und der Anordnung von Balken und Laufplanken beschäftigt, Scacerni wieder, lustig wie zuvor. Er bot dem Offizier ein Stück gebratenes Pferdefleisch an: »Essen Sie, Herr Hauptmann, es ist von Ihrem Gaul!« Er stand frei auf dem äußersten Balken, sich im Gleichgewicht haltend, derweil er Zuschläger und Hammer schwang; er sprang von einem Balken zum anderen, nagelte, klopfte und nutzte in jeder Weise das bißchen neblige Licht des toten Tages. Man mußte wirklich denken, daß es er allein sei, der die Arbeit vorwärts trieb und die gute Stimmung der anderen hochhielt, mit seinem Gelächter, seinen Ausrufen und seinem Gefluche.

Bald begann, sowie die Arbeit voranschritt, das Flußbett abzusinken und uneben zu werden, die Strömung kam in ungestümen Strudeln. Scacerni ging nun vorsichtiger zu Werk und hielt jetzt den Mund. Er ließ die Traggerüste langsamer hinab, daß die Pfähle und Balken sie tragen konnten.

Oft maß er die Tiefe mit einer langen Stange. Die Eisblöcke stießen heran und drohten den äußersten Ausläufer dieser zerbrechlichen und mühsamen Arbeit umzustoßen. »Wenn das nur gut geht!« sagte der junge Kerl zu Mazzacorati, der die Schultern zusammenzog.

Kurz darauf wurde ein neuer Träger, kaum daß er ins Wasser gesetzt war, umgeworfen und mit davongerissen. Der folgende hatte dasselbe Los; Mazzacorati ging, dem General Mitteilung davon zu machen. Poitevin kam auf die Brücke, ließ den dritten Träger hinabschaffen, aber der ging noch schneller hinüber als die andern.

»Die Herren Generäle«, sagte nun dieser unglaubliche Scacerni, als redete er zu sich selber, »die sind wie der heilige Thomas: wenn ich's nicht sehe, glaub ich's nicht!« »Man muß stromaufwärts Pfähle einrammen«, sagte der General zu Mazzacorati, »wir müssen die Strömung brechen und einen Halt finden!« »Ausgezeichnet«, rief Scacerni, »und wie kriegt man sie rein? Vielleicht schwimmen wir und schwingen dabei den Zuschlaghammer!«

Im übrigen war er es, der – trotz seiner Worte, die bewiesen, wie schwer die Disziplin gelitten hatte – daranging, flußaufwärts einige Pfähle zu stecken und sie einzurammen. Er benutzte dazu, sich weit über die Brücke hinauslehnend, einen Zuschlaghammer mit langem Stiel. So konnte man drei weitere Träger hinablassen, und sie hielten stand. Der vierte traf keinen Grund, und fast konnte Scacerni dem Vorgang nicht folgen, so schnell tauchte das Gestell mit einem Bocksprung unter und verschwand.

»Die Brücke muß um jeden Preis fertig werden«, sagte der General inzwischen zu den am Ufer versammelten Offizieren. »Es geht um die Rettung des IV. Korps und des Vizekönigs!«

Auf der Brücke stand die Arbeit nun still. Längs des Flusses stieg der Nebel auf, böse und peinigend, und er verhüllte nun vollends die Menschen und die Dinge, er mehrte die Geladenheit der Grollenden und im dinglichen Bereich die stumme, lauernde Feindseligkeit. Die Feuer glühten schon müde, der Fluß nebenan aber wuchs mit seiner Stimme voll Wut und Finsternis. Die Nachricht, daß man die Brücke nicht fertigstellen könne, war schon in den entferntesten Zipfeln des Heerhaufens angelangt, aber nicht beim General, der vielleicht deshalb redete, um es sich nicht selber eingestehen zu müssen, da die Wucht des Zuschlaghammers auf den Pfählen und die Hammerschläge auf den Nagelköpfen verstummten. Und deshalb sagte er: »Meine Herren, die Brücke muß noch vor Tag fertig sein!« »Man tut, was menschenmöglich ist, Exzellenz«, warf einer der Offiziere ein, er hatte diesen Satz des Generals nun zum zehntenmal gehört. »Was heißt hier menschenmöglich!« sagte der General. »Sind wir etwa nicht Soldaten Napoleons?« Eine schöne Phrase, aber man antwortete mit Schweigen. Die Kälte war gräßlich. Ein anderer warf zögernd ein: »In diesem Dunkel geht die Arbeit schlecht vonstatten: morgen früh ––« »Aber das IV. Korps kommt diese Nacht hier an, und Sie wissen, meine Herren, in welchem Zustand! Wenig Munition, kein Proviant, nur die Hoffnung, ans andere Ufer zu kommen, nach Ducòvcina, das ist ein ziemlich großes Dorf!« »Wenn es die Russen nicht schon zerstört haben«, sagte ein alter Oberst, »wie wir sie der Reihe nach angetroffen haben, all diese Dörfer von Moskau bis hierher, schöne Hoffnungen, das!« »Oh«, Poitevin wandte sich zu dem Oberst, seinem Freund, einem tapferen Mann, der in den Stiefeln alt geworden war, aber kein Glück gehabt hatte, »auch du kommst mit Entmutigungen, der du nie einen Menschen auf Erden gefürchtet hast!« »Wir haben hier nicht Menschen vor uns, General!« »Gut, die Natur also! Sie ist aber die eigentliche Gegnerin des Geniekorps, wir schlagen sie! Das will die Ehre unserer Waffen!« »Man braucht Handwerkszeug«, sagte ein junger Leutnant, ohne zu merken, daß er damit ironisch wurde. »Die Feldäxte sind schon allesamt unbrauchbar geworden!«

Vom Fluß herüber kamen einige markerschütternde Schreie. Sie entfernten sich talab und verstummten dann. Diese Schreie, wie sehr man auch an jeden Schrecken gewöhnt war, ließen das Blut gefrieren. Hauptmann Mazzacorati kam eilig heran, um Rapport zu erstatten, daß bei einem letzten Versuch, einen Träger hinabzulassen, dieser fortgerissen worden war, zusammen mit einigen Soldaten. So hatte er Befehl gegeben, die Arbeit einzustellen, um nicht unnütz Menschen und kostbares Material zu verlieren.

»Aber, was wird der Vizekönig sagen«, rief der General bestürzt aus, »ich habe ihm die Brücke über den Vop noch für diese Nacht versprochen!« Niemandem schien es der Mühe wert, zu antworten; mit der schlechten Laune des Vizekönigs mochte der General sich allein befassen. Sie standen nah beieinander, den Kopf gesenkt, in ihren Mänteln und Stiefeln, so warteten sie, daß die Zeit verginge. Am Ufer entlang und tiefer im Gelände glühten die Feuer. Eines in der Richtung des Dorfes flammte lebhafter und wurde größer.

»Was ist das?« fragte der General. »Haben, scheints, mit den Hüttenresten ein Feuer gemacht, wärmen sich«, antwortete eine der in müden Gleichmut versunkenen Gestalten, das Kinn kurz in die Richtung hebend. »Das muß verhindert werden! Dies Holz ist unsere Rettung! Das muß – und zwar mit Nachdruck! – verhindert werden!« »General«, die Stimme des Mannes, die sich an Stelle der andern erhob, kam aus dem Dunkel außerhalb des Lichtkreises, den die Fackel warf, »General, wenn man den Soldaten, die sich zum Schlafen gelegt haben, die Waffen heimlich wegnehmen könnte – sie richten sonst hernach noch die Gewehre gegen uns – oder gegen die da, welche sich das größere Feuer machten, um sie zu vertreiben und sich selber zu erwärmen. In jedem Falle hieße es, sich die ganze Nacht herumschlagen, bald mit diesen, bald mit den andern, die hinzukommen –, und das nur, um ein paar Balken zu verteidigen: lohnt's die Mühe?«

Die Worte waren sehr geruhsam gekommen, überzeugend. »Der Kaiser«, bedeutete darauf Poitevin, »erwartet uns in Smolensk: ob wir wohl beim Appell fehlen?« Dieselbe ruhige Stimme aus dem Dunkel sagte: »Gewiß, aber wir haben ohne Zweifel alle eine Entschuldigung!«

Auf dies Wort hin voll tragisch bitteren Humors zerstreuten sich die Offiziere stillschweigend, um einen Platz an den Feuern zu finden. Auch zwischen den Soldaten, die über Tag Disziplin gewahrt hatten, wich jede Rücksicht, der letzte Rest von Gutmütigkeit war dahin.

Der General wollte mit Mazzacorati zusammen den Fluß und den Stand der Arbeiten besichtigen. Sie senkten eine Fackel auf das Wasser hinab und bemerkten, daß es weniger tief stand. Scacerni erklärte: »Wächst das Eis, vermindert sich das Hochwasser!« »Hoffen wir's«, sagte Poitevin und gab Anweisung, den Morgen abzuwarten. »Sie, Herr Hauptmann, geben mit Ihren Leuten acht, daß das angehäufte Bauholz nicht verbrannt wird. Verteidigen Sie es um jeden Preis, das ist eine persönliche Anweisung an Sie!«

Mazzacorati zog die Schultern zusammen: man mußte sich zufrieden geben, wenn die eigenen Leute es nicht verbrannten. Sie lagen alle in Bündeln hingestreckt, um sich der Kälte zu erwehren. Scacerni war gleich von Anfang an verschwunden. Mazzacorati wußte nicht, ob dieser Mensch ihm wohl oder weh tat, wenn er an ihn dachte. Er konnte nicht einschlafen. Ein zäher und trockener Husten zerriß ihm die Brust, Seitenstiche marterten ihm. Plötzlich kam es ihm vor, als ob die Körper der Umliegenden auf seinem Rücken lasteten, er spürte das wie einen Alpdruck. Ihre Nachbarschaft machte alles nur noch qualvoller, sie raubte ihm den Atem. Er hatte Fieber, lange Schauer überliefen ihn hartnäckig, er klapperte mit den Zähnen. Er dachte, vielmehr er fieberte: niemals habe er einen Menschen geliebt oder auch irgendeine Sache, nicht einmal sich selber, und jetzt weniger als je, da er zum Sterben kam: »Für wen das alles«, dachte er, »und für was?«

Der Haß und Groll gegen Napoleon waren indes zu unsicher und weniger spürbar als die Verachtung, die er gegen sich selber nährte, indem er sich klarmachte: »Napoleon tritt als ehrgeiziger Tyrann für seine persönlichen Ziele ein: ein dummes Vieh, wer ihm glaubt, aber ein riesiger Hornochse, wer, ohne ihm je geglaubt zu haben, doch Gehorsam geleistet hat! Ich hab, was mir zukommt!«

In seinen Gedanken lief er, mit der Schnelligkeit eines fiebernden Hirns, zurück in seine Jugend, in seine Geburtsstadt Ferrara, durch die Eingeengtheit und Erniedrigungen einer adeligen Familie, die heruntergekommen war. Als man ihn ins Priesterseminar steckte, weil es da weniger kostete als im Kolleg, hatte er geglaubt, die Berufung zum Priesterstand in sich zu spüren, aber nur aus Widerspruchsgeist seinem Vater gegenüber. Wäre er freilich nicht der einzige Sohn gewesen, so hätte ihn sein Vater allerdings in diese Bahn mit Gewalt gedrängt. Er gehorchte dieser Berufung übrigens hauptsächlich in der Hoffnung, sich mit diesem Schritt Nöten und Widrigkeiten seiner Familie zu entziehen, was er aber erst klar bemerkte, als er soeben zum Priester geweiht worden war, einem schlechten und sakrilegischen Priester. In seiner Seele blieb von der mystischen Unterweisung nur soviel zurück, als genügte, um seine Seele mit Angst vor der Hölle und einer düsteren Abneigung gegen Gott zu vergiften, dem er seinen eigenen Irrtum in die Schuhe schob. Er hatte sich in einen wilden Stolz, voll Galle und Angeekeltsein, verschlossen, was von den Unwissenden als strenge Askese angesehen wurde. Er war intelligent, und die Erfolge in der Schulzeit und auf der Kanzel hatten in ihm Oberflächlichkeit und kleinkrämerischen Fanatismus herausgebildet. Einzig in der Verachtung von allem und allen hatte er gelernt, so etwas wie Leben und Leidenschaft zu entdecken, und hierin genoß er eine Art von Ergötzung, die ihn mehr und mehr ermattete und unglücklich machte. So war er zum Priester geweiht, Gott trotzend und seiner eigenen Seele.

Er wurde bekannt mit dem berüchtigten Giovan Battista Boldrini, dem starken Führer der Loge zu Ferrara, der ein fanatischer Vertreter der Zeitideen und der um Anhang werbenden Religionslosigkeit war. So hatte Maurelio bald die Bücher der Philosophen in den Händen, die dahin schwerlich auf dem üblichen Wege gelangt wären, wie sie nach Venedig eingeführt wurden: versteckt in Warenballen und Kisten, die im Flußhafen am Lagoscuro lagen, einem damals blühenden Handelsplatz, wo es Niederlassungen von italienischen, aber auch ausländischen Kaufleuten gab, besonders von Holländern und Briten.

Maurelio hatte sich mit der ganzen wütenden Lust seines schmerzhaft umdüsterten Herzens auf diese Bücher geworfen. Er schloß sich ganz dem Sektierer Boldrini an. Dieser schmeichelte dem Edelmann und Priester ausgiebig, daß er das Joch der Knechtschaft und des Aberglaubens abgeworfen habe. Er las natürlich Voltaire und Rousseau. Doch als noch bekömmlicher empfand sein zäher und verbitterter Geist die Werke von Helvetius und Baron d'Holbach: l'Esprit und le Système, les Prêtres démasqués und die Abhandlung l'Imposture sacerdotale mit dem berüchtigten De tribus impostoribus. Die Lobeserhebungen Boldrinis stachelten seine Schuleitelkeit auf. Und die sonderbare Überzeugung, auch seinerseits ein betrogenes Opfer zu sein, ebenso wie die Menschheit durch viele Jahrhunderte, gab in seine grollenden Rachegelüste die aufgeblasene Genugtuung, nunmehr ein aufgeklärter Geist zu sein. Boldrini verlockte ihn überdies mit Hoffnungen, die sich an Nachrichten aus Frankreich knüpften, wonach man die Revolution erwarte.

Bald nach seinem Eindringen in die Ideenwelt der Aufklärung folgten die Siege der revolutionären Heere über die der Könige, ganz Europa mit Schrecken und den entgegengesetzten Hoffnungen erfüllend, bis die Franzosen in Italien einmarschierten. Boldrini und Mazzacorati sahen schon im Geiste die Guillotine auf der Piazza Grande in Ferrara errichtet und die Göttin der Vernunft auf den Altären des Domes. Bei der Ankunft der französischen Truppen am 21. Juni 1796 wurde im Schatten des Kastells und auf den Kirchenvorplätzen der Freiheitsbaum errichtet. Und der düstere Mazzacorati zog, die phrygische Mütze aufgesetzt, bei Nacht umher und meißelte mit eigener Hand Adelswappen an den Häuserfronten aus, die päpstlichen Zeichen dagegen nicht, weil die Herrschaft des Kirchenstaates noch dem Namen nach bestand, so wollte es die Politik des französischen Generals.

Ein Haufe von Zerstörungswütigen hatte sich bereits ausgezeichnet durch eine Reihe von Ausmerzungen. Die französischen Soldaten standen dabei und guckten zu, und der Pöbel tanzte und sang um die Trümmer der vornehmen Bronzen herum, die dazu dienten, um zu Feuerrohren für die französischen Befreier umgegossen zu werden. Der Freudentaumel übrigens dauerte nur so lange, als jene Waffen der republikanischen Freiheit gebraucht hatten, um Kanonen des napoleonischen Despotismus zu werden, aber Mazzacorati nahm trotzdem in jener Nacht am Vop, nahe dem Äußersten, nichts von allem zurück.

Nur kurze Zeit nach der großzügigen Zerstörung der Standbilder gingen die Befreier daran, Geld und Kostbarkeiten für die Kriegskasse zu beschlagnahmen. Und Boldrini hatte den Frauen, die mit Weinen und Geschrei der Beraubung des Leihhauses beiwohnten, Bürgersinn gepredigt. Auch die heiligen Gefäße aus der Domsakristei, welche der Erzbischof und Kardinal Mattei vorher entkonsekriert hatte – »pro bono pacis« – waren beschlagnahmt worden, aber keiner wollte es sagen, daß auf dem Haufen Gold noch die Bilder der Stadtheiligen fehlten, die beiden aus massivem Silber gefertigten und vom Volke hochverehrten Büsten des heiligen Georg und des heiligen Maurelius.

Und da war es Mazzacorati, der in die Sakristei sprang, er, der »Les Prêtres démasqués« gelesen hatte, um den böswilligen Widerstand der Kanoniker anzuzeigen. »Und die heiligen Gefäße nehmend, berührte und befleckte er sie mit seinen verbrecherischen Händen.« Damals sagten das die Kanoniker freilich noch nicht laut.

Was Mazzacorati betraf, so rühmte er sich, »Gefäße des Aberglaubens zerstört zu haben«, so drückte er sich aus, und sagte er es gewöhnlicher, »er habe den Kanonikern die Eier im Korbe kaputtgeschmissen«. Das Volk indessen, das nie spitzfindig ist, hatte schon seit einer geraumen Weile zu flüstern begonnen, die einzige von den Befreiern gebrachte Freiheit könne nur eine allgemeine Erlaubnis zum Rauben sein, und sie wolle man nun uneingeschränkt für sich haben. Boldrini, kaum zum Kommissar ernannt, gab sich alle Mühe, die rückständigen Geister zu erleichtern und die Ferrareser zu erneuern. Ihm war Maurelio beigesellt, er hatte bewiesen, daß er ein guter Jakobiner war, und er kannte aus Erfahrung die Tyrannei, mehr aber noch die Listen des Gegners.

Als Leutnant der Bürgergarde, in Militäruniform, den Federbusch auf dem Hut, hatte er den Sonderauftrag, darauf zu achten, daß die Bäume, unter denen man taufte und sich heiratete, »im Namen der Freiheit und der Gleichheit und der Brüderlichkeit« nicht beschädigt wurden. Und unter ihnen hielt man Bürgerbankette ab, zum geringen Beifall der Menge, die daran Anstoß nahm. Denn die Leute waren schlecht genährt und erstickten unter Beitreibungen und Steuern. Was nun die Freiheitsbäume betrifft: sie wurden, besonders auf dem Lande, häufig verunstaltet, und zwar von gewissen Adeligen, Priestern und von der abergläubischen Menge. Die Stadtbehörden schleuderten scharfe Erlasse gegen die Baumfrevler und drohten mit ungeheuren Strafen.

Der Pfarrer von San Pietro Bolognese hatte sich von der Kanzel herab, wo er sich als schärfster Gegner der Jakobiner, Feinde Gottes und der Kirche, erwies, gerühmt, er selber zum Beispiel habe sich »rückfällig« der Verhöhnung des Freiheitsbaumes schuldig gemacht. Und damit forderte er öffentlich die gläubige Menge auf, zum drittenmal den

Baum vom Vorplatz seiner Kirche zu entfernen. Don Pietro Zannarini wurde festgenommen, blieb aber entschlossen, weder seine Handlung noch seine Worte zu widerrufen. So erschien er vor den Richtern, die nach dem Wortlaut des ortsbehördlichen Erlasses sich genötigt sahen, den Tod des Erschießens zu verhängen. Die Bürgergarde hatte den Befehl auszuführen, und zwar außerhalb der Sankt-Pauls-Pforte, vor der kleinen Kirche der Paroni. Eine wie betäubte Menge, die den Priester nun wie einen Märtyrer und Heiligen vor Augen hatte, sah ihn vorbeigehen, das Haupt erhoben und das Kreuz in den ruhigen Händen. Er ging inmitten der Bürgerwehrsoldaten, die selber wie zum Tode Verurteilte einhertraten. Vor dem Bilde »Unsere liebe Frau von den Verurteilten« oder kurz »Unsere liebe Frau vom Beistand« sah man ihn niederknien und ein Gebet sprechen, unter dem Tor von Sankt Paul. Und dann sah man ihn sich vor die Gewehre stellen als einen mutigen Christen.

Der Befehl zum Feuern traf den Leutnant der Bürgergarde Maurelio Mazzacorati. Es waren wenige zum Zuschauen zurückgeblieben, denn die Leute hatten sich in die Häuser zurückgezogen, als ob ein Unwetter den ganzen Himmel schwarz angefüllt habe und soeben auf die erstarrte Erde niederprasseln wolle. Und nicht einmal die Miliz hatte Kraft, dem Leutnant zu antworten, als er den Federhut über die im schwarzen Talar daliegende Leiche des Erschossenen schwang und mit einer grellen, seltsam kathederhaften Stimme rief: »Brüderlichkeit oder Tod!«

Dieser sein Schrei hatte gegen das Schweigen angedröhnt. Er glich einem, der seine Stimme gegen die Angst angehen läßt – er hatte den eigenen Schrei immerfort in seinem Ohr liegen, immerfort. Der Unbestechliche, das war sein Idol, und auch Maurelio hatte sich in der Folge wie Robespierre zu betrachten: verlassen von allen, vom gläubigen Volk, das ihn einen Judas nannte, von den Franzosen, die ihm diese Verhaßtheit selber aufgebürdet hatten, von den Gleichgültigen und Unverschämten, die ihn von jetzt an »den Mann mit dem Federhut« nannten, »der um einer geputzten Stange willen einen Christen erschoß«, er war sogar verlassen von den jakobinischen Mitstreitern.

Beim Bankett der »Republik des menschlichen Geschlechtes« sprach man, Glückwünsche austeilend, viel und eifrig von dem Expriester, vom Rächer der Freiheitsbäume, vom neuen Brutus. Die öffentliche Meinung über Maurelio empfing bei diesem Anlaß den letzten Schliff: er war der Abscheu, der allgemeine Spucknapf geworden – in einem Maße, daß seine ehemaligen und fanatischen Mitstreiter es gerne sahen, als er von Ferrara fortging. Er hatte den Grad eines Offiziers in einem Ingenieurkorps des zuerst zispadanischen, dann zisalpinischen und schließlich italienischen Heeres erhalten. Der Republikaner Boldrini war »Ritter von der Eisernen Krone« geworden. Er aber – o nein! – er war Jakobiner geblieben noch unter den Fahnen des Tyrannen, und einer der guten, der reinen, einer von den Sechsundneunzigern. Und er hatte nicht einmal als Soldat Karriere gemacht.

Nach Ferrara war er nur noch einmal kurz hingekommen, als sein Vater starb. Er fand die Stadt in sommerlicher Feststimmung vor. Ein Mann aus Bologna ließ auf dem Festungsplatz das erste Modell einer Luftgondel steigen, und das Volk schrie »wunderbar!« und »schön!«. Das war ein Tag: Böllerschüsse, Wein, Gejubel und Getrubel! Die Böllerschüsse feierten die kaiserlichen Siege in Österreich, den Geburtstag des Kaisers und einen neuen oder doch neuhergestellten Heiligen, während Pius VII. gefangen saß: den heiligen Napoleon. Mit welchen Gefühlen der Jakobiner das alles aufnahm, läßt sich begreifen.

Aber warum er jetzt wohl am Ufer des Vop sich dieses Tages und so ferner Dinge erinnerte, nicht anders als einer, der träumt und zornig auffährt, da man ihn weckt? Vielleicht dachte er dieses heißen Festtages, weil es am Vop so kalt war. – Und warum war er damals selber so erstaunt, daß ihn der Tod des Vaters und die Rückkehr in die Heimat so wenig beeindruckte? Und als er Moskau verließ und sich den Umfang der Katastrophe klarmachte, warum hatte ihm damals der Gedanke an eine Rückkehr nach Ferrara so gut gefallen, wenn er daran dachte, die Tyrannenknechte zu verhöhnen, diese Leute vom Schlag Boldrinis, alle die andern falschen Jakobiner und falschen Freunde? Vielleicht war es doch der Tod, der sich nahte: er pflegt die Gedanken zurückzuführen an die entlegensten Dinge des zu Ende gehenden Lebens.

Er hatte recht behalten und gegen wen und gegen wie viele! Diese Katastrophe des russischen Feldzuges war nötig, um ihm recht zu geben. Und da gerade mußten Frost und Ende ihn listig um diese Genugtuung prellen. Er glaubte nicht an Gott, das Schicksal aber war ein zu blasser und unbestimmbarer Gegenstand für seinen Haß und seine Verachtung. So verachtete er sich selber um des Geschickes willen, das es fertigbrachte, ihn sterben zu lassen »vor dem schönsten«, so dachte er, »dem allerschönsten Augenblick meines Lebens«.

Hörte er wirklich oder war es Fieberwahn, der ihn hören ließ, was gar nicht tönte? Aus der tiefen und gefrorenen Nacht, aus dem Schweigen des Schnees und der Männer rings um die halberloschenen Feuer kamen Töne herüber, Seufzer, leises Rädergequietsche, Laute mit Leid angefüllt, mit Angst und menschlicher Müdigkeit. Es waren zerstreute Rufe und verzweifelte Seufzer, knarrendes Karrengeräusch inmitten einer weiten, weichen Schleppe müde murmelnder Füße. Es war das Keuchen eines verzweifelten, sterbenden Haufens.

Mazzacorati kannte solche Laute. Dies Seufzen kam aus den Schwärmen der moskowitischen Flüchtlinge, die sich hinter den Soldaten dreinschleppten. Von Tag zu Tag wurde ihre Zahl vermehrt durch Vertriebene, und so zogen sie dahin, ein Marterobjekt für die Kosaken, für Müdigkeit, Hunger und Kälte. Mazzacorati aber dachte, da diese Flüchtlinge sonst doch den Heereszügen hinterdrein zogen, daß sie den Vop noch nicht erreicht haben könnten. Er wußte nicht, daß der Generalstab des Vizekönigs diesmal sie hatte vorjagen lassen, damit sie den Marsch der Truppen nicht störten und den Übergang über den Vop nicht verwirrten.

Sie hatten sich schneller als gewöhnlich, ja unglaublich schnell auf der Fährte der Vorhut heranbewegt, aufgeregt bis zum Wahnsinn von der Nachricht, daß es einen Fluß gebe, den man vielleicht erst erreiche, wenn die letzten Brücken abgerissen seien. Und so waren sie von der grausamen Hoffnung gezogen, die sie glauben ließ, daß es für sie jenseits des Flusses einen guten Ausweg und neue Lebensstärkung gebe. So waren sie gewandert. Sie traten auf die Leiber derer, die vor Müdigkeit umgefallen waren; wer stolperte, der stürzte unter die Füße dieser blutigen Horde, in der es nur noch vereinzelt eine menschliche Erinnerung gab, ein Gefühl für Vater, Brüder, Weib und Kinder. Da waren sogar Mütter, die ihre Kinder verloren hatten und nicht zurückbleiben wollten, sie zu suchen, oder sie hatten sie gar selber in den Schnee und Kot hineingetreten, unsinnig geworden von dem Ertragenen.

Sie waren angekommen unter der jagenden Peitsche des Schicksals. So trafen sie nun mit sicherer Witterung auf die angelegte Uferrampe, die zur Brücke führte. Der Schrei, als man merkte, wohin die Menge sich schob, wurde unterdrückt, niemand hielt niemand an. Alle waren rasend, ein Gedränge von Verdammten, so glitten sie über die vereiste Brücke. Man war gedrängt und drängte. Und so mündete der Strom auf der engen, geländerlosen Brücke, deren Ende man im Dunkeln nicht sah. Sie schrien voll Entsetzen und Zorn. Wer auf den glatten Dielen ausglitt, wurde zerquetscht oder ins Wasser fortgeräumt. Keiner konnte die Warnungsschreie derer vernehmen, die merkten, wo sie angekommen waren. Hier war es zu spät. Wer haltmachen, die Füße stemmen und den Rücken biegen wollte, um sich zu wenden, wurde mit Faustströßen gejagt und von der Brücke gestoßen, und zwar von dem, der sofort dasselbe Los erlitt und nun umsonst seinerseits schrie und um sich schlug. Das fürchterliche Durcheinander unmittelbar vor dem Sturz in den finsteren Fluß flutete zurück in das Gedränge. Aber da die Menge glaubte, da sei etwas oder jemand, den Übergang zu hemmen, flammte auch die Wut auf und zugleich die haltlose Angst. Und wer sich nicht scheute, wie ein Mörder mit Tritten, Faustschlägen ohne Gnade und

Rücksicht sich Bahn zu brechen, der schrie nun, am Abgrund angelangt, um vor dem Tod haltzumachen, selber um Gnade und Rücksicht. Aber vergebens klammerte er sich mit den Händen und Zähnen an seinen Nächsten, der ihn gedrängt hatte und gedrängt worden war bis hierher. Jeder, der hinabstürzte, umschlang einen anderen.

Die Schreie vermischten sich mit Gebetsrufen, die Unflätigkeiten mit Geröchel, und das Kaltnasse war mitleidig genug, die Gurgeln hurtig mit Wasser zu schließen.

Viele erreichten das Ende, ohne die Brücke berührt zu haben. Sie wurden vom Gedränge getragen, so daß sie, totgequetscht, nicht mehr fielen, und sie langten aufrecht dort an, wo sie mit den noch Lebendigen im schwarzen Flusse verschwanden. Dieser allgemeine Todeskampf dauerte an, bis eine Kompanie Soldaten, ganz ohne Eile, den Strom am Brückenaufgang, mit ihren Gewehrkolben dreinschlagend, unterbrochen hatte. Es wäre mitleidiger gewesen, sie vorwärts zu jagen, alle zusammen.

Der späte, blasse Schein des ersten Morgens warf einen bläulichen Schimmer auf den Schnee, den Fluß, den Brückenrumpf, die Biwakstellen und auf eine Menge, die vielleicht nicht einmal mehr die Kraft hatte, sich des Vorgefallenen zu erinnern. Sie bedeckten die Straße, die so einen schwarzen Damm bildete, bis zum Dorf, wo die Reste der angezündeten Hütten schwelten. Inzwischen hatte man die Furt als benutzbar erkannt, obwohl der Vop groß war und das Wasser den Pferden bis an den Widerrist ging. Es kamen die Abteilungen unter den Generalen Lechi und Pino, die sich trotz der in der letzten Schlacht empfangenen Wunden nicht weniger gerade und kraftvoll im Sattel hielten. Die Fahnenträger erhoben die kaiserlichen Adler und die Banner des italienischen Reiches. Die Trommeln rollten, so durchquerten die Truppen die Furt. Zwei Offiziere, bekannt durch ihren kräftigen Wuchs, der Oberst Millo und der Hauptmann Ferrari, waren zu Pferd ins Wasser gestiegen und leiteten die mühsame Operation.

Das dauerte mehrere Stunden und ging nicht ohne schweren Menschenverlust ab, die Eisblöcke und die allgemeine Erschöpfung forderten ihre Opfer. Die Kälte bedeckte, wie sehr man auch mit Haken und Äxten dagegen anging, die Furtrampe mit Glatteis. Der Fluß wuchs, als endlich, nachdem die Truppen zum größten Teil in Ordnung am andern Ufer waren, der Vizekönig ankam, von den Soldaten mit »evviva!« auf den Kaiser und dem Ruf »Nach Smolensk, nach Smolensk!« begeistert empfangen.

»Die täten auch besser«, sagte jemand zu Mazzacorati, der verlassen im Schnee saß und das Eisbrechen auf der Rampe überwachte, »die täten besser daran, ihren Atem zu sparen, und vor allen Dingen, sich die Kleider auszuziehen, ehe sie in den Fluß gehen!«

»Oh, bist du wieder da?« murmelte der abgezehrte Hauptmann, als er die frische Stimme Scacernis wiedererkannte.

»Ja, ja«, antwortete der ausweichend, »wenn ich schon unbedingt in einem Fluß umkommen soll, muß es im Po sein. Das hat mir übrigens eine Zigeunerin prophezeit. Aber diese Armen von heut nacht, haben Sie gesehen? Denen haben wir ja mit unserer Brücke ein Meisterwerk geliefert.« Er erschien ausgeruht und satt, heiter und neugierig, mit diesen Farben der Gesundheit im kräftigen Gesicht, die Mazzacoratis Zorn aufs neue entfachten. Er hätte ihn am liebsten zum Eishacken abkommandiert, aber er sagte:

»War es nicht so besser für die Leute?«

»Kennen Sie das Sprichwort: Für alles gibt's eine Arznei, nur nicht für den Knochen im Hals!«

Es zog Artillerie und Train vorbei. Die Pferde scheuten unter den Sporen, bäumten sich auf, schlitterten, brachen mit den Schleifgängen ins Wasser, um sie herum Geschrei, Schlamm und spritzender Schaum. Der aufgewühlte Flußboden wurde in jähem Wechsel tiefer. Nach den leichteren Stücken blieb eine schwere Zehn-Zentimeter-Haubitze in der halben Furt stecken, die Pferde verstrickten sich in den Zugsträngen, daß man sie losschneiden mußte. Und im Strudel der Strömung, rings um das versunkene Geschütz, wurden die kommenden Wagen mit Pferden und Soldaten davongerissen. Die Furt war unterbrochen, und das Wasser spülte schnell und arbeitsam unter den Rädern der Wagenreihe und der Geschütze hin, die im Fluß standen. Wenn die Fahrer mit ganzer Kraft aus Wasser und Dreck einen Wagen losmachen konnten, war es nur, um ihn auf das alte Hindernis aufzuschichten. Da kam der Befehl, die Kanonen zu vernageln, die Pferde loszumachen und den Fluß einzeln zu überschreiten.

Aber diese armen Flüchtlinge, gegen die sich alles verschwor, erkannten nun, daß es ihnen bestimmt sei, diesseits des Vop bleiben zu müssen, sie weinten laut am Ufer und baten die Soldaten um Beistand. Jeder Reiter hatte sie als eine Traube um sich hängen. Manche durchquerten den Fluß allein, andere mit der Hilfe von Soldaten, viele gingen unter. Die meisten blieben gebrochen und wie erstaunt zwischen den verlassenen Geschützen und Wagen auf der Uferstraße, als ob sie nun endlich über ihr Los im klaren seien.

Es dunkelte. In das verbrannte Dorf brach mit wildem Geheul und heftigem Schießen eine Abteilung Kosaken. Ein gutes Gewehrfeuer der Nachhut warf sie zurück, aber sie kehrten nach kurzer Zeit wieder, fanden die Ruinen geräumt und brachten hier eines ihrer kleinen Schlittengeschütze in Stellung. Und sie eröffneten das Feuer auf die von der Menge dicht besetzte Straße. Die Schüsse weckten Mazzacorati, der erschöpft und halb in Ohnmacht gesunken auf dem Schnee lag.

Die Angreifer nahmen nun ihre Straße durch die Menge, es entstand eine Furche von Blut. Die Armen wagten nicht, den illusorischen Schutz des Wagenparkes zu verlassen. Dann, als Bedrängnis und Leid den Gipfel erreicht hatten, war die Angst plötzlich verschwunden. Zwischen zwei Salven kamen die wilden Reiter im Galopp daher, und sie röteten Peitsche, Säbel und Lanze im lebendigen Fleisch.

Mazzacorati wollte wirklich nicht mehr leben. Er bedauerte es, daß er geweckt worden war. Er lag vollständig entkräftet in der Nähe der Furt, wohin die Artillerie der Kosaken nicht zielte, vielleicht weil sie ihre Kugeln bei dem wenigen Licht nicht unnütz verschwenden wollte, vielleicht aber auch, weil sie sich über die Lage nicht im klaren war. Die Streifzüge der Reiter beschränkten sich auf die mit Menschen bedeckte Uferstraße.

Scacerni mußte Beute gemacht haben, denn er erschien mit einem Sack auf der Schulter und sagte:

»Ich war mal eben fouragieren, obwohl die Halunken ganz gut schießen. Nicht zu glauben, aber alles nützliche Sachen. Wer sich mit Gold belädt, buckelt sich den Tod auf. Aber jetzt müssen auch wir über den Fluß, stehen Sie auf und ziehen Sie sich aus, wir dürfen keine Minute verlieren.«

»Warum?« fragte Mazzacorati.

»Bei diesem Windchen muß man sehen, drüben trockene Kleider zu haben.«

»Ich meine, warum soll ich nach drüben? Und was hast du mit mir zu schaffen?«

Der Junge war verdutzt ob dieser Frage, er sagte:

»Warum, ja warum? Eigentlich wüßte ich nicht . . .« Dann, als habe er eine Antwort gefunden, lachte er los: »Und das Pferd? Diese wunderbare Roulade von einem Roß? Sie haben keine Ahnung, was für einen Hunger ich gestern abend hatte. Und das Pferd gehörte Ihnen, es hat mich satt und selig gemacht. Also Gerechtigkeit, jede gute Tat wird zurückgegeben. Entkleiden Sie sich und geben Sie alles her, ich mache aus dem Ganzen ein Bündel. Es ist ganz richtig, daß ich jetzt Sie rette zum Dank für das Pferd in der Pfanne.«

Der andere klapperte vor Kälte und Fieber mit den Zähnen, während Scacerni die Sachen einsackte, die sie sich nach und nach vom Leibe streiften.

»Gucken Sie mal die da!« rief der junge Mann plötzlich. Eine großgewachsene Frau war vom Damm ans Ufer gelaufen, dort machte sie halt, sich vorreckend, und schrie:

»Ich kann nicht, ich habe Angst, o mein Gott!« Sie fiel bäuchlings hin, sie weinte laut und langgezogen.

Der nackte Scacerni näherte sich ihr. So stand er da, groß, muskulös und, wiewohl mager, doch gut bei Blut und wohl fähig, gegen die Kälte zu kämpfen. Und so fragte er, halb auf italienisch, halb auf französisch, worin fast alle kaiserlichen Soldaten kauderwelschen konnten:

»Was macht Ihr, was sind das für Kindereien?«

»Ich wollte ins Wasser gehen, aber ich hab' nicht den Mut!« antwortete sie, auch auf französisch, sie hob ein wenig das Gesicht. Die Kosaken hatten das Feuer eingestellt, aber man hörte sie in den Ruinen des Dorfes brüllen. Sie hielt sich die Ohren zu und rief: »Töte du mich, damit diese da mich nicht lebend bekommen!«

»Hopp, komm auch du mit uns! Zieh dich aus!«

Da die Frau nicht verstand, zog er sie von der Erde empor und begann ihr den Pelz auszuziehen und die kotbespritzten Kleider.

»Verstehst du denn nicht, daß ich dir helfe, hinüberzukommen!«

Längs des Flusses liefen Leute ratlos auf und ab, ohne das Wagnis zu versuchen, hindurchzukommen. Gruppen von Soldaten stiegen in die Furt. Wenn die Kosaken sich still verhielten und zurückzogen nach ihrer Taktik, der Attacke den sofortigen Rückzug folgen zu lassen, hörte man das Weinen und Klagegeschrei der Gequälten. Als Scacerni alles, auch die Kleider der im Hemd dastehenden Frau, in seinen Sack gesteckt hatte, sagte er zu ihr:

»Halte dich an meiner Schulter, von hinten. Das Hemd kannst du anbehalten.«

Jetzt, da sie überzeugt war, daß er sie retten wollte, nahm sie seine Hand und küßte sie heiß – er war sehr verdutzt und hatte keine Zeit, etwas zu sagen.

»Wirst du sie umbringen?« fragte Mazzacorati mit einem ausdruckslosen Ton. »Oder was willst du jetzt mit der Frau anfangen?«

»Was mich gut dünkt, mein reizender Hauptmann!« antwortete Scacerni frech und gereizt. »Das ist doch stark. Und mit Ihnen, was mach' ich mit Ihnen, in diesem Zustand? Ich helfe ihm, und er kommt mir mit Vorträgen, in so einem Augenblick! Ich sage es jetzt klipp und klar, noch ein bißchen, und ich guck zu, wie Sie allein fertigwerden! Aber jetzt verlieren wir nicht die Zeit mit Hinundherstreiten. Ihre Siebensachen sind in diesem Sack, und ich will Ihnen beweisen, daß ich kein Dieb bin. Hängt euch ein«, kommandierte er, mit sicherem Schritt, den Sack in den hochgehobenen Händen, in den Fluß tretend. »Hängt euch ein, der eine rechts, der andere links, aber packt mich nicht am Hals, besonders nicht, wenn ich schwimmen muß, auch nicht an den Armen, sonst komm ich mit der Faust und tunke euch unter Wasser, und dann, hast du nicht gesehen, ist's vorbei! Klare Pakte, lange Freundschaft! Drüben, Herr Hauptmann, geb' ich Ihnen Ihre Kleider, und dann geht jeder seiner Wege, Ihr Benehmen hat mich schon hinreichend gefuchst! Eh, niederträchtige Welt, so ein Henkersknecht von einem Fluß, ist das Wasser kalt!«

So redete er, schimpfte über das kalte Waser und lachte von Zeit zu Zeit, der junge Kerl hatte das Wasser jetzt an der Brust, das Mazzacorati bereits am Halse stand. In der Luft hing ein so dichtes Schweigen, daß es schien, als seien am Ufer des Vop allein die Toten zurückgeblieben, mit diesen drei Lebendigen im eisigen Wasser.

»Pfefferundsakraminze!« rief Scacerni in seiner heimatlichen Mundart, »wirklich kalt, saukalt! Haltet euch gut fest, brr!«

Mazzacorati bekam kaum noch mit den Zehenspitzen Grund.

»Wird schon schiefgehen«, sagte Scacerni, auf seinen starken Beinen sich vorsichtig auf dem Flußboden vortastend, ehe er einen Schritt machte.

Das schwarze und heftige Wasser gurgelte voll gefährlicher Strudel rings um die ruhigfeste Gestalt des jungen Kerls. Das Ufer war nicht mehr weit, aber dort warteten der tiefere Grund und die scharfe Strömung. Und jetzt schleppte Scacerni, das Wasser selber an der Kehle, die beiden hinter sich, die sich in seinen Schultern festgekrallt hatten. Und jeden Augenblick sank der am meisten erschöpfte Hauptmann unter Wasser. Das Ufer war nun ganz nahe, und Scacerni warf den Sack hinauf, gab der Frau einen Schubs und sagte mit einem Aufatmen:

»So, da wären wir!«

Genau in diesem Augenblick löste sich Mazzacoratis Griff, mit dem er sich hielt. Eine Eisscholle war ihm gegen die Rippen gestoßen. Sein Körper versank und glitt in der Strömung fort. Scacerni stürzte ihm schwimmend nach, bekam ihn zu packen und zog den Ohnmächtigen ans Ufer. Der kurze Augenblick hatte dem reißenden Wasser genügt, Mazzacorati ein gutes Stück talab zu tragen. Scacerni kam zu der Frau zurück, barfuß einherschreitend und den Körper des anderen auf den Schultern. Sie hatte sich in den Pelz gewickelt. Er fragte, loslachend:

»Du glaubtest wohl nicht mehr daran, mich wiederzusehen?«

»Was hätte ich ohne dich gemacht!«

»Schon gut, jetzt müssen wir uns anziehen und auch dem hier was übertun! Zum Glück ist der Sack trocken rübergekommen!«

»Warte mal mit dem Anziehn!«

Die Frau hatte zwei Hände voll Schnee genommen und begann, den Körper Scacernis damit kräftig abzureiben: den Rücken, die Brust, Bauch, Schenkel und Beine. Das Blut pulste wieder durch die erstarrten Adern, und die erhitzte Haut dampfte. Er lachte heftig, und da auch sie unter dem Pelz weiter nichts anhatte, begann er damit, ihr denselben Dienst zu erweisen vom Kopf bis zu den Füßen. Und sie rubbelten eins dem anderen Nacken, Ohren und Nase. Brust gegen Brust und Bauch gegen Bauch stehend, in einem herben und keuschen Rausch des sich erwärmenden und wiederbelebten Blutes. Dann kleideten sie sich hurtig an und beugten sich über Mazzacorati.

Das Bewußtsein kehrte dem Armen nur schwer und langsam wieder, und als Scacerni beschloß, den Spuren der Soldaten bis zum nächsten Lager zu folgen, konnte der Erschöpfte kaum noch den beiden auf den Fersen bleiben, trotzdem lehnte er jede Hilfe ab. Alle paar Schritte mußten sie haltmachen, um auf ihn zu warten. Er hörte die beiden reden und ein- oder zweimal lachen. Er wäre lieber gestorben, als sich von ihnen bemitleiden und helfen zu lassen. Sie hatten noch keine Meile zurückgelegt, als sie ihn nicht mehr sahen. Sie waren ihm nämlich einmal ein wenig mehr vorausgewesen. Scacerni fand ihn zu Boden gebrochen, so lag er und biß sich in die Hände, um nicht rufen zu müssen.

»Munter, munter, Herr Hauptmann«, sagte er wieder herzlich und richtete ihn auf. »Bald sind wir da! Aber warum haben Sie nicht gerufen?«

»Das sind meine Angelegenheiten! Wenn du weiter gegangen wärest, hättest du mir das einzige Vergnügen gemacht, das ich von dir will.«

»War mir noch ganz unbekannt, daß Kälte närrisch macht«, sagte Scacerni gutmütig.

Den Fallenden seinem Schicksal zu überlassen, war allgemein üblich, so sehr, daß die meisten der Niedergestürzten sich die eitle Mühe des Hilferufens sparten. Aber weil man diesen so bockigböse sah, wollte man ihm mit derselben Bockigkeit beistehn.

»Wer ist das?« hatte die Frau inzwischen mit leiser Stimme gefragt.

»Ein Offizier, ein Landsmann! Ich sage ihm, er soll sich auf mich stützen, aber der Dickkopf will's allein schaffen!«

»Du hast ihn wohl sehr gern?« fragte die Frau.

»Ich? Nicht einmal seinen Namen weiß ich. Woher er ist, hab ich an seiner Mundart gemerkt!«

»Der hätte mich nicht über den Fluß gebracht!«

»Ach, du merkst aber auch alles!«

»Du bist gut, er nicht!«

»Laß man, hier werden eben alle schlecht!«

»Aber du nicht!«

»Ich bin unverwüstlich!«

»Nicht nur das: du hast für mich und ihn dort heute mehr als ein Bruder getan. Warum nur?«

»Hat mich gar nicht mal Schweiß gekostet, nicht der Rede wert!«

Auch Mazzacorati fragte sich dasselbe. Er dachte: es kann nicht mehr lange dauern, das Ende ist nahe! Jetzt soll man sehen, wie einer meinesgleichen zu sterben weiß, und man wird es sehen. Aber dieser Bursche da, warum handelt er so? Weil er stark ist? Das wäre die Antwort eines Narren! Warum also handelt er so? – Das fragte er sich mit einer wütenden Inbrunst, und im stillen fürchtete er die Antwort.

Es hatte begonnen, in großen Flocken zu schneien. Die Kälte ließ ein wenig nach, der Marsch wurde dafür um so schwieriger. Sie hatten sich bis jetzt lenken lassen von der in der Ferne geröteten Nacht, wo gewiß das IV. Korps biwakierte. Jetzt war nichts mehr davon zu sehen, und man mußte fürchten, den Weg zu verlieren, da der neue Schnee schnell alle Fährten bedeckt hatte. Scacerni stolperte, er beugte sich und erkannte das Hindernis.

»Ein Toter«, sagte er, »wir sind auf dem rechten Weg!«

Es war nicht der letzte, und so geleitet langten sie an den ersten Feuern an. Die waren ohne Ordnung hingestreut und dem Erlöschen nahe. Haufen von Männern lagen um sie dicht aneinandergedrängt herum, der Schnee flockte auf sie herab.

»Und wer macht dir jetzt Platz?« sagte Mazzacorati mit bitterer und erschöpfter Hartnäckigkeit. »Du siehst doch ein, daß es besser gewesen wäre, zu versaufen und Schluß zu machen, statt diese Mühsal bis hierher zu verlängern!«

»Jetzt hör mal, Hauptmann, mir wird das zu dumm mit dir!« brach es plötzlich aus dem Soldaten hervor, der die letzte Rücksicht auf Subordination vergaß. »Willst du den Mann jetzt sehen, der uns Platz macht?«

Der erste, den er beim Bein zu packen bekam, fuhr mit einem fürchterlichen Schmerzensschrei empor, und fluchend wollte er auf die Füße springen, um es ihm heimzuzahlen, aber er konnte nicht, und er beklagte sich sitzenbleibend und den Kopf gesenkt:

»O ich armer Hund, ich bin eine einzige Beule, meine Beine sind erforen.«

»Ja, ja«, sagte Scacerni gleichmütig, »das sind die im Fluß durchnäßten Kleider, die ihm nun auf dem Fleisch gefroren sind. Brüderchen«, damit wandte er sich an den Unglücklichen, »auch wir müssen uns jetzt ein Plätzchen am Feuer machen.«

Aber der hörte nicht zu, er stöhnte, und bald darauf kauerte er sich zusammen, den Kopf zwischen den Knien, er war ohnmächtig geworden oder im Tode erstarrt. Die andern hingegen, die Scacerni anpackte, gaben kein Lebenszeichen, weder der erste noch der zweite oder dritte.

»Das ist doch richtig«, sagte er, derweil er die Toten an den Beinen fortzog, »daß sie uns das Feuer überlassen, ihnen kann's ja nicht mehr nützen!«

»Ist sie schön?« fragte plötzlich Mazzacorati, mit dem Kinn gegen die Frau zeigend, die ihre Füße und Hände an die wiederbelebte Flamme hielt.

»Weder eine Frau noch ein Stück Leinen kann eine Kerze recht bescheinen!« zitierte Scacerni.

»Du hast's mit den Sprichwörtern, du!«

»Sie hat feine, weiche Hände, entweder ist sie eine Dame, oder sie führte das Leben einer Dame, Arbeit ist sie nicht gewöhnt. Ja, schön ist sie schon, möchte ich sagen.«

»Ja, dann begreife ich«, nickte Mazzacorati, »warum du sie gerettet hast. Hier liegt ein hinreichender Grund vor«, fügte er mit einem Ton hinzu, der unversehens kathederhaft wurde, »und ich stimme dir bei.«

Die Frau begriff, daß sie von ihr sprachen, und lächelte Scacerni zu, ihr Lächeln war schön. Er zog aus dem Sack gebratenes Pferdefleisch hervor und wärmte es auf der Kohlenglut. Dann goß er aus einer großen Feldflasche in eine Milchbüchse Aquavit und bot es an. Die Frau aß und trank. Mazzacorati versuchte, aber er konnte nichts essen.

»Es rutscht nicht!«

»Ein böses Zeichen, das!«

»Morgen, wenn ich bis dahin lebe, habe ich dir was zu sagen!«

Sie schliefen ein. Scacerni hatte die Frau im Arm, und der Schnee bedeckte sie schnell und hielt sie warm. Sie wurden wach, als es bereits Tag war. Mazzacoratis Augen waren eingefallen, die Nase war schmal geworden, das Gesicht bleich. Sein Atem ging kurz und jagend und rauh, sein Zustand machte jede Frage überflüssig.

»Oh«, machte Scacerni mit unzufriedener Miene, da er ihn betrachtete.

»Sei still, ich weiß es selber, damit basta! Ich hab dir etwas zu sagen!« befahl der Röchelnde.

»Wenn es mir zusteht –«, sagte Scacerni kleinlaut.

»Nicht so etwas, Döskopf, hör zu und sei still!«

Die Männer an den Feuern waren eben dabei, aufzustehen, wenigstens jene, die noch aufstehen konnten. Und sie gingen und schleppten sich in die Richtung der rollenden Trommeln. Andere versuchten sich zu erheben, aber sie konnten es nicht oder die Füße trugen sie nicht mehr.

»Hör also«, sagte Mazzacorati mit einer Art zärtlicher Boshaftigkeit in der Stimme, die im Widerspruch stand zu den im Fieber flackernden Augen. »Du kehrst in unsere Heimat zurück.«

»Danke für die gute Prophezeiung!«

»Nicht, daß ich dich gern hätte, nein! Sei still und antworte auf das, was ich dich frage. Aber ja, wie soll ich dir glauben! Doch versuch mal, ob du aufrichtig sein kannst. Es ist dir ja leicht gemacht mir gegenüber, und du kannst sogar noch einen Vorteil daraus ziehen!«

»Sprechen Sie nur«, versetzte Scacerni ehrfürchtig und gepackt von der Nachbarschaft des Todes, »sprechen Sie nur, Herr Hauptmann!«

»Hast du, als wir uns jenseits des Flusses begegnet sind, geglaubt, daß ich Geld bei mir hätte, Geld aus Moskau, oder daß ich etwa von zu Hause aus reich sei? Ich mach dir keine Vorwürfe deswegen, im Gegenteil, ich lobe dich. Aber du mußt es sagen, die ganze Wahrheit, und kommt sie nicht darauf heraus, glaube ich dir nicht! Du hast geglaubt, ein gutes Geschäft zu machen!«

»Sie reden zuviel«, sagte Scacerni gereizt. »Wenn Sie von Haus aus reich sind, um so besser für Sie. Was das Geld anlangt, es wäre ja mit Ihren Kleidern in meinem Sack gewesen. Und ich habe Sie doch wieder aus dem Wasser gefischt, Herr! – als ich Sie hätte sausen lassen können, Sie, Herr! – und die Sachen behalten!«

»Ah, du bist ein hartnäckiger Heuchler! Daß ich nichts Wertvolles bei mir habe, weißt du! Daß ich nicht reich bin, sage ich dir jetzt hiermit. Ich habe nichts und niemanden auf der Welt. Und jetzt laß schauen, was für ein Gesicht du machst. Deine Mühe war vergeblich! Ich bin bettelarm!«

»Und jetzt sind wir es alle beide!«

»Es reut dich also, es tut dir leid? Sieh mir in die Augen!«

»Ohne Zweifel«, sagte Scacerni lachend, »Sie sind kein fetter Brokken! Aber ich machte mir nicht soviel Gedanken, und ich hätte auch jeden andern x-beliebigen Christenmenschen, wäre er mir unter die Hände gekommen, aus dem Wasser gezogen, damit Sie es wissen!«

Die Frau folgte, wiewohl sie nichts verstand, aufmerksam dem Gespräch. Und als sie die beiden so heftig sah, berührte sie Scacernis Arm und sagte zu ihm: »Sündigt jetzt nicht, sag ihm vielmehr, daß er Gott um Verzeihung bittet!«

Ein Gelächter Mazzacoratis antwortete ihr.

»Hu, eine Heilige! Mir fehlen die Tröstungen, die einen guten Tod umgeben. So hält sie mir die Predigt. Ich fange an, mich über dich zu ärgern, daß du sie nicht drüben zurückließest!«

Sein Gesicht war von Zorn entstellt, es schien davon den Ausdruck der Schwäche zu verlieren. Doch wirkte sein Anblick auf die Frau so abstoßend häßlich, daß sie sich wandte und das Kreuzzeichen auf russische Weise machte. Mazzacorati beantwortete das mit Fluchen und Gelächter, bis er von einem Hustenanfall gewürgt wurde, der ihm die bleichen Lippen mit Blut und Schaum rötete.

»Ah, du bist also auch ein Christ?« Er versuchte eine Kopfbewegung gegen Scacerni hin. »Nett, du gefällst mir! Du glaubst an Gott?«

»Hören Sie, Herr Hauptmann: ich bin nicht verpflichtet, Ihnen zu sagen, woran ich glaube. Ich sage nur: wenn ich jetzt auch den ganzen Kremlschatz besäße und tausend Morgen guter Erde unter der Sonne Italiens und mehr Goldstücke, als sich im Getto Ferraras befinden: im Augenblick wäre mir eine schöne Schweinsroulade zuträglicher, denn der Braten von Ihrem Pferd, so gut er auch gewesen sein mag, war immerhin Pferdefleisch!«

Aber der andere hörte nicht zu. Er verharrte hartnäckig: »Ich und die Meinen waren immer im Elend!«

»Schlimm!«

»Und nun heraus damit, beichte!«

»Es stände Ihnen eher an, zu beichten, wenn ein Priester hier wäre! Es wäre an der Zeit, das sage jetzt auch ich! Und nach dem Gesicht zu schließen, scheint es mir wirklich, daß Sie dicke Sachen auf dem Gewissen haben müssen.«

»Kümmere dich nicht darum! Jetzt, da du mit meinem Fell keinen blanken Heller mehr verdienen kannst, mußt du dich enthüllen, ich möchte es sein, der zuletzt lacht!«

Er richtete sich zur Hälfte auf, streckte sich vor, sein Körper war verdreht. Der Ausdruck der Augen und der Schaum des wilden Todeskampfes machten ihn schrecklich. Er wiederholte:

»Fort! Ich hab genug von dir! Laß mich, verlaß mich! Ja, aber du bist gut, wie diese da sagte, du hast Liebe in dir, bist Christ! Ach – mach doch nicht den andern vor, daß . . .«

Ein neuer Hustenanfall durchzuckte ihn und warf ihn um. Und Augen und Zähne geschlossen, gab er noch mit dem Finger Zeichen, daß er nicht tot sei und nicht bereue. Endlich sagte er:

»Ich lach zuletzt, verfluchter Heuchler! Ach ja, ihr beide wollt mir vormachen, daß Gott da ist! Du willst mich eines guten Todes sterben lassen, auch du?«

Er richtete sich bei diesen Worten auf, von Wut und Entsetzen gepackt, er hatte die körperliche Qual vergessen.

»Wissen Sie«, sagte Scacerni, »jetzt, wenn Sie mich so daraufbringen – vielleicht, daß ich Sie wirklich aus Liebe zu Gott rettete.«

Der Sterbende wand sich in Abwehr, er schnellte empor, dann war er plötzlich kalt und ruhig:

»Heuchler, der du bist, du beleidigst mich also bis zuletzt mit deinem Gefasel von Liebe! Aber ich bin stärker als du, ich habe ein Mittel, um dich zu beschämen!«

Er suchte nach etwas in seinen Sachen. Und er zitierte, zu sich selbst sprechend, seine Philosophen, und zwar mit dieser ihm eigenen Art von starrer Schulfuchserei, und man wußte nicht, ob sein Zitat im Augenblick mehr seltsam oder mehr peinlich wirkte: »Der einzige Beweggrund der menschlichen Handlungen ist die Selbstsucht!«

»Tun Sie mal einen Schluck aus der Pulle!« sagte Scacerni, ihm die Feldflasche mit Aquavit hinhaltend, »und sehen Sie mal zu, ob Sie ein wenig zu Kräften kommen, es wird Zeit zum Gehen!«

»Mit dir trink ich nicht!«

»Wenn's so ist, trink ich allein!«

Mazzacorati hatte gefunden, was er suchte. Es war ein Behälter aus Horn mit einem aufgeschraubten Deckel, den er am Halse trug.

Mit einem mühsamen Grinsen zeigte er Scacerni den Gegenstand: »Da ist kein Skapulier drin! Ich zum mindesten heuchle nicht, ich sterbe, wie ich gelebt habe. Nun sieh, wie ich das ohne Furcht vor nichts und niemand sage!«

Die Tambourwirbel hatten sich im schweigenden Schnee entfernt. An den Feuern waren nur jene zurückgeblieben, die sich nie mehr erhoben. Scacerni schürte gedankenvoll im Feuer, zugleich das Ohr hebend. Der Sterbende erriet diese Bewegung.

»Mach ich zu lang mit dem Sterben?«

»Das nicht gerade, aber bestimmt werden binnen kurzem die Kosaken hier sein. Können Sie denn wirklich nicht mehr gehen? Ich hab gehört, daß in der Nähe ein Dorf sei, wo wir dann ein bißchen verschnaufen können!«

»Ja, Ducòvcina!« sagte der Sterbende.

»Wenn wir da als die letzten ankommen, gibt's da nichts mehr zu futtern! Könnten Sie nicht doch etwa ...«

»Ich kann nicht mehr und will auch nicht! Wenn mich das Fieber nicht vorher fertigmacht, werden's die Kosaken besorgen: das ist's, was ich gerade möchte. Und nun, nimm dies Etui. Da ist ein riesiges Vermögen drin; für den Fall, daß du damit bis nach Ferrara kommst, und wenn du ein Kerl bist, nämlich Mut hast – – Kannst du lesen?«

»Nein!«

»Laß es dir von einer vertrauenswürdigen Person vorlesen, wenn du so eine kennst, ich meine das Schriftstück, das da drin ist! Es ist die

Quittung von einem Juden aus Ferrara, der sich darin verpflichtet, dem, der die Quittung bringt und das mitten durchgebrochene Geldstück – es ist auch drin –, das zu seiner Hälfte paßt, alles auszuliefern: nämlich Geldstücke, Perlen, Diamanten. Ich übergab ihm das alles, der Hauptmann Maurelio Mazzacorati – jetzt überlaß ich dir das alles! Verstanden?«

Er sprach nun geläufiger, in jener Erleichterung, die häufig dem Tode voranzugehen pflegt.

»Wie heißt der Jude?« fragte Scacerni nachdenklich.

»Das steht auf dem Papier. Alles in Ordnung. Jetzt hab ich dich bezahlt, aber hör gut zu: es ist sakrilegisches Diebsgut, aus einem Kloster, vom Altar der Madonna! Verstehst du mich! Es waren Votivgaben der Gläubigen. Und damit du dich nicht feige darum herumdrückst, du hättest nichts von der Herkunft der Sachen gewußt, so gebe ich dir noch auf, daß du in Ferrara irgendeinen von dem Linienregiment der ›Cappelletti‹ aufsuchst, am besten den Hauptmann Antonio Roncaglia, falls er noch lebt, der stand bei diesem Regiment. Und er stahl mit mir zusammen diese Sachen von jenem Altar. Die können dir sagen, was für prächtige Galgenstricke die ›Cappelletti‹ waren. Ich kann dir aber auch selber verraten, daß sie der Klerisei keinen Pardon gaben, nicht den Nonnen und nicht den Mönchen, und daß uns die Exkommunikation einen Dreck scherte. Aber du mußt alles wissen, damit die Jesuiten dir nicht beibringen, etwaige Bedenken und Zweifel zu verscheuchen. Es war im Spanischen Krieg. Die Cappelletti belagerten einen Nonnenkonvent, Santa Maria del Cerrito. Mönche und Soldaten verteidigten ihn. Ich ließ eine Mine hochgehen, und durch die Bresche drangen wir ein: weißt du, was in solchen Fällen im Spanischen Krieg üblich war? Die Männer wurden an die Wand gestellt oder aufgeknüpft, die Weiber, ob Nonnen oder nicht – na ja, du verstehst. Die Madonna aus jenem Kloster war reichlich aufgetakelt und ganz bedeckt mit Weihgeschenken. Ich bekam davon den Teil, der mir zustand. Die anderen haben ihren Anteil verspielt, versoffen und mit Weibern vertan. Ich hatte mehr Einsicht, denn ich wollte nach jenem Krieg mit dem Kapital ein Geschäft aufmachen – aber statt dessen ...«

»Der Po bricht den Damm, wo man's am wenigsten glaubt!« sprichwörtelte Scacerni.

»Sehr gut! Ich tröste mich beinahe, daß meine Schätze Nutzen bringen, und wär's auch nur, daß sie dich veranlassen, die Rolle des Heuchlers dranzugeben!«

In seinen Reden wechselte der Ton zwischen schriller Gehässigkeit und einer oberflächlichen Art, die in andern Umständen lächerlich gewirkt hätte. Aber er kehrte umständlich und aufmerksam zu seinem Ausgangspunkt zurück: »Wenn ich dir sage, daß die Exkommunikation auf diesen Sachen liegt, hast du mir's zu glauben. Es liegt Gewalttätigkeit gegen die Kirche, heilige Orte, Sachen, Personen, also: Gottesraub und Entweihung vor. So trifft dich die Exkommunikation latae sententiae, so nennt man das auf Latein, und mir kannst du da schon Glauben schenken. Wenn du die Sakramente empfängst, nachdem du meinen Nachlaß angenommen hast, entweihst du sie und schädigst dich! Entweder das Geld tut's dir an, oder du hast Angst vor der Hölle. Und wundere dich nicht, wenn ich das so im langen und breiten weiß, und glaub auch nicht, daß ich dir Dummereien erzähle. Ich habe Theologie studiert, bin Priester gewesen: das Latein dürfte ich also kennen, wenn du dich jetzt auch, falls du Angst vor Gott hast, darüber ärgerst. Ist es so? Sollen wir also dies Papierchen verbrennen und die Seele retten? Oder halten wir die Beute fest?«

Er grinste und machte eine Bewegung, als wolle er das Etui ins Feuer werfen. Scacerni unterbrach ihn schnell und sagte: »Langsam, nehmen wir uns Zeit, Hauptmann!«

»Aha, wenn's so ist, habe ich mich also nicht getäuscht. Behalt's und genieß deine Exkommunikation, wie ich's auch gemacht hätte. Diese Probe war für mich nötig. Weißt du, daß du mich fast durcheinanderbrachtest? Das will was heißen, mich durcheinanderzubringen, mich, der ich um eines Freiheitsbaumes willen den Pfarrer von San Pietro Bolognese füsilierte. Weißt du, was das bedeutet, mich durcheinanderzubringen, mich irrezumachen?«

Er sprach nicht mehr mit Scacerni, er richtete sich an einen ganz andern, der tief in ihm selber war und im Geheimnis der ihn umgebenden Natur und auch im Tod, der in ihn eindrang. Aus seinen Augen brach Angst, Furcht, offener Schrecken. Er schrie:

»Ich sterbe, wie ich lebte! Wenn es einen Gott gibt – ich bin Priester – die Hölle ist nicht tief genug! Nein, ich sterbe, wie ich lebte!«

Eine Blutwelle, weich und dicht und dunkel, sprang aus seinem Mund, der Mensch fiel ausgestreckt nach hinten.

»Ein böser Tod«, sagte Scacerni düster, das Etui einsteckend. »Aber er hat uns einen Haufen Zeit mit seinen Reden verlieren lassen. Doch ich will nichts darüber sagen, er redet ja jetzt nie mehr einen Ton!«

Die Frau hatte sich über Mazzacorati gebeugt und murmelte ein Gebet. Sie hatte ihm die Augen geschlossen und das Gesicht mit dem Mantelsaum bedeckt.

»Von diesem Schlag gab's mehr hier«, sagte Scacerni kurz, auf die Toten an den halberlöschenden Feuern weisend, die das Feld bedeckten, das Feld voller Not und Pein. »Vielleicht verdiente er keinen so harten Tod!«

Die Frau sagte: »Es steht nicht bei uns, zu sagen, was er verdiente!«

Dieses Wort traf in seinem Innern auf alte Überzeugungen und verhinderte eine zornige Erregung, die in ihm gegen den Toten anwuchs. Er gestand es ihr und sagte:

»Du hast recht! Was das Weitere betrifft, dafür werde ich sorgen! Aber warte mal, ich mach dir die Wickel um die Schuhe zurecht, wir müssen gehen!« Er beugte das Knie, und während er die Fußwickel ordnete, fragte er:

»Wie heißt du?«

»Elisaweta Feodorowna.«

Er war barhäuptig. Die Frau streichelte ihm das jugendliche Haar mit leichter und zärtlicher Hand. Es war keine Zeit mehr zu verlieren. Sie setzten sich in Bewegung und machten so große Schritte, als sie es mühsam in dem hohen Schnee vermochten. Als sie schon ein Stück entfernt waren, warfen sie noch einen schnellen Blick auf die Beute des Todes zurück: die Gestalt erschien nun länger, aber vergehend und unansehnlich. Der Schnee flockte dem Toten aufs Gesicht, er hatte schon angefangen, den Körper zu bedecken. Dann wandten sie die Schultern.

II Sankt Martin / Als sie die Heereskolonnen, die langsam über den Schnee einherzogen, eingeholt hatten, rief ein Offizier, der ihrer ansichtig wurde, auf italienisch:

»Es hört nicht auf mit diesen Verfluchten! Wären sie doch zu Hause geblieben, statt uns zu belästigen!«

Scacerni wunderte sich zuerst, als er merkte, daß der Offizier glaubte, er würde nicht von ihnen verstanden. Dann dachte er an seine Tatarenmütze und seinen Pelzmantel, und es wurde ihm klar, daß man ihn für einen Russen hielt, und er lachte im stillen. Der Umstand, nicht mehr als Soldat kenntlich zu sein, konnte ihm die Möglichkeit geben, sich frei zu machen.

Er betrachtete also den ungeduldigen Offizier und spielte den Furchtsamen, der kein Wort verstand. Der Offizier schüchterte sie mit Gesten ein, ihre Schritte zu beschleunigen. Die Flüchtlinge waren mehr vorn eingeordnet worden, unmittelbar hinter der Vorhut. Ihnen zur Seite gingen leichtbewaffnete Abteilungen aus der königlichen Wache, die sie in Reih und Glied hielten. Er erblickte, wie er so die Haufen langsam überholte, keinen einzigen, den er wiedererkannt hätte. Die Furt durch den Vop hatte so viel wie eine Schlacht gekostet, und die letzten

Überreste vom Ingenieurpark waren draufgegangen. Von der Nachhut kam von Zeit zu Zeit das Geknalle von Gewehrschüssen herüber, aber matt und kurz. Es gab dem sich hinschleppenden Schritt der erbarmungswürdigen Menge neuen Antrieb. Aber sofort hatte die Müdigkeit wieder die Oberhand. Scacerni, der sich eingereiht hatte, fragte sich selber betroffen, wie es möglich sei, daß diese Unglücklichen noch eine so lange Reihe bilden konnten, nach all den vielen, die im Fluß oder jenseits desselben geblieben waren. Er war ungeduldig, so mitten in die Herde gestopft zu sein, und begann zu überlegen, auf welche Weise er sich befreien könnte.

Sie traten soeben aus einem Wald hervor, der voll hohen Schnees lag, als sie in der Nähe den Flecken Ducòvcina erblickten, einen kleinen Ort schon, vom Kriege unversehrt. Es waren die ersten heilen Dächer, die ihnen auf dem Wege von Moskau nach hierher begegneten, die ersten von den Bewohnern, von Kosaken, von eigenen und fremden Soldaten nicht geplünderten und zerstörten Häuser. Da gab's Geschrei, Durcheinander, lärmende Ausgelassenheit: man sah sogar einige Schornsteine den Rauch in den kalten Himmel schicken. Es war das Dach, die Wärme, der gestillte Hunger, was so unglaublich nahe gerückt war. Und diese Unglücklichen kamen hier diesmal als die ersten an, und sie schoben den Tod der Mühseligkeit um einen Tag hinaus. Sie zeigten begeistert, wie Betrunkene lachend, auf das Dorf. Trotz der Wachen begannen sie zu laufen, ein Haufen von Berauschten, Rasenden. So überholten sie die wenigen Kavalleriewachen der Vorhut. In diesem Augenblick brach zwischen den Häusern von Ducòvcina ein Schwarm Kosaken hervor und auf die Menge los, und das Feuer ihrer Musketen, ihre Lanzen und Säbel brachen über die Entsetzten herein.

Es waren, wie man später erfuhr, Kosaken des Generals Ilowaiskoi, mit Absicht in das unversehrte Dorf auf die Lauer gelegt, um den Resten des IV. Korps in den Rücken zu fallen. So standen diese Unglücklichen plötzlich da, und man sah sie einfach zu einer unbeweglichen Masse erstarren, als ob das Verwundern, vom Geschick so heimtückisch behandelt zu sein, sie ihre Angst und das Gemetzel nicht wahrnehmen lasse. Aber schon kamen die leichten Wachen und trieben sie, die Gewehrkolben und flachen Säbel brauchend, mit Gebrüll und Geschimpf und Gefluche nach hinten in die Flanken der ersten Kolonnen, die im Laufschritt mit schußbereiten Gewehren heranliefen. Die Kosaken zerstreuten sich nach ihrer Taktik, sobald sie auf geordneten Widerstand stießen, unter den Schüssen der Infanterie, die sich bereitmachte, mit den notwendigen Vorsichtsmaßnahmen in den Ort einzudringen.

Wie es das Schicksal wollte, hatte sich Scacerni, als das Unglück begann, am Ende des Flüchtlingszuges befunden. Und da er nicht mit den andern zurückgetrieben wurde, befand er sich nun plötzlich an der Spitze des Haufens. Die Kavallerie war auf Erkundung hinter den Kosaken her, die Infanterie machte kurzen Halt, zog sich in dichtere Reihen zusammen und lud die Gewehre. Scacerni sah vor sich freies Feld bis zum Dorf: weißer Schnee, da und dort mit schwarzen Körpern bedeckt. Es war keine Überlegung, er handelte aus Instinkt: er packte die Frau am Arm und stiefelte gegen die ersten Häuser durch den tiefen Schnee. Irgend jemand rief ihn zurück auf italienisch, auf französisch. Aber er tat, als verstehe er nicht, was sie ihm zuriefen, und wandte sich nicht. Er hörte einen der Wachleute rufen: »Soll ich schießen?« und einen andern antworten, den Schuß Pulver zu sparen, der Mann da liefe dem Galgen entgegen. Scacerni lächelte. Er war rasch außer Schußweite und zwischen den ersten Häusern und den aus Holz, Lehm und Stroh errichteten Hütten. Der geräumige Flecken erstreckte sich längs einer Hauptstraße, die verlassen dalag, braun von zertretenem Schnee und schlammig. Hier begann er, von Elisaweta gefolgt, zu laufen, bis er, fast am Ende, in eine kleine Straße einbog, die zwischen den elendesten Hütten herlief. Die erste Pforte, die er zu öffnen versuchte, bot keinen Widerstand. Die Frau keuchte, an den Türpfosten dieses elenden und schmutzigen Kobens gelehnt. Daneben im Stall unter einem Wetterdach grunzte ein Schwein.

Scacerni sagte, ein großes Messer blankziehend, das er unter dem Pelz getragen hatte:

»Das Schwein darf niemand sonst in diese Herberge locken. Geh du hinein und sieh zu, ob man Feuer machen kann. Ich besorge den Braten.«

Das Schwein gab nur einen einzigen Schrei von sich, und Scacerni trat ein, es abgeschlachtet und blutend an den Hinterbeinen haltend.

»Leider keine Zeit«, sagte er, »einen Blutkuchen zu machen, das schöne Blut ging zum Teufel. Wir begnügen uns mit Gebratenem. Aber was machst du denn, stehst da mit den Händen im Schoß!«

Lisaweta schüttelte sich, aber nur um die Düsterheit, die sich auf ihrem Gesicht gesammelt hatte, in ein unsicheres Lächeln übergehen zu lassen. So folgte sie dem Tun des jungen Kerls, der brummend und zwischendurch auflachend Holz zusammenklaubte und auf den offenen Herd und in den gemauerten Ofen steckte. Dann schlug er Funken aus einem Stein und zündete an. Er bereitete Fleischstücke, immerfort das Ohr gereckt auf Geräusche, die von draußen kamen. Die Hütte war düster, alt und verraucht. Auch jetzt wurde sie schnell von Rauch gefüllt. War es nun weiterhin ein Glückszufall oder sein gutes Witterungsvermögen, das ihn diese elendeste Hütte von Ducòvcina hatte auswählen lassen, es war jedenfalls so, daß sie dort ungestört blieben, währenddessen das Dorf besetzt und von den Soldaten in Beschlag genommen und geplündert wurde. Sie begannen in dem dichten Rauch zu husten und zu weinen. Er suchte nach Brot, aber Kisten und Kasten waren leer.

»Wir müssen wohl ohne Brot vorliebnehmen«, sagte Scacerni, das Fleisch überwachend, das auf den Kohlen appetitlich brutzelte.

Lisaweta hatte sich auf den gemauerten Ofen gelegt, wo es viel Platz gab und die Wärme sich allmählich bemerkbar machte.

Da öffnete sich die Tür, und es erschienen zwei Soldaten und ein Korporal.

»O weh«, sagte Scacerni, »sie haben den Braten gerochen!«

Diese aber nun, vom Rauch zurückgehalten, waren auf der Schwelle geblieben.

»Das verschlägt einem ja den Atem«, sagte der Korporal. »Ist hier jemand drin?«

Scacerni kam aus dem dichten Rauch am Herd hervor: groß, widerborstig, zerlumpt und bedreckt, und er versuchte zuerst, weiterhin den Russen zu spielen. Er schwang das große Messer in den blutigen Händen, seine Augen brannten gerötet, und das finstere Gesicht drückte so viel böse Absichten aus, daß der Korporal das Gewehr gegen ihn richtete und sagte:

»Da hätten wir einen Bauernschützen in seiner Höhle aufgestöbert.«

So nannte man die irregulären russischen Kämpfer und feindlichen Bauern. Scacerni wußte sehr gut, daß oft nur der Verdacht und dieses Wort hinreichten, um als Bauernschütz erschossen zu werden.

»Ich bin Italiener wie ihr«, sagte er also, um das geringere Übel zu wählen, »und ich habe ein bißchen Fleisch. Wieviel seid ihr?«

»Ein Dutzend, Landsmann, aber wir haben zwei Ziegenböckchen und einige Hühner, die legen wir zu diesem Braten. Schwein?«

»Jawohl, Schwein! Willkommen mit den Böckchen. Aber in diesem engen Koben werden wir uns hübsch quetschen!«

»Das kommt auch mir so vor! Die guten Plätze sind schon alle besetzt. Stellen wir vor die Tür einen Posten, der sagen soll, daß hier kein Platz mehr ist. Und du machst den Küchenvater und gibst acht, daß der Braten gerät.«

Der Korporal und seine Kameraden waren ältere und gutmütige Leute, nur darauf bedacht, ihren Hunger zu stillen, so daß Scacerni, sein Messer einsteckend, ihnen Lisaweta zeigte: er habe die Absicht, aus dieser seiner Freundin eine Marketenderin zu machen. Sie bekümmerten sich nicht weiter um die Frau, außer daß sie über die »Rekrutin« allerlei Späße machten. Der Fleischgeruch auf dem Feuer zog sie viel mehr an. Der Hunger bohrte, und in dem leeren, kalten Magen machten sich schmerzliche Krämpfe bemerkbar.

Sie fielen wie Bestien über das Fleisch her, und erst als der brünstigste Hunger gestillt war, sagte der Korporal:

»Fehlt nur das Salz, aber es schmeckt auch so!« Er trug den üblichen Vollbart, den im napoleonischen Heere die Elitetruppen und die Sappeure vom Ingenieurkorps trugen. – Man saugte auch noch die abgenagten Knochen aus. Und die Wärme, die reichliche Mahlzeit, die Müdigkeit beschwerten einen um den andern mit einem unwiderstehlichen Schlaf. Schnarchend lagen sie auf dem Lehmboden, sozusagen noch den Bissen im Munde.

Es war die Vigilie des Sankt-Martins-Tages, und der Vizekönig hatte den Überbleibseln des IV. Korps zwei Ruhetage in Ducòvcina bewilligt.

Scacerni war inzwischen auf den Ofen gestiegen, zu Lisaweta, ganz sicher, daß die Schlafenden für ein paar Stunden nicht aufwachen würden. Jetzt fiel ihm ein, daß er die Frau nackt berührt und in ihrem Arm geschlafen hatte. Sie war groß und weich, ein Weib. Er merkte, daß sie zitterte.

»Ich habe dir doch gesagt, daß diese da Freunde sind, du sollst keine Angst haben. Oder mach ich dir Angst? Dann wärst du aber schön undankbar!«

»Weder du noch die da unten machen mir Angst – aber meine Landsleute!«

»Aber sieh mal an, woran eine Frau denkt. Und dabei schienst du mir mutig! Jetzt überkommt dich die Angst vor den Kosaken, wer weiß, wo die sind!«

»Du weißt es nicht!«

»Was soll ich wissen? Daß du schön bist! Ich seh' es, obwohl wir hier im Rauchfang hocken.«

Aber sie richtete die selbstvergessen blickenden Augen in einen Winkel der Hütte.

»Schau mal, dort in dieser Ecke war der Herrgottswinkel, dort war das heilige Ikon. Die Bauern hatten keine Zeit, irgend etwas zu retten. Sie hatten vielleicht keine andere Habe als dieses Schwein, und so können sie womöglich Hungers sterben. Aber das heilige Ikon, das haben sie fortgetragen, damit es nicht berührt und nicht gesehen werden sollte von den Soldaten des Antichrists. Und was bin ich nun für sie, für diese Leute, mein Volk? Weißt du es?«

Sie sprach in einem aus Schmerz und Furcht gemischten Ton, der Scacerni verwirrte. Er wußte nichts Besseres zu tun, als ihr die Feldflasche mit dem Aquavit zu reichen.

»Das hält Leib und Seel zusammen! Stärk dich und trink und denk nicht an den Antichrist. Auf was für ausgefallene Sachen du kommst! Wirklich ein bißchen verrückt!«

Sie trank gierig, und ihr weißes Gesicht rötete sich. Der Widerschein vom offenen Herdfeuer, jetzt, da die Kohlen nicht mehr viel Rauch machten, beleuchtete ihr schönes und verloren dreinblickendes Gesicht. Ihre Augen waren von der Angst noch größer geworden.

»Tut's dir gut?« fragte wohlwollend der junge Mann, die Flasche hinsetzend. Das Feuer in dem halbdunklen Raum, die Gegenwart und selbst der schwere Geruch der Schlafenden, die ländliche Stille, in die der Schnee, ohne vom Winde bewegt zu werden, einfiel, all die Häuser, vollgestopft mit satten und schlafenden Menschen, diese Vorstellung gab Scacerni eine wohlige Behaglichkeit, die ihn mit süßer, gedankenloser Stumpfheit erfüllte. Er nahm zärtlich ihre Hände, und die Frau, vom Drang gepackt, sich jemandem zu eröffnen, sagte:

»Wenn du wüßtest, wenn du gesehen hättest, was ich sah, was ich viel zu spät verstand – warum, glaubst du wohl, bin ich von Moskau geflohen? Ich, die Lebedame, hatte dort ein bequemes und üppiges Leben. Ich hatte Freunde, und die ließen es mir an nichts fehlen, ich hatte alles: Diener, Pferde, Pelze und Kostbarkeiten.«

»Ich verstehe«, sagte der Soldat treuherzig, »und ich habe mir sofort gesagt, als ich dich heut nackt unter den Fingern hatte: erstklassige Ware.«

»Ich war stadtbekannt, zu mir kamen sie aus dem Adel, Offiziere, viele Frauen hab ich vor Eifersucht weinen lassen. Hast du auch Moskau in Flammen gesehen?«

»Das will ich meinen!«

»Der Brand kam nicht bis in das Quartier, wo ich wohnte, ich blieb. Ich wollte meine Reichtümer nicht verlieren, all die schönen Sachen, die ich zu Hause hatte. Ich blieb, und so empfing ich auch eure Offiziere. Ich begriff die Lage damals noch nicht. Auch sie machten mir Geschenke, auch sie sagten, daß ich schön sei. Und sie sagten, daß ihr Napoleon unbesieglich sei, daß der Zar bald Frieden mit ihm schließen müsse. Sie ließen mich durch ihre Soldaten bedienen. Ich kam mir beschützt vor, sie gefielen mir, sie waren so galant. Und wir waren lustig, man aß und trank und ging miteinander ins Bett. Ich begriff erst, was los war, als ich erfuhr, daß die Franzosen Moskau verlassen würden. Und ich hatte es doch unter meinen Fenstern sich abspielen sehen, mit diesen Augen sah ich es, was man, eh die Franzosen einzogen, mit den

Fremden und all denen machte, die als Verräter angeschrieben waren. Ich habe sie wimmern hören unter den Schlägen, das Volk zerriß sie in Fetzen. Ich hab das alles gesehen und gehört, aber ich wurde nicht klug. Und da überkam mich plötzlich die Einsicht, jetzt war die Reihe an mir. Die Russen standen im Begriff, zurückzukehren. Sie hätten sofort erfahren, wie ich die Feinde behandelt hatte. Sie hätten mich zu Tode gepeitscht. So entwich ich, aber ich konnte mich doch nicht retten!«

»Sag doch nicht so was!«

»Wir sterben alle, und ihr alle werdet auch sterben!«

»Was mich betrifft, ich werd mal zusehen. Das ist noch nicht ausgemacht!«

»Und du würdest mir helfen, mich retten?«

Scacerni hatte Bedenken. Sie trotz ihres herrischen Wesens zu nehmen und zu besitzen, das erschien ihm nach allem, was er für sie getan hatte, als sein gutes Recht. Aber ihr etwas zu versprechen mit dem Vorbehalt, es doch nicht zu tun, das hielt er sich selber gegenüber für unpassend. Und überdies erschien ihm diese Verpflichtung zu schwer. Vor ihm lag die ungeheure Wegstrecke, und dazu kamen die fürchterlichen Einzelheiten eines solchen Weges. So schwieg er, und die Frau glaubte, das sei eine Zustimmung.

»Ich will nicht sterben, ich habe Angst, rette mich! Ich bin noch schön!«

Das stimmte. Weich und lang fiel das schwarze Haar auf die üppigen Schultern, die nackt aus dem zerrissenen Kleide herausblinkten. Der Hals bebte glatt und leuchtend. Der Mund war nach dem Schluck Aquavit rot geworden. Scacerni nahm sie um die Taille, die zwischen den breiten Hüften und der starken Brust sich schmal und geschmeidig anfühlte.

»Nun wohl«, sagte er. »Moskau ging in Rauch und Feuer auf, und wer soll dort nach so einem Drunter und Drüber noch an dich denken!«

»Du verstehst nichts«, sagte sie mit einer unmittelbaren, schmerzlichen Ergebenheit, »ich wollte trotz allem doch noch so gerne leben. Wenn du mich retten könntest, würde ich bald wieder reich sein, um auch dein Glück zu machen.«

»Also du auch«, sagte Scacerni lachend, »wie der andere, der Herr Hauptmann. Alle Leute in diesem Rußland wollen mich reich machen!«

Viel stärker als die fleischliche Begierde regte sich in ihm der Gedanke, der immer geschlossener und klarer wurde: zuzusehen, wie man sich vom Fleck heben und diesen Bedrängnissen entweichen und seine Haut heil davontragen könne. Und immer klarer wurde gleichzeitig auch die andere Überlegung, ob man sich eine Frau auf den Rücken bürden dürfe. Denn er war ja entschlossen, sich nicht mehr in den viehischen Haufen der Flüchtlinge zu mischen, wo man nur gehemmt war, sondern allein zu gehen, er hatte ja gute Beine. Allein ginge das wohl vielleicht: von Wald zu Wald, über all die andern Flüsse, mitten durch Schnee und Nächte, durch Hunger und Kälte. Dazu war er entschlossen, und zwar gerade, als er nach Ducòvcina hineinlief und als er den Posten in seinem Rücken sagen hörte: »Soll ich ihn erschießen oder nicht?« Wenn er daran zurückdachte, spürte er im Rücken, genau zwischen den Schulterblättern, so ein gewisses Kitzeln. Sein hartnäckiges und ungewisses Schweigen entmutigte die Frau und machte ihr Angst. Vielleicht auch regte sich in der einst so kostspieligen und umworbenen Hetäre der weibliche Stolz. Oder sie glaubte, diesen Lümmel mit List zu fangen, so daß er, nachdem er einmal von ihr gekostet hätte, ihre Bitte nicht mehr auszuschlagen vermöchte. So entblößte sie ihren Leib, und sich darbietend, sagte sie:

»Dummkopf, merkst du denn nicht, daß du mir gefällst! Ja, du gefällst mir, und ich verlange nichts dafür, und morgen sind wir alle zusammen tot!«

Der Herdschein warf über den großflächigen und zarten Leib seine lebendigen Lichter und tiefen Schatten. Daß Scacerni ihr gefiel, stimmte sogar, er war an diesem Ort für sie ein hitziger, schwüler Rausch. Mit rauh-lüsterner Stimme flüsterte sie Worte, die er nicht kannte. Worte in ihrer Sprache, nackte und ihn erregende Worte. Er war über ihr, bis sie ihre Lust gesättigt hatten. Dann schliefen sie ein, eins neben dem andern ausgestreckt.

Der erste Gedanke Scacernis beim Erwachen – er wußte nicht, wie früh oder spät es sei – war, aufzustehn und fortzugehn. Und sofort kam das Bedauern, voll lüsterner Gier, sich von ihr trennen zu müssen, von ihr, die neue und heftigere Begierde in ihm entfachte, wenn er sie nur anschaute. Aber wenn er zögerte, mußte er sie wecken. Und er hatte mit diesem Gedanken, fortzugehen, tiefer geschlafen als sie. Er glitt vom Ofen herunter, warf sich schnell in die Kleider, nahm ein gutes Stück Fleisch und ging hinaus, schnell und schweigend.

Es war der frühe Morgen am Tag von Sankt Martin, dem Patron der Liniensoldaten, das novemberliche Schlachtfest, das launig und wildvergnügt auf dem Lande gefeiert wird. Der Korporal und die alten Soldaten in dieser Hütte träumten wohl von Paraden, Spenden und prächtigen Feuerwerken, auf welche Weise man den Tag in den Garnisonen feierte. Oder sie träumten von Erinnerungen, die noch entlegener waren, von Dörfern, Häusern und Schenken im fernen Italien. Da gab es die hartmächtigen Kufen, den neuen, aus frischgefüllten Fässern gezapften

Wein, diese abendliche Allotria mit Wein und Kessel und Topfdeckellärm, und dann kam die Nacht von Sankt Martin mit ihren fröhlichen und derbvergnügten Einlagen, mit den Ständchen vor den Häusern der wiederverheirateten Witwen und der gehörnten Männer. Sie schliefen tief, die Soldaten und auch das schöne Weib, das Lazzaro Scacerni genossen und schon vergessen hatte. Seine ganze Aufmerksamkeit war darauf gerichtet, wie er aus diesem Ducòvcina ohne Verzug herauskommen könnte, ohne auf die Posten und Wachen zu stoßen oder als Bauernschütz und Spion einen Flintenschuß abzukriegen.

Dreißigtausend Italiener waren mit dem Vizekönig Eugenio nach Rußland gegangen, davon entkamen zweitausend. – Über ihren Wert ist alles gesagt, wenn man weiß, daß es ihnen trotz so unglückseliger Zusammenhänge gelang, dem Feind kein einziges der Feldzeichen, von denen Lazzaro Scacerni desertierte, in die Hände fallen zu lassen. Die Marinesoldaten von der königlichen Garde, das sei hervorgehoben, fielen eine Woche nach dem Übergang über den Vop bis auf den letzten Mann in der Nachhut des Marschalls Ney; das waren jene drei schrecklichen Tage von Krasnoj, nach deren Verlauf das Unglück der »großen Armee« an der Beresina vollständig wurde.

Erster Band

Helfe Dir Gott

I Zu der Zeit, da Lazzaro Scacerni in Rußlands Gefilden nach dem Passieren des Vop mit dem Soldatenleben Schluß machte, war man in Ferrara, wo früher die Jahre nach den Dammbrüchen des Po berechnet wurden, dazu übergegangen, sie nach den napoleonischen Aushebungen zu zählen. Die unheilvollste von 1813 hatte die Achtzehnjährigen einberufen und die vierzehnjährigen Waisen und Findelkinder als Pferdeburschen und Tambourschläger aus den Hospizen angeworben. Blut und Gut der Völker waren erschöpft, Lebenslust und Lebensmittel waren rar geworden, und da es bei den Aussaaten von 13 und 14 an Getreide und streuenden Armen gebrach, waren die Ernten entsprechend. Als dann die Aushebungen mit der Abdankung des Kaisers aufhörten, begann das Volk die Jahre nach den Teuerungen zu zählen. Das allgemeine Elend erfüllte die Ebene, die Lagune und die Marina zwischen Reno und Po mit Räubern und verzweifeltem Gesindel.

Es gab wohl zu Ariano, das am Po von Goro lag, in jenen Jahren, da Napoleon auf Elba herrschte, wenige, die noch eine Erinnerung an den Fährmann Scacerni und seinen Sohn Lazzaro bewahrt hatten, der aus Rußland heimkam mit allen Entbehrungen, Gefahren und Gewalttätigkeiten im verdüsterten und rohgewordenen Blick und auf den Wangen, die nur noch aus Haut und Knochen bestanden. Er war schweigsam geworden, so, als hätten ihn die vielen fremden Sprachen der heimatlichen entwöhnt. Und mit der Gesprächigkeit hatte er auch das muntere Wesen verloren. Der jugendliche Bart fiel ihm weich und fast dünn auf die Brust, ein ungepflegter, wilder Bart, der dem Träger, um es geradeheraus zu sagen, ein räuberisches Aussehen verlieh. Auf der langen Reise, zu Fuß und halb verhungert, hatte er das Leben in hunderterlei Berufen kümmerlich gefristet, bis er endlich in Dalmatien ein Segelschiff besteigen konnte, das slawonisches Holz aus Ragusa nach Venedig brachte.

An Bord hörte er den Schiffsbesitzer, als dieser erfuhr, daß er nach Ferrara heimführe, von einem gewissen Michele Bergando sprechen, der just von Ragusa stamme und ehemals ein gewitzter Seeräuber und Schmuggler gewesen sei. Infolge der Kontinentalsperre hatte der Mann seinen Schmuggel längs der Lagune von Comacchio in der Pomündung ausüben können mit so beträchtlichen Gewinnen, daß diese vornehme Seele sich von der Seeräuberei nach Ferrara zurückgezogen hatte, um hier den Herrn zu spielen; das hatte der Schiffsherr einmal selbst zu Lagoscuro vernommen. Im übrigen, so versicherte der Landsmann lachend, ohne zu erklären, woher und warum er ihn so kenne, hatte Bergando fortgefahren, mit geraubter und geschmuggelter Ware weiterhin zu handeln, nicht so sehr, weil er es nötig gehabt hätte, sondern um nicht aus der Übung zu kommen, und überhaupt: er glaubte, dazu berufen zu sein. Er war unter dem Spitznamen des »Ragusers« weitbekannt. Er ging in türkischer Kleidung, zum Andenken an die in der Levante zugebrachte Jugendzeit, wo er auch eine Zeitlang den Renegaten gemimt hatte im Kreise von drei Frauen. Der Schiffsherr beschrieb ihn als nicht groß gewachsen, aber auch nicht vierschrötig, doch von herkulischer Kraft. Er habe ein gefälliges und kluges Gesicht, ein offen blickendes Auge, einen langen, dünnen, herabhängenden Schnurrbart. Er brauche wenig Worte, doch sobald er das Gespräch beleben wolle, mische er sein Italienisch und Venetianisch mit slawonischen Brocken und mit einem Sturzbach von Französisch und auch mit türkischen Ausdrücken.

Scacerni behielt dies alles, da er nicht lesen und schreiben konnte, im Gedächtnis. Immer häufiger, da nun die Heimkehr sich näherte, dachte er mit Bedauern daran, daß er den Hauptmann Maurelio Mazzacorati – Friede sei seiner Seele! – nicht nach dem Namen des Juden gefragt hatte, dem die Kostbarkeiten ausgehändigt worden waren. Gewiß, er hatte den Namen auf dem Blatt im Etui stehen, aber was nützte ihm das, wenn er nicht lesen konnte. Er dachte sogar daran, sich das Lesen beizubringen, da er sich nicht getraute, das Blatt irgend jemandem zu zeigen. Was die sakrilegische Herkunft und die Folgen für sein Seelenheil betraf, ist es gewiß, daß, wenn er es auch nicht vergessen hatte, er einfach nicht daran dachte, zur Zeit wenigstens nicht, oder nicht daran denken wollte: und man weiß ja schon, wie starken Willens er war. Der Boreas und die Tramontana bliesen ihn schneller gegen die heimatlichen Gestade, als er es je geglaubt hätte, denn das Schiff nahm, ohne die Häfen von Malamocco oder Chioggia zu berühren, noch in den Po einzumünden, direkten Kurs, um Schäden auszubessern und gut Wetter abzuwarten, in die stillen Gewässer der Sacca dell'Abate. Von dort nach Ariano, durch den Wald von Mesola und den Po-Arm von Goro oder durch die Täler von Belbosco und Goro, das war nicht weit. Und er kannte diese Gegend wie seine Rocktasche, da er hier seine erste Kindheit mit dem Vater verbracht hatte, der dem Beruf nach Fährmann war, aber mehr noch ein leidenschaftlicher Wildschütz und heimlicher Fischer.

Dort in der Sacca, wo sie vor Anker gegangen waren, blickte Lazzaro nach dem zartlinigen, kleinen Strande aus, auf dem die Waldungen der Mesola ihr Ende fanden und mit dichten Baumkronen sich sanft gegen das Wasser hinabneigten. Von Zeit zu Zeit bewegten sich die Wipfel wild unter den letzten Stößen der strengen und die Luft reinigenden Tramontana. Und da er diese Stimme wiedererkannte, gab es einen Weg rückwärts in die Zeit, aber in Blitzesschnelle, ja es war ihm, als ob keine Zeit verstrichen wäre seit jenem Tage, da er mit seinem Vater selig (die Mutter hatte er nie gekannt, und aus wer weiß was für einem Grunde hatte der Vater sie nie erwähnt) als kleiner Junge Schlingen legen und Fallen stellen ging im großen Wald und hinterhältige Reusen den Fischen in den Tälern.

Besser noch als die Pfade kannte er die Dickichte und verborgenen, mit Unterholz durchstandenen Büsche; und mehr noch als in den Kanälen und Dämmen wußte er Bescheid im Röhricht und den Wassergräben und auf den unsichtbaren Pfädchen der Täler und der »Insel« bei Ariano, die vom Po grande und dem Po-Arm von Goro gebildet wird, und er war selbst in den toten Salztümpeln am Rande des Meeres zu Hause und auf den schillernden Schwemmlandstückchen, die in den hundertweis die große Mündung schlammträg durchziehenden Strömungen auf- und abgetragen und aufs neue angeschwemmt wurden. Dort hatte er das scharfforschende Auge und das für alle verdächtigen Geräusche so empfindliche Ohr bekommen, damals, als er die Harpune zu handhaben und das leichte Boot zu lenken lernte, um es mit der Stoßstange auf dem Flußgrund zu bewegen und zu regieren. Und wie er die Fährten und die Eigentümlichkeiten jedweder Wildart zu Wasser und zu Lande kennenlernte, verstand er es bald, keine Spuren von sich selber irgendwo zu hinterlassen und mit seinem kleinen Boot im Röhricht zu verschwinden, lautlos und ohne ein Rohr zu knicken, sobald es galt zu verschwinden, nämlich wenn die eigenen Netze gelegt oder die der andern ihrer Last entledigt oder gar die aus Rohr geflochtenen Fischbehälter diebisch entleert waren.

Er betrachtete lange die Ränder des Waldes über dem Brachwasser, und er dachte an sein Tun und Treiben zurück, an jene Freiheit des Sohnes der Täler, und mit der Erinnerung überkam ihn aufs neue die Lust nach jenem Leben, so sehr er auch wußte oder zum mindesten vermutete, daß die alten Besitzer und Herren mit neuen zurückgekehrt waren, die Päpstlichen mit den Österreichern, und nun sehr wahrscheinlich diesseits und jenseits des Po mit strenger Polizeigewalt durchgreifen würden. Jetzt mußte man sicher Rede und Antwort stehen über seine Person, seinen Aufenthalt, über Gehen und Stehen und jeden Schritt, den man über den Fluß und auf der Straße tat. Diese Vorschrift, die ihm nie gefallen hatte, mißfiel ihm nun über die Maßen. Überdies waren die Priester und die Religion wieder zu Ehren gekommen, und Mazzacoratis Unterweisung über die möglichen Strafen, die dem sakrilegischen Besitz von Kirchengütern folgen konnten, kamen ihm unversehens lebhaft und drohend in den Sinn.

Der Abend sank, und auf der Barke schlief alles, müde von der glücklich überstandenen Fahrt. Das war ihm recht so, denn dieser Schiffsherr, Freund und Hehler eines gefeierten Räubers, versprach ihm nichts Gutes. Seine Idee war: möglichst weder mit den Feinden noch den Wächtern des Gesetzes etwas zu schaffen zu haben, was er so ausdrückte: »Man muß sich sauber halten und frei sein wie ein Vogel im Wald!« Diese Idee vermochte es, daß er sich kurzerhand auszog, ein Bündel aus seinen Kleidern machte, das er sich auf den Kopf band, alsdann ohne Geräusch in das Wasser glitt und schwimmend an dem verlassenen Strand ankam. Dort warf er noch einen Blick rückwärts, um sich zu überzeugen, daß alles auf dem Schiff weiterschlief, dann verschwand er sofort im Dickicht.

Der Wald erfüllte in jener Zeit die Täler viel, viel weiter als heute, da er noch nicht durch die Urbarmachung des Bodens zurückgedrängt war. Der ans Land Gestiegene drang in das dicke Unterholz ein. Die hohen Bäume bewegten sich nicht mehr, die Tramontanastöße hatten sich gelegt. Messer und Feuerstahl, das war alles, was er an Gerätschaften besaß, er brauchte nicht mehr. Es würde ihm nicht schwerfallen, eine Fischreuse zu finden und sich anzueignen mit der Entschuldigung, sie notwendig zu brauchen. Man konnte sich Harpunen aus im Feuer gehärtetem Holz machen und aus Pferdehaar Schlingen, um sie dem Wildgeflügel im Kraute zu spannen. Er brauchte sich also nicht vor dem Hunger zu fürchten, nicht einmal zur Winterszeit. Und das Malariafieber war ihm eine gleichgültige Sache sogar in den bösesten Monaten des Sommers. Er hatte sich eine Hütte gemacht, wohlverborgen im Röhricht der Täler, um ganz auf seine Art zu leben.

Über die Weise, an so entlegenem Ort leben zu können, hatte er sich keine Gedanken gemacht, wohl aber darüber, wie er wieder hier herauskommen könne, um dem von Mazzacorati ihm hinterlassenen Papier Wert zu verleihen. Daran dachte er hin und her in seiner Einsamkeit, wenn er den Fischen und dem Wild auflauerte oder auch müßig dasaß. Die wenigen Männer, denen er da und dort begegnet war, glichen ihm. Sie waren einsilbig und verschlossen, und sie hatten sich bereits verstanden, wenn sie sich nur anblickten. Und einander nach dem Kommen und Gehen, dem Woher und Wohin zu befragen, das wäre für sie eine Unmöglichkeit gewesen. Der Gedanke an den Pfandschein, der ihn förmlich belagerte, war der Neugierde entsprungen. Doch ärgerte ihn auch das Geheimnis, das in diesen Schriftzeichen steckte und so leicht für den des Lesens Kundigen zu enträtseln war.

Er überlegte manchmal, an wen er sich hätte wenden können, und er fand niemanden, dem er sich anvertrauen wollte, es wäre denn ein Priester im Beichtstuhl gewesen, dem man das Papier hätte vorzeigen können, natürlich unter anderen Vorwänden. Er erinnerte sich auch nicht, daß sein Vater, ein Mann mit einsiedlerischen Neigungen, Freunde gehabt hätte.

Was man in Mailand sagte, welche Stadt der alte Fährmann Scacerni vielleicht nicht einmal vom Hörensagen kannte, was in Bologna, auf das die Ferrareser nicht gut zu sprechen waren, ja, was sogar in Ferrara die gescheiten Leute, die lesen und schreiben konnten – »um den Nächsten zu betrügen«, sagte Scacerni –, sich erzählten, das ging den Alten nicht viel an. Freiheit und Freiheitsbäume, transpadanische oder zispadanische Republik oder sogar zisalpinische und dann Königreich, schließlich Kaiserreich, das waren alles Worte! Taten dagegen: Requisitionen, Konfiszierungen, Steuern, Musterungslisten, Aushebungen, und alles von Jahr zu Jahr rücksichtsloser, grausamer. Was aber die Worte betrifft: der Fährmann hörte davon genügend, jene Worte voll vom Haß der Unzufriedenen, der Flüchtlinge, der aus politischen Gründen Verurteilten, der der Aushebung sich Widersetzenden, die sich ihm anvertrauten, um Zuflucht und Unterschlupf in den unwegsamen Tälern zu finden. Da gab es Leute jeden Schlages, die ihn oftmals auch gut bezahlten, aber er setzte sie über und führte sie, nicht bloß aus Liebe zum Erwerb.

Lazzaro war als noch halbwüchsiger Junge aus seiner Heimat fortgekommen – mit den Waisen und Findelkindern seines Alters verschickt, um Schiffsjunge bei der Marine zu werden. Von dort war er seiner Schiffs- und Flußkenntnisse wegen zu den Pionieren übergegangen – und so mit dem großen Wagenpark der königlichen Division in den russischen Feldzug gezogen.

II

Und nun war er also heimgekehrt. Die Hinterlassenschaft Mazzacoratis mochte ein großer Schatz sein, doch war sie ihm zu nichts nutz aus dem Grunde, den man bereits kennt. Er war durch das Leben im Busch heruntergekommen, und wenn er sich in irgendeinem Dorf bemerkbar machte, konnte er leicht Verdacht erwecken und als ein vermutlicher Straßenräuber festgenommen werden, als einer von den vielen, welche die Gegend verheerten. Dennoch drang er eines Tages, nachdem er das Etui Mazzacoratis in einem alten Baumstamm verborgen hatte, bis in das große Dorf Codigoro vor; und als er im Laden eines Kurzwarenhändlers Kalender entdeckte, dachte er, daß die da drinnen sich auf das Lesen verstehen müßten und ihm die Weise, wie man es erlernte, beibringen könnten.

Er trat scheu ein, die Augen immer zur Tür gerichtet. Das Gefühl, in einem geschlossenen Raum zu sein, kannte er nicht mehr. Er bemerkte im Blick des Krämers und einiger anwesenden Kunden, was man von ihm dachte. Und wirklich, was war er anderes als ein Wilder, der sich bei schlechtem Wetter wohlfühlt, im hellen Sonnenschein aber sich grämt.

»Ich wollte mal fragen, wenn Sie so nett wären«, begann er, »wieviel diese Kalender kosten, ich möchte gern einen kaufen!«

»Vier Sechser für den, der sie hat«, antwortete der Krämer; er war rund und fett und hielt gern seinen lieben Nächsten zum besten. Und als er sah, daß sich Scacerni so ehrerbietig benahm, fühlte er sich sofort oben; recht wie die triste Menge wechselte er von anfänglicher Furcht unmittelbar zur Frechheit und gab den andern, mit den Augen kneifend, ein Zeichen.

Scacerni tat, als bemerke er nichts. Er sagte:

»Und was wäre dazu erforderlich, ich meine, das Lesen zu erlernen?«

»Sie können nicht lesen?« fragte der Unverschämte mit gespieltem Erstaunen und schob die Augenbrauen in die Stirn.

»Es handelt sich um meine Nichte.«

»Weil Sie natürlich lesen können«, fuhr der andere in seiner Tonart fort, er nahm Scacerni für einen Einfaltspinsel. »Man braucht Sie nur anzusehen, und man muß sofort sagen, daß Sie sämtliche Schulen gut hinter sich gebracht haben!«

»Für eine meiner Nichten«, wiederholte Scacerni, der im Bemühen, an sich zu halten, schon zu schwitzen begann, »wie gesagt, sie kann noch nicht lesen.«

»Dann«, sagte mit Herablassung der Kurzwarenhändler, »kaufen Sie doch Ihrer Nichte statt des Kalenders eine Fibel! Bitte, schauen Sie her, kostet zwölf Sechser!«

»Nicht wegen des Preises . . .«

»Versteht sich! Was sind zwölf Sechser für einen Herrn in guter Position! Sie können lesen, an Hand dieses Buches unterrichten Sie Ihre Nichte. Spielen Sie den Schullehrer! Haben Sie viele Nichten? Eine nette Familie?«

»Jaja, das Buch nämlich, nicht wahr, sozusagen das Buch allein, ohne Lehrer, genügt wohl nicht?«

»Versteht sich, daß es nicht genügt. Bitte schön!«

Der Krämer hatte ihm das Buch aufgeschlagen hingelegt, aber die Schrift stand auf dem Kopf, und der Unwissende heftete gierig die Augen, ohne die Bosheit zu bemerken, auf die Buchstaben.

»Klar gedruckt«, sagte er, nur um etwas zu sagen, und er seufzte aus Herzensgrund.

»Ich sehe, Sie sind ein gelehrter Mann, lesen Buchstaben, die auf dem Kopf stehen!«

Scacerni wurde es nun zuviel, aber wer nicht aus Angst Geduld bewahrt, kann sehr geduldig sein, im selben Maße wie der Ängstliche frech und unverschämt, wenn er glaubt, sich's einmal erlauben zu können. Lazzaro stand mit einem Respekt, der an Aberglaube grenzte, vor diesen kleinen, schwierigen Zeichen. Er hatte sie mit soviel Nachdruck und Lernbegier betrachtet, daß ihm der Kopf fast zu brummen begann. Er strich sich mit der Hand über die Augen. Er hatte sich noch nie in einer ähnlichen Verwirrung befunden. Er haßte dies Männchen, das so übermütig und aufgeblasen war, und auch die andern, die sich auf seine Kosten schweigend belustigten. Aber er gestand sich voll Demut: sie können lesen. Und jetzt brach ihm kalter Schweiß aus, er war wie ein Schüler, der seine Aufgabe nicht weiß. Er sagte bescheiden, auf jede Finte verzichtend:

»Aber allein, wie? – könnte man für sich allein das Lesen nicht erlernen?«

»Ich lobe mir die Aufrichtigkeit, den bescheidenen Mann! Machen Sie eine Probe und überzeugen Sie sich«, antwortete mit gespreizter Willfährigkeit der gebildete und sardonische Krämer. »Also hier, diesen Buchstaben nennt man und liest man: A. Lesen Sie!«

»A.«

»Es ist der erste Vokal, man nennt das Vokal. Dieser andere heißt B, aber man nennt ihn Konsonant, es ist der zweite Buchstabe im Alphabet. Lesen Sie!«

»B«, las Scacerni und wiederholte vertieft die Lektion. »A, der erste Vokal, B, der zweite Buchstabe im Alphabet, Konsonant.«

»Gut, Sie haben Talent! Diese, C und D, sind der dritte und vierte Buchstabe.«

»Der dritte und vierte Buchstabe, C und D«, wiederholte Scacerni gelehrig.

»Das Schwierige kommt jetzt, danach hören wir auf für heute, um Ihr Hirn nicht zu überanstrengen. Fügen Sie also den Konsonanten und den Vokal zusammen, so wie Sie es gelernt haben, wie es hier steht, los!«

»B, A«, betonte mühsam Lazzaro zum allgemeinen Vergnügen und blieb stecken.

»Sehen Sie, wie notwendig ein Lehrer ist? B und A macht Ba, wiederholen Sie, lesen Sie!«

»B, A, Ba«, wiederholte Scacerni, »C, A, Za!«

»Wieso Za? C, A, Ca!«

»Aber wieso denn?«

Diese Frage überfiel unversehens den Lehrer, der sich aber auf die übliche althergebrachte Weise herauszog, indem er sagte:

»So steht es hier im Buch. Wollen Sie etwa schon Vorschriften geben? C, A, Ca; D, A, Da. Wiederholen Sie!«

»B, A, Ba; C, A, Ca; D, A, Da«, buchstabierte Scacerni mit einer so komisch wirkenden Gelehrigkeit und beflissenen Art, die zu seinem Äußeren in denkbarem Widerspruch stand, daß die Anwesenden das Lachen nicht verhalten konnten. Er lachte mühsam mit und sagte:

»Ihr habt leicht lachen, aber nun ja, recht habt ihr, ihr könnt lesen, ich nicht! Aber wenn ihr mich hochnehmt, wäre das nicht schön! Wer etwas weiß, darf nicht den andern betrügen, der es nicht weiß!«

Denn jetzt kam ihm der Verdacht, daß diese bizarren Laute vielleicht nur einen Scherz darstellten, um ihn ein dummes Geschwätz hersagen zu lassen: B, A, Ba. Das Blut stieg ihm zu Kopf, und es flimmerte ihm vor den Augen. Trotzdem hielt er sich noch zurück.

»Aber was sagen Sie da, ich Sie betrügen?« entgegnete der Krämer mit würdiger Überlegenheit. »Wenn einer gelernt hat, Vokale und Konsonanten zusammenzusetzen, so wie's gerade vorkommt, der kann lesen. Aber glauben Sie nicht, das sei so ein Kinderspiel. Die Buchstaben des Alphabets haben die schöne Summe von vierundzwanzig, zwei Dutzend also!«

Der Krämer hatte wieder Oberwasser; seine Mitteilung verblüffte den unwissenden Lazzaro, und er wagte zu zweifeln:

»Zwei Dutzend . . .«

»In jeder Hinsicht und jeder möglichen Zusammenstellung!«

»Nun ja, sehen Sie«, gestand Scacerni nun besiegt, »ich will Ihnen klaren Wein einschenken, nämlich, daß ich einen Lehrer zum Lesenlernen nötig hätte.«

Der Vorschlag, von diesem sich herumtreibenden Strolch vorgebracht, war so seltsam, daß dem Kurzwarenhändler ein neuer Gedanke, zu dem er schon seit einer Weile neigte, aufging. Die Augen glimmerten ihm von dieser nun hellwachen, indiskreten und boshaften Neugier.

»Sie und lesen? Aber warum nur? Was kann das Ihnen nützen? Sind es also nicht die Nichtchen und nicht einmal die Schwägerin, hä?«

Da schimmerte die Unterstellung durch, wozu lesen können, wenn man nichts tut, als im Wald und auf der Heide die Wanderer ums Gepäck zu erleichtern, oder den Wilddieb macht, wozu nur lesen? Das genügte, um Scacerni seine wahre Haltung wiederzugeben. Er zog, ohne Antwort zu geben, die zwölf Sechser aus der Tasche, und sagte dann:

»Und Ihnen, Männchen, was nützt es Ihnen wohl, mein Tun und Lassen zu begreifen? Haben Sie nie gehört von jenem Mann, der unter dem

Galgen fragte: ›Fluscht der Knoten auch?‹ Gesetzt den Fall, daß ich am Galgen endete, möchte ich noch den Genuß haben, diesen Ausspruch mit meinen eigenen Augen zu lesen. Und wenn es in den Büchern etwa aufgeschrieben steht, daß Sie ein langohriger und lächerlicher Schulmeister sind, möchte ich die Genugtuung haben, das ebenfalls selber zu lesen. Sind Sie im Bilde? Ich bin peinlich genau, wie jener Mann mit dem Knoten, in dessen Lage ich Sie umgehendst mit besten Glückwünschen versetzt sehen möchte!«

Der Kurzwarenhändler erzählte noch nach zehn Jahren, daß eines der unmöglichsten unter den vielen unmöglichen Vorkommnissen gewesen sei, wie ein frei umherlaufender Straßenräuber, ein Brigant, zu ihm gekommen sei, um für zwölf Sechser eine Fibel zu kaufen, einzig zu dem Zweck, den Ausspruch vom Knoten lesen zu lernen, wenn's zum Galgen ginge. Was Scacerni anbetraf, so hatte es ihm wenig Freude gemacht, ein Männlein von diesem Zuschnitt erschreckt zu haben; ihm blieb im Gegenteil das Gefühl, durch seine Unwissenheit erniedrigt zu sein. Dies Gefühl verließ ihn nicht, bis der Zufall ihm einen Gefährten zuführte, der so wie er in den Tälern lebte und der durch einen genügend seltsam erscheinenden Zufall lesen konnte. Jetzt kam die Fibel an die Reihe, doch hätte er niemals geglaubt, daß ein solches Unternehmen so schwierig und mühsam sein könnte. Endlich war er imstande, Inhalt und Adresse dessen herauszubuchstabieren, bei dem die Kostbarkeiten in Verwahrung waren. Er hieß: Ezechiel Annobon in der Straße Vignatagliata im Getto von Ferrara. Nach seiner Meinung hatte er nun für seinen Zweck hinreichend studiert, da ihn die Kenntnis der Buchstaben niemals zu einem Siebenklugen machen konnte.

Er wußte nicht genau das Jahr, in dem er geboren war, aber ungefähr mußte er in den Zwanzigern stehen. Seine Lebenslagen waren so mannigfaltig gewesen, daß er oft glaubte, er müsse schon viel, viel älter sein. Dann fühlte er sich von einer Trägheit und Unlust befallen, als ob seine Lebenszeit ihm schon hinreichend vorkomme, zumal wenn er in einem Tal oder Busch der Mesola zufällig einen Schlupfwinkel im Unterholz oder Röhricht verborgen wieder entdeckte, irgendein Geheimnis des Sumpfes, in dem er die Zeit von ehedem wiedererkannte, und die war so ganz gleich dem Augenblick, daß, wie sein leichtes Boot über das stagnierende und glatte Rohrwasser, die Jahre dahingegangen waren, ohne eine Spur zu hinterlassen. Sein Leben erschien ihm alsdann wie ein Tag und zugleich wie hundert Jahre. Und er verfiel dabei in einen seltsamen Zustand: unschlüssig saß er da, und alles verflimmerte ihm vor den Augen. Alles war schon einmal da in seinem Leben und begann von neuem, nicht zweimal, sondern unaufhörlich, immer das gleiche. Im

Grunde hatte er gar keine Lust mehr, den Juden aufzusuchen, jetzt, da er diesen Namen wußte. Und an diese Sache zu denken, strengte ihn an. Außerdem: an diese Hinterlassenschaft des Mazzacorati knüpfte sich der Gedanke an das Böse, das damit verbunden war, um so mehr als sein Vater, ein sehr frommer Mann, ihn in der Furcht Gottes großgezogen hatte. Und wenn auch das soldatische Leben manches in ihm verdunkelt hatte, diese von Erinnerung so geladene Einsamkeit gab ihm alles zurück. Er hatte sogar wieder angefangen, seine Gebete gewissenhaft zu sprechen, und er konnte sich weder die Worte Mazzacoratis, der schlecht gelebt und noch schlechter sein Ende genommen hatte, aus dem Gedächtnis tilgen, noch konnte er sich weismachen, nicht zu wissen, was die Exkommunikation bedeute. Im übrigen erschien ihm eine Beleidigung der Muttergottes als eine ganz und gar abscheuliche und zugleich auch sehr verwegene Sache, beleidigte man doch die ewig gütige Mutter: und wer könnte dann noch vermitteln vor Christus, dem Richter, an den er fest glaubte? Er erinnerte sich dazu der Antwort seines Vaters auf die Frage nach seiner Mutter – er hatte es sich in den Kopf gesetzt, darüber Bescheid zu erhalten. Der Vater sagte ihm endlich, als er verschiedene Male den Sohn von dieser Frage abgelenkt hatte, genau folgendes:

»Du hast keine andere Mutter als Unsere liebe Frau. Und lerne, dir ihre Huld zu verdienen!«

Wie damals und mehr als damals noch fühlte er wieder etwas von diesem Schmerz und vielleicht auch Schrecklichen, das ihn, aus diesen Worten steigend, eingeschüchtert hatte.

Es ermüdete, an so viele Sachen zu denken, doch er dachte daran, selbst wenn er dem Fisch mit der Harpune oder dem Wild mit den Fallen auflauerte, in den langen Stunden das Dahinpirschens und in den langen, einsamen Stunden der Ruhe. Doch muß auch noch gesagt werden, daß es ihm nicht zulässig erschien, wie dieser Reichtum tot in der Hand des Ezechiel Annobon lag. Ohne zu straucheln, wenn es möglich war, und in Sünde zu fallen, konnte und mußte und wollte er mit der Hilfe Gottes etwas unternehmen. Etwas: aber noch nicht zu wissen, was eigentlich, das gab ihm die weiteste und verlockendste Wahl. Und das Leben im Busch kam ihm immer mühsamer vor. Es galt, die wachsende Versuchung zu fürchten, jene Räuberin so vieler verzweifelter Menschen, die hier in diesen unglücklichen Landstrichen Raub, Schändung und Verbrechen aller Art wie eine alltägliche Sache begingen. Und vielen davon war er bis jetzt begegnet und hatte mit ihnen Umgang gehabt. Er war von ihnen ausprobiert worden und galt als ein verschwiegener Mann; es waren ihm auch Angebote gemacht worden, sich an ihren Unternehmungen zu beteiligen, von denen sie ruhmselig redeten. Lazzaro aber ging seine eigenen Wege, doch er fühlte, wie es immer schwieriger wurde, das Leben im Busch weiterzuführen, ohne jener Gesellschaft zu verfallen, die ihm offen zuwider war und die ihn doch täglich mehr zu ihrem Knecht und Komplicen machte, schon allein durch den Umstand, daß er schwieg. Im übrigen benahm sich die ganze Bevölkerung auf ähnliche Weise wie Lazzaro, aus der traditionsmäßigen, wilden Abneigung, den Denunzianten zu machen, aber auch aus Mißtrauen gegen die Wirkung der bei den Behörden erstatteten Anzeigen, um so mehr als die Obrigkeit zwischen den Österreichern, die das Übergewicht der Waffen hatten, und den schwachen und kleinmütigen Beamten des Papstes gespalten war.

Und nun kam die Jahreszeit des großen Nebels. Seit einigen Tagen vermochten die Sonne und die Morgenbrise kaum noch die weißlichen Dunstschleier, die aus den Gewässern und der verfaulten Torferde des Röhrichts aufstiegen, zu zerstreuen. Sie hingen zögernd zwischen den Schilfrohren und schwebten auf dem blanken Wasserspiegel. Am Abend, nach der herbstlich-prächtigen Dämmerung, der unaussprechlichen Stunde, wenn dem hallenden Glanz am Himmel, den vielfältig gestuften Rots, dem Orangegelb und dem smaragdenen Grün auf dem Lagunenwasser ein gebräuntes Blau antwortete, wenn die Gewalt der Farben verzweifelt und süß wurde am Himmel und auf der Erde, bis zu der zauberischen Vision des fernen Apennins – dann am Abend, nach den herbstlichen Dämmerungen, kam der ziehende Nebel und schließlich die Nacht. Und ob nun der Wind vom Land oder von der See her blies, er begann, statt den Nebel fortzutragen, ihn in Schwaden zu häufen, so daß die Sonne den Tag hindurch ihn nur weiß anglänzen konnte, ohne ihn mehr besiegen zu können. Und darin der Gesang der Zugvögel und das Geschwatz der Wildenten, die Tag für Tag zahlreicher wurden und den Winter brachten. Das war dann der richtige Nebel, mit seiner weißen Finsternis, unbeweglich, feucht, lastend und kalt stechend, wenn der Wind dahinspringend die Schwaden bewegte. Und der Nebel erschien weit wie die Welt und ohne Grenzen. Scacerni schauderte dann vor Beklemmung, nicht vor Kälte, wenn er in seiner Hütte, aus Rohr und Sumpfgräsern geflochten, auf seinem Streulager saß, das Blatt, das die Exkommunikation nach sich ziehen konnte, in Händen haltend. Er hätte es herzlich gern verbrannt, zitterte aber vor Begier, davonzugehen, um mit diesem Stück Papier den Annobon zu suchen.

Es war der Herbst 14 gekommen. Den Kriegen, welche die Welt entkräftet hatten, und den Teuerungen folgte unmittelbar die dritte Bedrängnis. Die Ärzte nannten sie Typhus, das Volk aber Pest. Unter diesem oder jenem Namen erledigte die Krankheit meistens innerhalb vierundzwanzig Stunden ihre Opfer. Als Lazzaro Scacerni am Tor von San Giovanni erschien, in Lumpen gehüllt, mager und struppig und im Gesicht die bleiche Farbe der Sumpfbewohner, konnte er leicht den Eindruck erwecken, als habe er die Krankheit im Blut. Es wurde schon dunkel, obgleich die Nacht noch weit war, so dicht hing der Nebel. Es war ihm, als er sich durch das Schweigen der Äcker, die unsichtbar dalagen, und über die verlassene Straße der Stadt näherte, als sei sie von Toten bewohnt. Im Nebel nahe vor ihm erhoben sich plötzlich die stumpfen Türme des alten, befestigten Tores; rund und massig standen sie da, und der feindselige Wind warf die Wände gefrorenen Nebels gegen das Mauerwerk und die Eisentür mit einem schwach knisternden Geräusch. Nur das kleine Tor in der Flügeltür stand offen. Zuerst zögerte er ein wenig unentschlossen, dann steckte er aber doch den Kopf hinein.

»Heda, wohin, Mann?« fragte ein in den Mantel gehüllter päpstlicher Wächter, der sich vor dem Wind schützte, indem er sich von innen gegen den Torflügel lehnte.

»Zum Hospital«, antwortete langsam Scacerni, und als er sah, daß der andere durchaus keine Lust auf seine Nachbarschaft hatte, wurde er unverschämt kühn: »Ich fühle so etwas Gewisses in den Knochen – aber nichts davon, ich möchte, daß ich nicht recht hätte; von unserer vierköpfigen Familie jedoch sind allein in dieser Woche drei hinüber – nun bleib ich allein, und ich hab mehr Angst vor dem hinter mir als dem vor mir. Aber vielleicht wär es richtig, wenn Sie mir nicht zu nahe kämen, so es wahr ist, was man sagt, daß die Sache auch noch ansteckt«, und er näherte sich mit schlotterndem Kopf und setzte seinen Fuß in den Toreingang.

»Das ist auch richtig, o ja«, rief der Wachtmann, indem er sich drei Schritte zurückzog. Sagte man doch, die Krankheit könne man sich nicht nur durch Berührung der Personen und Gegenstände holen, sondern sogar durch den Anhauch des Kranken.

»Haben Sie Ausweise? Wie heißen Sie? Woher kommen Sie? Allein in einer Woche drei, in einer Familie drei?« fügte er hinzu mit mehr und mehr Entsetzen in der Stimme.

»Ich bin aus Focomorto«, antwortete Scacerni, mehr zufällig den Namen eines kleinen, nicht weit entfernten Dörfchens hervorziehend, seine Miene wurde von Trauer immer starrer. »Aus Focomorto, wir waren zu viert . . .«

»Ich habe schon verstanden! Gott erlöse uns! Die Pest also auch in Focomorto? So nah?«

»Schlimm, schlimm! Wenn Sie mich jetzt durchlassen, geh ich gleich zum Hospital, ich bin beinahe überzeugt, daß ich sie habe. Oder ich muß mich einfach hierhin schmeißen, ich kann mich nicht mehr auf den Beinen halten. Einer mehr oder weniger!«

»Ihre Sache, guter Mann!« Der scharfe Wind stieß voll durch die dunklen Wölbungen des Tores. Er fiel kalt auf die Haut, und rauh drang er in Kehle und Lungen ein. Der Wachmann hatte vielleicht Mitleid, auf jeden Fall aber Angst vor dem Mann, mit dem er sprach.

»Passieren Sie«, sagte er, »schnell!«

Während Scacerni sich das nicht zweimal sagen ließ, näherte sich aus der Wachtstube der Wachtmeister und rief:

»Wer ist das? Hat er die vorgeschriebenen Ausweise? He, wohin, wohin, Sie da?«

Aber der Posten nahm ihm die Lust, die Untersuchung fortzuführen.

»Er kommt aus Focomorto, hat die Pest!«

»Hilf der Himmel, die Pest?«

»Ich geh zum Hospital«, sagte Scacerni und tat, als wolle er sich nähern, und begann wieder seine Litanei.

»Na, Glück auf!«

»Danke, ebenfalls!«

Der Wachtmeister bewegte die Arme zu einer beschwörenden Bewegung, was Scacerni für eine Durchgangserlaubnis nahm.

»Haben Sie zwei Sechser in der Tasche?« schrie ihm der Wachtmeister nach.

»Wenn ich mal die Taschen abklopfe, vielleicht ja«, antwortete Scacerni, der annahm, er wolle von ihm ein Weggeld. Aber der Mann, in dem beim Weggehen Scacernis das Mitleid überhandnahm, rief:

»Für einen Sechser gibt man Ihnen eine heiße Suppe in der Unterstützungskongregation.«

»Sieh mal an, wo man einen feinen Kerl finden kann«, knurrte Scacerni, der keine sonderliche Meinung von Polizisten und Sbirren hatte.

Er dankte und beeilte sich, als wolle er dem andern keine Zeit lassen, seine gute Handlung rückgängig zu machen. Der Hunger bedrängte ihn zudem derartig, daß er fast vorgezogen hätte, weniger gesund zu sein, um ihn nicht so zu spüren. Sechser hatte er so wenig in der Tasche, daß auch ein einziger eine große Ausgabe bedeutete. Zudem traf er niemanden, den er hätte fragen können, wo diese Kongregation sich befand. Er ging längs der Mauer durch eine breite Straße dahin, ohne eine Menschenseele, ja nur eine menschliche Stimme zu entdecken. Und der Nebel ließ nicht auf drei Schritte Sicht. Aus den verschlossenen Fenstern sickerte nirgends ein Lichtschimmer durch. Einzig aus den Gemüsegärten, die in diesem Quartier verlassen dalagen, klang die Glocke eines Klosters oder Oratoriums mit einer gebrochenen und gedämpften Traurigkeit. Die noble Stadt, von Elend erfüllt und von den Ereignissen niedergeworfen, schien wirklich entvölkert zu sein.

Indem Scacerni so durch die geraden Straßen der Neustadt schritt, geriet er auf einen kleinen Platz, wo er im Nebel unterdrücktes Flüstern und die dunklen Schatten von Frauen und Männern, die dicht beieinanderstanden, wahrnahm. Es waren die Armen an der Pforte eines Klosters, die darauf warteten, daß die Mildtätigkeit ihnen eine Suppe beschere. Er stellte sich zu diesen Bettlern, um ebenfalls zu warten. Er hatte aus Zurückhaltung den Platz des Zuletztangekommenen eingenommen. Und da es ihm einfiel, daß er das erstemal um Almosen bat, dachte er an die ehrfürchtige Rücksicht, mit der die Armen aus Liebe zu Christus gepflegt werden. Aber seine Zurückhaltung war vergebens. Er hörte, wie seine Umgebung über »gewisse Eindringlinge« zu zischeln begann, und daß die Patres schon hinreichend geizig seien, so daß es nicht angehe, wenn noch andere die spärliche Nahrung mit ihnen zu teilen kämen. Außerdem hätten sie das Recht, hier allein zu stehen. Und die Weiber waren nicht weniger neidisch, während ein paar Bärtige, die bei seiner Ankunft duckmäusig und wütend den ersten Platz sich mit den Ellbogen zu erstreiten suchten, plötzlich den Streit beschlossen, um sich in einer unvorhergesehenen Versöhnung, die sich gegen den Neuangekommenen richtete, vorzudrängen und sich unter dem Portal geschlossen aufzustellen. Lazzaro stand das Lachen nahe, doch spürte er eine gewisse Bitterkeit; und er gab sich zufrieden, an seinem Platz zu stehen, der ihm zukam. So wurde er belohnt. Denn als ein Mönch kam, um die Pforte zu öffnen – er hatte einen Kessel Bohnensuppe neben sich –, wurde der Zank dieser Bärtigen so unverschämt, daß der Mönch zornig wurde.

»Wievielmal muß ich das sagen, zuerst die Frauen!«

Brummend und knurrend ließen sie die Weiber vor, aber wieder fingen sie an, sich um den Platz zu streiten. Und da rief der Mönch:

»Oh, dieses Pack, wollt ihr es nicht begreifen? Die letzten sind die ersten!«

Indem er dies Wort des Erlösers wiederholte, so häufig es ihm sein Zorn eingab, wollte er Scacerni den Napf füllen, aber der hatte keinen.

»Und Sie kommen ohne Schüssel, ohne Napf, ohne Teller? Soll Ihnen das der Konvent stellen? Ist das bescheiden, frage ich?«

»Ich bin fremd, Pater!« sagte er bescheiden und auch von dieser immer bereiten Zornmütigkeit ergötzt, »ich habe Hunger!«

Sofort fielen die andern hinter ihm ein:

»Ein Fremder? Er soll sich fortmachen! Was kommt der hierher, uns den Bissen aus dem Maul zu stehlen! Fremde brauchen keine Wohltätigkeit!«

»Ihr Lümmel«, schrie der Mönch, als er das hörte, »wo steht das geschrieben?! Gefräßige Bande! Mehr Bestien als Christenleute! Gebt nur acht« (und zu den zwei Laienbrüdern, die den Kessel trugen): »Geht, holt die größte Eßschüssel aus der Küche, die ihr findet, und sie soll diesem Armen vollgefüllt werden. Man sieht, daß die Wohltaten zu nichts führen; also soll der Hunger euch das Erbarmen lehren, wie ihr es verdient!«

Und dann schwieg er. Scacerni hielt eine gehäufte, dampfende Schüssel vor sich, die ihm sehr gut tat. Und vielleicht hatte er nie so mit Appetit gegessen. Als er fertig war, gab er den Löffel und die Schüssel zurück und bedankte sich.

»Nicht uns, sondern dem Herrn!« war die Antwort.

Er erinnerte sich kaum noch der Stadt. Der Nebel verschlang ihn, aber die drei Schritte Sicht genügten ihm, um sich zu vergewissern, daß er gegen die Stadtmitte schritt und auf die vier Türme des Kastells zu. Aus einem offenen Laden warfen einige Lichter einen hellen Schein auf die Straße, was die Düsternis ein wenig aufheiterte, so lange wenigstens, als man nicht den Grund dieser Illumination erriet. Der Bäcker nämlich wollte Sicherheit haben, daß niemand ohne zu bezahlen nach seinen Brötchen auslange und dem Kästchen mit dem Kassengeld. Päpstliche Gendarmen regelten den Verkauf und schützten den Laden vor den Kunden, daß sie ihn nicht plünderten, wie es in diesen Tagen schon mehr als einmal geschehen war. Da stand also ein kleiner Haufen von Käufern, und sie scheuten sich nicht, ihre Meinung von den Bäkkern und Müllern zu sagen. Es waren blutrünstige Flüche und Beleidigungen. Und wie drinnen im Laden die beiden wohlgediehenen und gut im Fleisch sitzenden Töchter des Bäckers von dem klaren Licht recht auf den Präsentierteller gehoben wurden, wie sie flink beim Bedienen und sehr aufmerksam beim Geldheischen waren, begann das Volk draußen zu schimpfen:

»Unser Hunger macht sie fett. Wir können die Kleie fressen, und sie mästen sich am Weizenmehl. Guck, wie sie poliert sind! Gut genährt! Vier Sechser und einen halben für ein Brot von zwölf Unzen, Räuber und Büttel, und uns werfen sie den Abfall und das verdorbene Mehl vor! Aber das Blättchen wendet sich, früher oder später, o ja! Dann machen wir mal Gerechtigkeit! Mörder, Ausbeuter, häßliche Henker, sie werden nicht mehr lange diese Schergen als Wächter haben. Und dann wird man's ja sehen«, der Chor der Rufenden schwoll, »dann wird man's ja sehen!«

Im Laden verhielt man sich schweigend, wiewohl mit feindseligen Gesichtern, die nichts verschwiegen. Der Bäcker und die Seinen erledigten mit Eile ihre Verrichtungen, ihre Mienen schienen sehr ruhig, als wüßten sie nichts von der schlechten Stimmung und den Reden draußen, wodurch ihre innere Spannung zwischen Furcht und Zorn sich um so deutlicher zeigte. Und fast jeder Kunde hatte seine Bemerkung zu machen, das Brot in der Hand wiegend und es betastend, wenn's ans Bezahlen ging.

»Gestern kostete es vier Sechser!«

»Heute viereinhalb«, kam trocken die Antwort des Bäckers.

»Weil mehr Kleie drin ist, wie?«

»Und morgen vielleicht fünf«, sagte der Bäcker mit leichtem Grinsen.

»Danke für die hübsche Nachricht!«

»Den Preis des Mehls machen nicht wir, sondern die Müller!«

»Gott vergelt's auch denen, feine Leute auch die!«

Die Genugtuung, es dem Bäcker gesagt zu haben, ja, es den gleichmütigen Polizeileuten unter die Nase gerieben zu haben, das bewirkte, daß sie zunächst ein wenig zufriedener waren. Scacerni hatte haltgemacht, um zuzuschauen und zu lauschen, aber er konnte für das murrende Volk nicht Partei ergreifen. Die beiden blühenden Mädchen gefielen ihm, und das Volk, das schwätzt, weil es sich nicht aufs Handeln versteht, verachtete er. Wiewohl er einem Tumult nicht abgeneigt gewesen wäre – man hätte sich ja seinen Teil aus dem geplünderten Laden sichern können –, so gefiel ihm doch die kurz angebundene Art des Bäckers. Er neigte sich mit einer Bewunderung, die an Neid grenzte, vor dieser Vorstellung von Überlegenheit, die den Müllern dieses Ansehen verlieh, daß sie die Herren der Mehlspeise sein konnten, soviel er wenigstens gehört hatte.

So befand er sich hinter dem Dom, und er bog in die Straße der Sabbioni. Plötzlich mußte er lachen, da er an Ezechiel Annobon dachte und an das Gesicht, das er schneiden müßte, wenn er, weit entfernt, diesen Besuch zu erwarten, ihn sehen würde.

Seit kurzem waren verschiedene von den alten Vorschriften, die Juden betreffend, wieder in Kraft getreten. Wenn die Juden nicht den runden gelben Tuchfleck in der Gegend des Herzens aufgenäht trügen, wollten die Behörden wieder die drei alten Türen an den Eingängen des Gettos anbringen. Die Juden mußten um die Polizeistunde ins Getto zurückkehren, wenn sie sich nicht den Belästigungen und den erpresserischen Manipulationen der unteren Polizei aussetzen wollten und zugleich dem Gehöhn, dem Pfeifen und manchmal auch den Steinwürfen der Meute, die bei der altgewohnten Abneigung gegen die Rasse überdies auch Geschmack daran fand, daß man die eigenen Leiden zu erleichtern versuchte, indem man die des Nächsten erschwerte.

Das Getto war sehr bevölkert, und die Straße der Sabbioni, die dort hindurchlief, war erfüllt vom dichten und zerbröckelten Murmeln und von den Grüßen der eilig nach Hause strebenden Juden. Es roch nach jüdischer Küche. Die schweren Glocken vom Dom und von San Paolo verkündeten die Nachtstunde, als Scacerni einen der Juden anhielt, um ihn nach dem Hause des Ezechiel Annobon zu fragen.

»Wie ist sie doch heut schnell gekommen, die Nacht«, antwortete der mit dem diesem Volk eigentümlichen Rachen- und Nasenton.

Scacerni wiederholte seine Frage lauter, er glaubte auf einen Tauben gestoßen zu sein.

»Ein sehr würdiger Mann, voll Güte, welcher beobachtet das Gesetz! Wahrlich: eines der Häupter unserer Spanischen Schule«, sagte der andere.

»Interessiert mich durchaus nicht!« versetzte Scacerni ungeduldig, dem es wirklich wenig darauf ankam, daß Annobon von dieser Schule war, also ein Abkömmling jener aus Spanien vertriebenen und in Ferrara aufgenommenen Juden, die im Getto eine altüberlieferte und erwählte Gemeinschaft bildeten. »Wo wohnt er nun?«

»Wissen Sie das nicht?«

»Würde ich sonst danach fragen?!«

So redend, war der Jude an der Ecke der Vignatagliata angekommen. Dort blieb er stehen und sagte:

»Wer geht um diese Stunde in das Haus eines ehrenwerten Mannes, hat zu wissen die Straße!«

»Das sind echt jüdische Sprüche«, rief Scacerni, den es überkam, auf volkstümliche Weise anzüglich zu werden.

Aber der Jude, klein wie er war und das Dunkel nützend, war plötzlich nicht mehr da, überzeugt davon, daß er dem ehrenwerten Ezechiel den Besuch eines schlechtgesinnten »Gois« erspart habe. Der aber fand bald andere Betreuer, die weniger Verdacht oder weniger Eifer hatten, und so klopfte er bald, nach mehrmaligem Herumfragen, an die mit Nägeln beschlagene Tür des Hauses Annobon.

»Wer ist da?«

»Freunde!«

»Name?«

»Der Name sagt Ihnen nichts. Ich komme im Auftrag des Hauptmanns Mazzacorati!«

Hier entstand eine Pause. Es war, als suche der Mann hinter der Tür nach etwas in seiner Erinnerung. Dann:

»Haben Sie Mazzacorati gesagt?«

»Maurelio Mazzacorati, der Hauptmann.«

»Der Hauptmann ist tot!«

»Ja, in Rußland, das weiß ich, aber ich bin lebendig, und mir reißt jetzt der Geduldsfaden!«

»Sind Sie allein?«

»Heute abend ja! Morgen komme ich mit jemand, der mir Recht verschafft!«

»Warten Sie, Sie müssen begreifen, daß ich Sie nicht kenne!«

»Wollen sagen, daß Sie mich mit Jesus Christus verwechseln!«

»Warum nur so laut?«

»Ich habe gesagt: jetzt bin ich allein, morgen komme ich mit den Sbirren!«

Er hatte ebensowenig Lust wie Annobon, sie in dessen Hause zu treffen. Dieser entschied sich nun für das geringere Übel und öffnete ein wenig die Tür, so daß Scacerni mit schräg vorgereckter Schulter durchkam. Darauf wurde die Tür sofort wieder geschlossen. Sie befanden sich in einem langen und niederen Saal, der zu ebener Erde gelegen war und von der Lampe des Alten ungewiß und schwach erleuchtet wurde. Ezechiel hatte eine kleine, fast gekrümmte Gestalt. Er war in einen langen Leibrock gehüllt, der bis auf die Erde ging. Er trug eine Mütze, unter der einige weiße, ins Elfenbeinerne schimmernde Locken herausquollen, sein Bart war sehr dünn. Seine Kraft schien ganz in den lebhaften und scharfen Augen versammelt, die einen Ausdruck von melancholischer Vornehmheit hatten, was Scacerni bewegte, seine Frechheit zu bereuen. Dieser elendige Alte hatte eine Art, die ihm Respekt einflößte. Scacerni lüftete seinen riesigen Hut und wickelte sich aus dem Mantelumhang, den er nach allgemeinem Brauch übergeschlagen trug, das rechte Ende über die linke Schulter weg. Er sagte:

»Ich bitte um Entschuldigung für die Stunde und die Art und Weise meines Besuches, aber einer von Ihren Leuten hat mich die Geduld verlieren lassen. Wenn Sie bereit sind, hätte ich etwas mit Ihnen zu besprechen.«

»Entschuldigen Sie desgleichen, aber wir leben in mißtrauisch machenden Zeitläuften, wir Juden! Bitte!«

Er ließ ihn in ein anstoßendes Zimmer eintreten, das von einer Messinglampe gut erleuchtet war, und bot ihm an einem Tisch Platz an.

»Also, in welcher Sache kann ich Ihnen dienen?«

»Ja, also«, begann Scacerni, »es ist wahr, daß der Hauptmann Mazzacorati tot ist, aber Sie – wie konnten Sie das wissen?«

»Wer jetzt noch nicht aus Rußland zurück ist, kehrt nicht mehr wieder. Und Sie, wie wissen Sie es?«

»Ich habe ihm die Augen geschlossen« – er erinnerte sich, daß dies

Lisaweta Feodorowna getan hatte – »oder vielmehr, ich habe sie ihm nur sozusagen geschlossen, ich habe ihn sterben sehen, das ist's!«

»Friede sei mit ihm!«

»Ja, obschon er als ein Verzweifelter starb. Aber zu Ihnen: erkennen Sie an, Sachen von ihm zu besitzen?«

»Ich will es nicht ableugnen!«

»Oh, gut so! Dann werden wir uns sofort einigen! Ich habe die Liste der Gegenstände und die Quittung: hier bitte! Das ist Ihre Unterschrift und das ist das Pfand!«

»Ich erkenne es wieder«, sagte der Alte, nachdem er das Papier, es sorgfältig dem Lichte nähernd, geprüft hatte.

»Und hier ist die halbe Münze zur Gegenprüfung.«

Annobon holte aus einem Schrank die andere Münzenhälfte und probierte die Teile, sie aneinanderhaltend.

»Ist es die richtige? Passen sie?«

»Sie ist es!«

»Und was sagt der Pakt?«

»Die Gegenstände gehören Ihnen!«

Im Tun und in der Stimme des Juden lag eine trockene Art, die Scacerni verwirrte, ja fast einschüchterte. Das machte ihn mißvergnügt, er spürte das unangenehm klar. Und er hielt es für nötig, sich noch genauer zu erklären.

»Es ist sehr natürlich, daß Sie wissen möchten, wie diese Angelegenheit sich zutrug?«

»Ich will nichts wissen«, sagte Annobon lebhaft, das Bärtchen hebend und die magere Hand, als wolle er etwas abwehren.

»Es erscheint Ihnen nicht seltsam?«

»Ich bleibe bei dem Geschriebenen, und das macht mich frei!«

»Ich versichere Ihnen, daß es da nicht Tinte und Feder gab, um das Testament zu machen. Er ist erfroren im Schnee, nachdem wir einen Fluß überschritten, den Vop. Ich hatte ihm nämlich – ich sag's nicht, um mich zu rühmen –, im Fluß das Leben gerettet. Und deshalb machte er mich zum Erben. Das heißt, nein«, fügte er verärgert von seiner Lüge bei, »es war wirklich nicht deswegen. Aber lassen wir das; ist es oder ist es nicht mein Eigentum? Ich zog ihn aus dem Fluß wie eine tote Katze.«

»Mir genügt dieses Papier und dies Zeichen!«

»So gefällt's mir; Sie sind ein vornehmer Mann. Wenn Sie wüßten, was wir durch dieses Rußland auszustehen hatten. Eine tote Katze, ja, ich holte ihn umsonst aus dem Wasser, er konnte die Luft nicht ertragen. Das scheint komisch, wenn man's so sagt, aber es war wirklich so. Kennen Sie die Geschichte dieser Gegenstände, woher sie kommen?«

Seine Gesprächigkeit ärgerte ihn, aber er konnte sie nicht unterdrücken.

»Ich weiß es nicht – und will es nicht wissen«, gab der Alte zurück.

»Sie sind zu klug; was kann Ihnen als Jude schon daran liegen, die Geschichte zu wissen oder nicht?«

Und er fügte auflachend und ein wenig kindisch hinzu, seine Miene schwankte zwischen albernem und schlauem Ausdruck:

»Ja, was kann Ihnen schon daran liegen, Gott sei Dank, möchte man sagen!«

»Wirklich, es liegt mir nichts daran. Jetzt bringe ich Ihnen die Sachen. Bitte, vergleichen Sie, ob es alle sind, und dann tun Sie mir den Gefallen und gehn!«

»Gewiß, jawohl, ich kann lesen, ich hab's ja eigens zu diesem Zweck gelernt.«

Er wurde allein gelassen, und sein Warten war voll der unerwartetsten und widerspruchsvollsten Gefühle. Da war immer noch das Verlangen, sich mitzuteilen, ja, sich gewissermaßen zu entschuldigen, ohne zu wissen, weswegen; Verachtung für das, was er bereits gesagt hatte und was der andere gar nicht mehr hören wollte, Verwunderung darüber, daß er nicht zufrieden war, jetzt, wo er dabei war, den Schein eingehändigt zu erhalten, ja, daß er fast ein Gefühl von Mißvergnügtheit empfand. Und er dachte, daß der plötzliche Verkehr mit Menschen nach so langer Einsamkeit in der Wildnis ihn wie ein Glas zu sehr anfüllte.

Annobon kam mit einem Säckchen aus Leder ins Zimmer zurück:

»Vergleichen Sie. Ich wasche mir die Hände, was diese Sache angeht!«

Die Gier, während die Gegenstände aus Gold und die Perlen durch Scacernis Finger glitten, machten ihn schwach, und er zitterte. Und seine Augen glühten, so daß er sich nach Beendigung der Durchsicht mit der Hand darüber fuhr.

»Ich weiß nicht, was ich habe. Ich hätte niemals geglaubt, daß diese Sachen mir einen solchen Eindruck machen könnten. Vielleicht kommt's, weil ich wenig gegessen habe, mir ist ganz schwach. Als ob ich besoffen sei. Das ist alles, Sie sind ein ehrbarer Mann, ein ehrlicher Jude!«

»Ich habe nicht nötig, mir das sagen zu lassen!«

»Und darauf sind Sie stolz. Doch das will nichts sagen: Sie flößen mir Vertrauen ein. Könnten Sie mir sagen, wieviel Skudi diese Gegenstände wert sind?«

Dieser Wunsch hatte sich ihm klar vor die Augen gestellt: alles dem Juden zu verkaufen, nicht nur, um schleunigst zu Geld zu kommen, sondern mehr noch, weil er die abergläubische Vorstellung hatte, daß die Exkommunikation an die Gegenstände selber geknüpft sei. Dem andern aber, so glaubte er, konnte kein Schaden entstehen, er war ja ein Jude und brauchte Exkommunikation nicht zu fürchten. Annobon aber sagte:

»Ich kann das nicht wissen. Es ist spät, und es wäre mir lieb, wenn Sie sich selber um Ihre Angelegenheiten kümmerten.«

»Das wissen Sie nicht? Ein starkes Stück! Und Sie würden mir nicht Ihr Urteil darüber abgeben, auch nicht, wenn ich Ihnen sagte, daß ich es Ihnen verkaufen möchte, und zwar zu guten Bedingungen? Ja, ich sage Ihnen, Sie haben mir eine Probe von Ehrlichkeit gegeben, wie man sie bei wenigen Christen fände. Ja, ich höre förmlich, wie diese Leute einen unter solchen Umständen ausfragen: aber wie denn, woher und wieso – die sind fähig, sage ich Ihnen, mich des Raubes zu verdächtigen, und sogar daß ich den Hauptmann Maurelio Mazzacorati ermordet hätte. Sie jedoch – Sie sind mir wie ein Verwandter. – Schätzen Sie ab, und die Sachen gehören Ihnen!«

»Um keinen Preis!« rief Annobon mit Entsetzen aus, in seiner Stimme lag ein Ton, der Lazzaro aufmerken und sagen ließ:

»Nanu? Was haben Sie? Wenn hier auch, wie man so sagt, eine Exkommunikation dranhinge: was die Hölle anbelangt, verzeihen Sie, aber da kommen Sie doch auf jeden Fall hinein! – Aber wenn Sie denken . . . was kommt Ihnen bei, o Teufel, was denken Sie sich da zusammen, wie? Sie – also! – Sie glauben, daß ich . . .«

Als er jetzt still wurde, hörte er:

»Ich spreche vor Dem, der sieht und weiß. Wenn Blut an dieser Sache ist, lehne ich es ab, dafür den Preis einzulösen; wenn Ungerechtigkeit daran ist, falle sie auf den, der sie beging. Möge Der richten, bei dem dies Gericht steht!«

»Sie nehmen mich also – Sie auch! – für einen Mörder!« Scacerni sagte das langsam, fast mühsam.

Zwar war es der erste, der ihn dafür hielt, aber er fühlte eine Art von quälender Müdigkeit und zugleich die trostlose Gewißheit, daß es ihm nicht mehr möglich sein würde, diesen Verdacht zu zerstreuen, weder bei diesem da – dem ersten, der ihn hatte – noch bei anderen. Er schüttelte den Kopf und sagte:

»Also, dann Gott befohlen, Ezechiel Annobon! Es tut mir leid, denn ich schätze Sie!«

»Gott befohlen!«

»Was bin ich Ihnen für die Störung schuldig?«

»Nichts, nichts! Gehen Sie nur!«

Und aufs neue konnte er den Schrecken in der Ablehnung des Alten sehen.

»Also nichts, und doch könnte ich erzählen, könnte Beweise bringen ... Aber ja, was sind schon Beweise, Mazzacorati ist tot!«

Er bemerkte wiederum und immer mehr, daß er nichts beweisen konnte. Er stülpte sich zornig den Hut auf, wickelte sich in seinen Mantelumhang und ging hinaus, ohne noch ein Wort zu sprechen. Kaum draußen, kam er sich wie in die Enge getrieben und in Gefahr vor. Die päpstlichen Sbirren und die österreichischen Soldaten, die in der Festung lagen, patrouillierten gewiß und machten ihre Runden, um die Straßen zu überwachen. Wenn er ohne Ausweispapiere aufgegriffen wurde mit diesem Schatz in der Tasche, dann wußte er schon jetzt, auf welchen Paragraphen er angeklagt würde. Er hatte ja gesehen, was der einzige Zeuge in dieser Angelegenheit dachte. Und vielleicht war der schon entschlossen, ihn anzuzeigen. Die Mauern der dunklen Stadt drückten auf seine Brust, als ob er schon im Gefängnis sitze. Er war unschlüssig, welche Straße er nehmen solle. Es nahm ihn wunder, daß aus den Läden und Osterien zwischen San Romano und San Paolo noch Licht auf das Pflaster fiel, denn er glaubte, es müsse schon Nacht sein, so lang war ihm die Stunde bei dem Ezechiel vorgekommen. Seine Verwirrung und Trostlosigkeit gingen in Zorn und Angst über, doch bemerkte er, wie aus den Osterien ein lockend leckerer Wohlgeruch in seine Nase stieg. Und es regte sich der Hunger; der war von der Armensuppe mehr betrogen als gesättigt worden. Er befand sich in der Altstadt, unter den niederen Mauerbögen, die Gäßchen waren schmal und krumm, die Höfchen eng, und meist waren es Leute mit dunklen Geschäften, die hier wohnten. Die wenigen, denen er begegnete, zeigten keine Lust, Zeit zu verlieren. Aus einer halbgeöffneten Tür, hinter der ein Licht brannte, kam das einladende Geflüster einer Dirne. Und da überkam ihn das Lachen, er dachte:

»Wenn man hier wüßte, was für einen Reichtum ich mit mir herumschleppe!«, und er fuhr tastend nach dem Beutel, in einer plötzlichen Angst, ihn verloren zu haben, »wenn sie's wüßten, würden sie mich schon aufnehmen. Aber es wäre auch sonderbar, wenn ich jetzt Hungers sterben müßte, da ich endlich ein gemachter Mann bin!«

Nachdem er die Straße von San Romano und San Paolo, die er jetzt wiedererkannte, entlanggegangen war, suchte er aufs Geratewohl Dom, Kastell und Giovecca zu vermeiden, weil das die Zentralpunkte mit viel Verkehr waren. Unversehens traf er vor sich im Nebel auf einen riesigen Turm, es war einer der vier vom Kastell; er stand vor den gewaltigen Mauern und bemerkte, daß über dem Wassergraben die Hängebrücke lag. Über die Piazzetta des Kastells kam der militärische Gleichschritt einer die Runde machenden Patrouille, und zwar auf Scacerni zu, aber sie war zu nahe, als daß er noch hätte entweichen können, so ging er frech geradeaus. Er wurde nicht angehalten. Er umging das Kastell und bog in die Straße der Pioppini ein mit den fürstlichen Palästen. Er dachte nur daran, wie lang sie sei und unterdrückte in den Beinen einen zwängenden Drang, einfach loszulaufen. Es schien ihm, die ganze Stadt sei ihm im Rücken, um die Hand nach seinem Schatz auszustrecken, Mörder zu brüllen und ihn in den Kerker zu schleppen.

Der volle Mond war aufgestiegen und weißte den Nebel und die Fronten der prächtigen Paläste, Wunder aus einer anderen Zeit. Scacerni ging mit dem Schritt des Jägers und Diebes dahin, für den Fall, daß etwa irgendeine andere Wachtrunde sich nähern sollte. Das Glück war ihm hold und half ihm bis an das Ende der Straße. Er kletterte auf die mit Bäumen bestandene Bastion und befand sich nun mit dem Nebel auf gleicher Höhe, der sich über die Stadt zäh verbreitete – und auch dort draußen, über dem wüstweiten Gestrüpp und den niedrigen Waldungen und den heimtückischen Morästen der Ebene, von den Bastionen bis nach Lagoscuro und an den Po: überall der gleichmäßige, unbewegliche Nebel wie ein unendliches Leintuch. Und darüber fiel, aus dem tiefen Himmel herabscheinend, der Glanz des Mondes, der aber schon vom ersten winterlichen Erblassen gezeichnet war. Die Luft war trocken und erfrischend und so ohne Regung, daß sogar die Pappelblätter im letzten Teil der Straße drunten in einem großen Schweigen ruhten, wie auch die dichtstehenden Platanen auf den Bastionen, die schon ihre Blätter verloren, es lagen bereits viele auf der Erde.

In diesem Landstrich draußen verwilderten und ertranken die so gepflegten Gärten, die zu den einst berühmten und höchsten Ergötzlichkeiten der Herren von Este gehört hatten. Sie sind zerstört samt all ihren seltenen Pflanzen und den Prachtstücken, die sie enthielten, verschwunden sind sie, und nur in einem Wort noch, welches das Volk, ohne seinen Inhalt zu kennen, bewahrte, in einem Namen klingt seine Erinnerung nach. Die Gegend hieß und heißt immer noch der »Barco«. Und das kam vielleicht daher, weil das Volk gern mit der Macht, dem Wohlleben und der Schönheit der Welt die Idee der Sünde und Verderbnis verbindet, als ob von dieser Seite her das ohnmächtige Elend und die Häßlichkeit weniger erzeugt würde. Und vielleicht auch hat deshalb das Volk in den Barco wilde Jagden, Zusammenkünfte und überhaupt den Hexensabbat verlegt.

III Scacerni stand auf der Mauer der Porta degli Angeli und dachte zurück an Urlon del Barco, anfangs mit einem Lächeln wegen gewisser burlesker Einzelzüge jenes im ganzen Ferraresischen berüchtigten Teufels, der durch die Felder und Wälder streunte, sich den Häusern als Mönch oder Bettler verkleidet näherte, den Hausfrauen immer die Eier zerbrach oder sie, wenn jene ein Stück trockenes Brot holen gingen, um es ihm als Almosen zu reichen, in ebensoviele Kohlen verwandelte. Auch kletterte er den Frauen, wenn sie zum Markte gingen, gern in den Tragkorb oder die Tasche und begann da zu winseln, das bärtige Kind, und dann im Verschwinden erschreckte er sie durch plumpe Gebärden und sein schneidend scharfes Gelächter. Die Bauern, auch jene, die nie unter ihm zu leiden hatten und an solchen Schabernack nicht glaubten, schoben ihm dennoch die Schuld am Hagelschaden zu, die Schiffer und Müller am Po aber die Schuld an gefährlichem Wetter. Jedenfalls, auf die Tennen und vor die Schwellen legten sie abends vor dem Zubettgehen zwei Geräte in Kreuzform hin, die ihm den Eintritt verwehrten. Oder sie verbrannten Olivenzweige vor den Ausgängen, auf den Kohlenschaufeln über den brennenden Scheiten, die sie aus dem Herd gezogen hatten. Diese Vorsichtsmaßnahmen zu vernachlässigen, hätte mehr als albern denn als verwegen gegolten. Und auch Scacerni war es nie in den Sinn gekommen, am Teufel und seinen Unternehmungen zu zweifeln.

Kurzum, als er auf dem Punkt war, in den Barco, in die Stätte des Urlon hinabzusteigen von der alten und baufälligen Porta degli Angeli herab, fühlte er ein starkes Frösteln und Mißbehagen. Er bemühte sich, seiner Herr zu werden und sagte sich:

»Trockener Nebel, gutes Wetter. Wenn Urlon wüßte, was für einen Hunger ich habe, hütete er sich hoch und heilig, mir vor den Schuß zu kommen.«

Er machte über sich das Kreuz und ließ sich an der halbzerstörten Mauer hinab, die dem Fuß viele Steine als Stützpunkte bot. Er durchquerte den schlammigen Graben und wählte einen Pfad, der aussah, als könne er ihn von der Stadt weg in Richtung auf Lagoscuro bringen. Er sah nicht viel weiter, als wohin er den Fuß setzte; der Pfad schlängelte sich zwischen Gestrüpp und Röhricht oder wurde ungewiß oder verging auch zwischen hartem Sumpfgras. Und jeden Augenblick kreuzte den Pfad ein anderer. Aber Scacerni hatte, eh er ins Rohr hinabgestiegen war, sich an den Sternen orientiert. Das war natürlich einer der entwikkeltsten und notwendigsten Instinkte für die »Talläufer«, wie man im dichten Wachstum des Rohrs und in den lange dauernden und ausgedehnten Nebeln die Richtung bewahren könne. Er war also sicher, gegen Lagoscuro zu auszuschreiten, zur einer Seite die große und vielbegangene Straße, die er vermeiden wollte, zur andern die nach Francolino. Woher es eigentlich im unbewohnten Barco diese frischgeschlagenen Pfade geben konnte wie diesen, den er beschritt, war ihm nicht schwer zu begreifen, denn der Barco und die waldige Diamantina zur andern Seite der großen Straße waren ein vielbegangenes Schmugglergebiet zwischen der Grenze am Po und Ferrara und boten Schlupfwinkel für die Räuber kühnsten Schlages. Hier lief die Hauptverkehrslinie im Gebiet der Legation von Ferrara, und zwar für alle, die von Rom nach Venedig und Wien wollten. Scacerni hatte es von seinen alten Buschbekannten oft ruhmselig erklären hören, was für gute Griffe man rings um den Lagoscuro tun konnte, falls man zu den resoluten Leuten gehörte. Was ihn betraf, so hatte er nun keinen andern Gedanken, als sich von der Stadt zu entfernen. Und nach und nach, wie er diesen Gedanken ausführte, trat eine neue Besorgnis vor ihn hin, nämlich irgendeiner Rotte von Räubern in die Hände zu fallen. Er besaß das Messer, und von dem ersten Busch, den er durchschritt, hatte er sich einen knotigen und starken Stecken geschnitten: wenn sie nun zu zweit, sogar zu dritt kamen, wollte er es schon mit ihnen aufnehmen. Was aber, wenn es ihrer zu viele waren?

»Guck mal«, dachte er mit einer gewissen Erregung, indem er leise dahinging und die Augen scharf in den Nebel stechen ließ, in den milchig weißen Nebel, »seit einer Stunde bin ich reich, und schon befinde ich mich in tausend Ängsten, beraubt zu werden. Doch das ist natürlich! Mußte ich so etwas mit leeren Taschen befürchten? Aber es ist nicht natürlich, daß es ausgerechnet mich trifft, vor Räubern und auch vor Sbirren Angst zu haben. Genug jetzt, man muß die Dinge nehmen, wie sie kommen, und mir kommen sie nun einmal so! Auch dieser alte Jude war überzeugt, daß ich dem Maurelio Mazzacorati den Garaus gemacht habe. Und wem auch immer ich die Geschichte erzähle, diese unanrührbare, heilige Wahrheit, ich werde so schön reden und schwören können, wie ich will, immer werde ich diese selben von der gleichen Idee besessenen Augen in meinem Gesicht spüren. Ja, und nun, wie werde ich diese Sachen zu Geld machen können? Und angenommen, daß es mir geglückt wäre, wie werde ich es fruchtbringend anlegen, denn es ist nicht wie das Korn, das sich vermehrt, wenn man's vergräbt! Wie werde ich jemals wagen, es auszugeben? Aber guck, wieviel Gedanken auf einen Schlag, und alle nur, weil ich reich bin!«

Diese Idee übrigens, reich zu sein, gab ihm einen genießerischen Kitzel ins Blut und erfüllte ihn mit einer süßen Heiterkeit, und fast hätte er Lust gehabt, wie die Knaben einen Freudensprung zu tun. Ein Rascheln im Gestrüpp, der Schatten des ihm häufig begegnenden Gebüsches und einige Male die schattigen Umrisse eines Baumstammes ließen seine Hand nach dem Messer greifen und den Stecken gewaltiger schwingen. Dann begann er aufs neue ein Zwiegespräch mit sich selber:

»Ich bin reich, aber es nützt mir nichts. Es verhält sich damit wie mit meinem Hunger. Gott weiß, ob ich gehungert habe, aber dieser jetzt, da ich die Taschen voll Gold habe, das ist ein Hunger ganz neuer Sorte und beschwerlich, wie ich ihn nie erduldet habe. Der Hunger – eh – Hunger!« – (es genügte das Wort allein, um ihn gähnen zu machen, stark und anhaltend wegen der Leere des Magens). »Aber da kannst du sehen, was für ein Betrug in den Dingen dieser Welt steckt. Unter den Ehrbaren weht kein guter Wind für mich. Unter den anderen – ein noch schlimmerer, ganz abgesehen davon, daß ich nicht wie ein Lümmel dahinleben und ein Leichtfuß genannt werden will. Wen aber such ich mir nun, wen bitte ich, für mich zu sprechen? Die Russin, ja, die Lisaweta! Wer weiß, wo sie ist, wer weiß, welches Ende sie genommen hat, die Arme! Viel Wasser ist inzwischen den Vop hinuntergeflossen. Und wer schenkte ihr Glauben, auch wenn man sie durch ein Wunder erscheinen lassen könnte! Es wäre nötig, guck an, daß Urlon, wo ich mich schon in seinem Bereiche befinde, mir eine Höflichkeit als galanter Teufel erwiese. Er sollte mir aus der Hölle die verdammte Seele Mazzacoratis herausziehen, aus der Hölle, wo sie brodelt und kocht!«

Der Scherz, der von Wort zu Wort roher und rücksichtsloser geworden war, erstarb in einem Frösteln ganz plötzlicher Angst, die Nacken und Nieren kitzelte. Er sperrte die Augen weit auf, stand starr auf den Beinen, und er spürte, wie sich ihm die Haare sträubten. Seine Hand umklammerte krampfhaft den Stecken, der ihm übrigens kaum zu mehr hätte helfen können, als ein Hälmchen zu bewegen.

Plötzlich rief er beschwörend:

»Alle abgestorbenen christgläubigen Seelen im Fegfeuer, kommt mir zu Hilfe!«

Das Schweigen war vollkommen und bedrückend, seine Angst steigerte sich zum Entsetzen. Nicht die geringste Bewegung lag in der Luft, und doch: ihn hatte ein Anhauch berührt und ein Tasten, ein totes Keuchen war ihm ins Gesicht geweht. Er dachte nicht an die leisen und unsichtbaren Flügel irgendeines Nachtvogels, sondern nur daran, daß er den Teufel gerufen und einen Toten beleidigt hatte.

»Im Namen des Vaters, des Sohnes . . .«, es gelang ihm nicht, sich zu bekreuzigen, er hatte nicht die Kraft, die Rechte gegen die Stirn hinaufzubewegen. Und vielleicht war es das ferne Gebell eines herumirrenden Hundes, das ihm ein unirdisches und unmenschliches Gelächter vortäuschte, voll von Haß und Verzweiflung der gefallenen Engel und verdammten Seelen. Er hörte wirklich das schreckliche und scheußliche

Geheul des Dämons im Barco. Ihm schien, als ob der nächtliche Horizont alles umgebe – und nichts, er war endlos, er verging. Aber wie es den erregten Sinnen und der Phantasie bei Nacht geht, es genügt das geringste Geraschel, ein Rauschen im Laub – vielleicht war es ein nächtlich umherziehendes Tier, das mit vorsichtigem Tritt das trockene Laub bewegte; das genügte, um ihn einen geheimnisvollen Schritt hören zu lassen, sacht sich nahend, so daß zwischen einem Schritt und dem andern die Zeit stille stand (er fühlte den kalten Schweiß ausbrechen und zitterte), und bevor er sie berechnen konnte, diese Schritte, die von Norden kamen, berührten sie bereits den äußersten Horizont der anderen Seite. Die Angst gab ihm den Geschmack der Übelkeit in den Mund. Er dachte:

»Es ist die Stunde, daß er durch den Barco streift, er –«

Der ihm da entgegenkam mit einer Last auf den Schultern, ging indes vollständig lautlos, und kaum hatte er Scacerni erblickt, der unbeweglich dastand, sagte der sich Nähernde entschlossen und ruhig, indem er stehenblieb:

»Biedermann, woher des Wegs und wohin?«

»Ich komme von Focomorto«, antwortete Scacerni mit einem unaussprechlichen Aufatmen, die Angst flog mit derselben Geschwindigkeit fort, wie sie gekommen war. »Von Focomorto, wo die Seuche wütet, verstehen Sie gut, diese Pest, welche die Dörfer heimsucht und mir alle die Meinen umgebracht hat.«

»Dann bitte nehmen Sie's mir nicht für übel, bleiben Sie mir zum mindesten drei Schritt vom Leib!«

»Ich gehe schon«, sagte Scacerni, »wenn ich auch nicht weiß, wo man sich ein Stück Brot verdienen kann. Ich bin ohne Arbeit.«

»Und die suchen Sie hier im Busch? Übrigens, unter uns gesprochen, die könnten Sie finden, einen Verdienst, womit Sie sich ein für allemal den Hunger nach Brot beheben könnten!«

»Ich suche überall, wo ich gerade hingerate. Ich habe mich verirrt.«

»Sagen Sie mal, haben Sie diese Pest auch gehabt? Ich will Sie nicht beleidigen, aber man erzählt, daß sie gewisse Spuren im Gehirn zurückläßt.«

»Ich möchte mich gern irren, aber ich glaube, daß ich sie auch hab!«

»Dann gute Kur, Freund! Jetzt kann ich mir auch erklären, wieso Sie hier sind, wiewohl ich zuerst etwas anderes dachte. Wenn Sie nach links gehen, den ersten Pfad, finden Sie bald auf die große Straße. Das rate ich Ihnen, dort gehen Sie schneller und auch sicherer!«

»Führt sie in Richtung Lagoscuro?« fragte Scacerni, so daß der andere immer mehr überzeugt war, es mit einem Deliranten zu tun zu haben.

»Gewiß, und die Straße ist sicher. Addio!«

»Was haben Sie da auf dem Rücken?«

»Je nun!« Jener lachte los, ohne auf diese Frage zu antworten, »jetzt bin ich wirklich überzeugt, daß Sie kein Spitzel sind. Sonst hätten Sie doch nicht die Stirn, mich so was zu fragen. Haben Sie nie die Salzstraße nennen gehört?«

»Nie in meinem Leben!«

»Um so besser! Aber suchen Sie die Hauptstraße, folgen Sie dem Rat eines Wohlmeinenden. Wie heißen Sie?«

»Man nennt mich Batocchio (Klappaug), denn seit einigen Tagen schlottert mir der Kopf«, sagte Scacerni, der Geschmack an dieser Posse gefunden hatte.

»Und mich nennen sie Fratognone (Bruder Jedermann)«, sagte der andere überlegen und jetzt fest überzeugt, jener sei ein Schwachkopf, »ich weiß nicht warum, aber ich kann Ihnen sagen, daß das in Ferrara ein geachteter Name ist. Haben Sie feste Schultern und können Sie den Mund halten?«

»Was die Schultern angeht, so trage ich eine Last von zweihundert Pfund einen geschlagenen Tag, und das Maulhalten: wenn Sie nicht zu reden angefangen hätten, ich wäre geradeaus gegangen, ohne Ihnen ein Wort zu sagen.«

»Das gefällt mir«, sagte Fratognone mit ausgemachter Gravität. »Und ich will Ihnen als guter Christenmensch behilflich sein. Wenn Sie zu Lagoscuro keine Arbeit finden, suchen Sie in Ferrara bei einem Manne nach, den die Leute den ›Raguser‹ nennen. Mit kräftigen Schultern und einer vorsichtigen Zunge gibt er Ihnen, das weiß ich, ein ehrliches Brot zu verdienen.«

»Was will das heißen: ehrlich?«

»Ehrliches, auf alle Fälle kein Spitzelbrot! Addio.«

Scacerni dachte im Weitergehen, wie seltsam es doch sei, daß ihn das Schicksal zum zweitenmal auf diesen »Raguser« verwies, sogar jetzt auf der »Salzstraße« – mit welchem Namen, das wußte er, man die Schleichwege der Schmuggler bezeichnete, die zwischen Venetien und dem päpstlich estensischen und toskanischen Gebiete liefen, verborgene Pfade mit Absteigequartieren und Stationen, wo es die erforderlichen Ochsen, Pferde, Maulesel und Träger gab, nicht nur um Salz zu befördern, sondern jede Art von Schmuggel- und Diebesware. Vielleicht, daß jener Schmuggelartikel, das Salz nämlich, dessen Verfrachtung von den adriatischen Küstenplätzen ins Innere des Landes ein uraltes und blühendes Gewerbe darstellte, dem bekanntesten dieser heimlichen Pfade den Namen hinterlassen hatte.

Er kam schnell und ohne weitere Zwischenfälle in Lagoscuro an. Anfänglich schien ihm das Glück, wie es so geht, günstig zu sein. Er war in der Tat just in den Tagen angekommen, als im Hafen große Getreidemengen, die von dem österreichischen Militär gekauft waren, eingeladen wurden, und die Österreicher pflegten mit solcher Arbeit zu eilen. Es wurden Träger gesucht, und der starke Scacerni verdiente so viel, daß er seine zerrissenen Kleider mit neuen aus Barchent wechseln konnte, in deren Falten er seinen Juwelenschatz einnähte. Dann aber hörte jeder Handel plötzlich auf, denn das Getreide genügte nicht für dies Land und durfte nicht nach auswärts gehandelt werden. Unser Abenteurer lernte eine neue Art von Elend kennen, jenes, das die Seele mißtrauisch und stumpf macht und den Körper in Langeweile verlottern läßt und im Nichtstun erniedrigt. Er erlebte das reglose Lauern überalterten Hungers im schmachtenden Magen, die verdösten und mit Gähnen zugebrachten Tage, nur zufrieden, wenn der Tag heiter genug geraten war, daß er sich an einer sonnigen Mauer mit seinesgleichen zusammenhokken konnte. So kam er wieder herunter bei den sparsam geschnittenen Polentastückchen, die so traurig schmeckten und eher wie ein Almosen denn ein Verdienst anzusehen waren. Man bekam das von Privatleuten und in den Handelsniederlassungen da und dort verabreicht für irgendwelche Dienstleistungen, die beiläufig mehr geduldet als bestellt waren. Und neben den Auswirkungen des Hungers gab es die der Malaria und wohl auch des lombardischen Aussatzes, Wirkungen dazu, wie sie aus dem Zwiegespräch der Sorgen kamen für einen Mann, der genötigt ist, von der Hand in den Mund zu leben. In der Tat verlor er sich jeden Augenblick, so dahinträumend, in große und seltsame Phantasiegebilde. Und der Kopf wurde ihm müde, Schwierigkeiten ohne Ausgang zu ersinnen, unmögliche Projekte, bis es ihm schließlich zum Überdruß wurde. Unweigerlich mußte er in die Geistesverfassung jener Bettler geraten, die sich einen traurigen Schatz zusammenbringen, ohne ihn anders zu benutzen, als ihn in ihrem verlausten Bettelsack zu verbergen, bis sie endlich, darüber hingestreckt, sterben. Und die Leute wundern sich dann. Er sah keinen andern Hoffnungsschimmer, als seine Zuflucht zu dem Raguser zu nehmen; aber das widerstand ihm, denn zu dem Raguser zu gehen, das hieß, sich als Betrüger zu erklären, und er protestierte in seinen Selbstgesprächen und betonte, daß er unschuldig sei. Es widerstand ihm auch deshalb, weil er den Wert des Goldes und der Steine nicht kannte (und wieder und wieder verwünschte er den Juden, der sich geweigert hatte, den Schatz zu schätzen), denn der Raguser hätte ihn gewiß betrogen und erpreßt.

Des Nachts in den saalartigen, eiskalten Zimmern des großen Getreidehandelshauses, das leer stand und wo man ihm aus Mitgefühl ein Obdach überlassen hatte, machte er Jagd auf Ratten, die von einigen seinesgleichen als geschätzter Bissen gesucht waren. Diese Hungerleider sagten, die Ratten hätten ein feines und sauberes Fleisch, da sie doch nur Korn und Weizen in den heimatlichen Magazinen gefressen hätten. Was ihn betraf: es konnte ihn nicht verlocken; doch fing er sie mit klugen Listen und Erfindungen, um über die Kälte der langen Nächte wegzukommen, die ihn nicht schlafen ließ. Dann bot er sie jenen, die sich nicht ekelten, zum Geschenk an. Aber schnell waren auch die Ratten vorsichtig geworden und schlau und wütend gemacht vom Hunger, der sie abmagern ließ, und damit verloren sie auch für die obenerwähnten Kenner an Geschmack.

»Verstehen Sie irgendein Handwerk?« hörte er stets fragen, wenn er um Arbeit nachsuchte.

»Von jedem ein bißchen!«

»Ja, dann gehen Sie doch nach Occhiobello! In Occhiobello gibt es die Werften, die Kalfaterer. In Occhiobello bauen sie Barken und die Mühlen am Po, wenigstens die bei Ficarolo und an den Papozzen. Wissen Sie, wieviel es sind? Hunderte, mehr noch, alle zu Occhiobello gebaut. Wissen Sie, in jenen schönen Zeiten noch, als hier am Lagoscuro die Seeschiffe anlegten, bis von Holland und England herab, um zu laden, und wenn's da was an Bord zu zimmern und zu klopfen gab, kamen immer die Kalfaterer von Occhiobello. Dort, ja, he, o dort, gewiß, da finden Sie Arbeit, wenn Sie lustig danach sind. Gehen Sie nach Occhiobello!«

Es wurde ihm zum Überdruß, bevor er's gesehen hatte, fast wie dieses Lagoscuro, wo man sich seiner als eines überflüssigen Essers entledigen wollte. Es war nicht weit, so etwa fünf ferraresische Meilen, aber am anderen Ufer. Und die österreichischen Wachen auf den Pontonbrücken wollten gewöhnlich wissen: woher, wohin, zu welchem Behufe und wie der Vater heiße, wo er geboren sei und wo zu Hause. Die Österreicher hielten Ferrara und Comacchio in fester Hand, und der Schutz, den sie der päpstlichen Regierung angedeihen ließen, war hitzig, eifersüchtig und vieläugig scharf. Im Ferraresischen, wo sie für ihre Truppen und Garnisonen wieder mit dem Requirieren begonnen hatten, tröstete sich das Volk mit dem Witz, daß auf den Adler mit einem Kopf der mit zweien gefolgt sei, mit einem Schnabel also mehr, um größere Mengen vertilgen zu können. Jeder tröstet sich, wie er kann, und das augenblickliche Elend ist immer das größte. Auch die Garnisonen waren dem Papst aus Liebe überliefert worden, und er mußte sie unbedingt unterhalten, aber den Österreichern waren sie zu wichtig, sie wollten den Übergang über den Po in der Hand haben für den Fall, daß in den italienischen

Staaten wieder eine Revolution drohte. Napoleon war auf Sankt Helena und ließ die Welt mehr überrascht als in Frieden zurück; denn das Ausmaß und die Einzigartigkeit so beschaffener und so vieler vorausgegangener Ereignisse ließ nicht die Meinung aufkommen, daß die Dinge geordnet wären und der Friede dauerhaft beschützt sei.

Im März luden die Österreicher selber Scacerni und jeden, der Arbeit suchte, ein, die Schiffsbrücke zu überschreiten. Sie warben an, weil in Vallonga, Occhiobello genau gegenüber, in größter Eile mit einer riesigen Anzahl von Landbewohnern und Erdarbeitern ein Brückenkopf befestigt wurde, mit Wällen, Abschlagen von Bäumen und allem Drum und Dran, wie es die Regel vorschrieb. Sie suchten also starke Hände und bezahlten gut und pünktlich. Für einige Tage handhabte Scacerni die Schaufel. Dann, als er erfuhr, daß die Österreicher zu Occhiobello Barken zum Brückenbau vorbereiteten, bot er sich als Tischler und Zimmermann an, da er in diesen Arbeiten erfahren war.

Der »Herr Hauptmann«, der den Brückenbau befehligte, er mußte es wohl an Scacernis Aussehen merken, erfuhr, daß er Pionier in der Kaiserlichen Armee gewesen war. Napoleonische Veteranen, dazu noch des russischen Feldzuges, waren mit Staunen und Neugier aufgenommene Namen, schon gleichsam antike Gestalten, erst recht für einen wie diesen »Herrn Hauptmann«, einen guten Offizier der gelehrten Waffe, der alle die großen und kleinen Kriege seiner Zeit durch eine Laune des Schicksals am Schreibtisch mitgemacht hatte. Der gute Mann von jenseits der Alpen liebte Italien, seine Geschichte, seine Künste und Sitten und auch die Sprache ebensosehr wie die Spezialwissenschaft seines Pionierberufes, in dem er mit Stolz diente. Und Scacerni fragte er nach der Brücke über die Beresina, nach den Wunderleistungen der Pioniere des Generals Eblé. Scacerni bezauberte ihn, als er ihm die Tragödie des Übergangs über den Vop erzählte. Und er schwieg dazu auf seine übliche Weise, doch konnte er, wenn er es für richtig befand, wohl sprechen. Und der »Herr Hauptmann« bewunderte den geschickten und findigen Italiener, nahm ihn in seinem Boot mit auf den Fluß, wenn es Vermessungen zu machen gab, ließ ihm eine Portion Soldatenkost geben und würdigte seine praktischen Kenntnisse auf dem Gebiet der Brücken und des Flusses. Das Wissen über Dinge des Wassers gehört zu den anziehendsten Kenntnissen, und zu Occhiobello bot der Po einzigartige Sonderheiten, unter anderem die Untiefen seines Bettes in den mehr als fünfzig Armen. Der »Herr Hauptmann« war leidenschaftlich dabei, sie zu studieren, um so mehr, als es sich hier nicht darum handelte, eine Schiffsbrücke zu bauen. Zwischen Messen und Lotauswerfen lauschte er mit großer Anteilnahme, wenn ihm Scacerni die Geschichten aus den alten Zeiten erzählte, die noch älter waren als die des Herzogs Borso, und dessen Herrschaft bedeutete eigentlich die gute Zeit von Ferrara. Damals also, Jahrhunderte und Jahrhunderte zuvor, hatten die Männer von Ficarolo Händel und Messerstechereien mit denen von Rovina.

»Warum?« fragte der Hauptmann.

»Weil sie Nachbarn waren.«

»Das genügt?«

»Wenn das nicht genügt: sie lebten auf demselben Wasser, das immer Ursache war zu Streit und gegenseitigen Unstimmigkeiten.«

Die von Rovina waren an Zahl unterlegen, und sie erlitten häufig verheerende Überfälle und schnitten schlecht bei den Kämpfen ab. Der Po bog gegenüber von Ficarolo gegen Ferrara, und er lief ganz im Bett des Volano bis zum Meer. Und da gab es einen aus Rovina, Siccardi hieß er (die Namen haben sich nicht im Strom der Zeit verloren), der den Damm oberhalb von Ficarolo durchstach, um die Seinen zu rächen. Doch man muß annehmen: ohne das Wissen der Leute von Rovina; denn nicht einmal sie, wie groß der Haß auch war, hätten eine solch entsetzliche Tat gegen ein Dorf am Meer zugelassen. Aber Gott weist die Züchtigungen in dem Maße zu, das er für gut befindet. Und der Siccardi hatte den Durchstich kaum beendet, als Gott eine große Wassersnot schickte. Der Po überschwemmte an der Biegung Ficarolo – doch nicht allein das: er überschwemmte auch alle anliegenden Dörfer und das ganze Land um Ferrara bis zum Meer. Damals nahm der Po sich ein neues Bett, das ihm noch bis zu unseren Tagen dient. Der Schaden war so groß und so vernichtend, daß es nur eine kleine Strafe für den verfluchten Siccardi schien, als der seine perverse Rache Genießende vom Fluß, der den Damm ihm unter den Füßen auffraß, davongespült wurde und ertrank. Der Po von Volano, der die Lebensader der Stadt war, fing seit dieser Zeit an, zu versickern, ohne daß ihn die Ferrareser jemals wieder hätten zum Fließen bringen können. Und, so sagte Scacerni, man kann niemals mehr den Schaden beheben, den Siccardi mit seinem Dammdurchstechen verursacht hat.

Die feuchte, frühlingshafte Fülle belebte den Fluß. Die Binsen und der frische Schlamm am Ufer und das Gras auf den Dämmen leuchteten in der Sonne beim gefälligen Gegurgel der weiten und bewegten Strömung, die gelb von Schlamm und mit goldenen, blendenden Lichtern dahinschoß. Vom Boot her konnten sie die Wipfel der Bäume und die höchsten Dächer und die Kirchtürme der Dörfer, die den Dämmen im Rücken lagen, sehen. Scacerni fühlte sich auf dem Fluß wie zu Hause, wie in seiner Heimat. Und ohne noch zu begreifen, in welcher Weise, begann er zu glauben, daß er hier den Ort gefunden habe, wo er immer leben würde.

Von den eigenen, persönlichen Wechselfällen des Lebens hatte er dem österreichischen Hauptmann so viel erzählt, als notwendig war, um seine Aussage glaubhaft zu machen, daß er niemals genau gewußt habe, in welchem Dorf er geboren sei. Jedoch wurde er auch verpflichtet, beichten zu gehen nach so vielen Jahren, weil der »Herr Hauptmann« in seinem gefühlvollen Eifer über ihn mit dem Pfarrer von Occhiobello sprechen wollte, um ihn diesem warm zu empfehlen.

Gerade, weil Scacerni gläubig war und weil er die Verpflichtungen, die mit der Beichte verknüpft waren, kannte, hätte er gern, um es klar zu sagen, die Beichte umgangen. Nun kam es so, daß er glaubte und sich überredete, über den geraubten Schatz der Madonna von Spanien schweigen zu dürfen, indem er den Umstand, daß er noch nichts davon angerührt hatte, als Entschuldigung anführte. (Er hatte die Juwelen unter einem Stein auf dem Dachboden des Haues versteckt, wo er wohnte.) Und er dachte, daß es noch immer Zeit sei, die Sachen zurückzuerstatten. Dies Argument war, wie jeder einsieht, sehr unzureichend, und es handelte sich in seinem Fall um eine sträfliche Unterlassung, doch geht es uns jetzt nicht darum, darüber zu urteilen. Es kann noch hinzugefügt werden: wenn ihm auch die Argumente seines Handels als hinreichend erschienen, beruhigen und zufriedenstellen konnten sie ihn nicht.

In den Werften von Occhiobello, die seit so langer Zeit stillagen, arbeitete man Tag und Nacht an der Herstellung von Bootsrümpfen, Balken, Bohlen, Ankern und Tauen für die Schiffsbrücke. Es hallten die Hämmer und kreischten die Sägen, die Hobel schlürften die Späne, die Äxte in den erfahrenen Händen formten das Holz. Teerkessel kochten, den mit Pappeln und Weiden bestandenen Strand, wo sich die Werften und Ausladeplätze befanden, mit Dampf und Gestank erfüllend. Die Munterkeit war zurückgekehrt. Einige Jahre vorher noch hatten ja nicht nur die armen Schiffer und Fischer, sondern auch die behaglich lebenden Müller die Gepflogenheit angenommen, sich nur auf die unbedingt notwendigen Ausbesserungen zu beschränken, um ihre Mühlen nicht auf den Grund gehen zu lassen.

Aber sieh da, Joachim Murat, der, unerschrocken und leichtsinnig, mit dem Federhut auf dem Kopf dem Phantom der Krone von Italien nachritt, tauchte im April plötzlich bei Ferrara auf, erstieg die Mauern und belagerte die Österreicher in der Festung. Zwei Obristen aus Napoleons Zeit, ein Borghi und ein Negri, machten sich in der allgemeinen Bestürztheit daran, nachdem sie ihm die Tore geöffnet hatten, Soldaten für ihn zu werben. Und mit dieser Handvoll zusammengeraffter Leute verstärkte er seine kleine Anzahl regulärer Truppen und griff den Brückenkopf in Vallonga an.

Der Tag war klar, die Felder standen grün im ersten Halmen. Das Auge konnte weithin in die Ferne schweifen, und ganz Occhiobello war auf den Damm gekommen, um die Schlacht jenseits des Flusses zu sehen. Murats Truppen rückten in verschiedenen Linien vor, durch die halbsumpfigen Wiesen und auf dem Damm von Casaglia und Lagoscuro, fast konnte man die Soldaten zählen. Von Zeit zu Zeit machten sie halt, um Feuer zu geben gegen die Wälle der Österreicher, die aber nicht zurückschossen. Aus den Schützenlinien, bald aus dieser, bald aus jener, sah man das Wölkchen eines Schusses aufsteigen. Es folgten andere vereinzelte Schüsse, bis eine wilde Schießerei entstand, die schließlich die ganze Linie in Pulverrauch einhüllte und verbarg. Der Lärm der Gewehre langte am andern Ufer des Po wie überstürztes und heftiges Tellerklappern an. Und dann plötzlich böllerten die Kanonen los. Scacerni spürte im Blut und in den Beinen jene Erregung, die jeder kennt, der einmal im Feuer stand. Einige Reiter flogen durch die Wiesen von einer Linie zur andern. Der Pulverdampf bedeckte jetzt ganz das Schlachtfeld. Scacerni sah eine Kanone, die von der Bedienungsmannschaft in Stellung gebracht wurde, um den Brückenzugang zu beschießen. Am Abend erfuhr man, daß die Soldaten des Königs Joachim bis in die Laufgräben, Verschanzungen und die in Verteidigungszustand gebrachten Häuser von Vallonga gedrungen waren, aber mit keinem andern Erfolg, als daß sie mehr Soldaten als nötig hier verloren. Den Tag darauf wiederholten sie den Angriff, der mehrere Stunden dauerte und nicht ohne Mut, doch gänzlich ohne Erfolg unternommen wurde, bis die Österreicher einen Ausfall machten und zum Gegenangriff übergingen. Occhiobello sah vom gegenüberliegenden Damm aus nichts von dem Getümmel der Schlacht. Doch sah man wohl einen Teil der Angreifer, der schon demoralisiert war und jede Disziplin verloren hatte, Fersengeld geben; die Flüchtigen sprangen über Gräben und Gestrüpp, über Pfade und Feldwege fort und räumten das Feld.

König Joachim beendete darauf diese abenteuerliche Unternehmung als jener Unerschrockene, der er immer war. Der Oberst Negri entwich nach Amerika, um seine Tage auf der Antilleninsel San Tommaso zu beschließen. Scacerni hatte zum letztenmal die Erregung und das Kribbeln in den Adern gespürt und die Hitze in den Schläfen, was alles mit dem Lärm der Gewehre und dem Donner der Kanonen sich verbindet.

»Der Schwager ist nicht mehr da«, hatte der »Herr Hauptmann« gesagt, die Schlacht und den Po-Feldzug Murats kommentierend. Auch Scacerni wußte, daß Murat eine Schwester Napoleons geheiratet hatte. Und er fühlte, das war ein Schlußstrich.

Zu Ferrara war eine provisorische österreichische Regierung ausgerufen worden. Aus einem Gespräch zwischen dem Hauptmann und einem seiner Unteroffiziere beim Betrachten einer Karte vom unteren Po hatte Scacerni entnommen, daß die Österreicher, die eifrigen Beschützer des Legitimismus und der Restauration in Italien, die Grenze am Hauptlauf des Po festlegten, dabei nahmen sie das ferraresische und pontifikale Gebiet für sich, das für die Österreicher jenseits des Po lag. Die Schöngeister bemerkten hierzu, daß die entsandten Monsignori, welche die päpstlichen Interessen wahrzunehmen erschienen waren, sich mehr aufs Meßbuch als auf die Landkarte verstanden, und die österreichische Kommission verwirrte die geistlichen Herrn vollständig und machte ihnen weis, daß der Hauptlauf des Po dort, wo er sich in so viele Arme aufteilt, der Po von Goro sei, so daß auf diese Weise die Heimat Scacernis, Ariano und die ganze »Insel«, österreichisch wurden nur wegen der Gutmütigkeit dieser Monsignori. Er wußte auch, daß er nun als österreichischer Untertan einer Bekanntmachung hätte Folge leisten müssen, die verordnete, daß alle Soldaten des ehemalig italienischen Gebietes zu erfassen seien.

Es gefiel ihm gewiß nicht schlecht, besonders jetzt, da er das Zeugnis des Hauptmanns überall vorzeigen konnte, daß die österreichische Polizei daranging, das Po-Delta von allen Räubern zu säubern, und zwar mit einer Energie, welche die Päpstlichen bei weitem nicht aufgebracht hätten. Was aber seine Person betraf, zog er es doch vor, Untertan des Papstes zu bleiben, so zwischen den zwei Staaten auf dem Flusse lebend in einer sehr besonderen Freiheit, welcher er seine ganze glühende Anhänglichkeit bewahrte, obschon er nicht mehr die Kraft besaß, diese Freiheit im Busch und drunten in den wilden Tälern zu suchen.

Sehr kalt verliefen die Feierlichkeiten und das »Te Deum« in Ferrara, das gesungen wurde, als der päpstliche Prolegat kam, um die Legatur aus den Händen seiner Beschützer zu empfangen. Kurze Zeit, nachdem die Boote zurückgezogen und der Brückenkopf zerstört war, hatte »Herr Hauptmann« von Occhiobello Abschied genommen; er mußte weit fort nach Galizien und hatte Scacerni versprochen, wenn der eines Tages in seinen Breiten etwa auftauchen sollte, würde er ihm die obere Weichsel zeigen und erklären. Scacerni arbeitete in der Werft des alten Kalfaterers Subbia, der ihn sehr liebgewonnen hatte, als er ihn mit Hammer und Meißel, mit Winkelmaß und Richtschnur arbeiten sah, und meinte, er könne sich im Zimmermanns- und Tischlerbereiche bald einen Meister der Axt nennen.

Er beobachtete ihn bei der Arbeit und seufzte:

»Wie ich es bedaure, einen so fähigen Arbeiter wie Sie verlieren zu müssen!«

»Ich habe nichts davon gesagt, Meister Subbia, daß ich von Ihnen Urlaub nehmen will!«

»Und auch ich, mein Lieber, möchte Sie nicht entlassen, aber wenn diese alte Barke ausgebessert ist, die in andern Zeiten dazu gedient hätte, den Kessel zu heizen, hat die Arbeit hier ein Ende, und wer weiß, wann neue Aufträge kommen. Jetzt bessert man ja sogar solche elenden Kisten aus!«

Und er gab der alten Barke einen verächtlichen Fußtritt und fuhr fort: »Neue Barken, ach Gott, die sind ganz aus der Mode gekommen! Oh! was für Zeiten!«

»Aber warten wir bessere ab. Ich begnüge mich mit Schlafen und Essen, Meister!«

»Schlafen könnten Sie, soviel Sie wollten, mein Lieber, aber essen? Wenn das so weitergeht, fehlt binnen kurzem auch mir und meiner Alten alles, und die Katze kann auf dem kalten Herd tanzen. Wissen Sie, wie hoch der Scheffel Mais steht? Vierzig Skudi! Und der Weizen fünfzig! So was ist noch nie dagewesen!«

»Es kommen schon wieder bessere Zeiten!«

»Aber wann? Wenn wir Hungers gestorben sind! Die Bauern sind so weit, daß sie das Saatkorn in die Mühle tragen müssen. Das bedeutet Hungersnot!«

»Ich hab' auch davon gehört.«

»Nicht wahr? Ich erzähl doch keine Flausen. Wenn man auf Sankt Lukas nicht sät, was soll man auf Johannistag ernten? Die Hungersnot des letzten Jahres war nichts im Vergleich zu dieser, wir waren im Schlaraffenland, wenn ich an den Hunger des kommenden Jahres denke – und so geht's weiter, mein Lieber!«

Diese düstere Voraussagung hatte allzuviel Wahrscheinlichkeit für sich, und sie entsetzte die Menschen. Die Winterszeit des Jahres 1816 wurde in der Tat sehr bitter im ferraresischen Land. Und die Seuche trat nun noch stärker auf, Typhus oder Pest, wie man sie nennen will. Meister Subbia und seine Frau bekamen sie beide zugleich, und niemand getraute sich mehr, in ihr Haus einzutreten, nicht einmal ein gewisser Neffe, der zu Porpolana wohnte, obwohl er der einzige Erbe und Verwandte des Kalfaterers war. Sie wären in ihrer Verlassenheit gestorben, wenn Scacerni ihnen nicht beigestanden hätte.

»Wie konnten Sie nur soviel Mut haben?« fragte ihn der wiedergenesene Alte. »Haben Sie die Seuche schon das vergangene Jahr gehabt?«

»Das nicht, aber wir sind Freunde: ich und die Pest. Sie hat mir zumindest immer geholfen«, scherzte Scacerni, indem er sich an seinen Eintritt in Ferrara erinnerte. »Und dann: ich war napoleonischer Soldat in Rußland: der Tod hat mehr Angst vor mir als ich vor ihm!«

»Und jetzt: entweder reicht's in diesem Haus für drei oder für keinen, nicht wahr, Alterchen?«

»Bei Gott«, bejahte die Frau, »Sie wurden für uns, was uns ein Sohn gewesen wäre, hätte es Gott gewollt!«

»Ich setze Sie ins Testament, ich übermache Ihnen die Werft, Meister Lazzaro!«

»Machen wir kein Durcheinander«, sagte Scacerni, »die Werft geht, natürlich so spät als möglich, an den Sohn Ihres Bruders über.«

»An diesen feigen Hund aus Porpolana?«

»Sie haben alle Angst gehabt, seien wir gerecht, Meister Subbia. Wenn man aus diesem Grunde alle enterben müßte, würde die Welt auf dem Kopfe stehen.«

»Sie haben nicht mal so unrecht«, antwortete Subbia unschlüssig, »aber ich habe Sie schätzen gelernt, und ich habe unbedingt eine Dankesschuld an Sie abzutragen.«

»Nun, was soll's schon. Denken Sie daran nicht zuviel! Wir sind auf der Welt, um einander zu helfen.«

»Das ist ein christliches Wort!«

Nicht, als ob Scacerni die Ordnung der Familie so wichtig genommen hätte, aber er spürte einen inneren Widerstand und wollte sich keineswegs als Tischler oder Kalfaterer auf Lebenszeit einrichten. Und dies Widerstreben war ihm von Subbia selber eingeimpft worden, als man sich über die Verteuerung der Lebensmittel beklagte:

»Fünfzig Skudi der Scheffel, und die Preise steigen noch weiter. Aber der Bauer, der kommt, sehen Sie, auch im schlimmsten Falle immer noch mit einem blauen Auge davon. Er spinnt und webt zu Hause den Hanf, den er angebaut hat. Er hat zu essen, wenn auch knapp, er hat Weizen, Mais, Schweine, Geflügel und Eier. Wenn er kein Geld für den Schuster hat, geht er in Holzschuhen oder barfuß. Er gibt keinen Sechser aus, ob er nun wenig oder kein Geld hat. Aber in unserem Handwerk (ich will nichts dagegen sagen: in früheren Zeiten war es ein sehr gutes Handwerk), in unserer Lage, zu Hause oder in der Werkstatt, was kann man ohne Geld in der Tasche schon anfangen? Alles will in klingender Münze bezahlt sein. Ohne Geld, wer zahlt das Holz, das Eisen, die Werkzeuge? Geld muß da sein, muß hin und her laufen, wie's Wasser von der Erde zum Himmel und vom Himmel zur Erde! Habe ich mich deutlich ausgedrückt mit diesem Vergleich?«

»O ja!«

»Das will sagen, daß wir, und alle andern Handwerker genau so wie wir, in den schlechten Zeiten schlechter dran sind als alle andern!«

»Und wer steht sich Ihrer Meinung nach besser?«

»Da besteht doch kein Zweifel: jederzeit der Müller!«

»Führt er wirklich ein so gutes Leben?«

»Hören Sie mal nur zu, und sagen Sie dann nein, wenn Sie können. Der Bauer hat das Korn, jener aber hat die Mahlsteine: solange das Bedürfnis nach Brot anhält, ist auch der Müller nötig. Der Händler verteuert die Ware, der Müller verteuert das Mahlgeld. Und ihm bewegt die Steine der Fluß umsonst. Und ich will Ihnen noch ein Geheimnis anvertrauen. Wichtiger als die Sache mit dem Bargeld ist die: jeder Müller, der Respekt vor sich hat, nimmt ein bißchen Mehl für sich selbst als Meister und Herr des Mehls. Der Kunde weiß das, aber er tut so, als wisse er's nicht, wohlverstanden, wenn der Müller das mit Manier und Anstand betreibt. Denn der Bauer kann nicht lesen und schreiben, und da gibt's auch keinen Federfuchser, der ausrechnen könnte, wieviel Hände voll Mehl aus soundso vielen Händen von Weizen oder Mais herauskommen. Die Bauern haben Verständnis, natürlich alles in seinen Grenzen. Nur wenn so ein Müller den Nimmersatt macht, kann auch ihm das schwer aufstoßen.«

»Der Müller diktiert sich also sozusagen selber das Gesetz, er macht sich das Gesetz und wendet es an.«

»Genau so, als seien sie die Herren der Welt. Ich wiederhole: auch der Müller kann seine Schäfchen nur scheren und nicht schinden; wer alles will, hat am Ende nichts, Napoleon hat uns das vorgemacht!«

Diese Gespräche, in denen dem Müllerberuf soviel kecke Überlegenheit und geschicktes Zupacken nachgesagt wurde, vom Glanz eines bäuerlichen Großtuns übergossen, hatten zur Folge, daß Scacerni, der nach Herkommen und Temperament gewohnt war, sich selber Recht zu verschaffen, dies Ideal einer ehrbaren, aber vorurteilslosen Freiheit über die Maßen zusagte.

»Die Mühle«, fuhr Subbia fort, »ist der Acker des Müllers, sagt man, aber ich möchte sagen, auch die Bank, wo die Geldstücke hecken, und auch der Zoll und das Gut, das ihm Pacht abwirft.«

So lobte er die Einnahmen, und so lobte er die Ausgaben, die das behagliche Leben der Müller mit sich brachte, ihre leichte Hand im Geldausgeben, ihre Frauen mit ihrem Hang zum Putz. Und auch das gefiel Scacerni. Aber es handelte sich hier um die üppigen Müller von einstmals, nicht um die von jetzt, betonte Subbia, diese armseligen und kümmerlichen Müllerlein mit dem Krebs am Geldbeutel. Der Alte hatte noch mehr als sechshundert Mühlen am Po gekannt, alle aufblühend und unternehmungslustig, und so voll begeisterter Erinnerung sagte er:

»Oh, solange das Wasser den Po hinabläuft, leben die Müller!«

»Mögen sie leben, aber warum läuft dann nicht alles hin, um Müller zu werden?«

»Sehr gut, weil die Zähne zum Kauen da sind. Bestehen wir aber nur aus Zähnen? Verstehen Sie doch, daß wir bald nichts mehr haben, um's zwischen die Zähne zu schieben, und dann, es ist nicht ein Leben für jedermann, es will den ganzen Mann.«

»Wieso?«

»Jede Medaille hat ihre Kehrseite. Dies Dasein auf dem einsamen Fluß ist nicht für jeden. Da gibt es ganz bestimmte Gefahren.«

»Sagen Sie mir die größten!«

»Das Hochwasser zerreißt die Taue und nimmt die Mühle mit stromab, das winterliche Eis zerbricht die Böden und zerquetscht den Schiffsrumpf. In manchen Zeiten muß sich der Müller Tag und Nacht abplagen und manchmal ohne Erfolg. Und die Strauchdiebe stehlen. Verstehen Sie recht, dort auf dem Fluß gibt es keine Sbirren, bei denen er Schutz suchen kann, wenn er sich nicht selbst zu verteidigen weiß. Bei diesem Pack, das die Nacht zum Mantel hat, muß ein Müller mit der einen Hand Zugeständnisse machen, mit der anderen Hand abwehren. Er muß verstehen, sich Freunde zu machen und die Feinde nicht zu fürchten; manchmal endet die Sache mit Flintenschüssen. Wären Sie imstande zu einem solchen Leben, Meister Lazzaro?«

»Ich schon«, rief Scacerni hingerissen aus.

»Oh, oh, welches Feuer! Gewiß, Sie sind ein ganzer Kerl!«

»Na, mir fehlt beinah alles: die Pfennige!« antwortete er, wieder ruhig geworden.

Aber als er derart der dankbaren Anhänglichkeit des guten Subbia sicher war, vertraute er ihm an, daß er eine gewisse Summe bei einem Juden in Terrara liegen habe. Dies Geld stamme aus Moskau, und er habe sich noch nicht getraut, es hervorzuziehen wegen der Schlechtigkeit der Leute und der Neugier der Justizbeamten. Subbia stimmte dem durchaus zu. Und Scacerni machte ihm den Vorschlag, vor den Augen der Leute so zu tun, als seien sie gemeinsam an der Mühle beteiligt und als habe Subbia ihm für sein Teil einen Kredit eingeräumt. Und dann übergab er ihm den Auftrag zur Konstruktion einer schwimmenden Mühle. Auf diese Weise habe ihm Subbia reichlich seine Erkenntlichkeit gezeigt, ohne in die Tasche greifen zu müssen, und die Werft ginge dann an den zurück, dem sie durchs Blut rechtmäßig zustehe.

»Wollen Sie noch was, Meister?« rief der Alte aus. »Aber ich werde

Ihnen nun auch die schönste Mühle machen, die man je auf dem Po sah. Und dabei war ich gerade noch dran, von einem neuen Dammbruch wie zuzeiten des Siccardi zu erzählen und zu sagen, daß der Fluß, wenn er uns schon nicht mehr zu leben gibt, wenigstens unsrer Not ein Ende macht. Gehen Sie schnell nach Ferrara, das Kapital abholen.«

Scacerni tat das um so lieber, als er in diesen Zeiten nicht mehr an die Herkunft des Geldes dachte und auch nicht an die Gefahr, von dem Raguser übers Ohr gehauen zu werden. Wer nicht wagt, gewinnt nicht. Und was seinen Zweifel eben über die Herkunft betraf, so hatte er dagegen ein Argument, das ihm unanfechtbar schien: hätte sich der Annobon etwa daran gütlich tun sollen, weil er sich nicht vor dem Kirchenbann fürchtet? Dann wäre es ja besser, als Jude geboren zu werden. Das kann der Papst nicht wollen!

Und der Meister Subbia spornte ihn an mit dem Projekt dieser vollkommenen Mühle, die er machen wollte, mit diesem Meisterwerk seiner Kalfatererlaufbahn.

Scacerni dachte manchmal auch an Mazzacorati, und es waren keine schönen Gebete, mit denen er ihn bedachte: Warum tat er den Mund auf, dieses niederträchtige Tier, diese verfluchte Bestie, konnte er es mir nicht verschweigen, woher und wie er die Sachen gestohlen hatte? Ich wüßte jetzt nichts und wäre ruhig. Eine schöne Dankbarkeit dafür, daß ich ihn aus dem Vop rettete.

Über diesen Gedanken entging ihm ganz, daß auch er nicht sündigen dürfe aus einem Dankbarkeitsgefühl heraus. Aber in diesen Tagen war er keineswegs von der Vernunft geleitet, nur die Leidenschaft für die Mühle trieb ihn.

Wenn das Geld knapp wird, vermehren sich die Ratschläge, und auch der gute Subbia brachte jeden Tag ein neues Argument vor, entdeckte Vorteile und kam mit neuen Anregungen.

»Es ist eine Gelegenheit, die nicht mehr wiederkehrt. Die Teuerungszeit wird auch einmal enden« (dabei vergaß er, daß er bis vor kurzem noch das Gegenteil gesagt hatte), »sie endet, wie all die andern geendet haben, und sogar noch schlimmere! Was wissen wir schon! Das schlimmste Übel scheint uns immer das, was uns gerade im Augenblick trifft. Wer weiß, was unsere Vorfahren litten. Es wird auch das vorübergehen, wie alles andere vorüberging. Die Teuerung des Korns, fünfzig Skudi, jawohl, mein Herr, eine unerhörte Sache, wirklich, aber was sind fünfzig Skudi?«

Diese Frage, im Eifer der Beweisführung aufgeworfen, brachte ihn selber aus dem Gleichgewicht, er fühlte sich verpflichtet, darauf gleichsam zu antworten:

»Fünfzig Skudi, gewiß, das sind fünfzig Skudi, nicht zu leugnen! Aber es hat schon einen Sinn, alt zu werden: ich erinnere mich noch an Zeiten, die weit zurückliegen, da man für fünfzig Skudi ein Koppel Kühe oder einen Arbeitsochsen kaufte, was seither nie wieder möglich war. Also sind fünfzig Skudi heute nicht mehr dasselbe wie damals, es sind sozusagen nur dreißig oder fünfunddreißig. Und daß das Korn fünfunddreißig Skudi, den Scheffel zu zwanzig Metzen, stand, daran erinnere ich mich auch noch, und auch mein Vater sagte es mir. Es ist also nicht so, daß der Preis der Sache die Teuerung ausmacht, sondern daß man die Dinge nicht mehr auftreibt, und, um es noch einmal zu sagen: wie jene Teuerungszeiten vorübergegangen sind, geht auch diese vorüber. Ja und nun, was wird geschehen?«

»Sagen Sie mir das, Sie sind ein gewitzter Mann mit Erfahrung.«

»Oh, was den Witz angeht, den hätt' ich schon, Meister Lazzaro, und was die Erfahrung anbelangt, das ist der Rest, wenn alles andere zum Teufel ging. Aber hören Sie mir gut zu!« (Scacerni war ganz Ohr.) »Die ganze Generation der heutigen Müller hat aus Geiz oder Armut (was auf dasselbe herauskommt, nur weiß ich nicht, was schlimmer ist) ihre Mühlen verlottern lassen. Schon jetzt sind von den sechshundert, die ich gekannt habe, nur noch etwa dreihundert übrig, und die sind keineswegs hinreichend, selbst bei diesem Kornmangel. Was wird man da tun nach einem Jahr, nach zwei Jahren und erst in jenem Jahr, da es Gott gefallen wird, seine Hand wieder reichlich aufzutun? Und ich möchte beten – Gott verzeih mir meine schlechte Prophezeiung von vorhin! –, daß er das Elend nicht mehr zurückkehren läßt. Die Mühle also verbraucht sich, zerfällt, kann nicht mehr benutzt werden. Ich weiß wahrhaftig, wie es heutzutage üblich ist: hier ein Flicken, dort ein aufgekleisterter Fleck, um das Leck so gut wie möglich auszubessern, ein bißchen Arbeit am Werk – und diese ganzen Aufmöbelungen sind übler als der eigentliche Schaden. Ich sage nicht zuviel, wenn ich behaupte, daß in zwei Jahren die Hälfte dieser Mühlen auf Grund gegangen oder abgeschwommen oder ganz schadhaft ist oder auch in der Werft liegt für eine anständige Wiederherstellung, was dann seine Zeit will. Und wenn ich auch das Schlimmste annehme: weniger als heutzutage können die Leute wohl nicht essen. Sie werden selber wissen, was dabei ein Müller verdienen kann, der zur rechten Zeit an seine Angelegenheiten dachte, der sich mit einer neuen Mühle versah, einer netten, die wohl fähig ist, Tag und Nacht zu laufen, bei Wind und Wetter und jeglichem Wasser, das den Po hinunterläuft! Oh, welch ein Leben! Ich sag es Ihnen ins Ohr: für so einen Mann wird die Mühle kein Acker sein, da wird sie einfach eine Goldgrube, oho!«

Nach diesen Worten schweifte er ab und betrachtete Lazzaro mit glänzenden und leicht feuchten Augen, legte dann mit Sprichworten los:

»Ich sage Ihnen, die fetten Schafe machen auch den Hirten fett! Gott schließt eine Tür und öffnet dafür ein Tor. Aber dafür muß man auch zur rechten Zeit den Geldsack aufzutun wissen, denn: das billige Kaufen läßt die Pfennige laufen. Und überhaupt: wer zuerst kommt, mahlt zuerst!«

Und nun fügte er etwas bei, das genau zu ihm paßte:

»Sie haben gesagt, daß ich Ihnen helfen kann, wohlan. Aber ich will Ihnen auch noch auf eine andere Weise helfen: Sie ersetzen mir nur die Auslagen: Holz, Eisen, Tagelohn und das Mahlwerk. Was meine Arbeit aber angeht, die können Sie mir ganz gemütlich zahlen, wann und wie es Ihnen paßt.«

»Das nenn ich mir einen Biedermann!«

»Das zu sein, ist mein ganzer Stolz!«

»Und ein Mann mit Herz!«

»Es handelt sich hier um ein Konto, das ich Ihnen für alles, was Sie uns getan haben, abtragen muß!«

Nachdem dann die Kalkulation mit vielem Hin und Her gemacht war, ergab sich, daß fünf- bis sechshundert Skudi für das Rohmaterial, vierhundert für Tagelohn und tausend Skudi für die Mühle angelegt werden müßten, im ganzen also zweitausend Skudi. Ob soviel nun die Juwelen der Mutter Gottes von Spanien wert waren? Um nicht auf die Mühle verzichten zu müssen, hätte Scacerni nunmehr auch nicht im Schatten des Todes gebeichtet, woher diese Kostbarkeiten stammten. Und es war Angst, die ihn so schnell nach Ferrara zum Raguser führte, er riskierte jetzt alles.

Seit drei Nächten hatte er nun nicht mehr geschlafen, er, der trotz so außerordentlicher Schicksalsschläge nie begriffen hätte, daß ein Mensch den Schlaf verlieren könnte. Er machte sich frühmorgens auf den Weg, und er hatte noch nichts von den Meilen gemerkt, als er schon aus der großen Ebene die vier Türme des Kastells aufsteigen sah und seitlich daneben das ungeheure Bollwerk der Festung; dann zeichneten sich die Bastionen am Himmel ab. Er hatte die Kostbarkeiten wiederum in den Nähten seines Anzugs untergebracht, der diesmal wohlanständig und sauber war, der Anzug eines Handwerkermeisters. Und der Schein des »Herrn Hauptmanns« gab ihm den freien Mut, sich am Tor von San Benedetto bei der Wache zu melden, die ihn, ohne Schwierigkeiten zu machen, passieren ließ.

Der Palazzaccio in der Straße der Armari, wohin man ihn wies, hatte bessere Zeiten gesehen. Davon waren die in Marmor gehauenen Türpfosten Zeugen und die Säulen im Hof. Fenster und Ausgänge waren vermauert, das Tor hing zertrümmert und halboffen in den Angeln, die im Laufe der Jahre nachgegeben hatten. Das Gras und Kraut im Hof war üppig hochgeschossen, ohne aber die Haufen aus Kalk, Mörtel und allerlei Abfall bedecken zu können, zwischen denen herrenlose und verwahrloste Köter scharrten und schnupperten. Katzen in großer Zahl und allen Farben lagen struppig und verwildert in dieser Verwahrlosung und genossen die Sonne, ohne sich um die dicken und sich frech aufführenden Ratten zu kümmern, die beim Eintritt Scacernis in das dichte Gras und die Brennesseln flüchteten. Der Steinbelag des Bodens war halb zerstört. Die Kuppeln und Bogen standen verräuchert und verschimmelt da; das Ganze war nur noch eine Spelunke. Im übrigen waren sämtliche Gassen dieses Viertels vom Gras bedeckt, wie damals sogar der größte Teil der Straßen Ferraras, das in dieser vielleicht trübsten Epoche seiner Geschichte wie unbewohnt erschien, eine blinde und taube Stadt.

Scacerni stieg die abgenutzten Stufen der großen Treppe hinan. Auf die Loggia oben mündete eine Tür, auch sie von verbrauchtem und uraltem Aussehen. Er klopfte, aber niemand gab Antwort. Dennoch fühlte er sich durch irgendein geheimes Guckloch beobachtet. Er begann nun stärker zu klopfen, daß es in dem schweigenden Palazzaccio dumpf widerhallte. Da öffnete sich die Tür (von innen war sie schwer mit Eisen beschlagen), und ein Mann in langem türkischem Gewand mit einer slawischen Hausmütze auf dem Kopf erschien und sagte ruhig:

»Am Klopfen erkennt man kräftige Arme!«

»Bitte sehen Sie, ich habe die Hände leer«, antwortete Scacerni, seine Handteller vorzeigend.

Der Raguser dagegen verbarg die Rechte auf dem Rücken, aber er räumte höflich ein: »So spricht ein Galantuomo.«

»Und Freund.«

»Das wird sich noch herausstellen. Zunächst seien Sie mir willkommen. Doch wenn Sie Waffen bei sich haben, legen Sie alles hier im Vorzimmer ab, damit Sie sich bequem fühlen.«

Scacerni legte das große Messer auf eine alte bemalte Truhe und sagte, die Arme breitend:

»Wenn Sie wollen, tasten Sie die Taschen ab.«

»Es genügt so, treten Sie näher.«

Der alte Pirat sprach das Venetianisch der Küste und der Inseln zwischen Istrien und Korfu mit ruhiger und vollendeter Höflichkeit. Er entsprach ganz der Beschreibung, wie sie der Barkenbesitzer aus Ragusa gegeben hatte. Man hätte bei seinem Anblick nicht erwarten können, daß er jene Kraft besitze, die bei denen, die ihn gekannt hatten, sprichwörtlich geworden war. Aber man mußte diese zustechende, durchdringende Lebhaftigkeit seiner Augen sehen, dieser überaus schlauen und forschenden Augen, die dicht an der Wurzel der gekrümmten und feinen Nase beieinander saßen. Diese Augen waren unfähig zu lächeln, sie konnten nicht einmal den finsteren Ausdruck mildern, wie er, ärgerlich und drohend, ununterbrochen in den Augen von Raubvögeln nistet. Von diesen Tieraugen hatten die seinen in dem braunen, ja, olivenfarbenen Gesicht den glimmenden Glast, hart und blind wie ein Spiegel. Man konnte sie nicht einmal bösartig nennen, aber sie waren gänzlich ohne Seele. Vor der Selbstverständlichkeit dieser Augen hätte man ebensogut einem Tier seine Naturinstinkte zur Last legen können. Dennoch beleidigte dieser Instinkt von grausamer Gier auf dem Gesicht eines Menschen, einfach weil er bewußt war und die Schlauheit hinzutrat.

Der ausgekochte Bandit war sich dieser Bedrängung, die auf den Mitmenschen aus seinen Augen überging, schlau bewußt. Er senkte die Lider halb, so daß die Pupille besser hervorstach, rund wie ein Pfefferkorn und außerordentlich klein und glitzernd, und sie zielten, diese Pupillenlöcher unter den Lidern, wie die Mündungen von hinterhältigen Pistolen hervor. Das andauernde kalte Lächeln auf seinen dünnen Lippen war höchst heuchlerisch, er lachte oft und lachte sehr schlecht. Die Stimme, meist sehr sanftmütig, hatte immer einen Ton von Falschheit. Die Stirn aber offenbarte den Mann in unverstellter Offenheit. Sie war finster, verkritzelt und zerquält von sehr vielen Falten, als ob hier jede Bosheit und schlimme Unternehmung eine Spur hinterlassen habe und eine unaufhörliche böse Spannung sie zusammenziehe. Scacernis schwere Schuhe – der Raguser hatte gestrickte Pantoffeln an den Füßen – hallten in den weiten Zimmern wider wie in einem unbewohnten Hause; doch waren alle Räume mit dem verschiedenartigsten Hausrat, mit reichen, seltenen und zusammengetragenen Dingen vollgestopft. Man dachte an Kriegsbeute, an eine Diebeshöhle, wenn man diese Sachen sah, oder an den Kielraum eines Piraten, an die Spelunke eines Räubers. Das Licht kam von oben durch die offenen Löcher an der Spitze der zugemauerten Fenster. Wenn der Himmel wolkig war, dachte Scacerni, müßte man hier wohl den ganzen Tag sich mit Lampen behelfen. An den Türen ließ ihm der Raguser zeremoniös den Vortritt, er wollte niemand im Rücken haben. Nachdem sie einige geräumige Zimmer durchschritten hatten, kamen sie in ein kleineres, das heller war. Boden und Wände waren mit kostbaren Teppichen bedeckt. Und da befand sich ein Tisch, um den anstatt der Stühle Diwane standen. Der Raguser klatschte leicht in die Hände, und es erschien ein Knabe, auch er auf levantinische Art gekleidet, eine weiche und verweiblichte Erscheinung; er trug auf einem mit

Perlmutter ausgelegten Tablett den auf türkische Weise bereiteten Kaffee herbei.

»Entschuldigen Sie«, sagte Scacerni, »aber ich bin noch nüchtern.«

»Kaffee kann man immer trinken. Sie würden mich beleidigen, sozusagen, wenn Sie ihn ausschlügen.«

»Ja, dann – ich möchte Sie nicht beleidigen, da ich Ihnen ja ein Geschäft vorschlagen will.«

Der Raguser schlürfte den Kaffee und setzte die Tasse hin. Und während Scacerni wartete, daß er ihn nach dem Geschäft fragen würde, sagte der Raguser, die Füße zusammenlegend, um auf türkische Weise dazusitzen:

»Zu Hause bin ich ganz Türke, das Weinverbot ausgenommen. Er schmeckt mir, und er schmeckt mir sogar ausgezeichnet. Ich hab da noch einige Fäßchen aus Zypern, hm – wollen Sie probieren?«

»Danke, ich sagte Ihnen schon, daß ich nüchtern bin. Und überhaupt trinke ich nie, mit Ihrer gütigen Nachsicht, vor dem Abschluß eines Geschäftes.«

Aber auch diesmal schien der Raguser nicht den Faden des Themas aufnehmen zu wollen, und Scacerni fuhr darum, als er das bemerkte, fort:

»Ich bin gekommen, um Sie zu fragen, ob Sie bereit wären, gewisse Goldsachen und Juwelen zu kaufen, die ich loswerden möchte.«

Bei dieser Mitteilung brach der Instinkt des Ragusers durch. Er sagte und schärfte gleichsam dabei die Augen:

»Sie haben, um nur so zu fragen, die Sachen bei sich?«

»Oh, Sie halten mich für einen Knaben? Die Sachen sind gut aufgehoben!«

»Ich lobe mir die Vorsicht«, seufzte der Räuber. »Es gibt so viele Strauchdiebe, wo man nur hinschaut. Doch haben Sie sich vertan: ich handle nicht mit Juwelen.«

»Dann entschuldigen Sie meine Störung. Ich gehe.«

»Nanu! Was für ein eiliger Mensch Sie sind. Aber Sie gefallen mir, gerade so! Hören Sie: Ihrem Gesicht nach glaube ich Sympathie für Sie zu empfinden. Und ich mache Ihnen gern ein Vergnügen. Ja, ja, es sind wohl Sächelchen, von denen man nicht recht weiß, woher sie kommen, sozusagen gestohlene Sächelchen, wie?«

»Die Herkunft kann ich sehr genau angeben: die Sachen hat mir ein Offizier als Erbe hinterlassen, einer hier aus Ferrara, der Kapitän Maurelio Mazzacorati, der in Rußland starb.«

»Ich hörte schon einmal seinen Namen, scheint mir. Sind Sie Soldat gewesen?«

»Ich habe ihm das Leben gerettet, wiewohl es umsonst war, in einem Fluß da droben irgendwo.«

»Eine vornehme Tat, lobenswert. Schade nur, daß es umsonst war, sozusagen.«

»Sozusagen? Glauben auch Sie, daß ich ihn umgebracht habe? Das wundert mich nicht.«

»Ich? Wieso denn? Rauchen Sie? Habe ich gesagt, daß Sie ihn umgebracht haben?«

Er reichte Scacerni eines der Mundstücke der Wasserpfeife, aus der er selber rauchte.

»Es wundert mich nicht«, fuhr Scacerni fort, »und deshalb bin ich zu einem Manne gekommen, dem es einerlei ist, woher die Sachen stammen und auf welche Weise ich darankam oder wer ich bin oder nicht bin. Aber wenn ich mich geirrt habe, kann ich ja wieder gehen.«

»Sie sind ein sehr resoluter Mann, lassen Sie sich das von einem sagen, der sich auf Männer versteht. Ich wäre Ihnen gerne begegnet, als ich noch jünger war, auf dem Meer. Glauben Sie, wir hätten gut zueinander gepaßt, wir beide! Wir hätten allerlei Sachen angestellt, sozusagen, in so einem gewissen Handwerk, irgend etwas. Leider, diese Zeit ist dahin, man wird alt, Sie Glücklicher, man wird alt.«

Er war aufrichtig, als er so mit sehnsüchtiger Trauer auf Meer, Jugend und sein Seeräuberleben zurückblickte, und auch seine plötzliche Sympathie für Scacerni war ehrlich, doch der sagte kalt:

»Das ist kein Handwerk nach meinem Geschmack.«

»Ah, Geschmackssache«, versetzte würdig der Pirat, »dennoch gestatten Sie, daß ich wiederhole: schade! Ah, die Jugend, das Meer! Das war ein anderes Leben!«

»Und wären Sie bereit, das Geschäft zu machen?«

»Verstehen wir uns, je nachdem: ist die Sache rechtlich erworben, hat sie ihren Preis; ist sie gefunden, sinkt sie, ist sie gestohlen, sinkt sie, sinkt sie; gibt's da aber einen Toten in der Sache: sinkt sie, sinkt sie, sinkt sie. Verstehen Sie?« Und er zählte die verschiedenen Stufen des Sinkens an den Fingern.

»Ausgezeichnet, ich werde nicht handeln. Entweder greifen Sie zu, oder wir lassen's.«

»Eh, was ein wildblütiger Kerl. Man weiß also nicht, woher die Gegenstände kommen?«

»Frage ich Sie, woher Ihr Geld kommt?«

»Ich würde es Ihnen auch nicht sagen, mein Lieber!«

»Aber frage ich Sie denn danach?«

»Sie geben mir überdies zu denken: wer sagt mir denn, warum Sie in mein Haus gekommen sind? Ich bin, das weiß man jetzt, nicht neugierig, aber Sie, wer kennt Sie eigentlich? Und wer schickt Sie?«

»Oh, für Sie habe ich also ein neugieriges Gesicht, für Sie, der Sie sich so gut auf Menschen verstehen? Ich habe ein Gesicht, als hätte mich jemand geschickt? Haben Sie nicht den Eindruck, als ob meine Beine mich auch in eigenem Auftrag zu Ihnen befördern könnten?«

»Doch«, antwortete der Raguser mit Überzeugung, nachdem er ihn noch einmal betrachtet hatte, »durchaus! Und würden Sie etwa«, fügte er unvermittelt hinzu, »mit mir ringen, den ›Eisenarm‹ machen*?«

Scacerni war von dem Vorschlag überrascht. Aber diese Kraftprobe war für den Raguser ein Mittel, Freunde und Feinde zu erproben, oder auch eine Art und Weise, den andern seine Kräfte spüren zu lassen und jemand unter seinen Einfluß zu bringen. Doch wirkte darin auch seine Eitelkeit, die für gewöhnlich keinen fand, der ihm hätte einigermaßen widerstehen, viel weniger ihn besiegen können. Scacerni wunderte sich also, aber kurz entschlossen zog er die Jacke aus und sagte:

»Ich bin dabei!«

Der Raguser legte das türkische Gewand ab, faltete es sorgfältig und begann den Hemdsärmel aufzukrempeln, der aus guter Seide, aber schmutzig war, während Scacerni seine aus grobem Hanf gearbeiteten Sachen ziemlich sauber hielt. Er überragte den Raguser um Hauptes- länge, doch die große Statur ist nicht gerade immer ein Vorteil, wenn man den »Eisenarm« macht. Der Privatmann gewordene Pirat entblößte einen von Muskeln ganz knotigen Arm. Er hatte sich die Pantoffeln ausgezogen und wie zerstreut aus der Hosentasche, als störe es ihn, das Stilett herausgenommen. Den blanken Stahl legte er auf den Tisch, die Scheide hatte sich abgestreift und war zu Boden gefallen, er hob sie nicht auf. Das besorgte nun Scacerni, und er riet ihm, das Stilett in die Scheide zu stecken:

»Das Ding könnte Rost fangen.«

Der Raguser stimmte liebenswürdig bei, doch probierte er, ob die Waffe auch leicht aus der Scheide ginge. Scacerni fragte:

»Erhitzen Sie sich beim Spiel?«

»Unsinn, ich bin ein Lamm«, antwortete der Pirat, der, abgesehen von allen übrigen Todsünden, am Jähzorn litt. »Wie machen wir's: sitzend oder stehend?«

»Wie's Ihnen gut scheint.«

»Dann schlage ich vor: sitzen und aufstehen«, sagte der Raguser, der

* Entspricht etwa dem Brauch des »Fingerhakelns« in den deutschen Alpenländern. A. d. V.

sich vornahm, den Gegner zuerst zu ermüden und dann sich zu erheben und sich ihm unversehens auf das Handgelenk zu legen.

Er ließ von dem Jungen zwei Bänkchen bringen, sie setzten sich darauf und stützten den rechten Ellbogen auf den zwischen ihnen stehenden Tisch, jeder in die Nachbarschaft der ihm zunächst liegenden Tischkante. Und sie legten Handfläche gegen Handfläche und umklammerten sich. Der Zugriff war von beiden Seiten aus stark, und wie sehr auch der eine drückte, der andere gab nichts nach. Ihre Augen stachen roh und ernst ineinander:

»Geht's los?«

»'s geht los!«

Die Füße angestemmt, die Linke am Tisch festgeklammert, begannen sie nun, die Festigkeit des Handgelenks zu erproben. Bei beiden war es von Eisen. Der Raguser tat, als wolle er ein wenig nachgeben, und benützte die Finte, um den Ellbogen weiter vorzuschieben und ein wenig das Handgelenk zu bewegen. Er spürte, daß es wirklich nötig war, List anzuwenden, denn in einem Ermüdungskampf hätte der Gegner ihn überwunden. Wenn auch die Muskelkräfte gleich waren, Scacerni hatte die Kraft der Jugend. Plötzlich riß der Raguser mit einem so schnellen und starken Losschnellen der Muskeln den Arm an sich, daß es Scacerni beinahe das Gelenk umbog, und um zu widerstehen, mußte er den Ellbogen derart über den Tisch schleifen, daß er die Partie verloren zu haben schien. Aber als der Raguser ihm nun den Arm auf den Tisch drücken wollte, konnte er seine Kraft nicht vermehren und den Vorteil nicht ausnutzen, denn Scacerni richtete den Arm wieder gerade, mit langsamer, zäher Kraft. Der eine merkte, daß er an Kraft zurückstand, der andere hatte begriffen, daß er aufmerksamer sein müßte. Der Raguser hatte etwas Hartes und Knochiges im Zupacken seiner Hand, die eine Pranke oder Vogelklaue zu sein schien. Ihr Griff war wie ein Biß, der schmerzte und die Hand des Gegners langsam steif machte. Auch versuchte er, mit kurzen, aber sich wiederholenden Drehbewegungen das Gelenk zu ermüden und dessen Festigkeit nach und nach zu brechen. Und das war sehr unangenehm. Scacerni schwitzte stark. Der Raguser atmete heftiger. Und als Scacerni mit ganzer Kraft die Hand des Gegners zu pressen begann, um nun mit der Verteidigung seines Armes zu beginnen, widerstand der andere, aber nach der starken Anstrengung keuchte er, und er war nicht mehr imstande, das Spiel von vorhin zu wiederholen. Die Ellbogen der beiden starken Männer schienen auf dem Tisch festgenagelt. Doch die Muskeln am Arm des Ragusers vibrierten, die Adern an Puls und Hand schwollen an. Plötzlich sprang er auf, sein Schemel fiel um. Und er stieß und drückte mit der ganzen Wucht seines

Körpers auf Scacernis Arm, der mit den Zähnen zu knirschen begann und das Blut in den Schläfen hämmern spürte; vor den Augen schwindelte ihm leicht, er brauchte zum Widerstand seine ganze Energie. Er wich etwas, aber sehr langsam, das Haupt gesenkt, die Augen geschlossen und jeden Muskel gespannt. Der Raguser hatte keine Kraft mehr zum Pressen, aber Scacerni war noch ein wenig Kraft geblieben, zu widerstehen, wenn auch nicht mehr lange. Der Raguser hob die Augen in einem schnellen Erfassen der Lage, es lag Staunen in seinem Blick, und mit einem Schlag hörte sein Pressen auf. Die Arme richteten sich wieder gerade auf. Von diesem Augenblick an hatte die Ausdauer des Jungen die Oberhand gewonnen, und er behielt sie. Es war nur noch eine Frage der Zeit. Der Raguser fühlte, wie er verlieren sollte, und das hielt er für unmöglich, er, der gewohnt war, immer zu siegen. Und wie eine Verhöhnung kam ihm jetzt das Spiel des andern vor, der ihm von Zeit zu Zeit plötzlich nachgab, aber nur, um ihn zu ermüden und ihm das Gelenk zu überanstrengen, bei jedem Male mehr und mehr, bis er ihm den Ellbogen vom Fleck drückte. Dennoch glaubte der Raguser noch nicht daran, daß der Augenblick gekommen sei, da er unterliegen müßte, als ihn die Atemnot schlappmachen ließ. Und da bog ihm Scacerni unaufhaltsam die Hand gegen die Tischplatte und drückte sie mit dem Rücken auf das Holz, wo sie besiegt und schwach liegenblieb.

Da zeigte der Pirat die Zähne, und seine Linke flog nach dem Stilett auf dem Tisch, aber Scacerni hatte die Waffe mit einer flinken Handbewegung in die äußerste Zimmerecke geschleudert, dann erst ließ der Zugriff seiner Rechten nach, und er erhob sich.

»Sie haben Kraft in den Knochen, Michele Bergando«, sagte Scacerni und tat so, als habe er nichts gesehen, er blickte ihm nur scharf in die Augen, »Sie haben beim ›Eisenarm‹ eine gefährliche Kraft sozusagen.«

Es schien, als habe der Raguser sich schon gefaßt, und vielleicht erinnerte er sich mit Bedauern, daß man nicht mehr an Bord eines Piratenschiffes war, wo es ungemein viel leichter ging, sich eines im Streite Erschlagenen zu entledigen.

»Sie können von sich sagen, daß Sie der erste sind, der mich besiegte«, antwortete er höflich, immer noch keuchend, »und ich rechne es mir zur Ehre, von einem Kerl wie Ihnen besiegt worden zu sein.«

Aber die Leidenschaft war zu groß, und er mußte sie in einer Flut von seltsamen und zusammengesuchten Flüchen hinausschießen lassen. Es folgten obszöne Gesten, höhnische Ausrufe und schlimmste Beschimpfungen in französischer Sprache, aber diese ganze Wut richtete er ausschließlich gegen sich selber, während er auf die besiegte und müde Hand einbiß.

»Jetzt fühle ich mich besser«, beschloß er diese Wutentladung, »und nach allem bin ich zufrieden, einen Kerl kennengelernt zu haben. Und ich beweise es Ihnen: für Ihr Geschäft bin ich, wann Sie es wollen, bereit, für jene Juwelen.«

»Ich habe sie hier bei mir«, sagte Scacerni, und diesmal sprach er die Wahrheit.

»Ach!«

Dieser Ausruf, aus Verwunderung und seltsamem Bedauern gemischt, ließ Scacerni begreifen, wie unklug er doch gewesen war, die Juwelen mit sich in dieses Haus zu bringen. Aber er entnahm diesem Ausruf auch, daß der Raguser ihn nun nicht mehr berauben würde, dank der Hochachtung, die der Pirat jetzt für seinen Gast hegte.

»Wenn es so ist, gehen Sie Ihr Messer holen – behandeln wir dies Geschäft ehrlich als Gleichgestellte.«

Und nachdem die Ehrlichkeit so unter dem Zeichen von zwei auf dem Tisch liegenden Messern vorgeschrieben war, ging das Geschäft vonstatten, und es war weder kurz noch angenehm. Scacerni sah, wie der andere das Gold entwertete, auf zwölf Karat und noch tiefer, wie er die Diamanten benörgelte: sie seien trübe, klein, schlecht geschnitten oder fehlerhaft; und die Perlen waren alle Grobzeug. Scacerni fühlte sich entmutigt, und zwar so sehr, daß er eine unerwartete Erleichterung verspürte, als der Raguser ihm zweitausend Skudi bot. Und er machte sich nun weiter keine Gedanken mehr: entweder hatte ihn der Räuber übers Ohr gehauen, oder er hatte mit richtigen Erwägungen diesen Preis festgesetzt, ihm war's gleich. Die Summe wurde ihm sofort ausgezahlt. Er kehrte nach Occhiobello zurück mit so leichten Füßen, als berühre er nicht mehr die Erde, da er seine Taschen derart mit Geld beschwert hatte.

IV

»Der Subbia ist kindisch geworden«, sagten die Leute, als sie erfuhren, daß die Schiffsrümpfe für die Mühle in der Werft auf Stapel gelegt wurden; »er macht irgendeinem dahergelaufenen Vagabunden einen Kredit auf, einem, von dem keiner weiß, woher er kommt, einem Kerl ohne Kunst und Gunst, und einen solchen Kredit!« Andere zitierten ein Sprichwort aus dem Ferraresischen über den Mann, der plötzlich den Sack voller Geld hat: »Ist einer plötzlich zu Geld gekommen, hat er's gefunden, geerbt, genommen!«

Anfangs kamen die ländlichen Kalfaterer, hauptsächlich alte Leute und Freunde von Subbia, vom Müßiggang getrieben und auch aus Freundschaft und Neid, zwei Gefühlen, die sich zwar widersprechen, aber so häufig beisammenwohnen. Sie betrachteten das Skelett und das

Gehäuse der beiden massigen Schiffsrümpfe, unten platt und an den Flanken geschwungen, die von Meister Subbia und Lazzaro auf dem Gerüst mit guter Ausdauer und ebensoviel Eifer zurechtgehauen wurden. Keiner von den Kritikern konnte leugnen, daß das Holz – sehr wertvolle slawonische Eiche, Lärche und Tanne, sogenannte Moskauer Tanne von verschiedenster Auswahl – ausgezeichnet sei und auch gut gelagert habe, sie ereiferten sich sogar, das Holz im Preis zu taxieren, und es kam eine hübsche Summe heraus. Sie sagten zueinander: »Dabei alles bar bezahlt, wir wissen's ja genau, obschon wir selber nicht zu denen gehören, die ihre Rechnungen aus der Tasche der andern begleichen.«

In der Tat, jeder hatte das Seine getan, um sich zu informieren, was er natürlich nicht preisgab; sie waren nämlich beim Holzhändler gewesen, und jeder wiederholte:

»In bar auf den Tisch des Hauses bezahlt, einen Goldfuchs über den andern, und das in diesen Zeiten! Holz, das seit Jahren niemand mehr sich anzuschauen getraute, so teuer ist's! . . . hat er's gefunden, geerbt oder . . .«

An das Auffinden von Schätzen glauben nicht einmal die Kinder, wenn man ihnen abends Märchen erzählt. Vermächtnisse? Von wem kann ein Herumtreiber etwas erben, ein Mensch, der selber sagte, daß er nicht wisse, wo er geboren und wer der Vater sei?

»Man sagt, er habe das Geld in Rußland gemacht, er habe es in Moskau genommen, beim Brand von Moskau . . .«

»Was glaubt ihr?«

»Ich gehöre nicht zu denen, die schlecht über ihren Nächsten denken!«

»Ich ebenfalls nicht. Aber ich möcht auch nicht für einen von den Dummköpfen gehalten werden, die sich so dicke Sachen erzählen lassen«, und er machte sich deutlich mit einer Geste, »so dicke!«

»Meister Subbia hat ihm Kredit aufgemacht, weil er bei ihm blieb und ihm beistand, als er und seine Frau die Pest hatten.«

»Vor allen Dingen hätte Meister Subbia uns das wissen lassen können, daß er krank war: ein Biedermann wie er, ein Nachbar, eine so bekannte und geschätzte Persönlichkeit, wer wäre ihm nicht zu Hilfe geeilt, auch auf die Gefahr hin, selber die Pest zu bekommen? Wer hätte ihm nicht Frau und Kinder geschickt? Sie nicht?«

»Ich? Aber natürlich!«

»Und ich etwa nicht?«

»Ich auch! Was gibt's da zu fragen?«

»Alle zusammen, das ganze Dorf!«

»Und der Freund Subbia hätte nicht nötig gehabt, sich in die Hände eines solchen unbekannten Bastards zu begeben. Aber hat Subbia euch damals etwas wissen lassen?«

»Mich zumindest nichts!«

»Ich erfuhr es, denkt euch nur, als er schon wiederhergestellt war.«

»Ich war damals außerhalb.«

»Es war, wenn man die Sache beim rechten Namen nennen will, nicht gerade ein Vertrauensbeweis von Subbia, ein Freund handelt so nicht!«

»Freunde in der Not«, zitierte jener, der damals gerade unterwegs war, als Subbia die Pest hatte. Dies Sprichwort zieh die andern ein wenig des Verrats und rührte an die Gewissen, so sehr, daß sie, um das Gespräch zu ändern, sich wiederum daran begaben, die Unkosten des Subbia festzustellen. Selbst wenn man sein Bargeld hoch einschätzte, konnte er nicht so viele Skudi auf die Seite gebracht haben, als er jetzt schon bei dem Bau der Mühle angelegt hatte. Und sieh an, die braven Leute (die ganze Welt ist ein Dorf), so diskret und wenig neugierig, daß sie nicht einmal rechtzeitig etwas von der Krankheit des Freundes, der mit ihnen Tür an Tür wohnte, erfahren hatten, die waren nun von den Leuten aus Lagoscuro über den unbekannten Scacerni bestens informiert. Derselbe Mann, der jetzt gut ausstaffiert einherging, wurde noch vor kaum zwei Jahren, als er den Winter in Lagoscuro zubrachte, mit Almosen durchgefüttert. Und in was für einer Aufmachung, in welchen Lumpen lief er einher! Hunger litt er und machte Jagd auf Ratten.

»Jagd auf Ratten? Das ist sonderbar, eine ganz seltsame Sache, nicht wahr?«

Die Merkwürdigkeit dieser Angelegenheit weckte den Witz und die Satire. Bald war es so weit, daß die kleinen Jungen, wenn sie an der Werft vorbeikamen, »miau, miau« machten, und sie riefen, als lockten sie die Katze: »Mieze, Mieze!«

Scacerni tat, als merke er nichts, er geruhte nicht, es zu bemerken. Denn er nahm Rücksicht auf Subbia, weil er dessen Freund und ihm verpflichtet war. Aber der Alte bemerkte von sich aus die Umtreibereien, als die frechgewordenen Jungen einige Ratten in die Werft warfen, sie am Schwanze durch die Luft schleudernd. Er wollte Aufklärung haben, wiewohl Scacerni sagte, man solle über solche Kindereien hinwegsehen.

»Aasviecherei!« sagte Subbia nur, »da muß es jemand geben, der den Rangen das beibringt!«

»Die werden schon von allein müde.«

»Nein, nein, denen will ich schon vorher das Handwerk legen.«

Und wirklich stellte sich der rüstige Alte, gewandt und mager, wie er war, mit einer langen Peitsche auf die Lauer, die, soweit sie nackte Beine traf, die Lust, Ratten zu schleudern, schnell benahm. Dann, als wieder einmal die Gesellschaft der Freunde beisammen war mit den gewohnten wohlwollenden Ratschlägen, und als die Alten ihre Tonpfeifen rauchten und auf zwei Pfeifenlängen sich verstohlen den Fortschritt der Arbeit in der Werft betrachteten, sagte Subbia:

»Ich habe beschlossen, das ganze Dorf groß einzuladen.«

»Oh«, machten sie verwundert, um so mehr, als Subbia nicht für einen Verschwender galt, »hast wohl in der Lotterie von Ferrara gewonnen?«

»Nein, aber ich bin soeben dabei, einen Rattenbraten zusammenzustellen, um ihn dem ganzen Dorf vorzusetzen.«

»Uns auch?« fragten sie verstimmt und von der Vorstellung angeekelt.

»Euch zuerst!«

»Du willst uns beleidigen?« fragte einer in aller Namen. »Uns, deine alten Freunde?«

»Ich will euch nur die Mühe ersparen, hierherzukommen und eure Pfeifen zu rauchen. Wenn ihr keine Arbeit habt, dort ist der Damm, dort gibt's um diese Stunde mehr frische Luft als hier.«

Da gingen sie fort. Und so hatte der Alte fertiggebracht, was der Junge, obgleich er kühner und zu härtesten Entschlüssen bereit war, niemals gewagt hätte: nämlich das Dorf und die öffentliche Bosheit herauszufordern. Doch mit der Zeit ging auch dies böse Wühlen vorbei. Im übrigen waren die Trübsale dieses traurigen Winters von 16 auf 17, der Hunger im Frühling und noch während der Ernte (die auf dem Lande immer den Augenblick der Einschränkungen und der höheren Preise mit sich bringt) ganz dazu angetan, endlich den Übelmäulern den Atem zu verschlagen.

Das Volk schöpfte ein wenig Hoffnung, da jede andere als auf Gott dahin war, erst als es sah, daß im Mai und Juni, die entscheidend für das Getreide sind, Regen, Sonne und Wind sich so günstig anließen, daß die sparsame Aussaat, die kümmerliche Düngung und Arbeit des Herbstes wettgemacht zu werden schien. In diesem Augenblick vor der Ernte, wo die Sorge von Gläubigern wie Schuldnern auf den Gipfel steigt, das Bangen, bezahlt zu werden und bezahlen zu können, da kommentierte Meister Subbia die Kornpreise, die höher gestiegen waren, als er es das Jahr zuvor für möglich gehalten hatte, folgendermaßen: »Jetzt können die Dinge nicht mehr schlechter gehen, da bleibt nichts übrig, als daß sie sich bessern: Sie werden sehen!«

Als dann die Ernte ihr Versprechen einhielt, ja überstieg, und das Volk begann, wieder Atem zu schöpfen nach so vielen Jahren der Bedrängnis, als die Seelen sich erhellten und die Preise niedriger wurden, sagte er:

»Haben Sie gesehen? Sagte ich es nicht? Es ist Gottes Wille, der die Dinge leitet und auch heilt, wenn wir es nicht mehr erwarten.«

Aber diese Überlegung rief ihn doch zu größerer Bescheidenheit zurück, und er fügte bei:

»So räsonierte allerdings auch der dumme August, als er im dicken Regen sich über das gute Wetter hinterher freute.«

Wer ihm gesagt hätte, daß er sich mit diesem seinem Ausspruch nicht nur mit dem dummen August, sondern auch mit Macchiavelli traf, hätte ihn vielleicht stolz gemacht, aber er kannte Macchiavelli nicht, und so trug seine Unwissenheit nur mit zum Frieden seiner Seele und dem seiner Umgebung bei. Als die bösen Zeiten sich nun entfernten und die Aufträge wiederkehrten, die neue Arbeit in die Werften von Occhiobello brachten – Ausbesserungsarbeiten und Überholungen, neue große und kleine Barken –, öffneten die Dorfbewohner so sehr ihre Herzen, daß sie sich Subbia und Scacerni wieder näherten, um auf schweigende, aber herzliche Weise alles wieder gutzumachen. Und um dann sogar zuzugeben, als ein Müller eine zweite Mühle bestellte: jene erste vom Mastro Lazzaro habe Occhiobello Glück gebracht. Keine Rede mehr von »Geerbt, gefunden oder gestohlen«! Niemand erinnerte sich dessen mehr, ausgenommen Scacerni. Er bewahrte diese Erfahrung, die ihn neben tausend anderen Dingen lehrte, wie hoch das Wohl- oder Übelwollen der Leute anzuschlagen sei. Aber diese Überlegungen behielt er für sich, auch um den guten Subbia nicht zu betrüben, der so glücklich wie kein anderer über die ausgeglicheneren Zustände war und jetzt sein Occhiobello sich lobte:

»Das Dorf hat seine Fehler, aber die ganze Welt ist ein Dorf! Und es ist mein Dorf, wo ich geboren bin und wo ich dereinst begraben sein werde.«

Dem hatte Scacerni nichts entgegenzustellen, jedoch: es war nicht sein Heimatdorf. Er hatte keine Heimat auf dem festen Lande, und mit jedem Tag wuchs seine Sehnsucht und Ungeduld, sein Haus und seine Mühle auf den Fluß zu setzen. Das war sein Lebensziel: einsam, ohne Geschwätz um sich her, ganz sein eigener Herr zu sein, Gott als einzigen Herrn zu haben, wie ein Kapitän auf seinem Schiff. Mit jedem Tag erschien ihm dies Ideal schöner und verlockte ihn noch mehr. Aber da er treu nach dem Spruch lebte, der rät, nichts zu verlangen und nichts zu verweigern, wartete er noch. Und man verlangte von ihm nichts, als eine gute Miene zu machen, und er verweigerte sie nicht. Doch wenn er dabei war, das Rad zu betrachten, in der richtigen Müllersprache am Po das »Ulà« genannt, das Ulà irgendeiner Mühle und das Wasser, das es trieb, erschien ihm das wie eine ferne Sache, so sehr quälte ihn seine Ungeduld. Auch der Mais gab eine gute Ernte, und allen Anzeichen nach schien es, als ob die Teuerungszeiten vorüber wären.

Die Schiffsrümpfe waren vom Stapel gelassen, und leer ragten sie nun wie Türme aus dem Wasser mit ihren mächtigen Flanken, den Bug hochgeschwungen, das Heck viereckig, alles robust und dauerhaft gebaut. Drinnen waren die Gerüste wie ein starker Knochenbau, und Meister Lazzaro hatte die Bugenden mit einem Eisenschnabel geschmückt, der spitz und angreiferisch vorragte, von ihm selbst auf dem Amboß geschmiedet.

»Wozu dient das denn?« hatte jemand gefragt.

»Zur Schönheit!« war die Antwort. Aber er wußte sehr wohl, daß manchmal – sei's durch die Heftigkeit der Strömung oder die Unachtsamkeit der Müller und Fischer – große Barken, ja Mühlen den Po abwärts getrieben wurden, um alles zerstörend gegen Hab und Gut derer zu stoßen, die auf ihre Sachen achtgaben und zeitig Vorsorge trafen, die Vertäuung verstärkten und die Anker verdoppelten. Bei solchen Vorkommnissen würden die Eisenschnäbel dem Mühlwerk sich als sehr nützlich erweisen. Doch sagte er das niemand, um jede Gehässigkeit zu vermeiden und nicht in den Ruf eines arroganten Mannes zu geraten, der trübsinnig immer gleich an das Unglück denkt.

Die zwei Schiffsleiber nannte man Sandoni (Großbarken), doch eigentlich hatte die Bezeichnung Sandon nur das Schiff, das die zwei Mahlwerke für das weiße und das gelbe Mehl trug. Das andere, kleinere Schiff hieß Sandoncello (kleine Großbarke). Drei Hauptbalken, »Ketten« genannt, verbanden die Sandoni; an den Bugenden lag der erste Balken, die zwei folgenden lagen bugseits und heckseits vor und hinter dem Wasserrad, das sie mit seinen immerwährenden Umdrehungen netzte und mit einem Sprühregen bedeckte. Die Brücke zwischen Sandon und Sandoncello wurde in ihrem Hauptteil Andiale (Gehplatz) genannt und weiter vorn, wo die Handwinden standen, um die Tauenden aufzudrehen, und wo die Ringe befestigt waren, an denen die Ankerketten lagen, Andialetto (kleiner Gehplatz).

Beim Zusammenfügen des Sandons und Sandoncellos hatte Meister Subbia dem letzteren eine stark abweichende Richtung nach auswärts gegeben. Infolgedessen neigte nun dies Schiffsgebilde dazu, das zur Zeit noch mehr eine unbedeckte Brücke zwischen zwei unbeladenen Kielen war und auf dem Wasser leicht plätscherte, die Vorderteile der Barken in die Richtung des Sandoncellos zu bringen, und schon gab es kritische Stimmen, welche die Mühle schief nannten, eine hinkende Mühle, eine krumme Mühle! Meister Subbia focht das nicht an. Er wußte: bei dieser

Mühle hatte sich die Hand der Jugend mit der Erfahrung des Alters vereint. Und er sagte zu Scacerni:

»Der Po, müssen Sie wissen, hat nicht nur eine Strömung, er hat ihrer zwei. Es gibt da nämlich eine Strömung am Flußrand, und in dieser stehen die Mühlen, nicht zu nah und nicht zu weit vom Ufer. Der Sandon soll an der Uferseite stehen, im stilleren Wasser, der Sandoncello aber hat draußen, in der lebhaften Strömung, zu stehen. Solange nun das Wasser reichlich fließt, laufen alle Mühlen lustig und mahlen, aber wenn's weniger wird und die Strömung an Kraft verliert, dreht sich das Ulà faul und schlapp. Und dann werden Sie merken, warum ich dem Vorderteil des Sandoncellos die Richtung nach außen gegeben habe: nämlich um mehr Wasser in die Rinne zwischen den Schiffsleibern zu lassen und auf die Schaufeln des Ulà. Sie werden sehen, wie die Mühlen der andern schlappmachen, wenn die Ihre noch läuft, lebhaft wie eine Jungfer zum Traualtar.«

Scacerni lachte über den Vergleich.

»Dennoch ist es wahr, daß die Schiffsleiber sich nach rechts zu drehen streben.«

»Eine Frage des Verankerns, dann stehen sie schon gerade! Gegen die Strömung stehend, bringen sie mehr Wasser, wie ich schon sagte. Gegen Dummheit gibt es keine Pillen.«

»Man merkt, daß Sie die schöne Absicht haben, nicht immer allein zu schlafen«, sagte Subbia, als seine Frau, welche die Ausstattung der Koje übernommen hatte, nach der Breite der Leintücher fragte.

Dort, wo der Spindelbalken, der das Wasserrad trug, im Innern des Sandons endete, waren in vertikaler Stellung die zwei Zahnräder angebracht, die ihre Zapfenzähne aus Kornelkirschenholz auf die waagerecht liegenden kleinen Holzzylinder übertrugen, durch welche Übertragung die Eisenschienen, die die Mühlsteine antrieben, eine beschleunigte Bewegung erhielten. Der Stein zuunterst lag fest und unbeweglich, und in seiner Mitte drehte sich der Pfahl, der den oberen Mahlstein trug und umtrieb, eine schwere und hartnäckige Last. Hier unten im Schiffsraum war ein ganzes Gerüst von Balken errichtet, die das Mahlwerk zusammenhielten, wo die Mühlsteine in ihrer Holzverschalung sich drehten. Der Pfahl, der durch die Mühlsteine ging, hatte am unteren Ende einen Eisenpickel, der sich in einem Holzsockel drehte. Dieser Sockel konnte nach oben und unten bewegt werden mittels einer Hebevorrichtung; das Ganze war zum Regulieren der Steine erdacht. Wollte man groberes Mehl, wurde die Reibung vermindert und der obere Stein leicht gehoben, was man »hochmahlen« nannte. Das »Tiefmahlen« dagegen zerrieb das Korn viel stärker, was ein feineres Mehl ergab.

Jetzt wurden die Dächer über den Holzhäuschen des Sandoncellos und des großen Sandons gerichtet und auch über dem Andiale zwischen den Schiffen, so daß eine Loggia daraus entstand. Das Andialetto bugwärts aber wurde, als zum Manövrieren bestimmt, ohne Dach gelassen.

»Übrigens fällt mir da ein«, sagte Meister Subbia, als das Dach beendet war, »auf welchen Namen taufen wir die Mühle?«

»Rattenmühle!«

»Nanu!« machte unzufrieden und ein wenig betroffen der Alte, »denken Sie denn noch immer an diesen kleinen Unfug! Das war nicht schön, aber jetzt gehört das doch zu den Sachen, die hinter Ihnen liegen.«

»Ich dachte an die Ratten, die ich in den Kornmagazinen von Lagoscuro fing, aber Sie haben recht. Wie wär es dann mit ›Hungermühle‹?«

»Es ist Ihre Mühle!« Weiter sagte Meister Subbia nichts. Nach einigen Tagen kam er darauf zurück:

»Was für ausgefallene Namen für eine Mühle und was für schlechte Beschwörungen der Zukunft! Wer brächte wohl seinen Sack in eine Hungermühle? Warum sich die Leute zu Feinden machen? Und wegen so was, wegen eines Namens!«

Wie seltsam, daß auch die klügsten Naturen oft in unwichtigen Fragen verrannt sind – Scacerni wurde zornig: war es denn nicht seine Mühle?

»Gewiß«, sagte der Alte, »Sie sind Herr und Patron dieser Mühle, ganz gewiß!«

Und Scacerni begann hartnäckig jedem zu erzählen, daß seine Mühle »Hungermühle« heißen würde, mochten die Leute darüber reden, was sie wollten. Darauf meinte man allgemein, daß dies ein bizarrer und auch sehr unfreundlicher Name sei, genau wie der neue Müller. Und diesmal hatten sie recht, und schließlich hielt ihm der alte Subbia einen Vortrag:

»Am 29., der jetzt kommt, ist Sankt Michaelstag. Und die Mühle würde dann gerade fertig sein. Sie kennen die Redensart: wer am Michaelstag hat zu essen, dem ist das ganze Jahr das Geld gut gemessen!«

»Angenommen und danke für die schönen Wünsche.«

»Also, Meister Lazzaro, vergessen Sie das nicht. Hören Sie mich an: jeder Müller empfiehlt sich der Jungfrau Maria oder irgendeinem Heiligen im Himmel. Nehmen Sie den heiligen Michael! Könnten Sie einen besseren Heiligen wählen? Das sagt Ihnen ein alter Mann, der jetzt seine letzte Mühle gebaut hat und sich um kein Geschwätz mehr kümmert. Aber nehmen Sie doch die Leute, wie sie sind. Wenn Sie zum Pfarrer laufen, um ihm den lästerlichen Namen mitzuteilen, den Sie Ihrer Mühle geben wollen, macht er vielleicht sogar Schwierigkeiten, wenn er kommen soll, um sie zu segnen. Es ist nur eine Namensfrage, gewiß, aber wichtig genug. Eines Wortes wegen wollen Sie sich schädigen? Denken Sie selber darüber nach, Sie sind Herr und Patron, das brauche ich Ihnen nicht zu betonen. Aber wie das Sprichwort sagt: Iß wie du willst, aber mit den Kleidern richte dich nach den Leuten.«

»Also sei's der heilige Michael«, stimmte Scacerni bei, sich den klugen Überlegungen des Alten fügend, wenn er auch später immer in Augenblicken böser Laune und in schwierigen Lagen seine Mühle bei diesem bösen Namen »Hungermühle« zu nennen pflegte. Er wollte auch zwei Sprüche daraufgemalt haben, einen nach außen auf die Schiffswand des Sandoncellos, der den Barken auf dem Fluß zurufen sollte: »Gegen Dummheit gibt es keine Pillen.« Der andere auf dem Sandon, gegen das Ufer gerichtet, sollte den des Wegs Daherkommenden sagen: »Wer zuerst kommt, mahlt zuerst.« Sprüche, auch lustige, an die Mühlen zu schreiben, war durchaus üblich; aber diese Sprüche, soweit sie sich als gute Ratschläge darstellten, hatten einen ganz bestimmten höhnischen Beigeschmack. Sie wurden in schönen Druckbuchstaben von demselben Barkenbemaler angebracht, den Scacerni von Comacchio hatte kommen lassen, die Mühle des heiligen Michael anzustreichen: die Schiffsleiber wurden schwarz geteert; grün, rot, gelb, ja, in allen Regenbogenfarben glänzten die Wände der Holzhäuschen auf den Schiffen, und so viele Verzierungen waren angebracht, als dem Maler eben einfielen. Bugwärts, auf der Wand des Häuschens vom Sandoncello, reckte sich der heilige Patron Sankt Michael, während seine Füße den gekrümmten höllischen Drachen zertraten, dem der Maler ein glühendes und sprühendes Hahnenkoller um den Hals und Basiliskenaugen gab. Und um den neugierigen Kindern Angst zu machen, riet ihnen der Pinselschwinger, dem Teufel nicht zu fest in die Augen zu schauen:

»Wißt ihr denn nicht, daß der Basilisk ein ganz gefährliches Auge hat? Wer's anschaut und dann in den Spiegel guckt, bringt sich selber um.«

Es war ein Maler, der sich auf sein Fach verstand. Und er erntete auch große Bewunderung für das Werk. Der Erzengel in seinen flammenden Farben war wirklich gewaltig und staunenerregend.

»Ihr könnt den Leuten sagen, Meister Lazzaro«, meinte der Maler mit Genugtuung, »daß hier weder mit Karmin noch mit Ultramarin gespart wurde, und das sind die teuersten Farben, die man im Handel findet.«

Es gab da einige naseweise Neugierige von auswärts, wohl von den neidischen Müllern zum Kundschaften ausgeschickt, die der Ansicht waren, daß der Maler in der Handhabung der Perspektive nicht stark sei.

Die Lanze nämlich, die der Erzengel in der Rechten schwang, stoße statt in den Drachen unter ihm in das eigene linke Knie des Erzengels. Die Kritik wurde dem Maler berichtet, aber sie ließ ihn unberührt:

»Er verwundet sich also selbst, haben die Leute gesagt? So so! Sie halten ihn für einen ›Barzulone‹, den heiligen Michael, für ihresgleichen also! Aber sie sollen ihn ruhig gewähren lassen, er weiß, was er tut, und kann mit Lanzen gut umgehen!«

»Barzulone« bedeutet in der Mundart Dummkopf, Tölpel und Leichtfuß, und mit diesem Titel eines Barzulone konnten die kritischen Mäuler abziehen, der Maler hatte es ja selbst gesagt, und die Zuhörer hielten sich daran.

Auf der Hauswand des Sandons war mit weniger Aufwand der bärtige heilige Abt Antonius abgebildet, der Beschützer des Wassers und des Feuers.

Und es kam der festliche Tag, der 29. September, das Michaelsfest. Die Mühle lag funkelnd neu und prahlerisch im hellen warmen Sonnenschein auf dem Fluß. Sie duftete vom abgelagerten Holz ihrer Bauten und vom frischen Firnis. Sie war provisorisch vertäut und lag ein wenig schief in der Strömung, aber das Geheimnis von der fachmännischen Einsicht des Meisters Subbia war durchgesickert, und nun erregte die Schiefheit Bewunderung. Der Fluß war in weicher Bewegung, und er ließ das Ulà munter gehen und das Mahlwerk in wild polterndem Leerlauf, nur zum Spiel und allgemeinen Vergnügen. Mastbaum, Räder und Rollen, jeder Stock und Pflock begann zu quietschen und zu stöhnen, Berg und Tal der Kammräder gingen ineinander und ordneten sich, noch frischen und neuen Lebens voll, zu der alles miteinander verbindenden Arbeit.

»Und daß sie hundert Jahre voll Glück und Leben sei«, so sagte feierlich Meister Subbia; seine Augen glänzten.

»Der Padrone Lazzaro lebe hoch!« schrien die zum reichlichen Richtfest geladenen Gäste im Chor.

Der Müller Scacerni hieß jetzt nicht mehr Meister, sondern Padrone Lazzaro. Und wie er sich so von den Leuten genannt hörte, begriff er endlich voll und ganz, daß seine Sehnsucht sich erfüllt hatte. Und seine Genugtuung darüber war so stark, daß darin nicht jenes Quentchen Schwermut fehlte, das auf dem Grunde jeglicher Erfüllung liegt. Er holte den Pfarrer, der Chorhemd und Stola trug, im Beiboot vom Lande und brachte ihn auf die Mühle, daß er Sandonen, Holzhäuser, Mahlwerk und die Gemälde des Schutzheiligen segne und einweihe.

»Es lebe der Padrone Lazzaro, er lebe hoch!« schrie die ungeduldige Menge, die sich zu Tisch setzen wollte.

Lange Tafeln waren auf dem Rasen gerichtet in einem buchtigen Winkel im Schatten einiger Pappeln, nahe dem Hause Subbias, dort sollte das Richtfest steigen. Fünf Weiber arbeiteten seit zwei Tagen in der Küche, von Meister Subbias Frau dirigiert, die beim Rollen des Teiges für die Tagliatella, beim Falten der Tortelloni und Köpfen der Hühner für die Vornehmeren unter den Geladenen ihr Alter ganz vergaß. Waschschüsseln voll Fleischbuletten, mit viel Knoblauch und Petersilie bereitet, warteten auf das Gros der Gäste, wozu ein nicht geringer Berg von Kartoffelklößen bereit stand. In jenen Zeiten war die Kartoffel erst unlängst eingeführt, und ihre Ernte feiert man bis zu unseren Tagen am Michaelsfest, zu dem man unbedingt Kartoffeln aß. (Wenn es aber durch vertiefteres Studium sich herausstellen sollte, daß trotz des Philanthropen Parmentier die Kartoffel im Ferraresischen damals noch nicht so verbreitet war, so will das in diesem Falle bedeuten, daß sich hier die Geschichte getäuscht hat und daß es sich bei jenen Klößen wohl um Mehlklöße handelte.)

An der Haupttafel saßen der Pfarrer, ihm zu Seiten Lazzaro und Meister Subbia, dann folgten der Maler und die Dorfnotabilität. Die Jungenbande war auf die Bäume geklettert, um zuzuschauen. Drei Fäßchen von ziemlichen Ausmaßen wurden angezapft. Und da gab es kräftigen Sangioveser, einen Jahrgang feinsten Zuschnitts; Wein von Bosco, schmackhaft und herb, und lieblicher Albaner begoß die Süßspeise aus Milch und geröstetem Zucker, die nach dem Tiegel, in dem die Landleute dies Gericht so köstlich bereiten, »coppa« genannt wird. Die Reistorten, die aus großen Pfannen kamen, bildeten Säulen. Und in den großen Muschelschüsseln schwammen die Klöße in einem gebräunten Buttermeer und mit geriebenem Käse bereift. Um elf Uhr morgens setzte man sich zu Tisch, um drei Uhr nachmittags war das Essen noch in vollem Gange; einige hatten allerdings kurz Atem geschöpft mit einem Verdauungsnickerchen, doch die Tüchtigsten, wirklich eine bemerkenswerte Sache, die Neid und Bewunderung erwecken kann, aßen von der ersten bis zur letzten Stunde ohne Pause und Punkt. Die Weinfässer wurden immer hohler, dann waren sie schließlich trocken, und unter den pochenden Knöcheln dröhnte es hohl.

Scacerni hatte auch fünf Kroaten aus der Garnison von Occhiobello eingeladen, um sich mit der herrschenden Obrigkeit gut zu stellen. Überdies waren es gute Kerle, und sie machten dem Ruf, der ihnen vorausging: unerhört tüchtige Trinker zu sein, alle Ehre. Sie waren bald so besoffen, daß die Witzbolde sich sehr weit hervortrauten und sie zu necken begannen.

Gegen Abend wurde es frisch, und es stieg ein kleines Konzert: es spielten zwei Violinen, eine Trompete und eine große Gitarre. Bei den ersten Klängen kamen Buben und Mädchen aus den Häusern heraus. Sie rückten die Tische auf die Seite und begannen zu tanzen. Die Trompete jedoch hatte ihrer Art entsprechend leider die Neigung, sobald sie inwendig feucht geworden war, einfach abzubrechen, dann wieder schlecht anzusetzen oder mit der Zeit im Ton zu sinken. Zum Glück legte sich eine Pauke darüber und bedeckte mit ihrem Rollen die Lücken der Trompete, und sie markierte das Tempo jedesmal mit großen Schlägen, wenn die Trompete den Fortgang der Musik bedrohte.

Der Pfarrer hatte sich seit einer Weile zurückgezogen, die Scherze waren schon ein wenig »gemischt«. Die Frauen in der Küche waren so müde, daß sie nichts mehr konnten, als in den Sesseln breit dazusitzen. Groß und rot zeigte sich der Mond am Himmelsrand, er schien den Septembernebeln ein wenig gram zu sein, so, als sei er verstimmt, erst am Ende des Festes dabei sein zu dürfen. Und Meister Subbia erhob sich, er sogar war nicht mehr sehr fest auf den Beinen: »Ich bin glücklich«, wiederholte er immer wieder und drückte und schüttelte Scacerni die Hand, »Padrone Lazzaro, ich bin glücklich, daß, bevor ich abtrete, diese Mühle mir so geraten ist. In Euch habe ich das Abbild des Müllers von ehemals wiedergefunden!«

Jetzt war es Zeit, daß auch Scacerni zu Bett ging, Occhiobello war schon schlafen gegangen.

V

Scacerni hatte zeitig die notwendigen Erkundungen längs des Ufers und des Flußlaufes gemacht, um den Platz zu finden, wo er die Anker werfen und seine Mühle arbeiten lassen wollte. Diese Wahl mußte vielen Anforderungen und Naturgegebenheiten entsprechen, auch mußte die Mühle bequem liegen für die benachbarten Dörfer, für alle, die einmal später Kunden heißen würden. Während der Erkundungsfahrten hatten ihm die Müller, an die er sich gewandt hatte, verschiedene Mahlplätze angegeben, die alle vorzüglich sein sollten wegen ihrer Wasserfülle und zugleich ruhigen Lage; alle hatten sie (und würden es noch weiter tun) Geld in Haufen abgeworfen. Und man gab ihm die Namen derer, die einmal dort vor Anker gelegen hatten. Als er fragte, warum die Müller nicht mehr an den so sehr gelobten Mahlplätzen lägen, wußten die Ratgeber, statt zu antworten, nur mit der Schulter zu zucken.

Unser Scacerni erinnerte sich einer Jagderfahrung. Wenn man fragte, wo der Hase und die Rehkuh gesichtet wurden, tat man es nur, um in eine ganz andere Richtung zu gehen. Gewiß, manchmal ist das Wild dann doch gerade dort, wo man den Jäger hinschickte, sei es, daß der Mann, der die Auskunft gab, eine ehrliche Haut ist oder aber doppelt schlau, so daß er die Wahrheit als Lüge tarnt. Aber auch die Schlauheit hat ihre Grenzen. Scacerni wollte sich seinen Mahlplatz nach eigenem Gutdünken aussuchen. Ein wenig vor der Biegung zwischen den zwei »Guarden«, der venetianischen und der ferraresischen, wollte er vor Anker gehen, und zwar auf ferraresischem Gebiet, in einem Wasserlauf, wo das Ufer zwischen Damm und Fluß so breit und fest war, daß zwischen Gestrüpp und Strauchwerk und üppigen Binsen eine hohe, alte und weitarmige Pappel im Schlamm wachsen konnte, eine frohe Herberge der Vögel, in der die Spatzen an den Abenden der schon kühlen Jahreszeit in großen Haufen zusammenkamen. Diesen Ort hatte er sich auf seinen Erkundungsfahrten flußauf und -ab gemerkt.

Nun also, am Tag nach dem Feste, bevor noch die Sonne aufging, beim Schein einer Laterne, verabschiedete er sich von Subbia. Doch der alte Kalfaterer schien nach den reichlichen Herzensergießungen des Abends nicht mehr zu wissen, was er ihm noch hätte sagen können. Die beiden Männer schienen kalt und verlegen.

»Meister Subbia, was meine Schuld bei Ihnen betrifft, jedes Jahr auf Sankt Martin bin ich hier bei Ihnen, um meine Schuldigkeit zu tun!«

»Das weiß ich, ohne daß Sie es sagen.«

»Also dann, addio, Meister Subbia!«

»Also, Padrone Lazzaro, addio!«

Die Frau des Subbia, die bisher immer aus scheuer Furchtsamkeit zurückhaltend gewesen war, sagte nun:

»Padrone Lazzaro, Sie gehen jetzt Ihrer Zukunft entgegen, Ihrem Schicksal, aber wir hätten Sie gern wie einen Sohn hierbehalten, ich darf es sagen, ich könnte ja Ihre Großmutter sein. Und wenn Sie eine Frau nehmen und wir noch am Leben sind, bringen Sie uns das Mädchen her, zu uns beiden hinfälligen Alten, damit wir es segnen können, bevor wir sterben.«

»Sie krauchen noch mit hundert Jahren hier herum, Großmutter«, wollte ihr Scacerni mit recht zärtlicher Stimme sagen, aber vielleicht eben deshalb, weil er zärtlich geworden war, geriet sein Ton rauh und herb. Dann rief die Reise, und er ging seinem Schicksal und seiner Zukunft entgegen.

Die Mühle San Michele lichtete die Anker. Zwei Barken zu je vier Ruderern zogen sie rückwärts und ließen sie dann im Schlepptau in die Strömung gleiten. Und die Barken hielten die Mühle am Seil, mäßigten ihre Fahrt und hielten sie von den Sandbänken fern. Padrone Lazzaro schwang eine große Harpune, ging von Bug zu Bug, erkundete den

Flußboden, lotete, gab den Ruderern die Route an und stand für jeden Zwischenfall bereit da. Der Wasserspiegel hatte sich über Nacht erhöht, und wenn auch die Gefahr aufzulaufen dadurch verringert worden war, so lag dafür die andere, die des Zusammenstoßens mit irgendeinem Hindernis, um so näher. Das Wasser hatte in der Tat eine große Geschwindigkeit. Die Senkung von Vallonga verschwand, die Dächer tauchten hinter dem Damm unter und ebenso das Wäldchen an der Werft und dann sogar der Kirchturm von Occhiobello. In diesem Abschnitt des Flußlaufes von Occhiobello bis Paviole hatten die meisten Mühlen ihren Platz gefunden. Die Müller lagen noch in den Betten. Das Frühlicht begann soeben zu scheinen und machte den Himmel dort, wo in der Ferne das Meer lag, purpurn. Gegen Westen hing noch zögernd die Nacht im dichten Nebel. Die Barken der Brücke von Lagoscuro tauchten auf.

Nun hieß es aufpassen, um den Durchgang richtig zu bekommen, andernfalls half ein verspätetes Lavieren nicht mehr. Scacerni ließ die Ruderer stark bremsen und versäumte keine der notwendigen Maßnahmen. Seine Stimme ist stark; die Kommandos schallen bis an das Ufer, wo die wenigen Vorüberkommenden sie hören können. Die Leute, die auf der Brücke sind, bleiben stehen und schauen zu. Die Müller treten an die Fenster ihrer schwarzen Mühlen, und sie hören:

»Ran, Jungens, ran! Mehr rechts! Halt, genug!«

Sie haben die Richtung, rudern vorwärts, rudern rückwärts, rückwärts und vorwärts.

»So, Jungens, langsam, so, geradeaus! Geschafft! Voran! In die Riemen! Mit Gottes Hilfe.«

Die letzten Worte hatte er nur zu sich selber gesagt. Die Mühle ist in der Hauptströmung, sie ist in der Brückenöffnung drin, und mit der zusammengedrängten und gurgelnden Strömung gleitet sie durch das Loch, Scacerni kann jetzt ermessen, mit welcher Geschwindigkeit sie dahinschiffen, und auch, was für ein Unglück ein Zusammenstoß wäre. Die gefährlichste Stelle liegt hinter ihnen. Und jetzt schwimmt die Mühle San Michele stolz in der großen Flut zwischen den Ufern, die zurücktreten, auf die Isola Bianca zu, die ziemlich groß und ganz grün inmitten des Wassers liegt und fruchtbar ist vom fetten Schlamm der Überschwemmungen, welche die Insel, ohne sie zu verwüsten, von Zeit zu Zeit ganz bedecken, so sanft ist der Po in diesem gesegneten Seitenlauf. Deshalb gab es hier auch die meisten Mühlen. Sie lagen in mehreren Reihen nebeneinander längs des venetianischen und des ferraresischen Ufers, weil hier das Wasser tiefer war. Und nun war der Morgen da. Die Müller betrachteten mit hochgezogenen Brauen den neuen

Ankömmling. Und sie waren vielleicht zufrieden, daß er weiterfuhr. Sie grüßten dennoch würdig zum Padrone Lazzaro hinüber. Niemand zeigte sich überrascht, denn sie wußten es seit einer Weile, daß San Michele vom Stapel laufen sollte. Die meisten dieser Müller lebten allein mit einigen Lehrlingen oder Gesellen, da sie ihre Familie auf dem Festland hatten. Diese Gesellen standen alle auf den dachlosen Gehsteigen an der Bugseite, sie riefen und grüßten feierlich, und Scacernis Ruderer antworteten munter.

Die Insel trieb vorüber; Scacerni erkannte Francolino und Paviole, Pescara und Garofalo. Und da lag dann die große Biegung des Po gegen Norden, als ob ihn das Meer nicht mehr riefe, bis Polesella, von wo der königliche Fluß seine Richtung gen Osten wieder einschlägt. Da lag Zocca an der ersten Landbiege mit den über den Dämmen an der Mündung des breit zurückfließenden Wasserarms hervorragenden Häusern. Padrone Lazzaro konnte die Dächer der venetianischen Guarda sichten, aber von der gegenüberliegenden ferraresischen, die er bereits seine Heimat nannte, von dieser tiefgelegenen versteckten Guarda konnte er nur den dunklen Kopf des Kampanile, eines schlichten, altersgrauen Baues, erkennen, der über der Linie des Dammes auftauchte. Er begrüßte ihn in seinem Herzen mit Freundlichkeit, ja mit Ehrerbietung. Von dort sollte er ja sonntags zum Gottesdienst gerufen werden, und eines Tages, o ja, eines Tages würde der Kirchturm mit dem müden Klang seiner abgenützten Glocken läuten für einen Müller mit langem Bart, der weiß geworden war in so vielen Jahren der Arbeit auf der Mahlstelle am Po.

Die Ruderer, die vom nahen Ende der langen Reise in gute Laune versetzt waren, sangen ein Spottlied mit mundartlichen Einstreuseln auf des Müllers Esel.

Kurz vor der Ankunft in Guarda tauchte der berühmte, von der Strömung beleckte feste Damm der »vereinigten Frolden« von Nogarole, San Guglielmo und Fornace Guerra auf. Der Strom ist hier geteilt von einer geräumigen Sandbank. In der lebhaften Strömung zur rechten Seite, die viel Wasser führte, wollte Scacerni seine Mühle San Michele vor Anker gehen lassen. Sie war dort dem Andrang der Wasser derart ausgesetzt, daß ein Furchtsamer diesen Mühlenplatz gefährlich, ein Kluger ihn kühn genannt hätte. Aber Scacerni vertraute auf seine Wachsamkeit, um gegebenenfalls hinter der Spitze der Guarda in den ruhigen Wassern Schutz zu suchen, obwohl der Flußarm nicht sehr kurz war, um hinabzuschiffen mit abwechselndem Ankerwerfen, besonders wenn Gefahr zur Eile drängte. Und viel länger und anstrengender würde das Manöver sein, den alten Platz stromaufwärts wiederzugewinnen mit Warpanker und Winde. Aber, wer nicht wagt, gewinnt nicht, das weiß jedermann. Die Strömung weicht nun von dem großen Damme ab und beginnt sich gegen das Ufer zu richten, wo die große Pappel in die Luft ragt.

Sofort nach Polesella hatte er, um nicht auf der Sandbank zu stranden, die Route so genommen, daß der Strom überquert wurde. Die große Pappel wuchs und wurde immer größer, als wolle sie den Ankömmling begrüßen. Und da ließ er die Anker fallen – am Ziel. Die Anker saßen tief und gut.

Da sie während der Reise nicht die Zeit hatten, sich zu stärken, aßen sie nun am späten Nachmittag von den Vorräten, die ihnen die Frau des Subbia reichlich eingepackt hatte. Es blieb nichts von Speise und Trank übrig. Und für Scacerni lag Occhiobello schon so seltsam fern.

»Auf Ihr Wohl und das der Mühle San Michele!« sagten die Ruderer und hoben die Gläser.

»Auf das eure, Jungens!«

»Und auf den ersten, der seinen Sack in Eure Mühle bringt!«

»Auch auf den!«

Die Männer hatten vor, noch in dieser Nacht nach Occhiobello heimzukehren. Und nachdem sie Lohn und Trinkgeld eingesteckt hatten, fuhren sie hart am Ufer haltend davon, weil hier die Strömung sanfter ging. Beim letzten Gruß, den sie schrien, bemerkte er sie bereits nicht mehr. Sehr bald erhob sich träge und neugierig über dem Hinterteil der Mühle der Mond. Er spiegelte sich in dem einsamen Fluß mit einem Streifen Gold und betrachtete den neuen Mann auf dem Mahlplatz, der nun eine Schiffahrt begann, die nicht nach Meilen, sondern nach Tagen, Witterungszeiten und Jahren zu zählen war, mit dem hingehenden Wasser unter den Kielen der platten Sandone und in den Schaufeln des Rades, des Ulà.

Padrone Lazzaro hatte sich das Bett in der Schlafkoje zurechtgemacht, und er glaubte, bald einzuschlafen, denn er war müde. Aber der Schlaf kam lange nicht. Er lauschte, wie das Wasser rauschte und gluckerte am Bug, an den Schiffsflanken, unter den Sandonen und am Heck und auch zwischen den festgestellten Schaufeln des Wasserrades, denn er hatte, um den Anstrom des Wassers abzuhalten, vor dem Rad das Schützel hinabgelassen in Erwartung des ersten Kunden. Dann wollte er es in Bewegung setzen mit dem Strome, der fließt – und mit den Jahren, die vergehen. Und wie er so lauschte, war es ihm, als höre er in diesem leichten Geplätscher unterdrückte und unaufhörliche Stimmen und manchmal dazwischen ein schwatzhaftes Auflachen, das im Gegurgel verging, als ob das Wasser käme, um die Bekanntschaft der neuen Mühle zu machen und sich an sie zu gewöhnen.

I Das Wasser vom Po bringt, ohne einen Sechser zu kosten, so viel ein, als einer davon nimmt. Indem er die Einnahmen und Ausgaben von vornherein überschlug, war der neue Müller von diesem Grundsatz nicht abgewichen. Dabei dachte er aber nicht daran, daß er schon beim Bau der Mühle sich in Schulden gestürzt hatte.

Die Kunden ließen jedoch auf sich warten, auch jene, die ein Stückchen Weg gespart hätten, wären sie zu ihm gekommen. Aber die bekannte Straße erscheint immer kürzer. Und dann: verstand er denn etwas vom Fach? so fragten die Leute bei den ersten an, die es in Scacernis Mühle versucht hatten.

»Der gute Wille fehlt nicht«, so hieß es. O ja! Da war einer, der grobgemahlenes Mehl haben wollte, weil ihm die Polenta so besser schmeckte. Aber der Neuling mahlte allzu hoch, und als er halb den Fehler zugab und ihn gutmachen wollte, ließ er den Stein herunter, doch so tief, daß nun ein zu fein gemahlenes Mehl herauskam. Und noch schlimmer: er mischte im Sack nun dies auf verschiedene Weise gemahlene Mehl, und wenn es auch der Bauer nicht bemerkt hatte, die Hausfrau fühlte es sofort, als sie das Mehl in den Topf streute, und, die dampfende Polenta rührend, drückte sie ihre Empörung nicht gerade sehr gemäßigt aus. Fehler und Mängel wiederholten sich, und das Mehl ist eine heikle Sache. Die Bauern sagten ihm freimütig, daß sie zu ihm nicht mehr wiederkämen. Es tat ihnen leid, sie sahen seinen guten Willen. Doch der genügt nicht: oder wollte er das Handwerk auf ihre Kosten lernen? Was nahm er sich nicht einen Gesellen, der sich auf die Sache verstand?

Er hätte jetzt gerne jemanden bei sich angestellt, aber womit einen Gesellen bezahlen? Ein Bauer, spitzfindiger als die andern, beschloß, das Mahlen persönlich zu überwachen. Scacerni hatte Lust, ihm zu sagen, daß jeder auf seine eigenen Angelegenheiten achtzugeben habe, aber er schwieg und willigte ein. Dieser Bauer nun steckte von Zeit zu Zeit seine Hand in den Kasten, wo das Mehl sich häufte, und plötzlich begann er zu schimpfen, daß die Mühle sich heißgelaufen habe. Das verhielt sich wirklich so und war sehr unangenehm, denn das Mehl verdarb dabei und auch der Geschmack des Brotes. Das anmaßende krumme Männchen wuchs vor der Verlegenheit des sonst so kühnen Mannes mit dem kriegerischen und überlegenen Aussehen zu frecher Größe an. Scacerni fühlte seine Demütigung bitter. Das Männchen begann zu jammern und über seine vergebliche Mühsal, sein vergeudetes Mehl zu zetern, ja über Gewissenlosigkeit angesichts dieser verhunzten Gottesgabe. Und dann klagte es ihn sogar an, Teuerung ins Land zu bringen und ein Ketzer und Feind Gottes und des Volkes zu sein. Ein Sack oder nur wenig mehr, aber Scacerni wußte nicht, wie er diesem Fehler der gefräßigen Maschine beikommen sollte. Als der kleinliche Kerl endlich seinen Esel beladen hatte, entfernte er sich, wie ein Frosch aufgeblasen. Seine Empörung hatte er gezeigt, jetzt war er zufrieden. Und er zeigte sie weiterhin jedem, der es hören wollte, was alles dieser neue Müller für Schlechtigkeiten anstelle. Lazzaro aber blickte unbeweglich den Weg entlang, auf dem der kleine Quengler sich entfernt hatte, und er fühlte dabei etwas, was er bis zur Stunde noch nicht gekannt hatte. Es glich ein wenig der Angst, die den Sumpffieberanfällen vorausgeht. Aber er spürte keine Schauer, und der Puls war regelmäßig. Der Zustand hatte auch etwas von der Mattigkeit, die dem Fieber folgt, war aber eher ein moralischer Zustand: eine in sich geschlossene Angst, für die es keine Tröstung gab, eine schmerzliche verzweifelte Anstrengung, sich Mühe zu geben, ohne zu wissen, um was, und wie es zu beginnen. Es war die Angst vor dem Elend, er hatte sie, als er arm war, nie gekannt; dazu mußte er erst besitzend werden. Er war nahe daran, zu sagen, daß sich die Mühle nicht gelohnt hatte.

Die Schulden in der Osteria und in den zwei Geschäften von Guarda wuchsen. Er hatte das Mahlgeld unter den Satz jener kleinen Müller gesetzt, die am wenigsten verlangten, was ihm bei den guten Kunden das Zutrauen nahm. Er rief damit in seine Mühle die Entgleisten, die verzweifelten Existenzen und die aus Bosheit oder wirklichem Elend heraus schlecht zahlenden Kunden. Und es kamen auch jene, die ihm muffiges oder von den Motten verdorbenes Getreide lieferten, um dann zu protestieren, daß ihr Getreide Muff und Wurm in den wenigen Tagen bekommen habe, als es im Kielraum des Sandoncellos lag. Das war offene und unverschämte Gewalttätigkeit und Gaunerei, in die er sich schweigend fügte, damit sie nicht mit ihrem Geschrei begännen. Und zu diesem Pack, das ihn mit solchen Praktiken schädigte, gehörten noch die weniger Schlauen. Hungermühle, hatte er sie nicht so genannt? Die ganz Schlauen waren die ehrsamen Leute wie jenes anmaßende Männlein zum Beispiel, das mit Geringschätzung den schönen Anstrich der Mühle betrachtete.

»Ja, ja, zum Müller gehört ein bißchen Verstand«, hatte er ausgerufen, als er wegging, »jeh, wieviel frischer Firnis und welche Farbenpracht! Machen Sie doch, wenn ich Ihnen einen Rat geben darf, lieber den Dorfbarbier!«

Hungermühle – aber diese böse Voraussage und Behexung hatte er sich selber zugezogen durch jenes Wort, das ihm aus bitterer und überheblicher Keckheit zugeflogen war, nun kam alles über ihn. Er hatte das Unglück selber gerufen.

Sankt Luciens Tag
Folgt die längste der Nächte nach.

Es war ein finsterer Winter, kalt und einsam war die Welt, aber das Elend ersparte Scacerni wenigstens den Besuch der Strauchdiebe, die im allgemeinen die böse Jahreszeit und die Nebel ausnutzen, um mit bewaffneter Hand auf schnellen Ruderbarken die Mühlen anzugreifen: Korn, Mehl und Geld, wo sie es fanden, mit sich gehen heißend, in einer Form, die eine ausgesprochene Flußpiraterei war. Scacerni hatte, diese Dinge voraussehend, in seinem Holzhaus auf dem Sandoncello zwei gute Flinten und drei Pistolen. Die Ladung des Schießzeuges wechselte er häufig, fest entschlossen, keine frechen Übergriffe zu dulden. Jetzt aber, wie die Dinge lagen, durfte das Pulver ruhig feucht werden, da die Flußpiraten unterrichtet waren, daß seine Kisten und Kasten leer standen und auch sein Geldsack. Und so mochten sie keine Zeit verlieren an einem unnützen Wagnis. Von Zeit zu Zeit maß er geizig sein Pulver, recht wie ein Jäger, der knapp bei Kasse ist, und wenn er Spatzen auf den Pappeln schoß, geschah es weniger, um mit ihrem mageren, zähen und bitteren Fleisch seine Polenta zu würzen: die laute Bewegtheit der Vögel, die ihm als ein gutes Omen entgegengekommen war, empfand er nun wie einen Hohn.

Die Straße von der Guarda nach Ro lief auf einem uralten Damm dahin; sie bog bei dem Nonnengutshof um ein gutes Stück vom Fluß ab, der dort von den Froldendämmen eingefaßt war. Und man sagte, daß diese schon erwähnten »vereinigten Frolden« von Nogarole und San Guglielmo einen der gefährdetsten Punkte des ferraresischen Dammwerks darstellten. Zwischen ihnen und der Straße auf dem alten Damm gab es ein weit hingeworfenes Brachland, das fast ganz menschenverlassen und zum großen Teil unkultiviert und auch unfruchtbar war, da Sand, Kies, Tonerde und modernder Torf den Boden ausmachten. Es war eine vom Fluß durch jahrhundertelanges Hereinbrechen gemarterte Erde; Überbleibsel alter Flußbetten und sumpfige Stellen bedeckten diesen Boden. Es gab Tümpel mit totem Wasser, die aus Abflüssen von den bebauten Feldern stammten und keine Mündung zum Fluß hin hatten. Oder die Wasserlachen waren von Quellen genährt und von irgendwo durchsickernden Rinnsalen. In diesem öden Landstrich konnte jeder, der Lust hatte und sein Pulver riskieren wollte, ein paar gute Büchsenschüsse auf Zugvögel tun, die viel saftiger waren als die Spatzen. Fußklötze auf den kleinen Dämmen zogen sich quer durch das ganze Gebiet, Pfädchen zwischen Rohr und Gebüsch, sehr willkommen für jeden, der den Fluß, ohne gesehen zu werden, erreichen wollte.

Die Einsamkeit war groß. Wohl hatte Scacerni sie aufgesucht, aber wirklich nicht, um das Elend zu kultivieren. Und so war ihm mit einemmal dieser Mahlplatz verekelt, das menschliche Gesicht als solches wurde ihm zum Trost, als er gewisse alte »Freunde« aus dem Busch auftauchen sah, alte Bekannte zumindest, die sich als Freunde ausgaben. Wenn er unter andern Umständen auch gern auf sie verzichtet hätte, jetzt wollte er nicht widersprechen. Und im übrigen: er konnte sich seine Freunde nicht wählen. Diese Freunde hielten das Leben auf der Salzstraße aufrecht, deren der Leser sich noch erinnert, und, um in ihrer Sprache zu reden: »sie belebten den Handel« mit ihren »Geschäften« und ihrem »Verkehr«.

Zum Teil entsprachen diese Ausdrücke auch der Wahrheit. Denn nachdem man zu der Unzahl der Grenzen innerhalb der vielen italienischen Kleinstaaten zurückgekehrt war, wurden Handel und Wandel durch eine wahre Flut von Steuern und Steuerchen, die alle ausgesprochen fiskalischer Natur waren, gehemmt, und sie erschienen in jenem Teil Italiens, der die Vorzüge des napoleonischen Großreiches gespürt hatte, als eine unvernünftige Quälerei. In diesen Gebieten mußte die Restauration ungemein anachronistisch und gewalttätig auf die Gemüter wirken, und die natürliche Korrektur des Schmuggelwesens nahm nun die Ausmaße eines ebenso unumgänglichen wie ungesetzlichen Handels an. Man duldete diesen Zustand schweigend, denn das allgemeine Interesse schöpfte daraus nicht geringen Vorteil, der den Handel in demselben Maße belebte, wie ihn Gesetz und harter Steuerdruck absterben ließen. Wäre der Schmuggel nicht gewesen, so hätte man bald keine Steuer mehr eintreiben können. Im Päpstlichen war der Handel überdies noch durch ein willkürliches System von Weggeldern, Verboten, Privilegien und Polizeivorschriften derart belastet, daß ein Bürger, der auch nur den geringsten Handel trieb, ja, nur zu einer Reise sein Haus verließ, dies alles notwendigerweise umgehen mußte.

Es versteht sich, daß die Schmuggler nicht soviel darüber nachdachten. Aber weder stempelte die öffentliche Meinung sie zu Übeltätern, noch hielten sie sich selber für solche. Und überdies konnte keiner, der am Fluß wohnte: Bauern, Gutsbesitzer, Schiffer und Händler, daran denken, sich mit den Schmugglern zu verfeinden, am wenigsten die Müller, denn von ihnen ging auch manchmal Schutz und Beistand aus im Kampf gegen die Räuber zu Land und zu Fluß. Und um diese Abschweifung ins Allgemeine zu beschließen: ist es nicht so, daß man in allen Fällen genau weiß, durch welche Paragraphentür man das Haus des Gesetzes verläßt, aber schwer die andere Tür findet, durch die man wieder zurückkehren kann? Ganz allgemein galt es als eine Infamie, zu der staatlichen Gewalt seine Zuflucht zu nehmen. Und es war auch unnütz, denn die Dinge lagen so, daß die Behörden sich als denkbar unfähig erwiesen und das Volk einen alteingewurzelten fanatischen Haß gegen jede Denunziation im Herzen trug. Es war Brauch und Regel, sich selber Gerechtigkeit zu verschaffen, wenn man dazu den Mut besaß. Und wer ihn nicht hatte, ergab sich in das Unvermeidliche.

Die Mühle San Michele wurde nun jenen Freunden ein ausgezeichnet gelegener Ort, den sie zum Umschlaghafen ihrer Fahrten wählten, als Warenlager und Stützpunkt für alles Handelsgut, das über den Fluß geschafft werden sollte. Sie schliefen auch dort und stärkten sich zur Fahrt und schlüpften unter, wenn die Luft nicht sauber war. Scacerni lehnte es nicht ab, sie zu beherbergen, doch er nahm keinen Entgelt dafür an. Sehr schnell faßten die Schmuggler für den schweigsamen Müller Hochschätzung und auch Mitleid für den Stand seiner Dinge. Sie bemühten sich, ihm das zu beweisen und machten ihm Anerbieten. Er zuckte die Schultern und dachte: Sieh an, wo ich jetzt die Leute finde, die zu mir gut sind!

Er hatte unter ihnen die rechte Hand des Ragusers, den angesehenen Fratognone, wiedererkannt, der ihm schon einmal bei Nacht im Barco begegnet war, doch gab er sich ihm nicht zu erkennen.

Die Tage waren wieder länger geworden, und Sankt Vinzenz hatte das Eis gebrochen. Dann sagte man zu Lichtmeß:

Madonna in Kerzen,
Ob's regnet oder schneit,
Den Winter hilft verschmerzen,
Der Frühling ist nicht weit.
Kommt die Madonna mit Schnee oder Regen,
Vierzig Tage dauert ihr Segen.

Die Lage änderte sich, als er schon verzweifelte und nicht mehr daran glaubte, daß ihm noch irgendwer sein Getreide schicken werde. Einige Bauern kamen, ob von Eile oder Zufall hergeführt oder auch, weil ihre Müller zur Zeit zuviel zu tun hatten, und sie waren zufrieden und erzählten es den andern. Die Mühle San Michele lag sehr bequem für die Leute von Vallona, die Bewohner längs der Fossa Lavezzola und die von Ro und Zocca, von Alberone, Cologna und Fossasamba. Scacerni erwies sich als ehrlich und bescheiden mit seinen Forderungen, was das

Mahlgeld und jenen Tribut an Mehl betraf, den er für sich wegnahm nach einem alten Mißbrauch, der sich zu einer legitimierten Müllersteuer mit langer Tradition herausgebildet hatte. Der Müller Scacerni hatte sich gut eingeführt. Er war bald geschätzt und wurde nun lebhafter gelobt von eben denselben Leuten, die ihn ehemals geächtet hatten.

Er mußte einen Gesellen einstellen, und bald genügte auch dieser eine nicht, da zwei kaum die Arbeit bewältigten. Und die Mühle San Michele ging Tag und Nacht mit so viel Wasser, wie es der Po ihr zuschickte, und zur großen Genugtuung seitens der befreundeten Schmugglergesellschaft. Nicht nur zu Esel oder im Bootchen mit einem oder zwei Sack Getreide kamen sie nun an, sondern mit respektablen Barken und Wagen, die von fernher in den Achsen kreischten und quietschten und das Gewicht der Ladung ausriefen und Freude über die wiedergekehrte Zeit der Fülle, Kunden zu Wasser und zu Lande. Es kam nicht vor, daß sie zu rufen brauchten, denn der Müller schien wach zu sein zu jeder Stunde, so stärkte ihn der Erfolg. Endlich kam es sogar dahin, daß Bauern vom andern Ufer, nämlich von der venetianischen Guarda, aus Crespino und aus dem Ferraresischen bis von San Giovanni her, das an den Grenzen des alten Polinesien lag, ein Boot schickten, um den Mahltag zu verabreden. Er mußte ein Abkommen mit den Schiffern der venetianischen Guarda treffen, um das Getreide überzusetzen und das zurückkehrende gelbe und weiße Mehl. Und da die öffentliche Stimmung nicht ohne Ungerechtigkeit vorgeht, weder mit ihrer Gunst noch ihrer Mißgunst, so schien es jetzt gleichsam ausgemacht, nur Scacerni mahle noch. »Neue Besen kehren gut«, sagte man. Die frisch bemalte Mühle leuchtete in der Sonne und wirkte wie ihr eigener guter und anlockender Leumund. »Mehr Glück als Verstand«, das war die Formulierung der Müller auf den zunächst gelegenen Mahlplätzen. Padrone Lazzaro ließ sie reden, und wenn man ihm das Geschwätz zutrug, schien es, als höre er gar nicht zu. Er erriet aus den Gesten der Müller und der Art und Weise, wie sie die Mühle von oben bis unten und von allen Seiten im Vorbeigehen betrachteten, daß sie es waren, die zu schwätzen begonnen hatten, und er kannte es Punkt für Punkt, was sie vorbrachten: sein Mahlplatz sei zu sehr dem Wasser ausgesetzt, es sei Unwissenheit und Gier, eine Mühle derart zu legen, und auch dem gierigen Huhn platze der Kropf. Man müsse sich doch vorstellen, so hieß es: seit dem Jahre 1811 habe es kein Hochwasser mehr gegeben. Man solle nicht die Paar Stromfüllen der letzten Jahre mit Hochwasser verwechseln, »das wird der gute Mann ja noch selber sehen. Er wird noch Augen machen, wenn die Wässerchen einmal anschwellen und in Schwung kommen, so ein richtiges Wässerchen, das einen schickt, man weiß nicht wohin. Und dann die Strudel, das Reißen im Fluß, er wird noch den Po kennenlernen, hoffentlich nicht zu spät! Dann wird er sein Sandoncello nicht mehr schräg stellen, um noch einen Tropfen Wasser mehr zu bekommen!« So ähnlich ging ihr Gerede. Die Findigkeit des Meisters Subbia ärgerte sie, weil sie nicht selber zuerst auf diesen Gedanken gekommen waren, denn sie sahen ein, daß dies schiefgestellte Sandoncello eine Idee war. So ließen sie ihren Zorn in Prophezeiungen aus, daß die Mühle San Michele wie ein Stück Holz auf den Wogen dahinspringen würde.

Das alles kam Scacerni zu Ohren; er sagte nur:

»Laßt sie reden. Der Neid tröstet sich, wie er kann. Aber sie sollen ja nicht kommen, um's mir ins Gesicht zu sagen.«

Und niemand kam in dieser Absicht, vielleicht weil man wußte, daß in einem gewissen Streit auf dem Damm der vereinigten Frolden von drei Kerlen, die Scacerni in eindeutiger Absicht angesprungen hatten, der eine froh gewesen war, schwimmen zu können, indem er gegen seinen Willen im Fluß ein winterliches Bad genommen hatte; der zweite landete im Hospital, aber nicht auf den eigenen Beinen; und der dritte hatte vorgezogen, seine flinken Beine vorzuführen.

Nein, niemand kam, ihm diese Meinungen des Neides mitzuteilen. Aber gewichtiger als je gingen die weisen Müller daran, die Hochwasser, die ihre Väter und sie selber in ihrer Jugend erlebt und erduldet hatten, sich vor Augen zu stellen.

»Und im Jahr 10, erinnert euch«, sagte einer, der besonders gründlich war, »da war das Hochwasser vom 29. Mai. Das sind die schlimmsten Wasser, die in dieser Jahreszeit kommen, sie kommen so über Nacht – und mit einer Wut, brüllend wie tausend wildgewordene Stiere. Da tanzen die Mühlen und schlagen gegeneinander, hüpfen sich gegenseitig auf die Dächer und treiben stromab: und der Verlust an Menschen und Hab und Gut! Mein Vetter, ihr habt ihn ja noch gekannt, ertrank und ließ fünf hungrige Mäuler zurück und seine Frau dazu, die konnte betteln gehen.«

Und alle schlossen, wenn sie die eigenen Schäden und die der Bekannten aufgezählt hatten, immer auf dieselbe Weise.

»Na, wollen mal sehen, was er tut, wenn die Wässerchen kommen! Und wenn der Südsturm anhebt, der an diesem ungeschützten Mahlplatz ja freies Spiel hat und über den Po weg die Wellen so lüften wird, wie er allein es vermag, der Südsturm, dieser Feind der Mühlen. Nicht um zu unken, aber wer in Teufels Namen hat ihm denn geraten, gerade dort seinen Mahlplatz zu suchen, wo der Südsturm alles beherrscht. Wenn dieser Wind mit den Wogen aufsteht, hat er ihm eins zwei drei die Sandone mit Wasser gefüllt, und dann geht's hoppla in die Tiefe. Dann hast du die Maschinen am längsten gesehen, das Mehl, das Korn und auch den Herrn Padrone Lazzaro. Lazzaro? Wie heißt er eigentlich? Ah, Scacerni, ein Familienname? Hat's je einen Scacerni auf den Pomühlen gegeben? Und er will sich als Pomüller aufwerfen? Und schenkt denen kein Gehör, die etwas verstehen und Praxis haben, denn als der zu uns kam, um uns zu befragen, gaben wir ihm ehrliche Auskunft, wo es gute Mahlplätze gebe. Aber er wußte es besser, weil der Po seit ein paar Jahren sich brav verhält. Wer den Fluß in diesen Zeiten sieht, der weiß nicht, Gott behüt uns, was das für einer ist, der Po!«

Was diese Reden betraf, so war viel Wahres daran. Ein Jahr folgte dem andern, und alle waren so sanft, von solcher jahrzeitlichen Gunst und bescheidenen Fülle im Fluß, daß Padrone Lazzaro genötigt war, das Schicksal als allzu gütig zu bezeichnen und zu fürchten, daß es plötzlich über ihn herfalle, wenn er es nicht ahne, mit jenen Widerwärtigkeiten, über welche die Müller so viele Erwägungen anstellten. Er war, noch halber Junge, Soldat geworden und mit Napoleons Armeen außer Landes in die Ferne gezogen, und so hatte er diese Art von Schlägen, wie der Po sie austeilt, nicht kennenlernen können, und auch als Müller hatte er nun noch immer nichts davon gespürt. Es war aber auch wahr, daß er selber seiner Wahl nicht allzusehr vertraute, denn er hatte eine Art Verteidigungsstelle an der Spitze der Guarda in Erwägung gezogen, talab, auch geeignet für die Tage des Tauwetters, wenn die Eismassen die Sandone auf den Grund zu rammen drohen. Aber die Anker lichten, in die Strömung gehen, die Stromkrümmen gut nehmen und die Strudel und Untiefen vermeiden und das alles mit Warpanker und Winde schaffen – so eine Mühle ist ein in nautischer Hinsicht nicht leicht zu handhabendes Schiff –, das versprach bei Vollwetter ein wenig einladendes Manöver zu werden. Wenn dann auch noch der Südsturm dazukäme, von der Breitseite oder dem Heck her, da würde es nicht mehr weit davon ab sein, daß die Mühle stromab ginge oder aufliefe und kurz und klein geschlagen würde, und die Propheten des Unheils, die Gott beschämen möge, hätten dann recht.

Die Bauern von Guarda und Umgebung hatten in einer alten Veranlagung zum Bizarren, zu der diese Provinz neigt, der Mühle San Michele einen anderen Namen gegeben: die Mühle Spreiz-die-Bein'.

»Wieviel Namen!« murmelte Lazzaro halb vor sich hinlachend.

Das Geld floß weiter lustig in seine Kasse, und Subbia wurde vor Termin bezahlt. Er war alt geworden und konnte nicht mehr arbeiten, eine wahre Ruine, aber er behielt dies wackere Herz und war über das aufblühende Glück seines Schützlings fröhlicher als Scacerni selbst.

»Wie geht's, Meister Subbia?«

»Wie soll es einem armen Alten gehen?«

Und als er dabei war, ihm die letzte Rate zu zahlen:

»Kommen Sie bald wieder, Padrone Lazzaro, wenn Sie uns noch am Leben finden wollen. Von Guarda nach Occhiobello ist's ja auch nicht so weit! Versprechen Sie, Padrone Lazzaro, daß Sie bald wiederkehren! Warten Sie nicht bis nächstes Jahr auf Sankt Martin!«

Er versprach es. Der Weg war an und für sich nicht weit, aber wie es so geht, die vielen Geschäfte kamen immer dazwischen, diese Sache und jene, die zu erledigen war, ja leider sogar das Aufblühen seines Geschäfts war hinderlich, und wenn Scacerni sagte: den nächsten Monat geh ich rüber, wurde doch das nächste Jahr daraus, während die armen Alten von der zukünftigen Zeit nicht mehr die Jahre, sondern kaum noch die Jahreszeiten zu zählen wagten.

Um auf das oben Gesagte zurückzukommen, es schien ihm plötzlich ganz neu und befremdlich, daß man sich über so viel Glück gleichsam beklagen müsse. Das war doch etwas wie eine Verwünschung, und er wurde ärgerlich über die übelgesinnten Müller und dachte: das ist, als ob ich ihnen ihr Wasser ableitete. Gehört nicht das Glück dem, der es packt? Der Mensch ist schlimmer als die Tiere, wenn die satt sind und ihre Brunst gestillt haben, kennen sie keinen Neid. Der Mensch aber ist der Feind des Menschen!

Und so wurde er mit niemand Freund, auch nicht, als die andern von ihrem Neid und ihrer Ränkesucht abgelassen hatten. Im übrigen: die Arbeit leistete ihm genügend Gesellschaft, und bei den beiden Gesellen, die er eingestellt hatte, schätzte er die Einsilbigkeit. Seine kleinen Ausflüge brachten ihn nicht weit weg von Mühle und Fluß: er ging auf die Jagd und zu den Frauen. Die Jagd war ohnedies eine schweigsame Unternehmung, und was die Frauen betraf, so schätzten sie seine Schweigsamkeit in demselben Maße, wie sie selber schwätzten, denn so ins Blaue hineinplappernd, verlangten sie gar keine Antwort, ja nicht einmal Aufmerksamkeit.

Ihm gefiel das Geräusch, mit dem die Achse des Wasserrades glatt und geölt in den Lagern glitt und wie die Zähne der Kammräder ineinander griffen. Er stand am Wasserrad und sah und hörte, wie die Schaufeln sich schäumend ins Wasser senkten und wie die Tropfen von der Höhe des Rades glitzernd herabfielen. Und die Zeit erschien ihm plötzlich wie das Wasser unter dem Rad: es flieht dahin und läßt doch das Mehl im Kasten zurück. So auch die Zeit: sie lief dahin, immer gleich, aber die Dinge und Ereignisse häuften sich eins über dem andern im Gedächtnis. Und die Sonne ging jeden Tag an der Mündung des Po auf und an seinen Quellen unter, um wieder im Osten zu erscheinen. Und die fetten, runden Jahre gaben eine angenehme und ein wenig satte Ruhe ins Blut; er verdiente gut und gab das Geld mit leichten Händen und reichlich wieder aus. Er bezahlte seine Gesellen, lud manchmal Leute in die Osteria zum Essen ein, und den Frauen gegenüber war er großzügig und machte viele Geschenke, ohne irgend jemandem zu vertrauen.

Die Schönheit der Mädchen von Ferrara wird zu Recht gelobt. Padrone Lazzaro suchte häufig die Schönen mit der reinen weißen Haut und dem heißen Blut, die so angreiferisch und zugleich übermütig dreinschauen können. Frauen dieses Schlags gaben mehr her, wenn sie sich ergaben in einer ganz unvorhergesehenen Laune, so daß manchmal Wollust und Frechheit sich vermischten. Ihm gefielen diese schönen Gestalten, die Breite von Schultern und Busen, die sichelförmigen, verführerischen Lenden, die langen Beine und die schmalen Bäuche zwischen den üppigen Hüften. Waren sie tugendhaft, ließ er sie in Frieden; aber wenn er auf eine von jenen stieß, die, ohne es zu sein, die Unnahbaren spielten, machte es ihm Spaß, sie zu verführen mit der freigebigen Gegenwart des starken Mannes, der er war; er galt sogar als schön. Mit Geschenken knauserte er dann vor keinem dieser zügellosen und allzukühnen Mädchen, die sich nicht fürchteten, die Nacht im Haus auf dem Sandoncello zu verbringen, sie erhielten Halsbänder von ihm oder ein Paar Ohrringe. Ganz schlaue Eheweiber, die ihm die Stunde angaben, wann ihr Mann außer Hause war, zogen als Geschenk ein gutes Maß Mehl vor oder sie ließen sich einen Sack Korn umsonst mahlen. Dabei gab es auch Unverschämte, die umfangreiche Lasten Korn zur Mühle schickten, und Scacerni machte sich dann das Vergnügen, sie mit gesalzenen Anspielungen zu treffen. Einige aber brachten ihn auf, solche Weiber nämlich, die ihre Belohnung in der Weise haben wollten, daß ihnen der Tribut des Müllers vom Gemahlenen nicht aufgelegt, das heißt weggenommen würde; sie standen beim Mahlen da und überwachten den Vorgang. Mit diesen Widerwärtigen wollte er nichts mehr zu schaffen haben, er entließ sie mit Donner und Gekrach. Allen aber, den lustigen und feurigen Frauenzimmern wie den gierigen und geschäftstüchtigen, gefiel seine kühne, spitzbübisch entschlossene Miene, sein Falkenblick, wenn er in den weiten Drillichhosen einherkam, die vom breiten Tuchgürtel gehalten waren, das Hemd offen, ein rotes Taschentuch um den Hals geknüpft. Im Winter hatte er eine Jacke nach Jägerart an, und ein weiter Umhang umhüllte seine Gestalt. Sein riesiger Hut hatte eine breite Krempe, so daß er ein wenig einem Bravo glich. Es mangelte ihm auch nicht an einer gewissen Dosis von männlicher Eitelkeit, und viele Frauen zu haben, betrachtete er einigermaßen als ein Privileg des Müllers. Die Klatschbasen sagten, daß es nicht nur Bauernmädchen und -frauen waren, sondern auch Müllerinnen. Sicher ist, daß diese nie an den neidischen Umtrieben ihrer Männer gegen den Padrone Lazzaro teilnahmen. Im Gegenteil, wenn ihm Müllerinnen, die erwachsene Töchter hatten, auf der Straße begegneten, am Sonntag nach der Messe oder auf den Plätzen der Dörfer, gaben sie ihm diskret zu verstehen, daß es an der Zeit sei, an den Hausstand zu denken und das wilde Leben des unverheirateten Müllers aufzugeben und die Frauen der andern in Ruhe zu lassen. Scacerni lachte dann laut auf, ohne aber eigentlich nein zu sagen. Die am eindringlichsten und weisesten daherredeten, waren jene, wie das so geht, die, wären sie fünf oder zehn Jahre jünger gewesen, ihm einen ganz andern Vortrag als von den schönen und gut ausgestatteten Töchtern gehalten hätten. Doch zweifelte niemand daran, daß Scacerni, wenn er häuslich würde, wie jeder Müller nur ein Mädchen aus einer Mühle heiraten könnte.

Das Wasserrad begann sich schon dunkel zu tönen, und die Schaufeln verfolgten ihren Kreisgang. Alte Welt, ewig neu, neue Welt, immer alt, wie das die Kalender sagen! Im Dezember, zur Zeit der Hausierer, kamen Leute, die Kalender verkauften. Es kamen an die Türen oder zogen vorüber, mit ihren Liedern sich ankündigend: Stuhlflechter, Löffelschnitzer und alle Arten hausierender Handwerker, Kupferschmiede, Kaminfeger und Scherenschleifer aus dem Trientinischen, die sangen:

Und simm und summ, das Schleifen
Spitzt mir den Mund zum Pfeifen,
Und simm und summ, heidi,
ein beßres Handwerk gab es nie!

Mit den neuen Kalendern hörte das alte Jahr auf und begann der Kreis der Feste, als wolle man dem neuen Jahr eine gute Miene zeigen und es leicht nehmen, weil nichts anderes übrigblieb, und ebenso heiter dem alten den Rücken kehren. Scacerni kaufte die Kalender, aber er glaubte nicht ihren Weissagungen. Gewiß, da stand geschrieben: April, April, tut, was er will. November, drei Nebel geben einen Regen. Sankt Lorenz, großes Schmoren! Im Februar, dem kurzen, muß man rasch den Städter wurzen. – Das war ein Vorhersagen, wobei so wenig gewagt wurde, wie bei einem auf Mariä Himmelfahrt vorhergesagten Gewitter oder bei Schnee um Weihnachten herum. Und gewiß war's auch leicht, eine gute Ernte zu prophezeien, wenn nicht Trockenheit oder Regen oder Spätfrost oder vorzeitige Hitze sie zerstörten. Bis zu diesem Punkt glaubte Scacerni den Kalendern, mehr aber nicht.

»Und warum kaufen Sie dann Kalender?« fragte ihn der Schenkenwirt von Guarda.

»Weil ich ein bißchen das Lesen gelernt habe, was mich die größte Mühe meines Lebens kostete. Und sagt man nicht: Viel lesen, wenig schreiben, noch weniger reden? Ich lese!«

Was er niemandem, auch sich selber nicht, eingestehen wollte, war, daß ihm manchmal die Stunden lang wurden und alle Mühe ihm sinnlos erschien. Er hatte nicht ohne eine seltsame und ihn plötzlich ankommende Wehmut den Knaben des Scherenschleifers singen hören:

Den Scherenschleifer machen,
Gehört zu den schönsten Sachen.
Ist tot mein Vater, fahre
Ich auf derselben Karre.
Und simm und summ, heidi,
Ein beßres Handwerk gab es nie!

»Haben Sie gehört, Padrone?« hatte der alte Scherenschleifer gesagt, indem er den Fuß auf dem Trittbrett ruhen ließ und das Wasserkanälchen über dem Stein zurechtschob, »hören Sie, was für hübsche Sachen dieser Maulaff singt? So etwas setzt man nun auf die Welt. Es ist mein Sohn, Padrone«, an dieser Stelle lachte der Mann, »jetzt ist die Reihe an ihm zu singen, ich muß zuhören, genau so war's einmal bei meinem Vater und mir!«

Wieso konnte dieser Mann, statt Anstoß an diesem Liede zu nehmen, so ergeben, ja sogar noch lustig sein, denn man konnte merken, daß der Scherenschleifer mit großer Genugtuung seine Rede vorbrachte. Auch Lazzaro hatte ein gutes Handwerk, das dem des Scherenschleifers um so viel überlegen war, als seine Mühle den Karren überragte. Und er hatte bisher immer geglaubt, es sei eine ganz überflüssige Sache, an Erben zu denken. Aber dieser Mann da hatte gesagt: »Mein Sohn!« als ob er damit alles gesagt habe und für den Tod getröstet sei.

Er machte sich nun selber vor: Ich für mein Teil laufe wenigstens nicht Gefahr, einen an Bord zu haben, der mir die Tage zählt aus Eile, bald erben zu können. Aber dennoch vermochte er nicht, seine Schwermut zu zerstreuen. Er erinnerte sich im Gegenteil, daß er hatte sagen hören: wer keine Kinder hat, weiß nicht, was Liebe ist. Und ein anderer Gedanke, der ihn bis jetzt hatte überheblich lachen lassen, beschäftigte sich mit den Kindern, die er in den Häusern der andern bei seiner Weiberjägerei gezeugt hatte, und das alles erschien ihm nun als eine bittere und ihn erniedrigende Sache.

»Wieso glauben Sie nicht an die Kalender?« so fragten ihn die Bauern hartnäckig in der Schenke.

»Ihr erinnert euch nur an die Male, da der Kalender recht hatte, ich: da er danebentippte!«

Die Zeit verging.

Nach Drei König gibt's der Feste wenig.

Die Jahresernte wurde gut.

Staub im Januar, bringt viel Korn im Jahr.

Zu Sankt Agatha, das in die erste Februarhälfte fällt, schöpft die Erde wieder Atem. Und dann heißt's bald:

Sankt Johannis, der Schnitter,
Sankt Peter, der Drescher:
Die bringen das Korn in die Mühle.

Den Karren und Booten, die das Mehl fortbrachten, folgten die andern mit Weizen und Mais, das Maul der Mühle zu stopfen. In diesen Zeiten nützte man als Maß der Säcke noch »die Hand«. Drei Hand Korn, ehrlich gemessen, gaben ungefähr vier Hand Mehl. Und wenn dann die Schnauze der Säcke aufgebunden wurde, füllten sich die weiten Mühlentrichter mit Getreide, das durch das Schüttelbrett in das Maul der Steine fällt. Aber wenn einmal der Mühlkasten leer blieb, so tönte die Glocke aus Bronze, die dann nicht mehr von der Kordel und dem die Klappe belastenden Mehl stillgehalten wurde, sie kam durch eine Vorrichtung mit den sich drehenden Steinen in Berührung und begann zu lärmen und die verlorengehende Zeit zu beklagen, das vergebliche Werk, und über die Nachlässigkeit des achtlosen Müllers zu keifen. Die Luft roch nach Mehl und Korn, nach Flußwasser, trockener Erde, Ölhefe und Kielraum.

Eine Wolke von Mehl und Kleie lag immerzu auf jedem Gegenstand, auf dem Fußboden, dem Gehsteig zwischen den Sandonen, unter den Sonnendächern der offenen Abstellräume, auf den Querbalken der Wände, auf den offenen Wandschränken des Müllers, wo er all seinen Krimskram aufhob.

Padrone Lazzaro ließ es bei seinen Gesellen nicht an Schimpfworten fehlen, doch war er pünktlich im Zahlen und großzügig in den Trinkgeldern. Er konnte dafür auch etwas verlangen, besonders, niemals das Gebell der Glocke hören zu müssen. Er bezahlte sie ja auch in den Monaten, da es weniger Arbeit gab, damit sie den Hunger im Magen nicht wie die Schelle über dem leeren Mühlkasten zu hören hätten. Zur Zeit der Jagd bewaffnete er ein kleines Boot mit einem Mörser; er ging, um den Entenschwärmen im Röhricht vor Tag aufzulauern, und er wartete, daß die Lockvögel aus Holz, die auf dem Wasser schwammen, die Enten dazu verführten, hinunterzugehen auf jene Stelle im Fluß oder Sumpf, die sich für das Aufstellen der Lockvögel und den Schuß besonders eignete. Er hörte sie schnattern und kreischen und sich zum Flug aufheben. Und er wartete, daß sie herabfielen, das Auge dem Ziel und das Ohr dem Geräusch der Flügel zugewandt. Der Schuß kam jedesmal wie ein Weltende, und oft gab es reichliche Beute.

Von den beiden Gesellen in der Mühle, hatten sie einmal nichts zu tun, schlief der eine, der andere warf Angelschnüre aus, was von allen Fangarten Scacerni am meisten verhaßt war. Übrigens praktizierte er überhaupt keine, das Stechen mit der Harpune ausgenommen, worin er ein Meister war. Man mußte ihn sehen, wenn er, sich im Gleichgewicht haltend, auf einem der Eisenschnäbel seiner Sandone stand, unbeweglich wie eine Bugfigur, so sehr, daß sein Schatten im Wasser die Fische betrog, und in Erwartung die Harpune geschwungen im halbgehobenen Arm. Das zückende Losschnellen seiner starken und fast unfehlbaren Hand war dem Zustoßen von Wasservögeln vergleichbar, die vom Meer den Fluß heraufkamen, oder dem Blitz der grünen, großen Eidechsen in den Hundstagen. Oft war das Wasser zu trübe, oder es gab wenig Fische oder nur kleine Aale, aber er betrieb's des Auges wegen und aus Lust an seiner zuchtvollen Kraft. Es gab aber auch schwere Hechte, die in Petersiliensoße mit Essig gut mundeten. Im Frühling zogen die großen Störe mit ihrem vorzüglichen Fleisch den Fluß herauf und gingen in die langen Netze, welche die Fischer mit zwei Barken stromab schleppten, den Fischen, die in der Laichzeit waren, entgegentreibend, und die gingen in die Netze wie die Krammetsvögel in den Vogelherd.

Von den zwei schweigsamen Gesellen hieß der erste Malvasone; er war schwerfällig und stark wie ein Ochse, und er hatte auch solche runden Augen, eine niedrige Stirn, breite Nasennüstern und die dienstwillige gehorsame Geduld: kurzum, war die gutmütigste und ehrlichste Haut, die auf dieser Welt nur drei Sachen kannte: Säcketragen, Essen, wenn man ihm etwas gab, und Schlafen, wann immer er dazu Zeit hatte. Ganz verschieden von ihm war Beffa, unter keinem anderen Namen bekannt, der wer weiß woher in diesen Himmelsstrich geraten war. Sein Gesicht war derart finster und unglückselig, daß zu beiden Seiten des Flusses jeder, den er um Obdach angebettelt, keinen schnelleren Gedanken hatte, als sich Beffa vom Halse zu schaffen und ihn weiterzuschicken zu einem Nachbarn, dem man nicht sehr grün war. Die Kinder nahmen bei seinem bloßen Anblick Reißaus, und die Hausfrauen hielten ihre Hühner, war Beffa in der Nähe, unter besonderer Aufsicht. Es genügte die Art, wie er in den Häusern heimlich umherblickte, und sein begehrlicher Augenausdruck, wenn er ausgehungert und voller Wut die Frauen anschaute.

»Er ist einer, der an die Korngarben Feuer legt, nur aus einem kleinen Scherz, um sich die Pfeife anzustecken«, sagten die Leute, von furchtsamem Groll befangen, wie sie ihn gegen durchfahrende Zigeuner haben.

Dabei kannte er nicht einmal die Künste dieses räuberischen Volks, wie, Kupfer zu treiben und zu verzinnen und die Zukunft zu sagen. Keine dieser Künste kannte er, das Stehlen ausgenommen, wovon jeder überzeugt war.

»Fehlt euch denn irgend etwas?« hatte Scacerni zu fragen angefangen, als er solches Gerede hörte und sah, wie dieses räudige Schaf bei ihm gedieh. »Fehlt euch irgend etwas, seit dieser Unglückliche hier im Lande lebt?«

»Nein, nicht daß man wüßte«, hatten sie bekennen müssen.

»Und jetzt wollt ihr ihn zum Desperado machen, ihr – und wißt gar nichts gegen ihn!«

»Wir wollen gar nichts machen! Wir wollen ihn nur nicht in unseren Häusern und nicht in der Nähe.«

»Ganz wie ihr wollt! Aber sagt ihm nicht etwas nach, was er nicht getan hat!«

»Wenn er's nicht getan hat, wird er's noch tun!«

»Nette Begründung!«

»Er ist von Gott gezeichnet!«

»Ach was! Ihr versteht euch recht sicher auf diese Zeichen, ihr Biedermänner, wie? Christenleute, so so? Weil ihr nicht das Gesicht hinnehmen wollt, wie's ihm die Natur verlieh, möchtet ihr ihn am liebsten an den Galgen bringen, einen Menschen, der euch kein Leid zufügte. Und dann seid ihr noch eingebildet drauf und meint: hab ich's nicht gleich gesagt? Und ihr habt ihn dann dahin gebracht, ihr, jawohl! Ich weiß, wie die Versuchungen des Hungers aussehen!«

»Wie Sie meinen, Padrone Lazzaro, aber dies Gesicht wollen wir nun einmal nicht in unserm Dorf, in unsern Zäunen und Feldern.«

»Das Dorf ist nicht euer Haus, und es gibt nicht nur eure Äcker. Ich bin's, der diesem armen Kerl Arbeit in der Mühle gibt, ich suchte gerade einen Gesellen.«

Sie wollten das nicht akzeptieren, aber sie mußten doch einsehen, daß es nichts nützte, diesem Manne zu widersprechen, der diesmal durchaus im Recht war und etwas Gutes tat. Hätte er allerdings unrecht gehabt und etwas Böses getan, so läßt sich schwer sagen, ob er weniger Hartnäckigkeit bewiesen hätte.

Doch verhielt es sich schon so, daß Beffa wirklich häßlich, ja, abstoßend häßlich war. Der Schädel, an dem die Haut teilweise fehlte, schien von Motten zerfressen zu sein, das Gesicht war von Pockennarben entstellt, die ihm die Wimpern, Augenlider und die Nase angefressen hatten, die narbigen Backen waren aufgetrieben, aber der dünnlippige Mund war erhalten, und der war immer bereit, über das Leid eines andern zu lachen, als wäre er ein Spiegel der Seele. Dieser Mann fügte Bosheit zu der Glut bestialischer Leidenschaften, von denen die blutunterlaufenen Augen unter dieser gequälten und beschränkten Stirn entbrannt waren. Dem Padrone Lazzaro gegenüber erwies er sich als ein Arbeiter mit Respekt, ja Unterwürfigkeit, wiewohl er niemals und gerade dann nicht, wenn er sich dankbar erweisen wollte, diesen Gesichtsausdruck eines wütenden Hundes unterdrücken konnte, eines vom Schlage derer, die nicht bellen, aber heimtückisch es im Sinn haben, zu beißen. Er war tüchtig im Zubereiten des Essens, und Scacerni brachte ihn und Malvasone mit der Küche in jenem wüsten Brachland hinter dem Damm unter, im Niemandsland also, wo er ihnen eine Hütte errichtet hatte. Beffa ließ seine wahre Natur an Malvasone aus, indem er ihm die schlimmsten Streiche spielte. Er führte ihn in winterlicher Nacht und ließ ihn dann in einem zugefrorenen Tümpel landen, er stellte ihm Fallen, in denen sich der Ungelenke schürfte und quetschte, legte ihm Fußangeln, die ihn kopfüber in den Fluß stürzen ließen, füllte ihm das Lager mit Juckpulver, schüttete ihm Salz in den festtäglichen Kaffee und Pfeffer ins Essen, daß selbst Malvasone den Mund verzog. Doch schluckte er alles hinunter in seinem langsamen und dickfelligen Gemüt, und nachdem er in den Sümpfen einige Irrlichter gesehen hatte, schrieb er es einem örtlichen Kobold zu, oder vielleicht war's auch eine tote Seele oder irgendeiner, den man hier umgebracht hatte. In diesem Glauben hielt ihn Beffa mit Stimmen und nächtlichen Erscheinungen fest, doch Malvasone hatte vor nichts Angst, im Gegenteil, als er glaubte, endlich darüber im klaren zu sein, von wo diese unangenehmen Zwischenfälle herrührten, gab er sich zufrieden und war beruhigt. Und dem Kobold oder der verdammten Seele antwortete er auf beschwörende Weise mit exorzistischen Gebärden und lächerlichen Lauten, dann wandte er sich zur Seite, um weiterzuschlafen.

Beffa war nicht nur ein guter Angler, er war auch sehr geschickt, Vögel mit Fallen zu fangen, mit Leim und Netzen, und er ergötzte sich an den Qualen der Fische, wenn sie angebissen hatten, und verstand es auf die grausamste Weise, die Vogelköpfchen zu zerquetschen. Er fing Hechte und Karpfen, und mit den Eiern dieser Fische und denen von Stören wußte dann Malvasone mit Salz einen groben, aber sehr guten Kaviar zu bereiten; er trocknete ihn an der Sonne, und es wurde ein ausgezeichnet würziger Botarga, der einen prächtigen Anreiz beim Trinken bot. Diese Fertigkeit Malvasones muß noch zu den drei schon erwähnten hinzugerechnet werden, ebenso die des trinkfesten Zechens, denn hierin war er so stark wie im Schlafen, abgesehen davon, daß er ein Biedermann war!

Im ganzen gesehen: es war ein schönes Treiben auf der Mühle San Michele. Sie war dabei so gut bewacht, daß die Räuber im weiteren einen großen Bogen um sie schlugen, auch nachdem jetzt hier an Bord reiche Beute zu machen gewesen wäre. Übrigens nahm das Räuberwesen mit den glücklichen Jahren auf dem Fluß und in der Umgebung ab.

Wie sehr nun auch Scacerni wegen der Wahl des Beffa getadelt worden war, so sehr wurde gelobt, daß er einen dritten Gesellen anstellte, einen geweckten Jungen, höflich, mit besten Anlagen und gutem Verstand. Er war eine Waise und hatte den Beinamen Schiavetto. Lazzaro hatte in gutem Instinkt vorgesehen, daß der Junge nicht mit dem allzu einfachen Malvasone und dem perversen Beffa zusammen schlief, und er wies ihm ein Klappbett in einem Verschlag unter der Loggia auf der Mühle an.

In der Zeit des Hochbetriebs, wenn es nötig war, sich etwas vom Schlaf abzuzwacken, schlief Padrone Lazzaro, der inzwischen das Gehör des vollkommenen Müllers hatte, in einer Hängematte im Sandon neben dem Mahlwerk. Wenn so aus dem Schüttelkasten zu viel Getreide in die Mühle lief und diese schwer ging, oder wenn zu wenig kam, dann war Padrone Lazzaro sofort wach; er zog oder lockerte die Schnur des Regulators am Getreidekasten je nach Bedarf, indem er die Zufuhr ordnete, ohne sich aus der Matte zu begeben, er streckte nur eine Hand aus und öffnete ein Auge, dann schlief er weiter.

Nun hatte aber Malvasone einen solchen Schlaf, daß ihn auch nicht – um eine Erinnerung Scacernis anzuführen, der am 7. September 1812 mit beim Brückenbau auf der Kolocza tätig gewesen war – die Kanonade aus der großen Redoute von Borodino hätte aufwecken können. Und Beffa hatte nicht die Feinheit des Gehörs, die dazu nötig war. Schiavetto dagegen wohl, und das lernte er so gut und in so kurzer Zeit, daß Scacerni ihm auch oft in der Nacht die Leitung der Mühle anvertraute, was Beffa mit Zorn und Neid erfüllte, nicht weil er so eifrig gewesen wäre, aber es ärgerte ihn, wenn ein anderer bevorzugt wurde, zumal wenn es offen zutage lag. Nun kam es nicht mehr vor, daß die Schelle zu mahnen brauchte, doch Beffa haßte Schiavetto wegen seines Eifers und weil der Padrone den begabten und hübschen Jungen vorzog, und er unterschob Scacerni die schimpflichsten Beweggründe bei dieser Vorliebe. Beffa haßte bereits seinen Herrn wegen der Weiber und seines reichen Einkommens – er haßte ihn überhaupt mit einer solchen Gewalt, daß seine wilden Gefühle schon groß und stark waren, als er vor sich selber noch nach Gründen suchte.

II Das Gebiet zwischen Volano, dem Po, der Straße von Lagoscuro und dem Panaro lag von jeher zum großen Teil unbebaut und wurde schon von den Markgrafen und Herzögen der Este als Revier für Wildschweinjagd gehalten. Dann verwilderte es wieder und immer mehr, es wurde noch kahler und struppiger, als es je war, von Tümpeln und toten Wassern versumpft, Restwassern des abgestorbenen Po-Armes, der seit ungezählten Jahren seinen Weg zur Stadt hin durch dieses Gebiet grub. Der Landstrich hat seinen Namen nach der alten und berühmten »Diamanten-Unternehmung« des Hauses der Este. Das ist ein Name, wie er in den Oktaven des Bojardo und des Ariost glitzert, er ist gleichsam herausgefallen aus einer ihrer Strophen, um ein entvölkertes Buschland zu schmücken. Diamantina ist und war aber nicht der einzige Name, der einen Begriff gibt von der höfischen Anmut, die ein Überrest dieser Herrschaft ist. In der Diamantina gibt's einsame Pfarreien, weltverlorene Häuser und armselige Besitzungen, Moräste und wässerige Wiesen, und alle sind geschmückt mit kühnen und phantasievollen Namen, mit dem Abglanz eines verlorengegangenen Märchens: Alberichs Rosengarten und Eisenhand, Haus vom Castell Trivellino oder Löwenburg, Haus des Ewigen Vaters und Purpuranien, Salvatonien oder Adlerhorst. Dieser Strich Erde war und blieb für lange Zeit eins der ärmsten ferraresischen Gebiete, heruntergekommen und von Krankheiten, besonders dem Fieber, heimgesucht.

An diesem Ort, der reich an kreuchendem und fleuchendem Wilde war, wurde Scacerni wieder der kleine Junge des Fährmanns von Ariano, mochte die Jagd nun erlaubt oder unerlaubt sein – er war in diesem Punkt überlegen und unbekümmert. Da die Wilddieberei eine Neigung ist, die mit dem Blut vererbt wird, streifte er im Gegenteil noch lieber auf Gebiete hinüber, wo die Jagd verboten war. Er hatte zwei Spürhunde von klein aufgezogen, ausgezeichnete Tiere, um die Spur des schweißenden Wildes zu Wasser und zu Land zu verfolgen. Die Hunde waren darauf abgerichtet, alle Fremden, welche die Tiere nur verderben, zu meiden, die Wächter dagegen mit wunderbarer Sicherheit am Geruch zu erkennen. Er hatte sich dazu ein Pferd gekauft, das er in einem Stall in Guarda hielt, um die Diamantina leichter zu erreichen. Zu der sommerlichen Jagd hatte er weder Zeit noch Lust. Aber gewiß hatte ihm nie eine Frau das Blut derart erhitzt und in Wallung gebracht wie der Anblick des Schnepfenfluges und der gelungene Schuß auf die plötzlich auftauchenden und schwer zu treffenden Tiere, wenn er sie auf dem Strich erwartete oder ihnen folgte längs der bereiften und betauten Ränder der Tümpel und Wiesen, wohin der Hunger den Vogel treibt zur Zeit, da die Wasser in den Sümpfen gefroren sind. Über das Fieber machte er sich keine Gedanken, er hatte es von Jugend auf. Und wenn es zwischen Juli und August ihn anfiel, hüllte er sich ganz in Wolle und warf sich in die Sonne, um seinen Teil zu schwitzen, zähneklappernd unter peinigenden Schaueranfällen. Das war seine Kur, und er gab sich damit zufrieden. Er nannte sie: das Fieber herausschwitzen.

In der Diamantina suchte er aber noch etwas anderes, etwas, das nichts mit der Jagd zu tun hatte. Auf einmal verspürte er Lust, zu wissen, was die Leute wohl über ihn sprächen, und er fragte den Wirt in der Schenke von Guarda. Und die allgemeine Meinung, besonders der Müller und Müllerinnen, war, daß diese Sache ganz zu einem ungewöhnlichen Manne wie ihm passe.

»Ungewöhnlich?« staunte er, »und warum nur?«

»Nun, sich eine Fremde zu suchen . . .«, antwortete der Wirt als das getreue Echo des allgemeinen Getuschels.

»Eine Fremde? Man sieht, wie sie weit in der Welt umhergekommen sind, die Leute, die so etwas sagen!«

»Nicht deshalb! Es sind Müller, und für die ist fremd, wer nicht auf dem Fluß geboren und großgezogen ist.«

»Ja, und weiter?«

»Sie sagen, wer nicht hier geboren sei, könne sich an ihr Leben niemals gewöhnen.«

»Bin ich denn hier geboren?«

»Natürlich, wie ich so hörte, sind Sie doch der Sohn eines Müllers, ohne es zu wissen!«

»Wie? Was? Das ist ja eine schöne Beleidigung für jene Frau, die mich in die Welt gesetzt hat!«

»Entschuldigen Sie, aber haben Sie nicht immer selber gesagt, daß Sie sich weder des Handwerkes Ihres Vaters noch des Ortes erinnern könnten, wo Sie geboren wurden?«

»Das ist wahr!«

»Also ist es auch keine Beleidigung. Es ist eine gesetzlich erlaubte Unterstellung.«

»Sie hätten Advokat werden müssen, mein lieber Wirt. Und dann, was sagen sie weiter?«

»Ich möchte keine Mißverständnisse hervorrufen.«

»Sprechen Sie nur ruhig, ich möchte auch mal lachen!«

»Nun, die Leute meinen, dies Mädchen wird Ihnen Hörner aufsetzen, um es klar und schlicht zu sagen.«

»Oh, mir? Kreuzschwerenot!«

»Sie haben doch eben gesagt, Sie wollten einmal lachen!«

»Lach ich denn nicht? Und warum soll sie das, nach diesen Siebenmalweisen?«

»Oh, eigentlich wegen nichts, wegen eines Aberglaubens, eines Horoskopes sozusagen.«

»Raus damit, wie heißt denn dieses Nichts, dieser Aberglauben?«

»Sie haben die Kleinigkeit von fünfzehn oder zwanzig Jahren, nach der Berechnung der Leute, ich weiß nicht, ob die sich irren, sagen wir: von achtzehn Jahren mehr auf dem Buckel als die Kleine. Und es heißt doch: Das eine Rad zwanzig, vierzig das zweit', das ist ein Wagen, der fährt nicht weit.«

»Ich bin noch nicht vierzig.«

»Aber ist die Braut schon zwanzig?«

»Ein bißchen jünger«, gab Scacerni zu, der zu lachen aufhörte, wenn er überhaupt richtig gelacht hatte.

»Mit dreißig und fünfzig der Wagen hält,
Das eine Rad löst sich, das andre zerschellt.«

»Guck mal einer an, wie mein Schicksal die Leute munter werden läßt. Und kommt ihr mir auch mit Reimen: Dreckwelt, kümmere ich mich um das Tun und Lassen der andern?«

»Eben, eben, deshalb kümmert man sich soviel um Sie«, sagte der Wirt, der eine moralphilosophische Ader hatte.

»Es ist blasser Neid, der sie so reden läßt, sie waren nicht darauf gefaßt!«

»In der heiligen Himmelfahrtsnacht trägt man den ›Mai‹ zu der, die es nicht gedacht«, sagte der Wirt mit einem andern Sprichwort.

Scacerni hob die Brauen und betrachtete den Mann mit Überraschung, aber der sprach so aus lauter Lust an gereimten Sprüchen. Im übrigen ist's Zeit, dem Leser das Rätsel zu lösen. In der Nacht der Himmelfahrtsvigilie hatte jemand einen Strauß Grün, den »Mai«, vor die Tür eines jungen Mädchens gepflanzt. Sie hieß Dosolina Malvegoli und wohnte im Palazzo Diamantina – ehemals ein prunkvoller Aufenthalt großer Herren, heute eine Spelunke und Wohnloch armer Familien. Und Dosolina, die nicht darauf kam, daß sie mit dieser Liebeserklärung gemeint sein könne, hatte nicht erraten, von wem der Strauß gekommen war: einfach aus Bescheidenheit, wiewohl sie schön war – wenigstens hatte sie das von sich sagen hören –, und auch aus Zurückhaltung, denn sie war noch sehr jung und dazu sehr arm.

»Dummejungenstreiche«, hatte ihr Vater gesagt, als er hörte, daß man Dosolina den »Mai« gebracht hatte. Es gab gewiß nicht viele Leute, die ärmer waren als Principalle Malvegoli und die Seinen, und nur ganz wenige, deren Armut böser und drückender war, so daß sie ihnen nicht einmal Mitleid eintrug. Dazu gab der Malvegoli vor, und vielleicht mit Recht, von der Familie der adeligen Malvegolis abzustammen, aber er hatte keinen andern Beweis anführen können als seinen Namen Principalle, der in dieser Familie erblich war. Die Leute lachten über ihn, der keine anderen Erbgüter aufzuweisen hatte, und kaum konnte er seiner Frau und den fünf Kindern den Hunger stillen. Mochten sie lachen! Eines Tages würde man ja sehen, was für einen Kopf er hatte. Das wenige Geld, das er früher verdiente, hatte er ausgegeben, um Titel und Güter durch Prozesse zurückzuerhalten; er hatte sich einem Rechtsberater überliefert, der ihm, als er den letzten Heller aus ihm herausgequetscht hatte, endlich zu sagen wußte, daß die Güter der Malvegolis seit etwa hundert Jahren zerronnen seien. Hätte er noch mehr Geld gehabt und einen ehrlichen Rechtsbeistand, so, glaubte er, hätte er zeigen können, was für einen Kopf er hatte. Und das Volk lachte über seine Ansprüche, davon einer ausgefallener schien als der andere. Er war Getreidemakler gewesen und hatte auch mit Hanf gehandelt, der den Reichtum des benachbarten Bondesano ausmachte. Er war mit einer gewissen Kenntnis und einer lebhaften Sprechweise zu diesem Beruf ausgestattet und durchaus auf dem Weg gewesen, sich das Leben zu verdienen, da ließ er sich plötzlich als Händler nieder, um auf dem Markt der Stadt und mit geliehenem Geld zu arbeiten.

Es war schiefgegangen: Schuld daran hatten die Gläubiger, die Preise, die schlechten Ernten, die Sterne, alles und jeder, nur, versteht sich: er selber nicht! Er war schließlich so weit gekommen, ein Lädchen in seinem großen Zimmer im Palazzo Diamantina aufzumachen. Und dort ließ man ihn nicht so sehr aus Mitgefühl als aus dem Grund, weil kein anderer dort gehaust hätte. Man hätte nicht sagen können, was in diesem Laden eigentlich feilgeboten wurde. Das Zimmer war leer, lag voll Staub, war muffig und düster, und darin darbte die unglückliche Familie, fünf verhungerte und zerlumpte Kinder, von denen die noch sehr junge Dosolina die älteste war. Die mutige Frau und Mutter, Donata Malvegoli, brachte es kaum fertig, den Hunger der Kleinen zu stillen, und sie war bitter geworden gegen die eitle Unfähigkeit des Principalle. Sie sagte manchmal:

»Denk nicht soviel darüber nach, bei wem die Schuld liegt!«

»Du willst doch wohl nicht etwa sagen, daß ich mich geirrt habe?«

»Nein, ich irrte mich leider, als ich einen so untüchtigen Mann wie dich heiratete!«

»Opfert ihr euch einmal für die Familie auf«, lärmte Malvegoli, »wenn ihr erfahren wollt, was das eigentlich ist: Undankbarkeit!«

»Für die Familie? Ach, du Armer!«

Die ehelichen Dispute über dies Thema waren lang und scharf, und Dosolina litt darunter nicht wenig. Das junge Mädchen war ordentlich, im Urteil klug und arbeitsam, und auf sie fiel die ganze Sorge für die Familie, wenn die Mutter unterwegs war, auf irgendeine Weise Brot für die Kleinen zu erhaschen, manchmal zu erbetteln. Was den Vater betraf, dieser Arme hatte immer neue Ideen im Kopf, großartige und verwegene, und er hegte und pflegte sie.

»Es sind deine Ideen«, sagte Donata, »die dich ruinieren. Du würdest besser tun, dich bei der Arbeit in den Gräben einzusetzen.«

»Wie bitte? Soll ein Malvegoli Erde umgraben?«

Und der Streit brach aufs neue los.

Die Nachbarschaft von Bondesano war ein großes Hanfgebiet mit regem Handel. Und der Vermittler Malvegoli brachte manchmal ein nettes Geschäftchen zustande, aber die Gewinste gingen zu den Gläubigern, das wenige, was übrig blieb, in die Schenke, wo er den Verkehr mit solchen Freunden und Bekannten aufrechterhielt, die für seinen Maklerberuf wichtig waren, aber auch mit den Brüdern aus Wolkenkuckucksheim wegen ihrer vielerlei schönen und voraussichtigen Gedanken.

»Du hast so viele Freunde«, zürnte Donata, »und nur einen einzigen Feind.«

»Einen Feind? Wen denn?«

»Dich selber!«

»Willst du damit sagen, ich soll ...«

Und einmal, nach diesem und jenem, entrutschte ihr das Wort:

»Ja, bind dir einen Stein an den Hals und verschwinde in einem Kanal!«

Sie erkannte, daß sie ihn zutiefst getroffen und sich ins Unrecht gesetzt hatte, was sie aber nicht milder stimmte, sondern im Gegenteil nur noch mehr reizte. Dosolina war in Tränen ausgebrochen.

»Da, sieh an, was du anrichtest, du bringst diese arme unschuldige Tochter zum Weinen«, sagte Princivalle.

»Ich?« Und Donata verzankte sich auch mit Dosolina. »Still, blöde Tochter eines schwachsinnigen Vaters!«

Häufig hatte das Mädchen Angst, daß die Eltern handgemein würden, und sie hatte nie den Vater heimkommen sehen, ohne daß eine geheime Spannung sie erfüllte.

Sie war eine feine und zarte Schönheit, ein zierliches Persönchen von ausgesuchtem Gliederbau, wie auf der Drechselbank gemacht, hatten ihr manchmal die Jungen gesagt. Hätte sie das Haar aus den Flechten herunterfallen lassen, wäre es ihr bis zu den Knien gegangen, weiches und feines Haar, eine verschwenderische Pracht, die wie ausgegossenes Gold funkelte. Ihr Gesicht war das eines altklugen Kindes, das schmerzlichen Gedanken nachhängt, wenn die Augen nicht gerade dem Leben zulachten, blau wie Kornblumen, sternenhaft und sanft wie diese Blüten im Gold der reifen Saat. Der Hals, den sie aus Gewohnheit leicht ein wenig gegen die linke Schulter gebeugt trug, hatte die Anmut eines Stengels, die Haut glänzte weiß und war nicht von der Sonne gebräunt, denn die kleinen Fürsorgen für die Brüder hielten Dosolina meist im Hause fest, und die Haut so weiß zu halten, das war ihr winziger weiblicher Ehrgeiz. Die jungen feingliedrigen Hände aber waren bereits gerötet und verbraucht von den häuslichen Mühen, und sie griffen dem mitleidigen Besucher ans Herz.

Sie hatte keine Ahnung von dem Fluß, kannte nicht Barken noch Ruder, weder Mühlen- noch Wasserruder, das schöne Mädchen sah nur die elende Erde von Diamantina und den hohen grauen Hanf auf den Feldern des bondesanischen Gebietes in der sommerlichen Sonne, und sie sah denselben Hanf in weißen Bündeln in der Septembersonne aufgehängt, nachdem die Faser in den mürben Stengeln gefault war und weit und breit die Luft verpestet hatte. Aber die Hanfbreche und die Hechel, die kannte Dosolina. Und vielleicht, wenn die Dämmerung über den großen Wipfeln der Pappeln zögerte, dem letzten Rest der Alleen, die sich einmal bei dem großen Palast kreuzten, und wenn der Gesang einer »Romanella« irgendwo aufstieg und die Einsamkeit der Diamantina noch stärker fühlbar machte, dann flog es sie wohl in dieser Stunde an, von einem süßbangen Ereignis zu träumen, einer vagen, phantastischen Ahnung, daß ein Etwas oder ein Jemand zwischen den Baumreihen auftauchen müßte, einer aus der Welt, um sie, das arme Aschenbrödel, zu suchen. Unter den Bäumen verdichtete sich schon die Nacht, aber die Wipfel suchten noch das Licht mit zartem Erzittern, das wie eine Beschwörung erschien. Gewiß fühlte sie ihrem Herzen die hundert Jahre alten oder vielmehr jungen Bäume sehr nahe, obwohl sie den Tag weder zu nennen gewußt noch auch herbeizuwünschen gewagt hätte, selbst nicht ganz im geheimen. Die Ahnung allein schreckte sie und diese Einsamkeit ohne befreundete Mädchen und Jungen, denn zwischen ihr und der Bauernjugend war nicht der Pulsschlag desselben Blutes. Sie hatte auch Angst vor der Mutter, die streng und von überspanntem Ehrgefühl war und die Mädchen geradezu haßte, die einen Fehltritt begingen. Wald und Busch der Diamantina waren jenen leichtsinnigen Mädchen Gehilfen und auch die Hanffelder im heißen und fetten Bondesano, in deren dichtstehenden Halmen die Schnitter jedes Jahr gewisse kleine Plätzchen entdeckten, wo der Hanf in der Zeit, als er noch zarter war, wie zu Boden gewalzt erschien: das waren die geheimen Lagerplätze der Liebenden, und jedesmal gab das einen Anlaß zum Scherzen, fand man eine solche Stelle, und gesalzene Neuigkeiten gingen im Kreise um. Dosolinas Mutter wurde nicht müde, dem Mädchen die Schande auf dieser Welt und fürs Jenseits die Hölle vor Augen zu stellen, und grausam malte sie aus: Die da, eine so Entehrte, und die dort, eine so Unverschämte, sähe sie noch, die eine im Gefängnis, die andere im Bordell landen, alle Ruinen ihrer selbst, viele der Ruin ihrer Familien; diese Mädchen seien die Ursache von Verbrechen und heimlichen, rachsüchtigen Anschlägen, manchmal würden sie zu Mörderinnen, die auf dem Schafott endigten, alle aber sausten sie ohne Sündennachlaß in die Hölle. Die Schuld hatte nach Donata immer die Frau, ob sie versucht wurde oder die Versucherin war, so sehr, daß sie – obwohl selber hinreichend Weib – das ganze Geschlecht verdammte. Bot denn nicht, so dachte die Ärmste oft bei sich, auch sie ein seltsames und aufregendes Beispiel von Schwäche, wenn man erwog, wie sie zu Princivalle stand: man konnte sagen, daß sie ihn haßte! – und doch blieb sie in ihn verliebt. Und dieser Mann, der ihr Fleisch aufregte, vermochte nicht das Brot herbeizuschaffen!

»Aber ich«, so sagte die unschuldige Dosolina, die vor diesen wilden erzieherischen Einflüssen auszuweichen suchte, »aber ich denke nicht an diese Dinge, von denen Ihr sprecht!«

»Weil du ein Dummkopf bist!«

»Und um kein Dummkopf zu sein«, gab die Kleine schüchtern, aber sicher zurück, »sollte ich daran denken?«

»Du sollst nicht daran denken, du sollst zittern: glaubst du an die Hölle und die vier letzten Dinge?«

»Ich bin in der Christenlehre gewesen, Mama, und ich weiß, was ich glauben muß, aber ich glaube auch, daß ich, wenn Gott mir beisteht, nicht in die Hölle komme.«

Donata mußte schweigen, aber jedesmal, wenn der Geistliche kam, in der Kapelle des Palazzo die Messe zu lesen, oder wenn sie nach der

Pfarrei von Vigarano gingen, um die Kommunion zu empfangen, machte sie wunderliche Versuche, um herauszubekommen, welche Sünden Dosolina gebeichtet habe, so daß der Pfarrer von Piave sie zurechtweisen und mehrere Male schelten mußte, aber ohne Erfolg.

Donata wurde von den Bauern sehr geschätzt, weil sie die Fähigkeit besaß, die Kranken zu heilen mit gewissen einfachen Arzneien und Absuden und Pflastern, von denen sie geheime Kenntnis besaß. Auf die Hochschätzung antwortete Donata mit verächtlicher Zurückhaltung, aber sie verschmähte keineswegs, ihre Fähigkeit auszuüben, denn es kamen dadurch Geschenke ins Haus, die das Elend der Familie linderten. Die Bauern waren auch überzeugt, daß sie ihren Arzneien Sprüche, die bedenklich nach Magie rochen, beifügte. In diesen Geschäften war sie häufig unterwegs, und außerhalb des Hauses quälte sie sich mit eingebildeten Gefahren, von denen Dosolina weit entfernt war; zu Hause aber quälte sie das Mädchen mit ihren falschen Verdächtigungen. Sie liebte die Tochter und alle ihre Kinder mit demselben quälerischen und ermüdenden Eifer.

Man kann nicht sagen, auf was alles sie noch verfallen wäre, als am Morgen vor Christi Himmelfahrt der »Mai« vor der Tür entdeckt wurde, wenn Princivalle nicht die Bemerkung gemacht hätte: »Dummejungenstreiche!« Und gleich fügte er mit jener Ängstlichkeit des Eitlen bei:

»Hat uns wohl irgendeiner zum Hohn vor die Tür gesetzt?«

»Das möchte ich sehen!« rief darauf Donata aus. »Zum Hohn? Dir vielleicht, aber uns, mir? Dafür bin ich dir gut, daß das niemand wagte. Wer den ›Mai‹ pflanzte, das war ein Freier. Trotzdem, wenn ich ihn erwische! Die Bürschlein werden's noch mit mir zu tun kriegen. Und du, Dosolina, brauchst dir deshalb nicht den Kopf zu verdrehen!«

Das Mädchen war so weit weg von Kopfverdrehen, daß es im Gegenteil, schmerzlich berührt, eher an den Verdacht des Vaters glaubte. Und sie hatte sich schon gefragt, warum man so boshaft sein könnte gegen ein kleines armes Mädchen wie sie; es erfüllte sie dabei eine so peinliche Verwirrung, wie sie in guten Herzen immer aufsteigt, wenn sie eine Bosheit entdecken, vor der sie kraft der Erfahrung müde die Waffen strecken, ohne es aber je verstehen zu können. Sie hatte schon gedacht, sie verhöhnen mich, weil ich so arm bin – und sie hatte das Haupt ergeben geneigt vor diesem Geschick, als das Gespräch zwischen Vater und Mutter sie dann überzeugte, fast mit Gewalt, daß sie einen Freier hatte. Die jugendliche Seele, die heiße und empfindsame Phantasie, die nahmen ihre Zuflucht zur Idee, zum Traum und zum Geheimnis von jenem wunderbaren Unbekannten, das auf der Welt wie der Ritter im Märchen immer zur rechten Zeit erscheint. Und jene ersten Empfindungen von

Furcht und Erniedrigung, jetzt waren sie schon in Groll und Abscheu untergegangen, wenn sie daran dachte, daß ihre Hoffnungen und ihr Traum nur einem Akt von Hohn entstammen sollten von seiten nicht der Leute, sondern des Schicksals. Nein, dieser »Mai« war von einem Freier gebracht.

In den verschiedenen Gegenden benutzte man verschiedenartige Maibuschen, nach denen der »Mai« Liebe, Eifersucht, Verachtung, ja Verstoßung ausdrücken konnte. Und bei einem Menschenschlag, der immer zu bissigen Ausdrücken und Sprüchen neigt, brauchte man den »Mai« auch als Neckerei, Züchtigung oder Rache an stolzen, boshaften und eitlen Mädchen oder als einfachen Jux, wie Principalle zuerst gefürchtet hatte.

Aber gewiß, niemand hatte etwas gegen Dosolina. Donata jedoch hatte sich in den Kopf gesetzt, den Jungen herauszukriegen, der es gewagt hatte, die Tochter zu versuchen. Und in den elenden Hütten durch die Diamantina hin bildete sich wirklich ein Märchen, und man sang bald vor dem Hause Dosolinas einige satirische Vierzeiler:

Dosolina, spiel nicht die Große,
Dein Vater ist nicht der König von Frankreich,
Und deine Mutter ist keine Prinzessin,
Spiel nicht die Große, kleine Dosolina!

Der fremde Jäger war mehrere Male am Palazzo vorbeigekommen. Und er pflegte vom Pferd zu steigen, entweder um es trinken zu lassen oder um etwas zu kaufen, indem er tat, als nehme er das Ladenschild ernst. Und jedesmal hatte ihm Dosolina antworten müssen, daß der Laden gerade nicht mit Waren versorgt sei. Aber dieser Mann hatte es nicht wie die andern gemacht, die mit spitzem Lächeln fragten, was für ein Laden das denn sei, wenn es da niemals etwas zu kaufen gebe, und sie zu foppen begannen. Dieser Fremde tat immer dieselbe Frage, aber mit Zurückhaltung. Und er lächelte nicht, er tat, als glaube er ihr durchaus, der verlegenen Dosolina, die mit Erröten ihre Lüge vorbrachte:

»Gerade in diesen Tagen werden wir neue Waren einlegen.«

Der Fremde war höflich, und in den Steigbügeln war er groß und stark, das Gewehr über den Schultern, manchmal mit und manchmal ohne Mantel, und er hatte ein abenteuerliches Aussehen, das die Phantasie beeindruckte. Er kam immer gerade dann, wenn die Mutter nicht da war, und das war ein Grund für Dosolina, das Gespräch möglichst abzukürzen, obgleich auch er seinem Wesen nach nicht der Mann war, es auszudehnen. Sie hatte von ihm erfahren, daß er Müller auf dem Po war. Nachdem er sie gesehen hatte, diese blauen Augen und das goldene Haar, war unser Lazzaro zum besten Schneider von Crespino gegangen – einem ordentlichen und großen Dorf jenseits des Po –, um sich einen engansitzenden Anzug aus Barchent machen zu lassen, der auf dem Körper eines Mannes, der Soldat gewesen war, gut genug saß, um mit einer gewissen kecken Galanterie den Frauen in die Augen zu stechen, wie zu den Zeiten der napoleonischen Paraden. Und nachdem er der Mode gemäß gekleidet war, ging er zum Barbier:

»Stutzen Sie mir mal recht flott diesen Dreikönigsbart!«

Der Barbier hatte ihm verschiedene Barttrachten vorgeschlagen, bevor er die Schere an diesen Urwald setzte.

»Nein, ich möchte einen Bart, wie ihn die Zappatori (Sappeure) trugen«, befahl der alte Pionier, sich an seine große Zeit erinnernd, als der Vollbart ein Vorrecht der Pioniere war. Dem Barbier dagegen war nur noch bekannt, daß der Vollbart zur Zeit nur von den Heißköpfen, den Liberalen, getragen wurde. Und so stand er unschlüssig, die Schere zwischen Zeigefinger und Daumen. Wie ihn die Zappatori trugen? Er kannte diese Bärte nicht. Und Scacerni überfiel plötzlich die Erinnerung an die vergangenen Jahre, an die schönen Zeiten, da ein Barbier, der etwas auf sich hielt, diese Barttracht ohne weitere Erklärung verstanden hätte. Was glaubte der Mann wohl, vielleicht: er sei ein Zappaterra (Erdumgräber, Tagelöhner)? Es war also schon eine gute Weile her, seitdem . . . Und wiewohl ihm die Jahre nichts ausgemacht hatten, ängstigten sie ihn doch, zumal, wenn er sie mit denen eines gewissen kleinen Mädchens verglich, und er wurde dabei seltsam gereizt. Er erklärte dem Barbier den gewünschten Schnitt.

»O Lazzaro«, sagte er zu sich selber, sich im Spiegel betrachtend nach beendigter Prozedur, »willst du dich über die Jahre ärgern, weil sie vorübergehen?«

In diesem Wort lag noch etwas Gereiztheit, eine Art von Unwillen, ja Furcht, denn der Mann erkannte, ohne es sich eingestehen zu wollen, daß ihn die wahre Liebe zum ersten Mal angerührt hatte. Und er war zornig, weil er es nicht bemerkt hatte, wie sie in ihn hineingeschlüpft war. Er glaubte, wenn er sich genau des Augenblickes und der Art und Weise erinnern könnte, wie das geschehen war, dann hätte er sie noch zurückjagen und sich von ihrer Umklammerung befreien können. Aus diesem Grunde (vielleicht machte er sich das auch nur vor) kehrte er so oft als möglich zu Dosolina Malvegoli zurück. Die Tage, die er fern von ihr verbrachte, waren ihm lang und langweilig geworden. Und nun hatten Schneider und Barbier ihn ein wenig zivilisierter erscheinen lassen, aber Dosolina und Donata hätten an alle anderen eher gedacht, als daß er es sei, der ihr am Abend vor Himmelfahrt den Mai vor die Tür gepflanzt hatte. Was ihn betraf, so war er ärgerlich, nicht recht den Faden finden zu können, um mit dem schönen Kinde zu sprechen. Er wunderte sich sehr, daß die Liebe, die so versteckt in ihn eingedrungen war und mit solcher Gewalt, eine so heikle Sache war, wollte man sie zeigen. Alle die vielen Arten, die er andern Frauen gegenüber angewandt hatte und mit gutem Erfolg, erschienen ihm Dosolina gegenüber nicht nur ungeeignet, sondern auch beleidigend, und er schämte sich allein beim Gedanken, ihr gegenüber ebenso aufzutreten.

Er hatte ihr zu sagen versucht:

»Ich habe gehört, man hat Ihnen den Mai gebracht, nicht wahr?«

Sie war über und über rot geworden, und als sie nicht wußte, wie sie ausweichen könnte, hatte sie genau das Gegenteil von dem gesagt, was sie meinte:

»Oh, das sind Leute, die mich nicht mögen!«

»Gibt's denn so einen, der Sie nicht gern hat?«

»Man wollte mich verhöhnen!«

»Könnt' es nicht aber wirklich ein Freier sein, ein Ehrenmann, der Sie zu heiraten beabsichtigt?«

»Jetzt wollen auch Sie mich zum besten halten! Wer möchte mich heiraten wollen, arm wie ich bin?«

Scacerni verwünschte ein wenig den Einfall des Maipflanzens, ein wenig freute er sich aber darüber, denn jetzt war er sicher, daß Dosolina keine Verehrer hatte. Ihre große Armut schien seine Pläne zu begünstigen. Konnten sie denn nein sagen, diese armen Malvegolis, einem gutsituierten Müller gegenüber, wie er's war? Gewiß, der Unterschied der Jahre, aber er spürte sein Alter keineswegs. Dann dachte er: es sind nicht die Jahre, es ist der Altersunterschied, ich leide darunter zwar nicht, aber sie? Um aus dem Wust herauszukommen, hielt er einfach schlimmer als ein Räuber Princivalle mitten auf der Straße an und sagte, ohne vom Pferde zu steigen:

»Heda, hören Sie mal! Wenn Ihre Tochter will, ich will sie, ohne Mitgift! Wenn Sie wissen wollen, wie es mir geht und wie ich Ihre Tochter halten kann, fragen Sie diesseits und jenseits des Po nach, ob die Mühle San Michele arbeitet und wer Lazzaro Scacerni ist!« Das sagte er, spornte das Pferd und ließ jenen mit offenem Mund stehen.

So erfuhr Dosolina, wer ihr den Mai vor die Tür gepflanzt hatte, und – um es klar zu sagen: sie war zuerst mehr verblüfft und eingeschüchtert als glücklich. Dagegen war Princivalle sehr glücklich, der mit einem solchen Schwiegersohn an der Seite nicht daran zweifelte, daß seine Projekte nun doch wieder aufblühten.

»Aber du«, sagte er zur Tochter, »schneid nicht so ein Gesicht wie ein Unglücksrabe!«

»Ich?«

»Du sitzt ja wie versteinert da!«

»Laß sie doch überlegen«, sagte Donata ungewiß und mit Zweifeln, »es berührt sie doch allein!«

»Was, wieso, wie denn? Ihr Weibervolk, jetzt, da das Glück an meine Tür klopft, jetzt wäret ihr imstande, es nicht hereinzulassen nach alldem, was ich für die Familie getan habe!«

»Du hast uns dem Hunger überliefert«, sagte mit Bestimmtheit seine Frau. »Laß Dosolina in Frieden!«

»Aber ich«, sagte das Mädchen verwirrt, »ich bin doch sehr gut hier bei euch aufgehoben.«

»Und ich, sei nur ruhig, laß dir keine Gewalt antun«, schloß Donata und plusterte sich wie eine Glucke, die ihr Kücken schützt.

Principalle saß vor seiner mageren Polenta, auf der keine Soße schwamm, mit einem Gesicht, in dem sich Beleidigtsein und Verachtung ausdrückten, aber es würde nicht lange dauern, und man sähe die großen Gedanken, die ihm durch den Kopf wie Feuerwerksräder gingen.

Mitte September, an einem wundervollen Tag, der Po zog mit vollen Wassern majestätisch dahin, kamen Eltern und Tochter auf die Mühle San Michele zu Besuch. Frühmorgens hatten sie sich in Santa Maria Maddalena eingebarkt, jenseits der Brücke von Lagoscuro, wohin Lazzaro sie gebeten hatte, um sie mit einem Boot und zwei Ruderknechten abholen zu lassen.

All die neuen Ereignisse, die Vorstellung, nun zu heiraten, die Streitigkeiten der Eltern, wobei ein Teil dem andern riet: die Tochter selber entscheiden zu lassen, das hatte Dosolina von morgens bis abends auf der Seele gelegen und sie bekümmert und verstört gemacht. Da war plötzlich ein Mann, der sie heiraten wollte. Sie begriff nicht recht, wie es so rasch, so plötzlich mit ihr dahin gekommen war, es war ihr fast, als habe sie etwas Gewalt erlitten. Und dazu kam: man hatte ihr viel Abneigung gegen Liebe und Heiraten, was sie ja alles ersehnte und erträumte, aufs Herz getropft. Und auch Scacernis Liebe und Maistrauß hatten in diesem unglückseligen Hause, im Palazzo Diamantina, ein trauriges Durcheinander heraufbeschworen. War nicht Scacerni daran schuld, daß in diesen Quälereien zwischen Vater und Mutter der Vater sich so weit vergessen hatte, auszurufen:

»Ich werde wohl den Stock holen müssen, den Stock!«

Das bekam ihm schlecht, um es geradeheraus zu sagen:

»Den Stock? Für die Mutter deiner Kinder? Du Hornochse, Tagedieb, feiger Hund, der du bist. Bist und warst du doch immer dein eigenes Unglück und leider auch das deiner Familie. Mehr will ich dir nicht sagen, ich nehme Rücksicht auf Dosolina.«

Es wäre sicher besser gewesen, wenn Donata sich auch diese Worte geschenkt hätte und andere noch, die nur erschreckten und das Mädchen traurig machten. Aber da gab's noch eine ganz besondere Stichelei, als man den Besuch auf der Mühle San Michele diskutierte. Es war, nach Princivalle, durchaus nützlich, ja notwendig, daß die beiden jungen Leute anfingen, sich kennenzulernen. Und da sagte Donata giftig:

»Wieso junge Leute? Er könnte doch ihr Vater sein!«

Und so war's, recht besehen, ganz gut, daß Donata, sobald sie den Fuß in das Boot gesetzt hatte, angesichts des vielen Wassers von Angst gepackt wurde. Denn das Boot war ein ziemlich zimperlich aussehendes Gerät.

»Setzt euch nur ganz bequem«, hatte der Bootsmann gesagt, als er sie so verlegen sah.

Sie trieben mit der Strömung vom venetianischen Ufer her stromab. Dosolina saß, von Staunen gepackt, da, Princivalle schnitt ein düsteres Gesicht, Donata klammerte sich an die Bank, die Knie aneinandergepreßt und die Beine gekrümmt, derweil sie mit feindseligem Blick die schlammigen Wassermassen heimlich betrachtete. Von fern sah es aus, als ob im Boot eine Gesellschaft von träumenden Leuten säße. Nur der Ruderer sprach, der aufrecht am Heck stand und auch das Steuer führte, ihm gehörte das Boot. Das Schiffchen verlangte jetzt mehr nach der Steuerung als nach Rudern. Es flog schnell und leicht nach den langen Ruderschlägen dahin, am Bug ruderte ein Junge. Der Bootsbesitzer begann wieder:

»Man braucht gar keine Angst vor dem Po zu haben, wenigstens kein Mensch, der herkommt, um künftig auf dem Fluß zu leben. Wir haben's auch schon hier in der Gegend gehört, daß Padrone Lazzaro jemand erwartet. Und auch wir sind glücklich, weil wir ihn eigentlich alle mögen, o ja! Und ich kann als erster feststellen, daß die Kleine hübsch ist, sehr sogar! Padrone Lazzaro, na ja, schon ein Kerl für so eine! Ein nobler Hund, in seinem Fach ein Meister, würdig bis obenhin, redet nicht viel, aber tut um so mehr! Kümmert sich nicht um das Treiben der andern, aber wenn ihm einer dreinreden wollte, na, dem stopfte er mit der Faust den Mund! Der hat Arme, und wenn nötig, packt er zu, und da möchtet ihr keinen finden, der ihm standhielte. Er schuftet, verdient und gibt mit beiden Händen aus, wenn's drauf ankommt. Und ein Staatskerl, der nicht abbröckelt. Ja, die Frau, die ihn kriegt, kann sagen, daß sie dem Glück auf dem Schoß sitzt!«

Principalle schwelgte. Unter andern Umständen hätte Donata schon seit einer guten Weile die Lobrede des Schiffers abgeschnitten, die bis jenseits von Polesella anhielt, aber dann mußte auch er schweigen, um kräftig in die Ruder zu greifen, denn er hatte den Bug hinausgelegt, um die Strömung schrägüber zu durchschneiden.

»Jetzt bewegt euch nicht allzusehr«, warnte der Schiffer, als sie mitten auf den Strom kamen. Man muß sich Donata vorstellen, die ohnehin schon steif und starr dasaß! Man bemerkte erst jetzt, da sie die Strömung schnitten, die Gewalt und Schnelligkeit des gelb heranschäumenden Flusses mit seinen Strudeln, die er rings um das Boot zeichnete, und seinen entweichenden Wirbeln. Unter den Seitenwänden und dem Bug des dünnbrettigen Fahrzeugs und auch am Heck gurgelte und schnalzte der Fluß, als ob er gierig sei und voller Hinterlist. Donata spürte, wie sie so auf den Fluß starrte, einen leichten Schwindel, aber sie konnte den Blick nicht abwenden. Dosolina aber klatschte in die Hände:

»Wie groß und breit! O schön, schön! Seht, das ist ja alles wie Gold!«

Ein bleicher und verschleierter Goldton lag auf dem Wasser, das die Septembersonne überall zum Leuchten brachte. Als Donata bemerkte, wie weit entfernt beide Ufer waren, saß ihr ein Angstschrei unterdrückt in der Kehle.

»Na«, machte der Schiffer, »was würdet ihr erst sagen, wenn wir so was wie Hochwasser hätten!«

»Ist das kein Hochwasser?« fragte mit ziemlich unsicherer Stimme Malvegoli.

»So ungefähr die Hälfte davon.«

»Ich meine nur, weil wir nicht schwimmen können!«

»Ach, für den Fall rat ich euch, haltet euch am Boot fest. Auch wenn es kippt, es bleibt immer obenauf.«

Das Ergebnis dieses Scherzes war, daß Princivalles Gesicht ebenso düster wurde und ängstlich wie das seiner Frau, die mit aufeinandergebissenen Zähnen schalt, als fürchte sie, das Boot mit ihrem Atem und ihrer Stimme umzuwerfen, und zwar schalt sie Dosolina, die so heiter war und ihre Augen nicht weit genug für so viele Wunder aufreißen konnte und sich nach allen Seiten umdrehte:

»Sitz still, beweg dich nicht so! Bist du taub?! Spürst du nicht, wie das Boot umkippen kann?«

Das Gebrumm des Schiffers konnte sie nur zornig machen, aber nicht ihre Angst vermindern. Über dem leuchtenden Fluß gaben sich die Glocken an den Guarden von beiden Ufern her Antwort. Sie kündeten den Mittag an. Und es schien, als sprächen sie vom glücklichsten Tag des ganzen Jahres. Dosolina schlug das Kreuz und sagte:

»Der Engel des Herrn brachte Maria die Botschaft!«

Donata hatte nicht den Mut, ihre Hand von der Bank zu lösen, nicht einmal, um sich zu segnen.

Und da tauchte auch das nahe Ufer auf. Das Boot richtete seinen Bug gegen die Mühle, die mit einem Schlag aufwuchs, oder schien es nur so, und zusehends größer wurde, sich reckte und Farbe annahm, die Mühle mit den düsteren, geraden und starken Flanken. Das Boot schien unter der Mühle kleiner zu werden. Und größer als je und auch ein wenig düster, während die Herzensnot ihm das Gesicht noch strenger machte, erschien der Padrone von San Michele auf dem Mühlsteig am Bug. Er packte das Tau, wies Donata und Malvegoli die zwei Pflöcke, die den Füßen halfen, an Bord zu steigen, und reichte ihnen hilfreich die Hand. Aber als die Reihe an Dosolina kam, beugte er sich vor und neigte sich hinab, umgriff ihre Hüfte mit dem Arm, zog sie leicht empor und stellte sie auf dem Mühlsteig anmutig und galant nieder.

»Dosolina, Sie wiegen so leicht wie eine Blume!«

Und als sie errötend sich der Mutter näherte, die allmählich nach all der ausgestandenen Angst wieder richtig Atem schöpfte, fügte er hinzu:

»Tun Sie wie zu Hause, bitte!«

Dosolina war noch zu verlegen, um sich richtig umzusehen. Doch machten ihre Füße langsam Bekanntschaft mit der Mühle. Das Tauwerk ließ den beiden Schiffsrümpfen eine beschränkte Bewegung, und so tänzelten die Spitzen der Sandone abwechselnd nach rechts und links mit einem gleichmäßigen sanften Schlag, der wie eine Andeutung war, die Anker zu lichten und loszufahren, und den schweren Leibern der Schiffe Leben gab und Leichtigkeit den zutretenden Füßen.

Die Mühle San Michele war sauber und schmuck, ja festlich hergerichtet. Die Holzhäuser auf dem Sandoncello hatten die Türen weit aufgetan und lagen voll Sonne. In der Loggia, wo ebenfalls die Türen in die Höhe gehoben oder in den üblichen Angeln geöffnet waren, stand sauber und zierlich der Tisch gedeckt. Luft und Sonne, mild und angenehm, spielten und leuchteten drinnen und draußen. Das leise Rumoren und rauschende Grunzen der Tropfen am Wasserrad schien vergnüglich zum Feste abgestimmt. Hier heiratete man bei der alles belebenden Umdrehung der Steine, und das war mehr als ein Geräusch, es war ein Seufzen und Zittern, das von den schweren Maschinen sich den Flanken ringsum mitteilte. Und ein Hauch von beseelter Ruhe, heiterem Wohlstand und demütigem und festbegründetem Frieden teilte sich dieser kleinen Welt mit, die so abgeschieden und einsam zwischen Fluß und Himmel schwamm, zwischen einem fernen Ufer und den so nahen, hinter dem Damm verborgenen Feldern. Diese staunende Süße und das physische

Wohlgefühl durchwirkten die Schüchternheit Dosolinas mit weichem Verwundern. Und der stärkende Duft des Mehls mischte sich mit dem Atem des Wassers, dem leichten Moderhauch des Schlammes und dem ranzigen Holzgeruch; alle Gerüche aber umspannte die reiche und stärkende Luft, die einen gesunden und morgendlich jungen Appetit in die Leiber trug.

»Jetzt setzen wir uns zu Tisch«, sagte der Padrone Lazzaro, »es ist spät, und ihr habt Hunger. Die Mühle zu betrachten, ist noch später Zeit. Und Sie«, er wandte sich gegen Dosolina, »werden hoffentlich bald, wenn Sie wollen, als Padronin auf die Mühle kommen, auf diese kleine Festung.«

Das Mädchen sah ihm in die Augen und fuhr zusammen, aber bevor sie den Blick senkte, wurde sie, wie eine weitere Ausstrahlung dieser gütigen Welt, gewahr, daß auch der Mann dort ihr Vertrauen einflößte, und sie spürte mit Stolz, daß sie schön war. Liebe hatte sie in seinen Augen bemerkt, Liebe, und sie ahnte, was das sei. Die zarte Sorge vor der Hochzeit hatte sich jetzt schon in Sehnsucht verwandelt: zwar hatte sie noch Furcht davor, aber die natürliche Furcht der noch zarten und in Sitten und Züchten gehaltenen Jungfrau.

Schiavetto trug auf, und von diesen Landratten wurde dem Hecht in Knoblauchsoße große Ehre angetan, desgleichen auch dem Kaviar und Botarga, den Malvasone bereitet hatte. Auch die »Pinza« nach Müllerart fand Anklang: sie bestand aus einem Blätterteig, der mit Öl und ohne Hefe bereitet und in heißer Asche gebacken war. Zu Ende des Mahles gab es eine vortreffliche Pfirsichspeise.

Dann führte Padrone Lazzaro ihnen vor, wie man den Andrang des Wassers am Rade zu regeln habe, indem er mit der Winde zwischen Rad und dem mittleren Balken, der die Sandone verband, ein großes Schützel herabließ. Wenn aber das Wasser zu schwach floß, versenkte er eine durch ihr schweres Gewicht von selber aufrechtstehende Dreiecksleiter vor dem Rad, die als Hindernis einen Sondersprung des Wassers hervorrief, der mit seinem kurzen Ungestüm die Antriebskraft des Flusses vermehrte. Er zeigte das Mahlwerk und alle übrigen Einrichtungen, sehr gesetzt und bei der Sache, ohne mehr von der Hochzeit zu sprechen noch von Dosolina, so daß die Kleine aufs neue in ihre Scheu versank und sich immer nah bei der Mutter hielt, die voller Würde den Erklärungen zunickte.

Und Scacerni erklärte: wenn die Mahlsteine sich zu sehr geebnet hätten, also zu glatt geworden wären, arbeite die Mühle flau, und man müßte ihr wieder die Zähne schärfen, indem man die Oberfläche der Steine mit Rillen versehe. Und er zeigte die Spitzhämmer, mit denen man die riesigen Quarzsteine behaute, zeigte die Feldschmiede, den

Schleifstein, die Hobelbank und all die andern Werkzeuge, die ein guter Müller handhaben mußte. Aber Principalle Malvegoli, der ebenso reichlich getrunken wie gegessen hatte, fühlte sich nicht mehr unterhalten.

»Eine schöne Mühle, eine große Mühle, eine Mühle zum Augenverdrehn! Und Sie, Padrone Lazzaro, Sie sind ein Mann! Ich wußte das schon, und mir sagte das noch soeben dieser Biedermann in der Barke, aber das war eigentlich gar nicht mehr nötig! Ach ja! Eine Mühle! – Nein, mehr noch! Ich kann euch sagen, daß eine Müllerin hier wie eine Königin lebt. Herrgott, so ein Leben!«

Dosolina hätte es gern gesehen, wenn jetzt die Mutter diesem schmeichlerischen Gewäsch ein Ende gemacht hätte, aber Donata lächelte nur ganz sanft gestimmt.

Sie sahen sich das Haus auf dem Sandoncello an, die Fisch- und Jagdgeräte auf den Gestellen und die Schlafkoje des Müllers, der nun sagte:

»Hier habe ich bis jetzt geschlafen«; und er wies auf den kleinen Herd, »hier hab ich das bißchen Kochen besorgt, als ich noch ohne Gesellen war, das war sauer am Anfang.«

»Und von jetzt an, wenn Gott mit Ihnen ist«, fragte Principalle, »wo werden Sie von jetzt an schlafen?«

Dosolina spürte eine Regung von Unwillen und Scham, aber Lazzaro sagte:

»Von jetzt an, wenn die Sache läuft, wie ich hoffe . . .«

»Sie haben allen Grund, das zu hoffen!«

»Wenn es so geht, wie ich möchte, habe ich vor, hier nahebei auf dem Lande ein bißchen Erde zu erwerben und ein Haus zu bauen, ah, keine große Sache, aber wie sagt das Sprichwort: ein Dach, so groß, daß es dich deckt!«

»Und Erde so viel, als du siehst!«

»O nein, nicht so viel, da bin ich anderer Meinung: ein bißchen Gartenland, ein paar Ruten nur! Aber genug, um gut zu leben! Darüber wird meine Frau zu wachen haben, denn der eigentliche Acker des Müllers ist ja die Mühle, vorausgesetzt, daß meine Frau zu meinem Vorhaben ja und nicht nein sagt.«

»Ihnen gegenüber nein zu sagen, na hören Sie mal!«

»Man kann nie wissen, aber in jedem Fall muß sie ganz klar ihre Meinung sagen.«

Jetzt begann Malvegoli seine Tochter mit den Ellbogen anzustoßen, daß sie etwas sage; das war ihr sehr lästig, und sie schwieg und suchte ihm auszuweichen. Und dann vor der Schlafkoje wurde Principalle noch unmöglicher:

»Um hier zu zweit zu wohnen«, er lachte derb, »sagen wir's rund heraus, wäre dieses Bett ein wenig schmal. Doch soll es ja so sein«, er streifte Donata und Scacerni mit schnellem Blick, »daß für die erste Zeit ein schmales Bett ganz angenehm ist.«

»Hör auf«, gab ihm seine Frau darauf zurück, aber wohlwollend, »du bist ja ein Stück Vieh!«

»Und haben Sie schon das Haus für die Müllerin gekauft, Padrone Lazzaro, diesen Ihren neuen Besitz?«

»Ich wollte gerade sagen, daß ich schon eine Anzahlung gemacht habe, doch noch jederzeit den Kauf rückgängig machen kann.«

»Warum rückgängig machen?«

»Weil ich das Auge auf eine einzige geworfen habe und nun denke: sie oder keine!«

»Eine Anzahlung, so so«, verharrte Malvegoli kindisch, der den Wein spürte, »eine Anzahlung?«

»Wie gesagt: wenn nicht, dann verzichte ich auf das Haus und beschränke mich auf die Mühle, ich bin nicht mehr der Jüngste.«

Diese Erklärungen, und von einem Manne wie Lazzaro vorgebracht, bewirkten in dem Mädchen ein Gefühl, in dem sich süße Verwirrung und Stolz mischten.

Doch der geschwätzige Vater fing schon wieder an, ihre Stimmung zu zerstören:

»Hören Sie auf! Wer sollte Ihnen nein sagen? So ein Mädchen müßte ja verrückt sein. Gibt's ja gar nicht!«

»Entschuldigen Sie, aber Sie sind hier nicht entscheidend.«

Der Ton Lazzaros war trocken geworden. Dosolina war ihm dankbar dafür, und sie hoffte fest, daß er den Vater endlich zum Schweigen brächte. Aber der ließ sich nicht so leicht mundtot machen, er holte wieder zu einer Antwort aus, da fiel seine Frau ein:

»Jetzt quäl das Kind nicht weiter«, sagte sie bloß.

»Sehr richtig«, fügte Lazzaro, seine Ungeduld beherrschend, bei, »das wäre gut. Ich habe meinerseits genug geredet, und jetzt muß man ihr Zeit lassen. Aber wie dem auch sei, was mich angeht, sag ich: je schneller, desto besser!«

Jetzt hätte Dosolina gern etwas gesagt, und sie ärgerte sich, nicht ein Wort zu finden. Sie war dem Vater heimlich böse, daß er sie verwirrt und gestört hatte, und sich selber ebenso, denn schon aus Anstand hätte sie Lazzaro ein Wort sagen sollen. Und sie hatte keine Ahnung, wie lieblich sie war, so verstummt und zornig gereizt, während Padrone Lazzaro freundschaftlich diesen lästigen Mann, seinen künftigen Schwiegervater, beim Arm nahm und ihn auf die Loggia führte unter dem Vorwand, ihm wer weiß was für ein Werkzeug zu zeigen. Dosolina empfand dafür eine solche Dankbarkeit, daß dieses Gefühl zu einer ersten Liebesregung wurde. Als ihre Augen noch einmal durch die saubere Schlafkoje streiften, kam ihr der Gedanke: gewiß, wenn er eine Frau hätte, schliefe er in einem besser gemachten Bett.

Inzwischen sagte ihre Mutter mit Nachdruck und einer ungewohnten Zärtlichkeit:

»Die Partie ist gut, nun bin ich auch davon überzeugt. Jetzt mußt du sprechen.«

»Ich tu, was ihr mir befehlt.«

»Ah, was wir dir befehlen?« Die Mutter lachte. »Und wenn wir dir befehlen, ihn zu heiraten?«

»Ich bin glücklich, wenn ich euch gehorchen kann.«

»Und diesmal wär's nicht gegen deinen Wunsch?«

»Nie war es gegen meinen Wunsch.«

»Ja, dann also ...«

»Ja, was mich betrifft, ich bin vollauf zufrieden.«

Malvegoli hatte sich selbst diesen Augenblick nicht ein wenig abseits halten können, und als er sich dem Haus auf dem Sandoncello näherte, vernahm er die letzten Worte, und der gutmütige Mensch, der wirklich das Glück seiner Tochter wollte und überzeugt war, daß es mit dieser Ehe voll aufblühen werde, empfand bei diesen Worten ein echtes Getröstetsein, so daß er zärtlich berührt einen Augenblick sogar den Mund hielt, während Donata sagte:

»Ja, und nun kannst du es ihm selber sagen.«

»Das kann ich doch nicht!«

»Ich sag es ihm, ich«, rief Malvegoli, in seine übliche Tölpelhaftigkeit zurückfallend, »Padrone Lazzaro, kommen Sie doch mal her!«

»Vieh, das du bist, verstehst du denn gar nichts«, platzte Donata heraus, »fühlst du nicht, daß es ihm Freude macht, das von ihr selber zu hören?«

Als Principalle das hörte, kratzte er sich beschämt den Kopf. In diesem Augenblick trat Scacerni ein, und Vater und Mutter zogen sich lächelnd zurück, um den Fluß vom Fenster aus zu betrachten.

»Also«, fragte Lazzaro das Mädchen, »ich darf glauben, daß Sie mich glücklich machen wollen?«

»Wenn Sie zufrieden sind mit einem so armen Mädchen, wie ich es bin!«

»Ja, dann muß ich Gott danken für die Freude, die Sie mir geben, Dosolina«, sprach Scacerni und nahm ihre Hand.

»Immer sei Gott Lob und Dank gesagt«, sprach sie und machte zart ihre Hand frei, um sich zu bekreuzigen.

»Und er segne unsere Hochzeit.«

Jetzt störte die Vergnügtheit Principalles niemanden mehr. Er platzte gegen Donata gewandt fröhlich los:

»Oh, nun gesteh's endlich auch du, meine Alte, hab ich nicht recht gehabt, hier zuzureden, ich, der ich sofort sah, was für ein Mann dieser unser Schwiegersohn ist!«

»Gern sag ich's, und ich freu mich für Dosolina, möge Gott die beiden segnen!«

»Aber auch er, nicht nur um so zu reden, auch er, unser Schwiegersohn, hat eine Perle gefunden, nicht weil sie meine Tochter ist, sondern weil ich tausendmal recht damit habe: sie ist nur mit Gold aufzuwiegen!«

»O nein«, sagte Scacerni, der sich an ihr leichtes Gewicht erinnerte, als er sie vorhin an Bord hob, »sie ist mehr wert, als sie wiegt!«

Er hielt in seiner robusten und schwieligen Hand die der Kleinen, eine feine, wenn auch rauhe und verarbeitete Hand.

Inzwischen waren Malvasone und Beffa an Bord gekommen, damit auch sie der Braut ihre Wünsche sagten.

Schiavetto hatte jenes schöne Lächeln, das ihm sofort die Sympathie von jedermann eintrug. Malvasone trat in seinen Holzpantinen verlegen und geräuschvoll hin und her, er wiederholte, wie er sich freue, nein wirklich, wie sehr er sich freue. Seine breite und massige Gestalt verdeckte ganz den Beffa, der sich damit unterhielt, Malvasone immerzu auf die Fersen zu treten; beim drittenmal wandte sich Malvasone:

»Ich freue mich wirklich . . . Jetzt Schluß damit, Bestie!«

Die Zufriedenheit auf dem Gesicht eines seiner Mitmenschen hatte in Beffa die übliche, bei ihm ganz natürlich scheinende Wirkung, und als Dosolina sein hämisch grinsendes Gesicht plötzlich vor sich sah, konnte sie eine Bewegung des Zurückschauderns nicht unterdrücken. Lazzaro sagte:

»Gewiß, er ist häßlich, der arme Beffa, aber er kann nichts dafür.«

»Sie sind gut, Padrone«, sagte Beffa, der in der Bemühung, sich dankbar zu zeigen, noch widerwärtiger erschien.

»Sagen Sie ihm«, fügte Scacerni hinzu, »daß unsere Hochzeit auch ihm Glück bringen wird.«

»Jedermann«, rief Malvegoli aus, »ganz gewiß, jedermann!«

»Das glaube ich gewiß«, sagte Dosolina mit einem unangenehmen Gefühl und reichte dem Mißgestalteten die Hand, der sie drückte und mit heiserer Stimme sagte:

»Ich will die Padronin, wenn Gott mir hilft, zufriedenstellen, wie ich bis jetzt dem Padrone zur Zufriedenheit diente.« Und er zeigte die

Zähne in einem scheußlichen Lächeln, wobei ein weißes, starkes, ein wahres Raubtiergebiß zum Vorschein kam.

Die Sonne sank, als sie sich auf den Weg nach der Diamantina heimwärts machten; die Hochzeit war auf drei Monate später festgesetzt worden. Um Donata die Angst einer neuen Flußfahrt zu sparen, hatte Scacerni einen kleinen Wagen mieten lassen, und er blieb grüßend auf dem Damm stehen, bis der Wagen außer Sichtweite war. Mit dem Kommen des Abends spürte er plötzlich, wie weit man schon im Jahre stand. Ein leichtes Unbehagen ließ ihn das schlechte Wetter und die kurzen Tage vorausfühlen, die wenig ausdauernde Sonne des Herbstes und dann des Winters. Lazzaro stand unschlüssig auf dem Gehsteig zwischen den Sandonen und blickte in die Richtung, wohin die entschwunden war, die zurückkommen mußte, um ihm jede Jahreszeit angenehm zu machen.

Man muß schon die Laterne anzünden, dachte er, noch vor knapp einem Monat hätten wir jetzt noch eine Stunde länger Tag gehabt. Aber dann stellte er sich vor, wenn er jetzt bald verheiratet sein würde, das wären andere Abende am Herd, andere Nächte, die mit Dosolina. Und er ersehnte den Winter, der die Nächte verlängert. Und das Frösteln des Unbehagens wandelte sich zu einem Frösteln angenehm prickelnder Ungeduld.

III Princivalle Malvegoli wußte niemanden, den er hätte bitten können, ihm den Brautring zu kaufen. So dachte Lazzaro an den alten Freund in Occhiobello, an den Kalfaterer Subbia. Einige Tage später stieg er also aufs Pferd, um hinzureiten und ihm diesen Vorschlag zu machen; und er freute sich schon, als er an das Vergnügen dachte, das er ihm damit bereiten würde, diesem Manne aus Gold. Seit langer Zeit hatte er ihn nicht wiedergesehen und besaß nicht einmal Nachrichten mehr von ihm. Gewiß war der Alte über seine Nachlässigkeit gekränkt und glaubte sich vergessen. Diese Aufmerksamkeit mit dem Ringschenken würde ihm also gewiß besonders nahegehen, und es war ein guter Anlaß, sich zu entschuldigen. So lächelte er im Sattel sitzend vor sich hin, indem er sich von Meile zu Meile deutlicher und lebhafter das Vergnügen des Alten vorstellte, des Freundes aus schlechten Zeiten, des Ratgebers mit all seinen weisen Sprichwörtern. Er hörte ihn schon förmlich:

> Es kann kein einzig Glück auf Erden
> Mit einem guten Weib verglichen werden.

Und:

> Nadel und Flicken halten die Familie zusammen.

Daß Dosolina ihm gefallen würde, dessen war er ganz sicher, obwohl er sich erinnerte, daß er von ihm auch das Sprichwort gehört hatte: Der Amboß überlebt den Hammer. Ein trauriges Sprichwort, zumal wenn man bedachte, daß der Hammer um so viele Jahre dem Amboß voraus war. Ein ekelhaftes und bösartiges Sprichwort! Aber er hatte sich nie so gesund und frisch gefühlt und, um im Sprichwort zu bleiben, als einen so tüchtigen Hammer, wie gerade jetzt, da er liebte. Und er dachte, da er sich erinnerte, daß Subbia, zumal wenn er ein bißchen zuviel getrunken hatte, dies Sprichwort seiner Frau gegenüber zitierte, um sie aufzuziehen. Und es kam ihm daher der Gedanke, daß die gute Alte vielleicht das Zeitliche gesegnet habe, aber er wollte den Gedanken nicht aufkommen lassen. Er ritt über die Brücke von Lagoscuro, kam nach Santa Maria Maddalena, sah dann drunten die Dächer von Occhiobello und im Rükken des Dammes den Kampanile, die große Kirche und die hohen Häuser auf dem Damm. Und er hörte im Pappel- und Weidenwäldchen auf dem Strand das Geräusch der Äxte und Hämmer in den Werften, er sah den Rauch aus den Teerkesseln steigen und glaubte ihn schon zu riechen – das alles war doch erst gestern und lag nicht Jahre zurück. Er stieg ab, band das Pferd an und fragte, ob Subbia irgendeine Arbeit auf dem Ausladeplatz habe. Die ersten, denen er sich mit seiner Frage zuwandte, sahen ihn nur an und zuckten die Schultern. Nur ein älterer Kalfaterer erkannte ihn, doch antwortete er nicht sofort auf die Frage, sondern begann sehr umschweifig:

»Ah, ich erkenne Sie. Sie sind doch der Mann, der sich hier eine Mühle gebaut hat, es war im letzten Teuerungsjahr?«

»Genau der!«

»Ich glaube, sie heißt Mühle San Michele?«

»Jawohl!«

»Ja, ja, ich erinnere mich, ich war auch beim Richtfest. Sie sind zu Pferd, wie ich sehe, man merkt, das Glück ist Ihnen hold!«

»Ich kann mich nicht beklagen, aber . . .«

»Ich freue mich darüber.«

»Aber wo ist der Subbia?«

»Der Subbia, oh, das wissen Sie nicht?«

»Ach«, machte Scacerni mit einem plötzlichen Erschauern, »ist was passiert?«

»Na, Sie, er war über achtzig und vielleicht mehr noch. Und da muß schon mal was passieren, wie? Aber entschuldigen Sie: waren Sie verwandt mit ihm, ich sehe, Sie sind so angegriffen davon!«

»Verwandt nicht, ich war sein Freund.« Und indem er das sagte, vermehrte dies Wort sein Leid um jenes Unbehagen und Reuegefühl, den Alten so vernachlässigt zu haben. Es kamen andere Kalfaterer, die Scacerni alle wiedererkannten. Der erste begann wieder:

»Wenn Sie Einzelheiten wissen wollen, dort, an jener Barke arbeitet der Erbe.«

Er nickte zum Dank mit dem Kopf und ging zu dem Burschen hin, der, groß und grob, beim Teeren der Barke war. Und jetzt schien ihm alles Vergangenheit zu sein, große Vergangenheit, als er sagte:

»Entschuldigen Sie die Störung, Sie kennen mich nicht, aber ich kann sagen, daß ich Sie kenne. Ich war ein naher Freund von Subbia! Er ist tot, ja, ich habe es soeben erfahren. Er sprach mir auch von Ihnen. Sie sind doch jener Neffe aus Porpolana?«

»Genau der«, antwortete der Bursche verächtlich, ja halb mit Hohn, ohne seine Arbeit zu unterbrechen, die er flau und widerwillig tat: »Schulde ich Ihnen etwas?«

»Mir?« fragte Scacerni, der verwundert über diese Frage, aber mehr noch über das Verhalten des Burschen war. »Was denn, wieso?«

»Geld, was denn sonst? Dieses Vieh von einem Onkel hat mir einen Berg von Schulden hinterlassen, und das bißchen Haus und die drei, vier Handwerkszeuge hab ich teuer genug bezahlt, das kann man sagen! Von wegen geerbt! Wenn Sie ein Gläubiger sind, kommen Sie zu spät. Ich erkenne keine Schulden des Toten an. Der Teufel soll ihn sich mit Schuh und Strümpfen holen, so gern hab ich ihn!«

Scacerni hörte diese Schmähungen mit gesenktem Kopf an. Scham und Vorwurf überfielen ihn, als ob ein Teil der Schuld ihn träfe, er wußte noch nicht wieviel. Er war außerordentlich bedrückt und eingeschüchtert, und er sagte mit zaghafter Stimme:

»Ich war sein guter Freund. Tun Sie mir den Gefallen und brauchen Sie etwas christlichere Ausdrücke, um so mehr, da Sie von einem Toten reden.«

»Was gehen Sie oder der Alte mich an«, grinste der andere, es machte ihm Spaß, als er merkte, daß ein Mann von diesem Körperbau so schüchtern war.

»Es war wirklich ein Freund«, rief Scacerni mit Schmerz in der Stimme, »ein guter Freund!«

»Und ich bin sein Verwandter, stellen Sie sich vor! Der kindische Alte lebte auf meine Kosten! Teufel nochmal, als ich hier mit Sack und Pack ankam, hätte ich ihm keine drei Monate mehr gegeben. Aber Prosit Mahlzeit! Kaum hatte er herausbekommen, wie gut das Gnadenbrot schmeckte, richtete er sich ein, sage ich Ihnen, und wie! Ich und meine Frau hatten das Zusehen, und das geht in die Galle. Sie, Mann, Sie machen jetzt den Sanften, aber ich hätte Sie gern gesehen mit meiner Frau!

Sie war wie ein Affe geworden, richtig bösartig. Nun, gutartig ist sie nie! Jedes Häppchen Polenta, das der Onkel runterschluckte, machte ihr einen Tropfen Galle überlaufen.«

Das Gespräch war mehr als deutlich, um einen das Leben des Subbia während seiner letzten Jahre erraten zu lassen.

»Und wie ist Ihre Tante gestorben?« fragte Scacerni.

»Die hatte mehr Feingefühl, sie kratzte ab! Wollen Sie noch was?«

»Ich möchte wissen, wo die Gräber sind.«

»Das ist doch stark! Auf dem Friedhof, wo sonst?«

»Ich meine, ist da ein Grabstein, eine Inschrift, um die Gräber zu erkennen?«

»Wie? Mann Gottes, Sie bringen mich zum Lachen, obgleich mir gar nicht der Sinn danach steht. Aber wenn Sie schon so sehr sein Freund waren, geb ich Ihnen einen Rat: gehen Sie zu meiner Frau und schlagen Sie ihr diese Auslagen vor, gehen Sie zu ihr. Was mich heute nur alles trifft: ein Freund des Onkels, ein naher Freund, und was für ein Freund! Ich sage Ihnen: lassen Sie mich in Frieden! Wenn Sie wüßten, mit welcher Lust ich hier schufte, ich, der ich zu einem andern Leben geboren war. Ah, hm«, fügte er bei, ihn schräg anblickend, »das ist Ihr Pferd? Und ich sehe, Sie sind gut angezogen. O ja, Sie sind ein Mann, der gut versorgt ist, ich freue mich! Ein Freund, he? Sagen Sie mal die Wahrheit, sind Sie auch ein Freund von der Sorte, die auftauchen, wenn alles vorbei ist? Und was den Grabstein betrifft: setzen Sie ihm doch einen!«

Scacerni hatte Lust, ihm das Gesicht in den heißen Teerkessel zu stekken, so wütend war er, aber gleichzeitig auch so gequält, daß er den Kerl einfach stehen ließ und, als entweiche er, aufs Pferd sprang, ihm die Sporen gab und so gegen die Häusergruppe geritten kam, die hoch auf dem Damm stand.

Und da kam das erste Haus in der kurzen Reihe, das er so gut kannte. Es war noch genau so, nur war es düster geworden, und der Mörtel fiel ab. Jedes Haus war mit der Straße durch ein Brückchen verbunden, und auf dem ersten Brückchen schaukelte, die Füße nach hinten, ein schlampiges Weib auf einem Stuhl. Sie war aber gleichzeitig herausgeputzt und fixierte Scacerni dreist, ihr Blick war halb spöttisch, halb schmeichlerisch. Und als er das Pferd zügelte und mit einer Art von Gier die drei Fenster betrachtete und die schwarze Tür und am liebsten haltgemacht hätte, um etwas festzuhalten, was dort am Dahinfliehen, am Vergehen auf Nimmerwiedersehen war, fragte die Frau mit einer Miene, die keinen Zweifel über ihre Absicht und vielleicht auch Profession zuließ:

»Gefällt Ihnen das Haus, Fremder?«

Er ließ dem Pferd die Zügel locker, ohne zu antworten, und er hörte das Weib hinter seinem Rücken höhnen: »Von drinnen ist es schöner, und drinnen gibt's allerlei zu genießen. Aber seht mal, das ist ja ein Weiberfeind!« Und sie spuckte vor Verachtung aus.

Scacerni stieg in einer der breiten Straßen Occhiobellos aufs Pflaster; der Pfarrer war ihm als erster Passant begegnet. Er näherte sich dem Geistlichen, den Hut in der Hand:

»Kennen Sie mich noch, Hochwürden?«

»Gewiß, gewiß, und es freut mich, Sie wiederzusehen. Und ich sehe, Sie sind mit Gottes Hilfe gut vorangekommen.«

»Ich wäre froh, wenn ich mein Glück etwas mehr verdiente«, sprudelte er bitter hervor.

»Na, Padrone Lazzaro, wenn Gott seine Geschenke nach unseren Verdiensten mäße, dann ging's uns schlecht!«

»Ich verstehe, Hochwürden. Aber erinnern Sie sich noch meines Namens?«

»Gewiß!«

»Dann ist's nicht nötig, daß ich Ihnen sage, wie ich dagestanden bin, als man mir soeben sagte, daß der Subbia und seine Frau tot seien, und wie mir zumute war, als ich sein Haus im Besitz dieser Leute sah. Ich will mich nicht darüber auslassen, aber stellen Sie sich vor, Hochwürden, ich bin nach Occhiobello gekommen, um den alten Freund zu bitten, meiner Braut den Ring zu kaufen, ich heirate nämlich. Statt dessen, sehen Sie, treffe ich das an und diese Leute!«

Der Priester war ein sanfter Greis, aber er hatte Augen im Kopf. Er betrachtete also den verwirrten Mann in seinem Unwillen, der vor ihm stand, den Zügel des Pferdes in der Hand, und sagte:

»Der arme Subbia ist während seiner letzten Jahre in schlechte Hände gefallen, wirklich. Seine Geschäfte gingen nicht gut, und er war schwach im Kopf geworden, und da machte er Schulden.«

»Hat der Neffe sie ihm bezahlt?«

»Wer sagt das?«

»Das wollte der Bursche mir zu verstehen geben.«

»Er hat den Alten bis in den Staub gedemütigt, nur um die Gläubiger zum Mitleid zu bewegen und zu ermüden, aber er hat nicht einen Pfennig bezahlt.«

»Das dachte ich mir gleich!«

»Man muß auch noch sagen, daß seine Frau hinter ihm stand und ihn stachelte, ein wütendes Weib und voll Galle. Wissen Sie, bis wohin die Gier, ein Geschäft zu machen, die Menschen verleiten kann? Nicht umsonst steht der Geiz unter den Todsünden. Der Neffe und seine Frau brachten den armen Subbia dahin, von Tür zu Tür hier im Dorf betteln zu gehen. Sie haben ihn gekannt; stellen Sie sich vor, wie es ihm zumute war. Und wenn er nichts nach Hause brachte, fand er die Tür verschlossen und mußte im Freien schlafen, bei seinem Alter. Oder sie verweigerten ihm auch das Stück Brot, aus dem sie ihm einen ständigen Vorwurf machten. Und manchmal fiel auch noch Schlimmeres vor.«

»Sie schlugen ihn?«

»Armer alter Mann!«

»Aber verteidigte ihn denn niemand?«

»Ich bemühte mich, diese Leute zu einem christlichen Denken zu ermahnen, aber das hatte wenig Zweck. Ja, ja, das Alter ist eine bittere Sache, und die Armut ist eine bittere Sache, aber wenn sie dann gar zusammentreffen –«

»Hier hätte man mit dem Stock diesen feigen Folterknechten beikommen müssen, aber das werde ich jetzt noch besorgen; wenn es auch nicht mehr hilft, so geschieht es aus Rache.«

»Oh«, sagte der Priester streng, »Sie vergessen, mit wem Sie sprechen.«

»Aber dann«, fuhr Scacerni empört fort, »nehm ich's jenen übel, die sich Freunde des Subbia nannten, und es waren so viele, das ganze Dorf, wenn man sie hörte; und sie haben nie etwas anderes als Gutes gehabt von diesem armen Alten.«

»Die Leute haben genug an eigenem Ärger, sie brauchen ihn nicht noch anderswo zu suchen.«

»Schon richtig, aber das ist doch eine Herde von Feiglingen, und ich habe Lust, ihnen das ins Gesicht zu sagen, bevor ich von Occhiobello weggehe.«

»Ah, so ist das! Hätten Sie dazu die Stirn? Ja, dann muß ich Ihnen allerdings sagen, worüber der Alte sich zu mir beklagen kam, er sagte: ›Ich hab nur einen Freund, der mir sofort helfen würde, wenn er könnte, wenn er wüßte, wie es mir geht.‹ So sagte er. Er sagte nicht: ›Er hat mich vergessen‹, sondern: ›Er muß jetzt seine Sachen in Ordnung bringen!‹ Wissen Sie, von wem er sprach?«

Scacernis Zorn verflog angesichts dieser Schuld, und die frühere Bitterkeit überfiel ihn wieder, während der Priester fortfuhr:

»An diesem Freund hat unser armer Subbia nie gezweifelt, noch irgendein böses Wort über ihn gesagt. Padrone Lazzaro, Sie werfen dem Nächsten seine Schuld vor: jener Freund des Subbia – nun, hatte er keine Schuld? Hand aufs Herz, antworten Sie!«

»Es ist nur zu wahr, Hochwürden«, sagte Lazzaro beschämt, »und jener Freund, um es so auszudrücken, wie Sie es taten, gilt weniger als jene andern, denen ich so viel vorwarf.«

»Jetzt gehen Sie zu weit. Wir müssen nur, wenn wir über den Nächsten urteilen, zuerst an uns selber denken, einmal, zweimal, und beim drittenmal erkennt man dann, daß es besser ist, sich das zu sparen. Auch ist es eine Sünde, und unser Herr hat es verboten. Hören Sie zu: ich muß gerade auf den Friedhof gehen, und ich kann Ihnen zeigen, wo die beiden Alten begraben sind. Kommen Sie, um ihnen ein Vaterunser zu beten. Ich weiß, daß Ihnen das von Herzen kommen wird.«

»O ja, aus tiefstem Herzen, das versichere ich Ihnen, als wäre ich in der Beichte.«

»Ja, und dann ist es ein Gebet, das in den Himmel findet. Gehen wir!«

Als Scacerni spät mit lockerem Zügel nach Guarda zurückkehrte, war er in Gedanken, von denen er nicht wußte, ob sie alt oder neu seien, aber je mehr er sich in sie versenkte, um so klarer wurde es ihm, daß er so schon seit langer Zeit gedacht hatte. Er merkte nicht, daß der Tag zur Neige ging und daß sein Pferd von selber den Weg durchs Dunkel fand. Er ließ es gehen, wohin es wollte. Armut und Sorge hatten ihn niemals für lange Zeit bedrücken können, er hatte es immer fertiggebracht, jene alles verachtende, heitere Spitzbübischkeit aufzubringen, die er jetzt als unklug bereute. Das waren Sprüche: Gegen Dummheit helfen keine Pillen – Wer zuerst kommt, mahlt zuerst. Es war jetzt etwas anderes, das ihn bedrückte, und er wußte nicht, was es eigentlich sei. Wie kam nur Dosolina in diesen Gedankenwust! Vielleicht, weil er um sein Glück bangte. Er dachte an die Wechselfälle des Lebens, an die Art und Weise, wie er diesen alten Subbia aus Gleichgültigkeit hatte allein und einsam sterben lassen. Dem Alten war das gewiß sehr nahegegangen. Und er dachte an das Alter, es war das erstemal in seinem Leben. Wieviel näher war er dem Alter als Dosolina. War er imstande, sie gegen Hunger und Elend zu sichern? Würde er nicht zu früh sterben oder vielleicht die Arbeitskraft zu früh verlieren? In dieser Welt voll grausamer Achtlosigkeit könnte es ihr wie dem alten Subbia gehen. Vielleicht würden sie Kinder haben, Dosolina und er? Er tröstete sich an diesem Gedanken, aber nicht für lange, denn es kam ein anderer dazwischen, ein schmerzlicher Gedanke, der ihm eine arme Witwe zeigte, von der Last der unmündigen Kinder gebeugt, die noch schwach und unwissend waren oder aber gar schlecht und verkommen.

Inmitten dieser Gedanken wußte er nicht, ob er dabei war, den Mut und die Geduld zu verlieren. Denn die einfache und entschlossene Seele erträgt die Traurigkeit nie lange, er wußte sich keinen Rat mehr. Und siehe da: es war die Vorahnung einer Strafe für die Sünde des Sakrilegs. Er hatte Geld gemacht aus Dingen, die auf scheußliche Weise vom Altar der Mutter Gottes geraubt waren, geraubt unter Flüchen, Schänden und Hinmorden von Blutzeugen. Es kam ihm nun vor, als habe er nie daran gezweifelt, daß die Strafe dafür über ihn kommen würde, ja, er hatte sie immer erwartet. Und jetzt hieß es: sollte er Dosolina an die der Sünde so sicher folgende Strafe binden oder auf sie verzichten? Und er seufzte in seiner Seele; jede Faser seines Leibes fühlte sich davon getroffen, und er merkte mehr als je, wie sehr er Dosolina liebte und ersehnte. Kalter Schweiß brach ihm aus, und seine Angst und Not wurde so heftig, daß dieser Zustand nicht lange anhalten konnte. Wilde Empörung erfüllte ihn, und er fürchtete sich nicht vor dieser gefährlichen Regung seines Innersten: er forderte die Gerechtigkeit Gottes heraus. Und mit einer Art von Freude sagte er, mit einer anmaßenden Leidenschaftlichkeit: daß die Strafe unmöglich die treffen dürfe, die unschuldig war. Er wollte sie auf sich nehmen, und er vermaß sich zu dem Gedanken: Bestraf mich, wenn du gerecht bist. Und wenn du nicht gerecht bist, bin ich nicht verpflichtet, dich zu achten oder zu fürchten.

Er kam an der Mühle an, müde, als hätte er einen noch viel weiteren Weg zurückgelegt und noch andere Mühen dazu gehabt. Er schlief sofort tief ein. Am Morgen darauf dachte er daran, daß der alte Kalfaterer der einzige Mensch gewesen war, den er, bevor Dosolina auftauchte, wirklich gern gehabt hatte. Aber aus Dosolina wollte er die glücklichste Frau machen, die jemals auf der Welt und den Mühlen am Po gelebt hatte.

Am Ende des Jahres waren sie verheiratet. Ihr Haus hatten sie in der Gegend, die Ponte della Pioppa (Pappelbrücke) genannt wird.

IV

Die gute Laune Principalles war gesunken, und die durch den Schwiegersohn angeregten Hoffnungen waren nur so lange von Dauer gewesen, bis er den Müller um zehn Skudi Darlehen angegangen hatte, um die Hochzeit, und zwar ausgiebig und würdig, zu feiern und auch um Freunde und Musikanten einzuladen. Der Schwiegersohn hatte ihm aber darauf geantwortet:

»Ich schenke Ihnen zwei Skudi!«

»Aber ich verlange doch zehn, und ich biete Ihnen meine Unterschrift an, wenn Sie nicht genügend Vertrauen zu mir haben.«

»Ich habe gesagt zwei, und die schenke ich Ihnen, dabei bleibt's. Unterschriften verderben die Freundschaft.«

»Zwei Skudi, einem Mann wie mir!«

»Ehrliche Armut schändet nicht, verlogener Reichtum dagegen sehr!«

»Und wie soll ich die Freunde einladen?«

»Bis jetzt sagten Sie mir immer, Sie hätten keine.«

»Ich gedachte natürlich nur die wahren Freunde einzuladen.«

»Gut, die falschen lassen Sie lieber draußen.«

»Und die Musik?«

»Die Musik ist nicht nötig für jene wahren Freunde, sie lockt nur die falschen an wie Aas die Mücken im Sommer.«

»Aber Sie, mein Guter, wissen Sie es nun oder wissen Sie es nicht, daß Sie eine Malvegoli heiraten?«

»Wenn sie verheiratet ist, wird sie eine Scacerni. Im übrigen fragen wir sie doch selber um ihre Meinung!«

Dosolina hatte dazu nichts zu sagen, aber ihr gefiel allein die Bescheidenheit, sie liebte es nicht, Umstände zu bereiten. Als auch Donata gefragt wurde, heftete sie die Augen auf ihren Mann:

»Du Elendester unter allen Elenden mit zerrissenen Schuhen, mit wessen Geld willst du Feste feiern?«

»Alle sind gegen mich, alle, und das nach all dem, was ich für meine Familie tat!«

Diese Redensart brachte Donata immer aus dem Häuschen, und als Scacerni schwieg, sagte sie:

»Schwiegersohn, ich sage Ihnen, wenn dieser Unverschämte Sie je bittet, ihm Geld zu leihen, lobe ich Sie schon jetzt, wenn Sie ihm nie einen Sechser geben.«

»Was, Geld leihen?« protestierte Princivalle, indem er Scacerni unsicher anblickte, der weder ja noch nein sagte. Aber Donata höhnte:

»Es wäre ja das erstemal. Was die Hochzeit betrifft, die feiern wir schon geziemend, dafür sorge ich.«

Und in der Tat: sie beschaffte Brezeln, Marzipan und Wein und auch die Zuckersteinchen für die Verlobten. Es waren sogar zwei Musikanten vorhanden, die mit den Violinen den Brautzug vom Haus in die Kirche und wieder zurück begleiteten. Und Freunde zum Mitfeiern kamen genügend an, man brauchte sie erst gar nicht einzuladen.

Die Jahre nach 1817 verliefen in der Legatur von Ferrara einschläfernd ruhig und glücklich. Die Österreicher lagen in der Festung und schützten den Legaten, und die k. u. k. Politik verstand es im übrigen, ihre Ziele im Gebiete südlich des Po, die gierig und unruhig genug waren, zu verbergen unter der großergebenen und kindlich dargebotenen Maske einer Beschützerin der Religion und des Papsttums. In Ferrara regierten der fromme Kardinallegat Arezzo und der gutmütige Erzbischof Fava das weltliche und geistliche Leben mit großer Sanftheit, und Ferrara galt damals als eine der ruhigsten Städte in den Provinzen von Sankt Peter. Nun hatte das päpstliche Regiment die Gewohnheit angenommen, vielleicht von dieser Ruhe der Stadt bestochen oder auch, um den widerwärtigen österreichischen Polizeischutz zum mindesten auszunutzen, Ferrara als Verbannungsort zu benutzen und die Häftlinge zum Abbüßen ihrer Strafen in die dortigen Gefängnisse zu schicken. Die Verbannten waren politische Hitzköpfe, neuerungssüchtige Naturen und Unzufriedene, Verbrecher und geheime Verschwörer, die der päpstlichen Herrschaft hier weniger gefährlich als in Rom erschienen. Österreich erblickte sofort eine Möglichkeit, die politischen Wasser zu trüben und die steigende Diskreditierung der päpstlichen Herrschaft zu nützen. Und so wurden nun von dieser in Verruf geratenen Nachsicht der Legation Leute beschützt wie: alte Jakobiner, Militärs und Funktionäre aus napoleonischer Zeit, Freimaurer, liberale Leute mit Konstitutionsideen, Republikaner, Sektierer jeder Schattierung, Ungläubige und Verbannte. Und überall wurde gemurmelt, geflüstert, gegen die Priesterschaft konspiriert, denn man war natürlich Pfaffengegner und haßte ihr Regiment. Und das alles geschah nicht nur in Privathäusern und geheimen Konventikeln, sondern öffentlich im Café Tasso an der Giovecca und in der Straße del Gesù im Café Pacini. Natürlich gab es Gegenmaßnahmen, viele Predigten und Klagerufe von der Kanzel und eine Unmenge von Spitzeln, doch das alles konnte die Gegner zwar ärgern, aber keineswegs einschüchtern. Sie hatten sogar jetzt die Genugtuung, verfolgt zu sein, und zwar auf eine wenig gefährliche Weise.

Diesem aufsässigen Geist gegenüber und angesichts der Aufstände und öffentlichen Maueranschläge und Erklärungen vom Jahre 1821 hatte der Kardinal Rivarola in seinem abgeschmackten Fanatismus geglaubt ein Gegengewicht schaffen zu müssen, und zwar in der nahegelegenen Romagna, indem er der Sekte der »Carbonari« die »Sanfedisti« gegenüberstellte. Das war in politischer Hinsicht denkbar unvorsichtig, denn der Kardinal erreichte damit bald, daß die Autorität des Gesetzes mit Gewalt und Willkür durchsetzt, ja, von der Seite des Gesetzes aus verbrecherische Handlungen und Gewaltakte begünstigt und geradezu gefordert wurden. Und es gab viele Waghalsige auf diesem Gebiet der Heißköpfe, die nach Ferrara verbannt waren und diesen Aufenthalt nun dazu benutzten, um »Kohlengeschäfte« [Carbonari = Köhler] aufzumachen. Die Reaktionäre dagegen wurden von diesen Vorgängen und besonders durch die Nachsicht des Kardinals von Arezzo aufs äußerste aufgebracht und brachten ihrerseits die Öffentlichkeit auf mit Flugblättern und Satiren, die etwa betitelt waren: »Atheistische Vorlesungen täglich im Café Tasso gehalten«, »Das berüchtigte Gymnasium oder das Lokal zur Heranbildung von Huren und Ungläubigen«. Diese und ähnliche Schriften bezichtigten in der gemeinsten Tonart die beiden Cafés und die mehr volkstümliche Schenke Pelegrino, dazu die Salons von Adeligen und guten Bürgern als Versammlungsstätten der Gottlosigkeit und Empörung. Sie erreichten aber nicht mehr, als die Gemüter zu erregen und einen Skandal zu entfesseln.

Lazzaro Scacerni, der nicht weit von der Stadt, auf der militärischen Linie und dem die Grenze bildenden Po lebte, konnte es nicht an Nachrichten von diesem Stand der Dinge mangeln. Er hatte sogar bemerkt, daß seit einiger Zeit jene Freunde aus der Schmugglerbande neben Salz, Tabak, Seide und anderen Schleichwaren auch Drucksachen beförderten, und es gehörte nicht viel dazu, um zu begreifen, daß es verbotene waren. Sie hatten überdies die Mühle San Michele dazu benutzt, um hier bei Nacht Personen überzusetzen, die höchst bürgerlich aussahen und es dennoch nicht ganz verbergen konnten, daß sie politische Agenten und Sendboten waren, nach 21 aber waren es Flüchtlinge und Verurteilte. Lazzaro wollte mit der Regierung, und gar noch mit zwei Regierungen, weder im guten noch im schlechten etwas zu tun haben. Er duldete den Schmuggel als das geringere Übel, doch diese neue Ware, die in Gedrucktem bestand und von diesen Störenfrieden und flüchtigem Volk befördert wurde, gefiel ihm durchaus nicht. Und er sagte es Fratognone, der sich mehr und mehr zum Haupt der Schmugglerbande aufgeschwungen hatte.

»Verstehen auch Sie es bitte, daß ich keine Geschichten haben möchte.«

»Gewiß, das verstehe ich.«

»Besonders jetzt, da ich verheiratet bin und einen Grund mehr habe, um ruhig zu leben und auf meine Angelegenheiten achtzugeben.«

»Ich verstehe den Grund, aber der Mann, der kommandiert und bezahlt«, Fratognone kratzte sich den Kopf, »muß einen ordentlichen Happen daran verdienen, wenigstens nach dem zu urteilen, wie er uns bezahlt. Um es klar herauszusagen: auch mir gefallen diese Geschäfte nicht. Ja, gewiß, wenn sie mit Salz und ähnlichen Sachen kommen, von Herzen gern. Aber der Mann, der uns kommandiert, kann nie den Rachen voll kriegen.«

»Ich weiß nicht, wer euch kommandiert«, sagte Scacerni, der wohl wußte, daß es sich um den Raguser handelte, »und ich will es auch nicht wissen. Im übrigen: ich habe euch nicht bei eurem Handwerk Scherereien gemacht.«

»Das ist wahr.«

»Aber ihr dürft auch nicht zuviel von mir verlangen.«

»Ganz richtig.«

»Ich möchte nicht vom Regen in die Traufe kommen, um so weniger jetzt, da ich mich verheiratet habe, wie ich Ihnen schon sagte.«

»Den Grund verstehe ich, und er hat sein Gewicht.«

»Das freut mich, aber mir genügt nicht, daß Sie nur immer sagen: ich verstehe! Sie müssen es auch zu gegebener Stunde und am richtigen Ort weitersagen, und zwar deutlich! Und wenn der Mann Ohren hat, genügen die paar Worte.«

Fratognone kratzte sich noch stärker den Kopf, und er antwortete nicht. Aber, ob er es nun berichtet hatte oder ob der neue Schmuggelstoff ausgegangen war: die Schmuggler waren bald zu ihrem üblichen und weniger gefährlichen Salz zurückgekehrt, in welchem Geschäft, wie man weiß, Lazzaro nichts Böses sah, im Gegenteil! Nach seiner Art zu denken,wäre den Schmugglern entgegenzuarbeiten nur ein Eingeständnis der eigenen Angst und eine verschrobene Zärtlichkeit gegen die Staatsinteressen gewesen, und zu leicht und ungestraft konnte von einem dieser Schmugglerfreunde bei Nacht der Sandon versenkt werden, und die schweren Mahlsteine hätten den Bootsleib im Nu auf den Grund gezogen; die konnten ihm auch im richtigen Augenblick den angezündeten Pechkessel an Bord schmeißen, der genügte, um die Mehl- und Kornsäcke und das trockene Holz der Mühle in Brand zu stecken. Und besonders jetzt, da er eine Frau hatte und die Leidenschaft stark und feurig war in der jungen Zeit der Ehe, war ihm diese ganze, sehr wohl mögliche Auseinandersetzung mit den Schmugglern verhaßt.

Und alles nährte und befeuerte seine Liebe: die gebrechliche Zartheit dieser jungen, schönen Gestalt, das süße Licht ihrer Augen und der Glanz ihres Haares, die feinen Glieder, die guten Umgangsformen und vor allem das Andenken an die erste Nacht, als sie ängstlich und voller Sorge auf der Schwelle der Schlafkammer stehengeblieben war mit ganz verändertem Gesicht; sie hatte die seltsame Vorstellung, er könne ihr etwas Böses antun, und er fand keine Worte, um sie zu ermutigen; er war verzweifelt, und fast schämte er sich, daß er so groß und stark war und solche robusten Hände hatte, zwischen denen, so pflegte er ihr zu sagen, er ihr Herz wie das eines Vögelchens hatte klopfen hören. Und diese ihre Scham hatte ihm so gut gefallen. Und es einigte sie auch, um alles zu sagen, die außerordentliche Verschiedenheit ihrer Körper; sie war so fein gebaut und er so groß, als ob die Natur eine besondere Anziehung zwischen so verschiedenen Naturen bewirkt hätte.

Ihr Besitz am Ponte della Pioppa zwischen Guarda und Ro umfaßte ein bequemes, wievohl bescheidenes Haus, einen Gemüsegarten, einen Geflügel- und Schweinestall, eine Tenne mit Backofen und Holzschuppen. Von der Mahlstelle auf dem Fluß brauchte man, ging man bequem, eine halbe Stunde. Malvasone mußte im Garten arbeiten, aber eigentlich verstand sich niemand darauf außer Beffa, der nun entdeckte, daß er doch einmal Gärtner gewesen sei. Und so mußte Dosolina, um Aussaat und Pflanzen und auch den Obstgarten nicht verkommen zu sehen, sich dazu bequemen, Beffa häufig um Rat und Hilfe anzugehen; sie überwand den Widerwillen vor seiner scheußlichen Gestalt und seinem Grinsen, woran sie sich nie gewöhnen konnte. Im Gegenteil, der Mann machte ihr immer mehr Angst, und sie fühlte in ihrer Seele eine düstere Vorahnung aufsteigen; sie machte sich Vorwürfe und versuchte, sich zu überwinden, aber die Anstrengung ließ nur dieses heimliche Grausen anwachsen; doch war sie zu sehr unter dem Einfluß Lazzaros, um ein Geständnis über diese ihre Gefühle herauszubringen.

Übrigens stand auch der Padrone Lazzaro, ohne es klar zu wissen, unter der Einwirkung seiner Frau und ihrer so feinen Natur, die sie vielleicht von dem alten Malvegoli geerbt hatte. Es genügte ihm, daß sie etwa die Füße in den winterlich aufgeweichten Lehmboden setzte oder die Hände auf schmutzige Hausgegenstände legte, um sich darüber zu empören. Dieses Gefühl war in ihm so lebhaft und von der Bewunderung ihrer zarten Gestalt getragen, daß er über sich selber ärgerlich wurde und sich nicht anders auszudrücken wußte als in seinem ländlich groben Tonfall. Dann nannte er sie etwa »Fräuleinchen« oder »Stiftsdämchen«, fragte, warum sie sich weggeworfen habe, einen Müller und so groben Klotz zu heiraten. Sie glaubte darin einen Vorwurf zu hören und duldete ihn ärgerlich, sie wurde davon verwirrt, während er seinerseits mit seinem mißglückten Kompliment dasaß und noch widerborstiger wurde. Und wenn er sie so manchmal schalt, weil sie Malvasone für die groben Arbeiten oder Beffa zur Reinigung des Schweinestalles nicht gerufen hatte, glaubte sie, daß er sie für zimperlich halte und daß sie sich zu sehr bedienen lasse und die Männer von der Arbeit in der Mühle ablenke. Dabei stand ihr immer vor Augen, daß sie keinen Pfennig in die Ehe mitgebracht hatte.

»Du brauchst nur zu befehlen«, sagte Scacerni, »du bist geboren, um dich bedienen zu lassen. Die groben Arbeiten sind nichts für deine feinen Händchen. Kannst du das nicht verstehen? Ist das eine so schwierige Sache, sich bedienen zu lassen? Wenn ich dir das Gegenteil sagte, würdest du natürlich sofort verstehen!«

Seine Absicht war durchaus zärtlich und galant, aber der ungeduldige Akzent, der darauf lag, ließ seine Worte zweideutig erscheinen. Ihr kam es so vor, als merke sie bei ihm etwas von Reue, sie geheiratet zu haben, denn er hatte ja schon angefangen, sie für ein unnützes feines Mädchen zu nehmen. Sie war gedemütigt und verängstigt und begann zu schmollen:

»Ich weiß, was ich hier muß. Du hast mich ohne Mitgift genommen!«

»Zum Teufel, ich hab dich um deinetwillen genommen und nicht wegen der Mitgift, wer hat denn je von Mitgift gesprochen!«

»Eben deswegen bin ich um so mehr dazu angehalten, das Meine zu tun.«

»Es genügt dir wohl nicht, daß du schön bist, du willst auch noch reich sein – du bist zu stolz, das ist alles! Ich könnte mich fast über dich aufregen.«

Und er regte sich wirklich auf. In ihr aber blieb etwas von diesem seinem zornigen Aufbegehren haften. Und die Angst, die sie davor hatte, wurde immer größer.

Jetzt, da der Padrone Lazzaro ein Haus auf dem Festland hatte, schliefen an Bord der Mühle Beffa und Malvasone, während Scacerni in der ersten Zeit bei seinem an das Drehen der Mahlsteine gewohnten Ohr kaum noch Schlaf finden konnte in seinen vier Mauern unter einem normalen Dach. Er sagte:

»Den andern Leuten ist der Lärm zuwider, mir hingegen ist das Schweigen ums Dach eine Qual und weckt mich auf.«

Und so hatte er auf dem Kamin seines Daches ein Rad mit Blechschaufeln angebracht, das sich quietschend im Winde drehte und ihm von den vier Himmelsrichtungen im Schlafe erzählte. Dieses quietschende Geräusch konnte ihn nicht stören, aber es bedrückte Dosolina und machte sie traurig. Denn sie hatte einen leichten Schlaf, und das Geräusch des Rades erschien ihr wie ein böses Omen, fast wie der Ruf des Käuzchens.

Schiavetto schlief im Hause, in einer kleinen Kammer, ausgenommen, wenn die Reihe an ihm war, nachts zu mahlen, dann war er in der Mühle. Er war jetzt kein Knabe mehr, und er versprach, ein sehr schöner junger Mann zu werden. Aus seinem Gesicht und den Augen lachte eine offene, lebhafte und heitere Natur, die Dosolina in demselben Maße gefiel, wie sie von Beffa abgestoßen wurde. Sie hätte ihm Schwester sein können und nicht einmal eine viel ältere. Sie hatte Vergnügen an ihm und scherzte, wo sie ihn traf, mit großer Vertrautheit. Und es mißfiel Lazzaro durchaus nicht, wenn er die beiden miteinander lachen hörte. Doch bei seinem Erscheinen wurden sie sofort still, als ob sie schuldbewußt seien oder fürchteten, ihn zu beleidigen.

»Könnte man erfahren, worüber ihr lacht?«

»Oh, über nichts!«

»Was für eine Antwort! Kann man etwa über nichts lachen?«

»Ich weiß nicht, es sind nur Dummheiten, ich weiß nicht mehr . . .«

»Weißt du's noch, Schiavetto?«

Die Ausgangspunkte dieses Lachens waren wirklich so kleiner und törichter Natur, daß sie sogar ihr und Schiavetto unwahrscheinlich erschienen, wenn man sie wiederholte. Und dem Padrone Lazzaro konnten sie sogar als unlogisch erscheinen, um andere, mehr gepfefferte darunter zu verbergen. Nun war es eine Tatsache, daß er niemals lachte, und als er einmal sagte: »Ich möchte auch gern mit euch lachen«, da betrachteten ihn die beiden wie ein Wundertier und brachen dann in ein großes Gelächter aus, als hätte er den tollsten Scherz gemacht.

»Oh«, machte er, »habe ich eine so komische Sache gesagt? Darf ich vielleicht also nicht einmal lachen?«

Aber die beiden lachten nun derart, daß er weiteres Fragen unterließ. Er war unzufrieden und wußte eigentlich nicht warum.

»Die Padronin hat einen Vater gefunden«, sagte Beffa zu Lazzaro, »einen Vater, wie man sich keinen besseren vorstellen kann.«

Beffa, wiewohl immer düster, hatte in sich eine wahre Vorliebe, Komplimente zu machen, entdeckt, die sich fast alle auf dieses Thema bezogen. Wenn er mit Schiavetto unter vier Augen allein war, wurde er allerdings giftiger.

»Ich muß dich loben, du bist ein kluger Junge, der etwas von seiner Sache versteht. Die Padronin macht dir ja auch schon Äugelchen, du verstehst doch?«

Schiavetto protestierte voll Empörung und wurde rot.

»Na ja, ich lobe mir die Klugheit. Du kannst das allen andern weismachen, aber ich kenne die Frauen. Die Padronin wird Witwe werden, bevor sie alt wird, und du tust gut daran, an die Zukunft zu denken. Du wirst eine schöne Mühle haben und eine hübsche Witwe, wenn du's richtig anstellst.«

Und als Schiavetto aufs neue alles abstritt, begann er wieder:

»Du wirst es auch gut haben bis zu dem Zeitpunkt, da der Padrone in die bessere Welt abkratzt, denn binnen kurzem wird Scacerni eine gewisse Unterstützung notwendig haben, na na, weißt du, die Mahlsteine so mit der Zeit, sie drehen sich und drehen sich und werden glatt und arbeiten flau. Dann bist du an der Reihe, die Müllerin zu schärfen. Warum regst du dich auf, Unschuld vom Lande?«

»Sie denken ebenso scheußlich, wie Ihr Gesicht ist.«

»Ja, aber warum gehst du denn nicht zum Padrone Lazzaro, um mich auszupfeifen, damit er mich fortschickt?«

»Ich mache nicht den Angeber.«

»Brav, es ist auch ein trauriges Handwerk, und außerdem ist's gefährlich, denn der Padrone wird dann plötzlich die Augen aufmachen, und meinen Worten wird er dann mehr glauben als den deinen. Und wie ist die Lage dann? Durchgeprügelt werdet ihr, Schiavetto, du und die Padronin. Und du wirst statt meiner vor die Tür fliegen.«

Schiavetto flüchtete sich, da er dem Burschen doch nicht das Genick brechen durfte, hinter das Mahlwerk, um die Beleidigung, die ihm bittere Tränen der Wut erpreßte, hinunterzuschlucken. Sooft Beffa Schiavetto und Dosolina allein beisammenfand, ob im Gemüsegarten oder im Haus, tat er, als ob er verwirrt sei und sich zurückziehen wolle, um nicht zu stören, wie er sagte. Und zu Schiavetto sagte er dann hinterher:

»Ich bin doch wirklich nicht da, um ein Liebespaar aufzustöbern.«

Was Beffa betraf, so hatte er außer seiner Boshaftigkeit keine andere Leidenschaft als die Freßgier, der er sich geradezu hemmungslos ergab. Der Duft aus einer Schüssel machte ihn weich, es war das einzige, was seine Seele anrührte. Man mußte ihn dann sehen, wenn seine Augen zärtlich wurden und sein Hals gegen den Teller hinab sich verlängerte.

Der Padrone Lazzaro machte sich darüber lustig. Dosolina aber unterstützte diese Freßgier, um den unbesieglichen Widerwillen gegen diesen Menschen auszugleichen, wo sie nur konnte. Die Gesellen aßen mit der Herrschaft zusammen, und es gab manch leckeres Mahl.

Oft sagte Beffa dann zu Schiavetto, indem er sich die dünnen und roten Lippen leckte:

»Schon recht, mich mit guten Bissen zu stopfen, so gewöhnt sich der Wachhund daran, die Diebe nicht anzubellen.«

Padrone Lazzaro hatte Beffa und Malvasone die Anweisung gegeben, wenn Fratognone und seine Freunde sich der Mühle zu ihren Zwecken bedienen wollten, zu tun, als ob sie nichts davon merkten, genau so, nicht mehr und nicht weniger. Aber schnell hatte es Beffa heraus, die Schmuggler nicht nur zu begünstigen, sondern auch sich unter ihnen Helfershelfer zu machen, indem er den festen Schlaf des Malvasone ausnutzte. Und in Kürze hatte er die Mühle San Michele zu dem meistaufgesuchten Stützpunkt nicht nur für die Schmuggler, sondern auch für die Strauchdiebe gemacht, die sich auf dem Fluß und an den Ufern herumtreiben.

Obwohl die Dinge sich gebessert hatten, so war das Land doch noch reichlich in Unordnung. Die Sitten waren grausam und die Leidenschaften immer noch wild aufgewühlt, so daß überall entsetzliche Verbrechen ans Licht kamen, Racheakte und gräßliche Verfolgungen unter den politischen Gegnern, und dieser Zustand wurde durch ein Zusammenwirken sozialer, politischer und natürlicher Voraussetzungen geschaffen. Dazu kam die günstige Lage der Mühle an der Grenze, die allen eine zumindest zeitweilige Straffreiheit versprach, denen es gelang, über den Po zu entkommen. Bisher war Scacerni mit den Räubern, sei es, daß sie Respekt vor ihm hatten oder das Glück ihn begünstigte oder daß beide

Umstände zusammenwirkten, nicht in Berührung gekommen. Und er schmeichelte sich, daß das so weitergehe. Doch hatte Beffa inzwischen zu Ferrara das Vertrauen und Wohlwollen des Ragusers gewonnen und war mit Fratognone in Wettbewerb getreten, so treu diente er dem Briganten. Fratognone war nicht nur ein ehrsamer Schmuggler, sondern auch ein Mann, der allerlei auf dem Kerbholz hatte, sogar Menschenleben, ein Desperado also und Mann ohne Zukunft. Und all dies war Lazzaro, der tief in den Honigmonden seiner Ehe lebte, vollständig entgangen.

V Eines Abends, es war Neumond, und dichter Nebel lag auf dem Fluß, hatte Schiavetto etwas in der Mühle vergessen und kehrte dorthin zurück. Er wußte, daß die Mühle nicht lief, so stand er am Ufer und pfiff wie üblich, als er bemerkte, daß das große und das kleine Boot, mit denen man zur Mühle hinüberfuhr, am Ufer lagen. Und er bemerkte weiter, daß die Mühle doch ging und ein schwacher Lichtschein durch die Ritzen aus dem Holzhaus des Sandoncellos sickerte; es mußten also Leute an Bord sein. Wie war das aber möglich, fragte er sich, wenn die Boote am Ufer lagen? Er stieg nun in das kleinere der Boote und zog sich an einem Kabeltau entlang, bis er unter der Mühle am Heck ankam. Dort spähte er durch die Ritzen in das Innere des Hauses. Zwei fremde Boote lagen am Sandoncello vertaut. Es schien ihm nicht wahrscheinlich, daß um diese Zeit Kunden mit Korn angekommen sein konnten. So näherte er sich nun noch vorsichtiger mit seinem Bootchen dem Sandoncello und gab acht, kein Geräusch zu verursachen, was ihm beim Rauschen des Wasserrades leichtgemacht war. Und nun richtete er sich auf dem schwachen Bug seines Bootes in die Höhe, hielt sich mit beiden Händen an dem rauhen Holz des Sandoncellos fest und preßte sein Auge an ein Loch im Holze, das ihn einen Blick von oben her in den Kielraum tun ließ. Vom Hauptbalken hingen schaukelnd zwei Öllampen herab, die im Vibrieren der Schiffsleiber aber keineswegs flackerten, sondern nur noch lebhafter ihr zitterndes und funkelndes Licht in den Raum warfen. Der junge Mann glaubte zu träumen:

Von den Männern, die sich im Kielraum befanden, waren ihm drei unbekannt, den vierten aber kannte er: Beffa. Ein vierschrötiger Mann, dessen Arme mit Weidenruten auf den Rücken gebunden und dessen Beine gleichfalls gefesselt waren, lag auf dem Rücken; seine Füße waren nackt. Zwei von den unbekannten Männern saßen ihm auf den Knien und warteten mit trägen Mienen, und in ihrem untätigen Dasitzen wirkten sie noch bestialischer als die angespannten Profile von Beffa und dem andern, die über ein Kohlenfeuer gebeugt waren. Alle verhielten sich so ruhig, daß ihre Schatten auf den Wänden des Kielraums sich nur in dem leichten Geschaukel der Lampen bewegten. Der Junge verstand nicht, was all diese Männer zu tun im Begriffe waren, noch warum dieser gebundene Mann nicht schrie, vielleicht hatte ihm die Anstrengung und Angst des ausgestandenen Kampfes alle Kraft genommen; sein keuchender Atem riß an der Brust; Kopf und Gesicht waren hintenübergedreht, so daß Schiavetto nur das hochgereckte Kinn sehen konnte. Als der Mann in seinen Fesseln sich drehte und wand und das Genick plötzlich vom Boden des Kielraums abstieß, bemerkte der Junge, daß er geknebelt war, und zwar so, daß aus der Kehle nur ein dumpfes und fernes Geröchel kam.

»Brav, brav!« sagten die beiden, die ihm auf dem Leibe saßen, wirklich wie der Hufschmied einem unruhigen Pferde gut zuspricht.

Aber Beffa und der andere hoben ein wenig die Gesichter vom Feuer und wandten sich.

»Geduld, Fratognone, Geduld, gleich wirst du bedient. Du wirst dich über uns nicht zu beklagen haben. Wart noch ein bißchen, Fratognone«, sagte Beffa mit widerlichem Lachen.

Schiavetto fühlte sein Herz in der Kehle, und er stand da und schaute zu, als sei er aus Stein.

»Du wirst sehen, Fratognone«, sagte jetzt der andere, der eine Zange in die Hand nahm, »du wirst sehen, wie schnell dir die Lust vergeht, so anmaßend zu sein, deine Gefährten zu verraten und dem Raguser nicht zu parieren. Jetzt nehmen wir dich mal dazwischen!«

Diese Worte prägten sich tief in die Erinnerung des Jünglings ein, sie flimmerten wie die angezündeten Kohlen. Beffa blies mit vollen Backen in die Glut, es knisterte und gab Funken. Nun ergriff auch Beffa eine Zange und zog aus dem Feuer das Hufeisen von einem Esel, das weißglühend war.

»Eins ist so weit«, sagte er, »und das Tier ist im Travaglio. Hebt ihm den Fuß!«

Travaglio nennen die Hufschmiede jenes viereckige Gestell, in dem widerspenstige Pferde zum Beschlagen eingesperrt und so in ihren Bewegungen gehemmt werden. Einer der beiden Männer, die auf dem Gefesselten saßen, erhob sich ohne Eile, man hätte glauben sollen, daß es sich hier wirklich um ein Tier handle, er setzte sich rittlings auf den Magen des Daliegenden und hob mit beiden Händen das Bein und den nackten Fuß, während der andere mit derselben Faulheit ein wenig auf die Seite rückte, um ihm Platz zu machen, und wieder unbeweglich dasaß, als sei er eine Steinfigur.

Beffa hielt noch immer sein Eisen in die flackernde Flamme, und er fragte seinen Spießgesellen: »Ist deins soweit?«

»Beinahe! Fang du schon inzwischen mit dem deinen an!«

»Fratognone«, sagte Beffa, »jetzt helf ich dir!«

Schiavetto hätte am liebsten Reißaus genommen, aber es gelang ihm nicht einmal, die Augen zu schließen. Der Geknebelte fixierte mit aufgerecktem Hals das Hufeisen, das in der Zange weiß glühte, während Beffa mit geducktem Kopf in dem niedrigen Kielraum sich ihm näherte, sich vor dem nackten Fuß niederkniete, genau das Maß nahm und das Eisen anlegte. Der Fuß zog sich im Augenblick, als er die Glut spürte, auf eine fürchterliche Weise zusammen, aber als das Eisen in das Fleisch eindrang, erfüllte sofort ein scharfer und fettiger Rauch den Kielraum und nahm die Sicht fort. Man hörte Beffa sagen:

»Heul doch, Fratognone, heule doch!«

Der Knebel hatte wirklich nicht ganz das entsetzliche Geröchel des Gefolterten unterdrücken können, aber ein heftiger Husten Beffas unterbrach seinen teuflischen Hohn. Der Spießgeselle sagte jetzt:

»Beeilen wir uns, man kann ja hier nicht mehr atmen!«

»Man muß ein bißchen den Rauch ablassen«, sagte Beffa und öffnete die Falltür über seinem Haupt.

Schiavetto sah vom Weiteren nichts mehr, denn er war mit dem Boot abgetrieben, er war betäubt und hatte die Fassung verloren, und es brauchte Zeit, bis er wieder ganz bei sich war. Nun entdeckte er, daß er keine Ruder an Bord hatte, und der Fluß trug ihn durch die dunkle Nacht. Er zitterte und klapperte mit den Zähnen, ein wirrer Abscheu erfüllte ihn und machte ihn müde, und er riß die Augen im Dunkeln auf, als seien sie noch geblendet und voll von jenem Funkeln. In seiner Nase und bis in den Magen hinein spürte er den Ekel, wenn er an das Dampfen des verbrannten Fleisches dachte. Der Strom trug ihn hinab, und er landete just an der Guarda; sofort war sein Gedanke, daß diese teuflischen Burschen ihn bemerkt haben könnten, denn das kleine Boot fehlte ja. Sie könnten nun kommen und ihn längs des Flusses suchen. Sein Pflichtgefühl dem Padrone Lazzaro gegenüber und seine gerechte Empörung, die ihm die Brust mit verzweifeltem Schluchzen anfüllte, spornten ihn im Lauf gegen den Damm und den Ponte della Pioppa an. In der Nähe des Mahlplatzes sah er im Nebel ein Licht auf dem Wasser dahinzucken, und er verdoppelte seinen Lauf.

Padrone Lazzaro schlief, und es brauchte Zeit, ihn zu wecken. Schiavetto klopfte leise an das Fenster, denn er glaubte, Beffa hinter sich zu spüren, und der Klopfer an der Türe hätte mit seinem Dröhnen, so meinte er, die teuflischen Mörder herbeirufen können.

»Was kommst du hierher um diese Stunde?« fragte Scacerni, das Fenster öffnend. »Du müßtest längst im Bett liegen!« Aber als er die Angst des Jünglings hörte, fügte er hinzu: »Warte, ich mach dir auf!«

Er ließ ihm ein bißchen Zeit und gab ihm einen Schluck Aquavit, damit der Junge wieder zu Atem komme. Dann, im Erzählen, geriet Schiavetto derartig in Bewegung und wurde schließlich so aufgeregt, daß er zitterte. Und er überstürzte seine Worte, verhaspelte sich und wiederholte sich, als sei er betrunken. Dann wartete er, daß der Padrone Lazzaro das Gewehr von der Wand reiße und hinginge, um selber Gericht zu halten und sich zu rächen. Er zweifelte wirklich nicht daran, und er fühlte sich imstande und mutig genug, um mit ihm zusammen hinzugehen und diese Kerle umzubringen, die wilde Tiere und keine Menschen waren.

Padrone Lazzaro hörte ihm zu; sein Gesicht war düster und wurde immer kälter. Er unterbrach ihn nur, um sich die Namen wiederholen zu lassen, die Namen von Fratognone und dem Raguser. Daß Schiavetto so verwirrt war und beim Erzählen kein Ende fand, schien Scacerni nicht zu mißfallen, es schien so, als wollte er dabei Zeit gewinnen; zweimal ballte er die Hände, und schließlich hob er den Blick mit einem Ausdruck von Verzweiflung, was den Jungen aufs neue entsetzte. Und er sagte:

»Ich hätte sofort kommen müssen, um Sie zu benachrichtigen, aber ich verstand nicht, was die Kerle beginnen wollten, und dann trieb mich der Fluß so weit ab.«

»Es ist besser so, Schiavetto, wirklich! Jetzt ist's geschehen, und für uns ist es besser, wenn wir uns nicht einmischen. Wenn du sofort gekommen wärest, hätte ich es wahrscheinlich nicht fertiggebracht, hier zu Hause zu bleiben.«

»Padrone, und dieser Unglückliche?«

»Ach, der? Was die ihm angetan haben, hat er selbst vielleicht schon andern getan oder etwas Ähnliches. Die sind alle vom gleichen Schlag!«

»Und jetzt? Was wollen Sie tun?«

»Ich werde still sein müssen, wie auch du still sein mußt, allen gegenüber, auch der Padronin und Beffa gegenüber, verstehst du mich? Man muß tun, als wisse man von nichts. Bist du dazu imstande, Schiavetto?«

Scacerni war zu Schiavetto wie ein Vater, und der Jüngling hatte immer geglaubt, daß es keine Sache oder Person auf der Welt gäbe, die dem starken Mann widerstehen, ja ihn beugen oder gar erniedrigen könnte. Für einen Augenblick schoß es ihm durch den Kopf, Scacerni habe Angst. Aber dann merkte er sofort, dieser Mann da litt, und seine Kälte war nichts als Verzweiflung angesichts der eigenen Ohnmacht. Und er war nun wie ein Sohn, der zum erstenmal den Vater leiden sieht, von der Heimtücke des Schicksals und der Menschen beleidigt. Er erlitt es wie eine peinvolle Scham, derart, daß er ihm nicht in die Augen schauen konnte. Und so neigte er sein Gesicht, drückte das zitternde Kinn auf die Brust, so daß Scacerni glaubte, er habe zu seinen Worten Ja genickt, doch fügte er eindringlich hinzu:

»Überleg's dir gut, wir müssen tun, als hätten wir von nichts eine Ahnung. Bist du wirklich dazu imstande? Hast du die Kraft, Beffa wiederzusehen, nachdem du ihn mit dem glühenden Hufeisen in der Zange gesehen hast – ohne blaß zu werden, ohne Herzklopfen? Das ist nicht leicht, weiß du, ich sage wirklich nicht, daß du Angst hast, versteh mich wohl, ich weiß, daß du ein mutiger Junge bist, ich rede nur von dem Widerwillen, von deinem Ekel gegen ihn. Merke wohl, wenn du nicht dazu imstande bist, zu tun, als ob du überhaupt keine Ahnung von allem hättest, dann wäre es wirklich besser für dich – und auch für mich – ja, sogar notwendig, daß du sofort verschwindest und daß du morgen frühzeitig, noch bevor du Beffa begegnest, fortgehst, so weit als möglich. Überlegen wir uns das mal. Für diesen Fall gebe ich dir gern eine Geldsumme, so viel als nötig ist, um dem Hunger zu entgehen, bis du Arbeit gefunden hast. Aber du mußt weit genug fortgehen, weit weg vom Po. Das Geld kann ich dir sofort geben, überlege also und entscheide dich, die Zeit ist uns zu kurz bemessen, und morgen früh darfst du nicht mehr hier sein.«

»Ich«, sagte Schiavetto mit einer Art von Unwillen, in die sich Angst und Abscheu mischten, »ich verlasse Euch nicht, Padrone, und warum wollen Sie mich auf diese Weise versuchen?«

»Ich will dich keineswegs versuchen, ich möchte nur, daß du es dir gut überlegst, denn morgen ist es dazu zu spät, und die Nacht ist schon vorgerückt. Du hast mich gerne, und ich habe dich gerne; und eben deshalb sage ich dir, wenn du dazu nicht imstande bist . . . Ich habe wohl gesehen«, rief plötzlich Scacerni, »daß du das Gewehr so anstarrtest. Glaube nur, daß es auch mir Spaß gemacht hätte, es vom Nagel zu reißen und dieses feige Aasgesindel, das mich verrät, damit zu erschießen, diese Banditen, die mir die Schande in mein Haus und mich in Gefahr bringen, auf die Galeere oder an den Galgen zu kommen. Und dabei bin ich der einzige gewesen, der diesem Hund das Brot gab, als alle ihn davonjagten, der einzige, der Mitleid mit ihm hatte, als alle ihn ja wirklich wie einen herrenlosen Köter behandelten. Ja, mein Mitleid ging so weit, daß man es mir gar übelnahm, und jetzt hab ich das Nachsehen, wirklich, ich kann's bereuen, sie hatten recht, aber jetzt ist's zu spät. Du bist noch fast ein Junge, aber du hast Urteil und Verstand. Sag mir doch, was kann man machen, in einem Fall wie diesem? Den Mahlplatz ändern? Aber wo könnte ich hingehen? Auf jeden Fall nicht allzu weit, und ich würde Kunden und Brot verlieren, mich ins Elend stürzen, ohne den Händen dieser Mörder zu entwischen. Und was sie, um sich zu rächen, mit der Mühle machen können, das weißt du jetzt. Und sie würden's tun, um mich und dich, die wir über ihr Verbrechen Bescheid wissen, aus der Welt zu schaffen. Und die Sache hat noch eine schlimmere Seite, ich habe eine Frau, Schiavetto, ich spreche jetzt zu dir wie zu einem Manne: ich habe eine Frau, und sie ist schwanger, und das Elend, dem sie vielleicht entgegengeht, macht mir Angst um sie und das Kind. Aber wenn's nur noch allein das Elend wäre – doch diese Hunde können mich erpressen und sich an der Frau rächen. Du hast sie ja in Lebensgröße gesehen, brauch ich dir noch mehr zu sagen? Mich halten die Kerle auf eine andere Weise gebunden als diesen Fratognone, dem sie diese Nacht die Eisen angelegt haben. Möge er ihnen eines schönen Tages denselben Dienst tun!«

Schrecken, Kummer und Angst des Jünglings brachen nun in einem schmerzlichen Weinen hervor, das auf beide beruhigend wirkte. Scacerni, der, während er sprach, immer härter geworden war, wurde weich davon. Und die letzten Worte waren ihm wütend vor Haß aus dem Munde gekommen. Nun streichelte er die Haare des weinenden Jungen.

»Versteh mich wohl, Schiavetto, auch wenn du mein eigener Sohn wärest, dürfte ich dich hierbehalten?«

»Und wenn Sie mein Väter wären«, antwortete der Junge unter Schluchzen, aber mit einer festen Stimme, »dürfte ich Sie verlassen in so einer Stunde?«

»Sei lieb, Schiavetto, ich schätze dich. Und jetzt von Mann zu Mann gesprochen: hör auf mit Weinen und gib mir die Hand.«

Sie drückten sich die Rechte, während der Junge mit dem Ärmelrand des anderen Armes sich die Tränen trocknete, und er sagte dabei:

»Meiner können Sie sicher sein, Padrone Lazzaro, ich weine zwar jetzt, aber ich weiß schon, was ich Ihnen versprechen kann: morgen früh, Sie werden sehen: ich werde tun, als hätte ich von nichts eine Ahnung.«

»Geh«, sagte Lazzaro mit einem Lächeln, »natürlich kann ich deiner sicher sein. Und dann kommt's vielleicht doch anders. Die Dinge dieser Welt bewegen sich wie an einem Rad, was jetzt unten ist, wird unbedingt bald oben sein, heut oder morgen, es ist nur eine Frage der Geduld. Sie werden nicht immer das Messer im Ärmel stecken haben, diese Verbrecher, wir werden uns auf irgendeine Weise von ihnen freimachen.«

Dennoch erwachte in Lazzaro ein dunkles Gefühl von Erschrockensein, das er auf keine Weise hätte erklären können. Und zwar fühlte er sich unter dem Zorn Gottes und in der Ungnade der Mutter Christi stehen. Sein Schnauben nach Rache wurde langsam zu einem Gefühl rieselnder Angst. Er fühlte sich müde, aber er wußte auch, daß er für diese und für manche andere Nacht, für viele Nächte wohl, keinen Schlaf mehr fände. Und so fügte er traurig hinzu: »Geh jetzt schlafen, Schiavetto, du hast's nötig. Und was wirst du morgen machen?«

»Ich werde sofort zur Mühle gehen.«

»Recht so«, bestätigte ihm Scacerni und versuchte zu lächeln, »es ist wie bei einem kranken Zahn, wenn der Zahn heraus ist, ist auch der Schmerz weg. Aber es ist auch wahr, daß das Sächelchen sind, die einem den Appetit verderben können. Feige Banditen!«

Am Morgen darauf stand die Sonne am winterlichen Himmel, kalt und glitzernd den Reif bescheinend, der alles Kraut und Gras bedeckte, jeden Zweig und jedes Zweiglein, das in die Luft ragte. Als Schiavetto die Mühle San Michele vom Damm aus erblickte, war er fast geneigt, zu glauben, er habe häßlich geträumt oder eine bösartige Vision gehabt. Sogar das kleine Boot lag an seinem gewöhnlichen Platz seitlich an der Mühle vertäut. Auch Scacerni bemerkte es, aber er sagte nichts. Er pfiff wie gewöhnlich, um sich anzumelden, und Schiavetto war so erstaunt von der Tatsache, nach einer solchen Nacht alles derart ruhig wiederzufinden, daß er den Spuk der Nacht nahezu vergaß. Und da erschien Beffa im Boot.

»Tag, Padrone. Haben Reif heute morgen, kalt, wie? Übrigens, wissen Sie, daß diese Nacht dies Boot sich freimachte und den Fluß hinabtrieb über eine Meile? Ich fand es gestrandet und halb voll Wasser. Ich glaube, daß Malvasone es schlecht angebunden hat, der war mal wieder in die Schenke nach Guarda, um einen zu heben.«

Es schien, während er so sprach, als ob er die Wirkung seiner Worte auf den Gesichtern der beiden nachprüfe, und daran merkte Schiavetto, daß er nicht geträumt hatte. Aber Padrone Lazzaro sagte, er redete Beffa nun mit Sie an, während er ihn bis jetzt immer geduzt hatte:

»Lernen Sie, es ein anderes Mal besser anzubinden.«

»Was mich angeht, ich hab mich beim Leerschöpfen heiß geschaufelt, du dagegen, Schiavetto, du bist ja ganz blau vor Kälte und zitterst.«

»Mir ist wirklich kalt«, sagte Schiavetto.

»Was heißt hier warm oder kalt«, schimpfte Scacerni, »ihr habt mir ein Boot flußabwärts treiben lassen, und wenn das noch einmal vorkommt, entlaß ich euch. Ich will nicht von meinem Hab und Gut zusetzen, weil ihr euch abends besoffen herumtreibt.«

»Ganz recht, Padrone, aber wir waren nicht betrunken. Ich hab schon gedacht, das muß einer gemacht haben, der uns im Vorbeigehen einen Streich spielen wollte.«

»Unsinn, ihr wißt jetzt, was ich gesagt habe, schreibt's euch hinter die Ohren.«

An Bord angekommen, fand Scacerni, daß alles in Unordnung war. Überall herrschte Schmutz und unbekümmerte Nachlässigkeit; er wurde wütend und wandte sich gegen Beffa, Malvasone und auch Schiavetto, er fluchte und schrie:

»Ich hab euch für eine Weile die Zügel zu locker gelassen, und da sieht man, wie ihr das ausnützt. Man muß euch wie einem Dieb auf den Fersen sein, euch gut zu behandeln, ist eine Todsünde.«

Er hatte damit, so viel er seinerseits vermochte, den Verdacht von Schiavetto abgelenkt und ihn auf sich gezogen für den Fall, daß Beffa sich entdeckt glaubte. Und es schien, als ob Scacerni mit Absicht Beffa aufzulauern suchte, er, der sich bisher nie um das Getuschel der andern gekümmert hatte; denn er überraschte ihn, als der Bursche eben zu Schiavetto sagte:

»Heute morgen ist Padrone Lazzaro mit dem linken Fuß zuerst aufgestanden. Ob seine Frau schon anfängt, ihn zu zwiebeln?«

Und da fuhr Scacerni los:

»Unverschämter Hanswurst, Mißgeburt, Sohn einer Hündin, das sagst du mir? Der ich dich dem Hunger entrissen habe, da du schlechter dran warst als ein herrenloser Hund, der die Räude hat? Das sagst du mir? Und so hinterm Rücken, Feigling, ins Gesicht solltest du mir das sagen, daß auch mir der Appetit kommt, dich scheußlich zu finden, du von Gott Gezeichneter!«

Er hatte ihn bei der Brust gepackt und schüttelte ihn, gehässig und düster. Schiavetto vernahm mit Staunen diese Worte, da bekam auch er seinen Teil ab:

»Und was stehst du da und reißt das Maul auf? Verräterische Brotfresser alle zusammen! Aber ich, trauriges Aaszeug, das ihr seid, ich dresche euch, daß euch der Rücken bricht, und mach reinen Tisch mit euch allen!«

Wahrhaftig, nach alldem, was Scacerni nun wußte, konnte er nicht hoffen, sich so leichten Handels von Beffa zu befreien. Der Junge aber war so durcheinandergebracht und erschrocken, daß er gar nicht bemerkte, wie er die schwierigste und gefährlichste Stunde, nämlich dieses erste Zusammentreffen mit Beffa, glänzend überstand. Beffa war verdutzt und eingeschüchtert und sehr wütend. Und er hatte weder Weg noch Mittel gefunden, das Gebiet abzutasten, wenn er dazu Lust gehabt hätte. Schiavetto fühlte sich vom Zorn des Padrone, der Ordnung schaffen wollte, derartig angespornt, daß er schon zweimal in den Kielraum des Sandoncellos hinabgestiegen war, um Handwerkszeug zu suchen, das nicht bereit lag. Und er hatte gar keine Zeit gehabt, daran zu denken, was hier verübt worden war.

Auf der Mühle ging ein wahres Getümmel los, kein Ding wurde an seiner Stelle gelassen, der älteste und ausgeruhteste Staub wurde aufgewirbelt, und selbst die Ratten wurden aus ihren dunklen Ecken aufgestöbert, während die drei Bordkatzen sich auf das Dach der Loggia zurückzogen, wo sie würdig und erstaunt sitzen blieben. Bei diesem Durcheinander wurde in dem jungen Schiavetto etwas von dem Schrecklichen dieser Nacht gemildert, ja fortgeblasen. Malvasone, der die gefangenen Ratten betastete und sie weich und fett fand – es waren richtige Mühlenratten –, legte sich einige auf die Seite, er wußte sie zu schätzen. Beffa kam nicht einmal darauf, ihn zum besten zu halten, wie er es unter anderen Umständen getan hätte. Die Arbeit ging munter weiter, bis die Mittagsglocke erscholl; da rief Lazzaro:

»Und von jetzt ab will ich wissen, daß die Mühle San Michele immer derart in Ordnung gehalten wird. Sie hat zu glänzen wie ein Spiegel, und denkt daran, daß ich euch nicht nur tagsüber auf die Finger sehe, ich werde bei Nacht und Nebel nachschauen kommen und sehen, wie die Mühle läuft, zu jeder Stunde! So wird gearbeitet, wie ich es will! Wem das nicht gefällt, raus! Ich halte niemand zurück. Die Welt ist weit. Haben wir uns verstanden?«

In der trockenen Kälte und im Verlauf der wilden Arbeit durch Stunden hin hatten alle einen kräftigen Hunger bekommen. Sie aßen aus den Töpfen, die ihnen Dosolina, als niemand um die übliche Stunde zum Essen bei ihr erschienen war, auf die Mühle geschickt hatte. Schiavetto bemerkte in der folgenden Zeit, daß Lazzaro, der nie Waffen bei sich zu tragen pflegte, immer eine Pistole in der Rocktasche stecken hatte. Am Abend dieses selben Tages, als sie heimgingen, hatte Lazzaro eine alte Flinte mitgenommen, die im Holzhaus des Sandoncellos hing. Von Feuerwaffen blieb nur der Mörser an Bord, mit dem man auf Entenjagd ging, aber Scacerni nahm den Feuerstahl ab. Und wie er es versprochen hatte, so geschah es: der Padrone tauchte nun häufig, ohne eine Woche verstreichen zu lassen, unversehens zu den verschiedensten Stunden der Nacht auf, um die Mühle zu visitieren. Das bekam der Arbeit außerordentlich gut, und die Gewinste häuften sich, so daß Lazzaro daran dachte, zwei Mahlwerke einzurichten oder vielleicht sogar eine zweite Mühle neben die erste zu legen.

Die düstere und schmerzhafte Vorstellung seiner Sünde und der über ihr hängenden Strafe dauerte jedoch in seinem Inneren fort. Dieses Aufblühen und Gedeihen konnte ihn durchaus nicht beruhigen, sondern erschien ihm bösartig und hinterhältig, ja als etwas, das vom Teufel herkommen mußte. Über die Sünde, welche diesem Leid Boden und Wurzel geworden war, mochte er keine näheren Überlegungen anstellen, denn er hatte zuviel Angst, plötzlich vor einer entscheidenden Schlußfolgerung zu stehen, die zu ziehen er nicht entschlossen war, dazu war die Leidenschaft zu Dosolina allzu stark, und allzu tief lebte er in dieser molligen Süße seines Ehelebens. Dabei überkam ihn nach und nach eine unbestimmte Angst um seine aufgescheffelten Gewinste, die mit dem Anwachsen der Einnahmen immer mehr nach Geiz schmeckte; denn über ihm schwebte die Drohung des Ragusers und seine Art zu erpressen: es war ihm nun klar geworden, wozu diese Bestie fähig war. Er wollte Geld auf die Seite legen, um, falls es nötig wäre, in ein anderes Land zu ziehen. In dieser Zeit blieben die Schmuggler, obwohl sie sich auch weiterhin mit der Zustimmung Lazzaros der günstig gelegenen Mühle bedienten, in den Grenzen schonender Rücksicht, so wie er es verlangt hatte. Beffa gab ihm keinen Grund zur Klage, aber er war Mitglied und Spitzel der scheußlichen Bruderschaft geworden, die Lazzaro Tag und Nacht spürte wie eine Hand, wie ein Auge in seinem Rücken, gedungen zu Racheakten von jenem Michele Bergando, der »Raguser« nicht nur nach seiner Heimatstadt genannt wurde, sondern auch, weil man mit diesem Wort einen gewissenlosen, grausamen Menschen bezeichnete. Von einem Tag zum andern, das war Scacerni klar, konnte es ihn von dieser Seite her treffen, sei es, daß der Raguser Absichten auf sein Geld hatte oder nur die böse Lust, ihn seine Macht spüren zu lassen oder ihm Schrecken einzuflößen: jeden Tag mußte er auf Drohbriefe und Forderungen gefaßt sein – er wußte ja, was dem Mann im Kielraum des Sandoncellos geschehen war.

Schiavetto wunderte sich, daß sein Padrone niemals mehr auf das Gespräch, das sie gehabt hatten, zurückgekommen war, so als habe er alles vergessen; aber dennoch spürte er, daß gerade die mehr als je strenge Art des Padrone gegen ihn von einer mürrischen Zärtlichkeit geleitet war, von Besorgtheit, ja, von väterlichen Gefühlen. Dabei vertieften sich in Lazzaro Scacerni die Gewissensunruhe und ein herber und grollender Zorn gegen sich selbst, der ihn voll Hohn anklagte, daß er sich mit dem Verbrechen und dem Michele Bergando auf eine Ebene begeben hatte, und das verdüsterte ihn. Ich habe getan, dachte er, als ob ich nicht gewußt hätte, was für einen Preis man für solch teuflischen Handel zahlt. Als ob die Seele ein Geld sei, das man in kleiner Münze ausgeben könnte. Wußte ich vielleicht nicht, daß es hier darum ging, entweder sich zu retten oder verlorenzugehen, ohne eine Möglichkeit dazwischen? Wußte ich nicht, daß dieser mein Schatz einen Fluch trug?

Mit dem Fortschreiten von Dosolinas Schwangerschaft verbiß er sich mehr und mehr und voller Angst in den Gedanken, daß der Sohn unter einem schlechten Stern geboren würde, als ein Sohn des Unglücks. Die zärtliche Regung, von der er nie geglaubt hätte, daß sie so stark sein könnte, das überschwengliche Gefühl, als Dosolina ihm ihre Schwangerschaft mitgeteilt hatte, stand immer vor seinen Augen; aber seine Verzweiflung und Wut wurde gerade darum stündlich größer. Es überfiel ihn eine neue Versuchung: warum hatte er sie geheiratet, warum hatte er gezeugt! Wenn diese eine, diese Dosolina nicht existiert hätte, die so ganz eins mit ihm und schon mit diesem dritten geworden war, ja, wenn sie nicht gewesen wäre, er hätte zu jeder Stunde den Anker gelichtet, oder er hätte alles verkauft, ja sogar die Mühle versenkt, nur um einfach in die weite Welt zu gehen. Für einen Mann wie ihn war sie wirklich weit. Und doch war sie ihm jetzt so eng geworden. Und er dachte: bin ich denn wirklich noch jener Mann, der ich einmal war? Bin ich überhaupt noch ein Mann? Und hat nicht alle Schuld, so flüsterte der Versucher in ihm, diese Dosolina? Gott, sie ist ja auch ein armes Weib, aber wo steckt dann hier überhaupt noch Schuld!

Jedes neue Gesicht, das in der Mühle auftauchte, dazu immer Beffas Gesicht, erweckte in ihm die Angst vor einer geheimen Botschaft des Ragusers. Vielleicht, so dachte er voll Wut und Erniedrigtsein, erinnert sich der Raguser nicht einmal mehr meiner, und wenn er erführe, daß ich so heftig an ihn denke, würde er lachen, und das schien ihm wohl eine ausgezeichnete Vergeltung für seine Niederlage beim Eisenarm. Jetzt hat e r Oberwasser, und i c h kann unterdessen an das Bild von Katze und Maus denken. Aber hab ich denn überhaupt Angst, ich und Angst? Und jetzt machte ihn die Vorstellung kribbelig, daß der Bergando zögere, in Erscheinung zu treten, um ihn so in der Schwebe zu halten. Wirklich, Katze und Maus! Der Vergleich kam ihm einmal, als er gerade atemlos der Katze zuschaute, diesem weichpfötigen Duckmäuser, wie das Tier seine Finten und grausamen Spiele mit einer Ratte aufführte. Das war in der Loggia, Beffa stand in der Nähe, und aus einer bizarren Laune heraus und ebenso von einer wütenden Geladenheit getrieben, sagte er plötzlich, indem er Beffa in die hinterlistigen Augen sah:

»Ich habe einmal in Ferrara, es ist schon lange her, einen Mann gekannt, der auch diese Katzenmanieren hatte. Es war ein seltsamer Mann, ein Halbtürke, einer, der sich darauf verstand, überall Geldquellen zu entdecken.«

»Und der hieß?«

»Michele Bergando, ein Seeräuber, er hatte auch noch einen Spitznamen. Ich erinnere mich so gut an ihn, daß ich diese Katze von jetzt ab Bergando nennen werde.«

Beffas Augen waren zu sehr gerötet und ausgefranst, als daß er mit der Wimper hätte zucken können, aber die Lider runzelten sich, und die Pupillen verschleierten sich grau und trüb, als ob ihn das Licht blendete. Und seine Stimme war auf einmal ganz anders, als er, den Speichel herunterschluckend, fragte:

»Und wie nannten ihn die Leute mit seinem Beinamen?«

»Raguser.«

»Ja, dann soll die zweite Katze Raguser heißen.«

Dabei lachte Beffa, aber der Ton seines Lachens war falsch.

Von Zeit zu Zeit erschien es Scacerni durchaus so, als ob dies alles ein Spiel sei, eine Freude an der Erregung, eine Jagd sozusagen, die das Blut erhitzte und den Blick schärfte. Nur war das Wild in diesem Falle er selber. Und er selber schaute mit entsetzten und wilden Augen wie der Fuchs aus der Falle hervor. Falle? Das war noch nicht gesagt! Und derweil seine Leidenschaft für Dosolina immer stärker und verzweifelter wurde, hatte er manchmal den Eindruck, als seien die Nächte mit ihr schon gezählt. Tagsüber sprach er fast nie mehr mit ihr, er war in seine Angstvorstellungen ganz eingeschlossen, und wenn er sie dann betrachtete, stand da plötzlich und immer aufs neue der eine sichere Entschluß: wenn er mir die Frau anrührt, dieser Raguser, dann hat er den gefunden, der ihm die Eingeweide vor die Füße legt.

Dosolina empfand es unbehaglich, die Blicke dieses schweigsamen Mannes auf sich gerichtet zu spüren, sie bekam Angst vor etwas Entsetzlichem, das sie, ihm und ihr unbewußt, in seinem Auge sitzen sah. Zuerst fürchtete sie, es seien Verleumdungen bis zu ihm gedrungen und hätten eifersüchtigen Verdacht in ihm erweckt. Aber sie wagte es nicht, ihn zu fragen. Als dann die Störungen der ersten Zeit der Schwangerschaft vorüber waren und sie spürte, wie ihr Körper entstellt wurde, glaubte sie, sie sei häßlich geworden und sie gefalle ihm nicht mehr, und er bereue, sie geheiratet zu haben. Aber nun schämte sie sich, ihn zu fragen. Doch konnte sie es nicht begreifen, wieso er sie dann trotzdem bei Nacht mit einer solchen Wildheit umschlang. Und da wurde sie auf den Gedanken gebracht, das sei, weil er in der Dunkelheit sie so wiedersehe, wie sie einmal aussah, bevor ihr Körper entstellt war.

Dabei war sie schöner als je, jetzt, da ein veilchenblauer Schimmer ihre kornblumenblauen Augen umgab, ein Schatten, auf dem das Licht um so heller zur Geltung kam. Der Rosenton ihrer Haut hatte sich in den Schimmer von Perlen verwandelt, und Lazzaro hatte jetzt gesehen, wie dieses zarte Gesicht bei einem Kuß zu schimmern begann und ein süßer Nebel diesen Blick überzog, ohne ihn trüb zu machen. Und ihre Augen sagten ihm alles, was die schüchternen Worte nicht vermochten: sie liebte ihn jetzt endgültig, das sagten ihm diese Augen. Jene langsame und weiche Umständlichkeit – sie war noch nicht schwerfällig geworden –, wie sie in den Hüften und Lenden lag, erschien ihm süß und lieblich und Dosolina nachgiebiger als je. Daß sie es aber war, gegenüber dem Ungestüm seiner Wollust, mit dem er sie suchte, empfand Dosolina als etwas wie Profanation ihres gesegneten Zustandes, und sie bekam Gewissensbisse, als ob sie sich der Ausschweifung ergeben hätte. Sie war dabei mehr über sich selber als über den Mann unwillig und erschrokken, und doch konnte sie diesem glücklichen Schmachten, das sie wie ein blindes, wirres und kitzelndes Feuer empfand, nicht widerstehen, sobald sich der Mann bei Nacht an ihre Seite legte. Diese Nächte waren zwischen ihnen zu einem Geheimnis im Fleischlichen geworden, wie ein Traum und eine Schuld, was sie sich aber nicht eingestanden. Wenn dann die blonde Dosolina, das Köpfchen auf seiner Brust, neben ihm einschlief und er sich entkräftet, aber noch lange nicht gesättigt spürte, genoß er den gesunden und frischen Duft ihrer Haare, er wurde ganz davon erfüllt und wachte zärtlich über diesem Schlaf und diesem Köpfchen, und von übergroßer Liebe wurde er stumm. Dann geschah es wohl, daß Lazzaro bis zum Frühlicht schlaflos im Hin und Her seiner Ängste lag, die sich in der Nacht bis zu einer Art von Raserei steigern konnten, aus Furcht, daß einer von den Leuten des Ragusers oder er selbst an die Tür klopfe. Und er wünschte es sogar, damit sich endlich alles entscheide. Es waren lange Nächte, auch als der Frühling kam und sie kürzte. Die Wetterfahne drehte sich kreischend in der leichten Brise auf dem Giebel, als wolle sie ihm die Stunden der Schlaflosigkeit und des Alpdrucks zumessen. Und die Nächte schienen ihm kürzer, wenn sie da oben sich ungestüm in Gewittern drehte und eine veränderliche und wilde Jahreszeit sich ankündigte. Oft glaubte er, das Pochen an Fenster und Tür zu hören, und er erhob sich, um nachzuschauen. Aber es war nur der Wind, der die Scheiben erschütterte. Dabei stieß er einmal auf Schiavetto:

»Ich habe geglaubt«, sagte der Junge, »es hätte jemand geklopft.«

»Aber wer soll denn um diese Stunde klopfen! Bist du verrückt geworden? Ich bin gerade unterwegs, um zu sehen, ob alles wohlverschlossen ist. Geh jetzt«, fügte er in einem Tone zu, der die Grobheit seiner früheren Rede gutmachen sollte. »Leg dich ins Bett! In deinem Alter hat man mehr Schlaf nötig als in meinem. Man wird allmählich alt, mein Junge.«

Als Scacerni schließlich zu denken begann, daß seine Angst zu weit gehe und auch ganz unbegründet sei und daß alles in diesen Geleisen ruhig weitergehen könne; als er manchmal für kürzere oder längere Zeit den Raguser ganz aus seinen Gedanken verloren hatte, geschah es ihm dann, daß er ihm plötzlich einfiel, und das war ihm jedesmal besonders unangenehm. Im übrigen konnte er ohnehin nicht lange seine Lage aus den Augen verlieren, denn wie man in den Chroniken jener Zeit liest, waren Stadt und Land höchst unsicher geworden, man hörte von Verbrechen, Überfällen, Gewalttaten und Erpressungen reden, jeden Tag geschah etwas anderes. Wäre er nun arm gewesen, hätte er leicht den Mut aufgebracht, sich mit eigener Hand Gerechtigkeit zu verschaffen. Aber jetzt ging ihm dieser Mut ab, eben weil er nicht mehr arm war, weil er sich an den Wohlstand gebunden fühlte. Und wieder begann die Spitzfindigkeit seiner Gedanken in einem ewigen Räderwerk, genau wie die Wetterfahne auf dem Dach, sich zu drehen.

Der Pegelstand des Po machte ganz unvorhergesehene Sprünge nach oben und unten; Spätfröste ließen das Wasser unter dem Mühlrad versiegen, so daß nicht einmal das Treppchen davor genügte, welches das Wasser zu stärkerem Gefälle bewegen sollte.

Gefährliche und unerwartet auftretende schwere Regenfälle ließen die Seitenflüsse des Po auf dem Apennin anschwellen, und der nasse Schirokko wühlte die Schneefelder auf den hohen Bergen auf und bewirkte unzeitige Schmelzen.

»Die sieben fetten Jahre sind vorüber«, sagten die alten Bauern, »wir kommen jetzt in die sieben mageren, das ist der Gang der Welt.«

Und sie hatten vor sich die überschwemmten Felder, den von wassertragenden Wolken schweren Himmel, der, wenn er sich aufhellte, böse zu leuchten begann mit jener zu heißen Sonne über feuchter, dampfender Erde.

»Wenn die Luft leuchtet, der Boden bald sich feuchtet.«

Der Winter war in seinem Klima ganz ausgefallen gewesen mit seinen Frösten und außergewöhnlich lauen Tagen, und darauf war nun dieser heimtückische Frühling gefolgt, der für die Zukunft reich an trüben Andeutungen war.

In Dosolinas Haus fehlte es auch nicht an Kummer. Es handelte sich um Lazzaros Schwiegervater: der war nun noch sonderbarer als früher geworden, und man hätte glauben mögen, daß es ihm das Herz zusammenschnürte, als er seine Tochter derartig im vollen sitzen sah; denn Lazzaro hatte ihr eine Magd für die groben Arbeiten angeschafft, was nach Malvegoli eine ganz überflüssige Ausgabe war; er hielt sich für einen Mann der guten, alten, einfachen Zeit, und er hatte seine Tochter nicht in solcher Verzärtelung aufgezogen.

Tatsache war, daß es ihn wurmte, wie man im Hause des Schwiegersohns das Geld für eine Magd aufbrachte, aber nicht für ihn, der jeden Tag von Markt und Jahrmärkten in den Dörfern mit irgendwelchen verrückten Vorschlägen nach Hause kam und Lazzaro seine Windmühlenträume vorsetzte. Da gab es ungeheuer vorteilhafte Einkäufe von Korn, das sich dann als vermottet und vermodert erwies; große Ladungen von Mais, der muffig geworden war; es gab Ländereien zu kaufen zu Preisen, die wirklich außergewöhnlich waren, wenn es da nicht gewisse Hypotheken gegeben hätte, die darauf lagen und von Principalle in seinem Enthusiasmus nicht bemerkt worden waren; und es gab Hanfgeschäfte, Lebensmittelunternehmungen, Waren aller Art zu Fluß und zu Land; schließlich kam er mit einem Plane an, der sich um eine Lotterie drehte, die in Ferrara gespielt werden und die Konstruktion eines fliegenden Schiffes finanzieren sollte, das mit einem Segel gesteuert und in der Luft durch zwei Luftballons gehalten werden konnte.

»Ich bin Müller«, hatte Scacerni anfangs immer geantwortet, »und wo soll ich übrigens diese Summen hernehmen, die Sie von mir haben wollen?«

»Mir genügt eine Anzahlung.«

»Ja, und der Rest?«

»Der Rest«, die Antwort war immer dieselbe, »der Rest kann in Wechseln gezahlt werden.«

»Ja, und wenn der Wechsel fällig ist, wer zahlt?«

»Bevor es soweit ist, hat man so viel verdient, daß man Kapital und Steuern bezahlen kann und noch was übrigbehält: dies Geschäft ist eine Goldgrube.«

Aber er konnte den Müller nicht überzeugen.

»Warum haben Sie nicht mehr Vertrauen zu mir?«

»Ich kann nicht«, sagte Scacerni.

»Und das sagen Sie mir ins Gesicht?«

»O ja!«

»Und dabei bin ich Ihnen als Verwandter zu Hilfe gekommen, allerdings mehr aus Liebe zu meiner Tochter als Ihretwegen, der Sie doch ein Fremder sind.«

»Aber dabei wollen Sie mein Geld haben.«

»Wessen Geld?«

»Das Geld des Fremden!«

Principalle glaubte platzen zu müssen. Er ging zur Tochter und verbitterte mit seinem Gejammer, mit seinen Schmähungen und Verdächtigungen ihr Leben. Und er nahm keine Rücksicht auf ihren Zustand beginnender Schwangerschaft, ja, er half ihr geradezu, sich schwarze Gedanken in den Kopf zu setzen. Er sagte:

»Ein Mann, der dich wirklich gern hätte, würde mich nicht so behandeln, und er wäre nicht so ein ganz anderer, sobald es sich um dich dreht. Er liebt dich nicht, dieser Kerl, ich bereue es jetzt schon, ich habe mich geirrt, ich bin schuld an deinem Unglück.«

Dosolina war für diese trüben Gedanken allzusehr empfänglich, und da spielte auch noch die Eifersucht mit. Irgend jemand hatte ihr von den vielen Frauen erzählt, die der Müller in früheren Zeiten gehabt hatte, einige hatte man ihr sogar gezeigt, und das nagte an ihr. Aber dann empörte sie sich gegen den Vater, und Malvegoli begann eine lange Litanei: sie sei keine gute Tochter, sie habe ganz vergessen, daß er diese Ehe zustande gebracht hätte, und nun sei sie schön undankbar. Schließlich warf er ihr sogar das Brot vor, das sie vor ihrer Hochzeit im väterlichen Hause gegessen hatte. Und dabei aß und trank er selber behaglich im Hause des Schwiegersohns und versäumte nicht, sich über Donata zu beklagen, die, wenn man die Wahrheit wissen wolle, aus Geiz und Gehässigkeit ihn Hunger leiden ließe. Dosolina, die ja gut Bescheid wußte, wie sich alles verhielt, schickte regelmäßig Geschenke an die Mutter, und dem Vater bereitete sie leckere Gerichte, denn er war nun auch noch freßlustig geworden, und sie schüttete ihm ordentlich ein, um ihn zu besänftigen und die zänkischen Gedanken zu beseitigen, unter denen sie traurig wurde und sich erniedrigt vorkam.

Malvegoli aber wurde bei diesem Leben kräftig und hitzigen Blutes und trieb es nur noch schlimmer, bis Lazzaro eines Tages, als er von der Mühle heimkehrte, die roten Augen Dosolinas bemerkte und wissen wollte, was denn los sei. Und da erfuhr er von den Besuchen Malvegolis und seinem ewigen Gerede.

Lazzaro hätte nun gegen den Dummkopf, der im Grunde seines Herzens nicht bösartig war, mit weniger Grobheit vorgehen können. Gewiß, er sagte ihm nicht viel, aber was er sagte, das genügte. Dosolina gab er die Anweisung, regelmäßig der Mutter Geschenke zu schicken, um sie und ihre Familie, die einem solchen Schwätzer ausgeliefert war, nicht verhungern zu lassen. Aber wenn er sie noch einmal mit rotgeweinten Augen sähe, dann würde ihr Vater nicht mehr den Fuß in sein Haus setzen dürfen.

»Dahinter steckt deine Mutter, das sieht ganz nach deiner Mutter aus«, klagte Principalle, »sie haben sich verständigt. Aber das Brot deines Mannes, das ich hier esse, schmeckt mir nicht mehr.«

Trotzdem aß er lustig weiter. Und Dosolina als gute Tochter meinte bei sich, daß ihr Mann und mehr noch ihre Mutter sich wirklich als allzu streng Malvegoli gegenüber erwiesen, auch wenn er es verdient hatte.

Eines Morgens erwachte sie mit der Überzeugung, vielleicht war es ein Traum, der ihr entfallen war, aber sie noch beeindruckte, daß sie nämlich bei der Geburt sterben würde. Und gleich zu Anfang war ihr dieser Gedanke, der bei jungen Frauen vor ihrer ersten Niederkunft häufig ist, durchaus nicht unangenehm. Sie wurde davon mit einer weichen Zärtlichkeit erfüllt, die sich gegen sie selbst, die schöne junge Tote, richtete und gegen den Gatten, der sie später dann lieben würde. Sie sah dabei das unbestimmte Bild des Kindes vor sich, dem man eines Tages von der Mutter erzählen würde, der armen, zu früh verstorbenen Frau. Und sie stellte sich die Totenklage und das Begräbnis vor bis auf den Geruch der Kerzen. Aber die Vorstellung wurde schwankend, als sie überlegte, ob das Kind ein Junge oder ein Mädchen sein würde. Sie spürte es nun schon manchmal, wie es im Schoße sich bewegte, was sie vor Liebe und Bewunderung zusammenfahren ließ. Aber einmal, am Ende ihrer phantastischen Totenklage, fühlte sie sich in den Sarg gelegt, der dann zugenagelt und in die Erde hinuntergelassen und bedeckt wurde. Das war kein Traum mehr, das war ein Alpdruck bei offenen Augen, der ihr den kalten Schweiß austrieb. Sie klapperte mit den Zähnen und bebte eine lange Weile im Dunkel der Nacht in ihrem Bett; und sie spürte nicht mehr die Kraft, sich zu bewegen und ihren Gatten zu wecken. Von da an schwand jene ergebene Zärtlichkeit, aus der heraus sie so gern über die Gefahr des Todes mit Lazzaro gesprochen hatte, der sich darüber innerlich ärgerte, doch nie eine andere Antwort wußte als ein Achselzucken. Und auch mit den Gevatterinnen hatte sie bis dazumal über all dies gesprochen, wenn die sie besuchen kamen. Aber nun überfiel sie eine düstere Angst, für die sie keine Begründung fand und über die sie mit niemandem mehr reden konnte. Diese Angst verriegelte alles in ihr, was bis dahin ihrem mütterlichen Herzen süß gewesen war. Und bitter wurden ihre Erwartung, all die Vorbereitungen und das Zurechtmachen der Wiege.

Ihre Furcht packte sie immer ganz plötzlich an, und sie wuchs zu einer solchen Betrübnis an, daß sie glaubte, der Tod sei ihr nahegekommen und ihre Stunde habe geschlagen. Kaum war sie einmal zu Atem gekommen, befiel sie tiefste Reue, und sie betete das Miserere, schlug sich an die Brust, aber zugleich erfüllte sie auch eine Empörung, vermischt mit jenem Groll der Sklaven und Verlorenen, und diese Empörung richtete sich gegen Lazzaro, der sie in ihrem gesegneten Leibeszustand und in dieser Gefahr zur Sünde verleitet hatte. Und da ihr Mann Schiavetto befohlen hatte, immer zu Haus zu bleiben, um ihr zur Hand zu sein und ihn zu rufen, falls es notwendig wäre, ließ Dosolina eines Tages anspannen und fuhr zur Guarda, um zu beichten und sich der Gnade Gottes zu empfehlen. Der Pfarrer der Guarda, Don Bastiano Donzelli, war ein braver, einfacher Priester, grob, aber aus einem Guß. Er lobte den Eifer, aber diese Zweifel lobte er durchaus nicht, er hielt sie für Absonderlichkeiten. Überdies war er für gewisse Stunden des Tages an die Bestellung seines Gütchens gebunden, an dem er keine Mühe sparte und mit Spaten, Hacke und Rebmesser hantierte. Und er machte es kurz:

»Meine Tochter, seid schön ruhig. Gewiß, wir fürchten Gott und die letzten Dinge nie genug, aber was Euch erfüllt, ist Angst, nicht Furcht, fleischliche Angst. Seien wir auf der Hut, Tochter, denn die erste Frucht der Reue ist die ruhige Klarheit des Herzens.«

»Aber ich werde gewiß sterben.«

»Schöne Neuigkeit! Dessen sind wir alle gewiß!«

»Ich sterbe bei der Geburt.«

»O beste Frau, was sind das für Geschichten? Hören Sie zu: wenn Sie mich nötig haben, bin ich hier; ich bin Priester, wiewohl ganz unwürdig, Priester wirklich zu diesem Zweck. Und kommen Sie mir hierher mit Sünden, aber klaren Sünden, Todsünden, damit Sie mich verstehen. Und ich werde Ihnen schon die rechte Buße aufgeben und auch die Tröstung und Lossprechung, wenn und wieweit Sie es verdienen. Aber kommen Sie mir nicht her, die Überängstliche und Empfindliche zu spielen, das ist eine Sünde des Hochmuts, wenn Sie es wissen wollen. Und kommen Sie mir nicht, dumme Kindergeschichten zu beichten wie die da, daß Sie bei der Geburt sterben. Sie sind in der Hand Gottes wie wir alle: das ist's! Ich werde sterben«, fügte er ärgerlich bei, da er über ihre Worte nachdachte, »ich werde sterben, welche Neuigkeit! Wenn Sie mir nichts anderes zu sagen haben, dann lassen Sie mich nicht meine Zeit verlieren, denn die Feldarbeit steht dies Jahr schlecht, das wissen Sie, und wenn dies bißchen Ernte mir verdirbt, dann ist's schlimm; diese paar Handvoll Erde haben mich nötig; wenn ich hier noch Tagelöhner gebrauche, eß ich mir meinen Ertrag vorher schon auf. Vergessen Sie nie: Gott gefällt auch dies, das Werk der Hände, denn er hat niemand befohlen, mit den Händen im Schoß dazusitzen, nicht einmal uns Priestern.«

Er war in der Tat ein rühriger Priester, der in seinem Amte alles ein wenig eilig betrieb; doch war er als ehrliche Haut und wegen seiner Urteilsfähigkeit in landwirtschaftlichen Fragen bekannt, so daß man ihn auf den Märkten und bei Streitigkeiten häufig als Begutachter und Schiedsrichter rief. Dosolina erkannte ihr eigenes Unrecht ehrlich an, und sie empfing den Tadel bereitwillig. Aber ihre Angst minderte sich deshalb nicht.

Die Gevatterinnen sahen übrigens an gewissen Anzeichen und abergläubischen Wahnvorstellungen, die sie aus Dosolina herausfragten, eine schwierige Geburt voraus, und wenn sie es auch ihr nicht ins Gesicht sagten, so machten sie doch gewisse Mienen, so daß Dosolina den Schrei des Käuzchens bei Nacht nicht mehr hören konnte und nicht mehr ohne Angst einen schwarzen Kater vor sich über den Weg streichen sah. Dazu fehlte ihr die Mutter, denn auch die hatte angefangen, die Despotische zu spielen und das Haus des Schwiegersohnes mit guten Ratschlägen zu überschütten. Und so hatte Lazzaro schließlich um einer entgleisten Bemerkung willen die Geduld verloren und sie und ihren Mann beleidigt. Seine Reizbarkeit wuchs ständig, und vielleicht war er wirklich schon so weit, zu bereuen, daß er eine so leicht beeinflußbare und kränkliche Frau geheiratet hatte, die ihn wahrscheinlich in der nächsten Zeit Arzt und Arzneien kosten würde; so war er ausfällig geworden, und zwar so sehr, daß seine Schwiegereltern schließlich schrien:

»In diesem Hause sehen Sie uns nicht mehr!«

»Das will ich ja gerade erreichen!«

Er hatte sein Unrecht gespürt, doch das hatte keine andere Wirkung, als daß er noch düsterer wurde. Und sie dachte: warum bin ich so arm, warum bin ich häßlich geworden, warum bin ich kränklich, ja, deshalb behandelt er mich so. Aber ich bin verheiratet, und da gibt's keine Hilfe mehr, das muß ich jetzt ein ganzes Leben lang aushalten. Zum Glück dauert es ja nicht mehr lange. Diese Gedankengänge hätten sie nun eigentlich logischerweise trösten müssen, aber im Gegenteil: sie verbitterte unter dieser Ungerechtigkeit, sich so behandelt und ihr Leben schon so nahe dem Ende zu sehen; solcherart scheint im allgemeinen die Wirkung der Logik zu sein, zum mindesten, wenn sie nicht von der Geduld gestärkt ist. Was die Gevatterinnen betraf, so gab es darunter eine, die Venusta Chiccoli hieß, eine Frau, die das Herz auf dem rechten Fleck hatte; die sagte zu den andern:

»Wenn ihr hergekommen seid, um ein langes Gesicht zu schneiden, und wenn ihr keine andere Hilfe geben könnt, ist es besser, daß ihr draußen bleibt.«

Venusta war eine erfahrene und heiterbrummige Frau, die ein offenes Wort nicht scheute. Sie verstand sich auf Wochenbettfragen wie auf jede andere häusliche Verrichtung, denn sie selber hatte so viele Kinder in die Welt gesetzt, daß sie, wie sie lachend sagte, in Verlegenheit käme, wenn sie das Pack an den zehn Fingern herzählen sollte.

»Und jetzt, was diese Kleine hier anbetrifft«, sagte sie einmal, nachdem sie bereits für Dosolina Scacerni eine starke Zuneigung gefaßt hatte, »so scheint es mir, als ob ich noch ein Kind dazu gekriegt hätte, als ob mir die andern, die ich geboren habe, nicht genug Plackereien machten.«

Als sie so sprach, seufzte sie, und in ihrer Miene mischten sich Heiterkeit und Mitleid, das sie für sich wie für andere empfand. Ihr gutes Herz wollte sie nie zeigen, und ihre Griesgrämigkeit schien immer ihre gutmütige Hilfsbereitschaft zu bereuen. Sie schlug sich mit der Hand vor die Stirn, als wollte sie sagen: verrückt bin ich! Sie arbeitete so viel, daß sie keine Zeit für sich hatte, immer war sie zum Beispringen bereit, soweit es ihr möglich war. Und immer schalt sie sich selber und die andern aus, wegen all des Ungemachs und Unglücks, dem die Menschen entgegengehen aus lauter Eigenliebe und das sie aus Nächstenliebe wiedergutmachen wollte, indem sie die Last der andern auf sich selber nahm.

»Wir sind alle zusammen verrückt, aber ich mehr als ihr, denn wer heißt mich denn, mir all das aufzuladen?«

Ihr Mann, der Chiccoli, war der Schuster von der Guarda hüben und drüben; denn auch vom venetianischen Ufer her pflegten sie über den Fluß zu kommen, um sich bei ihm die Schuhe besohlen zu lassen. Auch Padrone Lazzaro war Kunde bei Chiccolis, bei ihm ließ er die Schuhe besohlen und bei ihr die Strümpfe stopfen. Freundschaft hielt er mit beiden seit der Zeit, da er sich an der Guarda niedergelassen hatte.

Während all dieser Jahre waren Venusta und Chiccoli – nach den beiden Alten von Occhiobello – als einzige dem Padrone Lazzaro wirklich freundschaftlich nähergetreten.

In jenen Zeiten, als er noch hinter den Röcken herlief, hatte Chiccoli ihn dabei oftmals begleitet und ihm beigestanden, er hatte ihm sozusagen den Sack aufgehalten, den Chiccoli dann auf eigene Rechnung füllte, ganz so wie der Kuckuck seine Eier in das Nest der andern legt. Und wiewohl Lazzaro weit entfernt war, ihm hinter die Schliche zu kommen, so war ihm Chiccoli trotzdem manchesmal zuvorgekommen, hatte ihn auch verdrängt, kurzum mit den prächtigsten Hörnern versehen, denn Chiccoli hatte den Vorteil bei den Frauen, daß er sich nie rühmte und immer zufrieden schien mit dem, was man ihm gab, mochte es viel oder wenig sein.

Jetzt war das alles vorbei und mit der Jugend zu Ende.

Doch wenn Lazzaro das erloschene Auge und den zugleich entzündeten Blick des alten Schürzenjägers dennoch erhaschte, dann brach er, wiewohl er für gewöhnlich keineswegs zum Lachen gestimmt war, in ein schallendes Gelächter aus, aller Moral zum Hohn.

»Haha!«

»Hehehe!« machte im Falsett der Schuhmacher.

»Hahaha!«

»Hehehehe!« Das dünne Gelächter des Schusters überdauerte stets um ein He das Haha des Lazzaro; es war, als wolle er damit verschwiegen jenen kleinen Vorsprung erwähnen, der am Ende immer für ihn dagewesen war. Unter der armseligen und mürben Erscheinung, um auch das noch zu sagen, erfreute sich Chiccoli einer eisernen Gesundheit, während der kräftige Scacerni seit einiger Zeit nicht mehr so ganz auf dem Posten war, er litt an einem inneren Riß. Die bleiche Gesichtsfarbe, die von der Malaria stammte, war noch nachdrücklicher geworden, er sah abgezehrt aus, und die Galle färbte seine Haut und das Weiß seiner Augen. Die Haare waren schwarz geblieben, aber im Bart hatten sich einige weiße Fäden gezeigt – wie er sagte, weil er sich in der Ehe zuviel ärgern müsse. Und diese weißen Haare hatten sich reichlich vermehrt, nach ihm: weil sie sich langweilten ohne Gesellschaft. Venusta nun empfahl der jungen Frau ohne viel Umschweife ein bißchen Vorsicht ihrem Manne gegenüber; denn die Kräfte eines Menschen in der Vollreife könnten wohl mit der Jugend wetteifern, und so könne Lazzaro immer seinen Mann stellen, aber es werde allmählich schwer für ihn, die verlorenen Kräfte wieder aufzuholen. Dosolina wurde rot, und sie wußte nicht, was sie antworten sollte:

»Aber was sagen Sie da, was meinen Sie bloß?«

»Ich weiß, was ich sage.«

»Aber ich jetzt, in diesem Zustand! Und ich«, sie weinte plötzlich, und ihre Stimme brachte die Worte stoßweise hervor, »ich glaube sogar, daß er mich nicht einmal mehr liebt, daß er mich nicht mehr sehen mag!«

Venusta begann mit Ausrufen, mit Vorwürfen und Beweisen, aber es gelang ihr nicht, sie zu trösten. Und Dosolina im allzubreiten Ehebett wurde in ihrer Einsamkeit immer trauriger. Aber Scacerni wußte wohl, ohne daß er sich jemandem mitteilen konnte, was ihm eigentlich derartig in Leber und Galle gefahren war.

Und er wollte an diesem seinem heimlichen Leiden nicht einmal der Malaria eine Schuld zumessen, die beim Kommen des Sommers, der feucht und heiß war dieses Jahr, ihn böser als je überfallen hatte. Es schien so, als ob sich das Leiden nicht mehr wie früher herauschwitzen lassen wollte. Aber auch hierin sah Scacerni den Raguser als den Schuldigen an. Er gefiel sich darin, er hatte daran das Wohlgefallen des Hassenden, wenn er bedachte, daß der Raguser auch daran die Schuld trage, daß ihm sein Blut vergiftet sei. Und dann sagte er zu sich selber: »Aber das ist noch nicht das Ende, es wird schon noch der Tag kommen, da ich ihm alles heimzahle, und man wird sehen: wenn er der Wucherer ist, so bin ich der pünktliche und getreue Heimzahler. Ich auf die Galeere und er zur Hölle!«

I Es war eine Nacht mitten im Oktober. Padrone Lazzaro schlief, von der Arbeit der vorausgegangenen Tage ermüdet, in seinem Hause. Der Fluß hatte in den letzten Nächten so schnell die Gefahrenmarke erreicht, daß alle darüber erstaunten, doch mit derselben Schnelligkeit war er zum nicht geringeren allgemeinen Staunen wieder gefallen, infolge eines plötzlichen Einbruchs von trockener Kälte. Und dieser Witterungsumschlag hatte Lazzaro – zusammen mit einem prüfenden Blick nach den friedlichen Sternen – nach einigen auf der Mühle verbrachten Nächten veranlaßt, endlich in sein Bett aufs Festland schlafen zu gehen. Es wurde merklich kühler, und so hatte er eine Decke mehr verlangt. Aber mitten in der Nacht entdeckte er, daß er naßgeschwitzt war, das Wetter war wiederum umgeschlagen, der Schirokko kam mit seinen schwülen Stößen wütend über das Haus hergefallen, und die Windfahne kreischte närrisch. Er glaubte, daß ihn der Witterungsumschlag geweckt habe, aber dann, als der Wind plötzlich schwieg, hörte er Venusta, die sich wegen der bevorstehenden Entbindung Dosolinas im Haus aufhielt, in die anstoßende Küche gehen, wo sie Wasser aus dem Kessel schöpfte und eine Schüssel füllte, um alsdann in Dosolinas Kammer zu gehen; und wie nun die Tür aufstand, hörte er ein unterdrücktes Jammern, ein kindliches Weinen. Schläfrig hatte er eben noch etwas über das schlechte Wetter vor sich hingebrummelt, aber diese Stimme veranlaßte ihn, mit beiden Beinen zugleich aus dem Bett zu springen. Die Trostlosigkeit dieses Weinens ähnelte wirklich dem Gewimmer kleiner Kinder, so daß er anfänglich glaubte, daß Venusta eines aus ihrem Dutzend bei sich habe. Er zog die Hosen an und öffnete leise die Tür. In der dunklen Küche glühten die roten Kohlen auf dem Herd, vor der Schmerzensmutter flackerte das Öllämpchen. Aber der Streifen Licht, der aus der Tür des Eheschlafzimmers fiel, sagte ihm, wer auf diese Weise weine. Er wurde davon weich und mit ungeduldigem Mitleid erfüllt, mit jenem Mitleid, das uns sagen läßt: »Nicht weinen, es geht schon vorbei«, so, als spräche man zu Kindern. Dort in der Schlafkammer zog Venusta ziemlich geräuschvoll eine Prise Tabak hoch und nieste. Das Gewimmer hatte sich beruhigt. Der Schirokko überfiel mit einem neuen Stoß das Haus, die Mauern bebten. Lazzaro hörte Dosolina sprechen:

»Venusta, aber Sie wollen doch nicht die ganze Nacht aufbleiben? Schlafen Sie ein wenig, ich fühle mich schon besser.« Ihre Stimme kam so zart und mühselig, daß Lazzaro mitten in der Küche stehen blieb und lauschte.

»Mit ein paar guten Prisen Makubatabaks«, sagte Venusta fröhlich, »kann ich, wenn Sie gestatten, so viele Nächte aufbleiben, als es mir gefällt, meine gute kleine Frau.«

»Ah, Venusta, ich werde jetzt sterben, ich spüre es, ich weiß, daß ich hier sterbe.«

Sie begann aufs neue zu weinen. Lazzaro erwartete nun, daß Venusta mit einem liebevollen Vorwurf komme und zu brummeln beginne. Doch sie lachte nur laut auf und sagte – gewiß streichelte sie ihr dabei die Stirn:

»Damit Sie es wissen, das erstemal war auch ich ganz gewiß, daß ich sterben müßte, und dann hab ich ein ganzes Dutzend der Reihe nach gekriegt. Ich habe Ihnen übrigens noch nicht erzählt, daß ich mein erstes bekam, denken Sie sich, als wir gerade drei Monate verheiratet waren, ich und Chiccoli. Wundert Sie das? Ah, eine seltsame Geschichte, ich werde Ihnen das mal eines Tages erzählen, dann werden Sie lachen.«

»Aber Venusta, dann leb ich doch nicht mehr, ich werde morgen abend nicht mehr da sein.«

»Na, na, na, was für Gedanken.«

Indem sie das sagte, gab sie ihr zärtliche Schläge auf den Rücken der Hand. Aber in Lazzaro vermischte sich die Angst, daß Dosolina wirklich sterben könnte, eine ebenso abgründige wie jäh erwachende Angst, mit zärtlicher Liebe. Er wollte eintreten, doch da hörte er Dosolina sagen:

»Glauben Sie, ich habe keine Angst; ja, zuerst, da hatte ich Angst, zu sterben und zu leiden. Jetzt, da ich so nahe am Rande bin, ach, sagen Sie nicht nein, ist die Angst vorüber. Ich habe meine Seele in Ordnung gebracht und habe gebeichtet. Und außerdem, was soll ich noch auf der Welt? Gott wird mir verzeihen.«

»Was Sie auf der Welt sollen? Ja, und Ihr Mann?«

»Ach, das hat nicht ein ganzes Jahr gedauert, daß er mich liebte.«

»Aber das ist allerlei! Wenn Sie nicht ein Kind wären, würde ich jetzt schön in Wut geraten.«

»Sie wissen nicht, Sie können nicht wissen ...«

»Ich weiß und ich kann's wissen, meine liebe Kleine, daß die Männer ihre Gedanken haben, mit denen sie nicht immer gleich zu uns gelaufen kommen, und manchmal nur deshalb nicht, um uns nicht in Angst zu jagen. Daß Padrone Lazzaro Sie wie die Pupille seiner Augen lieb hat, das ist so sicher, wie ich mein Augenlicht dafür verwetten würde.«

»Ja dann, dann soll es so sein, dann waren es die Gedanken, ich will nicht nein sagen. Aber was nützt mir das alles jetzt?«

»Wieso jetzt?« murmelte Venusta.

In Lazzaro war jedes andere Gefühl vom Staunen über diese Eröffnung überrumpelt worden. Also, seine Frau war überzeugt, daß er sie nicht mehr liebe. Und wenn sie nun wirklich sterben sollte, dann blieb ihm nur noch die Verzweiflung, denn er hatte sie, ohne ihr helfen zu können, ins Grab steigen lassen. Er preßte die Fäuste: auch dieses sollte noch das Schuldkonto des Ragusers vermehren.

Als Venusta wieder in die Küche eintrat mit einer Schüssel in den Händen, konnte er nicht ihr Gesicht erkennen, sie hatte das Licht aus der Kammer hinter sich. Aber er merkte, wie sie düster geworden war, kaum daß sie die Kammer verlassen hatte.

»Venusta, haben die Wehen begonnen?«

»Oh, Sie sind hier? Warten Sie! Seien Sie leise, die Kranken haben feine Ohren«, so sagte sie, setzte die Schüssel nieder und schloß die Tür. Scacerni rief:

»Oh, was sagen Sie? Was haben Sie mir zu sagen?«

»Nichts – es gibt da nichts, worüber Sie sich aufzuregen brauchen, jedoch . . .«

»Jedoch?«

»Ich sehe noch nicht klar, die Wehen . . .«

»Haben sie angefangen?«

»Lassen Sie mich aussprechen! Die Wehen müßten jetzt eigentlich heftiger werden, sie müßten sogar schon sehr stark sein.«

»Warum?«

»Warum? Wenn sie stärker und kraftvoller sind, geht die Sache besser vor sich. Trotzdem wäre es noch zu früh, sich zu beunruhigen.«

»Aber Sie sind ja schon unruhig.«

»Lieber Mann, ihr seid doch alle gleich. Das ist eine Angelegenheit, die ihr am liebsten in zwei Minuten erledigt haben möchtet, so husch, husch, genauso schnell, wie ihr euch vorher dabei abgemüht habt. Man weiß ja, wieviel euch das schon kostet, aber wir sitzen hernach drin, wir armen Frauen, das ist schon eine Sache, die zu denken gibt, entschuldigen Sie sehr, Padrone Lazzaro, und das erstemal mehr als sonst. Sehen Sie, deshalb bin ich so ein bißchen in Sorge.«

»Venusta«, fragte Dosolina, »mit wem sprechen Sie?«

»Ich hab Ihnen ja gesagt, feine Ohren, wie?« Und sie antwortete: »Ihr Mann ist hier.«

»Wieso, ist er noch nicht schlafen gegangen?«

»Er ist wach geworden.« Und zu Scacerni: »Gehen Sie hinein und sagen Sie ihr irgend etwas Beruhigendes.«

»Der Schirokko hat mich geweckt, Dosolina«, sagte Scacerni, indem er eintrat, »hast du ihn auch gehört? Jetzt geht es wieder los. Man kann gar nicht recht schlafen bei dieser tollen Jahreszeit.«

»Ich habe gehört«, antwortete Dosolina mühsam, »nach all diesen Nächten und Mühseligkeiten mußt du heute auch noch in die Mühle gehen, armer Lazzaro?«

»Oh, ich gehe nicht fort von hier, was auch immer kommen möge.«

»Meinetwegen brauchst du dich nicht zu ängstigen, das geht schon alles gut.«

»Gott möge dich erhören, Dosolina.«

Sie hatte also gelogen, das wußte er, gelogen wie ein Kind, mit ihrem armen, abgemagerten Gesichtchen, das so schmerzerfüllt aussah, daß sich dem Mann das Herz herumdrehte.

»Gott erhöre dich, denn wenn's schlimm käme, ach ich darf gar nicht daran denken. Ich habe dir nie meine Liebe sagen können, ich kann's nicht, sie ist zu groß. Wenn ich mir nur vorstelle, dich zu verlieren, Dosolina, dann würde ich vor Verzweiflung sterben.«

Ihre Augen schienen mit einem Mal das ganze Gesicht, das in den Kissen lag, zu erleuchten:

»O Lazzaro, wenn du wüßtest, wie gut du mir mit diesen Worten tust. Jetzt will ich nicht mehr sterben.«

»Wie? Du wolltest sterben?«

»Ja, Lazzaro, verzeih mir! Ach, die Wehen fangen wieder an.«

Venusta kam herein.

»Lassen Sie mir meine Kleine in Ruhe, Padron Lazzaro! Und wie steht's mit der Angst, Dosolina?«

»Oh«, sagte die junge Frau, »ich hab wohl noch Angst, aber er hat mir Mut gegeben.«

»Na schön: Mut und Angst, wie geht das nun miteinander! Aber das werden wir später sehen. Inzwischen, Padron Lazzaro, zünden Sie eine geweihte Kerze zu Ehren der Seligsten Jungfrau an und eine vor Sankt Anna, die sie geboren hat und uns Frauen in diesen Augenblicken beisteht.«

Scacerni gehorchte, doch als er die zwei Kerzen anzünden wollte, stiegen ihm die Worte auf, klar und wie mit Feuer in ein blindes und ewiges Dunkel hineingeschrieben: Ich auf die Galeere und er zur Hölle! Und er fühlte sich davon in Wut geraten und gleichzeitig entkräftet, so daß er, sich zu Dosolina beugend und ihr die Kerzen reichend, sagte:

»Entzünde du sie«, und er fügte hinzu, mehr zu sich selber sprechend: »Ich stehe nicht in Gottes Gnade.«

Der Schirokko pfiff und brüllte nun ohne Unterbrechung, und der Regen prasselte auf die in Finsternis ertrunkene Landschaft hernieder.

Vom Fluß kam von Zeit zu Zeit das Knallen von Flintenschüssen herüber, bald ferner, bald näher. Es waren Landleute, die auf den Dämmen Wacht hielten, denn es herrschte ein eingefleischter Verdacht in den Gemütern, daß die Bewohner flußauf versuchen könnten, die Dämme zu durchstechen, um den Fluß zu entlasten und die Gefahr von sich abzuwenden, zu welch schändlichem Unternehmen das Dunkel der Nacht und das schlechte Wetter helfen konnten. Und so schossen die Männer in die Luft zur Warnung für die, welche sich mit solchen Gedanken trügen. Sie schossen damit gegen die Schatten der Angst und des Verdachtes und des Hasses. Scacerni wußte wohl, was diese Flintenschüsse zu bedeuten hatten.

»Der Fluß wächst wieder einmal mächtig an.«

Und auch das kam noch hinzu: wenn der Fluß bis zur Gefahrenmarke anschwoll, begannen die Barken der Strauchdiebe verwegener und frecher über das Wasser zu schießen, um die Gelegenheit am Schopf zu fassen. Auch ihnen bekam die Warnung gut, daß genügend Pulver und Blei vorhanden war. Auf einmal gab es einen tiefen, bebenden und alle andern Geräusche überfliegenden Ton, etwas Geheimnisvolles war darin. Nach einem kurzen Anschlag blieb er auf einer langgedehnten Note und wurde dadurch seltsam eindringlich in der unheilvollen Nacht. Dieser Ton beschwor nicht, er befahl.

»Man bläst die Hörner«, sagte Scacerni, »man ruft die Hilfsmannschaften auf die Dämme. Das bedeutet also, daß der Fluß bereits ein paar Zentimeter über der Gefahrengrenze steht.«

Auch Venusta wußte zu berichten, daß man in den verflossenen Tagen an vielen Stellen die Dämme hatte erhöhen müssen, um das Austreten des Wassers zu verhüten und gefährliche Rinnsale in den Dämmen zu bändigen. Und sie sagte, daß das Gebiet der Abzugsgräben bereits überschwemmt sei.

»Gott steh uns bei«, murmelte sie.

»Und dazu der Schirokko«, sagte Scacerni, und dabei dachte er, daß der Fluß nicht recht münden könne: es war schlimm, wenn der Wind von Süden kam und das Meer in den Fluß hinauftrieb. Laut fuhr er fort:

»Ja, schlechtes Wetter.«

Die Hörner hallten nun von den verschiedensten Richtungen mit mächtigem Drängen wider. Es regnete unaufhörlich. In dem schwerhängenden Himmel schien es von den Stimmen uralter Angst und Kümmernis umzugehen, und darunter lag ein Land, das auf Leben und Tod dem Gesetz des Stroms unterworfen war. Jedermann spürte diese Stimmen in seinem Herzen und seinem Blut von alters her, wie es die Väter und Vorfahren schon spürten. Aber der Kummer in den Herzen vermischte sich mit Anrufungen und Gebeten, und die Stimme der Hörner warnte und rief lauter, und sie beschwor über dem Lande das Los, wie es ein herzloses und kampflustiges Schicksal ihm zumaß, das sich um die Angst des Menschen nicht kümmerte und um die Schlacht, zu der es die Menschen scharte. Da nutzte auch weder Ergebung noch billiges Hoffen. Diese Stimme schien von der Gewalt der Umstände geformt zu sein, und sie sang mutig vom Unvermeidlichen, das auf dem düsteren und regnerischen Flügel des Schirokko einhertobte.

Die Ellbogen auf den Küchentisch gestemmt, saß Padrone Lazzaro da und lauschte. Im Geiste war er hinter den Hörnern drein, wohin sie riefen, aber dann ließ ihn von Zeit zu Zeit das unterdrückte Seufzen Dosolinas in die Höhe fahren. Venusta hatte soeben gesagt:

»Mir scheint's, als ob sich die Sache gut anließe.«

»Dauert's noch lange?«

»Je nun, zehn, fünfzehn Stunden, das erstemal kann es aber auch zwanzig dauern!«

Er entsetzte sich, und es lief ihm kalt den Rücken hinunter, und wenn er dann noch dachte, daß sie ihm sterben könnte ...

»Und inzwischen«, sagte er, »geht die Mühle zum Teufel. Aber was liegt mir dran.«

»Die Mühle?« rief Venusta aus.

An der Haustür wurde leise geklopft. Er dachte: jetzt kommen sie, um es mir zu berichten, und er bewegte sich nicht. Man klopfte noch stärker, bis Venusta sagte:

»Padron Lazzaro, sind Sie eingeschlafen?«

»Ich geh schon!«

Draußen stand Beffa, in den Mantel gehüllt, aus dem der Regen auf die Schwelle tropfte, und sagte:

»'ne hübsche Nacht, Padrone! Das Hochwasser ist unvermutet wieder da. Seit Menschengedenken, so sagt man, ist der Po nie so schnell angewachsen, er steigt zusehends, Padrone.«

»Zusehends in dieser Dunkelheit?«

Beffa blinzelte Lazzaro an:

»Ah, Sie wollen wohl scherzen?«

»Was kann ich dafür, wenn der Po schwillt, ob langsam oder in Eile ...«

»Wie Sie wollen. Ich habe geglaubt, es sei meine Pflicht und auch für Sie von Wichtigkeit, daß ich zu Ihnen käme. Sie müßten eigentlich mitkommen, um mal nachzuschauen.«

»Ich kann nicht von hier fort.«

»Es regnet Ihnen wohl zu dick da draußen? Entschuldigen Sie, ich sag das, weil Sie aussehen, als wollten Sie scherzen.«

»Ich habe dir gesagt, daß ich nicht von hier weg kann.«

»Sie sind der Padrone.«

»Ihr beide, du und Malvasone, achtet inzwischen darauf, daß die Taue in Ordnung sind. Ersatztaue habt ihr noch! Verdoppelt sie. Ich schicke dann Schiavetto, er soll mir Nachricht geben. Der Morgen dürfte ja nicht mehr allzuweit sein.«

So sprechend war er unter die Pforte getreten. Der Himmel war so schwarz, daß man hätte glauben sollen, es würde nie mehr Morgen werden. Beffa brummelte unzufrieden vor sich hin:

»Schiavetto? Nachrichten? Die hab ich Ihnen ja schon gebracht, was kann Ihnen schon Ihr Schiavetto anderes bringen! Übrigens, ich muß es Ihnen klar und rundheraus sagen: mit der Mühle steht's schlimm. Weiß der Himmel, wie lange sie sich noch hält! Aber mir scheint, Sie wollen nicht verstehen.«

Beffa war erstaunt, daß Scacerni ihn so viel hatte sagen lassen, noch erstaunter war er, als er ihn nun loslachen hörte:

»Ich habe schon seit einer ganzen Weile verstanden«, sagte dann Scacerni, »daß du die Hosen voll hast! Scher dich und mach, was ich dir gesagt habe.«

Beffa zockelte fort und knurrte etwas vor sich hin über Leute, welche die andern aufs Spiel setzen, nur um die eigene Haut nicht dem Regen auszusetzen.

»Padron Lazzaro«, rief Venusta, »Dosolina will Ihnen noch etwas sagen.«

Schiavetto war lautlos in die Küche eingetreten, er sagte:

»Padrone, ich kann ja auf die Mühle gehen, und dann komm ich zurück, wenn's etwas zu berichten gibt.«

»Warte den Morgen ab. Hier bin ich, Dosolina, ich laß dich nicht allein! Sei ganz ruhig!«

An der Vorstellung, wie die Mühle in der Gewalt des Sturmes lag, nahe vor dem Schiffbruch, fand Scacerni jetzt ein bösartiges Vergnügen. Wenn doch alles jetzt zum Teufel ginge, aber schnell, und gewiß würde auch Dosolina, die arme Frau, ihm sterben, sie, die ihm jetzt gerade derartig im Wege stand.

Als er ihr Gesicht erblickte, blieb er auf der Schwelle des Zimmers stehen, noch halb in diesem Gedanken drin. Die Wehen, die das Gesicht fast unkenntlich gemacht hatten, legten darüber zugleich auch etwas Sakrales. Vielleicht erkannte er in diesem Augenblick die Mutter, die eigene Mutter, die ihn auf die Welt gesetzt hatte und von der er nichts anders wußte als dies, nicht einmal den Namen. Er erkannte sie wieder in diesen Leiden aller Menschenmütter, in diesem geliebten Antlitz. Als der zarte Körper nun unter dem Leintuch sich zusammenzog und wieder streckte und durch diese Bewegung die Unbändigkeit der Schmerzen aussagte, öffnete die junge Frau die Augen, und ihr Gesicht wurde ganz hell von Liebe und einem besorgten Feingefühl, das unaussprechlich menschlich war. Und die Leidende sagte mit einer bekümmerten und kurzatmigen Stimme:

»Geh, Lazzaro, geh dahin, wo du notwendig bist, geh zur Mühle. Das Hochwasser muß schrecklich sein. Was du mir Gutes tun konntest, hast du mir schon getan. Ich habe Mut, Lazzaro; du hast ihn mir wiedergegeben. Auf der Mühle ist ein Mann deines Schlags gerade jetzt notwendig, geh meinetwegen und auch um des Kommenden willen, das mich so quält. Schiavetti bringt dir Bescheid. Geh!«

Lazzaro betrachtete Venusta, die in Gedanken dastand und sagte:

»Dosolina hat recht, und außerdem, bei solchen Anlässen stehen die Männer nur im Weg.«

»Ja dann«, sagte Lazzaro, »dann geh ich schon. Gewiß, dort bin ich wohl nötig, denn Beffa hat den Mut verloren, und Malvasone ist dumm. Überdies, wenn du mich sehen willst, bin ich ja in ein paar Sprüngen hier, Schiavetto kommt mich rufen, und schon bin ich da. Also, ich gehe«, schloß er, »Mut, Dosolina, und Dank!«

Er näherte sich ihrem Lager, um ihr einen Kuß auf die Stirn zu geben, er spürte dabei ein Entsetzen im Blut und eine Art von Reue, die in den Nerven saß und ihn für diese Schmerzen verantwortlich machte. Und da, bei einem heftigen Anfall der Wehen, schien es, als ob die junge Frau von Sinnen wäre. Sie betrachtete den Mann mit weitaufgerissenen, qualerfüllten Augen, die voll von einer seltsamen Abneigung waren, einer mächtigen, animalischen Abneigung, und sie schrie:

»He, fort, fort, rühr mich nicht an! Raus mit diesem Mann da! Kommst du zu sehen, wie ich leide? Bleib da, es ist deine Schuld! Aber das tust du mir nicht noch einmal an, jetzt, da ich es weiß! O Gott, laß mich doch sterben, hab doch Barmherzigkeit mit diesen Qualen. Und du, niemals mehr, hörst du, niemals mehr!«

Das arme Gesicht fiel keuchend in die Kopfkissen zurück. War sie im Delirium? Sie hatte die Augen geschlossen: starb sie etwa? Lazzaro fragte das mit erstaunten und entsetzten Augen Venusta, aber die lachte:

»Je nun, machen Sie kein Aufhebens draus, so sagen wir alle. Ihr Männer wißt es eben nicht, was wir in diesen Stunden leiden; wirklich, wenn es auf der Welt Gerechtigkeit gäbe, müßtet ihr ein bißchen diese Qual mit uns Frauen teilen. Ja, so sagen wir alle, besonders beim erstenmal, und dann – zweifeln Sie nicht daran – dann werden wir rückfällig, dank euch reizenden Männern!«

»Ja dann«, fragte Scacerni, als sie aus der Kammer hinausgingen, »kann ich wirklich gehen?«

»Natürlich!«

»Aber Sie sehen so ernst aus, auch wenn Sie Ihre Scherze machen! Gibt's da etwas, was Ihnen nicht gefällt? Wollten Sie nicht vorhin, daß stärkere Wehen kämen?«

»Gewiß, ja, ich fürchte, daß es kalte Wehen sind!«

»Was ist denn das?«

»Ja, die bringen nur die Gebärende herunter, aber die Geburt nicht vorwärts. Aber Sie können ruhig gehen. Schiavetto, du bleibst hier, und es ist ja nicht weit.«

»Gewiß, und dann noch etwas: ich traue Ihnen in allen Stücken ganz, Venusta, und ich brauche Ihnen wohl nicht zu sagen, daß Sie in den Geldsack greifen, wenn es nötig ist. Wenn Sie einen Doktor wollen, vielleicht aus Ferrara, schicken Sie den Schiavetto mit dem Pferd.«

»Die Wissenschaft des Doktors bleibt immer hinter dem Wissen einer Frau zurück, die geboren hat, es sei denn, daß auch er ein halbes Dutzend auf die Welt gesetzt hätte.«

Mochte diese Bemerkung nun richtig oder falsch sein, immerhin ging auch die Meinung des Padrone Lazzaro dahin.

»Also, macht's gut, ich hab nur so geredet, um mein Gewissen zu entlasten. Aber sagen Sie mir, steht's wirklich schlecht?«

Er sah wieder das Gesicht und die geschlossenen Augen Dosolinas.

»Sie leidet sehr«, sagte Venusta.

»Ich meine – ist Lebensgefahr vorhanden?«

»Ach, was für Worte, still doch! Geloben Sie lieber der heiligen Anna, die mehr als ich und der Doktor und Sie vermag, ein halbes Dutzend geweihter Kerzen und versprechen Sie, daß Sie drei Wochen lang jeden Mittwoch und Freitag fasten.«

»Ich werde das Gelübde tun«, sagte er und richtete die Augen zum Bildnis der Schmerzensmutter.

»Und jetzt geht, Padron Lazzaro.«

Der Wind fiel mit zerschmetternder Gewalt über das Land. Das Gewitter fügte Schrecken zu Schrecken, und das Morgengrau voller Blitze erleuchtete bläulich das feuchte und grüne Land, in dem der allzu viele Regen dieses Sommers Kraut und Laubwerk in bösem Überfluß hatte emporschießen lassen. Als Lazzaro die Donner rollen hörte, kam ihm, wie einem in der Angst gerade die unpassendsten Gedanken einfallen, ein bizarres Sprichwort in den Sinn:

Nach dem Sankt Lukastag
Hört auf des Donners Schlag.

Und wie er dachte, daß dieser Tag nahe sein müßte, an dem nach dem Sprichwort die Gewitter verschwinden, wollte er ausrechnen, den wievielten Tag im Monat man schrieb. Aber es gelang ihm nicht. Nachdem er die Straße nach Ro überquert hatte, wollte er den Abkürzungsweg durch das Gebiet der Abzugsgräben nehmen, aber dort war alles überschwemmt. Das Gewitter irrte bald umher, bald näherte es sich.

Daheim betete Venusta: »Heilige Maria, Muttergottes, bitt für uns.«

Lazzaro war Dosolina dankbar, daß sie ihn hatte gehen lassen, in das Unwetter und die Gefahr; dazustehen und zuzuschauen, wie sie litt, ohne zu wissen, wieviele Stunden das dauern könnte, darüber hätte er, das merkte er jetzt, fast den Kopf verloren. Und auf einmal spürte er etwas ganz Neues in den Augen, in der Kehle, in der Brust, und er erinnerte sich, daß ihn nie mehr die Lust nach Tränen gepackt hatte, seit jenem Tage seiner Kindheit, da er seinen Vater verlor. Damals hatte er das Weinen unterdrückt, um nicht den Mut zu verlieren. Jetzt aber taten ihm diese Tränen so gut, sie kamen aus dem Herzen, und sie waren rein und tiefer Liebe voll. Und er konnte sogar beten, in seinen ergrauten Bart hinein weinen, und er war verwundert, daß er keine Scham empfand.

»Herr, laß sie mir, nimm mir sie jetzt nicht, Herr, jetzt, da ich sie kenne.«

II

Der Überschwemmung wegen mußte er nun wieder die Straße bis zur Kreuzung an den »vereinigten Frolden« zurücklaufen und das Besitztum der Schwestern im Kreise umgehen. Er machte sich eilends auf den Weg. Die Hörner hatten ihren Appell beendigt. Himmel und Erde aber fuhren in ihrem wüsten Treiben fort. Er kämpfte sich vorwärts, strebte aber dann wieder zu Dosolina und war schon im Begriff, umzukehren, als er Malvasone erkannte, der in einem lehmbeschmutzten und triefenden Umhang heraneilte und schrie:

»Padrone, schnell, schnell, die Mühle, Padrone!«

Zwischen zwei Donnerschlägen und den Windstößen und dem strömenden Regen gab es plötzlich ein unheimliches Schweigen, von dem die Flintensalven sich deutlich abhoben und eine düstere Vorstellung von dem schlimmen Verdacht gaben, sowie von der Bosheit, die man befürchtete. Und die Schüsse waren ihrerseits wiederum selber Erreger der Bosheit, denn sie stellten den Haß über dem bedrohten Land dar, den Haß der Menschen untereinander. Gewaltig tönten die Glocken von Guarda und von Ro, es war das übliche Gewittergeläute, das die Menschen aufrief, auf der Hut zu sein. Wenn die Glocken aber mit dem Hammer geschlagen wurden, dann war es Sturmgeläute, um das Volk aufzurufen, auf den Dämmen und in den oberen Stockwerken der Häuser, ja auf den Dächern Zuflucht zu suchen. Das Haus an der Pappelbrücke besaß nur ein Erdgeschoß. Lazzaro hatte schon den Hut tiefer auf den Kopf gestülpt, um eilends weiterzugehen, als der Gedanke an sein niedriges Haus seinen Schritt hemmte. Und den Blick zur Erde gewandt, dachte er: wenn nun das Wasser käme? Aber Malvasone sagte:

»Die Mühle, Padrone!«

»Laß sie zum Teufel gehen!«

Malvasone riß Mund und Augen auf und sagte:

»Die Straße bei den Schwestern von der Guarda ist schon voller Leute, sie kommen aus dem Dorf und aus den Häusern im Feld, weil sie der Sache nicht mehr trauen.«

»Welcher Sache trauen sie nicht?«

»Den Froldendämmen; die Alten sagen, daß sie nicht standhalten.«

»Ja, hält denn nun diese Straße stand?«

»Die Alten sagen ja, denn sie sei auf einem antiken Damm errichtet, und der sei sehr fest gebaut.«

Lazzaro dachte hin und her, konnte man denn jetzt Dosolina aus dem Hause forttragen, jetzt in diesem Zustand und bei diesem Wetter? Wenn der Po die Froldendämme zerbrach, war seine Frau verloren. Sie war in der Hand Gottes, sie und er:

»Herr, wenn der Po durchbricht, mußt du mich mit Dosolina sterben lassen.«

Das war mehr als ein Gebet, das war ein Pakt. Und er war ganz überzeugt, daß sein Gebet erhört sei, und heiter mit einem Schlag sagte er:

»Gehen wir zur Mühle, Malvasone.«

»Gut«, sagte der brave Mann, »wo Sie hingehen, geh auch ich hin.«

»Und wenn nun der Po einbricht?« fragte Lazzaro ausschreitend.

»Je nun, der Damm bricht dort, wo man's gerade nicht denkt. Der Herrgott wird darüber bestimmen, ich lasse Sie nicht im Stich, nach all dem, Sie waren mir ein guter Herr im Glück. Ich bin nicht Beffa«, fügte er murmelnd hinzu, so daß Lazzaro diese letzten Worte nicht verstand.

»Danke, Malvasone, du bist doch ein feiner Kerl, laufen wir!«

Die breiten Latschen von Malvasone spritzten im Lauf den Dreck meterweit, aber das ging nicht mehr lange so, denn schon beim Kloster der Schwestern standen die Flüchtlinge dichtgeschart. Die Straße war mit Hausgerät, mit Karren und Wagen vollgestopft und auch mit Vieh, das sie aus den Ställen aus Furcht vor dem Wasser herausgeholt hatten. Es war ein einziges Gewühl. Die beiden setzten ihren Weg, so schnell sie konnten, fort, doch an der Kreuzung wurden sie festgehalten. Leute vom Wasseramt und zwei Gendarmen verboten ihnen, die Froldendämme zu betreten, da es dort nicht sicher genug sei und auch weil dort die Arbeitskommandos standen, um die Böschungen zu verstärken, den Damm mit Erdsäcken zu erhöhen, die kleinen Wasserlöcher zu verstopfen und die gefährlichen Abflußkanäle gänzlich zu sperren. Seit einigen Tagen überwachten die Mannschaften des Wasseramtes wie eine Vorpostenfront die feindliche Linie, maßen die Höhe des Wassers, die Strömungsrichtungen und vor allem, da der Feind auf beiden Seiten war, Rücken und äußeren Fuß der Dämme. Und es galt auch die vom Po angeschwemmten Wasser zu untersuchen, die aus den Abzugsgräben hervorgestiegen waren und nun hinter den Dämmen ohne Bewegung standen. Geübte Augen verstanden sich darauf, die Anzeichen einer Gefahr im Aufsteigen eines Springquells zu sehen oder wie sich eine Wasserader bildete oder eine abweichende Farbe auf der Oberfläche dieses toten Wassers entstand, das jetzt dort in dem Gebiet der Abflußgräben zwischen den vereinigten Frolden und der alten Straße auf den Feldern stieg bis zu den Zweigen der Obstbäume und alles bedeckte: Busch und Rohr und Sumpf und auch die Ackererde, die schon für den Tag von Sankt Lukas zum Säen bereitet war.

Als Scacerni zu den Gendarmen gesagt hatte, er sei der Müller von der Mühle dort auf dem Fluß, hatten die Magistratsbeamten ihn auf dieselbe Weise betrachtet wie Leute, die in Gruppen um einen Verunglückten herumstehen und auf jemand starren, der herbeigelaufen ist und sich als seinen Verwandten ausgibt. Und wie die Leute machten auch die Beamten ihnen Platz. Sie nahmen nun eilig und ohne viel Worte den Weg, der auf der halben Böschungshöhe des Dammes entlangführte, um weder zu stören, noch von den Leuten gestört zu werden, die auf dem Damm arbeiteten. Da droben schaufelte man, schob Karren in langen Reihen, schleppte man Erde und Steine herbei, die Erde wurde in Säcke gefüllt und darin festgestampft, die Steine wurden in Weidenkörbe gelegt. Anderswo wurden Pfähle gespitzt, um sie nötigenfalls in die Erde zu rammen.

Angesichts dieser geordneten und mächtig ausholenden Arbeit hätte Scacerni gern wieder Mut geschöpft, doch er wagte es nicht, auf den Damm zu steigen und auf den Fluß zu blicken, nur um nicht zu sehen, bis wohin dort alles gekommen sei und in welchem Zustande sich seine Mühle befinde. Es tat ihm fast körperlich weh, wenn ihn die Leute auf eine so gewisse Weise grüßten, mit den Köpfen nickend, als sprächen sie ihr Beileid aus. Der größte Teil der Arbeitskommandos war von Guarda und der Umgebung, und sie kannten ihn beinahe alle. Er ging mit niedergeschlagenen Augen auf dem glitschigen Fußweg, und als er plötzlich den Blick hob, erkannte er sie zuerst nicht einmal wieder, weil sie so hoch, schwarz und verwittert über die Dammlinie emporragte, seine arg mitgenommene Mühle.

Er sah sie mit der Breitseite nahe dem Ufer liegen, und gerade, als er herbeieilte, wurde sie von der Strömung gegen die Böschung gedrückt. Sie wurde heftig gestoßen und legte sich auf die Seite, es schien, als ob sie sehr bald kippen und kopfüber stürzen müßte. Er mußte zuerst stehenbleiben und Atem schöpfen.

»Wer ist an Bord?«

»Niemand«, antwortete Malvasone.

»Schweinehunde!«

»Beffa war doch bei Ihnen, um mit Ihnen zu sprechen.«

»Ja!«

»Und er kam zurück und sagte, daß Sie ihm das Kommando übergeben hätten, aber«, er schlug sich mit derber Faust vor die kleine Stirn, »das hätte ich doch wissen können, daß das nicht stimmte.«

»Na, sei ruhig, Malvasone, daran hätte ich denken müssen.«

Eine Abteilung der Dammarbeiter stieß die Mühle mit langen Stangen in die Strömung zurück; man wollte sie auf jeden Fall vom Damm abhalten, denn hier konnte der durch den großen Schiffskörper hervorgerufene Strudel den Damm leicht anfressen und ihn zum Brechen bringen. An dieser Stelle hatte das Kommando ein junger Magistratsbeamter, der soeben den Ratschlägen Beffas zuhörte, während Scacerni, der unversehens über den Fußweg auf sie gestoßen war, einen Augenblick stehenblieb, um das Gespräch aufzuschnappen. Das Gewitter schien sich entfernt zu haben, und der Regen, wiewohl es in Strömen goß, war mehr lustig als gefährlich, und auch der Wind schwieg soeben ein Weilchen. Beffa rief:

»Diese Froldendämme, Herr Ingenieur, das wissen Sie ja, sind schon von sich aus sehr schwach, und so würde ich vorschlagen, auch das letzte Tau noch zu zerschneiden, das die Mühle hält, und sie ihrem Schicksal zu überlassen.«

»Ja, und wo treibt sie hin?« fragte der junge Mann; er war zwar nicht Ingenieur, aber Beffa benutzte auch die Schmeichelei.

»Das wird man ja schnell sehen, sie treibt zunächst einmal flußab, und die Strömung wird sie dort unten gegen jene Sandbank auf der venetianischen Seite treiben, sehen Sie dort, Herr Ingenieur, wo das Wasser so weiß schäumt.«

»Ja, und dort?«

»Dort kann die Mühle ruhig auf Grund laufen, ohne irgendwelchen Schaden zu verursachen, denn der Strand ist geräumig und das Ufer sicher. Gefahr, das ist ja auch Ihre Meinung, besteht nur hier an diesen Frolden, wo die Strömung so heftig ist.«

»Er hat mehr Verstand«, sagte Scacerni, hinter den Schultern Beffas auftauchend und den jungen Mann grüßend, »als ich ihm zugetraut hätte, dieser ruchlose Hund.«

»Oh«, machte Beffa, »der Padrone? Sie kommen recht, wenn auch ein bißchen spät!«

»Immer noch ein bißchen zu früh für dich. Die Mühle«, das sagte er zu dem jungen Mann, »werde ich selbst vom Ufer entfernt halten, dafür sorge ich, sie wird dem Damm keinen Schaden zufügen. Beffa, schöpfe das Boot aus.«

Das große und das kleine Boot waren halb voll Wasser; die Mühle schaukelte drohend zur Seite geneigt, und die Bugenden führten heftige Stöße aus. Der mächtige Schiffskörper strebte gegen die Mitte des Kanals hin, wo die Strömung wild und reißend und zwischen den Dämmen und der Sandbank eingeengt war.

»Wollen Sie an Bord steigen, Sie?« fragte Beffa.

»Wer hat die Taue hier an Land gekappt?« fragte Scacerni, ohne ihm zu antworten.

»Die hab ich so vorgefunden«, sagte der junge Magistratsbeamte, aber Beffa grinste frech:

»Das hab ich gemacht, damit sie nicht so nahe rankäme.«

»Ja dann«, sagte Scacerni, ohne sich umzuwenden, immer mit dem andern sprechend und mit großer Ruhe, »dann ist es mehr Bosheit als Unwissenheit, denn, sehen Sie her, man mußte die Taue im Gegenteil verdoppeln, dann auf der andern Seite einen neuen Anker auswerfen und die beiden andern, die sich gelöst haben müssen, herausziehen und aufs neue auswerfen, und zwar weiter hinaus. Aber das werde ich jetzt selber gleich erledigen. Hier ist jemand, der mich ruinieren wollte.« Und plötzlich sagte er zu Beffa: »Hab ich dir nicht gesagt, daß du das Beiboot ausschöpfen solltest?«

»Aber ich ...«

»Du bist bezahlt, um unter meiner Aufsicht bis nächsten Sankt Martinstag zu arbeiten und nicht, um hier mit mir Schindluder zu treiben. Und du wirst arbeiten! Halt deine Worte im Maul, denn wenn du noch eines riskierst, gerät dir kein Stück Brot mehr zwischen die Zähne, merk dir das!«

In Kürze hatten Beffa und Malvasone das Boot geleert, und Padrone Lazzaro ließ es ein gutes Stück flußan ziehen, bis es oberhalb der Mühle stand. Die lag nun in der Strömung drin, schwankte heftig und neigte sich immer mehr gegen die Seite des Sandoncellos, dort war gewiß

Wasser eingedrungen. Der Po schimmerte gelb und schäumend unter dem hereinfallenden Grau des Himmels, und er drängte und schwoll an, einem Stiere gleich, wenn er mit dem Schwanze seine Flanken peitscht und, zu seiner ganzen Wildheit gereizt, das Genick schüttelt und die Hörner senkt und, alles niederstampfend, einherrast.

»Glück auf, Padrone Lazzaro!« riefen die Erdarbeiter ihm zu, während er, in der Barke sitzend, von den beiden am Ufer entlanggezogen wurde. Aber als man sah, wie die beiden Gesellen nun auch einstiegen und die Ruder ergriffen, rief eine tiefe Stimme sehr eindringlich:

»Gott geleite euch!«

Und für eine gute Weile unterbrachen die Männer auf dem Damm in der Nähe die Arbeit, um zu sehen, wie die Barke, die ihren Bug gegen die Strömung setzte, mit heftigen, schnellen Ruderschlägen schräg auf den offenen Fluß hinausgesteuert wurde, um nicht abzutreiben und die Mühle zu verfehlen. Sie waren noch nicht weit vom Ufer fort, als Schiavetto im Lauf den Damm erstieg und schrie, aus seinen Händen einen Trichter machend:

»Venusta läßt sagen, daß Sie guten Mutes sein sollen, Padrone!«

Obgleich die Ruder sehr stark waren, bogen sie sich doch unter dem Ungestüm von Scacernis Armen, der aufrecht am Heck stand und ruderte und steuerte. Er wandte sich einen Augenblick, um mit dem Kopf ein Zeichen zu geben, daß er verstanden habe. Das Boot war ziemlich schwer, es richtete den Bug scharf gegen das wütende Wasser, durchfurchte es und schoß pfeilgleich unter den mächtigen Ruderschlägen, die es im Kurs hielten, dahin, und es trieb nur so viel ab, als der Steuermann es vorausbedacht hatte, um an der Mühle anzukommen. Auf dem Damm gab es niemanden, der diesem Vorgang nicht mit innerster Anteilnahme gefolgt wäre. Sie legten breitseits am Sandoncello an. Malvasone zog sich an einem Tauende hoch, und gleich hinter ihm drein kletterten Beffa und Lazzaro an Bord.

Hier erwartete sie ein entsetzlicher Anblick. Das gewaltige Mühlenwerk neigte sich derart auf die Seite, daß sie sich die Schuhe ausziehen mußten, um auf dem nassen und glatten Boden nicht allzusehr ins Gleiten zu geraten. Am Wasserrad waren viele Schaufeln verbogen und verlorengegangen, und das Rad selbst hing in Astwerk und Baumstrunken verfangen fest und bildete ein Hindernis zwischen den beiden Schiffsleibern, so daß das Wasser sich an dieser Stelle staute und wild gurgelte und kochte und der Sandoncello bei jedem Stoß Wasser soff, denn zwischen den Bohlen klafften gewaltige Fugen. Wasser sickerte auch an der äußeren Längsseite herein, und das Schiff schwankte und tauchte auf und ab. Nicht mehr lange, und der Sandoncello wäre abgesoffen. Das

Dach der Loggia und die Wände der Holzhäuser wie auch die drei Verbindungsbalken und überhaupt der ganze Bau knisterten heimtückisch. Das Wasser im Kielraum des Sandoncellos schlug hin und her mit jenem Schlickern, das sich im Ohre der Schiffer so düster ausnimmt.

»Sucht zwei Schöpflöffel«, befahl Scacerni, »und zieht euch aus.«

Und während die Gesellen zwischen den zerstörten und umhergeworfenen Geräten die Schöpfgeräte in irgendeinem Winkel suchten, öffnete Lazzaro mit der Axt die Wand des Holzhauses auf dem Sandoncello und die Deckgiebel. Hier stieg schon wie aus einem gurgelnden und schäumenden Rachen das Wasser hoch, das im Kiel hin und her geschleudert wurde. Die beiden Gesellen ließen sich hinab und begannen, das Wasser bis an die Brust, zu schöpfen und es sodann in starkem Schwung durch die von Lazzaro geschlagene Öffnung hinauszuwerfen, während er selber, mit einer Harpune versehen, an das Rad ging und mit Reißen und Stoßen der Strömung einen Weg zu schaffen suchte, um es zu befreien. In Kürze hob sich die Mühle wieder ein wenig über das Wasser und widerstand besser dem Andrang der Wogen. Das Gewitter verdunkelte den Himmel, aber der Wind war umgeschlagen und blies nun talab und half so dem königlichen Fluß, die Mündung zu erweitern, denn wäre der gefürchtete Südwind aufgestanden und hätte sich der Strömung entgegengesetzt, so hätte das Wasser bald den Damm überflutet, und das ganze Land wäre, wer weiß bis wohin, verwüstet worden. Bei solchem Südwind wäre die Mühle am Heck von Wogen und Sturm gepackt worden, und sie hätte bereits um diese Stunde auf dem Grund des Flusses gelegen. Aber, wie gesagt, die Mühle erholte sich.

»Ich hatte gehofft«, knurrte Beffa, jedoch dabei immer heftig den Schöpflöffel gebrauchend, denn die doppelte Angst, zu ersaufen und von Lazzaro gezüchtigt zu werden, hielt ihn bei der Arbeit, »ich hatte gehofft, ihn noch zu sehen, wie er am Ufer entlang nach Kleinholz suchen ginge.«

Es war die letzte Maßnahme der Verzweifelten, denen der Fluß ihr Hab und Gut davongetragen hatte, daß sie, wenn das Hochwasser sank, am Gestade entlanggingen und auch auf den Sandbänken die Reste von dem wieder suchten, was der Fluß ihnen und andern Unglücklichen geraubt hatte.

In diesem Augenblick trieb auf der Oberfläche schwimmend der Kadaver eines Stieres, der schon aufgedunsen war, heran, und er kam mit der Strömung genau zwischen die Schiffe. Als nun Lazzaro, der dem schwimmenden Aas keinen andern Weg mehr geben konnte, ihm die Harpune in die Flanken rannte, um es mit Gewalt zu versenken, öffnete sich der aufgeschwollene Stierleib, und eine entsetzliche Wolke alles verpestenden Gestanks stieg über dem Wasser auf. Die beiden Gesellen im Kielraum, denen das Wasser nur noch bis an die Knie stand, schöpften nun mit den Eimern. Scacerni trat zu ihnen und zeigte ihnen da und dort die Löcher und hieß sie dieselben mit all den Fetzen und Flicken stopfen, die man an Bord auftreiben konnte. Darauf kleideten sich die Gesellen wieder an.

Nun wurde noch der Reserveanker ausgeworfen, der den andern, der sich gelöst hatte, ersetzen sollte. Und so konnte man wieder manövrieren und die Mühle aus der Hauptströmung herausschaffen, näher ans Ufer hin, wo das Wasser ruhiger und weniger heftig war. Als man sie in die richtige Entfernung gebracht hatte, ein wenig weiter vom Ufer fort als in normalen Zeiten, um auf keinen Fall den Damm zu beschädigen, warf Lazzaro den Arbeitern ein Tau-Ende zu, das sie an einem starken Pfahl befestigten. Den Pfahl aber mußten sie neu einrammen, denn die alten Pfähle zum Vertäuen standen alle unter Wasser. An diesem Seil entlang konnte man mit dem Beiboot sich hinübermanövrieren. Die Verbindung mit der Erde war auf diese Weise wiederhergestellt und die Mühle hinlänglich verankert und vertäut. Malvasone wurde zur Pappel geschickt, um auch dort noch ein starkes Kabel zu befestigen; der Baum stand stark und gewaltig mit seinem Laubwerk über den angeschwollenen Wassern. Die lagen nun breit und still da. Die heftige Strömung hatte sich von den gefährdeten Froldendämmen entfernt; der Fluß schien ein Meer geworden zu sein, wie er unter dem dicken und dichten Regen, der lauwarm herniederfloß, dalag, und kein Wind mischte sich in die Flut von oben, der Himmel war so dunkel, daß man kaum das andere Ufer hätte erblicken können, wenn es nicht von den fernen Blitzen erleuchtet gewesen wäre. Es war noch nicht Mittag, und doch schien es schon wieder Nacht zu sein. Eine Stafette zu Pferd flog über den Damm und brachte auch denen auf der Mühle eine gute Nachricht, die wieder Mut machte:

»Auf der Wasserwarte von Lagoscuro steigt der Fluß nicht mehr, hört, der Fluß steigt nicht mehr!«

Von einem mit Säcken beladenen Karren verteilte man Brot an die Arbeiter der Kommandos. Als Beffa das sah, fragte er Malvasone, ob heute etwa Fasttag sei; die beiden waren gerade dabei, die in Unordnung geratenen Sachen zurechtzustellen, während Padrone Lazzaro im Kielraum des Sandoncellos immer noch am Löcherstopfen war und die Öffnung in der Hauswand wieder schloß.

Beffa hatte seine ganze Vorwitzigkeit wiedergefunden, die ihn vor den andern seine Kenntnisse auszupacken antrieb.

»Ja, solange es sich um halbes Hochwasser handelt, geht das noch, aber bei einem Wässerchen wie dem hier! – Auch die Müller sagen, daß diese Mahlstelle allzu gefährlich sei.«

Man hörte Scacerni im Kielraum wie zu sich selber sprechen:

»Gewisse Räubervisagen bringen nicht einmal mehr die Scham auf, das Maul zu halten.«

Malvasone sagte, harmlos wie immer:

»Dabei hatten wir noch Glück, daß nicht Mehl und Getreide im Magazin lag, das wär schön naß geworden.«

Schiavetto rief vom Damm herüber:

»Padrone Lazzaro, das Essen!«

Beffa war schnell dabei, den Frühstückskorb im Boote abzuholen. Schiavetto kam an Bord.

»Und die Padronin?«

»Immer dasselbe, läßt Ihnen Venusta sagen. Aber Sie brauchten sich keine Sorgen zu machen.«

Scacerni spürte, wie ihm der Appetit verging, aber da streckte auch schon Beffa die Hände nach dem Korb aus, ohne zu warten, und stopfte sich den Mund voll.

»Was erlaubst du dir?!« fiel Scacerni über ihn her.

Aber der Bursche betrachtete ihn mit solcher Frechheit, daß Scacerni ihm den Korb aus der Hand riß und rief:

»Heute wird nicht gegessen«, und dabei warf er ihn in den Fluß. Der arme Malvasone begleitete den Flug des Korbes mit wehmütigen Blicken, und dann sagte er zu Beffa:

»Wirklich, da hast du dich nicht anständig verhalten.«

»Was soll ich zu Hause ausrichten?« fragte schüchtern Schiavetto nach einem verlegenen Schweigen.

»Sag, daß ich bald dort bin, mach du dich schon auf den Weg.«

Der Junge war noch kaum am Ufer, als der Wipfel der Pappel in einem heftigen und wilden Zischen zu stürmen begann. Ein Wirbelwind hatte sie überfallen, der Wind trieb die Mühle gegen das Land zu. Er kam von der venetianischen Seite wie eine scharfe und schwere Tramontana. Auf der ungeheuren Wasserfläche erhob sich sofort eine Woge, die gegen die Längsseite des Sandoncellos anzuschwellen begann, sie versetzte sogleich dem Schiffsleib heftige und wütende Schläge. Die Luft war voll vom Gezisch des Windes. Scacerni stand aufrecht auf dem äußersten Ende des Laufstegs zwischen den Schiffsleibern und prüfte das Tau des äußeren Ankers, um sich zu vergewissern, daß es hielt und die Mühle nicht gegen den Damm geschleudert würde. Der Anker hatte gut angebissen und widerstand. Aber kaum hatte sich Scacerni über diese Angelegenheit Klarheit verschafft, als der Wirbelwind zwei Quadranten in der

Rose umsprang und nun von Süden her einbrach und das Wasser gegen die Strömung anblasend aufbrodeln ließ. Nun war der Fluß nur noch eine einzige Welle, die längs der gepeinigten Dämme aufkochte. Und Wasser und Wind stießen und brachen nun gegen die schwerfälligen und aufrechten Hecks der Mühle, und es sah nicht danach aus, als ob sie dieser Gewalt lange die Stirn bieten könnte. Das Wasser drang ein, und sie drohte auseinanderzubrechen, während die Schiffsleiber am Bug seltsam auf und ab wippten, von Wind und Wellen gestoßen und niedergetaucht. Der Wind war voll von Wirbelbewegungen, die das Wasser ansaugten, kreiselnd in die Höhe trieben und dann auf die Mühle krachend herabplatschen ließen, alles überschwemmend.

Kein Mensch konnte mehr auf den Dämmen arbeiten, denn der Fluß schwoll derartig an, daß die Wogen unter der Geißel des Zyklons die Straße des Dammes überspritzten. Die drei an Bord konnten nichts anderes tun als der Länge nach am Boden liegen, sich festhalten und den Kopf einziehen, denn es genügte, sich einmal aufzurichten, um davongetragen zu werden. Das eingedrungene Wasser beschwerte bald das Heck, bald den Bug, und jedesmal schien es, als ob das unglückliche Ding auf dem Wasser auf den Grund gezogen würde. Beim ersten Windstoß war das kleine Beiboot, vielleicht weil Schiavetto es schlecht vertäut hatte, tanzend auf den Wellen davongeeilt und wurde mitten auf dem Fluß von dem Kreiselwind umhergetrieben. Scacerni sah es dann untergehen, während das größere Beiboot, gegen das Heck des Sandoncellos gedrückt, dort wahre Widderstöße ausführte, die es schließlich hätten zerbrechen müssen. Scacerni sprang auf den Verbindungsbalken am Heck, um die Barke abzudrücken, indem er Malvasone zurief, sie loszubinden. Es gelang ihm, sich an dem stillstehenden Wasserrad festhaltend, mit einem Fuß die Barke fortzudrücken, die dann vom Winde abgetrieben wurde. Doch nun bewegte sich unter der Last seines Körpers das festsitzende Rad, und zwar so sehr, daß es genügte, um ihn ins Wasser zu ziehen, während er sich noch immer am Rade festhielt. Er versank, von den zerbrochenen Schaufeln und den eingestrudelten Zweigen erfaßt, und spürte auf den Schultern und im Nacken die fürchterliche Gewalt des Flusses, der ihn drückte und unter dem Rade im Wasser festhielt. Das Rad machte noch eine halbe Umdrehung und stand dann still. Er dachte an Dosolina und sah ihr armes, von den Wehen entstelltes Gesicht; Madonna, hilf du ihr, sie ist allein auf der Welt.

Ein scharfer Schmerz im Bein, das sich im Rade eingeklemmt hatte, machte ihn fast ohnmächtig. Er glaubte zu schreien und schluckte bereits Wasser. Doch dann bewegte sich das Rad unter den kräftigen Rukken und Stößen, die Malvasone ihm gab, es vollendete seine Drehung und brachte den Daranhängenden wieder an die Oberfläche. Malvasone umfaßte ihn – er saß auf dem Verbindungsbalken am Heck – und zog ihn in die Höhe. Dann schleppte er ihn in das Haus auf dem Sandon. Scacerni wurde es von dem geschluckten Wasser übel, er spürte den Lehmgeschmack im Munde. Der Schmerz, den er in seinem Beine fühlte, ließ ihn die Quetschungen, mit denen er bedeckt war, und die vielen Hautschürfungen am ganzen Körper vergessen. Das Bein hing mit dem toten Gewicht eines abgestorbenen Gliedes herunter, und es schien nicht mehr das seine zu sein, hätte es nicht so fürchterlich geschmerzt. Die Gesichter von Malvasone und Beffa, die über ihn gebeugt waren, erschienen ihm traumhaft, und dahinter stand das Düster dieses schwärzesten Tages. Die Kälte der nassen Kleider drang ihm bis ins Mark, er glaubte schon, daß dies die Kälte des Todes sei, und schloß die Augen.

»Denk du, Schmerzensmutter, an diese arme Frau, die allein auf der Welt bleibt, ohne Beistand und ohne Brot.«

Er sah immer das von Schmerzen gepeinigte Gesicht, und er wußte nicht mehr, ob es von Dosolina oder der Madonna sei. Der Wind beruhigte sich schnell; der Fluß kehrte zu seinem normalen Fließen zurück, er gurgelte zwischen den Sandonen dieses halben Wracks, das einmal die schöne Mühle San Michele war.

»Mut, Padron Lazzaro«, sagte der gute Malvasone, »diesmal sind Sie noch mit dem Leben davongekommen.«

»Hast du mich herausgezogen?« fragte er.

»Glück gehabt, ich konnte das Rad, das Sie unten hielt, bewegen. Aber es war ziemlich schwer, es in Gang zu kriegen.«

»Danke, Malvasone, obwohl es vielleicht besser gewesen wäre . . .«

»Nanu, Padrone, es gibt für alles eine Arznei, nur nicht für den Knochen im Hals. Und Sie haben sich kaum ein Bein gebrochen.«

Diese Worte des guten Malvasone wirkten so spaßhaft, daß Scacerni ein wenig lächelte. Die Lebenskraft des starken Mannes erwachte wieder und flammte neu auf wie ein hartnäckiges Feuer, das der Wind wohl drücken, aber nicht auslöschen kann. Er öffnete die Augen.

»Im Abstellraum des Sandoncellos muß noch ein alter Anzug sein, mit dem ich früher auf die Jagd ging, schau mal nach, ob du ihn findest.«

Und er fand sich. So konnte er sich, von Malvasone unterstützt, umziehen. Bei jeder Bewegung des Beines, das heftig angeschwollen war und bös aussah, preßte er die Zähne aufeinander. Er ließ sich zwei Brettchen bringen, und dazwischen schiente er das Bein, um zu verhindern, daß die Knochenenden ins Fleisch gingen. Es regnete nicht mehr, aber die Luft war kalt und blies durch die Ritzen, die sich in Dach und Fach des Hauses befanden, und Scacerni überlief es kalt. An allen Seiten des Horizontes bewegten sich dichte Gewitterwolken.

»Es muß gehagelt haben«, sagte Malvasone. »Als ich übrigens da in dem Abstellraum herumstöberte, habe ich auch das hier gefunden.«

Und er hielt eine halbe Flasche Aquavit in der Hand, woran sich alle drei stärkten. Da war auch noch ein Sack mit Kohlen trocken zurückgeblieben, der im Abstellraum tief in einer Ecke stak. Scacerni saß mit dem Rücken gegen eins der Mahlwerke, und Malvasone, der die kleine Kochstelle herbeigeschleppt hatte, entzündete darauf ein Feuer mit diesem tröstlichen Kohlengeschenk.

»Danke, Malvasone, danke für alles!«

»Nicht der Rede wert, eine Hand wäscht die andere. Nur hätte ich nichts dagegen, wenn jetzt noch so ein paar Stückchen Polenta da wären und zwei Heringe, man könnte sie schön in diesem Feuerchen rösten.« Und indem er das sagte, seufzte er so herzhaft offen, dem den Fischen zugeworfenen Imbiß nachtrauend, daß sogar Beffa lächelte, und Scacerni sagte:

»Jetzt tut es mir selber leid, daß ich den Korb in den Fluß geworfen habe, aber auch du mußt mich verstehen, Beffa, mit all dieser Sorge, die ich um die Mühle hatte, und dann um diese Frau, die derartig leidet, da ist es eben mit mir durchgegangen, als ich dich so gefräßig sah.«

Die Sorge um die Mühle konnte keineswegs schon als abgetan gelten, denn die arg mitgenommenen Sandoni ließen aufs neue Wasser ein, und sie wogen schwer, und langsam sanken sie immer mehr. Eben wollte er von den Gesellen die alten und neuen Lecke stopfen lassen, da rief Malvasone, als er das Kohlensäckchen überm Feuer ausschüttete:

»Guckt mal da, was ist denn das?« Er zog aus dem Feuer einen eisernen Gegenstand heraus, und nachdem er ihn genau betrachtet hatte, fügte er hinzu:

»Wirklich eine komische Sache auf einer Flußmühle. Fände man das auf einer Landmühle, könnte man sagen, daß ein Pferd oder ein Maulesel das verloren habe, aber hier? Wer will denn hier auf der Mühle den Hufschmied machen?«

Padrone Lazzaro betrachtete Beffa, der Neugier und Verwunderung mimte. Und er nahm an, daß diese Verstellung eine fürchterliche Angst und Reue verberge. Lazzaro befand sich in einem seelischen Zustand, der ihn dazu geneigt machte, mit einer Art von heftiger Liebe, die wirklich christlich zu nennen war und großes Mitleid mit der Sünde und Verkommenheit einschloß, Beffas Verlegenheit beizuspringen. Die folgenden Worte von Malvasone, der zu scherzen glaubte, stimmten seltsamerweise mit diesem Mitleid zusammen, indem sie ahnungslos den höllischen Urheber jedes Übels beschworen:

»Man sollte fast annehmen, daß wir den Pferdefüßigen hier zu Besuch hatten, der dabei ein Eisen verlor.«

Und nun sagte Padrone Lazzaro, um Beffa zu helfen:

»Na, Malvasone, was machst du viel Aufhebens wegen eines Hufeisens.«

»Es ist von einem Esel oder einem Maultier.«

»Nun ja, es wird vom Maultier eines der Kohlenhändler herstammen, es war ja nicht umsonst in dieser Kohle. Sie kommen übrigens genau um diese Jahreszeit mit ihren Maultieren von den Bergen.« (Seltsam, wie diese Worte in seinem Gedächtnis die Schellchen am Halse der Pferde und Maulesel erklingen ließen, die in den Dörfern und in den Häusern der Ebene die herbstliche Ankunft der Köhler ansagten.) »Wirf's in den Fluß, Malvasone, wenn's dir schon so viel zu verwundern gibt. Wir haben jetzt keine Zeit zu verlieren. Es tut mir leid, Jungens, euch noch diese andere Bürde aufzuladen und euch nicht einmal zur Hand gehen zu können, aber wir müssen jetzt schöpfen, wenn nicht, saufen wir ab. Schöpfen und stopfen, Mut, Jungens!«

Malvasone setzte sich sofort gehorsam in Bewegung. Aber ebenso wie Scacerni von der glatten Verstellungskunst des hartgesottenen Verbrechers hinters Licht geführt worden war, so war Beffa des Glaubens, daß der Padrone immer von seinem Verbrechen gewußt und durch sein Schweigen daran teilgenommen habe. Das hatte er wenigstens aus Scacernis vorigen Worten deutlich entnehmen zu können geglaubt, und nun sagte er mit einer vertraulichen Frechheit:

»Laßt doch dieses verfluchte Wrack absacken, oder wollen Sie das Leben eines ehrlichen Mannes immer weiter fortsetzen, da Sie doch genau wissen, auf welche Weise man Geld machen kann, wenn man nur keine Angst vor Galgen und Hölle hat?«

Scacerni sah mit Entsetzen, wen er eigentlich vor sich hatte, und so befahl er, aber seine Stimme war eher verzweifelt als befehlend:

»Beffa, an die Arbeit und kein Wort mehr!«

»Was soll das heißen, Arbeit, kein Wort mehr! Mit wem glauben Sie es eigentlich zu tun zu haben, jetzt hat das aufgehört, daß Sie kommandieren und ich schufte, oder glauben Sie immer noch, das Heft in der Hand zu haben? Jetzt hab ich es, jetzt schwing ich das Zepter, jetzt führe ich Sie mal wie den Ochsen am Nasenring. Und wenn Sie weiter schuften wollen, nur zu, das würde nämlich bedeuten, daß Sie auch für mich sich abrackern, aber das gefällt Ihnen wohl nicht, wie? Ja, dann wenden Sie sich an den Mann in Ferrara, den Sie ja kennen, der zahlt gut, jedem, der ihm dient. Und der weiß den zu züchtigen, der ihn verrät. Zum Teufel mit den Säcken, dem Getreide und dem ganzen Mühlengeklapper, es lebe das Leben!«

Malvasone hielt sich im Kielraum des Sandoncellos beim Schöpfen auf, als Beffa diese seine Rede begonnen hatte, bei der auch die Aquavitflasche beteiligt war, denn Beffa hatte auf leeren Bauch ziemlich unverschämt getrunken. So fanden sie sich allein im Sandon, Aug in Auge einander gegenüber beim bläulichen Schein der unaufhörlichen Blitze, und Lazzaro begann:

»Ich habe Mitleid mit dir gehabt.«

»Mitleid, mit mir?«

»Du hast recht, es war ganz überflüssig, damals und jetzt, dieses mein Mitleid.«

»Ja und jetzt?«

»Jetzt sage ich basta!«

»Wie? Sie glauben wirklich noch – aber nein, da muß ich lachen!«

»O nein, lach nur nicht, auf Ehrenwort. Aber von Ehre weißt du ja nichts. Du wirst nicht lachen.«

»Hilflos wie Sie sind, wollen Sie jetzt auch noch mit mir anbinden?«

»Hilflos wie ich bin, reiche ich doch noch aus, um dir und deinesgleichen und auch da diesem Tölpel in Ferrara, der dich beschützt, diesem Raguser, wenn du es wissen willst, in die Fresse zu hauen. Du kannst sehen, daß ich keine Angst habe, ihn genau beim Namen zu nennen.«

Die Gewitter näherten sich von allen Seiten des Horizontes, es wurde immer düsterer. Malvasone rief:

»Beffa, komm jetzt endlich und hilf mir!«

»Gern, wenn es sich darum handelt, diesen Scacerni da aufzuknüpfen und dann auch dich!« schrie Beffa. Bei dem Gefühl, noch von diesem verwundeten Manne dort beherrscht zu sein, geriet er außer sich, er wurde rasend und hatte nur noch eine Lust: zu töten. Aber Scacerni, der sich am Mahlwerk hochgeschoben hatte, stand ihm schon aufrecht gegenüber, packte die Hände, die sich schon nach seiner Gurgel ausgestreckt hatten, und drückte sie wie in einem Schraubstock zusammen.

»Auf die Knie, Feigling!«

Doch Beffa wollte widerstehen, er versuchte zu brüllen, zu treten und zu beißen. Der Geifer floß ihm aus den Mundwinkeln, und er mußte sich unter dem Schmerz dieser Umklammerung beugen.

»An die Arbeit«, befahl Scacerni, ihn von sich schleudernd, daß er gegen das andere Mahlwerk schlug. Beffa wollte sich aufs neue gegen Lazzaro werfen, aber der hatte eine Stange zu fassen bekommen, er hob sie drohend und wiederholte: »An die Arbeit, oder die saust dir auf den Kopf!«

Dann schrie er Malvasone zu:

»Der Beffa leert den Sandon, streng du dich dort an, Malvasone!«

Und so saß er da, die Stange schwingend und Beffa im Auge behaltend, der schöpfte mit dem Eimer und knurrte:

»Sie glauben, daß es so ausgeht, aber das ist nicht der Fall. Wir werden uns schon noch begegnen, Sie werden sehen.«

»Mit dir, mit jedem, wer es auch sei, werde ich es schon aufnehmen, hier und außerhalb der Mühle. Still jetzt und eile dich, wenn du nicht diese Stange schmecken willst.«

Der Horizont war in der dunklen Ebene eng geworden, wiewohl der Abend noch fern war, und ein Kreis von Blitzen ohne Regen säumte ihn. Unaufhörlich rollte der Donner wie bei einem Trommelfeuer.

»Padron Lazzaro, Padron Lazzaro!« rief Schiavetto vom Damm herab; zur gleichen Zeit erschien Malvasones Gesicht in der Tür.

»Ich bin mit dem Schöpfen fertig und habe meine Löcher alle gestopft.«

»Padron Lazzaro, Padron Lazzaro!« rief der Jüngling.

»Hör du mal, was Schiavetto sagt.«

Malvasone verschwand einen Augenblick in der Tür. Als er wieder erschien, kratzte er sich den Kopf:

»Nun, Malvasone?«

»Ja, er sagt – ich weiß aber nicht, ob es wahr ist – es sind so Frauensachen, von denen ich nichts verstehe, man weiß ja, daß die Frauen immer alles gleich zu schwarz malen und den Teufel an die Wand, viel schrecklicher, als er in Wirklichkeit ist –, er sagte . . .«

»Was sagte er?«

»Daß die Sache ziemlich schlecht steht, daß die Wehen aufgehört haben und daß nichts mehr geschieht, um es rauszukriegen, so sagt Schiavetto oder nein, die Venusta. Und daß Ihre Frau schon mehr drüben als hier ist und daß sie in Lebensgefahr schwebt und daß man Gott bitten soll, weil Ihre Frau in seiner Hand ist.«

»Beffa, laß sein, ich wollte ja nicht meinetwegen die Mühle retten«, sagte Scacerni, den offenen Schrecken im Gesicht. Aber er faßte sich wieder und rief:

»Nein! Gottes Wille an uns: solange Leben da ist, dürfen wir nicht verzweifeln. Malvasone, hilf dem Beffa, aber sag noch zuerst dem Schiavetto, daß er ein Boot sucht und mich abholen kommt.«

Malvasone richtete das Schiavetto aus, der sofort im Lauf den Damm entlang setzte, von dem die Arbeiter sich gemächlich entfernt hatten, denn das Hochwasser war nun langsam gesunken.

»Was hat er gesagt?«

»Er ist sofort gelaufen, ein Boot zu holen, aber man sieht keine in der Nachbarschaft, man sieht allerdings auch kaum ein paar Meter weit vor sich hin.«

»Ach Gott, daß ich jetzt nicht schwimmen kann«, rief Scacerni aus. »Aber ich könnte ja ans Land gehen, indem ich mich an dem Tau festhielte.«

Und da kam die von Spott erfüllte Stimme des Beffa wie aus dem Hinterhalt, denn er stand hinter dem Triebwerk der Mühle in dem dunklen Kielraum:

»Da seht mal unseren Riesen Goliath, das Schneiderlein Siebenaufeinenschlag, der den Kopf verliert eines Spielzeugs wegen, denn es handelt sich doch hier nur um eine Frau, die ihm auch noch dazu Hörner aufsetzte; man weiß nicht, von wem diese Hörner stammen und dieser Bastard, an dem sie krepieren wird; vielmehr, man weiß wohl, alle wissen es, daß der kleine Schiavetto der Tüchtige ist, das hab ich Ihnen unbedingt sagen müssen, jetzt fühle ich mich wohler.«

»Und ich«, brüllte Scacerni, der sich näher schleppte und im Dunkel Beffas Kopf mit der Stange zu treffen versuchte, »mir geht es erst wieder besser, wenn ich dich umgebracht habe!«

Da trat etwas Unerwartetes ein, was Scacerni hinderte: mit einem plötzlichen und äußerst heftigen Wiederaufkommen des Südwindes bildete sich zugleich auf der Pappelspitze eine gleißende Kugel, die sich in die Länge zog, den Baum überfiel und ihn anzündete – und mit einem fürchterlichen Dröhnen brach die Pappel in Flammen über die Mühle her, die mit Mann und Maus zerstört worden wäre, wenn der Südwind sie nicht vorm Untergang bewahrt hätte, indem er sie mit einem Ruck vorwärts warf. Der Wind nahm sie, packte sie am Heck und ließ sie wie einen Kork über die Wasserfläche gleiten, soweit die Vertäuung es gestattete. Die Pappel aber war zischend in dem gurgelnden Wasser verschwunden. Die Luft war erfüllt vom sengenden Geruch des Blitzes.

In diesem Augenblick wurde die Mühle in ihrer Bewegung, mit der sie übers Wasser schoß, durch das Tau des seitlich nach außen geworfenen Ankers mit einem Ruck festgehalten, und zwar derartig heftig, daß Scacerni vom Mahlwerk weggeschleudert wurde und über die Dielung bis hinauf auf die Loggia und auf den Gehsteig hinausglitt, so daß er sich nur noch wie durch ein Wunder an dem Tauhalter des großen Sandons festhalten konnte. Mit der Brust hing er bereits über Bord, und er sah, wie die Mühle, unter dem Anprall des rasenden Windes vom Anker festgehalten, schräg stand. Der Schiffskörper neigte sich zum Sandoncello hin, und es schien, als wolle er kippen. Und wie er nun so schief an der Mühle angeklammert hing, sah Scacerni aus der Loggia Malvasones Kopf mit dem zerwühlten Haar hervorblicken, und er schrie ihm zu:

»Lockere das Ankertau, Malvasone, wenn du kannst!«

Malvasone verstand, er glitt bis zum Bug des Sandoncellos hinab und löste das Tau. Die Mühle, locker geworden, richtete sich sofort gerade auf und hielt den erleichterten Bug gegen die Strömung; und vom Wind im Heck gestoßen, schien sie Segel zu haben und zum Auslauf sich bereitzumachen. Schließlich drehte sich die Mühle, so daß der Wind ihren Bug, die Strömung das Heck packte, und so blieb sie schaukelnd und sich wiegend zwischen den zwei einander entgegengesetzten Kräften liegen. Fast schien es, als ob sie in der Dunkelheit zwischen den beiden Elementen ihr Spiel treibe.

Und da war nun auch wieder Beffas ekelhafte Fratze, um seinen Haß mit einer geradezu widerlichen Lust dem bleichen Lazzaro mitten ins Gesicht zu speien. Der hatte sich ein wenig zurückgezogen, um auf dem Gehsteig gegenüber dem Haus des Sandons dazusitzen in all seinen Schmerzen und unter der Bedrückung, die ihm Schiavettos Botschaft verursacht hatte.

»Also, da bist du, endlich! Jetzt ist also dein Stolz vorbei, es sah ja immer so aus, als ob jedermann in deiner Nase stänke; da bist du nun, gehörnter Hammel, gehörnt von einem Knäblein, das noch fast Milchzähne hat. Endlich bist du so weit, kindischer Weißbart. Das gefällt mir, du hast wohl hier auf deiner verfluchten Mäusefalle hartnäckig hockenbleiben wollen. Verfluchter Hochmut, du rabiater Bursche hättest gern gesehen, daß auch ich mit dir zum Teufel gegangen wäre, aber so gefällt's mir! Ich hab mir die Hände vor Wut zerbissen, aber jetzt bin ich froh: selbst die Ratten verlassen dich und deine Mühle San Michele. Und jetzt, paß nur auf, wirst du mit deinem zerlöcherten Kahn auf den Grund gehen, mit diesem deinem Äppelkahn! Und du kannst nicht schwimmen mit dem Bein da, du wirst versaufen, wütender Hahnrei, heb mal das Gesicht, daß ich dir was zeigen kann!« (Beffas Finger machten eine obszöne Bewegung.) »Du wirst versaufen, während ich . . .«

Scacerni war durch das wütende Gerede des Rasenden zuerst mehr verblüfft als beleidigt, und Beffa hatte geglaubt, der andere gestatte ihm nun wirklich, dieses schändliche Spiel aufzuführen und ungestraft jede Beleidigung über ihn häufen zu dürfen.

Dann hatte Scacerni den Lästerer in die Arme genommen und ihn um die Mitte des Leibes gepackt. Er umklammerte den Feind und preßte dessen Brustkorb derart, daß der verzweifelt mit den Füßen im Leeren strampelte und bereits außerhalb des Gehsteiges hing. Er fuchtelte vergeblich mit den Händen in der Luft herum, verdrehte die Augen und hatte nicht einmal mehr Stimme und Atem, daß er um Barmherzigkeit hätte bitten können. Als Malvasone das sah, riß er die Augen auf. Scacerni knirschte wild:

»Merke dir, daß mir die Arme geblieben sind, du Hundsfott, lerne nun das Schwimmen, du hast ja so gute Beine, räudige Bestie!«

Und bei diesen Worten riß er ihn sich von der Brust und hob den mit verdrehten Augen nach Luft schnappenden und mit kraftlosen Gliedern zwischen seinen Fäusten Hängenden hoch und warf den Kerl, der noch immer den Mund voller Flüche hatte, kopfüber in den Fluß.

»Da ist er gut aufgehoben«, sagte Malvasone, »und hoffen wir, daß er für ein andermal lernt. Ich sage nicht«, fügte er hinzu, »daß ich hoffe, er würde ertrinken; aber es wäre mir eigentlich noch lieber, als seine Fratze wiederzusehen.«

»Sag das nicht, wirklich nicht«, keuchte Scacerni. Seine Wut war nun schneller als der Wind gefallen. Der Süd hatte sich sehr schnell besänftigt, so sehr, daß die Mühle San Michele, einmal wieder in der Strömung, sich bald genau auf ihrer alten Mahlstelle befand. Aber Scacerni blieb taub und verwirrt stehen, und eine Flut von unzusammenhängenden Gedanken und entfallenen Erinnerungen erfüllte ihn schmerzhaft. Ganz entlegene Dinge fielen ihm ein, und wie mitten in oder nach einem Traum fand das Naheliegende, das er mit seinen Gedanken suchte, nicht zu ihm hin. Es kam ihm vor, als ob er sich in einer großen Dunkelheit befinde, diesem finstern müden Abend gleich, der nun über das Land herabfiel, das zerstört lag nach einem solchen Tag voll Todesnot und Qual. Auch das Bein, weil es jetzt mehr erstarrt war, als daß es schmerzte, und wie abgetrennt von seinem Körper erschien, konnte ihn nicht mehr aus seiner Erschlaffung erwecken. Malvasone hatte ihm dort auf dem Gehsteig ein Bett aus leeren Säcken gemacht und ihn sanft darauf hingelegt, mit einer Zartheit, die man diesen plumpen Händen nicht zugetraut hätte. Und jetzt litt er weniger. Malvasone hatte sich mit Tauen versehen, gewiß um die Mühle auf der Mahlstelle zu vertäuen, aber warum jetzt, wenn Dosolina ...

An Dosolina vermochte Scacerni nicht in geordneter Gedankenfolge zu denken. Über ihrer Gestalt hing etwas Schreckliches, eine Finsternis, die angstvoller war, als wie sie von den Blitzen und dem Gewitter ausging, das jetzt, in dahinstürmende Fetzen zerrissen, sich verzog. Und beim Licht des nächtlichen Himmels, der jetzt vom Winde aufgeklärt war und durch so viel herabgefallenen Regen plötzlich ein winterliches Aussehen hatte, und dem klaren Schein der Sterne zwischen den Wolkenfetzen irrte sein Blick über die Leere hin, die jener Baum nun gelassen hatte: jene schöne Pappel, seine Gefährtin in all den vielen Jahren, die er auf der Mühle verbracht hatte. Und er mußte sogar an die Spatzen denken, die dort um die Dämmerung ihr Quartier nahmen und die ihn nie verlassen hatten, sie allein nicht, auch nicht in der Zeit des Elends. Aber was für ein Elend war das schon gewesen, verglichen mit dem, in das er sich jetzt gestürzt fühlte, von allen und allem verlassen, von sich selbst und von Gott. Vielleicht war Dosolina schon tot! und er dachte an die Pappel! Aber der verschwundene Baum berührte schmerzlich sein Inneres mit dieser Leere, ähnlich wie man sie empfindet vor einem verlorenen Glied eines Körpers, über einer erloschenen Leidenschaft, beim Tode eines geliebten Menschen, des Menschen vielleicht, an den er in diesem Zusammenhang nicht zu denken wagte. Und wenn er auch nicht an die schändliche Bosheit glaubte, die dieser Schuft über sie berichtet hatte, so spürte er doch Gift und Galle bitter und abscheulich im Munde. Er kostete sogar an diesem Gefühl eine Art grausamen und eindringlichen Behagens aus. Doch in diesem Zusammenhang wurde er sich plötzlich seines Verbrechens bewußt; er hatte Beffa getötet! Und er dachte an den gotteslästerlichen Diebstahl, jene erste Versuchung, durch die der böse Feind in seine Seele eingetreten war.

Ängstliche Worte stiegen in ihm auf, die ihn sein Leiden vergessen ließen, und sie waren voller Frömmigkeit, voller Klage, voller Hoffnung, derweil sie ihn, den Schuldigen, vor den gefürchteten und angebeteten Richter hinzogen.

»O mein Herr, mein Gott, sieh mich an, da bin ich auch noch ein Mörder geworden nach all meinen übrigen Missetaten. Ein Mörder, ein Sünder! Ein Einfältiger! Aber ich weiß, daß du nicht den Tod des Sünders willst, und was ich niemand sagen kann, du bist hier und erhörst mich.«

Und es schien ihm so, als habe er über Dinge nachgedacht, ohne eigentlich etwas davon zu verstehen, bis ihn schließlich die einfache Sicherheit des verlorenen Sohnes überkam; und er sagte, vor sich hinmurmelnd:

»Ein Einfältiger, ja, ein Sünder, ein Mörder – dein Sohn, o Herr, du wirst mich nicht ausschließen, sei barmherzig, Gott! Das Böse, das ich getan habe, und den Schatz, den ich der Madonna gestohlen habe . . .«

Er wußte, was er zu tun hatte. Und er legte die Hände zusammen, zog sich mühsam auf die Knie und sagte deutlich die Worte:

»O mein Herr und allerheiligste Jungfrau Maria, ich gelobe, ich, Lazzaro Scacerni, unwürdiger Sünder, ich gelobe, mich in allem zu unterwerfen, was mir der Priester in der Beichte befehlen wird, wenn ich all meine Sünden bekennen werde, alle. Aber wenn es geht, daß das Böse, das ich beging, Dosolina nicht zu entgelten braucht, wäre ich glücklich.

Du weißt, o Herr, daß sie gut und unschuldig ist, laß sie nicht noch mehr leiden, obwohl ich weiß, daß alles, was du tust, o Herr, wohlgetan ist. Und ich übergebe mich ganz und gar in deine Hände, ich, Lazzaro Scacerni.«

So sprach er und machte das Kreuzeszeichen, als gebe er gleichsam seine Unterschrift als ehrlicher Mensch. Und obwohl jetzt die Qual und die Angst seiner Sorgen mehr auf ihm lasteten als das Durcheinander auf dem Fluß und in den Gewitterwolken, so waren sie doch viel klarer, und eine neue frische Kraft bewegte den ganz erschöpften Mann.

Hatte es nun lange gedauert oder nur kurz, während er so dalag und der Geselle kam und ging und beim Scheine eines Lichtes die Mühle weiter ausbesserte und dann und wann vor Hunger gähnte? Oder dachte etwa Malvasone, daß es besser sei, ihn schlafen zu lassen, damit er für ein weniges sein Leid vergesse? Auf den Dämmen war niemand mehr, denn die Arbeitskommandos waren alle nach Hause gegangen, da der Fluß sank und die Gefahr vorüberging. Weit, frei und beruhigt rauschte der Po dahin, und auch die Mühle schien, wenigstens für den, der sie von fern sah, darauf zu warten, sofort wieder die Arbeit aufzunehmen. Malvasone beschloß, den Padrone zu fragen, ob es noch etwas zu tun gebe. Die Zeit, die er dagelegen hatte und die ihm unendlich lang vorgekommen war, schrumpfte mit einem Schlag zu einem Nichts zusammen: die klare Stimme des jungen Schiavetto schien die schweigsame Nacht mit Freude anzufüllen:

»Padrone, heda, ihr von der San Michele, Padron Lazzaro, ein Junge!«

»Haben Sie gehört, Padrone?« fragte Malvasone, der mit der Lampe in der Hand hinausgegangen war.

»Ja, sei still, laß weiter hören . . .«

Angst und Kummer saßen ihm in der Kehle; er umklammerte Malvasones Arm wie einer, der am Ertrinken ist, und er wagte nicht, Weiteres zu fragen. Und Schiavetto rief:

»Hören Sie mich, Padron Lazzaro?«

»Ja, er hört dich, Schiavetto, er hört dich«, antwortete Malvasone an Lazzaros Statt.

»Ja, dann danket Gott! sagte Venusta.«

»Ihm sei ewiglich Dank«, antwortete Lazzaro, indem er sich ganz dem Willen Gottes überließ, so sehr er es in tiefster Seele vermochte.

»Und Dosolina ist gesund und heil!«

Jetzt konnte sich der gute Malvasone nicht mehr halten:

»Und ich, Padron Lazzaro, wenn das noch lange dauert, werde vor Hunger krepiert sein!« Aber so ließ ihn nur seine innere Zufriedenheit sprechen, das war so seine Art. Schiavetto auf dem Damm wunderte sich derweil über die verschwundene Pappel. So endete dieser Abend und der Tag der Drangsale.

III Wenn er auch nicht so fest entschlossen gewesen wäre, sein Gelübde auszuführen, so hätte ihn doch ein Umstand darin bestärkt, der sich im Hin und Her der Erzählung Venustas und Dosolinas über die Wechselfälle dieses Tages deutlich herausschälte. Scacerni konnte nicht satt werden, ihnen zuzuhören, wiewohl er selbst noch zurückhaltender war als sonst, sobald es sich um seine eigenen Erlebnisse in der Mühle handelte.

»Wissen Sie«, sagte Venusta zum zehnten oder zwanzigsten Male – sie kam oft die Kindsmutter besuchen, deren gesunde Natur die ausgestandenen Leiden schnell überwand; Lazzaro lag neben ihr mit seinem geschienten Bein – »wissen Sie, daß ich an diesem Tage wirklich sehr schwarzgesehen habe, daß ich schon glaubte, alles sei verloren? Und dann hat Sankt Anna uns Gnade geschenkt, denn die Wehen hatten ausgesetzt, und wenn die aussetzen ...«

»Das haben Sie mir ja sagen lassen«, sagte Scacerni, und er wandte sich Dosolina zu, als wolle er sich entschuldigen. »Ich saß ja mitten auf dem Fluß, ohne Barke und um mich herum Sturm und Untergang.«

Dosolina lächelte süß. »Das weiß ich doch«, sagte sie, »daß du verhindert warst.«

»Ja, die hat uns schon Sorgen gemacht«, sagte Venusta, »die Kleine da. Aber da kamen die Wehen zurück, als ich, das sage ich Ihnen jetzt, wirklich nicht mehr daran glaubte.«

»Wann war das?« fragte Scacerni, »wann war es genau?«

»Warten Sie mal, daß ich mich erinnere – ja so, also ganz genau war es in dem Augenblick, als man diesen großen Donnerschlag hörte und einen Blitz, gewaltiger als alle andern, sah, und es gab ja große Blitze an diesem Tag.«

»Ja, das war der Blitz, der die große Pappel zerschmetterte.«

»Die Pappel?« fragte Dosolina.

»Du wirst auch noch sehen, was für eine Lücke sie gerissen hat.«

»Das tut mir leid.«

»Warum denn?«

»Das weiß ich nicht, aber mir scheint, als wäre sie dir eine gute Gefährtin gewesen, und dann, ich erinnere mich noch an das erste Mal, da ich sie sah, als ich zur Mühle kam.«

Er lächelte zärtlich bei Dosolinas Worten, und Venusta fuhr fort:

»Es war just bei diesem Einschlag des Blitzes, als die Wehen wieder einsetzten. In diesem Augenblick, das kann man wohl sagen, wurde dieses Mädchen hier vom Tode errettet.«

»Und um wieviel Uhr wurde der Junge geboren?«

»Als das Gewitter sich legte, es war schon gegen Abend.«

So war es also geschehen, daß die Gnade nicht auf sein Gelübde hin gefolgt, sondern ihm zuvorgekommen war; während er von jedem guten Gedanken und der göttlichen Gnade weiter entfernt war als je, hatte ihm die Barmherzigkeit des Himmels diese Frau gerettet und wiedergegeben, sie, die ihm alles war und in die er sein Leben und seine Seele hineingegeben hatte und das Blut seines Herzens.

Immer wieder stand die Nacht vor ihm, als Malvasone und Schiavetto ihn nach Hause getragen hatten, in Dosolinas Bett. Und da sah er das bleiche und hilflose Gesicht, das so seltsam leuchtete und ein Lächeln hatte, das ihm nicht galt. Er hätte das früher nicht für möglich gehalten, daß ein solches Lächeln ihn nicht eifersüchtig machen würde, nun aber war sie eben um dieses Lächelns willen noch mehr sein eigen geworden. Sie lächelte dem Neugeborenen zu, selig, die Schmerzen des Todes ausgestanden zu haben, um ihm das Leben zu geben.

Und Scacerni dachte an jene Worte zurück, die sie in der Wut des Schmerzes ihm zugerufen hatte, aber sie, hatte sie diese Worte vergessen? Wenn es eine Ungerechtigkeit war, so schien es ihm jetzt, daß es sich ziemte, sie zu ertragen, ja, diese Ungerechtigkeit war ihm süß. Oder hatte sie diese gequälten Worte wiedergutmachen wollen, als sie mit so zarter Stimme zu Venusta sagte:

»Zeigen Sie ihn seinem Vater!«

Eine andere Dosolina hatte sich zu der, die er so gut kannte, hinzugetan, und unaussprechlich viel süßer und teurer war ihm nun seine Frau geworden. Er glaubte zuerst, seine Hände seien zu robust und schwer, um sie zu streicheln, die zerbrechliche Frau, die ihm wie ein Heiligtum vorkam. Sie hatte nicht die Kraft, den Kopf aus den Kissen zu heben, ja man hätte sagen können, nicht einmal die Augen, die so groß geworden waren, aufzuhalten. Sie lebte ganz in ihrem Lächeln, im Glück ihrer Mutterschaft. Aber als er sich über sie beugte, ihr die Stirn zu küssen in jener Nacht, da sagte sie:

»Lazzaro, war es ein harter Tag?«

»Du Ärmste, hast so viel gelitten.«

»Ach, reden wir doch nicht über mich, du, auf der Mühle, bei diesem Wetter! Hast du dir sehr weh getan?«

»Ach, nicht der Rede wert. Wichtig erschien mir nur das eine: die Mühle für dich und diesen hier zu erhalten. Und sie ist erhalten.«

So hatte er ihr für eine ganze Weile verborgen, daß sein Bein gebrochen war, er gab vor, es sei eine Verrenkung. Als dann der Wundarzt am Morgen darauf gekommen war und er mit heftigen Schmerzen auf der Bank in der anstoßenden Küche lag – das Bein hatte eine bläulich-schwarze Farbe bekommen –, da sagte Scacerni zu dem bedenklich dreinschauenden Manne:

»Meister, ich bin Soldat gewesen und habe mehr Verwundungen gesehen als Sie, und ich habe auch solche gesehen, die so bläulich-schwarz aussahen. Können Sie, falls es nötig ist, das Bein abschneiden?«

»Hoffen wir, daß das nicht nötig sein wird, zuerst will ich Ihnen einmal den gebrochenen Knochen einrenken.«

»Nur zu, aber machen Sie keinen Lärm dabei, daß man's drüben nicht hört bei meiner Frau.«

»Ich denke, machen Sie lieber keinen Lärm, werden Sie das denn aushalten, ohne zu schreien?«

»Tun Sie nur das Ihre, und das andere überlassen Sie mir.«

Er hatte allerdings kalten Schweiß auf dem ganzen Körper hinterher, und er hatte auch mit den Zähnen geknirscht, aber ohne zu schreien. Und der Wundarzt hatte ihm am Bein herumgerissen und die Stummel der Knochen zum Passen gebracht und sie dann zwischen zwei Schienen gelegt. Gleich darauf hatte sich Scacerni zu Dosolina ins Ehebett tragen lassen; sie hatte dabei nichts von der Schienung bemerkt. Doch hatte sein Gesicht nach den ausgestandenen Qualen genügt:

»Lazzaro, gestern hast du dir doch sehr weh getan.«

»Im Vergleich zu deinen Schmerzen, du Ärmste –«

»Lazzaro, ich hab so sehr an dich gedacht! Ich weiß alles, auch wenn du mir nichts sagst, was du an Gefahren und Schmerzen ausgestanden hast!«

Malvasone hatte unter den Leuten ausgestreut, daß Beffa im Augenblick der schlimmsten Gefahr schwimmend ausgerückt sei, und die Leute hatten nichts Besseres verlangt, nur um nicht mehr dieses scheußliche Gesicht wiederzusehen. Jetzt lernte Padron Lazzaro, was man gewinnen kann, wenn man allzu sehr auf seinem Kopf besteht. Wenn er den Leuten recht gegeben und einen anständigen Gehilfen eingestellt hätte (zum Teufel, als ob in der Gegend Mangel sei an Gesichtern, die ein wenig christlicher aussehen, und an guten Arbeitern, hier in Guarda!), dann befände er sich nicht in dieser lächerlichen Lage, seine Güte an einen Burschen verschwendet zu haben, der ihn genau dann im Stich gelassen hatte, als man ihn gerade brauchte. Jetzt kannten sie aber Lazzaro, und sie sagten ihm zwischen Beileid und vergnügtem Schmunzeln:

»Besser einen Taler verlieren, als einen Geldsack mit 'nem Loch zu finden.«

Zum Hause an der Pappelbrücke spazierte nun ganz Guarda, das etwa ein Dorf mit zwei Dutzend Herdfeuern war, jedermann wollte die Scacernis besuchen; doch trieb die Leute auch die Neugierde an, sie wollten nämlich herausbringen, auf welche Weise Padron Lazzaro sich aus der Klemme herausziehen würde, denn er hatte durch die erforderlichen Reparaturen einen Berg von Schulden vor sich. Aber sie mußten ihre Neugierde wieder unbefriedigt nach Hause tragen. Und die meisten nahmen, wenn sie an die Kreuzung in der Nähe des Gutes der Schwestern kamen, den Weg auf den Froldendämmen, um zur Mahlstelle der Mühle San Michele zu kommen, und dort, wo der alte Baum einmal stand, ging das Philosophieren los:

»Wer hätte das je geglaubt, ein solcher Baum, ja ja, die Kraft des Blitzes, da sieht man, was das Leben ist, wir hängen alle an einem Haar.«

Und sie betrachteten die kleine Werft, die ein guter Kalfaterer aus Crespino mit Hilfe von Malvasone und Schiavetto am Ufer aufgeschlagen hatte. Da kochte nun der Teer, und man arbeitete mit der Axt und jeder Art von Instrumenten, um die Sandone und die Häuser zu stopfen und zu flicken und auch, um das Mahlwerk und das Rad, das den meisten Schaden gelitten hatte, auszubessern. Aber mit welchem Geld? wunderten sie sich. Sie wußten nicht, wen sie fragen sollten, denn sie hatten keinerlei Vertraulichkeiten mit diesem Kalfaterer, der ganz unzugänglich war und jeden Morgen von der venetianischen Guarda über den Fluß herüberkam, um seine Arbeit zu tun und dann nach Hause zu gehen, ohne mit irgend jemandem ein Wort zu wechseln. Sogar sein Essen, sagte der Wirt von der ferraresischen Guarda, brachte er sich aus Crespino in einem gezipfelten und geknoteten Taschentuch mit. Das war also ein Mann, der einem keinerlei Aufschluß geben konnte. Der Scacerni hatte ihn jenseits des Po auftreiben lassen, und das war ein ziemlicher Nasenstüber für die Kalfaterer am diesseitigen Ufer; es sah so aus, als ob sie weniger wert seien. Aber jetzt kannte man den Kopf dieses Mannes, ja, der Padrone Lazzaro hatte einen guten Kopf, aber auch einen harten, ein Dickschädel war das.

Malvasone war gerade der rechte für die schweren Arbeiten. Schiavetto war flink und immer zur Stelle, und der Kalfaterer, das mußte man zugeben, war ein Meister. Scacerni wurde zweimal am Tage von Schiavetto über den Fortgang der Arbeit genau unterrichtet; im übrigen tat das Wetter, das nun frisch und trocken und heiter geworden war, seinem Bein wohl.

Als Dosolina in die Kirche ging, um sich aussegnen zu lassen, begleitete sie Padrone Lazzaro im Wagen, wiewohl er noch geschient war und sich der Krücken bedienen mußte. Als sie am Hause des Schusters vorbeikamen, riefen sie Venusta und Chiccoli, wie man miteinander abgemacht hatte. Und alle zusammen traten in die Sakristei ein, wo Don Bastiano Donzelli sie erwartete und die junge Mutter segnete. Dosolina verrichtete ihr Gebet der Danksagung, brachte eine Kerze und ein Almosen zum Opfer dar, und dann begrüßte sie Don Bastiano. Scacerni sagte zu den Frauen und Chiccoli:

»Laßt diesen armen Krüppel im Wagen fahren, ihr könnt ja schon vorgehen und mich erwarten, und du«, fügte er noch hinzu, »gib nicht zu sehr an mit meiner Frau, alter Tunichtgut.«

Das genügte, um dem galanten Chiccoli Oberwasser zu geben, und glücklich begann er mit Dosolina zu scherzen. Alle lachten. Scacerni fuhr fort:

»Ich möchte, wenn es Don Bastiano recht ist, einiges mit ihm besprechen, und dann treff ich euch.«

»In Ordnung«, sagte Chiccoli, »Venusta hat Zaletten mit Pinienkernen und durchgelassenen Trauben gemacht, und es steht auch eine Flasche Weißwein bereit; machen Sie also schnell, wenn Sie nicht wollen, daß Ihnen nur die abgeleckten Teller übrigbleiben. Und wenn Don Bastiano uns die Ehre antut, würde es uns freuen.«

»Danke«, sagte der Priester und nahm an.

Er wußte, daß Scacerni jeden Sonntag und auch an den befohlenen Festen pünktlich bei der Messe erschien, aber zur Beichte hatte er ihn nur auf Ostern kommen sehen, und er hatte sich sogar vorgenommen, ihn zu tadeln. Um so überraschter war er, als er nun von Scacerni vernahm, daß er beichten wolle, sogar eine Generalbeichte abzulegen gedenke. Scacerni kniete sich in den Beichtstuhl und erzählte, ohne etwas auszulassen, noch zu entstellen, noch irgend etwas zu entschuldigen, mit offener Freimütigkeit: von der sakrilegischen Nachlassenschaft des Mazzacorati, erzählte von Rußland und den Worten und Flüchen des Sterbenden; er erzählte von der Art und Weise, wie er das Vermächtnis angenommen habe und von den Gründen, mit denen er sein Gewissen beschwichtigte, indem er nicht wissen wollte und auch wirklich nicht wußte, was er sich auf diese Weise zuzog. Und er erzählte das Geschäft mit dem Raguser und Schiavettos Entdeckung und alles, was darauf gefolgt war. Und auch seine Gefühle gegen den alten Piraten und gegen Beffa stellte er dar. Ob dieser nun lebendig war oder tot, so sagte er schließlich, er hatte ihn in den Fluß geworfen mit der ausgesprochenen Absicht, ihn zu töten. Und dann legte er dar, wie es zu dem Gelübde gekommen war, das er nun einzulösen erschienen sei, um sich für die empfangene Gnade zu bedanken.

»Und so bin ich hier«, schloß er, »um meine Buße zu empfangen, wie auch immer sie aussehen mag.«

»Das sind Sünden«, sagte Don Bastiano nach einer Weile, mit einer Stimme, die noch mürrischer als sonst war, »das sind Sünden, die schon etwas wiegen, Todsünden. Sie haben etwas getan, wodurch Sie exkommuniziert sind, latae sententiae – denn wenn Sie auch kein Latein verstehen, Sie waren doch von diesem bösartigen Versucher unterrichtet, von diesem Instigator et instrumentum iniquitatis, und Sie wußten also, was Sie sich zuzogen, das haben Sie doch gesagt!«

»Ich wußte es und war unterrichtet.«

»Wissen Sie, was ich Ihnen sage? Daß mir das leid tut für Sie.«

Scacerni schwieg, es war die beste Antwort. Der andere fuhr fort:

»Es tut mir leid für Sie, denn ich glaube, daß Sie wirklich aufrichtig bereuen. Ja, damit Sie sogar ermessen können, wie aufrichtig Ihr Gewissen ist, mache ich Ihnen die Mitteilung, neulich habe ich im Busch – (Don Bastiano war ein großer Jäger) – Beffa gesehen, der mithin noch lebt.«

»Um so besser für ihn.«

»Und für Sie?«

»Der Himmel sei gelobt, möchte ich sagen, jedoch, um die Wahrheit zu gestehen, ich habe ihn wirklich töten wollen.«

»So müssen Sie beichten, mein Sohn, ich lobe Sie. Doch darf, muß ich Ihnen sagen, daß das Gesicht dieses Burschen abscheulicher war als je, derart abscheulich, daß Sie guttun würden, ich rate es Ihnen, Ihre Augen aufzuhalten. Sehen Sie zu, die Sache zu regeln, mit Vorsicht, denn Sie sind, wiewohl ein unwürdiger Sünder, ein zu nobler Mann, und dieser Kerl, der ist auf der Welt . . . Aber«, er unterbrach sich plötzlich, »imperscrutabilis mens Dei, die Wege der Vorsehung sind uns verborgen.«

»Ich kann kein Latein, Hochwürden«, sagte Scacerni bescheiden.

»Ja ja – aber kehren wir zu Ihren Sünden zurück.« Und er unterschied und zählte die kleinen Sünden, die großen, die läßlichen und die Todsünden, die Unterlassungen und Nachlässigkeiten, die Betrügereien und Vergewaltigungen des Gewissens.

Scacerni hörte mit ernstlicher Zerknirschung zu und sagte zu allem ja mit einer ungezierten Demut. Don Bastiano schien entmutigt.

»Da haben wir aber eine schöne Zahl beieinander«, schloß er mit Bedauern und ein wenig empört. »Darunter ist eine Sünde, mein Sohn, das sage ich Ihnen gleich, die ich mich nicht zu absolvieren getraue, aber lassen Sie nicht den Mut sinken, es gibt nichts, was die Barmherzigkeit Gottes nicht verzeihen würde, und wie Sein Auge noch darin Sünde findet, was in den Augen der Welt als Tugend gilt, so sieht Er auch ein Körnchen Gutes in den schlimmsten Lastern. Doch da Sie den Ertrag aus einem sakrilegischen Diebstahl, der überdies mit Gewaltsamkeit an Geheiligtem erworben wurde, genossen haben, so weiß ich nicht nach meiner Kenntnis des Kirchenrechts, ob ich Sie von einem solchen Verbrechen lossprechen kann; und da ist es schon nötig, daß ich einige Theologen aus dem Erzepiskopat befrage. Gerade morgen muß ich nach Ferrara gehen. Inzwischen überlegen Sie sich einmal die große Menge Ihrer Sünden, bereuen Sie, beten Sie, aber haben Sie auch Hoffnung.«

»Das verspreche ich Ihnen, Hochwürden.«

»Bedenken Sie, daß Sie vor Gott stehen. Er erhört uns.«

»Ja, Hochwürden.«

Der Priester jedoch saß immer noch reglos da und entließ ihn nicht. So verstrich eine kleine Weile, dann fügte Don Bastiano bei:

»Hören Sie mal, Scacerni, Sie hatten da so gewisse Überlegungen und Entschuldigungen sich zurechtgemacht, sehr magere Entschuldigungen, ausgesprochene Spitzfindigkeiten, die Sie sich zur Rechtfertigung ausgedacht hatten, aber waren das alle?«

»Ich verstehe nicht, Hochwürden.«

»Ich meine, haben Sie nicht eine Entschuldigung vergessen?«

»Ich wüßte nicht –«

»Nun, dachten Sie nie, daß es da noch andere Entschuldigungen gäbe, eine ganz bestimmte Entschuldigung?«

»Nein, das kann ich nicht sagen.«

»Denken Sie mal gut nach.«

»Auf Ehre und Gewissen, ich finde keine.«

»Nun wohl, das beruht auf einer gewissen Unkenntnis, wenn Sie diese andere Entschuldigung nicht finden, aber diese Unkenntnis macht Ihnen Ehre und bürgt für Ihre Aufrichtigkeit.«

»In welcher Weise bin ich unwissend, wenn die Frage erlaubt ist?«

»Je nun, halten Sie sich etwa für einen Weisen?«

»Im Gegenteil!«

»Also, Sie sind Soldat Napoleons gewesen, dieser Name sagt Ihnen gar nichts?«

»Gar nichts, was soll er mir sagen?«

»Um so besser, mein Sohn. Aber Sie hätten doch leicht sehen und wissen können, was für ein großer Räuber an Kirchengut dieser Mann war, allein hier in Ferrara, um gar nicht weiter zu gehen.«

»Das habe ich wohl gewußt.«

»Und trotzdem wurde dieser Kirchenräuber und Verfolger des Heiligen Vaters, nachdem er exkommuniziert war, wieder in Gnaden aufgenommen und losgesprochen. Und er war nicht mal allein da und nicht einmal der Schlimmste. Denn er war zum mindesten kein Heuchler, und er bedeckte seine Räubereien und Gewalttätigkeiten nicht mit dem Vorwand, die heilige Kirche zu beschützen. Er war ein Wolf, gewiß, aber er ging wenigstens nicht im Schafspelz umher.«

»Verzeihen Sie, Hochwürden, aber ich weiß wirklich nicht, was ich mit Napoleon und den andern, von denen Sie sprechen, zu tun haben soll.«

»Ja, und Sie dachten also nie daran, daß all diese so schlimmen Beispiele nicht Ihre Übertretung entschuldigen könnten?«

»Ich? Wirklich nicht. Wie sollte ich auf so etwas verfallen, ein Unwissender, wie ich es bin.«

»O gesegnete Unkenntnis, an der ich mich wirklich freue, mein Sohn. Und Sie brauchen sich deshalb durchaus nicht niedergedrückt zu fühlen, seien Sie froh mit Ihrer Unwissenheit, die Sie davor bewahrt hat zu denken: so wie den großen Räubern verziehen wird, wird auch mir das Kleine verziehen werden.«

»Ich bin zwar ein unwissender Mensch, aber ich weiß, daß die Sünden der andern meine durchaus nicht entschuldigen können.«

»So ist's recht, das ist eine Art, wie ein Mann redet. Und ich bin sicher, daß Sie ernstlich bereuen. Hören Sie: lossprechen kann ich Sie nicht, bis ich nicht mit denen gesprochen habe, von denen ich eben sagte. Aber« – damit öffnete er den Beichtstuhl, und Scacerni erhob sich und zog sich an den Krücken hoch – »Sie sind ein Sünder, ja, aber ein nobler Mann. Darf ich Ihnen die Hand drücken? Und jetzt«, fügte er bei, »haben Sie mich so viel Zeit gekostet, daß ich nicht mehr kommen kann, um bei Chiccolis die Zaletti zu essen. Entschuldigen Sie mich dort, und kommen Sie in drei Tagen wieder.«

Scacerni erschien nach drei Tagen, erhielt seine Buße und stiftete ein Almosen zur Errichtung der neuen Kirche an der Guarda, und er versprach im weiteren, mit Dosolina eine Wallfahrt zum wundertätigen Bilde der Madonna dell'Atrio im Dom von Ferrara zu machen. Dieses Bild stand hoch in Verehrung, und er wollte dort ein Ex Voto aufhängen für die empfangene Gnade und die Entsühnung vom Frevel. Und Don Bastiano sagte, sehr zufrieden darüber, daß er ihn lossprechen konnte:

»Dann vergessen Sie auch nicht, ein Vaterunser für die Seele dieses wütenden Ungläubigen zu sprechen, der in Rußland starb, auf so schlimme Weise starb. Falls es ihm nicht mehr helfen könnte, so würde es doch Ihnen angerechnet sein.«

Wieder in Gnaden aufgenommen, schien es unserm Padrone Lazzaro, daß er auf allzu leichte Weise aus dieser Sache herausgekommen sei. Wir möchten sagen, daß er auf eine gewisse Weise enttäuscht war, oder vielleicht hatte die Sünde ihn eitel gemacht, hatte es dem Manne angetan, so daß seine Eigenliebe sich in ihr wie in etwas Außergewöhnlichem gefiel, und diese Liebe zum Außergewöhnlichen haben wir ja alle in der Seele. Kurzum: er hatte nicht ungestraft sich für einen außerordentlichen Sünder gehalten, und die Reue und Verzeihung erschienen ihm nun viel leichter, als er es je angenommen hätte in dieser seiner Furcht, die ihn in Fesseln geschlagen hatte. Selbst an der Mühle hing er nicht mehr derartig, als er sie nun in allem Frieden besitzen konnte. Aber, um es geradeheraus zu sagen, das sind Spitzfindigkeiten unsererseits, an die er nicht gedacht hätte, er, der nicht wußte, wie er spitzfindig genug sein sollte, um seine Schulden zu bezahlen. Und Schulden gab es für ihn reichlich, zunächst beim Kalfaterer von Crespino, das war eine beträchtliche Summe für ihn, in den Umständen, in denen er sich nun befand. Und dazu kam noch die magere Ernte des schlechten Jahres, und man schaute traurig in die Zukunft. Der Sankt-Lukas-Tag war schon vorüber, und das Sprichwort sagt:

Auf Sankt Lukas die Saat,
Hernach ist's zu spat.

Aber man hatte keine Aussaat machen können oder doch nur auf schlecht vorbereitetem Boden, und nicht nur Sankt Lukas war ungenutzt vorübergegangen, sondern auch Sankt Martin. Und so ließen sich die Dinge schlecht an.

Und als er dann das erstemal mit dem entschienten Bein die Erde berührte, glaubte er, verzweifeln zu müssen: das Bein war steif und schwer, ohne Kraft und gehorchte ihm nicht.

»Langsam, langsam«, rief der Wundarzt, der dabeistand, »man muß das Bein wieder gewöhnen.«

»Gewöhnen, gewöhnen«, maulte Scacerni, der auf das Bett zurückgefallen war. Und indem er das gesunde Bein danebenstellte, bemerkte er, daß das andere kürzer war, und er sagte es auch, aber er wollte es doch nicht glauben. Der Wundarzt aber versicherte:

»Das Knie ist noch nicht richtig in Bewegung gekommen, es scheint nur kürzer, ist's aber nicht.«

»Ist es nicht?« Und Scacerni hielt die Knie mit beiden Händen umschlungen, er legte Bein neben Bein aufs Bett und maß. »Ist nicht kürzer? Dummkopf von einem Wundarzt, Sie haben mich ruiniert, Sie Mörder!«

»Ich sage Ihnen, daß Sie noch mit einem blauen Auge davongekommen sind«, hatte der nun die Kühnheit zu antworten. Und er reichte Lazzaro die Krücke, die dieser kurz zuvor in eine Ecke geworfen hatte, weil er hoffte, sie nie mehr wiederzusehen. Hätte sich der Wundarzt nicht schleunigst zurückgezogen, wäre sie ihm auf dem Kopf zersplittert.

»Ah, so bedankt man sich«, rief er unter der Tür.

»Und jetzt willst du Kerl noch bezahlt sein!«

»Versteht sich!«

»Dich bezahle ich mit dem hier, Maulesel«, schrie Lazzaro, indem er die verwünschte Krücke in die Höhe hob und hinter ihm drein warf.

Darauf hatte er sich beruhigt, zumal er seine alte Kraft von Tag zu Tag mehr wiederfand. Und er beschied sich mit der Tatsache, daß er ein kurzes Bein hatte, und zwar so sehr, daß er nicht einmal daran dachte, es dem gesunden gleichzumachen und zu erhöhen. Trotzdem dachte er häufig, daß er doch besser unter dem Wasserrade nicht mehr hervorgekommen wäre. In solchen Augenblicken bemerkte er dann, mit was für Augen Dosolina ihn betrachtete, Augen, die seine Sorgen ganz durchschauten, und in diesen Augen lag Angst, Zärtlichkeit und ein großer Kummer. Abwesend saß er da mit düsterem Gesicht. Doch einmal nahm Dosolina allen Mut zusammen und trat zu ihm hin, mit dem Kleinen auf dem Arm, und sagte: »Lazzaro, glaubst du, daß ich dich nicht verstehe, ich? Was ein Mann wie du ausstehen muß in so einer Verfassung? Glaubst du wirklich, daß ich das nicht verstehe? Aber das wird das erste sein, was ich diesem Kleinen hier beibringen werde, sobald er das Alter hat, mich zu verstehen, das wird sein: daß du dir das Bein ruiniert hast, damit wir leben können.«

»Dosolina . . .« (er hatte die Frau und den Sohn an seine Brust gezogen und betrachtete mit einer neuen Zärtlichkeit, die ihm die Kehle zuschnürte, diese beiden Gesichter in seinen Armen, die stark geblieben waren).

»Dosolina, Liebste!«

Er hatte auch den Wundarzt bezahlen lassen, der es seither nicht mehr gewagt hatte, im Haus an der Pappelbrücke zu erscheinen. Gewiß, er war ein Esel, aber die Ärzte sind wie die allgemeinen Zeitverhältnisse und die Regierungen gut oder schlecht, man muß sie nehmen, wie Gott sie schickt. Und so rät ja auch das alte Sprichwort, daß man sich das Wetter und die Regierungsformen nicht allzu sehr zu Herzen nehmen soll.

Im übrigen gewöhnte sich das dumme Bein bald an die Erde, so daß er mit Hilfe eines Stockes und wenigstens ohne Krücke gehen konnte. Und er machte sich auch wieder mit dem Boden der Mühle vertraut und stand wieder auf dem Gehsteig wie zuvor. Gewiß, der Weg zur Mühle war für einen hinkenden Mann zu weit geworden, darum hatte er wieder die Gewohnheit angenommen, aufs Pferd zu steigen, und er saß, das Gewehr über die Schulter gehängt, im Sattel – denn er hatte den Hinweis von Don Bastiano Donzelli nicht vergessen. Die Straße zur Brücke führte ja an Gräben entlang und durch Busch und Rohr, wo sich ein Übelgesinnter leicht aufstellen konnte, und so hielt er die Waffe im Arm und die Augen offen. Kurz und gut, für alles gibt es eine Arznei, ausgenommen für den Knochen im Hals, aber ebenso gilt dies: Gott schickt die Kälte je nach unseren Kleidern, und er schließt eine Tür und öffnet uns dafür ein Tor.

Im Sattel erschien er viel jünger und beweglicher, er stellte schon noch etwas dar, und Dosolina betrachtete ihn mit verliebten Augen; und als er das bemerkte, ließ er sich wieder ein wenig den Bart stutzen, der ihn mit seinen allzu vielen weißen Locken ärgerte.

Die überholte Mühle zeigte ihrerseits ebenfalls die an jenem Tage der Drangsale tapfer überstandenen Schäden, wenn sie auch besser geheilt waren als das Bein des Padrone. Man bemerkte viele Stücke frischen Holzes, die die grauen Wände und die Dächer des Hauses und der Loggia sprenkelten. Die Sandoni funkelten wieder tiefschwarz, denn sie waren frisch geteert worden, doch da der Padrone Lazzaro jede überflüssige Ausgabe vermieden hatte, gab es diesmal keine Malerei, und die alte von früher blieb blaß und verbraucht und nur als Spur einer vergangenen Zeit da und dort an den Wänden sichtbar, und wenige Buchstaben nur waren noch von den übermütigen Inschriften zu lesen. Der San Michele war am Abblättern und sehr verblichen, aber immer noch stand er stolz und kraftvoll auf dem höllischen Drachen, und er war nicht nur Sieger über jenen alten Feind des Menschen, sondern er konnte für den, der es verstand, auch von einer anderen Schlacht erzählen, die andauerte gegen Not, Elend und Bösartigkeit des Geschickes und der Menschen, gegen feindliche Zeiten, Mühsal und Niedergeschlagenheit, gegen Versuchung und die Sünde. Padrone Lazzaro dachte daran, nicht um sich zu überheben, sondern um sich zu stärken an so vielen Vorkommnissen und Beispielen, er bewahrte in seiner Seele ein festes und heiteres Gefühl von Dankbarkeit und Vertrauen in den Schutz der göttlichen Güte. Dieses alles hatte er ausdrücken wollen in dem versprochenen Ex Voto, das er einem Maler in Ferrara in Auftrag gegeben hatte, der solche Bilder malte. So hatte er auf dieser Tafel einen Fluß bei Hochwasser darstellen lassen; die Wellen waren vom Südwind bewegt, und die Mühle neigte sich zur Seite. Der Baum wurde vom Blitz getroffen, und auf der Seite in einem Kreis, denn der Künstler hatte gesagt, daß diese Sache andernfalls nicht in die Komposition hineinginge, hatte er sich selber darstellen lassen, wie ihn das Rad erfaßte und unter Wasser zog. Auf der andern Seite der Tafel lag Dosolina als Wöchnerin im Bett mit dem Neugeborenen in den Windeln. Hoch oben in der Mitte war die Madonna; und Sankt Anna wachte über der Wöchnerin, Sankt Antonius aber wachte über dem Mann, der sich derart in der Gefahr befand.

»Welchen heiligen Antonius meinen Sie?« hatte der Maler gefragt.

»Unsern natürlich, den Antonius der Müller, den mit dem Schwein, der über Wasser und Feuer wacht.« Die Müller vom Po verehrten nämlich auf besondere Weise den ägyptischen Anachoreten und feierten seinen Tag am 17. Januar.

Scacerni war schon am Ausgang der Werkstatt, als er noch einmal zurückkehrte: »Setzen Sie mir noch einen Mann in den Fluß, aber einen, der schwimmt und von dem man sieht, daß er das Ufer erreicht.«

»Nanu«, wollte der Maler zu scherzen beginnen, der in seiner Kunstpraxis auf dem Gebiete der Ex-Voto-Malerei eine Art von Vertraulichkeit mit Gnadenbezeugungen und Wundern sich erworben hatte, »Sie haben ja eine ganze Menge Wunder auf einen Schlag gehabt.«

»Ich bin doch nicht jener, der da schwimmt«, antwortete Scacerni, ohne auf den Spaß einzugehen, »mir wurde nur die Gnade zuteil, daß er nicht ertrank. Und dafür bin ich dankbar.«

»Das ist mir noch nie vorgekommen, so viele Sachen auf einmal in ein Bild zu bringen.«

»Hab ich mit Ihnen über den Preis gestritten? Haben Sie nicht schon die Anzahlung bekommen?«

»Davon hab ich nichts gesagt.«

»Ja, dann sorgen Sie dafür, daß alles in das Bild kommt, wenn nicht, was sind Sie schon für ein Maler!«

Er erinnerte sich noch an jenen andern, den Comacchiesen, den Meister der »Aalquappen«, und er lächelte bei sich selber und war überzeugter als je, daß alle diese Künstler Querköpfe seien. Aber das Ex Voto war zu seinem vollendeten Wohlgefallen geraten, als er nach Ferrara fuhr, um es zu holen. Es muß übrigens noch erwähnt werden, daß eine gewisse Unsicherheit ihn quälte und ihn verlockte, aus dem Bild den aus der Flut geretteten Mann tilgen zu lassen, doch ließ er ihn gerettet sein. In der Tat hatte Beffa schon seit einer Weile kein Lebenszeichen mehr im Gebiet der Guarda gegeben, und Scacerni war überzeugt, daß er sich irgendwo anders hingeschert habe. Eines Tages nun, es war am Anfang des Jahres, der Fluß trieb mit vollen Wassern dahin, geschah es, daß eine große und schnelle Barke den Po hinabkam; es fuhren darauf Leute, die ein herausforderndes Wesen an den Tag legten und prahlerisch mit ihren Gewehren ins Blaue hineinschossen. Vielleicht waren sie berauscht, oder sie suchten Händel, oder aber es waren Gewohnheitsräuber, die auf die Suche nach Streitigkeiten zogen, um den Streit dann plötzlich in Raub und Plünderung zu verwandeln. Sie waren keine Seltenheit auf dem Fluß, wie der Leser weiß, und besonders, wenn der Fluß hoch ging und ein ungestraftes Entkommen erleichterte. Dann konnten sie sich ihrer schnellen Barken, die mit vielen Rudern ausgerüstet waren, bedienen. Scacerni hätte nicht viel Aufhebens davon gemacht, wenn diese üblen Burschen nicht eine besondere Aufmerksamkeit für die Mühle San Michele bewiesen hätten und dazu eine Frechheit an den Tag legten, die sich in spöttischen und beschimpfenden Worten, obszönen Gesten und gräßlichen Drohungen äußerte.

Und da war einer an Bord, der den Anschein erweckte, als ob er die anderen aufstachele, dabei aber immer sein Gesicht verbarg. Schiavetto, der ein sehr scharfes Auge hatte, zeigte ihn Scacerni.

»Padrone, ich weiß nicht, es kann sein, es kann auch nicht sein, aber ich möchte wetten, daß der dort Beffa ist.«

»Heda«, schrie Scacerni, die Hände vor den Mund getrichert, den Provokateuren zu, »hört auf damit, oder ich laß mit dem Mörser auf euch anlegen und schieße euch in Grund und Boden!«

Der Leiter dieses herausfordernden Banditenspiels mußte es wissen, daß man wirklich einen Mörser auf der Mühle hatte, oder die Bande ärgerte sich darüber, daß sie durchschaut war: auf jeden Fall zog sie auf der Strömung schleunigst talab, stimmte aber zuvor noch im Chor ein Schmäh- und Spottlied an. Padrone Lazzaro sagte zu Schiavetto:

»Nein, der Beffa lebt doch nicht mehr, zum mindesten glaube ich, daß er nicht mehr hier in dieser Gegend sein dürfte. Trotzdem, kannst du mit Gewehr und Pistole umgehen?«

Und in der darauffolgenden Zeit unterrichtete er Schiavetto und Malvasone, Gewehr und Pistole zu laden und zu entladen. Er setzte ein Ziel gegen den Damm und ließ sie darauf schießen. Ihm schien es, als wäre er doch lieber Soldat geworden, und er schloß diesen Unterricht mit einer praktischen Belehrung:

»Solange es sich um beleidigende Worte handelt, braucht ihr nicht zu antworten. Aber wenn einer euch mit der angelegten Waffe entgegenkommt, dann fragt nie, was für eine Absicht er habe. Nehmt ihn aufs Korn und gebt ihm eins drauf; der blanken Waffe gegenüber kann man Zeit gewinnen, aber vor dem Schießprügel gibt's nur eine Verteidigung: den ersten Schuß zu haben.«

»Und wenn nun da einer mit dem Messer kommt?« fragte Schiavetto.

»Laß ihn herankommen, bis auf drei Schritt vors Gewehr, bis auf vier

Hände vor die Pistole, aber dann schieße mit ganz ruhigem Gewissen, denn wenn er dir unters Rohr läuft und es dir wegschlägt, hast du keine Verteidigung mehr. Gewiß«, fügte er bei, »Messer gegen Messer, das steht dem Manne besser an.«

»Wenn nun aber das Gewehr nicht schießt?« fragte Malvasone. Und seine Frage reizte wirklich zum Lachen, wenn man sie mit der festen Haltung des Mannes verglich. Da stand er, das Gewehr bei Fuß, stolz auf die Mündung gelehnt, und man sah, daß diese Instruktionen den guten Malvasone mächtig mit Selbstvertrauen erfüllt hatten. Aber Scacerni lachte nicht, er sagte:

»Du möchtest nun wirklich alle Fälle, die vorkommen können, wissen, und du hast recht. Wenn das Gewehr nicht losgeht, dann dreh es herum, der Kolben kann noch zum Dreinschlagen dienen. Und wenn du einen Heiligen zum Beschützer hast, empfiehl dich ihm vorher, und dann zu. Du verteidigst dein Leben, und der Himmel hilft dir.«

»Den habe ich«, sagte Malvasone mit Nachdruck, »den Heiligen.«

Und so fand im Hause auf dem Sandoncello eine kleine geordnete und wohlgeputzte Waffensammlung ihren Platz. Schiavetto brachte einen scharfen Wachhund, und Malvasone, der nun schließlich ein Ohr für die Mühlsteine bekommen hatte und an Bord schlief, hielt in Reichweite der Hand und nahe am Kopfkissen außer dem Seilende des Regulators, der das Korn in die Mühle rieseln ließ, ein scharf geladenes Gewehr. Hilf dir selbst, dann hilft dir Gott. Der Arm des Gerichtes bestrafte wohl den Schuldigen, wenn er ihn erreichte, aber wer entschädigte die Betroffenen, ob es sich nun um körperliche Verletzungen, Brandstiftungen oder was auch immer für Racheakte handelte, die Lazzaro zu befürchten allen Grund hatte.

Es war seltsam, daß Lazzaro an Erpressungen seitens des Ragusers nicht mehr dachte, aber er war nicht der Mann, sich lange mit ungewissen und weitschweifigen Befürchtungen aufzuhalten. Das kleine Waffenarsenal und die Schießübungen, die ihm bewiesen hatten, daß sein Pulsschlag noch in Ordnung und sein Auge noch sicher war, hatten die alten Lebensgeister geweckt, und in seiner Erinnerung tauchte wieder ein Lied aus jenen Jugendjahren auf, das einzige, das er noch behalten hatte. Zwar sang er falsch, denn die Stimme, die voll und kräftig und wohl zu den Mühlenkommandos geeignet war, taugte nicht zum Gesang. Trotz alledem vermochte er mit diesem Lied seinen kleinen Giuseppe einzuschläfern:

»Ferrara, Ferrara, du herrliche Stadt!
Dort trinkt man und ißt und wird fröhlich und satt.«

Wie viele unzählige Städte waren zu Napoleons Zeiten mit diesen Versen belobt worden, wenn die Soldaten einzogen oder trauernd eine Stadt verließen. Bei den Wiegenliedern der Mutter aber weinte Giuseppe nur noch stärker, worüber die Mutter ein klein wenig gekränkt war.

»Ob er wohl Soldatenblut hat?« fragte der Vater dann lachend, »ich möchte ja, daß er Müller würde und dir helfen könnte, wenn ich in die große Mühle da drüben abgefahren bin, denn der Tod wartet ja soviel früher auf mich als auf dich. Aber auch mein Vater, Gott hab ihn selig, war durchaus dagegen, daß ich zu den Soldaten ging, und dann, ich hab dir's ja erzählt, Dosolina, wurde ich später Soldat Napoleons: viertes Korps, zweite Kompanie der Pioniere vom Wagenpark, königliche Gardedivision unterm Vizekönig Eugenio. Das ist so der Lauf der Welt.«

Sein Lächeln verlor sich im Barte, seine Augen lachten niemals. Und Dosolina machten diese Gespräche traurig.

»Aber was redest du da, Lazzaro?«

»Stimmt's vielleicht nicht, daß ich früher dran glauben muß als du, Herzchen?«

»Oh, warum denkst du nur daran!«

»Ich denke daran und sorge dafür, daß ich dich nicht unbetreut zurücklasse, und du sollst es nie zu bereuen haben, nicht einmal als Witwe, daß du den Kerl hier geheiratet hast.«

»Ich, bereuen? Und wenn ich ohne Brot von Almosen leben müßte, du müßtest deine Frau besser kennen, Lazzaro, und auch ihre Liebe! Und je länger ich dich kenne, um so mehr Gutes möchte ich dir antun, mein liebster Mann!«

»Aber wie soll ich's nun machen, ich hab dich von jeher so geliebt, daß es mehr nicht möglich ist.«

Und Dosolina, die junge Mutter, die dem Erstgeborenen die Brust reichte, sagte zu dem Kind in jener immer noch lebendigen und sprichwörtlichen Furcht vor den Aushebungen Napoleons:

»Du wirst nicht Soldat, nicht wahr? Napoleon ist übers Meer gefahren und kehrt nicht mehr zurück. Du wirst immer bei deiner Mutter sein, din don – campanon ...« Das genügte. Ob der Kleine es nun begriff oder ob er noch in den Windeln schon Soldat werden wollte, er brach in wildes Geschrei aus, bis der Vater einsetzte:

»Dort trinkt man und ißt man, wird fröhlich und satt.«

Als Scacerni übrigens dabei war, seinen Sohn taufen zu lassen, hatte er sich trotz heftigen Nachkramens in seiner Erinnerung nicht auf den

Namen des Fährmanns von Ariano besinnen können, um seinen Vater im Erstgeborenen wieder aufleben zu lassen. Und da hatte denn Don Bastiano Donzelli den Eltern und der Patin Venusta vorgeschlagen, daß hier der Name des irdischen Bräutigams der Mutter aller Christen am Platze sei.

»Nennt ihn Giuseppe, und ihr seid sicher, daß ihr nicht fehlgeht.«

IV Am 17. Januar, an dem die Müller vom Po ihren Schutzpatron, den heiligen Antonius den Großen, feierten, gab es keine Mühle auf den Wassern des Flusses, die nicht in festlicher Ruhe dagelegen hätte, und es gab keinen Padrone, der so arm gewesen wäre, daß er nicht wenigstens eine alte Salami hervorgezogen hätte, um sie auf den festlichen Tisch zu legen oder zumindest eine frische Wurst, die auf der Kohlenglut geröstet wurde, um mit der Polenta verzehrt zu werden. Die Wohlhabenden aber trugen die ferraresische Salami in Soße auf, Schweinegrieben, Pasteten in Bechamelsoße, gebratene Hühner, Süßspeisen und Brezeln. Wer an diesem Tage nicht sein Bestes am Tische tat, der gehörte zu jenen noblen Leuten, die gerne vom Apfel den Stiel herschenken. Die Müller und ihre Familien legten an diesem Tage neue Gewänder an oder mindestens die besten, die sie hatten, und sie gingen spazieren, zumal wenn eine schöne klare Kälte die Luft heiter und frisch machte: und diese Spaziergänge führten bis in die einsamen Wege und entlegenen Dörfer hin. Straßen und Dörfer waren mit friedlichen Reihen der Haustiere verschönt, die ohne Joch und ausgeruht dastanden, Bändchen an den Hörnern und den Schwänzen; und die ebenfalls festlich angezogenen Bauern, die altertümlichen Barette auf dem Kopf, führten ihr Hausvieh zur Kirche, um es dort segnen zu lassen. Das Schweinchen nämlich, das zu Füßen des großen ägyptischen Abtes als Zeuge seines Sieges über die Dämonen der Wollust liegt und an seine fürchterliche Askese erinnert, dieses Schweinchen hat in der gutmütigen Phantasie der Landbewohner nun jene Verbindung geschaffen, daß der Heilige auch diese gefälligen Tiere beschützt. Gegen Abend trafen sich dann die Müller wieder, um ausgiebig zu tafeln, und ein jeder bemerkte dann, daß die Tage schon länger wurden nach dem Sprichwort:

Auf Sankt Antonius,
Ein Stündchen später Schluß.

Dieses war die Nacht im Ferraresischen, in welcher der »Alte« schon seit den Zeiten Olims den Kindern dort das weihnachtliche Geschenk brachte. Padrone Lazzaro war dieses Jahr nicht imstande – er hatte zu viele Ausgaben gehabt –, so zu feiern, wie er es gewollt hätte, aber immerhin machte er doch noch einen guten Sankt Antonius, und es war einer der schönsten Tage seines Lebens, wie er da mit Dosolina und den Chiccolis und den beiden Gesellen zu Tisch saß. Nach beendigter Mahlzeit, bei der sich Chiccoli hinreichend in die Brust geworfen hatte, führte er zum allgemeinen Gelächter aus, daß Sankt Antonius doch den heiligen Crispin (den Patron der Schuster) um vieles überrage, und der heilige Crispin mußte seinerseits wohl auch weitherzig und eine gute Haut gewesen sein, um einen solchen Schützling wie den Chiccoli zu ertragen. Sodann erzählte man sich Scherzworte und Rätsel, die beim ferraresischen Volk so beliebt sind, und schließlich gingen alle zufrieden ins Bett. Die Mühle war während dieser Stunden unbewacht geblieben, man ließ sie im heiligen Frieden des Tages allein.

Und das hatte ein gewisser Jemand ausgenützt, um die Vertäuung der Mühle San Michele zu lösen; sie wurde am andern Morgen in einiger Entfernung angetrieben gefunden, aber ohne irgendeinen Schaden, denn das Glück hatte es gewollt, daß sie auf eine weiche Sandbank antrieb, und das Wasser war ruhig gewesen, auch Sankt Antonius hatte gewacht. Aber darauf folgte ein Drohbrief, in dem Scacerni befohlen wurde, Reue an den Tag zu legen, bevor es zu spät wäre; und er solle seinen guten Willen beweisen, indem er sofort Beffa als Gesellen wieder einstelle. Wenn nicht, dann werde er es mit andern Leuten zu tun bekommen, deren Arme weit genug reichten, um ihn zu packen, wohin auch immer er zu entweichen versuche. Und eine Nachschrift fügte bei, es sei ganz umsonst, ja auch gefährlich, sich im Scheibenschießen zu üben, da man mit den Waffen nicht scherzen solle.

I Als Lazzaro Scacerni diesen Drohbrief erhalten hatte, fühlte er etwas wie Erleichterung. Er zog es vor, es zum Kampfe aufs Messer zwischen Mann und Mann kommen zu lassen, als dauernd unter diesen versteckten Drohungen zu stehen. Und die ganze Zeit, in der es geschienen hatte, als ob er nicht an den Raguser denke, zeigte sich ihm nun in ihrem wahren Licht. Das war nichts als jene Art von Sorglosigkeit gewesen, die einem sicher erwarteten Ereignis vorausging. Und wie er nicht einen Augenblick daran zweifelte, von wo der Drohbrief gekommen war, so kam ihm auch nicht für einen Augenblick der Gedanke, sich zu unterwerfen. Beffa wieder einzustellen, das hätte bedeutet, sich auf ewige Zeit dem Befehl des Ragusers zu unterwerfen. Es war also besser, wenn hier reiner Tisch gemacht wurde und wenn er dem alten Piraten den Krieg erklärte. Sein Gewissen war ruhig, denn er hatte diesen Kreis nicht gesucht. Und so ging er schnurstracks zu Don Bastiano Donzelli, um sich ein Testament aufsetzen zu lassen, denn Dosolina sollte, falls er sterben würde, die Mühle und das Haus mit dem Gemüsegarten erben. Der Priester war erstaunt, aber Scacerni sagte:

»Wissen Sie, der Gedanke an den Tod soll mein Leben in Ordnung bringen, Hochwürden. Im übrigen kenne ich die Gefahren meines Handwerks. Es ist besser, vorzusorgen, nicht wahr?«

»Ganz gewiß.«

»Und wenn je, was Gott verhüten möge, meine Frau und der Junge auf dieser Welt zurückbleiben sollten, würden Sie dann aus christlicher Liebe es übernehmen, ihre Interessen zu vertreten und die Mühle zu verkaufen?«

»Sie wollen mich also zum Testamentsvollstrecker einsetzen?«

»Nennt man das so?«

»Genau so!«

»Und das setzt man ins Testament?«

»Ja, das setzt man hinein.«

»Also dann sollen Sie als jener Mann, Christ und Priester, als den ich Sie kenne, wenn es nötig ist, mein Hab und Gut verkaufen und die Schulden bezahlen. Dosolina wird dann noch so viel verbleiben, daß sie nicht Hungers zu sterben braucht und in Ruhe abwarten kann, wie der Giuseppe aufwächst, entweder im Haus an der Pappelbrücke oder im Haus der Ihren oder bei Venusta Chiccoli, die sie ja aufnähme wie eine Tochter.«

»Aber hören Sie mal, mein Lieber, mit was für Gedanken sind Sie denn heute morgen aus dem Bett gekrochen?«

»Das habe ich Ihnen ja gesagt, Hochwürden.«

Mehr brauchte Don Bastiano nicht zu wissen, vorläufig, und auch niemand sonst. Die Wallfahrt zur Madonna dell'Atrio sollte in ruhigeren Zeiten ausgeführt werden. Wenn er überhaupt an einen Pakt mit dem Raguser hätte denken können, oder wenn es möglich gewesen wäre, den Piraten einzuschüchtern, so hätte sich sein wilder Mut ein wenig gelegt; aber dieser Teufel war nicht zufrieden damit, ihn am Halsband zu halten, er zog es nun zu, daß er keine Luft mehr bekam. Es wäre Dummheit gewesen, wenn er an ein Paktieren mit dem abscheulichen Fuchs überhaupt nur gedacht hätte. Denn selbst wenn es ihm gelungen wäre, ihn für eine gewisse Zeit in Schach zu halten, es wäre dabei nichts anderes herausgekommen, als diesen rachsüchtigen Alten noch heftiger anzustacheln. Denn für den drehte sich alles darum, seine Wut zu befriedigen und auch über seine Spießgesellen nicht die Herrschaft zu verlieren. Und das waren Leute vom Schlage Beffas und Fratognones. Es sollte also so sein, das Schicksal trieb ihn in diese verzweifelte Rolle.

»Ich auf die Galeere und er zur Hölle!«

Er dachte im Grunde gar nicht daran, lebend aus dieser Sache herauszukommen. Für Lazzaro war es nur wichtig, daß der Feind nicht lebend herauskam. Zu seinem Unternehmen konnte er in keiner Weise an den Gebrauch einer Feuerwaffe denken, und so zog er aus dem Fach die Messer hervor, er hatte davon eine ganze Sammlung, wie das so Brauch ist bei Leuten, die Waffen zu halten pflegen, und es lag darin auch ein wenig Wichtigtuerei. Es gab da ein Stilett in Brescianer Machart, ein elegantes Messer mit feststehender Klinge von Campobasso, überdies ein paar in Form von Zuschneidemessern, die grob waren und gut bemessen und von einer starken Hand geführt werden mußten. Er wählte eines von diesen, und dann zog er es mit großer Genauigkeit auf dem Steine ab.

Was sein Gewissen betraf, so genügte es ihm, daß er sagen konnte, dieses mörderische Unternehmen nicht gesucht zu haben. Die Kriegserklärung war vom Feinde gemacht worden, er ging nur hin, um seine Freiheit wiederzuerobern und um sich dagegen zu wehren, daß er unter die Herrschaft von anderen, schlechteren Menschen, als er war, fallen sollte, die ihn nur auszunutzen im Sinne hatten. Und für ihn bestand nur die Wahl, entweder ein einziges Mal freiwillig ein Verbrechen zu begehen oder unfreiwillig und zugunsten des Ragusers auf unbegrenzte Zeit im Sold des Verbrechens zu stehen. Er dachte gar nicht daran, das Volk von einem bösen Bedrücker zu befreien, sondern ausgesprochen nur sich selber. Im übrigen war er sich klar darüber, daß das ein anständiger Krieg war und daß Gott ihn höchstens dafür ins Fegefeuer stecken könne, und das genügte ihm. Diese Überlegung ging schnell vonstatten, er fühlte sich dabei durch nichts gehindert: Ich auf die Galeere und er zur Hölle, das war klar gesprochen, denn die Richter und das Gesetz waren streng in Mordsachen, und es war noch besser, an der Porta Paola seinen Kopf vor die Füße gelegt zu bekommen, auf dem Platz, der nach der Hinrichtungsstätte »Platz der Qual« genannt wurde, als auf die Galeeren geschickt zu werden. Und er goß noch einen Tropfen Öl auf den Stein und schliff das Messer spitz zu, dann steckte er es in die Scheide aus Leder. Der Abend war frisch und neblig, es ging eine leichte Tramontana, die jede Ritze fand, sie scharf durchblies und erbarmungslos mit allen verfuhr, die jetzt draußen auf den Straßen ohne Haus und Heim gehen mußten. Der dicke Nebel fror, und wenn die Tramontana hindurchfuhr, pfiff es.

»Der Nebel ist trocken und friert«, sagte Scacerni, als er wieder ins Haus eintrat, er hatte soeben einmal nach dem Wetter gesehen. »Morgen haben wir einen kalten und sonnigen Tag. Übrigens, Dosolina, weißt du, daß ich morgen einen Sprung nach Ferrara machen werde?«

»Bei dem Erdbeben?« fragte Dosolina ein wenig unruhig. Sie war im allgemeinen nicht die Frau, die ihrem Manne viele Fragen stellte, warum und wieso und wann gehst du, und wann kommst du wieder; aber der Umstand des Erdbebens war immerhin außergewöhnlich. Es handelte sich sogar um ein ganz besonderes Beben, das sich mehr hartnäckig als heftig erwies, so hartnäckig, daß es schon eine ganze Zeitlang dauerte und auf Tag und Stunde genau eintraf, womit es die Nerven auf eine harte Probe stellte. Dieses Erdbeben ist in der Geschichte für die Stadt Bologna und Ferrara mehrere Male bezeugt. Diesmal gab es bereits seit über einem Monat die Erschütterungen jeden dritten Tag von zwei bis drei Uhr nachmittags, und Stadt und Land gewöhnten sich allmählich daran, wenn man sich überhaupt an derartige Geschehnisse gewöhnen kann. Und so fügte Dosolina hinzu, nicht ohne eine böse Vorahnung:

»Morgen ist just sein Tag.«

»Ach ja«, sagte Lazzaro auflachend, »der Tag des Erdbebens. Wenn es mal ein bißchen entschlossen bebte, dann könnte dieses unterirdische Gewackel dem Henker eine schöne Arbeit abnehmen.«

»Was willst du damit sagen, Lazzaro?«

»Nun, dann wären soundso viele auf eine hübsche Weise vom Erdbeben gleich begraben. Aber es ist schlaff und hinkend wie die Gerechtigkeit der Behörden.«

»Du sprichst heute abend auf so eine bestimmte Weise, und wenn du mich anschaust . . .«

»Das ist die Liebe, mein Herzchen, die Liebe.«

Und es war auch Liebe, zum erstenmal spürte er sie so stark nach der langen Enthaltsamkeit, die auf die Geburt gefolgt war.

»Du hast mir versprochen«, fügte er bei, »heute abend . . .«

»Ja«, sagte sie errötend, »ich habe es dir versprochen, aber du bist so seltsam.«

»Soll ich nicht seltsam sein, bei dem, was auf mich wartet! Und wenn du wüßtest, mit welcher Ungeduld!«

»Man sollte glauben, daß du Fieber hast.«

»Ja, und soll ich nicht Fieber haben? Ich brenne sogar, meine schöne Dosolina.« Und das war wohl wahr, aber seine Fieberhaftigkeit hatte noch einen anderen Grund: er dachte daran, daß es vielleicht das letztemal wäre, und bei diesem Gedanken vermehrte sich sein Entzücken ins Wunderbare, und eine so heftige und verzweifelte Leidenschaft erhitzte sein Blut, daß zum Bedauern kein Raum mehr blieb. Sein Entzücken war weder mit jener Liebe von gestern noch mit der von morgen zu vergleichen: nur eine Nacht sie im Arm haben, dann wollte er sterben.

Im Hause schliefen alle, draußen herrschte das Schweigen jener Nächte, wie man sie nur im großen Winter findet. Kein Blättchen raschelte am Baum, jedes Wasser und Wässerlein war mit Eis bedeckt und geschlossen und jedes Tier warm in seinem Bau oder Nest eingekuschelt. Auf dem Herd lag ein Geschenk des Hochwassers, ein prächtiger Eichenstrunk, der seit dem Abend des heiligen Antonius brannte und nun allmählich seinem Ende zuging. Das Holz knisterte auf einem Reisighaufen, und so wie diese Funken ins Dunkel dahinstoben, so funkelten auch die Augen des Mannes in wilder Begierde, die junge Frau betrachtend. Dosolinas Augen leuchteten dagegen trotz ihrer Verwirrung süßer und heiterer. Sie war ein wenig durcheinander und in Eile, und um sich vor der heftigen Werbung ihres Mannes etwas zu fassen, erhob sie sich aus dem Sessel und nahm den Bettwärmer aus Kupfer und den hölzernen Überstulp, die in familiärer Ausdrucksweise Pfäffchen und Nönnchen genannt wurden, und sie füllte den kupfernen Behälter bis obenhin mit den glühenden Zweigen, wählte aber nur solche, in denen Holz und Kohle schon ganz vergangen waren, so daß sie nichts anderes mehr als Wärme und Asche hergaben. Wie sie sich mit der Feuerzange über die Glut beugte und mit der anderen Hand das Gesicht beschirmte, dieser ein wenig fleischlosen Hand, die, vom Widerschein der Glut gerötet, durchscheinend war, und wie sie den einen Fuß auf die Schwelle des Herdes setzte, den kleinen und feingebildeten Fuß, da bog sie die Gestalt ein wenig nach vorn, so daß die Hüftlinie dem Manne reizender als je vorkam. Lazzaro betrachtete sie voll Begier, doch rührte er sie nicht an. Plötzlich aber vermochte er nicht mehr, sich zurückzuhalten, und er streckte die Hände gegen sie aus.

»Laß mich doch zuerst die Bettücher anwärmen!«

»Zuerst? Und was dann, meine Schöne?« fragte er mit einem erregten Lachen und riß sich am Bart. »Du willst mich wohl ein bißchen aufziehen mit deinem Herumgeschaffe? Aber ich komme nicht eher ins Bett, bevor ich nicht drei Pfeifen geraucht habe.«

Und er griff vom Gestell die tönerne Pfeife und das Tabakbeutelchen und tat so, als wolle er sie stopfen.

»Um so besser«, maulte sie zurück, sie stellte den Bettwärmer auf die Laken und schaute noch einmal nach, ob der kleine Giuseppe auch ruhig schlief. »So lieg ich eben ein bißchen bequemer im Bett, so ohne Störung!«

»Ha, ich bin also eine Störung?«

Er hatte sie mit den Armen umschlungen und auf das Knie seines gesunden Beines gezogen; und als sie einmal aufschnellte, als wolle sie ihm entfliehen, hielt er sie fest, und Dosolina schlang nun die Arme um seinen Hals und legte ihren Kopf in den Nacken. Das starke Haar hatte sich gelöst und ergoß sich golden, so daß zu dem Leuchten der Glut nun noch der Schimmer ihres Haares hinzukam; und er küßte sie verzückt auf das klare, lachende Gesicht.

»Du bist schön, du bist so wirklich was zum Spielen«, sagte Lazzaro und atmete heftig und wild. Und seine gewaltige Hand versank in dieser schwingenden Süßes ihres Haares. »Wenn du mich geliebt hast, Dosolina, dann habe ich hier auf dieser Welt genug gelebt.«

»Red doch nicht so, Lazzaro! Was würd ich denn ohne dich machen!«

Und ihre reife und übersprudelnde Lust stachelten sie nun, als nähmen sie dieselbe gar nicht ernst, mit Worten auf, deren arglose Gesalzenheit zu fleischlich und offenherzig war, als daß sie aufgeschrieben werden könnten. Plötzlich fuhr Dosolina hoch:

»Pst, Lazzaro, hörst du nicht?«

»Es ist der Wind!«

Aber es war nicht der Wind. Da klopfte jemand an die Tür der geräumigen und dunklen Küche, wo es kein anderes Licht gab als das vom Herde und aus den Haaren Dosolinas.

»Um diese Stunde?« knurrte Lazzaro ungehalten.

»Sind es vielleicht Räuber, Lazzaro?«

»Keine Angst«, sagte der, nahm von dem Küchengestell eine Pistole und versicherte sich umständlich, ob sie geladen sei. Dann fragte er hinter der Tür:

»Wer ist da?«

»Freunde«, sagte jemand draußen, der inzwischen wieder geklopft hatte.

»Freunde um diese Stunde kenne ich nicht, wenn sie nicht zuvor ihren Namen sagen.«

»Ich bin Rizzoli, der Fratognone.«

»Oh, und was suchen Sie hier?«

»Das sage ich Ihnen gleich, wenn Sie mich hineinlassen. Das ist ja eine Hundekälte, und es ist auch keine Sache, die man zwischen Tür und Angel besprechen kann.«

Dosolina hatte sich in Eile die Haare wieder geknotet.

»Mach mal die Laterne an, Dosolina, die Blendlaterne, sie steht dort auf dem Gestell. Und zieh du dich mal ein bißchen zurück.«

»Machen Sie schnell, Padron Lazzaro«, drängelte Fratognone, »ich habe Eile, und Sie werden es nicht bereuen, mich eingelassen zu haben.«

Scacerni schloß die Tür auf und richtete den Strahl der Blendlaterne in die weitaufgerissenen Augen des Mannes, die Pistole gegen ihn erhoben. Der trat gemächlich ein, schlug die Lider nieder und sagte:

»Oh, brav so, das nenn ich klug.«

»Mit euresgleichen ist man nie klug genug«, antwortete Lazzaro, der ihm nichts schuldig bleiben wollte, falls dieses »klug« eine Anrempelung oder Herausforderung war.

»Nein, wirklich«, er zeigte die offenen, leeren Hände, »Vorsicht ist am Platz, aber ich habe doch gesagt, daß ich als Freund komme.«

»Dann wärmen Sie sich«, sagte Lazzaro ein wenig vertraulicher, obgleich immer noch auf der Hut. Als sich der Mann auf den Herd zu bewegte, sah man, daß er die seltsame Gangart einer Gans hatte, indem er die Beine steif und platt niedersetzte und so beim Gehen in ein hinkendes Schaukeln geriet.

»Dafür«, sagte Fratognone und wies auf seine geschundenen Füße, »habe ich dem zu danken, der mir den guten Dienst im Sandoncello erwies. Wissen Sie davon nichts, Padron Lazzaro?«

»Ich weiß, worum es sich handelt. – Dosolina, laß uns allein.«

Da bemerkte Fratognone die Frau im Halbschatten gegen die Mauer gelehnt. »Oh, die Müllerin, mir tut es leid, daß ich gestört habe.«

Und jetzt schob er die vierschrötige und schwere Gestalt auf seinen Beinen watschelnd vorwärts und schlenkerte dabei mit den Händen, deren Rücken behaart waren. Er warf Dosolina einen pfeilschnellen Blick zu, und die Frau bemerkte mit Beschämung, daß sie noch von den Liebkosungen des Gatten erhitzt war, und so fuhr sie eilends mit den Händen sich über Haar und Rock, als wolle sie sich zurechtmachen.

»Eine schweigsame Nacht«, sagte Fratognone, »hier am Herd ist's gut. Padronin, ich werde Sie nicht lange stören.«

»Dosolina«, sagte Lazzaro, »bring uns die Aquavitflasche. Ja, eine schweigsame Nacht«, fügte er zu dem Besucher gewandt hinzu, »doch habe ich schlimmere als diese zugebracht.«

»Sie sind ein großer Arbeiter vor dem Herrn, das weiß man. Ehre, wem sie gebührt. Und jetzt tun Sie gut daran, mit der schönen Padronin solche Nächte am Herd zu verbringen.«

»Sagen Sie das aus Neid?«

»Ja, wer wird Sie denn nicht beneiden, Padron Lazzaro! Jedoch, was mich betrifft: Ihr häusliches Glück, das ist für mich, was für den Fuchs in der Fabel die Trauben waren.«

»Also, trinken wir eins.«

Dosolina hatte inzwischen die Flasche und zwei Gläser gebracht und schenkte ein.

»Auf Ihr Wohl, Padronin!«

»Danke.«

»Also?« sagte Scacerni.

»Ich muß mit Ihnen sprechen, zwei Worte im Vertrauen, oh, eigentlich eine Nichtigkeit«, fügte er lachend hinzu.

Dosolina hatte sie allein gelassen, sie konnten sprechen.

»Wenn sie so gut ist wie schön«, sagte Fratognone mit überzeugtem Tonfall, »da muß ich Ihnen mein Kompliment machen.«

»Danke, sie verdient jedes Lob. Setzen Sie sich.«

»Kommen wir also zu unserer Sache«, sagte Fratognone, indem er sich's bequem machte und die Hände wärmte. »Ich habe Ihnen anfänglich sehr gegrollt, wegen dieser Geschichte, Sie wissen, worum es sich handelt. Aber dann habe ich gedacht, daß Sie nicht nein sagen konnten, wenn diese Burschen Sie fragten, ob sie die Mühle zu dieser Geschichte bekommen könnten, irgendeiner dieser Burschen, so ein Finger von dem langen Arm des Ragusers! Und da nahm ich Vernunft an.«

»Ich wußte nichts davon, ich erfuhr es erst später.«

»Ich habe auch das schon erwogen, denn als man mir die Füße ruinierte, haben die Kerle mir gleichzeitig das Gehirn ein wenig angespitzt. Und wenn ich nun auch nicht mehr gut zum Laufen bin, so kann ich mich doch noch hinter so einen Graben auf den Anschlag legen. Beffa könnte das bestätigen, der jetzt seit zwei Stunden im Po schwimmt, wenn man das schwimmen nennen kann, mit so einem Messer zwischen den Rippen. Das hat ein gutes Stückchen Geduld gekostet, aber endlich hat's geklappt. Und jetzt ist die Reihe am Raguser. Nimmt Sie die Sache wunder?«

»Ich könnte nicht gerade nein sagen, aber entschuldigen Sie, was hab ich denn damit zu tun?«

»Sie werden noch damit zu tun haben, wenn Sie wollen, denn wenn ich diesen Raguser erledigt habe, muß ich so schnell wie möglich über den Po. Ich spreche als Freund und lege meine Karten offen auf den Tisch. Ich habe ein Pferd gesattelt im Busch des Barco stehen, aber ich kann mich niemand anvertrauen, der mich über den Po bringt. Verstehen Sie mich recht, ich werde natürlich die Sbirren auf den Fersen haben, aber davor habe ich auf freiem Feld wenig Angst. Doch an der Brücke von Lagoscuro können sie mich anhalten, und dann vor allem werde ich den ganzen Anhang des Ragusers im Nacken haben, und die, wenn ich nicht ohne Verzögerung übersetzen kann, lassen mich nicht mehr zu Atem kommen, weder in der Stadt noch auf dem Land.«

»Ich verstehe. Aber gibt es denn keine andere Fähre als hier bei mir?«

»Welche, Padrone? Sie sind doch alle in der Hand des Ragusers. Überall, wo ich übersetzen könnte, sitzt einer seiner Leute, und alles was recht ist: er ist ein Mann, der sich Gehorsam zu verschaffen weiß, das muß man anerkennen. Und selbst noch als Toter wird er sich den Gehorsam erzwingen. Habe ich damit recht, wenn ich nun zu Ihnen komme? Denn ich weiß, daß Sie einen Brief erhalten und daß Sie nichts Gutes von dem Raguser zu erhoffen haben. Sind meine Überlegungen schlecht?«

»Wer sagt das?«

»Gut! Und so habe ich mir gesagt: der Padrone Lazzaro ist ein Mann, und zwar einer, der keine Gewalttätigkeiten erträgt. Ich werde ihm einen Dienst als Freund erweisen, und wozu der Raguser fähig ist, das wissen Sie, ohne daß ich es Ihnen zu erklären brauche, meine Füße sprechen laut genug. Ich dagegen, solange Sie mit mir zu tun hatten, war, das müssen Sie sagen, ein Galantuomo.«

»Ja, das kann man sagen.«

»Das hör ich gern, und ich hab es auch gar nicht anders erwartet. Und jetzt hab ich mir gesagt, befreie das ganze Land und befreie auch zugleich den Padrone Lazzaro, es ist ein Dienst, den ich Ihnen erweise, um es noch einmal zu sagen, und die Gegenleistung: Sie setzen mich ans jenseitige Ufer, wenn ich den Michele Bergando umgelegt habe. Wie scheint Ihnen das Geschäft? Eine solche Dienstleistung, sagen wir die Wahrheit, muß Ihnen doch wie ein Geschenk vorkommen. Könnten Sie die Sache billiger bekommen?«

»Hören Sie, Fratognone, all dies, was Sie mir sagen, kann wahr sein, es kann aber auch nicht wahr sein. Wer sagt mir denn, daß Sie nicht der Raguser schickt, um mich in irgendeine Falle zu locken? Woher wissen Sie denn zum Beispiel, daß ich einen Brief bekommen habe?«

»Ihre Vorsicht ist am Platz, Padron Lazzaro, Sie wiegen die Sache auf der Goldwaage. Aber wenn ich Ihnen jetzt sage, daß Sie mich morgen unter dem Palazzaccio an der Ecke der Via Armari treffen können zwischen dem Hof und der Straße? Morgen? Sie müssen nämlich wissen, daß das alte Luder zu Hause zu sehr beschützt ist, und so kann man ihn nicht im Bau selber erlegen. Man muß ihn herauslocken. Aber draußen ist er seiner Gewohnheit gemäß auch viel wachsamer und jetzt –« (er machte eine Pause). »Aber sehen Sie mal, dieser Esel hat Angst vor dem Erdbeben – wer wollte auch sagen, daß das Erdbeben eine angenehme Sache sei! Und trotzdem: mir ist's jetzt sehr angenehm! Kaum, daß der Raguser das Gepumper unter der Erde hört, verliert er den Kopf, und er paßt nur auf, ob die Mauern seines Schlupfwinkels auch noch geradestehen. Es ist, als ob er was an sich bekäme, und zuck, raus ist er, im Freien, und da steht er dann wie ein Behexter. Die Leute, das Erdbeben dauert jetzt einen Monat, haben sich allmählich daran gewöhnt. Und das sind Leute, die keiner Mücke ein Bein ausreißen könnten und die in Ohnmacht fielen, wenn sie ein Messer aus der Scheide kommen sähen. Und er, dieser Eisenfresser mit all seiner Kraft, er verliert den Schlaf und den Appetit. Die Geschichte wär zum Lachen, wenn ich nicht morgen, sobald das Gewackel wieder losgeht, ihn unten an der Ecke erwartete. Sie werden sehen, wie sich das einfädeln wird, ich schwöre es Ihnen: die Karten liegen offen auf dem Tisch! Ich wiederhole: ist das Geschäft gemacht? Trauen Sie mir, wie ich Ihnen traue? Setzen Sie mich über? Und was den Brief betrifft, so sollen Sie wissen, daß ich den Alten Tag und Nacht belauere, auch ich habe ein paar Leute an der Hand, denen ich trauen kann.«

»Und wenn das Erdbeben nun morgen einmal nicht losginge?«

»Es ist doch morgen der Tag«, sagte Fratognone sehr ruhig.

»Aber wenn es schon mit dem Beben zu Ende wäre? Ich meine, das Erdbeben dauert doch nicht ewig?«

Und hier erschien plötzlich die Leidenschaft der Vendetta, von der Fratognone besessen war, in ihrer ganzen Seltsamkeit. Er verstand nicht einmal den Einwurf und sagte erstaunt:

»Wie, es dauert nicht ewig?«

»Nun ja, schon, es kann doch einen oder den andern Tag aussetzen«, sagte Scacerni, dem Lachen nahe.

»Morgen nicht, Sakrament, morgen noch nicht«, das sagte Fratognone in jäh hervorbrechender Wut, als sei er verrückt geworden. »Morgen, das sage ich Ihnen, gibt's noch einen Stoß, einen guten sogar, einen, wie ich ihn gerade brauche. Und den laß ich mir nicht entgehen. Ja, wirklich, Sie haben schon recht und machen mich nachdenklich«, fügte er mit einer Tiefsinnigkeit hinzu, die auch noch verrückt genug erschien, »denn es könnte ja schließlich auch seine Geduld verlieren, wenn ich so dasitze und nichts tue.«

»Es? Wer?«

»Zum Teufel, das Erdbeben«, sagte Fratognone mit einem solchen unbeirrbaren Vertrauen, wie es keine Einwände mehr zuließ. »Aber morgen, morgen ... Da nehmen Sie Gift darauf, das Erdbeben hält Wort.«

»Ja, dann also, Fratognone, bleiben wir dabei. Ich kann morgen nicht nach Ferrara kommen, denn ich will mich nicht in Angelegenheiten mischen, die nicht die meinen sind. Aber gerade weil ich mich von dem allen fernhalte, werde ich Sie, ob das Erdbeben nun losgeht oder nicht, wann Sie es immer nötig haben, übersetzen, wie ich es stets getan habe bei Leuten, die genügend Verschwiegenheit an den Tag legten.«

»Hier meine Hand! Und ein Vieh, wer sein Wort nicht hält.«

»Wer wäre nun das Vieh?« fragte mit einem halben Lächeln Scacerni, während sie sich die Hände gaben und kräftig schüttelten, wie man's auf den Märkten tut, um ein Geschäft abzuschließen.

»Wer wäre das Vieh? Wie meinen Sie das!«

»Ja, ich oder das Erdbeben?«

»Ach so, Sie wollen spaßen, dazu bin ich auch bereit, wenn mir der Sinn danach steht, und augenblicklich steht er mir sogar danach; also das Vieh ist, sage ich Ihnen, und das sage ich auch mir selber, wer sein Wort nicht hält. Aber ins Erdbeben setze ich sehr viel Vertrauen, sogar mehr noch als auf Sie, Padrone Lazzaro, und das sage ich Ihnen, um zu beweisen, wie groß mein Vertrauen auf Sie ist.«

Wer nicht den Gegenstand des Geschäftes gekannt hätte, der hätte glauben müssen, daß es sich um ein paar Kälbchen oder um einen Sack Getreide handelte oder um eine Warenlast, die über die Grenze geschmuggelt werden sollte. Und Scacerni war in dem guten Glauben, daß dieser Handschlag ihn nur zum Übersetzen des Fratognone verpflichte, ihn aber ausdrücklich außerhalb der Blutschuld lasse, und doch hatte er so wie früher strengste Verschwiegenheit verlangt.

»Ich befreie das Land«, so hatte Fratognone gesagt, das war die Redeweise von Kaiphas vor dem Hohen Rat, unus pro popolo. Scacerni hatte sich nicht auf solche Beweggründe berufen, als die Leidenschaft des Menschenmordes in ihm zitterte und er schlecht, aber männlich aufrecht seine Urteile wog. Jetzt aber sagte er, dem lahmen Mörder die Türe öffnend, genau die Worte des Pilatus:

»Verstehen wir uns, um es noch einmal zu sagen: ich weiß von der ganzen Sache nichts, ich wasche mir die Hände.«

Aber aus dem Dunkel der Nacht und der Felder antwortete ihm ein Lachen und dann die zusagende und zugleich verächtliche Stimme des Mannes, der noch nahe war, aber schon davonging:

»Wir haben uns verstanden, waschen Sie sich nur ruhig die Hände.«

Er mußte die zitternde Freude, während er die Tür schloß und den Riegel vorschob, bändigen. Es war ihm, als habe ihn ein Schwindel befallen, als sei er betrunken, und doch hätte er wissen müssen, daß auf seines Hauses Schwelle, in seinem Hause der Geist der betrügerischen Bosheit zurückgeblieben war, der die Schritte jenes andern draußen in der Nacht anstachelte. Lazzaro aber dachte nur an Dosolina, die schön und begehrenswert war und sein für immer, ohne daß sich einer noch dazwischenstellen könnte, um beide zu bedrohen. Und er lachte geräuschlos vor sich hin. Er wollte jeden Lärm vermeiden, um sie, falls sie schliefe, süß zu wecken. So trat er in den Eingang der Schlafkammer, leise, leise, und lauschte. Dosolina aber schlief nicht.

»Lazzaro, warum hast du mich so lange warten lassen?«

»Gewiß, ich hab dich warten lassen«, sagte er, indem er sich eiligst auszog, »aber ich lasse dich nie mehr allein, nie mehr. Übrigens, ich gehe morgen nicht nach Ferrara«, setzte er fröhlich hinzu, als ob ihm ein fürchterlicher Druck von der Brust gewichen sei. Alles stand so gut für ihn, und es schien ihm ganz richtig so: wer die Sache tut, muß für die Folgen eintreten.

II Am andern Tag, kurze Zeit vor dem Einsetzen des Erdbebens, befand sich Lazzaro Scacerni an der Ecke der Via Armari und stand da in seinen Mantel eingewickelt. Um sich selber zu erklären, was ihn hierher gezogen habe, sagte er sich, daß er habe feststellen wollen, ob das Erdbeben seine Verabredung mit Fratognone eingehalten habe. In Wirklichkeit hatte die Sache beim Morgengrauen, das nun schon etwas früher heraufstieg, angefangen, während Dosolina ihm noch an der Brust lag und schlief, ermüdet von der Liebe, die sie beide mit großer Wildheit gepackt hatte, und während auf den Feldern und auf dem Fluß sich der Nebel zerstreute und bei der aufgehenden Sonne jeder Gegenstand, jede Erdscholle und jedes Kraut, jeder Halm und Zweig glitzerte und dann in rosafarbenes Licht getaucht wurde. Da war es ihm in den Kopf gekommen, und es hatte ihn keinen Schlaf mehr finden lassen, ja er konnte nicht einmal mehr ruhig daliegen, bis er schließlich auf dem Pferde saß. Dosolina hatte er irgendeinen Vorwand gesagt, und sich selber gestand er es sozusagen gar nicht ein, nicht einmal die Richtung, die er nehmen wollte. Zuerst kam Ro, dann la Zocca, schließlich Francolino, wo die Straße den Fluß verließ. In jedem Dorf hatte er einen Grund gefunden, um sich zum nächsten fortbewegen zu können, und so fand er sich schließlich an der Pforte von San Giovanni. Und er war so zeitig angekommen, daß er ein paar Stündchen drangeben mußte, um zu sehen, ob das Erdbeben wirklich Wort hielt. Er ging wie im Traum und ohne Erinnerung herum. Das Pferd hatte er in einem Stall nahe am Stadttor untergestellt. An der Ecke der Via Armari war alles menschenleer. Doch ging er an einem vorbei, der an der Mauer lehnte, den Hut über die Augen herabgezogen und den Mantel so umgeschlagen, daß er die Nase verdeckte. Aber das wunderte ihn nicht weiter, denn es war sehr kalt. Übrigens glaubte er nicht, daß es Fratognone sei, und der Mann schien zu schlafen. Und damit er nicht den Eindruck erwecke, als ob er ihn betrachte, begann er, so zu tun, als ob er im Kreise herumschaue, wie wenn er eine Adresse suchen wolle. Dann fiel ihm ein, er könne ja auch die Straße überschreiten, um sich unter dem Tor der Kirche des heiligen Dominikus auf die Lauer zu stellen. Und während er nun über die Straße ging, hörte er seinen Namen aus der Höhe rufen. Er erinnerte sich an die Schießscharten in den vermauerten Fenstern des Palazzaccio und begriff sofort, von wo dieser Ruf kommen mußte, der in dem allgemeinen Schweigen mit unterdrückter Stimme getan worden war. Die Häuser ringsum schienen alle ausgestorben und blind zu sein, aber mehr als alle andern der Palazzaccio selber. Der in seinen Mantel gewikkelte Mann bewegte sich nun langsam an der Mauer entlang, und sein Gang ließ Scacerni sofort erraten, wer er war. Es schoß Scacerni blitzschnell durch den Kopf, daß sein Erscheinen hier vorm Eingang des schweigenden Palazzaccio bei Fratognone den Verdacht erwecken mußte, er wolle ihn dem Raguser verraten. Und so murmelte er ihm zu, während Fratognone dicht an ihm vorbeiging und ihn unter der Krempe seines breiten Hutes her scharf anblickte:

»Ein Vieh, wer sein Wort nicht hält.« Mit diesen Worten entschloß sich Lazzaro nun zum Eintreten. Der andere setzte ruhig seinen Weg längs der Mauer fort und knurrte, als hätte er die Eigenschaft, mit sich selber zu sprechen:

»Einen mehr oder weniger umlegen, das ist für mich dasselbe.«

Wenn Lazzaro dem Ruf aus dem Palazzaccio nicht Folge leistete, so konnte das den Verdacht des Ragusers erregen. Wenn er aber nun antwortete und zu ihm hinaufstieg, dann hieß das, sich zu dem Verbrechen hergeben, indem er nämlich den Alten einlullte, und zum Komplicen des bevorstehenden Mordes werden. Und er wollte doch unbedingt reine Hände bewahren. Er glaubte sogar, sie bis zum Augenblick noch rein zu haben, und als Scacerni so die Stiege hinauftrat, wünschte er, daß das Erdbeben an diesem Tage aussetzen möchte, und er verwünschte sich, daß er hierhergekommen war.

Michele Bergando, in die türkische lange Gewandung gekleidet, empfing ihn unter der Tür mit einem überaus freundlichen Gesicht, genau wie das erstemal, nur noch förmlicher.

»Oh, was für ein guter Wind, Padrone Lazzaro, Verehrter, der Sie mir herbringt. Dazu brauchte es also ein Erdbeben, um Sie nach Ferrara zu führen, zu Ihren alten Freunden.«

Scacerni dachte: du wirst sehen, was für einen Scherz das Erdbeben mit dir vorhat. Aber er sagte:

»Ein Geschäft, Michele Bergando, ich war gerade auf dem Weg dahin, da haben Sie mich gerufen, andernfalls wäre ich weitergegangen. Ich muß mich in der Wirtschaft zu den Drei Kronen einfinden, hier in der Strada della Rotta.«

»Da hätten Sie sehr übel dran getan, weiterzugehen, aber sehen Sie mal: wenn ich nicht zufällig, um mir die Langeweile zu vertreiben, durch das Guckloch in dieser meiner alten Verschanzung geschaut hätte, Sie wären also weitergegangen, und das sagen Sie mir auch noch! Ja: ich guckte so auf die Straße, ich lebe hier wie ein Wolf in seiner Höhle (es gibt da jemand, Padrone Lazzaro, der mir nicht wohl will!), und wen sehe ich auf der Straße vor der Kirche? Sie wollten ein bißchen beten gehen? Ein lobenswerter Gedanke, aber behandelt man so seine alten Freunde?«

Er klatschte in die Hände. Und es erschien ein schlampiger Knabe wie das letztemal, dem man das Laster ansehen konnte, einer vom Schlag, wie sie dem Hausherrn gefielen.

»Wein von Zypern«, befahl er, »und tun Sie's mir nicht an, den Wein wieder abzulehnen, indem Sie mir sagen, daß Sie auch diesmal wieder nüchtern seien.«

»Ich sehe, daß Sie ein gutes Gedächtnis haben.«

»Ein besseres als Sie, der Sie Ihre Freunde vergessen, ein besseres als Sie, Padrone Lazzaro. Und wie geht es der Padronin, Ihrer Frau, der schönen Dosolina Malvegoli?«

»Danke, gut, zu Ihren Diensten«, sagte Scacerni, ohne sich darüber zu wundern, daß der alte Gauner so vielerlei wußte, sogar den Namen seiner Frau.

»Ja, ja, wir wissen wohl, daß Sie verheiratet sind und glücklicher Vater, wir vergessen nicht ...«

»Die Freunde!«

»Genau so!« Und der Alte erging sich in wortreichem Bewundern über das schöne Aussehen Dosolinas, über die Art und Weise, wie die

Jahre Lazzaro behandelt hatten und darüber auch, wie sich das Bein gemacht habe, wonach er auf die überstandene Gefahr und den erlittenen Schaden einging.

»Wir wissen alles, alles wissen wir«, sagte er. »Probieren Sie mal dieses Gläschen Zypernwein, und Sie werden mir allerlei zu sagen wissen; von solchem Wein trinkt man nicht im Wirtshaus zu den Drei Kronen, obwohl das eine Wirtschaft für ausgemachte Herren ist, eine Wirtschaft ersten Ranges. Auf Ihr Wohl!«

»Auf das Ihre!« Und er dachte dabei: du tätest besser, deine Seele Gott zu empfehlen.

Der Wein war gut, dicht und würzig, und er glitzerte wie klares Öl, und darinnen wirkte ein Hauch von köstlichem Harz. Der Knabe mit den weichen Hüften goß ihm aus einer Karaffe aus böhmischem Kristall ein, die mit Silberarbeit verziert war. Die Gläser waren ebenfalls reich verziert und kostbar, aber beide verschieden, und man dachte sofort bei ihrem Anblick an den zusammengeraubten Reichtum und daß man sich im Hause eines Piraten befand. Der hob jetzt sein Glas aufs neue:

»Zum Wohl auf die Frau! Und auch zum Wohl auf den armen Princivalle Malvegoli!«

»Wie, den kennen Sie?«

»Ja, und ich weiß sogar, daß Sie ihn nicht mögen. Aber man kennt das ja, Schwiegersöhne – Schwiegerväter! Ich dagegen bin sehr glücklich gewesen, ihm mit einigen Sümmchen unter die Arme greifen zu können, und mit Rücksicht auf Sie habe ich mich mit sehr niedrigen Zinsen zufriedengegeben, mit sehr niedrigen. Was, Sie lachen?«

»Ja, ich lache. Daß mein Schwiegervater schlau sei, glaubte ich wohl zu wissen, aber bis zu diesem Punkt!«

»Nicht alle«, sagte verstimmt und kalt der Pirat, »haben die geniale Begabung des Padrons von der San Michele. Trinken wir also auf die Gesundheit des guten Beffa, der jetzt ja wieder Ihr Geselle wird.«

Scacerni stellte das Glas hin, er war nahe daran, den Wein fortzuschütten und die Unterhaltung abzubrechen, aber in diesem Augenblick erinnerte er sich, wo Beffa mit einem Messer zwischen den Rippen sich befand, und er spürte eine spitze Neugierde, den Raguser im weiteren nach Beffa auszufragen. Auch jener war bald ein toter Mann, wenn das Erdbeben seine Verabredung mit dem Fratognone einhielt. So nahm er wieder das Glas in die Hand.

»Auf Beffas Gesundheit und auf die Gesundheit dessen, der ihn beschützt!« Und es kam ihn die Lust zu lachen an, wie der Fuchs sich näherte, ohne das Falleisen zu bemerken. Der Raguser wurde nun lebendiger und holte weiter aus.

»So gefällt's mir, wirklich, so ist's recht. Ich habe Sie immer hochgeschätzt, ich habe nie daran gezweifelt, daß Sie zur Vernunft kommen würden, aber um die Wahrheit zu sagen, in der letzten Zeit schien es mir, als ob ich eine gewisse Widerspenstigkeit bemerkt hätte, ich will nicht sagen, Feindseligkeit, o ja, ich dachte, und das tat mir leid, daß der Padrone Lazzaro ein Wirrkopf geworden sei, verzeihen Sie den Verdacht. Und jetzt tut es mir im Herzen gut, daß ich Ihrem Schwiegervater geholfen habe, der, unter uns gesagt, nicht gerade an zu viel Schlauheit leidet. Er kam her, mir sein Elend zu klagen, und daß er dieses und jenes nicht bezahlen könnte. Und so, da sehen Sie mal wieder die Leidenschaft, wegen dieses kleinen Grolls gegen Sie habe ich Sie nun in ein Netz von bösen Unternehmungen verwickelt, richtig, um Sie zu ruinieren, ja ja, so ist's in der Tat. Da sehen Sie mal wieder, wieviel Schaden aus einer so dummen Dickköpfigkeit entstehen kann, man muß vorsichtig sein auf dieser Welt, man kennt niemals den Mann, der uns einmal Böses antut, auch ohne es zu wollen. Sie werden mir jetzt sagen: Dickköpfigkeit, gewiß, aber das ist doch eine lächerliche Sache, und es war doch klar, daß es mir bald leidtun würde. Das sind alles schöne Gründe, Padrone Lazzaro, aber ich sah die Sache damals nicht so, ich hatte eine Stinkwut auf Sie, ich dachte, daß Sie mit mir brechen wollten: diese Leidenschaft, sehen Sie, die mich dann packte, denn ich hänge an Ihnen, und ich schätze Sie! Habe ich Ihnen nicht gesagt, daß ich Ihnen in der Jugend hätte begegnet sein mögen, damit wir das Meer miteinander durchmessen hätten? Ein Mann, der auf dem Meer großgeworden ist, der weiß ein solches Wort zu schätzen. Das Meer, Padrone Lazzaro, die Jugend, ah!«

Er seufzte mit dieser seiner seltsamen Aufrichtigkeit, in der er sein ganzes Bedauern ausdrückte. Dann fuhrt er fort:

»Aber was vergangen ist, ist vergangen, und auch mein Gefühl, das ich gegen Sie hatte. Und was Ihren Schwiegervater betrifft, ich verzeihe ihm, wirklich, ich verzeihe ihm, und ich bin glücklich. Allerdings wäre ich noch glücklicher, wenn jetzt die Stunde des Erdbebens nicht so nahe wäre, dieses Erdbeben hat nämlich eine Gewohnheit angenommen, sehen Sie mal, das ist doch eine ausgesprochen lasterhafte Gewohnheit von diesem Erdbeben.«

Scacerni konnte ihm an den Augen ablesen, daß Fratognone wirklich recht hatte, und er dachte daran, daß in der Tat die Stunde nahe sei, jene andere Stunde, an die zu denken dem Raguser nicht einfiel.

»Ja dann«, sagte er, »ich habe ausgetrunken, ich grüße Sie und werde jetzt gehen.«

»Nein, auf keinen Fall«, sagte der Raguser, vom Erdbeben beunruhigt, und es war seltsam, wie die Angst ihn grau und alt machte, »ich möchte jetzt nicht allein sein. Das Haus macht mir Angst, sehen Sie, mir, der ich die Angst nie gekannt habe, weder vor Menschen noch Sachen, weder auf dem Lande noch auf dem Meer. Aber das Erdbeben (ich bin mal als Junge in meinem väterlichen Hause zu Ragusa verschüttet worden), das Erdbeben, ja, das läßt mich zittern. Und ich möchte mich Gott empfehlen, aber dann fällt mir ein, daß ich ja Türke wurde. Es wäre eine schöne Geschichte, die ich Ihnen erzählen könnte, wenn Sie hierblieben, wie ich Türke wurde und mich beschneiden ließ. Und eben deshalb, sehen Sie, weiß ich nicht mehr recht, welchem Gott ich mich nun empfehlen soll. Ich bin nicht mehr der Mann von früher, Padron Lazzaro.«

»Empfehlen Sie sich trotzdem«, sagte Scacerni mit Nachdruck, »empfehlen Sie sich Gott.«

»Ja, aber welchem?«

»Dem Gott der Barmherzigkeit.«

»Dem Gott der Barmherzigkeit? Ja, das überzeugt mich, Barmherzigkeit, die hätte ich schon notwendig.«

»Die haben wir alle notwendig, aber jetzt, da ich Ihnen einen guten Gedanken eingegeben habe, Michele Bergando, will ich Sie mit ihm allein lassen, ich muß gehen, ich habe es Ihnen gesagt.«

Er hatte nun Eile zu gehen, als ob auch er selbst vor dem Erdbeben Angst hätte. Der Alte beklagte sich:

»Ich kann mich doch außerhalb des Hauses nicht aufhalten, bei all den Feinden, die da herumschwirren, ich kenne doch Leute, die mir auflauern, und es würde mich gewiß das Fell kosten. Und hier zu Hause, diese Sorge, diese Angst, wenn es anfängt, unter meinen Füßen zu wakkeln, wenn die Mauern ihre Wellenbewegungen machen, o je, o je, ich habe Angst, unter den Mauern liegen zu bleiben.«

Die Klage des alten Halunken wirkte auf eine unglaubliche Weise mitleiderregend und tölpelhaft zugleich, und er bat:

»Bleiben Sie doch bei mir, lassen Sie mich nicht allein, gehen Sie nicht fort. Sie sind doch stark, stärker als ich, und Sie haben keine Angst vor dem Erdbeben. Ich kann mich keinem anvertrauen, weder drinnen noch draußen, weder bei Tag noch bei Nacht, und das ist nun mein Leben. Deshalb spioniere ich auch, wer auf der Straße vorbeigeht, ob es Räuber oder Verräter sind, die mich ausplündern oder umbringen wollen.«

Scacerni glaubte aus dem Schweigen der kalten und einsamen Straße den ungeduldigen Schritt des Mörders heraufhallen zu hören, und er dachte: du weißt ja nicht, wer auf dich wartet. Aber alle Vorwände erschienen dem Raguser gut, um ihn festzuhalten, und er begann aufs neue:

»Und glauben Sie nicht, daß ich nur mit Tölpeln und Schindern wie Ihrem Beffa zu tun habe.«

»Meinem? Es ist mehr Ihr Beffa, um zu sagen, wie die Dinge liegen.«

»Leider haben Sie recht. Ach, es ist ein schreckliches Handwerk, voll von Verpflichtungen und Erpressereien, ich bediene mich aller, und allen befehle ich, ja. Aber dann bedienen sich auch wieder alle meiner Person, und da gibt es Leute, die mich beneiden, weil ich reich bin. Aber ich sagte Ihnen ja, daß ich es auch mit einer andern Menschensorte zu tun habe, kennen Sie die Carbonari, die Sekte der guten Vettern?«

»Ich kenne sie nicht, und es geht mich auch nichts an.« Er war gereizt, ja geradezu zornig, weil es ihm nicht gelang zu gehen und er sich geradezu genötigt sah, ihn dem Mörder in die Hände zu liefern. Und der Raguser fuhr fort mit diesem leichten Geschwätz, mit dem er weniger Scacerni als die eigene Angst übertölpeln wollte:

»Das ist die Blüte von gebildeten Leuten, von Aristokraten und Bürgern – es handelt sich hier um Advokaten und Doktoren, hochgestellte Personen, die das Regime der Pfaffen umstoßen wollen, um die Republik zu errichten und die Deutschen zu verjagen, so sagt man wenigstens.«

»Das ist nicht meine Sorge.«

»Es ist auch nicht meine, aber wenn einer dieser Herren Verschworenen sich in der prickligen Lage befindet, daß er schnellen Luftwechsel braucht, natürlich ohne Paß, wer hat dann eine Barke zu seinen Diensten, ob's nun in Salz- oder Süßwasser wäre? Wer hat Pferde und Ersatzpferde in der Ebene, Maultiere in den Bergen und Führer und sichere Absteigequartiere allüberall: um den Po in Richtung Venedig und der Lombardei zu passieren, den Apennin nach Toskana hin, den Panaro ins Herzogtum von Modena, das Meer, wenn's nach Dalmatien geht? Ich möchte wetten, daß Sie all diese Orte nicht einmal dem Namen nach kennen.«

»Na hören Sie! Sie vergessen, daß ich mit Napoleon in Moskau war!«

»Ah, bei diesen Gedanken ans Erdbeben weiß ich nicht mehr ganz recht, was ich sage. Und überhaupt, ich vergesse meinen eigenen Vorteil.«

»Von was für einem Vorteil sprechen Sie da?«

»Sie scheinen wohl zu vergessen, was Sie aus Dankbarkeit mir alles schuldig sind, denn ich habe Sie anständig behandelt, das können Sie nicht leugnen. Wenn es nicht einen Mann wie mich gäbe, wer hätte Ihnen dann Ihre Sachen abgekauft, die von Moskau stammen sollen, wie Sie sagen, hm, hm! Es war da so ein Gerüchlein dran, ein Gerüchlein, als ob sie gestohlen wären, Sie lachen?«

»Natürlich lache ich, wenn Sie mich auch meine Zeit verlieren lassen.«

»Es dauert ja nicht mehr lange, dann fängt's an, Gott – nein, es ist ganz überflüssig, ich verstehe mich nicht mehr darauf, Gott anzurufen, ich habe zuviel auf dem Gewissen! Oh, das Gewissen! Und dazu braucht es nun ein Erdbeben, um mir zu beweisen, daß ich so was habe.«

Aber es war keineswegs die Reue, sondern das Gift der Angst, was ihm das Gewissen auf das gequälte Gesicht trieb, und plötzlich, ganz verrückt vor Angst und von unvorhergesehenem Hochmut strotzend, rief er heftig:

»Geben Sie nur acht und gehorchen Sie mir wie ein Rudersklave auf der Galeere! Sie haben keinen blassen Schimmer, wer ich bin und was ich kann, ich, Michele Bergando, der Raguser. Nur ein Wink von mir, und Ihre Mühle sitzt auf dem Grund und auf Ihrem Haus der rote Hahn; Ihre Frau gebe ich unter Ihren Augen dem widerlichsten Schergen hin, den Sohn laß ich euch wegtragen, und Sie kriege ich noch so klein, daß Sie um Gnade betteln, um mich zu bewegen, daß ich Sie schneller sterben lasse. Sie sind Familienvater, denken Sie daran!«

»Genau das, woran ich denke«, sagte Scacerni kalt. Und nunmehr war er entschieden, Fratognone den Alten auszuliefern, falls das Erdbeben nicht genügen würde.

»Brav so«, antwortete der Schreckliche und grinste, »der Rat des Alten ist die Hilfe des Jungen, ohne mich wären Sie nicht Padrone auf der Mühle, Sie wären gar nichts, das müssen Sie doch eingestehen.«

»Ich muß Ihnen noch sagen«, brachte Scacerni nun, ganz hart gemacht durch eine Art von Ekel, hervor, als er merkte, daß der Alte wiederum nahe daran war, honigsüß zu werden, »ich weiß nicht, was besser wäre. Denn, passen Sie auf, warum ich das meine: ich auf die Galeere und Sie zur Hölle!«

Und er war nahe dabei, Fratognone zuvorzukommen, wenn er in diesem Augenblick nicht aus großer Ferne und doch sehr nahe in der Luft oder wo immer jenes Geräusch gehört hätte und auch unter den Füßen, in den Eingeweiden des Bodens – jenes Geräusch, das Rollen des Erdbebens. Der Raguser wurde, wie Fratognone es vorausgesagt hatte, geradezu behext; er hob die Hände über den Kopf und floh in seiner türkischen Zimarra zum Tor und war schon die Stufen hinunter, die Angst schien ihn zu beflügeln. Der Palazzaccio schwankte und knisterte. Der Raguser brachte im Falsetton kreischende und seltsame Worte hervor. Scacerni vermochte nicht, ihm auf den Fersen zu bleiben.

Drunten im Hof standen die räudigen Hunde, reckten den Hals auf, sträubten das Fell und heulten in Todesangst. Und just hier stieß der

Raguser, als er an die Schwelle des Tores gekommen war, einen Schrei aus, der Scacerni erreichte, als er auf dem letzten Tritt der Treppe stand. Er glaubte, daß es dieses Erdbeben sei, das ihm den Boden unter den Füßen wegzuziehen schien, er lehnte an der Mauer, nur einen Augenblick lang, es lief ihm kalt den Rücken hinunter, und er spürte in Mund und Magen eine seltsame Übelkeit. Und er sah: Fratognone hatte noch den Arm außerhalb des Mantelumhangs, in den er gewickelt war, und mit diesem Arm hob er die Krempe des Hutes hoch, und so betrachtete er, seine Augen in die Augen des Bergando heftend, den Alten, der gegen den Torpfosten gelehnt stand in einer seltsamen Pose, die nachlässig und frostig wirkte. Fratognone sagte:

»So, nun schau, wer dir das Fest bereitet hat und krepiere vor Wut!«

Da bemühte sich der Alte nun, mit gebogener und unsicherer Hand auf der linken oberen Brust herumzusuchen.

»Der sitzt«, grinste Fratognone, »daran gibt's nichts zu deuteln. Es tut mir leid, daß es ein viel zu sanfter Tod für dich ist, nach allem, was du mir angetan hast.«

Aufrecht und ohne zu atmen stieß sich der alte Übeltäter von der Wand und bewegte sich. Er ging auf die Straße hinaus und trat einher, als ob er aus Holz sei; so strich er an der Mauer etwa zehn Meter entlang, bis er an der Ecke stand. Dort lehnte er sich mit den Schulterblättern an die Mauer und hielt die Augen geschlossen und die Zähne fest aufeinandergebissen. Fratognone und Scacerni waren ihm Schritt für Schritt gefolgt. Und der Mörder sprach dem Raguser ins Gesicht, daß sein Atem ihn berührte:

»Du wirst mich bis zum letzten Seufzer sehen müssen, die Augen auf, Michele Bergando!«

Der Erstochene öffnete die Augen, richtete sie aber nicht auf den Mörder, sondern auf jenen, der da hinter dessen Schultern stand und Fratognones Kopf um ein beträchtliches Stück überragte. Und als verursache ihm dieser Anblick Überdruß, sagte er, indem er mit einem rauhen Fauchen Atem schöpfte:

»Mit dir bin ich quitt, mit diesem nicht, mit diesem – ah!«

Seine Augen funkelten von Haß. Ein Anfall trotzigen Gelächters rötete seine bläulichen Lippen mit Blut. Sein rauher Atem verwandelte sich in Schluchzen, und das Blut schoß lebhaft und schäumend aus dem verzerrten und zuckenden Mund. Er gab einen leichten Seufzer von sich, der aber aus der Tiefe seines Innern kam – Scacerni erinnerte sich, daß in der Schlacht Verwundete ihn ausgestoßen hatten –, und er kratzte mit wütenden Klauen die Ziegelsteine der Mauer, an der er sich festhalten wollte. Dennoch ließ er jetzt die Rechte los, um gegen Lazzaro mit dem Zeigefinger zu stechen, und schüttelte den Kopf. Die Zeit verging. Er rang mühsam nach Luft, dann löste er sich und rutschte an der Mauer hinab. Wie ein Sack fiel er auf die Erde. Der einst so starke und heftige Mann lag nun da wie ein Bündel Lumpen. Er ähnelte einem Armen ohne Obdach, einem Menschen, der vom Elend ausgemergelt und verbraucht ist, wie man sie unter den Türen in den nächtlichen Straßen in Schlummer gesunken antrifft.

Die Stadt war verstummt, sie hatte sich wirklich an diese Art von regelmäßigem Erdbeben gewöhnt, und das Geheul der Hunde hatte genau so lange gedauert, als es nötig gewesen war, um den Schrei des Durchbohrten zu übertönen. Und das Ganze hatte sich abgespielt in einer Zeitspanne, die nicht viel länger als das Erdbeben dauerte, und keines der spärlichen Fenster der Nachbarschaft hatte sich geöffnet. Der schnelle und dichte Nebel fiel frühzeitig in die winterlichen Straßen, es wurde schon Abend. Fratognone berührte mit dem Fuß den Toten und sagte dann:

»Ich gestehe es Ihnen, als ich Sie hier auftauchen sah, nachdem Sie mir doch gesagt hatten, daß Sie nicht kommen wollten und sich die Hände in Unschuld wüschen, ich gestehe Ihnen, daß ich an Ihnen zweifelte. Und dabei haben Sie wie ein Künstler gearbeitet, denn Sie konnten ihn mir nicht sauberer in die Hände spielen. Jetzt muß jeder von uns auf seine Angelegenheiten sehen. Wir sehen uns bald an der Fähre wieder. Aber vorerst muß ich Ihnen noch Dank sagen.«

Und als ob eine geheimnisvolle und uralte Macht ihn an den Ermordeten und den Mörder binde, legte Scacerni seine Rechte in die dargebotene Hand, und sie schüttelten die Hände über dem Toten, der zwischen ihnen lag.

Fratognone verschwand im Nebel, und Scacerni nahm den Weg durch den Malborghetto zum Kastell hin. Er ging langsamen Schrittes, ohne sich um irgend etwas Sorge zu machen, nur spürte er einen lastenden Ekel, tief im Innern, weil er nicht die Kraft aufbrachte und auch nicht die Lust, sich gegen den Umstand aufzulehnen, daß sowohl der Ermordete wie der Mörder mit einer solchen Natürlichkeit ihn an diesem Verbrechen beteiligt hatten. Wenn er es ganz allein getan hätte, wenn er diesen frechen Bedrücker, der gegen ihn noch kurz vorher die scheußlichsten und blutigsten Drohungen ausgestoßen hatte, mit eigenen Händen umgebracht hätte, er wäre sehr glücklich gewesen. Aber nun war dieses Glück weit weg und verhöhnte ihn so, wie ihn Bergando verhöhnt hatte mit diesem seinem letzten Grinsen. Es lag darin ein Geschmack von Höllenqualen, schon in diesem Bedauern, daß er selber nicht den Mord ausgeführt hatte. Seine Schläfen hämmerten und waren heiß, als habe er hohes Fieber. Und unter dem Mantelumhang brannte ihm die Hand, die er nicht hervorziehen wollte, um sie zu betrachten, als fürchte er, daß Blut daran kleben könne. Er war sehr müde, an allen Gliedern zerbrochen und schleppte sich, das kurze Bein nachziehend, in die Richtung der Porta San Giovanni, wo das Pferd im Stall auf ihn wartete.

III Es kam niemand zur Mühle, um sich über den Po setzen zu lassen. Giovanni Rizzoli, genannt Fratognone, fiel in die Hände der Gerechtigkeit noch am Abend, als die Tat geschehen war, aus Unvorsichtigkeit oder durch eine Anzeige. Er befand sich im Bett einer berüchtigten Frau in der Strada delle Volte. Das Vorkommnis und dieser Fang setzten die Stadt in Bewegung und riefen besonders an den vielen Punkten, wo der dalmatinische Expirat Unterschlupf und Gleichgesinnte gefunden hatte, Unruhe hervor, und auch an der Guarda, wo Fratognone und Bergando sehr bekannt waren, sprach man nur über diesen Fall. Und sofort murmelte das Volk von hochgestellten Auftraggebern und von dem besonderen Interesse, das »gewisse« Leute an dem Verschwinden des Ragusers gehabt hätten. Man redete von den schändlichen Lastern des hartgesottenen Bösewichts Michele und von seinen bösartigen Ränken.

Der Junge, der Scacerni den Zypernwein kredenzt hatte, sprach überdies von einem Besuch, von einem Manne, mit dem Bergando zur Türe hinausgegangen sei, als er aus Angst vor dem Erdbeben floh. Die Beschreibung dieses Individuums ließ die Leute ins Phantasieren geraten, so daß man einander die seltsamsten und ausgefallensten Sachen erzählte. Man munkelte von politischen Vendetten, von Spionage und von Verbrechen der geheimen Gesellschaften, und die Phantasiereichsten vermuteten schließlich, daß diese bärtige Persönlichkeit (das Kennzeichen des Bartes hatte man von Micheles Lustknaben, und daß es sich hier um eine verkleidete Persönlichkeit handelte, ließ keinen Zweifel zu) vom Sultan der Türken geschickt sei, in dessen Auftrag der Renegat Bergando in seiner Jugend den Korsaren gemacht habe. Und die Zeitungsschreiber im Café Tasso und im Pacini gaben ihren Berichten Titel wie: Mohammedanische Vendetten, Ränke des Serails, die Geheimnisse des Diwans, die Mysterien am Bosporus und ähnliche Überschriften, das Ganze wurde ein Roman. Und es mag seltsam erscheinen, daß jenes einzige genaue Merkmal, der Bart des Padrone Lazzaro, zu einem Türkenbart und zum Anlaß wurde, daß man vom Wahren auf die unglaublichste Weise abgeriet, aber wer weiß nicht, was Gerücht und Gerede vermögen! Tatsache ist aber, daß auch an der Guarda, wo jedermann den strittigen Bart vor Augen hatte und wo jedermann vielleicht mehr wußte, als er sagte, diese phantastischen Gerüchte alle dazu beitrugen, um den Verdacht von Scacerni abzulenken. Türke oder nicht, eine große Persönlichkeit mußte dieser Mann mit dem Bart gewesen sein. Andere Leute in Ferrara, und zwar gescheite Köpfe, deuteten, allerdings vorsichtiger, auf das Netz der Komplicen des Ragusers hin und auf die tausend Geschichten, in denen er seine Hand drin hatte, und das waren Geschichten und Unternehmungen von großer Bedeutung. In den Augen der Liberalen war der Raguser von den Sanfedisten ermordet worden, von jenen Schützlingen des Kardinals Rivarola, der in der Romagna regierte; für die Reaktionäre dagegen stand es fest, daß die Carbonari ihn umgebracht hatten – die einen wie die andern sahen in diesem Mord die Handschrift des Gegners. Andere endlich hielten dafür, aber mit noch leiserer und vorsichtigerer Stimme: der Raguser habe allen gleichmäßig seine Dienste geleistet, den Carbonari wie den Sanfedisten, den Schmugglern wie den Steuerbeamten, der päpstlichen Polizei und der österreichischen und überhaupt den Räubern jedes Schlages, und alle hatte er gleichmäßig verraten, und so brauchte man sich schließlich nicht zu wundern, wenn es ihn nun doch erwischt hatte, im Gegenteil, verwunderlich war, daß es nicht früher geschehen war. Jeder traf mit seiner Meinung auf gläubige Ohren, besonders dann, wenn sie falsch war. Das einzige, was man nicht glaubte, war die Aussage des Fratognone: daß er den Raguser von sich aus und ganz allein kaltgemacht habe, einfach weil er ihn haßte, und das war die Wahrheit. Aber abgesehen vom Sultan, hatten alle anderen Parteien, eingeschlossen die zwiefache Polizei, denen der Bergando regelmäßig, wann er konnte und wann es ihm gut schien, schamlos seine Nachrichten hatte zukommen lassen, allen Grund, dafür zu sorgen, daß möglichst schnell über diese Sache Gras wachse. Und so nahm man von allen Seiten das Geständnis des Rizzoli gern entgegen. Damit diente die Wahrheit selber dazu, die Wahrheit zu verbergen.

Fratognone gab sich durchaus keine Mühe, irgend etwas zu leugnen, nicht nur, weil ihn Haß anklagte und der Dolch, wenn er freigekommen wäre, für ihn bereit war, sondern weil der Richter ihm jeden Tag neue Verbrechen nachwies und so viele und so schwere, daß er zum mindesten zehn Köpfe und das Alter des Papageien oder irgendeines anderen langlebigen Tieres hätte haben müssen, um sie alle abzubüßen. Da kam es nun heraus: Gelddiebstahl und Diebstahl von Kostbarkeiten mit und ohne Einbruch; Straßenraub und Entführungen; Erpressungen, Grausamkeiten und Körperverletzungen; Notzüchtigungen und Schändungen mit Gewaltanwendung und Schlägen und versuchter Tötung; Morde in großer Anzahl. Darunter befanden sich ein Feldhüter aus den »Tälern«, ein päpstlicher Gendarm, ein Priester, und alle diese Morde waren meist aus den lächerlichsten Gründen geschehen, immer aber handelte es sich um das Austoben von Brutalität und Bösartigkeit. So kam insgesamt die schöne Summe von siebenundachtzig nachgewiesenen Anklagepunkten heraus, die Fratognone auch alle zugab. Er hatte einen Komplicen, den Battista Toselli, Cotichino genannt, der ganz sein Werkzeug war und auch sofort festgenommen wurde. Und dann wurde für lange Zeit nicht mehr von der ganzen Sache gesprochen.

Padrone Lazzaro Scacerni war Tag und Nacht gequält, und zwar mehr von der peinigenden Frage, warum ihn Fratognone nicht anzeigte, als von der Furcht, eines Tages von der Polizei abgeholt zu werden. Wenn Fratognone der Mann war, wie man wußte und sagte, der aus reiner Freude am Bösen seine brutalen Taten vollbrachte, war es unerklärlich, warum er nicht auch in diesem Punkte sich im Bösen entlud. Zwar hätte ihm diese Anzeige wenig geholfen, doch hätte sie ihn immerhin ergötzen können. Denn er hatte ja bewiesen, daß er aufgestachelt war von ganz nichtigen Beweggründen, was ja seine Taten um so schrecklicher erscheinen ließ. Man erzählte jetzt auch an der Guarda, wie er den armen und wohltätigen Priester von Cogomaro nur deshalb getötet hatte, weil der ihm zu essen gab. So hatte sich wenigstens der Übeltäter mehr als einem gegenüber gerühmt, der jetzt erst davon zu erzählen begann. Hatte er nicht auch einige seiner Spießgesellen malträtiert und verwundet, ohne jeden anderen Grund, als weil sie ihm fast so treu waren wie der Cotichino? Dieses Stillschweigen konnte auch einen Ehrenpunkt bedeuten, wenn man das sagen kann bei einem, der das Böse immer selber getan hatte, und zwar wegen des Vergnügens, das ihm die Übeltat bereitete. Scacerni aber fühlte, ohne es erklären zu können, daß in diesem Falle noch etwas anders mitsprach: Stolz, keinen Mittäter gehabt zu haben, und umgekehrt behagliches Vergnügen, mit Stillschweigen die sanktionierte, durch einen Händedruck mit dem Toten sanktionierte Mittäterschaft zu bekräftigen.

Und er spürte tief die Wahrheit jenes Wortes, daß alle Sünden, die in Gedanken begehrt wurden, schon begangen sind. Wer einen Menschen zu töten verlangt, der hat ihn schon in seinem Herzen getötet. So wie der, welcher die Frau eines andern mit begehrlichem Auge betrachtet, bereits Ehebruch begangen hat. Er schlief wenig und schlecht und wurde von Ängsten aufgeweckt, von Alpdrücken und kaltem Schweiß; er lebte in einer ständigen Angst, daß man es ihm aus dem Gesicht ablesen könne und daß er sogar im Traum zu sprechen beginne. Aber was sollte man in seinem Gesicht lesen, was konnte er schon ausplappern, wenn er in den Augen der Polizei unschuldig war? Unschuldig, was für ein vieldeutiges Wort das doch ist, und wie weit war es jetzt von ihm entfernt. Es war gut, daß er zur weltlichen Gerechtigkeit aus eingefleischter Überlieferung keinerlei Zutrauen besaß, aber es war doch sonnenklar, daß der Schuldige, wenn er ihn zum Komplicen hätte machen wollen, ihm folgende Kleinigkeiten in bezug auf die Teilnahme am Mord hätte nachweisen können: das versprochene Übersetzen über den Po, das Stillschweigen zur Tat; zum Morde selbst hatte er soviel beigetragen wie das Erdbeben, doch das eigene Gewissen schrie es ihm zu, daß er den Tod des Ermordeten heftiger begehrt habe als der eigentliche Mörder und ohne die Entschuldigung, so Schreckliches wie jener von dem Ermordeten erduldet zu haben.

Er ging oft in Gedanken die eigenen Beweggründe, wie sie ihm aus Groll und Haß gekommen waren, durch und versuchte mit einer Art müden und überdrüssigen Vergnügens, seinen Haß gegen den Toten neu aufleben zu lassen: ein trauriges und unfruchtbares Bedürfnis. Schließlich war er so weit gekommen, daß er wünschte, Fratognone und das Gericht möchten ihn rufen, denn er war überzeugt, Gericht und Verhör vermöchten diesen strengen inneren Richter zum Stillschweigen zu bringen, jene unbarmherzige Stimme, die ihn anklagte und ihm immer wieder vorwarf, daß er eigentlich der Mörder sei. Nur so konnte er, nur wenn er seine Schuld genau bezahlte in Jahren und Monaten und Tagen, genau wie das Gesetz es für seine Teilnahme am Verbrechen wollte, nur so konnte er zur Ruhe kommen.

Und nur wenn er bekannte, glaubte er jene innere und viel schrecklichere Anklage entkräften zu können, jene unermüdliche, überlebendige Stimme, die ihn verdammte. Diese Stimme wurde nachgerade bösartig, nämlich nachdem der Beichtvater angefangen hatte, jenes müde und zugleich besessene Wühlen nach der Schuld an ihm zu tadeln, da er sich schon im Beichtstuhl angeklagt habe. Und der Beichtvater sagte, es sei in dieser seiner Selbstzerfleischung ein gutes Stück Hochmut, denn er verzweifele und wolle verzweifeln und beleidige die Barmherzigkeit Gottes eben deshalb, weil er bekenne, der Verzeihung unwürdig zu sein.

»Niemand ist unwürdig«, sagte Don Bastiano, »nur wer an der Gnade verzweifelt. Stellen Sie sich doch nicht so an!«

Aber das waren Sünden gegen den Geist, eine schwierige Materie. Und der gute Priester, der immer nur gewöhnt war, über klare und handgreifliche Fleischessünden zu Gericht zu sitzen, mußte nun die Teologia Morale und die Istruzioni zum Gebrauch für Beichtväter vom

Heiligen Alfons von Liguori hervorziehen und abstauben. Und dann kam er zu dem Schluß:

»Wissen Sie auch, wer hier im Spiel ist und Sie derartig den Schwierigen spielen läßt?«

»Der Teufel.«

»Sie haben es gesagt.«

Aber Scacerni konnte nun, da er wußte, woher diese Gedanken kamen, sich deshalb noch lange nicht gegen sie anstemmen, im Gegenteil, eine noch größere Düsternis überfiel ihn. Das war besonders schlimm gegen Morgen, denn tagsüber, wenn er wie besessen arbeitete, verloren sich diese Gedanken, und am Abend gingen sie vor Müdigkeit im Schlafe unter. Aber jeden Morgen wurde er wach mit einem schrecklichen Durcheinander im Kopfe und entsetzlichen Träumen, an die er sich dann nicht deutlich erinnern konnte und die ihn deshalb um so schlimmer bedrückten. In diesen Träumen gab es Kerker, Untersuchungen, Richtblöcke, und über allem: die ewige Verdammnis. Und er hörte schreckliches Gelächter im Traum und Geschrei; und dieses Gelächter war vom Teufel, dessen war er gewiß.

Unter diesem höllischen Gelächter öffnete er selber seinen Mund.

Bei solchem Erwachen wandte er sich angstvoll zu Dosolina:

»Hab ich geredet?« Aber er beherrschte sich. »Hab ich etwas gesagt? Irgend etwas, heute nacht, im Schlaf?«

Und sie war es dann, die ihm eingestand, daß er unruhig geschlafen habe, ja, und daß er auch redete, aber dann bereute sie es schon, es ihm mitgeteilt zu haben.

»Was mache ich, was sind das denn für Worte?«

»Ich weiß nicht, ich verstehe sie nicht, ich verstehe nur, daß sie sinnlos sind.«

»Aber was hältst du denn davon?«

»Mir scheint's, als ob du Angst habest, und als ob du dich, ich weiß nicht wohin, fallen fühltest, in ein großes Loch, ja in einen Brunnen ohne Grund. Und dann ist's so, als ob dich jemand drossele, ja, und das ist das Schlimmste, dann meine ich, du bekämst keine Luft mehr, und du sagst dann ...«

»Versteht man denn, was ich dann sage?«

»Ja, genau dann, du sagst dann fürchterliche Flüche und lachst dabei, ach, ich verstehe, das sind ja nur Dummheiten, aber das Lachen hört sich ganz entsetzlich an.«

Und dann hörte er sich wieder selber im Traume lachen.

»Und sag ich auch Namen?«

»Ja, aber ganz verwirrte, richtiges Traumgefasel.«

»Na, laß es gehen, im Traum weiß man wirklich nicht, was man sagt. Und was noch?«

»Ja, was noch?«

»Hast du mir wirklich alles gesagt?«

»Alles, das heißt . . .«

»Das heißt?«

»Manchmal schreist du: ich bin es nicht gewesen! und: haut ihm den Kopf ab!«

»Das tut mir leid, daß ich dich nicht ruhig schlafen lasse, besonders jetzt, da du das Kind stillst und immer so müde bist. Wenn du willst, lege ich mich in eine andere Kammer.«

»Oh, was kommt dir in den Sinn, das gefällt mir aber durchaus nicht.«

Um ihn von seiner Bedrücktheit und sich selber von seinen lästigen, ihr zusetzenden Fragen zu befreien, wurde sie ausweichend:

»Gewiß, du redest im Traum, aber nur ein bißchen. Außerdem, seit einiger Zeit schläfst du viel ruhiger.« Und sie log: »Jetzt sprichst du schon gar nicht mehr, die letzte Nacht hast du ganz ruhig geschlafen, ruhig wie unser Giuseppino.«

Lazzaro wußte wohl, daß das eine Lüge sei, aber er nahm es entgegen wie ein gutes Zeugnis, denn er fürchtete sich, sie zu betrüben und zu entsetzen. Und wenn die Träume ihr wirklich enthüllt hätten . . . aber was denn schon, was konnten sie enthüllen? Nun, daß er ein Mörder war . . . Da sank ihm bereits der Mut – vielleicht wußte sie es schon, vielleicht wußte Dosolina alles.

»Was habe ich gesagt«, fragte er hartnäckig weiter, »was hast du die letzte Nacht gehört?« Und wütend über die eigene Hartnäckigkeit – und trotzdem hartnäckig in seiner Wut: »Du mußt es mir sagen, hast du verstanden? Du mußt mir alles sagen.«

»Ich habe dir wirklich alles gesagt.«

»Alles, hast du mich verstanden? Ich befehle es dir!« Und endlich mußte ihr nun sein Verhalten als eine eigenwillige und bösartige Anmaßung vorkommen:

»Ich habe dir immer gehorcht, Lazzaro. Das mußt du der Gerechtigkeit zuliebe zugestehen.«

»Ich gestehe es gern zu.«

»Ja, aber dann, warum quälst du mich? Warum hältst du deine Träume für so wichtig – fühlst du dich nicht wohl oder hast du etwa . . . ich will nichts sagen.«

»Vielleicht ein schmutziges Gewissen, hm, Dosolina?«

»Ich habe nichts davon gesagt.«

Und jetzt hatte er sogar Angst, wenn er etwas im Wachen sagte. Und immer diese Fragen, die er ihr stellte, er konnte nicht widerstehen. Zuerst tat er, als frage er nur zum Scherz, aber dann endete die Sache im Streit, und die kleine Frau weinte.

»Eine Frau«, so sprichwörtelte er dann etwa, »darf keine Geheimnisse vor ihrem Manne haben.«

»Ich muß jetzt vielmehr annehmen, daß du vor mir Geheimnisse hast, und sogar ziemlich schlimme.«

Er erbleichte vor Entsetzen. Er begann nun ernstlich zu glauben, daß sie ihn und sein Geheimnis durchschaut habe. Dabei beschäftigte er sich gar nicht sonderlich mit den Berichten und Meldungen über den Stand der Verhandlung in Ferrara, wenn einer von dort kam. In seinen Fragen steckte vielmehr eine seltsame und wütende Gier, etwas über Fratognone zu erfahren. Aber was eigentlich? Alles und nichts, und eigentlich nur das eine: was der im Gefängnis mache und was er von ihm denke.

Die gerichtliche Untersuchung zog sich in die Länge, und das nicht, um noch neue Verbrechen zu entdecken, sondern um mit Stillschweigen und Vergessen mancherlei zuzudecken, bevor der Prozeß in die Öffentlichkeit rücken und der Spruch gefällt werden sollte. Das ist oftmals der Grund für so lange und eifrige Vorarbeiten, das erriet man auch sofort an der Guarda.

Der Winter ging seinem Ende zu, und dann kam das Frühjahr und ging vorüber. Aus dem Sommer wurde Herbst; und jede der Jahreszeiten trug, Tag für Tag, diesen Gedanken zu Scacerni: wie hat er die Kälte überstanden im Gefängnis, wie ertrug er die Wärme, waren ihm die Nächte länger vorgekommen oder die langen Tage, und was dachte er wohl, wenn er schlaflos dalag und wenn er am Morgen sich von seinem Lager erhob, dieser Mann, der nichts anderes mehr erwartete, als daß man ihm den Kopf abschlage. Dachte und fühlte er wie man selber? Unter all den Nachrichten, die Scacerni trafen oder die er einzeln auflas, war natürlich von all diesem nicht die Rede, und seine Neugierde wuchs in gleichem Maße, wie von Monat zu Monat seine Sicherheit wuchs, daß er weder verdächtigt noch gesucht werde; und diese Sicherheit erfüllte ihn mit Schrecken in seinem tiefsten Innern, indem sie ihm sagte, daß es für ihn keine Entsühnung mehr gebe, sondern nur noch die Verdammnis, er war von Gott verlassen, so glaubte er, und schon in den Klauen des Teufels. Das war sein eigenstes Geheimnis, an dem nur noch seine unstillbare Neugierde etwas zu ändern vermochte. Und indem er sich nun bemühte, in die Seelenverfassung des Fratognone in einer der Zellen des ferraresischen Kerkers einzudringen, stellte sich Scacerni vor, er müsse selber zum Richtblock gehen, und dann stiegen ihm die Haare zu Berge, wenn er die Klinge im Knochen des Halses hinten eindringen spürte. Aber er ergab sich dann mit seiner Seele in dies Gefühl, oder vielmehr er versteinte darin. Dasselbe litt er gegenüber seiner Frau: er tat sich Gewalt an, damit sie sich nicht so sehr quälen sollte. Aber es kam dabei nichts heraus, als daß er sie beleidigte und mit Schmerzen bis obenan füllte. Er war nicht mehr Herr seiner selbst, er war besessen, eine fremde Macht regierte ihn: Satanias.

Ohne eigentlich zu solchen Vermutungen und Schlüssen gekommen zu sein, hatte es Dosolina doch für gut befunden, Don Bastiano Donzelli zu bitten, als er auf Ostern zur Hausweihe und zum Abholen der Eier an der Pappelbrücke erschienen war, dem Segen noch die kirchlichen Beschwörungsformeln gegen den Teufel anzuschließen. Als Motiv gab sie an: sie fürchte, im Hause etwas wie teuflisches Treiben zu verspüren. Der Pfarrer erfüllte ihr den Wunsch. Im übrigen war das Sündenbekenntnis keinerlei Erleichterung mehr für den unglücklichen Lazzaro, seit er in seiner Osterbeichte zu Don Bastiano gesagt hatte:

»Ich glaube, ich bin verdammt.«

Die Überraschung hatte den Priester ganz aus dem Konzept gebracht.

»Aber dummes Zeug, Sie plagen sich da mit einem Nichts.«

»Für mich gibt es keine Verzeihung«, hatte der Büßer zugefügt, und in seiner Stimme war so viel einfacher und müder Schmerz, daß Don Bastiano ärgerlich auffuhr:

»Das ist, mein Lieber, nichts anderes als Ihre Unwissenheit. Aber sie übersteigt wirklich noch das Ihnen zugebilligte Maß.«

»Ich habe nie vorgegeben, ein Weiser zu sein.«

»Das will ich hoffen. Und wissen Sie übrigens, was für einem Los Sie in dieser Seelenverfassung entgegengehen? Dem unbußfertigen Tode!«

»Ich kann Ihnen nur dasselbe sagen.«

»Aber hören Sie!« sagte der Priester, von der trostlosen Stimme weich geworden, »Sie sind, mein Sohn, das erste Pfarrkind, möchte ich wetten, solange die Pfarrei existiert, das sich derartige Verdrehtheit in den Kopf setzt, und die Pfarrei von der Guarda ist alt, o ja, sehen Sie mal das Alter unseres Kampanile. Hören Sie, wenn wir nicht im Beichtstuhl wären und mitten im Sakrament, möchte ich sagen, daß Sie mich aufziehen wollten.«

»O nein, nein.«

»Das fehlte auch noch gerade. Aber . . . aber wieso denn, mein Sohn, glauben Sie nicht, daß unser Herr die Gewalt hat, Ihre Seele zu retten, wenn Sie nur aufrichtig Ihre Sünden bereuen?«

»Daß er es kann, daran zweifle ich nicht, aber daß er es will.«

»Ah so!« Und der Priester wollte schon gegen ihn losfahren, um ihn streng zu tadeln, als ihn ein tiefes Mitleid überkam: »O ja, es ist ein Geheimnis, das größte und schrecklichste Geheimnis, unser Herr will Sie retten, er hat den Kreuzestod erwählt, aus diesem Grunde erwählt. Und trotzdem können Sie verlorengehen, können Sie die Gnade zurückstoßen. Denn der Allmächtige kann Sie nicht zur Annahme der Gnade nötigen, wenn Sie es nicht wollen. Wenn Sie verzweifeln, dann verlieren Sie die Gnade und verlieren Ihre Seligkeit.«

»Ich habe sie schon verloren und bin selber verloren.«

Der Priester wurde streng:

»Ja dann, wenn Sie selber den Richter machen und den Spruch fällen wollen, warum erscheinen Sie dann an den Schranken des Gerichts? Merken Sie sich wohl, Sie sündigen wider den Heiligen Geist, beten Sie, wenn Sie noch dazu imstande sind.«

Aber die Verzweiflung Lazzaros war tief, war unheilbar geworden. Er konnte nicht mehr beten. Sobald er bei den ersten Worten irgendeines Gebetes war, überfiel ihn hinterhältig und heftig der Gedanke an jenen andern im Gefängnis, der in der Erwartung seines Endes stand. Hatte Fratognone bereut? Stand er in der Gnade Gottes? Vielleicht. Und er verglich sich mit Fratognone. Er beneidete ihn sodann und klagte Gott der Ungerechtigkeit und parteiischen Einstellung an. Das war Raserei, so räsonierte Kain.

Im übrigen gingen seine Unternehmungen besser, als er es erwarten konnte. Die Mühle klapperte Tag und Nacht, er arbeitete und verdiente gut, so gut, daß er schnell seine Schulden bezahlen konnte. Dosolina stand auf ausgezeichnete Weise dem Hauswesen vor, und für das kommende Jahr hatte sie mit einem Bauern, der Maulbeerbäume besaß, abgemacht, daß auch sie nun Seidenraupen züchten wolle. Die Gesundheit war in Ordnung, und er selber hatte sich an das kurze Bein gewöhnt, so daß er, als man ihn einmal bedauerte, sagte:

»Ich erinnere mich gar nicht mehr, daß einmal beide gleich lang waren.«

Eine solche Antwort schien seltsam; einige glaubten, daß sich dahinter eine allzu verschlossene Bitterkeit verberge, die andern meinten, es drücke sich darin eine allzu große Strenge und Herbheit aus. Auf jeden Fall machte sich darin eine Gleichgültigkeit, ja eine Verachtung des Mitleids und des Zuspruchs der andern breit, so daß die Leute davon verstimmt wurden. Die Kunden hätten übrigens seine Art und Weise von früher vorgezogen, als er ihnen beim Abschluß des Kontraktes oder bei der Verabfolgung des Mehls mit großer Dreistigkeit ins Gesicht sagte, daß die Mehlsteuer eine doppelte sei und auf zweierlei Weise eingezogen würde, da gäbe es erst den abgemachten Teil am Mehl, der ihm gehöre, und dann den geheimen, den er den Zehnten des Müllers nannte. Damals grenzte sein Verhalten an Frechheit, jetzt dagegen war er ehrlich bis zur peinlichsten Gewissenhaftigkeit geworden, und er nahm nur jene Handvoll Korn für sich, die auf den Mühlen allgemein als das geringste Maß üblich war. Aber es war eine kalte und düstere Ehrlichkeit, von der die Kunden nicht entzückt waren und die sie dennoch ausnutzten, indem sie sich zu seiner Mahlstelle drängten. Seine Ehrlichkeit war ihnen unbequem, sie sagten: er ist zu sehr Ehrenmann, das geht doch zu weit. Und warum ist es eigentlich so, daß nur die Gauner vergnügt sind, und daß einer, sobald er ehrlich wird, ein langes Gesicht zieht? Ehrlich ist er ganz gewiß, aber auch hochmütig.

Als sie ihm das einmal andeuteten, während einige Leute der Nachbarschaft mit ihm in der Schenke saßen, antwortete er ihnen wenig höflich:

»Habe ich euch gefragt, ob ihr Gauner seid oder ehrliche Leute, ihr da? Und doch seid ihr immer fröhlich, wie ich sehe.«

Aber wenn es hieß: zu sehr Ehrenmann, so mußte das die ganze Provinz zur Mühle San Michele ziehen. Und wirklich konnte er es bald ins Auge fassen, eine neue Mühle errichten zu lassen, doch sah er diesem Tag mit derselben entmutigten und trostlosen Traurigkeit entgegen wie jeder anderen Sache auf der Welt. Man muß sich fragen, ob er denn nicht jene sakralen Gemälde gesehen und nicht jene Erzählungen gehört hatte, in denen jener, man versteht, wer, in das Herz des Sünders eintritt, und zwar durch die Tat, die den Menschen entscheidungsvoll an die Welt des Bösen bindet. Wenn er es ohnehin noch nicht gewußt hätte, so hätten ihm die gräßlichen Bilder aus dem Dom von Ferrara genügen und eine Vorstellung davon geben können, auf denen die Verdammten wie erlegtes Wild auf die Rücken der scheußlichen Teufel gebunden sind. Als er mit Dosolina dorthin gegangen war, um das Ex-Voto-Bild zur Madonna dell'Atrio zu bringen, da war es ihm vorgekommen, als habe er diese Teufel und Verdammten zum ersten Mal gesehen, und trotzdem hatte er für sie kaum einen Blick, er starrte nur Christus den Richter an, und er glaubte ihn schon den Mund zum Spruche auftun zu sehen, der ihn auf die linke Seite stellte, zu den Böcken, den ewig Verworfenen.

Nahe beim Dom waren die Kerker, und darin auch Fratognone. Der Teufel im übrigen erschien ihm nicht, denn das war nicht notwendig, doch hörte er ihn wohl aus vollem Halse lachen und im Wasser des Flusses und im Busch bei Nacht gurgelnde Laute hervorstoßen und auch im Hals der Regentraufe, wenn es regnete. Und eines Abends hörte er wieder Gebrüll des Dämons wie damals im Barco. Es lief längs der Ufer des Po, hielt über der Mühle an und ging dann über den Fluß hinweg, um sich zu verlieren. Auch Schiavetto hatte es vernommen, und dem Jungen hatten sich die Haare gesträubt. Malvasone hatte nur kräftig darüber gelacht, aber er war ein begriffsstutziger und unachtsamer Dickhäuter. Ein andermal glaubte Lazzaro zu sehen, wie ein Körper den Fluß herabtrieb, er lag auf der Oberfläche, die Brust und das Gesicht nach oben. Beffa, das Messer zwischen den Rippen. Lazzaro befand sich allein auf dem Gehsteig, er sah, wie die anschwimmende Gestalt die Richtung zwischen die zwei Schiffsleiber nahm, und da wußte er auch, um was es sich hier handelte; denn Beffas Körper war schon seit Monaten zerstört, aufgelöst und begraben unter dem Schlamm und Sand auf dem Grund des Flusses oder irgendwo im Meer. Er sah der Erscheinung scharf ins Gesicht, und Todeskälte erfüllte dabei sein Gebein. Und die Erscheinung trieb gegen das Wasserrad. Scacerni erinnerte sich, daß er von Toten hatte erzählen hören, den verdammten Toten, die kamen, um auf den Rädern von Mühlen zu tanzen, die verflucht waren. Und dann war die Erscheinung verschwunden und mit dem Wasser dahingegangen, das immer dasselbe blieb:

»Jesus, ich kann nicht mehr. Ich leide zuviel.«

Es verging darauf eine kurze Zeit, als er vernahm, daß Giovanni Rizzoli, genannt Fratognone, und Battista Toselli, genannt Cotichino, zum Tode verurteilt waren, und zwar zur Hinrichtung durch das Fallbeil. Auf der Piazza del Travaglio an der Porta San Paolo sollte wie üblich die traurige Szene vonstatten gehen. Der Vorabend des zur Hinrichtung festgesetzten Tages kam heran; es war Anfang Dezember, und eine große Kälte lag über dem Land. Scacerni teilte seiner Frau mit, daß er sich am andern Morgen sehr zeitig erheben müsse und daß er Geschäfte halber den ganzen Tag außerhalb sein werde.

IV

Die arme Frau hatte in diesen Monaten heftig gelitten angesichts des geheimen Kummers ihres Mannes, den sie über die Gründe nicht befragen konnte. Er verdüsterte zusehends und verfiel. In seinen Augen lag ein Ausdruck von Verlorenheit, wie man ihn bei Irren bemerkt, besonders am Morgen, wenn er oft mit einem so tiefen und schmerzlichen Seufzer aufwachte, daß sie am liebsten zu weinen begonnen hätte, wenn sie ihn hörte. Aber weinen, ihn fragen oder sogar ihn betrachten, das war noch schlimmer, dann geriet er außer sich und schrie sie an, er, der in allen Stücken soviel Haltung an den Tag zu legen pflegte.

»Was ist denn los? Bin ich ein seltsames Tier? Oder ist es mein Los, belauert zu sein im Wachen und im Schlafen, immer belauert?«

Auch Venusta war der Meinung, daß in diesem Mann irgend etwas Verborgenes schwärte. Man deutete auf Krankheiten, seelische Schmerzen, auf ein Unglück. Gewiß, auch das Malariafieber saß ihm verderblich im Blut und machte seine Haut gelb und das Auge düster, wie es die Leber- und Milzkranken haben. Und Scacerni litt auch an erheblichen Schmerzen, aber er spottete nur darüber. Ja, es war sogar der einzige Grund, der ihn die ganz wenigen Male zum Lachen und Scherzen brachte.

»Arzt und Apotheker sollen nicht die Farbe meiner Goldstücke gewahr werden. Wozu sind die Ärzte eigentlich gut! Man betrachte nur dieses Bein, so gut hätte ich es mir auch allein heilen können. Und die Apotheker können höchstens den eiligen Erben helfen, und von Krankheiten gibt's übrigens zwei Arten: solche, die von selber vorbeigehen, und solche, die der Kranke übersteht. Der Arzt ist immer zu fern oder zu nah.«

Gegen seine Rückenschmerzen, die er Lendenweh nannte, wollte er nie etwas anderes als Heupackungen machen und einen Becher heißen Weines trinken, der mit Nelken und Kaneel gemischt war. Denn er schrieb diese Schmerzen dem ständigen Aufenthalt auf dem feuchten Flusse zu und rechnete diese Krankheit zu jenen Übeln, die von selber vergehen. Die Seitenschmerzen, die manchmal sehr heftig waren, schrieb er der zweiten Art von Krankheiten zu, die der Kranke überstehen müsse, man mußte abwarten, bis sie vorüber waren. Was das Fieber betraf, so wies er den Namen Terzianfieber zurück, das seine war nur ein Terzianfieberchen, langweilig, aber im Grunde harmlos. Er suchte die Sonne, wo er konnte, und vermied den Schatten, lehnte sich gegen die Mauer an der Mittagsseite oder lag auf dem am meisten von der Sonne beschienenen Fleck der Mühle, nämlich auf dem Gehsteig des großen Sandons. Dort streckte er sich aus, das Seil zum Regulieren des Kornzuflusses in Reichweite und das Ohr dem Geklapper der Mühle hingegeben, stundenlang. Ja, das Terzianfieber bringt die Alten um, aber die Jungen überstehen es. Es kam nur darauf an, so dachte er bei sich selber, ob er jung oder alt wäre, das würde man ja sehen. Er war eben ein Mann, der sich nicht aus seinem Geleise bringen ließ.

Auf diese seine besondere Weise hatte er den Sommer und den Herbst verbracht. Und als dann die schöne Jahreszeit wiederkam, im Frühling dieses Jahres, war Dosolinas Erscheinung ein Grund, dem Sprichwort recht zu geben:

Die Sonne ist des Maien Glück
Und führt, was schön, zu ihm zurück.

Die Schönheit ihrer Gestalt und das zarte Rot ihrer Wangen waren wirklich zurückgekehrt, und schöner als je. Aber in Scacernis Liebe und in den Genuß ihrer Schönheit war die lähmende Traurigkeit ebenfalls eingetreten. Was Dosolina betraf, so erfüllte sie diese seine Art von Liebe keineswegs mit weiblichem Stolz, sondern mit Überdruß: seine Art, sie zu nehmen, beleidigte sie, es gab da keine zärtlichen Worte mehr, kein Streicheln, kein Feingefühl; er betrachtete sie sogar kaum mehr oder nur wie aus einem Versteck hervor und mit einer Art gierigen und düsteren Vergnügens. Und dann pflegte er sie neuerdings plötzlich zu überfallen, fast wütend, so wie die Tiere es tun und wilde Menschen, die auf der Flucht sind und sich für einen Augenblick das rauben, was sie vergessen läßt. Und das Ergebnis war meist ein Lachen von unergründlicher Trauer im Dunkel der Nacht. Dosolina fühlte mit grausamer Deutlichkeit, daß das nichts mehr mit Liebe zu tun hatte, sie hatte Angst davor, ohne eigentlich zu wissen, um was es hier ging. Und so waren sie auch am Abend, als er sagte, daß er sich frühzeitig erheben müsse, um einen Tag lang geschäftlich unterwegs zu sein, beisammen gewesen, es war Anfang Dezember.

Zwischen Dosolina und Venusta war es zu einer Vertraulichkeit gekommen, die hinwiederum eine fromme List in bezug auf Scacerni hatte reifen lassen. Dosolina kannte nämlich eine Nonne, die im Rufe der Heiligkeit stand. Princivalle sagte sogar, daß er mit ihr verwandt sei, und einmal im Jahr führte er seine Familie in feierlichem Besuch zu dem Kloster, in dem die Nonne lebte. Dosolinas Erinnerung an diese Besuche gehörte nicht zu den angenehmsten; das hatte verschiedene Gründe, deren hauptsächlichster war: Dosolina grauste sich vor der Mutter Eurosia, die eine verkrümmte und runzelige Alte war mit dunklem Teint, mit krummen Schultern und verbogenem Rücken, so daß das Kind an eine Schildkröte erinnert wurde, vor der sie von jeher einen unbesiegbaren Widerwillen empfand. Diese Ähnlichkeit wurde noch deutlicher, wenn man den platten, in die Ordenshaube gepreßten Kopf sah, der wiederum ein spitzes Gesicht trug und auf einem langen Halse saß. Mit dieser Ähnlichkeit stimmte auch der von den Jahren und vielen Krankheiten gebeugte Körper überein. Das Auge der Schwester war lebhaft und beseelt und außerordentlich durchdringend, ja sogar leicht stechend, es wirkte nicht gerade streng, aber sehr bestimmt. Und so wurde auch ihre Haltung, die im übrigen demütig und gesammelt erschien, mit einem Schlag, wenn es nötig war, hart wie ein Panzer und auf eine verborgene

Weise dornig und scharf, wie zu einem unüberwindlichen Wall. Mutter Eurosia nahm die Familie Malvegoli, ob sie es wollte oder nicht, bei ihren Besuchen freundlich auf, wobei Principalle jedesmal seine Familie als die »Verwandten der Heiligen« feierlich an der Pforte anmelden ließ. Das erstemal verwies ihm Madre Eurosia scherzhaft diese Art der Anmeldung, das zweitemal bat sie ihn, es zu unterlassen. Beim drittenmal flehte sie ihn mit sanftmütiger und demütiger Stimme an, doch zu begreifen, daß diese »Unachtsamkeit«, sie Heilige zu nennen, für sie eine Versuchung des Bösen würde, der sich seiner zu diesem Zwecke bediene.

Und während sie ihn so anflehte, blitzten ihre kleinen Äuglein voll asketischer Empörung und erschienen der furchtsamen Dosolina mehr als je wie die eines züngelnden Schlängleins. Und der verrückte Vater sagte hernach, daß Mutter Eurosia sich ihrer armen Verwandten schäme, doch unterließ er keineswegs seine prahlerischen Besuche. Mit Donata Malvegoli verstand sich dagegen die Nonne fast ohne Worte, und jedesmal unterhielten sich die beiden Frauen gegen Ende des Besuches einige Augenblicke im geheimen, und gewiß empfahl ihr die Mutter Eurosia, ihr Los mit Geduld zu ertragen, ihr bitteres Los, den Falschen zum Manne zu haben. Daß Mutter Eurosia eine Heilige sei, daran hatte Dosolina nie gezweifelt, obwohl ihr wie in ein Buch geprägt die Erinnerung an ihre Regungen von Groll und Zorn, von verwundetem kindlichem Selbstgefühl deutlich blieb und auch jene ständige Furchtsamkeit. Tatsache war, daß Mutter Eurosia immer kalt und zurückhaltend mit der eingeschüchterten Dosolina umgegangen war, und dem Mädchen kam das um so kränkender vor, als die Nonne sich auf sehr herzliche Weise mit ihren Brüderchen abgab. Mutter Eurosias klösterliche Umgebung erzählte von ihren heroischen Bußwerken und ihrer Tugend, und man maß ihr und sprach auch davon, eine besondere Heiligkeit bei, und erzählte von Geschehnissen, die durchaus ans Wunderbare grenzten. Das Sprechzimmer war mehrere Stunden des Tages mit Leuten jeder Herkunft und jeden Berufs gefüllt, angefangen von der kleinen Hausfrau, die Mutter Eurosia bat, beim heiligen Antonius Fürsprache einzulegen, damit sie ein verlorengegangenes Hausgerät wiederfinde, bis zum kirchlichen und politischen Würdenträger und zum reuigen Sünder und neugierig dahergekommenen, lästigen Frager.

Das alles war Venusta Chiccoli wohlbekannt, und sie war es, die Dosolina den Rat gegeben hatte, daß Padrone Lazzaro die Mutter Eurosia besuchen müßte. Aber es war unumgänglich, daß man ihn durch irgendeinen frommen Betrug dazu brachte, um nicht die gegenteilige Wirkung zu erzielen, denn dieser Mann war sehr zornmütig und widerspruchsvoll geworden. In jener Nacht nun – das Licht war schon ausgelöscht –, als sie schlaflos dalag, nachdem er ihr von jenem Geschäft erzählt hatte, das er am andern Tag abzuschließen habe, entschied sich Dosolina, Lazzaro zu diesem Besuch zu bewegen, und sie begann umsichtig:

»Hör mal, Lazzaro, hast du schon einmal etwas von Mutter Eurosia gehört?«

»Nein.«

»Es ist eine Heilige.«

»Die Pfennige und die Heiligkeit . . .«

»Alle sagen, daß sie eine Heilige sei, aber es handelt sich ja nicht darum. Ich kenne sie von Kindsbeinen an, und ich möchte, daß du mir morgen einen Gefallen tust, willst du?«

»Wenn es möglich ist?«

»Oh, möglich ist das schon, denn es ist ja nur eine Kleinigkeit, du brauchst nur zum Ursulinenkloster zu gehen und im Sprechzimmer nach Mutter Eurosia zu fragen und ihr, wenn sie kommt, unsern kleinen Giuseppino zu empfehlen, daß sie für ihn betet. Es ist ein Versprechen, das ich getan habe, fast ein Gelübde«, fügte sie hinzu im festen Glauben, daß die gute Absicht ihr diese kleine Lüge zudecken könne. Denn in Wirklichkeit waren ihre Gefühle gegen die Schwester genau dieselben geblieben.

»Ich gehe also zur Mutter Eurosia«, willigte Lazzaro ein, indem er sich auf die Seite drehte, um einzuschlafen, »aber wie finde ich sie?«

»Wen, Mutter Eurosia? Ich hab dir doch gesagt, man hält sie allgemein für eine Heilige, und jedermann kann dir das Kloster zeigen.«

»Aber du vergißt mir zu sagen, wo sich das Kloster befindet«, sagte er und gähnte mit jenem Tonfall, der seine Verdrießlichkeit zu erkennen gab.

»Wie? Zu Ferrara natürlich!«

»Und wer sagt dir denn nun«, die Stimme aus dem Dunkel kam plötzlich mit einem bösartigen Akzent, in dem sich der unterdrückte Zorn deutlich abmalte, »daß ich nach Ferrara gehe, morgen früh?«

»Es schien mir so, ich habe geglaubt . . .«

»Was schien dir! Und was hast du zu glauben! Immer dieses Glauben, Denken, mich Beobachten, wo ich hingehe, wo ich bin und was ich träume. Ich weiß, was ich sage, auch im Schlaf noch bespäht man mich, belauert man mich, ich weiß, was ich sage« – nichts gab ihm mehr Unrecht als die Heftigkeit, mit der er seine Behauptung vorbrachte –, »und jetzt ist Schluß, ich gehe dahin, wo es mir gefällt. Ich gehe nicht nach Ferrara.«

»Ich habe mich geirrt, Lazzaro, aber faß es doch nicht so auf, dafür ist doch kein Grund da. Es schien mir wirklich, als hätte ich dich sagen hören, daß du morgen nach Ferrara wolltest.«

Es war nicht Mitleid mit der Frau, die dem Weinen nahe war, sondern Furcht, die den Mann erfaßte, geheimnisvolle Furcht, denn er war zu sicher gewesen, daß er nichts gesagt habe. Wie hatte sie es also erraten? Und die Erniedrigung, vermischt mit Furcht, auch noch das, was er zu verbergen suchte, auszuplaudern, rief einen Wechsel seines Tons hervor:

»Du hast recht, ich habe unrecht. Ich weiß nicht, was ich heute abend habe, ich fühle mich durchaus nicht wohl.«

»Ja, dann bleib doch morgen zu Hause«, sagte sie, die seine Angst für Reue nahm.

»Aber ich kann nicht, und dann, du brauchst dich nicht zu beunruhigen, das wird schon im Schlaf vorübergehen, es ist ja auch nicht weit, nur bis Crespino.«

Er schloß aber kein Auge, immer in den Gedanken drin, in diesen quälenden Gedanken; hauptsächlich aber beschäftigte ihn die Frage, was um alles in der Welt ihn veranlaßt habe, ein Dorf jenseits des Po anzugeben, denn, nachdem er nun diese Lüge hingesetzt hatte, mußte er sie auch glaubhaft machen und sich übersetzen lassen, um nicht Lügen gestraft zu werden. Doch wer sollte ihn überführen, was läge ihm daran? Und er dachte, er hätte nicht vorsichtiger sein können, wenn er selber den Raguser umgebracht hätte, so war er mit Angst angefüllt, mit offen eingestandener Angst.

Der Kleine fing an zu weinen. Dosolina ging, ihn zu beruhigen. Lazzaro tat so, als schliefe er. Ein wenig später stellte sie sich ihrerseits schlafend, als sie hörte, wie er vorsichtig aufstand gleich einem Flüchtigen, der die Wächter nicht wecken will. Und während er sich über sie beugte, um an ihrem Atem festzustellen, daß sie schlafe, war er überzeugt, daß sie wach sei und sich nur schlafend stelle. Da spürte er wütender denn je in seinem Innern eine Gleichgültigkeit für alles und jedes, jene Gleichgültigkeit auch gegen sich selber, die den Selbstmorden so günstig ist.

Er sattelte das Pferd und ging zur Mühle, um Malvasone zu wecken, und der setzte ihn dann mit der großen Barke über und auch das Pferd, das daran gewöhnt war, sehr behutsam in die Barke zu steigen. Es war noch dunkel, als sie das jenseitige Ufer erreichten.

»Muß ich Sie heute über Tag hier abholen kommen?« fragte Malvasone, die Barke drehend, nachdem er das Pferd an Land gebracht hatte.

»Nein«, antwortete Scacerni, der schon im Sattel saß, »ich werde mich von Polesella aus übersetzen lassen oder auch, da ich schon auf dieser Seite bin, reit ich gleich bis Lagoscuro, um gewisse Sachen in Ordnung zu bringen.«

Plötzlich sprengte er zornig davon. Wozu all diese Ausflüchte, jetzt sogar schon Malvasone gegenüber. Und es wurde Zeit, daß er sich auf den Weg machte. Die kalten Sterne im Osten begannen zu erbleichen. Das Pferd holte kräftig auf der Straße aus. Die Kälte war beißend, aber Scacerni tat das wohl. Zwar schmerzten ihn die Füße, die in den Steigbügeln festgefroren standen, und auch die Finger, welche die hartgefrorenen Zügel hielten, aber die trockene Kälte klärte ihm Kopf und Augen und belebte die Lungen. Der Bart rings um den Mund war bereift. Jeden Augenblick erhob Scacerni die Augen zu den flimmernden Sternen, um das Wetter des kommenden Tages festzustellen, und auch zum westlichen Horizont, um an den sinkenden Sternen die Stunde des Tages abzulesen. Er wollte nicht zu spät in Ferrara ankommen, und er trieb das Pferd zu schnellerem Ausschreiten an.

Und wie er so von dem knochigen Tier geschüttelt dahinritt, dachte er an Dosolina, aber auf so ganz veränderte Weise. Eine mürrische Zärtlichkeit erfüllte ihn, und er wußte nicht, wie er sie eigentlich innig genug um Verzeihung bitten könnte. Dankbarkeit stieg in ihm auf für ihren gespielten Schlaf, daß sie ihn nicht mit neugierigen Fragen hatte quälen wollen, eine zärtliche Dankbarkeit, die sein Herz ganz warm machte. Und so kehrte er in Gedanken zu ihr zurück und beugte sich über ihr Gesicht, über diesen süßen Atem seiner guten Frau, und der Haß gegen alles und jedes und auch gegen sich selber war Liebe geworden, bevor er es noch recht bemerken konnte.

Gewiß war sie schon bei Untergang der Sterne aufgestanden, die den Morgenstern begleiteten, und hatte sich über das Nachthemd den Rock aus dicker, grauer Wolle angezogen, hatte Feuer gemacht, die Schlafkammer in Ordnung gebracht und die Küche, und dann war der Kaffee an die Reihe gekommen, und sie machte sich im Hause zu schaffen, die kluge und so vorausschauende Frau, so jung noch an Jahren und reif schon im Sinn. Seine Zärtlichkeit hatte etwas Ungehaltenes: ihre schönen, blauen Augen, o nein, er wollte sie nicht mehr zum Weinen bringen! Das war Glück, was ihn bis obenan füllte: und dann ging er nach Ferrara, und er wußte, was er dort sehen würde.

Der Aufgang der Sonne traf ihn, da er in diesen Gedanken einherritt, ohne auf die Straße zu achten, nahe an der Bootsbrücke von Lagoscuro. Die meisten Boote standen auf dem Trockenen des Flußbettes, denn der frühzeitige Frost, der schon lange dauerte, hatte das Wasser zum Verschwinden gebracht. Es war ein trauriges Bild, das sich beim Sinken der

Sterne und dem Heraufsteigen der rostroten, kraftlosen Sonne seinen Augen bot: die Felder standen leer, der Fluß lief so mager dahin, das Kiesbett gleißte, und alles war ungelenk und gefroren. Ein großer Teil der Mühlen auf den Mahlplätzen von Lagoscuro saß auf dem Trockenen, sie standen da, als hätten sie Schiffbruch erlitten.

Als er auf die Mitte der Brücke kam, fiel ihn der Wind an. Die österreichischen Wachen hatten schläfrig seinen alten und verbrauchten Passierschein kaum angeschaut, die päpstlichen Wachen auf dem Brückenausgang suchten in einer Hütte Schutz vor der Kälte, sie saßen um ein Kohlenbecken, das einen scharfen und fettigen Torfgeruch verbreitete. Er ritt eilends zur Stadt.

Der Travaglio ist ein enger Platz hinter den mächtigen Stadtmauern, am Tor von San Paolo. Er war an diesem Morgen von Hammerschlägen, die auf Holz fielen, erfüllt. Die Gehilfen des Henkers waren soeben dabei, die Bühne aufzuschlagen, und sie richteten die vierschrötige Guillotine auf, die von einem Franzosen eingeführt worden war und zu Bologna und Ferrara immer noch gebraucht wurde. Die Bühne reichte einem Mann von Scacernis Statur nicht bis an die Brust. Die Stadt schlief noch, doch selbst wenn man noch weit von diesem Hinrichtungsplatz entfernt war, konnte man schon die Hammerschläge hören, die in der engen Straße von San Paolo widerhallten und jedermann mitteilten, welche Vorbereitungen hier getroffen wurden. Scacerni hatten diese Hammerschläge nicht beeindruckt. Und jetzt betrachtete er ein wenig verwundert die Zimmerleute, die genau wie jeder andere morgendliche Arbeiter sich mit einem Gläschen Schnaps aufmöbelten, um den ersten Bissen Brotes damit hinunterzuschwemmen, und sie waren fleißig bei der Arbeit, um das letzte Quentchen Müdigkeit aus den Knochen zu bekommen, um so mehr, als es kalt war. Sie sprachen im bolognesischen Dialekt, denn daher kamen die Henker und seine Helfer mit ihrer Guillotine, wenn eine Hinrichtung stattfand. Einer von ihnen war ein Spaßvogel, er machte auf der Empore seine Witze, und als er diesen Zuschauer erblickte, sagte er lachend:

»Ja, mein lieber Herr, wir schlagen soeben die Bühne zum Kasperltheater auf.«

Und er streckte seinen Kopf zwischen die aufrechten Holzschienen, in denen bald darauf die Klinge herabfallen sollte, und er schnitt ein komisches Gesicht und machte Bewegungen wie der lustige Held Faggiolino, der unter den berühmten bolognesischen Puppen den Dreinschläger darstellt.

»Fort da, Hanswurst«, sagt einer der Gesellen und gab ihm einen Schlag auf den Hintern.

»Galantuomo, kommen Sie in ein paar Stunden wieder, es ist noch ein bißchen zeitig.«

Von der Kirche San Paolo begann die Totenglocke zu läuten. Nach und nach kamen Neugierige, was Scacerni sehr angenehm war, damit er nicht allein dastehe und zuschaue. Und da war auch ein »Bruder« erschienen, der das schwarze Kleid der Erzbruderschaft der Tröster trug. (Keine Ordensgemeinschaft, sondern eine Wohltätigkeitsvereinigung von Weltleuten unter kirchlicher Aufsicht.) Der Mann war ein Schwätzer und Wichtigtuer, und er schaute nach, ob die Arbeit weit genug gediehen sei. Und dann fing er an, dem Grüppchen der Umstehenden seine Schwatztasche aufzutun: vor allem, daß die zum Tode Verurteilten gut sterben würden, denn sie hätten gebeichtet und kommuniziert, sogar Seine Eminenz, der Erzbischof, sei schon um diese Stunde zu ihnen gekommen, um ihnen persönlich seinen Segen zu überbringen. Zur Zeit hörten sie gerade die Messe in der Kapelle der Erzbruderschaft. Man hörte ihm zu, stampfte mit den Füßen auf dem Pflaster herum und hauchte sich in die Hände.

»Wie viele sind es?« fragte Scacerni ein wenig überrascht, denn er hatte den Toselli ganz vergessen.

»Das wissen Sie nicht?«

»Wenn ich es frage!« sagte er entgegenkommend.

»Aber ganz Ferrara spricht seit gestern über nichts anderes! Und dann all das Gerede in diesen Monaten!«

»Ich bin von auswärts, vom Land, ich komme nur mal zufällig in die Stadt, heute zum Beispiel, und da sah ich . . .«, er wies auf die Bühne.

»Ja, dann erklärt sich alles«, sagte der Alleswisser nachsichtig, »es sind zwei, Rizzoli Giovanni, genannt Fratognone, und Toselli Battista, genannt Cotichino. Und wissen Sie auch, was diese Kerle alles ausgefressen haben?«

»Nun, es wird schon allerlei sein.«

»Na ja, die Kleinigkeit von siebenundachtzig Hauptanklagepunkten bei Fratognone. Der andere hat nicht viel weniger drauf.«

»Gingen die immer miteinander los?« fragte Scacerni.

»Beinah immer, wiewohl Fratognone gerade beim Mord an dem Ragusaner, nach welchem er festgenommen wurde, allein war. Man sagt zwar, daß er einen Komplicen gehabt habe oder einen Auftraggeber . . .«

»Er hatte einen bei sich mit einem Bart, wie Sie einen haben, Galantuomo«, sagte der Witzbold von Zimmermann, »ein Türke war's, sagt man allgemein, oder nicht? Ich hab's so gestern abend in der Osteria gehört.«

»Man sagt so vielerlei«, antwortete der »Bruder«.

»Auf jeden Fall, wenn Sie Türke wären, der Bart ist da; und so wäre es besser, wenn Sie sich ein bißchen vor dieser Maschine in acht nähmen heute.«

Und da lachte, wiewohl mit Herablassung, auch der »Bruder«, der wieder begann:

»Man erzählt sich darüber so viel, aber die Wahrheit ist, daß der Raguser ermordet wurde, weil der Alte vom Berge es so wollte; denn der Raguser hatte sich hernach auch von Mohammed losgesagt wie vorher von Christus.«

»Wer soll denn dieser Alte vom Berge sein?« fragte ein Zuhörer.

»Das hier stehenden Fußes zu erklären, ginge zu weit, und es soll euch auch genügen, wenn ich euch sage, daß das Staatsgeheimnisse sind.«

»Also, bei der Ermordung des Ragusaners hat sich nur einer beteiligt«, begann Scacerni, »bei den andern Verbrechen dagegen . . .«

»Gingen sie gewöhnlich zu zweit.«

»Wie die Bettelmönche«, sagte der Witzbold.

Das schien dem »Bruder« nun doch zu stark.

»Die Mönche, wenn Sie gestatten, gehen zu guten Werken aus, zu heiligen Werken, während jene ausgingen, um böse Werke zu tun und schreckliche Verbrechen: Und das kann ich Ihnen versichern, daß ich in meiner bescheidenen Amtseigenschaft den ganzen Urteilsspruch vernommen habe, als man ihn vorlas, den ganzen Wust von Verbrechen. Und da haben sich mir die Haare auf dem Kopf gesträubt, kann ich Ihnen sagen; ich glaubte, das Ende der Welt sei nahe, wirklich ganz nahe.«

»Man hört auch«, warf einer dazwischen, »daß es verschiedene Leute hier in Ferrara geben soll, die ein größeres Interesse daran hatten als der Alte vom Berge, daß der Raguser verschwand.«

Er bereute es sofort, daß er das gesagt hatte, und blickte sich mißtrauisch im Kreise um. Auch die andern blickten verstimmt drein und schwiegen, was dem »Bruder« Oberwasser gab, und so ergriff er nun wieder das Wort mit einer Miene, als ob er sich's jetzt nicht so schnell entreißen lasse:

»Wer sich über das Böse des andern freut«, sprichwörtelte er, »der wird keinen finden, der ihn selber einmal bemitleidet. Aber bei uns in der Erzbruderschaft ist das anders, und ich kann euch wirklich sagen, daß der Rizzoli und Toselli nach einem solchen Leben sich auf einen guten Tod vorbereiten, und wessen Verdienst ist das?«

»Unsres Herrn Verdienst, der ihnen Gnade schenkte«, sagte ein unansehnliches Männlein, dem sich nun alle zuwandten, nickend und freundlich lächelnd.

»Das versteht sich«, rief ungeduldig der »Bruder« aus, »aber nach unserm Herrn?«

Es gab ihm aber niemand eine Antwort, und so mußte er sie sich selber geben: »Unser Verdienst ist es, das Verdienst der Brüder von der Erzbruderschaft, wenn wir gerecht urteilen.«

Alle schwiegen, keiner sagte etwas, weder ja noch nein, so daß der Bruder wütend wurde:

»Da hättet ihr dabei sein müssen, als wir diese beiden aus dem Gefängnis abholen gingen: diese bösartigen Gesichter, die sie hatten, so bösartig, daß ich, der ich doch allerlei Gesichter aus dieser Gilde gesehen habe, dachte, diese werden wohl unbußfertig bis zum letzten Augenblick bleiben. Aber ich irrte, ich sage es klipp und klar und mit großer Freude, ich irrte ungeheuer, daß ich nicht rechnete ...«

»Mit der Hand Gottes«, sagte dasselbe Männlein von vorhin, das von einem Widerspruchsgeist besessen sein mußte; doch der andere nahm einen Anlauf:

»Mit dem Kanonikus Don Buzzoni, ihr habt ihn ja schon alle predigen gehört. Aber dort hättet ihr einmal dabei sein müssen, in diesem Saal unsrer Erzbrüderschaft, als der Kanonikus ihnen zusetzte und sie zur Reue brachte, was nun schließlich auch unser Werk ist, denn wenn wir nicht da wären, ach Gott, wie viele zum Tod Verurteilte würden zur Hölle fahren! Und der Kanonikus hat gesagt, daß keiner so schlecht ist, daß er nicht noch Hoffnung haben könnte wie der gute Schächer. Und was nun das Schönste ist, die beiden wollten anfänglich keineswegs bereuen. Was sollte man tun? Wir fingen an zu weinen!«

»Ob der auch ein halbes Dutzend Christenmenschen umgebracht hat?« fragte mit leiser Stimme einer der Umstehenden unter allgemeinem unterdrücktem Gelächter.

»Ja, wir weinten alle, und die Burschen nicht. Als nun der Prediger, und was für ein Prediger! seine Predigt beendigt hatte, und was für eine Predigt! führten wir die beiden in die Kapelle unsrer Bruderschaft, um zu beten, und darauf kamen sie wieder in den Saal, damit sie sich ein bißchen ausruhen sollten. Und ich bin nun, wiewohl ganz unwürdig, der Bruder, der für die einfachen und materiellsten Dinge zu sorgen hat.«

»Und das wäre?«

»Nun, für das Essen der zum Tode Verurteilten zum Beispiel.«

Diese Bemerkung belebte wieder das Interesse, das stark am Abflauen war. Man begann rundum zu lachen, was er bemerkte:

»Glauben Sie nicht, daß das immer die einfachste Sache der Welt sei! Gestern abend saßen sie nun da, der kleine und magere Toselli, den Rükken gegen die Bank gedrückt und den Kopf zwischen die Schultern gezogen, und daneben der vierschrötige Rizzoli aufrecht und ganz ruhig im Gesicht. Und da fragte sie der Kanonikus, ob sie nun beichten wollten. Toselli hob darauf ein wenig den Kopf und sagte zu dem andern: ›Du weißt, daß ich immer das gemacht habe, was du gewollt hast, und das mach ich auch jetzt.‹ Der Rizzoli lächelte darauf freundlich, und Toselli fuhr fort: ›Sag, beichtest du?‹ ›Ich wohl.‹ ›Ja, dann beichte ich auch.‹«

Die Umstehenden hingen nun an den Lippen des Bruders, denn die Szene, die er beschrieb, war seltsam und sprechend; er fuhr fort:

»Und dann kam also die Reihe an mich, und ich fragte sie, was sie nun essen wollten, wenn sie kommuniziert hätten, sie möchten es frei heraus sagen, es ließe sich schon machen. ›Was er bestellt‹, sagte Toselli. Und darauf der andere, immer lächelnd: ›Nun, was denn schon? Minestra mit Cappelletti, gekochtes Rindfleisch, Kalbskeule auf Katalonisch, gebratene Leber, Trüffel, Pudding, geröstete Pinienkerne, natürlich Brot und Weißwein. Und dann Obst und Süßes.‹ Na, was sagt ihr denn dazu? Paßt auf: ich und ein paar von der Bruderschaft, wir konnten kaum das Lachen unterdrücken, und da erregte sich der Rizzoli und knurrte: ›Wenn ihr uns schon das nicht vorsetzen wollt, warum dann so daherreden: bestellt nur ganz genau, was ihr wollt, es läßt sich schon machen. Behaltet nur alles, ich will gar nichts.‹ ›Aber das ist's doch gar nicht, daß man hier nicht will‹, sagte ich, ›ich dachte nur an die vorgerückte Stunde: die Läden sind alle geschlossen, und ich gestehe Ihnen, daß ich für einen so reichlichen Tisch nicht vorgesorgt hatte.‹ ›Nun ja, wenn es so ist, dann werden wir essen, was auf den Tisch kommt‹, sagte Rizzoli, die Schultern lüpfend. Der andere saß immer an die Lehne gedrückt und den Blick starr geradeaus. Ich ließ sie nun mit dem Beichtvater allein, richtete ein Abendessen, und dann kehrte ich um Mitternacht zurück und setzte es auf den Tisch. Cappelletti in Brühe, Tauben, Trüffel, Pudding, Käse, Obst, den Weißwein und die Süßspeise. Es war zwar nicht ganz, wie er es verlangte, aber auch nicht, um Hunger zu leiden, wie? Und in der Tat, sie beschieden sich damit, dankten mir und setzten sich zu Tisch mit der allergrößten Behaglichkeit. Der Toselli griff mit einem ganz tröstlichen Appetit zu, und er aß auch noch den Teil des andern auf, denn, ja, unser wilder Rizzoli hatte kaum ein paar Cappelletti berührt und ein paar Löffel Brühe genommen und eine Taubenbrust, da machte er Schluß, sprach dem Weine zu, aber das Essen rutschte ihm nicht mehr. ›Ich hab keinen Hunger mehr‹, sagte er, indem er den Teller wegschob, doch darauf Toselli: ›Ich hätte noch Lust auf ein bißchen Schinken, der hat mir immer so gut geschmeckt.‹ Da können Sie das Feingefühl von gewissen Leuten sehen, es war zwei Uhr in der Nacht, und er hatte all das, und zwar in doppelter Portion, gegessen, und dann wollte er noch Schinken haben. Nein, sie hatten ihr Teil nun weg! Dann wurden sie in die Kammer der Verurteilten gebracht und schliefen ganz ruhig, bis wir kamen, das Miserere und de Profundis beteten; wir hatten die Kerzen auf dem Altar angesteckt, eh wir sie wecken gingen. Und da hab ich sie nun zurückgelassen, sie hören noch soeben andächtig die Messe. Binnen kurzem sind sie hier.«

Da erschien auch schon der Henker, der sofort auf die Bühne stieg und die Guillotine untersuchte, ob sie richtig zuschlug. Und bei dem langsamen Geläute der Totenglocke rollte ein Wagen über das Pflaster heran. Die Leute schwiegen sofort und reckten sich auf den Zehenspitzen, um den Richtkarren zu sehen. Der enge Platz war gestopft voll Menschen. Der Karren fuhr bis unter das Tor, wo sich das kleine Bild »Unserer Lieben Frau vom Beistand« befand. Die Verurteilten richteten zu dem Bilde ein letztes Gebet. Durch die Menge lief ein leichtes und zurückhaltendes Geflüster, einige hatten sich hingekniet und blieben in dieser Haltung, bis der Karren sich unter dem Torbogen wieder in Bewegung setzte.

Scacerni hatte der Erzählung des schwatzhaften Bruders mit einer solchen Aufmerksamkeit zugehört, daß der davon sichtlich geschmeichelt war. Dann stand der Erzähler, er hatte sich gegen Ende nur noch an Scacerni gewandt, plötzlich zwischen den Leuten, die inzwischen hinzugekommen waren, eingeklemmt. In dieser Erzählung hatte Lazzaro den Fratognone wiedergefunden, so wie er ihn aus Erfahrung kannte. Als der Karren sich nun heranbewegte, machte sich der Bruder in seiner schwarzen Cappa breit:

»Laßt doch hier durch, wer durch muß, habt doch Geduld! Ich habe hier dienstlich zu tun!« Er konnte sich noch eben zur Zeit vor der Bühne aufstellen, während der Wagen langsam heranfuhr, dem Gendarmen und Soldaten inmitten der Leute Platz schafften.

Der Toselli betrachtete die nahen, dichtgedrängten Gesichter mit einem dummen Lächeln, und dann hörte man, wie er den Kapuziner fragte, der auf den Stufen der Richtbühne stehend ihm das Kruzifix entgegenhielt:

»Was will das nun eigentlich bedeuten, daß mir nicht einmal das Herz zittert?«

»Bruder, das ist Gott, der dir diese Kraft gibt.«

Aber die Aufmerksamkeit aller war auf den andern gerichtet, der, die Arme auf den Rücken gebunden, auf seine Knie herabsah und gar nicht mit seinen Gedanken bei der Sache schien, doch kam er gerade in diesem Augenblick zu sich selber zurück. Lazzaro, der ihn mit einer neuen und unangemessenen Begier betrachtete, kam es vor, als ob er ihn zum erstenmal sehe, aber auch, als ob dieses Sehen ein Wiedererkennen sei.

Ihn schwindelte leicht, und dies Schwindelgefühl trug sein eigenes Fühlen und Denken ganz in das des andern hinein. Und als ob sein Blick Fratognone angerufen habe: der zum Tode Verurteilte, indem er ohne Aufforderung aufstand, schaute suchend über die Köpfe der Menge hin, und dann blieb sein Blick auf Scacerni haften. Und er hatte in den Augen ein heiteres, aufblitzendes Lächeln, als wolle er Scacerni Frieden und Mut geben und seine schmerzliche Gottverlassenheit, die aus diesem gierigen Blick sprach, lindern. Da war auch schon die Klinge auf den Hals des ersten gefallen.

Fratognone stieg aufrecht, aber nicht übertrieben aufrecht, die Stufen hinauf. Sein Gesicht war gelassen, aber ohne einen Zug von Verachtung. Seine Füße übrigens ließen nicht mehr daran denken, daß sie krank seien und das Gehen sie schmerzte.

Jetzt bat der Henker ihn auf die übliche Weise um Verzeihung.

»Ich habe verdient, was auf mich wartet«, antwortete Fratognone, »jetzt tu deine Pflicht.«

Das Schweigen wurde tief, und es hob sich zugleich bis zum Himmel. Scacerni hatte jetzt die Stimme des Mannes wiedergehört, und auch sie war neu und seine eigentliche Stimme.

Nachdem der Henker den üblichen Pardon erhalten hatte, umarmte er den Verurteilten. Der Mann mit den gebundenen Armen küßte den Henker ins Gesicht und bat, wenn es möglich sei, möge man ihm nicht die Augen zubinden. Er ließ seinen Blick rings über die bedrückenden Mauern schweifen, dann erhob er ihn zum Himmel, der von der winterlichen Helle verklärt war. Sodann senkte er die demütigen Augen nieder auf die Leute und sagte einfach und schlicht:

»Ich bitte alle um Verzeihung, die Toten und die Lebenden.«

»Bitte für uns«, antwortete ihm eine Stimme, die den andern so aus der Seele kam, daß vielleicht der eine, der die Worte hervorbrachte, es selber gar nicht bemerkte. Der Kapuziner reichte ihm das Kruzifix hin.

»Helfen Sie mir noch, einen Akt der Demut zu vollbringen«, bat der Verurteilte die Helfer des Henkers, und er kniete sich, von ihnen bei den Armen gehalten, legte das Gesicht auf den Boden der Richtbühne und machte dort mit der Zunge ein Kreuz. Dann stand er auf, küßte das Kruzifix, das ihm der Kapuziner hinreichte, und rief mit lauter Stimme:

»Herr Jesus, erbarme dich meiner!«

Wenn Lazzaro noch eines anderen Gedankens fähig gewesen wäre als jenen, die sich um den Richtblock drehten, so hätte er den Mann dort oben um seinen Tod beneidet, seinen Komplicen, dem noch drei Schritt blieben, die er zurücklegte, als seien seine Füße wieder vollständig in Ordnung. Scacerni und die Leute um ihn herum bekreuzigten sich und neigten das Haupt, man hörte das leise Geräusch der ausgehakten Klinge, wie sie herniederfiel und die Luft zischend durchschnitt und dann in einem dumpfen Aufschlag verstummte. Der Henker befahl seinen Helfern, die Häupter und Körper der Hingerichteten in lange Säcke zu stecken. Die Menge verlor sich langsam bei den letzten Schlägen des Totenglöckleins vom Kampanile von San Paolo.

V »Ich möchte mit der ehrwürdigen Mutter Eurosia sprechen«, sagte Lazzaro Scacerni zur Klosterpförtnerin, als sie kam, ihm die Tür zu öffnen. Und dann schien ihm, als ob die freundliche Nonne plötzlich verlegen sei, und er sagte:

»Wenn es jetzt gerade nicht geht, warte ich hier draußen.«

»O nein, nicht deshalb, nur an Tagen wie heute, ich meine, wenn man auf der Piazza del Travaglio hinrichtet, befindet sich Mutter Eurosia in ihrer Zelle, um sich besonders dem Gebete zu widmen. Auf jeden Fall werde ich sie benachrichtigen.«

Scacerni lehnte sich gegen den Türpfosten, es war ein kleines Ursulinenkloster, arm und schmucklos. Er war von der Piazza del Travaglio hierhergekommen und hatte gar nicht bemerkt, daß er nach der Straße gefragt hatte. Dieser Besuch schien in seinem Innern doch schon eine beschlossene Sache gewesen zu sein.

»Bitte treten Sie ein.«

Er befand sich in einem kleinen und sehr ärmlichen Sprechzimmer, das aber durch ein weites, gegen Mittag belichtetes Fenster sehr hell war.

»Oh, Sie sind hier?« Die Nonne war durch einen Seiteneingang eingetreten, das konnte eine Begrüßungsform sein, wie man sie in Sprechzimmern brauchte, aber, so schien es ihm, doch nur zwischen Bekannten. Lazzaro machte davon aber weiter kein Aufhebens, er sah das schwarze Habit und den weiten weißen Halsschleier. Die Deformiertheit des verbrauchten Körpers der Alten fiel ihm nicht auf, wohl aber ihre außerordentlich leuchtenden, durchdringenden, aber auch zärtlichen und mitleidigen Augen. In ihrem ernsten Lächeln lag jene Art stiller, festlicher Heiterkeit, die man nur im Blick unverdorbener und zutraulicher Kinder bemerken kann.

Um ihr den Saum des Habits zu küssen, mußte Scacerni ein Knie zur Erde senken. Die Nonne wunderte sich nicht darüber. Sie murmelte ein laus Deo, um auch nicht den leisesten Zweifel zu lassen, wem diese Ehrerbietung zu gelten habe. Sie hatte für einen Augenblick etwas Majestätisches an sich, und Scacerni begann:

»Ich bin der Mann der Dosolina Malvegoli, ich heiße Lazzaro Scacerni und bin Müller an der ferraresischen Guarda. Wir haben einen Sohn von einem Jahr und einigen Monaten, er heißt Giuseppe, und die Mutter schickt mich, um Ihnen zu sagen, daß sie ihn den Gebeten Ihrer Mütterlichkeit empfiehlt.«

Er glaubte nur zu diesem Zweck gekommen zu sein, nur um ihr dies auszurichten, und trotzdem, seit er vor der Heiligen stand (er zweifelte nicht daran, daß sie eine Heilige sei), war er gewiß, daß diese Mitteilung nicht alles sein könnte, was er ihr zu sagen habe. Er wäre sogar enttäuscht gewesen, hätte er jetzt sofort gehen sollen. Inzwischen betrachtete ihn die Nonne, und sie hatte nun im Blick nur noch den Ausdruck von vollendeter und feierlicher Höflichkeit, der sich sogar ein bißchen übersteigert kundgab.

»Meine gute Dosolina hat sich also der armen Alten erinnert! Das freut mich sehr. Denken Sie, daß ich gar nichts von diesem Giuseppe weiß, von dem kleinen Christen und zugleich auch meinem Verwandten.«

Sie bemerkte Lazzaros erstaunte Miene:

»Entschuldigen Sie, aber Sie scheinen verwundert.«

»Entschuldigen Sie, ehrwürdige Mutter, aber wieso verwandt?«

»Oh, es wird schon eine ziemlich weitläufige Verwandtschaft sein, aber Dosolinas Vater hält an unserer Verwandtschaft fest. Hat es übrigens Dosolina, Ihre Frau, Ihnen nie erzählt?«

»Sie hat mir nur gesagt, daß Sie eine Heilige sind.«

»Um Gottes willen«, rief die Nonne aus, ihr Lächeln war verschwunden, und ihre Augen waren stumpf geworden, doch blitzten sie von innen her, »um Gottes willen«, wiederholte sie demütig und unangenehm berührt. »Aber warum glauben Sie wohl, hat Ihnen Dosolina nichts von unserer Verwandtschaft gesagt?«

»Ich glaube das zu verstehen, aber ich wüßte mich im Augenblick nicht recht darüber auszulassen.«

»Dann suchen wir zusammen der Sache auf den Grund zu kommen, lieber Bruder. Dosolina glaubt, ich sei eine Heilige, wie man so sagt. Die Verwandtschaft mit einer Heiligen nun, lassen wir mich mal ganz aus dem Spiel, kann eine Annehmlichkeit ziemlich weltlicher Art sein, meinen wir hier im Kloster, da spielt eine gewisse Eitelkeit eine Rolle, ist es nicht so? Man kann sich vor den Leuten auf diese Weise zur Geltung bringen.«

»Vor den Leuten zur Geltung bringen?« wiederholte Scacerni, »und Dosolina ...« (er lachte und schüttelte den Kopf), »da müßte man sie schlecht kennen.«

»Sehen Sie, da haben wir's schon gefunden. Und Sie lehren mich Dosolina begreifen.«

»Ich?«

»Ja, Sie! Von mir rede ich später.«

»Ich kann sagen, daß sie die beste Frau ist, die man sich vorstellen kann, und so war sie auch früher zu Hause.«

»Ich muß Ihnen danken, Bruder.«

»Wie, ehrwürdige Mutter, mir?«

»Danken«, wiederholte sie bestimmt, und es lag darin ebensoviel Demut wie Würde, »danken dem, der Sie mir geschickt hat, um mir eine Lektion in der Demut zu verabreichen, und danken auch Ihnen und Dosolina.«

»Dosolina . . .«

»Und jetzt hören Sie: als Dosolina früher hierherkam, um mich mit ihren Eltern zu besuchen, braven Leuten übrigens«, sie unterbrach sich und blickte Scacerni forschend an, und schließlich lächelte sie mit überraschendem Scharfsinn: »Ich habe verstanden«, sagte sie, »und ich begreife es auch, es ist kein gutes Verhältnis zwischen Ihnen und den Malvegolis.«

»Oh«, machte Scacerni, »es ist nichts Ernstes, aber der Vater, mein Schwiegervater . . .«

»Ich kenne ihn, ja, mein Sohn, man muß Nachsicht mit ihm haben.«

»Oh, es ist kein großer Streit, nur gewisse Unstimmigkeiten, kleine Vorkommnisse, Worte. Wenn ich das in der Sprache meines Handwerks ausdrücken darf: die Mühlsteine arbeiten entweder zu spärlich und spielen dann nur, oder sie arbeiten zu sehr, und dann gehen sie hart, so ist's zwischen ihm und mir.«

»Und wie sagt man in der Müllersprache, wenn sie gut arbeiten?«

»Ja, dann hat die Mühle den richtigen Biß.«

»Ja, dann müssen Sie sich mit ihm in den richtigen Biß begeben.«

»Dafür werde ich sorgen, ehrwürdige Mutter.«

»Sehen Sie mal, wie es mir ging. Die Fehler Principalles, es sind nämlich Fehler, habe ich immer sehr wohl wahrgenommen, die Tugend Dosolinas dagegen, so sind wir nun mal beschaffen, lerne ich erst heute kennen, o nein, widersprechen Sie nicht, es stimmt schon. Als sie mich hier besuchen kam, sie war damals noch ein Kind, mit diesen goldenen Haaren und den unschuldigen Augen, setzte sich sich dort in die Ecke, ich meine sie jetzt noch da zu sehen, mit einem ganz finsteren Gesicht, und sie verhielt sich mäuschenstill. Und ich glaubte, daß sie widerspenstig sei, ein, wie man sagt, kleiner Dickkopf, ja sogar ein bösartiges Kind, und ich verstand nicht, daß ein so häßliches Geschöpf, wie ich es bin, ein Scherz der Natur und das Zerrbild einer Frau! – ich verstand nicht, daß ich ihr Angst einflößen mußte oder vielmehr«, sie sprach das

Folgende mehr zu sich selber als gegen den Zuhörer gewandt, »ganz innen verstand ich es wohl, und, o Schande, es ärgerte mich. Später dann, als sie schon größer wurde, mochte es sehr leicht so sein, daß Principalles ruhmrednerisches Wesen ihr unangenehm sein mußte, wie es ja auch mir unangenehm ist, ich gestehe es. Sie kennen ja den guten Mann. Ich habe mich wirklich anstrengen müssen, daß er es endlich unterließ, sich an der Pforte als ›die Verwandten der Heiligen‹ anzumelden. Zum Lachen, wie?«

In der Tat hatte Scacerni lachen müssen, so kurios war die Mimik und Laune der alten Nonne, als sie Principalle nachmachte, und sie fuhr fort: »Im Anschluß daran und um Ihnen zu zeigen, wie wir beschaffen sind: bis zur Stunde habe ich geglaubt, daß Dosolina sich nicht mehr um mich kümmern würde, einfach weil sie mir nicht wohl wolle, denn ich selber mochte sie nicht, und da nun ... Geben wir nur auf uns acht, seien wir reumütig und lernen wir aus jener Parabel vom Pharisäer und Zöllner, die uns der Herr erzählt hat. Sie kennen Sie doch?«

»Entschuldigen Sie, ehrwürdige Mutter, ich bin unwissend.«

»Macht nichts, fragen Sie mal Ihren Pfarrer. Und dieser Unglückliche«, fuhr sie ohne Übergang fort, »dem sie heute morgen den Kopf abgeschlagen haben ... Können Sie mir etwas über ihn berichten?«

Scacerni war zusammengezuckt, aber ihre Augen waren in einem sehnsüchtigen Fragen auf ihn gerichtet. Er seufzte:

»Er ist gut gestorben. Ich möchte eines guten Todes so sicher sein wie er.«

»Friede seiner Seele im Namen des Vaters, des Sohnes und des Heiligen Geistes. Ich habe es gefühlt, während ich betete, ich fühlte, wie eine Seele heute vormittag die Flügel reckte und sich rettete. Ich wußte auch, daß Sie kommen würden, mir diese Nachricht zu geben.«

»Ich, Mutter?«

»Ich erwartete Sie.«

Scacerni war sprachlos und auch ein wenig verstimmt. Die Alte ging mit einem Schlag aus dem Tonfall der Erleuchteten und der Prophetin in ein bizarres und höhnisches Lachen über, ihr Hals und Kopf gingen vorwärts und rückwärts wirklich wie aus einem Gehäuse, und sie richtete den knochigen und krummen Finger gegen ihn und sagte:

»Ich weiß, was Sie jetzt denken: diese Frau hier, werden Sie sagen, hat sich mit meiner Ehefrau ins Einvernehmen gesetzt, sie haben eine Farce einstudiert, um mich zu bekehren. Aber Sie mögen wissen, daß ich keinen Weg finde, um Ihnen zu beweisen, daß Sie sich irren. Und wenn ich Ihnen auch Ihren Irrtum nachweisen möchte, wenn ich einen Weg wüßte, ich würde ihn nicht anwenden: der Heilige Geist hat den Aposteln und Märtyrern nicht gesagt: geht hin, um Wunderzeichen zu vollbringen, damit man euch glaubt, daß ihr brave und gute Leute seid, er hat gesagt: legt Zeugnis für euren Glauben ab. Aber was sage ich da. Hier handelt es sich nicht um Apostel noch um Märtyrer und nicht um eine Predigt. Hier ist eine arme kleine Nonne und ein armer großer und schwerer Mann, Kraft in den Knochen haben alle beide nicht mehr viel. Sie glauben mir nicht? Um so schlimmer für Sie, mein Guter. Ich hab wirklich nichts, das ich Ihnen verkaufen könnte, noch will ich etwas bei Ihnen kaufen, was sollte ich Sie also düpieren. Wenn ich die Wahrheit sage, und das kann ich, genügt das Ihnen nicht. Und es genügt, wenn ich das selber weiß. Im übrigen lassen wir das!«

Scacerni stand sehr erstaunt da, er war durcheinander und fühlte sich gedemütigt. Dann sagte er:

»Ich wüßte nicht, ehrwürdige Mutter, daß ich irgend etwas von dem gedacht hätte, was Sie sagen, denn das wären ja schöne Flausen, wenn ich so was dächte, man müßte sich ja schämen.«

Das Geständnis und die ganze Haltung dieses starken Mannes mit dem grauen Haar und den kurz angebundenen und zurückhaltenden Bewegungen, wie er verlegen auf seinen ungleichen Beinen dastand, dazu der ländliche Anzug und selbst der Tonfall, das alles gab ihm das Aussehen eines wilden Mannes, wie man ihn in den Märchen kannte, und auf die Nonne wirkte er so seltsam und einfältig, daß sie auf eine mütterliche Weise zu lachen begann und ausrief:

»Ja, dann habe ich Ihnen also selber solche Flausen in den Kopf gesetzt. Wissen Sie, Sie sind gekommen, um mich zu demütigen. Gut«, fügte sie hinzu, wieder zu ihrem gewichtigen Tonfall zurückkehrend, »gut, die Demut ist das höchste und am schwersten zu erlangende Geschenk, und ich dagegen kann Ihnen gar nichts zurückschenken, Bruder.«

»Ein wenig Ruhe«, sagte er mit einem bitteren Seufzer und mit der Düsternis seiner langen Verzweiflung; »ein wenig Ruhe! Hören Sie, Mutter, damals, als der Raguser ermordet wurde . . .«

»Mein Sohn, ich bin nicht Ihr Beichtvater.«

»Was tut das, ich habe ihm ja nicht geglaubt, dem Beichtvater, aber Ihnen . . . ich habe viel gelitten und leide immer noch . . .«

»Wer quält Sie denn?«

»Der . . . ich weiß es nicht.«

»Sagen Sie es ruhig! Und hören Sie mit Ihren eigenen Ohren, daß Sie sich im Irrtum befinden – und in was für einem Irrtum!«

»Der Teufel«, sagte Scacerni unterdrückt und betrachtete die Nonne wie einer, der nicht weiß, ob sein Gesprächspartner nun zu lachen beginnt oder ihn nicht ernst nimmt. Und die Nonne, im selben Tonfall wie er sprechend, bekreuzigte sich:

»Ja, sagen Sie mal bitte, Sie starker Mann und großer Dickkopf, glauben Sie nicht, daß der Teufel auch hier hereinkommt, in dieses heilige Haus, ja, daß er auch jetzt hier zwischen uns beiden ist, zwei Sündern, zwei armen Sündern, die wir doch einmal sind?«

»Und wenn ich ihn nun hereingebracht hätte?«

»Waren Sie denn dazu nötig? Wissen Sie nicht, welche Gewalt Ihnen gegeben ist? Guter Freund, reden wir darüber ein andermal miteinander; solange die Probe dauert und solange wir lebendig sind, gestattet Gott ihm, uns zu versuchen – keine große Neuigkeit, wußten Sie das nicht? Und er gestattet ihm, hier einzudringen wie überall sonst, in meine Seele kommt er und in die Ihre.«

»Warum?«

»Warum? Das fragen Sie mich? Wissen Sie es wirklich nicht?«

»Nein!«

»Jetzt verstehe ich, warum ich auf Sie wartete und warum Sie gekommen sind und was das Gute ist, das ich Ihnen schenken kann. Wirklich, Sie sind ja unwissend wie ein Schuljunge, aber diese Unterweisung geht sehr schnell.«

»Ich bitte um nichts anderes.«

»Sie fordern mich heraus, wie? Ich möchte wetten, daß es nicht einmal Unwissenheit ist, sondern daß Sie nur etwas vergessen haben, aber jetzt sagen Sie mir: welche Menschen sind das denn eigentlich, die der Herr quält, nun? Es ist so leicht, daß Sie sich schämen, es mir zu sagen, dennoch, antworten Sie!«

»Es sind jene, die er liebt.«

»Und hat er Sie gequält?«

»Mich?« sagte Scacerni tief in Gedanken, wie einer, der eine ganze Reihe von Geschehnissen durchläuft, und er begriff alles in einem Augenblick: »Oh, nicht genug.«

»Das überlassen Sie ihm, mein Freund, überlassen Sie alles ihm, er weiß es besser als ich und Sie, oder nicht? Was denken Sie dazu! Sollen wir nicht Gott zusammen danken? Als Sie hier eintraten, schien Ihnen Ihre Trübsal zu groß, und jetzt scheint sie Ihnen gering. Aber die Liebe, die er zu Ihnen hat, zu mir, zu allen, ja, diese Liebe ist zu groß für uns, wir können sie nicht begreifen, sondern nur anbeten. Oder meinen Sie nicht, daß wir ihm danken sollen, ihm, der das Kreuz wählte, um uns zu erretten?«

»Was soll ich denn tun?«

»Nichts ist leichter und nichts ist schwieriger, denken Sie nach, aber antworten Sie nicht obenhin.«

Scacerni sammelte sich einen Augenblick, und das genügte; er hob die Augen auf zu der Heiligen, die geduldig wartete, die Arme in Kreuzform auf der Brust, und er sagte:

»Wir können ihm danken.«

»Ja, und dann, dann haben Sie ja schon gedankt, wie?« fügte sie scherzhaft bei, »es ist doch nicht so schwer, oder?«

»Ehrwürdige Mutter, Sie wissen gut, wem ich das zu verdanken habe.«

»Und noch das eine muß ich Ihnen sagen: je geringer unser Verdienst ist, um so größer erscheint die Gnade. Aber ich will Sie nicht aufhalten, Sie haben gewiß noch Geschäfte zu erledigen. Grüßen Sie mir Dosolina, und sie soll doch mal möglichst bald hier vorbeikommen und mich besuchen, ich möchte sie wiedersehen, bevor ich sterbe. Und sagen Sie ihr, daß ich an euren Giuseppino denken werde. Und nun, Padrone Lazzaro, Addio. Und wenn die Versuchungen wiederkehren, sagen Sie nie: es ist zuviel oder es ist zuwenig, übergeben Sie sich Gott und sagen Sie ihm Dank.«

»Addio, ehrwürdige Mutter.«

So endigte sein Besuch bei der Heiligen, und er hätte sagen können, als er wieder am Haus an der Pappelbrücke und auf der Mühle war, daß er nichts von ihr gehört hatte, was er nicht schon gewußt hätte, das alles hatte er schon als kleiner Junge gehört. Und dennoch: es erschien ihm nun in einem ganz neuen Licht. Er berichtete kühl und mit Zurückhaltung Dosolina, was ihm die Nonne zu sagen aufgetragen hatte, und Dosolina dankte ihm und hütete sich wohl, ihm zu sagen, daß er also nun doch in Ferrara gewesen sei.

Der Anstrich der Häuser auf der Mühle war jetzt ganz verbraucht und nachgedunkelt, auch der heilige Michael über dem Drachen. Und da Padrone Lazzaro zur Zeit keine überflüssigen Ausgaben machen wollte, fügte er an die Stelle der Inschrift von einst eine neue, und das war ein Spruch und Segenswunsch, wie er allgemein gebräuchlich war, den fast alle Mühlen auf dem Po aufwiesen. Aber Scacerni las aus den wenigen Worten eine ganze Geschichte von Wechselfällen und Proben des Schicksals heraus, die Worte lauteten: Helfe dir Gott, Mühle San Michele.

I Beim Abschluß eines schicksalgeladenen Ereignisses verliert sich manchmal die Erinnerung in einem fernen Getümmel, in dem noch das Gewitter brütet und Blitze zucken, bis die alten Bilder, gerade wenn wir sie für endgültig verlorengegangen halten, plötzlich wiederkehren und um uns sind. Und so war auch Padrone Lazzaro, nachdem er die vergangene Leidenszeit immer wieder tastend durchgegangen hatte, schließlich zu seiner eigenen Verwunderung zum Vergessen bereit. Auch die Worte der alten Heiligen, die ihm den Frieden wiedergegeben hatten, luden ihn dazu ein, auf ein Verstehen zu verzichten, er sollte einfach vergessen. Aber dieser Mann, der so schlicht und gerade dachte und so stark fühlte, gab sich damit nicht zufrieden, und wenn auch seine Überlegungen nicht hinreichten, um seinem einfachen Müllerverstand zu Hilfe zu kommen, und wenn das Gedächtnis auch müde geworden war und ihn im Stich zu lassen schien: die himmlische Gunst in den vergangenen Ereignissen erschien ihm immer mehr als geheimnisvoll. Die Vorsehung hatte eingegriffen, sie allein hatte alles gewendet, als kein anderer mehr helfen konnte und er selber am allerwenigsten. Aber warum nur? Und indem er sich das fragte, wurde ihm klar, daß die göttliche Gnade sich nicht erkaufen läßt, und zugleich kam es ihm vor, wie wenig er sie verdient habe, so daß ihm zumute war wie einem, der nur von Geschenken lebt. Und das ärgerte ihn nun auf dunkle und törichte Weise. Das war die Frage, die ihm in den langen Stunden an den Mahlsteinen aufstieg, klar und deutlich, wenn er daran dachte, wieviel Gott zu seiner Rettung getan hatte: warum. Er begriff, daß es hier keine Antwort, sondern nur Danksagungen gab.

Nach dem Tode des Ragusers und des Fratognone wurde das Schicksal um ihn her so ruhig, daß man an jene windstillen schönen Tage nach dem Gewitter denken mußte. Und es scheint, daß der Mensch dann Atem und Ruhe aufs neue geschenkt erhält, eine Ruhe, die nicht nur von den Menschen, sondern auch von den Dingen ausgeht. Lazzaro Scacerni ging durch diese Tage freieren Schrittes hin, sein Vertrauen war bescheiden, aber sehr stark. Er verstand nur eine einzige Sache, aber die um so klarer: daß er bewahrt worden war vor dem Verbrechen, vor der Verzweiflung und dem Blutpakt nur durch ein göttliches Dazwischentreten, als er seinerseits alles getan hatte, um sich zu verderben. Im übrigen hatten die drei Todesfälle, wovon der eine sehr wild war, der andere erbaulich und der dritte, der geheimnisvolle Tod des abscheulichen

Beffa, von den Gemütern der Menschen an der Guarda und auch anderswo, eben überall, wo man die Tyrannei des Ragusers gespürt hatte, einen schweren Druck genommen. Die geheimen Bünde und Zusammenkünfte und die Einschüchterungsversuche der dunkelgeschäftigen Leute traten nicht mehr in Erscheinung. Und die ehrlichen und furchtsamen Leute und auch die Erpreßten atmeten auf, nicht nur weil mit dem Raguser auch der Auftraggeber all dieser kriminellen Unternehmungen tot war und mit Fratognone dazu ein wüster Desperado, sondern weil überhaupt das ganze Schmugglerwesen ziviler geworden war. Die päpstliche Verwaltung hatte in demselben Maße die Schutzmaßnahmen für Steuern, Monopole, Taxen verschärft, wie in der Praxis das ganze Steuerwesen umgangen wurde; und so war die Schmuggelei der geläufigste Handel und Wandel geworden und zugleich auch der am besten geordnete.

Und zu den Fährleuten am Po kamen nun nicht mehr bei Nacht Leute, die einfach ihre Forderungen auferlegten so wie einstmals; man handelte um den Preis und bezahlte. Aber den Padrone Lazzaro baten sie um keine Dienstleistung mehr.

Daß Dosolina und die Mühle aus dem Ganzen so gut herausgekommen waren, das erschien ihm als ein ganz durchschnittlicher Beweis der göttlichen Güte; aber das Wunder an ihm hatte die göttliche Barmherzigkeit verübt, die er seinerseits beleidigt, verhöhnt, mißbraucht und mit dummen Spitzfindigkeiten profaniert hatte, was alles noch schlimmer war, als mit heftigen Leidenschaften sich Gott entgegenzustellen. Und indem er bemerkte und erforschte, wie dieses Verderben in ihn hatte einziehen können, in jener fernen Nacht nach dem Übergang über den Vop, und wie es dann mit Schmeicheleien und betrügerischen Mitteln in ihm reif geworden war und hinterhältiger ihn umgab, als es jemals erschien, wurde ihm immer deutlicher und erschreckender klar, daß ihn vor dem Allerletzten nur Barmherzigkeit errettet hatte, und er war wohl jetzt weit davon entfernt, sie zurückzuweisen; er pflanzte sie in sich wie in Erde ein, er bat um sie aus tiefem und reumütigem Herzen. Gott hatte, indem er die Seele Fratognones auf dem Richtblock errettete, auch den Blutpakt zwischen ihm und dem Mörder gelöst.

II

Die Jahre auf der Mühle gingen dahin, im ganzen genommen waren es glückliche Jahre, und die Ersparnisse Dosolinas vermehrten sich, aber auch die Gebresten des Müllers. Die übermütige Kraft seiner Gesundheit, wie das bei solchen Naturen nicht selten ist, widerstand den Jahren nicht sonderlich, und er hatte ja auch die Malaria im Blut und ihre traurigen Wirkungen. Doch wenn er nun das Terzianfieber kommen spürte, sagte er nicht mehr: es tötet die Alten, und die Jungen genesen davon. Er hatte auch darauf verzichtet, eine zweite Mühle neben die San Michele zu legen; er sagte:

»Wenn ich sterben sollte, bevor unser Giuseppe imstande ist, eine Mühle zu leiten, was übrigens auch nicht jedermanns Sache ist, dann steht sich eine Witwe besser, wenn sie auf dem Festland haust als auf dem Wasser. Denn es ist gewiß kein Handwerk für eine Frau.«

Und er kam auf dieses Gespräch so häufig zurück, daß Dosolina davon bedrückt wurde und scharf sagte:

»Vielleicht könnte es mir auch passen ...«, sie ließ sich hinreißen, »mich wieder zu verheiraten, vielleicht mit einem Müller, der mir zur Hand ginge.«

»Na schön«, sagte Scacerni zwischen den Zähnen, »ausgezeichnet, wenn das dir so paßt, hab ich nichts dagegen einzuwenden.«

»Na, beruhige dich, Lazzaro, aber du kannst einen auch hochbringen.«

»Ich? Ich habe noch Geduld zu vergeben, aber mir das ins Gesicht zu sagen, das ist doch allerlei.«

»Aber du, wenn du immer auf dieses Gespräch zurückkommst, weißt du nicht, daß du mir damit weh tust?«

»Und mir tut's etwa nicht weh, alt zu werden?«

»Aber wenn man dich hört, dann muß man glauben, daß ich daran die Schuld hätte.«

»Hab ich das gesagt?«

»Oh, man kann ja auch etwas sagen, ohne es zu sagen.«

Aus der zarten Dosolina war mit der Zeit eine starke Frau geworden. Sie hatte eine lebhafte, hitzige Hautfarbe, und ihre Bewegungen waren freier und entschlossener geworden und ihre Formen voller, so daß sie nun eine schöne und deftige Gevatterin darstellte, eine Frau mit Erfahrung, die wohl wußte, daß sie in den besten Jahren stand, die so schnell vorübergehen. Und jetzt war es so, daß sich nicht nur von Jahr zu Jahr, sondern von einer Jahreszeit zur andern immer mehr der Unterschied im Alter der beiden Ehegatten bemerkbar machte. Und wenn ihn das auch beunruhigen und eifersüchtig machen konnte, so war Lazzaro im übrigen doch zu sehr ein Mann der Verantwortung, um nicht zugleich auch immer besser und sicherer seine Angelegenheiten zu ordnen, so daß für den Fall, daß er sterben würde, Dosolina nichts abginge. Was sie betraf, so wurde sie zornig, sobald er davon anfing, und machte sich wiederum Vorwürfe wegen ihres heftigen Verhaltens. Doch bemerkte sie heimlich, daß sie an dem Altersunterschied zu leiden begann, besonders morgens, wenn sie erwachte und ihre Schläfen so dumpf und schwer fühlte und das Blut hitzig im Gesicht stehen spürte und im ganzen Körper eine seltsame Abgespanntheit empfand. Dazu kam, um es klar zu sagen, daß sie ihre Phantasie nicht mehr zu zügeln verstand, und so warf sie sich in die Tagesarbeit, um sich zu ermüden. Aber in der Nacht überfiel sie Angst und Bedrückung, und es half ihr nichts, daß sie sich im Bett hin und her wälzte. Sie war immer eifrig und hilfsbereit, aber manchmal genügte ihre Zärtlichkeit für Lazzaro nicht, sie mußte sich in Geduld flüchten, wenn sie ihm in seinen Gebresten beistand, bei Rheuma- und Fieberanfällen. Und Lazzaro kam es vor, als ob das eine Tücke des Schicksals sei, daß er genau in den Jahren, da seine Frau in Saft und Kraft dastand, einen kranken Mann darstellte. Wie sagte seinerzeit der Wirt von der Guarda, Gott hab ihn selig: »Dreißig und fünfzig, vierzig und . . .«? Noch nicht, noch nicht, sagte sich Lazzaro, Gott möge ihm seine Reime verzeihen, jetzt, wo er sich auch auf den Kirchhof gelegt hat. Dabei fiel ihm ein, und dieser Gedanke setzte ihm auf eine eigenartige und immer häufigere Weise zu, wenn er sah, wie seine alten Freunde von der Guarda sich allmählich alle zu dieser Reise aufmachten: der düstere Gedanke nämlich an das Wasser, das in den Friedhof der Guarda, der hinter dem Damm lag, durchsickerte, sobald man ein Grab schaufelte. Er hatte plötzlich die Vorstellung, daß es doch angenehm sein müsse, nach all der Feuchtigkeit auf der Mühle wenigstens im Grabe trocken zu liegen. Sieh da, wonach der Mensch sich sehnt! Und wie ganz anders waren doch die Begierden, die seine Frau anfielen, und gerade in der Zeit, o Tücke des Schicksals, da er in seiner besten Kraft gebrochen war.

Sie hatten sehnlichst gehofft, daß noch andere Kinder nachkommen würden, aber mit dem Kommen und Gehen der Jahre gaben sie diese Hoffnung auf. Dosolina erzog Giuseppe mit aller Sorgfalt. Garten und Haus stand sie, wie man weiß, mit großer Umsicht und als eine wirklich verständige Hausfrau vor, und Lazzaro benutzte all seine Ersparnisse dazu, den kleinen Besitz abzurunden, der auf diese Weise ein rechtes Gütchen geworden war. Er hatte die Ställe für Schweine und Geflügel erweitern lassen und bereitete nun seit langem schon einen größeren Plan vor, nämlich einen Stall zu bauen mit allem Drum und Dran, einen Heuschober, eine Wohnung für den Kuhhirten, auch die Mistgrube durfte nicht fehlen. Der Ankauf dann des Viehs, die Futterbesorgung und die Einstellung des Hirten, das waren alles Dinge, die reiflich überlegt sein wollten. Ein Mann namens Forapaglia (Strohfütterer), der in der Nähe wohnte und halb Gemüsezüchter, halb Bauer war, wurde als Tagelöhner eingestellt. Man wollte zunächst einmal keinen Knecht, um nicht den Schritt länger als die Beine zu machen. Aber immerhin, man lebte auf seinem eigenen Besitz. Scacerni hatte nicht gern, wenn man »dies bißchen Erde« Besitz oder Gut oder Hof nannte. Denn, so sagt das Sprichwort: was dir teuer ist, das zeige nicht herum. Forapaglia war mit einer braven und häßlichen Frau verheiratet, die man Pagliericcio (Strohsack) nannte, nicht weil ihr Betragen diesen Spitznamen gerechtfertigt hätte, sondern weil der Name des Mannes, den auch er übrigens von den Leuten angehängt bekommen hatte, zu diesem frechen Wortspiel reizte. Dosolina war immer freundlich mit allen, ohne Eile und ohne etwas zu übersehen. Und Lazzaro gefiel das alles sehr gut, er betrachtete mit Neugier diese Feldarbeiten, zu denen er nie die geringste Neigung verspürte, er wiederholte immer: »Mein Acker ist die Mühle«, und er fügte mit dem alten Stolz auf seine Freiheit hinzu: »Ich bin ein Mann des Flusses.«

Jetzt gab es also eine Tenne vor dem Hause, wo die Mädchen und Jungen der Nachbarschaft, wenn der Mais reif war, erschienen, um die Kolben abzuschneiden, wobei es dann Scherze und lustige Reime setzte, wie bei solcher Gelegenheit üblich. Wenn dann die Arbeit zu Ende war, tanzte man, und die Gesänge dauerten bis zum Frühlicht. Und dann saß Scacerni auf der Bank mit alten Männern beisammen und genoß von Herzen die Heiterkeit der Jugend, während Dosolina mit dem Weinkrug umging. Vor der Maisernte hatte Forapaglia schon das Korn gedroschen, es gab nicht viel, nur ein paar Säcke. Aber besser arm mit dem eigenen als reich mit fremdem Gut. Weizen und Mais wurden dann endlich zur Mühle San Michele geschafft, und das waren rechte Feiertage:

»Heute mahlt der Müller für die Müllerin.«

»O nein«, antwortete scherzend Dosolina, »ihr seid allesamt Räuber, ihr Müller. Ich möchte vorher ein genaues Abkommen treffen, damit ihr mir nicht zuviel Mehl zurückbehaltet.«

»Der Mahlpreis wird so sein, Dosolina, daß du mit diesem armen Alten zufrieden sein wirst!«

Wer nun unter das von dem Bart verdeckte Gesicht hätte schauen können, der hätte bemerkt, daß Scacerni, als er diese galante Zärtlichkeit hervorbrachte, wie ein Junge errötet war. Schiavetto, der nun ein junger Mann war, und Malvasone, der allmählich bejahrt wurde, klatschten Beifall. Das abendliche Beisammensein auf der Tenne, bei dem man das Dreschen des Korns und die andern ländlichen Ereignisse feierte, schloß für gewöhnlich die Herrichtung eines Festmahls für die näheren Freunde ein, unter ihnen zuerst die Chiccolis, dann die beiden Mühlengesellen und der Knecht. Später gab es auch stets ein kleines Konzert, bei dem Schiavetto die Ziehharmonika spielte, von einer Violine und einer Gitarre begleitet. Es kam der September, auf welchen man schon den Böttcher bestellte, daß er die Kufen liefere, und zu Beginn des Oktober hieß es:

Die Hitze geht, es kommt der Dunst,
Der Herbst ist nah mit seiner Gunst.

Ende November erschien der Schlächter von Fossasamba, der ein wahrer Künstler war, wenn es ums Kastrieren, Schlachten, Verschweinen und Verwursten der leckeren Tiere ging. Er hatte einen Ruf ohnegleichen. Auf der Tenne kündigte er sich mit einem laut gesungenen Spruch an, der die geheimnisvolle Aufforderung enthielt:

Auf Sankt-Andreas-Tag
Kein Schwein mehr länger leben mag.

Wenn man ihn hörte, hätte man glauben mögen, er stimme einen Zauber- und Beschwörungsgesang an. Dosolina konnte das nicht hören, ohne daß es ihr das Herz zusammenzog, und für gewöhnlich schob sie den schweren Tag des Schweines bis auf Weihnachten hinaus, denn die Hausfrau hängt an keinem ihrer Tiere so sehr wie am Schwein, und sie konnte Tränen vergießen in jener Stunde, wenn es dem Grunzer an den Kragen ging. Das kommt vielleicht daher, weil dieses Tier, in seinem Drecke liegend, uns zu verstehen gibt, wie wohl es sich fühlt und wie gern es lebt und so ganz nach seinem Vergnügen, so daß es als ein wahrer Überfall erscheinen muß, es aus seinem sonnigen Mist herauszunehmen. Allem Zartgefühl zum Hohn bekränzten dann endlich, ob nun Sankt-Andreas-Tag oder zu Weihnachten, die Wurstringe die Kaminwand, um dort in der Hitze und im Rauch ihrem vorbestimmten Ziele entgegenzureifen. Von den Haken der Deckenbalken hingen Speckseiten und Schinken, in der Vorratskammer stapelten sich die Gefäße mit weißem ausgelassenem Schmalz. Eine tröstliche Fülle! Und schließlich kam das Fest der Po-Müller: das des heiligen Antonius, des Beschützers von Wasser und Feuer.

Forapaglia besaß die Kenntnisse eines Kellermeisters, und Dosolina ließ ihn in Kufen und Bütten einen großen Haufen romagnolischer Trauben legen. Aus dem Traubensaft wurde Wein gemacht, dann wurde Wasser darübergegossen und wieder gepreßt, das ergab den Halbwein, und bei der dritten Prozedur entstand der Drittelwein, der Fluppes. Was eine sehr sparsame Unternehmung darstellte, aber keineswegs dem Geschmack Lazzaros entsprach. In diesem Punkte, daß man, um ein gutes Gläschen zu trinken, in die Osteria gehen müsse, war und blieb er unerschütterlich. Wie er sagte, schmeckte der Wein aus Dosolinas Keller entweder nach nichts oder nach Faß oder Schwefel oder gar nach Muff. Ob das nun nur Vorwände waren oder der Wahrheit entsprach: bei ihren Protesten – sie glaubte ihn jedes Jahr bekehren zu müssen – antwortete er nur:

»Du verstehst so viele Sachen, Dosolina, daß du dich nicht ärgern mußt, wenn dir eine einzige nicht glückt. Bin ich nicht zufrieden, daß ich mich so eben auf die Müllerei verstehe?«

Tief in seiner Seele fand er an allem ein Ungenügen, was nicht mit der Freiheit des Flusses zusammenhing, mit jener starken und stolzen Unbekümmertheit, die er dort verspürte. Mit der Zeit wurde dieses Gefühl sogar fordernder in ihm, und er rechtfertigte seine geringe Liebe zu seinem Heim und zum Boden mit einem alten Aberglauben:

Ist das Haus bereit,
Ist der Tod nicht weit.

Er hatte keine Angst vor dem Tode, dafür aber vor den Wänden, vor dem Dach der Erde, die den Menschen so sehr bindet, ihm aber ein feines Mißbehagen ins Blut gab, Langeweile und den Druck des Umschlossenseins. Und diese Gedanken, diese abergläubische Vorstellung erregten in ihm ein Heimweh, das er bis dazumal fast vergessen hatte. Ein sehnsüchtiges Verlangen nach jenen Ländern, wo er in seiner Jugend einmal gewesen war, so vielen Ländern, daß er sich kaum noch ihrer Namen erinnerte. Er dachte sogar an jene Russin, die Lisaweta, die er in Ducòvcina verlassen hatte, sozusagen am Ende der Welt; und jetzt hätte er gern einmal gewußt, was aus ihr geworden war. Verlangen plagte ihn nach Orten und Ländern, wo er nie gewesen war, es zog ihn bis nach der Neuen Welt. Sehnsucht nach den Tälern und Röhrichten, nach der Macchia und dem großen Wald der Mesola, nach dem Adriatischen Meer und den andern viel ferneren Meeren. Es war eine Unruhe, die nach nahen und fernen Dingen hintrieb – dabei wünschte er nichts, auch nicht die erreichbaren Punkte seines Verlangens, ernstlich zu sehen oder wiederzusehen, es trieb ihn nicht einmal an, irgendwohin zu gehen, es war etwas anderes: wenn ihn dieser Überdruß des Gefangenseins auf der festen Erde überkam, dann glaubte er, daß es einen Punkt geben müßte, wo man leichter, freier und durchlüfteter leben und auch sterben könnte, ja besonders das letzte, vielleicht in der wilden Einsamkeit der Täler, die einmal ihm gehörten, damals, als er noch jung war, das war es.

Er mußte dann lachen, wenn er erwog, daß auch dieses alte Luder von

Raguser ihm ein solches Verlangen nach dem Meere seiner seeräuberischen Jugend eingestanden hatte. Jetzt verstand er das, verstand er den alten Narren! Ja, und wer war nun närrischer, der Raguser, dem Gott verzeihen möge, oder er? Und er ließ diese Frage ungelöst.

Dosolina hatte eine Vorliebe für weise Sprüche bekommen, und sie liebte es, Sprichwörter bei jeder Gelegenheit vorzubringen; es gab keinen Fall und kein Gespräch, wobei sie nicht in diesen Schatz griff, für jeden Monat und jedes Jahreszeit wußte sie eines.

Sie hatte auch stets eine ganze Tasche voll Rätsel, Volksweisen, Schwätzereien und närrischen Ausdrücken zur Hand, und damit pflegte sie den kleinen Giuseppe einzuschläfern und zu unterhalten. Diese Sächelchen waren drollig und ergötzlich, wenn man sie einmal hörte, sogar zwei- und dreimal, aber beim zehnten, beim hundertsten Mal! Und wie sollte sich das Bürschchen daran nicht zu Tode langweilen, nun, da es schon ein wenig verständiger geworden war? Wenn Scacerni seinen Jungen ansah, wie er so bereitwillig der Mutter zuhörte und wieder und wieder zuhörte, als ob er noch im Puppenalter sei, so glaubte er manchmal, sein Sohn sei ein ganz geschickter Duckmäuser. Überhaupt glich ihm dieser Giuseppe in gar nichts, er stand da auf kurzen Beinen, ein untersetzter Brocken, ungemein vernünftig, faul, furchtsam, widerborstig und vor allem, er hatte Angst vor dem Fluß und eine ausgesprochene Gegnerschaft gegen die Mühle, gegen das Wasser überhaupt und schließlich gegen alles, was die väterliche Welt ausmachte, auch gegen die Jagd. Jedoch pflegte der Kleine mit Polenta belegte Falleisen in den Schnee zu stellen, um auf diese grausame und hinterhältige Weise Spatzen zu fangen, wenn der winterliche Hunger sie gegen die Häuser trieb.

Um diesem Zug seines Sohnes zur Mittelmäßigkeit entgegenzutreten, hatte ihn der Vater mit sich in der Barke auf die Entenjagd genommen, wenn sie mit dem Mörser loszogen. Aber der erste Knall hatte das Bürschlein so erschreckt, daß er ganz gelähmt war, und die Morgenkühle hatte ihm eine schöne Erkältung angehängt. Um ihm Freude am Wasser zu machen und das Schwimmen beizubringen, band der Vater ihm zwei Kürbisse an die Schultern, aber als der Bursche nicht wollte und sich sträubte, ins Wasser zu gehen, ja sogar verzweifelte Fußtritte austeilte, da hatte ihn der empörte Vater bei der Vorstellung, daß er einen feigen Sohn habe, kopfüber in den Fluß geschmissen mitsamt den Kürbissen, und wenn da nicht Schiavetto schnell zur Hand gewesen wäre, um sich ins Wasser zu stürzen und ihn herauszufischen, so wäre er ertrunken, denn er schwamm, den Kopf nach unten und die Hinterbacken nach oben, die Strömung, die ihn mit sich fortriß, hinab. Auf der Mühle stellte er sich in derselben Weise an. Statt guten Willen zu zeigen und das Handwerk zu erlernen, stand er brummig in einer Ecke, bis der Vater ihn nach Hause schickte, nachdem er ihm zuvor gründlich den Kopf gewaschen und zum Schluß einen Tritt in den Hintern versetzt hatte, der ganz ausgezeichnet saß, obschon er von einem Hinkenden stammte.

»Er ist böse mit dir«, sagte Dosolina, die natürlich darunter litt, jedoch sich dem nicht widersetzen konnte, daß der Junge das Handwerk erlernen und ein Mann werden mußte.

»Und mit dir nicht?«

»Mit mir nicht.« Und sie forderte ihn mit ihrem Blick heraus, sie war wie eine Glucke bereit zu kämpfen. Giuseppe war immer um die Mutter herum, verschlossen und schweigsam. Dabei war er unmäßig auf gute Brocken aus, litt immer an Verdauungsstörungen oder an Durchfall, denn die Mutter konnte ihm die Süßigkeiten und das Obst nicht abschlagen. Seit er einmal an einem Anfall von Krämpfen gelitten hatte, glaubte sie im ersten Schrecken, sich vormachen zu müssen, es sei die Fallsucht, obwohl sie genau wußte, daß die Sache nur von Eingeweidewürmern hervorgerufen war. Und sie war überhaupt immer voller Sorgen um Giuseppe, und diese Sorgen wurden größer mit jedem Zentimeter, den der Junge wuchs. Vor allem aber, wenn sie daran dachte, daß sie ihn einmal nicht mehr dauernd unter ihrer Hut haben könnte. Sie hatte Angst vor Krankheiten, sie fürchtete Gefahren: da gab es den Fluß, das Feuer, die Tiere; und dann gab es die Zigeuner, welche die Kinder raubten, und es genügte, daß sie erfuhr, es bewegten sich einige dieser Wagen durchs Land, um sie in Aufregung zu versetzen. Dann lief sie, bekümmert und das Haar zerzaust, und suchte Giuseppe, um ihn zu Hause einzuschließen, bis die Kesselflicker und Weissager wieder aus dem Lande waren.

»Was soll man nun mit so einem Nichtsnutz anfangen?« sagte Lazzaro. Das war wohl nicht richtig, sich so vor einer Mutter vernehmen zu lassen, wenn es auch noch so sehr stimmte. Aber er hielt dafür, entweder wurde er ein Müller oder ein Nichtsnutz.

Der Junge bewies dagegen eine Leidenschaft und außerordentliche Aufmerksamkeit, wenn es sich um den Preis von Gegenständen handelte, den es zu errechnen galt, wie man eine Sache nämlich kaufte und sie wiederverkaufte, und es interessierte ihn überhaupt nicht, wenn es nicht etwas war, das sich um den Gewinst drehte; aber unter diesem Gesichtspunkt interessierte ihn wie gesagt alles: die mütterlichen Produkte des Feldes und auch die väterlichen Einnahmen auf der Mühle, und wenn es um den Vorteil ging, bewies er sich als guter Rechner mit ausgezeichnetem Gedächtnis.

»Ich frage mich bloß, von wem er das hat«, sagte Scacerni; und er mußte lachen, wenn er diese frühzeitige Habgier sah.

Es war auch lustig, wenn man den kleinen Burschen mit seinem Großvater zusammen sah, der von seinen fabelhaften Plänen, an denen er reich werden wollte, immer mehr verzaubert wurde. Und keiner hörte auf den Alten und seine Entwürfe außer Giuseppe; der Junge riß die Augen auf und hörte ihm mit Entzücken zu. Zum Schluß fragte er:

»Hast du das Geld dazu, Großvater?«

»Bah, bah, das findet man schon.«

»Das findet man?«

»Das findet man immer, es genügt, daß man eine Idee im Kopf hat.«

»Eine Idee? Und das Geld findet man immer?«

Bei diesen Worten zeigte sich dann in dem bleichen und spitzen Gesicht, das ihn so sehr einem Kaninchen ähnlich machte, eine kalte Enttäuschung und sogar Groll und Verachtung für diesen leichtköpfigen und phantastischen Großvater. Und trotzdem widerstand er nicht der Lust, dem Alten zuzuhören, jedesmal wenn Princivalle, der sich mit dem Schwiegersohn ausgesöhnt hatte, mit irgendeinem neuen Traumgespinst zum Haus an der Pappelbrücke kam.

Einmal hatte Princivalle, es war einige Zeit nach der Hinrichtung Fratognones, zu Scacerni gesagt, daß der Tod des Ragusers ein großer Schaden für seine Unternehmungen gewesen sei und damit auch für ihn.

»Für Sie?« Lazzaro war in die Höhe gefahren.

»Für mich! Sie müssen nämlich wissen, daß dieser Mann, der zu seinen Lebzeiten, wie man sagt, ein ausgekochter Schurke gewesen sei, ein feiner Kopf war, von dem andern weiß ich nichts. Ich weiß nur, daß er sehr großzügig war und auf weite Sicht arbeitete, das kann ich Ihnen versichern, er war der erste und bis jetzt der einzige, der mich verstanden hat in diesem Land der Schildkröten, wo es keine Initiative gibt und keinen Geist, sondern nur Feinde des Neuen und des menschlichen Fortschritts. Ja, das sind diese Sanfedisten, diese Nachzügler auf allen Gebieten.«

Der Unselige verstand das Lesen, und da er sich von zu Hause wegbegeben hatte, um in der Stadt bei seinem Sohne zu leben, der sich dort niedergelassen hatte, las er nun die Zeitungen und sogar einige Bücher, dabei suchte er sich an die gebildeten und angesehenen Bürger anzuschließen. Und es genügte ein Wink, um ihn einzuladen, auch wenn dieser Wink zweifelhaft oder aus Achtlosigkeit und Rücksicht heraus getan worden und selbst wenn der Einladende ein noch so entfernter Bekannter war. Er setzte sich flugs an die Tischchen im Tasso und im Pacini, und wenn der Kellner kam, der ihn nach seiner Bestellung fragte, dann sagte er: »Ich bin mit diesem Herrn hier« und rettete so seine Würde. Und ein halber Gruß war für Principalle hinreichend, sich sofort den Kränzchen und Zirkeln an den Schwanz zu hängen, er hörte eifrig den Gesprächen zu und ließ sich mit Ideen aufpumpen, die ihm dann dazu dienten, den gewichtigen und unterrichteten Mann zu spielen zwischen den Landleuten, wenn sie montags zu Markte kamen. Dank seinem Sohn und der Schwiegertochter, die brave Leute waren, hatte er sich einkleiden können, und er trug mit Eleganz und Würde die Kopfbedeckung der Bürger: den Zylinderhut.

Donata war mit den andern Söhnen und der jüngeren Tochter Argia im Palazzo Diamantina geblieben, und das Lädchen und die Söhne, die Erdarbeiten machten, erhielten sie am Leben. Das Unglück Principalles war, wenn man ihn hörte, immer nur der Umstand gewesen, daß ihm seine Familie nicht beigestanden hatte: auch jetzt hatten sie ihn wieder einmal verlassen und es vorgezogen, in den Ställen und auf den Feldern herumzuarbeiten, statt ihrem Glück in der Stadt nachzugehen unter seiner genialen Führung. Als er das wieder einmal sagte, hatte Donata ein für allemal, es war, als er in die Stadt übersiedelte, den Sack geleert, wie man sagt: sie hatte ihn im Schub derartig vor die Tür gesetzt, daß die Gatten die wenigen Male, die sie sich im Hause des Sohnes in der Stadt wiedersahen, überhaupt nicht miteinander redeten, es sei denn, daß sie sich guten Morgen und guten Abend sagten. Das Haus Malvegoli war noch da und dort bekannt, und das begünstigte Principalles gesellschaftliche Beziehungen, wiewohl er jetzt keine Neigungen zum Adel mehr zeigte, noch seine Verwandtschaft mit der Nonne Schwester Eurosia mehr erwähnte, die inzwischen im Ruf der Heiligkeit gestorben war. Im Gegenteil, er verbarg das, denn er fühlte sich jetzt als ein Mann, der sich aus eigenen Verdiensten heraus Geltung verschaffte. Und außerdem zog es ihn zu den Demokraten hin, und er hörte und las nur noch verbotene Reden und Bücher mit liberalem, fortschrittlichem und karbonarifreundlichem Charakter.

Zu Ferrara wie im ganzen Kirchenstaat pflegten Leute mit diesem politischen Hang, mochte er nun mehr oder weniger zutage treten, ja sogar die päpstlichen Konstitutionalisten und überhaupt alle, die sich gegen die päpstliche Regierung oder auch nur gegen das System dieser Regierung wandten, den Priester zu bekämpfen – sehr begreiflich: es war das Ergebnis der Vermischung und Verwechslung der Sakramente mit der Politik, so daß der Mann der Kirche zu einem Instrument der Polizei und der Bedrückung wurde auf eine Weise, die um so scheußlicher war, als sie die Gewissen verletzte und die heiligen Dinge entweihte. Ein großer Teil der Priester, die sich noch ernstlich um die Seelsorge bekümmerten, wurden in größtem wie in kleinstem Maßstab Tyrannen des Beichtstuhls, dort nämlich, wo jede politische Meinung, die gegen das herrschende päpstliche Regime ging, sofort zu einer religiösen Angelegenheit und zur Sünde wurde. Das alles war unvermeidlich in einem theokratischen Regime, aber es wurde auch um so spürbarer, unangenehmer und gefährlicher, seit das philosophische Denken sich von der Kirche freigemacht hatte und Reformen und Revolutionen ganz Europa verändert hatten, während die päpstliche Herrschaft sich in uralten Vorstellungen verknöchert hielt und sich schwächlicher und rückständiger zeigte als je. Und es war auch unvermeidlich, daß diese Animosität gegen die herrschenden Priester bald dazu führte, das Priestertum selber zu bekämpfen, und daß die Feinde eines weltlichen Fürsten, wie es der Papst war, Gegner der katholischen Religion wurden. Die Regierung selber befand sich in einer sehr schlechten Lage: war sie streng, wurde sie gehaßt, war sie aber nachsichtig, hatte sie nur Verachtung zu erwarten.

»Lieber den Türken als die Priesterherrschaft!« Das war die Losung damals, die so berühmt wurde. Trotzdem hat dieses schwache und müde Regime, das von innen und außen Gegner hatte und verraten wurde, die Grenzlinie am Po zäh verteidigt, und es wußte eine demütige Hartnäckigkeit und gummihaft nachgiebige Haltung einzunehmen, die geradezu sprichwörtlich und unüberwindbar wurde. Man denke an die Jahre 1815, 1821, 1848 und besonders an 1831. Und wenn Österreich sich niemals für die Dauer zum Richter und Herrn Italiens aufwerfen konnte, so ist das letzten Endes dieser armseligen Regierung des Papstes und seinem passiven Widerstand zugute zu halten.

Da tauchte also im Jahre 1831 die provisorische Regierung der Liberalen auf, die in Ferrara einen Monat dauerte, und es erschienen die Leute aus den Zeiten der Freiheitsbäume, alte Jakobiner und Anhänger Napoleons. Ihnen verbanden sich die Karbonari, die Überbleibsel und neuaufgenommenen Mitglieder der zahlreichen Geheimverbände, die alle mehr oder weniger antiklerikal und auch religionsfeindlich waren oder Religionen angehörten, die ein äußerst seltsames Gepräge hatten. Und so nannten die Gegner der Liberalen diese ganze Schicht, der das im Grunde nicht einmal mißfiel, die Libertiner. Unter dieser herrschenden Gesellschaft waren die jungen Adligen und vermögenden Bürgersöhne sehr angesehen. Viele von ihnen lebten nur dem Abenteuerdrang und ihrem heißen Blut, sie liebten das wilde und soldatische Leben, ohne es verwirklichen zu können, und sie waren von einer Unruhe erfüllt, die sie zu mutigen Unternehmungen drängte, ohne daß sie viel nach den Hintergründen fragten.

Fast alle diese Verschwörer aus der eleganten Welt waren leidenschaftliche Pferdeliebhaber und Kunden des Sattlers Malvegoli, der sich einen Namen in seinem Handwerk gemacht hatte. Aber Princivalle Malvegoli tat alles, um zu verbergen, daß er der Vater dieses Sattlers sei. Er zog es vor, einen Gruß von seiten der Nobilität zu erbetteln, die sich noch seines alten Hauses erinnerte, wenngleich er auch nicht gerade mit den Oberhäuptern der Hitzköpfe verkehren konnte, er begnügte sich mit den Advokaten ohne Klienten und überhaupt den Zeittotschlägern aller Art, die wie Pilze aufschossen und natürlich auch reichlich mit Spitzeln durchsetzt waren. Diese Leute saßen im Tasso und im Pacini und berauschten sich an ihren Reden. Malvegoli hatte sich den Anstrich eines Politikers gegeben, der Bescheid wußte. Das alles erklärt zur Genüge, wie er nach Guarda, es war wohl das erstemal in dessen Geschichte, den menschlichen Fortschritt und die Freiheit des Gedankens brachte, auf welchem Fortschritt er dann seine ewig gleichen Projekte aufbaute. Er wollte an der Guarda, wo die Erde zu allem möglichen taugt, ausgenommen zum Ziegelbrennen und Töpfemachen, eine Brennerei errichten; in Lagoscuro plante er ein Lagerhaus für Getreide, und dort gab es bereits schon mehr Magazine als Kornsäcke: eine hydraulische Hanfspinnerei sollte auf dem Seitenarm des Po gegründet werden, man denke, auf einem Wasserlauf, der entweder trocken oder von Hochwassern erfüllt war; dann trug er sich mit der Einrichtung eines richtigen Raddampferdienstes auf dem Po, schlug die Bildung eines Feuerwehrkorps mit von Dampfkraft angetriebenen Pumpen vor; er wollte durch künstliche Berieselung ein gewisses Gebiet fruchtbar machen, von dem man wußte, daß es das ausgesprochene Gegenteil sei; und dann alle die Geschäfte – welcher Art auch immer, und alle ungeheuer ergiebig im Vorsatz – Geschäfte mit Lebensmitteln und Produkten, die niemand je verlangte.

Und um diese überflüssigen und noch gar nicht vorhandenen Geschäfte in Fluß zu bringen, schlug er vor, daß man Steuern und Abgaben auf jene Geschäftsunternehmungen lege, die bereits bestünden und sich als nützlich erwiesen hatten. Ein Artikel in irgendeiner vergessenen Zeitungsnummer oder einer wissenschaftlichen Schrift genügte, die unbestimmte Anzeige eines Industrie- oder Handelsunternehmens in England, Frankreich, Amerika oder Deutschland, und sofort wollte er diese Industrie im Ferraresischen einführen zum allgemeinen Nutzen des Vaterlandes. In diesen Schriften hatte er auch etwas läuten hören von Kommanditgesellschaften, in denen er an erster Stelle eine Vorbedingung sah, sich Geld zu beschaffen, und das beschaffte man sich, wenn es eine Kommanditgesellschaft gab, indem man Papierstücke bestempelte und unterzeichnete, das genügte. Und all die politischen und sozialen Systeme, die ihm unverdaut und verzerrt im Magen lagen, führten ihn unermüdlich zum selben Problem, das für ihn ein und alles war: bargeldlose Wirtschaft.

Da genügte dann freilich die Idee, wie er zu seinem Enkel sagte.

Und nun hatte er also dem Schwiegersohn seine Freundschaft mit dem verstorbenen Raguser enthüllt.

»Wenn dieser Mensch nicht ermordet worden wäre, hätte ich ein großes Projekt herausgebracht, wirklich eine tolle Sache.«

»Nämlich?«

»Ich hätte eine Dampfmühle gebaut.«

»Eine Dampfmühle?«

»Ja, natürlich, so wie man sie in England und in Frankreich und ein paar auch schon in Italien findet.«

»Hören Sie, ich weiß nicht, was eine Dampfmühle ist, aber wollen Sie uns etwa ruinieren, wie?«

»Schon wieder das übliche Argument der Rückständigen.«

Dosolina aber pflegte in bezug auf seine Pläne zu sagen:

»Wer sich einbootet mit Bedacht,
Seine Reise sicherer macht.«

Das war ein Sprichwort, wie es in einem Lande mit vielen Flüssen und Kanälen entsteht und wo das Volk mehr zu Wasser als zu Lande zu reisen gewohnt ist, in den langsamen, auf dem Leinpfad gezogenen Barken.

III Die irdische Reise der Donata Malvegoli fand unversehens ihren Abschluß, als sie eines Tages zum nahe gelegenen Kanal ging, um dort für ihre zahlreiche Familie zu waschen. Sie fühlte sich müde, und das hatte sie auch gesagt, bevor sie wegging, und mit wieviel Recht konnte sie das sagen, sie, die so viel gesorgt und gearbeitet hatte in ihrem Leben. Und der Argia hatte sie noch aufgetragen, gut auf den Laden achtzugeben und falls ein Kunde komme, sich nicht mit ihm in Geschwätz einzulassen:

»Ich werde nicht immer da sein, Tochter, du mußt jetzt selber auf dich achtgeben. Du weißt noch nicht, wie es in der Welt zugeht, das Ganze ist eine riesige Mausefalle. Schau mal, ein Wort zieht das andere herbei, ein Blick antwortet einem Blick – du glaubst noch zu scherzen, und schon bist du verloren. Der Mann ist aus Feuer gemacht und die Frau aus Stroh, gib nur acht, mein Kind, diesseits die Schande und jenseits die Hölle.«

Aber sie war wirklich zu müde, um all ihre Warnungen zu wiederholen. Irgend etwas sagte der Mutter, daß diese ihre jüngste Tochter, obgleich sie jedes Wort unterwürfig und sittsam nach außen hinnahm, sich innerlich darüber lustig machte. Und wenn sich's die arme Alte, die unter den Erstickungs- und Schwindelanfällen immer wieder zusammenzubrechen drohte, dann überlegte, wußte sie nicht, ob sie nach dem Tode verlangen sollte, um nicht noch die Enttäuschung an dieser Tochter zu erleben, oder aber ob sie verzweifeln sollte, sie so allein unter den Gefahren der Welt ohne Schutz zurückzulassen. Denn die größte Gefahr trug dieses Mädchen in sich selber: man brauchte sie nur zu beobachten, um das zu verstehen, und die Mutter entsetzte sich, sie wußte nicht, mit wem sie darüber sprechen sollte. Zu Dosolina hätte sie am allerwenigsten etwas gesagt, denn diese Tochter hätte ja mit Recht dartun können, daß all ihre Ängste und Drohungen, mit denen sie sich selber und sie, die älteste, gequält hatte, ganz übertrieben und sogar ein wenig lächerlich gewesen waren. Sie hatte Dosolina früher vorgeworfen, daß sie manchmal zu widersprechen wagte, aber konnte sie sich bei Argia beklagen, die immer nur sagte: »Ja, Mama«, die Augen niederschlagend, »du hast recht, Mama«? Denn vielleicht sah sie auch Böses in der Tochter, das gar nicht in ihr war? Doch dieses: »Ja, Mama, ich werde schon darauf aufpassen, Mama«, das konnte sie rasend machen und zugleich mit größter Unruhe erfüllen. Wenigstens arbeiteten ja die Söhne alle rechtschaffen und tüchtig, aber sie waren grob, ländliche Simpels ohne Manieren. Wenn sie sterben würde, so ging es der Alten durch den Kopf, dann würde Argia mit diesen Brüdern nicht einen Tag länger zusammen wirtschaften und auch von ihnen nicht unterhalten werden. Sie war nicht schlecht, und gewiß wünschte sie nicht, daß sie, die Mutter, stürbe, aber wenn es geschähe, so wäre sie mit dem nächsten Schritt aus dem Palazzo Diamantina hinaus. Und dann würde das Mädchen in die Stadt ziehen, in den Ort des Verderbens. Sie würde mit dem Vater zusammenwohnen, und damit war alles gesagt, mit diesem Vater, dem sie aufs Haar glich. Hatte sie sich nicht von Jugend auf beim Zuhören seiner Flausen belustigt? Hatte man es nicht am Gesicht des Mädchens ablesen können, wie diese Hirngespinste ihre Phantasie belebten? Jetzt freilich konnte man nichts mehr aus ihrem Gesicht herauslesen, und das war schlimm: der Schaden saß tief drinnen, und Heuchelei überdeckte ihn. Hatte sie nicht auch dieselbe Stimme und ganz seine Art, wenn sie sagte: »Wir Malvegoli, eine Malvegoli«?

»Ein schlimmer Schlag, diese Malvegoli!« rief Donata vor sich hin, derweil sie sich keuchend unter dem Sack Wäsche dem Kanal näherte. »Ein gefährliches Unkraut!« Welches Elend, der Vater ihrer Argia hatte nie etwas anderes aufzuweisen als windige Worte, aber dieses Mädchen, das hatte schon ein Kapital, und das war nicht aus Wind gebraut, das würde schon Früchte tragen und einen schändlichen Gewinst abwerfen, o ja, sie hatte ein sicheres Kapital.

Es genügte, wenn man sah, wie die Männer sie betrachteten, und wie sie sich betrachten ließ, mit dieser tadellosen Unschuldsmiene, welche die Männer nur um so heftiger erregte; sie brauchte nur die Scham hinter sich zu werfen, da draußen in der Stadt, wo sie ohne Mutter war und mit diesem Vater zusammen, o Elend! O häßlicher Schlag, diese Malvegoli! Und sie, Donata, hatte so etwas in die Welt gesetzt.

Sie war übermüdet und schwitzte, die arme Mutter, und in ihrem Selbstgespräch schleppte sie sich unter dem Sack und unter ihren Gebresten dahin, den Kopf gesenkt und keuchend, über sich die Sonne, die sie blendete und ihren Augen weh tat, die sie im Nacken stach und gleißende Glut von der Erde her gegen ihr Gesicht zurückwarf. Dabei spürte sie die drückende Feuchtigkeit der Sumpfluft und der schwülen Hitze, aber sie mußte gehen, und der Pfad auf dem kleinen Damm verlief zwischen den zwei Wassern, hatte keinen Halm Schatten. Längs des ganzen Kanals gab es keinen Baum, unter den man sich hätte flüchten können, nicht einmal einen Busch, da stand nur rings das Röhricht mit den trockenen Stengeln, wiewohl sie voll waren von dem aufgesogenen, fauligen Wasser: Sumpfgewächs, tot und tückisch. In der Ferne standen die Pappeln in der Allee, wo der Palazzo lag, und fern auch lag Busch und Wald, als wollten diese frischen und schattenreichen Plätze ihre müden und gequälten Augen verhöhnen.

Donata verließ nun den kleinen Damm und wandte sich dem Kanal zu, der nur schmutziges und spärliches Wasser aufwies. Sie wischte sich den Schweiß und schnürte den Sack auf, kniete sich auf den glatten Balken ihres niedrigen Waschgestells und begann. Es war mehr Schlamm als Wasser, darin sie waschen sollte, und die laue Flüssigkeit, in die sie ihre Hände und Arme versenkte, stank. Einige Enten schwammen bedächtig in der Nähe, tauchten die Schnäbel in den Schlamm und suchten ihre Nahrung, kaum ein paar Meter von Donata entfernt. Die mühsame Stellung und die Sonne über ihrem Nacken trieben ihr das Herz in die Kehle und das Blut in den Kopf, und sie wußte, wenn sie jetzt einen Schwindelanfall bekäme, dann hätte sie nicht mehr die Kraft, wieder aufzustehen; und sie befahl sich Gott mit einem plötzlich und zutiefst innerlich in ihr erwachten und unendlich sicheren Vertrauen zu ihm, der in seiner Barmherzigkeit weit und gütig seine Arme öffnet für die Seelen der alten und müde gewordenen Mütter.

Der Wasserstreifen unter ihren Augen wuchs und blendete sie, sie glaubte, nicht gut zu sehen, oder war das vielleicht der Weg zum Paradies? Und plötzlich meinte sie, daß alles sich drehe und aufsteige, daß alles sich bewege. Und die alte Donata, ohne Zeit zu finden, sich zu erschrecken oder zu leiden, glitt über die glatten Balken, Kopf und Gesicht nach unten, bis sie bis zur Brust unter dem Wasser im Schlamm steckte; so ganz ruhig und mit einem so leisen Tode, daß er nicht einmal die furchtsamen Enten in der Nähe erschreckte, war sie dahingegangen, und da gab es auch nichts Häßliches, was den Blick der Leute, die sie fanden, beleidigen konnte, sie war bis zu den Füßen bedeckt von ihrem grobleinenen Untergewand. Wenn sie nicht den Kopf unter Wasser gehabt hätte, wäre man versucht gewesen, ihr Daliegen für Schlaf zu halten.

Principalle Malvegoli erhob bei der Nachricht ein großes Klagegeschrei, und er beschuldigte blindlings Menschen und Dinge, nur sich selber gab er keine Schuld an diesem Unglück. Dosolina litt sehr darunter, aber gefaßt und ergeben trug sie ihren Schmerz. Argia dagegen brach in heftige Klagen aus, entlud sich in Weinen und Schluchzen. Dann siedelte sie schnell zum Vater über, in das Haus des Sattlers nach Ferrara. Und die Leute, die, je weniger sie verstehen, um so leichtfertiger in ihrem Urteil sind, meinten, daß Dosolina ruhig ein bißchen mehr Schmerz hätte beweisen können, während man über Argia staunte, daß dieser Schlag sie so heftig getroffen habe.

Im Hause des Sattlers zankte sie sich schon nach zwei Wochen mit der Schwägerin. Und bereits nach sechs Monaten zog sie mit dem Vater in eine eigene Wohnung.

Diese Argia war, man verzeihe den Ausdruck, ein wahrhaft schönes Tierchen: auch sie war blond, gleich Dosolina, aber dieses Blond war feurig und hatte die Farbe des Kupfers; ihre großen und sehr dunklen Augen sprühten, freilich bemerkte man keine Seele darin; man verstand sofort, was diese Augen versprachen, und man wußte, daß sie ihr Versprechen hielten. Die beiden machten also eine eigene Wirtschaft auf, und die Tochter hatte es nicht nötig, den Vater lange zu überzeugen, daß ein Mann wie er bürgerlich gekleidet sein müsse; sie selber warf sich in Trauer, was ihr ausgezeichnet stand, sie ging im Hut aus, um nicht mit dieser plebejischen Schwägerin in einen Topf geworfen zu werden. Und wenn sie irgendwo mit ihrem Vater auftauchte, die Augen niedergeschlagen und die Ohren gereckt, an der Giovecca und unter dem Portikus am Theater, auf der Piazza Grande und am Listone, und um die

Stunde, wenn die vornehme Welt ihren Spaziergang machte, schmal und aufgereckt einherschritt, dann zog sie die Blicke auf sich, und es entstand ein Gemurmel und Geflüster von Fragen.

»Woher stammt nur eigentlich dies schöne Geschöpf da?«

Niemand hätte daran gedacht, daß sie auf dem Lande aufgewachsen sei, so sicher bewegte sie sich über das Pflaster der Stadt, auf diesen langen, durch den hochgetragenen Gürtel noch länger wirkenden Beinen und mit dem festen Schritt ihrer zierlichen Füße. Ihre Bewegungen hatten etwas Schmiegsames, ihr Rücken war feingegliedert und verriet eine bis zum Nervösen gesteigerte Empfindlichkeit. Die Schultern paßten wegen ihrer erlesenen Form zum Hals und zu den noch herben Brüsten, die sich köstlich unter dem Kleide abzeichneten. Dazu kam der einzigartige Teint, dessen Braun der heiße Glanz des kupfernen Haares umwallte. Und so kann man es verstehen, wenn sie überall ein flüsterndes Kielwasser hinter sich ließ. Ja, eben die Schüchternheit der ersten Wochen und das schlichte, einfache, schwarze Kleid reizten die Neugierde noch mehr und die Begehrlichkeit der Männer, und so entstand bald unter den jungen Leuten der eleganten Welt eine Art Wettkampf über die Frage, wer wohl als erster diesen königlichen Bissen genießen würde.

Jetzt begannen auch die Kunden des Sattlermeisters Principalle Malvegoli freundlicher und bei jeder Gelegenheit zu grüßen, selbst jene, die bis dahin immer getan hatten, als bemerkten sie ihn nicht.

Der dumme Vater war nun, als er diese neue Gunstwelle bemerkte, fest davon überzeugt, daß nun endlich die Zeit komme, die seinen Verdiensten gerecht würde. Und er glaubte sie wirklich angebrochen, als der vermögende und feurige Giaurro, der sich in den besten Jahren befand und wegen seiner liberalen Ideen, seiner Frauengeschichten, vieler Duelle, Abenteuer und auch seines Pferdesportes wegen überall von sich hatte reden machen, sich das Vergnügen verschaffte, einen Malvegoli kennenzulernen. Dieser Giaurro neigte willig sein Ohr den wunderbaren Projekten, mit denen Principalle sofort begann, und er bot sich sogar an, eine dieser Unternehmungen zu finanzieren, die die Ausbeutung von Brenntorf in gewissen Ländereien in »den Tälern« ins Auge faßte; und diese Gebiete, wo sich der Brenntorf befinden sollte, lagen genau innerhalb der Ländereien unseres fortschrittlichen Giaurro.

Auf diese Weise war es unserm Projektemacher gelungen, sich mit seiner Tochter in einem eigenen Hause niederzulassen, so daß er bald das Haus des Sohnes verließ. Der Rest versteht sich von selbst. Wenn es je Torf in dem ins Auge gefaßten Gebiete gab, so wurde doch nie welcher gefunden.

Argia hatte viel natürlichen Reiz, und ihr Beschützer zahlte ihr die Lehrer, die sie in den guten Manieren und im Tanz unterrichteten, und sie lernte es mühelos, jede Bewegung der eleganten Welt mit großer Selbstverständlichkeit anzunehmen, so daß man bereits sagte, daß auch noch der Tag kommen würde, an dem er sie heiraten werde. Vorläufig aber sahen Giaurro und auch Argia darauf, daß sie das schöne Leben genossen.

IV Als der Bruder Sattler zu Dosolina ging, um sie von dem Skandal, den Argia verursacht hatte, zu unterrichten, kam er, wie das häufig geschieht, viel zu spät an. Dosolina wußte es schon, und sie wollte nun ihrerseits den Vater unterrichten.

»Vater, wer gibt nun eigentlich auf Argia acht?«

»Achtgeben auf was?«

»Auf die vielen Gefahren, sie ist zu schön.«

»Was redest du von Gefahren, wenn ich in der Nachbarschaft bin!«

»Mein Gott, gewisse Sachen versteht ein Mann nie, bis es zu spät ist.«

»Das übliche Geschwätz! Ihr wollt immer alles verstehen, genau wie deine selige Mutter.«

»Aber du siehst doch, daß Argia wie eine Stadtdame gekleidet geht.«

»Und ich zahl's! Merkt euch das! Das könnt ihr jedermann sagen, endlich habe ich jemand gefunden, der mich versteht, der begreift, was in diesem Kopf drin ist!«

»Vielleicht!«

»Wieso vielleicht? Weißt du nicht, was das für ein Kopf ist, dieser hier? Aber weißt du, was euch alle so daherreden läßt?«

»Ich schmeichle mir, es schon zu wissen.«

»Der Neid! Und alle seid ihr neidisch, deine Schwägerin, dein Bruder und auch du!«

»So so, das fehlte auch noch gerade!«

»Es ist Neid, nichts sonst, denn ihr seid nur, was ihr seid. Aber wir, ich und Argia, wir können endlich als echte Malvegolis leben, und jetzt wollt ihr mir schon Flöhe ins Ohr setzen, nach alldem, was ich für die Familie geleistet habe. Nein, ich muß wirklich sagen, das ist Neid, im übrigen: Argia ist am vernünftigsten von allen meinen Kindern.«

»Wer sagt denn das, Vater?«

»Ich sage das, genügt dir das etwa nicht?«

Und es gab da allerhand, über das nicht gesprochen wurde. Was Lazzaro betraf, so nahm er Dosolinas Gram nicht allzu wichtig, er lachte sogar und hielt dafür, daß Argia nur der Stimme ihres Blutes folge und gut daran tue, und als er nach Ferrara kam, hatte er sie sogar besucht und sich sehr wohl bei ihr gefühlt, und Argias Gönner hatte in ihm einen sehr interessanten und einzigartigen Volksvertreter erblickt. Dosolina sah in dieser Haltung ihres Mannes eine eingefleischte Verachtung gegen die Malvegolis, und sie schämte sich nun aufs neue und zeigte ein düsteres Gesicht. Über den Skandal sprach sie nicht mehr, sie zog es vor, sich allein die Galle ins Blut zu ärgern. So war es geschehen, daß man im Haus an der Pappelbrücke seit einiger Zeit Vater und Tochter nicht mehr erwähnte. Aber da tauchte nun eines Morgens Principalle plötzlich auf: ein gebrochener Mann, so schien es, mit Kot bespritzt und gänzlich durcheinander. Es war der Frühling 1831, und man weiß, daß in diesem Jahre zu Ferrara Unruhen waren. Es hatte eine Revolution gegeben und eine vorläufige Regierung, bis Österreich beschloß, die Dinge auf ihren alten Platz zu rücken. Dosolina war entsetzt, und Lazzaro wurde bei diesem Anblick weich, und so nahmen sie den alten, bös verknitterten Mann herzlich auf und wollten ihm Mut zusprechen, luden ihn ein, sich zu wärmen und etwas zu essen, aber er antwortete nur zitternd:

»Verbergt mich, sie kommen, mich zu verhaften, Frankreich hat uns verraten!«

»Wer kommt, um Sie zu verhaften? Was faseln Sie da! Und was hat Frankreich in diesem Zusammenhang zu tun?«

»Die Soldaten, die Gendarmen, die Sbirren! Man hängt mich, man enthauptet mich.«

»Langsam, langsam«, sagte Scacerni, »da muß man Ihnen doch zuerst den Prozeß machen.«

»Den Prozeß? Was steht denn auf Majestätsbeleidigung und Landesverrat? Der Galgen, der Richtblock! Frankreich steht nicht zu seinen Versprechungen, Österreich interveniert!«

Scacerni gab Dosolina einen Wink, der bedeuten sollte: jetzt ist er doch übergeschnappt, der Arme!

Bologna hatte sich am 7. Februar in der Hoffnung auf eine Konstitution gleich der König Louis Philipps von Frankreich und im Vertrauen auf den proklamierten Grundsatz der Nichtintervention erhoben, und Ferrara war seinem Beispiel gefolgt. Gruppen von Demonstranten hatten die Stadt durchzogen und sich dann auf dem Glacis der Festung versammelt; die Festung aber war von den Österreichern gesperrt worden. Einige Soldaten und päpstliche Gendarmen hatten die Aufständischen entwaffnet, und zwischen Tag und Dämmer hatte man auch einige der Mißliebigen verprügelt. Und die herausgebrüllte Tagesdevise war: wir wollen keine Intervention!, was eine Herausforderung für die Österreicher in der Festung bedeutete und die Päpstlichen in der Stadt erschreckte. Die Österreicher aber hatten in ruhiger Berechnung die Kanonen geladen und die Lunten bereitgehalten, so daß ein bezopfter und reaktionärer Witzbold das Wort geprägt hatte, man könne hier eine Schlacht zwischen dem Kanon der Nichtintervention und den Kanonen der Festung sehen. Dies genügte, daß der Witzbold für einige Zeit Ferrara verlassen mußte, denn damals schworen noch alle auf die Nichtintervention.

Das liberale Regime dauerte genau einen Monat, dann aber rührte sich Österreich schließlich, Frankreich aber nicht; und darauf regnete es Arrestbefehle, die Aufständischen flohen, soweit sie sich als Führer betätigt hatten, der Druck der Österreicher verschärfte sich und mit ihm auch die Reaktion, und nun drohte das Gericht mit Tod und Zuchthaus. Argias Geliebter Giaurro, den die Sbirren in der Wohnung der stadtbekannten Konkubine gesucht hatten, war geflüchtet.

»Verbergt mich, rettet mich!«

»Ja, wir verbergen dich, selbstverständlich«, sagte Lazzaro, »wenn's notwendig ist, wir werden dich schon retten.«

»Oh, es ist notwendig, sehr notwendig, in Ferrara suchen sie mich, um mich zu köpfen.«

»Aber warum?« fragte Lazzaro und wechselte mit Dosolina wieder einen mitleidigen Blick; sie wurden aus seinen Worten nicht klug.

»Ich hab doch Revolution gemacht, ich hab auf der Piazza geschrien und . . . dann hat uns Frankreich im Stich gelassen!«

»Je nun«, Lazzaro zuckte die Schultern, »man weiß es schon hier, daß eure Revolution keine Maus aus dem Loch gelockt hat. Also haben auch Sie auf der Piazza geschrien! Und jetzt wollen Sie, daß wegen eines solchen Pappenstiels der Henker bemüht werde, um Ihnen den Kopf abzusäbeln? Ich will nicht sagen«, fügte er von Zorn gepackt bei, »daß für Leute, die sich zu so was hergeben und auf der Piazza herumbrüllen, nicht die Pritsche auf ein paar Wochen gut sei, aber gleich den Kopf ab – nee. Und was hat Frankreich eigentlich mit der ganzen Geschichte zu tun? Sie wollen also, daß sich Frankreich mit Ihnen beschäftigt?«

»Aber ich bin doch eines der Häupter, einer der Verschwörer, ein Freund der Verschwörer, eins von den großen Tieren in der Geheimgesellschaft, jeder kennt mich. Aber nein«, fügte er dann wie von Reue gepackt plötzlich hinzu, »nein, es ist nicht das. Aber ich kann nicht mehr nach Ferrara zurückkehren, lieber sterbe ich hier! Oh, Dosolina, deine Mutter hatte recht, und ich habe ihr soviel Leid verursacht, ich bin der Ruin der Familie gewesen und habe niemals von nichts was verstanden, ich allein hab die Schuld, auch daran, wie diese unglückliche Argia nun dran ist, ganz allein meine Schuld . . .«

Das war der Schrei eines Menschen, der am Untergehen ist, und ein paar Tränen begannen langsam, als wüßten sie nicht aus den verbrauchten Augen einen Ausweg zu finden, über die verknitterte Haut hinabzurinnen.

»Vater«, rief die Tochter aus, »sagt doch nicht so etwas, nichts mehr davon! Und könnt Ihr denn glauben, daß die Mutter Euch noch nicht verziehen habe? Ich kann Euch nicht weinen sehen, Vater, und sie im Paradiese kann es auch nicht sehen, nicht weinen!«

»Dosolina hat recht«, sagte Scacerni mit rauher Zärtlichkeit, »sagen Sie nichts mehr, wir haben genug verstanden. Und wenn Sie von jetzt ab hier bei uns wohnen wollen, zwischen Bauern und Müllern, dann können Sie sagen, daß Sie hier zu Hause sind. Hier gibt es zwar keine städtischen Großartigkeiten, aber die Herzen sind offen. Und jetzt entschuldigen Sie, ich muß zur Mühle gehen, es ist spät geworden. Doch wenn nach alldem nun wirklich hier Sbirren auftauchen sollten, um Sie zu suchen? Man muß daran denken, Sie zu verstecken.«

»Nicht nötig, sie werden mich schon nicht suchen«, sagte Malvegoli demütig. »Es waren ja nur Ideen, Phantasiegebilde, jawohl, nur in diesem armen Kürbis hier! Und wenn sie mich schon suchen kämen, was machte es? Ich ginge eben ins Gefängnis, ich würde schon die paar Tage aushalten und hätte es ja auch verdient.«

»Sagte ich nicht, daß diese Lichter am Anfang des Jahres nichts Gutes verkünden würden?« rief Dosolina aus, »und da haben wir's schon! Unglück über Unglück, und wer weiß, wie das endet, arme Welt!«

Hiermit kam sie auf das Nordlicht vom siebenten Januar zurück, das den Leuten aus dem Volk zu den verschiedenartigsten Vorhersagen Veranlassung gegeben hatte, und so fuhr sie niedergedrückt fort:

»Sagte ich es nicht? Jetzt haben wir's schon, und wer weiß, was für schlimme Sachen noch dazukommen werden.«

»Auf jeden Fall, Principalle«, sagte Scacerni, »hoffen wir, daß man Sie nicht suchen wird. Und du, Dosolina, Mut! Wir haben doch Schlimmeres hinter uns gebracht.«

Principalle wurde nicht gesucht, und von Argia wurde nirgendwo geredet, weder damals noch später. Man wußte an der Pappelbrücke nicht, daß das Mädchen bei dieser Gelegenheit in die Gunst einer einflußreichen Persönlichkeit getreten war, die zur vorläufigen Regierung in Ferrara gehörte. Und Argia setzte sich für ihren Vater mit jenen Mitteln ein, die ihr von der Natur gegeben waren, und es gelang ihr, den Alten vom Verdacht, daß er die Aufständischen begünstigt habe, zu befreien und ihn vor jeder Belästigung sicherzustellen. Doch das war auch weiter nicht schwierig, weil ihn niemand im Grunde genommen ernst nahm. Und damit endigte die politische Laufbahn des Principalle Malvegoli. Er überlebte diese aufgeregte Zeit nur um wenige Jahre.

In den ersten Monaten unterhielt sich Padrone Lazzaro häufig mit ihm über die Geschehnisse in Ferrara im Jahre 1831. Lazzaro regte dies alles auf, und zugleich war er neugierig; doch die Erklärungen und Berichte, die ihm der Schwiegervater gab, beruhigten ihn keineswegs, sondern erregten seine Neugierde und seinen Zorn noch mehr. Dasselbe war bei den alten Freunden und Bekannten aus der Nachbarschaft und Guarda der Fall, die die Gewohnheit angenommen hatten, häufiger als gewöhnlich zu einer Abendplauderei an die Pappelbrücke zu kommen, denn Principalle zog seine Zuhörer mehr an als ein Märchenerzähler. Außerdem waren diese seine Geschichten, die er zum besten gab, keine Angelegenheiten, die man öffentlich in der Osteria ausbreiten konnte. Nicht etwa, weil man in diesen verlorenen Dörfchen viel von den Verfolgungen und der Strenge gewußt hätte, mit der die Regierung des Papstes Gregorius die Liberalen und Libertiner quälte, wiewohl auch hier manches durchgesickert war, sie waren vielmehr viel zu stark von der uralten Weisheit überzeugt, daß man über die Regierung nicht sprechen solle, weder im Guten noch im Bösen. Sie konnten zwar außer Scacerni und Principalle nicht lesen und schreiben, aber man irrte sich sehr, wenn man glaubte, daß sie es nicht verstanden hätten, auf ihre Weise Meinungen und Nachrichten zu empfangen und weiterzugeben, wenn sie sich sicher glaubten. Daher kamen sie also um die Abendstunde und hörten zu, bedächtig und aufmerksam, und das waren wahrhaft seltsame Sachen und noch seltsamere Worte, die man da aufgetischt bekam.

»Aber worauf setzt ihr denn eigentlich eure Hoffnungen?« fragte Lazzaro. »In Ferrara gibt's die Festung, und in der Festung sind die Deutschen drin, und ich, der ich Soldat Napoleons war, weiß davon etwas, und ich kann vom Krieg eher reden als eure ferraresischen Advokaten, die niemals eine andre Waffe als den Gänsekiel geführt haben. Daher sage ich euch, mit den österreichischen Soldaten gibt es noch ein Hühnchen zu rupfen. Doch ich wiederhole: worauf hofftet ihr eigentlich?«

»Auf die Nichtintervention«, antwortete Malvegoli mit einer Stimme, die sich im Vergleich mit der Zeit, da er in der Osteria del Pellegrino seine Reden schwang, sehr verändert hatte.

»Was ist denn das, eine Zauberformel?«

Und Malvegoli erklärte vor diesen ländlichen, gerunzelten Stirnen, die ebenso aufmerksam wie widerborstig waren:

»Das Frankreich jener drei glorreichen Julitage ...«

»He, reden Sie türkisch? Erklären Sie sich wie ein Christenmensch!«

Und sie ließen ihn auch häufig seine Worte wiederholen, wenn sie ihn durchaus begriffen hatten, nur um ihn zu unterbrechen und zu quälen.

»Frankreich, merken Sie sich das, das liegt jenseits der Berge, Österreich aber ist hier ganz nahe am Po«, so sagte Scacerni. »Und dann, wenn Sie glauben, daß es auf dieser Welt Leute gäbe, die aus Zucker gemacht sind, um sich die Knochen aus Liebe zum Nächsten zerbrechen zu lassen, na, dann sind Sie schief gewickelt.« Und alle lachten verächtlich. Scacerni fuhr fort: »Und angenommen selbst, die Franzosen wären gekommen, um uns zu helfen, na prost Mahlzeit! Unter den Franzosen, Herrgott, das war doch nicht zu den Zeiten Noahs, haben die armen Leute schlimmer geseufzt als jetzt, aber das habt ihr wohl vergessen, ihr Stadtleute!«

»Die Franzosen«, kam Dosolina dazwischen, »das waren Feinde Gottes.«

»In Italien«, sagte Malvegoli schüchtern, »in Italien, da sollte es weder Deutsche noch Franzosen geben.«

»Ja, meine lieben Leute, warum verhaltet ihr euch dann nicht ruhig unter dem Papst, der doch weder Franzose noch Deutscher ist?«

»Weil Italien, wenn es stark sein will, ein Land sein muß und geeint, habt ihr mich verstanden?«

»Nur zu gut!«

»Wieso zu gut?«

»Ach je, weil das ein einziger fauler Zauber ist, was heißt das denn: Italien? Wer kann sich darunter was vorstellen? Wer hat das je gesehen? Und was will das sagen: geeinigtes?«

»Das kann ich euch erklären, wenn ihr mich ausreden laßt«, begann Malvegoli. Aber Scacerni fiel ein:

»Im Gegenteil, das will ich Ihnen erklären. Die Sache verhält sich so: die Herren haben vom Wohlleben Langeweile bekommen, sie fühlen sich zu bequem, und der überlastete Magen drückt sie. Und da braucht man sich nicht zu wundern, wenn sich ihnen das Blut derartig erhitzt, daß die Mädchen nicht hinreichen, um sie abzukühlen, darüber braucht man ja nicht zu reden, nicht wahr.« Principalle senkte den Kopf, und was er dabei innerlich verspürte, braucht nicht gesagt zu werden. »Ja, und dann werden diese Herren unruhig und wollen unbedingt etwas ganz Neues machen, nicht wahr?«

»Aber die gebildeten Leute ...«

»Oh, zu denen komme ich auch, zu den Herren Advokaten: die wollen also regieren, aber wenn sie nun wirklich an der Regierung wären, würden diese Brüder aus ihren Taschen Steuern und Abgaben bezahlen? Würden sie in den Krieg gehen, oder machten sie es nicht so wie Anno dazumal, zu den Zeiten der Franzosen? Wir Landleute wissen nicht so vielerlei Sachen, aber dafür haben wir ein gutes Gedächtnis. Die Regierung der gebildeten Leute hat sich nie anders zu helfen gewußt, als Steuern aufzuerlegen und Aushebungen zu machen, wieder und wieder. Geben Sie mir doch recht, Malvegoli! Der große Fisch frißt die kleinen. Setzen Sie die Leute der Feder in die Regierung, und Sie werden sehen, sie machen's genau wie die andern. Und vor allen Dingen, die Leute, die jetzt im Sattel sitzen, die haben sich auf jeden Fall schon den Magen vollgeschlagen. Wenn jetzt neuere rankommen, bringen die auch einen neuen und frischen Appetit mit.«

»Wegen des Wetters und der Herren, die regieren,
Sollst du nicht sorgen und räsonieren«,

sagte Dosolina mit der bekannten uralten Sentenz.

Scacerni mußte immer widersprechen, und bei den Worten: Italien, Freiheit, Einheit, Unabhängigkeit, die von so verschüchtertem und jämmerlichem Vertreter ins Haus an der Pappelbrücke gebracht waren, packte ihn immer die Wut:

»Wissen Sie, was das ist«, fragte er dann, wieder mit dem Schwiegervater anbändelnd, »was das ist: Italien? Das ist dasselbe wie die Mühle, die mit Dampf betrieben werden soll, die ihr hier auf dem Po einführen wolltet, um uns zu ruinieren.«

»Das wäre für das allgemeine Wohl gewesen«, protestierte Malvegoli, »für den Fortschritt des Landes.«

»Ich habe darauf acht, daß ich das Schlimme, das mich selber betreffen soll, vermeide, und ich will nicht um des allgemeinen Wohles willen für meinen Teil vor die Hunde gehen. Und dann haben Sie mir erklärt, wie diese Dampfmaschine funktioniert, ich bin ganz überzeugt, daß dabei das Mehl verdirbt.«

Wenn das Gespräch auf diese Dinge kam, besonders aber auf durch Dampfmühlen verdorbenes Mehl, dann wurden die Gesichter rings um den Herd düster und feindselig, so daß Malvegoli seine Dampfmühle und den Fortschritt nicht mehr zu verteidigen wagte.

Man hörte im Haus auf der Pappelbrücke, daß Argia gedieh, mitten im Laster und tief in der Schande drin. Sie hatte ein Haus, einen Wagen, Pferde, Dienerschaft. Das hörten Dosolina und Lazzaro, und wenn sie auch brave und gute Leute waren, so bewiesen sie doch, daß es den ehrlichen Leuten schwerfällt, niemals die Unehrlichen zu beneiden, daß es aber ungeheuer schwer ist, sich von der eigenen Ehrsamkeit nicht dazu verführen zu lassen, überheblich und streng jenen Kummer zu bereiten, die gestrauchelt waren, wie der zu einem Häufchen Elend zusammengefallene Principalle. Außerdem ging es mit seiner Gesundheit schlecht, er war von den demütigendsten und heikelsten Störungen des Greisenalters heimgesucht und schämte sich, es zu sagen, denn er bedauerte es so, Umstände im Hause seiner Tochter zu bereiten, wo er das Brot des Almosens und des Mitleids aß. Seit einer Weile hatte er dann auch feststellen müssen, wenn er bei seinem Enkel Giuseppe ein bißchen Trost und Anhänglichkeit suchte, daß in diesem Knaben die Verachtung armen und verlassenen Menschen gegenüber, wie er ja einer war, als eine wahre Naturkraft wirkte. Und auch von diesen seinen Nöten bemerkte die Tochter nichts. Sie war nur darauf bedacht, den alten Sünder zu überwachen, daß er auch wirklich jede Gewähr gäbe, wieder zum Glauben zurückgekehrt zu sein und zu unermüdlicher Reue. Der junge Priester Giuseppe Romagnoli, des Don Bastiano Donzelli Koadjutor, war im übrigen mehr eifrig als intelligent und dazu von den Instruktionen seiner Obern aufgestachelt. In diesen Vorschriften handelte es sich darum, die »Übeldenkenden« kraft der ganzen sakramentalen Einrichtung in Zucht zu nehmen und, wenn angängig, auch sie zu quälen; und dieser junge Priester war nicht nur streng, er erwies sich dem alten verbrauchten Manne gegenüber als ausgesprochen quälsüchtig, und so kehrte Principalle von den häufigen Beichten immer verängstigt und gänzlich verwirrt zurück; sein untröstlicher Zustand war hinwiederum seinen Hausgenossen ein Zeichen, daß er nicht richtig bereut und zum Glauben zurückgefunden habe.

Dem alten Malvegoli blieb nichts Besseres übrig, als sich davonzumachen. Und die Natur sorgte dafür, daß es auf die ruhigste und sanfteste Weise geschah. Eines Morgens, als er nicht um die gewöhnliche Zeit erschien und man ihn wecken wollte, fand man ihn im Bett, als schlafe er. Aber er wachte nicht mehr auf.

Die alten Schäden des Kirchenstaates und die neuerlichen Erschütterungen hatten von Anfang an die Bedingungen der weltlichen Herrschaft Gregors XVI. derartig verschlechtert, daß die Verschärfungen der Steuern und die Knappheit und Teuerung der Lebensmittel sich sogar auf dem Land bei den Bauern bemerkbar machten, die für gewöhnlich von diesen unangenehmen Erscheinungen verschont bleiben, weil sie, ohnehin knapp an Geldmitteln, gewöhnt sind, sich in ihrer Armut ohne Geld zu helfen. Priester und Mönche predigten nun den Leuten, daß man diese Zustände den bösen Liberalen zu verdanken habe, diese hätten die Teuerung gebracht. Und das fehlte auch noch gerade. Es schlossen sich unglückselige Jahre an, in verschiedenen Gegenden des Staates gab es Erdbeben, Unwetterschäden und schlechte Ernten. Die Regierung mußte die Salzpreise erhöhen, und da man sah, wie es jenseits des Po den armen Leuten unter dem Kaiser Franz viel besser ging als denen im Kirchenstaat, nannte das Volk diesen Kaiser Francesco Pagnotta (Franz Brotlaib), man beneidete die glücklichen Untertanen der Österreicher, und nicht wenige riefen: Es lebe Francesco Pagnotta, und: In den Fluß mit den Liberalen! Die Gottlosigkeit der Libertiner, so hieß es von den Kanzeln, habe den Herrn erzürnt, und so züchtige er nun das Land.

Im übrigen kam es in Ferrara und dem umliegenden Land bei weitem nicht zu jenen Grausamkeiten, durch die Faënza und das zu ihm gehörige reaktionäre Dorf Urbecco sich eine traurige und entsetzliche Berühmtheit verschafften. Aber überall wurde auf beiden Seiten die politische Meinung zu einer Leidenschaft, ja zur Wut. Die Geheimverbände, sowohl bei den Bedrückten wie bei den Bedrückern, ließen immer mehr die Kanaille los und verwilderten in ihren Verbrechen und Vendetten. Da gab es auf der einen Seite die Messerhelden der Karbonari und der Liberalen, und ihnen gegenüber standen die »Zenturionen« und die »Freiwilligen« des Papstes Gregor und die Sanfedisten. Und auf dieselbe scheußliche Weise wie die einen für die Freiheit, kämpften die andern für die Religion, was natürlich der Regierung, die sich mit solchen Mitteln verteidigte, nicht bekommen konnte. Und die einen wie die andern schafften überall Unruhe und Angst, auch wo die Leidenschaften nicht so hohe Wellen schlugen, wie in Ferrara.

Auch auf dem flachen Land erschienen, und zwar mehr als Räuber und Marodebrüder, päpstliche Patrouillen und Schweizer Deserteure. Denn oftmals suchten von Ferrara aus ausgehungerte und übermütige Trupps von Soldaten in ihr Land zurückzukehren, und dann ließen sie sich unterwegs von den Bauern ernähren, und überall verbreiteten sie Unzufriedenheit und Unruhe.

»Es lebe Francesco Pagnotta!« Unmerklich und schnell hatte sich dieser Ruf in seinem Inhalt gewandelt und griff nun nicht mehr die zerstreuten und unterdrückten Liberalen, sondern die päpstliche Regierung an, besonders unter den breiten Massen und zumal dort, wo die Leute den Zustand diesseits und jenseits des Po vergleichen konnten.

Ein Schimmer von Vernunft ging auf, als man endlich zugab, daß die Sache und der Anlaß zu soviel blindem Haß als verloren anzusehen sei. Aus diesem Grunde wurde plötzlich die Neigung zum Verrat gerade unter denen, die sich auf eine ganz wilde Weise für päpstlich hielten, sehr unangenehm. Es gab da eine besondere Art von Unversöhnlichen, und gerade unter ihnen waren die ersten Verräter. So einen gewissen Virginio Alpi, berühmt als das Haupt der Gregorianischen Zenturionen und der freiwilligen Sanfedisten von Faënza und Forli, und weiterhin einen Cavaliere Flaminio, der in Ferrara unter den Ultrapäpstlichen die erste Stelle einnahm. Diese beiden Männer werden noch in unserer Erzählung auftauchen. Die ersten Jahre des Papstes Gregor und die Wiederherstellung des Absolutismus in seiner weltlichen Herrschaft entfremdeten ihm die Gemüter aller, die sich nach 1831 Reformen erwartet hatten: die alten Revolutionäre aber verhärteten in ihrem Haß. Viele neigten zur Untreue, die sowohl von berechnender Angst als eben diesem eingefleischten Haß genährt wurde. Unter ihnen gab es auch päpstliche Funktionäre, die mißtrauisch geworden waren oder keinen Bescheid wußten, und aus diesen konnte sich Österreich Geheimagenten und Vertrauenspersonen anwerben. Auf dieselbe Weise suchten die Österreicher unter den Sanfedisten ihre Leute, und hier war es ihnen leicht gemacht, Provokateure und Instrumente ihrer Politik zu finden. Das ist ein Beispiel für die politische Logik und die Moral überhaupt, wie in dieser wirren Zeit die Gesetzestreue das Gesetz verriet, die Legitimisten den Hauptgrundsatz des Legitimismus, die Sanfedisten ihren Glauben und die Päpstlichen den Papst verrieten, einfach weil sie in den schlimmsten Fehler verfallen waren, nämlich päpstlicher sein zu wollen als der Papst. Dazu wirkte aber auch die nicht wiedergutzumachende Schuld mit, welche die Aufwiegler und Geheimbündler auf sich geladen hatten, daß sie bei den Fremden um Hilfe anhielten.

Was die bescheidenen Privatpersonen unserer Erzählung anbetrifft, so muß noch erwähnt werden, daß die einflußreiche Person, unter deren Schutz nun Argia Malvegoli stand, niemand anderes war als der Cavaliere Flaminio.

Inzwischen gingen die Jahre dahin, und Padrone Lazzaro gehörte nun in die Zahl der Alten. Da kam das Jahr 1839, und der Po stand über der Guarda so hoch, es war in den Monaten Oktober, November und Dezember, daß selbst die alten Leute am Fluß sich einer solchen Überschwemmung nicht mehr erinnern konnten. Dazu trat auch noch der Panaro über die Ufer mit seinem wilden Ungestüm, und schließlich brachen die Dämme beider Flüsse oberhalb von Bondeno. Von manchen Dörfern sah man nur noch die Kirchturmspitze herausragen; das ferraresische Gebiet, das vom Po bedeckt war, überstand diese zwei Monate, die von wiederholten Alarmen angefüllt waren, eben wie eine Zeit andauernden Schreckens.

Padrone Lazzaro hatte die Mühle San Michele hinter der Spitze der Sandbank an der Guarda in Schutz gebracht. Dort war sie vor dem Andrang der Wasser und den schweren Gegenständen, die der Fluß mit sich schleppte, einigermaßen gesichert. Doch mußte man, falls der Damm auch hier brach, für das Haus an der Pappelbrücke fürchten, aber da sich nun der Fluß im bondesanischen Gebiet austobte und sich erleichterte, so war mit dem Ruin der Unglücklichen flußauf die Gefahr für die Bedrängten flußab ein wenig behoben.

Aber auf der San Michele gab es auch unerquickliche Zwischenfälle. Malvasone war stumpf und taub geworden und taugte nicht mehr recht zur Arbeit, denn die Mühle verlangte ein geübtes Ohr. Man hätte ganze Gewehrsalven an seinem Ohr abschießen müssen, um ihn zu wecken, und so konnte die Schelle ihn nicht mehr benachrichtigen. Das Schlimmste war aber nun, daß der Arme immerzu sagte, er höre sehr gut und verstehe sich noch auf jeden Kunstgriff des Handwerks. Und er war schwer beleidigt, wenn man ihn auf irgend etwas aufmerksam machte.

Das aber besorgte der junge Padrone Giuseppe Scacerni reichlich. Er war nun zu einem jungen Mann herangewachsen, und es ging etwas ausgesprochen Kaltes von ihm aus, und so glich er jenen Lüftchen, die man nicht fühlt und von denen man nicht weiß, woher sie blasen, und die, ohne daß man es merkt, einen erkälten. Er war dick und hatte etwas Zwergenhaftes an sich, die Beine waren schwach, und darüber saß schon ein kleiner Bauch. Im übrigen war Giuseppe sehr blond und hatte eine gelbe Hautfarbe, die unangenehmen Augen eines Albinos, rotgerändert und tränend. Das Gesicht wäre nichtssagend gewesen, wenn es darin nicht den Gegensatz zwischen Kaninchen und wütender Katze gegeben hätte; aus diesem Gesicht sprach verächtliche Widerborstigkeit und eine mit Hochmut gepaarte Stumpfsinnigkeit, und man merkte, daß dieser Junge Verachtung gegen Verachtung setzte und Kälte gegen Kälte.

Am Müllerhandwerk lag ihm nichts, aber er hatte sich doch schnell über alle Kniffe des Handwerks hergemacht, so daß er, ohne zwar ein guter Müller zu sein, doch wunderbar imstande war, die Kunden hochzunehmen und auszunutzen und die Untergebenen zu demütigen und zu tadeln. Malvasone war sein erstes Opfer, und der Arme, wäre er von der Mühle San Michele fortgeschickt worden, hätte als alter Mann betteln gehen können. Schiavetto fraß seinen Zorn in sich hinein, er nahm Rücksicht auf den Padrone Lazzaro. Schließlich begann Giuseppe an seinem Vater sein Mütchen zu kühlen, der zuerst nicht recht wußte, ob er sich mehr verwundern oder aufregen sollte. Der Gesprächsstoff dieses unangenehmen Burschen war immer derselbe, er bohrte mit bösartiger Findigkeit an diesem und jenem herum, immer wieder tauchten in seinen Gesprächen spitzfindige Betrügereien und Wuchergeschäfte auf, er sprach von widerwärtigen Ersparnissen, und sein gemeiner Verdacht ließ sich an allen und allem aus. Scacerni zog die Schultern hoch:

»Man muß wirklich sagen: du bist geboren, um dich unbeliebt zu machen.«

»Wenn die Leute einen nicht gern haben, so ist das ein Zeichen, daß sie einen noch nicht betrügen konnten.«

Der Vater protestierte empört:

»Man sollte meinen, daß du als alter Mann auf die Welt kamst, aber als ein trauriger und bösartiger Alter! Schau mich an: mich hat keiner betrogen, glaube ich, und ich hab meinen Weg gemacht, ohne daß einer mir übelwollte, ich glaube, das kann ich wohl sagen.«

Darauf antwortete der Junge mit einer ungläubigen Miene, und das zweiflerische Lächeln wurde dann zu herablassendem Mitleid, er verhöhnte den Vater. Und schließlich kam er auch gelegentlich mit Beweisen: hier gab man zuviel aus, dort zog man die Preise zu wenig an. Zum Beispiel? O bitte: soundso viel Skudi für den Kalfaterer von Crespino, und soundso viel hätte die Sache weniger gekostet, wenn man sie dem Kalfaterer von Polesella gegeben hätte oder dem von Francolino. Scacerni unterbrach ihn:

»Was verstehst du davon!«

»Dann geht Ihr hin und informiert Euch in Person.«

»Aber der Kalfaterer von Crespino ist mit mir befreundet.«

»Ah, ein Freund«, machte der Sohn ausweichend.

»Gewiß, für die schwere Arbeit ist er nicht mehr der Mann wie damals, jedoch . . .«

»Jedoch läßt er sich bezahlen wie damals, und sogar noch höher!«

»Er ist immer noch ein ausgezeichneter Arbeiter.«

»Gewiß nicht besser als jene, die ich erwähnt habe.«

»Das will ich nicht sagen, aber ich muß immer wiederholen, daß es ein Freund ist, und wenn du es wissen willst: er reparierte mir die Mühle, die an jenem Tage, da du auf die Welt kamst, Schaden genommen hatte, und er räumte mir damals Kredit ein, als alle mich aufgaben.«

»Ja, dann kann man nur noch hoffen, daß er schnell stirbt.«

»Aber wie meinst du denn das?«

»Ich will Euch nur beweisen, wie es um jene bestellt ist, die Euch wohlwollen, und Ihr antwortet mir darauf mit Altweibergeschichten.«

»In meinem Alter sieht man nicht mehr gerne neue Gesichter.«

»Das ist etwas anderes. Ihr seid der Padrone!«

Dieses Gespräch wiederholte sich bei den verschiedensten Anlässen, mochte es sich nun um die Mühlsteine, um die Eisen oder um den Preis des Mahlgeldes handeln. Alle Müller waren teurer geworden, abgesehen davon, daß sie sich vom Mehl ihrer Kunden stahlen; er dagegen –

»Ich«, sagte Scacerni zornig, »ich bin ehrlich, damit du es weißt, ich habe immer diesen Preis gemacht, und ich ändere ihn nicht.«

»Das ist etwas anderes, Ihr seid der Padrone. Wenn Ihr noch mehr bei den Leuten in Gunst kommen wollt, dann müßt Ihr den Preis noch heruntersetzen, allerdings werdet Ihr dabei Bankrott machen, aber Ihr werdet dann sehen, wie gut Euch die Leute sind.«

Scacerni, der ein wenig außerhalb der Welt lebte, kam mit sehr wenig Geld aus. Den Gewinst gab er Dosolina, daß sie ihn auf ihrem Gütchen anlege. Scacerni hatte sich hier und dort informiert, und er wußte, daß die Preise wirklich gestiegen waren, aber er wußte auch, daß an dieser Armut in seiner Nachbarschaft der finanzielle und industrielle Aufschwung Europas schuld war, der in den Jahren zwischen 1830 und 1848 so jäh begonnen hatte. Von all dem hatte der junge Scacerni keine Ahnung, er wußte nur, daß an der Guarda, die so weit hinter der Welt lag, alles teurer geworden war.

»Willst du etwa«, sagte der Vater, ein wenig vor dem anmaßenden Sohn in Verlegenheit geraten, »daß ich in meinem Alter noch anfangen soll, die Preise zu erhöhen? Es sind alles alte Kunden, Leute, mit denen ich Jahrzehnte zu tun habe und mit denen ich gut fahre, wie mit Freunden.«

»Ah, Ihr habt viele Freunde, sogar sehr viele.«

»So viele«, versetzte Scacerni ungeduldig, »daß sie für dich nicht schnell genug alle sterben werden, du mußt schon warten, bis ich abkratze.« Und was war die Antwort? Der Junge sagte auf seine eisig kalte Weise:

»Das ist etwas anderes.«

»Wenn ich deine Mutter nicht so hoch schätzte«, begann Scacerni, außer sich geraten.

»Auch das geht mich nichts an.«

»Wie? Das geht dich nichts an?«

»Mich geht nur das etwas an, was hier passiert, seit ich dabei bin und bis ich von hier weggehe, nicht das Frühere und nicht das Spätere.«

»Nicht das Frühere ...« Scacerni wußte nicht, ob er mehr wütend oder mehr verdutzt sein sollte.

»Und nicht das Spätere, ganz genau so.«

»Ja, dann weiß ich nicht mehr, was ich sagen soll.«

»Ihr seid der Padrone, macht, wie Ihr's wollt.«

Aber zu andern Malen, wenn Lazzaro die Geduld verlor, warf er ihm vor, daß er in seinen Adern das kalte Blut der Aale und Nattern habe, und fügte bei:

»Weißt du warum? Weil dir in deinem Alter die Frauen nicht gefallen.

Du weißt eben nicht, was das heißt: sich wegen einer Frau erhitzen. Und deshalb klimperst du die ganze Zeit mit den Münzen herum, du gehst ins Bett mit den Pfennigen. Die Habsucht ist deine Geliebte, und das Kind, das du mit ihr auf die Welt setzen wirst, das wird die Schwindsucht sein.«

Darauf antwortete der Bursche nichts, aber er war beleidigt, denn er litt sehr darunter, daß ihn die Frauen auf keine Weise mochten. Zwar schwor Dosolina darauf, daß die Frauen sich nur auf diese Weise, indem sie taten, als möchten sie ihn nicht, aus der Situation zögen und sich schlecht und recht zu trösten versuchten; denn der Junge (sie nannte ihn immer noch so) war viel zu schade, als daß ihn nur eines dieser Mädchen hätte anschauen dürfen. Und sie sagte:

»Laß nur, wer etwas kleinmacht, hat Absicht, es zu kaufen.«

»Sag das dem Giuseppe nicht«, spottete Scacerni, »er schätzt sich sonst noch ein auf Heller und Pfennig.«

Und Giuseppe lächelte und war grün vor Wut.

Er ging nie in den Stall, ohne daß er sich vor dem Gestank ekelte, und sah er ein Stück besätes Erdreich oder irgendeinen andern Ertrag des Gütchens, sofort rechnete er meisterlich aus, wieviel es abwerfen könnte, genau wie er es in der Mühle tat. Die Mutter war davon ganz geblendet und glücklich. Überall fand er eine Möglichkeit, um Auslagen einzusparen und die Verdienstspanne zu erweitern. Und daraus ergaben sich neue Auseinandersetzungen mit dem Vater.

Einmal drehte es sich um einen Feldweg, der am Ende des Besitzes lag. Seit undenklichen Zeiten hatten ihn einige Familien benutzt, um einen unangenehmen Umweg zu vermeiden und die Hauptstraße zum alten Damm schneller zu erreichen. Giuseppe schloß diesen Weg, ohne eigentlich recht zu wissen, warum. Er war dabei einzig von seinem Trieb, das Eigene zu bewahren, geleitet. Und gleichzeitig richtete sich dieser Trieb gegen einen Eimer, der sich, an einem Haken befestigt, am Brunnen des Nachbarn Annichini befand. Das Wasser in Scacernis Brunnen war nämlich, seit sie in diesem Hause auf der Pappelbrücke wohnten, nicht angenehm zum Trinken gewesen, und so waren sie mit dem Nachbarn übereingekommen, daß Dosolina aus dem vorzüglichen Brunnen der Annichinis schöpfen durfte. Lazzaro schenkte ihnen als Entgelt Fische aus dem Fluß oder mahlte ihnen auch einige Malter Getreide. Und dann war es Dosolina praktischer vorgekommen, das Wasser auf einmal zu holen und es in einem tönernen und porösen Gefäß im Hause bereitstehen zu haben, so war es immer frischer und wohlschmeckender. Um nun die Schöpfgefäße am Brunnen nicht zu verwechseln, denn Scacernis benutzten ihren eigenen Eimer dort, und weil man den nicht immer hin und her tragen wollte, hatten die Gesellen es ein für allemal so eingerichtet, diesen Eimer am Brunnen der Annichinis zu lassen, dort war er an einem Haken angebunden und fiel nun dem jungen Giuseppe ins Auge.

»Wer hat den Haken dort befestigt?«

»Den hab ich schon so vorgefunden«, sagte Forapaglia.

»Ich erinnere mich nicht mehr«, sagte Malvasone.

»Was willst du denn damit?« fragte Lazzaro, als die Frage nun endlich auch an ihn gerichtet wurde.

»Was ich damit will? Das Wasser unseres Brunnens ist schlecht.«

»Ja, macht es etwa der Haken am Brunnen der Annichinis schmackhafter?«

»Ihr wollt also scherzen; aber Ihr seid der Padrone, wie Ihr wollt.«

»Aber hör mal, mir scheint, daß im Gegenteil du scherzen willst.«

»Nur bis zu einem ganz gewissen Punkt, denn wenn es den Annichinis plötzlich einfällt, uns kein Wasser mehr zu geben, wie stehen wir dann da?«

»Das ist ihnen in all den Jahren nicht einmal eingefallen.«

»Das ist kein Grund gegen meine Vorsicht.«

»Das ist wohl ein Grund; wenn du Frieden hältst mit den Nachbarn wie ich, ist alles in Ordnung, eine Hand wäscht die andere.«

»Ach, diese Sprichworte, ich sag Euch dafür ein anderes: um nichts bitten.«

»Weißt du auch, wie das weitergeht? Um nichts bitten, aber nichts verweigern, mir scheint, daß auch dieses Sprichwort dir unrecht gibt.«

»Na wenn schon. Aber ich denk mir so, wenn man an diesen Haken noch so ein Häkchen anfügen könnte, dann könnten uns die Annichinis niemals mehr das Wasser aus ihrem Brunnen verweigern. Man müßte nur wissen, auf welche Weise dieser Haken dort angebracht wurde, was für ein Vertrag dieser Sache zugrunde liegt und von wem er stammt.«

»Was für ein Vertrag? Was für Spitzfindigkeiten, der Haken ist schon immer dagewesen.«

»Immer, das heißt hier nichts.«

»Dann frag doch den Annichini.«

»Den? Der hat doch seine Interessen dabei.«

»Der Mann, der den Haken anbrachte, ist vielleicht schon seit hundert Jahren tot.«

»Ach so? Dann hat der Nachbar keine andern Zeugen mehr?«

»Ach geh doch, du Halsabschneider, all diese Umstände und dieses Gedruckse, nur weil dir in den Sinn gekommen ist, zwischen Ehrenmänner einen Keil zu treiben. Weißt du, was ich dir am liebsten sagte? Du bist unangenehmer als eine Fistel im Ar . . .«

Das ließ er sich gesagt sein, aber irgend etwas von der Sache sickerte durch, der Annichini meißelte den Haken heraus, die Frauen wollten nun auch noch ihren Senf dazugeben, und so kam in eine alte Freundschaft ein Riß. Dosolina aber sagte, um ihren Sohn zu verteidigen:

»Ein Ratschlag ist immer gut, wenn man ihn nur richtig versteht.«

»Zum Teufel mit all euren Ratschlägen«, platzte Lazzaro heraus. Und nun mußten die Leute jedesmal, wenn sie auf die alte Dammstraße gehen wollten, einen weiten Bogen machen, und sie wußten, wem sie es zu verdanken hatten. In der Regenzeit den Weg durch den Dreck und im Sommer durch den Staub.

In jenen Landstrichen hatte sich noch ein Rest von jener seltsamen Phantasie erhalten, die den Bildhauer der Domtore von Ferrara so viele halb menschliche Tiere und so viele halb tierische Menschen hatte erfinden lassen, und auch die Vorstellung vom Werwolf hatte sich bezeichnenderweise erhalten. Und nun gaben die Leute dem Giuseppe Scacerni, indem sie sich über sein wildes Kaninchengesicht lustig machten, den Spitznamen Coniglio mannaro (Kaninchen-Werwolf). Und sie schworen lachend darauf, daß der Bursche bei Nacht, statt sich teuflischerweise in einen Wolf zu verwandeln, um mit gierigem Geheul die späten Wanderer zu überfallen, sich damit begnügen mußte, zu einem Kaninchen zu werden und mit einem feinen Stimmchen wie das Käuzchen oder die Fledermaus zu rufen. Und seine Beute seien nur die aus dem Stall entwichenen ängstlichen Hühner.

Für diese Geschichte rächte er sich, indem er den Kindern, die vor seinen Augen mit dem bösen Blick Angst hatten, erzählte, daß er sie lebend auffresse, wenn er ihnen abends nach dem Ave-Maria-Läuten begegne.

Die Sache mit dem Haken war nicht der letzte Gedankenblitz in dieser Reihe, und Dosolina wurmte es immer mehr, und sie sprach von dem Schaden und der Ungerechtigkeit, daß man den Jungen nicht hatte studieren lassen. Dem Vater konnte man zwar keine Schuld daran beimessen, denn er war nicht dagegen gewesen, daß der kleine Giuseppe damals hatte lesen und schreiben lernen sollen unter Don Bastiano Donzellis Leitung. Der alte Priester hatte Ochsenziemer und Lineal ausgiebig gebraucht, mit dem Lineal gab er Giuseppe auf die zusammengelegten Fingerspitzen jene Schläge, die damals in den Schulen sehr bekannt waren und heftig schmerzen. Der Junge hatte alles mit Bescheidenheit und Ergebung ertragen, solange er bemerkte, daß er etwas Nützliches bei Don Donzelli erlernte, aber als sie dann an die Grammatik kamen, die ja zu den freien Künsten gehört, und als er begriff, daß ihn hier, obwohl er seine Zeit dafür hergab und Schläge einsteckte, kein Gewinn erwarten könne, verweigerte er dem Lehrer seinen Kopf, und zwar mit einer Schärfe und Hartnäckigkeit, die im ganzen genommen fast Respekt einflößen konnte. Und so gab es zwischen ihm und dem Priester eine einzige Schlacht, aus der er schließlich als ganzer Sieger hervorging. Stillschweigend und mit aufeinandergebissenen Zähnen, den Kopf gesenkt, die Augen düster, so empfing er Schläge, Stöße, Ohrenzipser, und so ließ er den Ochsenziemer und das Lineal mit sich verfahren, und als er entlassen wurde, steckte er auch noch einen Fußtritt als Finale ein. Wenn er vom Lehrer gefragt wurde, antwortete er mit zwei Silben:

»Weiß nicht.«

»Adjektiv heißt ein Wort, das sich nicht selber bestimmt, sondern an das Substantiv anschließt und mit ihm in Geschlecht, Zahl und Fall übereinstimmt. Hast du verstanden?« brüllte Don Bastiano.

»Weiß nicht.«

»Wie? Weiß nicht? Hast du verstanden, frage ich, ja oder nein!«

»Weiß nicht.«

»Wiederhole wenigstens das, was du gehört hast, du bist doch nicht taub.«

»Weiß nicht.«

»Du bist das perverseste Vieh auf der Welt.«

Der tapfere Gegner des Abc begriff, daß diese Prüfungszeit um so schneller vorübergehe, als er seinen Lehrer ununterbrochen in Wut brachte. Und wenn er sich in seinem Widerstand gar keinen Rat mehr wußte, begann er wie ein Hund bei der Musik laut zu heulen. Und er überstand es.

Als ihn Lazzaro dann aus dem Unterricht des Don Bastiano herausnahm, wollte er ihn nicht auf die Schule nach Ferrara schicken, denn er habe sich hier an der Guarda, so sagte er, hinreichend als Esel erwiesen. Es muß aber noch erwähnt werden, daß Giuseppe Scacerni sich, je älter er wurde, um so mehr in spitzfindigen juristischen Fragen und deren Lösung auszeichnete. Und alle waren der Meinung, wenn die Ausübung des juristischen Berufs nur in Tüfteleien und Schlechtigkeit bestände, dann hätte er sich in diesem Beruf als ein wahres Naturgenie erweisen müssen, denn er hatte eine unerschütterliche Fähigkeit erreicht, das Falsche zu behaupten und auf Stein und Bein es zu beschwören.

Auf der Mühle stiftete er Unruhe. Er verachtete und drangsalierte Malvasone; Schiavetto aber haßte er, schon allein, wenn er die magere Verbindung zwischen sich und dem Vater mit jenem Verhältnis, das Meister und Gesellen band, verglich. Doch wirkte in diesem Haß nicht ein Fünkchen von Eifersucht kindlicher Gefühle, er fürchtete vielmehr, sein Vater könne Schiavetto als Erben einsetzen. Deshalb hatte er sich alle Mühe gegeben, dem Schiavetto ein Bein zu stellen: er versuchte dem Gesellen zuerst Vertrauen einzuflößen, um ihn dann zu allerlei Diebereien im Betrieb anzustiften, bei günstiger Gelegenheit wollte er ihn dann dem Vater gegenüber bloßstellen und ihn so ruinieren. Aber da Schiavetto ihm nicht traute und auch ohnehin für solche Geschäfte nicht zu brauchen war, haßte ihn das Jüngelchen mit einer kalten und schmerzhaften Wut.

V Damals also, zur Zeit der langen Überschwemmung im Jahre 1839, hatte man die Mühle provisorisch hinter die Spitze der Sandbank vor Anker gelegt, und die vier Männer wechselten sich ab, die Strömung zu beobachten, während sie auf Wache standen. Drei trieben sich immer untätig in der Loggia oder am Mahlwerk herum, oder sie schliefen, und alle waren gleichmäßig träge und übelgelaunt, denn der Wind, der nun schon seit zwei Monaten aus Südosten und Süden blies, bald in eintöniger Gleichmäßigkeit, bald launisch und wild, dieser Schirokko war schwül und legte sich aufs Gehirn und machte die Beine zu Gummi; sie waren stets müde und schwitzten bei der kleinsten Anstrengung. Wer gerade am Wachestehen war auf dem Gehsteig droben, in den Mantel gewickelt und eine lange Harpune in der Hand, der bekam den ununterbrochenen Regen ab und mußte auf den trüben Fluß hinausstarren, um zu sehen, was stromab treibe. Man konnte die Strömung von hier gut überschauen inmitten der ungeheuren Wassermassen, die bebend und kochend gegen die Spitze der Sandbank anbrachen, hochschäumten, dann schnell in einer Reihe von Strudeln dahinschossen und deutlich die Grenzlinie zwischen der reißenden Strömung und den halbtoten Standwassern hinter der Sandbank markierten.

Es tauchten auf und verschwanden die verschiedensten Gegenstände, und einige wurden von der Strömung in das stehende Wasser gedrängt, dort eine Weile umgedreht, zurückgestoßen und wieder mit fortgerissen.

Es waren Baumstrünke, losgerissene Barken, Wohngut und Bauernwagen, die entweder von den Dämmen, wohin die Leute ihr Hab und Gut geschafft hatten, in die Flut gestürzt oder in den überschwemmten Gebieten mit fortgerissen worden waren. Dazwischen trieben Tierkadaver, und dies Treibgut konnte der Mühle, wenn die Strömung sich etwas änderte, gefährlich werden.

Während Lazzaro so auf Wache stand, erinnerte ihn diese unaufhörliche Wut der Elemente an eine ganz ferne Sache, doch wußte er zuerst nicht, wo er sie zu suchen habe. Aber dieser Novembertag, träg dahingehend und vom Schirokko erfüllt, der kaum unter der Wolkendecke aufgestanden war, um sich schon wieder zum Schlafen niederzulegen, erinnerte ihn an Rußland, nun hatte er's gefunden. Dieser trübe Wind, der den Fluß staute und am Münden hinderte, der die Wogen der Adria heranwarf und in die Mündungen des Po trieb, dieser Schirokko war genau so ein Feind des Menschen wie die knirschenden und unbarmherzigen Fröste jenes russischen Winters, als man von Moskau sich zurückzog. Der heimtückische Po versetzte ihn an den tödlichen Vop zurück und rief ihm jenen Unglückstag in seiner abenteuerreichen Jugend in Erinnerung.

So in Gedanken, erblickte er plötzlich einen Gegenstand, der, größer als alle anderen sonst, auf dem Wasser herantrieb. Es war eine Mühle. Sie vermied, wie der Zufall es wollte, die Spitze der Sandbank, auf der sie augenblicklich auseinandergebrochen wäre, und hing nun einen Augenblick zum Teil in dem stillen und zum Teil in dem strömenden Wasser. Dabei stampfte sie mit dem Sandoncello, der Sandon machte schnabelhaft zustoßende Bewegungen, und die Mühle glich etwa einem Pferd, das, wild und tänzelnd, vom Zügel gehalten wird und nun, auf allen vieren stampfend, sich auf der Stelle bewegt und schließlich sich aufbäumt. So sahen die Männer die Mühle, aber nicht lange hing sie zwischen den zwei Wassern, die Strömung riß sie aus dem Standwasser heraus, sie schoß zur Wassermitte hin, legte sich quer und neigte sich zur Seite, als wolle sie nun überkippen; aber dann richtete der Fluß sie wieder auf, und die Mühle zielte mit den Bugenden nach dem Ufer der gegenüberliegenden Flußbiege. Dort nun wäre sie auch ohne Zweifel gestrandet, wenn der Anstoß, den ihr die Strömung gegeben hatte, sie nicht plötzlich wieder in die Standgewässer abgetrieben hätte. Schiavetto war mit einem kleinen Anker in ein Boot gesprungen, er erreichte die Mühle und verankerte sie. Dann ruderten alle vier, in der Barke stehend, sie ins sichere Wasser hinein. Aber die so abgeschleppte Mühle hing derart zur Seite des Sandons über, daß man sie, um sie nicht absaufen zu lassen, auf den Sand heraufzog. Dann stiegen Schiavetto und Giuseppe an Bord, während Scacerni und Malvasone im kleinen Boot warteten. Da hörte Scacerni einen Ausruf der Verwunderung, und schon erschien Schiavetto mit einem jungen Mädchen auf den Armen, es war ohnmächtig.

In diesem Augenblick konnte man vier verlegene Männer sehen! Das Mädchen hatte ganz durchnäßte Kleider an, ihr Gesicht war eingefallen und blutleer, sie sah mitleiderregend aus.

»Ob sie tot ist?« fragte Schiavetto, indem er sie in Scacernis Arm legte.

»Wer kann das wissen!« sagte Malvasone. »Die Frauen haben ein so zähes Leben wie die Katzen.«

»Hier ist eine Frau nötig, die hilft«, sagte Scacerni, »ich bringe sie zu Venusta Chiccoli, Schiavetto, sattle mir das Pferd.«

Sie setzten im Boot über, und Schiavetto lief zu dem Pferd, das an einem Baum am Ufer immer auf den Padrone zu warten hatte. Kurze Zeit darauf ritt Scacerni, mit dem ohnmächtigen Mädchen im Arm, nach Guarda.

Venusta legte die Fremde zu Bett, besorgte Wolldecken und heißes Wasser in Flaschen, um sie zu erwärmen. Dann brachte sie ihren »Siebenräuberessig« und stärkte die Arme, die schließlich mit einem tiefen Seufzer sich bewegte. Zweimal wurde sie wieder ohnmächtig, aber als sie beim zweitenmal aufwachte, konnte sie schon Venustas liebreiche Bemühungen wahrnehmen, die sich soeben mit einer Herzstärkung über sie beugte. Sie lächelte ein wenig, und mit mühsamer Stimme sagte sie wie im Traum:

»Wo bin ich?«

»Bei Freunden, mach dir keine Sorgen!«

Das Erstaunen in den Augen des Mädchens war derart stark, daß Venusta unruhig wurde und zu Scacerni sagte:

»Sie lebt, aber ob sie im Kopf nicht mehr richtig ist, die Arme? O weh, da kann ja noch allerlei passieren.«

Das Staunen des Mädchens hatte sich in Entsetzen verwandelt. Sie wollte sich erheben und rief verzweifelt, doch mit ganz leiser Stimme nach ihrem Vater. Dann sperrte sie wieder die Augen auf und blieb wie ohnmächtig liegen. Mit dem Bewußtsein war auch der Schmerz wiedergekehrt, den sie in ihrem kraftlosen Zustand noch nicht in Worte bringen konnte, aber er sprach deutlich genug aus ihren erschrockenen Augen.

»Den Vater werden wir schon suchen«, sagte Venusta, »wir werden ihn rufen lassen, deinen Vater! Sag uns nur, von wo du kommst und wo eure Mühle lag.« Und sie wandte sich gegen Scacerni: »Die Arme wird ein starkes Fieber bekommen. Wenn nur das Gehirn aushält. Mir gefallen die gläsernen Augen nicht, es wäre besser, wenn sie ihre Verzweiflung ausweinte.« Und wieder über das Mädchen gebeugt, fragte sie: »Wer war denn dein Vater, wie hieß er?«

Als habe sie das Mädchen mit der Frage aufgeweckt, zwar sehr schmerzlich, doch auch gleichzeitig seine Gedanken wieder in die Bahnen der Vernunft leitend, brach die Kleine in verzweifeltes Weinen aus.

»Das ist besser«, sagte Venusta und ließ sie ruhig weinen. Als dann das Schluchzen sich langsam beruhigte, fragte sie:

»Was können wir jetzt noch für dich tun?«

Das Mädchen schüttelte den Kopf, dann sagte es trostlos:

»Nichts, ich danke euch. Ich habe ihn sterben sehen.«

»Wo? Wann?«

»Im Fluß.«

Und später erzählte sie dann. Sie war das einzige Kind eines Müllers namens Rei, der als Witwer mit der Tochter allein lebte, nachdem seine Frau ihm bei der Geburt dieses Kindes gestorben war. Er hatte seine alte Mühle an einem einsamen Flußwinkel verankert, das Ufer war dort Brachland, unwegsam und wild. Dieser menschenscheue Rei ging an Land nur zu den allernotwendigsten Verrichtungen, die Tochter aber hatte er nicht ein einziges Mal die Barke am Ufer anlegen lassen. Das entstammte vielleicht einer natürlichen Eifersucht, oder es war eine Wunderlichkeit seines Kopfes; aber was für einen Grund er auch dabei haben mochte, nie hat es jemand erfahren. Sicher wollte er seiner Tochter damit etwas Gutes antun. So war Cecilia aufgewachsen, ohne irgendeine menschliche Gemütsäußerung als diese väterliche Liebe kennenzulernen. Und diese Liebe wurde nur bewölkt, wenn irgendeiner der Bauern, der sein Korn zur Mühle brachte, oder ein Passant auf dem Fluß ein Wort oder einen Gruß an Cecilia richtete. Dann befahl ihr der Vater, keine Antwort zu geben, nicht hinauszusehn und sich überhaupt nicht blicken zu lassen. Diese seltsame Leidenschaft des Vaters mußte sich bei dem Heranwachsen des Mädchens noch auffälliger gebärdet haben, als sie eine sonnenversengte braune Schönheit geworden war, die wußte, daß sie schön sei, obgleich sie den Spiegel nicht kannte. Der Vater hätte sie gefragt, wozu das gut sei, schön zu sein? Er hätte es im Gegenteil lieber gehabt, wenn sie häßlich gewesen wäre, dann hätten sie noch ruhiger gelebt.

Man wußte übrigens nicht, ob sie getauft sei. Man konnte schon daran zweifeln, denn der Vater hatte sie auch nicht zur Kommunion geschickt und sie nicht firmen lassen. Selbst zur Messe hatte er sie nicht mitgenommen, nur damit niemand mit ihr reden könne. Was ihm unter andern Lebensumständen auszuführen nicht möglich gewesen und auch nicht in den Sinn gekommen wäre, das ermöglichte ihm die wilde Abgelegenheit seiner Mühle am Fluß. Vielleicht war es der Verlust seiner Frau, der ihn derartig verdreht gemacht hatte, und dieser Groll gegen die Welt war ihm zu einer fixen Idee geworden. Auf jeden Fall: Cecilia Rei wurde in den Geburtsregistern keiner Pfarrei im ganzen Umkreis der Dörfer gefunden.

Sie kannte die Welt nur vom Flusse her; der Po war für sie die ganze Welt. Es brachten nur wenige Leute ihr Korn in diese Mühle, die von den Leuten Paneperso (Brotverloren) genannt wurde. Von diesen wenigen Kunden des Rei, den sie »den Verrückten von der Paneperso« hießen, durfte keiner die Mühle betreten. Als Cecilia jetzt zum erstenmal gesäuertes Brot aß, rief sie aus: »Was für eine leckere Sache!«

Dosolina staunte: »Wieso, habt ihr denn noch nicht solches Brot gegessen?«

Und da kam heraus, daß der Rei, und zwar immer, um seine Unabhängigkeit zu wahren, kein gesäuertes Brot gebacken hatte, sondern nur die Müllerplinze, und die war in der Herdasche gebacken worden. So hatte er sich also mit Fischfang und Jagd, mit wilden, eßbaren Kräutern und seinem kleinen Gemüsegarten beholfen und begnügt, und von der Welt hing er nur ab in bezug auf das Salz und einige wenige Rohstoffe für die übrigen Erfordernisse des Lebens, die er aber dann wiederum selber verarbeitete: er war zugleich Schmied, Schreiner und Schneider.

»Ein wildes Tier«, meinte abschließenden Urteils Giuseppe Scacerni. »Ein Irrgläubiger, dem Gott verziehen haben möge«, war Dosolinas Meinung. Lazzaro aber, der nicht widersprach, stand schweigend da und empfand im Grunde seiner Seele einen unbestimmten Neid auf diesen verrückten Müller von der Paneperso, denn so ein Leben, nun, das wäre etwas für ihn gewesen, so glaubte Lazzaro. Und wie er jetzt Cecilia zuhörte, erinnerte er sich, daß er von der Barke aus häufig diese Mühle gesehen hatte. Damm und Straße bogen an dieser Stelle weit vom Ufer ab, so daß die Mühle verborgen blieb für jeden, der nicht gerade zu Schiff war. Dort, in einer grünen, schattigen Buchtung war der Mahlplatz, aber bei wenig Wasser konnte das Rad sich kaum drehen, und war die Strömung stärker, hing das Wasserrad gleich voll angeschwemmten Reisigs, voll Grünzeug und Flußtang. Die Mühle war sehr alt, und in ihrer strengen Bauart lag etwas Romantisch-Großes; wirklich, weit hinter der Zeit lag ihr Zuschnitt und ihr Aussehen. Auf den hohen, steilen Giebeldächern der beiden Häuser auf dem Sandoncello, die mit Schilf und Sumpfkraut gedeckt waren, wuchs das Moos. Scacerni erinnerte sich jetzt, daß ihn mehrere Male die Lust angewandelt hatte, einmal hinüberzufahren, um zu sehen, wer in dieser Mühle wohne, die so weit aus der Welt herausgelegen war und unbewohnt zu sein schien.

Und da war es nun in den Tagen des Hochwassers im Jahre 1839 geschehen, daß die alte Mühle des Rei, die schon in der allgemeinen Überschwemmung isoliert dalag, von einer neuen Strömung erfaßt wurde, die sich plötzlich gebildet hatte. Wer weiß, seit wann der alte Narr die

Taue nicht mehr erneuert hatte. Und so rissen sie, und die Mühle war in die Mitte des Stromes getrieben worden, bevor der Alte, der mit dem Kinde allein an Bord war, es wagte, sich dem kleinen Beiboot anzuvertrauen. Dann war die Mühle stromab getrieben. War nun das, was Cecilia verzweifelt ausgerufen hatte, die Wahrheit? Sie sagte nämlich, als ihr im Hause Venustas die Erinnerung wiederkam:

»Durch meine Schuld ist der Vater gestorben, durch meine Schuld!«

Die Mühle war beim Abtreiben an eine Flußbiege gekommen, wo zwischen der Hauptströmung und einem baumbestandenen Damm sich ein gewaltiger Strudel gebildet hatte; die Mühle Paneperso begann an dieser Stelle sich im Kreise zu drehen. Rei stand, entschlossen, die Mühle an einem der Bäume auf dem Damm zu vertäuen, mit dem Tau in den Händen bereit, in die Flut zu springen. Aber da verlor das Mädchen den Kopf und warf sich ihm in die Arme, ihn mit Bitten bestürmend, sie nicht allein zu lassen. Der Vater hatte sich aber losgerissen und den Sprung trotzdem getan, doch es war schon zu spät. Das Mädchen bemerkte seinen Irrtum, als es den Vater dastehen sah, wie er mit der Rechten den Baum umschlang, um das Seil, das er in der Linken hielt, daran zu vertäuen; aber er kam nicht dazu, die Mühle bewegte sich im Kreise und zog das Seil an, und so stand der Vater da, als wolle er sich auseinanderreißen lassen. Sie nun war mit einem Beil sofort zu dem Seil gelaufen, um es zu kappen, und schrie ihm zu, er solle den Baum loslassen, aber auch das war zu spät. Der Vater war ins Wasser gestürzt. Ob ihn nun die Anstrengung und ausgestandene Not im Kopf gänzlich verwirrt hatten: er war untergegangen, ohne wieder aufzutauchen, und die Tochter, die das Seil an Bord zog und ihn laut jammernd beschwor, es nicht loszulassen, hielt bald darauf das andere Ende in den Händen, dann erst verstand sie, was das zu bedeuten gehabt hatte, daß sich das Seil so leicht hereinholen ließ.

Darauf war die Mühle wieder schaukelnd stromab geschossen, während sie von Verzweiflung übermannt wurde; vor Aufregung, Sorgen und Hunger, sie hatte schon länger als einen Tag nichts mehr gegessen, war sie im Haus des Sandoncellos ohnmächtig geworden.

So war sie an der Guarda angekommen und mußte dann später, als sie mit Padrone Lazzaro an Ort und Stelle stand, erkennen, daß der Versuch des Vaters, ihr das Leben zu retten, indem er die treibende Mühle an dieser gefährlichen Stelle hatte festbinden wollen, den Verlust der Mühle zur Folge gehabt hätte, und so hatte der Narr durch seinen Tod ihr die Mühle erhalten, die sie jetzt erbte.

Paneperso, das war ein fremdartiger und wenig geeigneter Name für eine Mühle; Scacerni mußte an den Namen »Hungermühle« zurückdenken, vor dem ihn die Weisheit des guten Subbia in Occhiobello bewahrt hatte; das war noch in den Zeiten seiner wildverrückten Jugend.

Aus den einfachen und einfältigen Erzählungen der Cecilia Rei begriff Lazzaro auch, daß der arme Narr bei all seiner wilden Rauheit für das Mädchen viel Zartgefühl aufgebracht hatte. Es gab da klug gearbeitetes Spielzeug aus der Zeit, da sie noch klein war. Auch die Möbel und die Schlafkoje des Mädchens hatte er eigenhändig geschreinert, und diese bäuerlich und schlicht, mit einem feinen Geschmack gearbeiteten Gegenstände drückten deutlich seine Gefühle für die Tochter aus. Zwischen Cecilia und Padrone Lazzaro bedurfte es weniger Worte, alsbald wuchs eine gegenseitige große Zuneigung, und das Mädchen war voll eines einzigartigen Vertrauens zu diesem Beschützer. Er aber sagte zu Dosolina: »Gott und der Po haben uns eine Tochter für unser Alter beschert.«

Aber darauf verzog Dosolina nur die Nase: das war keine Tochter nach ihrem Geschmack. Und der reizende Giuseppe errechnete die großen Spesen, die weder durch Hypotheken, ja nicht einmal durch eine Quittung garantiert waren, die Spesen nämlich, in die sich Padrone Lazzaro gestürzt hatte, um die Mühle Paneperso wieder in Schuß zu bringen.

»Paneperso«, glossierte Giuseppe, »das stimmt schon, sowohl was den Namen angeht wie das, was wir davon sehen. Dieser Eindringling hat gerade noch gefehlt.«

»Du willst sie also nicht, Dosolina (vom Coniglio mannaro sprech ich nicht einmal, das ist ja jener, der riet, unserem Herrn am Kreuze Essig zu reichen, um den guten Wein zu sparen), du willst sie also nicht, ja dann haben Gott und der Po sie mir ganz allein gegeben.«

Dosolina wurde sehr böse, als sie den lächerlichen Spitznamen ihres Sohnes vernahm, und darin verhielt sie sich ganz wie eine Mutter; aber daß sie auch übelnahm, als Lazzaro dem Sohne seinen Geiz und seine Habgier vorwarf, war eben mütterliche Blindheit.

Die Paneperso wurde vom Kalfaterer ausgebessert und neu instand gesetzt, und dann, als das Hochwasser vorüber war, wurde sie an die Seite der San Michele gelegt, und zwar am früheren Mahlplatz an den vereinigten Frolden.

»Das ist jetzt ein großer Mahlplatz«, sagte Padrone Lazzaro heiter, »ein großer Mahlplatz, kleine Padronin Cecilia.«

Nach all diesen Bedrängnissen blühte Cecilia Rei wieder auf, und sie paßte sich ihrer Umwelt allmählich an. Ihre Schönheit war gewissen allerdings dornigen Blumen verwandt und auch gewissen spröden und stolzen Tieren; die Dornen, um im Bilde fortzufahren, waren für Giuseppe Scacerni, gegen den sie die Gefühle herzlichster Abneigung hegte, und auch für Dosolina, zum mindesten in Erwiderung auf deren eigenes Verhalten; die Sprödigkeit aber galt allen andern gegenüber, Padrone Lazzaro allein ausgenommen. Und es war belustigend, wenn man das Mädchen und den großen hinkenden Mann sah, wie sie einander achtungsvoll, ja als Mühlenbesitzer förmlich begegneten. Und kaum lag die Paneperso an ihrem neuen Mahlplatz, da erklärte das Mädchen, daß sie im Hause an der Pappelbrücke nicht schlafen möchte, denn die Mauern und das Festland seien ihrem Schlaf nicht bekömmlich und legten sich auf die Brust.

»Ja, und wo wollen Sie schlafen?« fragte Dosolina, die von einem Erstaunen ins andere fiel.

»Auf meiner Mühle natürlich.«

»Auf Ihrer Mühle?« piepste Giuseppe.

»Wem gehört sie denn?« fragte Cecilia ruhig und entschlossen und wandte sich an Padrone Lazzaro; der glättete sich den Bart, was bei ihm ein Zeichen der Genugtuung war, und lachte bei sich.

»Natürlich gehört sie Ihnen, kleine Padronin, sagen Sie das nur ruhig ganz laut.«

»So? Und von wem war das Geld, womit man die Mühle wiederherstellte?« fragte Dosolina, als ob sie aus den Augen des Sohnes den Geiz geschöpft hätte.

»Wie wird das nun geregelt?« fragte Cecilia voll Vertrauen in den Padrone Lazzaro.

»Das macht man so: da die San Michele Gott sei Dank mehr Getreide daliegen hat, als ihre zwei Mahlwerke bewältigen können, soll die Paneperso zunächst einmal für die San Michele mahlen. So können Sie, Cecilia, Ihre Schuld abtragen, und wir machen ein Büchlein«, fügte er hinzu und wandte sich gegen Coniglio mannaro, »damit alles in Ordnung geht, genau nach Soll und Haben. Und dies Büchlein wirst du sogar führen, darauf verstehst du dich ja.«

»Und wer setzt den Preis des Gemahlenen fest?« fragte Giuseppe, der jetzt zur unangenehmen Verwunderung der Mutter beistimmte.

»Da finden wir schon einen Weg, wir sind ja alle ehrliche Leute, die niemand betrügen wollen.«

»Und dann bleibt also die Paneperso mein Eigentum?« fragte Cecilia.

»Aber versteht sich!«

»Dann ist's gut, andernfalls hätte ich aufgepackt und wäre auf und davon gegangen.«

»Mit der Mühle?«

»Mit oder ohne!«

»Sakrament, so ist's richtig«, rief Lazzaro aus, »das macht mir Spaß! Und sagen Sie mal, verstehen Sie das Handwerk?«

»O ja, das Handwerk schon! Aber all diese andern Sachen, wovon Sie sprachen: die Preise, die Schulden, und ich weiß nicht was alles, davon verstehe ich nichts.«

»Aber Sie können es doch schätzen, wie viele Hände Mehl soundso vielen Händen Getreide entsprechen?« fragte Scacerni, und er machte eine bestimmte Bewegung des Messens.

»O ja, bei sechs Sack Getreide, zu drei Händen der Sack, ergibt sich nur ein kleiner Unterschied«, sagte Cecilia gewichtig, »eine Hand meines Vaters machte zweimal die meine«, fügte sie bei und betrachtete mit einem traurigen Lächeln die ausgespreizte Hand.

»Sehr gut, und so kannst also du, Giuseppe, sie in diesem Punkte nicht übers Ohr hauen, denn davon versteht sie mehr als du. Was aber das Buch mit den Eintragungen betrifft, so werde ich regelmäßig nachsehen, und mir trauen Sie doch, kleine Padronin?«

»O ja!«

»Also, hier die Hand.«

Dosolina mußte ihren Ärger auspuffen, und sie begann nun damit, daß ein Mädchen unmöglich allein auf einer Mühle schlafen könne, das sei weder vorsichtig noch schicklich, es würden daraus Skandale entstehen, und die Leute begännen darüber schlecht zu denken.

»Was ist das, Skandal?« fragte Cecilia, »und schlecht denken, was ist das?«

Scacerni brach in ein lautes Gelächter aus.

»Oh, arme Dosolina, hörst du?« und er wandte sich zu Cecilia, »das sind alles nur Gedanken und Sorgen von uns Alten.«

»Du bist also zum Scherzen aufgelegt«, sagte Dosolina mit finsterem Gesicht, »und nur, weil du mir innerlich recht geben mußt.«

Lazzaro war auch wirklich ein wenig verlegen, was nur zu natürlich war, aber er sagte:

»Auf der San Michele gibt es ein paar handfeste Männer, Schiavetto und Malvasone, wenn irgend etwas passieren sollte. Im übrigen denke ich, wenn Mutter Eurosia noch lebte, würde sie uns raten: nichts Böses zu tun und keine Angst zu haben.«

Das war ein gewichtiger Satz, den die Nonne mit dem heiligen Leben in diesem Augenblick Lazzaro eingab. Er berief sich nur in seltenen und schweren Fällen auf sie, und immer hatte dieser Appell an Mutter Eurosia in Dosolina eine ehrerbietige Furcht erweckt, sie dachte dann zurück an die schwierigen und ihrem Herzen so teuren Zeiten der Ängste und des Leidens, daher fand Dosolina auch jetzt in diesem ehrwürdigen

Andenken neuen Mut und ihr besseres Ich von früher zurück, und sie dankte Gott. Und mit jener Demut, die so viel Kraft verleiht, sagte sie:

»Ja, dann macht ihr es also so, wie ihr denkt.«

Die Antwort darauf konnte nicht ausbleiben:

»Dosolina, du bist dieselbe, die du immer warst, gesegnet sei deine Mutter und der Tag, da ich dich geheiratet habe.«

Jetzt war es bei dem jungen wilden Mädchen, sich zu verwundern, da sie die Eheleute in diesem Gespräch erblickte, sie wandte sich zu Lazzaro und sagte ihm, auf Dosolina zeigend:

»Ihre Frau, Padrone Lazzaro, ist gut, ich werde es schon noch lernen, sie gern zu haben.«

Sie hatte auch in diesen Tagen schon gelernt, wie man die Hand gibt, was sie früher noch nicht kannte, und so wiederholte sie häufig diese Bewegung mit einer Gewichtigkeit und einem Eifer, daß Dosolina lächeln mußte.

»Hier die Hand, Padronin Dosolina!«

Dosolina drückte die kleine schwielige und starke Hand, und sie konnte es sich nicht versagen, das Mädchen zu küssen. Aber sofort wurde Cecilia kalt und zog sich zurück. Umarmungen und Küsse waren nicht nach ihrem Geschmack.

Giuseppe aber begann nachzudenken. Man müßte zu einem Rechtsberater gehen, schien es ihm, um einmal zu hören, ob es nicht nützlich sei, das Mädchen unter Vormundschaft zu stellen und sie einem allzu großzügigen Schutz des Vaters zu entziehen. Er wußte zwar nicht genau, was Vormundschaft eigentlich zu bedeuten habe, aber er erriet es ungefähr. Dann zweifelte er jedoch auch wieder, ob ein solches Vorgehen wirklich dem Interesse der Familie entspräche, denn die Art und Weise, wie der Vater die Sache anpackte und die Schulden der Rei einzog, hatte etwas Gutes. Und wenn ihm auch der Vater als Beschützer nicht zusagte, ein Fremder war noch verdächtiger, am liebsten hätte er das selber gemacht, denn er fühlte sich berufen, Witwen und Waisen mit gutem Profit für die eigene Tasche zu beschützen. Aber daran war noch nicht zu denken. Er beschloß also, die Sache in der Schwebe zu lassen und sich bei Cecilia in gutes Ansehen zu bringen, mit der Zeit und mit Geduld.

Malvasone widmete Cecilia die Unterwürfigkeit eines treuen Hundes, und Schiavetto fühlte für das Mädchen im Lauf der Zeit etwas, was er noch nie verspürt hatte, es war eine Art von hoffnungsloser Süßigkeit, eine Süßigkeit im Leiden, und er hätte es niemals Liebe zu nennen gewagt.

Die Jahre gingen dahin wie das Wasser im Po, und die junge schöne

Cecilia Rei wuchs sich selber immer deutlicher zu; sie war eine herbe und ein wenig nervige Schönheit, trefflich gebaut und leicht männlich aussehend mit einem energischen und lebhaften Gesicht, aus dem Kühnheit und Stolz sprachen. Und Schiavetto, ohne Hoffnung in sie verliebt, litt heimlich um sie. Denn eben dieselben Eigenschaften, die aus dem Jungen einen so braven und treuen Gesellen machten, hinderten ihn, jemals mehr als das zu werden. Die ländliche Anmut des feinen und zart gebauten Jungen hatte vielen Frauen gefallen, ohne daß er davon etwas bemerkt hätte, ausgenommen, wenn die Frauen angriffslustiger waren. Und wie nun diese Anmut des Jungen frühzeitig verwelkte, erschien er plötzlich gealtert, und es war, als habe er nie eine männliche Zeit in seinem Leben gehabt. So wuchs nun seine erste und eigentliche wahre Liebe, die zu Cecilia, mit dieser Verzagtheit, die ihm den Mut versagte, sich zu ihr auszusprechen. Er wünschte und verlangte nichts, er beschied sich mit seinem glühenden Eifer für die Schöne und mit den freundschaftlichen Höflichkeiten, mit denen Cecilia ihm dankte. Denn das Mädchen wußte nichts von seiner Leidenschaft, und so erhitzte sie durch die Freundlichkeit und Güte, mit der sie Schiavetto behandelte, seine Gefühle noch mehr. Aber sie war es allein, die von Schiavettos Zustand nichts merkte, wie auch er allein glaubte, daß seine Gefühle allen ein Geheimnis seien. Die andern dagegen hatten sofort begriffen und sagten:

»Armer Junge, daß ihm das passieren mußte!«

Und obwohl er nun eigentlich schon ein Mann war, so gehörte er doch zu jenen, die von den Leuten unentwegt Junge genannt werden, bis die Zeit, da sie Mann geheißen werden könnten, vorüber ist. Padrone Lazzaro, der ihm so sehr zugetan war, konnte ihn natürlich im Testament mit irgendeiner den Umständen entsprechenden Hinterlassenschaft bedenken, konnte es auch bedauern, daß Schiavetto nicht sein Sohn sei und ihn überdies als den besten Mann für Cecilia betrachten, und trotzdem kam es ihm nicht ein einziges Mal in den Sinn, ihm die San Michele zu vermachen.

»Die Sache den Söhnen und die Seele Gott«, so sagen die Leute. Und er hätte sich auch gar nicht vorstellen können, daß eine Mühlenbesitzerin, eben seine Cecilia Rei, einen Gesellen heiraten könnte. Schiavetto selber sah sich von einer solchen phantastischen Umkehrung der Verhältnisse am weitesten entfernt, er war nur darauf bedacht, in seiner Phantasie sich die Süßigkeit eines solchen unmöglichen Falles in allen Farben auszumalen. Wer sich darüber wundert, der weiß nicht, daß die Standesunterschiede in den niederen Ständen genau so scharf eingehalten werden wie in den höheren, und der weiß auch nicht, wie klar diese

Ordnung sich in den Sitten und der Seele des italienischen Volkes ausspricht, das ein altes Volk ist und dessen Familie immer noch in der römischen Überlieferung liebt.

Dosolina und Cecilia Rei hatten gelernt, sich zu vertragen, und es gab niemals einen Streit, aber auch deshalb nicht, weil sie nichts Gemeinschaftliches hatten und zu haben suchten.

Der alte Malvasone aber sagte in einem dieser Jahre, als die herbstlichen Blätter fielen:

»Ich werde die Blätter im Frühjahr nicht mehr wiedersehen, ich übersteh diesen Winter nicht mehr.« Und ruhig, wie er es auch gesagt, hatte er sein Wort eingelöst.

I An Bord der San Michele und der Paneperso und im Haus an der Pappelbrücke folgte man nun den Ereignissen der großen Welt mit mehr Kenntnis als früher. Das war dem jungen Giuseppe Scacerni zu verdanken, der jeden Mittwoch zum Markt in die Stadt hineinfuhr. Den größten Teil der Woche war er unterwegs zum Besuch der Dörfer und Festmärkte. Ein abgezehrtes Pferdchen mit langhaarigem und zerzaustem Fell ging vor einem unordentlichen Wägelchen, das hin und her schaukelte. Pferd und Wagen hatte er bei einer Versteigerung für wenig Geld gekauft, und als er hörte, wie jemand sagte, daß wohl niemand die Lust verspüre, ihm auf diesem Gefährt Gesellschaft zu leisten, da hatte er erwidert, eben deshalb gefiele es ihm so gut. Eine Antwort, über deren Gründe man so im klaren ist, daß nichts mehr zu sagen bleibt. Das Pferdchen hieß Fulmine (Blitz), darunter tat er es nicht. Dabei ging es langsam wie ein Tag ohne Brot dahin, aber auf diese Weise ließ es Giuseppe Zeit, über seine Unternehmungen hinreichend nachzudenken.

Coniglio mannaro trug lange und auf den Waden engansitzende Hosen und ein Wams, auf dem Kopf trug er das altertümliche Barett, das nach vorn in einer visierhaften Spitze auslief. Er fröstelte immer und hatte Angst vor Erkältungen, und so wickelte er sich auch sommers in Wolle, bis die ersten kalten Winde bliesen, dann wickelte er Wolle über Wolle, so daß seine überdies schon fäßchenhafte Figur noch komischer aussah. Die kurzen Arme daran saßen hoch und schienen an den Schulterblättern angewachsen, die dünnen Beine unter dem Bauch waren an Ober- und Unterschenkeln gleich dick und gleich rundlich. Sein Schritt ging prahlerisch und leicht, und es schien immer, als wolle er die Füße fortwerfen, besonders wenn er mit sich selber zufrieden war. Überdies war er meist mit irgendeinem dicken Geschwür versehen.

In der Hauptsache betrieb er Maklergeschäfte, vorzüglich im Getreidehandel, und er hatte eine besondere Fähigkeit, immer die richtige Zeit zu erwischen und auch den richtigen Mann, der gerade in Schulden festsaß oder sonstiges Pech hatte und zum Verkauf genötigt war. Und er kannte auch genau viele Meilen im Umkreis jene Leute, die mit Vorliebe beschädigte und schlechte Sachen teuer kaufen; die belieferte er und verkaufte ihnen billig seinen Ausschuß als gute und preiswerte Ware. Er kannte jeden einzelnen, hauptsächlich im Gebiet von Alberone bis Lagoscuro, wo er zu handeln angefangen hatte, bevor er stufenweise langsam bis in die Stadt vorstieß. Seine Zuständigkeit im Getreidehandel war nicht unbekannt geblieben, und selbst auf dem Markt in der Stadt hatte er bald Zugang gefunden in jene größeren Handelskompanien, und er begann nun, mit diesen unternehmungslustigen und schlauen Leuten Geschäfte aller Art zu kombinieren. Sein bizarres Aussehen und selbst sein Beiname hatten ihn bekanntmachen helfen, so daß es ihm jetzt Spaß machte, wenn er, einen Treffpunkt angebend, zu einem Partner voll Stolz sagen konnte:

»Fragen Sie nach dem Coniglio mannaro, das ist ein bekannter Name auf dem Markt in Ferrara.«

Dieser Handel roch seinem Vater nach Wucher, Halsabschneiderei und Betrug, aber der Sohn nahm nicht einmal seine Zuflucht zu Gründen, um ihn zu überzeugen, er sagte bloß:

»Setzt Ihr etwas zu? Habe ich Euch um Geld gebeten?«

»Das nicht.«

»Ja dann? Was riskiert Ihr denn in dieser Sache?«

»Den guten Namen, du heißt ja Scacerni, denn diese deine betrügerischen Geschäfte werden eines Tages im Kittchen enden.«

»Das tut mir wirklich leid, aber ich weiß wahrhaftig nicht, was da zu tun wäre. Wenn ich Scacerni heiße, so hab ich daran ja keine Schuld.«

»Schuld? Du legst mir also zur Last, daß ich dich nicht als Bastard gezeugt habe?«

»Was macht Ihr soviel daher wegen des Namens! Na gut, das regeln wir also so: ich gebe das Geld und Ihr gebt den Namen zu diesem Geschäft – eine noch kleinere Münze als den Namen gibt es ja nicht, eine Münze aus Luft.«

In seiner Stimme klang eine kalte Wut, und zugleich war er empört und voller Furcht, daß irgend etwas den Lauf seiner Geschäfte stören könne. Der Vater stand schließlich sprachlos da, als sei er selber auf einem schimpflichen Fehltritt erwischt worden. Der Junge fuhr fort:

»Ja, ich weiß es schon seit einer Weile, zweifelt daran nicht, ich weiß es, daß Ihr es nicht gern sehr, wenn ich meine Interessen wahrnehme auf die Weise, wie es mir gut scheint; und wenn wir schon darüber reden, wollen wir's jetzt auch klar tun. Was geht es Euch eigentlich an, fehlt Euch irgend etwas, wenn ich verdiene? Ich habe euch versprochen, die Bücher der Mühle zu führen, stimmen sie vielleicht jetzt nicht mehr? Aber ich weiß, Euch ärgert es nur, daß ich nicht Müller werde! Das sticht Euch, weil Ihr nun einmal glaubt, daß gerade die Müllerei das schönste Handwerk der Welt sei. Und da könnt Ihr mal sehen, bis wohin Euch Eure Sonderlichkeit bringt. Euch scheint das ein schönes Handwerk, mir dagegen durchaus nicht, das ist alles. Und ich glaube, da braucht man gar nichts mehr zu sagen; Ihr wißt noch nicht, daß die

Welt eben deshalb so schön ist, weil sie so abwechslungsreich ist? Aber gerade dieser Umstand liegt Euch im Magen, Ihr seid alt geworden, sag ich Euch.«

Das war schon richtig, es tat dem Vater leid, daß der Junge nicht Müller geworden war, aber ihn nun in diesem Tonfall reden zu hören, das machte Scacerni, als schäme er sich, plötzlich verlegen schweigen, und er spürte auch den Zorn in sich aufsteigen, aber der kam zu spät. Und er bereute es, daß er dem Burschen nicht genug Tritte in den Hintern gegeben hatte, als noch Zeit dazu war, ihm die Frechheit ein wenig zu dämpfen. Zwischen all diesen Regungen fand er nicht das richtige Wort. So knurrte er, zornig sich am Barte reißend:

»Ein schönes Handwerk, das deine, Halsabschneider!«

»Schimpfe ich über Euer Handwerk? Respektiert also auch das meine! Andernfalls wißt Ihr, was ich tun werde: ich verlasse dieses Haus und lebe, wo es mir behagt, und wenn es Gott gefällt, hab ich niemand nötig, denn das Leben kann ich mir selber verdienen.«

Das verhielt sich schon so, wie er sagte, wenn er auch niemand seinen Verdienst auf irgendeine Weise merken ließ. Aber er war weit davon entfernt, seine Worte wahr zu machen. Er wollte nur seine Mutter, die diesem Gespräche beiwohnte, erschrecken und auf seine Seite ziehen. Und die hatte das kaum gehört, als sie bei dieser Drohung die Augen aufriß, sich in die Haare fuhr und, ohne etwas sagen zu können, in Weinen ausbrach. Lazzaro war verstimmt, und es tat ihm leid, in ein solches Wespennest gefaßt zu haben. Und warum das alles? Weil ihm die Müllerei besser gefiel. Sollte doch Giuseppe tun, wozu ihn die Natur antrieb, und wenn ihm selber das auch nicht gefiel, so brauchte er sich doch noch nicht derart die Galle ins Blut zu jagen und die arme Mutter zu betrüben, und so sagte Lazzaro verlegen:

»Nimm's nicht so hart, Dosolina, das sind ja alles nur Worte, nicht wahr?«

»Alles nur Worte?« gab der Sohn zurück, der von diesem Weinen der Mutter mehr Beistand erhalten hatte als durch hundert Gespräche und Proteste, und er fügte mit versöhnlicher Miene wohlwollend hinzu: »Nun wein' schon nicht wegen so ein paar Worten, Mutter. Das sind ja alles nur Torheiten.«

»Nein, weine nicht, Dosolina, ich bleibe zwar dabei, daß die Müllerei das schönste Handwerk der Welt ist, aber ich will nichts Schlechtes gegen die andern Brotverdienste sagen. Es ist nur eben so, daß die Väter immer gern das eigene Handwerk vom Sohn fortgeführt sähen, nach ihrem Tode. Aber der Natur kann man ja keine Vorschriften machen.«

»So wenig wie der Liebe, dem Husten und der Krätze«, sagte Coniglio mannaro, der wieder ganz freundlich gestimmt war und grinste, und er ging zufrieden hinaus und kratzte sich am Furunkel, der am Halse saß, und das tat er immer, wenn er sich aufgeregt hatte.

Dosolina sagte, sich die Augen trocknend:

»Ich will euch doch immer beide in Frieden sehen, und mir tut das so weh, wenn ich euch streitet.«

»Ich wußte doch nicht, daß unser Sohn eine so empfindliche Haut habe«, sagte Scacerni auflachend.

»Jeder liebt das Eigene, du die Müllerei und er sein Maklergeschäft.«

Sein Handel in der Stadt und die Überlegungen, die er in dem wakkelnden Wägelchen angestellt hatte, knüpften eines Tages die Fäden mit Argia Malvegoli. Er hatte sich mit Vorsicht nach ihr erkundigt und war ihr auf die Spur gekommen, hatte festgestellt, daß Argia nach der Flucht des Giaurro durch eine einflußreiche Persönlichkeit protegiert worden war – und diese Persönlichkeit kennen wir bereits. Entweder hatte das Mädchen dem Cavaliere Flaminio gefallen, oder er hatte vorgehabt, sie politisch auszunützen und eine Kundschafterin, wie er sich ausdrückte, aus ihr zu machen, eine Vertraute, mit einem Wort: eine Spionin. Eine genauere Kenntnis des Cavaliere Flaminio, der in der Zwischenzeit Baron geworden war und sich auch von jetzt ab so nannte, eine vertieftere Kenntnis seines Charakters läßt jedoch glauben, daß das zweite Motiv, wenn es überhaupt vorhanden war, nur kurze Zeit dauerte. Der Baron Flaminio war im Jahre 1831 ein fünfundfünfzigjähriger Mann und hatte immer noch galante Neigungen, aber in dem Irrtum, aus Argia ein gutes Polizeiinstrument machen zu können, konnte der erfahrene Mann nicht lange bleiben.

Und dann war sie bei einem Freiherrn von Biberfels und Marcktrathau untergekommen, einem Leutnant in der damals wenig lustigen Festung von Ferrara. Der Leutnant war wahrscheinlich wegen einiger zu toller Streiche hierhin strafversetzt worden, denn die Jahre vergingen, ohne daß von Biberfels avancierte. Man sagte, er habe eine Geliebte des Kaisers Ferdinand verführt. Doch es gehörte nicht sehr viel dazu, unter dem Regime Metternichs den Laufpaß zu bekommen. Man sagte sogar, er habe mit Radetzky Streit gehabt, aber all diese Gerüchte hingen in der Luft. Seinen Abschied nehmen konnte er nicht, weil ihn sein Vater sonst enterbt hätte. In seinen Geldausgaben beweis er, daß er noch reicher war als verschwenderisch; die glänzenden und heiteren Freunde des Freiherrn vereinigten sich abends im Hause der Argia Malvegoli in der Strada delle Pettegole, um dort zu trinken und lustig zu sein. Argias Haus war reich und üppig ausgestattet und hatte Ställe und Pferde; von Biberfels hatte auf das Mädchen von Anfang an seine Reitleidenschaft übertragen, und sie war eine kühne und tüchtige Reiterin geworden. Sie hatten zusammen Streifzüge und Jagden gemacht, auch in der Diamantina, wo sie wer weiß wie viele Male nun durchkam, ohne sich den Brüdern, die mit Hacke und Schaufel in der Erde herumwühlten, zu erkennen zu geben, noch von ihnen erkannt zu werden. Doch verfehlte sie nie, das armselige Grab der Mutter zu besuchen, wenn sie in der Nähe des Friedhofs der uralten Pfarrei der Sette Polesini kam, und bei diesen Besuchen ließ sie aus Ferrara Blumen mitbringen, um es zu schmücken.

Für Giuseppe Scacerni war es sehr wichtig, wie die Angelegenheiten der Tante standen; und was er auf dem Markt und in den Läden hörte, das genügte, um sich ein Bild zu machen, wie sie allgemein beurteilt wurde und wie auch das einfache Volk sich über sie ausließ. Die kleinen Leute betrachteten mit Sympathie die »Verrücktheiten« der von den Pferden begeisterten jungen Leute, haßten aber dagegen die Freundin des österreichischen Leutnants und ihren ganzen Aufwand. Man sah darin eine Beleidigung des allgemeinen Elends in jenen ersten unglücklichen Jahren des Pontifikates Gregors XVI. Als sie mit dem Reiten aufhörte, fuhr sie in einer schönen und gutgefederten Kutsche, vor der ein ausgezeichnetes Schimmelgespann ging, das würdig gewesen wäre, im Prater eine Rolle zu spielen. Die Geliebte des Giaurro, jenes nervöse, feurige junge Mädchen, war in den wenigen Jahren voll erblüht und eine weiche und frischleuchtende Schönheit geworden, und obwohl ihre Erscheinung zum Üppigen neigte, hatte sie doch den schlanken Schwung behalten. Sie war nun eine beruhigte Frau geworden, und sogar die Augen, die zwar immer noch sehr schön waren, hatten ihr Feuer verloren und waren matt und ein wenig schmachtend geworden; sie kleidete sich mit ausgesuchtem Geschmack. Ihr Liebhaber versah sie mit jeder Neuheit aus Paris und Wien. Die Frauen konnten, wenn sie es auch unter gar keinen Umständen zeigen mochten, der Versuchung nicht widerstehen, sie peinlich genau zu mustern, und sie beneideten auch die immer neuen Moden der Malvegoli. Argia hatte für die gesellschaftlichen Formen sehr viel Talent entwickelt, sie war von ausgesuchter Höflichkeit und sehr zurückhaltend in ihren Umgangsformen und im Gespräch, und in ihren Ansichten vertrat sie einen leichten kaiserlichköniglichen Loyalismus; sie eiferte für Österreich, und das kam ihr nicht so sehr aus dem Umgang mit den gedankenlosen und galanten Offizieren als aus den Unterweisungen des Barons Flaminio, der mit viel Behutsamkeit und Anmut so ein Mittelding zwischen ritterlichem Hausfreund und väterlichem Beschützer für Argia geworden war. Auch er hatte nicht viele Freunde unter den Bürgern der Stadt, die sich über den frischgebackenen Baron lustig machten und den fanatischen Reaktionär und Verfolger der Liberalen haßten und, wenn sie päpstlich dachten, seine Gegner waren, weil er Österreich so blind ergeben war. Von ihm also unterrichtet war sie, wie gesagt, eine beruhigte und weiche Schönheit geworden. Die Sünderin hatte sich sogar aufrichtig der Frömmigkeit und Kirchensatzung ergeben, vielleicht war sie sogar ein bißchen bigott geworden.

Die Zusammenkünfte im Haus der Argia Malvegoli und im kleinen Palast des Barons selber in der Nachbarschaft und in anderen noch heimlicheren Unterkünften wuchsen sich zu Versammlungen fanatischer Reaktionäre aus und damit zu einer Angelegenheit, die sich allmählich immer deutlicher herausbildete, ja sogar die Formen einer Sekte annahm und sich nach dem Namen des österreichischen Kaisers »Ferdinandea« benannte.

Der Baron Flaminio besaß eine besondere Logik und ungewöhnliche Eignung, schwierige Situationen anzupacken. Sein Idol und Meister, der Fürst Metternich, konnte sehr wohl sagen und beweisen, wie er es mit reichen Geschenken und der Baronie auch tat, daß er sich nicht geirrt hatte, als er diesen Mann für einen Politiker hielt und von seinen Anregungen und Informationen Gebrauch machte.

In seinem Äußeren stellte der Cavaliere Flaminio einen angenehmen, munteren und erfahrenen Mann dar, der allerdings immer einen bemühten Ehrgeiz und eine enttäuschte politische Leidenschaft deutlich im Gesicht trug. Und dieser düstere Eifer, immer zu spionieren und zu denunzieren, hatte sich in seinem Gesichtsausdruck, im Blick und Gehaben festgesetzt und selbst in der Farbe seiner Haut. Es war etwas verdorben an diesem Mann, wozu der Haß der Liberalen – es konnte nicht anders sein – ein gut Teil beigetragen hatte. Als er aus der Romagna und der Mark von jenem österreichischen Feldzug zurückkehrte, hatten ihm seine politischen Gegner ein Sonett an die Haustür genagelt, dessen Wortlaut sehr klar die Gefühle der unsichtbaren Feinde verriet. Und diese Gefühle sprachen sich in zwei Worten aus: Haß und Rache.

Der Baron Flaminio legte Wert auf gepflegte Umgangsformen, auf Kleider und wohlgeformte Sätze. Immer war er zurückhaltend und gemäßigt, wie es einem Diplomaten zukommt – aber einem solchen, der untertänigst seine Mitteilungen und Denkschriften an Souveräne, Kardinäle, Feldmarschälle unterschrieb und den Metternich selber der Auszeichnung würdigte, ihn die Früchte seines politischen Ingeniums genießen zu lassen, die nicht nur in ausgesprochener Spionagearbeit bestanden, sondern in historischen und politischen Kompendien, so nannte der Baron es, und in statistischen Bildern über die Zustände in den Staaten auf der Halbinsel. O ja, »Halbinsel, Halbinsel«, sagte der

Baron verbessernd, wenn einer sich vergaß und Italien sagte. »Italien, das ist nach dem ausgezeichneten Ausspruch Seiner Exzellenz eine geographische Bezeichnung oder aber, wenn man es politisch meint, ein allen sozialen und politischen Prinzipien von heute, ja dem ganzen europäischen Staatenkonzert hohnsprechendes und ausgesprochen umstürzlerisches Gebilde.«

Gelegentlich bespitzelte er auch die Offiziere, unter denen er einige Anzeichen des Sympathisierens mit den Liberalen bemerkt hatte – so weit war das Übel vorgeschritten, das Krebsgeschwür am Volkskörper.

Die Malvegoli tummelte sich abends mit den Offizieren, um sich tagsüber vor ihrem Baron um so zerknirschter zeigen zu können. Oftmals brachte er jene traurigen Figuren mit, die er mit dem Namen der Ferdinandeer zu adeln versuchte. Und bei allem war diese Vereinigung nicht mehr als ein Name, der einem politischen Wunschtraum entsprach. Und es war vielleicht von seiten des k. u. k. Kabinetts ein gutes Stück mitleidiger Nachsicht, daß dies sein nunmehr alt gewordenes Werkzeug mit einem Schimmer von frommer Illusion die Kümmerlichkeit seiner augenblicklichen Funktionen verbrämte. Aber oftmals ja erzeugt ein Ruf, hinter dem keine Macht und keine Vollmacht steht, ein geheimnisvolles Ansehen. Und so war es auch bei den Ferdinandeern. Die Liberalen fürchteten und haßten diesen Namen, was nicht der Fall gewesen wäre, wenn sie seinen wahren Hintergrund gekannt hätten; und die Sanfedisten begannen allmählich bei ihren scheußlichen Exzessen sich ebenfalls angesichts dieses Namens zu fürchten, und sie dachten daran, mit irgendwelchen Verdiensten sich den Schutz Österreichs für jenen Tag zu verschaffen, an dem die schwache Priesterherrschaft nicht mehr imstande sein würde, sie vor den Racheakten zu erretten. Und sie faßten die Ferdinandea ins Auge, von der um das Jahr 1840 herum viel geredet wurde, eben deshalb, weil sie nichts war und ebensowenig unternahm.

Währenddessen waren die Privatfinanzen des Barons durch einen großen Bankrott, in den seine Angelegenheiten verflochten waren, erschüttert worden. Wechsel seines Sohnes waren im Umlauf, und das Volk sprach bei der Frage, ob er sie zahle oder nicht, wie immer schlecht von ihm. Man erzählte sogar, daß das päpstliche Staatssekretariat, in Ermangelung anderer Mittel, sich von ihm freizumachen und ihn in die Verbannung zu schicken, nun daranging, ihn eben durch diesen Skandal in Mißkredit zu bringen und zu ruinieren, wenn es möglich wäre, so hieß es. Ob nun diese Gerüchte und Anklagen begründet waren oder nicht: sein Leben schien in sich selbst zurückzukehren, als ob ihm das unabänderliche Schicksal einen Kreis vorgezeichnet hätte, aus dem er nicht mehr entrinnen sollte. Manchmal betrachtete er seine Lage entmutigt und mit Angst, wenn er daran dachte, daß er alt wurde. Er mußte daran denken, früher oder später bei dem Herzog von Modena unterzuschlüpfen oder in das österreichische Gebiet jenseits des Po zu entweichen.

So lagen die Dinge, als ein Mann, der innerhalb der sanfedistischen Bluthunde als der schlimmste galt, sich ihm näherte, nicht um Ferdinandeer zu werden, sondern weil neben allgemeiner Blutrünstigkeit bei ihm der tolle Drang bestand, sich mit allen zu verbinden, die Feinde der Liberalen und der Patrioten waren, unter welchem Titel und Banner sie sich auch zeigten. Virginio Alpi, diese schwarze Seele des Sanfedismus aus dem Dorf Urbecco und dem flachen Land zwischen Imola und Faënza, wo die Zenturionen und gregorianischen Freiwilligen mit allen Waffen und auf alle Weise scheußlich gehaust hatten, war ein Mann, dem man alles nachsagen konnte, ausgenommen, daß er ein Heuchler sei. Von der »ferdinandeischen« Doktrin wußte er nichts, und es lag ihm so wenig daran wie eben einem Menschen, der sich aus Blut- und Raubgier auch zum Türken hätte machen lassen. Aus denselben Gründen war er päpstlich und sanfedistisch. In seiner verbrecherischen Seele und seinem wütenden Gehirn gab es nur einen Gedanken, und zwar, wie er sich auf die schnellste Weise bereichern könnte. Um diesem Triebe nachzukommen, hätte er keine Partei verschmäht, ausgenommen die liberale patriotische und karbonaristische, denn in diesem Falle drehte es sich um einen Ehrenpunkt, um die Räuberehre, die in jedem wahren Räuber steckt. In ihm wütete der sanfedistische Haß als ein Erbgut, das er von seinem sanfedistischen Vater mitbekommen hatte, dessen er in allem würdig war. Sein Vater war von jeher Spion gewesen, Angeber und Verfolger wie er, ein Mann, der Übergriffe, Unterdrückungen und Gehässigkeiten gegen seine politischen Feinde ins Werk setzte und leitete.

Auf seinem sehr heftig bewegten und düstern Gesicht trug Virginio seine Seele ganz offen; seine Hautfarbe ging in ein grünliches Gelb über, und jeder krumme Gedanke schien darauf seine Spur hinterlassen zu haben. Unterm Stacheln seiner verbrecherischen Leidenschaften war dieses Gesicht in einer zuckenden und kräuselnden Bewegung, alles darin verschlang sich in einem konvulsivischen Grinsen, die Augen dagegen standen unbeweglich in einem seltsamen, unangenehmen und heimtückischen Funkeln, und sie durchbohrten den, welchen sie gerade anblickten, stachen in seine Augen hinein und ließen, wenn es ein Feigling war, in seinem Innern die Angst aufsteigen. Im übrigen entdeckte er schnell in den Augen des Menschen das, was er selber suchte und allein vom Menschen kannte: seine Laster. Alles andere, was die Menschen von sich sagten, das waren nur Worte für ihn, oder, wie er zu sagen pflegte, Theater. Vielleicht daß Alpi an Gott glaubte, natürlich hatte er sich das niemals gefragt, gewiß aber mußte er, wenn ein Mann seines Schlags die äußeren Verrichtungen der Religion erfüllte, eben diese entartete Religion nur als ein Werkzeug seines Hasses und seiner verbrecherischen Neigungen benutzen, wodurch sein Wesen einen noch düstereren Anstrich bekam, eine schändliche Ölung und Gesalbtheit. Und wenn er an Gott glaubte, so geschah das nur auf die abergläubische Art des Räubers. Und was der Papst für ihn bedeutete, den mit Feuer und Schwert zu verteidigen er sich geweiht hatte, das zeigte sich einige Jahre später, nach dem Tode Gregors: da war der Papst für ihn nur noch ein Vertreter des liberalen Geistes.

Von Statur war er mittelgroß, nervig und mager. Er handhabte jede Waffe, und niemals trennte er sich von seinem Stockdegen; wenn er ihn nicht gerade zu verbergen brauchte und unter den Seinen oder in der Einsamkeit war, pflegte er diesen Stockdegen von Zeit zu Zeit ein paar Finger breit hervorzuziehen, als wolle er sich versichern, ob die Klinge auch leicht und ungehindert herausgleite. Er hatte ihm viele Male gute Dienste geleistet, denn in seiner Heimat besaß er Gegner, die ihm auf dieselbe wilde und unerschrockene Weise gegenüberstanden. Er hatte die besondere Begabung, sich zu verkleiden und überhaupt zu verschwinden, und die Hauptleistung bei solcher Tarnung bestand darin, seine viperhaften Augen, die allbekannt waren, zu verbergen. Denn die konnten derartig auf den Menschen einstechen, daß er häufig das Vergnügen genoß, sich an dem Ekel und Widerwillen der so Angestarrten zu weiden, auch manchmal auf die Gefahr hin, entdeckt und niedergemacht zu werden. Seine tiefinnerste und unbezähmbare Anlage war sein Haß gegen die Menschen, und er drückte das in einem so kalten Sarkasmus aus, daß dieses Gefühl auch dann noch in seiner sehr schneidenden Stimme offenlag, wenn seine Zähne darauf aus waren, es zu verbergen.

Seit Jahren war dieses sein Wüten noch am Wachsen, und zwar seit jener Zeit, da die allgemeinen Umtriebe der Parteien einzuschlafen schienen. Er war unfähig zur Ruhe und unermüdbar, und so zog er durch die Romagna, um der guten Sache zu dienen oder vielmehr besessen von der Begier, den andern zu schaden, und vergiftet von dieser immer wachen Natter in seinem Innern. Und dann hatte er sich in Ferrara mit dem Baron Flaminio getroffen. Über die Politik und Doktrin der Ferdinandeer hatte er sich niemals eine Meinung gemacht, so groß war seine Verachtung für Angelegenheiten dieser Art, das war für ihn nichts als »Theater«. Der Grund, warum er den Baron aufsuchte, war ein anderer. Er begann allmählich zu vermuten, ja er merkte es bereits, daß ihn nichts mehr vor dem Haß und der Rache der von ihm Geschädigten erretten könnte, weder seine Verkleidungskunststücke und Listen noch seine Spießgesellen und Versprechungen, noch sein Stock und die Mistgabeln seiner fanatisierten Bauern zwischen Forli und Faënza, wo er herrschte, aber auch nicht die sanfedistischen Kleinbürger von Urbecco. Am allerwenigsten erhoffte er sich Schutz von der Autorität der Regierung, welche Bezeichnung schon wie ein Hohn klang. Er spottete über sie, und zwar mit Recht, denn diese Regierung hatte ja ihn und seine Genossen erduldet. Aber sein Spott wuchs, als er mit dem Baron sprach, zu einem verrückten Ausbruch an:

»Entweder helfen mir diese Pfaffen die Liberalen bis auf den letzten Mann ausrotten, indem wir eine Bartholomäusnacht machen, oder wir sind alle besch . . .« Sein Dilemma war ernst, und was seine Ausdrucksweise betraf, so liebte er die abscheulichsten Worte und besonders dann, wenn die Personen, die ihm zuhörten, vor dieser Schamlosigkeit rot anliefen, wie der Baron Flaminio.

Und um das Wasser zu trüben, worin ja das A und O jeder Unternehmung bestand, begann nun Virginio Alpi, so gut er konnte, über die geheimnisvolle Ferdinandea noch geheimnisvollere Dinge in Umlauf zu bringen: es sei das ein Geheimbund hoher Politiker, von Leuten, die mit den Völkern Schach spielten, seine Mitglieder seien hauptsächlich Geheimsekretäre aus den Kabinetten, Minister in den höchsten Ressorts. Und indem er so der Ferdinandea mehr Gewicht gab, verschaffte er sich von Fall zu Fall mehr Kredit, er beunruhigte Interessierte und »trübte die Gewässer« – um in seiner Ausdrucksweise zu bleiben. Und diese Ferdinandea, die bisher nur dazu diente, dem alten Baron in seinem unruhigen Intrigantendasein ein Spielzeug seiner Phantasien zu sein, wurde im Munde Virginio Alpis zu einer Angelegenheit, womit er auf Leute Eindruck machen konnte, die ebenso schrecklich waren wie er und mit Messer, Pistolen und Bomben ihre Meinungen durchzudrücken versuchten.

II »Da bin ich, Tante Argia. Ich bin nämlich gekommen, Sie zu besuchen. Ich wette, daß Sie mich nicht wiedererkennen.« Und da stand er, wahrlich eine seltsame Figur, seltsam in seinem Gehaben und seiner Kleidung und nur noch ein bizarrer Nachklang jener Gestalt, die Argia Malvegoli an den Albinoaugen nach so langer Zeit wiedererkannte und vielleicht auch an der Stimme, die ja immer so sehr die Familienähnlichkeit bewahrt.

»Du, Peppino, bist du es, der Sohn meiner Schwester, mein Neffe Peppino?«

»Ja, der bin ich wirklich.«

»Oh, wie mir das wohltut! Wer hätte das je gedacht!«

»Ja, wo man's am wenigsten glaubt, bricht der Po den Damm.«

»Wirklich, das tut mir wohl! Aber komm doch, was sollst du denn hier in der Küche stehen, bitte, mach dir's bequem.«

»Nein, Tante«, sagte der Schlaukopf sehr zufriedengestellt, daß er auf den ersten Blick die Seele seiner gefallenen Tante berührt hatte und zugleich jenes Band von Verwandtschaft, das ihm so wichtig war; »nein, Tante, mit diesen Nägeln unter den Schuhen würde ich ja nur deine Teppiche beschädigen oder Risse auf das schön geputzte Parkett machen, ich bin schon zufrieden in der Küche. Dein Haus ist wirklich sehr schön, ich hab sogar gesehen, daß du auch einen Stall besitzest, und wenn du nichts dagegen hast, möchte ich meinem ›Blitz‹ ein bißchen Hafer geben.«

»Aber warum nicht, soviel du willst, Neffe, du bist zu bescheiden, Peppino, ich werde sofort sagen, daß man deinem Blitz Hafer gibt, und wenn du willst, kannst du hier in der Küche, so oft du Lust hast, dein Frühstück einnehmen, und je häufiger du kommst, um so froher machst du mich.« Die Tante sagte das zärtlich und war zugleich von dem bescheidenen Betragen des Coniglio mannaro geschmeichelt.

Er hatte keine Zeit, sich zu freuen über das auf diese Weise ersparte Geld, das er sonst in die Osteria und in den Stall hätte tragen müssen, denn er machte sich schon Vorwürfe über die weggeworfene Zeit, die er dazu verwendet hatte, um über diesen Schritt nachzudenken, ob er nämlich zur Tante gehen sollte oder nicht. Er war nun überzeugt, daß seine Tante, von der er glaubte, daß sie gut bei Kasse sei, eine großzügige Frau war, und er bereute jetzt wirklich, nicht eher gekommen zu sein, und es schoß ihm durch den Kopf: vielleicht wird sie krank, man weiß nie, was passieren kann, sie sieht zwar gesund aus, aber wie schnell muß einer manchmal sein Testament machen! Und da kann man mal sehen, was ich da aufs Spiel gesetzt habe, nicht eher zu kommen, und was für einen Schaden die Skrupel von Vater und Mutter mir fast verursacht hätten, die leben doch wirklich hinterm Mond. Und überhaupt, was heißt da Skrupel! Das sind alles nur Bösartigkeiten. Setzen wir mal den Fall, die Arme würde mir jetzt in den Händen von andern Leuten sterben, so verlassen, nein, es sind Schlechtigkeiten.

Doch es waren keineswegs Skrupel, die Coniglio mannaro bisher abgehalten hatten, seine Tante aufzusuchen, auch nicht die Skrupel der Eltern, er war vielmehr alle Punkte in ihrem Für und Wider durchgegangen, und vor allem fragte er sich, ob es sich lohne, die allgemeine Abneigung des Volkes gegen die öffentliche Sünderin einfach links liegen zu lassen. Diese Abneigung war in der Tat einmütig, aber um einmal anders herum zu fragen, so dachte Coniglio mannaro, wer hatte sie denn so üppig gemacht, sie in Schulden gestürzt, wer machte sie verschwenderisch, und wer machte sie geizig? Er fragte eine alte Frau, die Lumpenhändlerin unter der Loggia am Dom war und auch Geld auf Wucherzinsen lieh, und zwar Geld, das sie durch Zuhälterei erworben hatte, sie hatte ihm den entscheidenden Hinweis gegeben:

»Mein Sohn, ein Mädchen, das sich auf diesem Wege befindet, stirbt immer, wenn es nicht jemand hat, der ihm wirklich wohl will, auf dem Stroh. Haben Sie verstanden?«

Und dazu hatte es also dieser Alten bedurft, um ihn auf seine Liebe zur Tante hinzuweisen. Es versteht sich sodann, so schien es ihm, daß ein Neffe dazu verpflichtet sei, so zu tun, als ob er nicht wüßte, auf welchem Wege sich die Tante befinde. Argia Malvegoli war glücklich darüber, und auch deshalb war sie ihm dankbar, daß er nur bis in ihre Küche vordringen wollte, obwohl er da gerade von dem Stallknecht, dem Koch, der Köchin und dem Zimmermädchen alles erfahren konnte, was seine Tante betraf. Und er merkte sofort, daß diese vier Halunken in einer Sache vollständig übereinstimmten, nämlich darin, wie sie auf die schnellste und sicherste Weise seine Tante berauben könnten, und zu einer andern Sache waren sie gleichfalls schnell entschlossen: sich gegen ihn zu verbünden. Und ohne nun etwas von der römischen Geschichte zu wissen, trat er in die Fußstapfen des älteren Brutus, indem er den Verdacht der Tyrannen einschläferte. Er machte nämlich die Dienerschaft glauben, daß er dumm sei, und ertrug ihre abscheulichsten Scherze, die sich seinen Teller als Ziel ausgesucht hatten. Und sie nahmen sich eine unverschämte Offenherzigkeit heraus, wenn sie in seiner Anwesenheit ohne jede Vorsicht von seiner Tante erzählten. Er tat so, als verstehe er nichts, und hörte zu, und bald wußte er, wieviel Getreide der Stallknecht stahl und wieviel Öl die Köchin, bevor überhaupt jene noch Verdacht schöpften, daß er sie beschnüffele.

»Ist es wahr, daß man Sie draußen Coniglio mannaro nennt?«

»Ja, mich nennen sie so, o ja.«

»Was für ein seltsamer Name! Aber wie kommt es denn, daß man Sie für schlau hält?«

»Schlau? (Er machte den Dummen.) Ich schlau?«

Sie lachten laut los. Und dann lernte ihn auch der Baron Flaminio kennen, und er hielt ihn ebenfalls für blöd. Coniglio mannaro übertrieb seine ehrerbietige Unterwürfigkeit mit vielen Verbeugungen, die er dem Baron machte, wenn er ihm auf den Treppen begegnete, so daß der lachen mußte.

»Argia, Sie haben wirklich einen sonderbaren Verwandten.«

»Ach, der Arme, er ist auf dem Land aufgewachsen und so naiv! Gewiß, ein bißchen dumm ist er, der Arme.«

Als Giuseppe dann einmal ganz sicher war, daß die Dienerschaft ihn nicht hörte, deutete er der Tante an, seine Geschicklichkeit aber noch verbergend, daß er ein sehr rühriger und geschätzter Getreidemakler auf dem Markt sei.

»Du? So einfach wie du bist und so gut und bescheiden?«

»Die wahre Schlauheit besteht darin, ehrlich zu sein und zu seinem Worte zu stehen, Tante Argia, damit bekommt man Kredit; wieg mir richtig und verkauf mir teuer«, sprichwörtelte er ernst.

Und dann, so im Nebenher, warf er ihr gewisse Nachrichten hin, die sich auf den Markt bezogen und hernach als wahr herausstellten; und sie bewiesen eine solche Kenntnis des Marktes, daß Argia zuerst ungläubig, schließlich aber äußerst erstaunt war, und er sagte dann:

»Frag doch mal den Baron, ob die Dinge nicht wirklich so gelaufen sind, wie ich gesagt habe, aber sage ihm nicht, daß du es von mir weißt.«

»Warum nicht?«

»Da habe ich meine guten Gründe. Gib acht, Tante, daß du keinen Fehler machst, du könntest mich ruinieren, auf dem Markt gilt das Geheimhalten ebensoviel wie im Beichtstuhl, gilt mehr als Gold, und so wiederhole ich: was ich dir gesagt habe, ist nur für uns bestimmt!«

Sie war immer mehr beeindruckt von diesen Geheimnistuereien. Auch der Baron wunderte sich seinerseits, von wo er auf einen Schlag derartige Kenntnisse hernahm, die ihm das Ansehen eines Getreidekaufmannes gaben, denn nur ein solcher konnte derart die Kniffe des Handels erraten.

»Das ist ein sehr feiner Kopf, und wie!« sagte eines Tages Argia zu ihrem Zimmermädchen, als sie ihre Bewunderung nicht mehr verbergen konnte.

»Wer?« fragte diese und begann unversehens laut zu lachen.

»Vor allem dürften Sie ein bißchen Respekt haben, es handelt sich um meinen Neffen.«

»Wenn er deshalb ein feiner Kopf sein muß, dann will ich nichts sagen, weil ich Sie respektiere.«

»Sie müssen auch ihn respektieren, Mädchen.«

»Den? Coniglio mannaro?« Und sie lachte wiederum so plötzlich heraus, daß die Malvegoli wütend wurde und sie vor die Tür setzte, aber draußen lachte sie noch weiter, bis sie dann zu weinen anfing, weil sie wegen einer solchen Dummheit eine so schöne Dienststelle verloren hatte. Aber die drei noch übrigen überfielen Coniglio mannaro in der Küche.

»Ihretwegen, wegen eines solchen Häufchens Elend hat die Hausfrau ihr Zimmermädchen entlassen.« »Ich würde Sie am liebsten einem Pferd an den Schwanz binden.« »Ich möchte Ihnen Arsenik in die Suppe tun, gratis, Sie hinterhältiger Hund!« So sprachen sie alle drei, der Stallknecht, der Koch und die Köchin.

Er seinerseits sagte: »Es tut mir leid, daß ich hier Streit stifte.«

»Hier gibt's keine Entschuldigung, wir wollen Sie nicht mehr sehen in diesem Haus, entweder sorgen Sie dafür, daß das Zimmermädchen wieder eingestellt wird, oder Sie lassen sich hier nicht mehr blicken, hier gibt's kein Essen mehr für Sie auf Kosten der Tante! Sie sind schon ein schöner Neffe, eine Schande!«

Das war eine Hauptszene, in der sie ihn kennenlernten, aber zu spät. Er rief die Tante, und sie glaubten schon, daß er kapitulieren wolle. Doch er wies nach, wieviel gestohlen war an Heu, an Öl, an Wein, an allem. Alle vier hatten unter einer Decke mit den Lieferanten gesteckt, und die Tante wäre durch sie ruiniert worden. Das spielte sich in einer Viertelstunde ab. Argia stand da und raufte sich das Haar, und die drei Lümmelgesichter wurden lang und zeigten demütige Ergebenheit. Er aber sagte:

»Ich habe euch doch versprochen, alles zu bereinigen, und jetzt habt ihr doch keinen Grund mehr, noch zu streiten.«

»Hinaus mit euch allen, hinaus hier, aber sofort«, schrie Argia voll Wut, »Aus meinem Haus, ihr Räuber, hinaus, oder die Galeere ist euch sicher!«

Und dann brachte er ihr bei, das Reitpferd einzusparen, das jetzt ganz unnütz im Stall dick wurde, nachdem es so viel Hafer verzehrt hatte, daß man damit ein halbes Regiment Dragoner hätte unterhalten können. Und als er ihr Verwalter und Lieferant geworden war, hieß er sie an allen Ecken große Ersparnisse machen. Bisher waren die Lieferanten gewöhnt, die Rechnungen nach Belieben anschwellen zu lassen, sie wurden immer ohne Widerspruch und Gegenrechnung beglichen. Jetzt war die Reihe an ihnen, lange Gesichter zu machen, und jede Hoffnung war vorbei, daß sie ihre Praktiken wiederholen konnten. Jetzt wurden die Rechnungen überprüft, und zwar bis auf den Centesimo. Argia konnte sich nicht genug tun, ihren Neffen zu loben, der nicht den geringsten Zweifel hatte, daß diese Ersparnisse dahin gingen, wohin sie gehen sollten, nämlich ihr Vermögen zu vergrößern. Sie sagte:

»Du wirst deinen Weg machen, und wie! Ich sehe dich schon als reichen Kaufmann mit Lagerhäusern und einer Bank.«

»Ja, schon, aber aller Anfang ist schwer.«

»Aber mit so einem Kopf, wie du ihn hast!«

»Ach was, Kopf! Glück steh mir bei, und ich brauch keinen Verstand! Um aber klar herauszusprechen: man brauchte einen kleinen Anfangsfundus. Aber das sind keine Sachen, über die man mit Frauen sprechen könnte.«

Als er das sagte, beobachtete er heimlich den Eindruck auf ihrem Gesicht, das plötzlich einen schmerzlichen Ausdruck bekam.

»Ich würde dir gern Geld geben, und ich wäre sicher, dabei ein gutes Geschäft zu machen, aber ich kann nicht.«

»Na, Tante, denk doch nicht daran! Warum denn darüber melancholisch werden! Sorg du nur, daß du ein schönes Leben hast, du kannst das ja! Dennoch, es ist schon wahr, daß du ein gutes Geschäft machtest, und es wäre nicht nur ein gutes, sondern ein ausgezeichnetes. Und es ist schade, daß man ein solches Geschäft sausen lassen muß, aber denken wir nicht mehr daran.«

»Im Gegenteil, denken wir daran! Wer weiß, ob ich dir nicht doch helfen kann.«

Wollte sie ihn etwa aufziehen? Auf jeden Fall, ganz langsam entwikkelte er ihr, was für ein Geschäft in seinem Kopf spukte: es handelte sich um die Getreidelieferung für die österreichischen Truppen, die zahlten gut und pünktlich, doch man mußte eine Kaution stellen und zugleich ein Lagerhaus zur Verfügung haben für die notwendigen Vorräte, und zu diesem Zweck hätte man ein Magazin mieten müssen.

»Den Raum hätten wir eigentlich schon«, sagte er plötzlich, seine Darstellung unterbrechend.

»Wo?« fragte die Tante.

»Über deinem Pferdestall, da ist doch ein ausgezeichneter Getreidespeicher.«

»Das wußte ich nicht.«

»Macht nichts, die Hauptsache, wenn ich es weiß. Aber was nutzt uns das schon alles, sehr schade!«

»Aber hör mal, wegen so ein paar Groschen ist es doch nicht nötig, daß du dir dein Glück entgehen läßt.«

»Das ist es ja! Ich bin aber nicht der erste noch der letzte, der sich in dieser Lage befindet.«

»Warum gehst du nicht ins Getto, um dir dort was zu leihen?«

»Ausgezeichnet! Um mich von den Zinsen auffressen zu lassen!« Er betrachtete nun seine Tante von unten nach oben: »Jedoch, liebe Tante, wenn man's so bedenkt, soviel Geld wäre gar nicht nötig.«

»Aber du hast es nicht, und ich . . .«

»Und du?« Er unterbrach sie ängstlich, und sein Atem stockte ihm in einer Beklemmung, die beängstigender war als die eines Liebhabers, der auf das entscheidende Wort eines Mädchens wartet, dem er sich erklärte.

»Ja, und ich auch nicht!«

Sie zog ihn nicht auf, darüber war er nun sicher, sie sagte die Wahrheit, das war einem Schlaukopf wie ihm sofort erkennbar. Und jetzt hatte er sich nun mit allen Möglichkeiten in Gedanken geplagt, nur nicht mit dieser einen, daß sie kein Geld habe. Argia hatte nie einen Skudo auf die Seite getan, sie begnügte sich damit, ihren von Biberfels um Geld anzugehen, wenn sie die Gläubiger bezahlen mußte, sie hatte sogar, bevor der Neffe ankam, dies alles, weil es ihr zu lästig war, die Köchin besorgen lassen, die sich bei dieser Rechnungsbegleichung in drei Jahren, ohne sich sonderlich zu plagen, einen schönen Gemüsegarten zulegen konnte. Aber jetzt wurde Coniglio mannaro fürchterlich.

»Ach so? So richtest du dich ein, das ist deine ganze Wissenschaft, das gefällt mir! Wirklich ausgezeichnet! Du bist also nur gut, um deinen Freunden die Zeit totzuschlagen, zu tändeln und – aber das andere will ich nicht sagen. Und dann ...«

»Aber was soll ich denn schon tun, ich, eine unglückliche Frau in diesen Umständen!«

»Das fragst du mich? Ausgezeichnet! Hat man jemals etwas Ähnliches gehört, wirklich zum Platzen, so was! Aber hast du dir denn nie gesagt, du wirklich unglückliche Frau, hundertmal unglückliche Frau, was dir alles auf dieser Welt passieren kann? Dann hör mal zu. Nehmen wir an, daß dieser gewisse Freund, dieser Herr Offizier, plötzlich müde wird, immer nur Rindfleisch zu essen, er findet vielleicht eine Frau, die ihm besser gefällt, sind das so befremdliche Vorkommnisse? Du bist dick, er kriegt mal Lust auf eine Magere; du bist blond, er will jetzt mal eine Braune haben! Mit einem Wort, er läßt dich sitzen. Glaubst du etwa, die Gläubiger würden dann noch an der Tür mit dem Hut in der Hand erscheinen? Ich möchte, daß du dann mal diese Fressen sehen könntest, du würdest schon allein vor Angst sterben.«

Argia fühlte, wie die Angst ihr den Rücken heraufkroch, während Coniglio mannaro, unverhohlene Wut in seinen rotgeränderten Augen, den Zeigefinger hob und fortfuhr:

»Ich möchte dir schon wünschen, daß dieses bißchen Schönheit, wegen dessen du dich so aufblähst, den andern auch immer gefallen möge, oder daß eines guten Tages einer käme, der genau so wie der Offizier um deinetwillen das Geld so rauswirft, aber, frage ich dich: wirst du nicht allmählich alt? Du wirst mir jetzt wohl sagen, daß es bis dahin noch lang dauere. Aber du vergißt die Krankheiten, du unglückliche Frau! Die Pocken zum Beispiel. Du kriegst die Pocken und bleibst dein ganzes

Leben lang mit Löchern durchsiebt wie ein alter Schwamm, ohne einen Pfennig in der Tasche. Wozu taugst du dann noch? Für die Hunde!«

»Das ist alles wahr, Peppino, an die Pocken habe ich wirklich noch nicht gedacht.«

»Was sagte ich da gerade? Also daran hat die gute Frau noch nie gedacht! Hast du sie denn schon als kleines Mädchen gehabt?«

»Nein, Peppino, ich habe sie noch nicht als Mädchen gehabt!«

»Ja, dann kannst du sie kriegen wie jeder andere, es kommt alle Tage vor, na, du hast dir ja für diesen Fall wenigstens einen guten Namen bei den Leuten gemacht. Aber da hockst du in aller Seelenruhe in deinem Luxus drin, hebst derartig die Nase und hast dabei soviel Hirn wie eine Gans im Stall, die nicht weiß, warum sie fett wird. Sitzt da hoch zu Roß, im Wagen, gespreizt wie ein Pfau – weißt du, was die Leute von dir sagen? Die Schamlose, das ist noch der harmloseste und höflichste Ausdruck. Und hast du niemals etwas davon gehört«, er ließ bei den folgenden Worten die Stimme sinken, als teile er ihr ein fürchterliches Geheimnis mit, »daß diese Offiziere in ihrem weißen Dreß den Leuten hier ein Dorn im Auge sind? Ich kümmere mich nicht um diese Sachen, und ich weiß von nichts etwas, aber da gibt's Leute, die ins Feuer blasen, und die waren schon einmal am Ruder, wenn die nun zurückkehrten? Würden dich dann die Österreicher verteidigen? Die hätten wohl an andere Sachen zu denken, das kannst sogar du verstehen. Ich möchte dich mal gern sehen, wenn es eine Revolution gäbe, dann würdest du merken, wie gern dich die Leute haben. Und würde dich etwa der Baron verteidigen? Ihm wird zuerst der Kopf vor die Füße gelegt, da kannst du Gift drauf nehmen.«

»Ich verstehe, nur allzugut verstehe ich das alles, aber seine Geheimgesellschaft ist sehr mächtig«, rief Argia entsetzt aus und hielt sich an diesem Hoffnungsfaden, »der Baron Flaminio vermag sehr viel, er hat mich schon einmal beschützt, und er ist mir ein treuer Freund geblieben.«

»Weiß nichts davon! Nie was darüber gehört. Aber ich weiß, wie man über ihn auf der Straße redet, ich weiß, daß sie sagen, er stütze sich auf die Österreicher, die Regierung habe ihn schon einmal ausgewiesen: so ein Mann soll viel vermögen! Ich hörte nur sagen, daß er zur Zeit sehr wenig vermag und daß er mehr Wechsel im Umlauf hat als Kredit! Aber mich geht das nichts an, und ich will auch gar nichts davon wissen, ich weiß nämlich, daß du imstande bist, ihm alles wiederzuerzählen, denn du bist ja wie eine Gans, die kein Eigentum hat, nicht einmal die Federn am Leibe, denn die nimmt man ihr, um daraus Kissen und Decken zu machen, bevor man ihr den Hals umdreht.«

Argia war erledigt und verzweifelt, sie weinte. Coniglio mannaro schloß: »Du weinst? Du bringst mich zum Lachen! Und hast du nicht dein Leben lang gelacht? Warum lachst du nicht auch weiterhin, du bringst mich in Wut! Das muß ich dir schon sagen! Und all diese Reichtümer hier in deinem Haus! All dieser Luxuskram, dieser Klimbim, das dreht mir den Magen herum, jetzt paß mal auf, sehen wir mal alles nach, machen wir mal 'ne Aufstellung, was dabei herauskommt!«

Und er zog sie, indem er das sagte, durch die Salons und die Zimmer, mit seinen benagelten Schuhen über die Teppiche stampfend und ärgerlich mit den Füßen gegen die vergoldeten Möbel stoßend und sie mit den rauhen, ungewaschenen Händen berührend; fuhr über die Seide der bespannten Wände, stieß mit dem Finger auf die Bilder, das Silbergeschirr und die Nippessachen. Dabei machte er einen Überschlag und stellte fest, was alles das gekostet hatte, und er kratzte sich bei den Ausbrüchen seiner Wut seine Furunkel, so daß sie aufbrachen und bluteten und die Pracht seiner Tante da und dort rote Flecken davontrug.

»Da kannst du mal sehen, sieh mal hier, und das da, alles Sachen, die ein Heidengeld kosten, und wenn man sie verkauft, kriegt man nicht einmal ein Fünftel der Auslagen, so eine Schande! Nein, ich gehe!«

Und er ging wirklich erleichtert und zufriedengestellt, und zwar so sehr, daß er beim Hinausgehen die Füße noch höher schwang als sonst. Und als ihn dann später doch ein Zweifel ankam, ob er nicht eine Dummheit begangen habe oder diese Aufregung zumindest vielleicht überflüssig gewesen sei, sagte er so vor sich hin und mit lauter Stimme, derweil er in seinem schaukelnden Wägelchen einherfuhr:

»Blut ist kein Wasser, und gewisse Sachen kann ein Mann von Herz nicht herunterschlucken.«

Und so blieb er auf dem Anschlag, ohne sich mehr sehen zu lassen, bis schließlich die Tante ihn an einem Montag auf dem Marktplatz suchen ließ mit der Botschaft, sie habe ihm eine Neuigkeit, über die er sich freuen würde, mitzuteilen. Er ging hin, war jedoch sehr zurückhaltend. Argia Malvegoli hatte in der Zwischenzeit Baron Flaminio über das kaufmännische Talent ihres Neffen aufgeklärt, und durch ihn konnte sie nun Coniglio mannaro Zutritt beim Intendanten der österreichischen Truppen in der Festung verschaffen. Sie erwartete daher, daß er sie mit Freundlichkeiten überhäufe, aber sie hörte ihn nur sagen:

»Na ja, diesmal bist du wider Erwarten mal keine Gans gewesen.«

Sie stand derartig unter dem Einfluß des Neffen, daß sie vor Freude errötete, und er sagte roh:

»Aber ohne Geld ist da noch gar nichts getan, und ich habe keins.«

»Hier ist Geld«, sagte sie schüchtern und glücklich und zog aus ihrem

Busen ein Päckchen mit Banknoten und reichte es ihm, es war noch warm, »ich hoffe, daß es reicht, um anzufangen.«

Er zählte die Scheine und sagte:

»Ja, um anzufangen, kann's reichen, und wie hoch sind die Zinsen?«

»Es ist ohne Zinsen!«

»Was soll das heißen!«

»Es ist ein Geschenk«, sagte sie und wurde über und über rot, denn sie war immer noch die Argia von früher, und sie hatte die Frische der Scham in ihren Gefühlen bewahrt. Aber da setzte es eine Schelte, die noch schlimmer war als die erste: für wen sie ihn nehme, ob sie ihn beleidigen wolle, und ob sie glaube, daß er nicht wisse, auf welche Art und Weise sie das Geld verdiene, und ob sie sich einbilde, ihn auszuhalten und zum Kuppler zu machen. Sie weinte vor Scham und war trostlos; schließlich nahm er es doch an, nur, wie er sagte, damit sie zu weinen aufhöre und unter der Bedingung, daß dieses Geld einen Vorschuß auf seine Einkünfte darzustellen habe. Denn er hatte von dieser Stunde an die Sorge für die Hausverwaltung der Tante übernommen. Er stieg von jetzt ab nicht einmal mehr bis in die Küche, er ließ sich in einem kleinen Studio im Erdgeschoß nieder, wohin die Tante kam, wenn sie ihn sehen wollte. Und sie brachte ihm jedesmal eine Summe mit, die er dann in ein Buch eintrug und zum Getreidehandel benutzte. Mit der Zeit verbrachte nun Giuseppe Scacerni den größten Teil der Woche in der Stadt, er wohnte in einem Kämmerchen neben dem Studio, und die Tante ließ ihm zukommen, was er nur brauchte. Er war daran, ihr ein Vermögen zu verschaffen, ohne sich um das zu kümmern, was die Leute sagten, und auch nicht um das, was die Seinen im Haus an der Pappelbrücke dagegen einzuwenden hatten. Sein Vater hatte nur gesagt:

»Das nimmt mich nicht wunder.«

Doch Dosolina schrie über diesen Skandal, entlud sich in Zornesausbrüchen und war verzweifelt. Coniglio mannaro aber sagte nur:

»Ich bin immer ein guter Sohn gewesen, das müßt Ihr doch sagen, Mutter, und ich habe Euch nie Ungelegenheiten gemacht.«

»Aber jetzt um so mehr!«

»Diese Ungelegenheiten macht Ihr Euch selbst zurecht, aber das will gar nichts bedeuten, in Eurem Hause seid Ihr der Herr, außerhalb dieses Hauses bin ich der meine. Deshalb brauchen wir auch gar nicht soviel Worte zu verlieren; wenn Ihr mich nicht mehr im Hause haben wollt, dann geh ich eben fort. Aber, um es ganz deutlich auszudrücken: Ihr seht mich niemals wieder! Ich steh zu meinem Wort. Merkt Euch das!«

Die traurige Mutter hatte das mit Angst und Scham gehört, das war ja ein Erpressungsversuch. Gleichzeitig aber war sie ebenso unfähig, diese Drohung zu ertragen, wie er fähig, sie auszuführen. Und über diese Angelegenheit wurde im Haus an der Pappelbrücke nicht mehr gesprochen. Giuseppe Scacerni wurde indessen eifriger in seinen Besuchen, denn die schöne und hochmütige Cecilia erhitzte in ihm einen dunklen Gedanken, ein Verlangen, in dem sich die Begierde mit beleidigtem Groll mischte, mit jener Habsucht seiner Natur, in der sogar die Wollust noch geizig war.

Damals erschien sein Vorhaben noch als ungemein schwierig, denn die Rei hatte ihm ein ebenso kurzes wie entschlossenes Wort gesagt:

»Ich hab mir erzählen lassen, daß Sie nun der Zuhälter der Tante geworden sind, das freut mich für Sie!«

»So, so«, hatte er gegrinst, er spürte, wie ihm die Galle überlief.

»Das ist ein Handwerk, zu dem Sie sich eignen.«

»Warum?«

»Weil Sie eines Tages noch vor Habsucht platzen werden!«

»Was geht das Sie an, wenn ich platze?«

»Sie tun mir sozusagen leid.«

»Geben Sie acht, eines Tages brauch ich das Handwerk bei Ihnen!«

»Das ist stark!« staunte sie jetzt, »bei mir?«

»Ja, wenn Sie mal käuflich sind, möchte ich Sie nehmen, aber für fest!«

»Ach, ich Ärmste!« rief sie lachend aus.

Aber da gab es etwas in seinen Augen und in seiner Stimme, das ihr dieses Lachen verleidete. Er aber sagte:

»Und wenn wir schon gerade dabei sind, den Sack auszuleeren, Cecilia, dann sollen Sie jetzt auch wissen, daß ich Sie haben möchte mit Liebe oder mit Gewalt! Ich möchte Sie haben!«

»Dann mit Gewalt! Wenn Sie dazu imstande sind. Aber mit der Liebe ist es nichts! Armer Coniglio mannaro!«

Das war die Liebeserklärung des Guiseppe Scacerni.

Um die Tante bei guter Laune zu halten und sie immer zu erinnern, daß sie die Geliebte eines Soldaten sei, also eines unsicheren und beweglichen Menschen, sang er ihr jetzt häufig jenes Militärliedchen vor, mit dem sein Vater ihn, da er noch klein war, eingeschläfert hatte, und er war sogar zum Dichter geworden und hatte diesem Liedchen einige Zeilen angefügt:

»Ferrara, Ferrara, du herrliche Stadt,
Hier trinkt man, hier ißt man sich fröhlich und satt,
Hier ißt man und trinkt, küßt die Mädchen im Bett,
Bad diese, bald jene, sie sind alle so nett!
Tara, tarata, tara, tarata!«

Inzwischen war das Hin und Her der Mehl- und Getreidesäcke vor dem im Stall errichteten Lagerhaus nicht unbemerkt geblieben; das Quartier zwischen den Straßen San Guglielmo und le Pettegole zwischen Giovecca bis zur Piazza Nuova war in Bewegung, und die Gevatterinnen, Vetteln, Krämerinnen und Hausfrauen begannen zu murmeln, daß diese Schlampe, dieses skandalöse Weibsstück sich mit diesem ihrem würdigen Neffen ans Geschäftemachen begeben habe, und zwar sei sie nun eine Aufkäuferin von Getreide geworden und hungere das Volk aus. Aber das Gerücht beschränkte sich nicht auf dieses wohlhabende Quartier der neuen Stadt, sondern die Stimmen überquerten die Giovecca und brachten diese Nachricht in die Altstadt und in die krummen und bewegten Gassen, bis zum Voltapaletto. Und von dort lief das Gerücht zur Piazza delle Erbe, zum Markt also, und es lief und vergrößerte und verwirrte sich. Die Lebensmittelversorgung der Festung war natürlicherweise für die österreichischen Kommandanten in Ferrara und auch jenseits des Po ein Gegenstand ernster Sorge, denn die Pläne der Revolutionäre hatten immer auf diesen Punkt gezielt: die Festung durch Hunger zu nehmen. Im Volk erzählte man dagegen, daß die Österreicher bei irgendwelchen Aufständen sofort die Pomühlen aufs andere Ufer schaffen würden, und so könnten sie Ferrara aushungern. Diese Angst lag in uralten Vorstellungen begründet. Die Abneigung, die sich nun gegen die Getreideaufkäufer erhob, wurde von Tag zu Tag schärfer und wütender, denn man hatte den Verdacht, daß sie das Getreide gegen die Vorschriften der Regierung auf die andere Seite des Po schafften; und in der Tat hatte sich der Schmuggel zum großen Zorn des Volkes dieser Sache angenommen, so daß die provisorische Regierung vom Jahre 1831 nicht einmal die Hälfte ihrer so kurzen Lebenszeit verbracht hatte, als es schon Gärungen gab gegen diese Erlaubnis der Liberalen, Getreide aus dem Staate ausführen zu dürfen. Und jetzt sagte man, daß diese Lebensmittelversorgung der Festung nur eine Finte sei, um ungeheure Schmuggelgeschäfte zu verdecken, und daß dieses Weib und Coniglio mannaro nur Strohmänner hochgestellter Personen seien, die sich zu solchen Geschäften hergäben, um sich am Hunger der Ferrareser zu bereichern. Auch Coniglio mannaro begann nun, sich einer recht unangenehmen Bekanntheit zu erfreuen; er war sogar bekannter, als er selber für möglich gehalten hätte, so vorsichtig er sich auch zurückhielt. Und eines Abends sausten ihm ein paar Stöcke über die Schultern.

Der österreichische Liebhaber hatte seit einiger Zeit angefangen, Argia langweilig zu finden, und er hielt sie nur noch aus Gewohnheit. Es blieb ihm noch ein gewisser Spaß, wenn er sie weise daherreden hörte vom »Gleichgewicht« oder vom »europäischen Konzert«, von der »Verteidigung von Thron und Altar« und der »revolutionären Hydra«. Alles Überbleibsel aus dem Phrasenschatz des Barons. Auch sie hätte über diese Dinge noch weitläufiger daherreden können und sogar mit derselben Würde, wenn sie des Lesens kundig gewesen wäre. Da gab es zum Beispiel die »Stimme der Wahrheit« des Herzogs von Modena, aber Argia war immer zum Lesenlernen zu träge gewesen. Sie war zufrieden, daß Coniglio mannaro ihr das Rechnungsbuch in gutem Stande hielt und sie reich machte, und das besorgte er, ohne deswegen das Ausschreiben der Rechnungen im Haus an der Pappelbrücke zu vernachlässigen. Wenn man gerecht sein will, bei all seinen zahlreichen Fehlern und Lastern: auf diesem Gebiete vernachlässigte er nichts. Wenn Lazzaro ihn nur über diese kleinen Zeichen und Ziffern gebeugt sitzen sah, bekam er schon Kopfweh, aber auch er sah ein, daß diese Verrichtung nützlich war.

»Seid Ihr das, Vater«, hörte er dann eines Tages plötzlich den Sohn fragen, »seid Ihr derselbe Lazzaro Scacerni, der aus den Händen des Ezechiel Annobon (es folgte das Jahr, der Monat und der Tag) das vom Hauptmann Maurelio Mazzacorati, der in Rußland im Jahre 1812 verstarb, hinterlegte Wertpaket einzog?«

»Aber das ist der Tag der Auferstehung der Toten!« rief Lazzaro aus.

»Ezechiel Annobon ist erst vor wenigen Jahren gestorben.«

»Dann ist er ja über hundert Jahre alt geworden!«

»Jawohl, Ihr seid also ebenderselbe?«

»Wie hast du denn das rausgekriegt?«

»Von den Söhnen des Ezechiel. Ich steh mit ihnen in geschäftlicher Verbindung.«

»Ich kann dir nur das eine sagen: Vorsicht!«

»Warum?«

»Ein so genaues Gedächtnis verrät große Arglist.«

»Ihr bleibt doch immer derselbe! Sie haben Eure Quittung zwischen den Papieren des Vaters gefunden, das ist alles.«

»Schon gut, dem Vater traute ich, aber ich würde mich niemals den Söhnen anvertrauen, ein solches Gedächtnis kann zu allerlei verlocken.«

»Ein bösartiger Mensch möchte sagen, daß Ihr Angst hättet.«

»Warum sollte ich Angst haben? . . . Aber, was machen diese Söhne?«

»Sie sind Geldverleiher.«

»Ah, Wucherer?«

»Bankleute! Ihr könnt eben gewisse Dinge nicht verstehen.«

»Will's auch gar nicht.«

»Ihr habt also diesen Maurelio Mazzacorati, der da in Rußland umkam, gekannt?«

»Und wenn's so wäre?«

»Tja, dann möchte ich glauben, daß Ihr ihn umgebracht habt.«

»Sehr nett, wie du von deinem Vater denkst!«

»Aber das fällt ja unter die Verjährung.«

»Was heißt denn das schon wieder!«

Coniglio mannaro erklärte es ihm, Lazzaro sagte:

»Mir scheint, ein Mann mit Gewissen kann sich mit so einer Verjährung nicht abfinden. Und wie seltsam, hat das Gesetz denn ein kürzeres Gedächtnis als die Wucherer?«

»Hör auf, Bankleute!«

»Aber das Gewissen hat ein noch besseres und längeres Gedächtnis als diese deine Bankleute.«

»Mag sein, in jedem Fall geht das ja nur Euch an.«

»Das will ich meinen!«

Aber dieses Heraufsteigen des Vergangenen machte zu vielerlei Dinge wieder lebendig, und es gelang ihm nicht, das Gespräch hier abzubrechen.

»Eines Tages könnte ich dir erzählen, wie das damals mit dem armen Hauptmann sich verhielt. Es war da ein Fluß, da droben, wo es passierte, er hieß der Vop . . .«

»Das muß ja eine kuriose Geschichte sein.«

Wie denn, ein Sohn fand kein anderes Wort, als ihm diesen Verdacht auszusprechen? Und in einem Aufleuchten der Erinnerung sah er diesen selben Verdacht in den Augen des toten Annobon, und so viele vergessene Gedanken entzündeten sich daran. Die Zeit heilt alles und zerstört auch alles, sogar jenen Unwillen, den er damals empfand, für einen Mörder gehalten zu werden. Er fühlte sich nun von den Jahren gesättigt, wenn er auch noch nicht sehr alt war, die Gesundheit hatte sich gebessert und ihm neuen Mut gegeben, denn er war nun vom Fieber geheilt und litt nicht mehr daran.

III Um sich ein Urteil über das Pontifikat Gregors XVI. zu bilden, wäre es weder gerecht noch der Wahrheit entsprechend, sich nur auf die Äußerungen des zeitgenössischen Hasses und die Karikatur zu verlassen. Soweit aber seine Regierungszeit unsere Erzählung berührt, erscheint seine Politik in den düstersten Aspekten. In den zehn Jahren vor 1845 geriet die Regierung Gregors in Wirrnisse und Drangsale, die noch durch eine außerordentlich schlechte Ernte vermehrt wurden. Das Brot war knapp und teuer geworden, und im ganzen Staat gab es Tumulte. Was Ferrara anging, so beschuldigten auch hier die Liberalen die

Gregorianer, diese allgemeine Unordnung zu unterstützen und die Teuerung zu begünstigen, um die erregten Volksmassen gegen die Liberalen zu hetzen und sie auszurotten in einer Bartholomäusnacht, wie sie Virginio Alpi gepredigt hatte. Und die Reaktionäre wiederum beschuldigten die Liberalen derselben blutrünstigen Umtriebe. Zu gleicher Zeit wiederholte und verbreitete sich im Volk die abergläubische Furcht, daß die erste Wirkung, die von einer liberalen Regierung ausgehe, durch den freien Getreidehandel verursacht, Teuerung und Hunger sei. Und das Volk fügte zu seinen Vermutungen noch hinzu, daß die großen Tiere, von welcher Partei sie auch seien, nach Kräften den Kornschmuggel betrieben und unter einer Decke mit den Zollbeamten steckten.

Die österreichische Militärintendanz kaufte in Ferrara wirklich viel Getreide auf. In den guten Zeiten pflegte das Volk nun zu sagen, daß sich an diesem Handel die Kaufleute fett machten, wie eben die Unwissenheit und der Neid der kleinen Leute zu urteilen pflegen. In dürftigen Zeiten dagegen war dann gleich das Wort vom Aushungern zur Hand. Die päpstlichen Behörden förderten, da sie zu einer Politik der Schwäche verurteilt waren und die Österreicher gerade einmal nicht brauchten, diese Gerüchte und Meinungen und überhaupt alles, was die Österreicher verhaßt machen konnte, um so mehr als sie gleichzeitig die Liberalen beschuldigen und in Mißkredit bringen konnten und zugleich auch jene österreichfreundlichen Elemente wie zum Beispiel den Baron Flaminio; und wenn nun auch die Ferdinandea nur wenig mehr bedeutete als eine Flausenmaschine innerhalb einer so erbärmlichen Versammlung von mittelmäßigen Köpfen: in der Phantasie der Leute konnte sie schnell eine Verschwörung von Kornankäufern werden, die aus Gewinnsucht und aus provokatorischem Treiben heraus dem Volke den Hunger auferlegten. Und da hatte nun der Baron Flaminio, um sich lieb Kind in der Festung zu machen, die Getreidelieferung begünstigt, indem er diesem fleißigen und pünktlichen Guiseppe Scacerni seine Protektion zugewandt hatte – jedermann kannte ihn ja, Coniglio mannaro, diesen abscheulichen Scherz der Natur, so sagten die Leute, dem die Fäulnis seiner Gedanken Blut und Haut mit Geschwüren überzog, diesen vom Land dahergelaufenen Wicht, der an der Teuerung verdienen wollte, diesen Blutsauger des Volkes. Und Baron Flaminio merkte bald, wie der Wind auch gegen ihn selber anpfiff. Da starb, Anfang des Jahres 1846, sein Franz IV., der Herzog von Modena, der große Feind der Liberalen und die Hoffnung und der Schutz der Legitimisten.

Um die Mitte des Jahres starb der Papst Gregor, dann kam die Zeit des Konklaves, eine Zeit der Ungewißheit für viele, aber sie war kurz. Und während Baron Flaminio seine Vermutungen über den neuen Papst anstellte und der allgemeinen Enttäuschung der Reaktionäre nachgrübelte, die sich einen Papst Lambruschini erhofft hatten, statt dieses unbekannten Mastai-Ferretti, sah er plötzlich Virginio Alpi vor sich stehen. Er war als Barfüßermönch verkleidet und schwitzte; der Baron dachte, daß der Ankömmling nur deshalb so ausgesprochen übler Laune sei, weil ihm die Kutte zu warm geworden sei; es war zur Zeit der Hundstage. Auf jeden Fall war er noch düsterer als gewöhnlich, und er hatte noch kaum seinen Gruß vorgebracht, als er auch schon daranging, zwei Pistolen und seinen Stockdegen abzulegen, die er unter der Kutte verborgen gehalten hatte. Da der Baron sah, daß der andere es sich ohne seine Aufforderung bequem machte, sagte er:

»Tun Sie, als ob Sie zu Hause wären.«

Alpi dankte, wenn man das so nennen kann, er brachte einen grunzenden Laut hervor, und der Baron, um eine gewisse Verlegenheit über soviel unverschämtes Benehmen zu überwinden und überhaupt, um etwas zu sagen, fuhr fort: »Übrigens, was sagen Sie zu dem neuerwählten Papst?«

Alpi antwortete nicht, die Galle stand ihm dick im Körper und verhinderte ihn am Reden. Doch der Baron bemerkte es nicht und fuhr fort:

»Sie müssen ihn ja gut kennen, er war ja Erzbischof von Imola, im übrigen weiß man im Augenblick noch wenig.«

»Oh, man weiß schon was«, stieß Alpi, grüner als sonst, hervor, und machte sogleich eine obszöne Bemerkung, »ich kenne ihn hinreichend, um sagen zu können, daß er ein weiches Herz hat, Weichkäse sozusagen, und daß er niemals ›Exzesse‹ der Gregorianer in Imola gutheißen wird. Die Exzesse der Gregorianer! Wir können uns auf das Schlimmste gefaßt machen von diesem Pius IX. Und da möchte ich Sie fragen, wären Sie bereit als aufrichtiger Freund, mich bei den Österreichern zu empfehlen? Sie erfreuen sich ja so großer Achtung drüben jenseits des Po.«

»Ja, was wären Sie denn bereit zu tun?«

»Nun was schon! Alles mögliche, ich mach den Agenten, den Spion, den Mörder, den Henker, glauben Sie, daß es jetzt die richtige Stunde wäre, um zimperlich zu sein? Und dann, ich hätte noch einmal die Gelegenheit, diese feigen Hunde in die Finger zu kriegen. Haben Sie genügend Kredit da drüben, um einen Henker zu empfehlen?«

Bei diesen sarkastischen Worten mußte Baron Flaminio daran denken, daß das ja ein schöner Anlaß sei, seinen Kredit zu erproben, das war ein reizender Auftrag, nachdem man nun einunddreißig Jahre gebraucht hatte, um diesen Kredit zu erwerben. Aber so weit war man nun gekommen, und dieser eiskalte, wahnwitzige Kopf sah's schon richtig, als er jetzt fortfuhr:

»Ich hab meinerseits soviel menschliche Bälge durchritzt und durchstochen, daß man mir ganz bestimmt bei der nächsten Gelegenheit dasselbe antut. Aber auch Sie brauchen sich gar nicht so in Sicherheit zu wiegen, weil Sie Politik und Polizeidienste mit Handschuhen betrieben haben; hohe Politik, niedrige Verrichtungen, Sie und ich müssen auf dieselbe Weise dran glauben, und diese Pfaffenregierung wird sich einen Ast lachen, Sie werden ja sehen, wie sie sich die Hände reiben werden, wenn sie wenigstens von ihren Freunden erlöst sind. Und dann, denken Sie dran, daß Ihre Ferdinandea keinen Pfifferling wert ist, aber um Sie verhaßt zu machen, ist der Name schon hinreichend.«

So geschah es, daß der Baron Flaminio den österreichischen Autoritäten Virginio Alpi empfahl. Was nun die Absichten des neuen Papstes anging, so äußerten sie sich noch gefährlicher, als die beiden es vorausgesehen und gefürchtet hatten. Einen Monat nach der Erwählung, wenige Tage nach diesem Zwiegespräch, wurde eine Amnestie für die politisch Verurteilten und des Landes Verwiesenen und überhaupt Verdächtige veröffentlicht. Das war am 16. Juli 1846 und bedeutete die erste Tat eines toleranten und liberalen Papstes, der damit ein Experiment machte, und es wurde daraus eine der grundlegenden Erfahrungen, die in dem großen Drama von 1848 die neue Geschichte Italiens einleiteten. Es sind nun neunzig Jahre verflossen, aber es genügt, nur den Namen Pius' IX. zu erwähnen, und ein Italiener hat sofort wieder den lebendigen Geist in sich, der die Gemüter in jener ersten Zeit seines Pontifikates durchglühte. Aber in den Gemütern jener, die sich damals nun mehr denn je als Gregorianer verhielten, in jener Verwirrung ihrer ausweglosen Katastrophe, in diesem angstvollen Staunen wuchs der Haß schließlich zum Delirium an, und die düstere Seele des Virginio Alpi übertrumpfte sie alle. Die Geschichte dieses Hasses, wenn man sie Geschichte nennen könnte, ist in Schmähschriften und Dokumenten begraben wie die Menschen, die damals in diesem Haß untergingen, denn der gregorianische Haß wurde ebenso gewalttätig wie die Liebe der »Piianer«.

Die Ernte jenes Jahres war nun noch schlechter ausgefallen als die des vorhergehenden, das Brot stieg noch höher im Preis, und der Herbst verkündigte einen bitterbösen Winter. Die Bauern hatten Angst vor dem kommenden Hunger und versteckten das Korn, die Leute aus der Stadt aber begannen, Magazine zu plündern, oder man forderte, Untersuchungen anzustellen über die Gründe der Teuerung. Alle schrien nach Tarifen, Höchstpreisen, Verkaufsverboten.

Im Herbst 1846 tobte Alpi überall in der Romagna, in der Mark, in Umbrien und sogar in Rom, wo ihn nur die Konventikel der racheschnaubenden Gregorianer oder die schlimme Stimmung im Volke hinriefen. Es gab sogar geistliche Bruderschaften, in denen sich der Widerstand gegen die hohen Würdenträger der Kirche ankündigte und die sich Alpis bedienten. Und man begann sogar an verschiedenen Stellen, von den Kanzeln herab gegen den Papst zu predigen. Alpi fand in seiner Bordellsprache keine hinreichenden Beschimpfungen, und er stützte sich immer auf das Argument, wenn man ein Blutbad unter den Liberalen anrichte, müsse es entweder gelingen oder, mißlänge es, würde ein solches Gemetzel eine Erschütterung im Kirchenstaate herbeiführen, daß Pius IX. genötigt wäre, die Österreicher herbeizurufen, um die Ordnung wiederherzustellen. Und wenn sie diesmal auf päpstliches Gebiet eingedrungen wären, so würden sie zumindest aus den Legationen nicht mehr hinausgehen, dann hätte »dieser« Henker von einem Mastai seine Lektion erhalten.

Zu Alpi hielten überdies noch die Überreste der alten sanfedistischen Hefe, die Schmuggler und die Verbrecher überhaupt, die er in früheren Zeiten, als er sich mit Drohungen und Intrigen in sämtliche öffentlichen Ämter der Romagna eingeschlichen, unter seinen persönlichen Schutz genommen hatte. Und ob er sich nun mehr Kredit verschaffen wollte oder ob es nur einer höhnischen Laune entsprang, er hatte angefangen, sich als Cavaliere aus dem Orden des heiligen Sylvester auszugeben und sich Graf zu nennen.

Zu Ferrara spitzte sich trotz der allgemeinen Ruhe, in der die Stadt sich befand, die Frage der Getreideversorgung zu durch die österreichischen Ankäufe. Man sagte es Coniglio mannaro ins Gesicht, daß der neue Papst in Kürze die Österreicher aus der Festung ausquartieren werde und daß damit das Schlaraffenland für all die ein Ende habe, die das Brot verteuerten, indem sie das Getreide an die Österreicher und Kroaten verhandelten.

Er hatte sich darüber mit Baron Flaminio unterhalten, und der hatte ihm die Geschichte vom Esel erzählt, dessen Gebrüll nicht in den Himmel reiche; er solle gar nicht auf dieses Getuschel der Leute hören, und Alpi hatte den Ängstlichen gefragt, ob er die Fabel von den Fröschen kenne, die für ihren König ein Szepter haben wollten, sich aber nicht mit einem einfachen Stäbchen begnügten und ihm deshalb zu diesem Zwecke eine Natter reichten: bald würden auch die Ferraresen die Natter kennenlernen, genau wie die Frösche, die Natter mit den zwei Köpfen.

Aber auch der Baron begann schon, wenn er über die Straße schritt, dicht an der Mauer vorbeizugehen, er ließ sich nur selten noch draußen blicken, und er nahm eine so seltsam vorsichtige und spitze Miene an, daß es Coniglio mannaro, der nach und nach etwas von der Politik zu verstehen glaubte, zu denken gab. Er pflegte immer zu sagen:

»Ich bin ein galantuomo, der seinen Geschäften nachgeht.«

Die Marktleute grinsten ihm ins Gesicht, das war ihre Antwort. Und der Baron setzte ihm unter vier Augen seine Theorie über den guten Staat auseinander.

»Eine gute Regierung ist überall dort, wo einer in der Öffentlichkeit kommandiert, zu Hause aber jeder sein eigener Herr ist. Eine schlechte Regierung, wo jedermann draußen kommandiert und dazu noch in den Häusern der andern.«

»Wieso in den Häusern der andern?« fragte Coniglio mannaro und reckte die Ohren, daß er nun doch fast wie ein Wolf aussah.

»Nun, mein Guter, Sie haben schon verstanden.«

»Nein wirklich, ich habe gar nichts verstanden.«

Coniglio mannaro hatte wirklich eine solche Angst, sich von irgend jemandem bedroht zu sehen, daß er es wie der Vogel Strauß machte. Aber wer sollte ihn denn bedrohen? Das Schicksal, der Marktplatz und die Politik, alle und niemand. Doch das steigerte nur die Angst, und der Baron bestand auf seiner Meinung.

»Sie haben mich sehr gut verstanden, Sie mit Ihrer großen Schuhnummer und dem feinen Gehirn! Was würden Sie sagen, wenn man Ihnen in Ihr Magazin käme, um . . .«

»Um zu stehlen?«

»Das wäre noch nicht so schlimm! Nein, um Ihnen zu sagen, wieviel hast du auf Lager, wieviel hast du nicht, kaufe hier, verkaufe dort, kauf das Getreide zu soviel und verkaufe es zu soviel. Verkauf ans Volk, und mit der Festung wirst du keine Geschäfte mehr machen. Was würden Sie sagen?«

»Das Volk ist eine Bestie!«

»Sehr gut geurteilt. Aber genau das, was ich Ihnen da sagte, will das Volk. Und wenn es seinen Willen dem Handel und Wandel aufdrücken kann, so heißt das: wir haben die Freiheit, wir haben eine gute Regierung! Denn es klatscht Beifall jeder Partei, die ihm solche Praktiken erlaubt.«

»Lieber stecke ich das Magazin in Brand.«

»Ein heroisches Rezept!«

»Gäbs denn gar keine andere Möglichkeit?«

»Gewiß, das gibt's schon, und zwar ist das eine Regierung, die niemals dem Pferd die Zügel auf dem Hals liegen läßt. Freiheit in allen Stücken, wo sie gerecht ist und am Platz. Einer für alle, überall da, wo es sich um das Wohl aller handelt, und jeder für sich, wenn es sich um jeden einzelnen dreht. Aber genau das Gegenteil tut unsere jetzige Regierung, und genau das Gegenteil davon würden die Liberalen tun: wir dürfen es weder mit dieser noch mit jener Partei halten, und Ihr Magazin ist in Sicherheit.«

»Aber unter welcher Regierung ist es in Sicherheit, sagen Sie mir das, und ich gehe sie suchen und wär's bis nach Dänemark.«

»Genügt es denn nicht, einen kleinen Ausflug bis zum Brückenkopf von Santa Maria Maddalena zu machen?«

Dies Dorf lag an der Brücke von Lagoscuro und war österreichisch, und wie alle Wasser zum Meere fließen, so gingen auch alle Gedanken des Barons in die Richtung auf Österreich. Dort gedieh der Handel, dort hatte man eine gute Verwaltung, dort gab's gestrenge, aber nicht quälerische Polizei, gute Gesetze und nicht zu viele, aber sie wurden gehalten, kurzum ein Schlaraffenland, wenn man ihn hörte.

»Man sagt, daß der neue Papst gut und weise sei«, brachte Coniglio mannaro vor, schüchtern und voll Zweifels.

»Da wäre es schon nötig, daß sich das Wort des Herrgotts bewahrheite und er den Kindern das offenbare, was den Weisen verborgen ist. Das ist ein ehrwürdiges Wort, ein anbetungswürdiges, ein göttliches Wort. Aber es verwirklicht sich nicht in diesen zeitlichen Umständen, es gilt nicht für die Politik dieser niedern Welt«, so orakelte Baron Flaminio, »die Politik ist leider Gottes seit den Tagen der Erbsünde eine Angelegenheit erwachsener Menschen. Und dieser Papst wird das noch einmal erfahren müssen, denn er ist zu fromm.«

»Entschuldigen Sie, Herr Baron, aber ich verstehe Sie nicht.«

»Das möchte wohl wahr sein.«

»Ich sage so: wenn der Papst gut ist, dann muß er wollen, daß in dem Magazin, das der Tante gehört, kein anderer kommandiert als . . .«

»Die Tante?«

»Als ich! Ich möchte nämlich sagen, daß ich die Interessen der Tante wahrnehme, hab ich recht? So will es die Tante, und ihr gehört doch alles; also . . .«

»Ganz richtig so.«

Inzwischen wuchsen die Bitterkeiten des Barons Flaminio an, sie kamen ihm aus den Reformen Pius' IX. und den Hoffnungen Italiens, das sich an jenem einzigartigen Ausgang des Jahres 1846 und zu Anfang 1847 in einer allgemeinen Begeisterung befand, die geradezu sprichwörtlich wurde: alles überstrahlte die Freiheit der Presse, überall gab es Prophezeiungen, Bankette und Kongresse, neue administrative Einrichtungen und alte Reformen. Es regnete Pläne und Entwürfe in dieser Geburtsstunde Italiens, und allüberall herrschte eine so großzügige Einmütigkeit und ein so menschenfreundlicher Enthusiasmus, daß davon die Gemüter nicht nur Italiens, sondern Europas, ja der ganzen Welt erschüttert wurden. Damals sah man den Gesandten des Sultans nach Rom kommen, als ob sich die Königin von Saba aufs neue den König Salomon zu begrüßen anschickte.

Es war die Zeit der Begeisterung und der großen Einfälle, und wenn man das italienische Risorgimento mit einem Kunstwerk vergleichen will, so muß man sagen, eine solche Zeit ist festlich, ist glorreich, hat aber auch die Tage und leider sogar die Stunden gezählt. Es galt noch andere Drangsale und Qualen und Nöte zu erkennen, zu durchleiden und zu überwinden, alles der Preis, der für ein Kunstwerk gezahlt werden muß. Eine solche Zeit wie jene ist notwendig. So wird die Liebe in einem einzigen Blick der Augen geboren, und wie sehr auch zwei Menschen und zwei Schicksale unauflöslich bis zum Tode aneinandergebunden werden, es wäre nicht der Fall ohne diesen einzigen Blick. In diesem Abschluß einer Epoche verliebte sich Italien in die Italiener, und so bekam es seine Jugend wieder.

Man feierte also patriotische Feste, sammelte Unterschriften für die Amnestierten, und bei Jahresende flammte auf den Gipfeln des Apennins das große Freudenfeuer, um den Steinwurf des Balilla zu feiern; Mameli schrieb seinen Hymnus, Garibaldi dachte jenseits des Ozeans daran, sich einzuschiffen, und es gab den Augenblick, da sich die Seelen von Mazzini und Karl Albert in den gleichen Gefühlen vereinigen konnten.

Der Liebhaber der Argia Malvegoli, Freiherr von Biberfels, war, während diese Dinge geschahen und andere sich vorbereiteten, von Ferrara fortgereist und hatte sie allein gelassen. Aber sie lebte nun friedlich dahin, denn der Neffe hatte es verstanden, das Geld bei den Söhnen von Ezechiel Annobon auf Zinsen anzulegen, und es war schon ein ganz hübsches Sümmchen. Und sie war zufrieden, daß sie nun einige Zeit Ruhe hatte. Und sie malte sich mit Sehnsucht aus, wie sie in den nächsten Monaten in die Sommerfrische gehen würde; sie wagte zwar noch nicht, ihrem Neffen und Beschützer davon zu erzählen, denn in puncto Luxusausgaben war mit ihm nichts zu machen, und er wurde dann noch schlimmer als ein Werwolf. Um so mehr erging sie sich in ihren Phantasien und stellte sich die frühen Morgenstunden auf dem Lande vor, wenn sie gut ausgeschlafen sein würde, sie dachte an die besternten Nächte und den Vollmond, wenn die Nachtigall im Gebüsch sang, sie würde das langsame Muhen aus den Ställen hören; dann könnte sie zuschauen, wenn die Bauern arbeiteten; sie ginge in den Hühnerstall und besähe sich überhaupt alles, was zum ländlichen Leben gehört. Schon allein, wenn sie daran dachte, verjüngte sie sich und wurde weich: wenn nur dieser Neffe nicht so mürrisch wäre. Aber man kann nun nicht alles auf dieser Welt haben; wenn er jetzt nicht wäre, nachdem von Biberfels abgereist war, so hätte sie sich nach jemand umsehen müssen, um sich ihm fürs tägliche Brot zu verkaufen. So aber, und das verdankte sie ihm allein, konnte sie zeitig zu Bett gehen und spät aufstehen und sich in der angenehmsten Langeweile rekeln, konnte sich ausstrecken und wieder noch einmal herumdrehen in dem durchwühlten Bett, ganz ohne Sorge. Kurzum, sie konnte die Dame spielen und war so frei, daß ihr manchmal der Gedanke kam, wenn jetzt bei dieser Amnestie, die den Baron Flaminio so verstimmte, der Giaurro hier nach Ferrara zurückfände, wer weiß? er war ja ihre erste Liebe gewesen, und die vergißt man denn doch nicht.

Der Giaurro kehrte zurück. Sie erkannte ihn wieder, aber man hatte ihn ihr zeigen müssen. O Elend! Sie hatte ganz vergessen, daß auch für ihn so viele Jahre dahingegangen waren; schon damals, als er fort mußte, gehörte er nicht mehr zu den Jüngsten. Er kehrte als ein alter Mann zurück, ein Wrack. Und so mußte sie ihr Herz besänftigen, und ihre Gedanken hingen wieder dem Landleben nach.

IV

Unter den ersten, die auf dem Markt zu erscheinen pflegten, war stets Coniglio mannaro; er war ein solcher Frühaufsteher, daß er, um sich die Zeit zu vertreiben, auf dem Marktplatz umherging und auch die alte Lumpenhändlerin unter der Loggia an der Seite des Domes zu besuchen pflegte, wenn sie die Flügelfenster ihres Verschlages öffnete und von drinnen ihr gieriges Auge, ihre vorspringende Nase und das Kinn gegen die Leute auf dem Marktplatz raublüstern vorreckte und so einer Spinne glich, die auf die Mücken wartet. Und da gab es die Gemüseverkäufer, deren Söhne und Gehilfen die Gestelle, die Sonnendächer und Tische aufstellten, wo dann die Gemüse und die Früchte der Jahreszeit ausgebreitet wurden; und da gab's die Bauern und Gemüsezüchter, die mit ihren Karren und Wagen ankamen mit ihrer frischen und farbenprächtigen Last; und da gab's die Marktdiener, die von einem Stand zum andern schlenderten, um hier Hand anzulegen und dort ein Geschäft vorzuschlagen, eine Nachricht zu übermitteln, kurzum Leutchen, deren Beruf zwischen dem des Lastträgers und des Maklers lag, immer auf der Jagd nach Trinkgeldern. Und da gab's endlich auch den Platzwächter, der die Nacht auf den Körben und Gestellen verbracht hatte. Und wenn er dann aus der Richtung von San Romano, aus jener Altstadtgegend also, wo der größte Teil der Marktweiber wohnte, die letzten Nachzügler herankommen sah, dann erhob er sich und ging schlafen.

Und jetzt öffneten auch allmählich die wohlhabenden Geschäftsleute ihre Läden, und die alte Lumpenverkäuferin wandte dann ihren Rücken dem Eingang zu, um so den Hintergrund der Bude zu verbergen; und sie zog aus geheimen Fächern die Baiocchi, die Lire und den Skudo hervor, was alles sie für einen oder zwei Tage zu verleihen pflegte, selten für eine ganze Woche. Die Zinsen, die sie verlangte, wären ihren Kunden, hätten sie rechnen können, erstaunlich hoch vorgekommen; in der Regel verlieh sie nur kleine Summen und für kurze Zeit, rechnen konnte auch sie nicht, wenigstens nicht auf dem Papier, aber da sie die zwei Säckchen, in dem einen das Kapital und in dem andern die Früchte desselben, säuberlich getrennt hielt, so konnte sie den Gewinn auf diese einfache Weise feststellen.

Die Leute zogen sie manchmal mit allerlei Neckereien auf, wenn sie ihr aber im Ernst Vorwürfe machten und sie mit ihrem Wucher zur Hölle schickten, dann schlich die Alte in das blinde Dunkel ihrer Bude zurück, und auf der Schwelle bemerkte man nur das bösartige Funkeln ihrer Augen, so daß man an eine Katze dachte, und sie antwortete dann:

»Meine Seele geht euch ebensowenig an wie mich die eure, und in der Hölle ist Platz für alle.«

Coniglio mannaro machte die Runde an den Ständen, um sich nach den Preisen des Tages zu erkundigen und die ausgelegte Ware zu schätzen.

Dann kamen die Österreicher aus der Festung mit ihren Wagen, um die Lebensmittel einzukaufen: Gemüse, Speck, Schmalz, Fleisch; sie waren Kunden, die gut kauften und zahlten, und als solche waren sie von den Marktleuten gern gesehen, und der Groll der Menge, wenn er sich schon einmal entlud, richtete sich nur gegen die, welche die Belieferung der Garnison gepachtet hatten, besonders aber gegen die Getreidehändler. Daß diese Leute jenseits der Alpen geboren waren, konnte man ihnen nicht gut als Schuld anrechnen, auch sie mußten ja essen; jene Ferraresen aber, die das Brot verteuerten, das waren die Feinde der Menschen, und von diesem Monat an sagte man sogar: Feinde des Vaterlandes und Italiens. Coniglio mannaro war in dieser Hinsicht harthörig, aber er empfand eine ungewöhnliche Erregung und Unruhe bei diesen neuen Wörtern, die im Jahre 1848 immer häufiger wurden und sich verstärkten mit der wachsenden Popularität Pius' IX. Mehrmals war er versucht zu sagen:

»Vaterland? Nennt's ruhig Neid!«

Aber dann tauchten gewisse harte Gesichter auf, das waren Liberale, und bei deren Anblick war er versucht, den Mund zu halten und seinen

Zorn hinunterzuschlucken. Die Österreicher kamen also, um die Lebensmittel einzukaufen, und waren von bewaffneten Patrouillen begleitet. Ihre schnurrbärtigen Gesichter waren streng, und sie ließen die Absätze auf dem Platze widerhallen, während die Sergeanten mit ihren Kommandos die Luft zerrissen. Die Leute drängten sich, um mit Zorn und Mißvergnügen und ironischen Bemerkungen dem Schauspiel beizuwohnen, und je mehr diese ihre Mienen verdüsterten, forderte das Volk sie mit den Augen und seinem ganzen Gehaben heraus. Die Garnison war mit neuen Truppen verstärkt worden: mit Böhmen, Kroaten und überhaupt mit Leuten, die sehr seltsam aussahen und von Italien nichts wußten und auf die Italiener nicht gut zu sprechen waren.

Die Patrioten, welche die Straßen erfüllten und in den Cafés herumsaßen, empfanden das als eine Herausforderung des öffentlichen Gefühls, sie sagten, das sei eine Unverschämtheit, die nicht gut enden würde. Und wer militärische Kenntnisse hatte oder sich schmeichelte, sie zu haben, sprach über das Thema, und man hörte ihm eifrig zu: auf welche Weise die Festung erobert werden könnte. Im allgemeinen schloß man die Möglichkeit, sie mit Gewalt zu nehmen, aus, und zwar aus dem guten Grund, weil die drinnen in der Übermacht waren hinter ihren geladenen und ausgerichteten Kanonen. Und man kam überein, daß man die Festung belagern und durch Hunger nehmen müsse.

Von Tag zu Tag wurde diese Frage der Verproviantierung dringlicher und für das Volk eine geradezu politische Angelegenheit. Und alle Patrioten begannen eifrigst mit der Bildung von nationalen Streitkräften und Bürgerwachen, um eines Tages diese ekelhafte Festung belagern zu können.

Coniglio mannaro wohnte an einem dieser Morgen, wie immer den Ahnungslosen spielend, was er von Tag zu Tag besser verstand, der Ankunft und dem geräuschvollen Manöver der Lebensmittel einkaufenden Soldaten bei, als plötzlich ein mächtiges Gelächter sich erhob, das in Kürze anschwoll und prasselnd den Platz erfüllte, während die Menge zum Markte hinströmte.

Niemand fragte nach dem Grund, aber alle lachten, auch jene, die ganz ahnungslos dastanden. In der Tat, auch wenn das Lachen schon von Natur aus nicht so ansteckend wäre, hätten die verwirrten und zornigen und aufmerksam gewordenen Gesichter der Soldaten genügt, die Verdacht schöpften und unruhig wurden, was sie aber keineswegs zeigen wollten. So standen sie da, Gewehr bei Fuß, gut ausgerichtet in ihren sauberen Uniformen, die Hosen in den schwarzen Stiefeln steckend, weswegen man sie auch »die, welche die Hosen in die Stiefel stecken«, nannte. Ob nun durch Zufall oder mit Absicht – es war an diesem Morgen eine große Anzahl von Truthähnen auf den Markt gekommen. Und gewisse patriotische Schlauköpfe hatten die Geflügelverkäufer instruiert, die Tiere an den Schwanzfedern zu reißen, und zwar in der Weise, daß das Federvieh seine zornige Klage gerade in dem Augenblick beginnen sollte, wenn die üblichen Manöver beendet wären.

»Hört ihr, was die Truthähne sagen?« fragten die Leute sich untereinander.

»Was denn?«

»Pio-Pio, Pio-Pio-Pio!«

Und die Leute liefen herbei und drängten sich, um zu hören, wie die Hähne Pio-Pio riefen, und man lachte, lachte denen, die die Hosen in die Steifel steckten, mitten ins Gesicht. In Kürze hatte sich das Gelächter und der Grund davon über den ganzen Platz verbreitet. Und immer mehr Leute rief diese lustige Neuigkeit herbei, und jeder wollte diese unflätigen und aufständischen Truthähne sehen. Darauf erhob sich der Ruf und wurde groß und stieg wie eine Explosion, gleichsam ein Signal für so viele spätere Demonstrationen, in denen sich der edle Enthusiasmus dieser Tage entlud:

»Hoch Pius, es lebe Pius, Pius IX.!«

Die Österreicher verstanden auch weiterhin nichts von dem, was vorging, bis dann in Eile ein Offizier herbeigelaufen kam, der die Soldaten in die Festung zurückführte, ohne daß der Lebensmitteleinkauf zu Ende gebracht war. An diesem Tag gab es eine schmale Ration. Und hinter ihnen drein zog das Volk mit Gelächter und Geschrei. Coniglio mannaro aber hatte desgleichen versucht, mit den Soldaten aus der Menge zu entwischen. Doch da hielt ihn einer unter dem erzbischöflichen Palaste an, einer, der ihn kannte. Und der schrie nun und hielt den Zeigefinger anklägerisch gegen ihn gerichtet:

»Seht da, das ist auch einer von den guten Patrioten, die dem Feinde Italiens unser Brot verkaufen.«

»Ich?« machte Coniglio mannaro mit einem Entsetzen, das gar nicht gespielt war, so wenig war er auf einen solchen Überfall gefaßt. Und so stand er plötzlich an die Mauer gedrückt, und zehn und hundert wütende Gesichter blickten verächtlich auf ihn, und dieser Zeigefinger stand von zehn Fäusten flankiert über seinem Kopfe. Unter ihnen ein Mann von umfangreicher Gestalt, ein bekannter und beredter Agitator. Und Coniglio mannaro wiederholte:

»Ich? Ich bin doch kein Bäcker!«

»Bist du denn nicht Coniglio mannaro?« sagte der Ankläger und Aufpeitscher der Volksleidenschaften mit einer Stimme, als habe er soeben das quousque tandem gesagt. »Versuche also nicht, dich zu drücken und hinter solchen Entschuldigungen eines Schwachsinnigen zu verstecken. Du bist ein Getreideaufkäufer im Dienste des Feindes, Coniglio mannaro, der Aushungerer des Volkes.«

Und da schrie es in der Menge durcheinander:

»Wer ist's?« »Wer ist's gewesen?« »Ein Kaninchen!« »Ein Spion!« »Hoch Pius!« »Man hat nieder mit Pius geschrien, zum Tode mit Pius!« »Schlagt ihn tot, los, los!« »Packt ihn doch!« »Wo ist er?« »Was ist denn?« »Ist ein Truthahn entwischt?« »Nein, sie haben ihn am Halse gerissen!« »Wen?« »Ein Kaninchen!« »Das waren die Deutschen!« »Man hat einen Patrioten erschlagen!« »Nein, er ist ein Aushungerer!«

»Bürger«, donnerte der Agitator los und hielt den kleinen Scacerni im Genick gepackt, und so sah der Arme wirklich wie ein Kaninchen aus, »Bürger, Ferraresen, Italiener!«

»Es lebe Italien, es lebe Pius IX.!« schrie die Menge, die immer größer wurde.

»Bürger«, rief der Mann mit der Stentorstimme, »heute haben wir gesehen, wie sich die schändlichen Trabanten der Tyrannen mit Hohn beladen vor Truthähnen zurückziehen mußten.«

»Es lebe die Freiheit! Nieder mit den Tyrannen! Nieder mit Österreich!«

»Ferraresen!«

»Pst, still, hört doch! Seid doch still!«

»Bürger von Ferrara! Schnell wird das Gelächter und das Pfeifen, das den mit Schande beladenen Abmarsch der Barbaren begleitete, schnell wird es zu Blei, zu Eisen und Feuer. Versteht mich, ohne daß ich mehr sagen muß! Gott will es, hinaus mit den Barbaren!«

»Gott will es, hoch Pius!«

»Und hier seht ihr jetzt am Pranger«, der Redner hob den zappelnden Scacerni noch höher, »einen jener Übeltäter, die sich nicht schämen, das Volk auszuhungern, indem sie die fremden Soldaten mästen, seht ihn euch an, er ist nicht einmal ein Truthahn mehr!«

»Pio-Pio-Pio!« stimmen einige von denen, die der Demonstration von Anfang an beigewohnt hatten, an. Und einer sagte:

»Die Truthähne lieben das Vaterland mehr als so einer.«

»Sehr richtig, gut gesagt«, donnerte der besessene Redner, »er ist wirklich weniger wert als ein Truthahn, und wißt ihr, wer das ist? Nicht mal ein Spion, nicht mal ein Verräter, nicht mal ...«

»Genug jetzt, du hältst uns zu lange hin«, sagte irgend jemand aus der Menge, »sag doch, wer's ist, und mach ein Ende!«

»Es ist Coniglio mannaro, der wohlbekannte Kornlieferant der Truppen in der Festung.«

Die Erbärmlichkeit, mit der diese Volksrede, die so gewaltig angesetzt hatte, endete, war das Glück Coniglio mannaros, denn die Menge nahm plötzlich Partei gegen den Redner. Obwohl Coniglio mannaro halb erstickt und von dem langandauernden Griff im Nacken zwischen den Fingern des gewaltigen Redners schlimm mitgenommen war, drückte er sich jetzt durch die verstimmte und schon wieder abgelenkte Menge hindurch und kam zitternd im Haus Argias an. Ihr erklärte er, daß er nur noch die kommende Nacht abwarte, um dann Ferrara zu verlassen und zum Haus an der Pappelbrücke zurückzukehren, denn in der Stadt wollte er nicht einmal mehr bis zum Morgen des folgenden Tages bleiben. Nichts anderes konnte man aus ihm herausbringen. Und da die Tante etwas mehr wissen wollte, mußte sie ihre Zuflucht zum Baron Flaminio nehmen; der seufzte seinerseits über die traurigen Zeiten, ordnete die Angelegenheit, liquidierte die Getreidevorräte und schloß die Konten, so daß eine gute Summe herauskam, die für den Neffen bereitlag und in ihren Händen zurückblieb. Und sie fragte:

»Was soll ich mit dem Gelde tun?«

»Das geben Sie ihrem Neffen, wenn er wieder in Ferrara auftaucht.«

»Aber wenn er nicht wiederkommt?«

»Zweifeln Sie nicht daran! Er wird schon wiederkommen! Aber er hat sich wirklich als zu ängstlich erwiesen, als zu sehr kaninchenhaft.«

»Der Arme, man muß ihn entschuldigen, er ist auf dem Lande aufgewachsen und befindet sich nun plötzlich ganz unschuldig in den Krallen dieser Kanaille, die ihn töten will. Wer hätte da nicht den Mut verloren!«

»Sie haben nicht unrecht, Argia, und genau so habe ich auch zum Kommandanten der Festung gesagt, zum Herrn Feldmarschall-Leutnant, dem Grafen von Auersperg, der die Flucht seines Lieferanten sehr ungnädig aufgenommen hat; aber was für Zeiten! Was für Umwälzungen! Wo soll das noch enden? Amnestie, Straflosigkeit, ein liberaler Papst, das ist doch alles absurd, das ist doch ein einziges Kapernaum! Und sie wollen eine Bürgergarde haben, gut, sie sollen sie kriegen. Die Autorität bewaffnet sie gegen sich selbst. Sie werden auch ihre Konstitution bekommen, ihr Parlament, ihren Kreistag, italienische Konföderation. Und das ist dann das Kataklysma, der politische Selbstmord.«

Eine kleine Tröstung, wenn nicht sogar einen hoffnungsvollen Ausweg innerhalb der allgemeinen Konstellation in der Ferdinandea stellte der Besuch des Feldmarschalls Radetzky dar, der die Garnison in der Festung zu inspizieren und zu verstärken persönlich erschienen war. Er nahm die Parade ab, ließ Trommel und Tambour in Bewegung kommen, und von den Offizieren der Festung wurde ihm ein Ehrendegen überreicht. Auch dem Baron Flaminio gab der Feldmarschall neuen Mut, indem er ihm versicherte, daß der Kaiser niemals auf seine italienischen Besitztümer verzichten werde, daß Österreich unwandelbar bleibe und daß man schnell davon etwas merken werde. Und wenn das nicht so schnell gehe, so treffe es dafür um so besser und sicherer ein, und diesmal werde durchgegriffen. Der Baron war durch diesen Besuch neu getröstet, aber die von Radetzky erwähnten kommenden Ereignisse sollte er nicht mehr sehen. Wo immer Virginio Alpi auftauchte, verbreiteten sich das Gerücht und der Schrecken, die er mit seiner provokatorischen Kunst vergrößerte, und überall redete man von der Verschwörung der Sanfedisten und Gregorianer und von der Ausrottung der Piianer und jeder Art von Liberalen. Wo aber die Parteileidenschaft noch heftiger wütete, sah man in der Ferdinandea und in ihrem müde gewordenen Leiter die eigentlich alles treibende Kraft in diesem düsteren Geschehen. Es war am vierzehnten Juli nachts um halb eins, als der Baron, der das Haus verlassen und einige Schritte die Straße San Guglielmo hinab getan hatte, von unbekannt gebliebenen Leuten gestellt und mit Stiletten an verschiedenen Stellen seines Körpers durchbohrt wurde und schon tot war, ehe er noch einen einzigen Schrei ausstoßen konnte.

V War Giuseppe Scacerni schon immer ein Mann der kargen Worte – als er ins Haus an der Pappelbrücke zurückgekehrt war, wurde er geradezu stumm. Und so verblieb er auch, als seine Angst und Erregung sich gelegt hatten und nur noch der Kummer um sein in den Händen Argias zurückgelassenes Geld ihn bedrückte. Aber er wußte ja, was ihm zustand, bis zum letzten Sechser wußte er es, denn Soll und Haben, das war für ihn nicht nur eine Sache der Bücher, sondern des Kopfes. Aber er wollte es nicht dulden, daß man über die ganze Angelegenheit sprach, nicht einmal den Namen Ferrara konnte er ertragen. Und als er bei den ersten Fragen der andern nur mit einem Gebrumm geantwortet hatte, sprach niemand mehr mit ihm, und sie mußten sich daran gewöhnen, jemanden im Hause zu haben, der sich wie ein Taubstummer benahm. Die Mutter bekam, als sie zärtlich in den Kummer des Sohnes eindringen wollte, nur Achselzucken und Kopfschütteln zur Antwort. Die Pappelbrücke schien von Ferrara mehr als hundert Meilen entfernt zu sein, und tausend Meilen war das väterliche Haus abseits von all dem Geschehen, das in diesen Tagen die Welt mit soviel Lärm erfüllte. Die Zeit ging hier gleichmäßig und ruhig dahin wie die vier Mahlwerke auf den zwei Mühlen.

Es war Ende Juli, als jemand in dieses Haus trat, der allein schon vom

Aussehen her diesen Frieden zerstören mußte. Dosolina war allein im Haus, und ein bißchen sonnenmüde – es waren die Hundstage – machte sie sich zu schaffen, ohne recht zu wissen, was sie eigentlich tat. Sie befand sich in der Küche, und zur Tür herein kam das wilde Lärmen unzähliger Zikaden, die auf den Pappeln saßen und gehäuft auf den Sträuchern der dürren und vor Hitze knisternden Macchia. Wenn sie auf die Grillen achtete, ging ihr dieses Geräusch auf die Nerven, aber sie hörte nicht hin. Sie wollte soeben etwas aus dem geöffneten Backtrog herausholen, aber sie erinnerte sich nicht mehr, wo sie den Gegenstand hingelegt hatte, und jetzt wußte sie sogar nicht einmal mehr, was eigentlich sie suchte, sie merkte nur, daß ihr etwas fehlte. Und auch daran hatte die Hitze dieser Hundstage die Schuld. Sie hielt also den Deckel des Backtroges und dachte nach, was sie denn nun eigentlich suche. Und da war der Mann geräuschlos eingetreten: ein Bettler mit zerrissenen Kleidern, der unter der Krempe des breiten Hutes das heimtückische Glitzern eines vipernhaften Auges zu verbergen trachtete, das andere trug er unter einer schwarzen Binde geschützt. Sein Gesicht bedeckte ein großer ungepflegter und schmutziger Bart, und er tat, als ob er müde sei und die Füße ihn schmerzten. Doch damit begann er erst – nämlich die Füße über die Erde zu schleppen –, als Dosolina den Kopf gewandt hatte und ihn erblickte. Bei diesem Anblick war ihr der Deckel des Backtrogs aus der Hand geglitten und mit einem dumpfen Knall aufgeschlagen. Der Mann aber blieb unbeweglich mitten in der Küche stehen, so weit war er hereingekommen, und als er merkte, welchen Eindruck er auf die Frau gemacht hatte, schien der Ausdruck von Kälte in seinen Augen sich noch zu verstärken. Er sagte ruhig:

»Oh, Frauchen, das tut mir leid, daß ich Sie erschreckt habe.«

»Was wollen Sie, wollen Sie ein Almosen?« fragte Dosolina unsicher, der Kopf war ihr plötzlich voll von Räuber- und Mördergeschichten.

»Ja, bitte, ein Almosen aus Liebe zu Gott«, sagte er mit einem so demütigen Gehaben und einer so falschen Stimme, daß seine Worte sich noch schlimmer als Flüche anhörten.

»Ich kann Ihnen ein Stückchen Brot geben.«

»Gott vergelt's Ihnen im Paradies. Aber können Sie mir sagen, ob hier ein gewisser Coniglio mannaro wohnt?«

»Peppino?« Das Wort entfloh Dosolina, aber dann unterbrach sie sich, doch es war zu spät, denn der Mann sagte:

»Tja, da ist er also hier. Haben Sie nur keine Angst, Teufel noch mal, ich freß ihn schon nicht auf, sind Sie verwandt mit ihm?«

Der Mann mußte sehr ungeduldig sein, denn diese seine letzten Worte kamen herrschsüchtig und schnodderig heraus.

»Was suchen Sie denn, was wollen Sie von Giuseppe Scacerni?«

»Er kann mir einen Gefallen tun, der ihn nichts kostet, an dem er aber sogar verdienen kann. Wo ist er?«

»Er muß hier in der Nachbarschaft sein, wirklich ...«

»Gute Frau, jetzt Schluß damit, denn er ist bestimmt in der Nähe, und ich habe Sie gefragt, wo er ist. Ich möchte keine Zeit verlieren.«

Dosolina hätte sich am liebsten sträuben wollen, aber sie fürchtete für ihren Sohn, und so suchte sie verzweifelt irgendeinen Ausweg, um diesen Mann da zu entfernen und Zeit zu gewinnen. Aber es fiel ihr nichts ein, und da wurde sie plötzlich mutig und sagte:

»Und ich hab begriffen, daß Sie nicht derselbe sind, der Sie scheinen wollen, und wenn Sie mir nicht sagen, zu welchem Zweck Sie ihn brauchen, sage ich Ihnen nicht, wo er ist.«

»Ah, so so, ja dann sind Sie also seine Mutter; wenn das so ist, dann entschuldige ich Sie. Ich will nämlich nichts anderes, als über den Po setzen, wie Sie sehen, ein kleiner Dienst, für den ich ihm aber sehr dankbar wäre.«

»Womit wollen Sie danken!«

»Ach, Sie wollen mir wohl zu verstehen geben, wie häßlich ich aussehe? Ein bißchen zerlumpt, wie? Aber seien Sie darüber ganz beruhigt; Ihr Sohn kennt mich, schicken Sie zu ihm und lassen Sie ihm sagen, daß da ein Freund des Barons Flaminio ihn erwartet und ihm etwas sagen möchte.«

Dosolina überlegte schon, wen sie schicken könnte, um den Sohn zu warnen, als Coniglio mannaro selber unerwartet dazwischentrat.

»Oh«, sagte der Mann, »wenn man vom Wolf spricht, dann kommt er auch schon.«

»Wie meinen Sie, bitte?« fragte Peppino sprachlos, der, wenn schon ein Tier, doch ein Fuchs war und kein Wolf!

»Ein bißchen lang zu erklären. Ich bin derselbe, den Sie einige Male im Haus Ihrer Tante und des Barons Flaminio gesehen haben, ich bin der Freund des armen Barons.«

»Des armen? Ist ihm ein Unglück zugestoßen?«

»Ach, das wissen Sie nicht? Im übrigen ist es besser für ihn so.«

»Ich weiß nicht, was ist ihm denn passiert?«

»Das ist schnell gesagt, tja, armer Baron Kappeskopf, sie haben ihm drei oder mehr Messerstiche verabreicht, und der erste saß schon, das ist schneller getan als gesagt.«

»U-und«, stammelte Coniglio mannaro, plötzlich zu Eis geworden, und der Kummer um seine verwaisten Pfennige bei Argia wurde noch größer, »u-und Argia Malvegoli, wie befindet sie sich jetzt ohne diesen ihren Freund, der ihr doch manchmal in gewissen Fällen Rat geben konnte? Wie befindet sie sich?«

»Sie könnten mich wirklich, wenn mir der Sinn danach stände, zum Lachen bringen«, versetzte der als Bruder Verkleidete, während Dosolina ein düsteres Gesicht schnitt, als sie von ihrer Schwester reden hörte; im übrigen hatte sie jetzt verstanden, daß dem Sohn keinerlei Gefahr drohte. »Sie könnten mich wirklich zum Lachen bringen, Sie wollen, daß ich mich um eine Hure kümmere, ich wollte sagen, um Ihre Tante kümmere? Ich bin hier, um über den Fluß gesetzt zu werden, und ich habe meine Gründe, die Brücken und die Fähren zu meiden. Ich kenne nicht viele Leute hier in der Gegend, und da sind Sie mir in den Sinn gekommen, ich habe Ihre Tante, die Sie grüßen läßt, gefragt, wo Sie wohnen. Sehen Sie, so kommt es, daß ich mit einem falschen Bart hier bin. Habe ich es Ihnen hinreichend erklärt? Können und wollen Sie mich übersetzen diese Nacht? Wenn ja, gut, wenn nein, auch nicht schlimm, aber auf jeden Fall das Maul gehalten darüber.«

»Das brauchen Sie gar nicht zu sagen.«

»Ich irrte mich also nicht, wenn ich Sie für einen jungen Mann von Verstand gehalten habe. Also?«

»Also heute nacht. Wenn mein Vater will, wird er Sie übersetzen.«

»Ist's nötig, auch ihn noch ins Vertrauen zu ziehen?«

»Das brauchte noch nie jemand zu bereuen; ich verstehe mich nicht auf den Fluß, und bei Nacht würden wir Gefahr laufen, zu stranden.«

Hier muß noch eingefügt werden, daß Coniglio mannaro seine große Angst vor dem Wasser von Kindestagen an beibehalten hatte.

»Wenn es sich so verhält, soll's also der Vater sein und, versteht sich, ich bezahle.«

»Ich habe Ihnen gesagt, wenn er will.«

»Dann gehen wir mal hin und reden mit ihm drüber.«

»Wenn er will, setzt er Sie über, ohne sich bezahlen zu lassen. Will er nicht, dann können Sie auch mit hundert Skudi nichts ausrichten. Er ist ein eigenartiger Mann.«

»Das gefällt mir«, sagt Virginio Alpi, denn er war es, und auch der Leser wird ihn schon am heimtückischen Licht seiner Augen erkannt haben. Aber Coniglio mannaro sagte:

»Mir dagegen keineswegs!«

»Und warum?«

»Weil er sich zuviel entgehen läßt.«

»Na ja, verlieren wir damit keine Zeit, gehen wir zu Ihrem Vater. Addio, Padronin.«

»Addio, Fremder«, sagt Dosolina.

Als sie auf der Mühle ankamen und der junge Scacerni die Angelegenheit dem Vater unterbreitete, und zwar mit viel Verlegenheit, denn er bat ihn um einen solchen Dienst zum erstenmal, und er wußte nicht, aus welchem Grunde der Alpi fliehe, da sagte Lazzaro und zog sich am Bart – sie standen im Haus des Sandoncellos –:

»Hören Sie, Fremder!«

»Ich bin der Graf Virginio Alpi.«

»Für mich sind Sie nichts anderes als ein Fremder, der über den Po will, und Sie müssen wissen, daß man, wie die Dinge liegen, hier auf dem Flusse so einen Gefallen nicht leicht jemandem abschlagen kann, um sich nicht allzuviel Feinde zu machen. So habe ich's bisher gehalten, und ich setze jeden über, der mich darum bittet. Und ich will nichts wissen, weder Gutes noch Schlechtes, nicht Namen, Zweck und Umstände: diese Nacht setze ich Sie über.«

»Aber hören Sie mal«, rief Alpi aus, sogar er mußte sich verwundern über solchen Bescheid, »Sie sind mir wirklich sympathisch.«

»Das wäre zu schnell gegangen«, sagte Lazzaro trocken.

»Wirklich sympathisch, das sagt Ihnen ein Ehrenmann, obwohl Sie einen Bart haben, der unter anderen Umständen Ihnen sehr unangenehm werden könnte.«

»Wie, mein Bart?«

»Nun ja, wären Sie mal in das Dorf Urbecco bei Faënza gekommen mit einem solchen Bart, die braven Leutchen dort hätten einen schönen Karneval gemacht.« Und er fuhr fort: »Wissen Sie wirklich nicht, daß Bart und Schnurrbart den Liberalen kennzeichnen? Jetzt sind zwar diese feigen Hunde mit ihrem Papst, der sie ins Verderben bringt, am Ruder, aber das war nicht immer so und wird nicht so bleiben. Zu jenen Zeiten, von denen ich rede, hätten Ihnen die braven Kleinbürger von Urbecco den Bart Härchen um Härchen ausgerupft.«

»Ein netter Karneval«, sagte Padrone Lazzaro, »dann wäre man ja schnell im Aschermittwoch gewesen!«

»Wie? Wären Sie etwa gar kein Liberaler?«

»Ich weiß nicht einmal, was das Wort bedeutet, aber hier auf dem Fluß habe ich es stets so gehalten, mir niemals von jemand in den Bart fassen zu lassen.«

»Dann wissen Sie also nichts von den Kleinbürgern von Urbecco«, sagte Alpi, der nun, da er flüchtig das Land verlassen sollte, ohne zu wissen, wann er wiederkehren könnte, eine Art von Heimweh empfand, und zwar ein Heimweh nach dem, wohin Natur und Leidenschaft ihn trieben, »dann kennen Sie also nicht die Urbeccianer, wissen nicht, was für ein Schlag von guten Schelmen das ist.«

»Besser für mich und für Sie!«

»Sagen Sie das nicht, wenn Sie nicht für einen gelten wollen, der diesem Henker von Pius IX. wohl will.«

»Und Sie, Fremder, sollen lernen, ein bißchen mehr Ihre Zunge im Zaum zu halten, hier befinden Sie sich in meinem Hause, auf meiner Mühle, möchte ich Ihnen sagen, und hier wird respektiert, was respektiert werden soll. Hier kniet man nieder vor dem allerheiligsten Sakrament und zieht vor dem Papst den Hut! Warum halten Sie mir also solche Reden«, schloß er, immer erregter geworden. »Was für ein Mann sind Sie überhaupt?«

»Ich? Fragen Sie mich mal lieber, was das für einer ist, von dem Sie glauben, er sei der Papst! Ich meine diesen Pius IX., den Mastai!«

»Ausgezeichnet! Er ist also nicht der Papst?« fragte Lazzaro erstaunt und fügte dann hinzu: »Wenn ich Ihnen die Wahrheit sagen soll, ich vermute, daß Sie irgendwo aus einem Narrenhaus ausgerückt sind.«

»Man muß mit der Unwissenheit Mitleid haben«, sagte Alpi, »und da wir ja hier heute nacht Zeit haben, sollte ich sie benutzen, um Ihnen ein paar Aufklärungen über diesen sogenannten Papst Mastai zu geben.«

Und alles, was er in diesen Monaten an schamlosem und scheußlichem Zeug gegen Pius IX. auskundschaften konnte, was im wilden Haß der Parteien vorgebracht wurde, alles dieses ließ er nun wie in einem schlammigen Wirbel hervorschießen. Die fallende Krankheit, an welcher der Papst in seiner Jugend gelitten hatte, wurde zum Beweis seiner Trunksucht; eine Liebschaft, von der man sprach, bevor er Priester wurde, zu Üppigkeit, Schlemmerei, Ehebruch und schließlich sogar zur Blutschande; seine Frömmigkeit war nichts als Heuchelei eines ehrgeizigen Atheisten, und schließlich die Erwählung im Konklave wurde dargestellt als Fälschung und Simonie.

»Ich sage Ihnen«, schloß Alpi, »daß Mastai nicht der rechtmäßige Papst ist und daß er den Liberalen spielt, um das Volk zu betrügen und eine Partei zu vergrößern, die ihn oben hält. Aber man wird ein Konzil zusammenrufen, um ihn zum Antipapst zu erklären, dann wird man ihn exkommunizieren und ins Gefängnis werfen. An den Galgen kann man ihn nicht bringen, denn er hat leider die Weihen erhalten, aber in einem In pace wird er schon noch landen; wissen Sie, was ein In pace ist? Das ist so eine Nummer Sicher, wo die Häretiker und Schismatiker enden und auch dieser exkommunizierte Eindringling, dieser Freimaurer, der nicht an Gott glaubt, dieser Heuchler, dieser von einem Teufel Besessene. Genügt Ihnen das, oder wollen Sie noch mehr, um sich zu überzeugen, daß er nicht der richtige Papst ist?«

Die Wirkung dieser Unflätigkeiten war genau dem entgegengesetzt, was Alpi beabsichtigt hatte.

»Ich bin überzeugt, Fremdling, daß Sie lieber zu einer anderen Fähre gehen, um überzusetzen, denn ich möchte mit Ihnen und Ihresgleichen nichts zu tun haben.«

»Ah, so ist's, dann geh ich; ich gehe, aber Sie sollen wissen«, Alpi schäumte, »wir werden uns wiedersehen.«

»Möglichst spät und hoffentlich überhaupt nicht.«

»Wünschen Sie sich das immerhin, wenn nicht, dann ist der Bart ab! Das verspricht Ihnen Virginio Alpi, und ich will nicht ich sein, wenn ich Sie nicht zum mindesten auf die Galeere schicke.«

»Und ich wünsche Ihnen einen schönen Höllenrutsch, und nehmen Sie Ihren angeklebten Bart dabei mit, und wenn Sie sich jetzt nicht schleunigst von dannen heben, dann helf ich Ihnen, den Weg ein bißchen abzukürzen, Sacramèstul!«

Unter anderen Umständen wäre Alpi nicht der Mann gewesen, sich zu unterwerfen. Aber er war der Hauptangeklagte in der berüchtigten großen Verschwörung, die zum Ziele hatte, bei den Feierlichkeiten, die man anläßlich der Amnestie Pius' IX. abhielt, die Liberalen auszurotten, den Papst gefangenzunehmen und zu entthronen, und so wäre das ein Staatsstreich von seiten der Sanfedisten gewesen und eine neue Bartholomäusnacht. Zum großen Teil bestanden diese Pläne mehr in der Phantasie, aber Alpi mit seinem unermüdlichen Wühlen und Hetzen hatte ihnen Richtung und Weg gegeben. Auf jeden Fall war er selber entschlossen gewesen, diese Pläne zu verwirklichen. Und so entfloh er der Festnahme und dem Prozeß, als er die Listen mit den wahren und vermuteten Verschworenen an die Mauern der Straßen Roms angeheftet sah. Damit floh er vor dem öffentlichen Zorn, dem er diesmal nicht lebend entkommen wäre. Er verließ also die Mühle und verschwand geräuschlos und kaute seine Wut nieder, was er ja im übrigen schon gewohnt war. Doch Coniglio mannaro, der mit jedermann in Frieden leben wollte, folgte ihm hinterdrein, ohne seine Meinung zu äußern, lud ihn auf sein Wägelchen und brachte ihn an die Grenze des Herzogtums von Modena, von wo Virginio Alpi schnell in österreichisches Gebiet übertrat und sich dem kaiserlich-königlichen Sold verkaufte.

»Da kann man mal sehen, was einem nicht alles zwischen die Beine geraten kann«, sagte Padrone Lazzaro jedesmal, wenn er an diesen Tag zurückdachte. »Aber du«, fügte er gegen den Sohn gewandt bei, »kanntest du eigentlich nur Leute dieses Schlages in der Stadt?«

Coniglio mannaro zuckte die Achseln mit seinem nichtssagenden und flüchtigen Lächeln.

Aber dieser Alpi war nicht die letzte unter den seltsamen Gestalten, die Padrone Lazzaro Scacerni in diesen Zeiten und im folgenden Jahr auftauchen sah.

Überall gab's große Neuigkeiten, und das Echo davon, wenn auch schwach, kam oft bis zur Guarda. Zum Beispiel hatte die Bürgergarde in Ferrara türkisblaue Uniformen mit roten Epauletten erhalten, schwarze Lederhelme mit Messingbeschlag und Federbüschen; und diese Soldaten, die von den Österreichern Briganten genannt wurden, hatten mit der Besatzung der Festung Schlägereien gehabt. Im August wurde die Stadt militärisch besetzt, dann aber wieder dem Papst freigegeben und von seinen Schweizern übernommen. Es wurde vom Papst die Konstitution verkündet. Die Gerüchte eines mit Österreich bevorstehenden Krieges wurden immer nachdrücklicher. Es gab Demonstrationen, Freiwillige kamen bald zu Tausenden aus jeder Gegend Italiens. Sie erfüllten die Stadt wie ein einsetzender Wirbelwind.

So viele Neuigkeiten erregten mehr Staunen als Begeisterung; zumal die Frauen, um bei Dosolina anzufangen, jammerten über den Krieg, ebenso Don Giuseppe Romagnoli, besonders als er eines Tages sehr verärgert erzählte, daß zwei Barnabitenmönche sich »Missionare der Freiheit« genannt hatten und nun öffentlich dem Volk und den Freiwilligen Predigten hielten. Die Freiwilligen hatten sich ein Kreuz auf die Brust genäht und nannten sich Kreuzritter, und da sah man also die beiden Barnabiten ihr »Gott will es« und den Krieg gegen Österreich predigen. Und den Männern, die sich nicht anwerben ließen, wurde der Spinnrokken ins Haus geschickt, und die Frauen verwünschte man samt und sonders, die ihre Männer und Söhne und Brüder vor diesem »Heiligen Krieg« bewahren wollten.

Heilige Kriege und Kreuzzüge, erklärte Don Giuseppe bestürzt, die mache man nur gegen Türken und Sarazenen und andere Ungläubige, im äußersten Fall vielleicht auch gegen Häretiker. Doch jeder wußte, daß dies hier nicht gerade zutraf, im Gegenteil, wenn man genauer zuschaute, so hätte man mehr Ungläubige zwischen den Kreuzrittern gefunden als zwischen den Österreichern, und Don Giuseppe meinte auch noch, daß Gott seinen Willen keineswegs diesen Freiheitsbarnabiten mitgeteilt habe, und man wisse inzwischen mit großer Sicherheit, daß der Heilige Vater, wiewohl er ein Freund Italiens sei und auch gerechte und gütige und nutzbringende Reformen ins Leben rufen werde, keineswegs den Krieg wolle, am wenigsten einen Krieg gegen das katholische Österreich.

»Was weiß ich von all dem«, sagte Dosolina, »ich halte nur zu dem, der uns unsere Söhne nicht abschwätzen will, um sie in den Krieg zu führen.«

»Na ja«, machte dann Padrone Lazzaro, und er ließ nicht durchblikken, ob er ihr damit recht gäbe oder ob er vielmehr, wenn er dieses Fäßchen mit den zwei schwächlichen Beinen erblickte, daran zweifelte, daß dem irgend jemand überhaupt das Waffentragen beibringen könnte. Vielleicht auch wollte der altnapoleonische Soldat sich nicht allzu sicher darüber auslassen, wie dieser Krieg ausgehen würde, denn wenn man die Dinge betrachtete, wie sie waren, und die Disziplin dieser neuen Kreuzritter mit der der Österreicher verglich ... »Na ja ...«

Die Ereignisse überschritten nun schnell jede Art von Plan und Voraussage, man hörte sagen, daß ein Heer des Königs von Neapel bis nach Ferrara gedrungen sei, um sich aber dann in Eile und Unordnung zurückzuziehen; in Mailand habe man die Österreicher verjagt, Piemont sei im Krieg, und die Freiwilligen der Freikorps hätten den Po überschritten. Der König Karl Albert sei bisher am Siegen, so hieß es, doch das waren für die Leute an der Guarda alles noch ferne Ereignisse. Aber sie rückten ihnen dann bald sehr nahe, als die Freikorps bei Vicenza geschlagen wurden und wieder über den Po zurückfluteten, in Unordnung, an allem Mangel leidend, und dann Ferrara im Juni 1848 anfüllten. Das waren unruhige und verdächtige Leute wie jedes von der Niederlage getroffene Heer. Sie waren wie ganz Italien erregt und gequält von der Unsumme der entgegengesetzten, verschiedenen und miteinander streitenden Meinungen, Doktrinen, Hoffnungen und Leidenschaften, welche die Einigkeit der wenigen Wochen zerstört hatten; denn jede Sache hatte in diesem und dem nächsten Jahr etwas Unbedingtes und Brennendes in sich, alles fing einer Flamme gleich an und erlosch dann ebenso. Aber der allgemeine Mangel an Lebensmitteln und Dingen aller Art, der sich täglich spürbarer machte, wurde von allen bemerkt, so daß sehr schnell aus der mit Freiwilligen vollgestopften Stadt einzelne Gruppen, um zu fouragieren, aufs Land zogen, und nicht immer waren die besten darunter. Solche herumstromernden Kerle trafen auch vor dem Haus an der Pappelbrücke und bei den Mühlen San Michele und Paneperso ein.

Es war Anfang Juli, als Padrone Lazzaro eines Morgens sich zu Pferd auf den Weg zur Mühle machte und an der Stelle, wo sich der Weg beim Schwesterngut teilt, auf eine Gruppe von diesen umherschweifenden Soldaten stieß; sie standen dort, als suchten sie und wüßten nicht, welche Straße sie einschlagen sollten. Und als er sich ihnen näherte, konnte er leicht bemerken, daß diese Leute die ganze Nacht ohne zu essen und ohne Ruhe marschiert waren, denn sie standen mit bleichen Gesichtern und glänzenden Augen herum, und einige hatten sich in den Straßengraben geworfen in offensichtlicher Müdigkeit, andere standen mitten auf der Straße und besprachen etwas. Es befanden sich darunter Leute aus den verschiedensten Waffengattungen, hauptsächlich aber waren es Freiwillige aus der Romagna, und einige gehörten der »Legion der Verbannten« an, die unter dem Oberst Antonini nach Italien zurückgekommen war. Diese letzten nun waren Leute, die jedweden Mangel kannten und daran gewöhnt waren, und sie hatten die Moral der Verbannten und waren Revolutionäre von Beruf, hauptsächlich aber die, welche aus Frankreich kamen. Entweder trugen sie die Uniformen der verschiedenen Freikorps, oder sie waren mit dem Hemd der Arbeiter bekleidet, vielleicht also Barrikadenkämpfer aus der Februarrevolution zu Paris. Andere hatten die italienische und neu in Mode gekommene Tracht mit der Jacke und den Hosen aus schwarzem Samt und der farbigen Schärpe und dem breiten, mit schwarzen Federn geschmückten Hut. Alle aber sahen gleichmäßig abgerissen aus, und ihre Schuhe waren durchgetreten und bestaubt. Sie waren mit Gewehren, Dolchen und Stöcken bewaffnet, keiner trug mehr, versteht sich, das Medaillon am Hals mit dem Bildnis Pius' IX., und alle hatten sich das Kreuz in den Farben der Trikolore wieder abgemacht, das sie zu Kreuzrittern gegen Österreich gezeichnet hatte. Ein harter Knochen für euch, dieses Österreich, dachte Scacerni, indem er die so schlecht im Zeug sitzenden Soldaten betrachtete.

Man gab ihm ein Zeichen, anzuhalten, und sie fragten ihn unfreundlich:

»Hören Sie mal, Bauer, wo gehen diese beiden Straßen hin?«

»Diese da«, antwortete er, »führt zur ferraresischen Guarda, und diese hier nach Ro.«

»Kennen wir«, sagte einer, der an seinem Verhalten merken ließ, daß er der Korporal war. Er war auf die italienische Weise, aber mit mehr Pomp als die andern gekleidet, wiewohl auch er zerrissene Kleider hatte. »Wir wollen wissen, wohin diese kleine Straße führt.«

»Die geht zum Fluß, zu den vereinigten Frolden.«

»Und wo gehen Sie hin?« Der Korporal war korpulent und schwerfällig, er streckte den Bauch heraus und tat alles, um seinem Gesicht einen möglichst stolzen Ausdruck zu verleihen: er blickte düster drein, trug einen großen Schnurrbart, und die Mundwinkel hingen mürrisch herunter. Aber das alles machte ihn nur lächerlich; mit dem großen schwarzen Federbusch auf dem Hut, der von Wind und Regen mitgenommen war, sah er aus wie eine harmlose Vogelscheuche. Der Farbe der Nase nach hätte er im Privatberuf Küfer sein müssen.

Scacerni erwiderte auf seine Frage ruhig:

»Ich geh meinen Geschäften nach.«

Er merkte sofort, daß dem Rest der Soldaten der Eigendünkel des Dikken und seine Anmaßung lächerlich erschienen; jetzt streckte dieser noch mehr den Bauch heraus und sagte sarkastisch:

»Oho, da haben wir ja einen frechen Bauern vor uns! Wären Sie vielleicht gar ein Feind? Wissen Sie, wie wir unsere Feinde behandeln?«

»Ich bin weder Freund noch Feind. Sie haben mich gefragt, wo ich hingehe, und ich habe darauf geantwortet.«

»Wie, Sie haben mir geantwortet?«

»Ich geh meinen Geschäften nach. Und Sie?«

Irgendeiner der Soldaten begann laut zu lachen, und zwar über den Dicken, der jetzt sagte:

»Ich stehe im Kriegsdienste des Vaterlandes, wenn Sie es gnädigst gestatten, und wenn ich Sie frage, wo Sie hingehen, tue ich's mit Recht und Bedacht, ich habe Gründe.«

»Welche Gründe?«

»Militärische Gründe!«

»Mann«, sagte einer, der am Grabenrand saß, und hob das Kinn zu dem auf dem Pferde hinauf, »geben Sie ihm nicht recht, was der da Gründe nennt, denen er angeblich nachgeht, die sind so beschaffen: schmaler Hals, dicker Bauch und ein Strohrock.«

Alle lachten. Und Scacerni versetzte ernst:

»Ich bin kein Wirt und verkauf keinen Wein in Flaschen.«

»Oh, was das angeht, der Barbastrazzi (Bartschaber) würde ihn auch gegebenenfalls stehlen«, sagte der andere im Straßengraben, aber der Barbastrazzi Genannte, der sich ein so blutrünstiges Aussehen gab, sagte übelgelaunt:

»Aber Vanetta, wenn wir uns so benehmen, werden wir niemals etwas Rechtes zusammenbringen; doch das ist schon wahr, die Uneinigkeit ist der Ruin von uns Italienern, wenn wir einig wären, dann würden wir die Welt erobern.«

»Ich hätte jetzt sozusagen mehr Lust auf ein Stück Brot als auf die ganze Welt«, versetzte der Vanetta Genannte.

»Wirklich«, stimmte ein dritter bei und gähnte geräuschvoll, »was für ein Hunger!«

Scacerni erwog, wie viele Soldaten ihn da umstanden, und er fand, es waren drei Dutzend mehr als notwendig, sie hatten das Gewehr in der Faust und den Finger am Drücker, und da gab es für ihn nichts, als der Übermacht zu weichen. Er wollte nicht viel Worte machen und zog vor, seinen Groll hinunterzuschlucken. So spornte er das Pferd und tat, als wolle er weiterreiten, aber da griff ihm einer in die Zügel, und sofort umgaben ihn sieben oder acht der Entschlossensten, und Vanetta sagte:

»Oh, warum haben Sie denn plötzlich solche Eile? Jetzt müssen Sie uns zuerst sagen, wer Sie sind.«

»Ganz gewiß«, fiel der Dicke ein, »wer Sie sind, wo Sie hingehen, was für ein Handwerk Sie betreiben, Sie könnten ja auch ein österreichischer Spion sein, wir dürfen nie vergessen, daß wir uns im Kriege befinden, und wir müssen alle Vorsichtsmaßregeln der Kriegskunst anwenden. Sie könnten ja auch ein Spion der Priesterpartei sein, wir haben schon unsre Erfahrungen.«

Und so stellte er sich denn vor Lazzaro hin, um sein gewichtiges Verhör zu beginnen:

»Was für einen Namen haben Sie?«

»Lazzaro Scacerni«, er mußte antworten.

»Und was für einen Beruf betreiben Sie?«

»Müller.«

»Wie kommt es, daß Sie sich auf einem Pferd befinden?«

»Weil ich es bezahlt habe.«

»Das sind Sie nicht gefragt, antworten Sie nur auf die Fragen. Wie kommt es, daß Sie sich in dieser Gegend befinden?«

»Ich geh zu meiner Mühle.«

»Wo befindet sich dieselbe?«

»Auf dem Fluß, wo sonst?«

»Ersparen Sie sich jede Bemerkung, wir tun unsre Pflicht, lassen Sie sich das ein für allemal gesagt sein. Und . . .«, der Barbastrazzi war mit dem Vorrat seiner Fragen zu Ende, »und«, fügte er schließlich triumphierend bei, »können Sie uns vielleicht sagen, warum Sie hier stehengeblieben sind?«

»Sie haben mich doch angehalten«, sagte Scacerni, »ja, Sie!«

»Ich?«

»O ja, Sie!«

»Das ist schon so«, sagte jetzt der Vanetta, »du hast ihn angehalten.«

»Was wollen Sie von mir?« fragte nun Scacerni trocken.

»Wenn Sie Müller sind, dann haben Sie wahrscheinlich auch Mehl auf der Mühle?«

»Darüber läßt sich reden.«

Aber der unerschrockene Schwätzer Barbastrazzi fiel schon wieder ein: »Selbstverständlich! Bitte verwechseln Sie uns nicht mit Räubern, guter Mann, wir sind Soldaten, eigens ausgeschickt, um Mehl zu requirieren.«

»Ja dann«, sagte Scacerni kalt, »dann habt ihr wohl eine geschriebene Order bei euch, und ihr hinterlaßt mir eine Quittung.«

»Könnten Sie denn etwa eine Order lesen?« fragte der Dicke mit überlegener Miene.

»Ich hab's einmal erlernt, auf jeden Fall möchte ich hier nicht stehen und meine Zeit verlieren, denn wenn Sie auch dazu imstande wären, mir eine Quittung zu schreiben, wer würde mir das bezahlen?«

»Für wen nehmen Sie uns eigentlich?«

»Um es klar heraus zu sagen: für Desperados.«

»Auch darin haben Sie recht«, sagte Vanetta, mit einer gebieterischen Geste Barbastrazzi unterbrechend, der mit offenem Maul dastand. »Also los, Müller, uns genügen zwei Säcke, um den Hunger zu stillen.«

Sie machten sich auf den Weg, Vanetta mit Lazzaro an der Spitze; Barbastrazzi humpelte auf seinen aufgelaufenen Füßen als Nachhut hinterdrein; er sprach immerzu, und nunmehr predigte er, daß die Priester das Volk gegen das republikanische Italien aufhetzten und daß diese Unverschämtheit nicht länger zu ertragen sei, man müsse hier unbedingt zu Strick, Eisen und Feuer greifen; so ging seine Rede ohne Hindernisse dahin, denn die andern waren müde und hörten entweder gar nicht zu oder hatten keine Lust, ihn zu unterbrechen. Die sizilianischen Freiwilligen aber verstanden nur wenig, doch selbst dieses wenige verwirrte sie mehr als die andern Umstände: die Entfernung von der Heimat und die Fremdheit in allem, was ihnen vor die Augen kam. Und »die Verbannten« unterhielten sich – die Soldaten dieses Freikorps gingen dicht hinter Scacerni –, und was er aus ihren Worten aufschnappte, setzte ihn im höchsten Grade in Verwunderung. Sie sagten, sie seien Kommunisten, und sie kennten nur die Gleichheit und wollten weder Gott noch Herren über sich, sie würden jetzt bald darangehen, alle Güter und Reichtümer zu verteilen, und mein und dein würden bald nicht mehr existieren, denn »Eigentum ist Diebstahl«. So diskutierten diese armen Hunde, ein wenig, um den Hunger zu betrügen, und ein wenig aus Gewohnheit, die Formeln, die sie in den sozialistischen und liberalen Zeitungen gelesen hatten. Und so kamen sie bald an der Mahlstelle an. Scacerni rief Schiavetto heraus, sofort zwei Säcke Mehl ans Ufer zu bringen.

Lazzaro glaubte nun, daß er sich noch einigermaßen gut aus diesem Handel herausgezogen habe; am Abend aber traf er Dosolina aufgelöst zu Hause an, denn diese Handvoll herumstromernder Soldaten war mit dem Mehl ins Haus an der Pappelbrücke gekommen unter dem Vorwand, dort Brot backen zu wollen. Dann hatten sie Eier und Kapaune geraubt, und diese waren besonders schön geraten und so fett in jenem Jahr!

»Und sie haben auch zu trinken verlangt«, sagte sie weinend, »und sie haben die Tür zum Keller durchgebrochen, dann haben sie das beste Faß angezapft. Und sie tranken, bis sie nicht mehr konnten, und dann haben sie uns genötigt, ihnen das Brot zu backen und die Kapaune zurechtzumachen, und zum Dank sagten sie den Mädchen Schweinereien ins Gesicht. Und so machen sie's überall, wo sie nur hinkommen. Die Österreicher machen solche Schändlichkeiten nicht. Wolle Gott, daß sie schnell auf diese Po-Seite kommen und nicht mehr von hier weggehen.«

»Tröste dich, Dosolina, es konnte auch noch schlimmer kommen.«

»Wieso, noch schlimmer? Das sagst du nur, weil du sie nicht gesehen hast, diese Gotteslästerer, diese Schweine.«

»Ich hab sie nicht gesehen? Dies Mehl, das sie zu euch brachten, haben sie sich mit dem Gewehr in der Hand auf der San Michele geholt, und wenn du um die Kapaune weinst, nun ja; aber wegen des Weins, dazu ist kein Grund, der Wein aus deinem Keller, du weißt ja, wie ich darüber denke, ist derart, daß die ihn getrunken, schon ihren Diebstahl abgebüßt haben, das kann ich sagen, ohne dich zu beleidigen.«

»Ach du, immer mit dieser Einbildung, ich sage ja auch nicht, daß es ein ausgezeichneter Wein ist, aber so zu verachten, wie du es tust, braucht man ihn wieder nicht.«

»Na, schon gut, wir haben allzu häufig über diese Sache geredet, und wir werden uns über diesen Punkt nie verständigen.«

»Weil du ein Dickkopf bist, mein Padrone Lazzaro, aber dieser dicke feige Hund mit der Feder auf dem Hut, den hättest du mal sehen sollen, mit welcher Fixigkeit er meinen Kapaunen die Hälse umdrehte. Und dann die Flüche, mit denen sie um sich warfen, und all diese Schweinereien! Man muß das Haus wieder neu einsegnen lassen.«

Der Geflügelstall war also geplündert, das Faß leer, sie hatten sogar den Rest des Weines auf die Erde laufen lassen, und nun war der Keller voll von diesem Geruch, wie ihn Wein, wenn er den Lehmboden durchtränkt und schlammig aufweicht, verursacht. Und dann gab's die Überreste dieses schmutzigen Biwaks auf der Tenne, das war ein unerfreulicher Anblick, und Padrone Lazzaro litt an dieser Schmach, die man ihm angetan hatte.

Unterdessen hatten die Piemontesen die große Festung von Peschiera eingenommen und waren im weiteren Verlauf des Krieges vorerst siegreich. Dosolina war über all diese Nachrichten bestürzt. Scacerni begnügte sich, gelegentlich zu sagen, daß in Kriegszeiten an allem Mangel sei, ausgenommen an Neuigkeiten. Und so gab es an einem Tage Siege, am andern Niederlagen; niemand wußte mehr, was man eigentlich glauben sollte, ja, man wußte nicht einmal, ob sich nun der Papst mit den Österreichern im Krieg befände oder nicht, und je mehr man über diese Sachen redete, um so weniger wurden sie einem klar. Gegen Ende Juli hatten die Österreicher die drei Brücken überschritten und waren bis nach Ferrara und in die Festung gelangt, ohne daß ein Schuß gefallen wäre, denn die Freikorps waren nicht imstande, Widerstand zu leisten, und die päpstlichen Truppen hatten den Befehl erhalten, sich nicht zur Wehr zu setzen. Plötzlich hatten sich die Österreicher wieder zurückgezogen, nur in der Festung ließen sie eine Besatzung liegen, aber sie hielten die drei Brückenköpfe am Po, die stark verteidigt waren, die zu Palantone, zu Lagoscuro und Francolino, so daß doch das ferraresische Ufer ihnen unterworfen war und ihre Patrouillen auch an diesem Ufer von Dorf zu Dorf in Kriegsbereitschaft einherschritten, den Eichenzweig am Helm und die Gewehre geladen, mit herausfordernden und zornigen Gesichtern. Und die Leute, die nichts zu tun und immer Zeit haben, ihre Beobachtungen zu machen, bemerkten, daß die Offiziere von diesem Krieg an Schnurrbärtchen und eine Bartmücke zwischen Lippe und Kinn trugen, was eine neue Mode war.

Im großen und ganzen mußte man sagen, daß sich die Österreicher mit dem Papst im Kriege befanden, wenn auch dieser von den Kanzeln predigen ließ, daß er sich mit allen im Frieden befinde. Auch Don Giuseppe Romagnoli hatte von seinen Obern den Auftrag erhalten, die Leute zum Frieden anzuhalten, während die Österreicher an diesem Abschnitt des Po-Ufers von Bondeno bis zur Guarda kamen und Lebensmittel und Brote requirierten, die sie dann ans andere Ufer schickten; manchmal ließen sie auch eine Mühle überführen, auf jeden Fall aber alles Getreide und Mehl, das sie fanden. Und zwar enteigneten die Österreicher auf eine Weise, als hätten sie das Land erobert und Beute gemacht. Dann lief plötzlich die Nachricht um und drang bis nach Rom, daß der König Karl Albert zu Sanguinetto einen großen Sieg errungen habe, doch stellte es sich heraus, daß er in Wirklichkeit bei Custozza geschlagen worden war und sich aus dem venetianischen Gebiete zurückzog. Wenn die Österreicher in ein Dorf eindrangen, fragten sie zuerst nach der Bürgergarde, nahmen den Ortskommandanten gefangen und erklärten die Mitglieder der Bürgergarde für Räuber, beim geringsten feindseligen Akt seitens der Dorfbewohner würden sie den gefangengenommenen Ortskommandanten erschießen. Sie hefteten überall Aufrufe an die Wände, in denen sie erklärten, daß sie den Frieden und die Ordnung wiederherstellen wollten. Sie befahlen, daß alle Feuerwaffen ausgeliefert würden, und zwar unter Androhung des Standgerichts, das nur eine Strafe für jedwede Art von Übertretung kannte: den Tod. Dieses Gesetz sündigte mithin also nicht durch Zweideutigkeit. Und es wurde auch angewandt, denn sehr schnell hörte man, daß der Ort Sermide mit Feuer und Schwert vernichtet worden war und daß für jeden Ort bei dem geringsten Widerstand dasselbe Schicksal bereit sei.

VI Es war in den ersten Augusttagen, in denen die Erde in einer durstigen Müdigkeit dalag und die Menschen ebenso nach der Erquickung eines großen Regens lechzten. Auf der Tenne vor dem Haus an der Pappelbrücke unter den Schatten von zwei großen Ulmen war eine lange ländliche Tafel aufgeschlagen mit zwei Bänken davor. Dosolina hatte den Padrone Lazzaro in Eile rufen lassen, und da fand er an dieser Tafel Soldaten, und zwar solche, die die Hosen in die Stiefel steckten, Österreicher also, die seine Ankunft in große Begeisterung versetzte. Sie hatten Tornister, Waffen und Mützen zusammengelegt und schienen schon betrunken zu sein, obgleich sie noch tüchtig am Trinken waren; sie lachten und schrien ihm in ihren verschiedenen Sprachen Worte der Begrüßung entgegen, und die drei, vier, die ein wenig italienisch sprachen, erhoben sich, unter ihnen auch ein Korporal, und kamen ihm mit freundlicher Miene entgegen. Dosolina stand am Ausgang der Küche, ihr Gesicht wußte noch nicht, ob es sich freuen oder ängstlich sein sollte. Aber man bemerkte bereits, daß die Freude, die herbeigewünschten Österreicher nun zu sehen, der Besorgnis um Küche und Keller gewichen war. Und da sagte nun der Korporal, während der Rest der Soldaten zuhörte und das Gelächter und Geschnatter aufhörte, ein paarmal Dosolinas Namen mit lauter Stimme und klopfte Scacerni dabei auf die Schulter.

»Patron, brav Italiener, du nicht sein civico brigante, du nicht sein Schwein.«

Scacerni blieb bei diesem Kompliment sprachlos, um so mehr als ein anderer Soldat den Rest dieser Ansprache übersetzte, was großes Gelächter hervorrief, und die Soldaten wiederholten diese Worte im Chor, und immer wieder brachen die harten fremden Stimmen in Gelächter aus, sie waren alle in einer glücklichen und vom Trinken beschwingten Bewegung. Und als der Sprecher Italien, Italiener und den Papst erwähnte, gab es besonders unanständig lautes Gelächter und Worte, die bestimmt Frechheiten enthielten, und inzwischen tranken sie Dosolinas Wein aus Gläsern, Tassen, Krügen und Behältern jeder Art. Zwischen Tenne und Keller war ein unaufhörliches Kommen und Gehen von drei Soldaten, die einen großen Kübel trugen, und die lustige Gesellschaft schöpfte und soff. Der Kübel reichte nicht zur Hälfte, wenn er einmal die Runde machte, derart ungeniert langten sie zu. Forapaglia hatte im Keller die Hände voll zu tun, um den Kübel immer rechtzeitig zu füllen.

»Weißt du«, hatte Dosolina mit schmalem Mund gefragt, »was diese Soldaten eigentlich wollen?«

»Das sieht man doch sofort, und es ist nicht einmal nötig, Deutsch zu verstehen«, antwortete Scacerni, »auch diesen schmeckt dein Wein, meine arme Dosolina!«

Sie war ganz verstimmt und zuckte die Schulter, aber er hätte beinahe lachen müssen, während die Tafelrunde mit markerschütternden Schreien die drei Mundschenke herbeirief, die in der Kantine zu lange verweilten. Und der Korporal sagte, als die allgemeine Aufmerksamkeit wiederhergestellt war:

»Wir Rom gehen, Papa nehmen, Sua Santità Pio nono, wir erlösen Papa von Feinden, pfui!«

»Pfui«, schrien alle nun, »pfui, Dreck!«

»Dreck, wir erlösen Papa! Wir ihn tragen nach Wien zu Seiner Kaiserlich-Königlichen Majestät Ferdinand, den Gott erhalte. Und dort Papst seine Schuldigkeit tut.«

Und die übrigen klatschten Beifall und grüßten den Namen des Kaisers.

»Dann Friede, Friede auf der ganzen Welt. Und kein Krieg mehr, nie mehr! Wir gut, du gut, alle gut, nie Krieg, alle Bösen tot, erschießen, aufhängen, kaputt. Liberale kaputt, Bürgerwehr kaputt, Ketzer kaputt, Briganten kaputt, Piemontesen kaputt, böse Italiener kaputt, gute wie du vivat hoch.«

Die Begeisterung kannte keine Grenzen mehr. Sie hatten verstanden, ohne die Übersetzung abwarten zu müssen, und als sie ihn zum Trinken einluden, mußte Scacerni annehmen, und er wartete auf den Fortgang, und der sah nun so aus:

»Trinken ohne Essen nicht gut für den Magen, und heute großes Fest, wir wollen essen, du guter Mann, gibst zu essen uns, guter Mann, und nie Krieg, nie wieder. Capito? Du auch, Mutter, alte Frau, auch du gut, nie Krieg, nie mehr!«

»Hast du verstanden, Dosolina? Sie wollen zu essen haben«, wiederholte Scacerni.

»Aber was geb ich ihnen?«

»Gib ihnen Brot und Speck, und hoffen wir, daß sie damit zufrieden sind.«

Der Korporal begriff sofort, und er schrie:

»Gute Leute, guter Speck!« Und er teilte den andern die Nachricht mit, dann umarmte er wirklich besoffen den Padrone Lazzaro, der auf diese Freundlichkeit verzichtet hätte. Und es gab neue Applause und neues Geschrei, und auch Dosolina bekam ihren Teil: man versicherte ihr, daß auch sie zu Hause ihre alten Mütter hätten, die dem Kriege gram seien. Aber die zwei Speckseiten reichten nicht hin, es mußte auch ein umfangreicher Schinken geopfert werden, und was den Wein betraf, so schien es, als ob sie ihn allmählich wieder ausschwitzten. Die meisten aber trieben ihn auf den verschiedensten anderen Wegen ohne weitere Umstände auf der Tenne aus ihren Körpern heraus, und wer es auf diese ungehörige Weise fertiggebracht hatte, blieb keineswegs am weiteren Trinken verhindert, im Gegenteil, man setzte sich mit neuer Kraft hin und trank, frisch und ausdauernd.

»Zieh nicht so ein langes Gesicht, Dosolina«, sagte Scacerni.

»Was soll ich denn tun, soll ich lachen?«

»Du wolltest doch, daß sie über den Po kämen, jetzt hast du sie doch hier.«

»Das nehm ich eben denen übel, die schuld waren, daß sie herkamen, jenen Feinden Gottes!«

»Nimm's ihnen übel, aber in Ruhe, denn wenn du dich krank ärgerst, hilft's dir auch nichts.«

Über der Tenne lag in der Schwüle des Tages eine schwere Luft, die von den Ausdünstungen der Soldaten kam und mit dem Geruch des Leders und des Talges, womit das Leder eingefettet war, sich vermischte.

Endlich gingen sie voll und besoffen davon, nachdem sie immer wieder versichert hatten, Freunde der italienischen Bauern zu sein. Und sie sangen gewisse Lieder, in denen der Name Italiens, der Italiener und Pius' IX., und sicher in unflätiger Weise, sich wiederholten.

Ähnliche Besuche empfingen in jenen Tagen die Bauern im Gebiet des Bondesano und der Diamantina und des Barco. Zu Ferrara begann das Brot zu mangeln. Aber wenige Tage später, als die österreichische Heersäule bis Bologna vorgestoßen war, gab es dort mit dem aufständischen Volk Zusammenstöße, und zwar am achten August zu Montagnola. Darauf wurden nicht nur die Befehle der Vorgesetzten schärfer, sondern auch die gemeinen Soldaten hatten ihre gute Laune verloren.

Padrone Lazzaro mußte wegen irgend etwas nach Guarda gehen, und kurz vor dem Dorf war er an einer Melonenkultur vorbeigekommen, die dicht an der Straße lag und nahe beim Dorf. Die Felder waren rings ohne Bäume und ohne Schatten und auch ohne Häuser. Aus den grünen Blättern, die mit dem Gelb der reifen Melonen gesprenkelt waren, ragte schwarz das Strohhaus hervor, aus dessen Innerem der Gesang einer kleinen Gesellschaft drang, die offensichtlich munter und bester Laune war. Sie sangen ein Liedchen, das ziemlich gesalzen und schlüpfrig war, sie hatten die Tür des Hauses gegen die Hitze geschlossen und konnten so in aller Abgeschiedenheit trinken. Scacerni mußte im Vorbeigehen lachen, so seltsam erschien ihm diese Lust, mit voller Stimme bei einer solchen Hitze in der ersten Nachmittagsstunde zu singen.

Im Schatten der Kirche auf dem Platz in der Guarda lag ein Zug Kroaten. Sie hatten die Gewehre zusammengestellt und die Tornister abgelegt und ruhten ein wenig. Sie mußten weit marschiert sein, denn sie waren mit Staub bedeckt, verschwitzt und todmüde, sie wurden von zwei Sergeanten mit besonders harten Gesichtern kommandiert.

»Und unter all diesen Leuten gibt's keinen, der auch nur ein Wort Italienisch könnte«, sagte Don Giuseppe zu Scacerni, sie standen vor der Tür des Pfarrhauses, »sie müssen wohl vom Weg abgekommen sein, das sind Leute, die niemals Italien gesehen haben, vom Krieg hierhin verschlagen, wer weiß aus welchem Teil des Reiches. Vielleicht sind es Leute, die vor einigen Tagen in Bologna gekämpft haben. Und hoffen wir, daß sie jetzt nicht glauben, die Leute hätten sie mit Absicht falsch geschickt, damit sie sich hier in der Gegend verirrten. Auf jeden Fall habe ich aus ihren Worten und Gesichtern verstanden, daß sie sehr wütend sind.«

»Das kann man sehen«, sagte Scacerni lächelnd und sich flüchtig und vorsichtig umschauend, denn es war ersichtlich, daß die Kroaten, die mit knurrenden und abgebrochenen Worten die Schwärme der Mücken jagten, die Blicke der wenigen Neugierigen nur ungern ertrugen. Es umstanden sie fast nur Dorfjungen, die sich aneinanderdrückten und die Soldaten wie fremdartige Tiere betrachteten.

»Ich möchte ihnen einen Jungen mitgeben, der sie bis nach Francolino führt«, setzte der Priester hinzu, »aber wie soll man sich verständigen! Ich möchte sie gern außerhalb meiner Pfarrei wissen.«

»Warum, Don Giuseppe?«

»Na, hören Sie, das sind vom Krieg hartgesottene Leute, und sie stekken voller Verdacht, das sind nicht mehr jene, die sich einmal an unsere Lebensart gewöhnt hatten.«

»Und an unsere Keller«, sagte Scacerni, indem er an das Bankett auf der Tenne zurückdachte, »und an unsere Speckseiten und Schinken.«

»Diese Schäden lassen sich heilen, aber Sie müssen wissen, daß wir Priester immerzu von den österreichischen Kommandos aufgefordert werden, den Frieden zu predigen, damit das Volk ruhig bleibe: was soll das bedeuten?«

»Daß sie selber nicht gerade sehr ruhig sind«, versetzte der alte hinkende Soldat.

»Sehen Sie, und wer weiß, was die da gerade ausbrüten, sehen Sie doch!«

»Ich seh schon, und ich erinnere mich, o ja, was das für eine Truppe bedeutet, die die Sprache nicht kennt und ebensowenig die Straßen, nichts, und sich nur so durchtastet mit der Vorstellung, daß hinter jedem Baum und in jedem Haus ein Gewehr auf sie gerichtet ist. Wir in Rußland nannten damals solche heimtückischen Feinde: Heckenschützen.«

»Und die Österreicher nennen sie Briganten. Sie erinnern mich gerade daran, daß der Sergeant dort mit dem gewichsten Schnurrbart mir mit dem Wort Briganten, vielmehr ›Brikanten‹, wie er sagte, die Ohren voll geredet hat, und wir Priester sollen die Leute dazu auffordern, die Feuerwaffen auszuliefern.«

»Na schön, was soll das, Don Giuseppe?«

»Was das soll: haben Sie Ihre Waffen abgeliefert?« fragte der Priester.

Scacerni fühlte sich nicht verpflichtet, zu antworten, er machte nur eine ausweichende Geste.

»Und so wäre es mir am liebsten«, sagte der Priester, indem er in das Pfarrhaus eintrat, »wenn sich die Soldaten bald entfernen möchten.«

Es war nun schon später Nachmittag geworden, und als wäre der Tag mit einemmal erschöpft, erfüllte ein tiefes Schweigen die Luft und jedes Ding rings um den Kirchplatz des Dorfes, der hinter dem Damm lag. Man hörte nicht einmal die Vögelchen in den Nestern piepsen, droben im alten Kampanile, und auch die Schwalben schienen von der Schwüle besiegt zu sein. Um so schärfer schnitt in dieses tiefe Schweigen ein Büchsenschuß, der unweit in den Feldern fiel. Und da standen plötzlich diese Soldaten mit einem zornigen, entsetzten und wilden Laut auf den Beinen und sprangen zu den Gewehren; dieser pflanzte das Bajonett auf, jener lud das Gewehr, und in wilder Eile liefen sie in die Richtung, wo der Schuß gefallen war, wie sie glaubten. Scacerni und wenige andere folgten ihnen in einiger Entfernung.

Unmittelbar außerhalb des Dorfes lagen die Felder und die lange gerade Straße einsam und leer da, man konnte niemanden erblicken, und so liefen sie gegen das Haus in der Melonenkultur. Da drinnen sang man immer noch, und diese gedankenlosen Melonenesser gaben das einzige menschliche Lebenszeichen in das allgemeine Schweigen. Vielleicht glaubten die Soldaten, daß die da drinnen mit ihrem Singen den Verdacht ablenken wollten. Sie waren nun in der Melonenkultur und zertraten die Früchte. Sie waren jetzt so still, daß man die Worte des Liedchens verstehen konnte durch das dichte Stroh hindurch und den geschlossenen Ausgang. Gegen diesen hoben nun einige das Gewehr, um gegebenenfalls sofort Feuer zu geben oder das Bajonett zu gebrauchen, die andern umgaben das Haus. Die Sonne drückte entsetzlich, sie schien sich auf ihrem Weg gegen den dämmerigen Abend verirrt zu haben, so hart und mit einem unbestimmten Licht beleuchtete sie diese Szene. Scacerni sagte zu einem geweckten Jungen, einem Sohn des Chiccoli:

»Geh mal schnell Don Giuseppe rufen, aber nicht laufen! Wenn man dich laufen sieht, schießt noch einer am Ende auf dich!«

»Im Dorf ist keiner von denen dageblieben«, antwortete der Junge.

Die Soldateska hatte inzwischen voll Mordlust Feuer an die vier Ecken des Strohhauses gelegt, und es war zundertrocken. Vier Rauchfäden und vier rote Lichtsäulen verlängerten sich und liefen an den Kanten des Daches entlang, und dann trafen sie sich, und nun war alles nur noch eine Flamme, die von Augenblick zu Augenblick gegen den Kamin aufwärtshin anwuchs.

Drinnen wurde es still, dann gab es ein kurzes, verwirrtes Geschrei. Die Tür wurde aufgerissen, der erste und dann die folgenden (Scacerni zählte sechs) standen plötzlich vor den Mündungen der Gewehre und den Spitzen der Bajonette. Das Haus in ihrem Rücken war nun nur noch eine glühende Lohe, sie hatten noch nicht begriffen, was eigentlich da geschehe. Aus der Tür, wo die sechs standen, kam eine wütende Flammenzunge heraus und röstete ihnen den Rücken, und da hoben sie flehend die Hände und näherten sich mit der Brust den Spitzen der Bajonette; die Antwort der Soldaten war ein Grinsen, seltsamer noch als ihre schon seltsamen Stimmen.

Aber der Flammen Widerschein stach nun auch auf die Soldaten ein, und sie zogen sich zurück, indem sie die kleine unglückliche Herde in die Mitte nahmen. Sie stießen sie auf die Straße, und mit einem Fußtritt in die Kniekehlen und einem Kolbenstoß gegen die Schultern warfen sie die Männer auf die Knie, und zwar in eine Reihe längs des Straßenrandes. Das Strohhaus war nun zu einem Haufen rotglühender Halme zusammengebrochen, kleine weiße Flammen züngelten noch in dem Haufen. Und jetzt ordneten sich die Soldaten vor den sechs Gefangenen, und je drei Soldaten nahmen einen der knienden Männer zum Ziel; und sie nahmen das Maß, die Mündung des Gewehrs mußte vier Hände von der Brust eines jeden der Hinzurichtenden entfernt sein. Einer der Sergeanten schrie mit entblößtem Degen ein Kommando und stellte sich an den Anfang der Reihe; sein Schritt, sein Benehmen, seine Stimme und desgleichen die Bewegungen der Soldaten, wie sie die Maße nahmen und wie sie die Ladung der Gewehre untersuchten und sich dann in einer Reihe ausrichteten, das alles war hart und nur Reglement. Und dennoch verdichtete sich eben dadurch der Schrecken und die kalte Grausamkeit in diesem drohenden Verbrechen, das noch unwirklich erschien, eben durch dieses bösartige reguläre Vorgehen. Die zum Tode Verurteilten, wenn man sie so nennen konnte, waren aus der ersten Betäubung in alles lähmenden Schrecken gefallen, als im Laufschritt, mit beiden Händen die schwarze Soutane hochziehend und seine mageren Waden zeigend, der junge Priester herbeieilte.

Die übrigen Soldaten hatten in Reih und Glied Aufstellung genommen und erwarteten bereits das Kommando des andern Sergeanten, zu salutieren. Ein neuer Kommandoschrei brachte sie in die vorgeschriebene Haltung. Das Glück wollte es, daß keinem der Opfer Mut und Sinn übrigblieb, weder die Flucht zu ergreifen noch auch nur mit dem Gesicht irgendein Zeichen oder eine Bewegung zu machen; bei der geringsten Bewegung wären die Schüsse gefallen, zwei für jeden in die Brust und einer in den Kopf. Der erste Sergeant wollte soeben den Degen senken und Feuer kommandieren. Nach diesem Kommando pflegte die Truppe das Haupt zu entblößen, und die zum Schuß kommandierten Soldaten knieten nieder, der geistliche Beistand betete das Miserere, dann rollte die Trommel, und schließlich fiel der erlösende Schuß. Das war die feststehende Regel im österreichischen Militärrecht.

Als jetzt der Sergeant, den Degen erhoben, den Priester im Laufschritt herankommen sah, wollte er ihm offensichtlich Zeit geben, sich zu nähern, damit nicht, wo so wenig Gerechtigkeit am Platz war, der Priester ermangelte, er die Absolution in articulo mortis erteile und dann das Miserere bete. Don Giuseppe verlor keine Zeit, und statt zu reden, warf er sich vor den Mündungen der ersten drei Gewehre auf die Knie. Der Sergeant senkte schweigend den Degen, er war verlegen und verstimmt, die Soldateska zog die Gewehre zurück, und die andern begaben sich in Ruhestellung. Sie hatten die Miene von Leuten, die keineswegs auf ihr Vorhaben verzichten wollten, aber sich zum Warten bequemten, und zwar aus einem vorläufigen Anflug von Rücksicht. Scacerni hatte sich mit zwei oder drei Bauern vorsichtig genähert, und sie flüsterten sich die Namen ihrer in solcher Gefahr schwebenden Landsleute zu, die da wie halbgefüllte schlappe Säcke knieten und kaum atmeten; arme, unwissende Landleute aus der Nachbarschaft. Derjenige, der noch das meiste Leben zeigte, weinte mit gesenktem Gesicht, und seine Schultern zuckten.

Don Giuseppe stand nun aufrecht da und bat den Sergeanten, daß er Mitleid mit der eigenen Seele und denen seiner Soldaten habe, indem er von einem solchen ungeheuerlichen Vorgehen Abstand nehme, er beschwor die Unschuld dieser Unglücklichen, denen er inzwischen einschärfte:

»Bleibt ja ruhig und am Platz, wagt nicht, euch zu bewegen, aber wenn sie euch erschießen, dann müssen sie auch mich abschlachten!«

Der Sergeant war sprachlos, und sein Degen hing schlaff in seiner Hand; er glich einem Menschen, der halb aus einem Traum erwacht war, aber noch immer zu träumen scheint, und wie rauh und wild er immer unter seiner Soldatenjacke sein mochte, und wenn er auch die Worte des Priesters nicht verstand: er begann zu begreifen und nachzudenken. Am meisten wirkte das Kleid des Priesters, denn die Kroaten waren strenge Katholiken. Scacerni dachte schon, daß Don Giuseppe der Situation die Spitze abgebrochen habe, und er näherte sich vertrauensvoll. Auf den Gesichtern der in Reih und Glied aufgestellten Soldaten war keine andere Seelenregung abzulesen als die der Subordination. Sie schienen alle aus bemaltem Holz geschnitzt, und ihre Schnurrbärte standen wie aus gezupftem Werg reglos mit dünnen aufrechten Spitzen, und alle schwitzten sie reichlich.

Aber da sprang plötzlich der Gefangene, der Don Giuseppe zunächst kniete, in einem Anfall von Todesangst auf die Beine, um zu entfliehen. Alle Gewehre senkten sich darauf unmittelbar mit einem Schlag auf Brust und Stirn der Knienden, diese Bewegung erfolgte blitzhaft und gleichzeitig. Die Soldaten stießen dabei ein wütendes Gekeuch und kurzes Knurren aus. Und Padrone Lazzaro sah, wie sich die Reihe der Gesichter auf eine wilde Weise bewegte, und wie auf der Tenne damals zwischen den zechenden Soldaten stieg ihm jetzt der widerwärtige Geruch eines fremdartigen Fleisches in die Nase, der ihm plötzlich nun tierisch und unerträglich erschien. Auch die entsetzten Opfer stanken.

Don Giuseppe hatte mit einer schnellen Bewegung den bösberatenen Flüchtling eingeholt, er brachte ihn zurück, drückte ihn auf die Knie und kniete selber wieder hin, umfaßte die drei Gewehre, setzte sie sich im Bündel auf die Brust und schrie dann mit Worten, aber mehr noch mit seinem Benehmen, daß sie auch ihn töten sollten. Es verging ein sehr langer Augenblick. Endlich gab der Sergeant ein Kommando, und die Gewehre zogen sich aufs neue zurück. Die Haltung der Soldaten lokkerte sich ein wenig. Don Giuseppe Romagnoli wiederholte immer wieder das Wort Francolino, und er erklärte dem Sergeanten mit vielen Bewegungen, daß er sich ihm anbiete, ihn in Person mit diesen Männern und Gefangenen dorthin zu führen, er biete sich als Geisel und Pfand an, und so endlich hatte die christliche Liebe Oberhand gewonnen.

Während nun die Soldaten den Gefangenen die Hände banden und andere zurückgingen, um die auf dem Kirchplatz gebliebenen Tornister zu holen, näherte sich Padrone Lazzaro dem Priester; und mitten auf der staubigen Straße, wo Don Giuseppe wartete, bis die Österreicher fertig waren, stand der Priester da mit einem Gesicht, das hell und strahlend war und eine bescheidene Sicherheit ausdrückte. Und Scacerni beugte sich und nahm die Rechte des Priesters, er wußte selber nicht, wie, und küßte sie.

»Oh, Padrone Lazzaro, Sie auch hier?«

Dieser nickte zwei-, dreimal, dann sagte er:

»Ich hab nach Ihnen geschickt, als ich sah, wie schlecht sich die Sache anließ.«

»Da haben Sie eine gute Idee gehabt, sehen Sie, daß ich recht hatte, mich wegen der Waffen zu beunruhigen?«

»Auf jeden Fall, Don Giuseppe, Sie haben heute gezeigt, wer Sie sind. Wenn Sie nicht hier gewesen wären . . . Sie haben ein Wunder gewirkt.«

»Ich habe Christus gehorcht, und er hat mir geholfen.«

»Der hilft immer, wenn man ihm gehorcht und mit soviel Mut gehorcht wie Sie«, sagte Lazzaro mit einer Art von Müdigkeit in der Stimme.

»Dann muß ich also zweimal danken, denn auch der Mut kommt von ihm. Aber hätten Sie nicht da einen geweckten Jungen, den ich ins Pfarrhaus schicken könnte, damit er mir Hut und Mantel brächte? Ich muß jetzt mit diesen da bis nach Francolino gehen. Daß Gott ihnen verzeihe, aber was sind das doch für Hartschädel.«

Chiccolis Junge stand hinter Scacerni, und ohne daß man ihm den Auftrag wiederholen mußte, lief er schon ins Dorf. Zwei Tage später wurden die Gefangenen und ihr Lebensretter freigegeben. Man hatte dem Priester immer aufs neue eingeschärft, vom Predigtstuhl herab für die Auslieferung der Waffen zu sorgen, und das bereitete den Dorfleuten ebensoviel Verdruß, wie es den Österreichern eilig war mit dieser Verordnung. Vielleicht hätten sie den Priester noch länger als Geisel zurückbehalten, wenn nicht der Kardinalerzbischof aus Ferrara einen Boten geschickt hätte. Nach Guarda zurückgekehrt, bestätigte er die Vorsichtsmaßnahmen, die Requisitionen und Repressalien.

»Sie gehen nicht mehr fort«, je häufiger Scacerni das dachte, um so seltener sagte er es, denn bei diesem Gedanken packte ihn ein dumpfer Ekel, der ihm in den Knochen saß. Ihm war noch in der Nase jener Geruch fremden Fleisches, und er dachte noch immer an seine eigene ohnmächtige Angst und an die Empörung, die ihn nicht nur bei diesem brennenden Haus und dem bestialischen Zorn der Soldaten erfüllt hatten, sondern schlimmer noch, als er diese steif abgemessene, gefühllose Militärmaschine arbeiten sah, die kalt bis zu den entsetzlichsten Verbrechen weitergearbeitet hätte, wäre der gute Priester nicht darüber gekommen. Und ihn ärgerte mehr als dieses blindwütige und bösartige Vorgehen jene Verachtung, die er bei den Soldaten gegen das Blut seiner Landsleute entdeckt hatte. Und eine solche Verachtung kann tiefere und wildere Gegenkräfte wachrufen, als es der unmenschlichste Haß vermöchte. Er spürte es in seinem Blut, wie alles in ihm sich auflehnte. Zu seiner Frau, die stur und hartnäckig in ihrem Groll gegen die Italiener verblieb, sagte er:

»Laß nur, du hast sie nicht gesehen und ihren Geruch so in der Nase gehabt wie ich, das sind wilde Tiere, diese Kroaten.«

»Aber wer hat es denn gewollt, daß das alles passierte! Wer ist sie denn suchen gegangen, diese Bestien, wer hat sie denn gerufen?«

»Diese sechs unglücklichen Männer aus dem Melonengarten gewiß nicht!«

»Natürlich, immer sind's die Unschuldigen, die unter die Räder kommen, das weiß ich auch. Aber wem hat unser allgemeiner Wohlstand soviel Verdruß gemacht, wem ist er langweilig geworden, wer war denn dieser Feind Gottes und des Friedens?«

»Ich sag nichts, aber Freunde Gottes sind diese Kroaten doch auch nicht, das willst du mir doch nicht sagen.«

Je mehr er darüber nachdachte, um so mehr spürte er einen Zorn aufsteigen, den er selber nicht begriff. Am liebsten hätte er sich mit diesen k. u. k. Kroaten herumgeschlagen, nicht, versteht sich wohl, mit Österreich oder den Österreichern als solchen, nein, mit jenen da auf der Straße, am Melonengarten, genau mit denen. Und er lachte vor sich hin: ein hinkender alter Mann wie er war.

Die wenigen Male, die Giuseppe, Coniglio mannaro, den Mund auftat, hatten jedesmal nur zum Anlaß, einige Lächerlichkeiten über die Gefühle der Liberalen in der Stadt und über die freiwilligen Kreuzfahrer zu erzählen. Und ebenso versuchte er auch die Soldaten vom »Holzschnabel« (die päpstlichen) mit witzigen Bemerkungen zu bedenken, besonders den Umstand, daß sie halb neutral und halb im Kriege waren.

Und was er so vorbrachte, das kam alles aus seinem Geschäftsinstinkt: alle Gegner des Friedens, der doch den Geschäften so zuträglich ist, waren Schädlinge von Handel und Wandel, Weltverderber und halb verfaulte Gehirne, denn das waren ja jene, die Schuld an seiner Flucht aus Ferrara hatten, als er sein Geld in den Händen der Tante lassen mußte.

»Auch er hat etwas Gutes an sich«, hätte auf seine Weise Alpi gesagt, der mit den Österreichern über den Po gekommen war. Davon wußte man an der Guarda aber noch nichts. Übrigens soll er es gewesen sein, der die berüchtigte Proklamation des Marschall-Leutnants Welden verfaßt hat, die auf das Beispiel des noch rauchenden Sermide hinwies und es den Italienern als Abschreckung vor Augen stellte. Er hatte einen militärischen Grad im k. u. k. Heere erhalten, und er stellte so selber ein Beispiel dar für jene Verwirrung des Legitimismus, der die legitimen Herrscher verriet, wie damals von 1848 an Österreich selber es in Italien siegreich trieb, aber dabei in jene sich selber widersprechende Haltung geriet, die seine Politik immer unheilbarer machte.

Nicht als ob der junge Scacerni den Österreichern wohlgesinnt gewesen wäre und darum wieder den Mund aufgetan hätte, es war nur das Geschäft, das wiederzukehren schien, und die Österreicher waren gute Käufer. Und vielleicht war jenes Geld bei der Tante doch noch nicht verloren, und er konnte sich damit neuen Kredit verschaffen. Als er dann wieder anfing, auf den ländlichen Märkten zu verkehren, und als er sah, wie alles, besonders das Getreide, teurer wurde und er nichts daran verdienen konnte, da packte ihn eine ungeduldige Erregung und ein Ärger, der ihm wie ein Stachel Pein bereitete.

Sein Vater las ihm seine Gefühle von der Nase ab, und es wirkte dabei jener Scharflick, den man häufig beobachten kann zwischen Leuten, die sich nicht vertragen:

»Du rufst die Teuerung herbei«, sagte Padrone Lazzaro.

»Ich rufe nichts. Wenn sie kommen muß, möchte ich allerdings ein bißchen Geld daran machen, so gut wie jeder andere auch«, antwortete Coniglio mannaro.

Und Padrone Lazzaro mußte an die seltsamen Gespräche denken, die er bei den Freiwilligen der »Legion der Verbannten« aufgeschnappt hatte. Er wunderte sich, daß er noch daran dachte, und warum begann er nun eigentlich dem Sohn davon zu erzählen? Doch nur, um den Burschen, der so widerwärtig geizig war, zu beunruhigen. Und so erzählte er denn: man begänne demnächst, die Güter, weil die Menschen davon schlecht würden, zu teilen und sie gemeinschaftlich zu machen, Eigentum sei Diebstahl. Großer Gott, da kam er bei dem Sohne schlecht an!

»Wer sagt denn solche Sachen?« fragte dieser mit schmalem Mund und erbleichend, und seine Hand war schon bereit, die Geschwüre zu kratzen, so aufgeregt war er.

»Da gibt es gewisse Leute, die so sprechen, und viel mehr als du glaubst, die sind besser auf dem laufenden als du«, antwortete der Vater, der sich einen Mordsspaß daraus machte, »und dann steht's auch in den Büchern, glaub ich!«

»So? Solche muß man öffentlich verbrennen.«

»Die Bücher?«

»Ja, und auch die Leute, die sie schreiben und die sie lesen, alle! Aber bei ganz langsamem Feuer, langsam, langsam!«

»Du hast ein Gemüt wie ein Fleischerhund! Aber ich versteh dich nicht, du hast doch jetzt nichts, und da müßte dir doch das Teilen Spaß machen!«

»Was für Ansichten! Es interessiert mich gar nicht, was ich zur Zeit habe, ich denke an das Geld, das ich mal verdiene.«

Diese Beweisführung und die Leidenschaftlichkeit, mit der sie vorgebracht wurde, machten den Padrone Lazzaro sprachlos vor Staunen. Im übrigen lag ihm überhaupt nichts an all diesen Geschichten, er sah die Dinge dieser Welt wie einer, der es von Jahr zu Jahr besser fühlt und weiß, auch ohne es zu sagen, daß von einer Jahreszeit zur andern die Dinge immer altern und immer neu werden, ohne daß der Mensch etwas dazu tun kann.

Der Herbst meldete sich an im Tal des Po und versprach für den Winter und das kommende Jahr wirklich die Teuerung, besonders in der Legation von Ferrara, wo die österreichischen Beschützer alles requirierten, rationierten und unter der Hand enteigneten, kurzum sich einrichteten, als ob sie nicht mehr fortzugehen vorhätten, und dabei wie Leute vorgingen, denen nichts daran liegt, wenn sie den Hunger hinter sich zurücklassen.

Dieser erste Besuch der Österreicher im Haus an der Pappelbrücke war nicht der einzige geblieben, und nachdem die Patrioten die Kapaune fortgetragen hatten, setzte Dosolina Bruthennen in den Stall, die ihrer Aufgabe tüchtig nachkamen, und sogar einen Hahn, der sehr rassig war und stolz: aber die Österreicher schleppten alles fort, und das war ein ausgesprochener Hohn und eine schmutzige Räuberei, denn dieser Hahn mußte so hart sein wie jener, der für Sankt Petrus sang. Aber es nützte ihr nichts, den Soldaten das zu sagen, noch sie zu bitten, daß sie ein wenig Rücksicht aufbrächten; jetzt zogen sie nicht mehr auf den Dörfern herum, um mit den Bauern Brüderschaft zu trinken und Unfug zu machen; sie kamen jetzt im Auftrag und sahen jedesmal düsterer aus, und sie trugen so viele geschriebene Orders bei sich und zogen hinter sich so viele Karren her, um die Sachen aufzuladen, daß man wußte, was das bedeuten sollte: das war Kriegskontribution. Und sie kehrten zurück, solange noch etwas da war.

Auch zur Mühle kamen sie regelmäßig, maßen Weizen und Mais und erhoben ein bestimmtes Maß vom Mehl; der Rest genügte kaum für den Hunger der Bauern. Ein Teil dieser Abgaben ging ans Heer, ein Teil nach Ferrara, um die Stadt, die auf knappe Ration gesetzt war, vor dem Verhungern zu bewahren. Und sie ließen jedesmal Papiere zurück, auf denen die Zahlung versprochen wurde. Die Bauern aber versuchten, statt das Korn in die Mühle zu bringen, es heimlich diesem Raub zu entziehen und zu vergraben.

Padrone Lazzaro mußte auf alles gefaßt sein, denn auch er wußte, was seit zwei Monaten am ferraresischen Ufer des Po mit den Mühlen geschah; er mußte gefaßt sein, gewiß, aber als es ihn dann schließlich traf, sah es ganz anders aus, es kamen nämlich dann schließlich doch die Soldaten mit dem Beitreibungsbefehl, und die Mühlen San Michele und Paneperso wurden vom österreichischen Militär in Beschlag genommen.

Es muß noch erwähnt werden, daß in den ersten Septembertagen das Gros des feindlichen Heeres sich über den Po zurückzog und das ferraresische Gebiet und die drei Brückenköpfe räumte, und nun begannen die

Österreicher die beschlagnahmten Mühlen und Barken zurückzuerstatten. Lazzaro freute sich schon, daß er auf diese Weise mit einem blauen Auge davongekommen war, aber siehe da, die beiden requirierten Mühlen wurden mit dem gesamten Personal auf die nördliche Seite des Ufers verlegt, um dort für die österreichische Intendantur zu arbeiten. Wie sollte man es den Leuten erklären? Als ob man so einen Mahlplatz einfach überall fände! Und als ob Subbia, der sich schon auf sein Handwerk verstanden hatte, die San Michele nicht eigens gearbeitet hätte, um in der rechts gelegenen Strömung zu mahlen. Aber wenn Lazzaro auch kein alter gedienter Soldat gewesen wäre, der wohl wußte, was es nutzte, gegen einen Befehl etwas vorzubringen, es genügten die Gesichter der Soldaten, um ihn sofort zu überzeugen, daß jede Widerrede vergeblich gewesen wäre. Es war besser, sofort zu gehorchen, als diesen groben Burschen Anlaß zum Zorn zu geben. Um ihm zu helfen, die Mühlen ans andere Ufer zu schleppen, hatten sie ihm artig von Lagoscuro einen kleinen Dampfer geschickt, aber er lehnte die Hilfe ab. Er fuhr mit seinem kleinen Boot hinaus, um mit dem Senkblei den Fluß abzumessen, und dann ließ er die Vertäuung am Festland lösen. Und mit zwei Ankern und der Winde warpte er die Mühlen hinaus in die Strömung, eine nach der andern, bis an das andere Ufer.

Cecilia Rei legte, wie es von ihr zu erwarten war, bei diesen Manövern Hand an wie ein Mann, und besser als viele Männer, zumal besser als dieser unbrauchbare Giuseppe, dem diese Reise ans andere Ufer gar nicht mißfiel, denn sie brachte ihn der österreichischen Intendantur so viel näher. Er schlug sogar dem Vater vor, er wolle sich ebenfalls auf der San Michele niederlassen, solange diese Beschlagnahmung andauere.

»Aber wenn es wieder Krieg gibt?« sagte Dosolina, die am liebsten losgeweint hätte, so erniedrigt kam sie sich vor, »und wenn sie dich dann nicht mehr an dies Ufer zurücklassen?«

»Kommt der Krieg, geht er auch wieder vorbei.«

»Aber die erste Sache, die sie machen werden, wird sein, alle Barken wegzunehmen.«

»Ja«, machte Padrone Lazzaro und blickte seinen Sohn heimlich an, »das geht jetzt so: aus dem meinen und dem deinen machen sie das ihre! Auch die Österreicher! Und da muß man eben ein bißchen Geduld haben. Aber warum eigentlich, Dosolina, glaubst du, daß der Krieg wiederkehre?«

»Ich weiß es nicht, ich hab so eine Vorahnung!«

»Ach, liebe Frau, du hattest auch immer so eine Ahnung, daß dir die Zigeuner diesen da, als er noch klein war, forttragen könnten! Jetzt säßen die Zigeuner schön in der Patsche! Er hätte ihnen schon längst das Hemd vom Leibe weggepfändet.«

»Euch habe ich ja schließlich noch nichts weggepfändet«, sagte Giuseppe gleichmütig auf seine übliche Weise.

»Ich bin auch dein Vater!«

»Wenn Ihr im Zahlen säumig wäret, dann sähe ich keinen Grund, Euch nicht zu pfänden.«

Auf dem andern Ufer hatten die Mühlen Tag und Nacht für die Österreicher zu mahlen, und die wären gute Kunden gewesen, wenn sie nicht selber den Arbeitslohn festgesetzt hätten, und wenn es sich um einen päpstlichen Untertan handelte, war dieser Lohn sehr gering. Padrone Lazzaro half sich, indem er das uralte Müllerprivileg wieder in Kraft setzte und sich einen Teil des Mehls stillschweigend wegnahm: den Müllerzehnten, und so waren er und die Österreicher zufrieden. Aber je länger sie von ihrem Ufer fern waren, um so mehr sehnten sie sich nach der alten Mahlstelle zurück, nur Coniglio mannaro akklimatisierte sich prächtig, und er hatte so viel Umgang mit den Österreichern, daß er schon begann, einige Brocken Deutsch gelegentlich von sich zu geben.

VII

Das Jahr der Revolutionen und der glücklichen Ereignisse, der Gipfel und der Abstürze, das ganz Europa bewegt und in Erstaunen versetzt hatte, breitete, als es sich seinem Ende näherte, über die Menschen eine Ruhe aus, als sei alles entkräftet und bedrückt, sowohl die Sieger wie die Besiegten. Es war eine Ruhe wie vor dem Gewitter, und niemand kam dieser Friede gesichert vor, weder militärisch noch politisch und auch nicht auf sozialem Gebiete. Der Kaiser Ferdinand überließ dem jungen Franz Joseph den Thron, und im Ferraresischen erlitt das Volk zwischen einer schillernden Neutralität und einer nominellen Regierung, hinter der die rohe Gewalt stand, alle Schäden eines Krieges, ohne sich eigentlich im Kriege zu befinden. Und die Mißstimmung und Unzufriedenheit war groß und allgemein, und aus den italienischen Freischärlern und österreichischen Deserteuren und den Desperados im Lande überhaupt entstand aufs neue die Räuberei, die sich bald bemerkbar machte. In Ferrara selbst mußte die legitime Autorität, diskreditiert wie sie war, alle Frechheiten des Straßenpöbels ertragen, der sich immer anarchischer aufführte, und zwar nur deshalb, weil man nicht diese Beschützer, die in der Festung saßen, zu Hilfe rufen wollte. Die Österreicher hielten somit alle Trümpfe in der Hand und dachten dabei nur daran, ihren Vorteil einzuheimsen, dachten sogar an die endgültige Besitzergreifung des Gebietes, wozu diese Anarchie von selber die beste

Hilfe leistete. Wenige Punkte des Kirchenstaates waren derartig niedergedrückt und müde wie das ferraresische Land, als Pius IX. nach Gaëta floh.

Das Jahr ging zu Ende; es war der Abend des achtzehnten Dezember, als unsere auf das venetianische Ufer verbannten Müller ein wenig müde vom Tage auf ihren Mühlen an den Mahlwerken standen, schweigsam, es war schon seit einer Weile dunkel draußen, obwohl der Himmel klar war. Es waren die kürzesten Tage im Jahr, so daß Cecilia schon die Öllämpchen im Hause der Mahlwerke angezündet hatte, und über ihrer Arbeit hatten sie gar nicht bemerkt, wie es Nacht geworden war. Cecilia briet Polentastückchen, um sie zusammen mit Heringen vorzusetzen, man wollte soeben zu Tische gehen.

»Jetzt sind Sie ja die Padronin, da Sie uns zu essen machen«, sagte Scacerni, indem er sich der Tür des Hauses auf dem großen Sandon der Paneperso näherte. Aber plötzlich blieb er überrascht stehen. »Was ist denn das? Kommt die Sonne zurück? Oder hat sich der Mond auf seiner Bahn verirrt?«

Gegen Abend und Mitternacht hin schien die Abenddämmerung wiederzukehren mit roten und goldenen Lichtern, und das Grün darin war klar wie jenes in den winterlichen Sonnenuntergängen, und es war zugleich wie ein unmöglicher Mondaufgang, während das Firmament erbleichte und der Fluß und Ufergänge in einem kalten und toten Schein lagen, in dem die Schatten vergingen und alles flach und gleichmäßig wurde.

Scacerni rief Cecilia und Schiavetto herbei, und die beiden waren sprachlos vor Staunen. Sehr schnell war der ganze Horizont im Westen und Norden vom Rot ins Violett übergegangen und flammte nun, als ob sich eben dort eine durchsichtige Wolke erhoben hätte, in der das Rot die schwächlichen Farben von kurz vorher überwunden hatte. Aber obgleich das soviel Farbe war und ein so großer Teil des Himmels davon bedeckt wurde, und wiewohl dieses Rot blendete wie ein glänzendes Feuer, blieb doch das Ganze ungewiß und schwebend. Die Erde blieb unbestimmt und blind, und das Licht konnte den schmalen winterlichen Flußlauf nicht lebendig herausheben, es schwammen auf dem Wasser nur kalte Reflexe, die lang hinzogen wie ein Frösteln des Wassers. Die Hunde jaulten und bellten in den einsamen Häusern auf den Feldern wie zur Zeit der Sonnenfinsternis.

Unsere Müller blieben eine Weile auf dem Gehsteig der Mühle stehen, um die Naturerscheinung zu betrachten.

»Man hat schon«, so sagte Padrone Lazzaro endlich, »verschiedene Male ein ähnliches Ereignis beobachtet.«

Im übrigen waren sie nicht nur vom Glanz dieser einzigartigen Erscheinung befangen, sondern auch von einer Unruhe, die sie neugierig machte, wie das Ende dieser himmlischen Farbenpracht wohl sein würde. So standen sie also unschlüssig da zwischen Neugierde und dem Appetit, der sie aus der Kälte ins Haus lockte. Das Nordlicht aber stand noch immer am Himmel.

»Man hat dasselbe schon im Jahre 1831 gesehen«, erinnerte sich Schiavetto, und er fügte mit einem melancholischen Lächeln gegen Cecilia gewandt bei: »Das sind jetzt sechzehn Jahre her, und damals war ich schon kein Junge mehr. Padrona, ich bin alt geworden.«

»Was hat nun eigentlich ein solches Ereignis zu bedeuten?« fragte Cecilia Rei. »Ich seh es zum erstenmal, im Jahre 1831 war ich noch ein kleines Mädchen, und ich werde wohl geschlafen haben.«

»Je«, sagte Scacerni, »was das bedeutet? Dazu gehört die Wissenschaft der Astrologen, da müßte man den Barbanera oder den Pescator di Chiaravalle fragen, und dann müßte man auch noch glauben können, was einem vorgesetzt wird.«

»Dennoch will das immer etwas bedeuten, wie auch der Komet«, meinte Schiavetto.

»Das schon«, räumte Padrone Lazzaro ein, er war auf einmal, und zwar ohne es zu wollen, nachdenklich geworden, »es wird schon was zu bedeuten haben. Vor allem, daß die Welt noch ganz und gar aus den Angeln ist und daß noch andere Schicksalsschläge kommen müssen, um sie wieder in die alte Bewegung zu bringen, oder auch, daß sie vielleicht in eine neue Bewegung hineinfindet. Auf jeden Fall: wie sagen die Litaneien? Erlöse uns von Pest, Hunger und Krieg, nicht wahr? Darum müssen wir jetzt beten, denn diese Welt in Aufruhr hat immer mehr zu verlieren als zu gewinnen.«

Dann fragte er sich plötzlich, verhielt sich das denn wirklich so? War die Mühle San Michele nicht etwa aus den Früchten des Aufruhrs und der Schicksalsschläge gebaut worden? Und er dachte daran, auf welche Weise der Schatz der Madonna von Spanien geraubt worden war und wie er den Weg zu ihm gefunden und wieviel Unruhe er ihm mitgebracht hatte; dieser flüchtige Hoffnungsblick, den seine Seele in die Nacht des Schicksals hinaustat, setzte ihn nun plötzlich mehr in Erstaunen als das Nordlicht. Und es schien ihm, als habe er, wie er so dahinlebte, einen sehr langen Traum getan, der aber trotzdem nur einen Augenblick gedauert hätte. Und er war davon vollständig verwirrt.

»Aber wirklich«, schloß er zu sich selber redend, »dazu brauchte es schon die Wissenschaft der Astrologen, aber dann, was wissen auch die schon!«

»Und Sie, Padronin«, fragte Schiavetto, indem er das Gespräch zu erheitern versuchte, »was wünschen Sie sich bei diesem verrückt schönen Licht?«

»Ich mir? Nichts!«

»Auch nicht so einen Waschlappen von Mann?«

»Komme ich Ihnen denn so vor«, fragte sie scherzend zurück, »als ob ich mich mit einem Waschlappen zufrieden gäbe? Verdiene ich nicht den schönsten Jungen der Welt?«

»Oh«, machte Schiavetto, auf einen Schlag war ihm die Kehle trocken geworden, »den verdienten Sie schon!«

Aber Padrone Lazzaro sagte:

»Wenn man so ein Weilchen auf der Welt war und so vielerlei gesehen hat, erkennt man dann beim Zurückschauen, daß die Welt ein recht verwickeltes Knäuel ist; entweder wollen wir es entwirren oder den Faden abreißen, das Ende hat aber auf jeden Fall der in der Hand, der uns gemacht hat, und der weiß, warum und wieso. Wenn man das verstanden hat, Kinder, dann können wir ruhig die Sterne und den Mond und die Kometen und auch diese nächtliche Sonne studieren, es gibt da nichts anderes zu verstehen als: Gott hat den Faden des Knäuels in der Hand.«

Das sagte er und hob den Finger gegen das Nordlicht, das gerade in diesem Augenblick erlosch und ihn so mit dem erhobenen Finger stehen ließ. Alle waren beinahe erschrocken, denn die Nacht, die nun plötzlich da war, erschien ihnen als die dunkelste, die sie je erlebt hatten.

Es ist wohl wahr, daß in den Schweifen der Kometen und in den Nordlichtern, wie in diesem berüchtigten des Jahres 1848, immer besondere Ereignisse und Entwicklungen vorhergesehen und verkündigt wurden, die dann im Jahre 1849 auch wirklich nicht auf sich warten ließen. Aber so wie für jeden das die wirklichste Geschichte ist, deren Geschehen ihn selber betrifft, so möchten wir sagen, daß für die Menschen, die wir im Dunkel, als das Nordlicht erlosch, alleinließen, das letzte Ereignis der Geschichte von außen darin bestanden hatte, daß die Mühlen manu militare ans andere Ufer gebracht worden waren. In jenen Jahren war es wirklich zum letzten nach so vielen Malen geschehen, daß man die Mühlen auf dem Po aus kriegerischen Gründen ans entgegengesetzte Ufer gelegt hatte; damals waren alle Hoffnungen Italiens untergegangen, und doch reifte schon die Zeit, da der Po zwischen zwei Ufern fließen sollte, die beide Italien angehörten.

Gewiß, wenn es Padrone Lazzaro eingefallen wäre, diese seltsame Erscheinung des Nordlichts zu deuten, dann hätte er in seinen Kalenderblättern wohl die ausgefallensten Erklärungen ausgegraben, doch gewiß nicht die eine: daß nämlich der Po, noch keine hundert Jahre später, kein Fluß der Mühlen mehr sein werde.

Das Unglück kommt zu Schiff

Der Schmuggler am Po

Immer hatte schon in der Erinnerung der Alten die ferraresische Guarda eine Eigentümlichkeit aufzuweisen, man kann sogar sagen, eine Merkwürdigkeit, die sie bis heute bewahrte: die Kirche kehrt nämlich ihrer Pfarrei, ihrer Gemeinde, den Rücken zu.

Die Front blickt über den Fluß, und zwischen Kirche und Damm – der sich hier hoch und massig hereinkrümmt, um diesen in der Strombiege gelegenen Punkt zu schützen –, auf diesem kleinen Platz gäbe es keine Möglichkeit, ein Dorf, wie winzig es auch wäre, ganz aufzunehmen. Die Häuser also sind zum großen Teil hinter der Kirche auf die Welt gekommen, halb schon auf dem freien Feld. Aber das war nicht immer so, denn einmal stieß das Ufer weiter in den Fluß hinaus, der damals die Biege noch nicht so spitz nahm; und so gab es genug Uferland, daß darauf einige Häuser und sogar eine Ziegelbrennerei stehen konnten, wenn auch bei Hochwasser der Fluß kam und das Feuer in ihren Öfen löschte. Sie hieß: Fornace guerra (Kriegsziegelofen), und der alte Po-Lehm lieferte ausgezeichnete Ziegelsteine. Aber in jene Zeiten reicht selbst die Erinnerung der ältesten Leute an der Guarda nicht zurück. In den alten Flurbüchern sind Ländereien und Häuser eingetragen, die der Fluß sich zusammen mit dem Uferland seit vielen, vielen Jahren wiedernahm. Und jetzt drängte sich die Hauptgruppe der Häuser hinter der Kirche aneinander, und der Fluß drückte sie nach und nach immer enger zusammen. Und die Kirche scheint die geduckt dastehenden Häuser zu beschirmen wie eine Glucke ihre Küchlein, wenn sie den Falken erblickt.

Zur andern Seite der Kirche befand sich einmal der Friedhof; das war nicht der erste und ist auch nicht der letzte geblieben, denn später wurde er landeinwärts verlegt, als ob der Fluß, der niemals müde geworden war, die Lebendigen zu drangsalieren, auch noch den Toten habe Beine machen wollen. Und daß der Fluß es mit den Toten hatte, das erschien dem Müller Lazzaro Scacerni besonders widerwärtig, und er sagte:

»Die Lebenden haben Grütze genug, sich gegen ihn zu verteidigen, sie sind ja auf der Welt dafür da, aber die Toten sollte er in Ruhe lassen.«

»Als ob das einen Zweck hätte, sowas zu sagen«, antworteten ihm die Leute von der Guarda und zuckten die Schultern; sie lachten dabei und waren auch ärgerlich: »Und dann, wem soll man's sagen? Etwa dem Po?«

»Ich für mein Teil ziehe vor, ehe mich der Fluß eines Tages noch im

Grabe zwiebeln sollte, mich lieber vom Hochwasser fortschleppen und drunten im Sand begraben zu lassen. Dann sterbe ich wenigstens, wie ich gelebt habe: als Flußmüller.«

Man lachte über solche bizarren Wünsche.

»Hier sind wir geboren, und hier werden wir auch begraben, was soll man dagegen machen?«

»Das kann ja für euch gut sein, die ihr hier geboren seid. Aber ich bin nicht hier geboren, für mich kommt euer ersoffener Friedhof nicht in Frage.«

Seine Freunde von der Guarda und besonders die Chiccolis, die ihr Häuschen und ihre Schusterei im Getto hatten, wußten schon seit einer guten Weile von dieser Schrulle Lazzaros, die Gräber auf dem Friedhof zu verabscheuen, in den das Wasser einsickerte. Aber warum war er so unfreundlich, denen von hier damit zu kommen und sie daran zu erinnern!

Eine schlimme Beschwörung schien es, laut auszusprechen, daß es im Gebiet der Guarda keinen langen Frieden, weder für die Lebenden noch für die Toten, gebe, um so mehr, als nach dem langen Hochwasser von 1839 der Fluß angefangen hatte, im Rücken der Guarda die Dämme zu benagen. Bei Nogarole, wo die Mahlstelle des Padrone Lazzaro lag, war es losgegangen. Seit zehn Jahren waren die vereinigten Frolden wieder Dämme ohne Ufersäume, von der Strömung bespült. Und die drohte nun auch noch das Uferland von Fornace guerra und an der Guarda wegzutragen. Dieser Umstand richtete nun die allgemeine Sorge auf die vereinigten Frolden, deren Dämme schwach und in einem vernachlässigten Zustande waren. Das wußte man wohl, man sagte es auch, wenn sich die Gelegenheit ergab, den Leuten vom Wasseramt; aber dieser Lazzaro schien geradezu das Unglück über das Land zu berufen; wenn er auch ein Ehrenmann war, so blieb er doch ein Sonderling. Und sie zuckten die Achseln, wenn sie ihn auf seine Weise schelten hörten.

Tatsächlich fühlte er sich, da er nun alt wurde, auf dem Wasser, an Bord der Mühle, sicher, und die Gewalt des Flusses war ihm eine strenge, aber ehrliche Freundin geworden; auf dem Festland jedoch schien ihm diese Gewalt feindselig, er spürte sie wie etwas Hinterhältiges und Böses.

Und sooft er die vereinigten Froldendämme betrachtete, zu deren Füßen der Fluß in unaufhörlichem feinem Zerstören vorbeitrieb, glaubte er das andere Gesicht des Po zu entdecken, jenes gefällige, aber verstellte Gesicht, das er den Leuten auf dem Lande zeigte, während das andere, das er ihm auf der Mühle wies, wohl furchtbar sein konnte, aber immer ehrlich blieb. Seit 1839 hatte es keine schlimmen Hochwasser mehr gegeben, aber gerade das beunruhigte ihn um so mehr: wie hätten die Frolden jetzt einem Ansturm der Wogen standhalten können? Und er spürte, wie ihn die Angst anfiel, genau wie in jenen ersten Jahren, als er sich an dieser Mahlstelle verankert hatte, ein neuer Müller damals, der während der guten und ruhigen Jahre immer gefürchtet hatte, daß das Schicksal ihn unversehens aus dem Hinterhalt überfallen werde. Und ohne es selbst zu merken, begann er nun dieselben Reden zu halten wie die alten Müller von damals, die ihn so sehr aufgebracht hatten: daß man nämlich den Po einmal richtig kennenlernen müsse, sonst wisse man nicht, wer er sei; und daß er sich nur so anständig benehme, um die Leute einzulullen; und daß er einen ganzen Vorrat an verschiedenen Hochwassern und Katastrophen bereit habe:

»Was glaubt ihr denn schon zu wissen! 1839 waren die meisten von euch ja noch nicht trocken hinter den Ohren, um etwas davon zu verstehen.«

Das letzte sagte er zu den Jungen gewandt, die das mit Ungeduld, ja mit Ärger vernahmen, während die Alten schon wußten, warum sie sich dabei ängstigten. Aber etwas andres konnten sie auch nicht tun, und sie hörten zu, als habe er sie behext. Jedoch – warum die einen verstimmen und die andern ängstigen? Scacerni hätte eigentlich ganz gern sein Gütchen an der Pappelbrücke verkauft, um sich von jeder Art Knechtschaft, die ihn ans Land band, zu lösen und mit seiner Frau Dosolina und dem treuen Schiavetto an Bord seiner Mühle, neben der die Mühle von Cecilia Rei verankert lag, zu leben. Denn in dem Alternden wandte sich ein Etwas, das voller Unruhe und Phantastik und dann doch wieder in Ohnmacht gefangen war, rückwärts zu den Geistern und Sehnsüchten seiner Jugend. Saß er dann einmal mit der Familie auf der Mühle, so brauchte er nur die Anker zu lichten, und er war frei.

Aber wie sollte er das anstellen, sich darüber seiner Frau mitzuteilen, die, wie er halb verärgert und halb belustigt feststellte, in Seligkeit verloren hinter ihren Hühnern und Schweinen hertrieb und in ihre Seidenraupen ganz verliebt war? Und dazu war sie von der Begabung des Sohnes bezaubert, und Giuseppe Coniglio mannaro war mehr als je dem Leben eines Müllers abgeneigt. Er hatte sich seit einiger Zeit mit neuer Kraft seinen geschäftlichen Unternehmungen hingegeben.

Nach den Ereignissen von 1848 waren die Mühlen San Michele und Paneperso am venetianischen Ufer verblieben; die Österreicher hatten sie requiriert, während in Ferrara die Republik proklamiert wurde. Rom wurde von den Franzosen belagert, und die Österreicher waren mit Waffengewalt in die Legationen eingedrungen, um die Wappen und Verwaltungsstellen des Papstes wieder an ihren Platz zu bringen, sich selber jedoch die Macht reservierend. Übrigens hatten die Österreicher in Ferrara die Garnison nie geräumt.

Die Monate seit der Beschlagnahme waren dem Padrone Lazzaro sehr lang vorgekommen, und der ungeeignete Mahlplatz machte ihm Ärger, denn man weiß bereits, daß die San Michele gearbeitet war, um in der rechten Flußströmung zu laufen. Überdies betrachtete er das andere Ufer als ein Exil, und am schlimmsten litt er unter den Übergriffen der Österreicher.

»Ich bin«, so sagte er, »ein Untertan des Papstes, und diese Deutschen haben kein Recht, mich zu kommandieren und die Leute am Ufer des Papstes zu enteignen.«

»Aber sie haben die Macht«, warf Coniglio mannaro mit seiner alten und neu gesalbten Sanftheit ein, »sie haben die Gewalt am einen Ufer und am andern.«

»Das ist kein Grund.«

»Dann sucht Euch einen stärkeren, der Euch genügt.«

»Ich weiß, daß ich auf dem Fluß immer nur Gutes erlebt habe, auch wenn er einmal böse war, und ist der Fluß nicht mächtig?«

»Das schon, und dies Euer hinkendes Bein, wem verdankt Ihr das?«

»Der Fluß hat es mir gebrochen, aber verdorben hat es mir der Wundarzt! Der Fluß ist immer ein anständiger Gegner, und alle Übel und Intrigen und Ungerechtigkeiten kommen vom Festland. Wenn der Fluß das Land überschwemmt, hat er vollständig recht.«

Da kam Dosolina dazwischen:

»Der Wille Gottes, Lazzaro, der Wille Gottes verhängt alles.«

»Ja, ja, ganz gewiß; aber die Menschen fordern Gottes Willen allzusehr heraus.«

Coniglio mannaro hatte in diesen Monaten auf dem andern Ufer zu tun gefunden, und sein Herz war wieder hoffnungsvoll, es gab wieder zu verdienen. Er hatte angefangen, sich mit den Österreichern zu verständigen, zuerst mit subalternen Leuten, die das Korn in die Mühle brachten. Padrone Lazzaro, dem die Übergriffe an die Nieren gingen, war froh, daß der Sohn mit jenen Leuten sprach, »welche die Hosen in die Stiefel steckten«. Coniglio mannaro hatte ein bißchen Deutsch gelernt. In einem Stall an der venetianischen Guarda standen sein Wägelchen und das dämpfige und lahme Pferdchen Fulmine. Er fuhr öfter nach Santa Maria Maddalena, das am Brückenkopf vor Lagoscuro lag. Dort hatte die österreichische Intendantur die Büros, die für die Verproviantierung der Festung in Ferrara sorgten. Er hatte sich schnell mit den Österreichern angebiedert, die wieder einmal, wie damals, als er sie belieferte, wegen der Ernährung der Festung in Sorge waren. Diese war in den ersten Monaten des Jahres 1849 um so schwieriger geworden, als sich die Festung inmitten der republikanisch gewordenen Stadt wie belagert vorkommen mußte.

In jenem Jahr dann, am 19. Februar, machte der berüchtigte General Haynau in Ferrara einen gewaltsamen Vorstoß, setzte die Stadt unter Druck, forderte Geiseln, erpreßte Steuern und schleuderte Drohungen um sich – nicht nur, um republikanische Ausschreitungen zu bestrafen und das Prestige des Doppeladlers durch Aussäen von Furcht wiederherzustellen, sondern eigentlich, um die Festung wieder verproviantieren zu können. Nun wohl, eine bestimmte Anzahl von Mehlsäcken, die der General aufbrachte, war von Coniglio mannaro geliefert worden, der sich auf die nicht leichte Kunst verstand, die Bauern zu überreden und ihnen das Korn aus den Verstecken zu locken, wohin sie es infolge des allgemeinen Aufruhrs hatten verschwinden lassen.

Dazu waren lange und kluge Verhandlungen nötig, denn zuerst galt es, das Mißtrauen zu überwinden, und wenn dann der Bauer sein Getreide so spät wie möglich herausgeben wollte, zögerte auch Coniglio mannaro mit seinen Skudi und Gulden. Das war gutes päpstliches Geld, das noch aus der Zeit vor der Konstitution Pius' IX. stammte, und zum guten Ende taten denn die Skudi und Gulden ihre Wirkung. Und Coniglio mannaro hatte es fertiggebracht, eine gute Ladung Korn nach Santa Maria Maddalena zum General Haynau zu schicken. Er und Fulmine waren in all diesen Orten, in Lagoscuro, Francolino und Polesella, berühmt geworden.

Die Fähre ging hier nach einem uralten System: die geräumige Barke, die auch Wagen und schwere Karren aufnehmen konnte, war mit dem freien Ende des Seils in der Mitte des Flusses verankert; mehrere kleine Boote, die längs dieses Taus gestaffelt waren, hielten es über Wasser, damit es sich unbehinderter bewegen konnte; die Barke aber wurde mit Rudern und großem Steuer so bewegt, daß, wenn die Strömung von Backbord drückte, die Barke sich nach Steuerbord hin bewegte und umgekehrt, so daß sie in Form eines Pendels über den Fluß hin und her ging. Diese Art von Fähre hatte man ausgedacht, um nicht ein Kabel quer über den Fluß spannen zu müssen, das die Schiffahrt gehindert hätte, und es war eine gute und einfache Lösung. Langsam ging es zwar, aber das mißfiel Coniglio mannaro keineswegs, der von Natur aus nicht zur Eile neigte, denn er war gewöhnt, wenn er unterwegs war, über seine Geschäfte nachzudenken.

Eine andere Fähre befand sich an der Guarda, sie war schneller, aber sie diente nur für einzelne Personen oder Waren von wenig Gewicht und Umfang. Sie hieß »Übergang an der Guarda« und landete am Strand von Fornace guerra. Es gab dort eine Osteria, die beinahe über dem Wasser stand, der Wirt hieß Orlandini. Er beherbergte das Pikett Zöllner, das vom Hauptzollamt hierher verlegt war und aus zwei Männern und einem Korporal bestand. Was den Wirt anbetraf, so war der ein schlauer Kerl, der den Spitznamen »Dente di topo« (Rattenzahn) trug, weil nämlich die Ratte so leise nagen kann, daß sie ihr Opfer nicht weckt; auf den Wirt traf das insoweit zu, als er von den Schmugglern unterhalten wurde und nun die Zöllner bestach, was weiter noch keine außerordentliche Sache war. Im übrigen konnte er in einer so abgelegenen Schenke außer den wenigen Leuten, die auf die Barke warteten, keine Kunden haben, und sein Wein war schlecht. Der Gastwirt klagte immer Stein und Bein, aber die Landleute, die wußten, daß er Geld hatte und geizig war, lachten über sein Gejammer. Und sie alle besuchten hauptsächlich die Osteria della Barchessa auf der Piazza Vecchia. Es gab auch seit kurzem hinter der Kirche ein Café; das machte der Osteria Konkurrenz, aber dahin gingen nur die jungen Leute. Scacerni und überhaupt die älteren zogen vor, in diese altangestammte Osteria zu gehen, die sich in derselben Wirtsfamilie vom Vater auf den Sohn vererbt hatte, wie sich denn alles in dieser Schenke überlieferte: der verräucherte und mit Fliegen angefüllte Raum, der gute Wein, die spiegelblanke und rundliche Gestalt des Wirtes und auch jene philosophische Ader, die so gerne moralisierte und den Wirten den Spitznamen »Sapienza« (Weisheit) gegeben hatte. Sapienza, das war der Vater der Familie, und auch der Sohn wurde Sapienza genannt, und so fort durch die Reihe der Erstgeborenen hin. Sie folgten einander in einer solchen Ähnlichkeit, daß man bei ihrem Anblick hätte Zeiten und Generationen verwechseln können.

Der Orlandini Dente di topo besaß auch die Barke, mit der er das Übersetzen besorgte. Er war ein schweigsamer Mann, wenn er sich nicht gerade in reichlichen Klagen erging, und nichts an ihm, wenn man ihn so sah, ließ auf die große Schlauheit schließen, deren ihn die Landsleute bezichtigten, es sei denn dieses sein ununterbrochenes Gejammer: daß ihm alles schiefgehe, daß die Schenke immer leer sei, daß die Barke kaum die Unkosten decke und so fort. Und wenn es stimmte, daß er mit Schmuggel und Wucher große Summen verdiente, wie die Leute sagten, so wußte er das wirklich meisterhaft zu verbergen. Padrone Lazzaro gegenüber verhielt sich Dente di topo immer sehr respektvoll, da aber Scacerni ihm die eigene Verachtung nicht vorenthielt, so war ihm Dente di topo, auch wenn er sich so respektvoll verhielt, durchaus nicht grün, gerade weil er die Aufrichtigkeit in dieser Abneigung haßte.

Der Schuster Chiccoli und seine Frau Venusta waren sehr alt geworden. Er warf zwar noch immer seine lüsternen Blicke hinter den Frauen her, aber die Augen tränten ihm nun, und das war kein schöner Anblick; sie litt an Herzklopfen, und die Beine wollten sie nicht mehr überallhin tragen, wo sie mit ihrem guten Herzen bei aller Brummigkeit dem Nächsten beistehen wollte, wie sie es früher einmal getan hatte. Ihre zahlreiche Kinderschar war ganz gut aufgewachsen; der älteste Sohn arbeitete in der Werkstatt, und die anderen gingen zur Feldarbeit und zum Kanalgraben, oder sie bereiteten sich darauf vor. Auch die jüngste Tochter stand nun im heiratsfähigen Alter, und Padrone Lazzaro fiel es eines Tages ein, Schiavetto zu fragen:

»Warum nimmst du sie eigentlich nicht?«

»Ich denk' zur Zeit nicht daran, mich zu verheiraten«, sagte der Geselle überrascht, er hatte keine bessere Antwort gefunden.

»Zur Zeit? Mein guter Junge, du kannst nicht mehr lange warten, oder du bist eher Großvater als Vater!«

»Aber ich hab überhaupt keine Lust.«

»Das nimmt mich wunder. Wenn auch das Mädchen nicht gerade allzu schön ist, so ist es doch nett. Es hat die Denkart und die Güte seiner Mutter, hat natürlich auch ein bißchen vom väterlichen Ingwer, der, im rechten Maß verwandt, die Speise gar nicht einmal verdirbt. Und sie ist gut erzogen, arbeitet tüchtig, was willst du eigentlich noch mehr? Gewiß, sie hat keine Mitgift. Aber was das angeht, so würdest du auch ganz in deinem Interesse etwas Gutes tun, und das wäre dir nie verloren. Und dann, schau mal an: hab ich's etwa zu bereuen gehabt, daß ich eine Frau ohne Mitgift heiratete? Brot und Arbeit für sie und dich, das sichere ich dir meinerseits zu.«

Lazzaro Scacerni war also dabei, Ehen zu stiften! Braucht es noch weiterer Beweise, um darzutun, daß er alt geworden sei? Schiavetto war ganz durcheinander, und er wußte nicht, was er tun sollte, um so mehr, als auch Cecilia Rei angefangen hatte, ihm zu dieser Heirat zu raten. Das Herz zog sich ihm zusammen, wenn er sie so weit entfernt auch von jedem Verdacht auf seine Leidenschaft sah, diese alte Leidenschaft, von der nur der Padrone Lazzaro und sie selber nichts wußten.

Padrone Lazzaro wurde ungeduldig über alles und jedes, ausgenommen über Cecilia, der er immer mehr zugetan war. Er sagte also verstimmt zu Schiavetto:

»Du gibst deinem Glück Fußtritte, wenn du die Chiccoli nicht heiratest; aber du darfst hernach nicht sagen, daß du keinen guten Rat gehabt hättest.«

»Im Gegenteil, ich danke Ihnen, und ich bin Ihnen dafür immer erkenntlich.«

»Was für ein Unsinn ist das doch mit der Mitgift! Aus Liebe zum Geld nimmt der Mann eine schlechte Frau und läßt die gute stehn. Ich kann doch nicht glauben, daß du auch einer von denen bist.«

»Aber ich habe Ihnen doch schon gesagt, daß es sich bei mir nicht um die Mitgift handelt.«

»Ja, um was denn sonst? Hast du Mängel an dem Mädchen entdeckt? Heraus mit der Sprache, steh nicht da wie eine Mumie, am Ende beleidigst du sie noch.«

»Wie kann ich sie beleidigen! Ich habe immer an dies Mädchen so wenig gedacht, als ob sie gar nicht auf der Welt wäre.«

»Ein Zeichen dafür, daß du keine guten Augen hast.«

Und Schiavetto fühlte sich derartig gepiesackt, daß er es fast bereute, und das war das erstemal in so vielen Jahren, den Fuß auf die San Michele gesetzt zu haben. Und so sagte er, um sich aus der peinlichen Lage zu befreien, daß die Mühle leer laufe. Da hob der Lazzaro den Kopf, bei der Feinheit seines Ohrs wäre es noch wenige Monate zuvor nicht möglich gewesen, auch nur den geringsten falschen Ton im Gang der Mühle zu überhören. Er stand also perplex da und sagte:

»Läuft leer? Ich merke nichts davon ...«

Und so kam es denn auch, daß er die Leute gelegentlich fragte, warum sie eigentlich alle so leise sprächen. Er war ein Feind des Festlandes geworden und hatte sich auf die Mühle zurückziehen wollen, und dabei waren es wahrscheinlich die Kälte, die Feuchte und all das winterliche Ungemach an Bord der San Michele, die ihm das Ohr verhärtet und gewisse Gelenkschmerzen verursacht hatten, was alles er aber keineswegs zugeben wollte.

Er kam häufig auf die winterlichen Lichterscheinungen am Himmel zu sprechen, wie sie am Ende des letzten Jahres sich gezeigt hatten, und er behauptete, daß diese Zeichen der Welt jede Art von Unglück verkündeten. Und als er endlich frei war, mit seiner Mühle an die alte Mahlstelle zurückzukehren, und seine Frau an der Pappelbrücke wiederfand, das Haus und das Bett, begann er, statt sich daran gütlich zu tun, zu behaupten, daß ihm das Schlafen im geschlossenen Raume den Atem nähme und daß ihn der Gestank aus den Ställen belästige. Überhaupt alles, was mit dem festen Lande zusammenhing, angefangen von der Vorliebe seiner Frau für die ländlichen Dinge, war ihm zuwider. Es genügte, daß der Fluß nur ein wenig anschwoll: sofort vermutete er ein Hochwasser, und er fühlte sich nicht wohl, wenn er mit dem Fluß nicht auf du und du stand an Bord seiner Mühle. Ja, und dann diese nächtlichen Lichtzeichen vom 18. Dezember 1848! Die sagten ganz gewiß etwas Böses voraus.

»Wie?« sagte Dosolina, »haben wir denn immer noch nicht genug gehabt?«

»Weiß ich nicht.«

»Das ist ja aber geradezu Ketzerei!«

»Und warum?«

»Wenn schon etwas über uns kommen soll, dann mußt du das Dem überlassen, der Segen und Züchtigungen schickt.«

»Mag sein!«

»Was heißt das: mag sein?«

»Du hast recht, aber es will mir nun mal nicht aus dem Kopf, daß der Po sicher eines Tages bei den vereinigten Frolden durchbricht.«

»Um Gottes willen!«

Dosolina erbleichte bei dieser Vorstellung, und sie dachte sofort voll Entsetzen an die Schäden, die ihrem Gütchen zugefügt würden. Wenn die vereinigten Frolden durchbrochen wurden, kam der Po geradewegs auf das Haus an der Pappelbrücke zu, und dann ging's, von den Schäden ganz abgesehen, ums Ganze! Lazzaro indes kam bald wieder auf sein altes Thema zurück, auf diese ausgefallene Vorstellung, daß er sich nicht mehr auf dem Festland zurechtfinde, nicht einmal auf dem Friedhof. Und Dosolina dachte an die nun schon fernen furchtbaren Tage zurück, an diese Nächte voller Qualen, als der Raguser noch lebte. Und sie sagte:

»Lazzaro, ich glaube, daß jene Heilige, die Mutter Eurosia, sagen würde, daß du nicht gut daran tust mit deinem Spintisieren.«

»Ach, es sind ja Sachen, über die zu reden sich gar nicht lohnt«, antwortete er mit kurzem Achselzucken, aber unruhig, »ich meine zu reden gar nicht im Zusammenhang mit diesem heiligen Andenken.«

Dosolina aber litt, und sie sagte zu Venusta:

»Dieser Mann ist nicht mehr er selber.«

»Auch mir scheint er verwandelt, aber doch nicht so sehr.«

»Zu sehr, ich habe Angst, daß da eine Krankheit dahintersteckt.«

»Na hören Sie, sind denn die Jahre keine Krankheit? Lassen Sie sich das von uns sagen, von Padrone Lazzaro und mir, die wir ein schönes Sümmchen von Jahren mehr auf dem Buckel haben als Sie.«

Aber Dosolina blieb beunruhigt, und sie war sogar in gereizter Stimmung. Und manchmal hatte sie allerlei Verdacht, obgleich sie nicht sagen konnte, in welcher Richtung.

Auch für sie war der einsame Winter lang und drückend gewesen. Das Alleinsein nach all den langen Ehejahren hatte auf sie eine ganz andere Wirkung gehabt als auf ihren Mann. Sie war gewohnt, mit ihrem Mann zusammen zu schlafen, und als sie nun allein war, bekam sie Angstzustände und war inwendig von einer Kälte angefüllt, die sie körperlich in den Knochen spürte. Es handelte sich gewiß nicht mehr um die Wärme der Liebe, die in die Jahreszeit ihres Alters nicht mehr gehörte. Aber auch das war Sinnlichkeit, und zwar ein starkes Gefühl, das aus dem schlafenden Fleisch emporstieg, wenn sie so im gemeinschaftlichen Bett nebeneinander und miteinander atmeten. Und sie sagte so bei sich und hätte es gern auch ihm gesagt: »Wenn ich allein schlafe, dann meine ich, das Blut gefröre mir in den Adern.«

Und da war nun der Mann zurückgekommen und mit diesen seltsamen Flausen angefüllt, die ihr die Galle bewegten und sie unruhig machten. Denn dieser Mann wollte jetzt immer häufiger auf der Mühle schlafen. Wäre es nicht eine Verrücktheit gewesen, so hätte sie geglaubt, daß er mit einer andern weniger alt gewesen wäre als mit ihr! Aber sie ließ den unsinnigen Zweifel nicht aufkommen, doch eifersüchtig blieb sie: eifersüchtig auf den Fluß, die Mühle und die Cecilia Rei. Denn wenn die mit Lazzaro über Mühlenangelegenheiten sprach, dann verzog er nicht den Mund, o nein, er lauschte im Gegenteil sehr aufmerksam und gab ihr genaue Antwort, und dabei war er lebhaft und freundlich. Mit ihr dagegen war er anders, er hörte nur halb hin, rümpfte die Nase und hatte nur immer ein und dasselbe Lob, das er schnell und kalt vorbrachte:

»Gut, gut – was du tust, ist gut getan. Du hast Verstand, Dosolina, und der Acker, das ist deine Sache.«

Aber wenn es sich um eine Mühle, die nicht gut im Schuß war, handelte, um ein Rad, das nicht richtig lief, dann konnte er reden und den Fall untersuchen, dann konnte er frühmorgens aufstehen, um die Sache in Ordnung zu bringen. Und dabei handelte es sich doch hier um etwas Fremdes, sogar um Eindringlinge, so meinte Dosolina. Wenn aber das Korn muffig zu werden drohte, das große Sterben im Geflügelstall herrschte, wenn die Schweine den Rotlauf hatten, helf Gott! dann war das immer ihre Sache. Hoffen wir, daß alles gut geht – geht's aber schlecht, müssen wir uns drein ergeben, sagte er in solchen Fällen.

»Ach, etwas andres weißt du da nicht zu sagen?!«

»Was soll ich denn schon sagen!«

»Du weißt wohl nicht, daß es da keine Hilfe mehr gibt, wenn der Rotlauf in den Schweinestall kommt? So viele auch drin sind, alle packt's! Und die es packt, sind verloren!«

»Aber bei Sachen, die man nicht ändern kann, muß man eben gleichgültig bleiben.«

»Ach, so ist das? Wenn es sich aber jetzt um die Mühle handelte, dann wollt' ich dich schon hören! Du verstehst von nichts andrem mehr als von Schützel, Kammrad und Wasserrad zu reden, der Teufel hol diese San Michele und die Paneperso!«

»Aber jetzt, meine gute Alte«, lachte er auf, »mußt du mich schon nehmen, wie ich bin: wie den Rotlauf im Schweinestall.«

Das sollte nun etwas heißen: wie ich bin! Aber da gab's noch eine andere Sache, die die eifersüchtige Dosolina quälte, und so sehr, daß sie darüber nicht sprechen konnte. Es war das Benehmen des Sohnes. Er hatte wieder angefangen, sich von Hause zu entfernen und gar auf eine noch rücksichtslosere Weise als früher. Da gab's jeden Augenblick dieses Auf und Davon, und zu Hause aß er nur schnell und schlief ein wenig, als ob er das Gasthaus einsparen wollte. Spät abends kam er an, morgens in der Frühe war er schon wieder fort, und immer erfuhr sie dann, daß es so ein Markt oder eine Kirmes in der Nachbarschaft waren, die ihn fortlockten. Oder es war irgendein Geschäft, das er schleunigst abschließen mußte, und immer handelte es sich um den Aufkauf von Getreide, um die Liebe zu seiner Mutter aber nie. In den wenigen kurzen Stunden zu Hause war sein Verhalten mehr als gleichgültig, abgelenkt und seine Aufmerksamkeit nur auf die Zahlen gerichtet, die er in seinem schmierigen Notizbuch eingetragen hatte. Coniglio mannaro wurde dabei auch noch mäklig im Essen, das die Mutter ihm mit aller Sorgfalt bereitete, das ihm aber nur noch als eben »passabel« erschien, ein »Bauernessen«. Überdies legte er ein so verächtliches Gehaben an den Tag, daß er mit niemandem ein Wort zu wechseln geruhte.

»Um so besser«, sagte der Vater, »wenn er den Mund auftut, kriegt man ohnehin nur die Wut.«

Aber die Mutter hatte gehofft, ohne es zu sagen und ohne es sich selber einzugestehen, daß das Unglück und die Flucht von Ferrara im Jahre 1848 ihn geheilt hätten und daß ihr so der Sohn wiedergeschenkt worden wäre, den sie mit einer Art gefährlicher Einseitigkeit liebte, mit jener mütterlichen Liebe also, welche die Söhne verwöhnt und verzieht. Und jetzt litt sie am Ergebnis, denn die übliche Strafe besteht fast immer in der Undankbarkeit der Söhne. Der Mann sagte ihr ohne Umschweife:

»Du hast ihn dir so erzogen, jetzt hast du ihn, wie du ihn wolltest: einen Egoisten in Lebensgröße!«

Unter diesen Umständen konnte Dosolina nicht einmal ihre Verstimmung zeigen. Jetzt war auch sie gegen die ununterbrochenen Geschäfte »des Jungen« eingenommen, und sie glaubte nun einen guten Grund zur Hand zu haben, um den Priester der Guarda, Don Giuseppe Romagnoli, in seiner priesterlichen Autorität zu Rate zu ziehen:

»Dieser Junge, Don Giuseppe, gerät mir auf Abwege, er respektiert nicht einmal mehr den Tag des Herrn. Sagen Sie es ihm einmal, daß man den Sonntag heiligen muß und auch die andern kirchlichen Feiertage.«

»Ich werde ihm schon Bescheid sagen. Schicken Sie ihn mir mal gelegentlich ins Pfarrhaus.«

Was antwortete nun Coniglio mannaro?

»Ich hab keine Zeit, ins Pfarrhaus zu gehen.«

Der Verdienst, das Geschäft! – hatte er nicht einmal Zeit, an sein Seelenheil zu denken? Dosolina richtete es nun so ein, daß die beiden sich im Haus an der Pappelbrücke trafen, und der Priester begann dem Geschäftsmann mit gewichtiger Stimme Vorhaltungen zu machen.

»Da muß ich ja schöne Sachen von Ihnen hören, Peppino. Man sagt mir, daß Sie angeblich keine Zeit hätten, Ihren Pfarrer anzuhören, der mit Ihnen über gewisse Geschäfte sprechen möchte, die über alle andern gehen. Ist das wahr?«

»Was denn?«

»Daß Sie keine Zeit haben, mich anzuhören? Sind Sie taub?«

»Das stimmt durchaus, daß ich keine Zeit habe, und taub bin ich Gottseidank nicht.«

»Ach, so antwortet man neuerdings seinem Pfarrer, so weit sind wir also schon!«

»Ich antworte und sage dabei die Wahrheit.«

»So? Aber Sie haben doch hoffentlich nicht vergessen, daß es ein Geschäft gibt, das über jedes andere geht!«

»Don Giuseppe, ich respektiere und verehre Sie, aber machen wir's kurz. Meine Mutter, die arme, man muß Mitleid mit ihr haben, meine Mutter hat mit Ihnen gesprochen, und zwar hat sie Ihnen die üblichen Kindereien erzählt.«

»Kindereien? Na hören Sie mal . . .«

»Hören Sie, Don Giuseppe! Dieses Geschäft, von dem Sie sprechen, dem diene ich ja gerade.«

Der Priester erstarrte zur Salzsäule und sagte:

»Sie wollen mich unterweisen, wollen mir eine Predigt halten, Sie mir?«

»Das würd' ich mir ganz gewiß nicht gestatten, ich möchte Ihnen nur erklären, wie die Sache sich verhält, und mich entschuldigen, wenn es notwendig ist.«

»Hören wir uns also die Entschuldigung an.«

»Das ist schnell gesagt, und wenn Sie nicht mein Pfarrer wären, würde ich mir auch diese paar Worte sparen, denn ich pflege auf die Ansichten von Toren nicht zu hören.«

Dosolina, die in einer Ecke der Küche stand und so tat, als ob sie nicht zuhörte, konnte sich nicht mehr halten.

»Toren? Wen meinst du damit?«

»Die Henne, die gackert«, sagte der Freche, ohne sich gegen die Mutter auch nur hinzuwenden, »und das ist jene, die das Ei gelegt hat. Don Giuseppe, kommen wir zu unserer Angelegenheit! Wer ist denn nun eigentlich der Feind des Papstes und der Religion? Wer hat den Heiligen Vater von Rom verjagt? Wer hat die Republik der Kirchenfeinde errichtet? Sie können mir sagen, wer es ist, und Sie wissen, daß dieser Feind Gottes noch zu Rom wie in Bologna und Ferrara selbst am Ruder ist, obwohl wir hier die Festung haben, um Respekt einflößen zu können. Und bekanntlich haben noch in diesem Februar drei Kanonaden genügt, nicht wahr?«

»Bis jetzt haben Sie recht«, gab der Priester, von soviel Dreistigkeit verlegen gemacht, klein bei.

»Ich freue mich, das zu vernehmen. Jetzt bringen Sie mir mal bei, wer dagegen die Freunde der Kirche sind, die in den nächsten Tagen – je schneller, desto besser – den Po überschreiten werden: es wird nicht das erstemal sein, aber diesmal wird man schon Ordnung und Gerechtigkeit schaffen, man wird durchgreifen und dem das Rückgrat steifen, der zu befehlen hat und Gehorsam nach dem Willen Gottes verlangen kann: man wird den Papst auf den Thron nach Sankt Peter zurückbringen! Und dieser Freund der Kirche, wer ist es? Die Deutschen! Hab ich recht?«

»Bis jetzt ja, das muß ich zugeben.«

»Ja, dann bin ich schon fertig. Daß die Österreicher sehr bald auf diese Po-Seite kommen, um die Republik zu bestrafen, ist ein Geheimnis, das die Spatzen von den Dächern pfeifen, aber es muß trotzdem noch ein Geheimnis bleiben. Und zu dieser Expedition haben sie Getreide nötig, und ich bin einer von denen, die es ihnen besorgen. Auch das wissen alle, meine Mutter ausgenommen, aber sie braucht es ja gar nicht zu wissen. Doch soll sie lernen, den Mund zu halten und sich nicht darum zu kümmern, wann ich komme und gehe, wo ich wohne und stehe, was ich tue und nicht tue und so fort. Spreche ich klar? Ihnen, Don Giuseppe, muß ich noch eine Sache sagen, aber wie im Beichtstuhl: ich habe es eilig, um dieses Getreide auftreiben zu können, denn die Österreicher drängen mich, und wenn wir im Krieg sind, hört man dann etwa am Sonntag und den gebotenen Feiertagen zu kämpfen auf? So heilige ich die Feste, indem ich meinen ganzen Menschen in die Arbeit gebe, und das ist ein gutes Werk. Zum Ausruhen ist dann immer noch Zeit, wenn der Heilige Vater wieder in Rom sitzt. Hab ich recht?«

»Ich muß sagen: ja, wenn die Sachen wirklich so liegen, wie Sie sagen.«

»Das genügt mir. Was Euch angeht, Mutter, so muß ich wiederum sagen, daß Eure Unwissenheit Euch zunächst entschuldigt, aber doch nicht andauernd. Und merkt es Euch wohl, daß das Sachen sind, über die mit niemand zu sprechen ist, haben wir uns verstanden? Reinen Mund halten!»

»Oh, was mich angeht, da kannst du ruhig sein«, sagte sie.

»Also dann ist ja alles in Ordnung, und wir brauchen nicht mehr darüber zu reden.«

Dosolina aber hatte noch eine Menge unausgesprochener Worte im Mund, sie war betrübt und eingeschüchtert, erstaunt und gepackt, und sie fühlte eine neue, noch tiefere Bewunderung für diesen vielvermögenden Sohn, der jetzt sogar ein Kriegsmann geworden war.

II Es braucht wohl nicht erwähnt zu werden, daß die mit soviel Autorität vorgetragenen und geschickt geführten Gespräche nicht auf Coniglio mannaros eigene Überlegungen zurückzuführen waren. Da gab es einen, der ihn darin bestärkte, und zwar genau in jenen Tagen, als sich die Österreicher zum Einrücken in die Legation vorbereiteten. Coniglio mannaro ging just einige Tage vor diesem Gespräch nach Santa Maria Maddalena, um mit einem Offizier der Intendantur über seine Angelegenheiten zu verhandeln, als er sich beim Namen gerufen hörte.

»Schau an, wen sieht man denn da wieder!«

Coniglio mannaro blieb, den Redenden erstaunt und mit großen Augen betrachtend, stehen. Das war ein nicht mehr junger, doch beweglicher und starker Mann, der die Uniform der österreichischen Offiziere trug. Er hatte ein sehr häßliches Gesicht, das von der Galle mit einem grünlichen, bleichen Ton übergossen und von einem Netz ständig zukkender Fältchen überzogen war; und im Kontrast dazu stand ein stechender Blick, der hämisch und voller Jähzorn sein konnte, schlangenhaft und voll einer ganz besonderen Verächtlichkeit. Dieser Blick, der jeden in Unbehagen versetzte, auf den er sich richtete, kam Coniglio mannaro bekannt vor. Aber die Uniform, die Mütze, der Backenbart und das rasierte Kinn und das Schnurrbärtchen nach der neuen österreichischen Militärmode, mit der Mücke zwischen Unterlippe und Kinn, und dazu die eigene Verwirrung, das alles wirkte zusammen, daß er sich nicht mehr erinnern konnte, um so mehr, als er wenig Blick für Gesichter hatte. Indem er dachte: wo habe ich diese Fratze denn eigentlich gesehen, sagte er, sein Barett ziehend:

»Sprechen Sie mit mir, Herr Offizier?«

»Mit wem sonst, wir sind doch allein hier!«

»In der Tat!«

»Du kennst mich also nicht wieder?«

»Ich wüßte nicht . . . mit wem ich die Ehre hätte.«

»Das heißt also, daß du kein Gedächtnis für Physiognomien hast: ein großer Mangel.«

»Das tut mir leid.«

»Du erinnerst dich also nicht mehr, mich gesehen zu haben? Hm? Das war damals, bevor man den Baron Flaminio mit vier Stilettstichen in die andere Welt beförderte, das war im Hause deiner Tante Argia Malvegoli zu Ferrara, na, aber ich war ja auch immer verkleidet, um diesen feigen Hunden von Liberalen zu entwischen. Doch war ich bisher immer überzeugt, daß man mein Gesicht nicht so leicht vergessen könnte!«

»Oh, der Herr Graf Alpi!«

»Genau der! Das letztemal, als du mich sahst, da hatte ich einen großen Bart wie ein Straßenräuber, da hast du mich im Wagen an die Grenze des Herzogtums gebracht.«

»Ich bin verwirrt, Herr Graf, über mein schlechtes Gedächtnis.«

»Na, um dir zu beweisen, daß ich ein besseres Gedächtnis habe, möchte ich hier noch in Erinnerung bringen, daß du mir bei dieser Gelegenheit wirklich einen Dienst geleistet hast.«

»Ah, Kleinigkeiten, die es gar nicht verlohnen, daß sich der Herr Graf daran erinnert.«

»Apropos: bei Bart fällt mir ein, hat dein Vater immer noch diese mächtige revolutionäre und liberale Haarigkeit? Wie du siehst, ich habe wirklich ein ausgezeichnetes Gedächtnis.«

»Wirklich ausgezeichnet, Herr Graf.«

»Ja, und des Vaters Bart steht also immer noch?«

»Immer noch.«

»Wenn wir mal nichts Besseres zu tun haben, dann werden wir ihm den abschneiden.«

»Wie der Herr Graf befiehlt.«

»Damals regte mich dein Vater geradezu auf.«

»Das tut mir wirklich sehr leid.«

»Na, lassen wir's gehen, du bist ja eine gute Haut. In jedem Fall ist der Bart deines Vaters für einige Zeit in Sicherheit. Wir haben jetzt«, als er das sagte, wurde das Gesicht Alpis von Falschheit und Wut verzerrt, »wir haben jetzt zuerst mal noch andere Konten zu regeln: und da geht's nicht um den Bart, bei denen, die werden wir hängen und auf die Guillotine bringen! Das ist doch eine Erfindung der Revolutionäre, die Guillotine, nicht wahr? Und so werden also die Liberalen und Republikaner sich nicht beklagen dürfen, wenn sie auch einmal für sie arbeitet.«

»Bei aller Ehrfurcht für den Herrn Grafen, so glaube ich doch garantieren zu können, daß der Bart meines Vaters nichts mit Politik zu tun hat.«

»Das glaube ich auch, aber trotzdem gefällt er mir nicht. Die Bärte haben zu verschwinden, denn das Jahr 1848 ist jetzt zu Ende, und die Stunde der Abrechnung schlägt. Was habt ihr euch denn hier oder vielmehr dort jenseits des Po vorgemacht?«

»Ich hab mir wirklich gar nichts vorgemacht, Herr Graf.«

»Ihr habt wohl geglaubt, daß die Republik ein Weilchen andauern würde? Ihr feigen Hunde, das Schlaraffenland macht jetzt Ladenschluß, ihr Idioten!«

»Das hab ich mir schon immer gedacht.«

»Apropos, was machst du eigentlich in dieser Gegend?«

»Ich, als der kleine Mann, der ich bin, sorge ich auf meine bescheidene Weise, daß die Herren Militärs Getreide haben.«

»Ach so! Dann habe ich mich also doch nicht geirrt, wenn ich annahm, daß du auf eine ganz gewisse Weise deinen Kopf zu gebrauchen verstehst.«

»Ich bin Getreidemakler, und mein Geschäft besteht darin, jedem zu dienen, der mir in guter Münze zahlt.«

»Schön, ich bin zufrieden, daß ich dich getroffen habe, und möchte ein gutes Wort für dich bei den Offizieren von der Intendantur einlegen.«

»Der Herr Graf ist zu gut mit mir.«

Alpi wartete zuerst, wie sich Coniglio mannaro anlasse, und dann gab er wirklich seine Empfehlung für den Sohn des Scacerni bei der Militärintendantur, wo man im übrigen bereits mit dem emsigen Getreideaufkäufer zufrieden war.

Zehn Monate vor dieser Begegnung hatte der junge Scacerni dem flüchtigen Alpi, der vom Haß der Patrioten verfolgt war, den Dienst erwiesen, für den sich dieser nun erkenntlich zeigte. Er war damals nach Österreich geflohen und dort in das Heer eingetreten. Und man mußte seine außerordentliche Aktivität schon bald erkannt haben, denn er war sehr schnell Hauptmann geworden und schließlich sogar Major. Dann war er dem Generalstab des Feldmarschalls Franz von Wimpffen zugeteilt worden, der das Expeditionskorps, das in die päpstlichen Legationen einrücken sollte, soeben vorbereitete. Alpi arbeitete in der Intendantur, und auch das erklärte sein Interesse für Coniglio mannaro.

Das Expeditionskorps von Wimpffen wurde am Brückenkopf in Santa Maria Maddalena ausgerüstet; die republikanischen Autoritäten in Ferrara verkündigten den Krieg der nationalen Erhebung. Es sollten Waffen verteilt, Rekruten angeworben und auf dem Land der Bandenkrieg entfesselt werden. Sie erklärten, das Vaterland sei in Gefahr, aber es blieb bei Worten und Proklamationen, die nur geeignet waren, Unzufriedenheit und niedergeschlagene Stimmung hervorzurufen. Außerdem spielte man den Österreichern den Vorwand in die Hand, das Standrecht zu erklären. Und die Leute, welche die Waffengewalt und die Anzahl der österreichischen Soldaten sahen, sagten, daß es sich wieder einmal bewahrheitete, wie doch die Länder nördlich der Alpen »ein wahres Männermagazin« seien.

Coniglio mannaro hätte es gern gesehen, wenn seine Aufgabe als Getreideaufkäufer zu Ende gegangen wäre. Er wollte sich zurückziehen und nichts mit dem bevorstehenden Krieg zu tun haben. Aber Alpi ließ ihn nicht einmal diesen Wunsch aussprechen. Er war nun tätiger und herrschsüchtiger als je geworden, und er verfügte über Giuseppe Scacerni wie über einen Untergebenen. Gelegentlich sagte er ihm höchstens:

»Wenn du mir gute Dienste leistest, erinnere ich mich deiner nach beendigtem Feldzug, und dann hast du dich nicht umsonst geplagt.«

Scacernis Sohn, der am liebsten, und das hatte er vom Vater, niemand dienen mochte, bemerkte in dieser seiner Zwicklage, wie schwierig solches Freiheitsverlangen auch in bescheidenem Umfange zu erfüllen war. Nachdem er eine gute Proviantladung von Korn und Mehl beisammen hatte, beauftragte ihn Alpi, im Ferraresischen Fuhrleute mit Wagen und Zugvieh anzuwerben.

»In dieser Jahreszeit«, hatte Alpi gesagt, »läßt die Arbeit bei den Gutsherren ein wenig nach, und um das Getreide zu schneiden, genügen die Frauen und Kinder. Die Bauern diesseits des Po sind schon allzusehr belastet, und so ist es nur richtig, wenn auch die Ferraresen den Österreichern etwas zurückerstatten für das, was sie ihnen Gutes tun. Und dann, wenn der Krieg zu Ende ist, sind sie auch näher zu Hause als die Bauern diesseits des Po.«

»Wenn sie aber wissen, daß es in den Krieg geht, dann wollen sie nicht hierherkommen«, warf Coniglio mannaro ein.

»Du wirst doch nicht so blöd sein und ihnen das sagen, wie? Versprich ihnen vielmehr gute Bezahlung, die festzusetzen und auszuzahlen ich dann übernehmen werde.«

»Entschuldigen Sie, Herr Graf, was ist denn das Gute, das die Deutschen den ferraresischen Bauern tun wollen?«

»Bist du denn wirklich blöd geworden? Wir werden sie von der Republik erlösen.«

»Das kann nur eine Wohltat für die Städter sein, aber ich sage: jenseits des Po gibt es noch die Republik: wie stelle ich es aber da an, Leute anzuwerben, die für die Republik sind?«

»Du bist ein Dummkopf, sage ich dir, oder hältst du mich etwa für einen Schwätzer? Du sagst ja selbst, daß die Republik auf dem flachen Land niemals befehlen kann, und willst mir doch zu verstehen geben, daß du Angst vor den Republikanern hast?«

Ob aber nun dieses neue Handwerk Coniglio mannaro angenehm sei oder nicht, darüber machte sich Virginio Alpi nicht im entferntesten Sorge. Und wenn er einmal keine Antwort wußte, dann sagte er nur, in der letzten Zeit immer häufiger:

»Diesseits und jenseits des Po haben der Stock und der k. u. k. Galgen zu kommandieren.«

Einer der ersten Erlasse, welche die Österreicher nach ihrer Ankunft in der Stadt bekanntgaben, schickte die unrechtmäßigen Besitzer von Waffen und Sprengstoff vors Standgericht, wobei man nur losgesprochen oder als zum Tod Verurteilter passieren konnte. Dies Gesetz galt auch für das flache Land. Die Waffen aber mußten auf dem Kastell zu Ferrara abgeliefert werden.

Als diese Befehle an der Guarda vernommen wurden und als man hörte, daß die Behörden damit Ernst machten und die Untersuchungen von den Österreichern geleitet wurden, ertönte an einem sommerlichen Morgen plötzlich eine wohlgenährte allgemeine Flintenknallerei, die sich wie eine Schlacht anhörte oder eher noch wie ein Jahrmarktschießen. Das waren die Bauern, die dabei waren, die uralten Flinten zu entladen, um keine Zeit zu verlieren und auch um sich den Ärger beim Abliefern in der Festung zu sparen. Es waren meist erprobte Jäger, die gewohnt waren, die Ladung mit Geiz zu messen, und so genossen sie nun an diesem Tage einmal die Lust der Vergeudung, indem sie gedankenlos auf alles Flügeltier schossen, in Ermangelung von anderem selbst auf die Spatzen. Die Schwalben aber, die als »Vögel der Madonna« respektiert wurden, nahmen sich nur einige Ungläubige als Ziel: aber sie waren allzu überheblich in ihrer Prahlerei, denn die Schwalben trifft man nicht, außerdem sind sie nicht eßbar. Der größte Teil der Waffen wurde freilich wie immer vergraben. Padrone Lazzaro hatte, um seine Waffen verbergen zu können, sogar eigens einen geheimen Abstellraum im Keller geschaffen.

Diese Beschlagnahmung der Waffen war aus militärischen und politischen Gründen vorgenommen worden. Die päpstlichen Behörden hatten außerdem gehofft, sie sei auch ein wirksames Mittel gegen das Räuberunwesen. Doch indem man die von den Räubern gefürchteten ehrlichen Männer entwaffnete, steigerte man nur die Verwegenheit der Strauchritter und verringerte ihr Risiko. Darin war man gleich einem Arzte, der statt der Krankheitsursache die Symptome bekämpft. Aber es ist nicht immer leicht, so klar und eindeutig zwischen den Ursachen und den Symptomen der Krankheit zu unterscheiden, wie es im Abstrakten möglich erscheint, weder im menschlichen noch im sozialen Körper.

Auch Padrone Lazzaro hatte an diesem Morgen der Flintenschießerei seine Waffen entladen, und dann hatte er sie in den Keller getragen. Er war dabei ganz zuversichtlich und scherzte sogar mit Coniglio mannaro und Forapaglia über diese ländliche Schießerei. Und dann war er mit den übrigen Waffen von der Mühle zurückgekehrt, die er dort seit den Zeiten des Beffa und des Ragusers aufgehoben hatte, und er legte auch die in den Abstellraum. Nur den Mörser, mit dem er auf Entenjagd gezogen war, begrub er in der Nähe der Tenne, weil er in dem Versteck keinen Platz fand.

»Ein wahres Waffenarsenal«, sagte er lachend.

»Und wozu das alles?« So fragte Coniglio mannaro unruhig, denn er hätte seinerseits am liebsten alles im Kastell abgeliefert. Aber der Vater verstand diese Frage auf seine Weise:

»Ja«, sagte er, »wozu das alles! Diese verrückten Anordnungen! Aber schau mal, die da oben sitzen und befehlen – und ich hab' jetzt genug der verschiedensten Befehlshaber gesehen –, müssen meistens irgend etwas kommandieren, nur um nicht sagen zu müssen, warum sitz' ich nun eigentlich hier.«

»Das ist schon richtig«, sagte Coniglio mannaro, denn seit er als ein mutiger Mann galt, befand er sich in der unangenehmen Lage, sich auch als solcher beweisen zu müssen.

Besonders an diesem Tage kam ihm diese Sache ungemütlich vor. Denn er war soeben von Copparo zurückgekehrt, dem Hauptort des Distrikts, zu dem die Guarda gehörte, und er hatte dort viele Neuigkeiten über die rücksichtslose Strenge vernommen, mit der das Standrecht verfuhr, ja er hatte sogar mit eigenen Augen eine eindrucksvolle Vorführung dieser Strenge gesehen.

Als er nämlich in diesem Ort ankam, wo er seit mehreren Monaten die Märkte immer flau und spärlich besucht fand, hatte er sich gefreut, den Marktplatz von Copparo so voller Leute zu sehen, und er hatte schon ein gutes Geschäft gewittert. Aber dann sah er, daß die Leute zu etwas ganz anderem hier waren: da war eine Maschine, die in der Mitte des Platzes aufragte, auf einem sehr hohen Podium errichtet, und die

Leute, die etwas davon verstanden, erklärten, das sei die neue verbesserte Guillotine, die man aus Bologna mit dem bolognesischen Henker herübergeschickt habe, um einen Räuber aus dem Distrikt von Copparo zu enthaupten, und zwar so, daß sein Beispiel Eindruck mache und auch von der ländlichen Bevölkerung gesehen werde, nicht nur immer von den ferraresischen Bürgern auf der Piazza del Travaglio. Die neue Vervollkommnung der Maschine bestand, wie die Instruierten wissen wollten, in der auf- und niederklappbaren Bank, auf die man mit drei Riemen den Verurteilten schnallte. Wurde nun die Bank herabgelassen, so kam der Hinzurichtende mit dem Kopf automatisch in den Ausschnitt des Halsbretts zu liegen. Dies System war viel besser als das alte, denn früher mußte der Henker, wenn der »Patient« widerspenstig war, ihn am Kopfe ziehen oder an den Haaren oder ihn sogar unter das Fallbeil tragen wie eine gebundene Salami.

Der Vergleich machte die Leute kurz lachen, doch die frisch gelackte Maschine glitzerte und war gut geölt und verbreitete unter ihren Beschauern eisige Kälte. Irgendein naseweiser Schwätzer versicherte, daß dieses System mit der Bank nach französischem Modell, schon während der Revolution in Paris ausgeprobt, hier in Copparo zum erstenmal im römischen Staat zur Anwendung komme.

»Eine richtige Schiffsschaukel«, sagte einer, der vielleicht scherzen wollte, aber es lachte dann doch keiner mehr.

»Nennen wir sie also Schiffsschaukel – seht: da bringen sie ihn aus dem Gefängnis.«

Ein wildes, bestialisches Gebrüll wurde hörbar, und es setzte sich ununterbrochen fort, so daß man sich fragen mußte, wie der, welcher es ausstieß, eigentlich einen so langen Atem haben könne. Das Gebrüll drang über den ganzen Platz, und die Menge spürte das Blut in den Adern gerinnen. Als der Verurteilte an dem Podium angekommen war, hörte es endlich auf, und dann vernahm man die wütenden Worte:

»Aber ihr habt mir doch versprochen, mich nicht zu binden, ihr Mörder!«

»Wenn du artig gewesen wärst«, antwortete eine mürrische und grobe, sehr laute Stimme, die in dem bedrückenden Schweigen der Menge auch von dem jungen Scacerni gehört wurde.

»Ich habe noch eine andere Sünde zu beichten!« brüllte der Verurteilte.

»Dann beeile dich! Ich hab' keine Zeit mehr zu verlieren, und du gehörst jetzt mir! Beeile dich, und ich hoffe, daß es die letzte ist! Hast du verstanden, daß du jetzt mir gehörst!«

Coniglio mannaro fragte sich, während das Schweigen noch bedrükkender wurde, warum auch der Henker derart laut spreche. Es entstand eine kurze, beklemmende Pause. Und die grobe, dicke Stimme des Henkers begann wieder:

»Bist du fertig? Oder willst du mich zum besten halten!«

»Nein, aber man hat mir versprochen«, ein Geröchel unterbrach die Stimme des Räubers, und ein höhnisches Gelächter antwortete ihm:

»Was ich versprochen habe, das halte ich, zweifle nicht daran!«

Und da erschien auf der Treppe des Podiums der zum Tode Verurteilte. Der Henker war ein mächtiger, fast gigantischer Mensch, der in seiner Linken das Seil hielt, das seinem Opfer die Gelenke band. Mit der Rechten hatte er den Verbrecher wie ein Kaninchen gepackt und schob ihn hinauf, und dabei trug er ihn fast frei durch die Luft. Auf dem Podium drückte er ihm das Knie ins Kreuz und preßte seine Brust gegen die Schwebebank, die aufrecht auf den Verurteilten wartete. Zwei flinke Gehilfen schlossen die Riemen um ihn, während er wie ein Vieh, nicht wie ein Mensch brüllte.

Der »Herr Henkermeister« war, wie es in den Tagebüchern eines Trösters aus der Erzbruderschaft heißt, in seinen ganzen höllischen Pomp gekleidet. Er trug ein großes rotes Barett mit Schleifen aus goldener Seide. Seine Jacke mit den kurzen Ärmeln, aus denen die nackten Muskeln der Arme herausquollen, war dunkelrot, desgleichen die Hosen. Eine Schärpe aus schwarzer Seide hing ihm um die Hüften und hielt an der Seite das kurze, breite, zweischneidige Schwert, das nackt mit schöner Griffverzierung glänzte. Er trug schwarze Stiefel, einen gewaltigen Bart mitsamt großem Schnurrbart und hatte einen fürchterlichen, aber ganz ruhigen Blick wie ein Mann, der sich auf sein Handwerk versteht. Und als er nun zwei Schritt zurücktrat, um zu schauen, ob alle Vorbereitungen in Ordnung seien, da schien es ihm, daß der Mann zu kurz über das Brett hinausrage, und er ließ die Riemen wieder aufmachen, um ihn höher am Brett festzubinden. Das war keine angenehme Sache, denn der Verurteilte versuchte nun, um sich zu schlagen, und da mußte der Henker mit seinen kräftigen Armen zupacken. Endlich sah man den armseligen Kerl derart an die Bank gefesselt, daß er mit den Füßen nicht mehr das Podium berührte. So aufgehängt, bekam er nicht mehr genug Luft, und sein Gebrüll hörte sich nun an wie gewürgt.

Coniglio mannaro konnte nichts mehr sehen, denn er schloß einen Augenblick die Augen, und inzwischen war die Hinrichtung zu Ende. Als er die Augen wieder öffnete, sah er die Bank in der Horizontale, und aus dem Halsstummel schoß das Blut hervor. Er hätte glauben mögen, da müsse einer überfahren worden sein.

Niemand dachte an diesem Freitag noch daran, Geschäfte zu machen.

Angesichts eines solchen Beispiels und eines solchen roten und schwarzen und goldenen Henkerpomps versteht man, wenn Coniglio mannaro einen leichten Widerwillen dagegen empfand, mit den Verordnungen der Obrigkeit zu scherzen. Sein Vater hatte gesagt, daß die da oben Sitzenden irgend etwas kommandieren müßten, und er überlegte sich: wenn es aber um den Kopf geht? Ich weiß genau so gut, daß sie nur kommandieren, um zu kommandieren. Doch wenn sie mir den Kopf abhakken, wer klebt ihn mir wieder an? Wenn wir davon zwei hätten, könnte man ja einen davon dranwagen, aber so, warum nur? Um zu prahlen, um die Genugtuung zu haben, ein paar verrostete Klingen und einige alte Schießprügel aufzuheben? Freilich, jetzt muß ich nun einmal den mutigen Mann spielen, und er tat einen zynischen Seufzer, ach Gott, als Feigling war man viel besser dran.

Er erzählte seinem Vater, was er alles zu Copparo gesehen hatte, und in seiner Erzählung unterstrich er die Kleidung des Henkers, diese schwarze Seide und die Schleifen aus Gold und auch dieses Dunkelrot, das an der Kleidung des Henkers und das aus dem Halsstumpf des Hingerichteten. Und er vergaß nicht die traurigen, wilden Manieren des Herrn Henkermeisters zu erwähnen.

»Oh«, machte Padrone Lazzaro, »jetzt ist also der Henker in großen Pomp gekleidet!«

»Wenn Ihr ihn gesehen hättet, würdet Ihr nicht so scherzen.«

»Wer scherzt denn? Ich habe auch mal einen Henker arbeiten sehen. Aber der Mann war gekleidet wie du und ich, und er hatte auch Manieren wie ein Christ: er bat den Verurteilten um Verzeihung, nannte ihn Bruder, und sie küßten sich. Aber dieser dein Henker scheint mir ein feiger Hund zu sein, das auf jeden Fall. Und außerdem ein Lümmel und trauriger Laffe.«

Und als er das sagte, schien er von Erinnerung und Gedanken bedrängt zu sein. Coniglio mannaro war verstimmt.

»So oder so gekleidet, er befördert die Leute mit demselben Schick ins Jenseits.«

Und wieder hörte er die Stimme des Henkers und versuchte, sie zu beschreiben, konnte es aber nicht. Und da sagte Padrone Lazzaro:

»Du hast recht, das ist schon ein schrecklicher Anblick, der uns lehrt, wie wenig wir doch in diesem Leben darstellen und daß wir an das Heil unserer Seele denken sollen.«

»Auch an das Heil des Körpers, möchte ich sagen«, versuchte Coniglio mannaro dem entgegenzuhalten, doch Padrone Lazzaro, in seine alten, leidvollen Erinnerungen versunken, hörte ihn gar nicht. Und so murmelte Coniglio mannaro vor sich in:

»Das Heil der Seele! Als ob man nun dazu seinen Hals aufs Spiel setzen müßte, nur um an das Heil der Seele erinnert zu werden.«

III Coniglio mannaro betrieb seine Arbeit als Getreidemakler mit außerordentlichem Eifer, und zu allem fand er Zeit, vom frühen Morgen bis in die Nacht war er immer unterwegs unter dieser sommerlichen Sonne, die den andern Angst machte. Und er zog mit einem guten Wagenpferd von einem Mahlplatz zum andern, er hatte den Fulmine zum Metzger geschickt und den alten quietschenden und schaukelnden Wagen durch einen zweirädrigen kräftigen neuen ersetzt.

»Ich hätte den Fulmine«, so sagte Padrone Lazzaro, der Mitleid mit dem alten Pferdchen hatte, »in den Stall getan für die wenigen Monate, die er noch zu leben hatte.«

Auch Dosolina hätte das Pferdchen noch gern für irgendwelche kleinen Dienste auf dem Acker verwendet. Vergebens: das Pferd hätte nur unnütz Heu gefressen, fand Coniglio mannaro, und das Wenige, was man noch aus dem verbrauchten Wrack herausziehen konnte, wäre verlorengegangen, so mußte man es schlachten, solange es gesund war. Und Fulmine ging mit gesenktem Kopf ins Schlachthaus, als ob er alles verstehe. Das gefiel den Leuten nicht. Coniglio mannaro aber arbeitete für drei, und er war ebenso rücksichtslos gegen das eigene Leben wie gegen das der andern.

Da war dieser alte Streit mit den Annichinis, der immer neue Anlässe fand und ganz allein Coniglio mannaro zu verdanken war. Früher, als Padrone Lazzaro gerade Dosolina geheiratet hatte, war er mit den Annichinis befreundet gewesen. Aber als dann Coniglio mannaro mit halsbrecherischen Kniffen versuchte, für die Scacernis ein Recht auf Annichinis Brunnen zu bekommen, indem er sich an einen Haken am Pozzo der Annichinis sozusagen anklammerte, ging die Freundschaft auseinander, und es wurde daraus eine Feindschaft, die unheilbarer als alle anderen war, weil es sich eben um eine Wasserfeindschaft handelte. Der Bauer setzte sich dann seinerseits ins Unrecht, als der Müller zu ihm kam, um ihm auf weitherzige Weise recht zu geben und die Dinge gütlich zu ordnen; denn Annichini ließ sich hinreißen und sagte, daß auf Coniglio mannaros Rücken eine gute Tracht mit dem Knotenstock herabprasseln müsse, damit diese bösartigen Giftbollen aufgingen. Daraufhin hatte der Müller geantwortet, wenn Annichini noch einmal zur Mühle komme (denn er wolle jetzt Rücksicht nehmen, da er sich in seinem Hause befinde), wenn er noch einmal zur Mühle komme, dann wolle er ihm zeigen, wie ein gemeines stinkendes Schwein gleich ihm den Po hinabschwimme.

Gaetano Annichini stand auf tüchtige Weise einer zahlreichen und arbeitsamen Familie vor, und er war auch immer ein guter Kunde auf der Mühle gewesen: nicht nur, daß er nun selber für Scacerni verloren war, da der Abkürzungsweg zur Mahlstelle, das Antonella genannte Sträßchen, durch das Gebiet der Annichinis führte, konnte der feindselige Bauer jetzt, da er ihn keineswegs zu schließen gedachte, jeden Bauern, der mit seinem Getreidewagen durchkam, anhalten und ihm Verleumdungen gegen den Müller sagen. Und er oder die Seinen begannen von den hinterhältigen Machenschaften Coniglio mannaros zu erzählen oder von der Gewaltsamkeit des anmaßenden Vaters, und sie sagten, wenn er auch in der Vergangenheit ein ehrlicher Müller gewesen sei, mit diesem Sohn zusammen müsse er unbedingt nun zum Diebe werden, zu einem Diebe mit Finessen, der stiehlt, ohne daß man es merkt. Dieses Argument zog, denn der Sohn war viele Meilen im Umkreis als ein widerwärtiger Gauner bekannt. Padrone Lazzaro bemerkte sehr wohl, daß all die Leute, die den Abkürzungsweg der Antonella kamen, unruhig und voller Verdacht das Getreide und Mehl maßen und wieder maßen und dabei immer dem Müller ans Herz legten, sich doch nicht zu vertun.

»Wieso soll ich mich vertun? Hab ich mich je vertan?« fragte Padrone Lazzaro anfänglich überrascht. Bald aber erwiderte er barsch, so daß die Zweifelnden sagten:

»Aber Padrone Lazzaro, gegen Sie persönlich haben wir keinen Verdacht, wir kennen Sie doch zu gut.«

»Ja, aber?«

»Aber verstehen Sie, ein Durcheinander ist schnell da, man kann das Mehl auch ganz ohne Absicht im Augenblick vermischt haben.«

»Wann hab' ich je das Mehl vermischt, hören Sie!«

»Na ja, Sie nicht, das wissen wir! Aber setzen Sie sich mal ein bißchen in unsere Lage: von zwölf Monaten müssen wir zehn schuften, und man zittert für das Korn, das uns das Leben bedeutet. Was sage ich, zwölf? Dreizehn, denn sehen Sie, zwischen August und September müssen wir pflügen, hacken, die Erde spreiten; im Oktober fängt das Säen an, und der Regen vor Sankt Lukas ist immer zu stark, und hinterher ist er zu schwach. Der Schnee bringt das Brot, heißt es, aber der kommt zu spät oder vergeht. In jedem Fall, bis zum März stehen die Hoffnungen noch so einigermaßen gut, aber dann fängt das Elend und die Herzbeklemmung an.«

»Was wollt ihr mit dem Geschwätz, das ihr mir da vorsetzt?«

»Ja, so können Sie wohl sagen, denn Sie leben hier auf Ihrer Mühle als ein unabhängiger Mensch, und Sie wissen sehr gut, daß wir mit unserm Getreide kommen müssen, ob's nun gut oder schlecht geworden ist. Und wenn nun das Getreide gemäht, getrocknet, gedroschen und auf dem Speicher ist . . .«

»Dann habt ihr zwei Monate Ruhezeit!«

»Dann kommt die Motte ins Korn, Padrone Lazzaro, und es wird muffig und verdirbt, wenn man's nicht merkt. Und inzwischen muß man schon wieder anfangen mit dem Pflügen, dem Hacken, dem Spreiten . . .«

»Ich weiß schon!«

»Und deshalb sagen wir, daß wir von zwölf Monaten uns dreizehn abrackern müssen.«

»Dann habt ihr ja das Geheimnis gefunden, das Leben zu verlängern.«

»Wieso?«

»Nun ja, ihr macht doch ein Jahr mit dreizehn Monaten!«

»Aber wir leben es nicht, wir rackern uns bloß ab! Das Korn übrigens, das wir Ihnen diesmal bringen, Padrone Lazzaro – nicht um uns zu rühmen –, das ist das schönste und gesündeste Getreide, das es in der Umgegend überhaupt gibt, und Sie verstehen, daß wir nach soviel Arbeit und Plackerei unser Mehl nicht gemischt haben wollen, daß es nicht an einen andern kommt.«

»Gemischt? An einen andern kommt?«

»Nun ja, denn solange es noch Korn ist, können wir das unsere seiner Qualität nach unter hundert Sorten wiedererkennen, aber ist es erst gemahlen, dann muß man das Mehl annehmen, das einem der Müller gibt. Und da gibt's so viel Schliche und Kniffe! An Ihnen, so wie Sie sind, Gott bewahre, zweifeln wir nicht! Aber die Lumpen schleichen sich überall rein wie die Motten, ausgerechnet ins schönste Korn, und das unsere, das kann schon leicht zu so was verlocken.«

»Das nächste Mal könnt ihr euch das Abladen ersparen.«

»Wie?«

»Ihr könnt den Karren wenden und fahren, wo ihr hergekommen seid.«

»Nachdem wir nun glücklich hier angelangt sind?«

»Könnt ihr wenden, wie ihr gekommen seid!«

»Nach so viel Jahren, daß wir hier bei Ihnen mahlen?«

»Ja, nach so viel Jahren habt ihr die Stirn, um herzukommen und mich zu beleidigen.«

»Nicht Sie, Padrone Lazzaro: wir wären zufrieden, wenn einer aus der Familie, nur um ein bißchen sicherer zu sein, nennt's 'ne Einbildung, 'ne Schrulle, wenn einer von den Unsern dabei wäre, solange man das Getreide mahlt, und zwar nur in den Stunden, wenn Sie nicht da sind.«

»Auf der San Michele befehle ich, ob ich nun hier bin oder ob ich nicht hier bin, immer befehle ich, schau ich nach, bin ich verantwortlich, immer und nur ich, und ihr könnt euch zum Teufel scheren.«

Und immer, wenn er jetzt die Leute aus dem Abkürzungsweg kommen sah, empfing er sie schon mit einer düsteren Miene voll Verdacht.

»Seid ihr über die Antonella gekommen?«

»Ja.«

»Das ist nicht der beste Weg.«

»Aber für uns ist es der kürzeste.«

»Aber auch um wieder umzukehren, falls ihr angehört habt, was der Annichini jedem erzählt, der über sein Gebiet fährt.«

Und so brachte er den Verdacht und die Unruhe auch noch in die hinein, die dem Annichini nicht zugehört oder ihm nicht geglaubt hatten. Einige bequemten sich dazu, den längeren Weg zu nehmen nach den entlegeneren Mühlen und bei Müllern mahlen zu lassen, denen sie noch weniger trauten, nur aus Ärger und Groll über die Art und Weise, in der Padrone Lazzaro sie behandelte. Der wollte nicht verstehen, daß die Welt im selben Maße an Bosheit wie an Mißtrauen zunahm. Heute wollte der Bauer genau Bescheid wissen, er wollte sehen und sich versichern, und keineswegs wollte er mehr der selbstherrlichen Redlichkeit des Müllers untertan sein, was aber Lazzaro als angeborenes Recht und Privileg seines Berufes ansah. Alles in allem, die Zeiten hatten sich geändert.

Schuld daran aber war Pietro Vergoli.

IV

Ja, Pietro Vergoli war an den bösen und veränderten Zeiten zwischen Ro und der Guarda schuld, so hatte es Padrone Lazzaro in seinem Kopfe nun einmal festgestellt.

Dieser Pietro Vergoli war der Enkel eines Tagelöhners, der Sohn eines Pächters kleiner Konzessionen, der überdies ein gutes Stückchen Land in der Gegend von Ro besaß und seinen Besitz mit hartnäckigem Fleiß seit einigen Jahren abgerundet und verdoppelt hatte. Und war auch in seinem Willen nach Reichtum und Zuwachs ein gutes Stück Ehrgeiz und Draufgängertum, so hielt er doch klug und mit Zähigkeit an der Erinnerung seines einfachen Herkommens fest, und er vergaß nie, wieviel Mühe es gekostet hatte, die ersten Pfennige zusammenzubringen. Zu diesen Eigenschaften kam hinzu, daß er eine gute Nase für geschäftliche Dinge hatte. Er verwaltete mit Emsigkeit seinen Besitz und wußte sich über jeden Pfennig Einnahmen oder Ausgaben Rechenschaft zu geben, brachte es aber auch gleichzeitig fertig, tausend Lire in einem Geschäft zu riskieren. Er verstand sich auf den Ackerbau, den er nicht nur des Ertrages wegen gut betrieb, sondern aus Liebe zu den Verbesserungen und zum Fortschritt. Dazu kam eine praktische Begabung, die in Vergoli trotz seiner geringen Bildung erstaunlich ausgebildet war. Zudem verstand er die Art, Menschen zu führen und mit ihnen zu verhandeln, kurzum, er gehörte zu jenen Leuten, die als besondere Erscheinungen in einer Familie auftauchen, um sie zu Reichtum und Wohlstand zu führen.

Vergolis Vater hatte den auf seinen ersten Beruf anspielenden Spitznamen Vanghetta (kleiner Spaten) ererbt, und Pietro war dem Brauch entsprechend zuerst der Junge des Vanghetta genannt worden. Doch schnell kam dieser Name außer Gebrauch und wurde nur noch von Mißgünstigen benutzt. Für die andern, mit denen er handelte und die von ihm abhingen, war er der Vergoli geworden und bald sogar der Signor Pietro, wie man voll Respekt sagte. Nach und nach, als sein Besitz anwuchs, hatte er das väterliche Gewerbe eines Konzessionspächters aufgegeben. Die Leute wunderten sich schon seit einer Weile, wenn sie sahen, wie er Land aufkaufte, auch wenn die Eigentümer unerhörte Preise verlangten. Er kaufte besonders die Liegenschaften rings um gewisse Sumpfländereien hinter dem Haus an der Pappelbrücke auf, bis nach Fossa Lavezzola. Zu dem Zeitpunkt, an dem unsere Erzählung angekommen ist, gehörte ihm ein großer Teil des Gebietes von Ro bis zur Guarda und stellte einen Reichtum dar. Zu Ro hatte er sich ein Landhaus gebaut, mitten in einem schönen Wiesen- und Obstgarten, und an die Zukunft denkend – er hatte schon zwei Söhne, und seine Frau konnte ihm noch leicht ein halbes Dutzend dazuschenken –, hatte er das Haus so gebaut, daß er die Flügel leicht verlängern konnte. Er und der Maurermeister des Dorfes hatten es fertiggebracht, zusammen ein bemerkenswertes Monstrum von Gebäude aufzuführen. Und man kann sagen, daß Vergoli in diesem Hause mehr zum Prunk als zum Schönen neigte.

Über dem Haupteingang hatte Vergoli auf zwei Säulen von massivem Holz, die höher als das Haus waren, eine ganz neue Sache nach seinen Angaben aufführen lassen; sie stellte im unteren Teil eine Art Ehrenbogen dar, im oberen aber eine Veranda, die ein Dach im Stil der Schweizerhäuschen trug. Wenn bisher aber noch einer am guten Geschmack eines solches Baues und seines Zierrates gezweifelt hatte, so unterließ er das, als Vergoli zum Prior von Ro ernannt wurde, was soviel wie Bürgermeister bedeutete.

Der gelungenste Teil des Hauses, der auch dem Besucher von heute noch etwas sagen könnte, war die Umfassungsmauer: hoch und kräftig gebaut mit zwei Wachthäuschen für die bewaffneten Nachtwächter, die gegen etwaige Räuber auf der Hut waren, denn das Landhaus Vergolis lag ein wenig außerhalb des Ortes und konnte die Räuber leicht zu einem Überfall anlocken. Die Erlaubnis zum Waffenhalten war Vergoli ausnahmsweise in seiner Eigenschaft als Prior gegeben worden und auch in Anbetracht seiner »erwiesenen Rechtschaffenheit« und der »vorurteilslosen Haltung in politischer Hinsicht«.

Rom, Ancona und Venedig waren gefallen. Mazzini war ins Exil zurückgekehrt. Garibaldi hatte noch soeben entweichen können. Und der neue König von Sardinien hielt die Verfassung. Diese Nachrichten kannte jeder. Als man hörte, daß am 8. August 1849 zu Bologna Ugo Bassi füsiliert worden war, da erinnerten sich die Leute in Ferrara und auch in den Dörfern der Umgegend der begeisterten Predigten dieses Barnabitenmönches, die er als »Missionar der Freiheit« den in Ferrara zusammengekommenen Freiwilligen das Jahr zuvor gehalten hatte; es schien jetzt eine längst verflossene Zeit. Vergoli und die Bauern von Ro und der Guarda zogen aus dem allen den Schluß, daß der Mensch gut daran tue, sich nur um seine eigenen Sachen zu kümmern und die jeweilige Regierung zu respektieren.

Die Vallazza war ein Tümpelgebiet mit Röhrichtbestand und ein bißchen Buschwerk und Gestrüpp. Vergoli hatte dieses Gebiet ganz langsam und geduldig mit seinen Ländereien umgeben. Es gehörte dem Marchese Filippo aus dem Geschlecht der Macchiavelli, die von den alten Bankiers im estensischen Ferrara abstammten und in noch früherer Zeit in der Toskana ansässig waren. Filippo Macchiavelli war das, was man einen geborenen Herrn nennt. Jene Güter und jene Mitgift, die man im Blute trägt, waren für ihn selbstverständlich und natürlich. Wenn eine Familie auf diesem Punkte angekommen ist, dann erlischt sie gewöhnlich, oder ihre Kraft läßt nach. Der Marchese wußte das, und er machte sich darüber keine Sorgen, es sei denn in lächelnder Weise, mit jenem ihm eigenen leisen Lachen. Die Stimme, die bei den Vorfahren einmal stark und klingend gewesen sein mußte, wenn sie hinter dem Bankiertisch standen oder bei Hofe waren, und die dann, als die Familie geadelt worden war, die Luft mit dem Militärkommando zerschnitt, diese Stimme war bei ihm verschleiert und geschwächt. Er war nicht mehr imstande, laut zu werden, ohne daß er sofort müde wurde und infolgedessen sich heiser schrie. So ermüdete er auch sofort im Zorn, und seine Empörung endete dann schnell in einem Achselzucken, in einer Bewegung, die heftig erschien, in Wirklichkeit aber nur ein Ausweichen und Verzichten bedeutete. Dann schnitt er das Gespräch, das ihn aufregte, sofort ab, ging in sein kleines Arbeitszimmer und ließ sich für einige

Stunden lang nicht mehr sehen. Und so, wenn es eine Auseinandersetzung mit der Frau, den Söhnen oder Freunden gab, blieben diese bei ihrer Meinung. Handelte es sich aber um Leute, mit denen der Marchese geschäftlich zu tun hatte, so blieb es ihnen überlassen, das zu tun, was zu ihrem Vorteil war: es genügte, wenn sie es heraus hatten, ihn im ersten Feuer zu ermüden und zu langweilen, um ihm dann dieselbe Sache, nur mit Auslassung jener Worte, die ihn so aufgebracht hatten, vorzutragen.

In dieser Kunst waren seine Verwalter und Dienstleute Meister geworden. Und sein Vermögen – noch ansehnlich, als er es erbte, wenn auch schon sehr belastet – war zum großen Teil in den Besitz eben dieser Leute übergegangen.

»Die Welt ist wie eine Leiter gemacht, der eine steigt hinunter, der andere hinauf«, sagte Marchese Filippo.

Es gab nicht weit von Ro, nämlich in Cologna, ein Landgut, die Macchiavella: dieser Name bezeugt den uralten Besitz der Familie, der schon vor langer Zeit in fremde Hand übergegangen war. Der Marchese hatte sich darangemacht, die Geschichte dieser Besitztümer zu schreiben und damit eine Familiengeschichte. Er wollte nachforschen, ob und wieweit ein Verwandtschaftsverhältnis mit dem großen Niccolò bestehe. Diese Forschungen hatten ihn schon in der Blüte seiner Jugend nach Florenz geführt, wo er einige Jahre lang einen großen Teil des Jahres in den Archiven zubrachte. Im übrigen machte er sich ein schönes Leben in seinem Haus, das hoch am Arno lag. Er hielt Rassepferde, hatte Liebschaften und Duelle, spielte den glänzenden Herrn, den großzügigen Liebhaber und war ein brillanter Spieler. Doch war seine toskanische Herkunft und die Verwandtschaft seiner Vorfahren mit dem florentinischen Sekretär Geheimnis der Geschichte und der Archive geblieben. Später hatte er sich aufs Land zurückgezogen, und zwar in sein Landhaus in Ro. Er war dabei von der Absicht geleitet, sein Vermögen, soweit er es aus den Florentiner Jahren gerettet hatte, in Ordnung zu bringen; und er hatte viel Geld zur Aufbesserung seiner Ländereien ausgeworfen, dem die schmalen Einnahmen nicht entsprachen, bis ihn schließlich eine neue hitzige Sehnsucht in die Geschichtsstudien trieb.

Einige Jahre lang hatte er als Prior von Ro mit Liebe und Sorgfalt dem Dorfe vorgestanden, aber seine offene und warme Stellungnahme für Pius IX. und seine Treue, als der Papst floh, trugen ihm ein, daß er von den republikanischen Behörden abgesetzt wurde, was ihm durchaus recht war. Und dann kam an Stelle der Republikaner jene Partei der päpstlichen Restauratoren ans Ruder, die ihm mehr mißfiel, als er je geglaubt hätte. Er war im übrigen entschlossen, ohne einen Anflug von

Pose zu leiden, und nicht im geringsten von gekränkter Eigenliebe gestört. Er litt aus Treue zu einer ihm teuren Überzeugung, für die er nie ruhmredig eingetreten war, die er schlicht bekannt hatte.

»Lieber der Erste zu Ro als der Zweite zu Rom«, pflegte er zu sagen. »Jetzt ist mir auch noch dieses Primat genommen worden, doch ich schulde es meiner Haltung eines Galantuomo, zu beweisen, daß dieses Unglück mir die Seele nicht mit dem Rauch enttäuschten Ehrgeizes trübt.«

Ihm genügten die persönlichen und örtlichen Erinnerungen an jene Leute, die er die Brutusnaturen unserer Tage nannte, seine Erinnerungen an die ferraresischen Jakobiner, unter denen er den kältesten, wildesten und unglücklichsten gekannt hatte, dessen er sich noch lebhaft erinnerte: das war ein gewisser Maurelio Mazzacorati, »der wegen eines Freiheitsbaumes den Priester von San Pietro Bolognese hatte erschießen lassen«.

Was für ein Ende mochte er wohl genommen haben? Er hatte sich das viele Jahre hindurch gefragt, jedesmal, wenn solche Überlegungen ihm in den Sinn kamen, und jedesmal, wenn er am Volto del Cavallo und am Dom vorbeiging, wo der Platz der beiden Markgrafen leer war, jene Statuen fehlten, die Ariost so teuer gewesen und eben von jenem Mazzacorati heruntergeworfen worden waren: stets war ihm das ein Anlaß, Betrachtungen darüber anzustellen, zu welcher genialen Weitherzigkeit, aber auch zu welcher finsteren Engstirnigkeit der menschliche Geist fähig sei.

»Vorsicht vor den Fanatikern jeden Schlags«, pflegte er zu sagen. »Ich bin Enzyklopädist und Illuminist, und an erster Stelle wende ich mich gegen die Enzyklopädisten und ihre erleuchteten Schüler.«

Aber welches Ende hatte jener gallsüchtige Expriester Mazzacorati genommen? Er erfuhr es zufällig, als er gar nicht mehr erwartet hätte, es zu erfahren, von Padrone Lazzaro Scacerni, bei dem er das Korn aus seinen Feldern mahlen ließ und mit dem er dann und wann gern ein paar Worte wechselte. Er hatte wirklich Sympathie für diesen Mann aus dem Volke, für diesen Müller alten Schlages, den er, wann immer er am Mahlplatz vorbeikam, mit seinem Besuch auf der Mühle beehrte, und der ihn seinerseits mit einer derart herzlichen und respektvollen Bereitwilligkeit empfing, daß man an ihm die natürliche Würde des freien Menschen und der alten italienischen Höflichkeit studieren konnte. Und um sich für die ausgezeichneten Plinzen auf Müllerart, die Padrone Lazzaro ihm als spontane Ehrenbezeugung backen ließ, erkenntlich zu zeigen, hatte ihm der Marchese Filippo die Erlaubnis gegeben, in seiner Vallazza auf die Jagd zu gehen. Und Scacerni machte davon mit einer

Zurückhaltung, die ebenfalls hochzuschätzen war, Gebrauch, ohne die Erlaubnis auszubeuten. Überhaupt schätzten sich diese beiden auf so verschiedenen sozialen Stufen lebenden Männer, und jedesmal, wenn sie sich begegneten, zeigten sie einander ihre Sympathie, die tiefer war, als sie selber begriffen. Sie stammten, jeder auf seine Weise, beide noch aus einer anderen Zeit.

Macchiavelli war als Prior von Ro durch Pietro Vergoli ersetzt worden, und eben dieses Gefühl, das den verarmten Adligen und den Müller verband, bewirkte, daß Scacerni sich gegen den Emporkömmling mit verdoppelter Abneigung ausließ. Der Marchese, der seinen inneren Gleichmut bewahren wollte, versuchte die ungehemmte und vorurteilsvolle Lebhaftigkeit in den Sinnsprüchen und Sprichwörtern zu hemmen, die der Müller gegen Vergoli losließ. Im übrigen hörte er ihm eigentlich sehr gern zu, wiewohl er Vergoli Gerechtigkeit antat und ihn als das einschätzte, was er war: einen kräftigen Mann, der, wiewohl groben Schlages, sich auf seine Sache verstand und der eben dabei war, reich zu werden und in die Höhe zu kommen.

»Mag sein«, antwortete Scacerni, die Schultern hebend, »aber ich, ich kann ihn nun einmal nicht ausstehen.«

Der Marchese dachte nicht so, Pietro war ihm nicht unangenehm. Ohne es zu bemerken, war er jedoch der einzige, der ihn noch Pietro und nicht Signor Pietro nannte – ohne es zu bemerken, ja, und darin lag eine ganz bestimmte Art von Herablassung, die er, wenn er mit Pietro zu tun hatte, an den Tag legte, namentlich dann, wenn Vergoli das Bedürfnis spürte, und er spürte es oft, stolz zu erwähnen, daß er alles aus eigener Kraft geworden sei:

»Wissen Sie noch, Signor Marchese, als man mich immer den Sohn des Vanghetta nannte?«

»Das ist noch gar nicht so lange her«, antwortete der Marchese einfältig, ohne zu bemerken, daß diese Antwort dem Vergoli gar nicht gefiel.

Vergoli hoffte und strebte danach, daß seine Söhne oder wenigstens die zukünftigen Enkel jenes angenehme und herrschaftliche Betragen annähmen, das dabei ein wenig überheblich und sogar ein wenig frech ist, wie er es mit Bewunderung am Marchese ertrug, ohne aber selbst so werden zu können. Ja, es sich zu ersehnen, wäre ihm schon zu weit gegangen. Er knauserte nicht, seinen Söhnen eine ausgezeichnete Erziehung zukommen zu lassen. Und an diesen Söhnen, ob sie nun zu Hause oder im Kolleg waren, erlebte er immer nur Genugtuung, sie versprachen und hielten auch das Versprechen, etwas Gutes zu werden.

Auch die feindliche Antonella, die früher den Annichinis gehörte, war von Signor Pietro erworben worden.

»Mit dem Beistand der schlechten Jahre«, sagte Scacerni. Und als ihm berichtet wurde, daß die Annichinis behaupteten, sie seien durchaus glücklich und zufrieden und hätten nun weniger Händel und Sorgen, da sie als Pächter auf dem Gut blieben, das ihnen einmal als Eigentum gehört hatte, sagte er:

»Diese Dummköpfe meinen nun, daß man das glaube. Das ist ja, als wenn ich die San Michele verkaufte, um mich dann darauf als Geselle zu verdingen, und hinterher sagte, ich sei nun glücklich und zufrieden.«

Er lachte sogar, als er diesen Vergleich machte, doch lachte er wie einer, der Angst bei den eigenen Worten bekommt, und lachte auch darüber, daß es ja nur Worte waren, Gott sei Dank! aber Angst hatte er wirklich bei diesen Worten empfunden. Und so fügte er noch bei:

»Das trockene Brot, das man als sein freier Herr ißt, schmeckt besser als Marzipan in Knechtschaft.«

Und der Marchese Filippo erinnerte sich an den Vers von Ariost: In meinem Hause schmeckt mir besser selbst die Rübe. Sie stimmten durchaus überein, die Armut der Knechtschaft vorzuziehen: denn wozu sind schon Reichtümer da, wenn sie nicht die Freiheit geben sollen? Ohne die Freiheit ist die Welt eine überreife Melone: von außen bleibt sie noch hübsch in Form, aber von innen ist sie bereits fad und ungenießbar. Ein Mann vom Schlag des Pietro Vergoli dagegen hatte nichts anderes im Kopf, als immer neue Formen von Knechtschaft zu erfinden. Zu den Söhnen, zu allen, die von ihm abhingen, und auch zu den Bekannten kam er immer wieder mit derselben Ansicht, daß ein Mensch, der Karriere machen wolle, das Angenehme mit dem Nützlichen genau abmessen müsse. Er müsse mit seinen Nachbarn gut Freund sein und sich auch einen guten Namen bei weiter weg Wohnenden machen, damit alle von ihm mehr erwarteten, als sie je bekommen würden. Und er müsse daran denken, daß er jede Sache und jeden Menschen eines Tages vielleicht einmal notwendig brauchen werde usw. Das aber war eigentlich die Haltung und das Gerede eines Bettlers, der reich sterben wollte, so schlossen der Adlige und der Mann aus dem Volk. Und weder der eine noch der andere konnte verstehen, was da Starkes, Leidenschaftliches und Urwüchsiges in diesem Pietro Vergoli steckte, wenn auch Macchiavelli zu seinen klassischen Kenntnissen Zuflucht nahm und ihn bei sich einen homo novus nannte. Padrone Lazzaro aber behauptete, daß Vanghetta, der Sohn des Vanghetta, das Unglück über die Gegend gebracht habe.

Wer den Signor Pietro nun eigentlich verstand und auch bewunderte, das war Peppino Scacerni, Coniglio mannaro. Nur bedauerte er, daß Vergoli sich nicht im Kornhandel betätigte. Das kam daher – Signor Pietro machte kein Geheimnis daraus –, weil sein Vater ihm immer gesagt hatte, daß Land kaufen gutgetan sei, aber vom Getreidehandel solle er die Finger lassen; er solle sich damit bescheiden, nur vom Überfluß zu verkaufen. Vielleicht war das ein Aberglaube, wie er einer ländlichen Familie eigen ist, denn am Hunger des Volkes zu verdienen ist in einem Land, wo hauptsächlich Brot gegessen wird, eine traditionell verhaßte und widerliche Angelegenheit. Vielleicht steckte aber auch eine fehlgegangene Spekulation dahinter oder die Erinnerung an jene traurige Rolle, welche die Getreideaufkäufer in der Zeit der Teuerung gespielt hatten. Auf jeden Fall, als Vanghetta II. auf dem Sterbebette Vanghetta III. die letzten Ratschläge gab, hatte er ihm sozusagen als Testamentspunkt hinterlassen, sich niemals auch nur im geringsten in den Getreidehandel einzulassen.

So gab es der ehrgeizigen Ziele, die er als Bauer und Kaufmann hatte, nur zwei: das eine hieß Hanf, der in dieser Gegend noch nicht angebaut war, und das andere: die Urbarmachung der Vallazza, worüber aber damals noch kaum gesprochen wurde. Der Hanfanbau kam Coniglio mannaro ungelegen, denn vom Hanf, der vom Makler und Händler eine gute Fachkenntnis verlangt, verstand er nichts. Dazu kam aber noch, daß sein Großvater mütterlicherseits, Princivalle Malvegoli, auch Makler und Händler im Hanffach war, und alles, was an diesen unfähigen Menschen erinnerte, erschien ihm wie ein Unglück – daher hatte Coniglio mannaro dieselbe abergläubische Abneigung gegen den Hanf wie der Herr Pietro gegen das Korn.

Im übrigen baute Pietro viele und gute Getreidearten an, er pflegte den Boden auf moderne Weise, verwandte die neuesten Düngerarten, so wie man es in den fortschrittlichen Gegenden der Lombardei und in Frankreich und Belgien ausübte. Dazu hatte er ausgezeichnete Getreidemagazine erbauen lassen, von denen das größte auf der Antonella in der Nähe der Straße stand, ganz nahe beim Haus an der Pappelbrücke. Diese seine Magazine waren sauber und geräumig, und man hätte dort ohne Angst vor Muff und Motten das Getreide aufheben und abwarten können, ob es im nächsten oder sogar übernächsten Jahr teurer würde, so dachte Coniglio mannaro. Und er konnte keine Ruhe finden, wenn er daran dachte, daß der Signor Pietro sein Getreide so schnell wie möglich und zu den üblichen Preise verkaufte, sogar ein wenig unter Preis, begleitet von den allgemeinen Segenswünschen der kleinen Leute. Und das erschien Coniglio mannaro wie eine Vergeudung der Gnade Gottes. Was die Segenswünsche der kleinen Leute betraf, so konnten sie ihn nur zu ironischen und bösartigen Scherzen herausfordern.

An einem frühen Morgen, es war im Juli des Jahres 1850, erschallte weit und breit über die Felder, wo man bis dazumal keinen andern Ton als die Stimme der Menschen und Vierfüßler vernommen hatte, das Pfeifen einer Dampfmaschine: lustig, scharf und herrisch flog der Pfiff dahin, und darauf folgte ein Schlagen und Beben, kraftvoll und eilig und manchmal wie gewürgt, wenn gerade ein allzu großes Ährenbündel in die Dreschmaschine gehoben wurde.

Alle wußten, um was es sich handelte und mit welchen Auslagen Signor Pietro die Maschine von Triest übers Meer und dann in einer großen Barke den Po herauf hatte kommen lassen. Alle hatten gesehen, wie sie bei der Zollstation an der Guarda in Stücke zerlegt ausgeladen wurde. Darauf war die Dreschmaschine in einem großen, zu diesem Zweck errichteten Gebäude aufgestellt worden, und zwar in der Vallazza. Die Leute nannten das Gebäude Palast der Maschine. Auf dem schwarzen Bauch der Lokomobile stand in Messingbuchstaben der fremdartige Name des englischen Fabrikanten. Sie bewältigte an einem Tag die Arbeit von hundert Leuten. Hoch oben hatte sie einen rauchenden Schornstein, sie fraß zentnerweise Kohlen, sie stöhnte, stob Funken, seufzte, pfiff und bebte in all ihren eisernen Gelenken, über denen das Schwungrad sich erhob, das der glänzende und in den Drehungen schwippende Übersetzungsriemen bespannte.

»Da kommt er, um mit seinem Ungetüm den ehrlichen Christenmenschen die Arbeit wegzunehmen«, sagte Padrone Lazzaro, »und wolle Gott, daß er nicht eines schönen Tages eine Explosion erlebt, die ja ein Blutbad anrichten könnte! Außerdem ist das eine gefährliche Arbeit, denn ich weiß, wenn da einer mit der Hand oder dem Fuß in die Dreschmaschine kommt, dann ist gleich ein Arm oder Bein fort, eh' man sich's versieht.«

»Gegen die Dummheit helfen keine Pillen«, antwortete sein Sohn und setzte ihm auseinander, daß diese düsteren Prophezeiungen unsinnig seien. Und Padrone Lazzaro erinnerte sich noch an die Zeit, als die alten Müller ihm, dem jungen, düstere Voraussagen über seinen Mahlplatz, den er sich gewählt hatte, machten. Genau mit demselben Sprichwort hatte er ihnen geantwortet, und er hatte es sogar auf die Mühle San Michele malen lassen. Dessen erinnerte er sich, und so blieb er ein wenig verstimmt. Dann sagte er:

»Willst du etwa behaupten, daß diese Art, das Korn zu dreschen, so gut ist wie das Dreschen mit dem Flegel? Oder mit dem Pferd?«

»Und ob! Die Maschine drischt die Ähren, teilt das Stroh, putzt das Korn und schüttet es in den Sack, und das alles auf einen Schlag.«

»Das ist ja Teufelszeug! Da ist irgendein bösartiger Spuk in diesem Kasten drin.«

Er fürchtete im stillen, ohne je von einer so traurigen und gefährlichen Sache zu sprechen, daß nach der Dreschmaschine die Dampfmühle erscheinen würde, um gefräßig und ohne jede berufliche Anmut das Korn zu mahlen, und das Mehl würde dabei durch die Hitze der Maschine verderben. Die Müller würden ruiniert werden, er zuerst, da ihn ein böses Geschick seinen Mahlplatz in der Nähe dieses verdammten Vergoli hatte wählen lassen. Und daß dieser Kerl in seinem bösartigen Ochsenschädel die verräterische Idee einer Dampfmühle hatte, das wußte bereits jeder im Ort.

»Aber es soll ihm nicht glücken«, antwortete Padrone Lazzaro unruhig, wenn ihm das gesagt wurde. »Auch mein Schwiegervater behauptete, daß in andern Ländern draußen, hol sie der Teufel, das Korn in Dampfmaschinen gemahlen wird. Aber das müssen doch Länder sein, wo es keinen Po gibt, Länder ohne strömendes Wasser, wirklich vom Himmel geschlagene Länder. Und was mein Schwiegervater erzählte, Friede seiner Asche, das waren überhaupt immer Blödsinnigkeiten.«

Aber er erinnerte sich noch an seinen Schwiegervater! Die meisten Leute liefen leichtsinnig hinter den Neuigkeiten und den Errungenschaften des Fortschrittes her, wozu auch der Gestank aus den Hanfrottgruben des Signor Pietro gehörte, der in der heißen Jahreszeit das ganze Land ringsum verpestete.

»Wirklich eine Pest! Und das in einer Gegend, wo die Luft so rein war und erfrischt vom Po. Es nimmt's mir keiner mehr aus dem Kopf 'raus, daß dieser Gestank nicht gut ist für unsere Gesundheit.«

»In so vielen Gegenden des Ferraresischen legt man den Hanf zum Rotten ein, und niemand hat sich je beklagt, daß das nicht gut sei für die Gesundheit«, wurde ihm geantwortet.

»Ja, und all dieses stehende Wasser in den Hanfrottgruben, soll das nicht die Luft verpesten?«

Und das war gerade zur selben Zeit, als man von einer Gesellschaft munkelte, die Vergoli mit dem Marchese Macchiavelli gründen wollte, um die Vallazza trockenzulegen. Das war eine große Unternehmung! Und da war Padrone Lazzaro, als er gefragt wurde, ob ihm vielleicht der Marchese etwas davon gesagt hätte, überrascht. Er hob die Schultern auf eine ungläubige Weise, aber zugleich auch mit einer inneren Genugtuung, daß man ihn mit diesem Herrn in solch vertraulichem Verhältnis glaubte.

Sein Vergnügen daran war so lebhaft, daß er einfach den, der ihm die Nachricht brachte, Lügen strafte. Er wagte es zum mindesten und fürchtete nicht, sich bloßzustellen. Und so wurde die Bewegung, mit der er ärgerlich und verächtlich die Sache abtun wollte, plötzlich eine andere, als verschweige er absichtlich etwas. Das Achselzucken, das zuerst gesagt hatte: »Reden Sie keine Dummheiten«, bedeutete nun: »Ich weiß nichts davon«, aber mit der Andeutung: »Ich weiß mehr als das, was ich sage.«

Es ist überhaupt Zeit, zuzugeben, daß Lazzaro mit zunehmendem Alter zwei Fehler angenommen hatte: der eine, greisenhafte, bestand darin, jede Neuheit madig zu machen, der andere lag in seinem ständigen Versuch, sich Wichtigkeit und Gewicht zu geben, was eher der eitlen Jugend als dem Alter ansteht.

Solche Gespräche wurden an der Barchessa, in der Osteria Sapienza geführt. Und als man erfuhr, daß die Gesellschaft zur Urbarmachung der Vallazza zustande gekommen war, da hörte man den Padrone Lazzaro sagen, daß dies Austrocknen der Gegend ein Fehler sei, denn man treffe damit auch die Wasseradern in der Erde. Darauf sagten ihm die Freunde in der Barchessa:

»Ihnen macht das bißchen Wasser in den Hanfgruben schon Angst, und das stehende Wasser in der Vallazza dürfte wohl ein bißchen mehr sein!«

»Das Wasser in der Vallazza ist natürliches Wasser!«

»Natürliches? Was will denn das heißen?«

»Das will heißen – nun, was soll das heißen: natürlich!«

»Jetzt wissen wir soviel wie vorher!«

Er erregte sich:

»Mit Ignoranten rede ich nicht!«

»Padrone Lazzaro, reden wir klar heraus als Ignoranten: Sie ärgern sich über die Trockenlegung der Vallazza, weil sie die Wasserhühner mit Reis und die wilden Enten und die Pizzacarini (Schnepfen) zu wohlschmeckend finden. Es tut Ihnen jetzt leid, daß Sie nicht mehr in die Vallazza auf die Jagd gehen können!«

Kaum fiel das Wort Pizzacarini, begannen alle zu lachen. Denn unter ihnen befand sich einer, der den Spitznamen Pizzacarino trug, weil er nämlich wirklich wie eine Schnepfe aussah mit der kleine, spitzen Nase an einem runden, kleinen Kopf, in dem es fast kein Gesicht gab, und den breit auseinanderstehenden Augen, die ihm einen Vogelblick verliehen. Lazzaro sagte:

»Auch das, gewiß, was ist hernach so ein armer Mann, wenn man ihm auch noch das bißchen Erholung nach des Tages Mühen nimmt?«

»Ein Ochse in den Strängen«, gaben sie zu.

»Und die Herren, die wirklich Herren sind, sage ich, was sind sie, wenn sie nicht mehr ihre Vergnügungen haben! Und das schönste Vergnügen der Herren, das besteht schon in der Jagd.«

»Zweifeln Sie nicht daran«, sagte der Pizzacarino, »sie werden schon noch andere Vergnügen finden.«

»Die sehen dann auch danach aus! Dann werden sie sich selbst und auch die andern vor lauter Langerweile zwiebeln.«

»Aber sind denn die Herren überhaupt nötig?« fragte der Pizzacarino sehr gescheit.

»Oh, Sie wollen also alle Leute arm haben?«

»Ich möchte die Armen weniger arm und die Reichen weniger reich haben, ich möchte, daß man zu teilen anfängt, Padrone Lazzaro.«

Diese Wendung des Pizzacarino, der den Gesprächen auf den Marktplätzen der Dörfer und zu Ferrara mit offenem Ohr zuhörte, versetzte alle in Staunen und Verblüffung, bis Scacerni einige Tage später sagte:

»Ich habe darüber nachgedacht, Pizzacarino, ich hab mir Ihre Idee des Teilens überlegt.«

»Das ist nicht meine Idee, ich hab nur gehört, was die andern sagen, und das hat mir gefallen.«

»Auch ich habe von diesen Dingen reden hören, und zwar im Jahr 1848, von französischen Freiwilligen, die aus Frankreich gekommen waren. Sie müssen nämlich wissen, daß ich unter Napoleon auch ein bißchen Französisch lernte. Ich traf sie eines Morgens, als ich zur Mühle ging, und sie erklärten in ihrer Sprache, Eigentum sei Diebstahl und man müsse alles in gleiche Teile unter die Menschen aufteilen.«

»Ja, dann wissen Sie ja mehr als ich.«

»Dazu gehört nicht viel!« sagte Padrone Lazzaro. »Aber wissen Sie, wie die Sache endete? Diese Herren Teiler ließen sich von mir mit dem Gewehr in der Hand einen Sack Mehl geben und von meiner Frau Kapaune und ein paar Fäßchen Wein. Und wenn sie noch Zeit und die Möglichkeit gehabt hätten, dann, so scheint's mir, hätten sie auch noch gern die Mädchen verteilt, versteht sich: natürlich nur die jungen und schönen. Denn würden Sie sich, Pizzacarino, mit den häßlichen und alten abfinden? Und da bemerkte ich, liebe Leute, daß diese Anschauungen hinkten, denn für das Mehl und die Kapaune und den Wein gaben mir diese Teiler nichts zum Tausch. Was wäre das aber dann für ein Teilen? Dasselbe gilt von den Mahlstellen im Po, wirklich gute gibt es nur sehr wenige, und die gehören dem, der sie zuerst zu wählen verstand ...«

»Glück, steh' mir bei, und ich brauch' keinen Verstand.«

»Auch der Verstand hat seinen Teil dabei, aber reden wir mal nur vom Glück! Es gibt auch Mahlstellen, die einfach schlecht sind, doch auch das sind zum Glück nur wenige. Die meisten haben Gutes und Böses gemischt, ist es nicht so?«

»So ist es mit allen Sachen auf der Welt.«

»Das wollte ich gerade von Ihnen hören. Aber bleiben wir bei den Mahlstellen. Und nun kommt ein Gesetz heraus, nehmen wir mal den Fall an, daß die Mahlstellen geteilt werden sollen. Das Gesetz ist gerecht, aber ich kenne die Müller, um nur bei mir anzufangen, Pizzacarino. Glauben Sie nicht, daß ich mich besser machen will, als ich bin. Glauben Sie vielleicht, daß ich mich mit einer abgelegenen und wasserarmen Mahlstelle begnügte, mit einer halbwegs mäßig guten oder auch noch mit einer guten? Ich will die beste haben, und ich würde alle Mittel und Wege versuchen, um sie auf gute oder böse Weise zu bekommen. Und da käme aus allzuviel Gerechtigkeit dann ein großes Unrecht heraus, und es würde ein Krieg aller gegen alle. Im Krieg aber, ich kann es sagen, ist das Glück ebenso wichtig wie der Verstand, doch die Gewaltsamkeit triumphiert. Unter solchen Umständen würde sich der Turmbau von Babel wiederholen.«

Er unterbrach sich, um die Gurgel mit einem halben Glas Wein zu erfrischen, sein Gegenredner nutzte die Gelegenheit, um mit einem Lächeln verschwiegenen Mitleids zu bemerken:

»Angenommen, daß Sie wirklich eine so gewaltsame Natur sind, wie Sie annehmen, so handelte es sich hier darum, Sie einfach die beste Mahlstelle wählen zu lassen. Das verdienen Sie ja auch, denn das wollen wir ruhig sagen: einen besseren Müller gibt's hier weit und breit nicht.«

Lazzaro war mehr beunruhigt, als daß ihm das Kompliment gefiel, er hörte aufmerksam zu, das Glas in der Hand, und der andere fuhr fort:

»Und wenn nun ein Müller Ihres Schlages an einer ausgezeichneten Mahlstelle so viel vom Mehl abstreichen kann, daß er selbst und seine Familie daran fett wird, so kann er auch den zwei mageren Müllern an den schlechten Mahlstellen von seinem Ertrag abgeben, nämlich das, was ihm davon übrigbleibt, Padrone Lazzaro.«

»Abgeben? Wer soll abgeben?«

»Sie selber!«

»Ich?« In diesem »Ich« war ein solches Erstaunen und eine solche Ungläubigkeit, daß alle in ein lautes Gelächter ausbrachen, und das war eine erschöpfende Antwort auf das sozialistische System von Pizzacarino, der nun kalt antwortete:

»Wenn Sie's nicht gütlich tun, kann man Sie zwingen. Es gibt nämlich dann das Gesetz.«

»Ah, die Sbirren, wie? Darauf wollen Sie hinaus! Sie wollen mich für die andern und unter dem Druck der andern arbeiten lassen? Also mich ungefähr als Gesellen auf meiner Mühle anstellen? Eher, das sage ich

Ihnen klar heraus, würde ich meine Mühle in Brand stecken. Halten Sie mich vielleicht für einen Trottel?«

In seiner Stimme war eine solche Entschlossenheit und so viel von dem alten Feuer, daß ihn wirklich keiner für einen Trottel hielt.

»Ja dann«, sagte Pizzacarino immer mit der gleichen Kälte, »in einem solchen Falle würde man Sie einfach ins Gefängnis stecken.«

»Und Sie würden mich hineinstecken!«

Ein neues Gelächter brach los, und Scacerni fuhr siegreich fort:

»Da seht ihr ja, es wäre der Turmbau von Babel! Aber ich will gar nicht, daß man mich für so gescheit hält! Was der Turmbau von Babel eigentlich war, das habe ich aus der Predigt unsres Pfarrers, Don Giuseppe Romagnoli, gelernt, und was das für ein Mann und Priester ist, unser Don Giuseppe, das können Sie, Pizzacarino, wohl bestätigen: Sie verdanken ihm sozusagen alles; denn Sie waren einer von den sechs damals, als im Jahre 1848 die wilden Kroaten euch am Haus des Melonengartens erschießen wollten. Und wenn es da nicht einen Don Giuseppe gegeben hätte, der die Brust vor die Mündungen der Gewehre warf, – was konnten Sie damals schon tun mit Ihrem großen Mundwerk?«

»Er konnte sich in die Hosen machen«, antwortete wie im Chor die ganze Gesellschaft, und diese Antwort mußte auf jeden Fall kommen.

»Er hatte ja auch allen Grund dazu«, sagte Lazzaro mit der beleidigenden Großmut des Siegers, während Pizzacarino in zornige Verwirrung geriet.

Die physiologische Folgeerscheinung auf den Schrecken vor den Gewehren war tatsächlich eingetreten, aber von seiten des Padrone Lazzaro und der ganzen Gesellschaft wurde diese Geschichte jedesmal, wenn sich auch nur im entferntesten eine Gelegenheit darbot, an den Haaren herbeigezogen. Und wenn sich die Gelegenheit nicht bot, dann suchten sie eine. Denn der naseweise Pizzacarino war bei allen unbeliebt, und auch seine wenig religiöse Haltung erschien allen, besonders dem Padrone Lazzaro, als ausgesprochene Undankbarkeit gegen den Priester, der seine Brust zwischen ihn und die kroatischen Gewehre geschoben hatte.

Inzwischen ließ Pietro Vergoli Versuche anstellen, er ließ das Land ausmessen und pflanzte Meßstäbe und Pfähle in der Vallazza. Zudem warb er auch schon Erdarbeiter und Kärrner an, die mit dem Ausheben der Entwässerungskanäle beginnen sollten. Gewiß hätte sich der Müller nicht getraut, seine Meinung einem so gebildeten Herrn wie dem Marchese zu sagen. Aber vielleicht stand sie ihm auf dem Gesicht geschrieben, denn als er ihm in der Vallazza begegnete, sagte der Marchese:

»Ein Jahr noch, dann hört's mit der Jagd in der Vallazza auf! Für mich und auch für Sie! Schade, wie, Padrone Lazzaro?«

»Die Jagd wäre noch das wenigste.«

»Oh, die Angelegenheit mit der Fruchtbarmachung gefällt Ihnen also nicht?«

»Da der Herr Marchese mich schon fragt: sie gefällt mir wirklich nicht.«

»Aber Sie müssen jetzt auch daran denken, daß hier, wo bislang sich zwei Menschen ein Vergnügen bereiteten, landwirtschaftliche Anwesen entstehen, die zumindest fünf Bauernfamilien leben lassen.«

»Es gibt soviel Bauern auf der Welt«, brummelte Padrone Lazzaro.

»Und die Schnepfen und Enten werden dagegen immer rarer«, lachte der Marchese. »Solche Überlegungen stellt ein Jäger an, aber ich hab schon ein gewisses Verständnis dafür.«

Der Marchese lachte sonst nicht mehr. Tatsache war, daß auch ihn die Not zu diesem Kontrakt mit Vergoli gebracht hatte, der die nötigen Kapitalien vorschoß und sich dafür einen entsprechenden Anteil für später gesichert hatte. Der Marchese gab in die Gesellschaft nur den Boden, und die Zukunft bot ihm einen sehr spärlichen Gewinn. Und mit der Jagd war es vorbei, aber Not kennt kein Gebot.

In diesem Jahr zumal zeigten sich die Folgen der zwei schlechten Ernten von 1846 und 1847 und der Ereignisse von 1848 und 1849. Die kleinen Pächter konnten ihren Verpflichtungen gegen den Grundbesitzer nicht nachkommen, und so baten sie um Beistand, damit sie die landwirtschaftlichen Arbeiten aufrechterhalten und fortsetzen könnten. Das Land hatte die Kriegsrequisitionen ertragen, die schwere Kopfsteuer, die General Haynau bei seinem Einfall am 18. Februar 1849 auferlegt und die 206 000 Skudi eingebracht hatte. Und dann war die republikanische Gewaltanleihe auf die größeren Vermögen gekommen, und zwar am 25. desselben Monats. Macchiavelli hatte all diesen Kontributionen nachkommen müssen, weil er nämlich ein Haus in der Stadt besaß, dessen Mieter allerdings schon seit langer Zeit die Gewohnheit angenommen hatten, nicht mehr die Miete zu zahlen. Pünktlich hatte er nur den Besuch des Steuerbeamten erhalten, und die Steuern waren auch von der restaurierten päpstlichen Regierung verschärft worden, um nur die Zulagesteuer auf den Grundbesitz zu erwähnen. Eine andere außerordentliche Steuer lastete auf den Kommunen. Die Lebensmittel waren knapp geworden, die Münze schlecht, die Preise gestiegen, das Salz zum Beispiel auf den höchsten Preis im Jahre 1847, und die Salzpreise sind immer ein Wertmesser für die allgemeinen Verhältnisse. Alles war teuer, wenn man es kaufen wollte, und eine erbärmliche Angelegenheit, wollte man's verkaufen.

Und durch diesen verhängnisvollen Kreislauf war das ohnehin schon belastete Vermögen Macchiavellis im Verlauf dieser vier Jahre derart in Unordnung gekommen, daß er schließlich zahlungsunfähig wurde und sich vor die Notwendigkeit gestellt sah, zu verkaufen, um die Schulden zu bezahlen und den Ruin und Bankrott zu vermeiden. Pietro Vergoli bot ihm an, als Gegenleistung für die Rechte auf die Vallazza, die Verwaltung der noch übriggebliebenen Güter zu übernehmen und den Vermögensstand Macchiavellis wieder in Ordnung zu bringen. Der Marchese widerstrebte lange in bezug auf die Art und Weise, wie es geschehen sollte, und auch gefühlsmäßig schien es ihm unmöglich; denn es kam ihm vor, als solle er abdanken, und es widerstrebte ihm, seine Bauern, Pächter, Mieter und überhaupt Untergebenen, die er bisher auf seine patriarchalische und väterliche Weise geleitet hatte, zu verlassen, ja fast zu verraten. Aber eines Tages dann, als er vor der Pfändung stand, ging er in seiner Verwirrung und Trauer selber zu Vergoli, um ihm die Sache anzubieten und ihn um mehr zu bitten, als Vergoli gewollt hatte. Der Marchese gab Vergoli eine unbeschränkte Generalvollmacht. Vergoli sollte selber die Bedingungen ausarbeiten, wie er wollte, der Marchese wollte sie nicht einmal kennen. Er vertraute sich in seine Hände und wußte, daß es die Hände eines Ehrenmannes waren.

Und ein Ehrenmann war Vergoli. Er rettete Macchiavelli vor dem Schlimmsten, und zwar durch Operationen, die für den Marchese selbst zu unangenehm gewesen wären. Und zum guten Ende war das auch für Vergoli kein schlechtes Geschäft, der die letzten Ländereien der Macchiavellis in Pacht nahm und sie in der Folge hochbrachte, wie sie es verdienten. Denn es war bester Boden.

Was den Marchese anbetraf, so setzte er auf seinen Grund und Boden von da ab nicht mehr den Fuß. Er war zu gerecht, um nicht anzuerkennen, daß das, was Vergoli verdiente, auf ordentliche Weise verdientes Geld war. Und er war überdies zu generös, um zu übersehen, daß er Vergoli verpflichtet war. Doch er begriff nicht, daß dies sein ständiges »Machen Sie's nur, dann ist's schon richtig« und sein »Ich will nichts wissen«, mit dem er jede Art von Erklärung und Rechenschaftsbericht abschnitt und einfach sagte: »Sie sind ein Ehrenmann, Pietro«, ein wenig herablassend klang und noch zu sehr von oben kam. Pietro wäre ein wirkliches Interesse lieber gewesen, sogar ein bißchen Mißtrauen: denn das verlangte Aufmerksamkeit, und seine Mühen und Maßregeln, die er ausklügelte, hätten in hellerem Lichte gestanden, und der bare Nutzen, der dabei heraussprang, wäre mehr in die Augen gefallen. Was dem Marchese so als die schmeichelhafteste Anerkennung erschien, klang Pietro fast wie eine Beleidigung, nämlich wie eine Achtlosigkeit von seiten des Aristokraten gegenüber einem von unten heraufgekommenen Mann, der dazu bestimmt war, ein schuftender Maulesel zu bleiben.

Inzwischen tat Padrone Lazzaro, als ob er von all diesen Ereignissen nichts wüßte, und ließ keine Gelegenheit vorübergehen, ohne den Marchese Filippo, und zwar mit einer mehr oder minder verschwiegenen Miene, an die häufigen Fälle zu erinnern, in denen Vergoli zwischen Ro und der Guarda gute Geschäfte abgeschlossen hatte: Erwerbungen mit dem Griff an die Kehle, Gewaltsamkeiten, so sagte Lazzaro, die er unter dem Beistand der schlechten Jahre und des Elends seines Nächsten mache. Der Marchese lächelte und hielt es nicht für der Mühe wert, diese Tatsachenverdrehungen der Volksmeinung zu berichtigen. Aber dann erklärte ihm Scacerni, wie die Sache endete, wenn man etwas mit Pietro Vergoli zu tun habe, das sehe man am Unglück des Bastianino Donzelli, Neffen des seligen Don Bastiano Donzelli, des Vorgängers von Don Giuseppe Romagnoli. Dieser Neffe des Pfarrers von der Guarda war ein »dicker Bauer«, er saß auf dem Nonnengutshof und hatte es gut, bis der Vergoli ihn von der Notwendigkeit überzeugte und auch dazu nötigte, alle Entwässerungsgräben zu erneuern, weil das Wasser »von den Schwestern« auf das Gebiet Vergolis herüberkomme, dort stagniere und in Hochwasserzeiten alles überschwemme. Nachdem er ihm diese Unternehmung aufgebrummt hatte, lud er den Donzelli ein, beim Ausheben eines neuen Kanals mitzuwirken, der alle Wasser aufnehmen und das Schwestern-Gut und auch die anliegenden Äcker des Vergoli aufbessern sollte. Zu diesem Zweck lieh ihm Vergoli Geld. Dann aber kamen die beiden auseinander, Bastian Donzelli verklagte Herrn Pietro: mit dem Ergebnis, daß das Schwestern-Gut mit allen alten und neuen Kanälen in Vergolis Besitz überging. Bastianino war ruiniert und stand da mit einer Familie von fünf Mädchen, die alle fünf häßlich waren wie das väterliche Elend.

Der Marchese merkte wohl, was der Müller mit dieser Geschichte andeuten wollte, und sagte:

»Ich habe gehört, daß der Streit auf Spitzfindigkeiten und falschen Beweisen aufgebaut wurde.«

»Das hat der Sohn des Vanghetta gesagt mit seinen Advokaten.«

»Nein, das hat das Gericht gesagt, Padrone Lazzaro.«

»Das Gericht, das Gericht«, machte Lazzaro mit einem leichten Achselzucken.

»Ein Schluß, den das Gericht zieht, auch wenn er falsch ist, ist immer besser, als was die Privatleute folgern, auch wenn es richtig ist: weil es eben gegen die allgemeine Ordnung geht.«

»Ich verstehe«, sagte Padrone Lazzaro. Und in einem Gedankenblitz sah er den Turm von Babel vor sich stehen, und auch gewisse Vorkommnisse aus seinem Leben fielen ihm ein, bei denen er, in der Leidenschaft, sich selbst Recht zu schaffen, um eines Haares Breite zum Verbrecher geworden wäre.

»Und man hat mir auch gesagt, daß dieser Bastianino Donzelli ein Nichtsnutz ist, ein arbeitsscheuer und unfähiger Kerl.«

»Aber das ist ja schließlich noch kein Grund, ihn zu enteignen. Sonst ...«

»Ein solcher Nichtsnutz«, fuhr der Marchese fort, »daß sein Onkel Don Bastiano ihn enterbte und ihm das kleine Stückchen Erde, das er selbst bearbeitete, nicht vermachte.«

»Ich erinnere mich, ja! Aber der Priester und der Vater des Bastianino haben sich auch nie vertragen können.«

»Ja, ja, der Vater des Bastianino nämlich, das war einer von den Sechsundneunzigern, ein Jakobiner. Und als die Kirchengüter konfisziert wurden und zur Versteigerung kamen, da kaufte er vom damaligen Regime das Schwestern-Gut. Sie wissen ja, das waren gute Geschäfte, wenn man sich so ausdrücken soll, wie diese Welt es tut.«

»Das wußte ich nicht.«

»Aber Sie wissen doch, was man sagt: daß auf diese Weise erworbenes Gut weder von dem ersten Besitzer noch von seinem Sohne genossen wird?«

Ein unbehagliches Gefühl beschlich Scacerni, und er war wie ein Mann, der zu träumen anfängt und die Angst sich nähern fühlt. Er wollte aber etwas sagen, und so rief er mit einem gewaltsamen Lachen:

»Ja, dann wird der Sohn des Vanghetta das Schwestern-Gut auch nicht genießen, dieser gottlose Kerl.«

»Na, hören Sie auf«, mahnte Macchiavelli, den diese Zornmütigkeit amüsierte. »Die Strafe, das sieht man in vielen Fällen, geht nicht über die zweite Generation hinaus, und dann ist ja auch Vergoli nicht von solchem Schlag.«

»Das verstehe ich nicht, Herr Marchese.«

»Um so besser für Sie!« sagte Macchiavelli an sich haltend. Er war plötzlich ernst, so sehr, daß Padrone Lazzaro, von alten Gedanken und unversehens aufsteigenden Erinnerungen vollständig verwirrt, sagte:

»Oh, das wissen also Sie auch? Und dabei meine ich das doch nur in der Beichte erzählt zu haben.«

»Aber Padrone, Sie träumen, was soll ich denn von Ihren Beichten wissen?«

»Ich tat nämlich«, fuhr Scacerni fort, »die Buße, die mir von Don Bastiano Donzelli selig aufgegeben wurde – er war ja sogar, um sich Rat zu holen, wegen der Frage der Exkommunikation bei einem Theologen des Erzepiskopates.«

»Jetzt verstehe ich nicht«, sagte der Marchese, erstaunt über dieses Gespräch.

Und nun führte die weitere Unterhaltung dazu, daß er die Geschichte des Schatzes der Madonna von Spanien erfuhr, den Ursprung der Mühle San Michele und das Ende von Maurelio Mazzacorati. Man hätte schwer unterscheiden können, was größer war: die Neugier des Marchese oder die Erleichterung des Müllers. Macchiavelli schloß:

»Davon wußte ich nichts, Padrone Lazzaro, das brauch' ich wohl nicht zu sagen. Aber es ist eine wirklich spannende und lehrreiche Geschichte! Nun, Sie sind ja losgesprochen worden, und ich habe wirklich nicht die Absicht, das fehlte noch, mich zu Ihrem Beichtvater aufzuschwingen! Ich sage dazu nur, die Geschichte, wie Sie Ihre Mühle San Michele erbauten, ist wirklich sehr spannend und lehrreich.«

»Das will also heißen, Herr Marchese, daß ich zufrieden sein darf, Ihnen eine nicht allzu langweilige Geschichte erzählt zu haben?«

»Im Gegenteil, sie hat mir sogar sehr gut gefallen.«

Und so bekam er Lust, auch noch das übrige zu hören. Wie nämlich Scacerni in die Angelegenheiten des Michele Bergando verwickelt wurde und wie Fratognone diesen in der Via degli Armari ermordete. Und er sagte:

»Über Ihr Leben, Padrone Lazzaro, ließe sich ein Roman schreiben.«

»Was für ein Ding?« fragte Scacerni, und er brachte mit dieser Frage den Marchese zum Lachen.

Aber wenn seine Erzählung auch lebhaft war und voll Einzelheiten, wie der von der Herausforderung zum »Eisenarm«, so wurde sie doch dunkel und zurückhaltend, oder besser gesagt: flüchtig, wo es sich um Gefühle handelte, die auszudrücken dem Padrone Lazzaro jedes Wort fehlte. Was das Ende des Ragusers betraf, die Hinrichtung des Fratognone und die Gespräche bei der Mutter Eurosia, so konnte Padrone Lazzaro darüber fast nichts sagen. Er meinte nur still:

»Ich war wohl entschlossen, ihn nötigenfalls selbst zu ermorden.«

Und:

»Ich konnte nicht mehr schlafen, ohne die Hölle zu spüren, und das Brot schmeckte mir nicht mehr«; und: »Was mir die Heilige sagte, das müßte sie Ihnen selbst wiederholen.«

Sein Zuhörer hatte also nicht allzutief in diese Ereignisse eindringen können, auch weil der Mensch überhaupt nicht in seinesgleichen allzuviel eindringen kann. Es sei denn, daß er ganz in den andern eingeht und in ihm lebt: dies aber bleibt der Dichtung und der religiösen Liebe vorbehalten. Und Scacernis Erzählart, wiewohl sie farbig und gewandt war, besaß keine poetische Kraft, und die neugierige Sympathie Macchiavellis, wiewohl sie aufrichtig war, hatte keineswegs vor, aus jener Güte der Caritas heraus den andern zu erleichtern, noch dachte er überhaupt daran, daß das nötig sei. Und so geschah's, daß Scacerni zunächst glauben konnte, was der Marchese nun erzählte, sei nur eine neue und bizarre Geschichte, über die man lachen könne. Im Palazzaccio des Ragusers nämlich war nach dem Verbrechen viele Jahre lang niemand eingezogen. In Ferrara gab es damals Häuser mehr als nötig, aber man sagte auch, daß im Palazzaccio Geister gehört worden seien. Nun aber war das berüchtigte Haus vor kurzem von einem gekauft worden, der eine gute Nase fürs Geschäft besaß und vor Geister- und ähnlichen Altweibergeschichten keine Angst hatte.

Bis hierher hatte Padrone Lazzaro lächelnd zugehört, er meinte nur: gewiß, wenn einer da keine Angst habe, könne er ein schönes Geschäft machen. Aus diesem Grunde sage man ja auch: selig, wer seinen Vater in der Hölle hat.

»Dennoch«, so schloß er, »wer das wagt, in diesem Palazzaccio zu wohnen, der muß ein sehr heiliger oder wirklich sehr ruchloser Mensch sein.«

»Auch Sie kennen den jetzigen Besitzer.«

»Ich kenne ihn?«

»Pietro Vergoli hat den Palazzaccio gekauft.«

Die Wirkung dieser letzten Mitteilung war so, wie es der Marchese bei weitem nicht erwartet hatte.

»Das hat er gut gemacht, das sieht diesem Burschen ähnlich, und jetzt weiß ich, wer er ist! Er ist der Raguser unserer Tage, mit dem Unterschied, daß der von früher, wenn er die Messer auf den Tisch legte, um zu handeln, auf seine Weise ehrlich war; mit den Freunden ging er wie ein Freund um und mit den Feinden wie ein Feind. Aber dieser hier, schauen Sie sich ihn einmal an, wenn er Ihr Freund wird! Bevor ihn der Teufel auf die Welt zurückspuckte, hat er ihn im feinsten Zuckerteig der Heuchelei herumgewälzt, und ich weiß, daß er von allen Seiten her auf mich lauert, weil er auch diese paar Fußbreit Erde meiner Frau kaufen möchte. Und da ich sie ihm niemals verkaufen werde, und wär's nur, um ihm die Galle ins Blut zu jagen, bin ich gewiß, daß er mir irgendeinen Kanal unterirdisch in mein Gebiet bohrt, um mich wie Bastianino Donzelli enden zu lassen. Aber er soll sich vorsehen. Lazzaro Scacerni hatte keine Angst vor dem ersten Raguser, der ein Wolf und ein Fuchs war, und dieser hier ist bloß ein Steinmarder und ein Maulwurf. Und ich weiß auch, daß er hier eine Dampfmühle aufmachen möchte, um an einem Tag die Arbeit von zehn Flußmühlen zu tun, nur um uns zu ruinieren und das Mehl zu verderben. Und ich weiß, daß die Leute in diesen Dingen ungemein blöd sind und daß man lieber von den Lerchen zu den Käuzen überläuft, um sie anzuhören. Aber der heilige Antonius, der Herr über Feuer und Fluß, der beschützt meine Mühle auf dem Wasser, rettet aber seine nicht vor dem Feuer, wenn ich hingehe und sie ihm anstecke.«

»Aber Padrone Lazzaro, was reden Sie da!«

Bei dem Aufbellen der zornigen Stimme waren Schiavetto und Cecilia Rei herbeigelaufen, die stillschweigend zuhörten und beipflichteten.

»Ich sage, daß es genug ist und sogar übergenug. Ich weiß, was ich sage.«

»Aber Sie spintisieren ja«, sagte der Marchese.

»Sie haben recht, aber nur, weil Sie es sind! So alt mußte ich werden, nur um in meinem Alter diese schwarze, aus der Hölle ausgespuckte Seele zu sehen, wie sie auf dem Lande lastet und auf dem Fluß, schlimmer noch als dazumal!«

»Aber Sie müssen Ihre Worte ein bißchen besser wägen.«

»Das tu' ich, auf meine Weise.«

»Aber auf falsche Weise.«

»Sie haben recht, Herr Marchese. Alle haben recht, nur ich allein habe unrecht. Aber wissen Sie, warum? Früher, wenn mich die Wut überfiel, wurde ich still. Jetzt dagegen fang' ich an zu schwätzen, und das will besagen, daß ich kein Mann mehr bin. Doch für ein einziges Mal werde ich mich schon noch dazu aufraffen und noch einmal derselbe von früher sein. Und ich habe schon seit einer Weile gesagt, daß dies nicht die Erde für mich ist, wo ich verfaulen werde.«

»Was wollen Sie damit sagen?« fragte Macchiavelli streng.

»Die Erde, die auf mich wartet, das ist der Friedhof eines Zuchthauses, irgendwo.«

»Na hören Sie, Scacerni«, sagte der Marchese ungeduldig, »wenn Sie nicht Vernunft annehmen wollen, machen wir jetzt Schluß.«

Er war verstimmt, und es war ihm auch lästig, als hätte er an dieser Wut des andern irgendeine Schuld – und wenn nur die, daß er das nicht vorausgesehen hatte. Vielleicht auch spürte er's im Blut, daß in seinen Vorfahren während der toskanischen und ferraresischen Parteikämpfe, in den Familienzwistigkeiten und den Kriegen solche Haßausbrüche natürlich waren, die ihm jetzt so fehl am Platz und verrückt vorkamen.

»Schluß jetzt, Scacerni«, wiederholte er, »denn ich will es nicht hören – einfach weil ich Sie schätze –, wie Sie auf diese Weise dummes Zeug daherreden.«

»Danke für die Schätzung, Herr Marchese, ich bin auch sowieso am Ende. Soweit muß ich also in meinem Alter kommen mit meinem weißen Bart! Schiavetto, setze den Herrn Marchese über.«

Macchiavelli war wirklich von der Bank unter der Loggia aufgestanden, um zu gehen. Bisher hatte Scacerni ihn immer selbst an Bord geholt und ans Ufer zurückgebracht. Jetzt begleitete er ihn nur bis auf den Gehsteig und zog tief den Hut. Dann blieb er dort aufrecht stehen, als sei sein greisenhaftes Kreuz lahm geworden. Sein Gesicht schaute mit einem strengen und hartnäckigen Ausdruck, düster entschlossen, unter dem weißen Bart hervor. Scacerni fühlte sich müde und gequält, als ob jenes vergebliche und übersteigerte Ausbrechen der alten Leidenschaft in einen Wirbel verirrter und unnützer Worte ihn entleert habe.

Und vielleicht war ihm, als schwebe er zwischen Traum und Wachen, wo die Angst, die man im Schlaf erduldet hat, zur düsteren Vorahnung wird. Längs der Ufer des Po gibt es noch den ans Herz gehenden tragischen Brauch, daß, wenn ein Mensch in den Wogen ertrinkt, die näheren Blutsverwandten sich talab begeben müssen, um an den Stellen des Ufers, wo die Strömung den Toten anspülen kann, zu wachen. Wenn der Tote aus den Strudeln heraufsteigt, müssen sie da sein, um ihn zu empfangen und mit ihren Armen aufzuheben: sonst ist der Tote beleidigt. Und jetzt war es dem alten, weißhaarigen und müden Lazzaro, als ob im wilden Aufkochen und Anprall der Leidenschaften im Strudel der Jahre aus dem Flusse die Leiche eines Toten hervorkäme, die zu empfangen er am Ufer bereitstand.

V Lazzaro war verdrossen über sein Alter, und diese abergläubischen Vermutungen und Ängste waren wirklich, wie der Marchese Filippo gesagt hatte, Spintisiererei. Und im übrigen dachte Vergoli gar nicht daran – oder er hatte, ganz von der großen Aufgabe in der Vallazza erfaßt, zur Zeit zumindest anderes zu bedenken als dies –, Dosolina und ihm das Gütchen an der Pappelbrücke aus den Händen spielen zu wollen. Auch wollte er im Augenblick keineswegs diese neue Teufelei der Dampfmühle einführen. Und als diese Ausbrüche Lazzaros bekannt wurden, begannen alle, der eine mehr, der andere weniger, jeder auf seine Weise und Vergoli an der Spitze, mit dem Alten Mitleid zu haben wie mit einem Sonderling. Nur Bastianino Donzelli, den Lazzaro verachtete, und Dosolina, der er jetzt seine geheimen Gedanken anvertraute, benahmen sich anders.

In einem Punkt hatte Lazzaro recht, wenigstens zum Teil: Pietro Vergoli betrieb auf dem Po den Schmuggel wie einst der Raguser. Nur

Lazzaro sagte das laut und öffentlich, die andern sagten es leise. Trotzdem gab es große Unterschiede zwischen dem Raguser und dem Herrn Pietro, doch wollte Lazzaro die nicht zugeben, im Gegenteil, er haßte diesen zweiten und modernen Schmuggler mehr als den ersten.

Dieser Handel hatte schon seit einer Weile begonnen, nämlich als der ehrgeizige und aufmerksame Vergoli, da er seine Buchungen machte, allzudeutlich bemerkte, daß das Fiskal- und Zollsystem im Kirchenstaat jeder Art von Unternehmungslust die Flügel stutzte.

Im Reich des Papstes betrachteten die Staatsökonomen Handel und Industrie nur als etwas, das man ordentlich rupfen konnte. Die Gründe dafür waren ebenso uralt wie einzigartig. Die Landwirtschaft genügte zum einfachen Leben der Landleute und auch zu jener patriarchalischen Großartigkeit der adeligen Familien, welche Ländereien besaßen, die wenig abwarfen, aber um so ausgedehnter waren. Die Handwerker sorgten innerhalb eines Ortes für das, was man auf diesem Gebiete brauchte, so daß es einen Außenhandel nicht gab, und dieser wurde sogar als eine Sache angesehen, die das soziale Zueinander leicht trüben konnte. Im übrigen war besonders für die städtische Bevölkerung in Fällen öffentlicher Not und bei Naturkatastrophen gesorgt, und zwar durch religiöse Kongregationen und Institutionen. Diese Mängel der Wirtschaft, die darin bestanden, das Nichtstun zu begünstigen und die Tätigkeit zu behindern, fühlte und beklagte man besonders in den nördlichen Provinzen des Kirchenstaates, in den Legationen, wo man an der nahen Grenze die Lombardoveneten, Toskanen und Modenesen als fortschrittlicher und moderner verwaltet vor Augen hatte. In diesem Wirtschaftsbereich des Kirchenstaates kontrastierte das System derart mit den Notwendigkeiten, daß diese nördlichen Provinzen, die weitaus die reichsten waren und am meisten Steuern zahlten, an Warenzoll und -abgaben dem Fiskus und der Steuerkasse weniger zuführten als die viel ärmeren und kleineren Provinzen Umbrien und die Romagna, wo es fast keinen Handel gab. Und das beweist, bis zu welchem Umfang der Schmuggel ausgeübt wurde, ja sogar das ganz normale Mittel des Handels und Wandels in den tüchtigsten Provinzen geworden war.

Und Pietro Vergoli, der hier an der Grenze soviel Land besaß und auf eine ganz besondere Weise der zollamtlichen Knechtschaft und Bewachung ausgeliefert war, hatte sehr bald die Wirkungen des Systems an sich verspürt. Wenn er sie schwarz auf weiß in seinen Geschäftsbüchern übersah, diese rücksichtslosen Ziffern, in denen der Zugriff des Staates sich darstellte, dann erlahmte seine ganze Unternehmungslust. Es waren sogar Vorsichtsmaßnahmen des Staates in Kraft, welche die Inlandsprodukte vor der ausländischen Konkurrenz zu schützen hatten, und man verbot und besteuerte auf prohibitive Weise die Einfuhr aus dem Ausland. Vergoli hätte die Balken und überhaupt das Holz für seine Bauten und Hanfrottgruben im Kirchenstaat teurer bezahlt, als wenn er es über den Po herüberschmuggelte, ohne dieselbe Qualität zu bekommen. Da war es also einfacher, nützlicher und weniger kostspielig, die Beamten vom Zollposten an der Guarda zu bestechen und das Holz heimlich von der Polesella herüberzuholen. Er fand, das sei nichts anderes als vernünftig gehandelt, aber hier hatte er unrecht. Denn das Gesetz zu übertreten, ob es nun schlecht oder schädlich sei, ist niemals moralisch und kann also auch niemals vernünftig sein. Die Ungesetzlichkeit seiner Handlung wollte er nicht durch den Hinweis auf das allgemeine schlechte Beispiel beschönigen, denn dazu war er zu ehrgeizig und zu stolz. Aber er überlegte und machte sich nach und nach folgende Beweise zurecht: ohne geschmuggeltes Holz konnte er weder Häuser noch Ställe hinstellen, noch Hanfgruben ausbauen lassen und damit den Wohlstand der Bauernfamilien vermehren. Ohne Schmuggel gab es keinen Zuwachs an Vieh und an landwirtschaftlichem Wohlstand. Der Schmuggel hatte einen neuen Erwerbszweig ins Leben gerufen, den Hanfanbau, einen neuen Handel, einen neuen Reichtum, und das Leben war überhaupt gesünder und widerstandsfähiger geworden. Dem Fiskus würden durchaus recht bald größere und sicherere Einnahmen erwachsen, als sie ihm ein steriler und bedrückender Zoll je zuführen könnte.

Eine zweite Überlegung beschäftigte sich mit der Ausfuhr. Im Ferraresischen gab es hauptsächlich Getreide und Hanf. Die Ausfuhr war von den niederen Volksmassen nicht gern gesehen, die hierin die Ursache der Brotverteuerung erblickten. Und so war die Ausfuhr mit Steuern belegt oder begrenzt oder einfach verboten, und zwar immer dann verboten, wenn ein armes Jahr vorangegangen war und die Preise im folgenden einigermaßen Gewinn versprochen hätten.

Seit Pietro Vergoli angefangen hatte, in großem Stile Hanf anzubauen, hatte er mit dem Markt jenseits des Po gerechnet, und er hatte ganz genau berechnet, wieviel die Bestechung des Zolls und wieviel die Steuern, die auf Ausfuhr standen, betrugen. Dabei wog weniger die Überlegung, daß er im Kirchenstaat nicht soviel am Hanf verdiente, als die andere, daß er hier den Hanf nur sehr langsam absetzen konnte. Der Hanf aber ist eine Ware, die im Magazin verdirbt, während man im Lombardischen und, auf dem Transportwege über Triest, in Frankreich, Holland und England den ferraresischen Hanf suchte und bestens bezahlte. Und so hatte sich sein Schmuggel verdoppelt. Eine dritte Art von Schmuggel ergab sich aus der verschiedenen und einander oft widersprechenden Anwendung der Steuerberechtigungen und Privilegien, von Wegsteuern, Aufschlägen, Erlaubnissen, die den Handel von Ort zu Ort innerhalb des Kirchenstaates selber hemmten und umgangen werden mußten. Zwischen diesen alten und neuen Steuern konnte man schwer unterscheiden, welche schlimmer waren, aber für gewöhnlich waren sie samt und sonders nicht am Platz und immer lästig, so daß der Privatmann, wollte er sich nicht ruinieren, sie umgehen mußte. Für den Staatsschatz aber blieben sie, ob man sie nun zahlte oder ihnen auswich, auf gleiche Weise unfruchtbar.

Endlich sodann, als Industrie und Handel so gut wie tot waren, hatte die Regierung Prämien zur Wiedererweckung ausgesetzt, und da gab es nun manchen Schlaukopf, der auf verborgenem Wege aus dem Ausland Produkte einschmuggelte, die er, um die Prämie zu erhalten, als inländische Ware ausgab.

Leute vom Schlag und der Erfahrung eines Pietro Vergoli, die nicht viel über diese Dinge nachdachten, bildeten sich ein, gute und treue Untertanen der gesetzlichen Regierung zu sein, da man ja keine umstürzlerischen Ideen nährte. Man blieb nur frei in dem einen Punkt, daß man alle die Wirtschaft schädigenden Gesetze einfach umging. Und man bemerkte nicht, daß darin nicht einmal eine äußerliche Ergebenheit der Regierung gegenüber lag und daß man in Wirklichkeit sich an den Gesetzen schuldig machte.

Die Dinge waren bis zu jenem Punkte gediehen, wo sie Revolutionen zeitigen. Und so hat man die Betätigung der Intellektuellen bei jener italienischen Revolution allzusehr unterstrichen und auch die Betätigung der Politiker und einer Dynastie: denn diese Revolution war wirklich eine Lebensnotwendigkeit. Der Fall des Pietro Vergoli beweist, wie ehrgeizige und tätige Männer, die reich geworden waren, und die Bürger überhaupt sich in der Zwangslage befanden, Revolutionäre zu sein, auch wenn sie sich für treugesinnte päpstliche Untertanen hielten. Und so führte Vergoli auf dem Wege des Schmuggels alles ein, was er für seine Landwirtschaft brauchte, und auf dieselbe Weise hauptsächlich führte er den Hanf aus, den er flußab übers Meer nach Triest schickte, wo er einen Vertreter hatte, ein ausländisches Versandhaus – und Vergoli hatte gute Geschäfte gemacht. Das betrieb er schon seit langer Zeit und in ziemlich großem Stil. Er hatte den geheimen Handel nicht weniger gut als den öffentlichen geregelt. Es gab da ein exaktes Konto der Ein- und Ausgänge. In der ersten Zeit hatte er selbst das Buch geführt und in seinem Kassenschrank verschlossen, dann hatte er dies Geschäft einem Buchhalter anvertraut, und er glaubte, daß er einen hinreichend unwissenden Menschen ausgewählt habe, der von nichts eine Ahnung hätte. Dieser Buchhalter war ein armer Kerl, schüchtern und kränklich, der im

Dunkel aufgewachsen zu sein schien. Man glaubte, er könnte nur Zahlen untereinander schreiben und zusammenzählen, und wenn er auf dem hohen Kontorbock über die breiten Seiten der Bücher gebeugt saß, sah er aus wie eine Raupe oder eher noch wie eine Ameise, die sich mit einer Beute abgibt, die größer ist als sie selbst.

Vergoli besorgte zuerst selbst den Verkauf des geschmuggelten Hanfs und forderte auch die Verkaufssummen selber ein. Auch mit den Zöllnern regelte er persönlich die Praktiken, und diese Auslagen registrierte er unter der Rubrik: verschiedene Spesen. Es war Vergoli niemals in den Sinn gekommen, daß ein solcher Buchhalter überhaupt sich dafür interessieren könnte, woher diese Einnahmen kamen, geschweige denn ihre Quellen zu erraten, denn sie waren größer als die aus dem Ackerbau, und überdies hätte sich der Buchhalter fragen können, was es mit diesen unerhörten Spesen für eine Bewandtnis habe. Auf jeden Fall war Vergoli mit dem Schmuggel derartig vertraut geworden und sah soviel ungestrafte Beispiele desselben, daß er alles andere fürchtete, als daß eines guten Tages die Behörde sich einmischen könnte. Die Leute hatten ihn mit scherzhafter Bewunderung den »Schmuggler vom Po« genannt.

Der Sergeant, der die Zollabteilung an der Guarda kommandierte, hieß Solimani, er und der Korporal Barbacinti, sie hatten ihre Wohnung an der kleinen Fähre und wurden von Vergoli ausgehalten, damit sie nichts sahen, ja sogar alles vertuschten und beschützten, was in seinem Namen auf dem Fluß geschah. Orlandinis Osteria gehörte Vergoli und auch die verfallene Hütte der Zollstation auf dem Schwemmland des Flusses, wo etwa ein Dutzend Soldaten von der Finanz untergebracht waren.

Er hatte die verfallene Hütte wieder instand setzen lassen, und zu ihrem Schutz ließ er einen kleinen Damm aufführen, damit der Fluß sie nicht bei jedem Hochwasser überschwemme. Die Soldaten bediente er mit Lebensmitteln, Wein und Brennholz. Das waren kluge Leute und gutmütige Naturen, die keine überflüssigen Fragen stellten.

Es gab Zeiten im Jahr, da erschien das Ufer vor der Zollstation der Guarda so belebt wie der Hafen von Lagoscuro, so viele Barken waren vom Meer heraufgekommen und so viele große Flußsegler mit venetianischen Eigentümern, die mit ihren Manövern den Damm zu erreichen suchten, um die Ladung für den »Schmuggler am Po« zu löschen.

Dann sagten die Leute lachend:

»An der Zollstation ist heute großer Betrieb.«

Und wenn irgendein fremder Mann im Vorübergehen allzu neugierig war und stehenblieb, um zuzuschauen, dann schickte Solimani einen Soldaten, der fragte:

»Was suchen Sie? Was stehen Sie da und gucken? Ihnen geht's wohl zu gut!«

Und wenn der sich beleidigt zeigte und protestierte, dann kam der Sergeant Solimani persönlich herangelaufen:

»Ich lasse Sie verhaften, Sie wissen wohl nicht, daß hier an der Grenze die Finanzieri kommandieren und niemand sonst, nach Gott!«

Der Neugierige wurde also fortgejagt. Und an der Guarda und zu Ro lachten die Leute. Mochte der Herr Pietro so viel schmuggeln, wie er wollte, er gab allen Arbeit und Brot und verkaufte das Korn zu billigen Preisen, er war wie die Vorsehung über dem Land. Wollte man seinem Schmuggel das Handwerk legen, dann bedrohte man das tägliche Brot und den Wohlstand des Volkes. Und so wie die Dinge lagen, stimmte das, denn wie sie auch immer sich entwickeln mögen: Essen und Trinken ist die erste Notwendigkeit des täglichen Lebens.

Padrone Lazzaro Scacerni mußte zusehen, wie der Schmuggler vom Po eine neue Brücke über den Kanal der Antonella mauern ließ und die Straße verbreitert und nach allen Regeln der Kunst ausgebaut wurde. Zwei bequeme Rampen, auf denen auch die schwersten Karren den Damm hinauf und herab fahren konnten, hatte Vergoli anlegen lassen, und das alles vor Lazzaros Mahlstelle, ihm unmittelbar unter der Nase. In der Tat war hier der Fluß wegen seiner größeren Tiefe für die großen Segler zum Anlegen besonders bequem.

Immer wenn an der Zollstation verladen wurde, kehrte Lazzaro wie in jungen Tagen zu der Gewohnheit zurück, Tag und Nacht auf der Mühle zu sein. Ständig war er in Streitigkeiten mit den Segelbootbesitzern: daß sie ihm ja nicht zu nahe an die Mühle herankämen, daß sie ja keinen Schaden verursachten, er wolle auf seiner Mühle keine Eindringlinge. Diese Unverschämten hätten sich am Ende noch herausgenommen, Seite an Seite mit der San Michele und der Paneperso anzulegen und so die Mühlen als bequeme Landungsstege zu benutzen! Sie lachten über seine Erregung, und in ihrer weichen Mundart spotteten sie:

»Was ist das für ein Name, Padron: Paneperso?«

»Wenn die Gerechtigkeit nicht besoffen und schläfrig wäre, dann müßte das ein Name für euch da sein! Und auch für einen gewissen andern! Nicht zu nahe heran! Ihr schädigt mir die Mühle! Ihr sperrt mir das Wasser ab! Macht euch fort! Zieht dies Tau sofort ein!«

»Wieso schädigen wir Sie? Was für ein Wasser meinen Sie, Padron?«

»Ich weiß es, und das genügt. Fahrt weiter, man muß von gewissen Leuten Abstand nehmen!«

»Ist das für uns gesagt?«

»Ich weiß, zu wem ich rede.«

Und wie immer legten sich die zwei, die niemals beim Verladen fehlten, ins Mittel: der Sergeant Solimani, der Lazzaro verhaßt war wegen seiner kleinlichen Kontrolle der Mehlsteuer, und Olmeda, der erste Verwalter des Herrn Pietro, der dazu angehalten war, gegen die Schrullen des alten Müllers nicht heftig vorzugehen.

»Padrone Lazzaro«, fragte er vom Strand her, als er ihn auf dem Gehsteig düster auftauchen sah, »wir sehen Sie niemals mehr mit einem freundlichen Gesicht.«

»Wer ist: wir? In wessen Auftrag reden Sie?«

»In meinem! Freilich auch für Herrn Pietro, der Sie sehr schätzt.«

»Mir genügt die Schätzung, die ich vor mir selber habe.«

»Sie sind hochmütig!«

»Und was die Miene angeht, so genügt mir die von euch.«

»Von euch? Wen meinen Sie damit?«

»Die Ihre und die Ihres Herrn!«

»Wie? Erkennen Sie denn nicht an, daß ihr hier weit im Umkreis schlechte Luft hattet und er sie verbessert hat?«

»Mir gefiel die schlechte Luft besser, man konnte tiefer Atem holen.«

»Aber das sind doch verschrobene Ansichten! Und jetzt wurde auch noch die Straße gemacht. Man kommt viel bequemer zu Ihrer Mahlstelle.«

»Als ob er sie für mich gemacht hätte!« platzte Padrone Lazzaro heraus. Und um nicht aus den Nieten zu gehen, aber auch nicht zuviel zu sagen, entlud er sich bei Cecilia und Schiavetto.

»So was von unverschämten Kerlen, kommen her zum Verladen, weil hier der Fluß am Damm nagt, es hier deshalb tiefer ist und sie mit ihren Flußseglern besser herankönnen. Jetzt versteht man, warum der Po an dieser Stelle zu nagen begann, er bereitet das Verderben vor. Der Raguser suchte zum mindesten noch, sich zu verbergen, und er ließ nachts über den Fluß setzen. Aber diese unverschämten Kerle kommen am hellichten Tag und haben die Finanzer als Leibgarde um sich, der Raguser war vorsichtiger und hatte mehr Schamgefühl.«

Auf dieselbe Weise wiederholte er seine Klagelieder und Prophezeiungen in der Osteria Sapienza, und Pizzacarino nannte ihn Apokalypse. Dieser Spitzname setzte sich durch, ohne natürlich etwas anderes zu bewirken, als daß Lazzaro die Dosen seiner Klagen verdoppelte und das allgemeine Verderben auf die sündige Menschheit herabrief.

Freilich überzeugten die Schmuggler von früher, wie die berüchtigte Bande des Ragusers, die Zöllner mit dem Stock, mit der Pistole und dem Messer. Aber diese Systeme waren aus der Mode gekommen, sie entsprachen nicht mehr den Bedürfnissen, dem Ausmaß des Schmuggels, den Spielregeln, der Exaktheit, ja der Würde, so könnte man sagen, eines so entwickelten Handels wie dem des Herrn Pietro; und so kamen sie nicht in Betracht, selbst wenn sich auch sein Gewissen nicht gegen Gewaltmethoden aufgelehnt hätte. Aber dem Herrn Pietro war niemals auch nur der leiseste Gedanke gekommen, daß er einmal Gewalt anwenden könnte. Nicht nur, daß er diese Möglichkeit zurückwies: er hätte sich niemals in einer Linie gesehen mit jenen, die für ihn nichts anderes waren als ein Haufen verbrecherischer Räuber, Ausplünderer und Erpresser, bei denen nicht einmal der Schmuggel so sehr ins Gewicht fiel wie Überfall, Mord und Totschlag, Schändungen, Blutgier aus Gewinnsucht oder bösartiger Brutalität. Wenn Herr Pietro nur daran dachte, geschah es mit Schrecken, Abscheu und Empörung. Und trotzdem konnte es vorkommen, daß ihm aus diesem Gedanken plötzlich ein verwirrender kleiner Zweifel hervorsproßte, ein Zweifel, den er nicht einmal im geheimsten Innern ausdenken mochte. Die Haare sträubten sich ihm, wenn er sich vorstellte, was jeden Tag eintreten konnte: daß er einmal durch bösen Zufall oder menschliches Übelwollen in die Enge getrieben werden könnte. Verlust der Güter, des guten Namens, gänzlicher Ruin, das stand dann unabänderlich bevor. Und wenn er einmal zwischen Kerker und Ruin auf der einen und ein Verbrechen auf der anderen Seite gestellt würde, ob er auch in solchem Augenblick sich nicht versucht fühlen würde, das war die Frage.

Und dann kamen ihm Gründe und Beweise: ein Schmuggel wie der seine, klar und öffentlich, der müsse sogar von der Regierung geduldet werden. Der Schmuggel schien ihm unerläßlich, er war von öffentlichem Nutzen! Würde er auch einmal angezeigt werden, so eine Sache ging gewöhnlich mit einer Geldstrafe aus, man verglich sich und beschwichtigte den Skandal. Und schließlich, wenn auch die Mittel verwerflich waren, der Zweck war erlaubt und gut. Das hatte ihm auch sein Beichtvater im Sakrament bestätigt. Er dachte: ich hab' mich doch nicht selber zum Schmuggler gemacht, die Regierung war es mit ihren unvernünftigen Gesetzen, die Regierung muß ein bißchen Vernunft annehmen und mir Leben und Atem lassen, und sofort stelle ich den Schmuggel ein, er gefällt mir gar nicht.

Die Regierung aber wurde, ohne irgendwelche böse Absicht, immer unvernünftiger! Da gab es die neue Steuer auf die Kolonialwaren, eine Steuer auf Kaffee und Kakao und auf den Zucker, den man brauchte, um das Quitten- und Pfirsichmus daheim zu machen, und diese Bedarfsgüter wurden nun ein unerschwinglicher Luxus. Seiner Frau Zucker zu besorgen, den Freunden Kaffee und Kakao zu einem anständigen Preis zu verschaffen, da er seinerseits es ohne die geringste Anstrengung tun konnte, das wurden Verpflichtungen gegen die Seinen und die Freunde. Diese Wünsche abschlagen, wäre Unhöflichkeit gewesen. Mit denselben verbotenen Gegenständen konnte und mußte man sich hochgestellte und einflußreiche Personen in guter Stimmung halten, Regierungsbeamte zu Ferrara, mit denen er häufig zu tun hatte, seit er Prior von Copparo geworden war, dem Hauptort im Regierungsgebiet, das Ro und die Guarda umfaßte. War das seine Schuld, wenn man auch höheren Orts Geschenke annahm? Er seinerseits hätte sich nie getraut, Geschenke anzubieten, wenn man ihn nicht schamlos dazu aufgefordert hätte. Das tat sogar der Sekretär des päpstlichen Legaten, der sich, um eine schöne Figur zu machen, einen sehr eleganten »Tilbury« durch Vergoli zollfrei hatte besorgen lassen, denn die mailändischen Wagen waren hochgeschätzt und begehrt, aber für gewöhnlich mit einem unerschwinglichen Zoll belastet. Nur der päpstliche Delegierte, den Rom in die Legation von Ferrara entsandt hatte, der Graf Filippo Folicaldi von Bagnacavallo, ein strenger und ehrlicher Mann, empfing keine Geschenke, vielleicht war er der einzige. Sonst aber war der einzige Mann am Po, der sich nicht Freund oder dem Herrn Pietro verpflichtet nennen wollte, der Müller Lazzaro Scacerni, den man jetzt Apokalypse nannte wegen seiner ausgefallenen und düsteren Prophezeiungen.

Und der Marchese Macchiavelli? Der Marchese Macchiavelli nannte lachend Pietro einen Schmuggler, und er war der einzige, der es ihm ins Gesicht sagte. Und wenn der Miene machte, unruhig und beleidigt zu sein, setzte er ihm lachend eine Philosophie auseinander, die er auf der Geschichte seines Hauses aufgebaut hatte:

»Pietro, grämen Sie sich nicht. Ich kann Ihnen versichern, daß auch meine Vorfahren, als sie Bankiers der Herzöge von Este waren, sich durch reichlich vorurteilslose Operationen bereicherten, die im wesentlichen gar nicht von den Ihren verschieden, nur grausamer waren, wie die Sporteln und die Verpachtungen von Steuern und Gerechtsamkeiten und die Aufkäufe in Zeiten der Teuerung. Die Nachfolger der Bankiers machten sich reich auf andere Weise, auf ein bißchen vornehmere Art, indem sie mit Montecuccoli und dem Prinzen Eugen da und dort in der Welt kämpften. Man sagt auf vornehmere Weise, denn wir schauen auf die Titel, die Ehren und den Glanz, auf die Pergamente und Wappen. Aber wenn die armen Hunde reden könnten, denen man ihre Städte umstülpte und plünderte, und jene Bauern, auf deren Grund und Boden ›der Krieg den Krieg bezahlte und ernährte‹, wie man in jenen Zeiten sagte, dann weiß ich wirklich nicht, was wir dann, wenn wir ganz ehrlich sind, sagen würden. Schließlich kam dann ich in dieser langen Reihe, und ich hab' den Rest, den meine Ahnen zusammenschafften, vertan!

Sagen wir ruhig, daß ich ein bißchen mehr Feingefühl als sie gehabt habe, aber auch, mein lieber Pietro, mehr Schlappheit in den Knochen und weniger Umsicht. Und Sie heute haben die Energie und den Willen, heraufzukommen, wer weiß, ob Ihre Nachkommen sich nicht einmal mit dem Titel von Abkömmlingen des ›Schmugglers am Po‹ adeln werden – so ist der Lauf der Welt, erhabener Schmuggler.«

Die Sache endete damit, daß Vergoli sich möglichst wenig mit dem Marchese zu treffen suchte, allein um nicht von dieser Philosophie zu hören, die ihm als Spott erschien und doch nur allzuviel Wahrheit für sich hatte.

Was Coniglio mannaro anbetraf, so mißfielen ihm auf dieser Welt zwei Dinge in gleicher Weise: daß nämlich ein Mann vom Schlag des Pietro Vergoli nicht in Getreide spekulierte, dafür aber den Kornmarkt von Ro und der Guarda ruinierte; und daß Cecilia Rei seine Liebeskrankheit nicht heilte, sondern ihn einfach verachtete. Aber er sagte nicht: das ist der Lauf der Welt, er dachte hingegen an das Sprichwort aus dem Land der vielen Nebel, daß drei Nebel einen Regen machen und daß der Baum nicht auf einen Streich hin fällt und man den Apfel essen muß, wenn er reif ist. Andrerseits heißt es aber auch: ist die Straße lang, wird sogar das Strohbündel zur Last. Und nichts kann die Zeit so lang ausdehnen wie der Kummer unerfüllter und hoffnungsloser Liebe.

Von Betrug und Begierde, von Intrigen und Erpressung

I »Es ist doch wirklich wahr, daß man jedermann wiedersieht, der nicht inzwischen gestorben ist! Was macht die Gesundheit, Herr Meister Peppino Scacerni?«

Coniglio mannaro hob das Kinn, denn er saß mit gesenktem Gesicht in seinen Gedanken da, und das Pferd blieb von selber stehen just vor dem Gitter von Vergolis Landhaus in Ro. Meister, mit diesem Titel hatte er nur den Henker nennen gehört; aber die Stimme klang fröhlich, wenn auch nicht herzlich, und das Gesicht vor ihm lachte, wenn auch nicht auf eine angenehme Weise. Und so sah er also Virginio Alpi wieder, wie er beim Herrn Pietro stand, und er zog den Hut vor dem einen und dem andern.

»Oh, Herr Graf, welch' ein glücklicher Wind trieb Sie her?«

»Das wollte ich Sie gerade auch fragen. Aber steigen Sie doch mal vom Wagen, Scacerni, treten Sie doch einen Augenblick ein, wenn der Herr des Hauses es gestattet, Sie würden uns ein Vergnügen machen.«

Vergoli nickte ja, er gab dazu die Erlaubnis, aber Freude schien es ihm nicht gerade zu bereiten. Alpi war wie immer grün im Gesicht und wie immer so häßlich, daß er einem Angst einjagen konnte. Aber er war nun ganz neu aufgemacht, wirklich letzte Mode, und auch die Backenbärtchen und der Schnurrbart der österreichischen Offiziere waren vollständig verschwunden. Seine Kleidung stand unter dem Einfluß der englischen Mode, die alles stark vereinfacht, Kragen und Krawatten verkleinert, Jacke und Oberkleider verkürzt und strengliniger gemacht hatte; auch die Phantasiewesten, die früher in allen Farben glänzten, waren herber geworden, und die Hosen bauschten sich nicht mehr. Sein Anzug war von perlgrauer Farbe und bestem Geschmack. Er selber zeigte sich lebhaft, munter, sehr artig und brachte alle seine guten Manieren zur Geltung. Der Herr Pietro daneben hob sich ein bißchen schwerfällig ab, er war ganz in sein Grübeln eingemummelt und mürrischer als je. Er schnitt das Gesicht eines Mannes, der soeben einen bitteren Trank hinunterschluckte und noch am Überlegen ist, ob das Zeug nun mehr dem Magen oder dem Gaumen zuwider ist. Aber Coniglio mannaro, der diesen Alpi so gut kannte, machte sofort eine interessante Beobachtung: dieser Mann würde sich niemals natürlich geben können, denn auch das würde noch immer als eine Verkleidung erscheinen. Jetzt hatte er sich also als Weltmann herausgeputzt, aber die mächtige Handschrift der Natur, sein häßliches Grinsen und höhnisches Gelächter, sprang wie ein wilder schlechter Wein, die Dauben sprengend, hervor, und unter der herausgeputzten, vollendeten Höflichkeit und den Manieren saß der eigentliche Alpi wie eine bösartige Wunde unter einem kosmetischen Puder. Der ehemalige sanfedistische Wolf war also nun ganz zivilisiert geworden, wenigstens von außen, und er sagte jetzt heiter, auf seine übliche Art in die Gedanken der anderen eindringend:

»Warum betrachten Sie mich so mit offenem Mund, Meister Peppino? Ja, Sie erinnern sich wohl, daß Sie mich einmal in einem ganz andern Zustande sahen, als ich durch diese Gegend kam, von der liberalen Kanaille auf Tod und Leben gesucht?«

Er sagte jetzt nicht mehr, diese feigen Hunde, sondern diese liberale Kanaille, und es lag darüber ein Hauch von Verachtung und müdem Ekel, als wolle er sich um jeden Preis zum Grafen machen, ohne es zu sein, zu einem geborenen und zimperlichen Aristokraten von ultrareaktionärer Färbung. Und er fuhr fort, gegen Vergoli gewandt, als rezitiere er eine Rolle, und blickte Coniglio mannaro an:

»Ich bin außerordentlich erfreut (falschere Worte zu wählen, wäre ihm schwergefallen!), mich diesem Galantuomo gegenüber verpflichtet zu sehen, nicht nur eines persönlichen Dienstes wegen, den er mir in schlimmen Zeiten erwies (er seufzte sogar!), in denen wir alles Heilige und jeden ehrlichen Grundsatz mit Füßen getreten sahen und die dem Thron und Altar Getreuen auf Tod und Leben verfolgt waren (man mußte den schmerzlichen Tonfall des gotteslästerlichen Übeltäters hören!), sondern weil er mir auf die wirksamste Weise beistand und mir die wohlverdienten österreichischen Truppen unterstützen half, denen wir . . . was verdanken wir ihnen eigentlich, Freund Vergoli?« frage er, sich unterbrechend und seinem Bedürfnis, seine Mitmenschen anzurempeln, nachgebend mit dem Ton eines Schulmeisters, der mit einer plötzlichen Frage einen unaufmerksamen Schüler vornimmt. Und Vergoli sagte, fast überfallen:

»Wir verdanken ihnen, wir verdanken ihnen, sie haben den Papst Mastai wieder auf den Thron gesetzt.«

»Wir verdanken diesen wohlverdienten k. u. k. Truppen«, korrigierte er in amtlichem Tonfall, »die legitimistische Herrschaft Seiner Heiligkeit, die in ihren sakrosankten göttlichen und geschichtlichen Rechten restauriert wurde.« (Coniglio mannaro erinnerte sich plötzlich an die blutrünstigen Beschimpfungen, die aus demselben Munde gegen den Papst Mastai hervorgestrudelt waren.) »Wir verdanken ihnen die politische Ordnung und den sozialen Frieden. Wir verdanken den Deutschen, daß sie uns vor der Hydra der Revolution und der Anarchie bewahrt haben, das müssen alle Gutwilligen einsehen, wäre die Erinnerung der Menschen an empfangene Wohltaten nicht derart kurz. Sed de hoc satis, wenigstens für heute. Hören Sie, Vergoli, Sie kennen gewiß die Verdienste dieses fähigen Mannes, der mit seiner Erfahrung im Getreidehandel, mit seinem Fleiß und seinem guten Willen, ich wiederhole es, mir in der nicht einfachen Aufgabe, für die wohlverdienten Truppen des Feldmarschalleutnants von Wimpffen zu sorgen, die wirksamste Hilfe zukommen ließ.«

»Ich habe davon gehört«, stammelte Herr Pietro.

»Sie kennen ihn so wenig? Oh, das tut mir leid, wirklich, das tut mir leid.«

»Ich weiß, daß er ein tüchtiger Getreidemakler ist.«

»Nur soviel? Sie müssen ihn besser kennenlernen, Freund Vergoli.«

»Der Herr Pietro«, sagte Coniglio mannaro, der sich wie in eine Komödie versetzt vorkam, ohne noch zu wissen, ob als Schauspieler oder als Zuschauer, »der Herr Pietro will nichts mit Getreidegeschäften zu tun haben.«

»Sehen Sie, Exzellenz«, rief jetzt Vergoli aus, der auf einen Schlag lebhaft wurde und Scacerni einen erkenntlichen Blick zuwarf, »sehen Sie, daß ich die Wahrheit sagte.«

»Wer hat denn je daran gezweifelt«, sagte Alpi, während Coniglio mannaro dachte: jetzt hat er ihn sogar Exzellenz genannt, diesen Räuber! Sieh mal an, wohin man mit andauerndem Stehlen kommt. »Aber ich habe Sie gebeten«, fuhr Alpi fort, »mir keine Titel zu geben, wir müssen als Freunde miteinander verhandeln, als gute Freunde, die wir sind und sein müssen. Lassen Sie deshalb die Titel fort, wenn Sie mich nicht kränken wollen.«

Der Titel Exzellenz kam ihm ebensowenig zu wie der des Grafen, aber man titulierte ihn trotzdem, um ihm zu schmeicheln. Doch wenn er auch das begründetste Recht zu diesen Titeln gehabt hätte, seine Ablehnung hätte nicht graziöser und freundschaftlicher sein können. Vergoli fand wieder in seine schlechte Laune zurück, und dazu kam noch, durch Alpis Art, ihn zu behandeln, hervorgerufen, jenes Eingeschüchtertsein des Untergebenen vor dem Vorgesetzten, eines Bauern vor seinem großen Herrn. Und dieser sagte jetzt:

»Ich kenne, achte und ehre Ihre Bedenken, sich nicht in Getreidegeschäfte einzulassen, um dem Willen Ihres sterbenden Vaters nachzukommen. Aber da kommt gerade in diesem Augenblick dieser Biedermann hier vorbei, dieser Mann der Praxis!«

»Coniglio mannaro?« fragte Vergoli erstaunt, und er dachte bei sich selber: sieh mal an, mit wem ich mich da einlassen soll, so ein Schandfleck von einem Menschen, so ein Scherz der Natur, so ein von Gott Gezeichneter! Ausgerechnet mit dem Sohne des Mannes, der mich am meisten haßt, soll ich mich in dieser Sache kompromittieren. Vergoli war dem Padrone Lazzaro trotz seines Verhaltens nicht eigentlich gram geworden, jetzt aber lud er seinen ganzen Ärger auf den Sohn ab, der ihm nie etwas Böses getan noch gesagt hatte. So arbeitet nun einmal die Logik in der menschlichen Gefühlswelt. Alpi antwortete ihm:

»Coniglio mannaro, Meister Peppino, ganz gewiß! Der kommt uns jetzt wie gerufen!«

»Dürfte ich vielleicht wissen, wieso?« meinte Vergoli.

»Das dürfen Sie wissen, dazu haben Sie wohl ein Recht, das zu wissen! Dreht es sich doch um die Ruhe Ihres Gewissens angesichts des letzten Willens Ihres Vaters – und mit solchen Hinterlassenschaften, Freund Vergoli, darf man nicht scherzen.«

»Das sag' auch ich«, murmelte Vergoli mit schmalem Mund.

»Und doch schickt uns das Glück, das manchmal ein wenig die Binde von den Augen hebt, um einen wackeren Mann zu erspähen, gerade diesen da über den Weg.«

»So sagt man auch hier bei uns zulande«, murmelte Vergoli, der von dieser neuen Vertraulichkeit in Alpis Ausdrucksweise behaglicher gestimmt wurde. »Wir sagen hier, wer vom Glück begünstigt auf die Welt kommt, den kann man in den Po werfen, und er kommt wieder an die Oberfläche mit einem Hecht im Maul. Wer aber ohne Glück auf die Welt kommt und Hutmacher wird, der kann's erleben, daß dann die Leute plötzlich ohne Köpfe geboren werden.«

»Sehr lustig«, rief Alpi, in schallendes Gelächter ausbrechend, »wirklich spaßig! Ich merke, daß Sie wieder heiter gestimmt werden, Freund, denn beim Anblick, wie soll ich sagen, Ihres düsteren Gesichts«, hier wurde er ernst, trocken und einschüchternd, »merkte ich wieder so recht, daß mir solche Gesichter nicht gefallen. Ein unzufriedenes Gesicht verkündet die Seele eines Verschwörers – ein bedeutendes politisches Prinzip, das ich häufig zu wiederholen die Ehre habe, wenn ich mit Seiner Exzellenz, dem Grafen Folicaldi, dem die Geschicke der Legation anvertraut sind, das Verzeichnis der verdächtigen Gesichter in Ferrara durchgehe. Und auch Seiner Exzellenz gefallen die unzufriedenen Gesichter nicht, lassen Sie sich das gesagt sein, Herr Prior von Copparo.«

Angesichts solcher Sentenzen nahm sich Coniglio mannaro vor, nicht den Hecht im Munde des glücklich Geborenen abgeben zu wollen, denn dies Bild hatte ihn ein wenig beunruhigt. Alpi sagte jetzt wieder heiter:

»Dieser gewandte, fähige und schätzenswerte Getreidemakler, unser ausgezeichneter Meister Signor Peppino Scacerni, kommt hier in diesem Augenblick noch besser zupaß als der Käse für die Makkaroni: ich will nämlich sagen, daß er gerade recht kommt, um Ihr Gewissen von jedem Skrupel zu entlasten.«

»In welcher Weise?« fragte Vergoli.

Coniglio mannaro hatte eben dieselbe Frage tun wollen.

»Das ist schnell gesagt«, antwortete Alpi, »und es würde mich sehr wundern, wenn Sie es nicht schon erraten hätten. Dieser da ist Getreidemakler, und wir wollen von ihm nichts anderes, als daß er dieses sein Gewerbe ausübt. Er besorgt das Kaufen, Aufkaufen, Zusammenbringen. Auf diese Weise mischen Sie sich nicht in Getreidesachen ein und respektieren den frommen Wunsch Ihres Vaters. Was den Rest der ganzen Unternehmung betrifft, das wissen Sie ja: es ist nicht einmal ein Handelsunternehmen, es ist, sagen wir, nur eine Auslieferung, was Sie dazu beitragen. Im übrigen wiederhole ich Ihnen, handelt es sich hier um eine politische Dankesschuld, davon sind Sie doch überzeugt?«

»Ich stehe ganz zu den Befehlen Eurer Ex ...«

»Nichts von Exzellenz, nichts von Befehlen. Hier handelt es sich bloß um Ratschläge und Überredungen seitens eines Freundes. Haben wir uns verstanden? Ist Ihr Gewissen nun ruhig? Antworten Sie, ich möchte es hören, von Ihnen selbst. Denn es würde mich im Hinblick auf unsere Freundschaft und mein Ehrgefühl ein wenig belasten, wenn ich Ihnen auch nur im geringsten Gewalt angetan hätte.«

»So ungefähr«, sagte Vergoli mit der mühsamen Miene eines Mannes, der sich hochgenommen fühlt und trotzdem tun muß, als bemerke er es nicht, »so ungefähr ist mein Gewissen ruhig.«

»Das tröstet mich ungemein.«

II Dies hatte sich an einem schönen Oktobertag des Jahres 1854 abgespielt. Schon seit Anfang des Jahres wohnte Virginio Alpi in Ferrara, und zwar in der Eigenschaft als Superintendant des Zollwesens der Legation. Mehr Zeit brauchte er nicht, um sich bekannt zu machen. Er war sofort dabei, die neue Aufgabe seines Amtes mit der ihm altgewohnten Hemmungslosigkeit durchzuführen, und er hatte sich auf dem Gebiet der Einschüchterung und Erpressung, der Ausbeutung und Bestechung vervollkommnet. Er selber sagte dazu erklärend:

»Sie müssen wissen, daß ich ein Mann bin, der zu allem fähig ist!«

Niemand zweifelte daran. Was seine Zollsuperintendantur betraf, so faßte er sie so auf: keiner durfte irgendeine Art Schmuggel treiben, weder zu Meer noch auf dem Po noch an den Grenzen der Legation, ohne daß er seine Prozente davon erhielt, sowohl von den Schmugglern als auch von den bestochenen Zöllnern. Und wenn es unter diesen irgendeinen Widerstrebenden gab, sei es aus Ehrsamkeit oder Geiz, so hatte er ihn schnell abgesetzt, davongejagt oder derartig unter Druck genommen, gequält und erniedrigt, daß der Betreffende sich unterwarf oder sich beeilte, in eine andere Provinz versetzt zu werden. Seine Wut machte jedermann erzittern, und es war eine hinreichende Drohung, wenn irgendeiner sagte: Paßt nur auf, ich werde schon mit Alpi sprechen!

»Man muß Geduld haben«, sagten die Resignierten.

»Und wer vorsichtig ist, der gehe nur so zu Werke«, sagten die, die Bescheid wußten.

Alle waren sich darüber im klaren, daß keiner hier zunächst etwas gegen den tun konnte, der das feste Recht innerhalb der ausgedehnten und mannigfaltigen Schmugglerunternehmungen schlankweg aufhob. Man konnte übrigens diese seine Auffassung über seine Amtsbefugnisse keineswegs originell nennen, neu war nur die Kraft und unerbittliche Gleichmäßigkeit, mit der er zu Werke ging. Nach kaum einem Jahr hatte er sich bereits schöne Besitztümer gekauft, ein Landhaus, luxuriöse Wagen, Rassepferde. Und er lebte mit seiner Familie üppig in den Tag hinein, brachte einige Söhne in Modena und in den österreichischen Staaten unter und richtete sein Haus an der Ripa grande großartig und prächtig ein.

Nicht erst seit diesem schönen Oktobertag hatte Pietro Vergoli es erwartet, daß er vom Herrn Superintendanten »geschätzt« würde: er war seit geraumer Zeit darauf vorbereitet und gefaßt. Aber Alpi hatte ihn sich aufgehoben, um sich mit ihm in wichtigeren Unternehmungen zu verbünden. Und nun war er vor Vergolis Landhaus in einem eleganten mailändischen Wagen erschienen, an den eine fuchsrote, muntere und rassige Stute gespannt war. Herr Pietro ließ das Pferd ausspannen, in den Stall bringen und ihm Hafer vorschütten, während der Superintendant lächelnd Gärten und Haus betrachtete. Als dann die Stunde gekommen war, daß man sich zu Tisch setzte, hatte er der Einladung Ehre angetan und sich an der gutbestellten Tafel niedergelassen. Hinterher, als ihm der Kaffee vorgesetzt wurde, zögerte er leicht, nur um Vergoli in seiner Spannung mürbe zu machen. Doch lobte er den Kaffee und ließ die zweideutige Bemerkung fallen:

»Das ist schon ein Kaffeechen, etwas für Feinschmecker. Ausgesprochener Schmugglerkaffee! Ehre, wem Ehre gebührt!« Dann war er wieder zu nichtssagenden galanten Komplimenten, die er an die Frau des Haues richtete, zurückgekehrt. Aber als er dann mit Vergoli im Kontor der Verwaltungsräume im unteren Stock beisammen war, unter vier

Augen, waren die Artigkeiten zu Ende. Und Vergoli hatte es sofort den Atem verschlagen. Nach einer trockenen Vorrede, daß er gekommen sei, um den Herrn Prior von den Schmugglerunternehmungen in Kenntnis zu setzen, die sich seit einiger Zeit hier im Gebiet seiner Priorei auf breiter Grundlage abwickelten, sagte er:

»Treten wir der Sache näher und lassen wir die Zahlen sprechen. Machen wir, sit venia verbo, eine Bilanz des Schmuggels.«

Und er gab, erschöpfend und vollständig, mit jener, man möchte sagen, vollkommenen Objektivität der Zahl eine Übersicht, in der alle dem Zoll unterschlagenen Geschäfte der In- und Ausfuhr enthalten waren, so daß Vergoli, der zitternd zuhörte, die ganze Summe seiner verbotenen Gewinste und auch den ganzen Schaden, den er dem Staatsschatz zugefügt hatte, vorgeführt sah, zugleich aber auch die ganze Summe der daraufstehenden Strafen. Eine Sache nur verschwieg Alpi oder ließ er vielmehr in der Schwebe: den Namen des Schmugglers. Vergoli schien es, als ob die Qual nicht mehr aufhören würde, bis dann der Folterknecht gewiß war, daß er sein Opfer in die rechte Verfassung gebracht habe, die folgenden Worte wie weiches Wachs, das man siegelt, aufzunehmen:

»Ich kenne die großen und kleinen Betrügereien, aber nicht den Mann, der dahintersteckt, den führenden Geist, und das soll Ihnen sagen, wie abgefeimt der Bursche ist. Und deshalb helfen Sie mir, mein lieber Prior, daß wir ihn entdecken, deshalb kam ich zu Ihnen.«

Jetzt auch noch dieser Hohn. Vergoli stand vor ihm, den Kopf gesenkt und zwischen die großen Schultern gezogen, er glich in diesem Augenblick einem Ochsen, der den ersten Schlag zu seiner Betäubung vor die Stirn bekommen hat, und nicht einmal bei diesem Hohn hob er die Augen. Hätte Alpi die Geschäftsbücher durchgelesen, so hätte er nicht besser unterrichtet sein können, und das konnte er von keiner andern Seite wissen als von diesem verfluchten Sergeanten Solimani. Es hatten bei der Aufstellung nicht einmal reizende Einzelheiten gefehlt, wie zum Beispiel der Kakao, den im Kastell Seine Exzellenz, der apostolische Legat, trank und den der ihn liefernde Drogist von der Zollstation an der Guarda, wo er ausgeladen worden war, erhalten hatte. Hätte das Seine Exzellenz gewußt, ein so strenger Mann, der schwor und sich vom Superintendanten schwören ließ, daß man keinerlei Nachsicht mit den Schmugglern üben werde! Eine andere Einzelheit war der elegante Wagen des Superintendanten, ein flinkes und wunderbar gefedertes Gefährt auf hohen, dünnen Rädern, auch er war über denselben Weg in die Legation gekommen.

An dieser Stelle hatte Herr Pietro geglaubt, daß Alpi Unterhandlungen anknüpfen wolle, und er hatte die angstvollen Augen erhoben, als sei er bereit, sich die Adern aufzuschneiden, wirklich ein Ende zu machen. Aber Alpi kühlte ihn ab:

»Ich habe diesen Wagen ganz regulär auf einer öffentlichen Versteigerung erworben, es handelt sich um den Wagenbestand eines Wagenlieferanten, der Schmuggelgut führte. Der Ertrag, den das konfiszierte Gut abwarf, war niedriger als die Strafsumme, so streng ist das Gesetz.«

Vergoli spürte Schauerwellen im Blut, die Worte Strafe und Konfiszierung hatten die Schuld daran.

»Prior, was ist mit Ihnen?«

»Ach ich, was soll mit mir sein? Warum?«

Vergoli fragte sich mit Schrecken, was dieser Mann eigentlich von ihm erpressen wolle, als Alpi, statt fortzufahren, das elegante Taschenbüchlein, in dem er die Ziffern der Schmugglergeschäfte aufnotiert hatte, ruhig schloß und ohne Übergang das Gespräch wechselte, auf die Ernte der Jahre 1853 und 1854 zu sprechen kam, die nicht nur schlecht, sondern verheerend und gar nicht zu vergleichen sei mit den spärlichen Ernten von 1846 und 1847, sondern eher mit denen von 1815 und 1816 schrecklichen Andenkens. Es werde nun ganz gewiß die Teuerung kommen, Weizen und Mais würden von Tag zu Tag im Preis steigen, so daß man ganz gewiß im nächsten Winter 40 Skudi für den Scheffel bezahle und darüber hinaus, genau wie in der Teuerung von 1816. Aber alles gehe dies Jahr auch daneben, sogar die Weinstöcke seien seit drei Jahren von einer Krankheit befallen, die man im Ferraresischen den Weißling nenne und bei den Wissenschaftlern Oidium. Die Krankheit mache die Trauben platzen, so daß sie, statt bei den Augustregen anzuschwellen, am Stock zu verschimmeln begännen und in der Septembersonne verfaulten. Und daher die hübschen Weinpreise ...

Signor Pietro hörte mit melancholischem Gesicht diesem Vortrag zu, und das Herz krampfte sich diesem Mann vom Lande, der er doch immer geblieben war, zusammen, denn er liebte das Land nicht nur des Gewinstes wegen. Er stimmte also traurig zu und trug noch andere Tatsachen zu diesem trüben Überblick bei. Und bei diesen schlimmen Prognosen brachen plötzlich Angst und Verzweiflung in ihm auf, und er wurde lebhaft.

»Da sehen Sie, Exzellenz, wie übel ich dran bin, ich bin der erste, der eine Dampfdreschmaschine aufgestellt hat, nicht nur zu meinem, sondern zu aller Nutzen. Ich habe mich bis zum Hals in Unkosten gestürzt, jetzt auch noch mit der Trockenlegung der Vallazza, was eine Arbeit ist, die Zeit verschlingt und das öffentliche Wohl im Auge hat. Ist das nicht so?«

»O doch!«

»Ich habe in dieser Gegend den Hanf eingeführt, ich habe immer den Weizen zu niedrigen Preisen verkauft, und jetzt packt mich auf einmal die Teuerung, die ist mein Ruin, Exzellenz, das ist der Gnadenstoß, den mir das Schicksal versetzt. Muß ich also jetzt dem oder jenem, der mir übel will, weil ich mir ein paar Skudi in den verflossenen Jahren zurücklegen konnte – ich habe schließlich nicht mit den Händen im Schoß dagesessen –, muß ich also jetzt dem glauben, daß ich das Unglück herbeigerufen habe?«

»Wer sagt denn solche Eseleien!«

»Leute, die mir übel wollen, arme Ignoranten!«

Er dachte, indem er das sagte, mit einer Bitterkeit ohne Zorn an Padrone Lazzaro Apokalypse. Alpi sagte:

»Sie sind doch nicht der Mann, der sich mit dem Gewäsch von Dummköpfen abgibt!«

»Aber es sind die Ereignisse, die mir recht geben, wenn ich wie die Dummköpfe denke. Es ist sogar die Regierung!«

»Seien Sie vorsichtig, Vergoli, über die Regierung spricht man weder im Guten noch im Schlechten.«

»Die Steuern, Exzellenz, die Steuern, die lassen uns nicht mehr zu Atem kommen.«

»In der Tat, sie sind sehr drückend, das erkenne ich an.«

»Erdrückend sind sie«, und Vergoli seufzte wirklich, als liege er unter einer drückenden Last. Aber Alpi richtete seine stechenden Augen auf ihn.

»Trotzdem ist der Hanf auf siebzig Skudi gestiegen, das ist ein Preis, der über alles hinausgeht, dessen sich die Leute erinnern können.«

»Aber man verkauft ihn nicht, der Markt ist tot!«

»Man verkauft ihn schon«, sagte Alpi, er ließ seine Worte ganz im Nebenher fallen, »man verkauft ihn sogar sehr leicht und zu noch phantastischeren Preisen, dort, wo der Markt nämlich noch lebendig ist, jenseits des Po: nur muß allerdings der Hanf von so erlesener Qualität sein wie der Ihre!«

Was sollte er ihm jetzt antworten? Die Hanfausfuhr war nämlich verboten, und das zur Ausfuhr zugelassene Quantum war derartig besteuert, daß jeder Profit dabei ausgeschlossen war. Aber warum ihm das sagen! Er hätte ja doch nur auf seine Kosten gelacht. Oder sollte er es ihm ins Gesicht schreien, daß er ohne die Zuflucht des Marktes jenseits des Po und ohne das rettende Mittel des Schmuggels um diese Stunde schon längst bankrott wäre? Aber dieser Mann war entweder gekommen, um ihn zu ruinieren, und dann war dieses die Wahrheit ihm Ins-

Gesicht-schreien überflüssig, oder er war gekommen, um ihn zu bedrücken und zu quälen, und dann ergötzte er sich höchstens. So beschied er sich also, die Ellbogen auf seinen Sessel aufzustützen und zu warten.

Alpi fing wieder an von weither seine Kreise zu ziehen: die große Teuerung des Jahres 1815 und 1816 sei eine Strafe zur Läuterung der Welt gewesen, die auf maßlose Weise mit den Verbrechen und den Lästerungen der Revolution, den blutigen Räubereien und Scheußlichkeiten der Jakobiner und den Usurpationen und Gewaltsamkeiten Napoleons alle menschlichen Pflichten übertreten habe. Die mildere Teuerungszeit der Jahre 1846 und 1847 sei mit Dankbarkeit und Demut als eine freundliche Mahnung der göttlichen Barmherzigkeit anzusehen, welche die Welt, die aufs neue dabei war, ihre Pflichten zu verletzen, warnen sollte. Er seufzte. Aber die Warnung genügte nicht, leider, man hatte es ja gesehen. Und jetzt kommt denn wieder eine richtige Teuerung, und sie ist eine verdiente Strafe.

»Aber«, sagte Vergoli, »haben wir nicht hinreichend bezahlt, mit all diesem Aufruhr, mit diesen Zerstörungen und all diesem schrecklichen Durcheinander? Jetzt haben wir auch noch die Cholera gehabt; und sind wir denn nicht zur Ordnung und zur Vernunft zurückgekehrt? An all diesen Schlechtigkeiten, von denen Sie reden, Exzellenz, habe ich mich nie beteiligt. Oh, Gott will uns keine Barmherzigkeit mehr zukommen lassen!«

»Ja, ich merke, Sie nehmen wohl die Gerechtigkeit Gottes, als ob es sich dabei um eine Sache handle, die Sie zusammen mit Ihrem Buchhalter verwalten könnten? Als ob es da um eine Partie Hanf gehe, die es loszuschlagen gilt. Vielleicht stimmt der Satz: expedit ut unus pro populo moriatur! Was übersetzt bedeutet: Für das Wohl des Volkes kann einer ruhig sterben!«

»Und ich soll sterben?« stieß Vergoli hervor.

»Was weiß ich«, antwortete Alpi im Tone des Predigers, »was wissen wir davon! Wir sind, so sagen Sie, zur Ordnung und Vernunft zurückgekehrt. Aber nicht alle, mein guter Mann, nicht alle! Sie wissen wohl, daß die gottlose Gesellschaft der Liberalen am Werke ist, und wie! Sie arbeitet im Verborgenen und in der Öffentlichkeit mit einer Unermüdlichkeit und einer frechen Verwegenheit, die jedem menschlichen und göttlichen Gesetz Hohn spricht, wie ich die Ehre habe, es häufig genug Seiner Exzellenz, dem Grafen Folicaldi, zu berichten, der die Güte hat, mich anzuhören. Sie müssen nämlich wissen, daß ich in meiner Jugend in Forli und Faënza die Liberalen bekriegte, und zwar mit Messer, Stock und Schießgewehr, und ich hätte jetzt nicht diesen Posten, wenn mir nicht die Deutschen dabei geholfen hätten! Ich könnte ihn auch nicht verteidigen, wenn sie mich nicht weiterhin beschützten. Ich verdanke ihnen, was ich bin und habe, ja sogar das Leben.«

Ein mannhaftes Wort! Alpi sprühte; dann fügte er mit einem Hohngelächter hinzu:

»In der Jugend machte ich mir keine Sorgen! Soviel ich hatte, warf ich 'raus. Aber da ich nun ein wenig alt werde, möchte ich, bevor die Deutschen wieder über den Po zurückgehen– möglichst spät! –, mir ein schönes Häufchen zusammengescharrt haben, dann kann ich auf alle pfeifen und besonders auf die Regierung der Pfaffen.«

Und als er nun zu lachen und zu eifern aufgehört hatte, nahm er wieder Würde an, wiewohl er noch recht vertraulich blieb, und er fuhr mit sehr entschiedener Stimme fort:

»Auch Sie wollen den Deutschen wohl, auch Sie, der Sie das Herz auf dem richtigen Fleck haben und dazu Ihren Vorteil achten. Außerdem, Sie haben was zu verlieren, und Sie kennen die Wohltaten, die uns die Deutschen gebracht haben, indem sie die gesetzliche Ordnung wiederherstellten und die Geldwirtschaft sanierten. Denn wie waren Sie damals dran mit dem republikanischen Geld, Sie als Geschäfts- und Handelsmann! Sie wollen also auch den Österreichern genau wie ich wohl, oder ist es nicht so? Antworten Sie!«

»Ich mag sie leiden, ich erkenne alles an, was Sie wollen, Exzellenz!«

»Nun wohl, ich fragte nur, weil ich sah, daß Sie so ein gewisses Gesicht schnitten.«

»Ich dachte an das, was Sie mir gesagt haben.«

»Nun wohl! Und scheint es Ihnen nun richtig, daß in den Ländern, die unter der Krone Österreichs stehen, die wohlverdienten k. u. k. Truppen, denen wir und auch Sie zu Dank verpflichtet sind, Hunger leiden, weil ihnen das Korn fehlt in diesen Ländern?«

»Man leidet Hunger auch diesseits des Po«, warf Vergoli dagegen ein.

»Nicht wie jenseits des Po! Und wenn wir diesseits des Po leiden, so haben sich das die Menschen selber verdient. Aber jenseits des Po ist man bereit, großzügig für das Getreide zu zahlen.«

Alpis Auge blickte in dieselbe Richtung wie Herr Pietro, der, vielleicht um seinem Blick auszuweichen, das Edikt vom 27. Juli 1853 anstarrte, das der Kardinal und Staatssekretär Antonelli erlassen hatte. Es wurde darin von der nicht übermäßig guten Ernte dieses Jahres gesprochen und die Getreideausfuhr verboten. Dies Edikt war mit andern Erlassen und Handelsvorschriften an der Wand befestigt, um solche Anweisungen immer vor Augen zu halten. Das Edikt war noch nicht aufgehoben und stand auch für dies Jahr in Kraft.

»Ich sehe, ich sehe«, sagte Alpi, während der andere dachte: dieser verfluchte Hund sieht auch alles! »Ich sehe, ich sehe«, und es folgte ein Lachen wie das Geräusch einer Feile, das dem andern auf die Nerven ging: »Ich sehe hingegen nicht das Dekret, das die Hanfausfuhr verbietet! Und auch dieses Dekret spricht deutlich.«

Vergoli zog den Blick von dem Edikt zurück und dachte: o du tausendmal Verfluchter! Immer hatte Alpi es mit dem Hanf.

Alpi hatte angefangen, aufs neue abzuschweifen, er wurde jetzt schullehrerhaft:

»Mein lieber Freund, haben Sie die ›Promessi Sposi‹ gelesen?«

»Ich habe davon gehört«, antwortete Vergoli bescheiden und dachte: wo will er denn jetzt wieder hinaus.

»Ein goldenes Buch und voll höchster Weisheiten und Moralvorschriften, man liest es nur mit großem Vorteil, lesen Sie es! In diesem Buch steht eine Lebensmaxime von ungeheurem Gewicht, die ich Ihrer Klugheit und Ihrem kritischen Verstand anheimgebe: Wer die Wahrheit nicht dem Advokaten sagt, der sagt sie dem Richter.«

»Das mag schon sein, aber ich sehe hier nicht . . .«

»Was das mit Ihnen und mir zu tun hat? Das erkläre ich Ihnen sofort: Ich bin gekommen, um Ihnen als Advokat beizustehen, ja sogar als Freund, und Sie wollen darauf nicht eingehen, Sie behandeln mich als Richter, ja sogar als Feind. Und ich bin Ihnen trotzdem jetzt noch Freund und Advokat. Aber ich kann Ihnen auch Feind sein, und wenn die Sache vor Gericht kommt, dann bin ich in meinem Amte, das brauch' ich Ihnen wohl nicht weiter in Erinnerung zurückzurufen, dann bin ich Ihr Richter. Ich wollte in einem Anfall von Wohlwollen diese meine Eigenschaft vergessen, aber Sie erinnern mich daran.«

»Ich, Exzellenz?«

»Wer hat mir die Augen, ausgerechnet mir, auf das Edikt hingelenkt? Wer hat mich daran erinnert, daß ich der Superintendant des Zolls bin? Wollen Sie nun die Wahrheit dem Richter sagen, nur weil Sie sich eingebildet haben, sie dem Advokaten verbergen zu müssen? Merkwürdiger Geschmack, mein Lieber!«

»Exzellenz, sagen Sie mir, was Sie wünschen, und ich werde es, wenn es in meiner Macht steht, tun.«

»Sehen Sie hier«, sagte Alpi nachlässig und zog einen Brief hervor, »der Baron Pasquattini, der General der österreichischen Intendantur in Triest, ehrt mich mit der Anfrage, die vertraulich an den Freund gerichtet ist, dem er sich anvertrauen kann: ob ich für die dort stationierten Truppen zweitausend Scheffel Weizen besorgen kann. Und Sie werden sie ihm besorgen, und damit tun Sie eine ganz gerechte Sache und haben außerdem noch einen hübschen Verdienst dabei, denn der General fragt nicht nach den Preisen.«

»Wollen Sie mir«, sagte Vergoli mit dem Recht eines Menschen, der einen Befehl auf sich genommen hat, »wollen Sie mir wenigstens eine neugierige Frage beantworten?«

»Auch zehn!«

»Warum haben Sie, Exzellenz, unter so vielen Leuten, die es dazu gäbe, ausgerechnet mich herausgewählt?«

Zu andern Zeiten hätte Alpi einem seiner beleidigenden Gelächter die Zügel schießen lassen. Aber der Superintendant hatte als vollendeter Schurke ausgezeichnet gelernt, das böse Tier in seinem Innern, die hemmungslose Leidenschaft seines Zornes, Hohnes oder Hasses nicht nur zu beherrschen, sondern auf nützliche und vernünftige Ziele zu lenken, je nachdem es galt, jemand einzuschüchtern oder zu erniedrigen. Er antwortete also auf die umsichtige Frage seines Opfers beschwichtigend:

»Ich habe Sie aus einem ganz bestimmten Grunde gewählt, und das soll Ihnen zeigen, wie sehr ich Sie schätze unter all denen, die ich hier hätte finden können: ich weiß, daß Sie ein Ehrenmann sind und daß Sie meine Bitte nicht mißbrauchen und Getreide in eigenen Geschäften ausführen werden.«

»Zuviel Ehre!« rief Vergoli, ohne zu wissen, wie ironisch es klang.

»Zuviel Bescheidenheit!« gab Alpi prompt zurück und fügte bei: »Ich brauche Ihnen wohl nicht zu sagen, daß dieser Auftrag, den ich übernommen habe, mir besondere Vorsichtsmaßnahmen auferlegt, damit nicht die Interessen der Regierung, die ich zu wahren habe, verletzt werden.«

Vergoli hob erstaunt die Augen: spottete er wieder? Und er fragte:

»Wie kann denn das geschehen, Exzellenz?«

»Sie sind hartnäckig, aber ich schätze Ihre Skrupel, und so frage ich Sie: gibt es einen Zoll auf Getreideausfuhr?«

»Nein!«

»Also ist der Fiskus um keinen Pfennig betrogen worden.«

»Aber da gibt's doch das Dekret, das die Ausfuhr verbietet!«

»Ja natürlich, aber verstehen Sie doch endlich! Dies Verbot gilt nur angesichts der großen Masse, die zu schreien anfinge, man hungere sie aus. Die Regierung hält's noch nicht für richtig, das Edikt aufzuheben, bis die Brotpreise auf ihren höchsten Punkt gestiegen sind. Aber die Ernte dieses Jahres ist hier bei uns besser gewesen als die des letzten Jahres, und die Teuerung scheint ihrem Ende entgegenzugehen. Die Regierung ist bereit, wie alle wissen, die Deutschen zu begünstigen, und zwar mit mehr noch als zweitausend Scheffel Weizen. Aber sie kann nicht gestatten, daß ihrem eigenen Edikt entgegengearbeitet wird. Doch hören Sie jetzt einmal gut zu, und ich will Ihnen das letzte Wort des Geheimnisses entschleiern: wenn Sie der Bitte des Generals Baron Pasquattini nachkommen, erraten Sie den Wunsch der Regierung, Sie kommen ihr sogar zuvor und entheben sie einer Verlegenheit. Und Sie handeln so mehr im Sinne der Regierung als durch Buchstabengehorsam. Oder wissen Sie nicht, in wieviel Fällen die Vorgesetzten denken: tu's, aber red' nicht davon. Und so sind Sie jetzt also dazu berufen, eine Handlung voll politischer Klugheit zu tun, motu proprio.«

»Aber wenn die Sache nun trotzdem am Ende schlecht ausliefe, wer würde dann zusetzen?« warf Vergoli ein.

»Natürlich Sie, versteht sich! Aber wenn die Sache gut geht, wer gewinnt daran?«

»Ich«, sagte Vergoli und fügte in Gedanken hinzu: du willst natürlich deinen Teil abhaben!

»Ich sehe, daß Sie ein rechtlicher und vernünftig denkender Mann sind«, sagte Alpi. »Wollen Sie sonst noch etwas wissen?«

»Ich, Exzellenz, ich bescheide mich jetzt«, antwortete er und breitete die Arme ergeben aus.

»Das dürfen Sie nicht, denn ich möchte Sie als den Mann, der Sie sind, behandeln, als einen Mann, der Grundsätze hat und sich mit größeren Dingen abgibt, als ein paar Hanfballen abzusetzen. Sie sehen doch öfters unsern apostolischen Delegaten, den Grafen Folicaldi?«

»Ich muß nächsten Montag zu Seiner Exzellenz gehen, um über die Angelegenheiten meines Priorates zu berichten. Bei dieser Gelegenheit habe ich mich verpflichtet, die Pfarrer aus einigen unserer Pfarreien im Wagen mitzunehmen, die nämlich ins Erzepiskopat gehen, um über den Zustand ihrer Pfarrkinder zu berichten.«

»Das ist eine ebenso heilige wie nützliche Praxis«, sagte Alpi gesalbt, »und eine ebenso nützliche wie heilige. Ich weiß nämlich, daß dieses heilige, väterliche Herz unseres Kardinalerzbischofs auf eifrigste Weise seinen Pfarrern diese Praxis ans Herz legt und daß man sie auch im Kastell und in der Festung zu würdigen weiß!«

Der Bericht über den »Zustand der Pfarrkinder« baute sich auf den Beichtzetteln auf, welche die Häufigkeit des Sakramentenempfangs bestätigten. Im allgemeinen berichteten die Pfarrer auf die Weise auch über die öffentliche Stimmung der Gläubigen und die Ausübung der christlichen Tugenden, besonders aber über die Jugend, der Gehorsam gegenüber der herrschenden Gewalt befohlen ist. Der Kardinalerzbischof Vannicelli Casoni war ein sehr religiöser Priester, der schon bei dem Gedanken, das Beichtgeheimnis zu verletzen, einen Schrecken bekommen hätte. Aber wo er in seiner Frömmigkeit nur väterlichen und priesterlichen Eifer kannte, spitzelten andere, wo sie nur konnten, allgemeinen Anzeichen und verdächtigen Einzelheiten nach, und das nicht nur im Kastell und in der Festung, wie Alpi gesagt hatte, sondern auch im Erzepiskopat. Solche Seelsorge wurde von Intriganten betrieben, die stets auf Orden und Belobigungen aus sind und dabei ihr Gewissen verletzen.

»Also«, fuhr Alpi fort, »wenn Sie nun in drei Tagen, das wird Montag sein, im Kastell Seine Exzellenz, den Grafen Folicaldi, sehen werden, dann fragen Sie ihn ungescheut, was Sie in dieser Getreideangelegenheit der österreichischen Intendanz für eine Antwort geben sollen.«

»Das soll ich fragen?« rief Vergoli auf dem Gipfel des Staunens. Und er erhob die Augen und dachte: das ist also der oberste Herr der Legation.

»Nicht ein Wort weniger«, antwortete Alpi ruhig, »aber auch keins mehr. Verstehen wir uns? Warten Sie nicht darauf, daß Seine Exzellenz mit Ja antwortet, denn das können Sie wohl nicht gut verlangen.«

»Und wenn er nein sagt?«

»Dann unternehmen Sie nichts, aber wenn er Ihnen weder mit Ja noch Nein antwortet . . .«

»Dann unternehme ich die Sache«, schloß Herr Pietro, »was könnte ich mehr verlangen?«

»Mehr zu verlangen, wär auch höchst zudringlich; eine so blödsinnige Dummheit würden Sie ja wohl nicht begehen, guter Freund. Das sage ich Ihnen im Vertrauen: wenn sich der Geist der höchsten Vorgesetzten mit Kleinigkeiten solcher Art befassen würde, dann könnten Sie auch ruhig die Bewilligung des Monsignore Finanzministers einholen, ich sage sogar kühn, die Erlaubnis Seiner Heiligkeit selber! Und man würde Ihnen antworten: Vergoli, das müssen *Sie* machen, machen Sie's, aber sagen Sie mir nichts davon.«

Indem er diese Worte mit tadellos gespielter Überzeugung hervorbrachte, spürte er in den Augen, in der Haut, bis ins Mark hinein, wie es ihn juckte und zwickte: dieses lautlose Lachen, das sich weder in Worten noch in Bewegungen kundgab. Der Herr Pietro merkte etwas von diesem stummen Lachen, und während er sich schon mit diesem Auftrag schmeichelte, gierig an den Gewinn dachte und an die ihm versprochene Straflosigkeit, machte ihm dieses Lachen plötzlich wieder Angst: er spürte auf einmal mit Gewißheit, daß er keinen Schritt mehr zurück tun könne.

»Es gäbe da allerdings noch«, murmelte er entmutigt, »eine Schwierigkeit, die aber nur persönlicher Art ist.«

»Führen Sie auch diese noch an«, räumte Alpi mit einer mühsamen Willigkeit ein, die bedeutete: aber das ist der letzte Einwand.

Und hier berichtete Vergoli von dem Versprechen, das er seinem Vater in der Stunde des Todes gegeben. Alpi hörte zu.

»Das geht mich nichts an«, erwiderte er trocken und entschieden, »wenden Sie sich doch an einen Seelenführer, die verstehen das doch, solche Schwierigkeiten und noch größere, soviel ich weiß, friedlich zu lösen.«

Die Worte erschienen sogar noch rücksichtsvoll, aber der Tonfall sagte, daß Vergoli nie mehr mit solchem Blödsinn kommen solle. Alpi fügte hinzu:

»Ich habe Ihnen viel Zeit geraubt«, seine Miene drückte dabei aus: ihm solle man aber nun auch keine Minute mehr rauben. »Was machen Sie heute?«

»Eine Hanfspedition.«

»Ah, das bekommt der Trambusti, wie?« machte Alpi. Das Wort genügte. Trambusti war der Kommissionär und Spediteur in Triest, mit dem Vergoli in Verbindung stand.

»Ja, der Trambusti«, gab Vergoli ergeben und besiegt zu.

»Ja, dann also«, sagte Alpi mit verächtlicher Heiterkeit, »viel Glück zu dieser Spedition! Aber schneiden Sie dabei nicht ein Gesicht wie ein Mensch, der ein Abführmittel im Leib hat! Durch Trambusti, sehen Sie, werden Sie auch das Getreide an General Baron Pasquattini befördern.«

Sie näherten sich soeben dem Hanfmagazin, als am Gitter des Gartens Coniglio mannaro auf seinem Wagen erschien und Virginio Alpi die Möglichkeit bot, wie man gesehen hat, Herrn Pietros Gewissensskrupel dem Vater gegenüber zu beschwichtigen. Ein Zweifel blieb bei der Sache ungelöst, und Vergoli wagte sich nicht daran, so unangenehm auch die Unklarheit in diesem Punkte war, die Unklarheit nämlich, wie groß der Anteil des würdigen Superintendanten an diesem Schmuggelgewinne sein würde. Doch alles entwickelte sich dann, wie es vorgesehen war: Alpi erhielt seinen Teil, und der war beträchtlich.

III Wir kommen noch einmal auf das Gespräch mit Coniglio mannaro zurück: dieser sagte, als er hörte, daß er für den Anfang zunächst einmal tausend Scheffel Weizen besorgen solle:

»In einem Jahr wie diesem? In einer so spärlichen Gegend? Da soll ein so armer Getreidemakler, wie ich es bin, etwas zusammenbringen!« Er tat, als müsse er sich die Haare ausraufen.

»Die Geldfrage spielt dabei keine Rolle«, antwortete Alpi.

»Ah«, Coniglio mannaros Augen wurden glänzend.

»Und Sie werden mit Ihrem Auftrag mehr als zufrieden sein, suchen Sie also Weizen hier und auswärts, aber so schnell wie möglich.«

»Aber ich finde doch hier Weizen ganz in der Nähe, tausend Scheffel, und sogar sehr schnell, wenn der Preis keine Rolle spielt.«

»Ach, sieh mal an, in einer so armen Gegend, du bist ja eine reizende Haut, Meister Knüpfauf! Aber sehen Sie darauf, er muß von bester Qualität sein!«

»Das versteht sich, wie sollte es anders sein, wenn es Korn von Herrn Vergoli ...«

Jetzt war die Reihe an Vergoli, zu staunen:

»Getreide von mir? Aber wenn ich doch alles verkauft habe, schon seit August! Meine Magazine sind leer.«

»Wie verhält sich denn nun das?« fragte Alpi neugierig. »Erklären Sie es uns, wenn es nicht gerade ein Geschäftsgeheimnis ist.«

»Sehen Sie, Herr Pietro, sehen Sie, Herr Graf Exzellenz« (er hätte ihm soviel Titel gegeben, wie er wollte und noch mehr!), »der Herr Pietro hier ist ein Freund der armen Leute, und er gibt sich mit niedrigen Preisen zufrieden, weil er das Geld nicht nötig hat und weil er sich auch nicht davor fürchtet, den Markt zu verderben. Und da laufen die armen Leute herbei und kaufen, und was kaufen sie? Soviel sie können, soviel Geld sie haben, fünf oder zehn Malter, zwanzig, und die machen einen Scheffel aus. Die großen Käufe, die machen, sogar ohne zu erscheinen, ja, sogar mittels armer Makler, wie ich es bin, die großen Getreidehändler. Die legen dann die Vorräte in die Magazine und verkaufen sie wieder, wenn der Preis schön hoch steht. Und so segnen sie alle, die Armen und die Reichen, den Herrn Pietro.«

»Glänzend, ein wahrer Menschenfreund«, rief Alpi, Vergoli betrachtend, aus und lachte laut auf. Dann wandte er sich an Coniglio mannaro: »Und so wette ich, daß ein armer Getreidehändler wie Sie sich ein Magazin mit Herrn Pietros Weizen füllt.«

»Ich hatte ein Magazin«, antwortete er bitter, »ich hatte eines, vielmehr meiner Tante gehörte es, das wissen Sie ja, Herr Graf. Aber das Schlimmste ist: mein verdientes Geld ist in den Händen der Tante zu Ferrara geblieben. Wer weiß, was sie mit dem Geld gemacht hat!«

Seit so langer Zeit war es das erstemal, daß er das Geld erwähnte und auch das ferraresische Abenteuer, das nun sechs Jahre zurücklag. Und so war er selbst erstaunt über die Wendung des Gesprächs und sprach wie halb im Traum. Alpi fragte immer noch neugierig.

»Haben Sie denn Ihre Tante nicht wiedergesehen?«

»Weder sie noch das Geld, ich hatte nicht das Herz, mir ein solches Unglück aus der Nähe zu besehen.«

»Ach wissen Sie, Ihre Tante ist immer noch schön und fett und hurt immer noch«, sagte Alpi, ohne sich um eine euphemistische Umschreibung zu bemühen. »Und was das Geld angeht, so kann ich Ihnen helfen, daß sie es wieder ausspuckt.«

»Ah, ich würde die Erde küssen, wo der Herr Graf Exzellenz den Fuß hinsetzt.«

»Besuchen Sie mich am Montag in der Superintendantur in Ferrara.«

»Ich müßte diesen Weg eigentlich auf den Knien machen wie die Heilige Treppe zu Rom.«

»Sie sind eine Bestie«, sagte Alpi lachend über den lästerlichen Vergleich.

»Ich bin alles, was Sie wollen.«

»Das ist noch eine Urkraft, was, Vergoli?« sagte Alpi.

Und Herr Pietro stimmte zu mit einer Art herablassenden Mitleids, das aber in dieser Situation mit einem gewissen Ekel gemischt war. Denn er empfand nun plötzlich schmerzlich die Gewalt, die ihm angetan war. Dieser neue schlampige Helfershelfer erniedrigte ihn. Alpi aber war ganz Sympathie für Coniglio mannaro, und nun erkundigte er sich auch noch freundschaftlich: »Es ist schon eine Weile her, daß wir uns nicht mehr sahen, das war damals vor Bologna. Wie geht's gesundheitlich?«

»Wie's eben armen Leuten geht«, antwortete er scherzhaft, wie man's in dieser Gegend zu tun pflegte. »Ich bin zufrieden. Man schlägt sich durch.«

»Über die geschäftlichen Einnahmen will ich keine Fragen stellen, denn Sie würden mich doch belügen.«

»Ich und Sie belügen?«

»Das wäre gewiß die erste Lüge, und deshalb möchte ich Sie nicht in Versuchung führen«, lachte Alpi. »Haben Sie inzwischen Frau und Familie?«

»Eine Frau? Wer soll sich etwas aus mir machen! Es gibt zwar da eine«, fügte er plötzlich hinzu, er war beinahe berauscht, von einer so hochgestellten Person derart ins Vertrauen gezogen zu sein, »es gibt da eine, ja, die hab' ich schon recht gern, aber sie mag mich nicht.«

»In dieser Angelegenheit kann ich Ihnen nicht helfen. Aber besorgen Sie sich das Geld wieder, und dann ist es leichter, die da zu überzeugen.«

»Nein«, sagte Coniglio mannaro, »bei der spielt das Geld keine Rolle, leider.«

»Und Ihr Vater lebt immer noch?« fuhr der andre fort.

»Er wird eben alt.«

»Hat er immer noch den großen revolutionären Bart?«

»Immer noch!«

»Den wollen wir ihm mal gelegentlich schneiden!«

»Wie Euer Gnaden befiehlt«, antwortete Coniglio mannaro und dachte: du bist aber auch ein gewaltiger Dickkopf, du!

Und so verließen sie sich an diesem Tage.

Als Herr Pietro, sich an Virginio Alpis Anweisung haltend, im Kastell zu Ferrara Exzellenz Folicaldi gefragt hatte, ob er mit einer Getreideausfuhr für die Österreicher einverstanden sei, da unterbrach ihn der apostolische Delegat brüsk und streng:

»Davon darf ich nichts wissen, und davon will ich nichts wissen!«

Vergoli war sprachlos auf der Stelle stehengeblieben. Aber Alpi lachte, als ihn Vergoli nach der Audienz im Vorzimmer antraf, er lachte und war seiner Sache ganz sicher.

»Und nun?«

»Er hat nicht ja gesagt.«

»Aber auch nicht nein, also – haben wir uns verstanden?«

Der Superintendant kannte den Grafen von Folicaldi zu gut, um über den Ausgang der Sache nicht im klaren zu sein. Der apostolische Delegat war in der Tat eine von jenen autoritären Personen, die ihre Sicherheit und Macht aus Formeln schöpfen und in Phrasen weitergeben. Solange sie die Formel nicht gefunden haben, sind sie im Grunde ihres Herzens unsicher; sitzt aber das Stichwort, so lassen sie nicht mehr davon los, als wüßten sie darüber Bescheid, daß sie nur entschlossen und sicher sein können, wenn sie ein paar Formeln und Phrasen zur Hand haben. Und deshalb ist es auch leicht, ihnen die notwendigen Leitsätze unvermerkt unterzuschieben, hinterher kann man es sich dann als Untergebener gemächlich machen. Folicaldi war einer jener Männer, die man so gern als aus einem Stück gegossen bezeichnet. Unbeweglich, wenn man sie beim Kragen nimmt, aber sofort sich drehend und wendend, wohin man will, wenn man die kleine Walze und den richtigen Hebel erwischt. Es ist nicht notwendig, noch zu erwähnen, daß diese Art Männer häufig unter den ehrgeizigsten und dabei zur eigentlichen Autorität am wenigsten begabten anzutreffen ist. Denn der Mensch liebt es, Tugenden vorzuweisen, die er nicht hat. Folicaldi spielte gern den starken Mann, und er glaubte selber daran, wenn er auch über nichts anderes dazu verfügte als über ein paar Leitsätze, eine düstere Miene und dann die Illusion. Die Antwort auf Vergolis Frage hatte ihm Alpi einige Tage vorher in den Mund gelegt.

Und so hatte Vergoli nach diesem kurzen Gespräch mit Folicaldi den Eindruck, ja, die Überzeugung, daß er das Schmuggelgeschäft in voller Übereinstimmung mit der höchsten Behörde ausübe, und sein Vertrautsein mit der Gefahr, die die Ausübung so gewagter Handwerke begleitet, nahm beträchtlich zu.

Alpi gab an jenem unternehmungsreichen Montag auch noch Coniglio mannaro eine Audienz, der schon seit mehreren Stunden geduldig im Vorzimmer der Superintendantur wartete. Er konnte, wiewohl ein Sonntag dazwischen lag, schon zum mindesten fünfzig Karren besten Getreides als abfahrbereit anmelden, die Karre zu vier Scheffel berechnet.

Virginio Alpi konnte Sympathien eigentlich nur gegen mißgestaltete Gebilde der Natur empfinden, und der verliebte Coniglio mannaro erschien ihm durchaus als eine solche Mißgestalt. Überdies war er zum Wohlwollen geneigt, weil alles so gut geklappt hatte an diesem Montag. Er freute sich also über die mehr als zweihundertfünfzig Scheffel Getreide und riet Coniglio mannaro, in Ferrara zu übernachten. Am folgenden Tage wollten sie dann beraten, wie man der Tante am besten die Netze legen und sie zu Fall bringen könne. Und er fragte lachend, wie es mit der unglücklichen Liebe stehe? Alpi war nämlich, wie wir schon wissen, neugierig wie eine Elster.

»Wie soll es damit stehen, Herr Graf«, sagte Peppino geschmeichelt und verärgert zugleich, »es sind doch erst drei Tage her, daß ich Ihnen davon erzählte. Und die Sache dauert jetzt schon Jahre und wird immer schlimmer.«

»Aber sagen Sie mir doch mal, wer ist denn eigentlich Ihre Flamme?«

»Flamme? Was soll das bedeuten?«

»Na, Ihre widerspenstige Geliebte!«

»Ah, die Männer nennen ihre widerspenstigen Geliebten Flamme? Ja, dann ist sie eine. Schon als kleines Mädchen kam sie auf unsere Mahlstelle, das Hochwasser des Jahres 1839 brachte sie mit ihrer Mühle im Sturmwetter zu uns. Ihr Vater war an diesem Tag ertrunken. Oh, das ist eine Geschichte, die man abends am Kamin erzählen kann.«

»Wirklich, sehr romantisch.«

»Romantisch?« fragte Scacerni, die Brauen hebend, und schöpfte Verdacht, der andere könne ihn hochnehmen. Überdies schämte er sich, wie jeder, der von irgendeiner tief empfundenen Leidenschaft sprechen soll.

»Na, unterbrechen Sie mich nicht bei jedem Wort, das Sie nicht verstehen.«

»Haben Sie Nachsicht mit der Unwissenheit, Herr Graf!«

»Ja, und weiter?«

»Sie müssen wissen, daß dieser Vater, der Verrückte von der Paneperso hieß er, und er war auch verrückt, mit dem Mädchen auf der

Mühle wie ein Wilder im Busch hauste. Die Tochter glich dem Vater, und man kann ruhig sagen, daß sie eine Wilde ist. Die Mühle Paneperso ist jene Mühle, die neben der San Michele liegt, und sie, die Cecilia Rei, ist darauf die Müllerin und hat keine andere Leidenschaft auf der Welt.«

»Kurios, wirklich sehr kurios! Und sie macht sich aus niemandem etwas, diese wilde Frau?«

»Aus meinem Vater sehr viel!«

»Wie? Sie liebt Ihren Vater?«

»Ah, wie kommen Sie auf solche Gedanken! Wenn ich keinen Anstand kennte, Exzellenz, dann würde ich sagen: was für verrückte Gedanken! Meinen Vater! Wie kann Ihnen denn nur so was in den Sinn kommen!« Coniglio mannaro war vollständig verwirrt und geradezu zornig.

»Nehmen Sie doch Vernunft an, ich habe verstanden, Sie Frecher!«

»Was haben Sie verstanden?«

»Na, daß die Cecilia Rei Ihren Vater wie eine Tochter liebt!«

»Und mein Vater liebt sie wie der beste Vater der Welt.«

»Ja, und dann sprechen Sie nicht darüber?«

»Mit ihr habe ich darüber gesprochen . . .«

»Aber nein, mit Ihrem Vater! Daß er sie überredet.«

»Mit meinem Vater soll ich darüber reden?«

»Sicher, was gibt's da Wunderliches dabei!«

»Sie, Herr Graf, sehen Sie, sprechen, wie Sie sich das zurechtlegen, weil Sie die Sache nicht kennen. Aber mein Vater, Gott, ich kann nicht sagen, daß er mich nicht gern hat, aber er verachtet mich. Und das begann schon, als ich noch klein war, weil ich nämlich Angst vor dem Wasser hatte und nie das Schwimmen lernte. Und dann: ich bin eben nur ein Kornmakler!«

»Getreidehändler«, unterbrach ihn Alpi.

»Ja, wenn ich das Geld wiederkriegen könnte, dann wohl, dann wäre ich ein Kaufmann, aber jetzt bin ich nur ein Makler. Kurz und gut, meinem Vater gefällt dies Handwerk ebensowenig wie mir seine Müllerei.«

Das Gespräch war ohne Bitterkeit seitens Coniglio mannaros geführt worden. Es war, als ob er eine uralte Geschichte erzählte, die unabänderlich war. Man brauchte sich darüber nicht zu grämen und nicht zu wundern. Alpi sagte:

»Es ist wirklich wahr: was in der größten Stadt vorfällt, das findet man genauso auf dem kleinsten Dorf. Und was man an einem Königshof erlebt, das sieht man in einer Mühle auf dem Po genau wiederkehren! Immer der ewige Streit zwischen Vater und Sohn.«

»Auf Königshöfe, verzeihen Sie, versteh' ich mich nicht«, sagte Coniglio mannaro, dem das Gespräch über Cecilia langsam immer widerwärtiger und aussichtsloser erschien. »Aber in der Stadt, ich meine hier in Ferrara, ist mir seinerzeit eine Handvoll frecher Kerle begegnet, die mich davonjagten, so daß ich mein ehrlich verdientes Geld in der Hand meiner Tante zurücklassen mußte.«

»Ich habe Ihnen schon gesagt, daß wir uns über dieses Geld morgen informieren werden.«

»Zu gütig, Exzellenz.«

»Sie müssen wissen, daß ich mir in den Kopf gesetzt habe, Ihnen behilflich zu sein.«

»Sie beschämen mich, Exzellenz!«

»Und für mich steht fest«, fuhr Alpi fort, »daß es nicht schwierig sein dürfte, auch die Stimmung Ihres Vaters zu ändern.«

»Das ist sehr schwer«, widersprach voll Überzeugung Coniglio mannaro, »man merkt, daß Sie nicht wissen, was das für ein Mann ist.«

»Und wenn man ihn nun einmal ordentlich unter Angst setzte?«

»Der und Angst! Herr Graf, schlagen Sie sich das aus dem Kopf.«

»Nun, was ist er denn schon, ein Eisenfresser, ein rasender Roland?«

»Rasender Roland oder Eisenfresser, Angst hat dem Padrone Lazzaro noch nie jemand eingejagt«, das sagte Coniglio mannaro nicht ohne Stolz.

»Na, wer weiß«, sagte der andere ärgerlich, »sind Sie denn nicht seines Blutes? Und doch haben Sie solche Angst vor dem Wasser!«

»Es steht Ihnen frei, Exzellenz«, sagte Peppino Scacerni bescheiden, aber bestimmt, »sich auf meine Kosten soviel zu amüsieren, wie Sie wollen. Aber mit Padrone Lazzaro haben auch Sie ja einmal geredet, wenn Sie sich daran vielleicht noch gütigst erinnern.«

»Eben deshalb würde es mir Spaß machen, ihn einmal dranzukriegen und ihm diesen revolutionären Bart ein wenig zu stutzen. Ja, das hab' ich ihm versprochen, und ich hab's nicht vergessen.«

»Ich meinerseits«, sagte Coniglio mannaro mit immer der gleichen unterwürfigen, aber unüberwindlichen Nachgiebigkeit, »ich mische mich nicht in Angelegenheiten der Politik. Ich kann nur sagen, daß mein Vater den Bart so trägt, weil er ihm gefällt, und daß auch er gar nicht an Politik denkt. Und bevor man ihm den Bart stutzen könnte, müßte man ihn in die Hände bekommen.«

»Ich habe eine Idee. Man könnte ja, wenn die Sachen so stehen, wie Sie sagen, der Cecilia Rei Angst machen und sie dazu kriegen, Sie zu heiraten: da sie ja schon Ihren Vater so sehr liebt, könnte sie irgendein großes Leid, das ihm droht, damit abwenden.«

Er betrachtete, als er das sagte, den häßlichen Coniglio mannaro, diese Vogelscheuche. Und ihm schwebte für einen Augenblick ein groteskes Bild, ihn teuflisch vergnügend, vor: die prächtige Hochzeitsnacht dieses herrlich ausgesuchten Paares. Er fragte:

»Ist diese Cecilia Rei schön?«

»Oh«, sagte Coniglio mannaro mit einer von plötzlicher Begehrlichkeit verschleierten Stimme, »sie ist keine städtische Schönheit, aber in meinen Augen ist sie sehr schön.«

Und in seinen Albinoaugen glänzte die hinterhältige Begier auf, die Widerspenstige zu demütigen, ein Gefühl, das er schon immer in seiner heftigen Sehnsucht tief keimen spürte.

Alpi selber ergötzte sich an der Vorstellung, wie auf Coniglio mannaros Kopf eigentlich doch das schönste Paar Hörner paßte, auf diesen lächerlichen Schädel, wo die Haare wergartig und in Büscheln wuchsen, dicht und gestrüpphaft, mit talergroßen ausgefallenen Stellen dazwischen, als seien die Motten darinnen gewesen. Heuchlerischer, als ihm selber bewußt war, fragte Coniglio mannaro:

»Aber Herr Graf, wie kann man das bewerkstelligen, ohne meinem Vater Schaden zuzufügen? Denn Sie verstehen, er ist mein Vater!«

»Er betreibt doch auch gewiß«, sagte der Superintendant, »Schmuggel auf dem Po?«

»Wenig oder gar nicht«, war die Antwort. Und Alpi hatte zuviel Übung, Lüge und Wahrheit zu unterscheiden, um sofort zu erkennen, daß dies stimmte. »Und dann ist das auch eine Anklage, die niemand Angst machen könnte, wenn wir mal geradeheraus sprechen.«

Diese Bemerkung traf durchaus zu, klang aber doch seltsam angesichts der Person, an die sie gerichtet wurde. Der Superintendant des Zolls lachte unvermittelt laut auf und sagte:

»So, die niemand Angst machen könnte! Und das sagen Sie mir? Na ja«, fügte er hinzu und brach sein Lachen ab, »nehmen wir das mal an. Aber dieser Ihr so ganz einmaliger Vater wird zum mindesten, wenn er kein Liberaler ist und kein Schmuggler, Räuber bei sich aufnehmen?«

Er hatte diese Frage mehr getan, um Coniglio mannaro einzuschüchtern, aber die Antwort kam würdig:

»Dafür steht das ganze Dorf ein, um gleich bei mir anzufangen: Lazzaro Scacerni ist ein Galantuomo.«

Eine Anspielung? Alpi dachte: Ah, er will mich kitzeln! Wart' nur, dann werd' ich dich ein bißchen hochnehmen, und so sagte er:

»Oh, Herr Meister Peppino, wer kennte nicht die unfehlbare Ehrsamkeit, diesen ungetrübten Spiegel der berühmten Familie Scacerni? Man kann höchstens sagen, daß es mir bei diesen Leuten und jetzt zum Beispiel bei Ihnen ein bißchen nach Prahlhans riecht und auch bei jenem Barbarossabart Ihres Vaters! Wenn sich die Mühe lohnte, so könnte man auf Latein beifügen: excusatio non petita accusatio manifesta, auf Italienisch: der wahre Galantuomo schreit diesen seinen Ehrentitel nicht über die Dächer! Für gewöhnlich sagt man einfach: das Huhn, das gackert, hat das Ei gelegt.«

Viel weniger hätte schon hingereicht, um Coniglio mannaro durcheinanderzubringen und zu demütigen, er stand schon ohne Schutz mit dem Rücken an der Wand. Da aber kam der Endschlag:

»Wenn Sie jetzt hier festgehalten würden – an einem sicheren Ort für Ehrenmänner natürlich –, und die Herren von der Militärkommission (von hier zur Festung ist's nur ein Sprung, und die Deutschen gehen in diesen Sachen sehr fix vor!), die Herren also von der Militärkommission würden noch diese Nacht ein paar Leute ins Haus und auf die Mühle eines gewissen Müllers, den Sie ja kennen, schicken, um eine Haussuchung zu halten: na, ob dann wohl nicht ein paar verborgene oder vermauerte oder vergrabene Waffen herauskämen? Sie wissen ja, was darauf steht. Alle haben natürlich Waffen verborgen, auch die braven Scacernis. Aber die Herren von der deutschen Kommission, wenn sie Waffen finden, die scherzen nicht, das wissen Sie ja wohl! Oh, ich sehe, man wird bleich und zittert! Das täte man kaum bei ruhigem Gewissen! Sollten wir also das traurige Schauspiel erleben müssen, daß ein Vater und sein Sohn, beides ehrsame Leute, innerhalb der nächsten vierundzwanzig Stunden, die Binde um den Kopf, den letzten Spaziergang auf dem Glacis der Festung machen?«

»Ich – wieso . . .«, stammelte Coniglio mannaro, bis zum Halse in seiner Angst steckend, »ich hab' keine Waffen, ich verstehe nicht, was Eure Exzellenz sagen, ich . . .«

»Das können Sie ja nötigenfalls der Militärkommission sagen, und da werden wir mal sehen, ob man Ihnen glaubt. Es sind zwar Deutsche, aber sie verstehen das Italienische ausgezeichnet, und auch das Ferraresische oder was für eine Mundart man an der Guarda spricht.«

Coniglio mannaro war gänzlich erledigt. Er dachte an die Waffen im Keller des Hauses an der Pappelbrücke und die andern auf der Tenne vergrabenen. Und er sah sich schon auf dem Glacis der Festung. Das durchdringende Auge Alpis, von dem er das seine nicht abbringen konnte, ließ ihm keine Zeit, an eine Verteidigung zu denken, wäre sie auch noch so vergeblich gewesen. Ihm fielen auch all die Racheakte und Erpressungen ein, denen das Waffenedikt Tor und Riegel geöffnet hatte. Er kannte entsetzliche Beispiele, und sah die Gewehre, den Galgen, die Guillotine vor sich.

Als Alpi Coniglio mannaro in diesem Zustand sah, brach er plötzlich ab und begann zu lachen, klopfte ihm herzlich auf die Schulter, und als darauf der Kleine vor ihm wie zum Schutze gegen einen erhobenen Stock die Ellbogen hob, lachte er noch unbändiger.

»Da haben wir mal eine schöne Angst ausgestanden! Was? Mein wildes Kaninchen! Sie sind ja ganz grün geworden. Es tut mir leid, daß ich hier keine Herzstärkung habe, die würde Ihnen so gut tun. Aber voran! Erholen Sie sich, das paßt doch gar nicht zu einem Manne, wie Sie es sind. Was, Sie haben kalten Angstschweiß auf der Stirn? Aber was sollen mich denn schon die bei euch zu Hause versteckten Waffen interessieren!«

»Nein«, stammelte Coniglio mannaro und wischte sich mit dem Handrücken den Schweiß von der Stirn, »nein, das interessiert Sie nicht, ich weiß.«

»Also lassen wir die Sache, wie sie ist. Lernen Sie aber daraus, mir Vertrauen zu schenken. Ich will nämlich Ihr Bestes, ich weiß selber nicht, weswegen. Und spielen Sie mir hier nicht den großen Mann vor, das kann ich nicht ausstehen.«

Zu der Angst kam jedoch noch das Staunen hinzu, und Coniglio mannaro wurde immer verwirrter. Der andere fuhr fort, ruhig und gutmütig:

»Sie sind durcheinander, sonst hätten Sie schon verstanden, denn eine gewisse Auffassungsgabe fehlt Ihnen nicht . . .«

»Was verstanden, Exzellenz?«

»Nun, daß ich, als ich Sie soeben hochnahm, Ihnen das Mittelchen suggeriert habe, das Mittelchen, um die Frau zum Jasagen zu bringen. Verstehen Sie? Wie heißt sie doch noch?«

»Cecilia Rei!«

»Na, schön! Sorgen Sie also jetzt dafür, daß die Cecilia irgendwo hinkommt, von wo sie Padrone Lazzaro nicht zeitig genug verständigen kann. Hören Sie mir gut zu: dann geben Sie ihr zu verstehen . . .«

»Aber wo soll ich sie denn hinbringen?«

»Wohin's Ihnen gut scheint, Hanswurst! Vielleicht in das Haus Ihrer Tante.«

»Aber sie ist doch nie vom Fluß fortgewesen!«

»Ein Grund mehr, um sie mal die Stadt kennenlernen zu lassen. Sie wird sich amüsieren, und hier sagen Sie ihr dann: entweder heiraten Sie mich, oder Padrone Lazzaro hat die Deutschen im Haus, die ihm die Waffen schon herausbuddeln und ihn dann an die Wand stellen. Mehr brauchen Sie gar nicht zu sagen, wenn sie Ihren Vater wirklich so lieb hat.«

»Aber Herr Graf, wenn das Mädchen die Stirn hat, nein zu sagen?«

»Dann verzichten Sie halt! Denn dann merken Sie ja, daß Sie ihr ganz und gar zuwider sind.«

»Aber werden sie dann nicht den Vater wirklich erschießen?«

»Es erfährt ja niemand, was wir hier gesprochen haben!«

Coniglio mannaro stand noch immer unschlüssig da: »Aber, Exzellenz, muß ich ihr das selber sagen, der Cecilia?«

»Na, junger Mann«, grinste Alpi, der sich immer gleich blieb, was immerhin anzuerkennen ist, »verlangen Sie etwa, daß ich auch noch für Sie zum Kuppler werde?«

Coniglio mannaro ging zwischen Angst und sehnsüchtiger Begier in das Gasthaus, um einen Bissen zu essen und dann zu schlafen. Er war nicht so entmenscht, um sich nicht über die Gefahr zu ängstigen, die in diesem Projekt Alpis für seinen Vater beschlossen lag. Aber er war hinreichend Heuchler, daß er jetzt schon anfing, sich an dem Gedanken aufzurichten, wie er dem Vater geraten hatte, die Waffen abzugeben, und daß sich sein Vater zuerst in diese Gefahr begeben habe. So schloß er: »Wer hat mich also in diese Versuchung gebracht, wenn nicht mein Vater selbst? Und übrigens habe ich ja nichts gesagt von den Waffen, dieser Teufel von Alpi hat es erraten, und dann: jedermann weiß es, daß jedermann Waffen verborgen hat, und wenn Alpi unbedingt will, daß mein Vater erschossen wird, dann schickt er auch so die Deutschen hin, und ich verliere nur eines Skrupels wegen Cecilia, ohne meinen Vater zu retten. Nur . . . ob sie vernünftig sein wird?«

Die Angst, die sich nicht beruhigen ließ, hinderte ihn am Schlaf, und die heißbegehrte Frau stand vor ihm: stolz, kühn und ihn verachtend, ja er war ihr gewiß ganz zuwider! Und wenn er sie auch erpreßte, erniedrigte und nötigte, was für eine Frau würde das werden, und auf wie viele und mannigfaltige Weise würde sie sich an ihm rächen! Er zitterte bei diesem Gedanken und besonders bei der Vorstellung, ihr auf diese Weise gegenüberzutreten. Endlich schlief er ein.

Über schwierigen Problemen einzuschlafen, bedeutet manchmal, sie zu lösen, immerhin sie beim Aufwachen leichter zu finden. Aber nicht selten ist beim Aufwachen das, was man gelöst glaubte, noch schwieriger geworden. Coniglio mannaro schlief nur kurze Zeit, und er konnte im Schlafe keinen Rat finden. Das Erwachen war derart qualvoll, daß er sofort aus dem Bett sprang, und zwar noch ehe er die bezahlten Stunden abgeschlafen hatte. Seine Sparsamkeit hatte ihn diese Osteria »Zum breiten Zwerchsack« entdecken lassen, wo man Bett und Stall nach Stunden mieten konnte.

Was waren das alles für Erinnerungen aus dieser Stadt, die ihn in dieser Morgenfrühe überfielen. In der frischen und klaren Oktoberluft hörte er die Glocken der Klöster erwachen. Auf dem Katzenkopfpflaster begann allüberall das Gekreisch der Wagen, welche die Kreise ihrer Räder an den bundbemalten Kästen, die mit Obst, Gemüse und Geflügel beladen waren, dahinzogen. Wieviel Erinnerungen! Sogar die Truthähne fehlten nicht, sie vergegenwärtigten ihm den Tag jener lustigen und wilden Demonstration für Papst Pius IX., dem die gepeinigten Tiere mit ihrem »Pio-Pio-Pio« zujubeln mußten – jenen Tag seiner Schande und Flucht aus Ferrara.

Der Gedanke an sein Geld, das er in den Händen der Tante gelassen hatte, vermochte soviel, daß er sogar Cecilia darüber vergaß. Und da waren ja auch wieder die Österreicher und Kroaten mit ihren Karren und der bewaffneten Begleitung, genau so wie früher. Von der Festung, vom Hospital der Märtyrer und von den Kasernen bei San Domenico und San Benedetto kamen sie, um Lebensmittel einzukaufen. Und wieder mußte er mit einer würgenden Traurigkeit an seine verlorengegangenen Gewinste denken, er, ihr alter Lieferant. Alles schien unverändert.

Aber war denn wirklich soviel Zeit vergangen? O ja, leider. Und er hatte Angst vor dem, was er in Kürze von der Tante erfahren würde. Sein Weg führte ihn auf den Marktplatz. Und als Händler und Makler ihn von ferne an seinem unverkennbaren Umriß erkannten, riefen sie fröhlich:

»Sieh mal an, wen man da wiedersieht! Coniglio mannaro ist wieder da! Das böse Jahr hat ihn zurückgebracht, der Teufel hat ihn nicht gewollt!«

Dennoch machten sie ihm freundliche Gesichter, in denen er ein wenig Trost suchte. Er ging umher, schüttelte den Leuten herzlich die Hände, und er sagte wohl hundertmal und immer eifriger in seiner Geschwollenheit:

»Ich bin zufrieden. Ich sehe, daß mein Name auf dem Markt von Ferrara noch nicht tot ist. Ich sehe, man hat mich nicht vergessen.«

»Aber wer könnte denn eine Gestalt wie Sie je vergessen«, sagten sie freundlich.

»Ich wußte noch nicht, daß ich so viele Freunde habe, und das tut einem ja in der Seele wohl.«

Sie umstanden ihn im Kreise, und es waren ihrer so viele, daß es fast wie eine Kundgebung aussah, eine Wiedergutmachung für damals, als man ihn beleidigt, ausgepfiffen, im Genick gepackt und emporgehoben hatte zum Spott der Menge.

Als er zwei oder drei Maklern begegnete, die er kannte, fragte er voll Wichtigkeit:

»Na, wie gefallen euch denn die neuen Marktpreise? Wir vom Lande können uns nicht beklagen. Wenn nur die Leute ein bißchen mehr Geld hätten und weniger geizig wären.«

»Wir haben es ja gesagt«, rief der eine lustig aus, »daß er uns die Teuerung wiederbringt.«

Das gefiel ihm weniger, aber dafür riefen auch viele andere Stimmen: »Na, mal lustig, Coniglio mannaro, du bringst Bewegung in die Bude!«

Ein solcher Beifall des Marktes, der ihn auf so herzliche Weise als einen Dazugehörigen anerkannte, ließ ihn wieder die alten Lebensgeister spüren. Und während die Marktleute an ihre Arbeit gingen, spazierte er von Stand zu Stand und verharrte bei den kleinen Grüppchen, warf sich mächtig in die Brust, streckte aber auch den Bauch heraus, balancierte das Fäßchen seines verschrobenen Rumpfes auf den krummen Beinchen und hatte dabei die Miene eines bummelnden feinen Herrn und die Wichtigkeit eines Hauptmannes, der zu seiner Kompanie zurückgekehrt ist und sie treu ergeben findet. Aber noch eher glich er einem großen Börsenjobber, den man schon als vom Bankrott verschlungen ansah und der nun wieder auftaucht und seinen Kredit und seine Möglichkeiten wiederhergestellt sieht. So führte ihn sein triumphaler Spaziergang bis vor die Bude zur Seite des Doms, und dort ging er unter dem Portikus, der früher die Loggia der Juden hieß, einher. Die Bude war jetzt vermauert, und er wunderte sich darüber und fragte, wo die alte Lumpensammlerin geblieben sei, die in dieser Bude früher hauste und Wuchergeschäfte betrieb. Man hatte diese schlimme Person eines Morgens, erfuhr er dann, steif auf ihrem schmutzigen Strohsack gefunden und die Kleider, die sie anhatte, waren mit Anleihebons dicht vollgestopft. Sie hatte, angelockt vom günstigen Kurs, diese Bons aufgekauft und dafür ihre Gold- und Silbermünzen hergegeben. Auf diese Weise hatte sie mit einem Schlag reich werden wollen.

»Ja, und dann?« fragte Coniglio mannaro, und er spürte, wie sich ihm das Herz zusammenzog – vielleicht war es eine Vorausahnung, aber er hielt es für Mitleid.

»Ja, und dann, wissen Sie das nicht? Die Bons der Republik, die im Februar 1849 herausgegeben wurden, verloren schon im März zwölf Prozent. In diesem Augenblick ließ die Raffgier die Alte zugreifen, und sie schaffte sich einen ganzen Haufen Bons an. Aber die fielen dann immer weiter, und sie wurde von der Angst gepackt und nagelte über dem Eingang ihrer Bude den Erlaß der Republik wie eine Beschwörung, wie ein Heiligenbild an, jenen Erlaß, in dem der Verlust auf drei vom Hundert endgültig festgesetzt wurde. Die Leute blieben auf der Straße stehen, um den Erlaß zu lesen und ihr dann gerade ins Gesicht zu lachen. Im April verloren die Bons zwanzig Prozent.«

»Und dann fielen sie noch mehr?«

»Fielen? Keiner nahm sie überhaupt mehr an, zum Schluß war das, als hätte man sich die Taschen mit Lumpen vollgestopft.«

»Oh, die arme Alte!«

»Na, wieviel Mitleid Sie mit der haben! Auf welche Weise hatte sie denn ihr Geld zusammengescharrt! War's nicht gerecht, daß sie wieder alles verlor?«

»Das ist immer ein großer Schmerz«, sagte Coniglio mannaro.

»Wissen Sie denn nicht, wie das mit dem ungerechten Heller geht?«

»Das weiß ich, aber man ist schließlich erst Mensch, wenn man ein mitleidiges Herz hat.«

»Schau mal an, bei all den vielen Verlusten und Unglücksfällen, die hier die anständigen Leute erlitten, gehen Sie hin, um sich wegen dieser Alten zu härmen. Es war gewiß ein heftiger Schmerz, wenn er hinreichen konnte, um das Herz der Alten zu brechen.«

»Sie starb vor Kummer?«

»Sie haben es gesagt!«

»Ein böser Tod! Und die Bons?«

»Die päpstliche Regierung fixierte den Verlust, wenn man sie einwechselte, auf fünfunddreißig Prozent! Das hat man aus Mitleid getan, um so vielen Unglücklichen zu Hilfe zu kommen, welche die Taschen voller Bons hatten.«

Coniglio mannaro betrachtete den Mann mit runden Augen. Der Gedanke, daß Geld, von welcher Regierung es auch herausgegeben sei, solchen Wechselfällen unterworfen sein, in der Tasche der Leute sich in Nichts verwandeln könne, das flößte Coniglio mannaro Schrecken und Schauder ein, und er erkundigte sich:

»Und jetzt, um mal nur so zu fragen, wie stehen denn jetzt diese Bons?«

»Warum? Oh, Sie sind so bleich und verwirrt, haben Sie vielleicht etwa welche?«

»Gott bewahre«, rief er aus und machte ein Kreuz.

»Da säßen Sie schön in der Patsche, wenn Sie noch Bons hätten! Denn die Regierung nimmt sie gar nicht mehr an, und wer jetzt noch welche hat, kann sich damit die Pfeife anstecken.«

Coniglio mannaro zog den Mund zur Seite, nur so brachte er ein Lachen zustande über den spaßigen Vergleich.

»Wenn man an eine so betrügerische Sache denkt, wird's einem ja schlecht!«

»Na, mein Lieber, da gab's hier schlimmere Dinge!«

»Das glaube ich nicht«, antwortete Coniklio mannaro.

»Da gab's hier Leute, die haben das Leben eingebüßt.«

»Lieber das Leben als das Geld!« sagte Coniglio mannaro, mit einer solchen fanatischen Festigkeit, daß alle in der Nachbarschaft es hörten und ausriefen:

»Er ist immer noch derselbe, ganz Coniglio mannaro, wie früher!«

Als die Lustigkeit sich gelegt hatte, fragte ihn einer etwas von oben herab, ein rechter Wichtigtuer:

»Wissen Sie überhaupt, daß Ferrara bombardiert worden ist? Das ist was andres als der Kurs der Staatsanleihe!«

»Ich hab' davon gehört«, sagte er.

Und dann bat er um Auskunft, wo die Söhne des Ezechiel Annobon seien und wie es ihnen ginge. Er erfuhr, daß sie immer noch Bankiers waren, reich und unternehmungslustig. Er nahm sich vor, und das stärkte ihn gewissermaßen, mit den Annobons wieder die alten geschäftlichen Beziehungen aufzunehmen, weil sie reich waren und sehr angesehen auf dem Markt.

Es war jetzt Zeit, daß Coniglio mannaro seine Tante aufsuchte, aber die Vorstellung, sie wiederzusehen, legte sich ihm wie Blei in die Beine, und so ging er zuerst zur Bank der Söhne des Ezechiel Annobon, die immer noch in der Via Vignatagliata wohnten. Er stand vor genau derselben eisenbeschlagenen Tür, gegen die in einer längst vergangenen Nacht Lazzaro Scacerni gepocht hatte. Die Tür war damals so niedrig, daß ein Mann von Lazzaros Statur den Kopf neigen mußte, um nicht anzustoßen. Die Söhne nun hatten eine ganz moderne Tür angebracht, und sie hatten das Erdgeschoß des alten Hauses zu Bankräumen ausgebaut. Ezechiel Annobon hatte eine ganze Reihe von Söhnen hinterlassen, aber Coniglio mannaro hatte immer nur mit einem einzigen zu tun gehabt, und das war der schmächtigste und unansehnlichste, zugleich aber der führende Kopf der Bank.

Während Coniglio mannaro sich so schlecht gelaunt dem Bankhaus näherte, wollen wir uns in Kürze die Söhne des Ezechiel anschauen. Bei jedem Geschlecht im Stammbaum des Annobon geschah es schicksalhaft, daß innerhalb der zahlreichen Kinderschar alle physischen und moralischen Eigenschaften der jüdischen Rasse zum Vorschein kamen. Da gab es den feinen blonden und ein wenig blutarmen Sohn, der im Gesicht einem Christus aus der Cinquecentozeit glich, hoch und schmal von Gestalt, mit feinem Geschmack, vielseitig und unschlüssig. Dieser Sohn neigte zu einer schlimmen Melancholie, die manchmal selbstmörderische Neigungen zeitigte, und er blieb unfähig, je das Geschlecht der Annobons weiterzuführen. Die Brüder waren anders geartet: da gab's den Eitlen und vom Ehrgeiz Gehetzten, der schon mehr oder minder enttäuscht war; da gab's den sanguinischen Herumtreiber, der von seinen sinnlichen Gelüsten aufgezehrt wurde, und es gab den Ausreißer, den Nichtsnutz, den reinen und einfältigen, unbrauchbaren Toren. Aber dann war da noch der schmalbrüstige, der zarte und feine Jude, schwarz wie ein Pfefferkorn, immer verlegen, mit krummen Schultern. Etwas Müdes und zugleich Unermüdliches lag in seinem traurigen und schönen Auge, in seiner Stimme und seinem ganzen Gehaben. Dieser eine erledigte eigentlich sämtliche Geschäfte, und er trotzte allem, den Gewinnen und Verlusten, den unglücklichen und den glücklichen Stunden im geschäftlichen Leben. Er war einfach dafür da, er verstand sich darauf. Die ganze Familie erkannte das an, und das mußte ihm ja genügen. Es genügte ihm auch, denn er hätte an alles denken und auf alles verfallen können, nur auf das eine nicht: sich diesen Pflichten zu entziehen. Er war zufrieden, wenn bei gewissen Gelegenheiten die alte Mutter, die ein Gegenstand der allgemeinen Verehrung war, ihm sagte: »Wenn du nicht wärst«, und es war, als ob sie sagte: »Du bist der Joseph unter diesen deinen Brüdern.«

Ezechiel Annobon hatte seinerzeit dieselbe Rolle bei seinen Brüdern spielen müssen. Unter seinen Söhnen hatte sich das Schicksal Samuel erwählt, und in der folgenden Generation den Enkel Davidchen, der nicht einmal Samuels Sohn war. In diesem Namen blitzte inmitten des Verfalls dieses verstreuten Volkes ein ferner Abglanz aus jener unvergeßlichen Geschichte von Königen und Propheten auf, die schon vom Anhauch menschlicher und göttlicher Mächte berührt waren in exitu de Egypto und super flumina Babylonis und als der Tempel zerstört und wiedererbaut wurde.

IV

»Nun, mein geschätzter Herr Samuel«, sagte Coniglio mannaro, als er an diesem Morgen in das Bankgeschäft eintrat, »alle noch am Leben, wie man sieht.«

»Ich freue mich«, antwortete Herr Samuel, der ihn wiedererkannte, »ich freue mich, Sie wiederzusehen, Scacerni.«

»Wirklich, auch ich«, antwortete Coniglio mannaro. Und es war lustig, zu beobachten, wie unter seinem geschäftigen Gruß und seinem aufrichtigen Respekt, den er für diesen Juden als Geschäftsmann hegte, ganz leicht jene volkstümliche verächtliche Abneigung schwelte und sich nicht unterdrücken ließ.

Und da war auch das Davidchen, das jetzt schon über dreißig alt war, aber »Davidchen« bleiben würde, bis Samuel starb, und der nun fragte:

»Wollen Sie wieder unser Kunde werden?«

»Hab' ich je aufgehört, es zu sein?«

»Etwa nicht? Ihre Einlagen sind schon seit einer Weile zurückgezogen worden, Sie waren ja unter dem Namen von Argia Malvegoli eingetragen.«

»Seit einer Weile?« fragte Coniglio mannaro, der es kalt den Rücken herunterrieseln spürte, und er nickte, als wisse er nur zu wohl, auf wessen Namen das Geld eingetragen war.

»Wollen Sie das genaue Datum der Auszahlung? Ich kann es Ihnen sofort geben.«

»Das Datum nützt mir nichts.« Er fühlte sich gebrochen und angewidert. »Was könnte meine Tante denn damit gemacht haben?«

»Das müssen Sie nicht uns fragen. Auf Argia Malvegolis Namen war die Summe eingetragen, und an sie haben wir das Geld zurückerstattet. Was davor und danach liegt, wissen wir nicht und brauchen wir nicht zu wissen.«

»Ja, schön, aber es war nicht ihr Geld, wir waren sozusagen Kompagnons.«

»Das geht die Bank nichts an, wissen Sie?«

»Ich weiß, ich weiß, ich sag's auch nur so, weil mir's das Herz abdrückt. Im Gegenteil, entschuldigen Sie mich, Herr Samuel, wenn ich mir zuviel herausgenommen habe.«

Indem er nun wegging, dachte er: wäre ich damals nicht aus Ferrara entwischt, dann hätte das Geld hier auf der Bank der Annobons gut gelegen, besser als die Eier unter der Henne, und in all den Jahren wäre es von Monat zu Monat mit den Zinsen gewachsen, und es hätte nicht einmal eine Stunde gegeben, die nicht ein bißchen hinzugefügt hätte bei Tag und Nacht. Sicher und warm hätte das Geld hier gelegen, die Goldfüchse hätten es gut gehabt. Und ich hab' sie zum Teufel gehen lassen, ich habe sie ermorden lassen, ich mit meiner unglückseligen Angst, die mich aus dem Häuschen brachte. Verflucht sei meine Feigheit, hole mich doch der Teufel!

Es hätte die Mühe gelohnt, Coniglio mannaro in dieser Verfassung zu sehen, als er das Geld mit Eiern unter der Glucke und überhaupt mit lebenden Wesen verglich, die er getötet hatte. Er war von dieser Vorstellung derartig gepackt und ausgefüllt, daß er, als er in der Straße San Guglielmo an der Stelle vorbeikam, wo der Baron Flaminio ermordet worden war, gar nicht daran dachte, sondern wie angezogen auf das Haus der Tante losschritt wie ein Besessener. Als er in die ruhige Via delle Pettegole eintrat, erkannte er die Reihe der Strebepfeiler in der Mauer des Gemüsegartens der Mönche. Und da stand auch der kleine schmucke Palast der Argia Malvegoli, hier war das Tor und der Eingang ins Magazin, wo er einmal so glücklich und so voller Hoffnungen gelebt und gearbeitet hatte.

Als er diese alte Welt wiedererkannte, fühlte er, wie ihm die Beine schwach wurden. Aber eine verzweifelte Überlegung jagte ihn vorwärts: ich will wissen, auf welche Weise sie mich ruiniert hat. Und er klopfte, es wurde geöffnet, und er stand auf der Treppe.

»Oh, wer ist denn das? Wer hätte dich denn jetzt erwartet, Peppino!« so rief die Tante von oben. »Ich bin so in Sorge um dich gewesen, du hast mich auch so schlecht behandelt! So ein böser Neffe: sechs Jahre mich ohne Nachricht zu lassen! Aber ich verzeihe dir, einfach weil du wiedergekommen bist, ich bin so froh, so froh, aber komm doch, daß ich dich küsse! Warum steigst du denn so langsam herauf?«

Es waren nur wenige Stufen vom Erdgeschoß zum ersten Stock, aber seine Angst, von einer Stufe zur andern den vernichtenden Spruch hören zu müssen, verwandelte sich in Zorn, wie man ihn empfindet, wenn eine traurige Vorhersage sich verwirklicht. Denn er spürte in der Tat in den Gefühlsergüssen der Verwandten ein gewisses Zittern, die Stimme der Tante war geschminkt. Und als er dann auf der letzten Stufe stand, maß er die Tante scharf von unten nach oben: da stand sie vor ihm, gesund, fett, frisch und rosig, eine bequeme Schönheit, nichts mehr für den leidenschaftlichen Mann, aber für den Lüstling doch ein immer noch angängiger Bissen. Und er empfand ihr blühendes und wohlgenährtes Äußeres, ihr Lächeln und die Geste ihrer weitgeöffneten Arme, diese übertriebenen Gemütsergüsse, diese familiäre Herzlichkeit der Hure mit dem guten Herzen als eine einzige Beleidigung, und so zog er den Fuß wieder auf die vorletzte Stufe zurück und hob von unten den Zeigefinger gegen das Gesicht der aufgetakelten Tante.

»Was haben Sie damit gemacht?« murmelte er düster.

»Womit, Peppino, was hast du? Fühlst du dich nicht wohl?«

»Was haben Sie damit gemacht?« wiederholte er, die Silben zerhakkend.

»Aber wovon sprichst du, Peppino? Und ich war so froh, dich wiederzusehen.«

»Wo haben Sie das Geld hingetan, nachdem Sie es von der Bank der Söhne Ezechiel Annobons wegzogen?« rief er mit anwachsendem Ton.

»Oh, Peppino, hast du denn wirklich nichts andres im Kopf als das Geld! All meine Liebe zu dir, dich nach so vielen Jahren wiederzusehen . . .«

Seine entschiedene Geste und sein wütender Blick genügten, um sie zu unterbrechen, und dann neigte sie sich plötzlich klagend gegen ihn.

»Peppino«, sagte sie, »ich war doch so allein und ohne jeden Beistand. Du hattest mich allein gelassen, eine arme Frau, die nichts von Geschäften versteht, und der arme Baron Flaminio sagte mir, ich solle nicht das Geld auf einer jüdischen Bank liegen lassen, und was sollte ich da tun.«

»Ich habe gefragt, wo das Geld ist! Der Baron sollte auch noch das kriegen, was er für diese seine Ratschläge verdient hat! Zur Hölle mit ihm!«

»Oh, Peppino, wie gräßlich! Respektiere doch wenigstens die armen Seelen, die Toten!«

»Weder die Toten noch die Lebendigen!« schrie er schneidend, er konnte seine Wut nicht mehr beherrschen, und sein Schrei ging ihr wie ein Messer durch den Leib. »Wo ist das Geld?«

»Aber komm doch herein, trink doch einen Kaffee, wie soll ich's dir denn hier zwischen Tür und Angel erklären!«

»Jetzt ist's genug«, brüllte er schäumend, »ich will keinen Kaffee, antworten Sie! Wo ist's?«

»Ich hatte das Geld hier in Sicherheit, ich hielt es, eben weil ich an dich dachte, jeden Tag für dich bereit, ich dachte, du kämst zurück, um weiter mein Vermögen zu verwalten, die Geschäfte zu machen, unsre Geschäfte, du weißt, wieviel Vertrauen ich immer in dich und deinen Geschäftsgeist hatte. Aber da kam die andere Regierung, du weißt ja, und da kamen mir unbekannte Leute ins Haus, Leute, die ich niemals gesehen hatte, und sie sagten mir ganz unerhörte Sachen: daß wir die Republik hätten und vieles andere, was ich nicht verstand. Aber das verstand ich wohl, das sah man den Leuten an, daß sie fähig waren, mein Haus in Brand zu stecken. Sie sagten mir, daß man für schlechte Bürger, genau so sagten sie, die Guillotine auf der Piazza grande aufstellen würde. Peppino, was konnte ich da machen! Wenn du hier gewesen wärst, hättest du mich gerettet! Aber du ließest mir nicht einmal eine Botschaft zukommen, daß du noch am Leben seist! Du warst ausgerückt und verschwunden, seien wir doch gerecht, du hast zum mindesten zuviel Angst gehabt. Ich war hier allein und ohne Beistand, was konnte ich tun! Und da hießen mich die Leute alles Geld und Silber und Gold herausgeben und gaben mir dafür Papiergeld, Papier« – jetzt schrie auch sie beinahe – »die Bons der Repub . . . Peppino, Barmherzigkeit, heilige Muttergottes, oh!«

Sie hatte gesehen, wie er den wackelnden Finger senkte, als hätte er einen Schlag auf den Kopf bekommen, und dann hob er die Arme, fuchtelte damit in der Luft umher, brach in ein Gelächter aus, verzerrte den Mund und wies die Zähne, drehte sich halb um die eigene Achse, fiel ohnmächtig hintüber und kollerte die Treppe hinunter, mit dem Kopf auf die Stufen aufschlagend.

Einige Stunden später kam er wieder zu sich. Er lag zu Bett und spürte seinen Kopf zwischen nassen Tüchern liegen, noch halb benommen vom heftigen Schmerz. Die Tante wechselte die Tücher. Als sie ihn nun die Augen aufschlagen sah, wollte sie ihm ängstlich zulächeln.

»Dieses Mal«, sagte er ihr, »kriegen Sie's nicht mehr fertig, mich umzubringen.«

Die arme Frau, die ihm auf ihre Weise wohlwollte, glaubte, er sei im Fieberwahn. Aber dann konnte sie sich doch nicht mehr über diese seine rasende Wut hinwegtäuschen, in der er weitere Überlegungen anstellte. Und sie antwortete mit unterdrückter Stimme:

»Ich werde dir den Schaden ersetzen, Peppino! Rechne damit, daß all meine Habe dir gehört. Aber jetzt verhalte dich ruhig und reg dich nicht auf!«

»Haben Sie eine geweckte Person in der Nachbarschaft«, fragte Coniglio mannaro, ohne auf sie zu achten, »ja? Jemand Zuverlässiges? Dann schicken Sie die sofort zur Mühle meines Vaters, aber nicht zu ihm, sie soll sich von niemand erblicken lassen, von niemand, sage ich, und soll gleich nach der Padronin von der Mühle Paneperso, der Cecilia Rei, suchen, haben Sie verstanden, und mit niemand reden und sich von niemand blicken lassen, sagen Sie das der Person, sie soll nur die Cecilia Rei persönlich sprechen, ihr sagen, daß sie herkommt, weil ich mit ihr sprechen muß, aber mein Vater darf nichts davon wissen, auch meine Mutter nicht, überhaupt niemand auf der Welt. Haben Sie verstanden? Wiederholen Sie!«

Die Tante wiederholte, nicht ohne Rührung in ihrem weiblichen Gemüt, und so fügte sie hinzu:

»Aber mach dir keine Sorgen, weißt du, der Doktor hat gesagt, daß keine Gefahr besteht.«

»Das Geld hätten Sie sparen können, ich bin selber mein Doktor. Aber wenn die Cecilia Rei Umstände macht und nicht in Ihr Haus kommen will ...«

»Warum nicht, Peppino? Wenn sie dich wirklich liebt ...«

»Ach reden Sie doch keinen Quatsch, glauben Sie denn, daß man nicht auch an der Guarda wüßte, was für ein Handwerk Sie betreiben? Wenn sie also etwa nicht kommen wollte, denn es ist eine anständige Frau, dann soll die Person, die Sie hinschicken, sagen, daß ich mit ihr über eine große Gefahr sprechen muß, über ein fürchterliches Geheimnis, und daß man keine Stunde verlieren darf. Haben Sie verstanden? Wiederholen Sie die Botschaft!«

Als er nämlich wieder zum Bewußtsein zurückgekehrt war und den Schmerz in seinem Kopf empfand, stand es für ihn fest, daß dieser Schmerz eine Belohnung verdiene und daß er jetzt alles verlangen dürfe. Weil ihm sein Kopf derartig wehtat und weil er sich sein Geld von der Tante nicht wiedergeben lassen konnte, glaubte er plötzlich ein besonders großes Recht auf Cecilia zu haben. Das schien ihm ganz natürlich, gleichsam ein Anspruch auf Schadenersatz.

Ein jeder nimmt die Dinge auf seine Weise, und er nahm sie so. Und der kommende Nachmittag und die folgende Nacht bestärkten ihn in seinem Gefühl. Und da stand auch schon am kommenden Morgen Cecilia vor seinem Bett, es war noch sehr früh, und das Mädchen fragte voller Angst:

»Was ist denn passiert? Was ist das für eine Gefahr, die Sie mir mitteilen lassen?«

»Und von dem Unglücksfall, Cecilia, der mich getroffen hat, reden Sie gar nicht?« fragte er honigsüß.

»Aber Ihre Tante hat mir schon gesagt, daß Sie sich nicht in Gefahr befinden.«

»Ich bin die Treppe hinuntergestürzt!« begann er pathetisch.

»Haben Sie mich deswegen kommen lassen?« fragte sie, noch unentschieden zwischen Zorn und Spott: »Nur deswegen?«

»Ist das denn vielleicht gar nichts?«

Ihr Zorn machte sich in Lachen Luft, in einem breiten und frechen Lachen, von dem sich Coniglio mannaro beleidigt fühlte, und er dachte bei sich: So also faßt du die Sache auf, das wirst du mir bezahlen. Dann sagte er laut:

»Na gut. Es war zwar nicht nötig, daß Sie so lachten, um mich merken zu lassen, was ich Ihnen bedeute, aber es handelt sich nicht nur um mich.«

»Um wen denn noch?«

»Um Padrone Lazzaro, und es geht um sein Leben: dieses Leben liegt in Ihrer Hand.«

»In meiner Hand?«

»Es ist völlig überflüssig, mir alles nachzuschwätzen. Daß mein Vater im Keller Waffen hat, das wissen auch Sie. Daß die Deutschen, wenn sie sie bei ihm finden, ihn innerhalb von vierundzwanzig Stunden erschießen, ist Ihnen ebenfalls klar. Die Tatsache als solche ist jetzt einer Person zur Kenntnis gelangt, passen Sie gut auf, die die Deutschen zu einer Haussuchung schicken kann. Und wenn die Deutschen erst einmal suchen, dann finden sie auch, was sie wollen. Und wenn sie was finden . . .«

»Dann sind Sie also hingegangen, um es den Leuten zu sagen, Sie sind also ein Spitzel«, antwortete Cecilia mit Abscheu, »ein Mensch, der seinen eigenen Vater angibt!«

»Ich könnte Ihnen sagen, daß ich meinem Vater abgeraten habe, Waffen zu verbergen, ich könnte Ihnen sagen, daß ich zwischen zwei Feuern stand, entweder wird er erschossen oder er und ich zusammen werden es. Auf jeden Fall gab's da keinen Ausweg, aber es ist ja verlorene Zeit, mit Ihnen darüber zu reden, und die Zeit ist kostbar, jede Minute zählt. Hören Sie mir gut zu: hier handelt es sich nicht um Kleinigkeiten, sondern darum, wie man das Leben meines Vaters rettet. Und die Person, von der ich Ihnen sprach, ein Mann, der alles kann und zum Glück mir wohl will, verzeiht aus Liebe zu mir meinem Vater, wenn Sie ja sagen.«

»Ja? Wozu?«

»Mich zu heiraten, Cecilia!« Bei diesen Worten hob er den umwickelten Kopf und richtete die rotgeränderten Albinoaugen scharf auf sie. Sein blinzelnder Blick war sehnsüchtig und schmachtend, auf eine so wunderliche Weise zugleich flehend und wollüstig, frech fordernd und wiederum ängstlich, daß Cecilia wahrhaft allen Grund hatte auszurufen: »O du widerwärtiger Kerl! Ich Sie heiraten«, fügte sie bei, »Sie Mißgeburt eines Menschen!«

»Das sind unnütze Worte«, gab er zurück und streckte sich ruhig und eiskalt aus, »wir verlieren Zeit, meine Schöne, und wenn Sie jetzt noch auf diese Weise fortfahren, dann dreh' ich mich auf die andere Seite, und aus ist's. Frechheiten dulde ich nicht, lassen Sie sich das gesagt sein! Dann soll die Gerechtigkeit eben ihren Weg gehen.«

»Und Sie lassen Ihren Vater abschlachten!«

»Ich? Den haben Sie dann abgeschlachtet, trotz der großen Liebe, die Sie angeblich für ihn haben«, fuhr er fort. Er hatte die Augen gegen die Decke gerichtet und lag ruhig auf dem Rücken da.

»Ich werde sofort hingehen und ihm Bescheid sagen, damit er alle Waffen in den Fluß wirft«, sagte sie und wollte schon eilends zur Tür hinauslaufen.

»Sie kommen nicht mehr zur Zeit«, sagte er, hob den Kopf und blickte sie scharf an.

»Warum nicht?«

»Die deutschen Soldaten«, versicherte Coniglio mannaro mit jener Sicherheit, mit der er lügen konnte, wenn es notwendig war und sich um ein Geschäft handelte, »die deutschen Soldaten sitzen schon zu Pferd. Und nur der Mann, von dem ich Ihnen gesagt habe, kann sie noch zurückhalten, auf jeden Fall kämen Sie nach den Deutschen an.«

Die unglückliche Cecilia rang die Hände.

»Und Sie haben den Mut«, rief sie, ohne ihren Blick aus den kalten Augen des Erpressers lösen zu können, »Sie hätten den Mut, mir noch in die Augen zu schauen, wenn ich Ihre Frau würde?«

»Schau ich Ihnen denn etwa jetzt nicht in die Augen?« sagte er ruhig und bestimmt.

Als er das sagte, mußte sie plötzlich lachen, dann aber schluchzte sie zornig auf.

»Ich warte«, fuhr Coniglio mannaro trocken fort, »und zwar auf eine vernünftige Antwort.«

»Aber denken Sie denn gar nicht daran, wie ich Sie hassen werde?« fragte sie, und ihre Worte waren schwer geworden, nicht so sehr von der Drohung gegen ihn als von dem Versprechen, das sie sich selber dabei gab.

»Kümmern Sie sich nicht um meine Angelegenheiten, ich sage Ihnen zum letztenmal: wenn Sie lieber mit diesen Kindereien die Zeit verschwenden und meinen Vater ins Verderben stoßen wollen, dann will ich lieber schweigen. Doch möchte ich hinzufügen, daß das nicht gerade eine schöne Art ist, meinem Vater gegenüber seine Dankbarkeit zu beweisen, der Sie aus dem Fluß errettet hat und Ihnen wie einer Tochter wohlwollte. Aber das geht mich ja nichts an. Die Deutschen werden binnen kurzem unterwegs sein, wenn sie's nicht schon sind. Und das mögen Sie wissen, wenn man Waffen findet, wird nicht einmal mein Beschützer für Padrone Lazzaro Gnade erwirken können. Sie kennen ja das Gesetz.«

Auf dem ehrlichen Gesicht Cecilias drückte sich äußerste Qual aus, dann rief sie, aber ohne jede Hoffnung:

»Aber wer sagt mir, ob diese ganze Geschichte auf Wahrheit beruht und nicht eine einzige Lüge Ihrerseits ist?«

»Da brauchen Sie nichts anderes zu tun als ein bißchen zu warten, und Sie werden es erfahren, dann allerdings haben Sie es gewollt.«

»Aber warum nimmt diese Person, von der Sie sprechen, Ihr Beschützer, diese Sache so wichtig, nämlich, daß ein Hundsfott wie Sie sich verheiratet?«

Er antwortete sofort:

»Sie wollen nicht die Katze im Sack kaufen, und da kann ich Sie nur loben. Ich werde deshalb gleich aus dem Bette steigen und Sie zu jenem Manne ins Kastell führen, um Ihnen zu zeigen, ob ich ein Lügner bin oder die Wahrheit sage. Aber wir müssen schnell machen.«

Er saß nun im Bett und schoß unter den Binden, mit denen sein Kopf umwickelt war, aus seinen geröteten Augen kalte Blicke hervor. Die traurigen Beine waren mit farblosem Haar bedeckt, und er hatte sie, als wäre er schon mit ihr verheiratet, ohne Scham aus den Leintüchern herausgezogen. Er setzte alles aufs Spiel, denn Alpi konnte auch seine Mitwisserschaft ableugnen und sich sogar, weil er sich mit dieser Sache so prahlerisch hervorgetan, an ihm rächen. Aber die verzweifelte Cecilia verlor nun den Kopf, ließ ihre ganze wilde Empörung los, ohne noch weiter zu überlegen, und sagte:

»Und wenn ich Sie jetzt mit diesen Händen hier erwürgte?«

»Dann würden Sie auf der Piazza del Travaglio (Richtplatz) enden, ohne aber den Padrone Lazzaro zu retten, und statt einer Hochzeit hätten wir drei Begräbnisse. Denken Sie mal darüber nach! Aber beeilen Sie sich, denn es gefällt mir nicht, hier zu stehen und mit dem Leben meines Vaters zu spielen, nur weil Sie Ihre Launen haben. Lieber ergebe ich mich drein, daß sie ihn erschießen, wenn es das Schicksal so will und Sie es für gut befinden.«

Indem er das sagte, warf er sich wieder rücklings aufs Bett, halb nackt, denn der Kopf schmerzte ihm ernsthaft. Aber jetzt war es Cecilia, als ob der leibliche Vater, der in jenem Hochwasser von 1839 umgekommen war, als er ihr das junge Leben retten wollte, ihr heimlich zuflüsterte, daß das Opfer für Padrone Lazzaro auch gleichzeitig für ihn getan sei, daß es einen Dank darstelle für seine Tat.

Und die wilde und einfältige Tochter des Flusses wußte nicht, daß das Schicksal der Frau auch noch etwas andres sein könnte, als es sich in diesem Entweder-Oder auftat: entweder den Mann zu fliehen oder ihm zu unterliegen, seiner Gewaltsamkeit, seiner List. Sie öffnete die Arme mit einer entschlossenen Bewegung, als gebe sie sich besiegt.

»Tun Sie, was Sie wollen, Giuseppe Scacerni, und sagen Sie mir, was ich tun muß.«

Sie nannte ihn nicht mehr bei dem schimpflichen Spitznamen, was schon mehr sagte als jedes andere Wort des Gesprächs: sie unterzeichnete damit den Pakt. Eine unvorhergesehene Schwierigkeit ergab sich noch, wie man nämlich die Ehe sofort schließen könne. Denn die Rei in der Zwischenzeit wieder nach der Guarda zurückkehren zu lassen, hätte geheißen, sich der Möglichkeit auszusetzen, daß sie die Erpressung enthülle und Padrone Lazzaro Zeit gebe, alles zu vereiteln. Sie aber in Ferrara zurückzuhalten, war gefährlich und schwierig, denn sie konnte leicht, wenn man sie festhielt, Unrat und Betrug wittern. Er zog sich das Leintuch bis unters Kinn und sagte nun mit schwacher Stimme und einem biegsamen Seufzer, als sei es ihm kalt in seinen Fieberanfällen:

»O Cecilia, Sie haben mich nicht einmal gefragt, wie es mir geht, noch wie ich mir diese Beulen am Kopf geholt habe. Dagegen haben Sie mir wohl gezeigt, wie sehr es Ihnen widerstrebt, mich zu heiraten. Aber mir sagt das Herz, daß dieses Ihr Mißbehagen, Ihr Abscheu vor mir nur kurze Zeit dauern wird, mir sagt's mein Kopf und der furchtbare Schmerz darin: trösten Sie sich, ich sterbe bald, ich bin schon mehr drüben als hier.«

»Es tut mir leid für Sie, aber was mich angeht«, so antwortete die junge Frau, »so möchte ich sagen: Gott sei Dank!«

»Ich weiß, ja, ja!«

»Aber jetzt müssen Sie schnell jemand schicken, der die deutschen Soldaten anhält«, fuhr sie angstvoll fort, als ob der Gedanke an die Gefahr, in der sich ihr alter Freund befand, jetzt aus ihrer Seele den Gedanken an jede andere Sache verbannte.

»Sie haben recht«, sagte Coniglio mannaro, »sehen Sie: meine Kopfschmerzen und die Leidenschaft, die ich für Sie empfinde, haben mich das beinahe vergessen lassen. Gehen Sie mal an diese Tür und rufen Sie die Tante Argia.«

Die Gerufene trat eilig ein mit einer gewissen kupplerischen Feierlichkeit, und auf ihren fleischigen Backen lag eine genießerische Mitfreude. Der Neffe sagte schwach:

»Liebe Tante, schicken Sie schnell, und zwar im Laufschritt, irgend jemand ins Kastell, der nach Seiner Exzellenz dem Superintendanten, dem Conte Virginio Alpi, fragt; wenn er meinen Namen nennt, wird er sofort vorgelassen werden. Er soll Seiner Exzellenz folgendes sagen: Giuseppe Scacerni schickt zu Ihnen und läßt Sie wissen, daß jenes gewisse Geschäft abgeschlossen ist. Das genügt«, fügte er, zu Cecilia Rei gewandt, hinzu. Zur Tante sagte er dann noch: »Lassen Sie dem Herrn Superintendanten, dem Conte Virginio Alpi, dazu mitteilen, daß ich nicht aus dem Bette kann und daß ich sterbenskrank bin.«

»Aber nein, Peppino«, rief Argia aus, »Der Doktor ...«

»Der Doktor ist ein Esel«, unterbrach sie Coniglio mannaro gebieterisch. »Sterbenskrank bin ich, machen Sie mir jetzt nicht die Mühe, mit Ihnen zu zanken, denn ich habe zu wenig Kräfte.«

»Wenn es so ist«, rief die Frau bewegt aus, die zu dem Neffen eine aufrichtige Zuneigung hatte, zugleich aber auch vor dem Gedanken, es könne jemand in ihrem Hause sterben, zurückschreckte, »dann hol' ich sofort den Doktor, ich schicke jemand.«

»Schicken Sie sofort jemand ins Kastell, wenn Sie nicht wollen, daß ich hier krepiere. Haben Sie jemand, der sich für diese Botschaft eignet?«

»Ich gehe selbst hin.«

»Aber schnell, ohne die geringste Verzögerung! Und wehe Ihnen, wenn Sie zu spät kommen. Und nichts von einem Doktor! Wir werden lieber einen Priester rufen lassen, und wollen Sie Seiner Exzellenz auch sagen lassen, wenn er mir die große Güte erweisen wollte, hierherzukommen, so hätte ich ihm etwas Wichtiges mitzuteilen. Und jetzt fort! Falls er nicht im Kastell ist, dann finden Sie ihn in seinem Hause an der Ripa Grande.«

Die wirkliche Aufregung gab ihm etwas Fieberhaftes, das er gar nicht zu spielen brauchte, und zugleich eine Befehlskraft, der Argia sich mit überstürztem Gehorsam ergab, während Cecilia nun fest überzeugt war, daß die Falle, in der sie sich befand, echt war. Sie saß in einem Winkel des Zimmers, hatte die Augen geschlossen und fühlte sich ganz entkräftet. Auch er tat, als sei er schwach und müde, aber er überwachte sie verstohlen. Die Zeit schlich langsam dahin. Cecilia verlor fast das Bewußtsein dafür, wo sie sich befand.

Es dauerte nicht lange, bis Alpi voller Neugierde ankam, die beiden Frauen zogen sich in das andere Zimmer zurück, wo sie verlegen, ohne sich etwas sagen zu können, verharrten. Jede von ihnen war auf verschiedene Weise bedrückt. Coniglio mannaro hatte der Tante zugeflüstert, sie müsse auf Cecilia achtgeben und mit ihrem Leben dafür einstehen, daß sie nicht entweiche.

»Das nennt man noch eine Leidenschaft fürs Geld«, rief Alpi aus und lachte, als Coniglio mannaro ihm die Umstände erklärt hatte, unter denen er die Stufen hinuntergepurzelt sei.

»Als ich hörte, wie sie von den Bons der Republik anfing, da passierte es.«

»Schlimm, mein teurer Meister, Herr Peppino Scacerni! Aber mußten Sie nicht auf etwas Ähnliches gefaßt sein? Wußten Sie denn das nicht?«

»Ich wußte es und wußte es nicht, ich wollte es nicht wahrhaben!« rief er leidenschaftlich aus, dann fuhr er fort: »Im übrigen ist alles glatt gegangen. Ich denke jetzt nicht mehr an das verlorene Geld. Ich bin so kühn gewesen, Eure Exzellenz zu belästigen, weil der Kopf mir wirklich weh tut und ich mich nicht auf den Beinen halten kann. Mir ist nun ein Gedanke gekommen, den der Herr Graf gnädigst anhören möge.«

»Ich bin so gnädig und höre zu.«

»Wenn man jetzt die Cecilia Rei an die Guarda zurückkehren läßt, das ist, als ob man ein Boot in den Sturm hinausschickt, das schon im Hafen war.«

»Ganz richtig.«

»Ja, und dann dachte ich, wenn man sie hier hinter Schloß und Riegel hielte . . .«

»Oho, Meister Peppino, scherzen Sie nicht mit kriminellen Dingen, denn ich lasse Sie auch ebensogut aufknüpfen, wenn Sie sich in derartige Dinge verhaspeln und sich bloßstellen. Das ist ja Entführung, Menschenraub, was spukt Ihnen denn im Kopf?«

»Wiewohl ich ein Ignorant bin, hatte ich mir dasselbe gesagt, Herr Graf. Und da habe ich dann weitergedacht in meinem Kopf, und es sollte mir leidtun, wenn ich mich irre. Ich meine nämlich, mein Kopf ist so hinreichend zerquetscht, daß ich einen Priester verlangen kann, der meinen Seelenzustand in Ordnung bringt.«

»Mag sein, aber ich sehe nicht . . .«

»Und dem Priester kann ich ja sagen, daß ich Angst vor dem Tode habe – ein bißchen stimmt das ja auch, soviel jedenfalls, daß es nicht ganz gelogen ist.«

»Und dann?«

»Und dann können ja die Priester im Falle der Gefahr, wenn ich nicht irre, eine Nottrauung vollziehen. Ich sage gar nicht, daß mir die Sache sehr hübsch vorkommt, denn«, so fügte er mißmutig hinzu, »es ist nicht gerade sehr glückverheißend, das Ganze. Aber wer aufs Meer hinaus will, muß auch das Salzwasser hinnehmen. Und zu dem Priester kann ich ja auch sagen, daß es sich um ein Versprechen handelt, um eine Verpflichtung und notfalls sogar, daß das Mädchen nicht mehr Jungfrau ist. Wegen dieser Lüge brauch' ich mir keine Gedanken zu machen, ich hab' ja noch immer Zeit, zu bereuen.«

»Wirklich, es tut mir leid, daß ich nicht selber darauf kam«, rief Alpi aus, »ich weiß zwar nicht, wie weit die Sache mit dem kanonischen Recht übereinstimmt. Aber ich hab' einen Priester zur Hand, der hier gerade am Platze ist, einen Kerl ohne Gewissen, bereit, mir in jedem Falle zu gehorchen. Und wenn sich hernach herausstellen sollte, daß die Ehe nicht klappt, können Sie sie ja rückgängig machen. Aber wissen Sie, daß ich vor Ihrem kühnen Gedankenflug wirklich Respekt bekomme?«

»Das habe ich nicht verdient«, sagte Coniglio mannaro unterwürfig, als ob er schon Stimme und Gehaben zu der salbungsvollen Heuchelei vorbereite.

Der Priester kam, und er war genau so, wie Alpi ihn in seiner Empfehlung dargestellt hatte: ein tonsurierter Taugenichts, von jedem Laster beschmutzt, ein Werkzeug der Polizei und zu jeder Gewaltsamkeit bereit, ein Überbleibsel jener aufgeregten Zeiten: zuerst wilder Sanfedist, dann noch wilderer Liberaler, jetzt am Hungertuche nagend und sich für Kleingeld verkaufend. Alpi schlug er nichts ab, denn der beschützte und ernährte ihn. Er hieß Abate Valmora, ging in kurzer Soutane und trug einen Stockdegen bei sich. Valmora war für Alpi ständig eine Zielscheibe des Hohnes und Witzes, ein bettelhafter Schmarotzer. Er kam also und vollzog die Trauung des angeblich im Sterben liegenden Giuseppe Scacerni mit Cecilia Rei und empfing dafür ein Trinkgeld von zwei Skudi. Es ist natürlich klar, daß es hier hinreichende Gründe gab, um die Ehe für nichtig zu erklären und den Anstifter dieser Ehe ins Gefängnis zu schicken. Aber Cecilia zweifelte nie daran, daß sie gültig sei, und von den Gerichten hatte sie nur wie von geheimnisvollen Einrichtungen reden hören, von denen der arme Mann, wenn er sie schon einmal in Anspruch nimmt, alles zu fürchten und nichts zu hoffen hat. Und wenn ihr auch manchmal der Verdacht auf einen Betrug aufblitzte, so begann sie doch, ihren Groll auf eine bittere Weise lieb zu gewinnen, und sie verblieb in jenem Getröstetsein, das ihr die Überzeugung, den väterlichen Freund vom Tode errettet zu haben, einflößte. Zu Padrone Lazzaro sagte sie nie etwas von den Hintergründen dieser Ehe. Warum sollte sie ihn unnütz verbittern und zwischen Vater und Sohn Feindschaft säen? Es muß auch noch gesagt werden, daß die arbeitsame und rauhe Jungfrau, die von dem harten und einsamen Leben auf der Mühle geformt war, von Natur nicht sonderlich zu den Dingen der Liebe geneigt war. Und das machte sie zu jener Geduld bereit, die sie den Verlust einer wahren Liebe nicht so sehr spüren ließ, denn sie sehnte sich ja nicht nach einem Manne. So wurde Coniglio mannaro trotz des trüben Anfangs letzten Endes keine schlechtere Ehe zuteil als so vielen andern, vielleicht stand er sich sogar besser als manch ein andrer. Soll man daraus folgern, daß es häufig besser ist, lieber ein bißchen schlecht als zu gut zu beginnen? Doch mag man in dem Gedeihen dieser Ehe eine Art Belohnung für die Ergebung der mißhandelten Frau sehen.

Kaum war der Schmutzfink Valmora hinausgegangen, packte Coniglio mannaro Cecilia bei der Hand und sagte ihr allerlei, von dem sie weniger der Inhalt in Erstaunen setzte als das Gefühl, daß es ihm aufrichtig damit gemeint war.

»Cecilia, ich liebe dich, ich bin von kleinauf in dich verliebt gewesen. Vergiß, wenn du es kannst, wie ich dich zum Jawort gebracht habe, vergiß es.«

»Das ist leicht zu sagen«, stieß sie hervor, müde und halbtot.

»Ich weiß es! Noch ist's zu früh, und es wird schwer sein. Aber ich wußte es nur allzu gut, daß ich häßlich und dir zuwider bin, und ich hatte doch eine Leidenschaft zum Sterben!«

»War das meine Schuld?«

»Aber auch nicht meine! Warum bist du so schön! Sollte ich immer so weiter leiden? Und dann, ich werde dich schon alles vergessen lassen, so sehr werde ich dich lieben, und wenn ich auch häßlich bin, so weiß ich doch, daß du auf solche Dummheiten nicht besonders achtest.«

»Ja, du bist wirklich häßlich«, sagte Cecilia mit einem leichten Lächeln und betrachtete ihn, »aber sagtest du nicht, daß du sterben wolltest?«

»Du bist schön für uns beide zusammen!« stieß er hervor, und sein Blick und Tonfall waren so voll Begierde, daß die Frau verwirrt wurde und eine nie zuvor gekannte Scham verspürte. Sie fühlte sich unruhig und unfrei.

»Die Söhne, Cecilia, werden alle dir gleichen, und mir verhilfst du wieder zum Leben.«

Argia kam herein. Sie hatte den Abate Valmora zur Türe gebracht, und nun, als sie die beiden erblickte, strahlte sie, war zärtlich, umarmte sie, und fröhlich rief sie aus:

»Mein Neffe, meine Nichte, o wie macht ihr mich froh! Wie bin ich doch glücklich! Ihr könnt euch nicht vorstellen, wie es mich selig macht, daß ihr euch in meinem Hause verheiratet habt! Mein reizendes Nichtchen, laß dich küssen und noch einmal umhalsen! Und da ihr euch nun schon einmal hier verheiratet habt, laß ich euch nicht so schnell davon, und du mußt ja auch noch zuvor gesund werden, Peppino! Und was dich angeht, Cecilia, so möchte ich dir doch ein Geschenk machen, laß mich zuerst drüber nachdenken. Weißt du, ich werde dir die Ausstattung besorgen.«

Cecilia Rei stand da in ihren großen Schuhen und groben Wollkleidern und fühlte sich von diesem Geschwätz, von der Seide, dem Parfüm und der Art und Weise der Tante durcheinandergebracht. Ihre Verwirrung ging in Verlegenheit über, und auch ihre Abneigung gegen diese Frau, deren Handwerk ihr nicht unbekannt war. Alle diese Zärtlichkeiten und das ganze Getue gefielen ihr nicht. So stand sie also da und schämte sich, aber Coniglio mannaro sagte ihr:

»Bedank' dich doch bei der Tante, für all ihre Güte!«

Folgsam dankte sie, und die Tante sagte:

»Ach, dafür ist doch gar kein Grund vorhanden, ich will gar nichts davon hören, ich bin so glücklich! Und du, Peppino, mach', daß du schnell gesund wirst, denn ich möchte, daß ihr den Honigmond in meinem Hause zubringt.«

»Was ist das, Honigmond?« fragte Cecilia Rei.

»Das wirst du sehen, mein schönes Kind, das wirst du sehen«, sagte Argia mit einem plumpen Gelächter, ihre Zärtlichkeit war plötzlich von einer laszіven Neugierde durchdrungen. »Du wirst sehen, ich werde dich vorher unterrichten, und er bringt dir dann alles bei, was man im Honigmond macht.«

»Daran tun Sie gut, Tante«, sagte Coniglio mannaro, »denn sie hat niemand auf der Welt.«

»O die Arme, ich werde ihre Mutter sein!«

»Danke der Tante für ihre Güte.«

Cecilia dankte, und sie war noch verlegener. Nach und nach fühlte sie das Lächerliche ihrer Lage. Außerdem lastete die üppige Einrichtung der

Zimmer auf ihr, jetzt, da sie anfing, freier um sich zu sehen. Sie glaubte, sie könne sich nicht mehr bewegen, wußte nicht mehr, wo sie mit ihren schwieligen Händen und ihren Füßen hin sollte, um nichts von diesen empfindlichen Dingen zu verderben. Ihre Unbehaglichkeit war ihr derartig bewußt, daß sie sich ihrem Gatten näherte in einer Art von unterdrücktem Vertrauen, denn alles übrige schüchterte sie ein, und nur mit ihm allein stand sie jetzt auf vertraulichem Fuß.

Die unerfahrene Ehrsamkeit pflegt sich einzubilden, daß Unehrsamkeit und Laster sich vor ihr schämen müßten, und dann ist sie um so überraschter, wenn das Gegenteil eintritt.

»Ja, die Liebe«, sagte die Tante, »das ist schon eine schöne Sache, ihr könnt es glauben. Ihr habt mich wirklich wieder jung gemacht, ich fühl' mich so richtig weich geworden, ich kann es selber nicht sagen. Ich werde euch ein schönes Schlafzimmer vorbereiten, ich verstehe was davon«, fügte sie schwungvoll hinzu, »und du, Peppino, mach', daß du bald gesund wirst.«

»Mir scheint, daß ich schon gesund bin«, sagte der voll Lüsternheit. Und er betastete seine Quetschungen und kratzte sich am Hals, der sich, wie gewöhnlich, wenn er aufgeregt war, mit Furunkeln bedeckt hatte. Nach zwei Tagen war er tatsächlich wiederhergestellt, wiewohl die Stirn einen bläulichen Fleck behalten hatte, der ihn nicht eben verschönte.

Cecilia hatte diese beiden Tage in einem einzigen sprachlosen Erstaunen verbracht, ohne sich zurechtzufinden mit dem, was ihr geschehen war, noch aber mit dem, was im weiteren auf sie warten würde. Und ohne nach der Guarda und auf die Mühle zurückkehren zu wollen, verblieb sie in einer müden Gleichgültigkeit. Im übrigen war immer die Tante um sie her mit ihren Zärtlichkeiten und Schmeicheleien und ihrem weit ausgesponnenen Eheunterricht, der das Mädchen beschämte und verwirrte. Am dritten Abend war es dann soweit, daß sich die junge Braut, von der Tante geführt und ausgekleidet, im Ehebett vorfand. Mit einem üppigen, hitzigen Mahl und verschiedenen ausgesuchten Weinen, an die Cecilia nicht gewöhnt war und die sie betäubten, hatte die umsichtige Argia die beiden in gehobene Stimmung versetzt. Sofort, nachdem Argia die Braut ins Bett gebracht hatte, führte sie Coniglio mannaro herein, dem sie geraten hatte, sich bei dieser Gelegenheit herauszuputzen und ihr Parfüm zu benutzen. Dann befahl sie ihm, in sozusagen amtlichem Ton, ihn auf die Seite nehmend:

»Na, jetzt geh' und steh' deinen Mann!«

Dann schloß sie die Tür, blieb davor stehen und lauschte voll buhlerischer Zärtlichkeit.

Als Cecilia das Parfüm roch, gerade in dem Augenblick, als ihr Mann das Leintuch hob (im Kamin erfüllte die erste herbstliche Flamme das Gemach mit warmem Flackern), lachte sie unerwartet auf, und er sagte:

»Ich bin zufrieden, daß du so fröhlich bist, aber was gibt's da zu lachen?«

»Oh, wie du riechst!«

»Nun ja, wenn schon?«

»Wenn ich dies Parfüm an dir rieche, mein' ich, daß auch du eine . . . bist.« (Sie hatte nur dies eine Wort, um Argia Malvegolis Handwerk zu umschreiben, aber das war auch das kräftigste.) Coniglio mannaro lachte auf und sagte:

»Daran hat die Tante bestimmt nicht gedacht, als sie mich mit Parfüm bespritzte.« Dann stieg er ins Bett und legte sich zu ihr; sie aber sagte:

»He, was machst du denn jetzt, sag'!«

»Ich komme meiner Pflicht als Mann nach, Liebes!«

»Du bildest dir doch wohl hoffentlich nicht ein . . .«, rief das Mädchen empört, sie war nämlich beschwipst.

»Oh, ich bilde mir gar nichts ein, ich bin sehr wach, wiewohl ich vor Glück zu träumen scheine«, sagte er und streckte seine Hände aus. Aber er hatte sich die Sache angenehmer vorgestellt, als sie nun war, denn der Wein wirkte jetzt auf entgegengesetzte, also nicht gerade befördernde Weise. Und das Mädchen verteidigte seine Scham. Cecilia hatte kräftige Arme, geriet mit ihm ins Handgemenge, es gab von ihrer Seite Faustschläge und sogar zwei ihrer kräftigen Fußtritte. Schließlich kniete sie sich hin und drückte ihn mit den Schultern aufs Bett nieder. Sie sagte wütend:

»Was glaubst du wohl? Mir das so einfach antun zu können! Das hast du dir leicht vorgestellt. Da braucht es schon einen andern Mann, um eine Frau wie mich unterzukriegen!«

Aber Coniglio mannaro ertrug ruhig ihre Gewalttätigkeit, die übrigens irgendeine geheime Wollust in ihm erweckte. Dann packte er den Augenblick, in dem die Weichheit der Matratzen und der Schwindel infolge des genossenen Weins die stolze Müllerin zum Schwanken brachten, und er warf sie um. Sie fühlte sich plötzlich von einer Kraft, die sie niemals in den Armen ihres tölpelhaften Mannes vermutet hätte, umklammert, seine hitzige Gier überfiel sie; ohne weitere Verteidigung ließ sie sich nehmen und unterwarf sich.

Dieser Vorgang, der körperliche Schmerz und auch das verletzte Schamgefühl im Innern dieses überaus empfindlichen Mädchens waren von der Erinnerung an diesen Abend nie mehr zu trennen, und jedesmal, wenn Coniglio mannaro seiner Frau beiwohnte, handelte es sich ihrerseits um nichts anderes, als sich in ihr Schicksal zu ergeben. Manchmal war ihre Ergebung empört und voll Überdruß, doch niemals hatte sie die Kraft, das Unvermeidliche ändern zu wollen, noch aber erfuhr sie jemals etwas von jener Wollust, die sie sich überhaupt nicht hätte vorstellen können.

V Wer sich aber nicht in diese Ehe ergab, sondern ein großes Geschrei erhob, das waren Padrone Lazzaro und Dosolina, beide einig in dieser Ablehnung, nur aus sehr entgegengesetzten Gründen. Lazzaro spürte etwas von jener Eifersucht, die liebenden Vätern eigen ist, wenn die Töchter sich verheiraten; denn es kommt ihnen vor, als würden sie von ihnen verraten. Dosolina hatte Cecilia nie besonders gemocht, und sie ertrug nun die Schwiegertochter, von der sie wußte, daß sie sich ihr nicht im geringsten je widersetzen könnte, nur mit großem Widerstreben. Aber wenn Lazzaro es Cecilia übelnahm, daß sie sich »dieser halben Portion« wegen weggeworfen habe, nahm Dosolina es Peppino krumm, daß er sich an eine »Zigeunerin« gehängt habe. Und so wußten die beiden Alten, daß sie nicht übereinstimmten, während sie ihren Groll entluden. Padrone Lazzaro beklagte, daß diese Ehe so überstürzt, wie es nur Kopflose und Verrückte fertigbrächten, geschlossen worden sei. Warum hatten sie nicht irgend etwas vorher gesagt? Warum hatten sie nicht jemand um Rat gefragt? Jetzt mußten natürlich die Leute zu klatschen anfangen, um sich ihre Ehe wie einen zurechtgerückten Fehltritt erklären zu können.

»Und vielleicht«, sagte Dosolina auf unterschiebende Weise, »handelt es sich ja hier wirklich um einen Fehltritt.« Am liebsten hätte sie hinzugefügt: »Wer weiß, mit wie vielen sie es schon trieb«, wenn nicht Padrone Lazzaro sie unterbrochen hätte:

»Das, Dosolina, laß ich keineswegs von ihr sagen. Sie ist ein wunderliches Wesen, wie ich es niemals geglaubt hätte, sie hat es bewiesen. Dennoch, an ihre Anständigkeit laß ich nicht rühren, sie ist blank wie ein Spiegel!«

»Aber wie kann uns denn unser Peppino«, gab sie zurück, »den ich immer noch als kleinen Jungen vor mir sehe, wie kann ein so braves Kind uns auf solche Weise und mit solchem Eifer hintergehen?«

»Der hat mehr Gesichter als eine Zwiebel Häute.«

»Aber Lazzaro, wie kannst du dich unterstehen, so etwas zu sagen! Nicht er ist es, der uns auf so häßliche Weise an der Nase herumgeführt hat. Du mußt doch gerechterweise anerkennen, daß eine solche List nur von dem Mädchen ausgehen kann. Nein, wie häßlich! Ich kann mir gar nicht vorstellen, wie sie eine gute Frau werden soll.«

So ließen die beiden Alten ihre Trauer und Enttäuschung aus, als das Paar nach dem Honigmond in Argias Haus zum Haus an der Pappelbrücke zurückkehrte. Dieser Honigmond hatte nur einige Tage gedauert. Denn Alpi hatte Eile und bestand darauf, daß Coniglio mannaro dringlichst eine andere und noch größere Getreideladung besorgte, die er an die »wohlverdienten österreichischen Truppen« in Triest schicken wollte. Zwischen den vier Menschen, den beiden alten und den jungen, kam, wenn sie beieinander waren, kein Gespräch auf. Am unangenehmsten war das für Cecilia, welcher der Schwiegervater seine Verstimmung zeigte und die Schwiegermutter eine unversöhnliche Haltung bewies. Padrone Lazzaro, der, ohne es zu wissen, ungerecht war, machte sie traurig; das Verhalten der Schwiegermutter aber war ihr lästig, und zwar so sehr, daß sie auf jede Art und Weise versuchte, auf ihre Paneperso zu entwischen. Coniglio mannaro führte nun natürlich von beiden Mühlen die Bücher. Gegen die Stimmung der Eltern durch seine vollendete Gleichgültigkeit geschützt, war er der einzige von den vieren, der glücklich und zufrieden war und munter. Die Aufkäufe für Vergoli schritten gut voran und warfen üppige Maklergebühren ab, so daß er binnen kurzem wiederum ein nettes Guthaben auf der Bank der Söhne Annobons anhäufen konnte. Auf allen Straßen, die zu den Kornmagazinen der Antonella, des Pallazzone und des Landhauses von Vergoli führten, konnte man Tag und Nacht die Reihen der Karren und Wagen sehen, die mit hochgestapelten Säcken das Korn einbrachten. Und die Vertraulichkeit der Schmuggler mit den Zöllnern war derart, daß die Verladung auf die Flußsegler vor dem Zollamt geschah, und zwar zu jeder Tages- und Nachtzeit.

»Jetzt geht's übers Meer«, sagten die Leute, wenn sie beim Einladen zuschauten, und sie lachten. Diese Arbeit gab vielen Leuten in der Nachbarschaft das tägliche Brot, und es wurde gut und ohne Zögern bezahlt. Gesetzliche Vorschrift war, daß alle Waren, auch wenn sie nicht ins Ausland gingen, sondern innerhalb des Landes, sei's zu Wasser oder zu Land, befördert wurden, von einem »Verkehrsschein« begleitet waren, den man auf der Straße den Zöllnern und Gendarmen vorzeigen mußte. Diesem Verkehrsscheine entsprach eine »Gegenbescheinigung« der Zöllner, die das Abladen und Weiterbefördern am Ort der Ankunft vermerkte. Anfänglich, etwa bis Mitte November, als der Handel noch nicht seinen späteren Umfang angenommen hatte, war diese Vorschrift einfach umgangen worden, indem man die Transporte heimlich tätigte und die Ladung im Schiffsraum unter einer Lage von Ziegelsteinen tarnte, Ziegelsteinen aus der Brennerei »Fornace Guerra«. Dann aber nahm der Handel größere Ausmaße an, wurde lebhafter und regelmäßiger, denn der Erfolg, die leichte Durchführbarkeit und die hohen Gewinne verführten Vergoli und Alpi dazu, das Geschäft auf breitere Grundlage zu stellen. In der Tat ging das nach Triest ausgeführte Getreide nicht mehr nur in die Magazine der Militärintendantur, sondern nach England und Holland, weil die Ernten in jenem Jahre in ganz Europa mager gewesen waren. Das Getreide erreichte auf diesen reichen Märkten, wo das Pfund und der Gulden herrschten, solche Preise, daß Vergoli, wenn die Sache nur noch ein paar Monate so lustig weiterging, sich in Sicherheit sah mit seinen sämtlichen Ausgaben, die er in die Urbarmachung der Vallazza gesteckt hatte. Denn diese Unternehmung der Urbarmachung hatte sich im weiteren Verlauf der Arbeiten als viel schwieriger und kostspieliger herausgestellt, als man vorhergesehen hatte, und zwar derart, daß sie ihn viele Nächte voller Angst und Schlaflosigkeit kostete. Er hätte nun mit Torlonia sagen können: entweder trocknet die Vallazza mich, oder ich trockne die Vallazza. Nun aber, als sich ihm diese Goldader des Schmuggels aufgetan hatte, dachte er: ich betreibe dies Geschäft noch so lange, bis ich 25- oder 30 000 Skudi beisammen habe, die mich in den Stand setzen, die Arbeit in der Vallazza ruhig zu Ende zu führen. Hernach ziehe ich mich zurück, mag Alpi dazu sagen, was er will. Denn das Getreidegeschäft liegt mir nicht, man darf nie vergessen, daß man den Bogen nicht überspannen soll.

Inzwischen gab es aber da noch so viel andere Auslagen, Verbesserungen des Bodens und der Gebäude, daß der Schmuggelgewinst zu verlockend war, und das Auslandsgeschäft nahm solche Maße an, daß man das Getreide von weit her besorgen mußte. Es hatte sich noch ein anderer Makler mit Coniglio mannaro verbunden, sie arbeiteten beide sehr schwungvoll, der eine diesseits, der andere jenseits Ferraras bis zu den Grenzen des Bolognesischen hin. Es gingen so viele Barken nach Volano und Primaro, und so viele Wagen bewegten sich auf den Straßen, so viele Flußbarken den Po hinauf und hinunter von der Zollstation der Guarda zum venetianischen Hafen nach Cavanelle, von wo es dann weiter übers Meer ging, daß das Gesetz nicht genügend Lücken hatte. Für den Fall, daß die Sache aufgedeckt würde, mußte man ein ausgeklügeltes System, den Zoll zu betrügen, erfinden. Dieses System entsprang im Kopf des Superintendanten, der nur lachte, wenn Herr Pietro ihm von der Vallazza und seinen Sorgen erzählte und ihm zur Antwort gab:

»Ja, mein lieber Vergoli, beim Essen kommt der Appetit. Aber ich bin ja da, um Ihnen mit Rat und Tat beizustehen. Sagen Sie doch die Wahrheit: an dem Tag, als ich Ihnen dieses kleine Getreidegeschäftchen vorschlug, hätten Sie mich am liebsten vergiftet. Und es war doch Ihr

Glück! Da können Sie sehen, was überstürzte Entschlüsse und vorgefaßte Meinungen an sich haben.«

Der Betrug geschah auf folgende Weise: An der Zollstation der Guarda stellte der Sergeant Solimani, den man in der Hand hatte, die »Gegenbescheinigung« für die zu Land angekommenen Getreideladungen aus, indem er bestätigte, daß sie dort zu Schiff verladen worden waren. Und im weiteren stellte er dann den »Verkehrsschein« aus für den Flußweg, mit einer kleinen Zollstation am Po als Bestimmungsort, wo ein anderer Beamter, der ebenfalls zuverlässig war, die andere Gegenbescheinigung ausstellte, nach der die Kornladung als dort gelöscht erklärt wurde, während sie in Wirklichkeit nach Triest weiterging. Auf diese Weise kam zum Zollvergehen noch Urkundenfälschung hinzu. Wie sagten die Leute zwischen Ro und der Guarda? Jetzt geht's im Schiff übers Meer!

Aber das ging Coniglio mannaro durchaus nichts an, so redete er sich wenigstens ein. Und er war vielleicht der einzige in der ganzen Gegend, der nicht so abgeschmackt war, kluge und spitzfindige Bemerkungen über dieses Schmuggelgeschäft zu machen. Er diente als Makler dem, der ihn bezahlte, und darüber hinaus wußte er von nichts, mochten die bösen Zugen reden und die Schwätzer schwätzen. Sein Vater dagegen war durchaus anderer Meinung.

»Ich hab' dir's schon gesagt, als du noch ein kleiner Junge warst, daß du noch ins Zuchthaus kommst! Du bist auf dem besten Wege dahin.«

Er antwortete nicht, nicht einmal mit einem Achselzucken.

Cecilia war gleich zu Beginn ihrer Ehe, als habe Gott ihre frauliche Ergebenheit gutheißen wollen, schwanger geworden.

VI Der Schmuggel wurde jetzt auf so öffentliche Weise betrieben und war derartig jedermann bekannt, daß niemand mehr, und am wenigsten der einzelne ungestörte Schmuggler, vermuten konnte, die Regierung und selbst der apostolische Delegat Folicaldi könnten der Sache nicht zustimmen. Was übrigens die Gendarmerie betrifft, die pflichtgetreuer und weniger verdorben als die Finanzbeamten war, so wagten selbst die Offiziere es nicht, mit ihren Untergebenen darüber zu sprechen, und ebensowenig sagten sie etwas in der Öffentlichkeit, so daß alles seinen üblichen Lauf genommen hätte: nämlich in das Meer des Schweigens. Die Polizei war noch besser unterrichtet als die Gendarmerie, aber auch sie nahm in keiner Weise Stellung zu der Sache und begrub, ohne überhaupt Nachforschungen anzustellen, die Gutachten von Vertrauensleuten, die über Schmuggel und Schmuggler ihre Meinung niedergelegt hatten, in ihren Archiven. Die Polizei hatte zudem ihren eigentlichen Bereich im Kampf gegen Verbrecher und politische Gegner und wollte sich nicht in Zollgeschichten einlassen. Da gab es allerdings noch anonyme Anzeigen. Der Superintendant hatte sich jedoch die wichtigeren Beamten des Delegationssekretariats zu Freunden gemacht, so daß die Anzeigen zuerst an ihn weitergegeben wurden, der Zuständigkeit halber. Er sorgte dann, ohne Seine Exzellenz den Delegaten mit solchen Quisquilien zu behelligen, dafür, daß diese Zuschriften verbrannt wurden, oder er legte sie auch vor, aber derartig verändert, daß sie als Lügen erscheinen mußten, und bestärkte auf diese Weise nur die eingefleischte Abneigung des ehrsamen Folicaldi gegen ein solches Mittel des Aufspürens, das in sich unvornehm war und allzu häufig nichts als Verleumdung enthielt.

Die Regierung des Folicaldi war gleich von Anfang an unbeliebt, er war ein aufrechter Anhänger des Papstes und der Österreicher und hatte sich immer unbequemer und schärfer gezeigt, indem er den liberalistischen Schnurrbärten den Krieg erklärte, desgleichen den Kokarden und den großen Freiheitshüten. Er war ein aufrichtiger Konservativer, und dazu hatte er wenig scharfen Verstand. Sein Eifer für die Österreicher gründete sich auf die blinde Überzeugung, daß Österreich der Hort aller Gesetzlichkeit und Ordnung angesichts der verschwörerischen Anarchie der Revolution und des Liberalismus sei. Es war nun ganz natürlich, daß Folicaldi, der von Natur aus mehr besorgt als streng und mehr rauh als stark war und vor allem durch seine Situation mehr dem Namen denn der Tat nach Regierender, es war sogar sehr natürlich, daß er die Gefahren, die von der Verschwörung der Liberalen und Revolutionäre ausgingen, übertrieb. Und da war noch Alpi, der Folicaldis Sorgen, diese Gefahren betreffend, mit großer Geschicklichkeit kultivierte. Denn dieser Alpi, der die Mühle seiner Umtriebe nie stillstehen ließ, konnte sich nicht einbilden, daß seine politischen Gegner nicht dasselbe täten und dauernd neue Umtriebe ersännen.

Er war entschlossen, nun endgültig in Folicaldis Denken und Planen die Polizei in Mißkredit zu bringen und zu verdrängen, um den Delegaten ganz auf seine Weise zu regieren und sich der Polizei selber zu bedienen, zu ganz persönlichen Zwecken, nämlich als der oberste Vermieter von Schmuggleruntemehmen. Auf solche Weise würde er sich schnell zum Millionär machen.

Er hatte, und wenn's nötig war, redete er prahlerisch davon, Anhänger und bedeutenden Einfluß in Rom bis in das Staatssekretariat hinein. Der Finanzminister war, wenn man Alpi hörte, ganz in seiner Hand. Er erfreute sich des Vertrauens und der intimen Freundschaft höchster österreichischer Behörden nicht nur in Mailand, sondern sogar in Wien (und das war glaubhafter, weil man sich dort seiner als Informator und Agent bediente). In der Tat, es ging keine Woche vorüber, daß er sich nicht nach Bologna oder Mailand, nach Rom oder nach Wien begab. Und immer brachte er von diesen Reisen für Folicaldi die Erzählung von düsteren Verschwörungen mit, den Bericht von scheußlichen Attentaten, Höllenmaschinen, geplanten Blutbädern, Aufständen und Revolutionen, manchmal nicht einmal völlig aus der Luft gegriffen, immer aber mit Ausschmückungen versehen, wie sie notwendig waren, um die Phantasie des Delegaten zu erhitzen und seine hypochondrische Neigung und seine Eitelkeit auf das Prädikat eines weitsichtigen Politikers zu unterstützen. Und wenn er ihn dann in die rechte Verfassung gebracht hatte, machte er ihm die Freude, mitteilen zu können, daß alles entdeckt und vereitelt worden sei, daß die gute Sache auch diesmal wieder gesiegt und triumphiert habe über diese der Weltdemagogie entsprungene Verschwörung und daß man im übrigen auch diesmal wieder alles Österreich zu verdanken habe.

Alpi rechnete jedoch nicht genügend mit der Tatsache, daß Charaktere wie Folicaldi, eben weil sie im Grunde anständig und gerade sind, wenn man ihnen zuviel zumutet und sie plötzlich den Verdacht hegen können, an der Nase herumgeführt worden zu sein, in ihrer Empörung sehr unbeugsam werden, und zwar eben aus derselben Gutgläubigkeit, aus der sie sich betrügen ließen.

Seit mehreren Monaten war das Unternehmen des Herrn Pietro, des Schmugglers vom Po, das blühendste und friedlichste in der ganzen Legation, bis mit der Zeit Denunziationen eingingen, die manchmal trotz aller Vorsichtsmaßnahmen von seiten Alpis auch zu Folicaldi drangen und in denen Vergoli und natürlich auch Alpi als Schuldige dastanden. Alpi aber hatte keine Mühe, den Delegaten glauben zu machen, daß es sich hier um verbrecherische Verleumdungen handle von Leuten, die ihn haßten, weil er sich derartig der guten Sache ergeben zeige. Solche bösartigen Unterstellungen hätten die Liberalen erfunden, um ihn zu bekämpfen, ihn, der für die heiligen Rechte des Legitimismus und des Konservatismus eifere. Und vielleicht handle es sich auch, so sagte er, um Racheakte von Schmugglern, die gefaßt und bestraft worden waren. Im übrigen konnte der Delegat auf keinen Fall auch nur in Gedanken zugeben, daß gerade dieser Mann ein ungetreuer Beamter sei, der sich ihm gegenüber als derartig begeistert von solchen Grundsätzen einer moralischen und philosophischen Politik erwies. Und er glaubte doch, durch seinen langjährigen Umgang als Vorgesetzter mit Beamten gelernt zu haben, einen aufrichtigen Mann von einem Heuchler zu unterscheiden.

Aber unter anderem erreichte ein anonymer Brief auch den Kardinalstaatssekretär, der ihn dem apostolischen Delegaten zur Kenntnis vorlegte, und dieser Brief lautete:

»Der erste Schmuggler der Delegation ist Virginio Alpi, alle wissen es, alle sagen es, aber bis zur Stunde sieht man die Sache als vertraulich an, denn es ist nicht leicht, sich angesichts seiner Allmacht zu kompromittieren. Denn dieser Mann hat Seine Exzellenz den Grafen Filippo Folicaldi hinters Licht geführt, und jedermann hat Angst vor dem Haß, den Racheakten und den Wutausbrüchen Alpis, der mit Recht von sich sagt, daß er zu allem fähig sei. Ganz Ferrara, so wiederholen wir, kennt diese Sachlage, nur eine einzige Person weiß nichts davon: der apostolische Delegat, ein gutgläubiger Mensch, wenn es je einen solchen gab, und ein rechtlicher Mann, im übrigen aber ein Dummkopf.«

Hätte man ihn in diesem Brief der Mitwisserschaft bezichtigt, so wäre Folicaldi gar nicht darauf eingegangen, wie er es auch vor seinem Gewissen verantworten konnte. Aber daß man ihn dumm nannte, das war eine Unterstellung, die er niemals für möglich gehalten hätte. Sein Erstaunen war derart, daß ihm dies Wort einfach im Kopf steckenblieb, nicht etwa die Idee, daß er es sein könnte, sondern nur die neugierige Frage, wieso ein anderer auf diese Idee verfallen konnte, auf so eine bösartige Verrücktheit. Daß man den Schmuggel auf breiter Basis ausübte, das wußte er wohl, und er kannte sehr genau das alte Übel und wußte sogar, daß daran mehr oder minder fast alle Untertanen beteiligt waren. Aber in welchem Maß und vor allem, wie empörend der Schmuggel auf die Öffentlichkeit wirkte, das wußte er nicht. Und das mußte man ins reine bringen. Man mußte sich Rechenschaft geben, wieso eine solche Abweichung vom Gesetz derartige Formen annehmen konnte. Das allzu eingefleischte Laster sofort auszurotten, war ein Unternehmen, das man leider noch auf bessere Zeiten hinausschieben mußte. Es handelte sich hier nur darum, die Übeltäter an die Grenzen des Zulässigen zurückzurufen. Man mußte zudem die eigene kompromittierte Autorität neu stützen, indem man ein Exempel statuierte. An Alpi selber zweifelte er im übrigen nicht, gerade deshalb leitete er eine Untersuchung ein, ohne ihm etwas davon zu sagen, und der Schlaukopf Alpi, der an alle Möglichkeiten gedacht, hatte diese übersehen, nämlich, daß Folicaldi zu viel Vertrauen in ihn gesetzt haben könnte.

Dazu kam noch, daß Alpi es verstanden hatte, durch Steuer- und Zolleinkünfte, indem er nämlich die kleinen Schmuggler nachdrücklich bekämpfte, schöne Summen herauszuholen, so daß die Einnahmen des Staates gewachsen waren. Alpis Superintendanz wie eine vom Staat schweigend zugestandene Pacht des Zollwesens anzusehen oder ihn als

Beamten zu betrachten, das war nur ein Unterschied in der Farbe, im Wort, eine kleine Gewissensfrage. Er war der geeignetste Mann, das Zollwesen aufblühen zu lassen. Folicaldi war völlig überzeugt, daß man auch in Rom so dachte. Der Finanzminister und der Staatssekretär waren bei den schmalen Einkünften des Staatsschatzes nicht in der Lage, diesen sicheren und garantierten Einkünften, die ihnen Alpi als Superintendant besorgte, etwa ungewisse Erfahrungen, Reformen oder moralische Bedenken vorzuziehen. Man wäre auf jeden Fall auf Leute gestoßen, die nicht weniger gewissenlos, aber weniger rege und fähig waren als er.

Folicaldi genügte der Genuß eines unbelasteten Gewissens. Im übrigen sagte er sich, daß alle Regierungsweisheit in der Kunst des Möglichen bestehe und daß das Bessere der Feind des Guten sei. Doch konnte er auf keinen Fall, hätte ihn auch nicht der Hochmut dazu angetrieben, eine Schrumpfung seines Prestiges dulden, ganz abgesehen davon, daß ihn der Ausdruck »dumm« mit Empörung erfüllt hatte. Und je mehr er ihn wiederkäute, um so weniger ging er ihm hinunter. Außerdem lag ihm, dem Adligen ohne Vermögen, dieser Pietro Vergoli auf dem Magen. Denn er kam ihm allzu aufgeblasen von seinen Gelderfolgen vor, man mußte diesen Prior von Copparo, diesen Wichtigtuer, in seine Grenzen verweisen, diesen neureichen Bauerntölpel demütigen, diesen aufgeblasenen goldenen Ochsen kleinmachen. Das war nicht nur Gerechtigkeit, sondern auch die angezeigteste Art und Weise, Alpi selber zur Vorsicht zurückzurufen, falls das notwendig sein sollte, wie diese verfluchten Unterstellungen wollten. Und indem er nun alle diese Mutmaßungen durchging, stellte er eine neue auf, und die war wirklich seltsam: hatte Pietro Vergoli Virginio Alpis Gutgläubigkeit nicht etwa ausgenutzt? Als Folicaldi diese Überlegung angestellt hatte, nahm er sich vor, Alpi die Augen zu öffnen. Er wählte einen kleinen Beamten – er wollte ganz geräuschlos vorgehen – und schickte ihn aus, jeden Hinweis auf Schmuggelei zwischen Ro und der Guarda, der auf Pietro Vergoli hinzielte, zu sammeln.

Nachdem er die Sache so eingeleitet hatte, erschien sie ihm nicht als etwas, was ihn Mühe kosten würde, und er wollte die ganze Angelegenheit in jenen Grenzen halten, die ihm in seiner Eigenschaft als vorsichtiger Staatsmann als notwendig oder wünschenswert erscheinen mußten.

I Wenn auch die Saat für die Ernte von 1855 das Beste erhoffen ließ, so wurden doch zwischen Dezember und Januar Mangel und Teuerung noch drückender, und Leiden fügten sich zu Leiden wie die Schulden zu den Schulden, welche die armen Leute in den Läden und beim Bäcker machten. Viele waren so weit gekommen, daß sie das Brot in den Klöstern und in den christlichen Hilfsinstituten erbetteln mußten. Die Zahl der Armen in der Stadt war groß. Alles in allem, es war der Hunger, der jenen Jahren eine traurige Berühmtheit verlieh.

Mit dem Hunger stieg auch der Haß im Volke gegen die verfluchten Getreideaufkäufer und die öffentlichen Aushungerer. Es gab zwar die Verfügung, welche die Ausfuhr von Getreide, Reis und Bohnen verbot. Aber jedermann wußte: dies Gesetz war toter Buchstabe geblieben, vielmehr deckte es sogar jene ungeheure heimliche Ausfuhr, die von denen, die sie verhindern sollten, begünstigt wurde.

Coniglio mannaro war von der Erfahrung belehrt, und er ging bei seinen Ankäufen so vorsichtig, wie er eben nur konnte, vor. Was die Bevölkerung zwischen Ro und der Guarda betraf, so warfen ihr die verschiedenen Handelsunternehmungen des Herrn Pietro gute Löhne ab, und sie fand sogar noch in der ruhigen Winterszeit Arbeit. Und deshalb stellten sich diese Leute auch sehr erstaunt, wenn die Nachbarn auf den umliegenden Dörfern murrten und schrien: welch eine Gemeinheit das Ganze sei, und man wisse ja die Anzahl der Schiffe, die jede Woche fortgeschmuggelt würden. Die Unzufriedenen wandten sich damit auch gegen ihre in Arbeit stehenden Landsleute.

»Hehler seid ihr, Diebeshelfer, eine Horde von Briganten, ihr macht euch fett auf Kosten unseres Hungers, macht euch fett durch euern Herrn Pietro, den Schmuggler vom Po!«

»Hört mal zu«, antworteten die, »wir haben bis jetzt regelmäßig gute Löhne, auch in der Winterszeit und sogar in den Zeiten der Teuerung, erhalten. Und jetzt sollten wir also hingehen und unsere Nase in die Angelegenheiten dessen stecken, der uns bezahlt? Lieber wünschen wir euch für eure Dörfer einen Mann, der einen Kopf hat wie Herr Pietro, denn Herr Pietro ist wirklich bei uns hier die Vorsehung geworden.«

Deshalb nahm aber der Groll der Unzufriedenen nicht ab, es kam nun auch noch der Neid hinzu. Auf jeden Fall hörte der Beauftragte Folicaldis, der die Schmuggelgeschichte durchforschen sollte, solange er noch von diesen beiden Dörfern entfernt war, alles mögliche. An den Orten selbst, mitten im Brennpunkt des Schmuggels, wußte jedoch keiner etwas davon, hatte nie einer etwas darüber gehört.

Der Vertrauensmann gab schon seine Sache verloren, als ihm der Buchhalter des Herrn Pietro in die Finger lief, ein Mann, der immer halb im Traum umherging und sich als einzige Erholung ein Stündchen gönnte, das er täglich im Café von Ro versaß. Dies Café war ein kleines, schmutziges Lokal, und der Buchhalter saß dort in einer Ecke und sprach die ganze Stunde über kein Wort. Er fiel eigentlich nur auf durch seine Art und Weise, wie er die Mücken in den Hundstagen ertrug. Folicaldis Vertrauensmann wäre es nie in den Kopf gekommen, bei diesem Manne anzuklopfen, den er für den verschwiegensten unter den Verschwiegenen halten mußte. Es hätte auch genügt, wenn Herr Pietro diesem strengstes Schweigen aufgetragen hätte, aber der beachtete seinen Buchhalter so wenig, daß ihm niemals eine solche Notwendigkeit in den Sinn gekommen wäre. Den armen Buchhalter zu einem verschwiegenen Mann zu machen, dazu hätte eine solche Anweisung sogar dann genügt, wenn er weniger Bewunderung für den Herrn Pietro in seiner Seele empfunden hätte.

Aber nun verlief die Sache anders. Der Vertrauensmann des apostolischen Delegaten richtete eines Tages das Wort an den unansehnlichen und vergilbten Buchhalter, aus Verzweiflung und Langeweile, weil er nicht mehr wußte, was er beginnen sollte. Er stand gerade vor dem Entschluß, nach Ferrara zurückzureisen, um dort über die Ergebnislosigkeit seiner Untersuchungen zu berichten. In diesem Café in Ro hatte schon seit Jahren niemand mehr den Buchhalter eigentlich bemerkt. Er war für alle wie auch für Herrn Pietro zu einem Schatten geworden, und ohne es selber recht zu wissen, litt das schmale Männlein unter diesem Schattendasein. Seine Dankbarkeit diesem Unbekannten gegenüber, der ihn nun also als auf der Welt vorhanden entdeckt hatte, quoll ungestüm hervor, und verband sich mit dem ihn beherrschenden Gefühl der Bewunderung für Herrn Pietro. Reichtum flößte dem armen Schlucker offensichtlich noch mehr als Respekt ein: er war angesichts des reichen Pietro von einer furchtsamen und zärtlichen Andachtsstimmung erfüllt, und er war auch zugleich stolz, einem solchen Herrn dienen zu können, nicht anders, als ob der Reichtum ihm gehöre. Es genügte, daß der zuerst entmutigte Vertrauensmann ein achtloses Wort hinwarf:

»Man sagt, daß der Herr Vergoli ein vermögender Mann sei?«

»Vermögend?« sagte der Buchhalter, »vermögend, der Herr Pietro? Der ist steinreich, muß man sagen, das ist der Ausdruck! So reich, daß nur er allein es weiß und vielleicht noch ein anderer.«

Der Vertrauensmann reckte die Ohren.

»Das freut mich für ihn und auch für diesen andern, der ja weiß Gott auch einen guten Kopf haben muß, wenn das, was Sie sagen, stimmt.«

»Wenn es stimmt?«

»Entschuldigen Sie, aber Geld und Heiligkeit, Sie kennen ja das Sprichwort, davon muß man immer die Hälfte abstreichen.«

»Nehmen Sie sie hier lieber doppelt, das kann ich Ihnen versichern.«

»Das ist aber stark. Das wäre das erste Mal, daß mir so was begegnet. Es würde mich übrigens freuen, wenn ich einmal mit diesem andern sprechen könnte, der so gut über die Reichtümer des Herrn Pietro Bescheid weiß.«

»Nun, Sie sprechen soeben mit diesem andern«, sagte der Buchhalter.

»Ich kann sagen, daß ich durch mein Handwerk (er gab sich als Handelsreisender aus) das ganze ferraresische und auch bolognesische Land kenne. Doch ich habe ein solches Unternehmen, das derartig in Schuß ist wie das von Ihrem Herrn Pietro, noch niemals kennengelernt.«

»Das glaube ich Ihnen.«

»Das muß doch allerlei gekostet haben und noch immer kosten.«

»Das gebe ich zu!«

»Ja, aber in diesen Jahren, da die Erde so wenig abwirft und der Handel tot daniederliegt, da muß doch der Herr Pietro unter seinen Zuschüssen geradezu ersticken, er muß doch bis zu den Ohren in Schulden sitzen!«

»In Schulden sitzen, er? Bis – wie haben Sie gesagt: bis zu den Ohren?«

»Sagen wir bis hierhin«, und er fuhr sich plötzlich ans Kinn.

»Der hat nicht einen Skudo Schulden, da können Sie hier und in Ferrara nachfragen, ob der Herr Pietro seinen Verpflichtungen auch nur einen Tag oder eine Stunde zu spät nachkommt.«

»Ja, aber dann, wenn man nicht gerade sagen will ...«

»Sagen Sie ruhig alles!«

»Entschuldigen Sie, es könnte Ihnen etwa mißfallen!«

»Ganz im Gegenteil.«

»Also möchte ich dann annehmen, ich, der ich so viele heruntergewirtschaftete Unternehmungen und Besitzer gesehen habe, daß Ihr Herr Pietro allerlei geerbt haben muß, oder aber er hat in besseren Zeiten viel verdient. Und er hat gewiß jetzt den Weg gefunden, sein Geld auf die leichteste Weise loszuwerden. Ein kluger Kopf, eine feine Nase! Wissen Sie, was man erzählt? Er trocknet die Vallazza, und die Vallazza trocknet ihm dafür den Geldbeutel.«

»Dann verstehen Sie weder etwas von seinem Kopf, verehrter Fremder, noch kennen Sie seinen Geldsack.«

»Mag sein, trotzdem komme ich von meinem Bedenken nicht los.

Denn den Hanf, zum Beispiel, verkauft man jetzt sehr schlecht, und das Getreide ließe sich zwar jederzeit gut verkaufen, wenn nicht überall das Geld fehlte, leider! Oder irre ich mich?«

»Sie irren sich nicht, nein, aber wer sagt Ihnen denn, daß ein Mann wie Herr Pietro sich mit diesen armseligen Krämern hier diesseits des Po abgibt?«

»Ja, dann weiß ich nicht, was ich Ihnen antworten soll, jenseits des Po bin ich nie gewesen. Und ich wußte noch nicht, daß man dort Bohnen sät und Goldstücke erntet.«

»Doch, dort erntet man Goldstücke, mein guter Fremder, wirklich Goldstücke«, rief der Buchhalter siegreich aus.

»Das ist also dann ein Wunderland.«

»Tja, für den, der den Kopf von Herrn Pietro hat, ist es wirklich ein Wunderland, nennen Sie es ruhig so!«

Er war sich dabei aber nicht klar, daß es sich hier um Wunder handelte, über die man öffentlich nicht sprechen durfte. Die Bewunderung, die der andere heuchelte, machte ihm so viel Spaß, daß er ihn noch mehr durcheinanderbringen wollte, und so gab er ihm die Anzahl der Scheffel Getreide an, die man beim letzten Mal spediert, und die Summe österreichischer Gulden, die Herr Pietro einkassiert hatte, und er fügte hinzu:

»Daß Herr Pietro große Gewinne einstreicht, das wissen alle. Aber wieviel genau, das steht in seinen Büchern, denn er denkt an alles. Und man mag nur sagen: er ist sehr reich, damit ist alles gesagt.«

Für den Fragesteller war das aber noch nicht alles. Er entdeckte auf einen Schlag mehr, als er in vielen Tagen des Nachforschens je zu entdecken gehofft hätte, und nun sagte er, als ob er zu sich selber redete:

»Ich hab' gehört, es sei doch verboten.«

»Was denn?«

»Getreide über den Po zu schicken.«

»Das kann sein«, sagte der Buchhalter mit mitleidiger Überlegenheit, »mag schon verboten sein, aber nicht für den Herrn Pietro.«

»Je nun, was soll denn schließlich Ihr Herr Pietro nicht alles sein?«

»Ein Mann, wenn Sie gestatten, der das gute und schlechte Wetter hier am Po und zu Ferrara im Kastell macht. Einer, der in seinem eigenen Haus das Recht selbst schafft.«

»Das ist allerdings neu. Und die Finanzbehörden?«

»Die hat er auch bei sich zu Hause! Und wer ihn Finanzminister nennt, es ist nämlich da einer, der ihn so nennt, der weiß gar nicht, wie recht er damit hat.«

»Ich glaubte, der Finanzminister wohnt in Rom?«

»Der von Ro zählt mehr als der von Rom«, sagte der Buchhalter. Und dann fügte er hinzu: »Sind Sie zufrieden und überzeugt?«

»O ja, jetzt schon, obgleich«, fügte er hinzu, »mir doch etwas zu fragen übrigblieb, aber ich möchte Ihnen nicht zur Last fallen.«

»Sagen Sie's nur schnell, ich muß wieder an die Arbeit gehen.«

»Was für eine Arbeit ist das denn?« Wiewohl er es jetzt genau wußte.

»Ich führe die Bücher des Herrn Pietro«, antwortete der Dummkopf. »Aber was wollten Sie noch fragen?«

»Nun, ich meine, wie stellen sich die Zöllner zu dieser Angelegenheit?«

»Wie sollen sie sich stellen, das hängt nur davon ab, wie Herr Pietro es will, muß ich Ihnen das denn so viele Male wiederholen?«

»Gewiß, diese hier von Ro und der Guarda, diese Sergeanten und Korporale, das versteh' ich, denen braucht man nur so ein kleines Trinkgeld zu geben. Aber die großen Tiere, die in Ferrara sitzen?«

»Niemand ist ein großes Tier gegenüber Herrn Pietro, man sieht doch wirklich, daß Sie ein Fremder sind. Sie wissen also auch nicht, daß Seine Exzellenz der Graf Alpi sogar, der Superintendant des Zolls, bei Herrn Pietro ein und aus geht, ganz in seiner Hand und sein Mann ist und nichts anderes tut und will, als was Herr Pietro ihm vorschreibt? Sogar in Rom, das geht mir seit einer Weile auf, ist man mit Herrn Pietro einverstanden. Wollen Sie noch mehr?«

»Na, jetzt im Augenblick nicht, das genügt mir wirklich.«

So erfuhr denn Folicaldi mehr, als er je gewünscht hätte, denn sein Vertrauensmann, von der großen Prämie, die das Gesetz auf Schmuggelentdeckung setzte, angelockt, machte sich mit solchem Eifer an seine Aufgabe und schärfte dabei derartig seinen Verstand, daß er den apostolischen Delegaten mit Anzeigen und mit unaufhörlichen und genauen Berichten überschüttete, aus denen nicht nur die ganze Summe des Betrugs, sondern auch die ausgedehnte Mittäterschaft festzustellen war und Leute an höchsten Posten übel beleumundet wurden. Es ist schon einmal gesagt worden, daß Folicaldi ein ehrlicher und nüchterner Mann war, der streng gegen sich und die andern verfuhr. Diese Entdeckungen erfüllten ihn mit Empörung, und er litt nicht nur in seiner Eitelkeit, sondern auch in seinem guten Glauben. Sein Gewissen fühlte sich getroffen, so daß er sich genötigt sah, etwas zu unternehmen, um seiner Pflicht nachzukommen. Und wenn er auch wußte, daß er Gefahr lief, mit diesem Skandal die Ministerien in Rom zu verstimmen, so hatte er doch die Sache zu leicht und allzulange hinhängen lassen. Und nun legte ihm sein Gewissen die schwere Last auf, den Spuren des Verbrechens bis auf den Grund nachzugehen.

II Als eine Folge des langen Elends, welches das Volk geschwächt hatte, erschien im Ferraresischen wieder die Cholera, die von 1848 an zu verschiedenen Malen die europäischen Nationen überfiel. Es war am 16. Februar 1855. Gleich zu Beginn war die Seuche schon schlimm, wurde aber in den Monaten der Hitze noch heftiger und endigte erst in den ersten Dezembertagen. Sechseinhalbtausend Menschen starben, und das war mehr als die Hälfte der von der Krankheit Befallenen. In einer Stadt wie Ferrara, die achtundzwanzigtausend Einwohner hatte, gab es zweitausend Kranke, von denen tausend starben; einige Familien erloschen. Man öffnete wieder das Lazarett in der Mortarakaserne, in jenem alten Kloster, wo der Kreuzgang mit Loggien, obgleich verfallen, in seiner ländlichen und mönchischen Strenge noch immer schön ist, wiewohl ohne jeden andern Schmuck als das Ziegelsteinrot und die harmonischen und schlichten Proportionen, die von den Schäden und dem Schmutz des jahrelangen Verfalls unberührt blieben.

Kreuzgang und Zellen des Klosters waren nun wieder voll von den Schmerzenslauten, von Toten und Sterbenden, von Verzweifelten, voll von der entsetzlichen Schar der Cholerakranken, denen die wenigen und ohnmächtig dastehenden Ärzte nur geringen Beistand und keinen Trost vermitteln konnten. Durch die Zellen und Gewölbegänge des Klosters wie durch die Straßen und Häuser der verseuchten und trostlosen Stadt zogen die Beauftragen der Gesundheitspolizei, um die Kranken ins Lazarett zu bringen. Und man sah auch jene traurigen Gestalten, welche die Leichen mit Haken zu den düsteren nächtlichen Beerdigungen ohne Priester und Trauergeleit abschleppten. Denn von Tag zu Tag und von Stunde zu Stunde wurde der Mangel an Zeit und Hilfskräften spürbarer, auch fehlte es den Beauftragten, welche die menschliche und religiöse Liebe ausüben sollten, an Mut und Übersicht.

Auf dem Lande starben die Kranken wenigstens in ihren Betten oder unter freiem Himmel: in ihren Betten, wenn die wilde Angst der Familienangehörigen die Kranken nicht vor die Tür setzte, was oft genug vorkam; im Freien starben sie, wenn die Seuche sie plötzlich überfiel, ihre Opfer also in den Furchen niederschlug.

So geschah es mit Forapaglia, dem Kuhhirten der Scacernis. Seine Frau fand ihn, als er vom Felde nicht heimkam und sie ihn suchen ging, in einem Graben ausgestreckt und mit widerlichen Mücken bedeckt. Die arme Alte schrie auf in ihrem großen Leid, und bald darauf näherte sich Padrone Lazzaro mit Dosolina, die bei diesem Anblick sich zu krümmen begann und laut stöhnte. Lazzaro nahm sie in die Arme und sagte:

»Es ist nichts, Kinder, es ist nichts, das ist nur die Wirkung der Angst und der großen Erregung, weil sie den Toten gesehen hat. Hebt diesen

Armen auf, tragt ihn in seine Hütte und redet seiner Alten gut zu. Um die Padrona kümmere ich mich selber.«

Aber seine Stimme, die ruhig und sicher sein sollte, kam ihm wie gequält aus der Kehle. Und die Arme, ganz kraftlos geworden, konnten kaum das geringe Gewicht seiner Frau tragen. Die Beine schwankten ihm und bogen sich in den Knien, und so, weil er keinen andern sie tragen lassen wollte, schwitzte er, um das Haus zu erreichen, als sei das die größte Mühe seines Lebens gewesen. Er kam sich plötzlich greisenhaft und ohne Kraft vor.

Der März war mild und heiter. Die ersten Blüten der Obstbäume und des Weißdorns an den Gräben leuchteten in der Luft. Der Rain war mit Margeriten und Primeln übersät, und unter den Grasbüscheln lugten die Veilchen hervor. Das Getreide stand zart grün auf den Feldern. Die Welt war schön an diesem Tag im schönsten Monat, die Lerche hing hoch im Himmel, ganz verloren in ihren Gesang, während die andern Vögel, die niedriger flogen, allüberall ihre bescheidenere Freude auszwitscherten. Wann scheinen uns die Dinge fröhlicher, gütiger und näher als in dieser Zeit? Aber von Lazzaro flohen sie fort in eine unaussprechliche Ferne. Sie stürzten in ein blindes Licht voll Tod und Schrecken.

Die Spitze des Zuges bildete Padrone Lazzaro. Sie gingen quer durch das Gütchen Dosolinas, der die Magd den herunterhängenden Kopf hielt. Die zwei Männer mit dem toten Forapaglia folgten, sie trugen ihn an den Schultern und Füßen gefaßt, so daß er mit den herabhängenden Händen das Gras streifte, das Gras, das allein auf dieser Schmerzenserde zu keiner Zeit stirbt. Die Witwe des Kuhhirten folgte, von einer Gruppe Frauen umgeben, und weinte leise vor sich hin, bis sie in neues Jammern ausbrach, das sich auf der Schwelle ihres Hauses zu höchster Verzweiflung steigerte. Hier blieben die andern alle zurück, Lazzaro ging allein unter seiner Last weiter, die Magd an seiner Seite, er hinkte den Fahrweg hinauf, der zur Tenne führte.

Da hatte also die Cholera auch das Haus an der Pappelbrücke heimgesucht. Noch wollte er sich Mühe geben, diesen Gedanken fernzuhalten, noch hoffte er, daß es die Anstrengung sei, die ihm diese furchtbare Pein bereite, von der er sich zerbrochen fühlte. Es schien ihm, als könne er nicht mehr die paar Schritte zur Türe machen.

Er kämpfte wie in einem Alptraum, endlos, aber der Gegner war unbeugsam und gab nicht nach. Er schwitzte vor innerer Beklemmung. Die Dinge waren Wirklichkeit und nicht Traum, der Weißdorn an den Gräben stand in Blüte, und vor der Tenne leuchtete weiß der Pflaumenbaum, an dem Dosolina, die erfahrene Bäuerin, den Frühling abzulesen pflegte, denn sie sagte, daß die Mandelbäume sich betrügen lassen von der Märzsonne, der Pflaumenbaum aber nie. Und sie hatte ihm den blühenden Baum gerade diesen Morgen noch gezeigt und ihn daran erinnert, daß dieser tüchtige Baum genau so alt sei wie ihre Ehe, denn sie hatte ihn in den ersten Tagen gepflanzt.

»Jetzt«, so hatte sie ihm gesagt, »ist wirklich der Frühling gekommen.«

Lazzaros Blick streifte den blühenden Baum im schnellen Vorbei, und er fühlte, wenn er ihn nun angeschaut hätte, wäre er zusammengebrochen. Da war die Tenne, hier die eine Seite des Obstgartens mit den so viel versprechenden Obstbäumen, an denen sie solche Freude hatte. Auf der andern Seite der Tenne lagen der Geräteschuppen und der Heuschober, und dort stand der Strohgarbenhaufen zu zwei Dritteln verbraucht in seiner Mitte. Der nackte Stamm der Pinie mit dem Wipfel darüber, all die vielen Dinge ringsum, sie schienen plötzlich lebendig geworden zu sein, um von ihr zu erzählen, die sie ins Leben gerufen und in vielen Jahren fleißiger Arbeit betreut hatte. Und nun wollte sie davongehen. Alles floh dahin ohne Zeit, so schien es ihm, als er über die Schwelle trat, dieselbe Schwelle, über die er sie an der Hand ins Haus geführt hatte, die junge Frau am ersten Tag der Hochzeit. Lazzaro legte sie auf ihr Bett, wo sie ihren Sohn unter großen Schmerzen und Gefahren geboren hatte.

Er hatte sie noch kaum, von der Magd unterstützt, entkleidet und die Unbewegliche unter das Leintuch gelegt, als er wieder in die rauchgeschwärzte und düstere Küche eintrat, um eine geweihte Kerze vor der Schmerzensmutter anzuzünden. Und er erinnerte sich jenes Tages, da sie gebar, während er zur gefährdeten Mühle lief, sie in Todesgefahren zurücklassend. Damals hatte er selber die geweihten Kerzen nicht entzünden wollen, weil er sich außerhalb der Gnade Gottes stehend empfand. Es war ein Tag äußerster Qualen, voll von Leidenschaften, Sünden, aber auch voll Barmherzigkeit und Gnade. Und auch jetzt zögerte er, das Talglicht anzuzünden, denn die Hände zitterten ihm, so ungeduldig waren seine Bewegungen, er mußte sich erst zur Ruhe zurückrufen. Er verlangte nur noch eine Gnade: daß auch er, gesättigt von seinen Jahren, sterben dürfe.

Im Stall muhte das Rindvieh, und die Magd sagte mit einer Verlegenheit, auf die er nicht achtgab:

»Alle Leute sind außerhalb, und das Vieh hat Hunger.«

»Geh du jetzt zur Guarda, aber so schnell, wie du nur kannst, und sag dem Priester, daß er mit der Wegzehrung kommen soll. Das Vieh füttere ich selber.«

»Und der Padrona Cecilia auf der Mühle soll ich nichts sagen?«

»Ja, daß meine Frau sehr krank ist, aber daß sie nicht herkommen soll, denn es könnte sein, daß die Chol . . .« (er wollte dann doch nicht sagen, welche Krankheit es sein könnte!) »Ich meine, ich will sagen, hier genüge ich, sie soll sich keiner Gefahr aussetzen. Aber es ist nicht die Krankheit, wie du glaubst«, fügte er hinzu, als er die Angst bemerkte, die in den Augen der Magd flackerte und flammte. »Dennoch, man muß vorsichtig sein, und hier genüge ich ja auch vollauf. Vor allen Dingen geh jetzt den Priester holen.«

Er bemerkte nicht, daß die Magd davonrannte, als fliehe sie. Er hörte im Schlafzimmer einen Laut, in dem sich Seufzer, Stöhnen und Geröchel mischten. Er konnte nun über die Natur dieser Krankheit nicht mehr im ungewissen sein.

Als er Dosolina an der Stirn berührte, spürte er die Kälte der Agonie, und er glaubte zu fühlen, wie diese Kälte in ihm durch die Hand und durch die Adern des Armes bis in die Brust emporstieg; manchmal spürte er, erschauernd, diese Kälte im Herzen, manchmal im Kopf und hinten im Nacken. Da endlich hatte Dosolina gerade einen Augenblick Ruhe, sie erkannte ihn wieder und lächelte ihm zu mit demselben Lächeln, das sie als junge, verliebte und schüchterne Frau gehabt hatte.

»Mut, Dosolina«, sagte er und spürte, wie ihm seine Seele vor diesem Lächeln dahinschmolz. »Mut!«

»Ich habe Mut, Lazzaro«, antwortete sie mit einem dünnen Stimmchen, und auch das war die Stimme von einstmals, als ihre erste Liebe erblühte. »Hast du zum Priester geschickt?«

»Ja, aus Vorsicht, aber es ist nichts, du mußt nur Mut haben! Der Priester wird uns wahrscheinlich ein bißchen warten lassen, denn du weißt ja, wieviel er in diesen Tagen leider zu tun hat.«

»O ja! Und Mut habe ich, lieber Mann«, wiederholte sie mit ihrem zarten Lächeln. »Hab auch du Mut, denn was mich angeht, ich glaube an die Barmherzigkeit Gottes, er wird mir das Fegfeuer gewähren. Noch ein bißchen, Lazzaro, und dann bin ich da. Aber nicht so . . . . Lazzaro!«

Aufgereckt dastehend, die hohe Gestalt in den Schultern gekrümmt, so war sich der Alte mit einer Verzweiflungsgebärde ins Haar gefahren.

»Und du redest mir Mut zu?« sagte sie mütterlich. »Wußtest du denn nicht, daß dieser Augenblick kommen mußte? Das Sprechen fällt mir schwer, Lazzaro, ich hab' nicht mehr viel Zeit. Ich will dir nur noch sagen, daß ich dich immer sehr lieb gehabt habe, und wenn ich dir manchmal Verdruß bereitet, wenn ich dich geärgert habe, so bitte ich . . . Lazzaro, nicht weinen! In deinem Alter, es ist ja eine Schande!«

Indem sie das sagte, lächelte sie immer noch, und Lazzaro bezwang seine qualvollen Tränen, die ihm aus den alten Augen flossen und Furchen in seinem Innern zogen.

»Du hast recht«, sagte er bebend, »du hast recht, Dosolina. Und ich hab' dich auch noch genauso lieb, Dosolina, sogar mehr noch als früher, gesegnet sei deine Mutter, weil sie dich geboren hat.«

»Ich weiß, wie sehr du mich liebst – ich wäre auch mit weniger schon zufrieden gewesen. Aber bald kann ich nicht mehr reden. Wenn Cecilia kommt, laß sie nicht herein, denn sie darf sich nicht in die Gefahr begeben, jetzt, wo sie Peppinos Kind trägt. Und Peppino, unser Sohn, grüß du ihn von mir, addio, Lazzaro! Du bist immer mein Mann gewesen, und ich war immer deine Frau, das können wir sagen. Ich sehe dich nicht mehr, ich fühle, daß ich sterbe. Lazzaro, auf Wiedersehen da drüben, auf Wiedersehen, addio! ...«

»Addio!« stammelte Lazzaro, »auf Wiedersehen, Dosolina!«

Ein letztes Leuchten ihres Lächelns antwortete ihm, das Lächeln der Mutter und der Braut, es schimmerte zwischen den geschlossenen Lidern hervor. Denn die Krankheit, vielleicht, weil sie auf keinen Widerstand stieß, löschte sie ohne Schmerzen und ohne Kampf aus. Und sie ging dahin, wie eine Flamme erlischt, die keine Nahrung mehr findet.

Der Mann bebte wie ein verwitterter Baumstamm, der dem Sturm kein Laubwerk mehr darbietet, sondern nur noch trockene, rauhe und verzweifelte Äste in die feindselige, winterliche Qual recken kann.

Er war allein im Hause, und auch in der Nachbarschaft war niemand. Denn die Magd, die er ins Pfarrhaus geschickt hatte, war so voller Schrecken, daß sie nicht mehr in das Haus an der Pappelbrücke zurückkehrte. Sie entwich zu den Ihren ins Dorf, ohne Cecilia und Schiavetto auf der Mühle zu benachrichtigen. Peppino aber war auswärts in Geschäften und würde wenigstens drei Tage fernbleiben.

Als der Priester an die Tür klopfte, gab es einen Klang wie in unbewohnten Räumen. Lazzaro ging öffnen und bemerkte dabei, daß der Tag am Sinken war. Er hatte selbst die beschmutzten Leintücher gewechselt, und Dosolina schien in der blendenden weiten Weiße des Bettes eingeschlafen zu sein. Das Bett war Lazzaro nie so geräumig vorgekommen, und sie war ihm niemals so klein erschienen. Der Priester näherte sich dem Bett, ohne sich mit Worten aufzuhalten, die nicht zu den Umständen dieser Tage und der allgemeinen Eile, die ihn in so viele andere Häuser rief, paßten, und hier galt es nicht die letzte Wegzehrung zu geben, so begann er die Sterbegebete. Scacerni erkannte den Bußpsalm und den Klang der Worte, in dem alles, was irdisch ist und vergangen, noch einmal im Ungestüm geheimnisvoller Anrufung auflebt:

»De profundis clamavi ad te, Domine; Domine exaudi vocem meam.«

Ohne genau die Worte zu verstehen, erkannte er am ersten Satz, was sie meinten: De profundis! Er wußte, sie war tot, ohne es noch mit Bestimmtheit sagen zu können, und er rief die Barmherzigkeit Gottes für sie an und auch für sich, denn seine Sehnsucht verlangte nach dem gleichen Frieden. Als der Priester der Toten die Generalabsolution erteilt hatte, wandte er sich an ihn, um ihm ein Wort des Trostes zu sagen. Und da fragte der Alte mit leiser Stimme, die nicht mehr zitterte:

»Wann kommen Sie zurück, Hochwürden, um sie zu holen?«

»Morgen.«

»Sie wird diesen Weg nicht allein machen.«

»Was sagen Sie, Padrone Lazzaro?«

»Ich werde dabei sein, ich mach' den Weg zusammen mit meiner Alten.«

»Mut, Padrone Lazzaro«, sagte der Priester, ohne zu verstehen, was der andere damit sagen wollte, denn er hatte das wie im Traume vor sich hingesprochen.

»Mut gehörte mehr dazu, wenn ich erwarten müßte, noch eine Weile weiterzukrauchen hier auf dieser Erde, Hochwürden!«

»Man muß sich dem Willen Gottes fügen.«

»Ich weiß, er wird so barmherzig sein, mich nicht hier allein zu lassen, und dafür danke ich ihm schon jetzt.«

»Man muß Ihm auf jeden Fall danken und sich Ihm in allem überlassen.«

»Ich weiß, aber es wäre so schwer für mich. Ist dies Verlangen eine Sünde?«

»Nein, Sie Armer, es ist keine Sünde, aber verzeihen Sie mir, wenn ich jetzt schnell weiter muß. Sie wissen's ja, was für Tage wir durchmachen.«

»Addio, Hochwürden«, sagte Lazzaro, als ob ihm eine ungestüme Scham verbiete, noch mehr zu sagen. Und so bat er auch nicht für sich selber um die Wegzehrung, denn er war eifersüchtig, mit ihr allein zu sein und neben ihr zu sterben.

»Addio, Padrone Lazzaro.«

Es dämmerte schon, da kam Cecilia aufgelöst mit Schiavetto am Haus an der Pappelbrücke an, denn irgendein Nachbar hatte vom Priester das Unglück erfahren und war auf die Mühle gegangen, sie zu rufen. Aber Padrone Lazzaro hatte von innen abgeschlossen und sprach zu ihnen durch das Kammerfenster, während die Nacht herabsank.

»Du darfst nicht hereinkommen, Cecilia, das hat auch sie gesagt, bevor sie starb. Du darfst dich nicht anstecken, jetzt, wo du den im Leib trägst, in dem Lazzaro oder auch Dosolina wiederersteht.«

»Lazzaro, warum sprechen Sie so!«

»Das wirst du bald wissen, sehr bald, hoffe ich. Gehe fort von mir, Cecilia! In diesem Haus ist die Seuche, und die hat keine Nachsicht.«

»Aber ich kann Sie doch nicht so allein lassen!«

»Wir haben niemand mehr nötig, meine teure Cecilia, sie nicht, und auch ich nicht. Geh zurück zur Mühle und gebt auf euch acht. Ich habe dich wie eine Tochter geliebt, seit dich der Fluß mir schenkte, jetzt tu das auch für mich.«

»Aber ...« Cecilia unterbrach sich, sie fühlte, wie jedes Wort vergeblich war.

»Sei gesegnet, Cecilia, du und was dir geboren wird, das sage ich dir und das sagt auch meine Alte, die uns sieht und die auf mich wartet. Grüße deinen Mann, meinen Sohn, achte auf deine Gesundheit in diesen Zeiten, damit ihr nicht die Seuche bekommt. Ich bin gewiß, daß Gott mir meinen Wunsch erfüllt. Sag mir nichts andres mehr, es ist da gar nichts mehr zu sagen – oder doch: wenn es etwa den Anschein hatte, als ob wir nicht zufrieden gewesen wären mit eurer Hochzeit, so kann ich dir jetzt sagen, daß wir, sie und ich, zufrieden sind. Und ich tröste mich, daß du, meine Cecilia, die Mutter der Scacernis bist. Und etwas anderes habe ich nicht mehr zu sagen. Lebe auch du wohl, Schiavetto«, fügte er hinzu, indem er das Fenster schloß, »wir haben mancherlei zusammen erlebt, und du bist mir immer ein guter Freund gewesen.«

Cecilia weinte unterdrückt. Schiavetto begleitete sie, die mit dem ungelenken Schritt der Schwangeren einherging, zur Mühle heim. Dann kehrte er wieder an das Haus an der Pappelbrücke zurück und setzte sich auf einen Stein, der nahe der Haustür auf der Tenne als Bank diente.

Die Nacht war ein wenig kalt, und in diesem März war mit einemmal irgend etwas Winterliches. Er betrachtete die kleinen leuchtenden Sterne. Und er dachte an so viele durchlebte Tage und Dinge zurück, an die traurigen und heiteren Wechselfälle, die er mit Padrone Lazzaro auf der Mühle gehabt hatte. Aber er konnte bei keinem Punkt verweilen, denn das Schweigen aus dem Hause rief in die Nacht und in seine Seele hinein. Doch Padrone Lazzaro verlangte Gehorsam bis zum letzten Augenblick und wollte nun auch auf seine Weise sterben. Der Alte hatte schon vorher, während er mit den beiden am Fenster sprach, in seinen Eingeweiden die Schmerzen der Cholera verspürt, und weil er nicht sein Totenbett beschmutzen wollte, hatte er sich eine Matratze auf die Erde neben das Bett gezerrt. Dort lag er jetzt in stummer Qual, als wolle er sich nicht besiegen lassen und etwa zu klagen beginnen. Seine robuste Natur widersetzte sich der Krankheit, wodurch die Schmerzen entsetzlich zunahmen. Er hatte sich mehrmals an der Mauer entlang tastend zum Klosett geschleppt, denn er gab alle Kraft in den Gedanken, sauber zu sterben, als wolle er die ekelhafte Krankheit trotzig herausfordern. Ein brennender Durst dörrte ihm den Schlund aus, der von ausgewürgter Galle verbrannt war. Langsam überfiel ihn Kälte, und er spürte, wie der Tod ihn Stück für Stück in Beschlag nahm. Er glaubte schon, dem Tode nahe zu sein, konnte bereits kein Glied mehr auf der Matratze bewegen, als der erste Krampf ihm die Waden wie mit glühenden Zangen zwickte. Und da merkte er, daß er noch zu leiden hatte in seinem gelähmten Daliegen, ohne eine andere Bewegung als diese ihn umschlingenden krampfartigen Anfälle, die ihm, von den Beinen heraufsteigend, die Schenkel, den Bauch, die Brust, Schultern und Arme mit einer wie einstudierten Grausamkeit quälten. Er konnte schon nicht mehr sehen, und die eingefallenen Augen hatten sich in ihren Höhlen verdreht. Er knirschte mit den Zähnen, er hatte nur noch die eine Vorstellung, in der er hartnäckig weiterlebte: nicht schreien zu wollen. Dieser sein eiserner Wille war stark wie die Krankheit, ja noch stärker, auch als er zum Schreien selbst nicht mehr die Kraft gehabt hätte. Aber er hatte noch die Kraft, das Kreuzeszeichen zu machen, als im Morgengrauen der letzte Anfall von tödlichen Schmerzen sich in ihm löste und beruhigte. Dann war es still im Haus an der Pappelbrücke.

Schiavetto beschloß gegen Morgen, zu klopfen, aber niemand öffnete. So pochte er mit aller Kraft, rief und schrie, doch niemand antwortete in diesem Totenhaus. Da bewaffnete er sich mit einer Art Brechstange und erbrach die Tür.

Dosolina lag fast körperlos geworden unter den Leintüchern, so wie ihr Mann sie hingelegt und in Ordnung gebracht hatte, als er ihr die Augen schloß. Sie schien ganz unbestimmten Alters zu sein und war nur noch Haut und Knochen. In dem Mund, der sich geöffnet hatte, lächelten die Zähne, die Kinnbacken hatten sich verschoben. Lazzaro dagegen erschien noch länger als früher auf seiner Matratze, als ob die mächtige Gestalt ihre alte Kraft wiederbekommen hätte, ja sogar mehr noch. Vom Kinn hing der große Bart weiß und blühend herab, und Schiavetto erschien es, als habe er den Bart und auch das Haupthaar Lazzaros nie so weiß gesehen. Er erbebte, als er die schmal gewordene Nase, die fest geschlossenen Kinnbacken, den strengen und beruhigten Mund in dem mageren Antlitz erblickte und das Weiße der Augen, das ihm Angst machte; denn die Lider standen offen, und die Augäpfel lagen verdreht in den Höhlen. Seine Gestalt war in einer feierlichen Strenge ausgestreckt, die Arme lagen in Kreuzesform über der Brust, die Beine und Füße nebeneinander und gerade hingestreckt. Diese große Brust ohne

Atem barg ein Herz, das etwas in seiner Einfachheit Großes gehabt hatte, und nun stand es still und sandte nicht mehr das lebhafte Blut durch die Adern.

Schiavetto, der diesen Mann wie seinen Vater geliebt hatte, war zu sehr von Schmerz erfüllt, um weinen zu können. Er neigte den Kopf und überließ sich seinen Gedanken, so vielen Gedanken, die ihn Jahre zurückführten, so viele Jahre. Dann hob er den toten Herrn von der Matratze und wechselte die Laken, schloß ihm die Augen und legte ihn neben die Frau auf das Bett. Und da er wußte, daß Dosolina immer geweihte Kerzen bereit hielt, ging er und holte zwei. Er stellte sie an das Kopfende, zündete sie an, kniete sich hin und begann ein Requiem und ein Vaterunser für die Seelen Lazzaros und Dosolinas im Fegfeuer zu beten. Vor der Schmerzensmutter in der Küche war die Kerze, die Padrone Lazzaro selber noch angesteckt hatte, ganz abgebrannt.

Er hatte die Kammertür von innen verschlossen, damit, wenn Cecilia etwa von der Mühle kommen würde, sie die beiden Toten nicht berühren könne. Das war der letzte Auftrag des Padrone Lazzaro gewesen.

Das Rindvieh im Stall begann, als es gegen Morgen den Hunger stärker spürte, zu brüllen, und er ging, nach ihm zu sehen und die Krippen zu füllen. Er hatte das Gefühl, als zeige er sich damit noch der guten Hausfrau gefällig, die ihm nun niemals mehr einen solchen Befehl erteilen würde. Und während er die Gabel handhabte, liefen ihm die Tränen aus den Augen. Er war alt geworden, und er dachte daran, wie er noch jung war, als Dosolina in das Haus zu Padrone Lazzaro gekommen war, die junge Braut, blond wie Weizen und mit Kornblumenaugen.

Und jetzt auf einen Schlag fand er, daß er alt und müde geworden war. Er stand allein auf der Welt und dachte an soviel vergangene Dinge zurück. Und die Augen wurden ihm von Tränen verschleiert, von wenigen nur, und sie glichen dem Tau des Frühlings, der das Gras und die weiche Saat und die Gräben, an denen der Weißdorn steht, mit Silber bedeckt.

III

Es waren Tage, da den meisten Leuten weder Zeit noch Lust blieb, an Leichenbegängnissen teilzunehmen. Aber man kann sagen, daß hinter den beiden Särgen die ganze Guarda herging. Als Giuseppe Scacerni in das Haus an der Pappelbrücke zurückkehrte und das Vorgefallene erfuhr, war er vollständig durcheinander. Er sagte aber nichts, er spannte das Pferd ab, stellte es in den Stall, während die Nachbarn, die ihm die Mitteilung gemacht hatten, ihn mit Neugier beobachteten. Und man war nun sehr empört, als man ihn ein Liedchen pfeifen hörte. Das nahm man für ein Zeichen von Unempfindlichkeit und bedachte dabei nicht, daß Pfeifen nicht seine Gewohnheit war und er bei diesem Anlaß das erste, aber auch letzte Mal in seinem Leben ein Liedchen pfiff. Und wenn man ihn die Tage hinterher auf seinen Fahrten im Wägelchen beobachtet hätte, wäre man darauf gekommen, daß er viel häufiger und länger als sonst dem Pferd die Zügel locker ließ, ganz versunken und träumerisch in Gedanken, die nicht nur dem Geschäft und Gewinst gewidmet waren.

Die Leute sagten, er sei eine Bestie, und, man habe an ihm die Taufe vergeudet. Das wurde ihm hinterbracht, aber er regte sich nicht auf, er zuckte nur kurz die Achsel.

Auch Cecilia teilte die Meinung der Leute, daß der Tod seiner Lieben ihm nichts ausgemacht habe, aber auch ihr gegenüber bemühte er sich nicht, diesen Irrtum zu beheben. Ihre Ehe war besser geraten, als man bei einem solchen Anfang hätte meinen sollen. Aber die Lebensgewohnheiten der beiden wurden immer verschiedener, sie wollte sich sogar zur Geburt nicht in das Haus an der Pappelbrücke begeben und gebar auf der Mühle. Das steinerne Haus auf dem festen Land gab ihr kein Behagen, ebensowenig wie ihrem Manne das Holzhaus auf dem Fluß. Ihr nahm der geschlossene Raum Atem weg, während das Fluten des Wassers ihn in den Beinen und im Kopf kraftlos machte.

Als sie den ersten Sohn hatte, schaukelte sie ihn in der Wiege, die auf dem alten Sandoncello auf der Paneperso stand. Und in der unaussprechlich süßen Entkräftung nach den Schmerzen der Geburt fühlte sie, wie in ihre Adern jenes Leben zurückkehrte, das aus ihrer Brust in die Adern des Neugeborenen floß. In diesem gesegneten Glück der Mutter vergaß sie alles auf der Welt.

Die Hebamme war gekommen, um ihr beizustehen, eine Frau, die an der Guarda schon seit geraumer Zeit die alt, krumm und kraftlos gewordene Venusta Chiccoli ersetzte. Bei ihrer Ankunft hatte sie gesagt:

»Das ist ja schon eine merkwürdige Art, wenn man ein Haus hat, auf einem Mühlenschiff niederkommen zu wollen. Aber man merkt daraus, daß das Kind unbedingt ein Müller werden soll, wie?«

Als sie dann Coniglio mannaro den kleinen Lazzaro reichte, sagte sie:

»Nun sehen Sie ihn einmal genau an: wenn der nicht ganz sein seliger Großvater ist!«

»Für gewöhnlich sagt man doch, daß ein Kind dem Vater gleiche«, hatte er mit Grinsen erwidert, »denn in bezug auf die Mutter gibt's ja keinen Zweifel.«

»Aber ja ja, er gleicht auch Ihnen«, versuchte die Hebamme ihren

Fehler wiedergutzumachen, »es ist da Familienähnlichkeit, versteht sich, zum Teufel nochmal.«

Als Coniglio mannaro ihr den Neugeborenen zurückreichte, hob er die Schultern und sagte in einem düsteren Ton, den ein heiteres Lächeln verdecken sollte:

»Beruhigen Sie sich, wenn er seinem Großvater gleicht, dann wird er ein schöner Mann, wenn er dagegen mir gleicht – na, lassen wir's auf sich beruhen.«

Cecilia hörte von ihrem Bett aus zu und beobachtete ihn. Sie hätte ihm am liebsten sagen mögen, daß sie ihm verziehen hatte und ihm alles vergaß, ja sogar, daß sie ihm nun dankte, Mutter geworden zu sein, daß sie ihm dankte für diesen Sohn, den er gezeugt hatte, daß sie glücklich sei, und so vieles noch hätte sie ihm sagen mögen. Aber sie verstand nicht, sich in Worten auszudrücken, ihre Zurückhaltung duldete es nicht. Gerade die Neuheit dieser ihrer Gefühle hemmte sie, die sie ungestüm in sich spürte wie das warme Heraufsteigen der Milch, und es hemmte sie dieser kalte Mann vor ihr, kalt wie die Tramontana. Vielleicht, so dachte sie voll Mitleid, litt er unter seiner eigenen Kälte, die ihm nicht einmal den Tod der eigenen Eltern hatte nahegehen lassen. Wenn sie nicht zu scheu gewesen wäre, so hätte sie ihm gesagt, daß sie von jetzt an, da sie Mutter geworden war, ihm auch wirklich Frau sein werde, und sie dachte gar nicht daran, daß man noch auf eine andere Art empfinden und eine andere, von diesem Gefühl sehr verschiedene Leidenschaft hegen könnte. Sie war voll Dankbarkeit gegen ihn, und sie wollte nichts anderes von ihm – sie glaubte auch nicht, daß er noch etwas anderes verlangen könnte als solches Einssein miteinander. Und vielleicht war in dieser ihrer starken und leidenschaftlichen Erfülltheit durch das Kind, in dieser mütterlichen Seligkeit, mit der sie es immer wieder anschaute, vielleicht war darin schon die Bitte und der geheimnisvolle, tiefe Antrieb eines unwiderruflichen Instinktes, der immer neue Früchte aus ihrer ruhigen und mächtigen Fruchtbarkeit von ihr verlangte, von ihr, der doch die Angst und Qual, die Wonne und Sehnsucht der Wollust unbekannt waren. Die Natur hatte ihr solche Gefühle verweigert, um sie noch mehr zur Mutter zu machen und zu nichts anderem sonst.

So dringt der Saft des Frühlings aus den Adern der Erde in die Stiele, und aus den Stielen in die Blüten, die er keusch nötigt, vom Blütenstaub fruchtbar zu werden, um Frucht und Samen zu tragen: und auf dieselbe Weise sind fruchtbar und heiter die Weibchen der Tiere.

Coniglio mannaro fühlte es, wie diese glückliche Dankbarkeit des erhörten Weibes ihn und auch seine sehnsüchtige Leidenschaft, die seiner Frau nicht sonderlich naheging, mehr als je ausschloß. Er war weit davon entfernt, sich darüber Rechenschaft zu geben, doch fühlte er es gewiß, und sein grollendes Fleisch, das sich erniedrigt vorkam, empörte sich. Er erinnerte sich an die ausgestandenen Erniedrigungen und fühlte die kommenden voraus. Denn, wenn seine Lust sich an ihr stillen wollte, wurde er schwach und verwirrt, und was übrigblieb, war eine matte Wut. Aber siehe da, dieselbe Leidenschaft bewirkte in ihr das Leben, während er sich dabei in einer Art tödlichen Vergehens verlor.

Wenn er auf seine Weise seine Heirat betrachtete, dann mußte er, was diesen Punkt anging, sich sagen, daß er magere und traurige Zinsen eingeheimst hatte. Und man darf ihn wegen der Dürftigkeit seines Gemütes nicht verachten, bevor man nicht erwogen hat, wie sehr er daran litt. Aber seine Bekannten, die ihn als schlechten Sohn beurteilten, hielten ihn nun auch noch für einen ebenso schlechten Vater. Cecilia allein verzieh ihm, oder vielmehr, da sie von ihm nur eine einzige Sache haben wollte, nämlich die Fruchtbarkeit, so war sie es allein, die ihm den Tadel ersparte und sich nicht am bösen Gerede der andern gegen ihren Mann beteiligte.

Seine Natur war so beschaffen, daß er mit einem grollenden und finsteren Behagen die böse Meinung, die der Nächste von ihm hatte, genoß, um so mehr, wenn sie ungerecht war. Hatte aber jemand eine gute Meinung von ihm und merkte er freundliche Gefühle, so zog er sich unangenehm berührt zurück.

Über die Cholera, die mit den heißen Sommertagen anwuchs, machte er sich nicht die geringste Sorge. Er war überzeugt, daß man sie nur einmal bekommen könne, und wer sie, wie er, gehabt habe, der sei für immer dagegen gefeit. Unermüdlich zog er, tätiger und eifriger als je, von Ort zu Ort, von Haus zu Haus, um die großen und kleinen Getreideankäufe der neuen Ernte zu tätigen. Es schien, als ob er das Korn rieche, auch wenn es von Leuten, die es nicht verkaufen wollten, versteckt worden war. Ja, er roch es wie der Hund die Trüffel – die Leute sagten aber, wie das Schwein die Eicheln. Und so folgte er in bebender Eile seinem Riecher durch die sonnenschweren Felder, über denen die Geißel der Seuche stand. Er kehrte in Häuser ein, wo der Tod soeben zu Besuch war. Und er gab sich überhaupt keine Mühe mehr, seine Habgier unter der gespielten Gleichgültigkeit des gewandten Kaufmanns zu verbergen. Er überfiel die Leute geradezu, und er entsetzte sie mit seinen sinkenden Preisen, wenn er versprach, zurückzukehren – um ihnen dann die Hälfte zu bieten, ein Drittel, ein Viertel. Er nahm sich das allgemeine Elend, die Schulden und die Nöte der Leute aufs Korn. Denn einen jeden von ihnen kannte er durch und durch. Und er scheute sich nicht, den Vätern gegenüber, die, den Jammer um ihre vor wenigen Stunden gestorbenen Söhne im Herzen, auf dem Feld werkten; den Söhnen, die als Waisen auf der Tenne beim Dreschen waren; den Witwen, die unversorgt und allein zurückgeblieben waren – er scheute sich nicht, ihnen zu sagen und vorzurechnen, wie die Seuche die schaffenden Arme vermindere und den Tagelohn verteuere und wie das Elend sich im ganzen Lande ausbreiten werde. Sie sollten deshalb, so ermunterte er sie, einmal nachrechnen, daß sie bald Bankrott machen müßten, wenn sie ihr Korn ihm nicht gerade jetzt verkauften.

»Da, seht den Verbündeten der Cholera«, so sagten die Leute, wenn sie sein Pferd durch die langen und staubigen Straßen sich nähern sahen, in den Feldern, wo der grüne Hanf seinen feinen aromatischen Duft ausbreitete, und auf den abgelegenen Pfaden, wenn er seinen Wagen auf eine ihrer Tennen lenkte.

Die Erdarbeiter in der Vallazza und an den Kanälen ringsum sangen unter der erbarmungslosen Sonne jenes Lied, das seit Jahrhunderten in diesem vom Schweiß der Schaufelnden und Karrenden getränkten Lande gesungen wurde, ein lustiges Lied, das ununterbrochen das ewige Quietschen der Karrenräder begleitet:

Hört ihr den Trommelton:
Um Mitternacht genau
Die Kärrner, rompompom,
Zur Arbeit ziehen schon.

Coniglio mannaro betrachtete sie mit einem düsteren und überheblichen Gefühl, und er konnte nicht begreifen, wieso diese erbärmlichen Habenichtse, Menschen, die nichts auf der Welt als ihre Arme zur Arbeit besaßen, derart fröhlich sein könnten. Er hielt sie für unbesonnen, ja sogar frech. Ihn beleidigte es, daß diese Enterbten, diese Schwerarbeiter sich mit der Heiterkeit eines Liedes über ihre menschliche Lage hinwegsetzten. Wenn er ihnen nur vom Wagen her zuschaute, wie sie neue Kanäle aushoben und alte ausbesserten, befiel ihn Schrecken und Schwächegefühl bei dem Gedanken, daß er selbst einmal ohne Geld dastehen könne. Und weil er überzeugt war, daß ihre Fröhlichkeit nicht aufrichtig sein könnte, flößten ihm diese Leute Angst ein. Denn er war ganz sicher, daß sie unter dieser heiteren Oberfläche einen wilden Haß gegen jeden verbargen, der Geld besaß und Geld verdiente. Manchmal auch hielt er den Wagen an, um mit ihnen zu plaudern, wenn sie gerade eine Ruhepause machten, während die heiße sommerliche Luft den ausgehobenen Schlamm und die Böden der fauligen Kanäle hart werden ließ. Dann neigte er dazu, ihnen etwas Mitleidiges zu sagen. Doch sie erwiderten:

»Ja, und Sie? Sie ruhen nicht einmal um diese Stunde, Coniglio mannaro.«

Sie bedauerten ihn wirklich nun ihrerseits, und das konnte er nicht begreifen – deshalb meinte er, sie verhöhnten ihn aus ihrer wilden Mißgunst heraus.

»Sie hetzen sich derartig ab«, sagten sie ihm, »daß man glauben sollte, Sie hätten vergessen, daß auch Sie einmal sterben müssen. Können Sie etwa Ihr Geld mit ins Grab nehmen? Sie werden reich, nun ja, aber dafür wird Ihnen das Sterben um so bitterer.«

Das war keine Mißgunst, kam es ihm vor, das war Haß, den sie gegen ihn hatten.

Wirklich hatte sich in diesen letzten schweren Zeiten eine gewisse Gehässigkeit innerhalb dieser Bevölkerungsschicht breitgemacht, unter den Tagelöhnern vom Kanalbau, die immer zahlreich im Ferraresischen waren, die schlecht bezahlt und immer von Mietschulden und den beim Kaufmann angeschriebenen Schuldposten gehetzt wurden, von einer Arbeit zur anderen zogen, immer über das Morgen im unklaren waren und nicht selten arbeitslos im Elend saßen. Diese Leute teilten keineswegs die freudigen Gefühle jener andern zwischen Ro und der Guarda, die aus dem Reichtum und der Unternehmungslust des Herrn Pietro Nutzen zogen. Für sie blieb Pietro immer der Sohn des Vanghetta, der Enkel eines Mannes, der wie sie im Elend des Tagelohnes gestanden hatte. Sie litten unter den teuren Brotpreisen. Und in der Tat war, wenn man ihre Löhne betrachtete, das Brot immer zu teuer. Die Schuld daran maßen sie den Getreideaufkäufern und denjenigen zu, die das Getreide aus purer Gewinnsucht über den Po verschoben. Der Bäcker, der Krämer, Coniglio mannaro und Herr Pietro, für sie waren das alles verhaßte Wucherer und Aushungerer. Und wenn sie auch für gewöhnlich in ihr Los ergeben waren, denn sie sagten: »es war immer so«, in diesen Tagen hatte die Teuerung sie doch aufgereizt. Und sie zögerten keinen Augenblick, dem Scacerni das ins Gesicht zu schmeißen:

»Leute wie Sie, Coniglio mannaro, um's mal gerad'heraus zu sagen, gehörten an den Galgen. Statt dessen kommen wir daran, wenn wir so verrückt sein sollten, ein bißchen mehr Brot und Gerechtigkeit zu fordern. Es weiß jedermann, daß die Regierung verboten hat, das Getreide über den Po zu verkaufen, einfach damit hier nicht der Hunger aufkommt. Und Sie, Coniglio mannaro, wissen ja, wieweit man diesem Verbot nachkommt. Sagen Sie es doch, Coniglio mannaro, was Sie dagegen sagen können! Inzwischen wird das Brot teurer, und uns bleibt nur noch übrig, den Gürtel enger zu schnallen. Was die Zukost betrifft, so fand Johannes der Täufer in der Wüste wenigstens noch Heupferdchen, wir haben nicht einmal so etwas! Und die Regierung hat keine Ahnung davon, oder sie will oder kann nicht eingreifen, das ist der Gang der Welt. Das müßte man dem Papst sagen, aber wie können wir Armen bis zu ihm vordringen, um uns Gehör zu verschaffen. Und was machen die Leute, die um den Papst herum sind, ihm nicht alles weis, da ja auch er nicht eingreift und nichts weiß von unserer Not! Wenn wir ihm zeigen könnten, unter welchen Umständen wir leben, der Papst würde eingreifen und Gerechtigkeit schaffen, und das wäre dann ein großer Tag. Denn es gibt allzuviel Leute wie Sie, Coniglio mannaro. Ihr seid viel, viel schlimmer als die Diebe und Straßenräuber, denn die berauben nur Leute, die etwas haben; aber das Gesindel euren Schlags hat die Art und Weise gefunden, auch noch die auszuplündern, die nichts haben. Coniglio mannaro, Sie bereichern sich am Hunger, am Blut der Armen. Ihr seid noch schlimmer als die Wucherer, ihr seid noch schrecklicher als die Cholera, denn die geht offen vor mit ihrem Zupacken, und sie macht schließlich aller Not ein Ende. Aber ihr haltet die Leute am Leben, um ihnen das Blut auszusaugen: häßliche Blutegel unsrer häßlichen Krankheit.«

Coniglio mannaro mußte solche und ähnliche Gespräche anhören, wenn die Schubkarren aufgerichtet wie die Gewehre in einem Kreis standen, die Spaten und die Schaufeln in der glänzenden und fetten Erde staken und er die Arbeiter beieinander antraf, wie sie ihr bißchen Brot unter dem mageren Schatten einiger Sträucher verzehrten. Er war von diesem Anblick immer angezogen; zwar hätte er sich am liebsten von diesen Gesprächen befreien und weiterfahren mögen, aber dann hörte er sie doch an, und er genoß sie mit einem Grinsen, in dem sich seine Angst und sein Haß ausdrückten. Wenn dann die Arbeiter nach beendigter Ruhepause langsam aufstanden, ihre Arme und Beine wieder in Bewegung brachten und die Griffe der mühseligen Schubkarren und der anderen Geräte packten, um die braune und gelbe Erde herauszuholen oder den schwarzen Schlamm, der an der Sonne seinen Modergeruch verbreitete, dann hörte er sie abschließend sagen:

»Ja, aber was nützt all dies Reden! Das war immer so und wird auch immer so bleiben. Die Armen sind eben zu diesem Zwecke dumm geboren. Sie hätten uns lieber ein Mittagsschläfchen machen lassen sollen, Coniglio mannaro.«

Damit spuckten sie sich in die Hände. Coniglio mannaro schien dieses Spucken ein Ausdruck von Verachtung und Ingrimm, während die Arbeiter schon die Gespräche vergessen hatten. Er aber versenkte sich grübelnd in das Gehörte, und dann wuchs es in seinen Gedanken an.

Unter diesen Kärrnern und Schauflern gab es Leute jeglicher Herkunft. Sie kamen aus der Gegend zwischen dem Po und der Fossa della Cattolica, aus der niederen Romagna, dem Bolognesischen und Ferraresischen, kurzum aus den armen Gegenden. Sie waren zu Erdarbeitern bestimmt, weil ihre Väter es schon waren, aber das will nicht heißen, daß sie alle gleichmäßig in ihr Los ergeben waren. Die einen hatten früher bessere Berufe ausgeübt, waren Handwerker, Bauern oder Händler gewesen. Und nun betrieben sie ein Handwerk, das zu den erbärmlichsten und mühseligsten gehörte, aber auch zu den ungewissesten, was den Ort der Arbeit und das verdiente Brot anging, so daß sogar der Umstand, eine Familie zu haben, für sie nur eine neue Last und neue Sorgen bedeutete.

Viel besser waren die Lebensbedingungen jener Arbeiter, die bei Bauern schafften, auch wenn sie täglich bezahlt wurden, also »disobbligati« (Nichtverpflichtete) waren. Sie wurden als Ochsen- und Kuhhirten verwandt, als Feldarbeiter und zu all den anderen Verrichtungen: zum Ernten, Jäten, Dreschen, Hanfrotten und so fort. Das waren nur vorübergehende, trotzdem aber sichere Arbeiten, auf Grund deren sie, auch wenn sie in Nachbardörfern wohnten, ihre Miete und ihre Schulden beim Bäkker, Schneider und Schuster bezahlen konnten. Überdies lernte der Bauer sie kennen, und die er als arbeitsam und tüchtig erkannt hatte, behandelte er gut. Sie befanden sich nicht in der Lage dieser verzweifelten Abenteurer des Spatens und der Schubkarre, die von der Freiheit ihres »Nichtverpflichtetseins« allzusehr das mühselige und gefährliche Los zufälliger Arbeit kannten. Die Urbarmachung der Vallazza hatte eine ganze Menge dieser Gelegenheitsarbeiter ins Land gerufen, und Coniglio mannaro fürchtete sie auf eine Weise, die schon »bürgerlich« zu nennen war.

IV

Es war Herbst geworden im Jahre 1855, bis die Cholera anfing, schwächer zu werden. In diesem Herbst kam Coniglio mannaro in Vergolis Landhaus, um mit ihm über eine Getreideladung zu sprechen, die man soeben nach dem Damm von Nogarole zu abfuhr. Und da geschah, was er und alle andern am wenigsten erwartet hätten: er traf bei Vergoli einen Untersuchungsrichter an, der die Bücher und Korrespondenzen des Pietro Vergoli untersuchte, und zwar auf Anordnung des Gerichts von Ferrara und des apostolischen Delegaten, der seinerseits befohlen hatte, daß man gegen die Verdächtigen – Vergoli, Solimani, Barbacinti und andere kleineren Kalibers – vorgehen sollte. Coniglio mannaro war tief erschrocken, und er hätte sich gern verbergen mögen, aber wo? Als er dabei in den Garten kam und diesen und jenen fragte, was denn um Himmels willen vorgefallen sei, inständig und verlegen, eben wie ein Mann an der Stätte eines Unglücks nach allzu bekannten Vorfällen fragt, erhielt er von diesen verwirrten Leuten keine Antwort. Und wie er so umherirrte, erschien plötzlich der Botengänger der Guarda, Domenico Moia, am Portal des Landhauses und rief dem Gerichtskanzlisten sogleich zu, auf Coniglio mannaro hinweisend:

»Der da ist der hauptsächliche Aufkäufer der in Frage stehenden Getreidemengen.«

Coniglio mannaro merkte, wie ihm die Knie schwach wurden, er wagte sich nicht mehr fort. So gehorchte er halbtot dem Kanzlisten, der ihm zurief:

»Los, los, Sie da, kommen Sie herein, zum Herrn Richter!«

Der Richter saß im kleinen Arbeitszimmer Vergolis, und zwar an Herrn Pietros Schreibtisch und auf seinem Stuhl, während Herr Pietro selbst zur Seite des Schreibtisches auf jenem Stuhl saß, wo sich für gewöhnlich Vergolis Besucher niederzulassen pflegten. Herr Pietro schien eine zuversichtliche Miene zu haben, sie war sogar noch zuversichtlicher als gewöhnlich. Aber sein Dasitzen auf dem Stuhl war reichlich komisch. Denn er saß auf der Stuhlkante, als ob es weiter zurück in dem Sitz Nägel gäbe, und als ob er sich Gewalt antun müßte, nicht aufzuspringen, um davonzulaufen. Eine andere Seltsamkeit sprang Coniglio mannaro in die Augen: daß Vergoli nämlich, wiewohl der Tag ein bißchen kalt und das Zimmer ohne Feuer war, sich die Stirn jeden Augenblick trocknen mußte, weil er schwitzte: das war ohne Zweifel kalter Schweiß.

Der Kanzlist näherte sich dem Richter, um ihm etwas mitzuteilen, und der befahl:

»Ja, schön, er soll warten.«

Der Kanzlist wies Coniglio mannaro einen Sessel in der Ecke an, wo er sich auch niederließ, ohne zu bemerken, daß er auf dieselbe Weise dasaß wie Herr Pietro und dabei tief seufzte. Vergoli hatte Coniglio mannaro bei dessen Eintreten nur einen kurzen Blick zugeworfen, aber der genügte, um seine ganze Angst vor dem bevorstehenden Unglück auszudrücken. Scacerni war derart betroffen, daß er sofort wegschaute, aber gleich darauf suchte er wieder Vergolis Augen, nicht anders wie ein Schiffbrüchiger, als wolle er um Auskunft nachsuchen, was er zu tun und zu sagen habe. Doch Herr Pietro schaute ihn nicht mehr an, sei es, weil er sich selber keinen Rat mehr wußte, sei es, weil er zuviel damit zu tun hatte, um dem Richter zu antworten. Der lief die Zahlenreihen in dem Auslieferungsbuch durch, vor sich hinmurmelnd, solange es sich nur um Ziffern geringen Umfanges und verschiedene Orte innerhalb des Kirchenstaates handelte. Er hob aber die Stimme und stieß die Silben überdeutlich hervor, als wolle er sie unterstreichen, immer wenn der Name des Zolls von Serravalle vorkam. Das war ein kleiner Flußübergang mit einem Pikett Zöllner, hatte aber weiter keine Bedeutung. Dieser Ort war nun immer häufiger als Ziel für ungeheure Getreidespeditionen angeführt. Der Richter stieß immer wieder auf diesen Namen. Jedesmal wenn Vergoli einen Zollzettel von dem Bündel nahm, das er in der Hand hielt, sagte er:

»Hier, Herr Richter, die entsprechende Gegenbescheinigung des Piketts von Serravalle.«

Der Richter nahm den Zollzettel entgegen und legte ihn auf einen Stoß zu den andern, ohne etwas zu sagen. Von Zeit zu Zeit stieß er auf eine Fracht nach Triest oder zur Dampfmühle von Duino, und dann suchte Vergoli in einem andern Stoß von Dokumenten:

»Hier bitte die dazugehörige Ausfuhrerlaubnis.«

In der Tat schien ein Teil dieser Sendungen ins Ausland mit regelrechten Genehmigungen ausgeführt zu sein. Sie waren auf Vergoli selber ausgestellt oder von ihm aus den Händen anderer Getreidehändler übernommen worden. Doch waren es sehr wenige, und sie bildeten nur einen kleinen Haufen neben den Gegenbescheinigungen, die in Serravalle ausgestellt waren. Denn das war ein solcher Haufen, daß der Richter schließlich sagte:

»Es ist doch seltsam, wirklich seltsam, daß ein Dörfchen von vielleicht zwölf Feuerstellen, das da in den Sümpfen liegt, daß ein Dörfchen wie Serravalle so viel hundert Scheffel Getreide verzehrt haben soll. Davon hätte ja eine ganze Stadt leben können.«

»Wenn von Serravalle die Sendungen nach anderen Orten und sogar ins Ausland weitergingen«, antwortete Vergoli, den Sicheren und sogar Verächtlichen spielend, »so geht das mich nichts an, darin hab' ich mich nicht einzumischen. Mir genügt's, die vorgeschriebenen Gegenbescheinigungen zu haben, die bestätigen, daß die Sendung in Serravalle abgeladen wurde. Und damit hab' ich auch mein Gewissen entlastet«, fügte er ironisch hinzu.

»Der Herr Vergoli spricht mit sehr viel Freimütigkeit über sein Gewissen«, sagte der Richter.

»Das kann ich auch tun. Im Gegenteil, ich kann sogar Aufklärung verlangen, wieso Sie berechtigt sind, mir das anzutun, diesen Affront, mir ins Haus zu kommen, um meine Bücher zu kontrollieren.«

»Euer Gnaden mögen tun, was Sie in Wahrung Ihrer Interessen und

Ihres guten Namens für das Beste halten, ich komme meiner Pflicht und Schuldigkeit nach und folge den Anweisungen meiner Vorgesetzten.«

»Ja, und über diese Anweisungen werde ich mir schon Aufklärung verschaffen, und ich werde auch meine gerechte Sache vertreten, und so nehme Euer Gnaden nichts für ungut«, sagte Vergoli.

Coniglio mannaro hatte in der Zwischenzeit etwas Mut geschöpft. Er glaubte zu erraten, daß der Richter diese Untersuchung nur schweren Herzens vornahm und in seinem Innern verstimmter darüber war, als er merken ließ. Doch regte diesen jetzt Vergolis wegwerfende Art auf, und so sagte er:

»Die Gegenbescheinigungen sind da, sie sollen für jetzt genügen. Aber ganz Serravalle hat bezeugt, daß man dort seit Jahren keine Getreidebarke an der Zollstation ausladen sah. Ist es nun wahrscheinlich, daß ein so bedeutender Vorgang sich vollständig in der Stille, im verborgenen hat abspielen können? Was sagen Sie dazu, Herr Vergoli?«

Vergoli hatte dafür die Antwort bereit, und das ermutigte Coniglio mannaro:

»Wann hat denn ›Herr Vergoli‹ je gesagt oder vorgegeben, oder wann ist er dazu verpflichtet worden, für den Zollbeamten von Serravalle Garantie zu leisten? Im Besitz der Gegenbescheinigung wie ich bin, geht mich das gar nichts an, und ich war nicht verpflichtet, noch irgendwelche Untersuchung anzustellen, ob das Getreide nun abgeladen würde oder nicht. Angelegenheit des Gesetzes kann es hier nur sein, zu untersuchen, ob die Gegenbescheinigungen von Serravalle gefälscht sind, keineswegs aber meine Angelegenheit, ob sie in Ordnung sind. Wenn man dem Zoll den Prozeß machen will, so geht das nicht den ›Herrn Vergoli‹ an.«

Diese letzten Worte enthielten eine offene und sarkastische Herausforderung, und nicht ohne Grund, denn der Richter schnitt ein Gesicht, das seinen Widerwillen und sein Bedauern, diesen Prozeß einleiten zu müssen, deutlich ausdrückte. Denn aus einem solchen Prozeß konnte man sich als einzig sicheres Ergebnis die allgemein als gefährlich bekannte Feindschaft eines Mannes wie Alpi zuziehen, und an Alpi dachten sie alle beide, als nun Vergoli mit prahlerischer Würde fortfuhr:

»Mir scheint, wenn ich ein untertänigstes Gutachten zu dieser Sache abgeben darf, mir scheint, als ob diese ganze Angelegenheit in den Amtsbereich des Superintendanten vom Zoll gehöre – falls man nicht auch ihm den Prozeß machen will.«

Der Richter war einen Augenblick verwirrt, und Vergoli stellte mit einem schnellen Blick fest, wie abwegig dem Richter eine solche Annahme erschien. Es rutschte ihm sogar die Bemerkung heraus:

»Aber wer denkt denn daran!«

»Ich gewiß nicht«, antwortete Vergoli in einem Ton und mit einer Miene, die sagen sollten: Tja, warum sitzen wir denn noch hier und verlieren unsre Zeit mit einer solchen Komödie!

Aber der Richter begann wieder, er war nun gereizt und sprach in amtlichem Tonfall:

»Zu Ihrer Information nehmen Sie bitte zur Kenntnis: falls das Gericht einen Prozeß gegen Regierungsbeamte wie die vom Zoll als notwendig erachtet, so gehört das ausschließlich in den Zuständigkeitsbereich der ›Congregazione Criminale della Reverenda Camera Apostolica‹ zu Rom. Haben Euer Gnaden verstanden?«

»Danke für die Höflichkeit!«

»Wofür?«

»Daß Sie mich so unterrichtet haben«, antwortete Vergoli, der sich nun keine Mühe mehr gab, seinen Sarkasmus zu verkleiden.

Der Richter fuhr fort.

»Und nun, Herr Vergoli, wollen Sie mir bitte erklären, warum alle diese Getreidesendungen, ob nun über Serravalle oder Triest, auf den Namen dieses Herrn Trambusti laufen.«

»Nichts leichter zu erklären: Trambusti ist das Versandhaus, durch das ich die Ehre hatte – mit den entsprechenden Getreideausfuhrerlaubnissen! –, die wohlverdienten österreichischen Truppen zu Triest zu beliefern.«

»Also zu Triest wohnt dieser Trambusti, nicht zu Serravalle?«

»Was wollen Sie damit sagen? Die andern Aufträge für Serravalle hab' ich ebenfalls von Trambusti erhalten, das ist der ganze Sachverhalt.«

»Ganz richtig, und Euer Gnaden haben bei diesem einzigartigen Zusammentreffen von zumindest seltsamen Umständen niemals einen Verdacht geschöpft?«

»Aber welchen Verdacht, gnädigster Herr Richter?«

»Daß auch diese Getreidesendungen heimlich nach Triest weitergingen«, sagte der Richter, doch man konnte merken, daß er unzufrieden war, wieder auf diese Sache zurückgekommen zu sein, worauf er notwendigerweise eine Antwort wie diese erhalten mußte:

»Mir, das wiederhole ich, genügten und mußten genügen die Gegenbescheinigungen. Im Gegenteil, Herr Richter, sagen Sie mir doch gütigst selber, wie Sie mich beurteilen würden, wenn ich mir herausgenommen hätte, mich so weit vorzuwagen, Regierungsbeamte mit meinem Verdacht zu belegen! In meinen Augen war es so: das Getreide war zu Serravalle gelöscht worden, und ich darf und ich will nichts weiter davon wissen.«

Das war jene Antwort des apostolischen Delegaten, er dachte jetzt daran und lächelte. Der Richter setzte inzwischen die Prüfung des Auslieferungsbuches fort. Es wurde dabei immer klarer, daß die Untersuchung die Zollbeamten belastete und daher auch Alpi, und das war eine mulmige Sache, die der Richter ohne ausdrückliche Anweisungen Folicaldis keineswegs anpacken wollte.

Deshalb befragte der Richter jetzt nicht mehr Giuseppe Scacerni noch die andern, und er vermied es auch, die Untersuchungen auf den Sergeanten Solimani und den Korporal Barbacinti auszudehen.

Vergoli, der das Verhör im Geiste an sich vorbeiziehen ließ, kam es vor, als ob er sich gut verteidigt hätte, ohne ein Wort zuviel noch zuwenig gesagt zu haben. Seine Haltung befriedigte ihn nachträglich, er empfand jetzt ebensoviel Stolz, als er zuvor Angst verspürt hatte, und er stellte fest, daß er es verstanden hatte, sich hinter Alpi zu stecken und von ihm decken zu lassen. So konnte er die Tatsache nutzen, daß weder der Richter noch andere, wie man ja gesehen hatte, ernstlich daran dachten, diesen einflußreichen und gewalttätigen Burschen mit in die Anklage zu verwickeln. So schien es ihr bestimmt, in den Akten zu vermodern. Er war also ruhig und voll Zufriedenheit, was diese Seite der Dinge anging, doch war er keineswegs ruhig bei der Vorstellung, um wieviel nun die Ansprüche von Alpis Unersättlichkeit sich steigern würden: denn der würde ihn jetzt noch erbarmungsloser erpressen als je.

V

Es blieben jedoch für Herrn Pietro noch hinreichend andere Gründe, sich zu beunruhigen. Denn der apostolische Delegat konnte nun nicht mehr, auch wenn er es gewollt hätte, den Lauf dieser unangenehmen Geschichte, die viele Widerhäkchen hatte, aufhalten. Zudem war der Delegat, als er die Untersuchung eröffnete, weit davon entfernt, sich die Wirklichkeit richtig vorstellen zu können.

Als diese Wirklichkeit ihm dann dämmerte, hatte er sich bereits in der Überzeugung festgebissen, daß Alpi mit der Sache nichts zu tun habe und daß man ihn unter keinen Umständen verdächtigen noch anklagen dürfe. Der Leser kennt Folicaldi hinreichend, um zu wissen, daß er bei einem einmal gefaßten Entschluß mit blinder Hartnäckigkeit verharrte. Und wer war es denn überhaupt, der den Superintendanten anklagte? Die öffentliche Meinung, die anonymen Briefschreiber! Und dazu bemerkte er nur:

»Es gibt auf der Welt keinen sichereren Beweis für die Pflichttreue eines Beamten als die Gehässigkeit übler Nachrede seitens der Öffentlichkeit.«

In diese Sentenz schloß er sich ein. Der Ausspruch hatte nur den einen Fehler, an dem Sentenzen immer leiden, daß er nämlich ebenso wahr wie falsch war, falsch dann, wenn man ihn nicht richtig anwendete. Jede Anklage und jeder Verdacht gegen den Superintendanten war für den Delegaten sofort ein Beweis für dessen Unschuld geworden. Diese treuherzige Verbohrtheit des Folicaldi wurde aber dann nach und nach in den Augen der andern ein Beweis dafür, daß sich der Delegat mit Alpi verständigt habe oder aber, daß Alpi noch höheren Orts einen Beschützer hatte. Und man sagte:

»Es wird alles mal wieder wie gewöhnlich für immer einschlafen.«

Mit solchen Worten wurde jedesmal das Thema beschlossen, und ganz Ferrara war voll davon. Was aber Vergoli anging, so hatte Folicaldi für ihn eine andere Sentenz bereit. Und statt zu sagen, wie er's in diesem Falle hätte tun können, daß nichts auf der Welt die Ehrlichkeit eines erfolgreichen Mannes besser beweisen kann als der Haß, mit dem die Mißgünstigen seine Erfolge begleiten, zog Folicaldi nun die Sentenz hervor:

»De nihilo nihil, die öffentliche Meinung kann nicht aus dem reinen Nichts entspringen, sie hat immer irgendwo einen wahren Anhaltspunkt.«

Wer den Delegaten darauf hingewiesen hätte, daß Virginio Alpi auf geradezu unverschämte Weise groß auftrat und einen Aufwand trieb, zu dem seine Einnahmen aus der Superintendantur bei weitem nicht hinreichten, der hätte Folicaldi vielleicht dazu gebracht, dieselbe Sentenz auch auf Alpi anzuwenden. Aber niemand wollte es wagen, mit Alpi anzubändeln, denn dessen Unverschämtheit war für alle der sicherste Beweis seiner Allmacht geworden. Alpi selbst war seinerseits davon derartig überzeugt, daß er, um dem unruhigen Vergoli Sicherheit zu geben, ihm den Kehrreim wiederholte, daß, wenn das Schlimmste eintreffen sollte, ihm, dem Superintendanten, die Untersuchung über diese Schmuggelgeschichte an der Guarda übertragen würde.

»Und warum kam der Richter in mein Haus?« fragte mit trübsinniger Ironie Herr Pietro. »Haben Sie ihn etwa geschickt?«

»Formalitätenkram, man wollte der Bösartigkeit der Leute ein bißchen entgegenkommen und den müßigen Schwätzern das Maul stopfen. Das Ganze ist nichts als ein ungemäßigter und unkluger Eifer der Justiz und der Polizei. Ein ruhiges Gewissen, das beste Kissen. Sie wissen ja!«

»Was das Kissen angeht, so finde ich darin Brennesseln, ich weiß nicht, ob Sie mich verstehen«, sagte Vergoli.

Alpi antwortete mit einem schallenden Gelächter, das allerdings, wenn man genau zuhörte, etwas bemüht klang. Denn es war nun eine

Tatsache, daß sich die Gendarmerie, die Polizei und die Verwaltung nicht nur zum großen Teil seinem alles beherrschenden Einfluß im Delegationssekretariat entzogen, sondern es wurden auch Ränke gegen ihn geschmiedet, das wußte er. Und zwar einfach, weil er in seinem Gehaben zu gewalttätig geworden war und sich in alles hineinmischte, weil er über seinen Einfluß in Rom eitel daherschwätzte, desgleichen über seine Beziehungen nach Mailand bis zum alten Radetzky hinauf. Es verging wirklich kein Monat, ohne daß er zu dem alten Feldmarschall ging, und von dieser Reise brachte er immer politische Nachrichten vertraulichen Charakters mit. Das alles war geeignet, ihm bei Folicaldi Vertrauen zu verschaffen, ihm bei der Polizei und Gendarmerie dieses aber zu entziehen. Kurzum, die Dinge im Kastell waren auf dem Punkt angelangt, daß Alpi sein Vorhaben nicht mehr verheimlichte, die Polizei und Gendarmerie gänzlich zu unterwühlen, die ihrerseits wiederum von der professionellen Eifersucht erfüllt waren, ihn in Ferrara loszuwerden.

»Mein guter Vergoli«, fügte er verächtlich hinzu, »mein guter Vergoli in den Brennesseln, ich versichere Ihnen, daß es hier nichts Gefährliches geben kann, bevor nicht Folicaldi mit mir gesprochen hat. Und wenn er mit mir darüber spricht, lassen Sie es meine Sorge sein, ihm zu antworten und gegen jede Gefahr die richtige Maßnahme zu treffen.«

Es ist aber nun so, daß selbst die feinsten Schlauköpfe nicht an alles denken. Und eben diese Sicherheit, die Alpi gegenüber Folicaldi hatte, war schuld daran, daß Herr Pietro eines Morgens im Kastell, nachdem er über die üblichen Angelegenheiten seines Priorates berichtet hatte, vom apostolischen Delegaten ex abrupto mit den folgenden strengen, aber ruhigen Worten überfallen wurde:

»Vergoli, Ihre Vergehen sind der Justiz und mir bekannt. Erwarten Sie kein Mitleid, wenn Sie nicht zu einem vollständigen und freiwilligen Bekenntnis sofort bereit sind.«

»Was für Vergehen, Exzellenz?«

»Fangen Sie nicht an, den Ahnungslosen zu spielen«, schüchterte ihn Folicaldi ein, »ich erwarte das Geständnis, habe ich gesagt. Entweder kommt es Ihnen jetzt spontan heraus, oder Sie werden nicht mehr nach Hause zurückkehren.«

»Wohin denn dann, Exzellenz?« stammelte Vergoli, der gänzlich den Kopf verlor.

»Das möge Ihnen Ihr Gewissen sagen, wenn Sie es nicht derartig verhärtet haben, um nicht mehr zu wissen, was den erwartet, der das Gesetz bricht und verhöhnt.«

»Ich, das Gesetz brechen?« rief Vergoli aus mit einer wahren Schrekkensmiene. »Ich, das Gesetz verhöhnen?«

»Ja, Sie!« sagte Folicaldi mit einem Gesicht, das keine Einwände aufkommen ließ und ohne Zögern das verlangte Geständnis erwartete.

»Ja, dann sehe ich mich genötigt«, sagte Vergoli mit dem Mut der Verzweiflung, »dann muß ich wirklich vermuten ... dann muß ich Ihnen antworten, daß ich nichts anderes getan habe und nichts Schlechteres, als was der Herr Superintendant Alpi weiß, denn er hat es mir geraten, ich kann sogar sagen, befohlen, ich mußte es tun.«

»Sie wagen es«, sagte Folicaldi, der von Strenge zu Empörung überging, »unschuldige Menschen anzuklagen? Menschen, die den Fehler begangen haben, Ihnen aus allzuviel Güte zu vertrauen?«

»Ich wage noch mehr, Exzellenz, noch mehr, auch wenn die Wahrheit zu sagen mich belastet.«

»Um so schlimmer!« schrie Folicaldi, dessen Empörung nun Wut wurde. »Um so schlimmer, wenn es möglich ist!«

»Ich sage, Exzellenz, daß ich nichts andres getan habe als das, was Eure Exzellenz bereits schon weiß und was mir zu tun aufgetragen wurde.«

»Von wem?!« rief Folicaldi fast erstickend.

»Von Eurer Exzellenz in Person.«

Das Staunen und auch das Übermaß von Zorn, das dem Delegaten die Stimme verschlug, ließen Vergoli Zeit, fortzufahren:

»An dem Tag, an dem ich Eurer Exzellenz zu sagen kam ... bitte würdigen Sie mich, mich anzuhören, und machen Sie dann mit mir, was Sie wollen ... an jenem Tag, als ich zu Eurer Exzellenz kam, um zu sagen, daß der General Pasquattini Getreide für die wohlverdienten österreichischen Truppen verlange, wurde mir geantwortet: ›Ich will und darf davon nichts wissen‹.«

»Ja, natürlich war das meine Antwort!« sagte Folicaldi, denn er war sehr weit davon entfernt, mit den Folgen und Folgerungen zu rechnen, die Vergoli zog:

»Und ich habe geglaubt, und glaube es immer noch, daß das bedeuten sollte: Pasquattinis Bitte nachzukommen, ohne Eure Exzellenz mit Fragen zu belästigen, auf die Eure Exzellenz nicht mit Ja antworten wollten ...«

»Was sagen Sie da?«

»... aber auch nicht mit Nein«, fuhr Vergoli fort, »und so glaubte ich, Eure Exzellenz hätte sagen wollen: machen Sie nur, ohne mich zu fragen. Was sollte ich anders annehmen, Exzellenz, nachdem diese Frage, die ich an Sie richtete, mir so in den Mund gelegt worden war?«

»Von wem?!« schrie Folicaldi mit einer Stimme, als sehe er plötzlich den Rand eines Grabens, in den er stürzen sollte.

»Vom Superintendanten Alpi persönlich. Was mußte ich also annehmen?«

»Das fragen Sie mich?« In dieser Frage steckte noch Empörung, Ärger und höchstes Erstaunen. Aber an eben diesem Punkte bemerkte Folicaldi, daß der andere niemand anders als ihn fragen konnte, und schon entgegnete Vergoli:

»Wen denn sonst, Exzellenz? Und ich kann noch hinzufügen, ganz untertänigst, daß ich es nicht war, der auf die Angelegenheit zurückkam, nachdem mir geantwortet worden war: ›Ich will und darf davon nichts wissen‹.«

Nichts ist für eine Regierungsperson unerträglicher, als wenn sie ihre Absichten weniger verraten und übertreten, als verändert und verfälscht sieht. Diesen zur Raserei treibenden Stachel spürte nun Folicaldi, als er so die eigenen Worte vorgehalten bekam. Er wand sich förmlich in seiner Wut über die Mißdeutung seiner Worte und auch über den Gedanken, der ihm nun kam: die Bosheit dieses Vergoli klagte also seine eigene Gutmütigkeit an – angesichts solcher Ungeheuerlichkeit wurde er geradezu mutlos und fragte:

»Und wer gibt Ihnen das Recht, meine Worte auf eine so verwegene Weise auszulegen?«

»Die Worte Eurer Exzellenz selber gaben mir auch die Auslegung. Und ich wage noch untertänigst hinzuzufügen, daß Sie mich wohl ins Zuchthaus schicken können, aber Sie werden mich niemals dazu bringen, zu sagen, eine von Eurer Exzellenz unternommene Sache wäre nicht recht.«

»Nehmen wir einmal vorläufig an«, sagte Folicaldi nach einer langen, verlegenen Pause, »daß Sie sich zu einer so falschen Auslegung berechtigt glaubten, so haben Sie doch die fälschlich angenommene Erlaubnis übermäßig ausgenutzt und mißbraucht!«

»Das ist mir schon vom Richter entgegengehalten worden.«

»Und was haben Sie geantwortet?«

»Daß die Getreideausfuhr nach Triest mit regulären Ausfuhrerlaubnissen getätigt worden ist, denn es verhielt sich wirklich so.«

»Und die Tausende von Scheffeln, die von der Zollstation an der Guarda nach der Zollstation von Serravalle transportiert worden sind?«

»Ich habe dem Richter die entsprechenden Gegenbescheinigungen des Zolls vorgewiesen.«

»All dies Getreide nach Serravalle? Wem wollen Sie das weismachen?«

»Ich werde jetzt Eurer Exzellenz etwas sagen, das ich aus guten Gründen vor dem Richter verschwiegen habe.«

»Aus welchen guten Gründen?«

»Ich habe auf die Worte Eurer Exzellenz Rücksicht nehmen müssen, auf die Worte und die Person Eurer Exzellenz, jetzt aber will ich es nicht verschweigen, daß dieses Mittel der falschen Gegenbescheinigung ausgedacht wurde zu dem ausgesprochenen Zweck, den Bitten des Generals Pasquattini nachkommen zu können, die bei weitem die Getreidemenge überschritten, die durch Erlaubnisscheine bewilligt worden war. Ich ließ mir von verschiedenen andern Getreidehändlern, und zwar nicht ohne persönlich aus meiner Börse zuzusetzen, Erlaubnisscheine übertragen. Und das alles nur, um den General zufriedenzustellen und die wohlverdienten österreichischen Truppen zu beliefern. Ich habe nun geglaubt, immer die Absichten Eurer Exzellenz zu erraten, und so verschwieg ich diese Angelegenheit vor dem Richter. Aber jetzt, da ich mich von dem Urteil Eurer Exzellenz vernichtet und wie einen Verbrecher behandelt sehe, bedroht vom Ruin, verleumdet und erniedrigt von den Übelredenden, darf Eure Exzellenz es mir nicht verübeln, wenn ich dem Richter alles sage, wenn ich sogar verlange, gehört zu werden, um die ganze Angelegenheit klarzustellen. Eure Exzellenz sind zu gerecht, um nicht einzuräumen, daß ein Angeklagter, und das bin ich doch, das heilige Recht habe, sich zu verteidigen. Und auch über die vorgetäuschten Gegenbescheinigungen ist der Herr Superintendant auf dem laufenden.«

Folicaldi war verwirrt, nicht nur, weil er hörte, was ihm da vor Augen gestellt, ja beinah ins Gesicht geschleudert wurde; nicht nur wegen der unangenehmen Folgen, die er aus der Angelegenheit aufsteigen sah; und auch nicht, weil er in seine natürliche Unsicherheit verfiel, als er den Halt einer autoritären Formel nicht zur Hand hatte, sondern vielmehr, weil ihm nun plötzlich aus den Worten Vergolis etwas auftauchte, das er wohl als gerecht ansehen mußte. Denn dieser Mann war, ob nun versehentlich oder aus böser Schlauheit, durch ein Wort aus dem Munde der Obrigkeit zu verbrecherischen Handlungen verführt worden, wenn er auch dieses Wort auf seine Weise verstanden und vielleicht mißbraucht, vielleicht sogar daraus privaten Gewinn gezogen hatte. Und jetzt widerstrebte es Folicaldi, etwas Ungerechtes zu tun, davor schreckte sein ehrliches und religiöses Gewissen zurück. So verfiel er schneller, als er selber gewahr wurde, in eine gedemütigte Stimmung, die ihn verstimmte und bitter machte, und er sagte:

»Nun wohl, ich will Ihre Entschuldigungen, die allerdings nichts taugen, annehmen, nicht aber die Ursachen, die Gründe Ihres Handelns: hier liegt bei Ihnen ein gewaltiger Irrtum vor. Ich will nicht auf dem Vergangenen hartnäckig bestehen, ich will nicht einmal wissen, wieviel Sie bei diesen Getreideausfuhrgeschäften verdient haben. In Anbetracht so vieler Dinge, die nun vergangen sind, und Ihres guten Glaubens, den Sie hervorkehren, will ich das Verfahren gegen Sie einstellen, damit Sie vor mir hier Ihre Übertretungen anerkennen und sich mit dem Fiskus wegen des Schadens und der Strafe durch ein Abkommen vergleichen.«

Vergoli fiel es blitzhaft ein, daß diese Transaktion eine Sache war, die den Superintendanten anging. Mit ihm mußte er sich über die Summe einigen, deshalb war er sicher, daß er sich mit wenigen Skudi aus der Affäre ziehen könne. Und so begann er denn zu klagen und zu protestieren, daß, wenn er sich schon irrte, er doch in gutem Glauben gehandelt habe und daß es bitter sei, wenn er allein für die Folgen einstehen müsse. Und er ziehe es vor, in einem Prozeß ruiniert zu werden, als auf so erniedrigende Weise einen Vorteil zu genießen. Denn dadurch beflecke er den Namen seines Vaters und seiner Söhne. Das alles sagte er und weinte sogar dabei, so daß der apostolische Delegat sich ganz unbehaglich fühlte. Und wirklich spürte Folicaldi Gewissensbisse, daß er in diesem Mann, der wenig Scharfblick haben mochte, einen solchen Irrtum hervorgerufen hatte, und er schätzte seinen eigenen Scharfblick und Verstand diesem Schwachkopf – wie er meinte – gegenüber um so höher ein. So wurde er noch mehr zu Güte und Nachsicht bereit. Und indem er sich als die Ursache dieses außerordentlichen Irrtums ansah, verwandelte sich das Unbehagen seines geraden Gewissens in die befriedigte Eitelkeit einer großzügigen Geste. Er sagte nun gewichtig:

»Leider gibt es unter so vielen Unannehmlichkeiten und Schmerzen der Regierenden auch das Mißverständnis, mit dem ihre Absichten aufgefaßt werden und wodurch ohne unsere Schuld aus dem Guten Böses kommt.« Er seufzte. »Aber ich habe schon gesagt, daß ich Ihnen Milderungsgründe zubillige, vor allem entschuldigt Sie, daß ich zu Ihnen allzu sehr von oben herab sprach, weit über Ihre Fassungskraft hinaus, allzu konzentriert, ich möchte sagen, epigrammatisch und überhaupt zu sehr als Politiker einem einfachen Prior vom Lande gegenüber.«

Vergoli beeilte sich untertänigst, durch Miene und Geste die unerreichbare Höhe dieser politischen Weisheit anzuerkennen, und er sagte:

»Ich gebe mich ganz in die väterlichen Hände Eurer Exzellenz, und ich beteuere Ihnen, daß ich keinen Finger mehr krümmen werde ohne Ihren ausdrücklichen und klaren Befehl.«

Folicaldi seufzte von neuem. Diesmal überlegte er, was der Finanzminister und Kardinalstaatssekretär, ja Seine Heiligkeit Pius IX. selber von seiner Politik sagen würden. Der Papst, soviel wußte man, war bekannt wegen seiner scharfen Zunge, und er war nach den fehlgegangenen enthusiastischen Ereignissen des Jahres 1848 im Urteil noch bitterer geworden; manchmal konnte er sich zum Zorn hinreißen lassen, und dann fürchtete man ihn. Folicaldi hatte genügend Regierungspraxis, um zu sehen, daß die dauernden Erniedrigungen, denen der päpstliche Souverän ausgesetzt war, gegen ihn, Folicaldi nämlich, mehr Zorn heraufbeschwören konnten, als dieser Angelegenheit überhaupt zukam. Regierung und Souverän mußten so viel erdulden und so viel hochnotpeinliche Dinge, daß selbst eine unzeitgemäße Probe von dienstfertigem Eifer gegen Österreich (so sah Folicaldi jetzt die Getreidelieferung an den General Pasquattini an) in Rom als eine unerträgliche Angelegenheit betrachtet werden könnte. Es war dann der bekannte Tropfen, der den Eimer überlaufen läßt, und ein Superintendant, der sein Amt ausfüllte, einzig um die Gesetze zu umgehen, mußte als ein allzu frecher Hohn auf Staat und Fürsten erscheinen.

Vergolis Klagen hatten ihm zu diesen Betrachtungen Zeit gegeben, so daß der apostolische Delegat in seiner Begier, die Angelegenheit zu begraben, nicht bemerkte, wie er fast in die Rolle des Bittenden geriet, indem er nahelegte, natürlich unter Wahrung seiner autoritativen Überlegenheit, Vergoli möge sich zu einem Vergleich bequemen.

Die Sache wurde immer besser und endlich geradezu grotesk, als Folicaldi nach dem Superintendanten schickte und ihn von allem in Kenntnis setzte, was nicht mehr nötig gewesen wäre. Er sagte ihm, daß man zur Wiedergutmachung dieser Gesetzesübertretung und zur Entschädigung des Staatsschatzes den Vergoli auffordern müsse, mit der Regierung zu einem Vergleich zu kommen. Was ihn, Folicaldi, betreffe, so sei er dem nicht abgeneigt, denn er sehe ja, daß der Schuldige aufrichtig bereue. Im übrigen verlange er ein Gutachten von dem, der auf diesem Gebiete zuständig sei, von dem Superintendanten Alpi.

Alpi hörte mit einer Miene zu, in der Strenge und Empörung nur mühsam durch die Rücksicht auf den Delegaten gemäßigt zu sein schienen. Dann sagte Alpi zu seinem Vorgesetzten, der ihn um ein Gutachten bat:

»Eurer Exzellenz, in deren Hände die Regierung der Legation Ferrara liegt, mag es anstehen, die menschliche Barmherzigkeit in Erwägung zu ziehen. Mir als ausführendem Organ, mir als Superintendanten, kommt nur eine Betrachtungsweise zu: die, wenn ich so sagen darf, zollamtliche! Immer bereit, den ausführlichen Anweisungen Eurer Exzellenz ohne Widerstand und Ausflüchte in Gehorsam nachzukommen, möchte ich folgendes zu der Sache bemerken – wenn ich denn schon ein Gutachten abgeben soll: Angesichts so schwerwiegender Taten: ausgedehnter Schmuggel, Fälschung von öffentlichen Dokumenten, Unterschlagung und was alles sonst Eure Exzellenz mir enthüllten, Taten, die meine Seele geradezu mit Empörung erfüllen und mit Schrecken umwölken, kenne ich keine ›Gesichtspunkte‹ mehr, sondern nur noch meine Pflicht. Und die ist: Privatschuld und öffentlichen Schaden gegeneinander abzuwägen und den Staatsschatz zu entschädigen, die Schuldigen zu bestrafen, kurz mit dem Wort des Dichters ausgedrückt: debellare superbos.«

Vergoli betrachtete den Sprechenden forschend und ungewiß: konnte er das ernstlich meinen? Aber war es möglich, daß er jetzt irgendwie zum Scherzen aufgelegt war? Folicaldi seinerseits verbarg eine fürchterliche Verlegenheit unter der entschiedenen und gewichtigen Miene, mit der er das Kinn auf die linke Hand stützte, deren Ellbogen auf dem Tisch stand. Die rechte umfaßte die vergoldete und massive Sessellehne. Der Sessel des apostolischen Delegaten trug auf dem oberen Rande seiner Rückenlehne die Schlüssel und die Tiara des päpstlichen Wappens. Der Delegat seufzte, schluckte einmal und sagte:

»Man kann es nicht richtiger und eindeutiger ausdrücken: doch was mich angeht, so würde ich wohl geneigt sein, wie ich gesagt habe, Gnade walten zu lassen.«

»Ich hinwiederum empfange diesen Entschluß Eurer Exzellenz wie ein ehrwürdiges Gebot«, sagte Alpi zerknirscht: »parcere subjectis.«

Vergoli stieß, wiewohl er des Lateins unkundig war, einen Erleichterungsseufzer aus, der ihm so stark und aus tiefer Brust kam, daß der Hauch die Ecken einiger Papiere auf dem Tisch des Delegaten bewegte. Folicaldi aber errötete in diesem Augenblick, da er sich erinnerte, daß der ganze Schmuggelbetrug von eben diesem Alpi ausgegangen war, er errötete vor Scham, und er fühlte, wie ihm aller Mut dahinschwand, diese traurige und widerhakige Angelegenheit noch einmal den Gerichten zu übergeben. Alpi fuhr fort:

»Wie hoch ist die Summe, die der Bittsteller für den Vergleich vorschlug?«

»Tausendzweihundert Skudi«, sagte Vergoli.

»Nach der summarischen Aufstellung Eurer Exzellenz muß ich sagen, daß diese Summe geradezu ein Spottangebot ist, aber«, so fügte Alpi, ohne eine Pause in seinen Worten aufkommen zu lassen, hinzu, »die Güte Eurer Exzellenz des apostolischen Delegaten kann – und sie allein! – einem solchen Angebot Gewicht verleihen, das an und für sich und auch in meinen amtlichen Augen, das wiederhole ich, ein Spottangebot geradezu verwegener Art darstellt. Wenn aber Eure Exzellenz mir auftragen, das Angebot nach Rom ans Ministerium der Finanzen und an die Ehrwürdige Apostolische Kammer weiterzugeben, die ja in solchen Angelegenheiten zu entscheiden hat, so werde ich das ohne weiteres tun. Ich wage dann noch zu bitten, ob es möglich ist, eine untertänigste Meinung vorzubringen.«

»Ich höre, Herr Superintendant, sprechen Sie nur!«

»Wenn ein derartiges Angebot des Bittstellers, wie Euer Exzellenz mir versicherten, vom Richter nachgeprüft wird, muß die Summe des Schadenersatzes angesichts des ganzen Umfanges, den der Betrug angenommen hat, als eine, wenn ich mich so ausdrücken darf, recht lächerliche Summe erscheinen.«

An dieser Stelle wurde Vergoli aufs neue verwirrt. Folicaldi sagte, daß der Superintendant ganz recht habe. Doch er forderte ihn auf, das Angebot nach Rom weiterzugeben, worauf Alpi dem apostolischen Delegaten vorschlug, vorläufig zu veranlassen, daß das Gericht jede Art von Nachforschung einstelle. Er, Alpi, werde inzwischen die Vereinbarung ausfertigen und weitergeben und alles tun, um sie annehmbar zu machen.

Als sie sich darüber geeinigt hatten, rieb sich Alpi, kaum, daß er und Vergoli das Kabinett des Delegaten verlassen hatten, die Hände und sagte zu ihm:

»Jetzt haben wir den apostolischen Delegaten in unseren Händen.«

»Inwiefern?« fragte Vergoli, ihm stockte der Atem.

»Das merken Sie noch immer nicht? Die Untersuchung in seinem Auftrag ersticken und mit seinem Einverständnis einen gefälschten Bericht nach Rom schicken, was wollen Sie mehr, um ihn von jetzt ab in unsre Hände zu geben.«

»Soviel hab' ich gar nicht vor, mir genügt, mich mit einem blauen Auge aus dieser Affäre herauszuziehen, nach all der Angst, die ich ausgestanden habe.«

»Armer Floh, na ja«, Alpi lachte und sah Vergoli an, »und dann denke ich, tausendzweihundert Skudi . . .«

». . . sind tausendzweihundert Skudi, auch das ist wahr!«

»Ein Teller Linsen«, rief Alpi aus, »ein Teller Linsen im Vergleich zu dem, was ebensoviel wert ist wie die Erstgeburt des Esau. Lassen Sie mich doch nicht glauben, daß Sie der unverschämteste aller Geizhälse sind! Überlegen Sie doch einmal, nachdem Sie soviel politische Überlegungen seitens unsres weisen Delegaten vernommen haben! Zum Teufel, denken Sie doch mal, in welcher Lage Sie sich eigentlich befinden, vergessen Sie nicht, daß Sie wegen Fälschung, Bestechung und ähnlicher Dinge im Gefängnis sitzen könnten!«

»Ich? Bestechungen, Fälschungen?«

»Wenn Sie Helfershelfer haben, können Sie die ja anzeigen«, antwortete Alpi mit ruhiger Stimme, »aber vorläufig sprechen wir von Ihnen. Und Ihre Schuld an direktem und indirektem Schmuggel, nehmen wir mal das allein, wird nach dem Wortlaut des Gesetzes etwa folgendermaßen beglichen: 1) Entschädigung für den ganzen dem Fiskus entstandenen nachgewiesenen und nachweislichen Schaden; 2) unbedingte und gänzliche Konfiskation des gesamten Schmuggelgutes; 3) falls eine solche unmöglich ist, die Ware sich nämlich schon in partibus infidelium befindet, muß der gesamte Wert dieser Ware erlegt werden; 4) eine Strafe in der Höhe des dreifachen Wertes dieser Ware; 5) verschiedene andere kleinere Strafen. Es ist wohl nicht nötig, daß wir diese Kleinigkeit von einigen zwanzigtausend Skudi im einzelnen aufführen.«

Vergoli war in höchstem Grade verwundert, ein Frösteln überlief ihn. Und er fragte empört, als Alpi lachte:

»Und Sie, Alpi? Sie fühlen sich angesichts dieses meines Elendes, dieser so netten Kleinigkeit, die ich zu erlegen hätte, Sie fühlen sich dabei ruhig?«

»Ich, mein Teurer, habe Sie unterstützt, unterstütze Sie und werde Sie auch weiter unterstützen. Aber das geht nicht so weit, daß ich Ihr Mitschuldiger werde.«

»Mein Mitschuldiger? Sind Sie das denn etwa nicht?«

»Lassen Sie bald, sehr bald von Ihrer Täuschung ab, mein Freund, sonst müssen Sie's später und auf bittere Weise tun. Und falls Ihnen je der Gedanke kommen sollte, mich zu erpressen, so mögen Sie wissen, daß gewisse allzu nackte Frechheiten mich höchstens zum Lachen bringen, jawohl – aber sie können mir auch über werden, und dann pflege ich so etwas nicht unbestraft zu lassen. Wenn Sie sich dagegen als ein Galantuomo erweisen, so gehe ich selbst für Sie nach Rom, um in Ihrer Angelegenheit vorstellig zu werden. Und ich verspreche Ihnen, daß man dort Ihre schäbigen tausendzweihundert Skudi annehmen und daß die Sache zum Schweigen gebracht wird. Falls Sie sich aber nicht als Galantuomo benehmen, so werde ich mich daran erinnern, daß ich Ihnen am ersten Tag unserer Bekanntschaft das Kaiphaswort zitierte: Expedit ut unus pro populo moriatur. Nun wohl, und dann werde ich also sagen: pro me expedit, gehen Sie zum Teufel, Sie und das gesamte Volk.«

Und er ging wirklich nach Rom, es war im Winter 1856, und er handelte, schacherte, umbuhlte die richtigen Leute und intrigierte. Er ließ bei den zugänglichen Stellen Bestechungsgelder klimpern, und am Ministerium brachte er seine eigenen Verdienste, nämlich die eines emsigen Beamten, zur Geltung. Im Staatssekretariat ließ er die Erwägungen politischer Klugheit und die Sorge um die öffentliche Ruhe in die Waagschale fallen. Wen er nicht an der Nase herumführen konnte, besänftigte er. Was er nicht leugnen konnte, fälschte er. Jeder günstige Umstand wurde geschickt herausgearbeitet und vergrößert, die ungünstigen dagegen wurden klein gemacht, und überall streute er natürlich den schwarzen Verdacht aus, daß ein großer Teil dieser Anklagen sich aus der unsterblichen und allgemein menschlichen Verleumdungssucht ergeben hätte, worin sich im besonderen die aufwieglerischen und intrigierenden Liberalen hervortäten, die versuchten, die Legation von Ferrara eines so eifrigen Beamten, wie er es sei, zu berauben und sich mit einem Hauptstreich an einem Sanfedisten und Gregorianer der alten Zeit zu rächen, der einer guten Anzahl von Aufständischen den Hals gebrochen habe.

In all diesen Ämtern gab es genügend alte und neue Bekannte, die er zur Hilfestellung in Anspruch nehmen konnte. An den meisten Stellen gab er sich ruhmredig als einen Hammer der Liberalen, auf Makkaronilatein: als malleus liberalorum aus und als eine Vertrauensperson der österreichischen Regierung.

Endlich konnte er an Vergoli schreiben, auf die Angelegenheit der Getreideausfuhr sei ein so dicker Stein gewälzt worden, daß derselbe die Sache bis zum Jüngsten Gericht zudecken werde.

Inzwischen war die gerichtliche Untersuchung in Ferrara in einer Weise vorangegangen, daß man deutlich merkte, wie die Sache zum Schweigen gebracht werden sollte. Als nun wieder eine Zeit des Wohlstandes anbrach, beschränkte Vergoli den Schmuggel auf das Notwendigste: Getreideausfuhr kam nicht mehr vor. Und Coniglio mannaro beklagte sich über seine verlorene Praxis, die so gewinnbringend für ihn gewesen war. Wenn er dem Herr Pietro begegnete, dann sagte er:

»Schöne Zeiten das«, und damit sagte er alles in einem Wort, aber Herr Pietro lächelte.

»Ich dagegen, Scacerni, kann Ihnen nur gestehen, daß ich glücklich bin, diesen Handel eingestellt zu haben, von dem ich mir nie etwas Gutes versprach.«

Coniglio mannaro zuckte mit der Achsel, er war wieder zum Froldendamm von Nogarole zurückgekehrt, wo das Verladen aufgehört hatte und es keine Flußsegler mehr gab, wo die Mahlstelle ruhig lag und die alte San Michele und die noch ältere Paneperso unter der meisterlichen Wachsamkeit von Cecilia im Hinströmen des königlichen Flusses mahlten. Wie viele Steine hatten diese beiden Mühlen schon abgewetzt, wie viele Kammräder, Kronräder, Stahlbolzen und Pfähle in der Ruhelosigkeit ihres ewigen Kreisens! Auf dem eichenen Türpfosten des großen Sandons hatte Padrone Lazzaro mit der Spitze eines glühenden Nagels das Geburtsjahr der San Michele und des Sohnes eingetragen, und auch alle denkwürdigen Hochwasser waren vermerkt. Cecilia, die nicht lesen und schreiben konnte, bat ihren Mann, diese Erinnerungszeichen auch weiterhin einzutragen, aber als sie das Jahr einritzen wollten, in dem die Paneperso gebaut worden war, sagte Schiavetto:

»Dann könnte man ja ebensogut nach dem Geburtsjahr des Mondes fragen.«

Schiavetto hatte sich derart in Cecilias Ehe ergeben, daß er sich sogar bemühte, zu vergessen, sie einmal geliebt zu haben. Der Respekt verbot ihm diese Erinnerung, und außerdem war er sehr schnell alt geworden, voll von Gebrechen und Schmerzen. Coniglio mannaro fing an, davon zu reden, man müßte sich von ihm befreien und ihn entlassen, aber Cecilia hatte sich dagegen aufgelehnt.

»Du möchtest wohl Menschen behandeln, wie du dein armes altes Pferd Fulmine behandelt hast!«

»Aber natürlich«, murmelte er zwischen den Zähnen, »natürlich. Das kann man auch, wenn sie zu nichts mehr dienen!«

»Schlag dir das aus dem Kopf, ich werde noch einen weiteren Gesellen einstellen, der dem Schiavetto hilft. Und geschäh' es zu keinem andern Zwecke, so würde ich's tun, um das Andenken deines Vaters zu ehren, der nur einen Fehltritt in seinem Leben beging.«

»Mich auf die Welt zu setzen, sag's nur ruhig, mich beleidigst du nicht.«

Auf den Mühlen war sie die Padronin, und dort schlief sie auch. Nur von Zeit zu Zeit verbrachte sie eine Nacht im Haus an der Pappelbrücke, wenn nämlich ihr Mann sie darum bat, und auch dann geschah es nur aus jener tiefen Sehnsucht heraus, die sie nach weiteren Kindern hatte. Ins Haus kam sie deshalb, weil Coniglio mannaro vorgab, auf dem Wasser schwach zu sein und zur Zeugung unfähig. Das war auch eine seiner Schrullen, und diese war wirklich zum Lachen.

Inzwischen ging, wie gesagt, die gerichtliche Untersuchung unlustig weiter. Es wurden viele Zeugen verhört, Leute von Ro und der Guarda, die angaben, von nichts etwas Genaues zu wissen, wiewohl der eine und der andere zugab, von einem großen Getreideschmuggel etwas gehört zu haben.

Auch Coniglio mannaro wurde verhört, und er antwortete noch entschiedener als alle andern.

»Wenn es sich so verhielte, daß man am Damm von Nogarole Waren verladen hätte, so müßte ich das doch an erster Stelle wissen, denn ich hab' dort die Mahlstelle meiner Mühle. Manchmal, das ist wohl wahr, wenn vor dem Zoll das Wasser nicht hoch genug stand, kamen Barken mit größerem Tiefgang und schwerer beladen in die Nähe meiner Mahlstelle, und manchmal legten sie sogar an den Mühlen an, das wäre noch ein Grund mehr, genauer zu wissen, ob es sich hier um Schmuggel gehandelt hat, wie man sagt, ich hätte es außerdem gar nicht zugelassen. Sollte ich etwa ins Gefängnis gehen aus Liebe zu den andern? O nein, Herr Richter, solche dummen Sprünge mache ich nicht.«

Der Verwalter Olmeda hatte hinzugefügt, daß es ganz unmöglich sei, an dieser Stelle zu schmuggeln, denn der Nogarolendamm war von der Zollstation der Guarda aus mit bloßem Auge sehr gut sichtbar. Und als dann die Leute an Ort und Stelle einen vom Gericht gesandten Ingenieur sahen, der diese Entfernung und die Lage der beiden Punkte, nämlich des Zolls und der Mahlstelle, ausmessen sollte, da waren sie sicher, daß man solche Spielereien nur ins Werk setzte, um Zeit zu gewinnen, Gras über die Sache wachsen zu lassen und den Leuten Sand in die Augen zu streuen.

Dennoch aber wollte dieser Grabstein auf dem Prozeß, den Alpi mit soviel Ruhmredigkeit von Rom her versprochen hatte, nicht ankommen. Er selber war zurückgekehrt, und er zeigte sich so sicher, unverschämt und frech daherredend, daß die aufmerksamen Zuhörer Verdacht schöpfen mußten, sein Gehaben beruhe am Ende nicht vollständig auf Sicherheit.

VI Wer so neugierig wäre, in alten Archivpapieren zu blättern, wo unter Staub und verblichener Tinte so viel menschliche Ereignisse schlummern, der würde auf dem Deckel eines dieser Aktenstöße die Notiz finden, daß die Heiligkeit Unsres Herrn in der Audienz vom 14. Mai 1856 den Vorschlag einer Entschädigung von tausendzweihundert Skudi zurückgewiesen hatte. Diese Summe sollte wegen Schmuggels im Ferraresischen bezahlt werden, der Schmuggel aber war in Höhe von viertausendachthundert Zentnern Weizen, zweihundert Zentnern Bohnen und achtzigtausend römischen Pfunden Reis eingestanden. Seine Heiligkeit, »die sich sehr für eine Fortsetzung des Prozesses interessierte«, bestand darauf, daß man ohne Zögern und ohne Rücksichten der Sache auf den Grund gehe. Der Prozeß wurde, nachdem er in Ferrara eingeleitet worden war, nach Rom überwiesen und der Congregazione Criminale della Reverenda Camera Apostolica anvertraut. In diesen Worten war der Ruin des einen beschlossen, der es, alles in allem und bei dem allgemeinen Mißstand auf diesem Gebiete, nicht ganz verdiente, und zugleich die Bestrafung eines andern, der keiner Nachsicht wert war: Vergolis und Alpis.

Nachdem im März der Friede von Paris den Krimkrieg beschlossen hatte, lief das an Ereignissen reichste Jahr dieses Dezenniums dahin, das erfüllt war vom Geschick des jungen Italien. Auf diesem Kongreß zu Paris legte Cavour Europa die italienische Frage vor, und zwar als etwas, das unbedingt zur Lösung drängte. Die erste Auswirkung einer solchen Politik und Diplomatie für den Kirchenstaat, der mehr als jeder andere schwach und in Auflösung dahintrieb, war, daß Cavour es erreichte, ihn vollständig um sein Ansehen zu bringen. Seine innere Schwäche und Ohnmacht, sich selbst nicht regieren zu können und sich in den Legationen auf die österreichischen und in der Hauptstadt auf die französischen Garnisonen stützen zu müssen, bedrohte den Frieden Europas und das Gleichgewicht der Rechte, wie sie in den Verträgen von 1815 aufgesetzt worden waren. Zugleich störte die Schwäche der päpstlichen Regierung die Neutralität dieser Regierung selber und die ausgewogene Unabhängigkeit jener andern italienischen Staaten, die den legitimen Herren zurückgegeben worden waren. Die Ziele des Konservatismus selbst und die der sozialen Ordnung waren durch die Umsturzbereitschaft der verbitterten nationalen Leidenschaft bedroht. So stellte der geschickte und mit seiner Dialektik alle bestrickende Cavour den österreichischen Staat vor zwei Möglichkeiten: entweder auf die Vorherrschaft in Italien zu verzichten oder seinen eigenen grundlegenden politischen Gesetzen untreu zu werden. Die ablehnende Antwort des Heiligen Stuhles, wie sie Pius IX. und der Kardinal Antonelli abgefaßt hatten, war noch hochmütiger, zorniger und verächtlicher, als Cavour es hatte hoffen und wünschen können. Und damit zeigte Kardinal Antonelli ganz klar, in welchem Ausmaß sich die römische Regierung auf das Wiener Kabinett stützte und sich seiner bediente, wie groß in der Tat die eigene Ohnmacht war. Pius IX. und Antonelli hätten es fühlen müssen, daß ihre Politik und auch die sämtlicher Fürsten Italiens von Tag zu Tag und mehr und mehr die einer dunklen und wesentlich unstaatsmännischen neidischen Furcht gegenüber Piemont wurde.

So war der Frühling des Jahres 1856 eine besonders kritische und an Ereignissen trächtige Zeit. Und gerade damals unterrichtete sich Papst Mastai über alles, was er an Verdachtsgründen gegen Virginio Alpi aufspürte: über den Sanfedisten Alpi, der sich in so wütender und den Papst persönlich beleidigender, gehässiger Weise ausgelassen hatte; über den Aufwiegler Alpi, der die Aufstände begünstigte und die politischen Wasser zu jener Zeit trübte, als der Papst seine liberalen Reformen erließ; und auch über den Alpi, der als Instrument jener österreichischen Restauration gedient hatte. Und mochte der Souverän sich Österreich gegenüber auf eine gewisse Weise zur Dankbarkeit verpflichtet fühlen, so doch gewiß nicht einem eigenen Untertanen gegenüber, der sich zum Agenten einer ausländischen Macht hergegeben hatte, durch Empfehlungen wie Druck der Österreicher zu einem öffentlichen Amt gekommen war und sich darin auch nur unter österreichischem Schutz und dabei noch auf eine so herausfordernde und unverschämte Weise hatte halten können.

Diese Auskünfte, die der Papst einzog, ergaben in der Tat, daß dieser

Mann sein Amt verriet und nicht nur als Spion für die österreichischen Herren tätig war, sondern daß er sich auch noch rühmte, sich zum Superintendanten der Schmuggler aufgeworfen zu haben – sich im übrigen für unantastbar und allmächtig hielt. Mit seinem Amt verriet er zugleich auch den Staat und machte sich noch darüber lustig.

Es geschieht im Leben oftmals, daß einer das, was er – in politischer oder menschlicher Hinsicht, als Privatmann oder Souverän – von einem Stärkeren ertragen muß, von irgendeinem x- beliebigen anderen nicht erträgt. Und ähnlich mußte dieses Vorhaben, den österreichischen Truppen Getreide zu liefern, eben weil es Alpi bei Folicaldi so gut gelungen war, dem Papst Mastai als ein unerhörter Hohn erscheinen. Und gewiß mußte die ganze Angelegenheit als eines jener gewichtigen und unerträglichen Symptome beurteilt werden, die einem Zusammenbruch vorausgehen.

Der Schützling der österreichischen Gönner hatte derweil nicht die Hände im Schoß und hielt sich noch nicht für verloren, bis dann endlich der Befehl zu seiner Festnahme erlassen wurde. Die allgemeine Schlappheit war derartig, daß Alpi sich bis zuletzt im Amt halten konnte und sich zu wehren versuchte, mit List und Gewalt, mit Bestechung und Einschüchterungsversuchen.

VII

Virginio Alpi, der als schuldig befunden wurde, kam dem Arrestbefehl durch die Flucht zuvor. Die Anklage gegen ihn hieß »Qualifizierter Schmuggel im Ferraresischen«. Indem er nun floh, entlastete er Vergoli vom politischen Inhalt dieser Anklage, der an Alpis Person gebunden war und den schwereren Teil der Anklage enthielt. Auch Vergoli wollte flüchtig werden, aber als er dann freies Geleit erhielt, um vor Gericht erscheinen zu können, und ihm zugestanden wurde, sich extra carcerem zu verteidigen, konnte auch nicht mehr die ganze Härte der Strafe gegen ihn in Anwendung kommen. Alpi, der Hauptschuldige, kehrte nie mehr zurück, er beendigte seine Tage unbekannt zu Graz als ein von Österreich pensionierter Agent. Und in dieser Gunst, die ihm erwiesen wurde, war auch sein Hauptverbrechen auf politischem Gebiet bescheinigt, und wir werden ihm in unserer Geschichte nicht mehr begegnen.

Aber während Vergoli und Alpi im September des Jahres 1856 das Weite suchten, lebte Coniglio mannaro ruhig im Haus an der Pappelbrücke. Nachdem er die Rechnungen abgeschlossen hatte, stand für ihn eine vorteilhafte Zukunft offen, und eine hübsche Summe von Skudi lag auf der Bank der Söhne Ezechiel Annobons. Überdies hatte er noch ein

Stück Land erworben, das sein Gütchen günstig abrundete und es in Verbindung mit der Straße brachte. Auf diesen Streifen Land, der an und für sich von geringem Wert war, hatten schon seit Jahren Dosolina und dann Mutter und Sohn zusammen ein Auge geworfen. Aber die Eigentümer, kleine Leute aus Ro, hatten wohl bemerkt, daß der Acker für die Scacernis wichtiger war als sein Geldeswert. Er bedeutete für die Leute aus dem Haus an der Pappelbrücke eine unangenehme Abhängigkeit, weil sie den Acker als Durchgang zur Straße benutzen mußten. Wie lange sie auch täglich diesen Weg schon gemacht hatten, jedesmal maßen Mutter und Sohn mit gierig verstohlenem Blick die kleine Fläche, die für sie ein Dorn im Auge war. Wie oft waren sie schon nahe daran, die Verhandlungen mit den Besitzern aufs Tapet zu bringen. Aber immer wieder zogen sie sich zurück, wie sehr es sie auch wurmte, nur aus der Angst heraus, sie könnten »die von drüben« unnütz aufmerksam machen. »Die von drüben« waren das Ziel von Überlegungen geworden, die um so wortkarger waren, je mehr der Gedanke sich in ihren Köpfen festgebissen hatte. Die von drüben waren aber schon seit einer Weile aufmerksam geworden, und zwar so sehr, daß sie der Mittelsperson, die zu verschiedenen Malen bei ihnen auf den Busch klopfte, sagten, sie hätten zur Zeit keine Lust, zu verkaufen, denn dieser Streifen Erde sei ihnen ans Herz gewachsen. Das ging so über zwanzig Jahre hin, und Dosolina war gestorben, ohne den heiß ersehnten Wunsch erfüllt zu sehen, es hatte auch einen heftigen Streit gesetzt und viel böse Stimmung zwischen ihr und dem Sohne einerseits und dem Padrone Lazzaro andererseits. Denn dieser gedankenlose Mann hatte, ungeduldig über so viel häusliches Hin- und Hergerede in dieser Frage, eines Tages, als er in Begleitung von Coniglio mannaro durch das bewußte Sträßchen ging, die Sache auf seine Weise angepackt und hinübergerufen:

»Heda, Dalpero, Dalpero!«

»Was wünschen Sie, Padrone Lazzaro?« fragte der Hausvorstand der Dalperos, so hießen nämlich »die von drüben«. Und da war Coniglio mannaro wirklich sehr bestürzt, als er seinen Vater, der sich in den Bart lachte, sagen hörte:

»Verfügen Sie Ihrerseits über mich, Dalpero, wenn Sie irgend etwas nötig haben und ich Ihnen nützlich sein kann. Aber für jetzt tun Sie mir den Gefallen: verkaufen Sie mir dieses Stück Acker! Meine Frau und mein Sohn sterben mir noch vor lauter Begehrlichkeit danach, und sie machen sich naß, sooft sie daran denken. Erlösen Sie mich von diesem Mißstand, Dalpero!«

Und er lachte dabei, und auch der andere lachte, sämtliche Dalperos auf ihrem Felde lachten. Schließlich lachte sogar Coniglio mannaro, aber grün vor Wut. Da konnte man sehen, wie dieser verflixte Mann das ganze Geschäft für immer verdorben hatte, davon waren nun Dosolina und Coniglio mannaro überzeugt. Padrone Lazzaro sagte dagegen:

»Ihr glaubt also, daß Dalpero es noch nicht bemerkt hätte? Wenn er noch so wenig Verstand hätte, eure Gesichter allein würden schon genügen, sooft ihr das Feld überquert habt. Es schien ja jedesmal, als hättet ihr Bauchweh.«

Und er lachte, und das erregte die beiden noch mehr. Nun, und jetzt kam die Teuerung, und die Dalperos gerieten ins graue Elend. Sie boten nun diesen Streitacker dem Herrn Pietro an, der wußte aber nicht, was er damit machen sollte. Und da er Coniglio mannaro zu begünstigen dachte, riet er ihnen, ihm als dem einzigen, der sich dafür interessieren könnte, den Acker zum Kauf anzubieten. Der rächte jetzt seine Schande, wie er glaubte, und setzte den Preis einer Zwangsversteigerung fest. Sie sollten es büßen.

»Meine Mutter«, so sagte er, »hat allzusehr unter eurer Hartnäckigkeit gelitten, das war alles von euch nur Bösartigkeit, denn ihr wußtet ganz gut, daß sie kaufen wollte, während diese vier Handvoll Erde euch eigentlich gar nichts nützten.«

»Wir handelten in unserem Interesse, verstehen Sie uns doch«, sagten die Armen.

»Und ich handle in meinem, verstehen Sie mich ebenfalls«, sagte er.

»Vergessen Sie nicht, daß wir kein Brot mehr im Schrank haben, wir hungern, Scacerni, hier handelt es sich für uns nicht mehr um ein Geschäft, es müßte doch für Sie mit christlicher Liebe zu machen sein. Denken Sie doch an unsre kleinen Kinder, die zu Hause vor Hunger weinen. Möge Gott Sie niemals ein solches Gewimmer hören lassen.«

»Ich hätte schon Mitleid mit Ihnen, was mich angeht, aber ich bin da mitten in einer Gewissenspflicht drin«, gab er gewunden zur Antwort.

»Wieso? Den Nächsten sterben lassen, wenn Sie ihm helfen könnten, ohne daß es Sie viel kostet . . .«

»Meine Mutter ist gestorben mit diesem Stein auf dem Magen, ihr wißt gar nicht, was für ein Gift ihr für sie wart, seit zwanzig, seit vierzig Jahren mit eurer bösartigen Hartnäckigkeit, ihr habt sie früher sterben lassen.«

»Gott verzeih' Ihnen, Scacerni, ist sie nicht an der Cholera gestorben, Ihre selige Mutter?«

Er fühlte, daß er übertrieben hatte, und so sagte er, immer noch heuchlerisch:

»Auf jeden Fall mußte sie mit diesem Stein auf dem Magen sterben, und ich sage euch, daß sie mir wie ein Testament hinterlassen hat, in bezug auf den Preis eures Ackers nicht locker zu lassen. Auch wenn das Mitleid mich nötigte, ich könnte auf keinen Fall das Andenken an meine Mutter verraten. Wenn ich Ihnen auch nur einen Skudo mehr als recht und billig anböte, so fürchtete ich damit, die Seele meiner Mutter im Fegfeuer zu beunruhigen.«

Auf der frommen Grundlage dieser Überlegung bot er einen Schandpreis an, und er bekam den Acker auch zu diesem Preis, ließ sie ruhig ihren Zorn auspuffen und sagen: daß er ein Mensch sei, der vom Apfel den Stiel verschenke. Genauso hatte ihm früher einmal der eigene Vater gesagt:

»Du bist schlimmer als der Kerl, der Jesus dem Gekreuzigten Essig gab, um den guten Wein zu sparen.«

Coniglio mannaro wußte seine Interessen zu wahren, und das erfuhr auch bald darauf Herr Pietro. Als nämlich Vergolis Angelegenheiten anfingen durcheinanderzugeraten, hatte der Coniglio mannaro gebeten, er solle ihm hinsichtlich eines Grundstückes der Ca'Morgosa einen Gefallen tun. Dies Gut lag zwischen dem Sträßchen der Antonella und der Straße, die von Ro nach dem Po führte. Vergoli hatte ihm also in diesen erregten Tagen folgendes gesagt:

»Hören Sie, Scacerni, die Ca'Morgosa kommt just in diesen Tagen zum Verkauf, und Sie wissen, wieviel mir daran liegt, dies Gut zu erwerben, um es mit der anstoßenden Antonella zu vereinigen.«

»Das verstehe ich, Herr Pietro.«

»Ja, dann verstehen Sie auch noch etwas anderes, ohne daß ich es Ihnen weit und breit auseinanderzusetzen brauche.«

Aber das zuzugeben lag nicht in der Art Coniglio mannaros, auch wenn er bereits verstanden hätte.

»Nennen Sie mich einen Dummkopf, Herr Pietro, Sie würden mich damit gar nicht beleidigen, aber erklären Sie sich doch«, sagte er also, an den Fingern spielend.

Von allen Seiten gestellt und in die Enge getrieben, während die Polizei Nachforschungen anstellte und der Richter die Anklage vorbereitete, die Zeugen verhörte und einige von ihnen wegen Hartnäckigkeit und Widersprüchen hatte festsetzen lassen, war Vergoli selber zum Entschluß getrieben worden, ins Ausland zu flüchten, wenn er nicht verhaftet sein wollte. Und so war dieser Mann entschlossen, sich nicht mit Lappalien herumzuschlagen und auch nicht mit der Spitzfindigkeit eines Coniglio mannaro, der ihm mehr dumm als grausam erschien. Er sagte ergeben und ungeduldig zugleich:

»Mit diesen Teufeleien im Rücken kann ich jetzt nicht gut in der Öffentlichkeit als Käufer auftreten, das verstehen Sie. Was würden die

Leute sagen! Und vor allen Dingen kann ich das nicht gut angesichts des Richters, der mich anklagt . . .«

»Wie?« machte Coniglio mannaro. »Sie, Herr Pietro, unter Anklage vor dem Richter?«

»Nein«, antwortete der andere mit einem Anflug von Angst, »nein, meine Feinde werden nicht den Mut haben, mich selber anzuklagen, denn Sie müssen wissen, das Ganze ist nur eine Verschwörung meiner Feinde. Die Sache wird gut ausgehen . . .«

Ein flüchtiger Blick Coniglio mannaros nötigte ihn an dieser Stelle, den Ton seiner Stimme zu verstärken, und er wiederholte:

»Jawohl, es wird gut ausgehen, aber inzwischen muß ich Geduld haben, auf der Hut sein und die nötige Zurückhaltung zeigen.«

»Man kann nie vorsichtig genug sein. Ihre Feinde werden zwar nicht den Mut haben«, sagte Coniglio mannaro sehr ruhig, »aber wenn der Richter nun Verdacht schöpft, daß hier irgend etwas faul sei, und eine Hypothek als Garantie auferlegt: die Güter, Äcker, die Häuser sind nämlich keine Sachen, die man verbergen kann.«

»Ah«, sagte Vergoli, »verstehen Sie auch davon etwas?«

»Nur als Laie«, antwortete Coniglio mannaro, aber er konnte eine gewisse Eitelkeit nicht mehr ganz unter seiner gespielten Miene des zurückgebliebenen Tölpels verbergen, und so fügte er hinzu: »Meine selige Mutter hat immer gesagt, ich hätte Advokat werden sollen.«

»Dennoch«, sagte Vergoli, und plötzlich schrie er beinah, »sie werden sich nicht trauen, auf meine Besitztümer Hypotheken zu legen.«

»Wer sagt das?« machte der andere, sein Tonfall war zweideutig.

»Das sage ich!«

»Das will also heißen: wer würde es wagen, sich unterstehen, eine solche freche Gemeinheit zu begehen, Hypotheken auf die Besitztümer des Herrn Pietro zu legen!«

»O ja, leider«, sagte dieser traurig und betroffen, »eine solche Gemeinheit, eine solche blödsinnige Dummheit, da wird sich schon einer finden, der es wagt. Und auch deshalb muß ich mich . . .«, er suchte nach einem Wort.

». . . mit meinen andern Siebensachen verdrücken«, half ihm Coniglio mannaro.

»Genau das, aber im übrigen bin ich sicher, daß alles gut enden wird, denn ich habe auf meiner Seite, wir haben auf unserer Seite den Grafen Alpi, den Monsignore Finanzminister und Seine Eminenz den Kardinalstaatssekretär, genügt Ihnen das?«

»Ich kenne ihn nicht«, sagte Coniglio mannaro mit einem seltsam schläfrigen Ausdruck, der ihm unter fast geschlossenen farblosen Lidern hervorkam. »Ich kenne ihn nicht und auch nicht den Monsignore Finanzminister, aber ich hab' noch genug von dem ersten, den Sie erwähnten.«

»Auch ich«, rutschte es Vergoli heraus, jedoch er verbesserte sich, »wollen Sie etwa scherzen? Er gefällt mir!«

Seit mehreren Tagen, genau seit dem achten Juli, war Folicaldi als apostolischer Delegat abgesetzt und als Staatskonsultor noch Rom berufen worden. Der Charakter dieser Versetzung war, noch bevor man darüber in Ferrara zu reden begann, von ihm selber in der Art seiner Abreise angezeigt worden: er reiste heimlich, fast schamhaft. Ein großes Gerede hatte diese Abreise gegeben. Die einen glaubten, daß man nun gegen Alpi selbst vorgehen werde, und die andern hielten dafür, daß der ehrliche Folicaldi der Rache des Alpi zum Opfer gefallen sei; Folicaldi habe, als der Prozeß im Entstehen war, jenen nicht zeitig genug unterdrückt. Und wie es bei solchen Ereignissen geht: der eine glaubte, daß der Superintendant nun endgültig erledigt sei, der andere hielt ihn für stärker als je, und auch Vergoli, so glaubte man, komme unbestraft aus der Affäre heraus. Und deshalb sagte Vergoli auch, mehr zu sich selber als zu Coniglio mannaro, mit unsicherem Ton:

»Der Folicaldi jedoch, der hat's teuer bezahlt.«

»Ich kenne auch diesen Herrn nicht.«

Da verlor Herr Pietro die Geduld:

»Wer hat Sie das gefragt? Und was kümmert das mich?«

»Ich sage das nur, um Ihnen klarzumachen, daß es ganz überflüssig ist, wenn Sie mir da all diese großen Herrschaften vorführen, sparen Sie Ihren Atem!« Dieser Hieb saß, wie sehr auch Tonfall, Benehmen und selbst die Worte demütig und ganz ergeben erschienen. Er fügte hinzu: »Ich bin gekommen, um zu hören, in welcher Sache ich Ihnen dienen kann, und ich möchte Ihnen in allem, wo ich kann, gefällig sein, Herr Pietro!«

»Na schön, Sie sind vernünftig. Ich habe an Sie gedacht, weil ich Sie als einen Ehrenmann und als den Sohn eines Ehrenmannes kenne und auch für einen vorsichtigen Menschen halte.«

»Zuviel Freundlichkeit.«

»Kurz und gut, Sie sollen die Ca'Morgosa für mich kaufen; versteht sich, daß ich Ihnen das Geld dazu gebe. Wenn sich dann später alles beruhigt hat, machen wir einen Akt, in dem Sie so tun, als würden Sie mir das Gut verkaufen; versteht sich, daß ich Sie für Ihren Dienst und die Mühen, die damit verbunden sind, bezahlen werde.«

»Oh, an das denke ich gar nicht und zweifle auch nicht daran. Aber was werden die Leute sagen, wenn sie mich plötzlich so bei Kasse sehen, und wie mach' ich's ihnen begreiflich, daß ich bei meinen bescheidenen Verhältnissen so reich sein soll?«

»Die Leute halten Sie dann eben für reich!«

»Die Leute schwätzen gern ohne Sinn und Verstand etwas daher, und ihr Hirn brauchen sie nur, um Blödsinn auszuhecken.«

»Ja, dann wollen Sie mir also diesen Dienst nicht erweisen?«

»Das will ich nicht sagen, aber ich muß auch meine ganze Vorsicht gebrauchen.«

»Sind Sie zum Richter bestellt worden?«

»Nach dem ersten Mal noch nicht wieder, und beim ersten Mal sagte ich, das wissen Sie ja, daß es am Nogarolendamm niemals Schmuggeleien gegeben habe, das müßte ich doch wissen, weil ich da meine und die Mahlstelle meiner Frau hätte.«

»Da haben Sie sehr gut geantwortet, ich werde Ihnen auch das nicht vergessen, und Sie können auch ruhig wissen, daß inzwischen alle anderen dieselbe Antwort geben, zwar nicht so gut wie Sie, aber so im großen und ganzen bezeugen alle dasselbe.«

»Ja, und ist das vielleicht nicht gerade der Grund«, sagte der Duckmäuser, »warum man diese Zeugen jetzt ins Kittchen setzt?«

»Nein, das kommt nur daher, weil die Leute sich nicht richtig ausdrücken können, wenigstens nicht so gut wie Sie; die verwirren sich, es sind ja unwissende Leute. Vor dem Richter geraten sie ganz durcheinander, und besonders schlimm ist es, wenn irgendeiner mal den Schlauen spielen will. In der Tat sind einige ins Gefängnis gekommen, das wohl, aber sie werden bald draußen sein. In der Zwischenzeit sorge ich dafür, daß ihnen nichts abgeht, ich schicke ihnen auf meine Kosten durch den Gefängnisaufseher Essen zu.«

»Fürwahr generös, jedoch möchte ich Ihnen gerne diese Kosten ersparen, was meine eigene Wenigkeit angeht.«

»Sie haben nichts zu fürchten.«

»Wenn Sie das sagen, der Sie es ja wissen müssen . . .«

»Seien Sie ganz versichert.«

»Gewiß, aber es wäre doch noch nötig, daß Sie mir auch das Geld, um das lebendige und tote Material zu bezahlen, gäben, man muß den Instleuten helfen und auch manche dringenden Ausbesserungsarbeiten vornehmen. Sie wissen ja, wenn ein Gut den Besitzer wechselt, gibt es immer viele Auslagen, ich kenne die Ca'Morgosa. Das Gut befindet sich in einem vollständig vernachlässigten Zustand. Die Gebäude sind heruntergekommen. Es gibt nur wenig Arbeitskräfte. Die Entwässerungsanlagen liegen darnieder. Die Instleute sind verschuldet. Kurz, es ist ein

Gut, wo der Padrone die Rechnungen nicht am Michaelstage, sondern auf Sankt Silvester macht.«

Um dieses Letztgesagte zu verstehen, muß man wissen, daß das Rechnungsjahr im Ferraresischen am Sankt Michaelstag zu Ende ging (daher auch das Sprichwort: wer am Michaelstag ißt, ein ganzes Jahr bei Kasse ist) und daß gewisse widerwärtige Bedrücker unter den Gutsbesitzern mit der Abrechnung unehrlicherweise bis Jahresschluß warteten, weil sie so ihren des Lesens und Schreibens unkundigen Instleuten Soll und Haben ins Büchlein schreiben konnten nach den Preisen, die für sie selber die vorteilhaftesten waren, je nachdem sie den Preis zur Zeit der Ernte, der Aussaat oder des Jahresendes machten. Coniglio mannaro wußte, daß Herr Pietro in diesen ausbeuterischen Praktiken bewandert war.

»Oh«, sagte Vergoli beifällig, in seiner Stimme lag jedoch auch ein Schatten von Unruhe, »verstehen Sie soviel von Ackerbau?«

»Ich habe etwas gelernt, als ich das Rechnungsbuch für das Gütchen führte, das meiner Mutter gehörte.«

»Ich verlange gar nicht von Ihnen, daß Sie sich darum bemühen, ja, Sie brauchen sozusagen niemals einen Fuß auf die Ca'Morgosa zu setzen. Dazu habe ich ja meinen Verwalter Olmeda, der das Gut verwaltet, die Rechnungsbücher führt und auch sonst für alles sorgt.«

»Und ich, Herr Pietro, was mache ich dabei für eine Figur?«

»Sie werden auch dafür bezahlt werden«, antwortete der andere hart und ungeduldig.

»Trotzdem mache ich eine traurige Figur. Nehmen wir an, daß ich mich zufriedengebe dem Herrn Pietro zuliebe: was werden jedoch die Leute sagen . . .?«

»Was geht das die an!«

»Die werden sagen, daß Sie in Wirklichkeit der Besitzer sind.«

»Mir liegt an der Meinung der Leute nichts. Worauf es mir ankommt, ist, wie ich es Ihnen gesagt habe, daß niemand etwas von unserem Kontrakt erfährt, zur Zeit wenigstens nicht.«

»Ja, solange dies böse Windchen geht«, schloß Coniglio mannaro.

Schließlich jedoch willigte er ein, »dem Herrn Pietro zuliebe«. Aber eine Woche nach diesem Gespräch wurde der Verwalter Olmeda flüchtig, um sich der Verhaftung zu entziehen. Und kurz darauf – gerade vor der Aussaat – floh unmittelbar hinter Alpi auch Vergoli. So war unser Coniglio mannaro in wenigen Tagen von den Ereignissen auf den Grund und Boden der Ca'Morgosa gestellt worden, um die letzten Vorbereitungen für die Aussaat einzuleiten und zu überwachen. Nach allen Regeln der Kunst mußte die Erde mit Hacke und Egge kleingemacht und geebnet werden, und die schon im trocknen August vom Pflug umgelegten Schollen wurden jetzt gedüngt. Um die Entwässerungsanlage auf einem Gut wie diesem, das hinter dem Podamm lag und schwierig zu entwässern war, zu verbessern, mußten die Gräben vertieft und die Grabendämme erhöht werden. Überhaupt war alles in den bestmöglichen Zustand zu bringen, um die Saat zu empfangen, denn:

Regnet's auf Sankt Gallen,
Bis Weihnachten Tropfen fallen.

Die letzte Verbesserung dann, in der die ganze Feinheit eines Handwerks und die Erfahrung von Jahrhunderten lag, bestand darin, daß der Familienälteste mit dem Spaten noch einmal aufmerksam die Rinnen überprüfte. Er riefelte all diese kleinen Wasserläufe, ein mannigfaltiges und verzweigtes Netz, das unendlich viel Wasseradern weiterzuleiten, anzuziehen und abzuleiten, einzudämmen und zu sammeln hat. Und so riefelte man die Wasserrinnen und richtete sie aufs feinste her, all diese Linien in dem grauen, festen und fruchtbaren Poschlamm, der jetzt zubereitet und fein zerbröckelt dalag und einen leichten Geruch nach trockener Erde verbreitete. Der Bauer besaß die von den Ahnen ererbte Kunst, den Boden auf jeder Handbreit zu erkennen, sei es an der abweichenden Farbe einer Scholle, sei es an einem Grashalm. Der Bauer roch sozusagen, wo es die geringsten Anzeichen gab, daß sich Grundwasser da und dort angesammelt hatte, zum großen Schaden für Korn und Hanf. Traf er auf solche Anzeichen, so stieß er mit seinem Spaten kleine Rillen auf, die das Wasser emporkommen ließen und ableiteten, dann floß es aus den kleinen Rinnen in die größeren und aus diesen in die eigentlichen Entwässerungsgräben. Ein solcher Bauer wußte noch aus uralter instinkthafter Überlieferung ohne Beihilfe von Meßinstrumenten einen Abfluß zu schaffen, der auf einem Feld von hundert Schritten nur einige Daumenbreit Gefälle haben durfte. Das war die letzte Zubereitung der Erde, bevor endlich der Sämann über die Erde schritt, um mit breitem und regelmäßigem Wurf das Saatkorn auszuwerfen. Er kam daher an der Spitze einer Reihe von Arbeitern: Männern, Frauen und Knaben, die mit leichter Hand hackend und harkend das Korn bedeckten, damit es, die Hoffnung des kommenden Jahres, aus der Erde hervorsprieße. Zum Schluß wurde auf jeden gesäten Acker ein Kreuz gesteckt, das aus Holz oder Hanfstielen gebunden und vom Priester gesegnet war.

Coniglio mannaro war immer dabei und verfolgte aufmerksam die bäuerliche Arbeit. Es war ein traumhaft schöner Tag Anfang Oktober, der für die Aussaat alles Günstige und Wünschenswerte versprach. Nur dann und wann fiel ein Wort oder hörte man einen guten Ratschlag, leise und vorsichtige Bemerkungen über das Schicksal des Korns.

Es war seltsam, daß er niemals auf seinem eigenen Acker am Haus an der Pappelbrücke diese heimliche und heftige Verbundenheit mit dem Boden gespürt hatte, wie er sie jetzt plötzlich auf diesem Land empfand. Es war ein neues Gefühl, eine Art Berufung zum Landwirt, die er in seinem Innersten entdeckte, derweil er diese Erde betastete, betrachtete und roch. Von Zeit zu Zeit beugte er sich und nahm ein Stückchen Scholle in die Hand, zerbröckelte es zwischen den Fingern und führte es an die Nase, und er dachte dabei, daß Herr Pietro bei seiner Rückkehr wohl verpflichtet sei, diese seine ganze Liebe und Sorge für den Boden anzuerkennen und zu belohnen. Und da plötzlich, ohne zu wissen, warum, spürte er ein leidenschaftliches Verlangen, daß der Herr Pietro nie mehr in diese Gegenden zurückkehren möge.

Gerade als ihm das durch den Sinn ging – kaum als ein klar geformter Gedanke und doch mächtiger bewegend als ein solcher –, sah er einen Mann über den Feldweg zwischen den braunen Schollen einherkommen. Schon von weitem erkannte er ihn: es war der verhaßte Gemeindebote Moia, der ihm ein Zeichen gab, herbeizukommen. Coniglio mannaro tat so, als bemerke er ihn nicht, und wartete, daß der andere sich nähere.

»Sie hätten mir dies Stück Weg auch ersparen können«, sagte Moia auf seine boshafte und freche Weise.

»Mein lieber Moia, wenn ich Sie einmal auf Ihrem Grund und Boden besuchen werde, dann können Sie mir vorschreiben, wie ich mich höflich zu benehmen habe, aber hier . . .«

»Sind Sie etwa hier auf Ihrem Grund und Boden?«

»Für Sie ganz bestimmt!«

»Aber gehen Sie! Als ob nicht alle wüßten, daß dies Gut dem ausgerückten Vergoli gehört!«

»Alle mögen es wissen, Moia, aber Sie dürfen es nicht wissen!«

»Warum ausgerechnet ich nicht?«

»Weil Sie sich bei Ihrem Handwerk eine Sache gut merken müssen: in dieser Gegend gedeiht das Korn, der Spitzel dagegen nicht! Und wenn man einen Spitzel unter die Erde bringt, dann keimt er nicht und bringt keine Ähren! Lassen Sie sich das gesagt sein, Domenico Moia.«

Coniglio mannaro hatte in diesem Augenblick eine solche Entschlossenheit in Miene und Stimme, daß er an seinen Vater erinnerte und Moia fast eingeschüchtert war. Dann aber sagte dieser:

»Giuseppe Scacerni, genannt Coniglio mannaro, ich habe Ihnen mitzuteilen, daß der gnädigste Herr Richter, der sich heute mit seinem Schreiber an der Guarda aufhält, mich zu Ihnen schickt, um Ihnen sagen zu lassen, daß Sie sich ohne Verzug bei ihm zu melden haben.«

»Was will er?«

»Das werden Sie von ihm erfahren.«

»Na schön, ich komme sofort.«

Er ging, seiner Sache ganz sicher, hin und war überzeugt, daß der Richter ihm nur einige Fragen, die er schon das vorige Mal an ihn gestellt hatte, wiederholen würde und daß er seinerseits seine Antworten ebenfalls nur zu wiederholen brauche. Der Richter dagegen begann, nachdem er die üblichen allgemeinen Fragen gestellt hatte, ihn scharf ins Verhör zu nehmen:

»Giuseppe Scacerni, Sie müssen bedeutende Einnahmen gehabt haben!«

»In meinem Beruf«, antwortete er betroffen, aber ohne Zögern.

»Nur darin?«

»Was wollen Sie damit sagen, Euer Gnaden! Ich kam nur den Aufträgen nach, ein Makler aber, der zuviel wissen will, ruiniert sich.«

»In der Tat, Sie sind so wenig neugierig gewesen, daß Sie nicht einmal bemerkten, wie man Korn an der Zollstation der Guarda und am Nogarolendamm auslud.«

»Ich muß sagen«, bemerkte Coniglio mannaro sehr vorsichtig, »daß ich dort fast niemals weilte, weil ich in meinem Beruf als Makler immer unterwegs war, und ein Makler . . .«

»Das müssen schon fette Aufträge gewesen sein«, unterbrach ihn der Richter.

Er erbleichte. Der Richter wußte also oder vermutete, auf welche Weise die Ca'Morgosa erworben worden war, und machte deshalb eine so ironische Bemerkung. In Wirklichkeit aber war der Richter des Glaubens, daß er mit seinen Gewinsten das Gut hatte erwerben können; er hatte nur diesen Ausgangspunkt gewählt, um den ganzen Umfang der in Frage stehenden Schmuggeleien festzustellen. Und während der verwirrte Zeuge stotterte: »Ich weiß nicht, wovon Sie reden . . .«, sagte der Richter:

»Ja, geben Sie mal gut acht, dann werde ich Ihnen zur Last legen, daß Sie Helfershelfer sind bei diesem erwiesenen Schmuggelverbrechen, dieser Getreideausfuhr in ungeheuren Mengen, bei allem, was man durch Monate und Jahre an der Guarda betrieb, an der Zollstation und der kleinen Fähre – ein Verbrechen, das gegen das Edikt Seiner Eminenz des Kardinalstaatssekretärs vom 27. Juli anno millesimo octingentesimo et quinquagesimo tertio recuperatae salutis verstößt.«

Als höre er sein Todesurteil, fiel Coniglio mannaro bei diesem Latein ein Nebel über die Augen, und er stotterte:

»Ich, ein Getreidemakler?«

»Ein Getreidemakler, der ehrlichen Geschäften nachgeht, kann unmöglich so viel verdienen, daß er sich in kurzer Zeit bedeutende Güter zulegen kann.«

Nun mußte er also, das tauchte ihm blitzartig in seiner Umnebelung auf, diesen Erwerb rechtfertigen, und in seiner furchtbaren Verwirrung sagte er:

»Ich habe noch etwas von meinem Vater geerbt.«

»Lassen Sie Ihren Vater aus dem Spiel, das war ein Ehrenmann«, sagte der Richter immer strenger, er war jetzt überzeugt, daß Coniglio mannaro sich an der Schmuggelei aktiv betätigt hatte.

Aber der Beschuldigte fuhr in seiner Verwirrung fort:

»Sehen Sie, Herr Richter, es ist wirklich so gegangen, wie Sie gesagt haben.«

»Was habe ich gesagt?«

»Es waren ganz fette Vermittlungen, eine Arbeit, die was abwarf: es handelte sich um Hunderte von Wagenladungen, um Tausende von Scheffeln Getreide, Reis und Bohnen ...«

»Und Sie wollen mich weiter glauben machen, daß Sie von der Verladung nichts gewußt haben und desgleichen nicht wußten, wohin die Waren gingen? Wenn Sie auf eine so unverschämte Weise alles ableugnen, liefern Sie mir schon damit einen wichtigen Anklagepunkt.«

»Als ich das vorige Mal vernommen wurde, hat mich vielleicht das Gedächtnis im Stich gelassen, und dazu kommt noch mein gutes Herz ...«

»Wieso das Gedächtnis? Da es sich doch um Verladungen handelt, die erst vor kurzem, und zwar direkt vor Ihrer Nase bei den Mühlen vor sich gingen.«

»Das schon, wenn am Zoll zu wenig Wasser war, ja dann ... ich erinnere mich, verlud man auch manchmal in der Nähe meiner Mahlstelle am Nogarolendamm, das ist wahr. Wissen Sie, das letztemal hatte ich etwas Angst, und ich war ganz durcheinander und verlegen.«

»Na schön«, sagte der Richter, das Gestammel abschneidend, mit dem Coniglio mannaro, wie ein Mensch im Dunkel einhertappend, noch weiter sein Einkommen rechtfertigen wollte, »na schön: inzwischen lasse ich Sie zunächst verhaften, als falschen und widerspenstigen Zeugen, der überführt und geständig ist.«

»Aber Sie können doch nicht ...«

»Sie werden noch heute ins Gefängnis von San Paolo zu Ferrara eingeliefert, für jetzt genügt's. Schreiber, bitte den Wortlaut.«

Nachdem der Wortlaut beglaubigt war und auch Scacerni seine Unterschrift gegeben hatte, befahl der Richter anzuspannen und übergab Coniglio mannaro den beiden Gendarmen.

Draußen vor dem Hause, in dem sich das Gericht niedergelassen hatte, erfüllte schon das Geschrei der Menge die Nachbarschaft:

»Sie holen Coniglio mannaro ab!«

Und gleich gab es so etwas wie einen festlichen Volksauflauf, ganz ähnlich jenem, mit dem die Leute den Marktschreier und den Jongleur empfangen, der Schwerter zu verschlingen und Feuer zu spucken verspricht und ähnliche Wunder tun will.

Der Wagen war ausgesprochen altertümlich, eine gewaltige Kiste. Und man brauchte zum Anspannen Zeit, so daß unterdessen in die anfängliche Lustigkeit ein weniger harmloses Element sich mischte: jenes boshafte Vergnügen auf Kosten des andern. Und die Leute freuten sich um so mehr, als schon einige von der Guarda seit Tagen wegen falschen Zeugnisses eingelocht worden waren, während Scacerni noch frei herumlief. Wegen der Verhaftungen hatte freilich bisher niemand viel Aufhebens gemacht, denn jeder war überzeugt, daß diese ganze Verwirrung sich in Wohlgefallen auflösen würde. Und was die Verhafteten in diesen Tagen aushielten, würde ihnen Herr Pietro schnell und reichlich vergüten. Das Gerede über die üppigen Mahlzeiten, die er vorsorglich den Verhafteten ins Gefängnis geschickt hatte, war überall hingedrungen, und in der Phantasie waren diese Mahlzeiten immer üppiger geworden. Das alles hatte die Gemüter Herrn Pietro gegenüber weich gestimmt, eben weil man aus dieser Probe seiner gegenwärtigen Erkenntlichkeit auf zukünftige schloß. Manche eßlustigen Dörfler waren sogar neidisch auf die Leute im Gefängnis.

Überdies hatten sie Scacerni seit einiger Zeit nur flüchtig und im Vorbeikommen gesehen, er besuchte nicht die Schenke, und ins Dorf kam er gewöhnlich nur, um sonntags die Frühmesse zu hören. So hatten sie sich weiter nicht um ihn gekümmert, bis es dann hieß:

»Coniglio mannaro wird abgeholt.«

Diese Verhaftung, derweil sie neugierig dabeistanden, belebte in den Leuten die alte Abneigung gegen Coniglio mannaro, gegen sein Gesicht, seine widerliche Geldgier und seine Manieren überhaupt. Man nahm Anstoß an seinem abgesonderten, eigenbrötlerischen Leben und Treiben ohne Freunde und Schenkenbesuch, und man sah darin überdies seine überhebliche Verachtung der andern. Das alles wirkte zusammen, daß sie sofort überzeugt waren: seine Schuld könne nicht nur wie bei den übrigen Verhafteten darin bestehen, dem Herrn Pietro wohlgesinnt gewesen zu sein, er hatte sicher ganz andere Sachen auf dem Gewissen. Was Herrn Pietro anging, ob er ein Schmuggler war oder nicht, er hatte ihnen Arbeit und Brot gegeben. Coniglio mannaro dagegen hatte aus dem Schmuggelgeschäft nur Geld für sich selber gezogen, er hatte aus den Kornverschiebungen, aus der Teuerung und dem Hunger der Leute Kapital geschlagen. Er war einfach ein Blutsauger, und das Volk begann sich auf die Gerechtigkeit zu besinnen. Immer wieder riefen die Leute, in die Hände klatschend:

»Coniglio mannaro kommt ins Kittchen!«

Wie gesagt, das Anschirren der Pferde dauerte eine gute Weile. Die Deichsel vor dem Wagenungetüm und die Strangscheite waren klobig und grob, und das Ganze war eine Arbeit, die Zeit brauchte. Aber hätte das Anschirren auch weniger Zeit in Anspruch genommen, die kleine Menge, die dem Vorgang vor dem Haus der Gendarmerie beiwohnte, hätte doch bald Stellung genommen. Groll und Antipathie gegen Coniglio mannaro hatten sich durch viele Jahre in ihnen aufgehäuft und brachen nun mit der Plötzlichkeit lang unterdrückter Impulse in heller Wut hervor. Als er am Ausgang zwischen den zwei Gendarmen erschien, wurde es zuerst still. Scacerni hatte sich inzwischen gefaßt. Er wollte, weil er die Leute so sehr verachtete, ruhig erscheinen, und so war sein Gesicht keineswegs mehr verwirrt und zerknirscht, sondern zeigte nur zornige Verachtung. Die Zuschauer waren betroffen und drängten sich auf den Zehenspitzen heran, dann aber brach plötzlich ihr Ärger los, denn die Leute haben eher Nachsicht mit einem Schuldigen, der die Fassung verliert, als mit einem Unschuldigen, der Haltung bewahrt. Sie konnten ihm gut ins Gesicht sehen, der altertümliche Wagen hatte zwei offene Sitze vor dem Holzverschlag, in den nun der Richter mit dem Schreiber einstieg, während der Verhaftete im Gänsemarsch mit den zwei Gendarmen auf den Vordersitz hinaufkletterte.

»Seht mal, was für eine Fresse!« schrie ein Junge, und darauf folgte sofort lautes Geschrei.

»Scheußliche Fresse! Trauriger Kerl! Aasvieh! Blutsauger! Du hast uns geschröpft, hast dich auf unserm Hunger fett gemacht! Jetzt 'raus damit, mit allem, das Schlaraffenleben ist vorbei! Geh, häng dich auf!«

Es war ein wildes Durcheinander, ein Getümmel, ein allgemeiner Jubel, man pfiff, lachte, hob die Fäuste und machte unanständige Bewegungen, um ihn zu verhöhnen, andere schnitten Grimassen.

»Das scheint bald so«, sagte Scacerni zu seinen Beschützern, die sich zu seinen Seiten niedergelassen hatten, »als ob sie etwas dabei verdienten, diese Idioten.«

»Na«, sagte einer von den beiden, »seien Sie man hübsch still, daß die da Sie nicht dazwischennehmen. Was haben Sie ihnen denn getan, daß sie es derartig auf Sie abgesehen haben?«

»Die krepieren vor Elend und Neid!«

»Jeder tröstet sich, so gut er kann«, sagte der andere Gendarm, »aber es wäre besser, jetzt loszufahren – was macht dieser Saufaus von Scarafuna?«

Der Scarafuna Benannte war der Gerichtskutscher von Ferrara. Er hatte seinen Hut und seine Peitsche verlegt und war wie immer angeheitert. Nun wurde auch der Richter im Schlag ungeduldig, nur Coniglio mannaro schien keine Eile zu haben, er fixierte die Leute, als ob er an ihren Beschimpfungen Genuß fände.

»Wenn Sie wüßten, was mir das schon ausmacht«, sagte er achselzukkend. Die Straßenjungen schrien im Chor:

»Er haut ab, er haut ab! Coniglio mannaro mit Pferd und Wagen! Er haut ab, ein großer Herr, ein großer Herr!«

Jetzt erschien auf dem Platz die alte weißhaarige Venusta Chiccoli, die ein wenig im Kopf durcheinander war. Schlampig und zerzausten Haares stand sie da und schrie:

»Dein Vater wäre vor Scham gestorben, das sage dir ich, die dich auf die Welt zog!«

Von diesem plötzlichen Erscheinen und einer solchen Beschimpfung vollständig verwirrt, tupfte sich Coniglio mannaro mit dem Zeigefinger gegen die Stirn, um anzudeuten, daß die Alte geistesschwach sei. Die Leute, die davon ebenso überzeugt waren wie er, regten sich jetzt aber darüber auf, und einer, der entweder von Natur theatralisch oder ungefähr so wirr in seinem Kopf wie die Alte war, schrie:

»Dieser entmenschte Kerl beleidigt die Frau, die ihm auf die Welt geholfen hat und ihn übers Taufbecken hielt, so ein Antichrist!«

Und die Menge, die sich so gern an starken Worten berauscht, wiederholte: »Antichrist, Antichrist!«

Dem Richter wurde das zuviel, er sagte zu dem Kanzlisten:

»Na, was heißt hier Antichrist! Nicht so schlimm wie dieses Vieh von Scarafuna. Jetzt können wir hier noch ein Weilchen bleiben, um uns all diesen Blödsinn anzuhören.«

Es ist vielleicht interessant, darauf hinzuweisen, daß der Sohn Scacerni an derselben Stelle Antichrist genannt wurde, wo man dem Vater Scacerni in seinen letzten Jahren Apokalypse nachrief. Scarafuna war mit großer Mühe endlich auf den Bock geklettert, ließ sich gravitätisch nieder, ergriff die Peitsche und schrie, mit ihr knallend, los, wie er's gewohnt war:

»Platz da für die Gerechtigkeit!«

Der große Wagen setzte sich schwerfällig in Bewegung, er quietschte in allen Fugen, die Straße war schlecht. Dann fielen die Pferde in Trab, und das Vehikel begann derartig zu kreischen und zu lärmen, daß die Stimmen der schimpfenden Leute von der Guarda davon schneller gedämpft wurden als durch den Abstand, den der davonrumpelnde Wagen bekam.

So kamen sie in Ferrara am Gefängnis an, das in dem aufgehobenen Karmeliterkonvent eingerichtet war. Man ließ Scacerni eintreten und übergab ihn dem Gefängnisaufseher. Der Verhaftete hatte kaum ein anderes Gefühl als eine allgemeine Benommenheit, als könnte er das, was ihn getroffen hatte, noch gar nicht recht fassen. Der Nebel um das Verhör und seine Antworten hatte sich ihm während der Fahrt nur noch verdichtet und bildete nun einen dunklen Punkt in seinem Bewußtsein. Es gelang ihm nicht mehr, sich an jene Fragen und Antworten zu erinnern, die schuld waren, daß er hierher gekommen war. Im übrigen, so glaubte er, hatten ihn allein seine große Gutmütigkeit und auch die Bestürzung beim Verhör ins Gefängnis gebracht. Und immer wieder stellte er jene Fragen, gab er jene Antworten, die ihm beim Verhör entfallen waren, nun sich selber, und zwar sehr geschickt die Fragen und sehr ausweichend plausibel, erschöpfend und in feinen Andeutungen gehalten die Antworten. Schade, daß nur er die Fragen so gestellt hatte und nicht der Richter!

Der Gefängnisvorsteher schrieb seinen Namen mit grober und ungelenker Hand in das Register. Dann sagte er, den Schlüsselbund in der Hand, durch einen uralten Klosterhof dahinschreitend:

»Gehen wir.«

Scacerni folgte ihm, ein Wärter begleitete sie. Sie schritten durch den Portikus und stiegen eine Treppe hinauf, deren Stufen sehr ausgetreten waren. Dann wurde die Tür zu einer Mönchszelle geöffnet.

»Sie haben Glück«, sagte der Gefängnisaufseher, »daß diese Zelle gerade heute morgen frei wurde, es ist die hellste und luftigste.«

Draußen an dem kleinen vergitterten Fenster war ein Lichttrichter angebracht, durch den hindurch man nur ein kleines Stück Himmel gegen Norden hin sehen konnte. An frischer Luft fehlte es nicht, aber dieser Lichttrichter wirkte auf den Gefangenen wie eine ausgesprochene höhnische Quälerei.

»Das ist der Strohsack«, fuhr der Gefängnisaufseher nachlässig fort, »und das ist der Nachttopf. Sie können sich die Wäsche von Hause kommen lassen, wenn Sie wollen, zum Waschen lassen wir Sie in den Hof zum Ziehbrunnen gehen. Apropos: wollen Sie die Gefängniskost oder lassen Sie sich aus der Osteria etwas heraufbringen?«

»Aus der Osteria.«

»Da tun Sie gut dran! Ich will nicht gerade sagen, daß unser Essen hier schlecht ist, es gibt Brot, Wasser, Bohnen- und Erbsensuppen. Fleisch und Wein nur sonntags und an den hohen Kirchenfesten. Es ist natürlich ein Essen, das einem nach und nach langweilig wird.«

»Bilden Sie sich etwa ein«, fragte Scacerni in plötzlichem Zorn, »daß ich Lust hätte, hier Wochen und Wochen zu sitzen?«

»Ist es das erstemal, daß Sie hierherkommen?«

»Zum Henker, natürlich das erstemal!«

»Ja, dann hören Sie sich den Rat eines Mannes an, der Erfahrung hat: richten Sie sich so ein, als müßten Sie ein gutes Weilchen hier bei uns bleiben, sonst erscheinen Ihnen auch nur ein paar Tage unendlich lang. Ich werde inzwischen dem Wirt in der Osteria Bescheid geben.«

Coniglio mannaro war es natürlich klar, daß dieser heuchlerische Leisetreter für jede Mahlzeit, die er dem Hungrigen in die Zelle bringen ließ, ein Trinkgeld nehme, aber er sagte nichts. Der Gefängnisaufseher fuhr fort:

»Weiß man bei Ihnen zu Hause, daß Sie hier sind?«

»Ich glaube es nicht, aber vielleicht, daß die Leute im Dorf Bescheid gesagt haben.«

»Auf jeden Fall, wenn Sie eine Kleinigkeit bezahlen, können wir Ihre Angehörigen ja von hier aus verständigen.«

»Ach, nicht nötig!«

»Um so besser! Wollen Sie jetzt mal die Taschen leeren!«

Er hatte nur wenig Kleingeld, ein Taschenmesser und ein Notizbuch, und da er davon überzeugt war, daß er von seinem Geld nichts mehr wiedersehen würde, war er froh, daß er nicht viel bei sich hatte. Der Gefängnisaufseher nahm ihm nun auch die Mütze ab, jene Mütze mit den aufrechtstehenden Umschlägen nach altem bäuerlichem Schnitt, an der man Coniglio mannaro schon von weitem erkannte. Dann tastete ihm der Mann den Leib ab und lachte überrascht, als er soviel Wolle bemerkte.

»Zum Kuckuck, sind Sie aber eine Frostbeule!«

Coniglio mannaro fragte, verärgert über den Vorgang und die Bemerkung des andern, der sich in alles einmischte:

»Sind Sie fertig?«

»Hören Sie, guter Mann, der Wirt in der Schenke legt natürlich Wert auf eine Anzahlung. Und das hier«, fügte er bei und zeigte auf die paar Münzen, »genügt höchstens für ein paar Tage.«

»Na und wenn, soll ich etwa hier weiße Haare kriegen?«

»Ich sage Ihnen das nur, um Sie aufzuklären. Hernach müssen Sie sich nicht wundern, wenn's nur Bohnen und Brot und Wasser gibt.«

»Meine Frau wird auf jeden Fall bald hier erscheinen, und der sag' ich dann, was ich brauche.«

Der Gedanke an Cecilia und ihren Besuch erfüllte ihn mit einer plötzlichen Zärtlichkeit, die er nie vorher verspürt hatte. Er wollte allein sein, und zwar sofort, nur um an Cecilia zu denken.

»Werde ich mit meiner Frau sprechen können?« fragte er nicht ohne Angst.

»Wir werden schon einen Weg finden, Sie müssen nicht glauben, daß wir hier nichts von der christlichen Nächstenliebe verstehen. Ich lasse Ihnen binnen kurzem das Abendessen bringen.«

Der Gefängnisaufseher verließ mit dem Wärter die Zelle und schloß draußen ab. Dreimal drehte er den Schlüssel herum, das Schloß war verrostet, ging schwer und machte viel Lärm. Das Geräusch dieser drei Schlüsseldrehungen prägte sich dem Eingeschlossenen tief ein wie ein seltsam gehässiger und grausamer Laut. Sein Blick glitt über das vergitterte Fenster, die Stäbe waren klobig und bedrückend, dann schaute er wieder nach der verrammelten Tür, und da spürte er einen jähen Drang, das Gitter zu zertrümmern und mit den Schultern gegen die Tür zu stoßen. Die ohnmächtige und verzweifelte Wut eines gefangenen Tieres, das am Gitter nagt und beißt und dann merkt, daß alles vergeblich ist, erfüllte ihn. Schließlich warf er sich auf den Strohsack, und indem er seine Hände in einem Anfall düsteren Schreckens verkrampfte, blieb ihm von seiner Vernunft nur noch so viel, um ihn erkennen zu lassen, daß er den Kopf vollständig verloren hatte.

Durch das kleine Viereck des Lichttrichters sickerte das Licht mit dem Einbruch der Dämmerung, jener breiten herbstlichen Dämmerung auf der großen Ebene, immer schwächer; und es versank, leicht und wie von fern, das Geräusch der doch so nahen Stadt. Das düstere Schweigen des Gefängnisses spann in der Zelle die schon in den Winkeln sitzenden Schatten noch dichter. Es kam ihm vor, als habe er das Licht, die Ebene, die Felder und überhaupt alle Dinge draußen nie richtig angesehen und hinreichend gewürdigt in jener Zeit, als er noch nicht wußte, daß es so etwas gebe wie diese Tür und diese ineinandergeschmiedeten Eisenstäbe. Er wollte nachdenken, aber es kam ihm kein anderer Gedanke als der, daß er ein verlorener Mann sei und daß sein Geschick nun einmal darin bestehe, alles in dem Augenblick zu verlieren, da er es ausgehändigt erhielt. Ja, und Cecilia? Sie trug nun das dritte Kind, ihre Niederkunft stand nahe bevor. Konnte sie überhaupt kommen, um ihn zu besuchen? Er sagte in Gedanken »konnte«, um nicht zu denken »wollte«! Denn plötzlich verzweifelte er nun auch an ihr, ja, besonders an ihr, die er auf so unwürdige Weise in die Falle gelockt und mit Gewalt in Besitz genommen hatte. Das waren keine Gewissensbisse, sondern es war Angst. Denn wenn sie ihn nicht liebte, konnte er auch nicht gut von ihr Liebe verlangen. Sie hatte sich nach dieser seltsamen Hochzeit in alles ergeben und in ihrer Sehnsucht nach Kindern sogar nicht einmal ganz widerwillig. Aber jetzt, da sie Kinder hatte, wozu nützte er ihr noch, dieser erbärmliche Kerl, dieser Leutespott, den keiner leiden mochte und der nun also von der Gerechtigkeit ereilt worden war und vielleicht Jahre hier im Gefängnis sitzen, Geldstrafen und Konfiszierung erleiden und seinen Ruin erleben sollte. Alles, was man ihm vorwerfen konnte, stand mehr als vor seinem Nachdenken vor der aufgeregten Phantasie, und dort wurde es riesengroß und in jeder Weise entsetzlich. Er war überzeugt, daß Vergoli, Alpi und die andern Hauptschuldigen, die Einflußreichen und hohen Orts Protegierten sich aus dieser ganzen Geschichte herausziehen und herausreden könnten. Denn es heißt ja, daß man die großen Diebe laufen läßt und die kleinen hängt. Jawohl, alle würden sich herausziehen und die Hauptschuld auf ihn abwälzen. Und das war dann die Gerechtigkeit? Aber dies Wort war für ihn nur ein Ausdruck voll bitterer Verachtung, genau so, wie die Ehrbarkeit der Menschen und die Güte und alles, was man im Menschen als menschlich und gut bezeichnet und anruft. Auch die Liebe gehörte hierhin, Cecilias Liebe. Jetzt war ihre Stunde gekommen, um sich von ihm freizumachen und sich zu rächen: und sie tat gut daran. Handelte sie anders, so müßte er sie ja für blöd halten.

Über Cecilia dachte und urteilte er wie über jede andere Sache der Welt auf seine Weise, und das war die Denkart einer düsteren Seele, die nur von Habgier, Verdacht und Bosheit lebte. Nun stürzte er in einen Abgrund von Verzweiflung. Und noch dauerte am Himmel das letzte Rot der Dämmerung an, als er bereits vollständig gebrochen dasaß. Als ein wenig später das Abendessen kam, brachte er keinen Bissen hinunter, es war, als habe er einen Knoten im Hals.

»Nehmen Sie's nicht so schwer«, sagte ihm der Wärter, »sonst wird das Gefängnis eine allzu schlimme Last. Hier muß man Geduld haben.«

»Ich kann nicht«, antwortete der Gefangene, dem das Essen widerstand, »ich kann nicht, ich krieg's nicht hinunter.«

»Der Wirt nimmt es nicht zurück, und es ist schon bezahlt.«

»Ja, ich hab's bezahlt, und Sie können es essen.«

Selbst noch in dieser Lage konnte er voll Wut und Ingrimm daran denken, daß er das Abendessen bezahlt und nicht gegessen hatte. Während der Wärter das Essen wieder an sich nahm, sagte Coniglio mannaro in jenem äußersten Durcheinander seines Innersten:

»Na, schön so, so ist's nun einmal bei mir, daß ich mir all mein Unglück selber kaufen und selber bezahlen muß, das ist nun einmal mein Los.«

Statt ihm einen Lichtschimmer zu öffnen, stellte ihm diese Überlegung sein Schicksal zwischen diesen vier Wänden als noch unausweichlicher hin. Und als er allein war, spürte er die Versuchung, mit dem Kopf gegen die Mauer zu rennen, doch gebrach es ihm an Mut. Inzwischen war es Nacht geworden. Angezogen lag er auf dem Strohsack und hoffte endlich, einschlafen zu können. Aber da hörte er aus den Ritzen der Pritsche und dem Backsteinpflaster und unter dem abblätternden Verputz die Prozession der Wanzen zum blutigen Angriff vorgehen. Er begann zu fluchen, kratzte sich, wälzte sich voll Wut bis zum frühen Morgen hin und her, bis dann beim Licht die Insekten sich zurückzogen und ihm ein wenig Schlaf gönnten. Doch hätten ihn die Gedanken wach gehalten, so wäre er von ihnen auf grausamere Weise gequält worden, das war wenigstens seine Meinung. Und er fühlt sich bei den Wanzen in Schuld.

Als er erwachte, glaubte er, geträumt zu haben, denn so erinnert man sich einer furchtbaren Angst im Traum, für die man keine Erklärung weiß. Er fühlte sich frisch und seiner Sache ganz sicher, außerdem spürte er einen kräftigen Appetit im Leib. Was Cecilia anbetraf, war er nicht abgeneigt zu denken, daß, wenn sie nicht käme, es so besser sei: denn in gewissen schwierigen Augenblicken stören die Frauen.

VIII

Kaum hatte Cecilia die Nachricht von dem Vorgefallenen erhalten, hatte sie Schiavetto zum Haus an der Pappelbrücke geschickt, um das Pferd anzuspannen, und sie hatte sich zur Guarda fahren lassen, um den Pfarrer um Rat zu fragen. Das Dorf war noch von dem Vorgefallenen in Aufregung, und jedermann zeigte noch seine Empörung über Coniglio mannaros herausforderndes Benehmen. Pizzacarino, wie ihn die Leute nannten, fühlte sich genötigt, Cecilia zu sagen:

»Ihr Mann, Padronin Cecilia, kann von Glück reden, daß er von den Gendarmen bewacht war und daß der Wagen voranmachte. Denn nicht einmal die Gendarmen hätten ihm die Lektion ersparen können, die er verdient hat.«

»Wer hätte sie ihm gegeben, die Lektion, Sie, Pizzacarino?«

Das genügte, denn Pizzacarino galt allgemein für nicht allzu mutig. Und in der ein wenig männlichen Stimme dieser Frau vom Fluß hatte es bei diesen kurzen Worten einen kleinen Ruck gegeben voll anschwellender Verachtung, so daß die Umstehenden zu lachen begannen.

»Wenn es meine Sache wäre«, fügte Cecilia ruhig bei, »würde ich mir's nicht so hoch anrechnen, tapfer hinter einem armen Kerl dreingepfiffen zu haben, der das Pech hatte, unter die Gendarmen zu geraten.«

Mehr als einer dachte schon so wie sie, und der eine oder andere gab ihr auch recht, die meisten aber schwiegen mit einem Ausdruck im Gesicht, als wollten sie ihr zustimmen.

»Nun ja, Sie sind seine Frau«, sagte Pizzacarino, »das ehrt Sie, daß Sie so sprechen.«

»Auch wenn ich nicht seine Frau wäre«, erwiderte sie trocken, »würde ich so reden. Aber ich bin ja nicht hergekommen, um meine Zeit totzuschlagen.«

Es gab da noch jemand, der sich zu dieser Sache ausließ, das war Venusta Chiccoli. Als sie Cecilia an ihrem Haus vorübergehen sah, rief sie sie an, ließ sich gegen Coniglio mannaro kräftig aus und bedauerte Cecilia, daß sie das Unglück gehabt hatte, ihn zu heiraten.

Die Venusta von früher, immer arbeitsam und hilfsbereit, immer ein wenig zornmütig und doch gleichmäßig gut, immer verständig trotz aller schrullenhaften Eingebungen, war nun alt und ein bißchen blöd geworden. Viel Not hatte sie ausgehalten, nachdem der Schuster Chiccoli vor vielen Jahren schon gestorben war.

»Was ist das für ein Elend, liebe Cecilia, wenn man alt wird und soviel Häßlichkeit sieht. Sein Vater war noch ein Mann von dem Schlag, der jetzt ausgestorben ist. Er wäre vor Schande und Schmerz eingegangen, wenn er ihn in den Händen der Gendarmen gesehen hätte, diesen Übeltäter. Aber ich habe ihm schon Bescheid gesagt, diesem verkommenen Kerl, diesem Antichrist, das macht mir gar nichts aus, und er, stell dir vor, er sagt mir, die ich ihn auf die Welt zog – wär' er doch nie geboren worden! – er sagt mir – hat die Stirn, mir ins Gesicht: Verrückte, Wahnsinnige und kindische Alte! zu rufen, ausgerechnet mir! Wär' er doch nie auf die Welt gekommen. Wenn ich seine selige Mutter Dosolina nicht so gut gekannt hätte, müßte ich am Ende noch schlecht von ihr denken. Denn es fällt einem wirklich schwer, anzunehmen, daß ein solcher Schurke von so einem Vater abstammen kann, und ich muß immer wieder sagen: es wäre besser, wenn er nicht auf die Welt gekommen wäre. Auch für dich, meine arme Cecilia, denn du hast ihn ja heiraten müssen (das sagst du aus Klugheit nicht, aber man erfährt nach und nach alles), und jetzt mußt du den harten Bissen hinunterwürgen, die Frau eines solchen Straßenräubers zu sein.«

So hatte sie ins Blaue hinein geredet, bis Cecilia ihr dann endlich ins Wort fiel:

»Wenn das auch alles wahr wäre, was Ihr da sagt, und noch mehr, es wär' jetzt nicht der rechte Augenblick, mich daran zu erinnern. Davon darf jetzt nicht die Rede sein.«

Der Priester riet Cecilia natürlich, einen Anwalt zu nehmen, falls ihr Mann nicht schon einen besorgt habe, und am Tag darauf ließ sie sich von Schiavetto frühmorgens in die Stadt fahren. Sie hatte ein bißchen Wäsche und Geld für den Verhafteten bei sich und einige Körbe mit Obst.

Einen dieser Körbe schenkte sie der Tante Argia in der Straße delle Pettegole, bevor sie ins Gefängnis ging.

Die nun schon bejahrte Sünderin, die nach der in ihrem Hause gefeierten Hochzeit Cecilia nicht mehr und den Neffen nur einige Male wiedergesehen hatte, wollte zuerst ein wenig die Zurückhaltende spielen. Aber die Nachricht von Peppinos Verhaftung brachte sie ganz durcheinander, denn sie empfand für ihn Zärtlichkeit, und Peppino hatte immer auf sie Eindruck gemacht. So sagte sie verlegen und verwirrt:

»Aber was höre ich da? Es war nicht notwendig, daß du dich wegen des Obstes bemühtest . . . Was macht man jetzt? Ich möchte nur bitten, daß Peppino und du mir ein wenig mehr zugetan wäret . . . So sind wir also zu dritt, ja? Gott möge dich segnen!« Indem sie das sagte, zeigte sie auf Cecilias sich rundenden Leib. »Das ist wenigstens ein Trost! Aber das Kind wird in einer schweren Zeit geboren, mein Gott, der Vater im Gefängnis, und wir beiden armen Frauen in so einem heillosen Zustand. Wie soll man sich jetzt genügend den Kopf zermartern, um einen Ausweg zu finden!«

Sie stand da, hielt das Obstkörbchen in der Hand und drehte sich verwirrt um die eigene Achse, so daß es aussah, als ob ihre Verlegenheit einzig darin bestände, nicht zu wissen, wo sie den Korb hinsetzen sollte.

»Werdet doch ruhig, Tante!«

»Du hast gut reden, aber ich hab' ein empfindlicheres Herz!«

»Ja, Ihr seid auch eine Städterin!«

»Aber weiß man wenigstens, was ihm zur Last gelegt wird?« fragte sie, endlich den Korb auf die Erde stellend. Und dann, als ob sie damit wirklich das Schwierigste getan hätte, ließ sie sich in einen weichen Sessel sinken und seufzte gedehnt.

»Ich weiß wirklich wenig darüber«, sagt Cecilia.

»Ja, ja, Peppino wollte immer alles nach seinem eigenen Kopfe machen, er vertraute sich ja niemandem an.«

»Ich weiß allerdings, daß es nicht um Kopf und Kragen geht.«

»Das fehlte auch noch gerade!«

»Es handelt sich um eine Schmuggelsache.«

»Das ist ja das Übliche bei euch Leuten vom Po.«

»Und ich weiß, daß mit ihm ein paar hochgestellte Persönlichkeiten kompromittiert sind.«

»Das ist ausgezeichnet, um wen handelt es sich?«

»Da ist der Herr Pietro Vergoli ...«

»Ich kenn' ihn nicht.«

»Und der Graf Alpi.«

»Das ist ja mein Freund! Und da genügt nur ein einziges Wort.«

»Wißt Ihr denn nicht, daß er ausgerückt ist?«

»Ausgerückt?« Diesmal wuchs ihre Verwirrung ins Ungemessene. Sie konnte nichts mehr sagen. Endlich stammelte sie: »Alpi ausgerückt?«

Schon seit einer geraumen Weile hatte die Buhlerin, die immer tiefer gesunken war, keine Gelegenheit mehr, einflußreiche und hochgestellte Persönlichkeiten bei sich zu empfangen. Und es betäubte sie nun förmlich, eine solche Nachricht von einer einfachen Müllerin zu erhalten. Denn das öffnete ihr auf eine schmerzliche Weise die Augen darüber, auf welchem sozialen Stand sie angelangt war, wenn man sich so ausdrücken darf.

»Ich bin nun gekommen, um Euch zu fragen, Tante«, fuhr Cecilia fort, »ob Ihr einen guten Anwalt kennt, nur das.«

»Mehr als zehn, mehr als zwanzig!« rief sie aus, glücklich darüber, sich wieder ein wenig Wichtigkeit geben zu können, und wär' es auch mehr in den eigenen Augen als in denen der Nichte. Und sie sagte ihr Namen und Adressen, die einzelnen Rechtsgelehrten bewertend, wie sie selber es ansah und wie sie es von andern gehört hatte. Um ihr die Namen mitzugeben (die Frauen konnten alle beide nicht schreiben), rief sie den Diener, der ihnen die Namen in Druckschrift hinmalte. Mit dieser Liste versehen, begab sich Cecilia zum Gefängnis, und sie erhielt die Erlaubnis, ihren Mann im Sprechzimmer zu treffen.

»Nur mit Rücksicht auf Euren Zustand«, sagte der Gefängnisaufseher, »denn eigentlich ist das strikt verboten.«

Es gab weiter keine Gemütsausbrüche zwischen den Eheleuten.

»O je«, sagte sie, als er zerzaust und bleich hereintrat, »du bist also hier, Peppino?«

»So geht's in der Welt, und warum bist du hergekommen, Cecilia?«

»Ich wollte dir Wäsche bringen, ich hab' gedacht, daß du vielleicht etwas Derartiges nötig hättest, und einen Korb Obst, und zwanzig Skudi.«

»Leise, sprich doch leise!«

»Hab' ich etwas falsch gemacht?«

»Nein, im Gegenteil, ich danke dir. Die Wäsche kommt mir ganz zurecht! Das Obst kannst du dem Gefängnisaufseher geben. Aber das Geld, komm doch ein bißchen näher mit dem Ohr, das Geld bring wieder schön nach Hause und sag niemand, wieviel du bei dir hast. Und daß du überhaupt etwas hast, im Gegenteil, sag dem Gefängnisaufseher, daß du ihm das Obst schenkst, weil du nichts anderes hast, und daß du nur mühselig drei Skudi zusammenbringen konntest, um sie dem Wirt als Vorauszahlung fürs Essen zu geben. Und dem Wirt gibst du das Geld persönlich, denn du mußt bedenken«, fügte er hinzu, »daß wir hier wie Gänse im Stall sind und gerade in dem Monat, wenn man sie rupft. Hast du mich verstanden?«

»Ich habe verstanden. Ich schenk' auch dem Wirt einen Korb mit Obst.«

»Schenk ihm nichts, er stiehlt schon gerade genug!«

»Ja, und dann, deine Tante läßt schön grüßen, und hier ist eine Liste mit den besten Anwälten von Ferrara.«

»Anwälten? Wozu!«

»Um dich zu verteidigen, das hat mir auch der Priester von der Guarda geraten.«

»Dem Pfarrer kannst du sagen, daß er sich ums Messelesen kümmern, und der Tante, daß sie über ihre Sünden nachdenken soll. Schockschwerenot, ich brauch' keinen Advokaten, ich verteidige mich selber.«

»Wie's dir gut scheint! Und jetzt: Mut und Geduld, ich kehre zur Mühle zurück. Für eine gewisse Zeit kann ich nicht mehr zu Besuch kommen, ich muß zuerst die Geburt hinter mir haben.«

»Die heilige Anna steh' dir bei, Cecilia, ich dank' dir schön, daß du mich besucht hast. Ich kenne und schätze dich, wie du es verdienst. Und ich sag auch gar nicht, daß du dich um die Mühlen kümmern sollst, darauf verstehst du dich ja besser als ich. Aber hab' ein Auge, solang ich hierbleiben muß, auf unsern Acker am Haus an der Pappelbrücke und auf das Gut von Ca'Morgosa, damit die Bauern die Aussaat gut zu Ende führen. Im übrigen hoffe ich, nicht allzulange hier hinter Schloß und Riegel zu bleiben.«

»Das walte Gott! Und sei guten Muts. Ich tu mein Bestes.«

»Ich weiß, Cecilia. Und tu mir einen Gefallen: wenn du dem Gefängnisaufseher diesen Obstkorb gibst, dann bitte ihn, daß er mir sofort das Essen schickt, ich habe heute einen richtigen Wolfshunger.«

»Sonst noch was?«

»Sag dasselbe auch dem Wirt. Und danke schön für deine Freundlichkeit.«

Der kurze Schlaf hatte sein Gedächtnis gekräftigt und wiederhergestellt. Und als er gründlich gegessen hatte, war er auch wieder klar im Kopf. Der Richter beabsichtigte nicht, ihn wegen des gewissen Handels mit der Ca'Morgosa zu beschuldigen, er hatte nur eine Vermutung wegen Beteiligung am Schmuggel, die aber nur ganz ungewiß sein konnte. So genügte es, wenn Coniglio mannaro einfach hartnäckig weiterleugnete. Als man ihm das letztemal Angst eingejagt hatte und er wegen dieses anderen Vergehens den Kopf verlor, war er eben, weil er allzuschlau sein wollte, in Widersprüche geraten. Vor dem Richter aber, so dachte er, gibt's nur einen Trick: den Mann mit dem schlechten Gedächtnis spielen. In dieser Weise trieb er es bei den nächsten Verhören, und es gelang ihm aufs beste. Als der Richter wieder auf seine Einnahmen zu sprechen kam, entgegnete er nur, daß sie aus guten Geschäften im Laufe so und so vieler Jahre stammten, und als der Richter noch einmal auf den Busch klopfte, wie weit Coniglio mannaro in diesem Schmuggelgeschäft seine Hände drin hatte, ging er nicht über das wenige hinaus, was er schon gesagt hatte.

»Möge die Gerechtigkeit erhärten, daß der Sohn meines Vaters mit den Flußseglern und Barken und mit der Getreideverladung nichts zu tun hat! Wenn ich etwas davon wußte, dann nur soviel, wie alle wußten. Der Sohn meines Vaters hat nie verfehlt, wenn er eine Getreidefuhre zu Herrn Vergoli schickte, den Zollerlaubnisschein beizulegen, der auf die Zollstation der Guarda ausgestellt war. Das Übrige ging ihn nichts an und geht ihn nichts an, und er wollte von nichts niemals etwas wissen.«

Und er regte sich in gespielter Empörung mächtig auf. Alles in allem sagte dieser Sohn seines Vaters schließlich die Wahrheit, so daß der Richter Eile hatte, ihn freizusprechen und sich vom Halse zu schaffen. Das geschah aber erst im Frühjahr (inzwischen war Cecilia von einem Mädchen entbunden worden, nachdem sie zuvor zwei Jungen bekommen hatte).

Wenn jemand Coniglio mannaro gefragt hätte, wie er das fertiggebracht habe, sich derart abseits von der Gesellschaft der Schmuggler vom Po zu halten, so hätte er antworten können: »Weil es dieser Gesellschaft zuviel um nebensächlichen Klimbim und Festgelage ging und weil ich überhaupt meinen Weg allein finde.« Und damit hätte er auch die Wahrheit gesagt. Er war nicht schlecht dabei gefahren, wenn man den Verlauf der Sache bedenkt. Vergoli selber hätte ihm mehr als jeder andere darin recht geben müssen.

Daß es allerdings am Froldendamm in der Nachbarschaft seiner Mahlstelle niemals Kornverladungen gegeben haben sollte, das war schon mehr als eine verwegene Behauptung, das war eine ausgemachte Frechheit. Wie man weiß, hatte er sich darin beim zweiten Verhör selber widersprochen, aber in diesem Punkte beriet ihn das Gefängnis, das mit seiner Einsamkeit sein Nachdenken begünstigte. Und so meditierte er gründlich, immer fest entschlossen, jeden Rechtsbeistand abzulehnen.

Dabei tüftelte er heraus, daß es ihm nicht möglich war, seine Lüge und den Widerspruch in seinem zweiten Verhör zurückzuziehen.

Der Richter hatte ihn auch förmlich gefragt, was ihn dazu verführt hatte, beim ersten Verhör mit der Aussage derartig zurückzuhalten.

»Die Kornverladungen am Nogarolendamm«, so antwortete er, »haben die Zöllner von der Guarda ebensogut gesehen wie ich, das mußte mir genügen, ohne daß ich mich weiter um etwas bekümmerte.«

»Aber Sie konnten doch das nicht leugnen, als man Sie um Zeugenschaft befragte.«

»Das war eben mein Fehler, ich habe geglaubt, etwas zu tun, was man ja längst weiß.«

»Erklären Sie sich!«

»Das ist in Kürze gesagt: Als man mich das erstemal zum Verhör rief und ich die Leute von Schmuggel und verbotener Kornausfuhr schwätzen hörte, stellte ich mir vor, daß, wenn der Zoll, der Sergeant, der Herr Superintendant das vor ihrer Nase passieren ließen, irgendein tieferer Grund dahinterstecken müsse, daß sogar die Vorgesetzten diese Sache angeordnet hätten und daß es mir besser bekäme zu tun, als ob ich von nichts etwas wüßte. Denn der Sohn meines Vaters weiß ebensogut wie Euer Gnaden, was das Sprichwort bedeutet: Über Regierungssachen sollst du keine Bemerkungen machen.«

»Vor dem Untersuchungsrichter hat man die ganze Wahrheit zu sagen, nichts anderes«, so sagte der Richter. Und was antwortete Coniglio mannaro?

»Das lerne ich jetzt«, und weil das wie eine Neckerei aussah, fügte er demütig hinzu: »Und zwar auf meine Kosten, Herr Richter! Jetzt hab' ich aber alles gesagt, was ich weiß.«

Schließlich kam ihm auch die große Anzahl der gleich ihm Beschuldigten zugute, die man aus politischen und Klugheitsgründen, um nicht allzu viele in dieser Sache zu verurteilen, freisprach, so daß keiner der Zeugen verurteilt wurde.

Der große Schmuggelprozeß von Ferrara dauerte noch länger als ein Jahr in Rom und hielt Vergoli ebenso lange fern und flüchtig, so daß unser Scacerni mehr als hinreichend Zeit hatte, um immer mehr Geschmack an seinem Beruf als Ackerbauer zu gewinnen und immer mehr die Rolle des Gutsherrn zu genießen. Schließlich fühlte er sich sogar als den rechtmäßigen Besitzer auf dem Grund und Boden der Ca'Morgosa.

IX Zweimal schon hatte er geerntet und gepflügt, und er war gerade dabei, im Herbst des Jahres 1858 seine dritte Aussaat auf den Gutsäckern zu betrachten, als . . .

Die Erde gleicht auch darin einer Frau, daß sie, wenn der Mann sie in wirklicher Leidenschaft angeht, von ihm ganz Besitz ergreift. Coniglio mannaro hatte sich gleich einem leidenschaftlichen Buhler derartig daran gewöhnt, diese Erde als ihm unterworfen zu betrachten, daß er nicht mehr an den andern dachte, dem sie gehörte. Damit nicht genug: Als er im verflossenen Sommer erfahren hatte – man konnte den Urteilsspruch öffentlich lesen –, daß Vergoli drei Jahre Kerker, hohe Geldstrafen und die Zahlung von Entschädigungssummen zugemessen worden waren, hatte er sich darüber aus ganzer Seele gefreut, und er dachte: der wird jetzt entweder immer im Ausland bleiben oder aber: drei Jahre sind auf jeden Fall gewonnen. Und in drei Jahren kann er auch im Gefängnis sterben, der Arme, wenn er an die ganze Größe seines Ruins täglich denken muß. In drei Jahren kann allerlei passieren, nicht, als ob ich es ihm wünschte, aber auf jeden Fall, drei Jahre sind lang.

In der Tat wünschte er es ihm deshalb nicht, weil er die abergläubische Vorstellung hatte, daß dieser Wunsch Vergoli das Leben verlängere. Jener Mann, der das »Miserere mei Deus« für so viele gesungen hat, sang es auch für Coniglio mannaro, jener Ehebrecher, der Urias in den Tod schickte, quando intravit ad Bethsabee: »Miserere mei! Ecce enim in iniquitatibus conceptus sum, et in peccatis concepit me mater mea.«

Er glaubte also, drei Jahre für sich gewonnen zu haben. Aber es waren nach dem Urteilsspruch noch keine drei Monate vergangen: da schritt er eines Tages nach beendigter Aussaat über den Gutsacker, mit den Augen in schmachtender Zärtlichkeit das zarte grüne Halmen, das nach dem letzten Regen durchbrach, betrachtend – es hatte genau zur richtigen Zeit geregnet! –, und so in seinem Herzen alles genießend, bemerkte er nicht, wie einer von hinten auf ihn zukam, bis er sich angerufen hörte.

Die Stimme schien ihm sofort bekannt, aber er wollte sie nicht kennen; ohne sich zu wenden, fragte er:

»Na, wer ist denn da?«

»Ich bin's, Scacerni«, sagte der Herr Pietro.

Es war nicht mehr derselbe Mann von früher, man sah, daß die ausgestandenen seelischen Qualen, wenn sie auch nicht den Kern dieses großen Arbeiters und Kämpfers hatten zerstören können, ihn doch auf eine starke Probe gestellt hatten.

Er lächelte, was er früher nie zu tun pflegte, er lächelte traurig:

»Ihr glaubtet mich wohl nicht mehr lebendig wiederzusehen?«

»Ich bin froh, Signor Pietro, aber ich glaubte, daß Sie drei Jahre sitzen müßten?«

»Seine Heiligkeit hat mich begnadigt, ich mußte eine Geldstrafe zahlen.«

»Wie schön«, sagte Coniglio mannaro mit wahrer Trauermiene, »ich freue mich darüber.«

»Danke schön. Aber es ist doch so, mein lieber Freund Scacerni, daß ich halb und halb ruiniert bin, und ging's nicht um meine Söhne, hätte ich doch das Gefängnis vorgezogen. Ich will Ihnen nicht erzählen, was der Prozeß in diesem unglückseligen Jahre mich gekostet hat! Die Strafe, die ich zahlen muß, ist noch das wenigste, und das allein sind schon dreißigtausend Skudi, mein lieber Freund, ein ganzes Vermögen.«

Scacerni brummte etwas, während Vergoli fortfuhr:

»Das alles wäre noch nicht so schlimm, wenn ich nicht in der Gegend allen Kredit verloren hätte, und so bin ich genötigt, hypothekarisch belastetes Eigentum zu verkaufen, nur um zu Geld zu kommen, und damit, indem ich den Fiskus und die Gläubiger bezahle, ruiniere ich mich dann endgültig.«

»Ich verstehe«, sagte Coniglio mannaro. In Gedanken fuhr er fort: und zu mir kommt er, um mir das zu erzählen, hat er denn keine näheren Verwandten?

»Darüber bin ich froh, Scacerni.«

»Worüber?«

»Daß Sie mich verstehen, und schon das Wenige, was ich gesehen habe, genügt mir, um Ihnen versichern zu können, daß eine der wenigen mir verbliebenen Tröstungen, ja die größte, dies ist, zu sehen, wie Sie das Gut in Ordnung gehalten haben. Und hätte ich nicht damals den guten Gedanken gehabt, die Ca'Morgosa auf Ihren Namen zu überschreiben und Ihnen anzuvertrauen, so würden mich zur Zeit die Gläubiger und der Fiskus ratzekahl auffressen.«

Coniglio mannaro dachte bei sich selber: na also, da sieht man ja den Kern der Freundschaft. Alles Geschäft, genau wie ich es immer gesagt habe. Und laut fügte er hinzu:

»Lassen Sie sich nicht niederdrücken, ein Mann wie Sie, Herr Pietro, wird's schon schaffen! Lassen Sie sich das von einem ungebildeten Menschen, wie ich es bin, sagen.«

»Ich möcht's hoffen, und ich nehme Ihre Worte wie eine gute Vorhersage, wie einen Glückwunsch sozusagen. Auf jeden Fall bin ich glücklich, in Ihnen einen Ehrenmann zu finden. Wenn Sie wüßten, wie die Leute jetzt so tun, als ob sie mich nie gekannt hätten, und dabei sind die meisten mir zu Dank verpflichtet.«

»Freunde in der Not . . .«
»Sie sind nicht von solchem Schlag!«
»Teurer Herr Pietro, wollen wir gerecht sein!«
»Nun? Was wollen Sie sagen?«
»Wollen wir nicht auch gerecht sein gegen Ihre Gläubiger? Und wissen Sie, was man sich hier in Ro und der Guarda und in Ferrara erzählt?«
»Nun?«
»Ach, ich bin ja nur so ein ungebildeter Kerl, Sie wollen mich wohl hochnehmen und wissen's schon selber: man sagt, daß Ihr mit Hypotheken belastetes Vermögen nicht der ganze Besitz sei, es gebe da noch heimliches Gut und Vermögen. Es werden wohl böse Zungen sein, die das behaupten, man kennt ja die Leute. Aber diese Idee, daß der Herr Pietro Vergoli noch Geld habe, und zwar so versteckt, daß weder die Sonne noch der Regen drankommen, diese Idee lassen sich die Leute nicht ausreden.«
»Das sind Verleumdungen!«
»Wenn Sie das sagen, kann ich nicht widersprechen. Aber man sagt, daß Sie Grund und Boden – und zwar ausgezeichnete Ländereien! – an irgendeinen Lumpen überschrieben hätten, der Ihnen den Strohmann abgibt. Ich verstehe nichts von Gesetz, aber soviel doch: wenn das wahr wäre, dann müßten Sie ins Gefängnis und auch, der Ihnen dazu verhalf, die armen Gläubiger zu betrügen.«
»Verleumdungen, sage ich Ihnen, auf jeden Fall . . .«
»Mir genügt Ihr Wort, und ich will nichts mehr hören!«
»Auf jeden Fall können Sie ruhig sein: was Sie anbetrifft, hat niemand einen Verdacht.«
»Ich bin seelenruhig, Herr Pietro, wie der Papst so ruhig, genau so ruhig wie damals, als ich im Gefängnis war! Und zwar Ihrer Angelegenheiten wegen, es ist jetzt einige Monate her.«
»Seien Sie versichert, daß ich Ihnen alles vergüte, was Sie an Ärger und Gefahr meinetwegen ausgehalten haben, und auch Ihre Sorgfalt, mit der Sie die Ca'Morgosa gepflegt haben, vergüte ich Ihnen, die kennt man ja nicht mehr wieder, seit Sie sie unter den Händen haben.«
»Ich verlange nichts, ich wiederhole nur, was ich zum Richter sagte: ich tat's mit gutem Gewissen, weswegen sollte ich also Angst haben?«
»Wenn ich Sie vorhin recht verstanden habe«, sagte Vergoli stockend, »so sagten Sie doch, daß Sie Angst hätten wegen des Paktes, der zwischen mir und Ihnen besteht?«
»Es gibt keinen Pakt zwischen mir und Ihnen!«
»Wie – es gibt keinen . . .«
»Alles Verleumdungen, Herr Pietro, Sie haben es selber gesagt, und

ich halte mich an Ihr Wort. Ganz gewiß, wenn dieses Gut nicht mir gehörte, dann gäb's allerlei zu befürchten und mehr noch für Sie als für mich. Ich habe gehört, daß der Strohmann nur ein paar Monate Gefängnis bekäme, aber für Sie spränge dabei ein Jahr 'raus, auch zwei und vielleicht sogar drei, und dieses Mal würde Seine Heiligkeit nicht Gnade vor Recht ergehen lassen.«

»Entschuldigen Sie, Scacerni, entschuldigen Sie«, sagte Vergoli, der damit den Redestrom des andern unterbrechen wollte.

»Wie, ein Mann Ihresgleichen bittet einen wie mich um Entschuldigung? Das hört sich doch nicht gut an, Herr Pietro!«

»Aber zum Kuckuck«, schrie der, »wem gehört dieses Land?«

»Wie? Nun, dem Sohn meines Vaters! Wollen Sie, daß ich Ihnen den Kontrakt zeige?«

»Ah, so einen Ehrenmann habe ich also gefunden!«

»Es steht einem so gebildeten Herrn wie Ihnen nicht an, einen kleinen Einfaltspinsel wie mich zu beleidigen.«

»Und das Geld zum Kauf, du Schurke, wer hat's dir gegeben?«

»Ach was, hören Sie, ich bürge nur für meine Unterschrift.«

»Aasvieh!«

»Ich will Ihnen nur sagen, daß ich nicht weiß, wem das gilt, Herr Pietro. Oder wollen Sie mich dazu herausfordern, daß ich den Leuten recht gebe, die aus Ihnen ein schäbiges Subjekt machen, einen Mann, der zu jeder Niedertracht fähig ist? Das will ich doch nicht glauben! Ich weiß, das alles sind Verleumdungen, und nichts wird mich hinreißen können, einen Mann wie Sie zu beleidigen, nicht einmal Sie werden das können, merken Sie sich das, und nicht einmal eine Tracht Prügel oder gar das Messer! Erinnern Sie sich, was ich alles ausgehalten habe, auch im Gefängnis, im Kerker, Herr Pietro Vergoli, da können Sie sehen, was ich für einer bin.«

»Du verdienst den Galgen!«

»Daß Unglück die Leute verrückt daherreden läßt, habe ich schon öfters gehört. In diesem Falle aber, was den Galgen anbetrifft, so gingen wir dann alle beide in dieselbe Richtung. Und das wäre doch töricht, nicht wahr? Und dazu werd' ich's nicht kommen lassen: hier muß man Geduld haben, Herr Pietro, in dieser Ihrer jetzigen Situation hab' ich's mit Ihnen besser im Sinne als Sie selber.«

Pietro sah ihm in die Augen, und er stellte fest, daß hier wirklich Geduld nötig war, denn Coniglio mannaros Entschluß stand darin so hart und unabänderlich fest und auch so ruhig, als sei sogar sein Gewissen rein, da er jetzt fortfuhr:

»Ich hab' rein Ihnen zuliebe falsches Zeugnis abgelegt . . .«

»Ich zahl's dir«, schrie Vergoli, »ich bezahl' dir deine Lügen!«

»Ich hab' das Gefängnis ausgehalten!«

»Auch das zahl' ich dir!«

»Und ich hab's doch wirklich nicht nur aus Liebe zu Ihnen ausgehalten! Sondern notgedrungen, weil Sie mich in diese Lage brachten, indem Sie einen armen Hund wie mich, der nichts von Recht und Rechtskniffen versteht, betrogen! Ich bin Verleumdungen ausgesetzt, mein Herr!«

»Welchen Verleumdungen, widerlicher Blutegel?«

»Werden Sie mir auch all diese Beleidigungen bezahlen? Dazu reichte die Ca'Morgosa wohl nicht aus. Wissen Sie etwa, warum ich verhaftet wurde? Eben weil dieser mein neuer Besitz dem Gericht ins Auge stach, das ja nicht immer blind ist. Man hielt mich für einen Schmuggler, stellen Sie sich vor! Ich ein Schmuggler, der Sohn meines Vaters!«

»Was phantasieren Sie sich jetzt zusammen!«

»Ich phantasiere? Das tun Sie wohl eher, aber um es kurz zu machen: mögen Sie den Dienst, den ich Ihnen aus gutem Herzen tat, auf die Rechnung setzen.«

»O tausend Dank!«

»Meine gute Absicht bleibt, auch wenn Sie mich betrügen, aber Schwamm drüber! Doch setzen Sie die Verbesserungsarbeiten auf mein Konto, die mancherlei Auslagen. Ich zahlte, als handelte es sich um mein eigenes Gut. Setzen Sie die Differenz auf mein Konto.«

»Welche Differenz?«

»Die Länderpreise sind von damals bis heute sehr gestiegen, jedermann will guten Boden kaufen, und wenn ich nun die Absicht habe, die Ca'Morgosa zu verkaufen, gehört diese Differenz nicht mir?«

»Auch das gestehe ich Ihnen zu, auch die Verbesserungsarbeiten«, sagte Vergoli in einem neuen Hoffnungsstrahl, daß der Erpresser nun doch an diesem Punkt haltmachen würde.

»Und dann mein persönlicher Schaden, all die Angst, die ich ausstand, mehr als ein halbes Jahr Gefängnis, und mein ruinierter guter Name! Denn das wissen Sie ja, auch wenn man freigesprochen wird, läßt man immer ein Stück seines guten Namens zurück, und der Sohn meines Vaters hat eine empfindliche Haut. Machen wir also das Geschäft, Herr Pietro, schließen wir ab, Gutes oder Schlechtes, werfen wir alles auf einen Berg, bleiben wir gute Freunde. Und alles in allem müssen Sie dann sagen, daß ich mir dieses Gut auf ehrliche Weise verdient habe.«

»Er glaubt's wirklich!« schrie Vergoli mit einer Art von Bewunderung, die Hände gegen den Himmel erhebend.

»Weshalb soll ich's nicht glauben?«

»Er hält sich für ehrlich!«

»Warum nicht?«

»Was für ein Lümmel, für ein Läusegrind! Und Sie glauben, daß die Sache damit abgeschlossen sei?«

»Für mich ist sie abgeschlossen, und ich kann schwören, daß Sie mich nie mehr ein Wort darüber verlieren hören.«

Was konnte Vergoli, der eilends, um nicht vor Wut zu platzen, fortging, dagegen tun? Coniglio mannaro kam bei dieser Sache, wenn man nur wenig rechnete, mit siebentausend Skudi Gewinn heraus. Vergoli aber, der tätige und erfindungsreiche Mann, der zu den ersten gehörte, die im Ferraresischen der Wirtschaft einen modernen Impuls und neue Initiative gaben, erholte sich zum Teil wieder mit Unternehmungen industrieller Natur. Doch er kehrte nie mehr in diese Gegend zurück, und zu seiner alten Größe konnte er sich auch nicht mehr aufrichten. Den Verlust der Ca'Morgosa legte er zu soviel anderen Verlusten, und in das Gebiet von Ro und der Guarda setzte er nie mehr den Fuß.

Er pflegte fortan zu sagen, daß einer, der zu heftig am Strang ziehe, niemals, bevor er reiße, feststellen könne, mit welchem Ungestüm sein Hinterer auf der Erde lande.

Die Folgen seines Sturzes mußte auch der Marchese Filippo Macchiavelli spüren: die Trockenlegung der Vallazza war noch nicht zu Ende geführt, sondern befand sich noch auf jenem Punkt, da das frische Neuland immer neue Auslagen erfordert, um seinen Wert zu behalten und etwas Gewinn abzuwerfen. Und da ihm nun Vergoli als Partner fehlte, hörte es mit der Arbeit auf; denn der an Vergolis Stelle eingetretene neue Teilhaber hatte kein Geld oder keine Lust, es in die Vallazza zu stecken. Und so verkam das Gebiet wieder und wurde nun eine drükkende Last für den Besitzer, wie immer, wenn man eine Urbarmachung halb fertig liegen und verkommen läßt. Und da konnte man nun die Entwässerungsanlagen verfallen sehen, die Kanäle füllten sich mit Erde, oder sie klafften im Land, traurig, mit stehendem Wasser gefüllt. Da war nun das Gebiet schlimmer und unfruchtbarer als zuvor. Regen und Trockenheit überfielen es gleichmäßig, die Pflanzungen verwilderten und verkümmerten, und die Pflanzer wurden mißtrauisch, mutlos und krank. Aber auch selbst in diesem verkommenen Zustande verlangte die Vallazza immer noch Geld. Und so kam es, daß der Marchese Filippo Macchiavelli in seinen späteren Jahren zusah, wie sein ohnehin schon eingeschränktes Leben sich in Armut verkehrte, ja geradezu ans Elend streifte. Aber er nahm's Vergoli nicht übel, sondern sagte:

»Das war einer, der um teuren Preis seine allzu großen Pläne bezahlen mußte und auch seine Leidenschaft für diese Ländereien. Seien wir gerecht, eben diese Leidenschaft war nicht nur Gewinnsucht, und das Gute, das er getan hat, ging nicht vollständig verloren. Überlassen wir den Spruch der Gerechtigkeit und dem Gericht, die ihn verurteilt haben. Ich meinerseits, der ich die Geschichte meines Hauses studiere, ich habe viele solche und ähnliche Fälle und Leidenschaften aus der Ferne mit angesehen. Ich werde die wenigen Tage meines Lebens, die mir noch bleiben, nicht damit zubringen, um schlecht über ihn und über seine Leidenschaft zu sprechen, ohne die letzten Endes ein großes Gebiet dieser unserer ferrarischen Gegend nicht mehr existierte.«

Wenn man ihn in seinem letzten Niedergang betrachtet, so muß man sagen, daß ein solches Gleichgewicht der Seele, eine solche Weise, die Dinge zu sehen, wirklich großzügig und selten anzutreffen ist. Und er widerrief es nicht, bis er schließlich zu seiner guten Frau auf den kleinen Friedhof des Dorfes getragen wurde, in ein prunkvolles, aber schon im Verfall begriffenes Grab, auf welchem im Frühling die wilden Ranunkeln blühten und das übrige Jahr hindurch Gras und Quecke.

Schließlich stimmte dieses sein Urteil auch mit dem des Volkes überein, wie es sich noch lange erhielt:

»Das war ein Mann, der vielen Leuten in dieser Gegend Brot und Arbeit gab, der Herr Pietro«, und mit einem solchen Urteil kann man einen ganz bestimmten menschlichen Wert umschreiben und verteidigen, auch wenn man ihn den rigorosesten und härtesten Rechtssprüchen und staatswirtschaftlichen Lehrsätzen gegenüberstellt.

Es versteht sich natürlich von selber, daß die Leute sofort errieten und sich die Art und Weise rekonstruierten, auf welche Coniglio mannaro im Besitz der Ca'Morgosa bleiben konnte. Man beschied sich mit der Wiederholung des alten Satzes, daß er nun einmal der Antichrist sei.

X

Die letzten zwei Jahre der päpstlichen Regierung in den Legationen waren ruhig gewesen, als habe die Geschichte eine gewisse Weile die Natur nachahmen wollen, die ja auch den von Krankheiten Niedergebeugten oder vom Alter Geschwächten als Vorbote des nahen Ablebens die Ruhe schickt. Bei all dem standen die Ereignisse von 1859 noch bevor. Die Ernten waren gut ausgefallen, die Himmelfahrtsmesse hatte wenigstens 1857 in Ferrara auf vielerlei Art bewiesen, daß das Geschäftsleben nach zehn schlecht besuchten Messen wieder aufblühte. Die Dinge des Staates ruhten.

Cecilia war nach der Geburt der Tochter der Aufenthalt auf der Mühle allzu unbequem, und obwohl es ihr sehr leid tat, war sie in das Haus an der Pappelbrücke übergesiedelt. Aber sie behielt auch noch weiterhin die

Aufsicht über die Mühlen bei, ganz die sorgfältige Müllerin wie zuvor. Indem sie so also ihrem Manne näher gerückt war, hatte sie auch genauere Einsicht in seine Geschäftspraktiken und in seine Geldgier bekommen. Sie redete ihm deshalb oftmals ernst zu. Diese Freimütigkeit stieß Coniglio mannaro durchaus nicht ab, vielleicht schätzte er ihren kritischen Verstand und ihren Rat, oder aber er hatte, wie alle verschlossenen Menschen, ein inneres Bedürfnis, mit einer Person ganz offen zu sein. So vertraute er ihr viele Dinge an, unter anderm die Einzelheiten des vor Jahren mit Vergoli geschlossenen Vertrages über den Scheinerwerb der Ca'Morgosa. Sie hatte keinen Begriff von dem, was man Gesetz nannte, und so erschien ihr diese Angelegenheit geradezu als eine gute Tat, man konnte auf diese Weise dem braven Herrn Pietro, der in Verlegenheit war, beispringen. Und sie war weit entfernt davon, diesem seine Schmuggelei irgendwie zur Last zu legen. Schmuggelei galt ihr als etwas ganz Natürliches, dafür war sie ja auf dem Fluß geboren, und die Regierung erschien ihr überhaupt als etwas, vor dem man sich in acht nehmen mußte, sie war auch darauf bedacht, dem Staat so wenig wie möglich zukommen zu lassen. In dem Sinne stand sie auch ihren Mühlen vor und versuchte, die Steuern herabzudrücken mit der Gerissenheit einer Wilden und der Raffiniertheit einer echten Frau.

An den Vertrag der Ca'Morgosa hatte sie nicht mehr gedacht, und sie war des Glaubens, daß die beiden übereingekommen wären, ihn im weiteren auch geheimzuhalten.

In jenem Jahre 1857 nun, in welchem so viele Angelegenheiten in Ordnung gebracht zu sein schienen und alles einen befriedigten und schläfrigen Gang zu nehmen begonnen hatte, schienen auch die Jahreszeiten mit der allgemeinen gemächlichen Ruhe übereinzustimmen. Im Oktober, als Coniglio mannaro soeben die Aussaat beendigt hatte, war der Po so klein geworden, daß Cecilia vor dem Wasser das Treppchen aus schwerem Holz hatte niederlassen müssen, das, indem es unter Wasser eine Stauung verursachte, die Strömung bewegte und ihre Krafteinwirkung auf das Rad in solcher Weise verstärkte. Es war ein schweres Gerät, das man mit einer kleinen Winde, »Mühlchen« genannt, über Bord in die Tiefe ließ. Cecilia arbeitete damals mit Schiavetto und zwei jungen Burschen, die sie ihm zur Hilfe beigegeben hatte; der eine nannte sich Barabagul (Koller) und der andere Slana (Schlappschwanz).

Am 21. des Monats Oktober schien es plötzlich, als ob der Sommer zurückkehren wolle, so warm wurde es. Doch war der Horizont verschlossen und schwer von grauem Dunkel. Auf jeden Fall sah es danach aus, als ob man sich nur vor der Trockenheit zu fürchten habe – und tatsächlich wollten sich die Wasserräder der San Michele und der Paneperso selbst unter Zuhilfenahme der die Strömung verschärfenden Treppchen nicht mehr drehen: die Mühlen regten sich kaum noch. Cecilia und die drei Männer standen an Bord, und sie sagte, das magere Rinnsal des Flusses betrachtend, der sich in der Mitte seines Bettes geteilt hatte, wo jetzt die Sandbänke erschienen, eine hinter der andern, weißlich und von der Sonne ausgedörrt:

»Wenn das so weitergeht, haben wir tatsächlich binnen kurzem kein Wasser mehr.«

Die beiden Gesellen waren noch jung, und vielleicht dachten sie, daß sie sich dann ordentlich ausschlafen könnten, wenn die Mühlen nicht liefen. Überdies hatten sie noch nicht so wie ihre Padrona und wie Schiavetto die Fähigkeit, den Fluß mit all ihren Sinnen zu beobachten und in seinen Eigenarten zu erkennen.

»Dennoch«, sagt Cecilia, »scheint mir etwas in der Luft zu liegen, das mich aufregt.«

»Die Luft ist drückend«, sagte Slana und gähnte.

»Du bist nun einmal ein Slana und bleibst es«, sagte Cecilia, aber dann, das Auge auf den Horizont gerichtet und scharf hinhorchend, die Nasenflügel weitend, reckte sie ihre Gestalt. Sie stand am Bug auf dem Gehsteig, der zwischen dem Sandone und dem Sandoncello liegt, und schaute nach Westen, dem Kommen des Flusses entgegen:

»Da ist etwas in der Luft, ich weiß nicht was! Seht Ihr nichts, Schiavetto?«

»Da ist etwas . . .«

Im weiten Kiesbett des Flusses regte sich nichts, vielleicht hatte sich auch nur etwas in der Luft verändert, die immer noch unbewegt, aber weniger düster erschien. Und es gab plötzlich etwas Neues für die Nase, ein eindringlicher, schweißiger Geruch stieg aus dem in den Tümpeln des Flußbettes liegenden, an seiner Oberfläche sonnenverbrannten Schlamm. Und man sah einen neuen fahlen Schein durchdringen, der die graue Dunstmasse auf dem Horizont farblos aufhellte und die Blätter der Pappeln auf dem gleichmäßigen und stumpfen Grün der Büsche und Uferdämme unruhig anglänzte.

»Die Strömung ändert die Farbe!« riefen Cecilia und Schiavetto in einem Atem.

In der Tat hatten sich in die Strömung, die bisher langsam, behaglich und durchsichtig auf dem grünverwachsenen Grunde lief, gelbe Fäden eingemischt. Plötzlich war alles Wasser voll Schlamm, und man konnte den Grund nicht mehr sehen. Die Nasen spürten sofort den schlammigen Geruch.

»Aber es kann doch nicht Hochwasser bedeuten«, sagte Cecilia, als habe sie damit Schiavetto eine Antwort gegeben, der gar nichts gesagt hatte, »Hochwasser bei dieser Trockenheit!«

»Man weiß nicht«, sagte Schiavetto und hob die Nase gegen den Fluß hinauf, »der Po kommt von weit her, man hat mir erzählt, daß er droben weit fort auf den Bergen entspringt.« Und er zeigte gegen Westen mit einer Handbewegung, die ausdrücken wollte: weit, weit fort. »Da können wir nicht wissen, was da oben gerade jetzt für ein Wetter ist, und wir sind von dieser Gegend da oben abhängig.«

»Würdet Ihr«, unterbrach ihn Cecilia, »das Treppchen vom Rad hochziehen?«

»Vielleicht wäre es besser, wenn wir's schon gemacht hätten: ich hab' schon mal ein plötzliches Hochwasser miterlebt, so eins, von denen die alten Leute erzählten.«

»Zieh'n wir die Treppchen hoch!« rief Cecilia, denn die Strömung nahm zu, rauschte emsig und schwoll und ward von Augenblick zu Augenblick größer. »Schaut, Schiavetto, wie das wächst!«

Er hatte schon die Stangen in die Winde gesteckt, auf welcher die mit dem Treppchen befestigten Seile sich aufdrehen sollten. Aber dieses schon ohnehin plumpschwere Gerät mußte sich im Flußschlamm eingerammt haben, denn es ging nicht los vom Grund. Derweil sahen sie auf dem weiten Flußschlamm, der von der Wellenspur wie der Sand vom Winde gekräuselt dalag, plötzlich kleine Bächlein eilig dahinschießen, Wasseräderchen, die sich suchten und trafen, die Niederungen im Schlamme ausfüllten und darüber hinausglitten. Wassertümpel bildeten sich und wurden breiter, und je größer sie wurden, desto weniger wurden es ihrer, die beiden mageren Rinnsale der Strömung schwollen zusehends an, traten aus ihrer Rinne und bedeckten das ganze Flußbett. Auf den Dämmen und den Brackwasserwiesen an den Ufern, die gewöhnlich so still daliegen, als seien sie unbewohnt und ohne Leben, erhob sich ein flüchtiges, wirres Geräusch – man unterschied in allem nur ein Wort, das immer einem Hochwasser voranzulaufen pflegt:

»La vien, la vien! (Es kommt, es kommt!)«

Es lag in diesem Wort etwas vom Freudengeschrei der kleinen Jungen am fröhlichen Festtag.

Ein Mann, der Sand zu schaufeln gekommen war, wurde vom Fluß samt seinem Wagen gepackt, und wiewohl er sich peitschenknallend eilte, nach dem venetianischen Ufer zu entkommen, stand ihm das Wasser schon bis zu den Achsen und dem Widerrist seines Pferdes. Ein anderer Arbeiter kam schwimmend auf der Strömung flußab und näherte sich den Mühlen, er bekam schon keinen Boden mehr. Cecilia warf ihm ein Tau zu, und der Mann zog sich daran an Bord. Aber das unglückselige Treppchen wollte sich nicht mehr aus dem zähen Schlamm lösen, und das Drehen überanstrengte die Tragseile und belastete das Paar der Sandonen, während der Strudel zwischen den Schiffsleibern schon so stark war, daß er sie auseinanderzudrücken und das Wasserrad zu ertränken drohte. Am Beben der Bohlen, die in allen Fugen stöhnten, spürte man, wie stark das Schiff arbeiten mußte. Auch Cecilia und der herbeigeschwommene Arbeiter, triefend wie er war, hatten Hand angelegt an den Hebestangen der Winden, aber alles umsonst.

Der Fluß trieb schon voll, lebhaft und gewaltig dahin. Bei diesem plötzlichen Einbruch des kalten Wassers in die stehende Hitze gab es in der Luft ein strömendes Auf und Ab, ein unterdrücktes und lebhaftes Sausen und Brausen und Drehen. Auf den Feldern, auf der Ebene wurden seltsame Geräusche wach, und selbst zwischen dem Gebüsch und Gestrüpp und den Binsen am Ufer regte es sich. Inzwischen hatte die andere Mühle, die San Michele, mit einigen scharfen Bugstößen die Seile, welche das Treppchen trugen, zerrissen, und die so tänzelnde Mühle war nun auf dem starken Strudel, den das unter Wasser liegende Treppchen bildete, in Gefahr, auf das Gerät zu stoßen, leck zu werden und unterzugehen. Bei dem Ruck des Losreißens war der Verbindungssteg von der einen Mühle zur andern ins Wasser gefallen. Zwar war der Abstand nicht so groß, als daß man den Sprung nicht hätte wagen können, aber es war nicht ungefährlich, denn die San Michele bewegte sich heftig, und die Paneperso, die am Bug durch die Windentaue niedergehalten war, stand leicht geneigt.

»Lockert die Taue«, befahl Cecilia; die von den Männern losgelassene Winde schnurrte rückwärts, die Seile rollten ab, und die Paneperso erhob wieder die Bugenden. Sie tänzelte nun ebenso wie die andere Mühle, aber mit leichteren Schnäbeln, denn sie war breiter, lag tiefer im Fluß, und der Strudel der Strömung, den das Treppchen dort erregte, hatte eine geringere Wirkung. Die Gefahr auf der San Michele war größer, und so rief Cecilia entschlossen:

»Wer springt hinüber?!«

Schiavetto, der Verliebte von einstmals, hatte Cecilia nie so schön gesehen wie jetzt. Ihr Gesicht war gerötet, das Auge leuchtete sicher, ihre Gestalt federte, die langen schwarzen Haare hatten sich, da ihr das Kopftuch herabgeglitten war, gelöst und waren nun dem Spiel des Windes preisgegeben, der sich plötzlich mit dem Kommen des Wassers erhoben hatte. Mit einer Bewegung, die Schiavetto aufmerken ließ, mit einer nahezu koketten Bewegung, wie sie der Frau eigen ist, wenn sie sich aus dem Bette erhebt, vielleicht eben nach den Freuden der Liebe, und sich aufs neue zurechtmacht, so suchte sie auf dem Kopf nach einer etwa dort verbliebenen Haarnadel, und sie fand auch eine, teilte das Haar schnell in zwei Strähnen, die sie dann mit der Nadel aufknotete, und dann wiederholte sie:

»Wer springt auf die San Michele, um die Ankerseile zu kürzen?«

Das war notwendig, um der dringendsten Gefahr vorzubeugen, aber Barabagul hatte kurze Beine, und Slana traute den seinen nicht recht. Der herbeigeschwommene Arbeiter war gerne bereit, Hand anzulegen, aber ein zweites Bad in dem nun wild gewordenen Fluß wollte er nicht riskieren. Da machte Schiavetto Miene, hinüberzusteigen. Cecilia aber sagte, ihn festhaltend:

»Bleibt Ihr hier! Wer bleibt sonst auf der Paneperso, auf die zwei Jungen kann man sich ja nicht verlassen!«

Das sagte sie ihm liebreich, fast wie eine Tochter, aber ihr Ton war der des Befehlens. Dann raffte sie ohne Zögern den Unterrock, stieg aus den Holzschuhen, entblößte die Beine bis zu den klargeformten und leuchtenden Knien: es waren kräftige und bewegliche Beine, reizvoll ein wenig nach innen gebeugt und, um alles zu sagen, der ganzen Liebe eines wackeren Schäfers in einer antiken Pastorale würdig. Es ist hier noch zu erwähnen, daß es in jenen Zeiten selten eine Gelegenheit gab, nackte Frauenbeine zu sehen. Die beiden Gesellen starrten mit runden Augen darauf, während Schiavetto, als er dies bemerkte, sofort seine verspätete Eifersucht spürte und giftig schrie:

»An die Arbeit, ihr Luder!«

Sie nahm einen Anlauf und sprang, den richtigen Augenblick wahrnehmend, hinüber, ihr Sprung auf die San Michele war leicht und ganz nach Schifferart.

Jede der beiden Mühlen wurde von der sogenannten Stange am Ufer festgehalten, so nannte man die aus Holzstücken gegliederte Kette; außerdem hielt sie noch ein Anker am Bug, und wenn man mittels einer Winde hier das Ankertau anzog, wurde die seitliche Vertäuung gelockert. Das taten nun Cecilia auf der San Michele und Schiavetto auf der Paneperso. Und binnen kurzem hatten sie die Gefahr von den Mühlen abgewandt, indem sie dieselben, soviel es nötig war, flußaufwärts zogen, um sie aus der Nachbarschaft der versenkten Treppchen zu bringen. Sie verbanden die Mühlen aufs neue mit einem Gehsteig, und nun konnte man den kommenden Dingen ruhiger entgegensehen, wenn auch das Hochwasser, eben weil es so unvorhergesehen gekommen war, viel Treibgut mit sich führte, nicht ohne große Gefahr für die Sandone und das Wasserrad der Mühlen, die wieder wie früher nebeneinander verankert waren. Die Strömung wuchs im gleichen Maße, wie sie plötzlich aufgekommen war, ihr Toben wurde immer heftiger, begleitet von diesem Keuchen und geheimen Gemurmel, in welchem sich ihre unendliche Kraft darstellte. So schoß der Po, ohne nach einer Seite ausweichen zu können, dahin, zwischen den Dämmen eingefaßt, gegen die er ebenso hart, wie sie ihm die Schultern entgegenstemmten, in vergeblichem Zorne loswütete, und es schien, als ob er in diesem unendlichen, reibenden Rauschen seinen ungeheuren Zorn erschöpfte und austobte. Das feuchte Keuchen des Hochwassers füllte die unbewegte Luft, die von diesem gewaltigen Andrang der Wasser erschüttert wurde, jede andere Bewegung darin war erstorben. Die fünf Menschen auf den Schiffen hörten, auch ohne daß sie hinblickten, wie unter den Kielen das Wasser wuchs. Sie hatten sich mit Harpunen bewaffnet und standen vorn auf den Gehsteigen zwischen den Sandonen, um das gefährliche Treibgut abzuwehren und es seitlich neben die Schiffe abzustoßen. Cecilia und Slana standen auf der San Michele, die andern zwei und Schiavetto auf der Paneperso, und von dort schrie Schiavetto plötzlich:

»Barmherziger Gott! So hab' ich das Wasser noch nie wachsen sehen! Alle heiligen Seelen im Fegfeuer, helfet uns!«

Wenn man sich über die Bedeutung der christlichen Religion klar werden will, so muß man sich diese Menschen auf dem schrecklich tobenden Fluß betrachten und diese Anrufung erwägen, und dann weiß man, wie diese Religion dem Menschen ein unerschütterliches Vertrauen in die göttliche Gnade einflößt. Die Heiden dagegen fühlten sich gerade von der angerufenen Seite her bedrängt, denn sie sahen in den Schrecken der aufgeregten Natur das Fatum und den Neid der Götter. Freilich war der Anblick des Po so schrecklich, daß man versucht war, an einen ungeheuren und bösen Willen zu glauben, der diese Gewalten aufrührte.

»Mut, Schiavetto«, antwortete Cecilia von der San Michele herüber, »der heilige Antonius vergißt uns Müller nicht!«

»Möge er uns erhören und Gott uns helfen!« rief Schiavetto, das Kreuz schlagend, »jetzt und in der Stunde unseres Todes!«

Der Fluß war innerhalb einer unerhört kurzen Frist über die Hälfte der Dämme hinaufgestiegen, die Mühlen blieben noch immer ein wenig vom Ufer entfernt. Da erschien Coniglio mannaro und rief nach Cecilia.

»Habt ihr was nötig?«

»Ein paar kräftige Männer heut' abend, um uns in der Wache abzulösen«, antwortete sie.

»Ich schick' sie euch!«

Und die waren wirklich vonnöten, diese Art Wache war sehr mühsam. Bei einem solchen Hochwasser war es nicht möglich, die Mühlen hinter die Spitze der Guarda in Sicherheit zu bringen, denn dort brach die Strömung und verdoppelte nur die Gefahr für so ungeschicktes Schwimmzeug, wie diese Mühlen es waren. Gegen Abend kamen die beiden Männer an, setzten im Beiboot über, und die Wache auf den Gehsteigen wurde beim Licht der Laternen fortgesetzt. Aber die Sache wäre wirklich zum Verzweifeln gewesen, hätten sie sich nicht fest an Sankt Antonius, ihren Beschützer, gehalten.

Das Wasser wuchs über alles Maß. Schiavetto hatte, als er das Ufer noch vor Nachtwerden betrachtete, an der Böschung der Dämme die Wasserlinien der berüchtigten Hochwasser früherer Jahre gesehen, und er hatte dabei festgestellt, daß der Fluß in Kürze die fürchterlichen achtundachtzig Unzen über der Guarda des langen Hochwassers im Jahr 1839 erreicht haben werde, damals, als Cecilia mit der Paneperso stromab getrieben worden war an die Mahlstelle des Padrone Lazzaro. Damals war sie noch ein Kind gewesen und Waise geworden.

In der Nacht erhob sich auf den Dämmen ein ununterbrochenes Kommen und Gehen. Laternen zuckten im Dunkel, Stimmen riefen, und Hörner tuteten. Das Wasseramt, genauso überrascht wie die Müller, verteilte die Flußwachen und bereitete alles vor, um etwaigen Schäden zuvorzukommen: Dammerhöhungen, das Einschlagen von Pfählen und was alles sonst die Gefahr abwehren konnte. Die Nacht war schon lang, es war Ende Oktober, und als der Morgen graute, hatte der Flußspiegel wirklich jene entsetzenerregenden achtundachtzig Unzen erreicht. Es war ein Glück, daß kein Ostwind vom Meer herüberwehte, der die Mündung des Po zu stauen pflegt, denn das hätte den Fluß über die Ufer getrieben. Ein weiteres Glück war es für unsere Müller, daß sich kein Sturm erhob, der auf dem Fluß alles drunter und drüber gehen läßt. Die Herbstsonne stand in einem goldenen Nebel auf den ausgedörrten und von der langen Trockenheit welk gewordenen Feldern und leuchtete auf dem unendlichen gelblichen Wasserspiegel in einer müden und schönen Süße, die wie ein bösartiges Lächeln erschien. Und wenn man bedachte, wie die Dürre schon seit geraumer Zeit herrschte und daß die Erde dürstete, so sah man förmlich, wie der Boden beleidigt war, wie die wasserlosen Gräben gleich gierig gereckten Mündern die Schollen durchzogen. Die erschöpfte und enttäuschte Erde schien angesichts dieser üppigen Wasserader, welche die Dämme ihrem Durst verweigerten, wirklich zu zürnen, da das kostbare Naß in das unfruchtbare Meer abtrieb.

Der Po hielt sich den zweiten Tag auf dem gleichen Wasserstand, schwoll aber dann in der Nacht ab, und am Abend des dritten Tages war er mit derselben Schnelligkeit gesunken, wie er anfangs gestiegen war. Indem sie die nicht leichte Bergung der beiden versenkten Treppchen auf später verschoben, gingen unsere Müller schlafen, die Arbeiter in ihre Häuser, die drei Gesellen in die Holzbaracken auf den Sandoncelli und Cecilia ins Haus an der Pappelbrücke, denn ihr Mann war mit Pferd und Wagen gekommen, um sie abzuholen. Alle hatten den Schlaf nötiger als das Brot.

Coniglio mannaro war seit einigen Stunden auf den schlammigen Froldendämmen herumgelaufen. Sie hatten ihn von den Mühlen her auf die Dämme klettern gesehen – der Uferrand war mit dem Sinken des Flusses breiter geworden. Sie bemerkten, wie er sich zur Erde bückte, als suche er nach etwas, und wie sein Stöckchen zwischen den Überresten alten Mauerwerkes herumstocherte, das von dem nagenden Fluß bloßgelegt worden war, und sie sahen, wie er wieder am Damm höher stieg, mit den Leuten vom Wasseramt redete und gestikulierte und dann wieder mit einem von ihnen zum Fluß hinabstieg. Die so beschäftigt umhereilende Gestalt glich einem dicken Krebs, der auf dem nassen Uferrand krabbelt. Sie wußten an Bord nicht, was er da verhandelte, und kümmerten sich auch mit keinem Gedanken darum. Als Cecilia die Mahlstelle endlich verlassen konnte, war sie zu müde und ausgehungert, um danach zu fragen. Zu Hause angekommen, fand sie nicht mehr die Kraft, im richtigen Augenblick vom Tisch aufzustehen; denn kaum hatte sie ihren Hunger gestillt, sank ihr auch schon der Kopf auf die Brust, und die Magd mußte sie wie ein Kind zu Bett bringen.

Die ganz Entkräftete war, als sie in Schlaf sank, glücklich. Nach zwölf geschlagenen Stunden erwachte sie endlich und fühlte sich ausgeruht, aber auch beunruhigt, und zwar derart, daß sie glaubte, schlimm geträumt zu haben. So wollte sie diese Unruhe im frischen Wasser der Schüssel abspülen, in die sie das Gesicht steckte; und sie wusch sich die Glieder nach drei Tagen und Nächten Wachehaltens und ununterbrochener Schufterei. Aber die Unruhe war nicht fortzukriegen, wie bei einem Menschen, der tapfer einen kühnen Sprung getan hat und dann hinterher an alles denkt, was ihm hätte geschehen können, und dann seinen eigenen Phantasiegebilden unterliegt. Schiavettos Angstschrei stand ihr wieder klar und deutlich in Erinnerung, und er war doch ein mutiger Mann und auf dem Fluß alt geworden: das flößte ihr Furcht ein. Sie glich einem Menschen, der Angst vor der Angst hat, ein Zustand, der manchmal quälender ist als die Angst selber und aus Mangel an ruhiger Überlegung zu einem verrückten Mute verführen kann. In Orten, die von der Geißel des Erdbebens getroffen sind, gibt es Leute, die man »Beber« nennt, Leute, in denen das Phänomen des Erdbebens nicht aus der Vorstellung zu bringen ist. Sie leiden an einem Übel, das darin besteht, der Erde nicht mehr trauen zu können. Und an einem ähnlichen Mißtrauen gegen den Fluß litt Cecilia, wenn sie an Schiavettos entsetzten Schrei dachte: Alle heiligen Seelen im Fegfeuer!

Sie versuchte es, gegen ihre Angst anzulachen, aber umsonst. Und sie dachte, daß der Fluß ja nicht mehr weiter steige, daß das Hochwasser abschwelle, aber nichts half. Im Gegenteil, immerzu hatte sie in der Vorstellung, vor den Augen, unter den Füßen jenes Gefühl, wie es schwankende Erde dem Menschen mitteilt oder die Aussicht auf eine lange Seefahrt einem ängstlichen Gemüte; immerzu sah sie die fürchterliche Gewalt des wildgewordenen, aufgewühlten und bösartigen Po. Sicher wirkte nach ihrer Meinung in diesen Flußgewalten die Hand jenes Bösen, dem Gewalt gegeben ist über Unwetter und Naturkatastrophen, wie die Litaneien und die Anrufungen der Kirche es sie lehrten.

Ihr, die in der einsamen Wildnis aufgewachsen war, hatte die christliche Lehre und die fromme Anhänglichkeit an christliche Vorstellungen sich tief in die einfältige Phantasie geprägt. Unter anderm war die Erwartung des Weltendes, wie es in der Apokalypse und im Dies irae geschrieben steht, ihrer geraden, einfachen und entschlossenen Natur sehr tief eingegangen. Und die Bilder, die sich der Tochter des Flusses am tiefsten eingeprägt hatten und am stärksten zu ihr sprachen, waren natürlich die fürchterlichen Wunderzeichen, welche die Engel des Wassers wirkten. In ihrem seltsamen und starken Glauben an die letzten Dinge glich sie Lazzaro Scacerni, der einmal wie ein Vater zu ihr, der Waise, gewesen war. Padrone Lazzaro hatte ihr während der auf den Mühlen langsam dahingleitenden Tage so zum Zeitvertreib, wie auch, um sie in die Gefahren der Welt einzuweihen und um ihr zu zeigen, wie das Leben der Müller von früher war, im weiten und breiten erzählt, was er alles durchgemacht hatte, und sie war davon ganz stumm und schwer vor Neugierde geworden. Aber wenn er an die gefährliche Stelle seines Lebens kam, wenn es sich nämlich darum handelte, einem Mädchen von der Mordleidenschaft, in der er sich befunden, zu erzählen, dann ließ ihn die Scham einfach kurz sagen, daß der Teufel damals seine Hand im Spiele gehabt habe. Diese Kürze und absichtliche Verschweigung wirkte in ihrer Phantasie ungemein stark. Und wenn er gewöhnlich nach einem tiefen Seufzer hinzufügte, daß nur die Gnade Gottes ihn habe retten können, ohne sich noch weiter darüber zu verbreiten – denn alles war gesagt, jedes weitere Wort wäre ihm wie eine Profanierung erschienen –, dann empfing auch hier jedes Wort eben wegen seiner Kürze um so mehr an Geheimnisvollem und sank um so tiefer in die Seele des Mädchens.

Und nun war sie so weit, daß sie ihrem Po nicht mehr traute. Denn der Fluß, ihr Fluß, war dabei, ihr ein böses Gefühl in die Seele zu geben, einen Hauch von Tod und düsterer Zerstörung, und er hätte sie dazu gebracht, sich ihm zu unterwerfen und an der Barmherzigkeit Gottes zu verzweifeln, wenn da nicht Coniglio mannaro genau an diesem Punkte in ihre erschütterten Gedanken eingebrochen wäre und sie abgelenkt hätte.

»Erinnerst du dich noch, Cecilia, wie mein Vater sagte, daß der Fluß beim langen Hochwasser von 1839 die alten Froldendämme angenagt habe?«

»Ich erinnere mich sehr gut daran.«

»Er sagte, daß der Damm eines früheren oder späteren Tages brechen werde, nicht wahr? Er sagte natürlich auch sehr viele andere Sachen, die man besser nicht erwähnt. Aber vor allem das eine, daß gerade dort Gott seine Zuchtrute binde, und daß er nicht auf diesem Gebiet hinterm Damm unterm Wasserspiegel begraben sein wolle. Na, lassen wir das. Aber nicht umsonst haben sie ihn Apokalypse genannt. Er war wirklich zu seinen Lebzeiten ein bißchen verdreht, aber auf die Dinge des Flusses verstand er sich wie kaum ein anderer.«

»Das ist ganz sicher!«

»Und ich meinerseits, wenn er so daherredete, spitzte die Ohren, mehr als er glaubte, manchmal ärgerte er sich sogar, weil er meine Aufmerksamkeit gar nicht bemerkte. Ist das nun meine oder seine Schuld? Auf jeden Fall, wir waren nicht geschaffen, um uns zu verständigen. Gott hab ihn selig.«

»Gott hab ihn selig, ja.«

»Was ich unter anderem von ihm gelernt habe: die größte Gefahr besteht für die Dämme, wenn sie nach langer Trockenheit vom Hochwasser überrascht werden.«

»Ja, das hat er gesagt, daran erinnere ich mich auch.«

»Nicht wahr? Er ärgerte sich besonders über die Maulwürfe und Wühlmäuse, die im Damm Löcher machen, und nahm die Risse so wichtig, die sich während der Dürre bilden. Aber hauptsächlich redete er über die Erdbeschaffenheit guter Dämme: sie müßten aus gleicher und gut festgeklopfter Erde gemacht sein, und es sei schlimm, wenn da Torf und Sand dazwischengerate, und noch schlimmer, wenn das Ganze auf Kies stehe oder auf einem sonstwie schlechten und unsicheren Grund. Denn, so sagte er, wenn ein solcher Damm eine Zeitlang nicht vom Wasser durchnetzt und zusammengehalten werde, könne ein unvorhergesehenes Hochwasser in seine Wände einsickern, inwendig weiterarbeiten und ihn auflösen, mit andern Worten: man nennt so was einen Dammbruch.«

»Ja, er pflegte zu sagen, daß die Dämme wie eine Pistole seien und nur taugten, wenn man die Ladung immer wieder erneuere. Sonst verdirbt sie, und die Waffe versagt, wenn man sie braucht!«

»Genau! Ich erinnere mich, und er sagte auch noch, daß die Froldendämme besonders schlecht aus verschiedenartigem und minderwertigem Baustoff aufgeführt seien; sie ruhten alle auf Bauresten älterer Dämme, wie man's ja auch an dem Mauerwerk sieht, das vom Fluß immer mehr aufgedeckt wird, jedesmal, wenn ein Hochwasser stärker gegen die Froldendämme drückt. Deshalb habe ich auch, vielleicht habt ihr mich gesehen, einen Beamten vom Wasseramt an die Stelle gerufen, um's ihm zu zeigen und ihn mit den Händen fühlen zu lassen, wie's um den Sockel der Froldendämme steht.«

»Ich hab' dich gesehen«, sagte Cecilia, sich erinnernd, und nun erfüllte sie eine neue Unruhe, die aber deutlichere Formen annahm.

»Diese Leute vom Wasseramt«, fügte nun Coniglio mannaro hinzu, »taugen nur, um von unseren Steuern zu leben. Aber das sage ich dir, ich werde keinem von ihnen mehr begegnen, ohne immer wieder darauf hinzuweisen, wie's um die Froldendämme steht. Und du kannst dir denken, wie es mir zumute war bei allem, was ich wußte, als ich sah, was für ein Hochwasser herunterkam, und das nach diesem dürren Sommer, nach dieser langen Trockenheit.«

»Und an mich auf den Mühlen«, sagte Cecilia halb lachend, »hast du nicht allzusehr gedacht?«

»Du bist eine Frau«, antwortete er kurz und bündig, »die sich zu helfen weiß, auch bei noch schlimmerem Hochwasser. Und wenn der Damm bricht, sind die Mühlen gar nicht so in Gefahr. Was in Gefahr ist: mein Land, da geht's mitten drüber!«

»Nicht einmal Schiavetto erinnert sich eines schlimmeren Hochwassers bei soviel Jahren auf dem Fluß. Dachtest du an die Kinder hier im Haus an der Pappelbrücke?« fügte sie zärtlich bei.

»Wieso nicht? Aber es ist ja vorbei«, machte er widerborstig. »Doch was bleibt und in noch schlimmerem Zustande bleibt als zuvor, das sind die Froldendämme. Und du mußt verstehen, wiederhole ich, in welcher Verfassung ich mich befand, als ich an meine Ländereien dachte, an das Land hinterm Damm. Eines Tages, du wirst es ja sehen, genügt ein heftiger Nordwind und schmeißt den Damm um.«

»Aber dein Vater sagte doch, daß hier das Grundstück an der Pappelbrücke im Schutz der alten Straße liegt und daß die Straße auf einem alten Damm von bester Bauart verläuft.«

»Wer spricht denn vom Acker hier an der Pappelbrücke«, fuhr er ungeduldig auf.

»Du hast doch gesagt, mein Grundstück«, sagte sie überrascht.

»Ich sagte, ich meinte . . . ich wollte nämlich sagen . . .«, er war ganz verwirrt, und er merkte, daß ihm dieses Wort gegen den Willen durchgesickert war.

»Was wolltest du sagen?«

»Ich meine natürlich die Liegenschaften der Ca'Morgosa.«

»Aber das gehört doch alles dem Herrn Pietro? Du sagtest mir doch ...«

»Na schön, es gehört dem Herrn Pietro, ganz richtig, aber ich hab' doch auf meine Kosten gesät, und die Ernte dieses Jahres ist zum mindesten doch mein Eigentum.«

Cecilia merkte ein inneres Unbehagen, in das diese Worte sie versetzten, ohne recht zu verstehen, warum. Und sie beharrte:

»Du hast mir doch gesagt, du habest diese Ländereien unter der Hand mit Herrn Pietros Geld und für ihn gekauft!«

»Das hab' ich gesagt«, rief er ärgerlich und voller Zweideutigkeit aus, aber dann riß er sich zusammen und fügte heuchlerisch hinzu: »Darf ich etwa nicht den Schaden berechnen, der auch ihn träfe, wenn das Hochwasser käme, der arme Mann, bei allem, was er ausgestanden hat!«

»Hör mal, Peppino, das da, was du sagst, paßt nicht zu dir, dir stehen ganz andere Worte an.«

»Welche zum Beispiel?«

»Zum Beispiel, was du da über die Ca'Morgosa sagtest, nämlich, daß sie dir gehöre!«

»Da sieht man mal, was dabei herauskommt, mit Weibsleuten zu reden. Wollen die Nase in alles 'reinstecken. Gibst ihnen einen Finger, und sie wollen gleich die Hand und den Arm, und mit der Schulter geben sie sich noch nicht zufrieden. Immer finden sie ein Haar in der Suppe, immer und überall ... Und was wolltest du damit sagen, daß das eine, was ich sagte, zur mir paßt und das andere nicht?«

»Du weißt es ganz gut!«

»Nimm an, daß ich es nicht weiß!«

»Wenn bei dir Geschäftsinteresse im Spiel ist, dann kennst du kein Mitleid mehr! Und was dir da herausgerutscht ist, läßt mich an das Schlimmste denken.«

»Und das wäre?«

»Das wäre: wenn dies Land dir gehört, dann weiß ich nicht, wo du das Geld her hast, um es zu kaufen; und wenn du das Geld nicht irgendwoher hast, weiß ich nicht, wie du sagen kannst, daß es dir gehört.«

»Ich muß wirklich sagen, ich fühle mich wieder vor dem Richter stehen.«

»Hoffen wir, daß du ihm nicht eines Tages aufs neue Rede und Antwort stehen mußt.«

»Oho, du würdest dich also nicht wundern, wenn ich ein Übeltäter, ein Dieb, ein Betrüger wäre?«

Sie wollte ihm schon zur Antwort geben, daß man selbst vom Teufel nicht böse sprechen solle, doch sagte sie:

»Warum regst du dich dann auf?« Sie fragte das sehr ruhig.

»Na, ich hab' allen Grund dazu.«

»Keineswegs! Wenn du mir sagen kannst, daß du nichts Böses getan hast und nicht daran denkst, es zu tun . . .«

»Wenn man sich auf diese Weise verdächtigt fühlt, nur eines unachtsamen Wortes wegen, und das noch von seiten der eigenen Frau!«

»Du bist nicht unachtsam und du weißt ja: wer's getan, dem sieht man's an! Wär's nicht so, warum nähmst du meinen Verdacht gleich so krumm?«

»Geh mir mit den Sprichworten! Man muß schon wirklich sehr schlecht sein, um so was von seinem Nächsten zu denken. Das hast du nicht in der Predigt gelernt!«

»Wenn ich mich irrte, dann überzeuge mich. Aber daß ich dir nicht sonderlich vertrauen kann, das hat mich kein anderer gelehrt als du selber, und zwar damals, als du mich auf diese schöne Weise heiratetest.«

»Ja, das war schon eine Flegelei«, gab er zu, »doch wenn ich es jetzt wieder mit so etwas versuchte, aber nicht bei dir – was könnte das dir ausmachen?«

»Sieh mal, was für Überlegungen, und dabei soll man nicht Verdacht schöpfen!«

»Aber wenn das Risiko, angenommen es verhält sich so, wie du glaubst, und all die Mühe und Arbeit dabei mir zufallen, dir aber und den Kindern alle Vorteile, die daraus kommen, was würdest du dann noch dagegen haben? Jetzt möcht' auch ich dir ein Sprichwort sagen: der kann lachen, der den Vater in der Hölle hat!«

»Und die Ehrsamkeit, das Gewissen?«

»Hab' ich etwas Unehrsames von dir verlangt?«

»Ich bin deine Frau!«

»Du kannst ja auch sagen, daß dir das leid tut!«

»Ich sage, daß ich deine Frau bin! Und ich weiß, was das heißt. Aber du, kannst du überhaupt ehrsam und unehrsam auseinanderhalten?«

Coniglio mannaro antwortete mit einem sehr unhöflichen Achselzucken. Aber als Cecilia von Venusta Chiccoli und von diesem und jenem und endlich auch von ihm selber erfahren hatte, wie er sich in den Besitz fremden Gutes gebracht hatte, wurde dieselbe Cecilia, die sich mit dem Fluß ausgesöhnt und fast sein schreckliches Gesicht vergessen hatte, wiederum von ihrer Angst erfüllt, wenn sie an diese üble Bereicherung dachte und an das, was an Bösem früher oder später für sie herauskommen würde. Die Züchtigung, das war ihr klar, mußte aus dem Fluß kommen. Denn sie war in einem Erdstrich geboren, wo alles, sogar die Erde und das Gute und Böse vom Fluß geschenkt und wieder genommen wird, so daß der Fluß und das Schicksal ein und dieselbe Sache waren. Die Seele wie überhaupt alle Vorstellungen dieser aufrechten Müllerin waren auf zu soliden und ehrlichen Fundamenten aufgerichtet, als daß sie sich jenem leidenschaftlichen Zauber des Glücksspiels hätte überlassen können, wie die Weltleute es tun.

Des Teufels Mehl wird vom Schimmel geel – das ist ein bekanntes Sprichwort, zum mindesten überall dort, wo das Brot hoch im Werte steht. Und es drückt genau das aus, was die Müllerin über Coniglio mannaros, des neuen Grundbesitzers, schlimme Erwerbung dachte. Dies aber, daß sie nun die Gewißheit einer Schuld hatte, die gesühnt werden mußte, wenn auch eine herzbeklemmende und angstvolle Gewißheit, das stärkte ihre Seele und ließ alle Schatten ungemäßigter Angst, die sie bisher erfüllt hatten, entfliehen. Denn das Gefühl für Gerechtigkeit ist der menschlichen Natur nicht nur tief eingeboren, es gibt auch Kraft, wenn der Mensch dieses Gefühl schlicht und einfach liebt, auch wenn es darum geht, selber für eine Übeltat zahlen zu müssen oder sich in die Buße mit andern zu teilen.

Aber was für eine Schuld hatte sie, Cecilia, an dieser Übeltat? Was sollte sie hier gutmachen und abzahlen? Diese Frage wäre geeignet gewesen, andere aufzurollen und angstvollere noch, sie hätte Cecilias Seele verdüstern und mit grenzenlosen, mystischen Ängsten anfüllen, endlich ihre ergebene und heitere christliche Demut mit Zweifeln und spitzfindigen Fragen verwirren und verstören können.

Aber sie stellte sich diese Fragen nicht, das war's. Sie empfand sie nicht einmal, und da sie durch die Ehe dazu bestimmt war, das Leben und Schicksal ihres Mannes zu teilen, wäre ihr der Gedanke, ihn in schlimmer Stunde zu verlassen, ebenso unmöglich vorgekommen, wie einem guten Soldaten der Gedanke, zu desertieren und die Gefährten in der Gefahr zu verlassen, selbst wenn sie durch ihre Schuld hineingerieten. Denn die Empörung, die sie über die Handlungsweise Coniglio mannaros empfand, ließ sie nicht auch zugleich mit Verachtung auf ihn niederblicken, sie ergab sich vielmehr darein, mit ihm die unvermeidliche Strafe zu teilen.

In Cecilia wirkte auch noch ein andres Gefühl mit: In den Flußmüllern war die Denkart der Seeleute lebendig, so daß ein tiefes brüderliches Verbundenheitsgefühl aus dem Handwerk heraus sie den Satz verwirklichen ließ: einer für alle und alle für einen. Cecilia konnte ihren Mann eher hassen als im Stich lassen.

Und die Zeit verging, ein Tag nach dem andern, ein Monat, ein Jahr.

Die in den Chroniken verzeichnete Kälte des Jahres 1858 wurde für viele Jahre sprichwörtlich. Der Po fror gänzlich zu, und man konnte darauf zu Fuß, in Karren und Wagen übersetzen, und das war eine seltene Kuriosität und ein Vergnügen für viele, aber nicht für die Müller, die sich mit ihren Sandonen im Eis eingeklemmt sahen und es Tag und Nacht aufbrechen mußten, damit es ihnen nicht die Schiffsleiber zerquetsche. Das war eine unmenschliche Schufterei, die von der Kälte noch verschlimmert wurde, einer Kälte, wie man sich ihrer nicht mehr erinnerte und die nicht nur die Arbeit auf den Pomühlen selbst lahmlegte, sondern auch die Mehlfuhren ausfallen ließ. Man begann zu Ferrara und in den umliegenden Dörfern den Mangel an Mehl empfindlich zu spüren. Vergoli hatte in der Nähe Ferraras eine jener Dampfmühlen errichtet, gegen die Padrone Lazzaro seligen Andenkens so sehr gewettert hatte. Aber die Mühle erwies sich in diesen Kältetagen als ungemein erwünscht und half dem Mehlmangel gerade in dem Augenblick ab, als er am drückendsten war.

Padrone Lazzaro hätte gewiß gesagt, daß diese Kälte vom Teufel geschickt sei, dem erklärten Feind der Flußmüller, und daß Vergoli fortfahre, sich aus dem Unglück des Mitmenschen zu bereichern. Und das wäre von seiten Lazzaros eine Ungerechtigkeit gewesen, denn hier schaffte die hartnäckige Kraft eines tätigen Mannes für sich und die anderen jenen Nutzen, der aus der Wendigkeit und der Tatkraft immer entspringt, freilich auch mit den notwendig damit verbundenen Irrtümern. Die Kälte vernichtete Coniglio mannaro alle Pflanzen auf der Ca'Morgosa. Aber statt den Mut zu verlieren, ließ er neue und bessere setzen, und über die Auslagen tröstete er sich, indem er zu den Bauern sagte:

»Dies alte Zeug mußte ohnehin neugepflanzt werden, und ohne diese schneidende Kälte hätten wir uns nie dazu entschlossen. Gott verschließt eine Pforte und öffnet ein Tor.«

Padrone Lazzaro wäre, wenn er diese aufregenden Tage noch mitgemacht hätte, wohl diesmal nicht dazu gekommen, sich in deutenden Worten zu ergehen. Cecilia war genötigt, Tag und Nacht auf die Gesellen zu achten, daß sie mit den Eishaken den erbarmungslosen Angriff des Elementes auf die Schiffe abwehrten. Sie standen unter einem düster verhangenen Himmel, durch den die Sonne blendend und die Augen schmerzend durchstieß. Die Schollen schoben sich glatt und glänzend, übereinanderreitend heran, und da hieß es auf der Hut sein, es gab keine Zeit zum Worteverlieren. Die gab es noch weniger, als das Eis schmolz und das neue Hochwasser kam und die neue Mühsal, wenn auch nur kurz im Vergleich mit der früheren, so doch noch mühseliger und alle Kräfte verbrauchend. Da hieß es, auf den Gehsteigen stehen und mit der Harpune in der Hand einen ganzen Tag lang aufmerksam arbeiten, damit die Eisblöcke und Schollen, die der Fluß mit sich trieb, nicht die Schaufeln am Wasserrad brächen und die Sandone versenkten.

Nach Gottes Willen ging auch diese Mühsal vorüber. Sie wäre würdig gewesen, im Liede festgehalten zu werden, und es hätte ähnlich klingen müssen wie jenes, das von den italienischen Auswanderern, die durch die Welt zogen, um Dörfer und Städte zu erbauen, gesungen wurde: »E il povero Italiano non si sa.« Hier müßte es heißen: »Und den armen Müller keiner kennt.«

I »Bohnen, dreieinhalb Doppelzentner Bohnen, meine Herren, machen Sie Ihr Angebot!«

Der Auktionator versuchte, Leute herbeizulocken – man befand sich auf einem inneren Platz der Festung zu Ferrara –, er stand hinter dem Tisch, und hinter ihm waren Möbel und Säcke, Warenballen und Fäßchen, kurz der ganze Hausrat und Vorrat der österreichischen Garnison, die abgezogen war, aufgebaut. Man schrieb den 29. Juli, und es war ein heißer Tag. Die Österreicher und die Päpstlichen waren kaum mehr als eine Woche vor dieser Versteigerung aus der Festung gegangen. Nun sollte sie dem Erdboden gleichgemacht werden, und zwar auf einen Erlaß der provisorischen Regierung der Emilia hin, aber mehr noch nach dem Willen des Volkes.

Das Volk erfüllte die Bastionen, die Kasematten, die Batteriestände, die Esplanaden und Kasernen, die leergeräumten Waffenhäuser und Pulverkammern, die Lagerräume und Magazine innerhalb des geräumigen fünfeckigen Sternes der furchtbaren Außenmauern und machte sich eine Gaudi daraus, die Festung auf das übelste zuzurichten. Auf die Versteigerung achteten die Leute wenig oder gar nicht, höchstens wandte sich einer im Vorübergehen dem Treiben des Auktionators zu.

Das Volk bebte von den großen Neuigkeiten: Österreich besiegt, die päpstliche Regierung gewichen, eine provisorische Nationalregierung errichtet – die Annexion bevorstehend. Und nun erfüllte die neugierige und aufgeregte Menge die Festung und konnte es leicht übel aufnehmen, daß die Steigernden die Vorräte der österreichischen Bedrücker zu solchen Spottpreisen aufkauften. Die Leute waren darauf aus, in die unterirdischen Gewölbe und in jedes dunkle, verlotterte, muffige und stinkende Loch der Festung einen Blick zu werfen, als könnten sie sich nicht ersättigen an der neuen Möglichkeit, die so lange gefürchteten und verhaßten Mauern dieses unterdrückerischen Instrumentes zu beseitigen, zu verwünschen, zu verlachen und auch zu beschmutzen. Fürchterliche und angsterregende Geschichten gingen um, wie sie die Volksphantasie immer am meisten erregen, und jeder hatte die Idee, irgendwelche Geheimnisse, Folterkammern, Falltüren und Wolfsgruben zu entdecken und nicht nur solche, die von den Österreichern, sondern auch die, welche von den Päpstlichen aus früherer Zeit herstammten. Und doch hatten die Päpstlichen solchen Dingen und jeder Art von Grausamkeit immerhin so ferngestanden, daß Bonaparte, als er in Ferrara einzog, die

Festung von einem Mönche kommandiert fand, der zugleich auch den Dienst in der inneren Kirche del'Annunciata zu versehen hatte und sich darauf wohl besser verstand als auf die Kanonen und Mörser.

Coniglio mannaro hatte die Mehl- und Getreidesäcke, die er an diesem Tage gekauft, in einem seiner soliden Magazine in der Ca'Morgosa untergebracht. Er nutzte seinen erneuerten Einfluß, um sich einmal wieder auf dem Markt von Ferrara breitzumachen und so viel zu verdienen, daß er, als Vergoli das Gut der Antonella verkaufte, das an die Ca'Morgosa anstieß, dieses erwerben konnte. Die beiden Besitzungen zusammen konnten nun den Namen eines Landgutes tragen.

Die ersten Jahre des Königreiches Italien ließen sich schwierig an, und dieser Zustand dauerte lange. Denn durch den Krieg und die wirtschaftliche und soziale Entwicklung waren die Finanzen in Unordnung geraten, und die Folgen langanhaltender Mißwirtschaft und politischer Fehlschläge verbanden sich mit denen einer umstürzenden Revolution. Andererseits ist es bekannt, daß die wenigsten innerlich auf die Fragen von Unabhängigkeit, politischer Freiheit und staatlicher Einheit vorbereitet waren und daß die meisten davon bald weniger begriffen als zuvor. Man wußte nur noch, und das murmelte man sich überall zu, daß man früher besser dran war, da es einem schlechter ging. Überall sah man Übergriffe und eine empörende Unterdrückung. Überall gab es Personalwechsel. Einrichtungen, Gewohnheiten und Bräuche wurden abgeändert, und dabei geschah es, daß nicht immer gute Kräfte ans Ruder kamen, manchmal gelang es nicht einmal, die Schlimmen niederzuhalten.

Die kleinen Geschäftsleute und das einfache Volk fühlten sich gestört und keuchten unter der Last der neuen Bürger- und Militärpflichten, wie sie ein moderner Staat mit sich bringt, ohne daß sie schon einen Vorteil daraus ziehen konnten, noch überhaupt einen rechten Begriff und eine hinreichende Kenntnis in politischen Dingen besaßen. Man sah nur die scharfen Steuern und das Steigen der Preise, man litt unter den militärischen Aushebungen und begann, das Stimmrecht und die andern Freiheiten, wie sie eine konstitutionelle Monarchie garantierte, zu bekritteln, noch bevor man sie ausgeübt und angenehm an sich verspürt hatte. Man schmähte darüber einfach aus Verbitterung und Ärger, aber es ist auch wahr, daß die eigentlichen Rechte mehr die Vorrechte weniger waren, nämlich eines gebildeten und wohlhabenden Bürgerstandes, während die allgemeinen Lasten, und zwar die empfindlichsten, auf den armen Leuten lagen. Und das Volk trauerte den vielen Ausnahmen und Klauseln der alten Konstitution nach, während die Vorteile aus der neuen noch in so weiter Ferne lagen, daß man sie immerzu den Leuten einhämmern mußte. Das hatte nur Mißtrauen und Verstimmung zur Folge, ähnlich als ob man jemandem den Mond im Ziehbrunnen zeigte als Trost für sehr wirkliche Unannehmlichkeiten und Lasten.

Bald nach dem Jahre 1860 wurde im Ferraresischen in breiten Ausmaßen, sowohl was die Ländereien als die Spekulation betrifft, die Urbarmachung wieder aufgenommen. Die Unternehmungen machten sich aber erst viel später bezahlt und nachdem man viel größere Ausgaben hatte als vorgesehen; und das selbst bei Urbarmachungen, wo die Ländereien schon seit langer Zeit vollständig trockengelegt waren, das Gebiet aber zum größten Teil noch landwirtschaftlich erschlossen werden mußte. Während dieser Bonifizierungsarbeiten und besonders der hydraulischen Unternehmungen verteuerten sich schnell die Arbeitskräfte, da man nach ihnen auf der Suche war. Davon waren die Besitzer und Bauern auf den bereits bonifizierten alten Gütern unangenehm betroffen. Die einsetzende allgemeine Preissteigerung gereichte eigentlich niemandem zum Vergnügen. Nur die Festbesoldeten freuten sich über die Erhöhung ihrer Einkünfte. Andere dagegen, die ohnehin schon ärmer oder sogar im Elend waren, entschlossen sich zu dem heroischen und verzweifelten Los der Auswanderung.

Coniglio mannaro war (daß Gott ihm verzeihe, hätte seine Frau gesagt!) Gutsbesitzer auf bereits urbar gemachtem, auf »altem« Boden geworden. Und wenn er auch als Handelsmann die neuen Umstände aufmerksam und erfahren, wie er war, nutzte und aus dem freien Handel und der Teuerung Geld schlug, so nutzte er als einer von den Gutsherrn und Mühlenbesitzern, die besonders schwer unter dem staatlichen Fiskus seufzten, die öffentliche Freiheit, die er unter der Herrschaft des Papstes niemals entbehrt hatte, nur dazu, um auf beinah wollüstige Weise die neue Regierung, die ihm diese Zungenfreiheit gestattete, zu verleumden und anzuschwärzen. Als unser Gutsherr jedoch gelegentlich hörte, wie seine heftige Kritik im Mund von Habenichtsen weiterlief, wollte er sie durchaus nicht anerkennen, o nein! Er ging vielmehr sofort dazu über, die Regierung auf bitterste Weise anzuklagen, daß sie nicht entschiedener und schärfer sei gegen solche Leute, ohne auch nur mit einem Gedanken zu erwägen, daß in jedem Fall er angefangen hatte, die Toleranz und Langmütigkeit der Regierung zu mißbrauchen.

Um Politik kümmerte er sich nicht, ausgenommen wenn er Lust hatte, zu kritisieren. Die kritischen Stimmen auf kleinen Versammlungen und ebenso in kleinen Gesprächen waren bitter und voller Klagen; denn das einfache Volk blieb, besonders auf dem flachen Lande, der Religion und den Priestern treu. Die letzteren aber begannen, die sakrilegische Regierung, welche die Kirchengüter geraubt hatte, die Regierung eines exkommunizierten Königs, der die Hand an das Patrimonium Petri gelegt hatte, überall anzuschwärzen und zu bekämpfen mit einer Schärfe und mit Mitteln, die ihres Amtes unwürdig waren.

Dazu waren Garibaldis Reisen durch Italien und jene berühmt-berüchtigte nach London bei der wilden Volkstümlichkeit seiner Gestalt, bei dem persönlichen Zauber, der von ihm ausging, und bei all dem, was er gesagt hatte oder gesagt haben sollte oder hatte sagen lassen, nicht nur ein Anlaß zu Zwischenfällen und inneren und äußeren Schwierigkeiten für eine Regierung geworden, die solcher Störungen wirklich nicht bedurft hätte, sondern sie erhärteten auch die allgemeine Meinung, daß es im italienischen Staate geheime und öffentliche Kräfte gäbe, gegen die die Regierung machtlos sei. Das war nicht nur Schein, sondern es gab sie wirklich, diese geheimen und öffentlichen Kräfte, vor allem aber jene Kräfte, die sich um Garibaldis energische und etwas lärmende Personalpolitik gruppierten, wie er sie zuerst im Hinblick auf Venedig und Österreich geführt hatte und dann in Rom gegen den Papst und Frankreich.

II Eine der schärfsten Streitfragen, welche die Reibung zwischen Garibaldi und Cavour bis zur Gluthitze gebracht hatten, bestand in den irregulären garibaldistischen Freikorps, die keine ordentliche Regierung zulassen konnte. Auch an der ferraresischen Guarda spürte man die Auswirkungen dieser Frage. Dort lebte ein venetianischer Emigrant, der von den Leuten Bracciemezzo genannt wurde, weil er als Garibaldist einen halben Arm bei Volturno gelassen hatte. Man hatte ihn zum Dammwächter gemacht, und er war auch an der Guarda geblieben, als Venedig nach 1866 abgetreten worden war. Der brave Mann redete viel und unermüdlich, und er konnte sich nicht genug tun, den General und seine eigene Verehrung für ihn zu erheben und zu betonen, und er beklagte sich, daß ihm sein verlorener Arm eine so elende Pension (und sie war wirklich sehr gering!) eingebracht habe. Er schimpfte über gewisse kleinliche Erlasse der Regierung.

»Und wenn Garibaldi die Republik will, soll man sie ihm geben, und wenn er König sein will, Papst, Kaiser, dann sollen sie ihn dazu machen«, schloß er jedesmal.

»Naja, und wir Hungerleider leiden inzwischen weiter Hunger.«

Das sagte der Aufwiegler Pizzacarino, der nach 1865 mehr und mehr seinen von Natur aus umstürzlerischen Charakter in jene allgemein gewordene Bereitschaft ergossen hatte, alle Wut und Unzufriedenheit in bitterem Sarkasmus auszulassen. Es hatte sich von Bologna aus die Propaganda des Internationalismus über die umliegenden Gegenden verbreitet und mit ihm die der kommunistischen Gleichmacherei und der bakuninschen Anarchie, wie man diese Bewegung nach dem berüchtigten russischen Agitator und Utopisten nannte. So hatte sich auch an der Guarda ein Grüppchen von angehenden Anarchisten, zu jeder Untat entschlossen, gebildet, die aber zunächst nichts anderes taten, als ostentativ die Messe zu schwänzen und sich am Sonntag morgen auf dem Kirchplatz zu versammeln, um sich untereinander über die Bauern alten Schlags lustig zu machen, die gewichtig und voll religiöser Überzeugung mit ihren Mützen nach altem bäuerlichen Schnitt kamen und noch in alter Gewohnheit goldene Ohrringe trugen. Diese Männer kümmerten sich nicht um die spöttischen Bemerkungen, und wenn sie etwas merkten, taten sie so, als hörten sie nichts.

Coniglio mannaro kam häufig in die Wirtschaft an der kleinen Fähre, nicht so sehr um sich an diesem Geschwätz zu beteiligen oder Wein zu trinken, sondern weil er dort den Dammwächter fand, den unermüdlichen Verteidiger Garibaldis gegen Pizzacarino. Ihn suchte er bei jeder Gelegenheit zu erhaschen. Und immer wieder lud er ihn zu sich ein, um ihm zu zeigen, in welchem Verfall sich die vereinigten Froldendämme befänden. Der friedfertige Kriegskrüppel ging endlich hin, sah sich die Sache an und bestätigte ihm:

»Ich sehe, Sie haben recht.«

»Das nutzt nichts, wenn Sie das zu mir sagen.«

»Ja, warum haben Sie mich denn gerufen?«

»Damit Sie Ihren Vorgesetzten Bericht erstatten.«

»O guter Mann, wenn die nicht wollen, nützen keine Berichte. Was wären das sonst schon für Vorgesetzte!«

»Aber haben Sie den Leuten gesagt, daß hier eines schönen Tages der Damm bricht?«

»Ja, und Sie, haben Sie es ihnen gesagt?«

»Mehr als zehnmal.«

»Und hörte man auf Sie?«

»Aber ich spreche mit Ihnen! Sie sind für mich der Verantwortliche, es geht um die Sicherheit der ganzen Gegend.«

»Na, wenn Sie nicht gerade unter den Froldendämmen Ländereien hätten, würden Sie sich nicht so sehr um die ganze Gegend kümmern.«

»Diese Sache gehört vors Gericht«, begann Coniglio mannaro zu schreien, »und wenn der Damm bricht und das Land überschwemmt ist, dann werden sich diese Biester auch noch darüber freuen, nur um mich zu ärgern.«

Eins war gewiß: er war nun auch wegen dieser neuen Angelegenheit im Dorf und in der ganzen Umgegend der Gesprächsstoff geworden, und wenn es auch genug Leute gab, die seine durchaus gerechtfertigten Befürchtungen teilten, so verbargen sie doch ihre Ansicht, um voller Genuß zu erleben, wie er in Wut geriet.

»Früher war's so: für die, welche die Dämme zerfallen ließen, war alle zehn Meilen ein Galgen aufgepflanzt, Gott segne die Galgen!«

»Wann war das, früher?« fragte man ihn.

»Zu den Zeiten des Papstes; möge Gott diese Lumpen, die ihm den Kirchenstaat gestohlen haben, in alle Winde zerstreuen!«

»Oho, Sie vergessen, daß ich einer von denen bin! Ich habe, um das neue Italien mitzubauen, meinen Arm drangegeben«, unterbrach ihn der Dammwächter.

»Um das alte wiederherzustellen, würde ich einen ganzen Arm und die Hälfte meines Beines darangeben! Ich will Galgen sehen, Kanaillen, Galgen!« brüllte er.

»Mit Ihnen muß man Mitleid haben«, sagte der Garibaldist, »Sie sind mehr verrückt als schlecht. Aber wer hat denn eigentlich hier je etwas von all diesen Galgen gesehen?«

»Mein Vater sah sie noch, mein Vater hat sie gezählt von hier bis Lagoscuro, alle zehn Meilen kam ein Galgen.«

Es braucht wohl nicht erwähnt zu werden, daß es da nie einen Galgen gab. Aber in seiner Leidenschaft glaubte er sie wirklich zu sehen. Und auch Bracciemezzo glaubte an die Galgen, und er schüttelte nachdenklich das Haupt und sagte zu den Umstehenden:

»Was für ein Tyrann doch dieser Papst war, nicht wahr? So viele Galgen! Man braucht nur das Wort Inquisition zu sagen, dann weiß man alles. Wißt ihr, daß man den Leuten flüssiges Blei zu trinken gab?«

»Das wäre noch ein Schnaps im Vergleich zu dem, was sie eigentlich verdienten, diese Hunde. Sie haben wohl ein Interesse daran, daß es keine Galgen mehr auf den Dämmen gibt.«

So war es also gekommen, daß ihm zu seinem Ruf des widerwärtigen Volksfeindes und Ausbeuters auch noch der Titel eines wilden Reaktionärs beigelegt wurde. Aber allzu viele hatten ihn nötig, um ihm ihr Korn zu verkaufen, um unter den Schulden aufzuatmen und einen Vorschuß zu erhalten, denn er war jetzt der größte Händler in der Umgegend geworden. So behielten sie den Groll für sich und beschränkten sich darauf, ihn in seiner schnaubenden Wut zu sehen und sich an diesem Anblick zu erfreuen. Wer unter dieser allgemeinen Abneigung gegen den Vater litt, das war der erste Sohn, in welchem der Großvater wieder auferstanden war, »ein Junge aus Gold«, so sagte seine Mutter, und nicht nur sie. Lazzaro, Lazzarino, war wirklich ein Goldjunge.

Im Anfang des Sommers 1866 wurde Lazzarino elf Jahre. Er war geweckt und von schneller Auffassungskraft, schon von Kind auf frühreif, nachdenklich, verständig und sehr offenen Blicks. Sein Vater hatte ihm das Lesen und Schreiben beigebracht, und wenn man Schiavettos Beteuerungen glauben durfte, so gab es für ihn auf den Mühlen keine Geheimnisse mehr, was das Handwerk anging. Cecilia freute sich voll mütterlichen Stolzes über Lazzarinos Tüchtigkeit. Der Junge war schon imstande, ihr zu helfen, sein Mut und seine Kraft gingen über sein Alter hinaus und zwischen dem elften und zwölften Jahr wuchs er so schnell, daß jedermann sagte, der noch den Padrone Lazzaro gekannt hatte: der Enkel werde ihn noch an Kraft und Leibesgröße übertreffen, so wie er ihm an Verstand und Geradheit des Charakters ebenbürtig sei. In der Tat paßten Lazzarino beinahe die Holzschuhe des Padrone Lazzaro, die noch auf der San Michele zurückgeblieben waren, und als man einen alten Anzug des Großvaters aus der Truhe zog, war er ihm zwar noch zu weit, das wohl, aber die Länge und die Schulterbreite, ließe man noch ein paar Jahre vorübergehen, stimmten gewiß, wenn der Junge so weiterwüchse.

Lazzarino schämte sich ein wenig, da man ihm die Kleider anprobierte, als habe er sich in diesem so schnellen Wuchs übereilt, denn er war einfachen Gemütes, schlicht und ein wenig widerborstig, mit einer Anlage zu empfindlicher Naivität und gütiger Großmut, was alles im Verein mit der Munterkeit seines Alters und seinem frühreifen verständigen Wesen ihm die Achtung und Sympathie eines jeden eintrug. Die Spielgefährten betrachteten ihn mit jener Art von Achtung, welche die Jungen so gern einem ihresgleichen entgegenbringen, der sie an Stärke und Gutherzigkeit übertrifft. Die Bekannten und die Leute aus dem Dorf, wo er mit seinem Vater oft hinkam, der ihn, wenn er nur konnte, überallhin mitnahm, freuten sich jedesmal. Und Lazzarino machte es Spaß, das feurige Pferd zu zügeln, auf dem er schon ausgezeichnet reiten konnte. Er war ein vorzüglicher Ruderer, und er schwamm besonders gern über den Po, wenn der Fluß voll und stark dahintrieb. Er begann sich auch schon für die ländlichen Dinge zu interessieren und hörte dem Vater und den Bauern auf der Ca'Morgosa und der Antonella aufmerksam zu. Wie ihn die Mutter liebte, braucht man nicht zu erwähnen, wohl aber, daß ihn diese dürre und allüberall Kälte ausstrahlende Natur seines Vaters mit einer Inbrunst liebte, die schon wieder etwas Ruchloses, ja Gewalttätiges in sich hatte und von einer schmerzlichen Intensität war. Da diesem Menschen jede offene Zärtlichkeit versagt war, staute sie sich in seinem Innern an, und vielleicht war diese Liebe zu Lazzarino ein Gnadengeschenk der Natur, die ihn in diesem Sohn von seiner Vergangenheit losmachen und wieder zum Aufleben bringen wollte. So war sein Gefühl nicht nur Liebe, sondern auch Leidenschaft und auch Dankbarkeit, ja er dankte sogar der Natur und Gott: Coniglio mannaro konnte neuerdings wieder beten, indem er den Himmel bat, immer Lazzarino zu beschützen und ihm alle Gnaden zu erweisen.

Denn auch in diesem Punkte sündigte er, indem er von den sieben Kindern, die ihm Cecilia geboren hatte, nicht nur diesen allein liebte, sondern alle die andern darüber vernachlässigte, beinahe nicht kannte oder sie nur mit düsterer Miene und verächtlicher Grausamkeit behandelte. Cecilia merkte die Sachlage wohl, aber da sie ihm aus seiner Liebe zu Lazzarino keinen Vorwurf machen wollte, bemühte sie sich, so gut sie konnte, seine Gleichgültigkeit gegen die andern gutzumachen. Wenn sie jedoch dies Allzuviel seiner Liebe und auch diesen Mangel auszugleichen suchte, indem sie entweder streng gegen den Erstgeborenen oder nachsichtiger gegen die andern war, die ausgesprochen Angst vor dem Vater hatten, dann konnte man Coniglio mannaro hochgehen sehen. Er wurde fuchsteufelswild und machte peinliche Szenen, unter denen Lazzarino litt, der dann mit Anmut und Takt und einem angeborenen Zartgefühl das Ganze zu überbrücken suchte, indem er den Vater ablenkte und beruhigte, die Geschwister mit kleinen Dingen beschenkte, ihnen Zärtlichkeiten erwies und sich in kindlichen Einfällen mit ihnen erging. Um sich mit der Mutter zu verständigen, und zwar von Grund auf, genügte ihm ein Blick, und das machte Coniglio mannaro wiederum eifersüchtig. So schloß Cecilia: wegen dieses Sohnes ist der Vater verrückt geworden, und man kann es ihm eigentlich nicht einmal allzusehr verdenken.

Die Leute im Dorf sagten Lazzarino ziemlich grob ihre Meinung:

»Coniglio mannaro hat nichts Gutes sonst getan, als dich auf die Welt zu setzen.«

Lazzarino litt besonders unter dem verächtlichen und beleidigenden Spitznamen des Vaters, und er war entschlossen, binnen kurzem jedem das Genick zu brechen, der in seiner Gegenwart den Vater so nannte. Und da es den Anschein hatte, daß seine körperlichen Kräfte bald hinreichen würden, um dieses Versprechen zu verwirklichen, gab es genügend traurige und bösartige Naturen, die sich beeilten, solange ihnen noch die Zeit blieb, den Vater im Sohne zu kränken, denn das war der einzige verletztliche Punkt Coniglio mannaros. Andere taten es einfach aus purem Leichtsinn heraus.

Für ein paar Jahre hatte Coniglio mannaro wieder einmal die ganze Gehässigkeit der Umgegend gegen sich ins Feld gerufen, als er begann, die Leute mit seinen Klagen zu belästigen, die sich gegen das staatliche

Wasser-Bauamt richteten; dort hatte man sich nämlich endlich entschlossen, der Gefährdung der Froldendämme an der Antonella und den Nogarolen durch einen Reservedamm abzuhelfen. Coniglio mannaro hatte sofort begonnen, Schwierigkeiten zu machen und voller Groll und Wut den hartnäckigen Mann zu spielen. Denn man hatte beschlossen, diese Art Damm, eine sogenannte Coronella (Krönchen), hinter den Froldendämmen aufzuführen, und so mußte ein großer Teil der Coronella auf Scacernis Grund und Boden errichtet werden. Und als man die Ausschachtungen zur Beschaffung der Erde begann und Coniglio mannaro den Schaden berechnete, der daraus entstand, indem er auf seinem Gut Hunderte von Arbeitern für Monate, ja vielleicht für Jahre haben sollte, begann er zu schreien, daß man ihn ruinieren wolle, und er bewies, wie man, mit weniger Auslagen aus dem Staatssäckel und weniger Schaden für ihn, besser die Froldendämme selber mit Frontalarbeiten repariert hätte, als diesen Reservedamm aufzuführen. Er behauptete, man gebe dadurch dem Fluß eine gefährliche Schleifenbewegung, und das Erdreich sei gar nicht geeignet, einen Damm zu tragen. Er lief in der Gegend umher, um Unterschriften unter ein Gesuch zu sammeln, das diese Gründe auseinandersetzte, die übrigens nicht ganz unberechtigt waren. Aber da er der Hauptgeschädigte war, gelang es ihm nur schwer, diese Unterschriften zu erhalten. Als er sie endlich hatte, war der gesetzliche Termin zum Einreichen des Gesuches verstrichen, und nun stand er da und sah, daß er Zeit und Atem vergeudet hatte und außerdem auch noch die Auslagen für das Stempelpapier und den Rechtsanwalt, den zu bezahlen die Unterzeichner sich keineswegs entschließen konnten. Noch mehr ärgerte er sich, als die Frage der Entschädigung und gar einer möglichen Enteignung auftauchte. Und was er auch im Zusammenhang damit alles redete, tat und wie er auch auf sein Recht pochte, so verfügte doch die Obrigkeit auf Grund des neuen Gesetzes vom Jahre 1865 über den öffentlichen Nutzen die Enteignung und Entschädigung Coniglio mannaros und den Beginn der Arbeit auf seinem Gebiet. Er hatte nur noch den Trost, Berufung einlegen zu können. Aber das versprach einen langen Prozeß, der viel kostete und mit neunzig Prozent Sicherheit für ihn verlorenginge, mit Hinzurechnung der Spesen. Das verbarg ihm der Advokat nicht einmal, wiewohl es einer der geriebensten in Ferrara war, ein Mann, den man als Anwalt verlorener Sachen kannte. Aber Coniglio mannaro wollte mit dem Kopf mitten durch die Wand. Es ist ein Unglück, wenn einer sich derartig verbeißt: er wollte sogar der Regierung den Prozeß machen!

»Ich will lieber einen Dammbruch erleben, als mich so brutal niederknüppeln lassen«, schrie er den Leuten ins Gesicht.

»Sie schneiden sich ins eigene Fleisch, guter Mann«, antwortete man ihm an der Guarda. »Oder wissen Sie etwa nicht, daß ein Bruch der vereinigten Froldendämme mehr als die halbe Provinz unter Wasser setzt?«

»Soll die ganze Provinz zum Teufel gehen!«

»Nanu, was soll denn das heißen!«

»Er ist ein Esel«, antwortete ein anderer, aber Coniglio mannaro schrie:

»Sollen alle mit mir krepieren, wenn ich dran glauben soll!«

»Wie Samson und die Philister, nicht wahr?« höhnte einer, und ein anderer sagte abschließend:

»Uns können Sie höchstens vor Lachen krepieren lassen!«

Man hatte die Arbeiten mit fast tausend Mann begonnen, und die Sache bedeutete einen wahren Überfall für die Ländereien des Betroffenen, auf denen es nun drunter und drüber ging: man stahl die Hühner und das Obst, teilweise sogar die Ernte, und manchmal fehlte ein Schwein. Das Ganze hatte viel Ähnlichkeit mit einem Gemeindewald, wo jeder hingeht, um Holz zu machen. Coniglio mannaros Wut, daß es ihm nicht gelang, sein Eigentum zu verteidigen, wurde immer toller, und inzwischen hob man ihm, als stäche man in sein Herz, Scholle um Scholle von seinem kostbaren Boden. Dazu vergiftete ihn das Gelächter der Leute, mit welchem man allgemein seine Wutausbrüche aufnahm.

Er rächte sich an ihnen, indem er das Ährenlesen auf seinen Getreide- und Hanffeldern verbot. Das war damals eine unerhörte Sache, und man konnte gar nicht recht daran glauben, bevor nicht Coniglio mannaro in Person die Betreffenden davon überzeugte. Denn keiner seiner Bauern hatte sich zu einer solchen Beleidigung Gottes hergegeben, und so wachte er selbst mit einem Knüppel bewaffnet auf den Feldern, um die Armen fernzuhalten, die nach uralter Überlieferung das fromme Recht hatten, auf den abgeernteten Feldern Ähren zu lesen.

Da kamen zwei Witwen, und er schrie:

»Fort mit den Witwen! Hab' ich euch den Mann umgebracht, daß ich euch ernähren soll?«

»Soviel verlangen wir gar nicht, wir wollen nur Ähren lesen.«

»Hier werden keine Ähren mehr gelesen!«

Es kamen Waisen.

»Fort mit diesem Pack, jawohl, ihr kommt, um Ähren zu lesen und wollt mir dabei die Kirschen stehlen, die mit dem Korn zusammen reifen wie die Trauben mit dem Hanf! Aber hab' ich euch etwa auf die Welt gesetzt, ihr Bastarde?«

Es kamen einige alte Leute, erbärmlich aussehend und an den Bettelstab gebracht, sie wußten nicht, woran sie waren:

»Aber man hat uns doch immer Ähren lesen lassen aus Liebe zu Gott, sogar Sie selbst.«

»Ich hab' es jetzt anders beschlossen.«

»Aber das ist doch ein altes Recht«, sagten einige von ihnen, von Coniglio mannaros Verhalten aufgebracht.

»Aber ein Recht, das nicht im Gesetzbuch geschrieben steht, und so gilt es nicht. Ich habe dagegen das Recht, die Gendarmen zu rufen, die euch einsperren, wenn ihr Ähren lest gegen meinen Willen.«

»Aber was fangt ihr denn mit der Handvoll Ähren an, die zurückbleiben? (Die armen Leute wußten, daß seine Bauern geschworen hatten, die Ähren nicht aufzulesen.) Wer wird so wenig Gottesfurcht haben und diese Ähren aufsammeln lassen, um sie den Armen zu stehlen!«

»Diese Sorge überlaßt mir!«

Tatsächlich konnte man ihn in der nächsten Zeit gebeugt über den Acker einhertappen sehen, um Nachernte zu halten und jenes Gut der Armen, das man ihnen von jeher zugebilligt hatte, einzusammeln: schlimmer als Wucherer und Diebe, die wenigstens nur den, der etwas hat, bestehlen und begaunern. Aber er nahm den Hungrigen das Brot weg und war wirklich nicht nur dem Namen nach ein Antichrist.

Cecilia kam zu ihm, um ihn von seinem Tun abzubringen, aber es nützte nichts.

»Dein Vater«, so hörte Lazzarino die Leute ringsum sagen, »ist der schlimmste Aasgeier, den dies Land je hervorgebracht hat.«

»Ich weiß, daß er nicht recht tut, wenn er die Leute nicht Ähren lesen läßt, aber das Ganze ist eure Schuld, ihr hetzt ihn auf«, rief der Junge voll Schmerz.

»Das brauchte er nicht zu tun, er ist schlimmer als ein wütender Hund.«

»Sagt das nicht«, der Junge weinte fast.

»Zu dir dürften wir das nicht sagen, es ist schon wahr, aber es kann auch mal zuviel werden! Und so was geht ins Blut!«

Mit dem Fortschreiten der Arbeiten wuchs Coniglio mannaros Groll und Wut, und sein Verhältnis zu den Leuten aus dem Dorf wurde immer schlimmer, während er wie eine arme Seele herumlief und nicht mehr wußte, wohin er die Augen richten sollte und wie die Gedanken von diesem großen Schaden ablenken, den ihm die Dammarbeiten verursachten.

Der Unternehmer des Dammbaues hatte sich den Auftrag ersteigert, und er war hunderttausend Lire unter jene dreihunderttausend heruntergegangen, welche die Sachverständigen vom staatlichen Bauamt ungefähr veranschlagt hatten.

»Ihr könnt euch denken«, sagte Coniglio mannaro, »daß die Sachverständigen keinen zu hohen Preis angesetzt haben. Diese Unternehmung, soll sie richtig und gründlich ausgeführt werden, verlangt mehr als vierhunderttausend Lire, ich hab' das ausgerechnet. Wie macht's also dieser Mann? Wo nimmt er diese hunderttausend Lire her, die er unterboten hat!«

»Nun ja, das ist doch ganz einfach, er stiehlt sie!«

»Aber wo stiehlt er sie und wem?«

»Der Regierung, wär' er der erste?«

»Was er der Regierung stiehlt, interessiert mich wenig, im Gegenteil, es macht mir Spaß.«

»Ja, und? Wenn er den Vorteil hat und Sie den Spaß, da kommt ja jeder auf seine Kosten!«

»Und was für einen Spaß! Ich ärgere mich zu Tode, so viel Spaß macht mir das Ganze!«

»Wer sagt Ihnen denn, daß Sie sich ärgern sollen! Warum kümmern Sie sich nicht um Ihre Angelegenheiten!«

»Aber das ist es doch eben, ich kümmere mich um meine Angelegenheiten. Es ist mein Land, worauf die Coronella zu stehen kommt. Aber ich werde nicht allein ruiniert bei dieser Sache, und das versteht ihr sehr gut, ihr wollt es nur nicht zugeben, um mich zu ärgern. Ihr werdet's schon noch merken, aber dann ist's zu spät. Dieser Pächter liefert, um die hunderttausend Lire wieder einzuholen, eine richtige Verbrecherarbeit, und die Coronella wird nicht lange dastehen, sie bricht eines Tages, sie bricht, das versichere ich euch!«

Er lief von einem zum andern, packte die Leute an den Rockschößen oder im Winter am Mantel, leicht und hastig wie eine Fledermaus fuhr er auf sie los. Und am Hals blühten ihm die Geschwüre, die seine Aufregung ihm immer frisch hielt, und weil er daran kratzte, waren sein Hemd und überdies der Hals und der Nacken stets von Blut und Blutwasser ekelhaft beschmiert. Die Angst vor einer Verleumdungsklage oder vor noch Schlimmeren von seiten dieses Räubers, dieses Straßenräubers von Unternehmer, ließ ihn seine Stimme dämpfen, so daß er wie gewürgt flüsterte und wirklich wie eine Fledermaus quietschte:

»Dann kommt doch und schaut euch mal an, wie man diese Arbeiten an der Coronella hinschludert, und dann sagt noch was, ihr werdet mehr als ich zittern. Dieser Kerl macht sich fort, wenn die Arbeit fertig ist, aber wir müssen mit unserem Hab und Gut hierbleiben, mit dem Leben, dem Leben!«

Aber alle wußten es, sie konnten die Arbeiten ja beobachten. Und sie wußten auch, daß die Ingenieure vom staatlichen Bauamt, sei's aus Unerfahrenheit oder allzu großem Vertrauen gegen den Unternehmer und auch weil ihnen die richtigen Geräte fehlten, sich damit zufriedengegeben hatten, das Gelände einfach nur dadurch zu prüfen, daß sie ein paar Löcher mit einem alten und abgenutzten Bohrer machten. Der Boden war ehemals Flußbett gewesen und schon aus diesem Grunde gefährlich und unsicher. Dann war er zum Sumpf geworden, und dieser Umstand erhöhte noch seine Unsicherheit. Denn da gab es Sandadern, Kiesgrund, Schlamm und verfaulte Sumpfpflanzenreste, die das Erdreich in der Tiefe locker lassen und meistens noch Methangas erzeugen, wodurch die Erde dann Hohlräume bekommt, so daß, wenn Wasser eindringt, das Gas herausströmt. Dabei kann es zu einer Art Explosion kommen, wobei sich Risse auftun und die Grundlagen des Dammes aufgelöst werden, so daß das Wasser hinter den Dämmen herauszischt und dem Fluß heillose Öffnungen bereitet.

Coniglio mannaro wußte noch Einzelheiten hinzuzutun, die den Leuten große Angst einflößten. Er gebärdete sich wie einer, der in Flußfragen über ein eingeborenes Wissen verfügt.

»Wie die Erde unter der Coronella aussieht, das können wir uns aus dem zusammenreimen, was ja ein jeder weiß: sie war nämlich ein Flußbett, als der Po noch längs des alten Dammes einherlief, jenes Dammes, der heute die Straße von Guarda nach Ro trägt, das ist Punkt eins.« (Und um die Punkte zu zählen, machte er den Daumen der linken Hand gerade, zog daran und schüttelte ihn.) »Mein Vater, als er sich damals mit der Mühle am Nogarolendamm festmachte, sagte mir immer, daß die Ca'Morgosa damals noch ein einsam stehendes Haus war, mitten im Sumpfwasser, und daß der Grund von der Antonella toter Talgrund war: Talgrund also, das ist Numero zwei.«

»Tja, und dann kam der Herr Pietro und machte alles trocken«, so sagten sie und guckten ihn dabei schief und lauernd an, und es fügte noch einer hinzu: »Tja, und dann hat er den Kuckuck gefunden, der ihm ein Ei in sein Nest gelegt hat.« Coniglio mannaro hob verächtlich und ungeduldig die Schultern, er hatte noch immer die zwei Finger ausgestreckt, den Daumen und den Zeigefinger.

»Verlieren wir uns nicht in Geschwätz. Als nun das Land in meinen Besitz kam, trug es in der letzten Zeit Hanf und ist natürlich dadurch fett und weich geworden und voll Wurzelwerk, das ist Punkt drei.« (Er reckte den mittleren Finger und hob die Hand in die Höhe, die Hand mit diesen krummen und spitzigen Fingern, die eigentlich mehr Krallen waren – man mußte bei diesen drei prophetisch erhobenen Fingern an die drei Worte auf dem Fest des Balthasar denken.) »Jawohl, und auf diesem dreimal verdorbenen und unsicheren Grund richten sie jetzt einen Damm mit fauler Erde auf, mit Schlamm, Röhricht, gefrorenen Schollen und Sand, klatsch, klatsch, wo's hinfällt, bleibt's liegen, und das alles, weil man sich's sparen will, gesunde Erde zum Bau zu suchen. Wenn sie einen Graben auffüllen, verstopfen sie ihn, statt ihn vorher auszuputzen, mit Gestrüpp und Rohrgestrünk, und nichts wird eingeebnet, nirgendwo wird die Erde gestampft. Es genügt, wenn man eine Karre auf die andere kippt und dann ein bißchen mit den Schaufeln drauf herumpatscht. Da genügt ja schon ein Windstoß, um einen derart aufgepappten Damm umzuschmeißen.«

Sie erbleichten vor Entsetzen. Aber es war auch eine Tatsache, so sagten sie sich, daß es überall, wo man baute und plante, einen gehässigen Kerl wie Coniglio mannaro gebe, der sein Unken dazutat. Immerhin sprachen die Leute selber von dieser Coronella schlecht genug. Selbst die Arbeiter, ja sogar die Gehilfen des Bauunternehmers taten es, einer klagte den andern der Sorglosigkeit an, und schließlich kamen ihre gemeinsamen Übeltaten auf diese Weise heraus. Die Arbeiter waren nicht auf Akkord verpflichtet worden, nur aus der großen Schar der Tagelöhner wahllos von überallher herausgegriffen. Und sie rühmten sich wie eines besonders schlauen Einfalls, daß sie immer einen Sack guter Erde bereit hätten, wenn man den Regierungsingenieur in der Nachbarschaft wußte, um ihn über den Baudreck auszubreiten. Und mit ein paar Schaufelschwüngen, so sagten sie, könnte man dann verbergen, was drunter lag. Dieser Überwachungsingenieur wurde allgemein »der Esel« genannt, »Manghetti der Esel«, unter diesem Namen nannte und kannte ihn jeder.

»Wir arbeiten, wie wir bezahlt werden«, sagten die Taglöhner, »die Löhnung ist schlecht, die Arbeit infolgedessen nicht besser.« Als der Dammbau bis auf eine gewisse Höhe gediehen war, begann man plötzlich, um ihn schneller zu Ende zu führen, auch des Nachts daran zu arbeiten, und die Unverschämten sagten:

»Des Nachts gibt's keinen, der zuguckt, als die Sterne. Wenn's euch nicht paßt, wie die Coronella wächst, dann ist das eure Sache. Wenn wir fertig sind, schmeißen wir die Schaufel über die Schulter – auf Nimmerwiedersehen! Heute hier und morgen dort, so zieh'n wir wie Soldaten hinterm Tambour einher. Das fehlte auch noch, daß wir armen Tagelöhner uns um euch Bauern und Gutsbesitzer Gedanken machen, die ihr ein so behagliches Leben habt!« Und sie sagen voller Hohn ihr Lied:

»Um Mitternacht genau
hört ihr den Trommelton,
die Kärrner, rompompom,
zur Arbeit ziehen schon.«

»Wo sind die Gendarmen, zu was sind die Schutzleute da?!« rief Coniglio mannaro, als er die Arbeiter mit so aufsässigen Gesichtern singen hörte, und er fügte hinzu: »Da sagt man, daß mit Schiappazza dem letzten Straßenräuber der Kopf abgeschnitten worden sei. Aber was hat das schon zu sagen, wenn jetzt die Räuber nicht mehr an den Straßen 'rumlungern, sondern auf den Dämmen schaufeln und die schlimmsten von ihnen Unternehmer spielen.«

Der Brandschatzer Schiappazza wurde im Jahre 1864 auf der Piazza del Travaglio zu Ferrara hingerichtet; er war der letzte Buschräuber im Ferraresischen. Die bösartigen Leute von der Guarda antworteten:

»Na, hören Sie auf, Coniglio mannaro, wir kennen einen, der sich wegen seiner Ländereien unterm Damm so fürchterlich aufregt; aber wenn man den Mann fragte, wie er zu diesem Besitz gekommen ist, dann würde er nicht antworten, und er wüßte warum!«

»Ich weiß nicht, wovon ihr redet!«

»Ach, wirklich nicht?«

»Und ich will's auch nicht wissen! Denn mir liegt es nicht, schlecht über den Nächsten zu sprechen.«

Eine derartige Dickfelligkeit empörte die Leute noch mehr als die schlampige Art und Weise, wie man die Coronella errichtete. Und sie konnten ihm nicht verzeihen, daß er immer wieder Sachen redete, die sie genausogut wußten wie er; einfach weil sie von diesen Dingen genug hatten und sich nicht immer wieder die Ohren damit vollblasen lassen wollten. Nachdem sie gesehen hatten, daß sie gegen den Dammbau nichts vermochten, hätten sie ihn am liebsten vergessen, außerdem waren die Dämme, solange der Po eben Po hieß, immer mit dem Material aufgeführt worden, das man nun einmal in der Nachbarschaft erreichen konnte. Und die Dämme machten sich und wurden mit der Zeit fest. Wenn alle schlechtgebauten Dämme gebrochen wären, dann lebewohl, Ferrara. Auf jeden Fall, so fragten sich die Leute, warum hielt sich der Mann nicht an die Ingenieure, statt Angst in den Gemütern auszustreuen und in der ganzen Gegend jedem die gute Laune zu verderben. Warum machte er nicht eine regelrechte Eingabe an die Behörden, wenn er schon seiner Sache so sicher war.

»Oh, das werde ich tun«, sagte er, »und ich werde als erster unterzeichnen, aber auch ihr müßt euren Namen druntersetzen.«

Das wollten sie wieder nicht. Sie zogen sich zurück, weil sie keinen Verdruß wollten.

»Das sind Sachen, die immer so bleiben, das kann man nicht ändern«, so sagten sie.

»Das soll also wohl heißen, feige Gesellschaft, daß ich mich allein der

Gefahr aussetzen soll?« Da wurden sie wütend und sagten, er solle den Mund halten; vielleicht hatte er auch ihr Gewissen angerührt. Er solle auf seine Worte ein bißchen mehr achtgeben, denn man habe mit ihm nur Nachsicht, weil er verrückt sei und nicht ganz richtig im Kopf. Darauf antwortete er mit obszönen Gesten.

So haßten sie ihn mehr noch als je, und in dieser Sache war er für sie der Sack, auf den man zu schlagen pflegt, wenn man den Esel meint. Sie haßten ihn, wie die Trojaner, um ein großes Beispiel zu nehmen, Kassandra haßten, die von Apoll das gefährlichste Geschenk der Götter erhalten hatte.

Und da sie ihn nicht eigentlich verletzen konnten, denn er war eben zu abgebrüht, begannen einige, die den schlimmsten Groll auf ihn hatten, in gemeiner Weise gegen den Sohn loszuziehen, und zwar auf jene traurige und schmutzige Art: selber im Haufen versteckt, es auf einen einzelnen anzulegen, ohne die Verantwortung für das eigene Tun zu übernehmen, und es beteiligte sich ein jeder auf dieselbe anonyme Weise. Man begann also, sobald er auftauchte, gewisse Witzeleien, machte bösartige Anspielungen, redete ganz ins Allgemeine hinein, man griff Gesprächsthemen, sobald er erschien, wieder auf oder setzte sie fort, bis einer grinste oder mit dem Auge zwinkerte oder einen andern mit dem Ellbogen anstieß, worauf dann sofort Schweigen eintrat, als wolle man auf seine Gegenwart hinweisen und Rücksicht auf ihn nehmen. All diese Gespräche aber handelten von einem gewissen widerwärtigen und unverschämten Erpresser, Volksaushungerer und Halsabschneider, der dem Herrn Pietro gewisse Ländereien auf erpresserische Weise geraubt hatte. Über diesen aber, den Herrn Pietro, wußte niemand von der Guarda etwas Böses zu sagen, er war ein wahrer Wohltäter der Gegend gewesen, der einmal Scherereien mit dem Gericht hatte, aber das lag schon lange zurück. Das war noch unter dem Papst passiert, während dieser neureiche und gefräßige Gauner unter der neuen Regierung ungestraft seine Teufeleien trieb. Solche Gespräche wurden auf dem Marktplatz, vor der Kirche und in der Osteria gehalten. Lazzarino wollte keinen Fuß mehr ins Dorf setzen, aber er war doch immer wieder in einem inneren Zwang genötigt, dorthin zurückzukehren, und zwar immer häufiger; es war, als könnte er von diesem Kummer nicht genug bekommen, und so hörte er hin, wenn man sagte:

»Dieser Kerl verdiente wie ein tollwütiger Hund behandelt zu werden, wenn man nicht Rücksicht auf seine Kinder nehmen müßte.«

Wenn er dann mit seinem Vater, dem das alles einerlei war, durch den Ort ging, sah und hörte er, wie es hinter dessen Rücken losging, wie man sich verächtliche Blicke zuwarf und den Vater verhöhnte. Lazzarino konnte an diesem Stand der Dinge nur noch leiden und sich quälen, denn auch die Vorstellung und die Lust, einmal eine schöne Rache zu nehmen und den Übeltätern eine exemplarische Lektion zu erteilen, verließen ihn langsam. Er war so schnell und unverhältnismäßig gewachsen, daß er davon, statt Kraft in den Knochen zu spüren, ganz geschwächt war. Er fühlte die Muskeln erschlaffen und die Glieder von einer trüben Schwäche erfüllt, im Kopf, in seinem ganzen Inneren aber litt er unter einer müden Leere. Jede Anstrengung ermattete ihn sofort, der Zorn regte ihn übermäßig lange auf, um dann im Augenblick, wenn er seiner bedurfte, ganz verraucht zu sein. Auf dieselbe Weise sehnte er sich nach der Frau, und er hatte nicht einmal den Mut, die Augen aufzuschlagen, als die ersten Frauenblicke ihn mit Neugier zu suchen begannen. Er phantasierte in seiner Einsamkeit, daß er eines Tages einen Knüppel packen werde, um den guten Namen seines Vaters zu rächen, und bei dieser Gelegenheit würde er vielleicht ein Blutbad anrichten. Solche Einbildungen machten ihn heiß und kalt und erregten ihn auf eine seltsame Weise. Aber wenn er dann sah, wie man den Vater beleidigte, blieb er kraftlos schüchtern und unentschlossen und fühlte nur einen trüben Ekel in seinem Innern, er kam zu keinem Entschluß und keinem Gedanken. Hinterher, wenn er sich das Ganze überlegte, quälte ihn die Angst, daß er etwa ein Feigling sei.

Pizzacarino, der zu diesen Lästermäulern gehörte, wiederholte immer wieder, daß Coniglio mannaro ein Reaktionär aus der Papstzeit sei und zum Papst halte, er sei ein Freund des Henkers, ein verknöcherter Zopf und ein erbärmlicher Neureicher, der schlimmste Blutsauger, den es weit und breit gebe. Das war eine Gelegenheit für den Dammwächter Bracciemezzo, mit seinem Lob auf Garibaldi zu beginnen, dessen Name im Frühling und Sommer des Jahres 1867 ganz Italien erfüllte. Und man erzählte sich überall von den großen Taten, die bevorstanden. Garibaldi hatte seine Freiwilligen an den Grenzen des Sabinerlandes versammelt, und man glaubte, daß er in den Kirchenstaat einfallen werde, um Rom anzugreifen und zu befreien.

»Wenn Garibaldi sich in Bewegung setzt, ist's geschafft«, sagte Bracciemezzo.

Pizzacarino packte das Ganze feiner an.

»Wenn die Regierung Soldaten gegen ihn schickt, dann gibt's eine Revolution, und diesmal macht man nicht an dem Punkt halt, wo die Herren und die Bürger es gerade wollen.«

Coniglio mannaro bewegte verächtlich die Schultern, und Bracciemezzo sagte:

»Nun ja, man weiß ja, was Sie denken!«

»Ich gebe auf meine Siebensachen acht«, sagte Coniglio mannaro.

»Gewiß, selber essen macht fett. Ein schöner Patriotismus. Wenn alle so dächten und so wären wie Sie . . .«

»Dann säh's auf der Welt ein bißchen besser aus, und vor allen Dingen hörte man weniger dummes Zeug reden.«

Jetzt fielen sie alle über ihn her und tadelten ihn, wie man nur so denken könne. Der junge Lazzarino aber hörte gierig den Erzählungen des Bracciemezzo zu, in welchen zwischen Rauch und Gemetzel und Schlachtenlärm Garibaldi in seinem roten, blauen und blonden Glanze erschien, und die ungeschickte Art des Erzählers erhöhte sogar noch diesen Glanz. Lazzarino hörte das Lachen und die Stimme des Generals, und der Kriegsverletzte sagte: »Der läßt dich ins Schlachtenfeuer gehen, als ging's zu einer Frau ins Bett.«

In der Tat bedauerte er keineswegs den Verlust seines Armes, und darin war er aufrichtig, er schwang den Stummel durch die Luft und rief:

»Ich hab' meinen Arm für Garibaldi hergegeben, und das tut mir nicht leid!«

Lazzarino hörte das und glühte. Plötzlich fühlte er sich imstande, sich selbst aus seiner Erniedrigung und den Vater aus den Schmähmäulern zu reißen, wenn Garibaldi ihn in seine Scharen aufnähme. Und er fragte Bracciemezzo:

»Wie alt muß man sein, wenn man zu Garibaldi geht?«

»In meinen Jahren fragte man nicht lange, ich hab' Jungen gesehen, die reichten noch nicht bis zur Mündung des Gewehrs hinauf. Und ich selbst, als ich das erstemal mit Garibaldi loszog und deswegen von zu Hause ausrückte, war so alt wie du. Aber die heutige Jugend ist nicht mehr so wie damals.«

Er wußte Lazzarinos Alter nicht genau, die Statur ließ ihn älter erscheinen, ungefähr um soviel, wie eine naive Eitelkeit Bracciemezzo in bezug auf den Zeitpunkt, da er das erstemal als Freiwilliger loszog, sich selbst jünger veranschlagen ließ.

»Und wie macht man's, um zu Garibaldi zu kommen?«

»Warum? Möchtest du zu ihm?«

Auf diese Frage hin brachen die Anwesenden – es waren ihrer sieben oder acht – in ein schallendes Gelächter aus. Der Junge erblaßte vor Zorn und Schmerz, einem furchtbaren Schmerz, der ihm die Brust zuschnürte. Sie hielten ihn demnach für einen Feigling, sie kannten ihn ja, es war ihm also anzusehen. Er errötete vor Scham. Eine Ohrfeige hätte ihn nicht tiefer verletzen können.

In dem Augenblick kehrte sein Vater in die Osteria zurück und fragte, worüber sie lachten.

»Ihr Sohn will mit Garibaldi gehen! Wer hätte das gedacht, was, Coniglio mannaro?«

»Wenn ihn einer beleidigt, kriegt er's mit mir zu tun«, sagte er mit verzerrtem Gesicht.

»Wir meinten bloß: Sie sind wie eine Gans, die in ihrer Brut ein schwarzes Küken entdeckt.«

»Der kriegt's mit mir zu tun, habe ich gesagt.«

»Und was würden Sie mit ihm tun?«

»Was ich mit ihm tun würde? Ich würde ihn . . . ich melde ihn den Karabinieri!«

Da lachten sie noch mehr und sagten:

»Sie sind wirklich so fürchterlich, wie die Leute sagen. Rette sich, wer kann, bei allen guten Geistern!«

»Oh, was die Gendarmen angeht«, fügte der überkluge Pizzacarino hinzu, als er sich in dem verächtlichen Gelächter Gehör verschaffen konnte, »die Karabinieri, müßt ihr wissen, die drücken ein Auge oder auch beide zu. In Ferrara ist ein Komitee. Mit einem Schein von diesem Komitee kann man auf der Bahn umsonst fahren. Wenn der Schaffner den Schein sieht, will er nichts mehr wissen. So fährt man bis nach Terni oder in eine andere Stadt dort in der Nähe, ich glaube Narni, und dort geben einem Garibaldis Obersten ein Gewehr von der Nationalgarde, Verpflegung und Ausbildung. Und bald geht's los, um Rom zu nehmen. Dort werden sie die Republik errichten, und dann kommt der Umsturz, den gewisse Leute wollen, die es besser wissen als alle zusammen und auch besser als Garibaldi. Und aus dem Umsturz entsteht die soziale Republik.«

Alle wußten, daß es wirklich diese Komitees gab und daß sich die Bildung der garibaldinischen Banden ungefähr auf diese Weise vollzog. Aber Coniglio mannaro wurde von einer dunklen Furcht gepackt und fluchte:

»Euch soll das Wort im Hals stecken bleiben, ihr verfluchten Hanswürste. Wer geht denn von euch freiwillig?«

Sie waren verdutzt.

»Sagt mir doch einen«, trumpfte er auf, »nur einen, ihr Ofenhocker, ihr Maulhelden, ihr Feiglinge!«

»Nehmen Sie das Wort zurück!«

»Ich nehme gar nichts zurück!«

»Warten Sie nur, das werden wir Ihnen heimzahlen!«

»Schluckt nur die . . .«

Der Anstand verbietet zu sagen, was sie 'runterschlucken sollten. Mit Tritten und Hieben wurde er aus der Osteria hinausgeworfen. Er taumelte auf seinen dünnen Beinen und fiel hin. Sein Sohn hatte ihn verteidigen wollen und wurde ebenfalls hinausgejagt, wenn auch nicht so unsanft. Er beeilte sich, ihn aufzuheben, und wollte zurückkehren, um den Schimpf zu rächen. Aber sein Vater hielt ihn am Arm fest und ermahnte ihn:

»Laß sie gehen, laß, sie sollen sich zum Teufel scheren. Was gehen sie dich an?«

»Sie haben dich tätlich angegriffen!«

»Ich hab's ihnen aber auch gegeben. Du darfst sie nicht mehr ansehen, hörst du, du darfst sie nicht mehr anhören! Genug jetzt!«

Da wurde dem Jungen das Herz schwer, und er brach in verzweifelte Tränen aus, die seine Wut lösten.

»Sie werden uns für Feiglinge halten!«

»Die sollen denken, was sie wollen. Du bleibst jetzt bei mir!«

Während er so sprach, klopfte er mit der einen Hand den Straßenstaub von seinen Kleidern, denn es war ein warmer Septembertag, und es hatte lange nicht mehr geregnet. Mit der anderen Hand hielt er den Jungen immer noch fest, als fürchtete er, daß er ihm ausreiße. Leidenschaftlich bittend fügte er hinzu:

»Du mit Garibaldi! Damit du mir wegstirbst! Du gehst nicht hin, schwör' es mir!«

»Ich«, sagte der Junge und trocknete seine Tränen, »ich denk' nicht daran. Aber ich kann es nicht leiden, daß man Feigling zu mir sagt.«

»Lieber als Feigling leben«, sagte Coniglio mannaro mit einer außergewöhnlichen Überzeugungskraft und wie von Sinnen, »als hundertmal mutig sterben. Schwör' es mir, daß du mir nicht wegläufst!«

»Es ist nicht nötig zu schwören, Babbo.«

Coniglio mannaro war der Ansicht, daß es jetzt besser sei, nicht länger darauf zu bestehen, und nahm sich vor, ihn fortan zu überwachen. Aber Lazzarino verließ noch in der gleichen Nacht das Haus, ging nach Ferrara, fand mühelos das Komitee und wurde Garibaldiner.

III Als kurz danach die Grenzverletzungen im Agro Romano begannen, die der Schlacht von Mentana vorausgingen, konnte er noch kaum das Gewehr laden, das sie ihm in Narni gegeben hatten und das übrigens defekt war. Er hatte im Freien geschlafen und Hunger ertragen und war dabei fröhlich geblieben. Ja, sein Wesen war freier geworden, er hatte sich gestählt. Nicht so sehr durch das harte Leben im Freien, das ihm nicht neu war, sondern durch die Genugtuung, das Rothemd zu tragen. Die vielen neuen Eindrücke und Erlebnisse spornten ihn an. Zum

Glück hatte er sich an ein Wort von Bracciemezzo erinnert und beim Ausreißen von zu Hause zwei Paar gute Schuhe mitgenommen. Denn der hatte einmal gesagt: »Wer Garibaldiner wird, muß sich mit Schuhen versorgen, alles Übrige findet er auf der Straße. Wenn die Garibaldiner immer gute Schuhe hätten, marschierten sie bis ans Ende der Welt, und niemand würde sie aufhalten.«

Das Wort mußte aus der schmerzlichen Erinnerung an einen Marsch entstanden sein. Es war trotz der leichten Übertreibung ein guter Rat gewesen von einem, der aus Erfahrung den traurigen und abenteuerlichen Zustand kannte, in dem sich die garibaldinischen Nachschubdienste oft befanden. Auch die Niederlage, die wenig später eintrat, war dem Umstand zuzuschreiben, daß an dem Morgen, da der General den Vormarsch von Monterotondo aus befahl, eine Verzögerung entstand, weil an die barfüßigen Freiwilligen Garibaldis erst Schuhe verteilt werden mußten.

An die Guarda dachte der Junge nur insoweit, als er die Angst bedauerte, die er der Mutter und dem Vater bereitete. Aber die hätten ihn ohnehin nicht mehr lange festhalten können; kaum bis zu dem Tag, da der General von Caprera gekommen wäre, um das Kommando für den Marsch auf Rom zu übernehmen. Das würde nicht mehr lange dauern, und auch das Unternehmen selbst würde rasch gelingen. So glaubten alle Freiwilligen, die meist um Terni und Narni kampierten, zusammengepfercht und in der größten Unordnung. Sie litten Mangel an allem.

Es fehlten unter ihnen weder die guten und erprobten Garibaldiner aus besseren Zeiten noch die neuen und großmütigen jugendlichen Freiwilligen, aber unter ihnen und zu sehr mit ihnen vermischt waren gewisse Taugenichtse und Galgenstricke. Die neue Unternehmung war als leicht dargestellt und auch für leicht gehalten worden, und es hatte nicht die strenge Auslese geherrscht wie in den anderen »Verzweiflungskriegen«, in denen nichts versprochen worden war als »vierzehn Tage Leben«, Tod fürs Vaterland und Ruhm.

Diesmal waren zuviel Leichtsinnige, Tagediebe und Beutesucher zusammengelaufen, aufsässige Elemente und Gauner, die nur im Trüben fischen wollten. Und es blieb keine Zeit zu sieben, zu ordnen und Zucht in den Haufen zu bringen. Auch Verbrechernaturen fehlten nicht. Sie nannten sich Politische, aber die politische Färbung war nur ein Mäntelchen, um die gierigen und unsteten Instinkte zu verhüllen. Es war der Abschaum der Menschheit, der Auswurf der Städte, Lumpenpack, das sich um die Gemeinsten und Dümmsten geschart hatte, wie es immer ist. Solches Gesindel fand sich hauptsächlich in der Bande eines gewissen Mannes, der den Kriegsnamen Oberst Callimaco angenommen hatte, zum Andenken an einen gewalttätigen und blutrünstigen garibaldinischen Rädelsführer, über den man sich dunkle Dinge erzählte.

Man sieht daraus, was sich die raubgierigen und wilden Gesellen aus der Bande des Obersten Callimaco von der Einnahme Roms erhofften. Die Bande zog weiterhin gleichartiges Gelichter an und wurde noch dadurch vergrößert, daß die Kommandanten anderer Truppenteile ihre unerwünschten und undisziplinierten Elemente zu ihr abschoben. Die Bande lebte jetzt schon von Überfällen, Streifzügen, Raub und Gewalttaten, die einzeln oder rottenweise gegen Bauern und Priester begangen wurden. Als der Oktober ins Land zog, fing sie an, sich auch mit Mordtaten und Vergewaltigungen zu beflecken und immer ungeduldiger auf den blutigen und lasterhaften Karneval zu warten, den sich ihre schmutzige Phantasie für Rom versprach. Sie wollten hausen wie Marat. Die Bande war nie drei Tage im gleichen Ort, und nur deshalb war sie bisher der blutigen Rache der Bevölkerung entronnen.

Der Zufall und die Verwirrung hatten Lazzarino Scacerni unter solche Leute geraten lassen. Es schien, als ob diese von Laster und finsterem Wüten gezeichneten Gesichter nur menschlich werden und lächeln konnten, wenn sie sich dem frischen und gesunden Jungengesicht gegenübersahen, das von der Sonne des Po gebräunt war und Jugend, Edelmut und Stolz ausstrahlte.

Seine kindliche Unschuld machte auf die Gesellen Eindruck, und er weckte in ihnen einen Rest von Schamgefühl, dem sich selbst jene nicht entziehen konnten, die es mit Worten verhöhnten. Lazzarino wußte nichts von den Schandtaten, die seine Kameraden begingen, und diese Einfalt bewahrte ihn vor dem Brodeln der Leidenschaften, die rings um ihn tobten. Er war von Natur liebenswürdig, höflich und freundlich. Er ging ganz auf in der freiwilligen Pflichterfüllung, soweit man in der Bande des Obersten Callimaco von militärischer Pflicht reden konnte. Er wußte nichts vom Bösen und bemerkte es nicht. Er ließ sich nicht dazu aufstacheln, sich durch üble Streiche hervorzutun.

Einige Spießgesellen hatten eine Zuneigung zu Lazzarino Scacerni gefaßt, unter ihnen einer von den schlimmsten, der sich seines bezeichnenden Spitznamens Barrabas rühmte und ihn verdiente. Es war eines jener unwillkürlichen Gefühle, die solche Naturen oft zeigen, wenn sie mit ihrer ganzen Kraft das Gute lieben, da sie es nicht hassen können. Vielleicht ist es eine Art Wut, daß sie das nicht fertigbringen, eine Wut der Verzweiflung. Lazzarao wurde also der Liebling und Benjamin jenes Barrabas mit dem fürchterlichen Gesicht, das von verbrecherischen Leidenschaften gefurcht war. Er wurde der Talisman und das Hätschelkind der Kompanie des Obersten Callimaco.

Die Blockade der königlichen Schiffe vor Caprera war inzwischen durchbrochen worden, und der große Seefahrer übernahm den Befehl über das schlecht gerüstete Heer. Im Gefecht von Monterotondo hatte Lazzarino die Feuerprobe bestanden und dabei jene Trunkenheit kennengelernt, jene Freude, ja jene Wollust, den Mut zu erproben und zu siegen. Sein Gemüt war beflügelt worden von jenem Gefühl, das Jünglinge seines Alters sonst auch bei den ersten Versuchen in der Liebe, in der ersten Annäherung an Frauen empfinden. Und der noch unerfahrene Lazzarino hatte sich an das Wort des versehrten Bracciemezzo erinnert, daß man ins Schlachtfeuer gehe wie ins Bett einer Frau.

Der Marsch auf Rom war gefolgt, dann der Rückmarsch und die gescheiterte römische Erhebung. Die Preisgabe von Villa Glori, der französische Beistand an den Papst, die Ungewißheit, die widersprechenden Meldungen und vor allem die Zuchtlosigkeit entmutigten und lichteten die Reihen der Garibaldiner von Tag zu Tag. Da rückte Garibaldi am 3. November auf die Nomentana vor.

Die Bande des Obersten Callimaco marschierte hinter den Spitzenkompanien der garibaldinischen Heersäule. Die alte Straße zog sich in sanften Windungen über die Hügel hin. Das Buschgelände in jenen Teilen des Agro Romano an den Hängen der Cornicolanischen Berge gab den Blick nicht frei. Die kühle Witterung machte den Marsch erträglich, und Lazzarino Scacerni war von kindlicher Heiterkeit, lachte und scherzte. Sein Gesicht spiegelte frohen Mut und Entschlossenheit wider. Neben ihm, an der Spitze der Bande, marschierte jener Barrabas.

Seltsame Gerüchte gingen um. So hieß es, daß es nicht mehr nach Rom ginge, sondern nach Tivoli in den Abruzzen, um die Revolution im Königreich zu schüren, weil Garibaldi den König dafür strafen wollte, daß er sie verraten und dem französischen Kaiser nicht den Krieg erklärt habe. Deshalb sollten sich die Franzosen und die Päpstlichen jenem Marsch nicht entgegengestellt haben. Der Oberst Callimaco lebte fröhlich auf beim Gedanken an den verheißenen Bürgerkrieg. Die königlichen Soldaten würden eher meutern, so dachte er, als auf Garibaldiner schießen.

Da tauchte das Bergnest vor ihnen auf. Auf der Höhe des Hügels standen die runden Türme von Mentana. Die Straße führte steil hinan.

»He, Lazzarino, wo willst du hin?« fragte Barrabas.

»Zu einer kleinen Knallerei!« antwortete er und schwang sein unbrauchbares Gewehr.

Von oben, aus dem Bergnest herab und besonders aus den Strohhaufen auf der Höhe des Hügels wurde tatsächlich auf die garibaldinische Kolonne geschossen. Die Strohhaufen waren frisch aufgeschichtet von den Bauern und noch nicht verregnet. Das goldblonde Stroh stach seltsam ab gegen das magere Grün der Oliven und Wiesen. Mit dem wilden Geknatter der Gewehre ging ein Schreien und Wogen durch die Reihen. Die Schießerei verursachte Verwirrung und Tumult. Alle machten es wie Lazzarino: es wurde geschrien, geschoben, gelaufen, gestoßen. Es herrschte jene Unordnung, aus der unvermeidbar militärische Katastrophen entstehen. Lazzarino begriff nicht, was vor sich ging, aber die ihre Befehle brüllten, wußten es ebensowenig. Jener Tag nahm seinen Anfang, von dem Zeugen berichteten, es sei nur gerufen und kommandiert worden. Die unvermeidliche Schlappe war nicht wieder gutzumachen.

Lazzarino war flink und gewandt und überholte mit seinen pechschwarzen, im Winde flatternden Haaren alle, die ihm vorausliefen. Er bemerkte weder den steilen Anstieg noch die dünner werdenden Reihen der Kameraden. Das Peitschen der Schüsse zerrte an seinen Nerven und erfüllte ihn mit dem Übermut eines Fohlens im Frühling. Barrabas hatte mit seiner Gruppe Mühe, den langen Beinen des Jünglings zu folgen.

Auf der Straße und ringsum im Gelände lagen Tote und Verwundete. Lazzarino achtete ihrer nicht. Es war, als ob er sie nicht bemerkte, sondern nur sähe, daß um die Strohhaufen gekämpft wurde. Die Straße vor ihm war leer. Er war nur noch wenige Katzensprünge von den Häusern des Dorfes entfernt und stürmte vor. Er schrie mit schriller Stimme, kreischend wie ein zorniger junger Falke. Da zogen sich die Päpstlichen aus den Strohhaufen zurück und richteten sich im Gutshof Santucci am Ortseingang zur Verteidigung ein. Als er sie plötzlich auf der Straße auftauchen sah, kam ihm der Gedanke, einmal zu probieren, ob sein Gewehr auch schieße. Da wurde er vom Gros der Freiwilligen eingeholt, die sich zum Sturm auf den Gutshof anschickten. Er wurde wütend wie ein Knabe, der eingeholt wird, wenn er den Lauf schon für gewonnen hält. Es riß ihn hoch, und er setzte im Sprung über die Ruinen einer Mauer. Hinter einem alten Baum, auf vier Schritt Abstand, bemerkte er etwas, was ihm Schrecken einjagte: ein Auge hinter der Kimme eines Gewehrs, das auf ihn angelegt war, ein einziges kaltes und entschlossenes Auge, das ihn wie ein Dolch anblitzte.

Ein Schuß krachte und machte ihn taub. Er glaubte, daß der andere geschossen habe, und wunderte sich, daß er noch auf beiden Füßen stand und nicht verletzt war. Hinter dem Baum überschlug sich ein Mann, ein Bein ragte in die Luft und bewegte sich seltsam zuckend. Er fand nicht Zeit, den Vorgang in Verbindung zu bringen mit dem Auge, das doch eben noch auf ihn gezielt hatte. Er bemerkte nur, daß er zurückgeblieben war, und lief los. Barrabas folgte ihm. Vielleicht hatte dieser geschossen und ihn gerettet. Aber daran dachte er jetzt nicht. Er wußte nicht einmal, wo er sich befand. Ihm war, als sei er von einer

Straße abgeirrt und entsinne sich doch gar nicht, wo. Er kam aus einem Garten heraus und fand sich wieder unter den vielen anderen, die zusammengedrängt gegen eine Gruppe von Feinden am Dorfeingang schossen. Der Rauch wurde immer dichter. Das unnütze Gewehr drückte ihn, und in einer Aufwallung von Wut warf er es weg. Er hatte plötzlich den sehnlichen und seltsamen Wunsch, aus diesem Schlamassel und diesem beizenden Rauch herauszukommen, der ihm in Nase und Kehle drang. Sein Freund war noch neben ihm und lächelte ihm mit schwermütiger Heiterkeit zu. Es war, als ob er ihm viel zu sagen habe mitten in diesem schrecklichen und bedrückenden Lärm.

Ihm schien, als sei er unter Feinde geraten, als fielen sie über ihn her. Die dichte Gruppe von Männern hatte aufgehört zu schießen und umringte ihn wie ein anschwellender Strom. Ein Gedanke fuhr ihm durchs Gehirn: wenn er fiele, würde er von Füßen zertrampelt werden. Barrabas hatte ihn am Arm gerissen und zurückgezogen, fast als wollte er ihn zur Erde werfen. Er wollte ihn abschütteln, aber der Freund rief:

»Die Zuaven! Die Zuaven!«

Der Ruf war in aller Munde. In der Menge eingekeilt wichen Lazzarino und Barrabas zurück. Er glaubte zu ersticken. Die Rippen taten ihm weh. Es schien ihm eine Ewigkeit. Er kam wieder zu sich, außerhalb des Dorfes, auf der Straße neben den Strohhaufen, losgelöst von der Menge. Er atmete tief und konnte sich an nichts mehr erinnern. Eine Stimme brüllte:

»Halt, ihr Burschen!«

Der brüllte, war ein alter Haudegen mit grauem Bart und einem Säbel in der Hand. Er schrie, daß sich seine Stimme vor Verzweiflung überschlug. Er ragte hervor aus einem Haufen Menschen, die ihn umgaben.

»Halt! Auf zum Sturm, Kerls!«

Er wies mit dem Säbel nach dem Feind, aber niemand gehorchte ihm. Das Gewehrfeuer war schrecklich und schien von allen Seiten zu kommen, prasselte überall auf die Steine. Barrabas ergriff Lazzarino am Arm, während jener Alte, General Fabrici, seinen verzweifelten Befehl weiter rief. Barrabas hob Lazzarino auf und warf ihn über eine niedrige Mauer in einen Olivenhain.

»Hier haben wir Ruhe«, sagte er.

Aber nicht einmal im Olivenhain war Ruhe. Schüsse peitschten auf die Steine und durch das Laubwerk. Aber sie lagen fast alle zu hoch. Eine Gruppe Männer legte sich in die Speichen eines Rades und zerrte an einem Strick. Sie versuchten, eine Kanone aus dem Dreck zu ziehen, eine der beiden Kanonen, die bei Monterotondo erbeutet worden waren und die ganze Artillerie des Unternehmens bildeten.

»Kommt her und helft mit, ihr da!«

Der Offizier, der so befohlen hatte, war ruhig und gefaßt in Ausdruck und Stimme. Die zwei gingen hin und faßten zu.

»Alles ziehen, auf Kommando!«

Von seiner Stimme und seiner Haltung ging gefaßter Mut aus, als ob in diesem Olivenhain nichts anderes zu bedenken sei, als die Kanone herauszuziehen. Die Franzosen begannen, frontal und von der Flanke her die Garibaldiner mit dem mörderischen Feuer ihrer Chassepot-Gewehre einzukreisen. Das Gefecht tobte ringsum. Es entlaubte die Bäume zu Häupten der Männer. Aber das Mäuerchen dazwischen schien den Kampf in seltsame Fernen gerückt zu haben.

Sie zerrten und zogen am Seil, aber die Kanone war bis zu den Naben eingesunken und bewegte sich nicht von der Stelle. Der Offizier befahl, aber es klang wie Zureden:

»Ihr müßt stärker ziehen. Seid ihr soweit? Hau – ruck, hau – ruck, hau –. . .«

Es nützte nichts.

»Wir brauchen Hilfe«, sagte der Offizier, als ob er zu sich selbst rede. Er ging zur Grenzmauer des Olivenhains, um weitere Männer zu rufen. Er ging ganz gemächlich. Aber als er ihnen den Rücken gedreht hatte, erfaßte sie die Mutlosigkeit. Kaum hatte er das Seil verlassen, da blieben nur noch Lazzarino und Barrabas am Geschütz – und auf der Erde zwei Verwundete und ein Toter. Der Offizier kehrte zu seinem Geschütz zurück und murmelte, als könne er nicht begreifen, was er gesehen hatte:

»Es ist aus. Wir sind geschlagen.«

Ein Gewirr von Stimmen und Schüssen entfernte sich den Abhang hinab, der Straße zu, auf der sie nach Mentana marschiert waren.

Der Offizier stützte sich müde auf die Kanone. Barrabas sagte zu Lazzarino:

»Was willst du jetzt tun?«

»Was machst denn du jetzt?«

Der Junge machte ein Gesicht, als ob er weinen wollte vor Schmerz und Trotz, so daß der Alte fast lächeln mußte.

»Wo du bist, da bin auch ich«, sagte Barrabas.

Aber Lazzarino schien darüber verärgert.

»Ich gehorche dem da«, sagte er und wies auf den Offizier, der wie aus dem Schlaf hochfuhr und ihn anblickte.

»So«, sagte dieser, »wie alt bist du denn?«

Das Gewehrfeuer entfernte sich immer weiter. Im Dorf hallten noch Schüsse. Der Herbstnachmittag war kühl. Der Olivenhain versank in

Melancholie und schien wieder ganz friedlich. Plötzlich fiel noch ein verspäteter Schuß, irgendeine verirrte Kugel.

Mit einem kleinen roten Loch mitten in der Stirn, ohne zu seufzen, lag Lazzarino Scacerni mit ausgebreiteten Armen auf der Erde. Man konnte meinen, er wolle gerade mit seinem schönsten Jungenlächeln auf die letzte, liebevolle Frage antworten.

IV Seine Mutter hatte immer an seine Rückkehr geglaubt. Sie litt, was eben nur eine Mutter leiden kann. Aber sie war sicher, ihn im ewigen Leben wiederzusehen. Der Vater war in jenen zwei Monaten ein verschlossener und einsilbiger Mensch geworden, ohne Freude und Hoffnung. Meist zuckte er nur mit den Schultern und öffnete den Mund nur, um wütend festzustellen:

»Er kommt nicht mehr lebend zurück. Es wäre zu schön gewesen.«

Und er kehrte nicht einmal mehr tot zurück. Er hatte keine Erkennungsmarke getragen, und Barrabas' Kameraden zerstreuten sich in alle Winde. Lazzarino wurde in einem Massengrab beigesetzt, dort unten im Agro Romano.

»Sie werden ihn im ewigen Leben wiedersehen«, sagte der Priester von der Guarda.

»Ich wollte ihn hier wiedersehen«, antwortete der Vater.

»Was soll das heißen?«

»Wenn Sie es genau wissen wollen, Hochwürden: ihn dort zu sehen, wo Sie sagen, nützt mir nichts.«

»Ich verstehe Ihren Schmerz, aber Sie tun Gott unrecht, Sie lästern ihn. Befehlen Sie Ihren Sohn in seine Hände.«

»Er hat mir genug genommen«, murrte er wie einer, bei dem der Schmerz in Irrsinn übergeht, »zuviel hat mir der Herr schon genommen.«

Wohin das führte, sahen Bracciemezzo und Pizzacarino, als er eines Tages im Türrahmen der Osteria Orlandinis erschien, gerade als sie darin saßen und ein lustiges Lied sangen. Es blieb ihnen im Hals stekken, als er die alte schmutzige Tür der Kneipe öffnete. Mit beiden Händen umklammerte er eine Hasenflinte mit Doppellauf.

»Platz da!« rief er und gab mit der Flinte den anderen ein Zeichen, daß sie die zwei allein lassen sollten. »Ich habe mit Bracciemezzo und Pizzacarino ein Hühnchen zu rupfen. Platz da! Wer einen Schritt macht, ist ein Mann des Todes. Und ihr zwei«, fügte er hinzu, als er auf sie anlegte, »ihr könnt eure Seelen Gott befehlen! Das sage ich nicht«, fuhr er fort und grinste höhnisch, »weil mir an eurem oder meinem Seelenheil etwas liegt, sondern nur, um euch das Sterben etwas zu verlängern. Platz da!« wiederholte er und drohte mit der Flinte, »bei Hasenschrot ist es nicht ratsam, den beiden da zu nahe zu kommen.«

Blaß vor Entsetzen schlichen sie zur Seite und drückten sich an die Wand. Man konnte Pizzacarinos Zähne klappern hören. Bracciemezzo war bleich, aber gefaßter.

»Gut so«, sagte Coniglio mannaro zu den andern, »ich sehe, daß ihr ein Haufen Feiglinge seid. Den ersten, der auch nur einen Finger rührt, schieße ich über den Haufen. Aber ihr zwei, die ihr Kinder in den Tod schickt, ihr sollt gleich krepieren!«

Niemand rührte sich. Er zielte bald auf den einen, bald auf den anderen von den beiden, die wie versteinert dasaßen, zielte bald auf die Brust und dann wieder auf den Kopf und grinste höhnisch dabei.

»Lazzarino ist wegen euch in den Tod gegangen, und weil er sah, wie ihr mich beleidigt hattet. Er schämte sich, mein Sohn zu sein. Verreckt, ihr Hunde! Ich hätte es schon an jenem Tag tun sollen, da ihr mich hier mit Tritten hinausgeworfen habt. Dann wäre Lazzarino nicht in den Tod gegangen. Aber jetzt tue ich es, da könnt ihr machen, was ihr wollt. Verreckt nur! Aber zuerst möchte ich eure Stimme hören. Auf, redet doch! Los, Pizzacarino, du bist doch sonst nicht aufs Maul gefallen!«

»Ich beschwöre Euch bei Eurem lieben Toten«, stammelte dieser. Coniglio mannaro mußte lachen.

»Und Ihr, Bracciemezzo, was habt Ihr zu sagen? Auch so eine Dummheit wie der da?«

»Nichts«, anwortete der Gefragte mit ziemlich fester Stimme, »ich habe nichts zu sagen.«

»Was heißt nichts? Ist das vielleicht eine Antwort?«

Er hatte zuviel gesprochen und fand nicht mehr den Mut, das schauerliche Spiel zu Ende zu führen, wenn er überhaupt je den Mut dazu gehabt hatte. Seine Hände hielten zitternd die Flinte, so daß der Mutigste von den Anwesenden zu sagen wagte:

»Scacerni, niemand wollte Lazzarino in den Tod schicken. Auch wir haben es bedauert, weil wir ihn gern hatten. Wenn er mit Garibaldi gegangen ist, so hat er es getan, weil er ein mutiger Junge war. Warum wollen Sie es so darstellen, als ob wir ihn aufgehetzt hätten? Er hatte es sich selbst in den Kopf gesetzt.«

»Und ich«, sagte er stammelnd, »habe nicht mehr den Mut zu schießen. Ihr könnt mich ja jetzt anzeigen.«

Nach diesen Worten verließ er die Osteria. Er kam sich dumm vor, als habe er das Gedächtnis verloren, und ließ den Kopf hängen.

Sie gingen ihm nicht nach. Sie zeigten ihn auch nicht an. Die einen nannten das Vorkommnis eine Komödie, andere einen seltsamen Streich. Aber alle waren darin einig, daß man den Verrückten bedauern und den Scharlatan in ihm verachten müsse. Er schien die Sache vergessen zu haben, nur manchmal sagte er bei einer passenden oder unpassenden Gelegenheit:

»Wölfe pflegen zu heulen, aber Hasenfüße zittern eben.«

Sie hielten ihn zwar für nicht mehr ganz richtig im Kopf, aber in Geschäftssachen hatte er seine Sinne beieinander, da war er aufgeweckter und grausamer denn je. Nächstenliebe, Mitleid und Barmherzigkeit kannte er nicht. Wenn er einen armen Teufel in der Schlinge hatte, dann haute er ihn übers Ohr, schickte ihm gerichtliche Aufforderungen ins Haus. Proteste, Vorladungen, Beschlagnahmungen. Es schien, als ob er am Gewinn als solchem keine Freude habe: sein Herz war voller Groll gegen die Menschheit. Damals gingen die ersten Gerüchte um, daß das Schuldgefängnis abgeschafft werden sollte (das 1877 dann tatsächlich aufgehoben wurde). Coniglio mannaro entrüstete sich darüber.

»Das ist schlimmer«, sagte er, »als wenn man die Diebe frei laufen ließe. Denn der Dieb, der sich den Geldbeutel geben läßt, tritt nicht wie ein Galantuomo auf; aber die Burschen, die sich Geld geben lassen mit der Absicht, es nicht zurückzuzahlen, die tun es.«

»Nicht alle haben diese Absicht«, hielten ihm vernünftige Leute entgegen.

»Wenn einer nicht ursprünglich die Absicht hat, so kommt sie ihm, sobald er geborgt hat.«

»Es gibt aber auch Menschen, die vom Unglück verfolgt werden.«

»Und da soll ich dann den Schaden tragen?«

»Aber wenn kein Geld da ist, was nützt dann dem Gläubiger das Schuldgefängnis?«

»Um die Schuldenmacher Vorsicht zu lehren.«

»So, so, und wie denn?«

»Die sollen ihr Unglück allein tragen. Wenn sie erst eine Möglichkeit sehen, einen Teil davon oder alles auf andere abzuschieben, dann kann keiner dieser Versuchung widerstehen.«

»Beten Sie zu Gott, Coniglio mannaro, daß Sie nie in Not geraten!«

»Ich tue, was ich kann, aber wenn ich je Mitleid bekommen sollte mit einem saumseligen Schuldner, dann gehe ich freiwillig ins Gefängnis oder lege mir mit meinen eigenen Händen den Strick um den Hals!«

Einige, die sein verrücktes Leben und Betragen beobachteten, waren schon auf den Gedanken gekommen, daß er eines Tages seinem Leben durch Selbstmord ein Ende machen könnte. Im Familienkreis lebte er wie ein Gespenst. Er sprach nichts, brummte nur und gestikulierte schlimmer als ein Stummgeborener. Nur manchmal brach er in wüste Beschimpfungen aus, wurde jähzornig und schlug seine Kinder grausam, schuldig oder unschuldig, ohne Unterschied.

Eine Zeitlang hatte seine Frau sich seinen Launen gefügt. Er war nun einmal das Familienoberhaupt. Sie hatte es geduldet, daß er die Kinder blutig schlug. Sie war keine nachsichtige Mutter, aber sie begann, ihm Vorwürfe zu machen, wenn die Ungerechtigkeit zu offenkundig war. Sie tat es mit Vorsicht, als Frau und Mutter. Aber es war zu klar, daß ihn gerade die Freude an der Ungerechtigkeit reizte. Es machte ihm Freude, die Kinder durch seine Gegenwart und seine funkelnden Augen dauernd in Schrecken, Angst und Ungewißheit zu halten über das, was sie tun und sagen sollten. Die Mutter ermahnte die Kinder – drei Jungen und drei Mädel – zu Achtung und Geduld:

»Er ist euer Vater«, sagte sie selbst in Fällen schreienden Unrechts, »der Schmerz hat den armen Mann ganz verwirrt.« Manchmal nahm sie die Kinder mit zur Mühle, wenn er nach Hause kam. Denn die Mühle war der eigentliche Beruf, das Heil des Hauses Scacerni, auch wenn sich Coniglio mannaro in seinem Wahn und seiner zunehmenden Verderbtheit immer mehr aufs Handeln und Wuchern verlegte. Cecilia war wie die Glucke inmitten ihrer Küken und hob schützend die Hand, wenn er grausam und ungerecht werden wollte. Dann sah man, daß er gerne auch sie geschlagen hätte, aber die kräftige und entschlossene Frau packte ihn, als er wieder einmal zuschlagen wollte, am Handgelenk, ließ ihn ihre Kraft fühlen und sagte:

»Coniglio mannaro, auch der Wahnsinn hat seine Grenzen, und wenn du das noch einmal tust, dann werde ich dir ein für allemal den Kopf zurechtsetzen.«

Eines Tages, er hatte gesagt, daß er für zwei Tage nach Ferrara gehe, kehrte Cecilia aus der Mühle zurück und fand die Haustür verschlossen. Drinnen hörte sie ein Heulen, Stöhnen und Flehen und den Schall von Ohrfeigen und Fußtritten. Ihr stieg das Blut in den Kopf, sie klopfte und trommelte gegen die Tür. Von drinnen brüllte Coniglio mannaro:

»Wer aufmacht, den schlage ich nieder!«

»Hör auf, Papa, hör auf, ich sterbe!« hörte sie eines der Mädchen schreien.

Sie stellte eine Leiter an das unverschlossene und unvergitterte Fenster der Scheune, stieg hinauf und war im Haus. Coniglio mannaro war mit Blut bespritzt, das aus der Nase des Kindes floß, und schlug wie wild auf das arme Gesichtchen und auf das halbnackte Körperchen ein. Die Brüder und Schwestern standen mit schreckgeweiteten Augen in den halbdunklen Ecken an der Küchenwand. Sie sahen aus wie ein Schwarm

Eulen, deren Augen vor Angst ganz groß und rund sind. Sie warf sich auf ihn, packte ihn am Wams, das der ewig Fröstelnde trug, und zerrte ihn wie einen Hund am Rückenfell. Dann drehte sie ihn um, packte ihn an der Brust und schlug ihn ein-, zwei-, dreimal gegen die Haustür. Jedes Wort wäre zuviel gewesen. Sie hielt inne, als die Kinder in neuem Schreck »Mama, Mama!« riefen.

Sonst wäre Coniglio mannaro übel weggekommen. Jetzt lief die Mutter, um das Kind in ihre Arme zu schließen. Er aber war auf den Boden gefallen und stützte sich auf Hände und Knie. Auf allen vieren kroch er wie ein Hund zum Ausgang und heulte wie ein wütender und verzweifelter Wolf in der Nacht. Sicher war stockfinstere Nacht in seinem verwahrlosten Gehirn.

Von da ab wohnte er nicht mehr im Haus, sondern bezog für sich und sein Pferd ein Zimmer und einen Stall beim Ochsenhirten von der Ca'Morgosa. Wenn er und Cecilia sich trafen, grüßten sie sich kaum. Sie unterhielt sich und ihre Kinder aus dem Gewinn der Mühlen. Er verfiel in immer größere Traurigkeit; es wurde schlimmer und schlimmer mit ihm, und er geriet mehr und mehr in geistige Umnachtung.

V

»Beten Sie zu Gott, Coniglio mannaro . . .«

Aber glaubte er denn noch an Gott? Eine solche Frage stellte er sich nicht, während die Leute sich überzeugten, daß sein Wahnsinn zunahm. Für seine Frau und wer sonst mit ihm zu tun hatte, war allerdings sein Wahnsinn ein Ausbund von Schlechtigkeit.

Als nach zweijähriger Arbeit die Coronella fertiggestellt war, und als es sich Ende 1871 darum handelte, den Froldendamm zu durchstechen, um das Becken zwischen diesem und der Coronella vollaufen zu lassen und den Fluß mit kunstgerechter Vorsicht dorthin zu lenken, suchte Coniglio mannaro in einer kalten und nebligen Winternacht (niemand wußte es) ein altes Weib in seiner Bauernhütte auf. Diese Alte besaß den Ruf einer Hexe und Zauberin und wurde die dürre Cotica genannt. Sie war gehaßt und gefürchtet, aber das Bauernvolk glaubte ihr und erzählte von ihr wunderbare Heilungen, die sie in Fällen vollbracht hatte, welche von den Ärzten aufgegeben waren, von Dreier- und Vierertreffern in der Lotterie, von Häusern und Feldern, die sie von Mäusen, schädlichen Insekten und schmutzigem Ungeziefer befreit hatte, wo nicht einmal der Segen des Priesters wirksam gewesen war. Auch an gewissen Orten, wo Seelen und Geister verkehrten, wußte jene sie mit ihren teuflischen Beschwörungen zu bannen, als die heiligen Exorzismen nichts genutzt hatten.

An zwei Punkten waren die alten Froldendämme durchstoßen worden, bei Nogarole und der Antonella. Cecilia hatte unter diesen Umständen die Mühlen etwas flußabwärts an einen provisorischen Ankerplatz fahren müssen. Der Raum zwischen der Coronella und dem alten, mit der Zeit vom Fluß ausgemergelten, angenagten und abschüssig gewordenen Damm war von trägem und fast stagnierendem Wasser halb ausgefüllt worden. Aber an der Coronella waren schon durch das Heranfließen des Wassers, also bevor noch der Fluß dagegendrückte, einige Senkungen und Aushöhlungen entstanden. Diesmal füllten sich die Gesuche von Coniglio mannaro rasch mit Unterschriften. Man verlangte, daß die Schäden ausgebessert und die Dämme wiederhergestellt würden, mindestens bis die Coronella bessere Gewähr für Festigkeit böte. Die Ingenieure waren zwar der Ansicht, daß diese knifflige und schwierige Arbeit umsonst sein würde, und wiesen mit Recht darauf hin, daß derartige Einbrüche an jedem neuen Damm vorkommen, genauso wie derartige Schreiben und Alarmrufe. Und auch das stimmte.

Als jene Schäden dann doch ausgebessert waren, kamen der Pfarrer von Ro und der von der Guarda mit zahlreichem Volk aus beiden Pfarreien, um die Coronella einzusegnen. Gerade diese Feierlichkeit hatte in Coniglio mannaro den Gedanken keimen lassen, dem er folgte, als er nachts an die Hütte der dürren Cotica klopfen ging.

Das alte Weib öffnete ihm, nachdem sie den Namen erfragt hatte. Sie sah wirklich abscheulich aus. Ein mageres, totenblasses Knochengerüst mit langem Rumpf. Sie erinnerte an die Traurigkeit eines toten Baumstumpfs, der seit langer Zeit verschimmelt, knorrig und ohne Rinde in der Einsamkeit dasteht. Ihr Hals war lang und runzlig, ihr Mund tot und zahnlos, ihr Kopf kahl, ihr Gesicht abgezehrt, ledern, schwielig, ohne Blut und ohne Leben, außer in den ausgetrockneten und mürrischen Augen, die stier und wie geblendet und doch von einer böswilligen häßlichen Wildheit erfüllt waren, in der etwas Obszönes lag.

»Was sucht ein Besitzender, ein Herr, in meinem Reich?«

So drückte sie sich in ihrer Art aus, geschwollen, geheimnisvoll und beißend zugleich. Für Coniglio mannaro aber verwandelte sich weder die Hütte in ein Königsschloß, noch fragte er sich beim Betrachten der Hexe, ob sie hundert und vielleicht noch siebzehn Jahre dazu habe oder wirklich danach aussehe, sondern er antwortete ihr:

»Ich bin gekommen, um Sie um etwas zu bitten, und zwar gegen Bezahlung.«

»Ich lese Ihnen das an der Stirn ab«, sagte die dürre Cotica, die entweder diese Sehergabe hatte oder etwas wußte und ahnte, »aber es handelt sich um nichts Geringes.«

»Wieso?« fragte er neugierig, zweifelnd, ob sie es ihm wirklich an der Stirn ablese. Er verfärbte sich, als er die Antwort hörte:

»Weil die Priester schon da waren und mit Weihwasser segneten, und meine Beschwörung nützt nichts, wenn nicht . . . Sparen Sie sich das Bekreuzigen«, unterbrach sie sich, in der Vermutung, daß der Kunde es gerade tun wollte, »das nützt hier nichts, sondern stört höchstens meinen Gebieter.«

»Wenn nicht . . .«, stammelte Coniglio mannaro.

»Wenn nicht Sie selbst um Mitternacht auf dem Damm ein paar Gebete von mir verrichten und sich mit der linken Hand und hinter dem Rücken bekreuzigen.«

»Ist es nötig, daß ich das unbedingt persönlich mache?«

»Gewiß. Wer die Gnade meines Gebieters will, muß zuerst den Segen rückgängig machen.«

»Genügt es nicht, wenn Sie ihn rückgängig machen?«

»Es genügt, und es genügt nicht. Oh, welche Unverschämtheit wäre es, meinen Gebieter um eine Gnade zu bitten und sich dabei nicht die Mühe nehmen zu wollen, ihm auch ein wenig Verehrung zuteil werden zu lassen? Ich fürchte im übrigen nichts; auch wenn der Po einbricht: was geht mich das an? Ich, ich habe keinen Landbesitz.«

»Ja, natürlich. Und dann: Ist es wahr, daß Sie durch die Luft fliegen können?«

»Bleiben wir bei der Sache, deretwegen Sie gekommen sind.«

»Ich verstehe«, sagte er aufatmend und bestärkt in der Überzeugung, daß die Hexe wirklich sehr viel vermochte, »ich verstehe: jener Gewisse, von dem Sie sprachen . . . .«

»Nennen Sie ihn meinen Gebieter, sonst ist er entrüstet.«

»Mag er Ihr Gebieter sein; ich verstehe, daß er viel vermag, aber wird er soviel vermögen?«

»Oh, wissen Sie nicht, daß er dem Wind und dem Regen, den Wolken und den Erdbeben gebietet?«

»Und wird er Wort halten? Denn wer soviel vermag, kann auch versprechen und dann kneifen.«

»Haben Sie Vertrauen und Zuversicht in ihn! Habe ich Ihnen das nicht zur Genüge bewiesen? Habe ich nicht in Ihren Gedanken gelesen? Und das konnte mir doch kein anderer gesagt haben, mit welchem Anliegen Sie zu mir gekommen sind, was?«

»Weh, wenn das jemand wüßte!«

»In dieser Hinsicht seien Sie ganz beruhigt. Mein Gebieter will nicht, daß man seine Geheimnisse ausruft.«

Irrwahn, Aberglaube, heimlicher Groll und die Lust, sich wegen der verdammten Coronella zu versichern, waren so angewachsen, daß jede Ungewißheit schwand, die er noch empfand, als er bei der Hexe anklopfte. Jetzt konnte er es nicht mehr erwarten, bis der Zauber durchgeführt würde. Er sagte:

»Ich verpflichte mich: noch diese Nacht.«

»Es ist zu spät: Mitternacht ist zu nahe, und wir kommen nicht rechtzeitig.«

»Morgen.«

»Ja, wenn die Sterne es anraten und wenn dichter und finsterer Nebel herrscht.«

Sie verfehlten sich nicht. Die Alte, im Mantel und mit Kapuze auf dem Kopf, kam zum Treffpunkt, schnitt ihre Zeichen in die Luft, peitschte das Wasser, zeichnete Figuren auf die Erde, ließ Coniglio mannaro hineintreten und begann, Zauberformeln und Lobsprüche auf Astaroth, Bafometh und Beelzebub herzusagen. Auf jede Strophe antwortete Coniglio mannaro, wie ihm gelehrt worden war. Und nach einiger Zeit, sie schien ihm sehr lang, rief die Zauberin:

»Da ist er!« und drückte ihm den rechten Arm mit wilder Kraft. »Der große Fürst ist da, ich sehe ihn: Machen Sie mit der falschen Hand das Zeichen!«

Zitternd führte Coniglio mannaro aus, was ihm geheißen ward.

Das alte Weib vollführte eine weitere Zeremonie und Beschwörung. Sie vergaß nicht, den abgemachten Preis von zwei Marenghi einzustekken, und verschwand im dichten Nebel.

Scacerni blieb allein zurück. Wie groß auch seine Furcht gewesen war: als ihm die alte Hexe in einer Art von Fieber und Verzückung gesagt hatte, daß sie den »großen Fürsten« sehe, hatte er doch den Beigeschmack von Stolz, von hochtrabendem und frevelhaftem Übermut einer eingeweihten Seherin, einer Heimgesuchten und Besessenen herausgespürt. Und die gleichsam verzückte Neugier wirkte stärker in ihm als die Furcht, ja, sie überwand sie in seiner Brust, während durch den trockenen und kalten Nebel ein leichtes, wie scherzendes Lüftchen pfiff. Es zerstreute die Nebel auf dem Fluß und drückte sie auf die Felder nieder, so daß er von oben, von der Coronella aus, die Baumwipfel und Hausgiebel auftauchen sah. Kleine strahlende Sterne leuchteten zahlreich am klaren Himmel. Der Fluß führte halbes Hochwasser, und zwar jetzt von jedem Nebel reingefegt. Doch in der unbewölkten Neumondnacht ahnte Scacerni es mehr, als er es bemerkte, wie er schnell und wirbelnd dahinfloß und an den Froldendämmen nagte. Die Frolden sahen in dem blinden Spiegel des nächtlichen Wassers schwarz aus, ganz am Rande des weiten Beckens. Darüber strichen Nebelfetzen. Die Windstöße ließen flinke und flüchtige Schauer über die Oberfläche des Wassers huschen.

So begann der ausschweifende luziferische Stolz der Teufelsanbeterin auch in der Seele des Neueingeweihten und Schülers Wurzel zu fassen: es war nicht mehr wunderliche und verzauberte Neugier, sondern wirklicher Stolz auf dunkle, übernatürliche Macht, ein Widerschein jenes Stolzes, der von eh und je die schlimmen Kulte und Teufelssekten befeuerte.

Als Coniglio mannaro vom Damm der Coronella nach Hause ging, stelzte er hochtrabend daher wie ein eitler, prahlerischer Hahn. Sein Gang und sein Gehabe erinnerten an eine komische Figur auf dünnen Stelzfüßen. In seiner Aufgeblasenheit glich er in dieser Nacht mehr denn je einem dickbauchigen Kobold. Im Laufe der Jahre hatte er immer mehr die Gestalt, ja die Auswüchse eines Buckligen bekommen, sowohl vorn wie hinten. Sein Hinterteil war übermäßig herausgewachsen, was ihn stark zum Gang eines Truthahns zwang. Es war geradezu schade, daß ihn niemand in jener Nacht sah, wie er über die Coronella ging, ganz aufgeblasen, ganz selbstzufrieden und ganz versunken in seinem schönsten Eigenlob:

»Die da« (und er meinte die Coronella) »habe ich denen zum Trotz, die sie mir zum Verderben machen wollten, in solche Hände gelegt, daß ich keine Angst mehr vor Schaden haben muß. Die wollten's mit mir aufnehmen!«

Wer? In seinem umnachteten Gehirn meinte er damit die Welt und die Überwelt, das Schicksal und die Leute, die Böswilligen, den Pächter, die Ingenieure, die Diener Gottes, Gott selbst und die Heiligen, die zu verleugnen sich der neue Zauberer nicht schämte.

Es mit ihm aufnehmen? Er bemerkte nicht, daß er kicherte, er war so verblödet, daß sein eigenes, gurgelndes Gelächter ihm seltsam vorkam und wie fremd und nur als Echo an sein Ohr drang. Schaudernd wandte er sich um, denn er glaubte, der Teufel säße ihm im Genick. Kalter Schweiß bedeckte ihn, und in krampfhafter Furcht schloß er die Augen. Sein eigener Hauch schlug ihm ins Gesicht, als er den Seufzer eines Trostlosen und Verdammten ausstieß. Er begann zu laufen; der Widerhall seiner Schritte verfolgte ihn. Er kam an der Ca'Morgosa an, flüchtete sich ins Haus und schloß sich ein, fiel mit dem Gesicht aufs Bett und vergrub den Kopf zwischen den Armen. Den ganzen Rest der Nacht fühlte er den Teufel dastehen, witterte ihn, hörte ihn herumgeistern und um den Eingang streichen. Aber die dürre Cotica hatte ihn gewarnt, drei Tage lang keine Zeichen zu machen oder Gebete zu sprechen, wenn er den Pakt nicht vernichten wollte. Jedoch ein Gedanke entsprang seiner wahnsinnigen Gier und besiegte in ihm schließlich die Todesfurcht. Er wühlte das Gesicht in die Bettücher und ins Kissen und rief dem Teufel zu:

»Du hast zu der Sache zu stehen! Mach' soviel Lärm, wie du willst, aber du mußt den Pakt einhalten. Verflucht sei ich, wenn ich wortbrüchig werde, aber Fluch auch über dich, wenn du nicht Wort hältst!«

Als der Hahn gekräht hatte, ging er hinaus auf die Felder, und sein Gemüt wurde heiter, als er sah, wie schön und vielversprechend sie aussahen. Der vorige Winter, von 1870 auf 1871, war bitter gewesen wegen seiner großen Kälte, aber dieses Jahr versprach sehr gut und milde zu werden. Rechtzeitig bei trockenem Wetter gesät, hatte seine Frucht zur rechten Zeit und richtig bemessen Regen erhalten. Alles hatte gut gekeimt und wuchs nicht zu schnell und nicht zu langsam. Nach einem feuchten Herbst kündigte sich ein trockener Winter an, und das Sprichwort sagt:

Bringt er Staub, der Januar,
Kommt ein gutes Erntejahr.

Die Hanffelder – »Ist Mariä Verkündigung nah, muß gesät sein oder ist der Keim schon da« – waren fruchtbar und kunstgerecht angeordnet mit all der Sorgfalt, die sie erfordern. Er wußte gut, wieviel Dünger er darangesetzt hatte, und für den Rest der Arbeiten nahm er sich vor, genau die Gebote zu befolgen, die das Auge des Padrone als notwendig erkannte. Er rieb sich die Hände, und die heitere Morgenfrische regte ihn an, zu denken:

»Ein so gutes Land verdient es schon, daß man sich mal eine Ketzerei leistet. Was habe ich letzten Endes denn getan? Ich habe es unter sicheren Schutz gestellt, ich habe dem bösen Geist die Hände gebunden. Mein Handel kann nicht einmal das Mißfallen des Herrgotts erregen.«

Das war eine Theologie besonderer Art, und er legte so viel Überzeugung darein, daß er Mitgefühl erwecken könnte, zumindest jenes Mitleid für das Lächerliche. Aber sein Wahn wurzelte bei allem doch in dem Aberglauben dieser ländlichen Gegend.

Der bleichen und kraftlosen Herbstsonne gelang es nicht, die gefrorenen Schollen zu erweichen, ja nicht einmal den Reif zu brechen, der auf den Hecken und über dem Gras lag, das leicht und trocken unter seinen großen Schuhen knirschte. An den Grabenrändern glänzte es weiß und dicht wie verharschter Schnee, der die darauf stehenden Wasserreste wie mit Glas überzog.

Er sog den feinen Duft der gefrorenen Scholle ein, genoß das bleiche Grün der gut angesäten und gleichmäßig stehenden Frucht, die üppige

Fülle der Luzerne und des Klees, den guten Stand des traurig aussehenden Seidenflachses, der in gewissen Gegenden den Namen »Teufelszwirn« trägt. Er genoß, berauschte sich und lachte, als ob er den fleischlichen Kitzel einer ausschweifenden Freude verspüre. Und doch war sein Inneres gebrochen, und wenn einer in den geheimen Gram seiner boshaften und blöden und doch qualvollen Einsamkeit hätte eindringen können, so hätte er sich vielleicht an eine unserer Kirchen erinnert, an jene Figur, wo der große Wiligelmo die tiefe Angst des menschlichen Geistes darstellte, und wo das Latein der schmerzvollen Pietà seit tausend Jahren lautet: »Hic gemit, hic plorat, nimis iste laborat«.

Aber wer kümmerte sich darum, wer wäre je imstande gewesen, in der Qual dieses Geizhalses, in der Verrücktheit Coniglio mannaros die Tränen seines Vaters zu erkennen?

Der Dammbruch

Zur Kreuzauffindung kommen die Schwalben an Ort,
Zur Kreuzerhöhung fliegen sie wieder fort.

I Am dritten Mai und am vierzehnten September also. Vor kurzem waren sie gekommen, und das ferraresische Land wollte in jenem Jahr weitgehend seine Versprechungen halten. Im März, wo sie keinen Schaden anrichten, hatten die Winde sich ausgetobt, und der April mit seinen frischen Sonnentagen und lauen Regengüssen hatte die Frucht genährt, sie rasch und überreich wachsen lassen, und am Ende vertraute er das bereits blaß gewordene Grün der Halme dem freundlichen Charme des Maienmonats an. Das Herz der unermüdlich arbeitenden Menschen war nicht nur voller Hoffnungen, sondern faßte auch Vertrauen.

Es gab ein örtliches Sprichwort, das, auf die jungen und schönen Mädchen angewandt, noch einen galanten Nebensinn hatte:

Märzensonne bräunt,
Aber Aprilsonne macht rot.

Dasselbe hätte man vom Getreide im Mai sagen können, der mit seinen schönen Sonnentagen und gesunden Lüften so lieblich war, daß das Korn schon von einem ersten Goldschimmer überzogen wurde. Der Hanf sproß schön gleichmäßig, üppig, hoch und faserig. Obst und Rebe hatten verschwenderisch geblüht und gediehen jetzt in Fülle. Es schien, als ob die festlichen Frühlingsvögel die Menschen einladen wollten, guten Mutes zu sein. Und auch die Coronella wurde vom Frühlingswasser umkost und schien gefestigt zu sein, so daß niemand sich wunderte, wenn sogar Coniglio mannaro von seinen Befürchtungen und Unglück verheißenden Prophezeiungen abließ.

Im übrigen ließ er sich nicht mehr blicken, wenn ihn nicht gerade ein Geschäft irgendwohin rief, weder auf dem Platz noch in der Osteria noch in der Kirche der Guarda, und außer von seinen Zinsen sprach er von nichts und niemand mehr.

Der Fluß machte Miene, nach Beseitigung der Reste der Froldendämme vor Nogarole und Antonella behäbig und breit in ein neues Bett einzufließen. Daher gedachte die Müllerin Cecilia, sich bald wieder flußaufwärts zum alten Ankerplatz aufzumachen, nachdem ein großes

Hochwasser Mitte des Monats ohne Schaden vorübergegangen war und es sich gezeigt hatte, daß der Fluß zwar durstig, aber ganz gut und vielleicht besser als früher an der Coronella vorbeigeflossen war.

Allerdings waren die Kenner des Flusses, unter ihnen Cecilia, beunruhigt über jenes Hochwasser von Mitte Mai und die anderen Überschwemmungen in den jüngst vergangenen Jahren, weil sie immer häufiger, unvorhergesehener und hartnäckiger wurden und mehr als früher Schlamm und Treibholz mit sich führten. Und das waren Anzeichen für das, was man auch am unteren Po sagte, nämlich für den großen Schaden, den die Zerstörung der Wälder auf den fernen Bergen des Apennin anrichtete: kurzer Irrtum und lange Reue, schwerer Schaden wegen eines scheinbaren und trügerischen Gewinns.

Die alten Regierungen, die weisesten waren immer am strengsten, hatten für die Alpen und den Apennin Gesetze erlassen und strenge Kontrollen eingerichtet, um die Abholzung sowohl der öffentlichen wie der privaten Wälder zu steuern. Diese waren auch geschützt durch den hierin wohltuenden Mangel an Straßen, Transportmitteln und Handelsmöglichkeiten im Gebirge, und es schützte sie auch die Armut und Unwissenheit der Bergbewohner. Mehr noch als das Geld der Spekulanten, die Verteuerung und die Nachfrage nach Holz war die Förderung eines intensiveren und aufgeschlosseneren Lebens durch das neue Königreich daran schuld, daß in diesen Bevölkerungskreisen eine regellose und unkluge Gier um sich griff, das allgemeine Wohl aus dem Auge verlieren ließ und den einzelnen zu kurzsichtigem Tun verleitete. Der Gesetzgeber selbst vergrößerte und beschleunigte das Übel durch seine Freizügigkeit und die blinde Achtung der Rechte des sich selbst überlassenen Privatmannes. Er verband beides schlecht miteinander, hob die Einschränkungen auf und traf keine oder doch keine wirksamen Vorkehrungen, um gute Richtlinien zu geben oder aufzuerlegen. Fest steht, daß in wenigen Jahren zerstört wurde, was Jahrzehnte brauchte, um wiederhergestellt zu werden. Der alte, waldreiche Apennin wurde ein kahler und trauriger Lehmhaufen.

Man sagte, daß sogar das allgemeine Klima darunter gelitten habe, das in der Tat veränderlicher geworden und nun gegen den Schirokko weniger geschützt war. Die Vernichtung des ungeheuren vegetativen Reservoirs, das der Wald darstellt, ließ die Berge eintrocknen und brachte auch manche geheime Wasserader der Ebene zum Versickern, was sich sofort und schwer fühlbar machte in den Flüssen, deren Hochwasser von Jahr zu Jahr wütender und reißender wurde, ebenso wie die Regengüsse und Nebel. Die Flußanwohner beklagten sich dann, daß die anwachsenden Lehmmassen den Fischen schadeten, ihren Laich unfruchtbar machten und damit eine der reichsten Verdienstquellen des Po, den Störfang, gefährdeten. Was jeder wußte und sah und was nur allzu offensichtlich die Folge jener Maßnahmen der Ingenieure war, war das Anwachsen des Flußbettes, das Versanden der Mündungen und das immer höhere Anschwellen des Hochwassers über die Gefahrenmarke hinaus.

Die Auswirkung des Versandens der Mündungen wurde mit jedem Jahr auch an der Guarda fühlbarer – besonders wenn noch der Schirokko und die Ostwinde hinzukamen und das Meer in die Mündung hineintrieben, die gerade zur Zeit des Hochwassers herrschten, ja, mit den Regengüssen und der Schneeschmelze es hervorriefen. Außerdem wurde der verbreiterte Flußspiegel vor der Coronella anfälliger für die Sturmwetter und das Wüten des Südwindes, eines speziellen Feindes der Müller. Kurz und gut, die Klugheit und der Instinkt rieten Cecilia, noch abzuwarten und zu sehen, wie sich die Dinge entwickelten, wie sehr auch der Ankerplatz, wohin sie sich provisorisch zurückgezogen hatte, schwer zu erreichen und wasserarm war.

Eine Woche nach dem Hochwasser von Mitte Mai schwoll der Fluß erneut an und stieg bis auf 76 Unzen über die Gefahrenmarke. Das brauchte aber noch keinen Schrecken einzujagen. Der Fluß begann schon wieder zu sinken, und im ganzen gesehen war es kein großes Hochwasser. So sagten jedenfalls zwei Wächter, die damit beauftragt waren, die beiden Einschnitte der Froldendämme und die Coronella zu überwachen, und die gerade den talabwärts gelegenen Einschnitt betrachteten, aus dem das Wasser ins Vorbecken floß. Sie sagten es Coniglio mannaro, der nach dem Mittagessen dorthin gegangen war, nur um sich ein wenig die Beine zu vertreten. Es war etwa zwei Uhr nachmittags.

»Diese beiden Hochwasser waren nötig für uns«, sagte einer der Flußwächter, »und nötig auch für Sie, Scacerni.«

»Für mich?«

»Haben Sie nicht am meisten Lärm geschlagen?«

»Sagten denn nicht Sie«, trumpfte der andere Flußwächter auf, »daß die Coronella schlecht gebaut sei und nichts tauge?«

»Das sagte ich«, gab er zu.

»Und jetzt war zweimal Hochwasser, und nichts ist passiert, und der Coronella geht es gut.«

»Man sagt jedoch, daß am Anfang da und dort Wasser durchgesickert sei«, wandte Coniglio mannaro ein.

»Sickert vielleicht jetzt noch was durch?«

»Nein, aber wenn es am Anfang durchgesickert ist, so bedeutet das nur, daß es jetzt stagniert«, sagte Coniglio mannaro.

»Ja, und was sagte ich Ihnen?«

»Nicht weit von hier, auf der Grenze zwischen den Gemarkungen Ca'Morgosa und Antonella, gab es einen Graben, der über das Ufer trat . . .«

»Ihre guten Felder«, unterbrach ihn der andere Flußwächter lachend.

»Ich spreche nicht für mich! Können Sie sich vorstellen, was ein Dammbruch bedeuten würde?«

»Bei allen guten Geistern!« riefen alle beide aus und sahen auf den immer noch hohen, breiten und schlammigen Fluß mit seinen langsamen Wirbeln und seiner geballten Kraft, der sich gerade ein wenig unter der Marke des Dammes hinwälzte. »Das können Sie ja nicht einmal im Scherz meinen!«

Und Coniglio mannaro fuhr fort:

»Das wäre wirklich ein guter Scherz, wenn all dieses Wasser sich einen Weg in die Felder bahnte! Vielleicht könnte der Fall eintreten, daß der Po sich einen anderen Weg wählt, wie man ihn seit tausend Jahren, seit dem siccardinischen Einbruch nicht mehr gesehen hat. Dann ade Felder, ade Ställe, ade Siedlungen und Menschen!«

»Angefangen mit uns dreien«, rief der eine Wächter aus und schaute zu Boden, denn ein solches Gerede, dort auf dem Damm und bei Hochwasser, jagte ihm ein unangenehmes Gefühl in den Magen und verwirrte ihm den Kopf, so wie ein Schwindliger den Boden leicht wanken und unter den Füßen wegrutschen fühlt.

»Aber«, sagte der andere, »wenn Sie, Scacerni, solche Reden gerade hier halten können, so bedeutet das, daß Sie dieser Coronella jetzt sehr sicher sind.«

»Da war doch«, fuhr Coniglio mannaro fort, »jener Graben voll toten Wassers beim Schwestern-Gut, der plötzlich nach rückwärts versikkerte.«

»Aber wenige Karren Erde haben genügt, das Loch zu verstopfen, und jetzt sickert kein Tropfen mehr durch.«

»Das stimmt«, sagte Coniglio mannaro.

»Solche Dinge kommen bei jedem Hochwasser vor.«

»Auch das stimmt.«

»Warum halten Sie dann so düstere Reden und machen doch ein Gesicht dazu, als ob Sie über alles erhaben wären?«

»Dieses zweite Hochwasser hat mich beruhigt wie ein Kind an der Mutterbrust«, versicherte Coniglio mannaro. Das Gleichnis war so komisch, wenn man sich ihn an der Mutterbrust vorstellte, daß beide in ein Gelächter ausbrachen und auseinandergingen, der eine zur Nahtstelle des Froldendammes mit der unteren Coronella, der andere zum oberen Einschnitt. Über die Dammeinschnitte führten Stege. Coniglio mannaro ging mit dem zweiten. Sie hatten kaum mehr als hundert Schritte getan, als ein Schrei sie herumriß.

»Was ist das?« rief der Flußwächter aus und packte Coniglio mannaro am Arm.

»Der Teufel . . .«

»Lassen Sie den in Ruhe! Ist das vielleicht der richtige Augenblick?«

»Der Teufel bricht mir sein Wort?« stotterte Coniglio mannaro.

An dem Einschnitt, von dem sie sich eben entfernt hatten, kam es schwarz wie Ruß hervor, sprudelte heftig und hob sich wie eine hohe Säule, wie ein Wasserheber, ein mächtiger Springquell. Der andere Flußwächter sprang herunter und brüllte: »Das Wasser, das Wasser!«

»Die Schuld trage ich«, faselte Coniglio mannaro, »weil ich ihm nicht auch die Froldendämme anempfohlen habe«, so daß der Dammwächter später sagen konnte, er sei in diesem Augenblick verrückt geworden.

Und kaum hatte er es gesagt, da begriffen sie beide nicht mehr, was sich unter ihren Augen ereignete: ein ganzes Stück des Dammes senkte sich an der Stelle, wo das Wasser wild emporschoß. Sie sahen, wie es sich bog, in die Tiefe rutschte und verschwand.

»Fort! Fort!« schrie der Flußwächter, »der Fluß frißt den Damm auf!«

Aber Coniglio mannaro packte ihn mit seltsamer Kraft und hielt ihn fest. Sie sahen die Strömung durch jene plötzlich entstandene Bresche in das Becken einschießen und gegen die Coronella schlagen. Das Wasser schwoll an und überspülte sie. Und immer Schlimmeres sahen sie: wie das Wasser die Coronella bezwang – sie brach. Und der Fluß bahnte sich seinen Weg in die üppige und grüne Mailandschaft, entlang einer Reihe von Obstbäumen, die sich neigten und verschwanden, als verschluckte er sie einen nach dem andern.

Coniglio mannaro sah das und erstarrte wie ein Verzauberter. Er sah, wie der Fluß ein Haus gegenüber der Einbruchstelle umspülte und wie die Bauersleute zum Dachfirst hinausstiegen wie Ameisen aus ihrem Bau. Ein hohles Getöse, wie von einem fernen Gewitter, hier aber nah und unaufhörlich, ertönte in der Luft. Es schien aus der Erde zu kommen, von tiefen Wasserfällen unter den Füßen. Es klang unterirdisch und schrecklich. Die Luft zitterte, die Erde erbebte. Die Landschaft schien mehr erstaunt als erschrocken. Sie lag regungslos da wie in der qualvollen Windstille, die dem Gewitter vorausgeht. Menschliche Stimmen kamen aus den Feldern, aus den Häusern und Scheunen und flogen durch den ruhigen Nachmittag, zunächst noch eher ahnungslos als entsetzt.

»Das Wasser, das Wasser«, riefen sie, »das Wasser kommt, es kommt!«

Aber es schien mehr eine Warnung als ein Angstschrei zu sein, eine berufsmäßige Warnung, wie sie der Bergarbeiter gibt, wenn er Feuer an die Lunte gelegt hat und sich die andern in Deckung bringen sollen.

In dieser schon warmen und arbeitsreichen Jahreszeit halten die Bauern um diese Stunde eine kleine Mittagsruhe. Von der Höhe des Dammes konnte das Auge weit genug ins Land hineinsehen, um Dächer zu entdecken, die plötzlich dicht gedrängt voller Männer und Frauen waren mit kleinen Kindern am Hals, Wege und Innenhöfe, wo das Wasser gierig hineinfloß, um Menschen und Tiere aus der Behausung zu treiben. Sie flohen Hals über Kopf, und der Strom folgte ihnen auf den Fersen. Die bebauten Felder wurden überschwemmt, während weitere Menschen vom Überlaufen der Gräben überrascht wurden und in den gezogenen und schon verschlammten Furchen wateten. Und man entdeckte manchen einzelnen oder auch manche kleine Gruppe von Menschen, die auf irgendeine Geländeerhöhung, auf Dammpfade oder auf Bäume geflüchtet waren, verzweifelte Gesten machten und erkennen mußten, daß sie auf allen Seiten eingeschlossen waren von dem unerbittlich ansteigenden Wasser. Das geblendete Auge jenes Zuschauers da oben suchte die menschlichen Wesen, als würde es von einer grausamen Neugier angezogen.

Aber aus der Öffnung, dort wo ein Stück aus der Coronella herausgebrochen war, drang die breite Strömung nicht in einzelnen Stößen hervor, sondern floß rasch und gleichmäßig. Sie schoß dahin unter den Augen und zu Füßen dessen, der es vom Dach desjenigen Hauses herab betrachtete, das als erstes umspült worden war. Dieses Haus brach den Ansturm: denn die von der Wucht des ersten Stromanpralls aufgewühlte und ausgehöhlte Erde war gegen dieses Haus geworfen und dort angehäuft worden und schützte es nun. Dieser Erdhaufen nun drückte die Hauptmacht des neuen Flusses talabwärts der Guarda zu, als ob das Land das Wasser gierig einsöge. Die Gewanne Antonella und Ca'Morgosa, bergan gelegen, blieben unversehrt, so daß Coniglio mannaro ohne Übereilung den Arm des Flußwächters losließ, der mehr vom Schrecken des Anblicks als von ihm festgehalten worden war.

»Mein Besitz«, sagte er und zeigte in dieser Richtung, »bleibt trocken.«

»Und was geht das mich an«, entgegnete der andere, »was geht das mich an?« Aber plötzlich packte ihn die Entrüstung über die gotteslästerliche Freude in Stimme und Geste: »Coniglio mannaro«, fügte er hinzu, »du häßliche Mißgeburt eines Ausgestoßenen! Ich weiß jemanden, der fährt bestimmt zur Hölle, wenn er heute stirbt.«

»Mein Besitz«, wiederholte er, ohne auf die Worte des andern zu achten und dabei auf seine Brust zeigend, »ist gerettet.«

»Heute rettet sich keiner«, sagte der andere, von Verzweiflung überwältigt und rasch davoneilend.

Über das spitze und runzlige Gesicht Coniglio mannaros, das schon eher dem eines alten Marders als dem eines Kaninchens glich, irrte ein rohes, triumphierendes Lächeln. Von dem Fußweg von der Antonella und seinen Gewannen kamen ganze Trupps von Bauern mit ihren Familien zur Coronella und führten Karren voller Hausrat, Habseligkeiten und losgerissenes Vieh mit sich. In der Ferne wurde die Straße von Ro nach der Guarda schon schwarz von Flüchtlingen. Der Schrei hatte sich wie ein Echo verbreitet und verbreitete sich noch.

»Es kommt, das Wasser, das Wasser kommt!«

Lautes, angsterfülltes und klägliches Geblöke kam aus dem überschwemmten Land, aus den Ställen, die der Ochsenhirt nicht mehr rechtzeitig geöffnet hatte, von den Feldern, wo das Vieh bis zum Knie, zum Bauch, zur Brust im Wasser, aufgescheucht und voller Schlamm, herumirrte. Die Glocken erhoben die Stimme, drückten die allgemeine Angst aus und läuteten Sturm: Ro antwortete der Guarda mit hämmerndem Geläute, und seit vielen Jahren hatte der alte Glockenturm der Guarda noch nie so verzweifelt gedröhnt, als ob es das letztemal wäre, bevor er zusammenbräche.

Für Coniglio mannaro war nur wichtig, daß das Wasser nach der Guarda floß und seine Ländereien verschonte. Er ging den Damm ab, kam auf die Coronella, ging mit Würde einher und blieb an der Abzweigung des Weges nach der Antonella stehen. Von dort hörte man verschiedene Stimmen, Rufe und auch Grüße. Niemand weinte, denn die Bestürzung über das Unglück überwog den Schmerz. Die Furcht trieb die Leute zur Coronella. Coniglio mannaro lobte die Umsicht eines seiner alten Ochsenhirten, der das schöne Vieh aus dem fettesten Stall der Ca'Morgosa anführte.

»Umsicht, Herr?« meinte jener grauhaarige Alte. »Das Wasser kommt doch!«

»Und ich sage Ihnen, daß das Wasser bis hierher nicht kommt und nicht kommen wird.«

»So? Hat der Padrone Lust zu scherzen?«

»Ich und Lust zum Scherzen? Das Wasser fließt talabwärts.«

»Heute geht die Hälfte des ferraresischen Landes unter, wenn das reicht. Es ist wahr, was der Vater meines Vaters sagte.«

»Was sagte der arme Irre?«

»Das Unglück kommt zu Schiff«, antwortete eilig jener Mann und lief, um eine Kuh beizutreiben, die sich von der Herde absondern wollte.

Coniglio mannaro antwortete auf das Sprichwort mit einem verächtlichen Lächeln und einem verdrießlichen Achselzucken. Er war beiseite gegangen, um die Gruppen Unglücklicher vorübergehen zu lassen, die dem Wall zustrebten, ihn so rasch als möglich zu erreichen suchten und sich dabei stießen und traten. Da er eng und steil war, kamen nur wenige gleichzeitig an. Die Karren blieben beim Hinauffahren stecken, und die Hast selbst verursachte Verwirrungen und Stockungen. Sie machten sich die Vorfahrt streitig und verloren viel Zeit dabei. Es kam aber auch vor, daß sich, wenn ein Karren schwerer oder unbeholfener war und auf halber Höhe stehenzubleiben drohte, sofort Arme anboten, um schieben zu helfen und den Wall freizubekommen. Wenn schon nicht Nächstenliebe, so verband sie doch die gemeinsame Furcht. Die zuletzt Gekommenen, am Ende der Reihe, riefen, man solle schnell machen, schnell, schnell.

»Dummköpfe!« brummte Coniglio mannaro in sich hinein, während er festgewurzelt auf seinen Beinchen stand, sich in die Brust warf und die Hände in die Hüften stemmte in der Pose und mit der Miene eines Mannes, der als einziger unter dem aufgeregten Volk den Kopf nicht verlor: er reizte zum Lachen, wenn man nicht so viele Gründe gehabt hätte zum Weinen und so wenig Zeit und Lust, auf ihn zu achten. »Dummköpfe, die mit diesem Gezeter nur Verwirrung stiften und sonst nichts!«

Oben auf dem Wall war nicht genug Platz, um die Karren zu wenden und stromaufwärts weiterzuziehen, und da die Coronella nicht geschottert worden war und auch das Gras keine Zeit gehabt hatte, gut zu wachsen, zogen die Räder tiefe Furchen in die frische Erde, sanken ein und blieben stecken. Die unten, die Furcht im Nacken und überzeugt, daß die oben es sich bequem machten, weil sie in Sicherheit waren, riefen noch lauter. Das erhöhte die Verachtung Coniglio mannaros, und er murmelte bei sich:

»Diese Rindviecher haben gar nicht bemerkt, daß sich der Einbruch talabwärts verströmt, so daß talaufwärts gar keine Gefahr mehr ist und sie alle Zeit haben, bequem zu gehen. Sie hätten sogar ruhig zu Hause bleiben können, diese kopflosen Mamelucken.«

Auf dem Weg zur Höhe der Coronella taten diese Elenden in kurzen und häufigen Blicken auf den Fluß eine Art furchtsamer und ergebener Unterwerfung unter das Schicksal dar. Aber die längeren Blicke, die sie auf die Felder und auf die verlassenen Häuser warfen, jetzt, da ihnen ein Augenblick des Atemholens von der Furcht vergönnt war, verrieten aufkommende Beunruhigung, Beklemmung und Verzweiflung von Leuten, die nicht wußten, wann sie ihre Häuser und ihre Felder wiedersehen würden und in welchem verwüsteten Zustand.

Es war kein großer Trupp, weil die Leute die alten Dämme und die

Straße von Ro nach der Guarda bevorzugten, einen alten Damm und bewährten Zufluchtsort. Auf jeden Fall zogen sie es vor, sich von der Einbruchstelle zu entfernen. So fand sich Coniglio mannaro rasch wieder allein auf der Coronella, und es kam ihm der Gedanke, sich umzuwenden und ein wenig nachzusehen, was das Einbruchsloch machte. Er bummelte zurück.

Es war bei alledem ein sonniger Tag, einer der längsten des Jahres.

Er war voll sonderbarer und vertrauensseliger Überheblichkeit und dachte an nichts anderes, weder an Frau und Kinder noch an sich selbst. Er war zufrieden, als ob eine Voraussicht sich bewahrheitet hätte, ja, als ob ein Geschäft gut gelungen wäre. Als er so den Damm entlang ging vom oberen Einschnitt zur Einbruchstelle, bildete er sich vielleicht schon ein, daß die Dinge immer so gewesen seien, oder mindestens kümmerte es ihn wenig, wenn der Po sich einen anderen Weg zum Meer wählte, nachdem Ca'Morgosa und Antonella verschont blieben. Er sah die Einbruchstelle, jene beiden breiten Auslaugungen des Froldendammes und der Coronella. Er sah auch die beiden unterhalb der Einbruchstelle verankerten Mühlen, und nicht einmal dieser Anblick lenkte ihn ab oder erinnerte ihn an etwas.

Aber das Wasser hatte das weite Dreieck zwischen der alten Straße und dem Fluß, mit der Guarda als Scheitelpunkt, ganz ausgefüllt. Abzugs- und Verbindungsgräben, durch die das erste Wasser sich seinen Weg zum Lavezzola-Graben gebahnt hatte, waren verstopft oder zerstört. Es floß bereits auf jener Straße in Strömen und mit Macht zurück, und Coniglio mannaro wußte es nicht. Während er gemächlich am Einbruchsloch ankam, schäumte die Strömung wild auf. Sie stieß gegen die große, stillstehende Masse, schwoll gegen das Haus an, welches zuerst dazu gedient hatte, es abzulenken, durchbrach einen Teil des Hindernisses, das die am Haus angehäufte Erdmasse darstellte, floß zurück und brauste mit neuem Getöse in die entgegengesetzte Richtung. Es floß außen an der Coronella entlang und fegte sie weg. Gierig und wild ergoß es sich über seine Grundstücke, über *seine* Grundstücke, über die des Coniglio mannaro!

Es war vielleicht noch keine ganze Stunde vergangen. Aber es gibt Fälle, wo die Uhr kein guter Zeitmesser ist: wenige Minuten genügten, um vor seinen Augen die beiden Ströme zu vergrößern, die sich in die Landschaft ergossen. Der nächstgelegene stieg gewaltig an und änderte den Lauf. Er spülte ihm unter den Füßen das obere Stück der Einbruchstelle weg, so daß er fast umgeworfen und verschlungen worden wäre. Das Wasser wuchs an und wütete auf den Feldern.

Jetzt gab es zwei neue Flüsse auf den Feldern mit schlammigen und schäumenden Wogen. Sie suchten sich, engten den Raum ein und flossen zusammen in eine einzige große Woge von schmutziger Farbe. Sie tobte wie von zweifacher Wut beseelt und ballte sich dann unbeweglich und schwer zusammen: noch düsterer als das Toben kurz zuvor.

Wenn er Gedanken hatte, so waren sie hohl wie Wahnvorstellungen und Fieberträume. Später gab es welche, die ihn von Ferne gesehen zu haben glaubten an dem Einbruchsloch, wo er wie von Sinnen gestikulierte und hüpfte. Dann wieder stand er regungslos da und starrte auf das fließende und auf das stillstehende Wasser, als könnte er nicht glauben, was er sah, bis der Abend es ihm verbarg und auch ihn den Blicken der andern entzog, sofern es überhaupt jemand gab, der nach ihm ausschaute.

Das Gefälle des ferraresischen Gebietes zum Meer hin ist so gering, daß das freigewordene Wasser hierhin und dahin floß. Ein ziemlich rascher Fluß beleckte den äußeren Rand der Coronella und floß in der entgegengesetzten Richtung des Po ziellos den Senkungen von Fossa d'Albero und Ruina zu. Er wäre bis zur Straße von Francolino, bis an den Rand des Barco und bis zur Porta San Giovanni von Ferrara gekommen, wenn nicht einige Zeit später das Wasser die Straße zwischen dem Po und der Guarda in der Nähe der Pappelbrücke durchbrochen und sich nach der Vallazza gestürzt hätte, in Richtung auf den Lavezzola-Graben, der im Nu überlief. Und das war die dritte und endgültige Richtung des Flusses, der die Überschwemmung nährte.

Inzwischen war die Coronella von innen und außen umspült, von beiden Seiten angenagt, und zerfiel an der flußaufwärts gelegenen Seite. Der neue Wassereinbruch arbeitete der Nachströmung des ersten Unglücks entgegen und erweiterte den anderen Riß des Dammes. In dem unheilvollen Geheimnis jener Nacht, in dem großen Becken zwischen dem Froldendamm und der Coronella herrschte ein fürchterlicher Strudel von Strömungen, Gegenströmungen und Wasserwirbeln. Das Tageslicht enthüllte zwei doppelte Bruchstellen: aus dem oberen Paar floß das Wasser unmittelbar, während aus dem unteren ein Teil zurückfloß, da der Ausfluß der Coronella nicht groß genug war für die Wassermassen, die in das dem Froldendamm zu gelegene Becken hineinschossen. Innerhalb des Beckens beschrieben die Wassermassen einen Bogen und stürzten sich nach rückwärts, um sich an der oberen Bruchstelle mit voller Wucht und schrecklicher Stoßkraft einen Ausweg zu bahnen.

Der Morgen dämmerte traurig und grau, Regen verheißend, über dem Po, von dem mehr als die Hälfte in dem neuen Bett floß, das die Strömung sich in der Niederung der Vallazza gegraben hatte. Erschrekkend friedlich verbreitete er sich, so weit das Auge reichte, über die Felder. Um diese Zeit sah jemand eine menschliche Gestalt auf dem großen Balken des eingebrochenen Dammes und teilte Cecilia auf den Mühlen mit:

»Padrona Cecilia, den man dort sieht, das müßte Ihr Mann sein, wenn mein Auge mich nicht täuscht.«

II In den letzten Monaten vor dem Dammbruch hatte sich Cecilia keinen bösen Vorahnungen und Ängsten hingegeben, aber so nebenbei hatte auch sie viel davon reden hören, daß die Coronella schlecht gebaut sei (übrigens war ja nicht sie zuerst gebrochen, sondern der Damm, vielleicht wegen eines Ausbruches von Sumpfgas). Sie hatte so viel davon reden hören, daß sie beim Eintreffen des ersten Hochwassers die Kinderschar auf die Mühlen gerudert hatte, damit sie dort sicherer wäre, solange die Probe nicht bestanden war. Sie hatte auch von den erfahrensten Leuten sagen hören, daß ein Brechen der Coronella den Po in die Vallazza stürzen ließe. Und die Pappelbrücke lag mitten dazwischen. Aber auch die Mühlen wären direkt an der Einbruchstelle nicht sicher gewesen, und gerade die Arbeiten daran hatten sie gezwungen, den Ankerplatz zu wechseln. So hatte der Schutz des heiligen Antonius gewaltet. Wie schon der alte Padrone Lazzaro, so fühlte auch sie sich sicherer auf dem Wasser als daneben, sicherer an Bord als an Land. Sicherer, und man muß auch sagen, flinker und gewandter. Denn das Schiff machte ihre Füße leicht, die Erde aber machte sie schwer, während der Gedanke an die Gefahr selbst für sie an Bord Kampf und Verteidigung bedeutete, an Land aber Tod in der Falle. Als sie eine gewisse unausrottbare Rasse von Ratten betrachtete, die auf der alten Paneperso lebte, sagte sie:

»Ich gehöre zur Rasse der Wasserratten und nicht zu den Maulwürfen.«

Der Tod Lazzarinos und die Umnachtung Coniglios mannaros, jenes häßliche und wilde Toben, für das man kein Mitleid haben konnte, ohne zugleich Ekel zu empfinden, all dies hatte bewirkt, daß sie nur noch in Gegenwart ihrer Kinder glücklich zu sein vermochte. Daß man einem solchen Unseligen auch fortlaufen konnte, daran wollte sie nicht einmal denken. Deshalb gab es nichts anderes und nichts Besseres für sie, als die Kinder um sich zu haben; das war ihr ständiger Gedanke, fast als ob der Werwolf immer herumstreiche. Man mußte ihn gesehen haben an jenem Tag, da er das Kind quälte: sooft sie daran dachte, bäumte sich das mütterliche Gefühl Cecilias auf vor Wut, vor Abscheu und vor Angst.

Darüber hinaus stellte sich dieses Vieh, um ihn beim verdienten

Namen zu nennen, für seine Familie tot und gab keinen Soldo mehr für den Haushalt.

»Um so besser!« dachte Cecilia, »denn wenn er sich blicken ließe, so wäre es nur, um Unheil anzurichten.«

Aber nun galt es, sich um die Einnahmen der beiden Mühlen zu bemühen und sie zu steigern, um die Ausgaben für die sechs Kinder zu bestreiten. Jene große Zahl von Tagelöhnern, die zu den Arbeiten an der Coronella gekommen waren, brachte keinen Zulauf ein, wie man hätte glauben sollen, sondern hatte vielmehr die Bäcker von Ro und von der Guarda den Flußmühlen abspenstig gemacht, da diese langsam und gemächlich arbeiteten und nicht mehr als gewisse Mengen verarbeiten konnten, und auch dies nur nach dem jeweiligen Belieben des Flusses – während in einer Vorstadt von Ferrara die Dampfmühle und die Magazine Vergolis immer lieferbereit und auf die wechselnde und oft dringende Nachfrage eingestellt waren. So hatte Cecilia einen guten Kunden, den Bäcker Frascari, von der Guarda verloren, der ihr erklärt hatte:

»Was wollen Sie, Padrona Cecilia? An einem Tag braucht man fast nicht zu backen, und am nächsten Tag kommen hundert, zweihundert Tagelöhner und mehr zur Arbeit: im Laden sind plötzlich Zentner von Brot nötig. Dann rührt man Tag und Nacht Teig an, bäckt und liefert. Der Vorrat leert sich in vierundzwanzig Stunden, und am Tag danach soll ich denen vielleicht antworten, sie möchten mit dem Hungerstillen warten, bis Ihre langweiligen Mühlsteine gearbeitet haben?«

»Langsam, aber sicher.«

»Sagen Sie diese Weisheit einem, der Hunger hat, Padrona!«

Frascari, wegen seiner geschmeidigen Art und wegen seiner glatten und anpassungsfähigen Manieren Castorino (kleiner Biber) genannt, sagte jedoch nicht, daß die Arbeiter manchmal von einem Tag auf den andern ausblieben und daß ihm in einem solchen Fall das Mehl im Speicher verdarb. Er sagte es nicht, weil man ihm hätte antworten können, er solle einen besseren Speicher bauen, während die Praxis ihn zu der Entdeckung geführt hatte, wie bequem es war, die Mühle und die Speicher des Herrn Pietro Vergoli in Ferrara aufzusuchen. Rechnete er nach, so wurden auch die höheren Transportkosten von den Vorteilen ausgeglichen. Er bemerkte indessen:

»Ich will nicht sagen, daß das Müllern der Pomühlen nicht zu den besten gehört, ja das beste ist: nicht umsonst ist das ferraresische Brot das beste der Welt. Jedoch muß man vorsichtig sein, bevor man von jeder Neuerung schlecht spricht, die der Fortschritt mit sich bringt. Manche Leute verfluchen die Dampfmühle, aber wer weiß, ob sie denn zwischen dem einen und dem anderen Brot unterscheiden könnten? Ich würde die Wette gewinnen, aber es ist nicht der Mühe wert, und man kommt immer ins Streiten, was mir nicht gefällt.«

Kurz und gut, Cecilia hatte den Kunden verloren, und nicht nur den einen. Denn der neue Ankerplatz war nicht so bequem von den Zufahrtsstraßen aus zu erreichen, und diese waren außerdem dort in der Gegend durch den großen Verkehr anläßlich der Dammarbeiten in schlechten Zustand geraten. Schon das Durcheinander mit so vielen Menschen stieß die Bauern ab, von denen mehr als einer ein- oder zweimal in eine andere Mühle gegangen war und die Gewohnheit angenommen hatte, dorthin zurückzukehren. Vielleicht war an der Straße auch noch eine gute Osteria. Man kann wohl die menschlichen Dinge mit einem Spinnengewebe vergleichen. Da ist eine Kundschaft, in einem halben Jahrhundert herangezogen, und sie verläuft sich. Aus was für Gründen? Das Spinnengewebe: es genügt ein Luftzug.

Auch deshalb, weil die Bauern gern den Müller selbst zu Gesicht bekamen, dem sie nur mit äußerster Besorgnis ihr Korn anvertrauten, war es besser, daß Cecilia sich so viel als möglich auf der Mühle aufhielt. In dem Haus auf dem Floß der Paneperso war ja auch Wohnraum im Überfluß. Der Leser erinnert sich sicher, daß die gediegene Paneperso hoch gebaut war und steile Dächer aus Rohr und Binsen hatte, grün vom Moos und vom Gras. Sie war so hoch, daß sogar das Sonnendach unter dem Giebel noch Wohnraum bieten konnte. Cecilia brachte dort auf drei Lagerstätten die Knaben unter: Giovanni, der an den Großvater Rei erinnerte, Princivalle, nach dem Urgroßvater Malvegoli und Antonio, nach dem Heiligen der Flußmühlen benannt. Man kletterte auf einer Pflockleiter vom Laufsteg aus hinauf und stieg durch die Öffnung, eine Art von Dachfenster, ein. Man kann sich vorstellen, wie sehr die Sache den drei Jungen Spaß machte. So mußte Cecilia sich am ersten Abend sehr beherrschen, um ihnen ihre kindliche Freude nicht zu verderben, obwohl ihre Gedanken bei dem weilten, der fehlte, bei Lazzarino. Sie war dem Weinen nahe, ließ aber ihren Tränen erst später freien Lauf, in den Kissen ihrer Lagerstätte.

Auf dem Floß der San Michele hatte sie die Schmiede, die Schreinerei und alle Geräte eines Müllers, Jägers und Fischers untergebracht und behielt auf der Paneperso nur die Küche bei. Neben der Mutter schliefen in zwei übereinander liegenden Bettchen, wie auf einem großen Schiff, Dosolina, die ihren Namen von der Großmutter väterlicherseits hatte, und Maria, die an die Großmutter mütterlicherseits erinnerte. Von dieser ihrer bei der Geburt verlorenen Mutter wußte Cecilia den Namen nicht, aber alle Christinnen könnten Maria heißen. Die dritte Tochter hieß Berta, weil Cecilia sich daran erinnerte, daß ihr Vater, als sie klein war, ihr die französischen Königsgeschichten erzählte. Und ihr hatte die von Milon d'Aglaut und von Berta, der Schwester Karls des Großen, so gut gefallen, von denen Orlando in der Grotte von Sutri abstammte. Diese Geschichten kamen ihr jetzt öfter in den Kopf, und wenn sie an die jugendlichen Taten Orlandinos dachte, sah sie ihren toten Sohn vor sich und sagte dann, daß sie ihren Orlandino verloren habe. Sie legte Berta in das kleine Bettchen schlafen, das für sie selbst, als sie noch ein kleines Mädchen war, von ihrem Vater gebaut und mit Schnitzereien und Verzierungen geschmückt worden war. Es rief die große Liebe jenes groben, widerspenstigen und wilden Menschen in Erinnerung: des Irren von der Paneperso.

So war also ihre ganze Familie seit längerer Zeit auf den Mühlen versammelt.

Häufig kam es vor, daß einer, der auf dem Damm entlangging, stehenblieb und lauschte, angenehm überrascht von der Heiterkeit so vieler Kinder an Bord jener beiden schwarzen, vom Alter verwitterten Mühlen, von denen die eine schon alt, die andere geradezu altertümlich war. Vier Flöße, paarweise zusammengefaßt, boten dem anströmenden Wasser den Bug dar und glichen vier Pflügen in der Ackerfurche, einer Ackerfurche, die nie endete, nie weiterlief und nach dem Aufwerfen sich sofort wieder schloß. Wenn man das regelmäßige Geklapper belauschte, das leichte Pendeln der verankerten Mühlen bemerkte und sah, wie der Bug das Wasser teilte, kam es einem vor, als seien sie lebendig, als hätten sie Schnäbel und als schaukelten sie mit hingebungsvoller Ungeduld auf dem ewig Bewegten, das sie doch nie von der Stelle bewegte. Ist nicht das Leben des Menschen genauso, wenn er glaubt, die Zeit zu durchpflügen? Wann immer er zurückblickt, wird er gewahren, daß sie sich gleich geblieben ist. Aber das waren nicht die Gedanken einer Mutter mit sechs Kindern, für die es zu sorgen galt, denen es Brot schaffen hieß; sie fand keine Zeit, nach rückwärts zu blicken, noch vorauszuschauen. Jeder Tag brachte ihr so viel Arbeit, daß es gut reichte, den Tag damit auszufüllen. Der eine oder andere hatte ihr vom Damm aus oder auch wenn er mit den Kornsäcken zum Ankerplatz kam, gesagt:

»Padrona Cecilia, Sie haben eine Schiffsladung von Unschuldigen beisammen.«

»Das soll ein gutes Zeichen sein«, hatte sie geantwortet.

»Zweifeln Sie nicht daran, denn der Herrgott schützt Sie, und Sie verdienen alles Gute.«

»Hoffen wir auf die Unschuld.«

Manch einer war auch da, der hoffte, sie als Witwe zu sehen, denn sie blieb ansehnlich, diese Cecilia. Aber sie hätte mit großem Staunen über so etwas gelacht.

Der so tiefe und fruchtbare Wunsch, Kinder zu gebären, war erhört und ihre mütterliche Sehnsucht befriedigt worden. Wie in einer reichen Wasserader die Zuflüsse geheim und fast unbemerkbar sind und doch das Wasser ruhig und klar hervorquellen lassen, so gipfelte jetzt ihre natürliche Berufung völlig in der Liebe zu den Kindern. Und der Mann wäre ihr, wenn nicht lästig, so doch ungelegen gekommen, so wie sie auch jetzt den Mann eigentlich vergaß, sie, die die Wollust nie gekannt hatte.

Und abends, wenn sie die drei kleinen Mädchen zu Bett gebracht hatte und die drei Buben aufs Sonnendach geklettert waren, manchmal so schläfrig, daß Schiavetto sie hinaufbringen mußte, fielen auch ihr oft vor Schlaf die Augen zu, nach einem langen, arbeitsreichen Tagewerk. Dann war die Mühle wirklich eine Schiffsladung voller Unschuld. Nur das gute, ganz graue Alterchen Schiavetto wachte dann noch, bis er zwei seiner kleinen Gipspfeifchen geraucht hatte. Er schlief in Reichweite des Zuführungsreglers zum Mühltrichter neben den Mahlgängen im großen Floß der Paneperso. Auf der San Michele lösten sich der Kräftige und der Schmächtige, Barabagul und Slana, ab, die beiden noch jungen Lehrburschen, die nicht gerade berühmt waren im Handwerk, aber mit denen man doch zufrieden sein konnte.

Daß Gott die Unschuldigen schützte, konnte man bei Gelegenheit des Dammbruches sehen, denn wenn sie im Haus an der Pappelbrücke geblieben wären, so hätte sie die in die Vallazza einschießende Strömung erstickt, verschüttet und begraben. Von dem alten Haus des Padrone Lazzaro und der Dosolina blieb nichts übrig. Als die Mauern geborsten und weggerissen waren, ergoß sich der Strom über die Fundamente, die Scheune, den Garten und das Feld; und als das Wasser abfloß, blieb nur ein unfruchtbares, sandiges Flußbett zurück, traurig anzusehen und schrecklich, wenn man an jene Kinder dachte und an das Schicksal, das ihnen erspart geblieben war durch die Gnade des heiligen Antonius. Denn man hätte nicht einmal ihre Gebeine gefunden.

Cecilia hatte die Nacht voller Ängste verbracht und den seltsamen und kläglichen Geräuschen des Flusses gelauscht. An dem Morgen also, als nach dem ersten Tag des Unglücks die Morgendämmerung grau und trübe heraufstieg, begann sie aufzuatmen, denn das Sehen schon war eine Erleichterung. Da rief man ihr vom Wall aus zu, daß auf dem Rest des Dammes ein Mann verblieben war, der ihr Gatte zu sein schien.

»Jener Mann«, fügte der Passant hinzu, »ist in Gefahr, daß der Fluß ihn von einem Augenblick zum andern verschlingt samt dem Stück Froldendamm, auf dem er steht.«

»Warum rettet er sich nicht?« fragte sie.

»Oh, Sie wissen nicht, daß zwei weitere Bruchstellen sich geöffnet haben? Er ist in der Falle.«

»Wie soll ich das wissen?«

»Je nun, jetzt haben wir's Ihnen gesagt. Er kann nicht weg dort, wenn ihn nicht jemand im Boot abholt. Aber das muß schon jemand sein, der ihn sehr lieb hat.«

Das brauchte man gar nicht erst zu sagen, denn sich zwischen die Löcher eines Einbruchs dieser Art zu wagen, war ein Unterfangen, das Furcht einflößen konnte. Wenn man bedenkt, daß der Po unterhalb des letzten Loches jetzt mager, leer und langsam dahinfloß, so genügt das, um zu verstehen, wieviel von seiner Kraft sich jetzt in der neuen Bahn verströmte und dort einbrach. »Man müßte ihn sehr lieb haben«: Cecilia glaubte nicht nur die Gewißheit jenes Rufers herauszuhören, daß kein Außenstehender um Coniglio mannaro getrauert hätte, sondern auch den Zweifel, ob sie ihn gern genug habe, sie, seine Frau. Und sie fühlte sich beleidigt.

Sie stieg mit Schiavetto an Land und begab sich in Eile zur Einbruchstelle. Sie traf dort jenen Passanten mit einem Ingenieur des zivilen Pionierdienstes, dem er erzählte, wie er gerade dort den Strudel rußigen Wassers habe einbrechen sehen. Er war einer der beiden Flußwächter, der damals mit Coniglio mannaro zusammen war. Diesen entdeckte man zweihundert Schritte weiter, denn so breit war das Loch. Er saß regungslos über dem Wasser, das flink und leicht dahinfloß, hielt den Kopf zwischen den Händen und stemmte die Ellbogen auf die Knie: es sah gerade so aus, als wäre das immer sein Platz gewesen. Und diese verzweifelte Haltung, die unbewegliche dunkle Gestalt jenes Mannes über den Wassern schien ebenfalls seit immer und für immer dorthin versetzt zu sein, wie ein Toter daliegt und seine Grabeslänge einnimmt. Die zusammengesunkene Gestalt des Mannes erzählte von dem ungeheuren, verderblichen Geschehen: sie war das Inbild der Qual selbst innerhalb der trägen Natur. Der Flußwächter zeigte ihn dem Ingenieur und senkte dabei die Stimme, als spräche er von einem Toten:

»Jener Mann dort war auch da, als ich den schwarzen Strudel aus dem Becken hochschießen sah.« Und zu der gerade herankommenden Cecilia sagte er: »Es ist wirklich Ihr Mann.«

»Wie kommt es«, fragte der Ingenieur, »daß er dort auf dem Dammstück blieb?«

»Das weiß ich nicht. Ich lief, um von hier Nachricht zu geben. Er wird aus Verzweiflung dageblieben sein. Wissen Sie, Herr Ingenieur, dieser Mann hatte dort unten seine Grundstücke.«

Während er so sprach, zeigte er auf die schwärzlichen Wassermassen, aus denen einzelne Gegenstände, die der Wucht des Einbruchs getrotzt hatten, herausragten: knorrige Bäume und einige Hausdächer. Man konnte klar die beiden schlammigen Adern unterscheiden, die von den beiden Lochpaaren aus in Richtung der Vallazza zusammenflossen und die Grundstücke jenes Mannes überspülten und fortschwemmten. Jenseits der Nacktheit der zerstörerischen Wassermassen tauchte die von Flüchtlingen überfüllte Straße auf, während man in der Nähe Leute sah, die sich auf die Höhe des nächsten Daches gerettet hatten und von dort riefen und wütend flehten, wann man sie denn holen würde.

»Diese da«, sagte der Flußwächter, »kann man holen. Sehen Sie, Herr Ingenieur, das Wasser unterhalb des Hauses ist ruhig. Mit etwas Vorsicht kann man im Boot hinkommen. Aber der andere dort . . .«, und er unterbrach sich und sah Cecilia fragend an, »jener andere zwischen den beiden Einbruchstellen . . .«

»Den muß man auch holen«, antwortete sie.

»Na, natürlich«, meinte der andere, »man muß: aber das Wasser quillt und sprudelt mit schöner Kraft, sehen Sie? Und wenn das Boot mitgerissen wird, wenn die Ruder nicht die Kraft haben, all dem zu widerstehen, was da unten alles sein muß, Bäume und Steine und wer weiß was noch? Sehen Sie, an wieviel Stellen es hervorsprudelt und gurgelt? Liebe Frau«, schloß er und wandte sich direkt an sie, »sich festfahren mit dem Boot bedeutet sinken, und dort versinken heißt ertrinken.«

»Man muß vom Fluß aus dorthin kommen«, sagte Cecilia und fügte mehr für sich als für die andern, mit lauter Stimme und wie überlegend hinzu: »Man muß einen weiten Bogen machen und zwischen den beiden Einbruchstellen ankommen, ohne sich fortreißen zu lassen.«

»Sicher«, sagte der Flußwächter, »aber wer kennt sich in dem Fluß noch aus nach dieser Verwüstung? Und die Löcher, sehen Sie, wie die ansaugen?«

In der Tat, zwischen dem Becken und im Fluß bemerkte man ein Quirlen und Aufeinanderprallen der verschiedenen Strömungen. Der Fluß wütete, wurde angesogen und zurückgeworfen, hin und her geschleudert und durcheinandergewirbelt von seiner arbeitswütigen Wucht. Er sah aus wie ein großes Wallen von tausend Strudeln, die in ein einziges großes Wirbeln zusammenflossen.

»Da hineingeraten . . .«, fuhr der Flußwächter fort. »Wenn doch die dort auf dem Dach zu schreien aufhören wollten!« unterbrach er sich ungeduldig. »Die können warten. Den andern dort, den verschlingt der

Fluß, er frißt ihn auf. Doch warum verhält er sich so ruhig? Wenn er tot wäre, säße er nicht. Aber«, sagte er und wandte sich wieder an Cecilia, »wer wagt sich dorthin?«

Schiavetto schien zu träumen und sagte mit gedämpfter Stimme etwas Schlimmes:

»Wenn seine Frau dort wäre, an seiner Stelle, so ginge er bestimmt nicht hin.«

Cecilia fuhr hoch, wie wenn ein von außen kommendes Wort das Gewissen durchzuckt, erleuchtet und erschreckt. Und sie sagte:

»Das ist ein Grund, den ich seinen Kindern nie würde vorbringen können.«

Schiavetto neigte den Kopf, als sie sagte:

»Wenn sie mich eines Tages fragten, warum ich ihren Vater ohne Hilfe gelassen habe: was dann, Schiavetto? Wir müssen hingehen, und zwar sofort!« schloß sie entschieden, fast mit Heiterkeit.

»Ich bin dabei«, sagte Schiavetto.

»Ihrer war ich sicher.«

»Aber warum müssen Sie denn auch mitkommen, frage ich?« meinte Schiavetto.

»Jetzt wollen Sie, daß ich Angst habe? O Schiavetto, wo haben Sie heute früh den Kopf?«

»Bei jenen sechs Unschuldigen, wenn ich es Ihnen bündig sagen soll; ich denke an die und an Sie.«

»Und wenn ich jetzt das Leben im Fluß verlöre, dann könnte ich sie nicht besser dem Schutz Gottes und der Madonna anbefehlen«, sagte die starke Frau ernst, »und auch dem Schutz der Menschen. Ich habe den Glauben, daß man sie nicht verlassen würde. Außerdem sind wir alle Bekannte des Flusses und verstehen uns mit ihm: wir werden also hinfahren und zurückkehren. Und dann sage ich Ihnen noch etwas«, fügte sie hinzu, als sie am Ankerplatz ankamen und das Boot am Damm vertäuten: »Wenn nämlich auch ich hingehe, werden die beiden Lehrjungen eine Frau nicht allein gehen lassen, sonst . . . Und ihre Arme sind nötig für die Ruder, denn Sie, Schiavetto, sind auch keine zwanzig mehr.«

»Und auch keine dreißig mehr!« rief der Alte ebenfalls heiter aus. »Und dann hätte ich wissen müssen, daß Sie immer recht haben, wenn Sie sprechen.«

»Weil ich ein Dickschädel bin?«

»Weil Sie klug sind und ein Herz haben.«

Das Boot wurde sofort fertiggemacht, nachdem Slana gehört hatte, was zu tun sei. Wie um ihr recht zu geben, fragte er sofort, wer mitführe. Auf die Antwort hin sagte der andere Bursche: dann werde er kommandieren. Cecilia hatte sich ein Paar alte Hosen angezogen, die sie in Fällen benutzte, wo sie flink zur Hand sein mußte. All das in wenigen Augenblicken. Sie sprang ins Boot. Jeder der beiden kräftigen Burschen packte ein Ruder an. Sie bat Schiavetto, hinaufzugehen und nachzusehen, denn sie glaubte, die kleine Berta in dem Haus auf dem Floß weinen zu hören. Als er wieder zum Vorschein kam, um zu sagen, daß alles in Ordnung sei, war das Boot von den Mühlen weggefahren. Denn Cecilia hatte sich flink ans Bugruder gesetzt, sie überantwortete das stehend zu handhabende Ruderpaar und damit das Kommando und die Führung des Bootes dem Barabagul, der Kraft, Geschicklichkeit und große Flußerfahrung besaß.

»Hinaus, ihr Burschen!« hatte Cecilia gesagt, als sie das Ruder anpackte.

Das Boot war lang, schmal und leicht, ein wenig gefährlich, aber lenkbar, kurz und gut: geeignet für die Dringlichkeit und für die verfügbaren und einsatzbereiten Kräfte. Es flog auf dem Wasser dahin und schnitt die Strömung schräg, denn mit vier Ruderschlägen auf der linken Seite hatte Barabagul es auf das andere Ufer zu gelenkt. Schiavetto rief von der Mühle:

»He, Cecilia, Padrona, he!« ertönte es vom Laufsteg der Paneperso.

»Zu den Kindern!« rief die Frau zwischen zwei Ruderschlägen zu ihm zurück. »In diesem Fall zu meinen Kindern, denken Sie daran!«

»In solchen Fällen«, pflichtete Barabagul bei, »soll man sich nicht in Reden verlieren.«

Er war rundlich, untersetzt und grob wie ein Bär, aber auch so beweglich und stark wie ein solcher. Er hatte bei der Auslosung eine niedere Nummer erwischt, und in einem Monat mußte er für vier Jahre zur Marine gehen. Die beiden ungeschlachten und schweren Ruder in den hohen Gabeln liefen behend und kräftig in seinen Händen. Schiavetto hatte sich mit den Schultern an das Haus der Paneperso gelehnt, die Hände in der Tasche. Die Entfernung ließ nicht erkennen, daß sein Gesicht Entrüstung oder vielmehr Demütigung ausdrückte. Es war auch nicht die Zeit, darauf zu achten.

Der stärkste Sog herrschte jetzt an dem oberen Loch. Der Fluß strömte dort ein und beschrieb einen Bogen, dessen Ränder von stürmischen, gierigen Strudeln und Grundwirbeln gekennzeichnet waren. Nachdem sie dem gegenüberliegenden Ufer entlang bis zur richtigen Höhe flußaufwärts gerudert waren, mußten sie an diesem Rand entlang fahren, und zwar so, daß sie nicht mitgerissen wurden, denn sonst wäre es eine üble Fahrt geworden. Sie mußten aber beim Ansteuern des

Restes vom Froldendamm auch achtgeben, daß sie nicht in die untere Einbruchstelle hineingerissen wurden und im Becken endeten, wo das Schäumen des Wassers furchterregend war und sicheren Untergang versprach. Sie mußten gut und sicher steuern, denn leicht konnten sie abtreiben. Wie Barabagul das Vorderteil des Bootes zur Strömung schräg legte und zu drei Vierteln dagegenhielt, erwies er sich als guter Flußsteuermann. Unter dem starken Schlag der beiden Spitzenruderer blieb das Boot haargenau auf der Grenzscheide zwischen den beiden Strömungen, auf welcher der Steuermann es hielt, indem er sein Ruder beständig und flink abwechselnd links oder rechts einsetzte. So fuhr er hinüber wie in einer Fähre, die an ihrem Seil angebunden war. Und er landete am richtigen Punkt, einem kleinen Streifen, wo die Anlegestelle friedlich war.

»Bravo, Barabagul!« sagte Cecilia und sprang an Land.

Coniglio mannaro hatte seine Haltung nicht geändert und änderte sie auch nicht, als er gerufen wurde: es schien, als höre er nicht. Sie lief auf ihn zu, und kurz darauf hörten die beiden Burschen, wie sie angstvoll gerufen wurden. Sie liefen hinzu, nachdem die Barke an einem in den Damm gesteckten Ruder fest vertäut war.

Cecilia zeigte ihnen den zusammengekauerten Mann mit den eingezogenen Schultern, der das Wasser betrachtete, kicherte und niemand zu bemerken schien, weil seine Augen leer waren, ausgelöscht, als wären sie vom schwärzlichen Blau des großen Wassers angefallen worden. Die Dinge und Personen verloren sich darin, als wären sie ins Wasser gesunken. Unverständlich murmelte er:

»Auch der Teufel bricht Coniglio mannaro das Wort ... meine Grundstücke ... das Geld ...«

»Jetzt denkt man doch nicht an Geld: gehen wir, Padron Peppino!« sagten die beiden Burschen.

»Das Geld«, sagte der Umnachtete, »ein Säckchen Silbergulden, Tausende von Papierlire, mein vergrabenes Geld!«

»Vergraben wo?« fragte Cecilia.

»Ah, das würdet ihr gerne wissen, um hinzugehen und sie zu stehlen? Daran hat das Wasser schon gedacht!« Es war das einzige Mal, da er verstanden zu haben schien und antwortete.

War es wahr, daß er das Geld vergraben hatte? War es Faselei? Jedenfalls lag es jetzt auch unter dem Wasser. Er stellte sich auf die Beine und schien ruhig. Plötzlich senkte er die Hände in die Taschen und zog sie voller Münzen heraus, die er in den Po schleuderte, wobei er brüllte:

»Da, nimm! Der Kropf soll dir platzen!«

»O du Dreckskerl!« riefen die beiden Burschen aus, als sie voller

Erstaunen Goldmarenghi in der Luft sahen, die in den Fluß geworfen wurden. In einer anderen Lage hätte man lachen mögen.

Aber als sie ihn daran hindern und ihn wegführen wollten, schlug er mit solcher Wut um sich, daß sie ihn zu zweit kaum halten konnten. Cecilia ließ das Bootsseil holen und drückte die Barke gegen den Damm. Coniglio mannaro wurden die Beine, die Arme und der Rumpf gebunden, unter Ausnützung der ganzen Länge des Seiles, denn man mußte ihn daran hindern, sich frei zu machen, damit das Boot nicht umkippte.

»Er fängt an zu beißen, schlimmer als ein Hecht«, sagte Slana.

Er hatte in der Tat nur den Kopf frei und nutzte das aus, indem er versuchte zu beißen.

»Die Tollwut muß ihn schlimmer gepackt haben als einen Hund«, sagte Barabagul.

Niedergezwungen unter solchen Bedingungen, brach Coniglio mannaro jetzt in jenes widerliche und tierische Winseln und Heulen aus, das Cecilia schon bei anderer Gelegenheit hatte hören müssen, wie von einem verzweifelten Wolf.

»Er ist verrückt«, sagte Barabagul, »und nicht mehr zu heilen. War es der Mühe wert, sich heute auf den Po zu wagen, um dieses schöne Kapital zu retten, jetzt, da er die Marenghi in den Fluß geworfen hat?«

»Ein Wolfsgeist ist in ihn gefahren«, sagte Slana, worauf der andere furchtsam versetzte:

»Der Teufel ist ihm in den Leib gefahren. Was machen wir da, Padrona?«

»Was gibt es da zu fragen?« rief Cecilia aus und schüttelte ihre schmerzliche Betäubung ab. »Tragen wir ihn ins Boot!«

»Wenn das«, murrte der Abergläubische, gehorchte aber doch, »wenn das keine Fracht mit schlimmer Vorbedeutung ist! Und wenn er das Boot umwirft? Schauen Sie, wie er selbst gefesselt noch von Sinnen ist!«

»Mach' das Seil länger, dann kann man ihn an den Schiffsboden binden.«

So wurde es gemacht, aber um sich hören zu können, mußten sie nicht wenig schreien, so stark war Coniglio mannaros ununterbrochenes Gebrüll.

»Dort drüben«, sagte Barabagul, als er das Boot mit einem Ruder abstieß und auf den Wall unterhalb der Einbruchstelle wies, »sind lauter Leute, die gekommen sind, um zu sehen, welche Bestie da ein solches Geheule macht.«

»Sie werden gekommen sein, um ein gutes Werk zu sehen. Und ihr«, sagte Cecilia streng, »spart diese häßlichen Worte!«

»Es kann wohl sein, daß Sie recht haben«, gab er zu, ohne sich beleidigt zu fühlen.

Im übrigen hatte er an anderes zu denken, als er wieder sein Amt als Fährmann übernahm. Bei Umschiffung der Einbruchstelle war in der Tat weniger Gefahr, in die weiter oben gelegenen Soge zu geraten, aber das Boot konnte sehr leicht von der Ausflußströmung des unteren Loches mitgerissen werden, wenn man nicht mit ganzer Kraft fuhr. Er bediente die kleinen Ruder häufig und ruckartig. Sie hatten die Mitte des Flusses erreicht, als Cecilias Ruder zersplitterte. Aber Barabagul rief:

»Keine Angst! Und du«, sagte er zu Slana, der gegen die Strömung anruderte, »komm mit dem Ruder hierher und rudere mit weniger Kraft!«

Die Hauptanstrengung fiel ihm zu. Es lohnte sich, ihn zu sehen, rot im Gesicht wie ein Hahnenkamm, mit angeschwollenen Hals- und Schläfenadern. Klein und stämmig kämpfte er mit dem Fluß, es war wie ein Nahkampf. Das Boot schien mit seinem Körper zu verwachsen und gegen den feindlichen Fluß Leben anzunehmen, wie es unter den wütenden und wohlberechneten Ruderstößen ruckweise vorwärts glitt. Am richtigen Punkt befahl er Slana: »Rudere rückwärts, du!«, wandte um und richtete das Vorderteil des Schiffes auf die Mühlen.

Als die Anstrengung nachließ, wurde er weiß und troff vor Schweiß. Er fühlte das Recht zu einem Wutausbruch, denn auf dem Wasser heulte Coniglio mannaro schlimmer als an Land:

»Wenn er doch einen Augenblick Ruhe gäbe, dieser Wüterich«, platzte er heraus.

Und als sie sich der Bordwand der Paneperso näherten, wollte er sich eine Freiheit erlauben, die ihm seine ohnehin ablaufende Kommandogewalt gab. Er sagte:

»He, Schiavetto, wir bringen Ihnen eine Salami im Boot!«

»Genug, Barabagul!« sagte die betrübte Cecilia mit Bestimmtheit, aber ohne Zorn zu ihm. »Hab' Achtung vor einem großen Unglück!«

»Entschuldigen Sie mich, wenn ich zuviel gesagt habe. Aber das ginge rasch vorüber, wenn Sie nach meiner Weise verfahren wollten. Ich kenne das Heilmittel.«

Niemand zeigte Neugier, es kennenzulernen, während sie sich anschickten, den gebundenen und brüllenden Verrückten aus dem Boot zu schaffen. Aber er konnte es nicht für sich behalten, als er ihn unter den Achselhöhlen faßte und dabei achtgab, den Bissen des unflätig schmierigen und schäumenden Mundes auszuweichen.

»Ihm ist ein bißchen Wahnsinn in den Kopf gestiegen, und zwar nicht zu wenig. Man müßte ihn so gebunden sieben- oder achtmal in den Po eintauchen, dann käme er nüchtern und geheilt wieder heraus.«

»Geh weg, du bist ein Scheusal«, sagte Schiavetto zu ihm, als er sich herabbeugte, um die traurige Last in Empfang zu nehmen und hochzuheben.

Das große Mitleid überkam einen, wenn man die erschreckten Gesichtchen der Kinder auftauchen sah, die nun den Vater in jenem Zustand sahen.

»Schiavetto«, rief Cecilia, »bringen Sie die Kleinen wieder hinein!«

Brav und ergeben ließen sich die Ärmsten von Schiavetto wieder zurücktreiben, der sie mit einigen guten und frommen Worten ins Floß einschloß, um ihnen diesen Anblick zu ersparen. Dann riet er, wie man den Unglücklichen auf den Laufsteg niederlegen sollte, während die Burschen die verdoppelten Wutausbrüche zu bändigen suchten.

»Man muß ihn mit Leinenfetzen binden, denn die Schnur kann ihm ins Fleisch schneiden.«

So machten sie es und ersetzten die Schnur. Dann ließen sie ihn langsam und derart verpackt in den Laderaum des Sandoncello der San Michele nieder und legten ihn auf eine Matratze. Wenn schon nichts anderes, so schien ihn wenigstens die Finsternis des Laderaums zu beruhigen, denn sein Heulen verwandelte sich in ein unzusammenhängendes Winseln.

III Die Ruhepause, wenn man überhaupt von einer solchen sprechen konnte, dauerte nur kurze Zeit, nicht einmal so lange, bis sie nach den mehrfach ausgestandenen Ängsten Atem geschöpft hatten. Denn sofort tauchte der Gedanke auf, daß man ihn forttragen und unterbringen müsse, bevor er in einem Wutanfall an Erstickung starb oder durch Hunger elend verendete. Das eine oder das andere mußte bald eintreten, und Schiavetto machte sich schon Gedanken, wie unangenehm die Unternehmung sein würde, sollte sie gelingen.

Der Wall war bis zur Guarda überschwemmt und fast ganz geräumt, denn die Leute hatten die alte Straße, den traditionellen Zufluchtsort, vorgezogen, durch den die Guarda beim ersten Wassereinbruch vor der Zerstörung gerettet worden war. Außerdem hatten sie versucht, nach oberhalb der Einbruchstelle zu kommen. Dabei waren sie von einem Instinkt geleitet worden, nämlich dem der Zugvögel und Wandertiere. Aber ein Ruf des Schreckens lief durch die Ländereien entlang dem Fluß. Die Trostlosigkeit stieg mit dem neuen Fluß, mit dem Anschwellen und Überlaufen der Gräben und Kanäle talabwärts, von Grundstück zu Grundstück, von Ort zu Ort, dem fernen Meere zu. Dieser Ruf des Schreckens besagte, daß das Hochwasser sich bis nach Francolino talaufwärts durch die Vallazza ausgebreitet, den Lavezzola-Graben hinter sich gelassen habe und sich schon gegen die Wälle des Bianco-Kanals werfe, sie durchbrechen und sich den Weg zum Volano und zu den Ambrogio-Tälern bahnen werde. Inzwischen wurden Kloaken und Abzugskanäle verstopft, Brücken barsten und senkten sich, die Straßen wurden an tausend Punkten durchbrochen. Sie waren bisher die einzigen Zufluchtsstätten, und die Zahl der Menschen, des Viehs, der Wagen und des Hausrats wuchs dort von Stunde zu Stunde, während die Boote der ersten Helfer die Leute abholten, die in den Zweigen der Bäume und auf den Dächern der Häuser saßen. Man kann sich leicht vorstellen, daß der Volkshaufen, der wie ein geschlagenes Heer die Rückzugsstraßen verstopfte, den Durchgang nicht nur eines Fahrzeuges, wie es zum Transport Coniglio mannaros nötig war, unmöglich machte, sondern nicht einmal einzelne Fußgänger durchließ. Und auch wo die Straßen nicht eingebrochen waren, blieb manch einer müde stehen, versperrte nur den Weg und zögerte weiterzugehen, aus Angst, an eine Stelle zu kommen, die weniger sicher war oder weniger sicher schien. Auch diese Hartnäckigkeit und dumme Kleinmütigkeit, dieser Widerwille der traurigen Schar, weiterzugehen und wenigstens Platz zu machen, waren bekannte Tatsachen, bekannt durch die Erzählungen, die man von ähnlichen Plagen überlieferte, von Plagen, die zu anderen Zeiten das Land erschüttert hatten. Es war sozusagen ein genauso atavistischer Zug wie jener Instinkt, auf der großen Ebene, auf den Wällen und Straßen die erhöhten Punkte aufzusuchen oder sich nach oberhalb der Einbruchstelle zu begeben. Mehr als einer beschrieb Cecilia diesen Menschenhaufen; sie war an Land gefahren, um ein Mittel zu finden, den Wahnsinnigen zu befördern. Jemand wies auf die tiefhängenden dunklen Wolken, die von Osten nach Süden zogen, und sagte:

»Binnen kurzem wird es auch hier regnen: dort hinten geht schon ein dichter feiner Regen nieder, einer von denen, die bis auf die Knochen gehen. Das fehlte gerade noch. Und ich kann Ihnen sagen, daß die armen Leute da alle in einer Falle stecken und im Schlamm festgefahren sind.«

Am Tag des Dammbruchs herrschte Sonnenschein, aber das traurige Versprechen der Morgendämmerung wurde wahr in einem jener Wetterumschläge, wie sie manchmal den Monat Juni zur falschen Zeit heimsuchen, streng und bösartig. Dem Korn fehlt dann die notwendigste Sonne, und es fault. Dieser Regen hatte gerade noch gefehlt! Von Minute zu Minute erfüllte sich das schreckliche Versprechen: plötzliche

Windstöße kamen aus den verschiedensten Richtungen auf, manchmal Schirokko, meist aber Borealwinde und Kaltluft. Bald da, bald dort peitschten sie regenschwere Wolken vorüber und trieben heftige Platzregen zusammen. Bleiern war die Luft, sie wurde plötzlich eisig und hart, und bevor auch nur jemand hätte mitteilen können, daß an einem nahen Ort ein Gewitter niedergegangen sei, da hagelte es schon hier. Mit heftigen wütenden Regenschauern vermischt fiel der Hagel auch am Ankerplatz Cecilias. Ein Hagelschlag folgte dem andern, und dazwischen regnete es unaufhörlich, ohne Hoffnung auf Sonne oder Besserung für die große Zahl der Unglücklichen, der Entmutigten und der von soviel Zorn Gottes Verfolgten. Wind und Regen löschten die kümmerlichen Feuer aus, wo es gelungen war, solche anzuzünden. In aller Eile suchten die Menschen Unterschlupf unter den Wagen, unter irgendeinem Stück Leinwand, unter Laubendächern, die bald vor Nässe troffen: aber welchen Schutz boten die?

»Auch wenn man durchkäme«, hatten unter dem Regen andere Ratgeber zu Cecilia gesagt, »wo würden Sie einen Karren finden oder wer könnte Ihnen einen leihen? Das einzige wäre, Sie setzten Ihren Wahnsinnigen auf die andere Seite des Po über und gehen nach Lagoscuro, in der Hoffnung, daß das Hochwasser nicht auch die Brücken eingerissen hat! Wer könnte Ihnen mehr sagen? Gott erinnert sich unser nur, um uns zu bedrängen.«

Die Bestürzung verführte sie, die Dinge noch schwärzer zu sehen, obgleich sie an und für sich schon schwarz genug schienen. Denn auch wenn in Lagoscuro die Pontonbrücke zerstört wäre, so konnte man eine solche Mutmaßung höchstens aus Verzweiflung auch für die Eisenbahnbrücke annehmen, die seit etwa einem Jahr die Holzbrücke ersetzte und über die seit kurzem die neue Eisenbahn zwischen Bologna und Venedig fuhr.

»Und die Leute, die auf jenem Dach waren«, fragte Cecilia, um wenigstens in Worten von ihren Ängsten abzulenken, wenn sie es in Gedanken schon nicht vermochte, »wo sind denn diese Leute auf dem Dach hingekommen?«

»Der Doktor ist gekommen, um sie mit seiner Barke in Sicherheit zu bringen.«

»Der Doktor Lupacchioli«, fügte Schiavetto hinzu, »und ich kann Ihnen sagen, das ist ein braver Mann. Stellen Sie sich vor, Padrona«, fuhr er fort, als ob auch er das Bedürfnis empfände, die Rede auf etwas anderes zu bringen, »heute nacht ist ihm die einzige Tochter gestorben, die sein ein und alles war: er hat der armen Kleinen die Augen geschlossen, und ohne sich Zeit zu nehmen, sie zu beweinen, hat er sich ins

Boot gesetzt und ist über die unter Wasser stehenden Felder gefahren, um Leute zu retten, Verwundete zu pflegen und Brot und Medizin zu bringen.«

»Ja«, sagte Cecilia, »der Doktor. Man müßte den Doktor rufen, daß er ihn untersucht.«

»Was soll er tun? Der dort braucht keinen Doktor für seine Krankheit: die ist ein Fingerzeig Gottes.«

»Schiavetto«, befahl sie ihm, als ob sie gar nicht auf seine Worte achtete, mit trockener Entschlossenheit, »holen Sie sofort den Doktor Lupacchioli. Er soll herkommen, sobald er kann, um meinen Mann zu untersuchen. Seien Sie nicht böse, wenn ich Sie bei diesem Regen losschicke«, fügte sie hinzu, als ob sie den strengen Tonfall entschuldigen wollte.

»Jetzt ist nicht Zeit, auf den Regen zu achten. Ich gehe sofort, Padrona«, sagte Schiavetto, wieder gehorsam.

Der Regen ging in Strömen nieder, als sich der Alte, in seinen Mantel gehüllt, auf den Weg machte zum Wall der Guarda. Cecilia war wieder an Bord gestiegen, wo Coniglio mannaro sein Gewimmer fortsetzte und der Regen schwermütig aufs Dach prasselte. Es preßte ihr das Herz zusammen, als sie ihre Kleinen ergeben eine Art Gebet oder Lied aufsagen hörte, mit dem die Kinder bei Regenwetter die Sonne herbeizubitten pflegten:

Gottes Schwälbelein,
Schick uns Sonnenschein,
Laß ihn kommen schnell,
Schick' ihn auf der Stell'.

Es schien, daß sie sich Mut machen wollten, wie einer, der im Dunkeln singt: groß war ihr Schmerz und entmutigend. Cecilia ging nicht zu ihnen hinein, aus Angst, ihre Tränen zu zeigen und sie zu erschrecken. Sie weinte allein, unter der Loggia der Paneperso. Und als kurz darauf der Doktor eintraf, wußte sie bereits, was er sagen würde:

»Da ist nichts zu machen. Man muß ihn so rasch als möglich einliefern, sonst . . . Freilich«, fügte er hinzu, »es wäre besser für ihn.«

»Was?« fragte Cecilia.

»Sterben, liebe Frau. Was soll ein armer Geistesgestörter auf der Welt tun? Wenn man bedenkt, daß junge Menschen in der Blüte der Jahre sterben und daß dieser Unglückliche dagegen vielleicht das Jahrhundert noch zu Ende gehen sieht, nach einem Leben, das schlimmer ist als der Tod! Wenn man bedenkt, daß junge Menschen . . .«

»Ich weiß, Herr Doktor, ich kenne Ihr Unglück: wir leiden alle Ihren

Schmerz mit. Aber Sie, Herr Doktor, lassen heute erkennen, wie sehr Sie sich über andere erbarmen können!«

»Oh, liebe Frau! Nur so finde ich die Kraft, nicht zu verzweifeln. Denken wir jetzt an Sie, denn Sie tragen auch Ihr Kreuz. Ich schreibe Ihnen ein paar Worte für den Direktor des Irrenhauses von Ferrara, der Ihren Mann als dringenden Fall aufnehmen wird.«

»Ich habe weder Feder noch Tinte, entschuldigen Sie.«

»Ich habe einen Bleistift, bemühen Sie sich nicht. Aber wie werden Sie ihn transportieren?«

»Ich werde ihn übersetzen und dann nach Lagoscuro schaffen: auf dem Ufer drüben werde ich wohl ein Wägelchen finden.«

»Das ist die einzige Möglichkeit. Auf Wiedersehen, Padrona Cecilia.«

»Auf Wiedersehen, Herr Doktor.«

Er war ein kleiner und feingliedriger Mann mit hagerem, leidendem Gesicht unter einem dünnen Bärtchen. Die Anstrengung und der Schmerz hatten ihn jetzt arg mitgenommen, was seinen ausgewaschenen und geröteten Augen etwas Weltverlorenes gab, einen Ausdruck der Qual, wie wir ihn manchmal im Auge eines Tieres finden, wenn es leidet und wenn sein dunkles und naturhaftes Bewußtsein von einem seltsamen Glanz überstrahlt scheint. Man merkt, daß es sprechen, nach dem Warum fragen möchte und nicht kann. Auch er schien zu fragen, ohne eine Antwort zu finden. So stand es in seinen armen Augen zu lesen. Aber in der Stimme, in den Taten, in dem ganzen gebrechlichen stillen Menschen war Hilfsbereitschaft, die brennende Demut der Barmherzigkeit, die ihn befreite und ihn emporhob über seinen Schmerz, seine Schwachheit, über sich selbst.

»Der Doktor«, sagte Schiavetto, als er aus dem Boot gestiegen war, »geht nicht zur Messe, aber er ist selbst ein Heiliger.«

Coniglio mannaro sollte nicht mehr lebend zur Guarda zurückkehren.

IV

Man mußte die Geschichte des Po kennen, um sich einer ähnlichen Katastrophe zu erinnern. Und die Phantasie reichte tausend Jahre zurück bis zum Dammbruch des sagenhaften Siccardi, als der Fluß in der Biegung von Ficarolo seinen Lauf änderte. Man erinnerte sich nicht nur daran, weil das Unglück genauso schrecklich war, sondern weil man bedachte, daß man bald dafür sorgen müßte, die Einbruchstellen zu schließen, weil es sonst unmöglich sein würde, den Fluß wieder von seinem neuen Bett abzulenken. Vielleicht würde es allerdings überflüssig sein in Anbetracht des angerichteten und unausbesserlichen Schadens. Die Lage und das Niveau des der Überschwemmung unterworfenen und für Überschwemmungen geradezu vorherbestimmten Geländes förderten diese letztere Befürchtung. Der Fluß konnte abirren und sich breitmachen, ohne daß es Einhalt oder Abwehr dagegen gäbe. Das aber war es nicht allein: man dachte auch an die Jahreszeit. Während der Schneeschmelze kam nämlich mehr Wasser von den Bergen herab als in jeder anderen Jahreszeit. Der Po führte immer noch Hochwasser, und gut die Hälfte davon floß durch die Bruchstellen aus, so daß nach Überwindung des Bianco-Kanals und jedes anderen Hindernisses an Dämmen und Wällen die Überschwemmung den Volano erreichte, der über die Ufer trat. Der größte Teil des alten Po-Laufes bei San Giovanni und der alten und neuen Grundstücke zwischen dem Po Grande und dem Po di Volano bis zu den Ambrogio-Tälern wurde überflutet: siebzigtausend Hektar Gelände mit mehr als vierzigtausend obdachlosen Einwohnern, die zum größten Teil ohne Brot waren und über die weiterhin das peinigende Unwetter niederging.

Auf den Mühlen Cecilias genügte die Arbeit kaum, um den Hunger zu stillen, und das waren schon günstige Umstände. Zusammen mit dem bescheidenen Goldvorrat des Hauses und mit dem Granathalsband aus ihren Brauttagen hatte sie von der Pappelbrücke für sich und die Kinder einige Möbel, Wäsche und Kleidungsstücke mitgebracht; Geld besaß sie keines. Der Verlust des Bodens und des Hauses schmerzte sie nicht so sehr. Lebhafter war in ihr ein Gefühl der Befreiung über das, was mit den anderen Grundstücken, der Ca'Morgosa und der Antonella, geschehen war. Diese Besitzungen Coniglio mannaros waren ihr immer wie ein Fluch erschienen, der böse enden mußte. Vielleicht kam noch ein wenig die Genugtuung des »Ich habe es schon immer gesagt« hinzu, die so verlockend ist, daß der Mensch sie gern mit seinem eigenen Schaden bezahlt; aber die Sache hatte zu schmerzlich und zu schrecklich geendet. So wie es mit Coniglio mannaros Verfehlung ausgegangen war, entdeckte sie darin den Fingerzeig Gottes. Sie erzitterte davor, sich auch nur in Gedanken damit zu befassen. Um die alte Pappelbrücke indessen tat es ihr leid wegen des Andenkens an den Schwiegervater. Dabei erinnerte sie sich, daß auch Padron Lazzaro der Erde nie eng verbunden gewesen war, wohl aber die Schwiegermutter. Dunkel ahnte ihr, daß der unglückliche Coniglio mannaro von Dosolina jenen Heißhunger nach Landbesitz geerbt habe, durch den er auf Abwege geraten, gezüchtigt und heimgesucht worden war. Vielleicht keimte und nagte in diesem dunklen Gefühl auch ein Groll gegen den Gatten und ein Nachhall des Zwiespaltes zwischen Schwiegermutter und Schwiegertochter über den Tod und das Unglück hinaus: so groß ist die Schwäche der menschlichen Natur. Beklommen erinnerte sich Cecilia jetzt, da der Friedhof der

Guarda unter Wasser lag, an die Abneigung des Padron Lazzaro, dort begraben zu werden. Seine düsteren Prophezeiungen hatten ihm in seinen alten Tagen noch den Spitznamen Apokalypse eingetragen. Zu viele davon waren eingetroffen. Mit einem Wort: die Mühle war das Heil der Scacerni, und wer von ihr abwich, endete im Unglück. Cecilia fühlte sich den beiden Mühlen, dem Fluß und seinen Widerwärtigkeiten verbunden in derselben Art, wie der Seemann dem Meer und der Bergbewohner dem Gebirge verbunden sind, nicht nur in guten Zeiten, sondern noch viel mehr in den Wechselfällen des Lebens, da man kämpfen muß. So war ihr Gefühl für den toten Schwiegervater viel lebendiger als für den noch halb lebenden Gatten.

Nicht ohne einen gewissen unbewußten Stolz einer Begünstigten hörte und sah sie in jenen Tagen das schreckliche Elend der Menge, die alles verloren hatte, während ihr und ihren Kindern doch die Mühlen geblieben waren. Die meisten lebten von der öffentlichen Wohlfahrt und der Mildtätigkeit der Regierung. Wer ein wenig Vieh gerettet hatte, mußte mit dem Boot losfahren, um die Ährenköpfe zu schneiden, wo sie herausragten, und um das Laub der Bäume zu plündern, damit er sein Vieh am Leben erhalten konnte. Viele aber entbehrten dieser Hilfsquellen und machten sich auf den Weg zur Stadt, wohin sie sozusagen langsam abflossen. Dort hatten sich viele Zufluchtsstätten geöffnet und mit großen Beiträgen der Bürger aus ganz Italien und allen Teilen der gesitteten Welt so viele Hilfskomitees gebildet, daß die Jahrmärkte, Feste, Schauspiele und Wohltätigkeitsveranstaltungen überflüssig gewesen wären. Aber in jenen Zeiten waren solche Unternehmungen unvermeidlich, und so gediehen bei dieser Gelegenheit die Narreteien so weit, daß man die Begründung einer »Internationalen Statistik der allgemeinen Anteilnahme der Liebhaber von Musik und Theater zugunsten der Opfer der Überschwemmung« ernsthaft erwog. So ist es nun einmal: in alle menschlichen Dinge schleicht sich das Lächerliche ein.

Es dauerte nicht lange, da verloren die Unglücklichen, denen alles genommen war, auch noch die Gesundheit. Die Blattern griffen um sich, die schon seit einiger Zeit im ferraresischen Land umgingen, Typhus trat auf, und die Malaria verbreitete sich. Es schien wie der Spott eines übelwollenden Schicksals: in den überschwemmten Landstrichen tauchten große Mengen von Fischen auf, die leicht zu fangen waren und mit denen man den Hunger stillte; sie wurden aber schlecht gekocht oder waren oft verdorben, so daß von dieser Speise viele krank wurden.

Koliken und Durchfall ließen den schrecklichen Verdacht auf Cholera aufkommen. Es gab kein anderes Wasser zu trinken als das schmutzige und rasch faulige der Überschwemmung.

In der Guarda verteilte ein Zentralkomitee Hilfsspenden: Brot, Kleidungsstücke, Arzneien. Es besorgte den Transport der Bedürftigsten und der Kranken in die Unterkünfte und ins Lazarett von Ferrara, was nicht selten Anlaß zu Streitigkeiten mit jenen Unglücklichen gab. Immer noch bestand eine eingefleischte Abneigung, ein volkstümlicher Abscheu gegen das Krankenhaus und das Lazarett.

Das Wasser hatte gewaltige Verwüstungen angerichtet. Die Orte waren verödet. Beim Abfließen des Wassers war mit der Zerstörung der Feldarbeiten der unausbesserliche Schaden durch den Schlamm und die unfruchtbaren Sand- und Kiesmassen in den Feldern zum Vorschein gekommen.

Was aber die Leute auch immer sagten oder fluchten, der zivile Pionierdienst und die den Arbeiten vorstehenden Ingenieure standen nicht mit den Händen in den Taschen da, sondern gingen fleißig daran, die Bruchstellen zu verkleinern und die Bollwerke zu festigen, damit sie im geeigneten Augenblick Widerstand leisten konnten. Doch der Fluß führte immer noch Hochwasser, zwei Monate nachher noch. Und ihr Entschluß, den niederen Wasserstand abzuwarten, wurde knickrigem Geiz, Meinungsverschiedenheiten mit den Pächtern und der verhaßten Tyrannei der Regierung und der Grundbesitzer zugeschrieben. Zu den beschäftigten Arbeitern war inzwischen eine Kompanie Brückenbauer mit dem Flußboot »Sesia« gestoßen, mit Material für Pontonbrücken und fliegende Brücken. Am Ankerplatz Cecilias herrschte ein Kommen und Gehen, ein beständiger Verkehr: es war der reinste Seehafen geworden.

Die Guarda war in jenen Junitagen schon frei von Wasser, unter dem sie weniger als so viele andere Orte gelitten hatte. Um die Häuser zu schützen, wenn es je wiederkommen sollte, waren vor den Türen Wälle und kleine Mauern bis zu halber Höhe errichtet worden. Derart halb eingemauert, machten sich die Einwohner an die Säuberung und Wiedereinrichtung des Dorfes. Sie konnten sich glücklicher schätzen als viele andere, obwohl die Not beängstigend war und die Hilfsmaßnahmen gegen den Hunger nicht ausreichten, wie auch der Lohn ungenügend war, den der Pächter der Arbeiten an der Einbruchstelle zahlte und der in niederträchtiger Weise das Überangebot an Arbeitskräften ausnützte. Es gab manchen, dem der Müßiggang und das Brotbetteln bei den Hilfskomitees besser gefiel als das viele Abmühen, bei dem er sich nicht viel besser ernähren konnte. In dem Maße, wie sich jeder einzelne mehr und mehr der besonderen Auswirkung des Unglücks auf sein eigenes Geschick bewußt wurde, folgte auf die große Betäubung ein allgemeines Verzagen, eine mißtraurische Verstörtheit, die leicht in Zorn ausarten konnte. So verhärteten sich Verdachtsgründe und Anklagen wegen Ungerechtigkeit. Pizzacarino war einer der Eifrigsten, sie zu verbreiten, so wie er einer der Entschlossensten war, nicht arbeiten zu wollen, nicht aus Faulheit, sondern aus Grundsatz:

»Die Kapitalisten müssen uns ernähren«, sagte er, »damit tun sie nicht mehr, als einen Teil von dem vielen zurückzuerstatten, das sie uns Proletariern weggenommen haben. Die Gelegenheit ist gut und muß ausgenützt werden.«

Er kam also nicht als verzweifelter Bettler, wenn er um Almosen bat, sondern mit dem Gesicht eines Rächers der sozialen Ungerechtigkeit, ja als Soldat des Klassenkampfes. So verkündete er: »Je schlimmer, desto besser: die Not wird ein Ausmaß annehmen, daß die soziale Revolution kommen muß. Solange nicht alles getan wird, wird nichts getan.«

Damit schürte er die Unzufriedenheit über die Bezahlung des Pächters. Und als einige hundert Arbeiter in den Streik getreten waren, hatte er sie zusammengeschlossen, hatte sie diszipliniert, man konnte schon sagen organisiert, indem er ihnen die Kraft zeigte, die sie daraus ziehen konnten.

Hauptsächlich von ihm war auch eine Art fliegendes Kommando gebildet worden, das weit im Lande herumzog, um zu sagen, daß sich niemand verleiten lassen noch es wagen sollte, sich anstelle der Streikenden zu verpflichten, denn:

»Das wäre Verrat, ein Dolchstoß in den Rücken der Genossen. Sollte das einer nicht gutwillig begreifen, so werden wir es ihm ins Gehirn eintrommeln.«

Die Argumente der niederträchtigen Lohnzahlung, des Verrats und der Knüppel, mit dem das von Pizzacarino aufgestellte Kommando ausgerüstet war, überzeugten. Der Pächter fand entgegen aller Annahme niemanden, um die Streikenden zu ersetzen, und mußte den Lohn erhöhen. Auch das überzeugte und gefiel, weniger dagegen die Absicht des Kommandos, sich nach Beendigung des Streiks nicht aufzulösen und nicht zu arbeiten, sondern statt dessen den gewährten Hilfslieferungen eine gute Portion Brot zu entnehmen.

»Was macht ihr jetzt noch?« fragten die Arbeiter bei der Rückkehr zur Arbeit den Pizzacarino und seine Spießgesellen.

»Wir decken euch den Rücken.«

»Aber der Streik ist zu Ende.«

»Wie wäre er zu Ende, wenn wir nicht gewesen wären?«

»Richtig; aber jetzt . . .«

»Wenn jetzt wir nicht wären, fände der Pächter in weniger als einer Stunde für jeden von euch Hunderte von verzweifelt Hungernden und

Dummen. Er würde euch entlassen, um euch zu ersetzen und den Lohn zu senken, indem er jedem von euch noch einen Tritt gäbe und dabei seinen Rachedurst stillte. Wollt ihr das? Ihr braucht es nur zu sagen.«

»Nein, das nicht! Wir möchten aber, daß auch ihr mitkommt zur Arbeit, denn euch miternähren, ohne daß ihr was tut, das mag vielleicht nicht nur einen Tag dauern – auf einmal wird eine Woche daraus, dann ein Monat. Kurz und gut, das dauert verflucht lange!«

Gegen die, welche so unwillige Reden führten, fand Pizzacarino einen anderen Ausweg: Am Morgen, wenn sie sich wieder zur Arbeit begaben oder auch bei der Arbeit selbst, nach der Mittagsruhe und in dem Durcheinander des Schichtwechsels, fanden die Tagelöhner, Schaufler und Karrenfahrer ihre Arbeitsgeräte, die Karren und Spaten, plötzlich nicht mehr. Die anderen aber, die Akkordarbeiter, fanden, wenn sie einen Haufen Sandsäcke gefüllt, Weidenkörbe geflochten oder einen Weidendamm mit Steinen vollgeladen hatten und kaum weggegangen waren, nachher die Säcke und das Weidengeflecht durchschnitten und damit ihre Arbeit zunichte gemacht. Der Pfahl, auf den einer der schlecht Angekreideten mit dem schweren Hammer schlug, zersplitterte, ohne daß der Betroffene wußte, warum. Und alle, die der Aufseher des Pächters wegen Nachlässigkeit, schlechtem Willen und Unfähigkeit vormerkte, wurden schließlich entlassen. Pizzacarino lachte sich ins Fäustchen. Einer, der den Vorschlag vorbrachte, man solle eine Meldung machen, ein andrer, der den Verdacht äußerte, der Pfahl könnte unter dem Wasserspiegel angesägt gewesen sein, wurde bei Nacht direkt und offen eingeschüchtert:

»Wenn du nicht aufhörst, Uneinigkeit zu stiften, wirst du es bereuen.«

»Was wollt ihr mir tun?« fragte einer.

Das wurde ihm sofort vorgeführt durch vier oder sechs Hiebe auf den Rücken und mit dem Versprechen:

»Das nächstemal kriegst du's auf den Kopf.«

So begann in der Guarda, bevor auch nur der Name davon bekannt war, jene Praxis, die später nicht nur häufiger, sondern auch grausamer und wilder durchgeführt wurde: der Boykott.

Es muß erwähnt werden, daß die alten Hieb- und Feuerwaffen und der Entenböller des Padrone Lazzaro mit dem Haus an der Pappelbrücke nicht verlorengegangen waren, weil Padrone Lazzaro kurz vor seinem Tode, als die Bestimmungen des österreichischen Garnisonsgesetzes gelockert worden waren, sie ausgegraben und mit Freude die Waffenkammer der San Michele wieder eingerichtet hatte.

Der Anblick jener Waffen und der Freude des Schwiegervaters hatte damals in Cecilias Seele ein seltsames Gefühl schmerzlicher Zärtlichkeit und eines besänftigten, fast süßen Kummers erweckt, wenn sie daran dachte, zu welcher Erpressung ohne sein Wissen diese Waffen gedient hatten, die er jetzt so liebevoll reinigte, mit großer Sorgfalt zum Glänzen brachte und einölte und zwischendurch immer wieder lobte. Sie dachte: »Du weißt nicht, wie teuer sie dir hätten zu stehen kommen können, und was ich aus Liebe zu diesen deinen Waffen durchgemacht habe. Du müßtest deine Perle von Sohn danach fragen!«

Aber: verflossene Wasser! So sagt ein Sprichwort, das nur Flußmüller erfunden haben können. Und als gleich nach dem Dammbruch die Wasser des Flusses der Seeräuberei jener gewissen Boote voller übler Gesellen ausgesetzt waren, hatten Schiavetto und die beiden Burschen bewaffnete Wacht gehalten an Bord der Mühlen. Eines Nachts, als eine jener Barken anlegte und die Besatzung auf das »Wer da?« Barabaguls, der gerade Wache hatte, nicht antworten wollte, waren sie durch eine Gewehrsalve in die Luft fortgescheucht worden, ohne daß eine Stimme die Namen jener Schurken genannt hätte. Damals hatte Cecilia, sofern es überhaupt noch nötig war, den geliebten Waffen des Padrone Lazzaro ganz und gar vergeben: dem Böller, drei Feuersteingewehren, einem Stilett Brescianer Machart, einem schönen Messer mit Heft aus Campobasso und einem Paar fester Klingen, die keinen halben Mann brauchen konnten, wie der verflixte alte Kerl von einem Müller gesagt hatte.

V In wenigen Tagen war das Ufer wieder geformt wie nie zuvor durch die Masse der an der Einbruchstelle Arbeitenden, durch die Anordnungen, die Mühen, die Überwachung des zivilen Pionierdienstes und vor allem durch die Brückenbauer der Pioniertruppe mit ihrem wetterfesten und geeigneten Schiff »Sesia«, das bei den beiden Mühlen vor Anker lag, wenn man es nicht an den Einbruchstellen sah, wie es den Grund auslotete, fliegende Manöverbrücken schlug und mit den dazu geeigneten Bordmitteln beim Bau der Bollwerke und Pfahlreihen half. Tausende von Sandsäcken sollten dazu dienen, eine erste Grundlage für den neuen Dammbau zu bilden. Ferner lag Material bereit, um ihn rasch zu festigen, wie Pfähle, Füllmaterial und sogenannte »dicke Wänste«. Inzwischen war es gelungen, die Einbruchslöcher zu verkleinern, die Bollwerke zu verstärken und die Arbeiten an und hinter den Einbruchstellen voranzutreiben, die nicht nur eingeengt, sondern auch geschickt kanalisiert und in Zaum gehalten worden waren.

Die Leute aus den verschonten Ortschaften kehrten allmählich wieder in ihre Häuser zurück. Man sah sie zuweilen im Boot ein- und ausfahren. Manche fanden in der Scheune die letzten Säcke der alten Ernte wieder. Aber wie war ihnen ums Herz, wenn sie die neue durchschimmern sahen durchs Wasser, das mit dem ersten Fallen grausam klar geworden war! Die Leute fuhren im Boot über die Felder zur Mühle und brachten ihren Sack Korn oder Mais mit sich. Sie ruderten entlang den Reihen der gepflanzten Frucht, auf Wegen und Straßen. Sie ruderten über Tennen, sie fuhren im Boot über Erntefelder hinweg, statt sie zu mähen: die Not der anderen steigerte während der Reise die eigene Not und den Schmerz, der von Tag zu Tag schlimmer, unerträglicher und betrüblicher wurde, so wie der Schaden von Tag zu Tag größer wurde, indem das stehende Wasser die Grundstücke verwüstete, Gebäude zerstörte und die Feldarbeiten schlimmer heimsuchte als damals, da es noch wild daherschäumte. Sogar in einiger Entfernung von der Überschwemmung, und zwar ein gutes Stück weit weg, wurden die Brunnen faulig, als ob die Erde eiterte.

Wie hatten da die alten Einwohner des Dorfes recht, die immer wieder unter den Überschwemmungen, Fluß- und Kanaleinbrüchen und unter dem Überlaufen der Gräben zu leiden gehabt hatten, wenn sie jedem, der über Dürre klagte, zu antworten pflegten, das Elend komme zu Schiff! Sie erinnerten sich daran, wie sie in Booten über die Felder gefahren waren, wie sie das Ruder gebrauchen mußten, dort, wo sonst der Spaten in Tätigkeit trat, wie sie mit dem Bug Furchen zogen, wo die Pflugschar hätte durchgehen sollen: ein häßlicher Schmerz, an den man gar nicht glauben konnte, als wäre es ein böser Traum. Aber auf den gelben Schlamm des überschwemmten Getreides schauten sie nicht: der Gedanke, daß es Erntezeit war, daß man hätte die Sense statt des Ruders gebrauchen können, zerriß ihnen das Herz. An der Anlegestelle angekommen, sagten sie:

»Jetzt ist sie gekommen, die Not, Padrona Cecilia; zu Schiff ist sie gekommen.«

Wieviel Klagen, wieviel Traurigkeit, arme Leute, wieviel Sorgen! Und auch auf den Mühlen, obwohl es im Vergleich ein Herrenleben war, hieß es kümmerlich und freudlos leben, von dem großen Mitleid gar nicht zu reden, gegen das Cecilia nicht unempfindlich war. Soweit das wenige, das ihr bewilligt war, es zuließ, verschenkte sie manchmal ein bißchen gelbes Mehl als Almosen, aus dem man eine magere Polenta machen konnte, um den Hunger der Ärmsten, Verzweifeltsten und Hungrigsten zu stillen.

Inzwischen war dieser schwermütige Juni mit seinen langen, traurigen Regenfällen und seinen strengen Tagen vergangen und mit ihm die dunklen Unwetter, die Himmel und Erde am hellichten Tag ganz verfinsterten und umwandelten, als ob nicht nur die Lebenden, sondern die Natur selbst mit sich im Hader liege und wüte. Endlich hatte der Juli wieder Sonnenschein gebracht, als es schon schien, daß man gar nicht mehr darauf hoffen könne: Juli, auf dem Land der Monat aller Hoffnungen, Erfüllung der vergangenen und Beginn der neuen, die über das hinwegtrösten sollen, was die anderen Monate nicht erfüllt haben. Juli, Monat der Ernte und der vollen Scheuern, der bezahlten Schulden, der in der Sonne ausruhenden Erde, wo auch die bittere und ewige Unzufriedenheit des geplagten Bauern versöhnt wird, wo ihm die beständige Angst seines harten Lebens erspart ist. Juli, einzige Ruhezeit für ihn wie für die Scholle, wo im Innersten seiner Seele schon die neue Enttäuschung keimt, in dem wunderbaren Wort: »Im kommenden Jahr wird alles besser gehen.«

Der Juli jenes Jahres brachte für die Überschwemmten den Tod jeder Hoffnung für das kommende und wer weiß für wie viele weitere Jahre mit sich. Der Juli ließ alle Hoffnungen in seiner Grausamkeit ertrinken. Aber allein ihn fühlen, bedeutete dennoch ein Wiederaufleben, wennschon nicht der Hoffnungen, die in zu weiter Ferne lagen, so doch des Schmerzes, der aus seiner willenlosen und düsteren Ohnmacht, in die ihn das überwältigende Unglück getaucht hatte, wieder erwachte. Wenn auch unter Schmerzen, so brachte die Sonne die Menschen doch wieder zum Leben.

Die Wasser des Flusses nahmen langsam ab. Der Augenblick rückte näher, da man die Einbruchstelle dicht machen konnte. Auch wenn welche da waren, die sagten, es wäre besser gewesen, wenn der Fluß für immer behielte, was er nur unvollkommen wieder zurückgeben könne, so dachten auch diese Verzweifelten bald an andere Dinge. Und letzten Endes rüttelte gerade ein solcher verdrossener Zorn und ein so widersinniger Vorsatz sie irgendwie auf. Viele erregte immer mehr eine andere Erwartung: die Provinzialverwaltung hatte einen Untersuchungsausschuß ernannt, um Ursachen des Dammbruchs und Verantwortlichkeit dafür festzustellen. Man erwartete von ihr die Aufdeckung von Betrügereien und Fehlern, welche die Regierung verpflichten sollten, den Überschwemmten Schadenersatz zu zahlen.

»Und wenn die Regierung auf diesem Ohr nicht hören will, so wird man es ihr beibringen.«

Der Gedanke, der Regierung eins auszuwischen, war volkstümlich geworden. Fahrlässigkeiten und Fehler, wirkliche und vermutete, in der Konstruktion jener Coronella, die unter einem so unglücklichen Stern geboren worden war, wurden rasch übertrieben und zu Anschuldigungen gewaltiger Mißgriffe, ja wahrhafter Verbrechen. Nicht nur die natürliche Veranlagung der Menschen schenkte diesen Dingen Glauben, sondern mehr noch die Habgier, das Interesse, der Kitzel, der in vielen schon aufsässige Raserei war, der Regierung eins auszuwischen. Die schillernde Hoffnung, Geld herauszuschlagen, war in vielen schon zu einem Wahn geworden. Sie verband sich mit dem handgreiflicheren Ehrgeiz der politischen Kandidaten der Opposition und versprach diesen mit großer Wahrscheinlichkeit ein gutes Argument für den Wahlfeldzug und die Aussicht auf das begehrte kleine Abzeichen eines Parlamentsabgeordneten.

Gewiß und unleugbar blieb die Tatsache, daß der Einbruch durch jenen unvorhergesehenen schwarzen Strudel im Froldendamm und nicht in der Coronella erfolgt war, die keinesfalls einem so plötzlichen Anprall widerstehen konnte. Das wußten alle, und es entschuldigte den zivilen Pionierdienst. Aber gerade deshalb versteifte man sich immer mehr auf die Nachlässigkeiten und Fehler, an denen es nicht gemangelt hatte. Die lautesten Schreier und Querköpfe schlugen vor, daß die Untersuchung auf den Zustand aller Dämme in der Provinz, auf die Dienstvorschriften und Diensteinteilungen des zivilen Pionierdienstes, auf den Fiskus und auf die Regierung ausgedehnt werde. Und da diese, wie es ihre Pflicht war, für die Achtung des Gesetzes sorgte und ihre Beamten nicht schutzlos preisgab, schimpfte man auf das Gesetz, auf die Art der Untersuchung, auf den technischen Regierungsausschuß, der mehr Zuständigkeit hatte als der Provinzialausschuß, auf seine Entscheidungen, welche die Ingenieure des zivilen Pionierdienstes großenteils freisprachen. Kurz und gut, alles was über die Vorgänge und Regierungsbeschlüsse durchsickerte oder herauskam, galt als Fingerzeig und Beweis, daß man vertuschen, hinters Licht führen, retten wollte, um »dem Volk nichts zahlen zu müssen«, wie man zu sagen pflegt. Als man erfuhr, daß die Regierung in Beantwortung der Hetzkampagne gegen die Ingenieure an einige von ihnen sogar Ehrenzeichen verteilt hatte, wuchs das Geschrei noch an: das war Intrige, Ränkespiel, Kompaniegeschäft.

Die Müllerin Cecilia mußte einen anderen Ankerplatz suchen, weil der alte nicht mehr geeignet war, ja gar nicht mehr bestand. Denn der Fluß verfing sich zwischen den Grundmauern der alten und neuen Bauten und wechselte dauernd sein Bett und die Strömungsrichtung. Vielleicht hätten nach Beendigung des neuen Dammes und nach Regulierung des Flusses San Michele und Paneperso eines Tages dorthin zurückkehren können, wo der Froldendamm von Nogarole gewesen war. Aber das konnte Jahre dauern, nicht nur Monate. Selbst der Name des Froldendamms wäre bis dahin in Vergessenheit geraten. Andrerseits sah es wegen der in Gang befindlichen Arbeiten so aus, als ob die Zufahrtswege zur jetzigen, vorläufigen Anlegestelle für zu lange Zeit schadhaft und unbequem sein würden.

Sie begann also, im Nachen den Fluß zu erkunden, mit der Sorgfalt, die eine solche Auswahl erforderte. Der Rat Schiavettos war ihr dabei nützlich, mehr als seine alten Arme, die gerade noch ausreichten, das Boot in der Strömung zu steuern. Aber beim Flußaufwärtsfahren mußte auch Cecilia ein Ruder ergreifen. Zuerst wollte Schiavetto das nicht einsehen, aber ein Schmerz in den Rippen, der sich bei geringer Anstrengung einstellte, heftiger wurde und ihm den Atem benahm, zwang ihn, sich damit abzufinden.

»Es wird vorbeigehen«, sagte er. »Das war das böse Wetter dieses Unglücksjuni.«

»Es wird vorbeigehen«, sagte sie zu ihm, »und wieder besser werden.«

Aber wenn man ihn ansah, wie er so entkräftet war und eine graue Hautfarbe bekommen hatte, wie der wütende Schmerz in der Seite ihn am Atmen hinderte, fast als ob ein Übel ihn von innen würgte, wenn man sah, wie wenig Essen er hinunterschluckte, mußte man ganz anders denken. Er klagte nicht, sondern sagte nur:

»Wenn es mich wenigstens in meinen Ruhestunden schlafen ließe, wäre ich schon längst wieder gesund. Aber das ist ein ganz hinterhältiger Schmerz: man wacht nachts auf.« Und während er so sprach, lächelte er. Aber vom Arzt wollte er nicht reden hören und fügte hinzu: »Es ist Rheuma. Und Padrone Lazzaro, die gute Seele, hat mich gelehrt, wie man es heilt. Wenn der Schweiß ausbrechen kann, bin ich wieder gesund.«

Die Kur bestand in Heupflastern und in einem guten und gewürzten Glas Glühwein des Abends im Bett. Aber das Übel wurde nicht besser, und der Schweiß kam nicht zum Ausbruch.

Nachdem sie die Strömung und das Ufer Spanne um Spanne geprüft hatten, kamen sie überein, einen Punkt etwa zwei Meilen unterhalb der Guarda zu wählen. Er bot Überfluß an Nutzwasser, für den Bedarfsfall einen Zufluchtsort in der Nähe, war geschützt durch den Ufervorsprung bei der Guarda und nahe bei bequemen Landstraßen, auch für die alten Kunden von Nogarole. Drei andere Mühlen waren dort in der Nähe, aber der Platz reichte für zwanzig, wenn man wollte. Und jene Müller zeigten der Müllerin ein freundliches Gesicht: sie hatte ihre Kunden und drohte nicht, den anderen welche wegzunehmen. Vielleicht, da es sich um eine Frau handelte, konnte man sogar hoffen, eher die ihren wegzukapern. Aber solche Hoffnungen konnte nur haben, wer Cecilia nicht kannte. Alles in allem: ein guter neuer Ankerplatz. Bisher hatte es immer den Anschein, als ob Schiavetto bei der Prüfung jeder Örtlichkeit nur die Fehler, die Schwierigkeiten und die Nachteile gesehen hätte, während Cecilia ihn immer wieder daran erinnerte, daß man in der engen Stelle oberhalb der Guarda, wo sie sich verankert hatten, um Zuflucht zu suchen, aus diesen und jenen Gründen nicht bleiben könnte und daß letzten Endes Nogarole nicht mehr vorhanden war und daß man sich deshalb entscheiden müsse. Als sie sich entschieden hatten, an einem Tag Mitte August, und Cecilia in der Stunde des Sonnenuntergangs bei goldenem und purpurnem Himmel am Ufer entlang schweigsam heimwärts fuhr, waren viele Bauern auf den Dämmen und am Gestade zusammengekommen, um mit Bottichen und Fässern Flußwasser zu schöpfen. Denn die Überschwemmung hatte ja auch die Verunreinigung der Brunnen mit sich gebracht.

»Sehen Sie«, begann Schiavetto, der wieder zu Atem gekommen schien, »sehen Sie, Padrona Cecilia, wieviel Leute an diesem Fluß sind? Auch das ist ein Zeichen, daß man hier leicht herkommt, denn da sind welche darunter, die kommen von weither, das kann ich Ihnen sagen. Und das ist ein gutes Zeichen, denn zwei Dinge sind für eine Anlegestelle nötig: Wasser im Fluß und Straßen an Land.« Darauf fing er an, alle Vorteile der Anlegestelle aufzuzählen und fand kein Ende mehr: »Und dann, hier unterhalb der Guarda ist keine Überschwemmung hingekommen, und auch das ist gut. Die Entfernung ist gering, und Sie werden nicht einen Kunden verlieren und dazu neue finden. Und bei Nogarole wäre es gar nicht günstig gewesen: es genügt, was dort los war. Gott bewahre, und wie jener Unglückliche geendet hat, den der Dammbruch besser mit seinen Grundstücken begraben hätte, als ihn dorthin zu führen, wohin er ihn geführt hat! Aber nun . . .«

Cecilia erschauerte. Sie war im Irrenhaus von Ferrara gewesen, um ihren Mann zu besuchen, und die Ärzte hatten sie ihn nicht sehen lassen. Dagegen hatte sie, als sie im Pförtnerhäuschen weilte, die Irren schreien hören hinter der gediegenen eisernen Tür: jenes Schreien war ihr nicht mehr aus dem Sinn gekommen, und die Erinnerung daran rief es ihr jetzt ins Ohr zurück. Sie faßte sich wieder, sagte aber nichts. Schiavetto hielt dies für Zustimmung und schloß mit Nachdruck:

»Dieser neue Ankerplatz ist besser als der von Nogarole!«

»Finden Sie wirklich, Schiavetto?«

Die leise Frage genügte. Er kam wieder außer Atem und murmelte mühsam, während er müde ruderte:

»Was soll ich Ihnen denn sagen, liebe Padrona Cecilia? Ich sprach für Sie. Sie haben allerhand Jahre hinter sich und noch schöne Jahre vor sich und müssen Ihre Kinder ernähren. Sie müssen Vertrauen fassen zum neuen Ankerplatz, wenn Sie dort wohnen müssen. Daß Nogarole nicht mehr besteht, ist für mich ein Unglück, an das ich gar nicht glauben kann, und je mehr die Tage vergehen, desto weniger kann ich es. Aber ich weiß ja, daß ich zur Gattung der Katzen gehöre, die das Plätzchen nicht verlassen, auch wenn das Haus zerstört ist und die vielleicht dort sterben. Genau so ist es«, fügte er hinzu und versuchte zu lächeln. In seinen erstorbenen Augen und in seinem kraftlosen, runzligen und grau gewordenen Gesicht blühte sein Jugendlächeln wieder auf, das er einst hatte. Aber alle, die sich daran hätten erinnern können, waren längst tot, und Cecilia war damals noch nicht geboren. »Genau so ist es, und ich kann nur sagen, daß ich in Nogarole sterben möchte.«

Schiavetto war alt, sehr alt geworden. Der stechende Schmerz in den Rippen und im Rücken war so stark, daß er das Ruder loslassen mußte. Ruhig, schicksalsergeben und fast zufrieden sagte er:

»Ich weiß, daß diese Krankheit es mir ersparen wird, noch lange die Qual ertragen zu müssen, an einem anderen Ankerplatz zu sein, Padrona. Und Sie«, fügte er hinzu, als sie Einspruch erheben und ihm Mut machen wollte, »brauchen mich nicht mehr. Ich wäre doch bloß im Wege und äße Brot, das ich mir nicht mehr verdienen kann. O, ich weiß, daß Sie mich nicht wegschicken würden, auch Padrone Lazzaro täte es nicht, wenn er noch lebte. Deshalb sah ich ihn immer wie meinen Vater an. Aber auf Sie warten schwierige Jahre mit all den Kindern, die zu ernähren sind. Und der Dammbruch hat Sie arm gemacht, da ist ein unnützer Mund nicht mehr nötig, wie ich einer bin. Das letzte, was ich tun konnte, war, Ihnen einen Rat zu geben für die Anlegestelle in Co di sotto, und das habe ich getan, und der Ankerplatz ist gut. Aber ich, ich werde in Co di sotto nicht lange sein.« (Co di sotto nannte man im Gegensatz zu Co di sopra, wie das Uferstück oberhalb des Vorsprungs der Guarda hieß, das talabwärts gelegene Uferstück.) Er hatte nun einmal Co di sopra liebgewonnen und fügte hinzu: »Mit den Regengüssen im Herbst werde ich dorthin gehen, wo man nicht mehr nötig hat, Brot zu essen: und Gott sei Dank ist es so.«

Er hatte Fieber, und deshalb vielleicht sagte er Worte, die Cecilia sonst nie zu hören bekommen hätte. Auch machte ihn die herabsinkende Nacht kühn, während sie fast schon bei den Mühlen waren, gewiß aber taten es die gerührten Worte Cecilias:

»Und ich hielt und halte Sie immer wie einen Bruder, Schiavetto.«

»Ich weiß es«, sagte er, »aber haben Sie sich nie gefragt, liebe Padrona, warum ich keine Frau genommen habe?«

»Frau? Nein, Schiavetto, das habe ich mich nie gefragt.«

»Weil an die, die ich geheiratet hätte, eine Mühlenbesitzerin, nie zu denken war für einen Knecht wie mich. Weil ich nicht für die bestimmt war, in die ich mich verliebte. Nehmen Sie es mir nicht übel, daß ich jene Frau immer gern hatte, Cecilia!«

»In dem Alter, in dem ich stehe, sagen Sie das mir?« rief Cecilia halb erstaunt und halb gerührt und auch ein wenig belustigt aus, zudem in der guten Absicht, ihm mit dem Scherz Mut zu machen.

»Ich habe es Ihnen gesagt, weil ich so alt bin, wie ich nun bin«, antwortete Schiavetto ihr und brachte damit alles wieder in die rechte und natürliche Ordnung.

VI Während ich die Feder übers Papier gleiten lasse, muß ich gestehen, daß ich ungern Abschied nehme von Schiavetto, ja, ich vertraue darauf, daß es auch dem leid tut, dessen Auge auf diese Zeilen der Erzählung fällt. Aber es kamen die Herbstregen, und der Knecht der San Michele sah ihr Ende nicht.

Schon seit zwei Monaten waren die Mühlen nach Co di sotto überführt worden und arbeiteten dort mit ihren guten Maschinen. Die Mühlsteine waren in bester Ordnung, richtig eingestellt und nicht ausgeleiert, das heißt nicht abgeschliffen vom Gebrauch. Dem hatte man durch Nachschlagen mit dem Hammer abgeholfen.

Aber das Jahr 1872 wollte bis zum Schluß ein Unglücksjahr sein. Die Regengüsse hatten eingesetzt und hörten nicht mehr auf. Jeden Tag regnete es in Strömen. Abwechslung gab es nur, wenn der Wind sich wütend einmischte, durch den Regen peitschte und die Beschwerlichkeit noch vermehrte. Abwechslung brachten aber auch Blitz und Donner, die zur Verzweiflung noch den Schrecken mengten. Der in dieser Jahreszeit so seltene Hagel schien das Zeichen eines wütenden Fluches zu sein, herabgeschleudert auf eine Erde, auf der es nur noch Vernichtung gab. Seit Wochen wagte die Sonne nicht mehr zu scheinen, und ein Tag war schwärzer als der andere, als wollte er das Elend nur noch im Dämmerlicht zeigen, das täglich größer wurde auf den armen, ertränkten und verwüsteten Feldern, in den abgestützten und schlecht geflickten Häusern, auf den morastigen und schadhaften Straßen, auf einer Erde, wo das Wasser des Himmels böswillig darauf versessen war, die Verwüstungen der anderen, der irdischen Wasserflut zu vervollkommnen und zu wiederholen.

Für alle waren es traurige und angsterfüllte Tage, auch auf den beiden Mühlen, wo das Mahlgeld gerade fürs Brot und für die tägliche Polenta ausreichte. An mehr als einem Tag war das Brot für Cecilia und ihre Kinder knapp. Denn das schlechte Wetter verhinderte die Zufahrt auch für die Kunden, und nicht vielen hatte die Not ein wenig Getreide zum Mahlen gelassen. Der Bäcker der Guarda war nicht in der Lage, mehr als ein- oder zweimal Kredit zu geben: die Last der Schulden machte Cecilia ohnehin mehr Sorgen als der Hunger selbst. Die Kunden wurden weniger in dem Maße, wie täglich die Arbeitslosen zunahmen, und mit ihnen jene, die das wenige von der Überschwemmung gerettete Korn aufgezehrt hatten. Denn das Unglück war vor der Ernte und bei leeren Scheuern eingetreten. Diese Leute vermehrten die Anzahl der von der öffentlichen Mildtätigkeit lebenden Menschen.

Der Anfang am Ankerplatz von Nano war beklemmend. Der Name stammte von dem Ufer, das dort Nano-Bucht genannt wurde. Auch eine in der Nähe gelegene Brücke der Straße, die den Fluß entlanglief, hieß so, wer weiß, wie lange schon und warum. An einem Regentag, einem Tag ohne Brot, wurde Schiavetto nach sanftem und kurzem Todeskampf auf der San Michele von der Anlegestelle bei Nano zum Friedhof der Guarda gebracht. Cecilia begleitete ihn mit dem größten ihrer armen Kinder, Giovanni. Der Fluß war angeschwollen und stieg noch, der Himmel hing ganz tief und erstickte das Land, so daß es schien, als wolle das Wasser beide verschmelzen: Dies irae. Die Träger hatten den leichten Sarg auf den Schultern und gingen eiliger, als sie eigentlich konnten. Bei jedem Schritt spritzte der Schlamm. Bei dem greulichen Wetter und den schlechten Wegen war der Priester in der Kirche geblieben, um dort die Bahre zu erwarten. Die Regenfäden trommelten auf den ärmlichen Sarg und durchnäßten die Frau und den Knaben, ohne daß der Wachstuchschirm etwas nützte. Ja, bei den Windstößen diente er nur dazu, den traurigen Gang noch beschwerlicher zu machen. Der Tag war so trübe und der Nebel bei dem Regen so dicht, daß man schon das Glokkenläuten hörte, bevor man die Kirche erblickte, die nur wenige Schritte von den Häusern entfernt war. Der Dorfpfarrer wartete an der Tür der verlassenen Kirche. Man konnte sagen, daß Schiavetto keine Freunde gehabt hatte, so ausschließlich hatte seine ganze Liebe den Mühlen der Scacerni gegolten, und dann war es ein Wetter, bei dem es wirklich Freunde hätten sein müssen, die hingekommen wären. Auf dem Friedhof war das Grab neben dem des Padrone Lazzaro geschaufelt worden, aber in der Wartezeit war es eingefallen und vollgelaufen mit Wasser, so daß der Totengräber nach dem Gottesdienst zum Pfarrer sagte:

»Man müßte warten, bis es mindestens einen halben Tag aufhört zu regnen.«

»Ich fürchte, lieber Mann, da müßten Sie eine Weile warten.«

Man brauchte gar nicht nach dem Wetter zu schauen, um den Grund einzusehen. Sogar die Erde, niedergedrückt von der grausamen Jahreszeit, wollte den Ärmsten nicht aufnehmen. Es herrschte eine tödliche Traurigkeit. Man mußte einen Eimer benutzen und dann die Schaufel, wie wenn man aus einem brüchigen und in Seenot geratenen Boot das Wasser ausschöpfen müßte. Auch das war ein Todeskampf. Dann mußte man das Grab neu ausheben. Die Erde blieb am Spaten kleben. Und nachdem sie sich zuerst geweigert hatte, aus dem Grab herauszukommen, schien sie nicht mehr dorthin zurück zu wollen, nachdem die Bahre hinabgelassen war. Sie klebte fest, und man mußte sie vom Spaten abschütteln, so daß die Beerdigung äußerlich ehrfurchtslos und beleidigend vonstatten ging. Cecilia glaubte, den Padrone Lazzaro sprechen zu hören, der von dort unten sagte: er wollte nicht in dieser ertränkten Erde ruhen – das war damals, als der Spitzname Apokalypse entstanden war. Dann kam noch die Demütigung, den Pfarrer und den Totengräber bitten zu müssen, die wenigen Lire, die ihnen zustanden, zu stunden, denn:

»Heute habe ich nicht mal Brot für meine Kinder, aber morgen oder übermorgen wird einer zum Mahlen kommen, und ich werde meine Schuld begleichen.«

»Machen Sie sich darüber keine Sorgen«, sagte der Priester, der selbst arm war, gelassen zu ihr.

Und der Totengräber meinte:

»Ein schlechtes Jahr, Padrona Cecilia! Das heißt, ich werde warten, aber Sie wissen, wie es auch mir geht.«

»Das werde ich nicht vergessen, seien Sie sicher.«

»Ich weiß, wer Sie sind, Padrona.«

Padrona, auch dieses Wort schien Spott. Herrin über wen? Über den Hunger? Das Granathalsband, das sie als Braut bekommen hatte, und die wenigen Goldstücke waren bei den Krämern verpfändet. Der Geselle Barabagul war Soldat geworden, aber sie hatte doch Slana zu ernähren und zu bezahlen, denn für den Betrieb der beiden Mühlen waren drei Männer nicht zuviel gewesen. Man mußte Gott bitten, daß keine neuen Mißgeschicke mehr kamen, weil der Po seit den ersten Oktobertagen Hochwasser führte und noch anschwoll. Zu Gott beten . . . Aber es war eine Zeit gekommen, in der sich Gott nur noch auf Züchtigungen besann: Dies irae.

Dabei war es der erste Tag, an dem ihr und ihren Kindern das Brot ganz fehlte: jetzt wußte sie, was Sorge ist, bei dem Gedanken, diesen leidenden und hungrigen Gesichtchen wieder mit leeren Händen entgegenzutreten. Sie hatten nichts zu ihr gesagt, nur als der Mittag verstrichen war, hatte die Kleinste gefragt:

»Mama, wird heute nicht gegessen?«

Und während die anderen sie ansahen mit derselben Frage in den Augen, hatte Maria, die schon sehr verständig war, der Kleinen ein Spiel vorgeschlagen, das ihr gefiel: Blindekuh. Jetzt hörte man sie im Haus des Sandoncello der Paneperso den Wechselreim aufsagen, mit dem die Kinder beim Spiel dasjenige umringten und irreführten, das ihnen mit verbundenen Augen nachlaufen mußte:

Da kommt ein altes Mütterchen gelaufen,
Um ein bißchen Salat zu kaufen.
Was hast du verloren?
Den Faden.
Lauf ihm nach geschwind,
Bis sich der Faden wiederfind't.

Die Stimmlein waren fast kraftlos und sangen, während sie den Toten auf der anderen Mühle ankleidete. Aber dann hatte die kleine Berta die Binde abgenommen und sie nochmals, wie schon öfter an jenem Morgen, gefragt:

»Mama, ist es wahr, daß Schiavetto tot ist?«

»Ja, der Ärmste.«

»Was heißt das«, hatte sie damals hinzugefügt: »ist tot?«

»Daß er irgendwohin gegangen ist, wo es ihm besser geht als uns.«

»Ja, warum sagst du dann der Ärmste?« hatte die nachdenkliche Maria gefragt.

Da nagelten sie gerade den Sarg zu.

Cecilia kehrte mit Giovanni heim zur Anlegestelle und ging dabei über die Straße auf dem Damm. Der Wind blies von vorn oder von der Seite, je nachdem es Südwind oder Ostwind war – beide gleich unheilbringend. Ihre plötzlichen Wirbel, mit Regen und Hagel geschwängert, hüllten Cecilia ein. Der Fluß reichte bis zum oberen Saum des Dammes. Wenn er schwieg, dort im Dunkel, war er lauernd wie ein Naturungeheuer, wie eine gehässig drohende Vorankündigung. Aber meist belebte ihn das Peitschen der Windstöße. Dann schwoll er an, rauschte und geiferte gegen den Damm mit schnellen, kurzen, aufspritzenden oder auch mächtigen, über die ganze Breite des Wasser zurückwogenden Wellen. Und das bedeutete, daß auch der Wind und das Meer sich zusammentaten in böser Absicht und zu dem traurigen Tun, den Ausfluß aus den Mündungen zu hemmen und den Fluß noch mehr anschwellen zu lassen. Für die Müller hieß das außerdem noch Sturmwetter. Mehrmals wurden die Frau und der Knabe vom Gischt der gegen den Damm brechenden Wellen naßgespritzt oder gingen mit den Füßen im überlaufenden Wasser. Hinter ihnen, in Richtung Ferrara, tobte ein großes Gewitter. Es blitzte dauernd. Der Widerschein der Blitze ließ die Wolken in der Höhe aufleuchten, reichte aber nicht aus, um das verdüsterte Antlitz der Erde und des Flusses aufzuhellen: Schrecken über Schrecken, Schaden auf Schaden.

»Du wirst nicht untergehen«, sagte eine Stimme im Innern der Frau, »ihr werdet nicht in Verlassenheit versinken.«

Hätte sie geglaubt, solches Wort käme ihr nur aus dem eigenen Innern, so wäre sie, so tapfer sie war, niedergeschlagen und mutlos geworden. Aber nun überließ sie sich dem Gefühl in unbesieglicher und gelassener Ergebung, die stärker war als jeder Mut in einer Lage, wo kein Mut ausgereicht hätte.

Auf den Mühlen der Verzweiflung fehlte jetzt nur noch, daß der Bursche am gleichen Abend oder morgen um Abschied bat und sie allein zurückließ. Dann müßte sie allein gegen die Willkür des Geschicks ankämpfen. Doch hatte sie bei aller Beklommenheit keine Angst: die geheimste Tiefe ihrer Seele machte sie sicher und gab ihr ein, daß sich eine ganz andere Hilfe zeigen werde, falls auch Slana sie allein lassen und jeder menschlichen Hilfe berauben sollte. Und auf jene Hilfe allein vertraute sie. Fast hatte sie es eilig, denn aus dem Gedanken entsprang eine Fröhlichkeit, die stärker war als die Bangnis, mit der sie kämpfen mußte. Sie sagte es ihm also: er solle weggehen und sich einen anderen Arbeitgeber und andere Mühlen suchen, die weniger bankrott und verzweifelt seien.

Doch Slana erwiderte nur: »Mein Vater hat mich nicht gelehrt, ein Schurke zu sein.«

»Dein Vater sei gesegnet«, sagte sie und mußte ihre aufwallenden Gefühle niederhalten.

»Er sei gesegnet. Den Lohn können Sie mir zahlen, sobald es möglich sein wird.«

»Du hast ein gutes Herz, Slana! Ich danke dir, Slana.«

»Ich wüßte nicht warum.«

»Doch! Denn wenn du den Abschied wolltest, könnte dir niemand einen Vorwurf daraus machen.«

»Ich weiß, daß ich ihn mir machen würde.«

Sie fuhr auf, als sie das hörte. Hatte sie ihn doch schlecht beurteilt! Sie fühlte, daß in der Seele des Gesellen der Ruf der Barmherzigkeit mächtig geworden war und daß ihre kurz vorher gezeigte Eile, ihn zu locken, zudringlich, fast kränkend und von Verzweiflung übermannt war. Sie hatte die Absicht gehabt, dieses Gewissen zu beeinflussen und nach ihrer Weise zu lenken. Das ist kein Weg, um Barmherzigkeit wirksam werden zu lassen, denn sie will mit reiner Demut und voller Unterwerfung angerufen werden. Sie fühlte die wohltuende Demütigung und nahm sie an. Slana war das Werkzeug dazu gewesen, Slana, der von ihr immer als ein langsamer und ungeschliffener Faulpelz angesehen worden und der jetzt ausersehen war, sie, ihre Kinder und die Mühlen zu retten.

Den Kindern am Tisch drehte sich alles im Kopf, und sie fielen in Schlaf.

»Sprecht eure Gebete«, sagte sie zu ihnen. »Ihr werdet alle hier schlafen, in den Kleidern, weil ich euch dann im Falle eines Unglücks alle bei der Hand und bereit habe.«

»Sie haben recht«, stimmte Slana zu.

Hagel und Regen prasselten auf die klirrenden Dächer. Der Fluß wogte mit aller Wucht gegen die Vorderteile der Flöße, schwoll unter ihnen an und hob sie mit Leichtigkeit empor. Er staute sich zwischen den Flößen, gierig und bösartig, als wollte er sie auseinanderdrücken. Die Verbindungsbalken, Ketten genannt, ächzten und knirschten. Das Ulà ließ die Mühlsteine leer laufen. Föhnböen rüttelten mit wildem Pfeifen an den Häusern der beiden armen Mühlen und ließen sie krachen. Bald traf sie eine kurze, kräftige und wütende Welle gegen die Seite – bald wogte eine längere und höhere Welle über die ganze Breite des Flusses heran, packte beide Mühlen am Heck, hob sie empor und glitt zum Bug durch. Bei dem heftigen Aufprall erlitt das Ulà heftige und gefährliche Erschütterungen, so daß man fürchten mußte, die Morgendämmerung nicht ohne Schäden und Schiffbruch zu erleben. Dann schwieg der Wind; dafür begann wieder das unheimliche Rauschen der Strudel unter den Kielen. Das seit langem andauernde Hochwasser hatte alle Fackeln an Bord verbraucht, die Laternen waren in soviel angstvollen Nächten eingetrocknet, so daß es, wenn in dieser gefährlichsten aller Nächte treibendes Holz gegen die San Michele oder die Paneperso geworfen worden wäre, nicht nur an kräftigen Armen gefehlt hätte, die Gefahr abzuwehren, sondern auch an Mitteln, die Dunkelheit zu erhellen und rechtzeitig das Signal »Rette sich, wer kann!« zu geben. Und treibendes Holz mußte es bei einem Hochwasser vieles und gefährliches geben. Während die Ölfunzel erstarb, sagte Cecilia:

»Slana, geh zwei Stunden schlafen, wir lösen uns ein wenig ab in der Wache. Wenn ein Unglück eintritt, können wir nichts anderes tun, als ins Boot springen und sehen, ob wir das Leben retten.«

»Das Boot ist bereit und gerüstet«, anwortete der Geselle, »es ist hier angebunden am ersten Haken des Laufstegs. Aber ruhen erst Sie sich aus, Padrona, denn ich habe keinen Schlaf und werde gute Wacht halten.«

»Das glaube ich dir, und ich bin sehr müde, aber wie soll ich schlafen heute nacht mit den Kindern auf dem Fluß?«

Beim letzten Schimmer des vom Rollen und Stoßen erschütterten Lichtleins, das vom Sturmwetter und den Sorgen der Mühlen am Po zu erzählen wußte, wies sie auf die eingeschlafenen Gesichtlein der Kinder.

»Versuchen Sie es«, sagte der Geselle und trat auf dem Laufsteg draußen seine Wache an.

Sie war müde und entkräftet, hätte aber nie geglaubt, Schlaf finden zu können. Und sie merkte nicht, daß sie einschlief, daß sie mit ihren Kindern schlief. Der plötzlich hereinbrechende Schlaf ließ auf ihren Lippen ein Wort ersterben: da nobis hodie panem nostrum.

Und sie schlief, als das Flämmlein schon längst erloschen war, bis zur Morgendämmerung.

»O Slana«, sagte sie, als sie sich wieder sehen ließ, »warum hast du mich nicht geweckt, um dich abzulösen?«

»Reden Sie nicht davon, Padrona: Es wird Ihnen gut getan haben. Diese Nacht ist vorübergegangen, und wir werden auch die kommenden gut überstehen, obwohl noch niemand einen so entfesselten Po gesehen hat, kein Lebender und kein Toter, nicht einmal Schiavetto, die gute Seele, der immer sagte, er habe allerhand erlebt auf dem Po! Aber schauen Sie lieber, was uns rettet«, fügte er hinzu und zeigte auf die Mitte des Flusses.

So etwas hatte noch niemand sich vorgestellt oder erträumt, geschweige denn gesehen. Das Toben der feindseligen Stürme ließ den Po dahineilen und schäumen. Aber durch ihr eigenes Ungestüm und gezwungen durch die Form des Flußbettes drängten sich die widerstreitenden Strömungen in der Mitte zusammen, wo sie einen schwellenden und reißenden Streifen bildeten, in welchem das spärliche Licht der nebligen Morgendämmerung Treibgut erkennen ließ, das fortgetrieben wurde und schwamm: es war so viel, daß es ausgereicht hätte, die Mühlen hundertmal zu versenken. Diese aber blieben im freien und harmlosen Teil des Wassers. Slana kicherte und gähnte:

»Diesmal ist der Po wild, aber nicht so sehr, wie es scheinen will, und vor allem meint er es gut mit uns. Sehen Sie?«

»Ich sehe. Du hast recht.«

Sie wandte die Augen zur anderen Seite, auf das ungewisse und tückische Land. Das Wasser zwischen den Wällen war so hoch, daß man sich von den Mühlen aus einer kleinen Anhöhe gegenüber glaubte. Wenn man so viele Wasserarme sah, die höher lagen als das Land, bekam man eine Art Schwindel. Auf dem Wall waren Wächter und eine Gruppe

Arbeiter, die neue Stockwerke von Erdsäcken aufschichteten. Sie glaubte, einen von ihnen rufen zu hören:

»He, ihr auf den Mühlen!«

»He, he!« antwortete Slana.

»He, ihr auf den Mühlen der Scacerni!«

»Hier sind wir!« antwortete Slana. »Was wollt ihr«, rief er und bildete mit den Händen ein Sprachrohr, »vom Sohn meines Vaters?«

»Mahlen, du Dummkopf!« antwortete der andere.

Der Kerl spielte mit seinem Leben. Und als Slana ihn an Bord übergesetzt hatte mit seinen Getreidesäcken für die Mühlsteine, sagte der Bauer:

»Sie können sich denken, Padrona, daß ich bei diesem Sudelwetter lieber einige Tage gewartet hätte. Aber man wartet einen Tag, man wartet noch einen Tag, das Mehl ist alle. Es ist besser, den Regen auf sich zu nehmen, als gekochtes Korn zu essen, nur weil das Wetter kein Einsehen haben will. Sind Sie wenigstens bereit zum Mahlen?«

»Selbstverständlich«, antwortete sie heiter. »Alle vier Mahlkästen sind leer, weil alle Angst haben vor dem Regen. Und in einem Stündchen schicke ich Sie nach Hause zurück mit einem weißen oder gelben Mehl, wie Ihre Weibsleute es noch nie in den Backofen oder in den Kochtopf getan haben, so gut wird es gemahlen sein!«

»Freut mich. Mich dauern nur die zwei Ochsen, die naß werden.«

»Slana«, sagte Cecilia, »sei so gut und nimm einige Säcke, um sie zuzudecken. Es ist besser als nichts«, fügte sie zu dem Bauern gewandt hinzu. Dann wieder zu dem Gesellen: »Du gehst anschließend schlafen. Du hast es nötig. Zum Füllen der Mahlkästen reiche ich aus.«

Nie hatte sie sich so stark und so voller Hoffnung gefühlt. Kaum hatten die Mühlsteine begonnen, das weiße und das gelbe Mehl in die Mahlgänge zu schütten, da schien auch der ungestüme Po fügsam, als wolle er das Werk der guten Müllerin fördern und ihr Gebet von der vorigen Nacht anhören: Panem nostrum quotidianum da nobis hodie. »Hac voce tollitur« – mit diesem Wort wird die überflüssige Sorge um den morgigen Tag weggenommen, sagt der Kommentar der Vulgata.

Beim Füllen der Mahlkästen war die demütige und wackere Cecilia Scacerni in angeregter und vertrauensvoller Stimmung, aufgeheitert von einer reinen Freude: Ohne es zu wissen, bestand sie eine schwierige Prüfung und gehorchte einem sehr schwerwiegenden Wort.

Dritter Band

Gottes Mühlen mahlen langsam

Alte Schuld

I »Sie sind also rechtlich vermählt mit dem Giuseppe Scacerni, dem sogenannten Coniglio mannaro, der kürzlich ins Provinz-Irrenhaus von Ferrara aufgenommen wurde und dort lebt?«

Diese Frage richtete der Sekretär vom Hauptort Copparo schnell und ohne den Blick von einem der Papiere aufzuheben, die den Tisch in der Amtsstube überschwemmten, an die zu ihm bestellte Cecilia. In derselben Art hatte er kurz zuvor ihre und ihres Mannes Personalien aufgenommen. Ohne sie anzuschauen, bedeutete er ihr, sich zu setzen, aber sie ging nicht auf diese Einladung ein. Als er nun keine Antwort erhielt, hob er den Blick und fragte: »Na?«

»Na?« fragte Cecilia ebenso zurück.

»Sie sind gefragt!«

»Was geht mich das an?« erwiderte sie und zuckte angewidert die Schultern.

»So hören Sie zu! Wir sind hier zu zweit, soll ich etwa alleine reden wie die Verrückten? Ich spreche mit Ihnen«, und indem er das sagte, wuchs der Zorn in dem Sekretär, »jawohl, mit Ihnen!«

»Na, und?«

»Wollen Sie mich zum besten halten?«

»Es wäre mir schon recht, wenn Sie mir sagten, was das heißt: vermählt.«

»Ist es wirklich möglich, daß es in unserem Jahrhundert eine derartige Unwissenheit gibt?« rief der Sekretär entrüstet. Er nahm den Blick von der Decke und schaute ins Leere, während er mit sich selber weiterredete: »Leider ist es möglich, und jeden Tag hat man neue Beispiele dafür«, er schlug mit der Hand auf die staubigen Aktenstöße, »auch in den Schwierigkeiten, auf die wir beim Zusammenstellen der Register des Standesamtes stoßen. Unter dem vergangenen Regime sind die von den Pfarrern in geradezu bedauernswerter und skandalöser Weise geführt worden.«

»Also, wenn Sie wirklich alleine sprechen«, sagte Cecilia und machte halbwegs kehrt, »dann ist es wohl besser, ich gehe und verliere nicht meine Zeit.«

Und sie wäre tatsächlich gegangen, wenn er sie nicht zurückgerufen hätte: »Heda, heda, Frau, was ist denn das für ein Benehmen!«

»Wenn Sie wünschen, daß ich Sie verstehen soll, dann sprechen Sie mit mir wie ein Mensch.«

»Wollen Sie damit vielleicht sagen, daß ich wie ein Vieh spreche?«

»Ich will damit sagen, daß, wenn Sie Lust und Zeit zum Scherzen haben, ich hab keine!«

»Gut denn«, ließ sich der Sekretär zu erklären herbei, »vermählt ist der amtliche Ausdruck für verheiratet, getraut vor dem Pfarrer, wie man's zu Ihrer Zeit zu machen pflegte; heutzutage geschieht das vor dem Bürgermeister oder einem amtlichen Stellvertreter.«

»Ich hätte nie geglaubt, daß die Gemeinde Leute auf einen Amtsstuhl setzte und mit unserm Geld bezahlte, die sich über uns lustig machen und uns hin und her rennen lassen, wenn wir anderes zu tun haben, als solch dummes Zeug anzuhören. Ich hab's zwar schon vermutet, aber ich wollte nicht daran glauben. Und ich wundere mich über einen, der ein ernsthafter Mensch scheint. Wo sind wir denn, etwa im Kasperletheater?«

»Jetzt aber Schluß, gute Frau!«

»Ich bin schon lange fertig. Bloß damit Sie's wissen: ich bin's nicht gewohnt, gute Frau genannt zu werden! Die Leute, die unsere Müllersitten kennen, nennen mich: Frau Cecilia. Nicht daß ich mir was draus mache, aber es schickt sich nun mal so. Und Sie fragen mich, ob ich beim Priester getraut bin! Damit ist das Maß voll, und ich gehe.«

»Frau Cecilia, gehen Sie lieber nicht, sonst muß ich Sie vom Gemeindediener aufhalten lassen!«

»Das möcht' ich mal sehen!«

»Sie werden's sehen, wenn Sie nicht antworten, wie es sich gegenüber den Behörden gebührt. Ich tue es wirklich nicht zu meinem Vergnügen, daß ich Sie hier aufs Büro bestelle und Ihnen meine Fragen vorlege.«

»Hoffentlich nicht«, sagte sie ein wenig eingeschüchtert und keineswegs überzeugt.

»Allerdings, wenn man Ihre Unwissenheit betrachtet, meine gute Frau Cecilia, könnte man sich wahrhaftig amüsieren. Aber jetzt, da Sie wissen, was es bedeutet, antworten Sie bitte: sind Sie also rechtlich vermählt mit Giuseppe Scacerni?«

»Für wen halten Sie mich eigentlich?« brach Cecilia von neuem los.

Nun verlor der Sekretär die Geduld: »Für die Herzdame, für die Königin von Saba halt ich Sie! Was für Sitten und was für eine Anmaßung! Was glauben Sie denn, wer Sie sind? Gingen Sie zum Priester oder nicht? Antworten Sie!«

»Zu wem sollten wir wohl sonst gehen? Sie haben ja selbst eben gesagt, daß es damals noch nicht üblich war, zum Bürgermeister zu gehen.«

»Also gut. Und wo geschah das?«

Der Sekretär schickte sich an, die Antwort aufzuschreiben.

»Wo? In Ferrara.« Als sie antwortete, stieg in Cecilias Gedächtnis eine Menge trauriger Erinnerungen auf, ohne daß sie ihr ganz bewußt wurden.

»Wohnten Sie damals in Ferrara?«

»Nein, ich lebte auf der Guarda, auf der Mühle an der Anlegestelle von Nogarole, die später von der Überschwemmung fortgespült wurde. Nach Ferrara war ich nur zufällig gekommen«, fügte sie hinzu, als ob sie vermeiden wollte, daß er weiter nachforschen würde.

»Wohnte Giuseppe Scacerni dort?«

»Er auch nicht. Er war im Haus einer Tante, weil er die Treppe hinabgestürzt war und sich verletzt hatte.«

»Das kümmert mich nicht. Und«, sagte er, während sie dachte: Gottseidank, »in welcher Kirche wurdet ihr getraut?«

»In welcher Kirche?«

»Nun tun Sie mir bloß den Gefallen, meine Fragen nicht immer zu wiederholen. Antworten Sie mir lieber!«

»In keiner Kirche, fällt mir gerade ein, wenn Sie mich so fragen.«

»Wieso in keiner Kirche?«

»Das wäre eine lange Geschichte.«

»Gerade darum hab ich Sie ja herbestellt, damit Sie mir das erzählen«, sagte der Sekretär und legte den Federhalter hin.

»Ihnen? Das sind meine Angelegenheiten!« rief Cecilia aus.

»Nicht ganz, Frau Cecilia, nicht ganz ...«

»Was, das sind nicht meine Angelegenheiten?«

»Mit wem man ins Bett geht, bestimmt ein jeder selbst. Aber die Ehe und die Kinder und der Zivilstand, das sind Angelegenheiten der Gemeinde, hier muß sie sich einmischen.«

»Ich meine, die Gemeinde sollte anfangen, mit einer Frau meines Alters zu sprechen, wie es sich gehört.«

Sie war schon ungern nach Copparo gekommen, und von Beamten und Schreibern hatte sie sich nie etwas Gutes erwartet; jetzt kamen ihr diese letzten unverständlichen Worte geradezu bösartig vor – ohne die schamlosen von zuerst dazuzurechnen, und alle zusammen schienen ihr widerlich wegen der mürrischen Unverschämtheit, mit der er sich einmischte in diese traurige Geschichte, an die sie seit Jahren nicht gedacht hatte und auch nicht denken wollte. Aber eine Unruhe befiel sie:

»Die Kinder«, sagte sie, ohne abzuwarten, daß der von ihrer Zurechtweisung leicht bestürzte Sekretär sie unterbräche, »können Sie mir wohl sagen, was die Kinder damit zu tun haben?«

»Sie sind gut! Wenn die Ehe nicht rechtmäßig besteht, sind die Kinder selbstverständlich unehelich.«

»Was soll das heißen?«

»Bankerte, meine gute Frau!«

»Halten Sie Ihre Zunge im Zaum!«

»Zum Henker! Einerseits verlangen Sie, daß man respektvoll mit Ihnen spricht, und dann verstehen Sie nicht; und wenn man mit Ihnen spricht, daß Sie's begreifen, sind Sie beleidigt. Halten Sie sich vor Augen, daß ich Sie zu Ihrem Besten befrage, und daß es für Ihre Kinder von Interesse ist, wenn Sie beweisen, daß Sie rechtlich verheiratet sind.«

»Wie soll ich das anstellen?« fragte sie beunruhigt.

»Sehen Sie jetzt ein, daß Sie nichts wissen und dabei reden wollen? Lassen Sie sich belehren und antworten Sie. In welcher Pfarrei wurden Sie getraut?« Mit diesen Worten nahm er die Feder wieder zur Hand.

Aber sie sagte nur: »Ich weiß es nicht.«

»Da müssen Sie sich eben erkundigen.«

»Ich sag Ihnen in wenigen Worten, was ich sagen kann«, meinte Cecilia nun ängstlich, »wirklich ein paar Worte genügen, denn Sie müssen wissen, daß dieser Giuseppe Scacerni, wie ich Ihnen ja schon sagte, im Haus seiner Tante in Ferrara die Treppe heruntergefallen war und mit seinem zerschundenen Kopf Todesängste ausstand. Und wenn ich auch nicht ganz dran glaubte, muß es wohl wahr gewesen sein. Denn ein Priester kam und traute uns im Haus der Tante wie auf dem Totenbett. Ich erinnere mich, daß er Abate Valmora hieß. Das ist alles, was ich weiß.«

»Das ist ein schönes Durcheinander. Man muß eben in den Pfarrbüchern von der Guarda nachsuchen, um zu erfahren, ob Giuseppe Scacerni den Trauschein vorwies, oder, wenn das nicht der Fall ist, muß man ihn in der Pfarrei der Tante suchen. Und wenn sich auch dort nichts findet, muß man eben im Archiv vom Erzbischof nachsehen.«

»Von alledem weiß ich nichts.«

»Aber wo sind denn die Kinder getauft worden?«

»An der Guarda, aber das besorgte alles mein Mann.«

»Er wird doch darüber etwas Schriftliches haben, ein Dokument?«

»Das hat alles der Po bei der Überschwemmung davongetragen, zusammen mit den Häusern und dem Verstand von meinem Mann, mit der kleinen Pappelbrücke und mit der Ca'Morgosa, ich meine, als er über all dem Unglück verrückt wurde.«

»Merken Sie nun, daß es eine verworrene Sache ist?«

Sie merkte es, und ein dunkles Vorgefühl, daß nur Schaden und Traurigkeit daraus erwachsen würden, erschreckte sie.

Der Sekretär versuchte sich unterdessen an ihrem Stolz ein wenig zu rächen: »Aber wenn er dem Tod so nahe war, warum war's dann nötig, sich noch zu verheiraten?«

»Wir hatten unsere Gründe.«

»Ah, Sie hatten Gründe? In welchem Monat waren denn die Gründe?«

»Nicht solche, wie Sie vermuten. Aber ich nehm an, die brauch' ich Ihnen nicht mitzuteilen.«

»Nein, das brauchen Sie nicht. Können Sie lesen?« fügte er hinzu und hielt ihr einen Brief unter die Augen.

»Früher sagte man: wer lesen kann, muß Steuern zahlen. Heut gibt's keine Rettung davor, das merkt man an der Ungerechtigkeit der Mahlsteuer. Also, lesen kann ich nicht, die Mahlsteuer muß ich aber trotzdem zahlen.«

Um uns ihre Aufgebrachtheit gegen die verhaßte Mahlsteuer auszumalen, müssen wir uns denken, daß sie das vorbrachte mit dem Gesicht eines Menschen, der sich über seine Zahnschmerzen, Leberbeschwerden und Steinleiden ausläßt.

»Also dann«, sagte der Sekretär, »ohne viele Redereien: Nehmen Sie zur Kenntnis, die Direktion des Irrenhauses teilt in diesem Brief hier mit, daß der Zustand von Giuseppe Scacerni nicht mehr gefährlich ist, weder für ihn noch für andere. Infolgedessen wird die Familie aufgefordert, ihn zu sich zurückzuholen oder dafür zu sorgen, daß er in einem Asyl für Schwachsinnige aufgenommen wird. Mit andern Worten«, schloß er, als er sie so erschrocken und verstört dastehen sah, »er ist nicht mehr wahnsinnig, sondern ein Kretin. Und da Sie und die Ihren weder arme Leute noch Unterstützungsbedürftige sind, müssen Sie ihn auf die Mühle nehmen. Haben Sie mich verstanden? Ich will ja nicht sagen, daß man Ihnen geradezu ein Geschenk macht, aber es ist nun einmal so, wie ich Ihnen gesagt habe. Und Sie, wenn ich mich danach erkundigen darf, was gedenken Sie zu tun?«

»Ich denke«, sagte sie wie zu sich selber, »ich denke, daß ich nicht einmal weiß, was ich da denken soll. Aber wenn ich ihn nun nicht auf der Mühle haben wollte, diesen Kerl?«

»Wenn er Ihr Mann ist und auf jeden Fall, wenn er die Kinder anerkannt hat, müssen Sie ihn zu sich nehmen oder ihn in eine Pflegeanstalt tun und, versteht sich, zahlen!«

»Zahlen, zahlen! Seit wir die neue Regierung haben, tut man nichts anderes mehr. Nicht umsonst ist sie es, die die Mahlsteuer erhebt.«

»Nun wohl, ihr Müller seid nicht arm. Aber wissen Sie, was ich Ihnen rate?«

»Was denn?«

»Um Ihre und Ihrer Kinder Angelegenheiten in Ordnung zu bringen, nehmen Sie sich einen Rechtsanwalt.«

»Gott steh mir bei!«

»Und dennoch kann nur ein Advokat den Anfang in diesem Knäuel finden.«

»Ja, und womit soll ich den zahlen? Bei all den mageren Jahren nach der Überschwemmung? Mit der Mahlsteuer vielleicht?«

»Nun hören Sie endlich auf mit dieser Mahlsteuer.«

»Sie haben leicht reden. Aber es ist schon eine recht knifflige Sache für eine Frau, die zwei halbverfallene Mühlen mit Hilfe ihrer Söhne in Gang halten und obendrein noch ein unnützes Maul füttern soll und dabei achtgeben muß, daß der Idiot nicht ins Wasser fällt.«

»Das begreife ich, und eben darum hab ich gesagt, daß ein Rechtsanwalt Ihren Fall studieren und Ihre Verpflichtungen feststellen muß, denn wenn dabei herauskäme, daß Ihr Mann nicht alles richtig geregelt hätte, wären Sie frei von Verpflichtungen. Natürlich kämen da noch andere Fragen zutage, und ich hab Sie schließlich zu Ihrem Besten beraten.«

»Eher soll mich der Schlag treffen«, brach Cecilia aus, »als daß ich diesen Kerl wiedersehe!«

»Mich geht's ja nichts an, aber hat er Ihnen arg mitgespielt?«

»Na, lassen wir's lieber«, sagte sie, sich bezwingend. »Können Sie mir die Anschrift eines Anwalts geben?«

»In Copparo gibt's nur den Advokaten Prosperi.«

»Ich hab gehört, er ist ein Ehrenmann«, sagte sie, sich verabschiedend.

»Und vergessen Sie nicht, wenn Ihr Zivilstand festgestellt ist, aufs Amt herzukommen und uns zu benachrichtigen.«

Während sie ging, um den Rechtsanwalt aufzusuchen, bekam in ihren Gedanken auch das Standesamt sein Teil ab. Jene Jahre nach dem Dammbruch von 1872 waren mehr oder weniger mager gewesen und für sie besonders schwer. Sie war hart und dürr geworden und ungehalten gegen alles, was nicht zu ihrer täglichen Bürde gehörte, die sie allerdings tapfer und voller Kraft getragen hatte. Wenn man sie mit der schönen Frau verglich, die sie noch bis in jene letzten Jahre gewesen war, so war sie nun verbraucht und ausgemergelt. Und doch drang durch den grauen Schleier der Entbehrung die kräftige Gestalt der zähen Arbeiterin, der man kein Alter mehr zumißt, es sei denn, um festzustellen, daß die Jahre sie in einen zähen Brocken verwandelt hatten, an dem sie sich nun selber die Zähne stumpf bissen. Auf den beiden Mühlen San Michele und Paneperso war es immer knapp und oft kärglich zugegangen, manchmal hatte man sogar Hunger gelitten. Und immer stand hinter aller Kärglichkeit und Not der Haß gegen die Mahlsteuer, ein Haß, der seit den neunundsechziger Tumulten in den Gemütern der Armen die wilde Abneigung gegen Steuern und staatliche Lasten überhaupt auf eine sinnbildliche Weise in sich schloß. Das junge Königreich aber befand sich in so harten Umständen, daß es genötigt war, schwerere Steuern aufzuerlegen und sie auf eine rigorosere Weise einzutreiben als die früheren Regierungen. Deren Bild verklärte sich in der Erinnerung des Volkes, weil die Abgaben gering gewesen waren und die Art der Eintreibung nachlässig.

Cecilias Kinder, Jungen wie Mädchen, waren aufgewachsen in Armut, in der guten und strengen Obhut ihrer Mutter und des Flusses, der ihnen keine Mühe und Widrigkeit erspart hatte, sie zu unterweisen und für den Beruf hart zu machen. Die zwei großen Söhne waren erfahrene Müller geworden, wenn sie auch noch immer der Mutter gehorchten, wie es die Notwendigkeit und Disziplin und der Respekt ihr gegenüber verlangten. Denn sie kannte das Handwerk von der Pike auf, und sie hatte ihnen ein Beispiel gegeben, als sie sich tapfer durchgeschlagen und den zwei Mühlen vorgestanden hatte, ohne andere Hilfe zu haben als die eines Knechtes und ihrer halbwüchsigen Kinder. Gerade die Notwendigkeit, sich allein zurechtzufinden, und die Gewohnheit, zu befehlen und darauf zu achten, daß man ihr gehorchte, hatten sie rechthaberisch und unduldsam gemacht. So pflegte sie zu sagen, daß Gott ein Wunder getan habe, um sie und ihre Kinder in den Tagen der Überschwemmung zu retten, und daß er schon weitersorge, wenn der Mensch sich nicht mehr zu helfen wisse. Sie fügte noch hinzu: Hilf dir selbst, dann hilft dir Gott; und: Tu nichts Böses, dann brauchst du nichts zu fürchten. Diesen Sprichwörtern legte sie den Sinn unter, daß man die Gnade und Barmherzigkeit des Herrn nicht umsonst beanspruchen dürfe.

Es war schon ein gutes Stück Zeit her, daß sie nicht mehr an Coniglio mannaro gedacht hatte, sie hatte täglich andere und nützlichere Sorgen vor Augen. An ihre Hochzeit hatte sie sich kaum noch erinnert, bis der Mann, der dazu gehörte, durch das Gespräch mit dem Amtsschreiber ihr wieder in seiner traurigen Figur gegenwärtig wurde. Man weiß ja, daß diese Hochzeit eine Erpressung darstellte, doch Cecilia hatte vor diesem Augenblick in Copparo nie auch nur die Spur eines Verdachtes gehabt, daß die Ehe vielleicht gar nicht gültig sein könnte. Als ihr nun – sie begriff selber nicht, wie – ein solcher Verdacht kam, genügte das, ihren Stolz zu verletzen, ihre Redlichkeit zu kränken, ihren frommen Sinn zu beunruhigen und sie für ihre Kinder mit Besorgnis zu erfüllen. In der Verwirrung ihrer Gedankengänge tauchten nun wieder die harten Worte auf, die sie kurz zuvor hatte vernehmen müssen, und darunter die rohen, daß ihre Kinder Bankerte sein könnten.

Sie hatte für ihren verrückten Mann allmählich immer weniger Mitleid empfunden, denn sie verargte ihm, daß er bei alledem noch ohne jede Anstrengung sich mästen konnte. Im übrigen war ihre Sparsamkeit in langer und harter Übung beinahe Geiz geworden. Und so sagte sie sich: »Ich geh wahrhaftig zum Advokaten, ja . . . Wenn er nur tüchtig ist, einer von der Sorte, die Weiß in Schwarz und Schwarz in Weiß verwandeln. Der Teufel hol ihn und den Gemeindeschreiber dazu!«

Sie war davon überzeugt, daß der Schreiber für jeden Klienten, den er dem Advokaten schickte, etwas bekäme. Als sie dann dem Anwalt bald darauf über ihre Ehe berichtete, war sie selbst darüber erstaunt, und sie fühlte sich gedemütigt wie nie zuvor von diesen Erinnerungen, die säuberlich und zahlreich eine nach der andern emporstiegen. Es war ihr geradezu, als ob sich in ihr jemand befände, der ihr alle Einzelheiten in der scheußlichsten Weise wiederholte, und er war doch schon schlimm genug, der traurige Tag ihrer Hochzeit, den sie nun noch einmal wiedererlebte.

»Über den Daumen gepeilt«, sagte der Advokat, nachdem er sie angehört hatte, »kann man vermuten, daß diese Eheschließung sowohl dem Inhalt wie der Form nach gegen Gesetze im kanonischen Recht verstößt, wie sie auf dem Tridentiner Konzil festgelegt wurden. Es genügten schon die Heimlichkeit und der Zwang. Ich nehme an, daß man sie für nichtig erklären könnte vom zuständigen Tribunal, wenn es sich wirklich so verhält, wie Sie sagen. Aber«, fügte er hinzu, indem er sie betrachtete, »was macht es Ihnen eigentlich aus?«

»Ja, wem soll's denn sonst etwas ausmachen?«

Prosperi machte wirklich seinem Namen alle Ehre. Er hatte eine große, stattliche Figur, ein zufriedenes und offenes Gesicht, ein herzliches und beruhigendes Gemüt und gesunden Menschenverstand. Er war ein Jurist, der die Gesetze als Mittel auffaßte, die geeignet waren, das menschliche Zueinander zu erleichtern und nicht zu erschweren. Und obwohl er ein guter Kenner des Gesetzes war, begnügte er sich, auf dem Lande zu praktizieren, weil er von daher stammte und im übrigen gar keinen Ehrgeiz hatte.

»Ich brauche doch nicht anzunehmen, gute Frau«, fügte er hinzu, nachdem er sie nochmals aufmerksam angeschaut hatte, »daß Sie sich gerne wieder verheiraten möchten?«

»Wollen Sie vielleicht auch wie der Schreiber Ihren Scherz mit mir treiben?« sagte Cecilia wütend. »Dem Schreiber brauch ich dafür wenigstens nichts zu zahlen.«

Prosperi, der gerne lachte, brach in ein Gelächter aus, dann sagte er: »Das Gesetz verlangt, daß der Schuldige, der ja wahrscheinlich exkommuniziert ist, bereut und wieder in die Kirche aufgenommen wird, Sie sodann nochmals vor dem Altar ehelicht – heutzutage auch vor dem

Bürgermeister – und auf diese Weise sein Vergehen berichtigt. Aber was hat denn Ihr angeblicher Mann vor?«

»Hach, ich hab ihm noch nichts davon gesagt; er ist im Irrenhaus, und zwar ganz zu Recht.«

»Ob zu Recht oder zu Unrecht, das kompliziert die Angelegenheit.«

»Lieber möcht ich blind werden, als ihn wiederzusehen!«

»Nun, gute Frau, es genügt ja, ihn zu lassen, wo er ist, um so mehr als Sie sagen, daß er sein Los verdient.«

»Aber das Irrenhaus will ihn ja, weil er nicht mehr gemeingefährlich ist, entlassen. Ich kann aber keine unnützen Mäuler stopfen, und ich will ihn nicht, ich will ihn nicht!«

»Nun mal langsam mit diesem Wollen oder Nichtwollen!«

»Nach allem, was ich Ihnen erzählte, hab ich da nicht recht, mich zu beklagen?«

»Verjährte Gründe, gute Frau! Gründe übrigens, die Sie in besseren Zeiten nicht hinderten, mit diesem Mann Kinder zu haben – wie viele übrigens?«

»Sieben, samt dem einen, den ich unter Garibaldi verlor.«

»Soviel Grimm und Groll, gute Frau!«

»Sehen Sie, nun sagen Sie das auch! Ich möcht mal sehen, wer mich zwingen könnte, ihn wieder zu nehmen.«

»Das Gesetz. Und es wäre ja auch gar zu einfach, wenn man einen, weil er zu Hause unbequem ist, einfach ins Irrenhaus stecken könnte. Da wären wohl mehr Ehemänner und Ehefrauen im Irrenhaus als draußen. Hat er die Kinder anerkannt?«

»Ich weiß nicht, was Sie damit sagen wollen.«

»Hat er sie taufen lassen?«

»Na, das hätt' ich erleben wollen, wenn er sie nicht zur Taufe getragen hätte!«

»Dann müssen also die Kinder dem Gesetz nach den erwerbsunfähigen Erzeuger unterstützen und durchhalten. Wem gehören eigentlich die Mühlen?«

»Eine war seine, von seinem Vater.«

»Seine, von seinem Vater! So ist sie also seine, er hat sie geerbt.«

»Ja, geerbt, was für eine Anstrengung! Aber den Beruf hat er nie gemocht, weder die Mühle noch die Kinder, und wegen seiner Betrügereien und seines Wuchers hat er, um es zu sagen, wie's ist, Gottes Zorn auf uns herabgezogen, so daß die Überschwemmung kam, die das ganze Dorf mitgenommen hat. Jetzt sagen sie, daß er ein Kretin ist. Da muß es eben auch Gefängnisse für Kretins geben, wenn nicht, wo bleibt da die Gerechtigkeit, wozu seid ihr Rechtsanwälte da?«

Prosperi lachte von neuem los.

»Aber die Mühlen«, fuhr Cecilia fort, »seine und meine, hab ich seit dem Tod seines Vaters immer in Gang gehalten, er war bloß dabei, wenn's darum ging, die Rechnungen zu kritzeln, dieser Raguser! Und die Kinder hab ich ernährt mit diesen Armen, denn wenn sie auf seine Hilfe angewiesen wären, arme Kreaturen! Ja, er hatte uns alle verlassen, aber dafür lobe ich ihn, so brauchte ich wenigstens sein Gesicht nicht zu sehen. Aber Sie müssen wissen, damit Sie nicht meinen, ich träume, daß der Po gerade die Gebiete überschwemmte, die mein Mann dem Herrn Pietro Vergoli gestohlen hatte; und so war es eine Strafe Gottes, und er wurde verrückt wegen seiner Habgier. Aber was für ein Leben kam dann! Um das zu begreifen, genügt es nicht, all diese Bücher zu studieren (sie zeigte auf die Bücherreihen des Büros), dazu muß man es erlitten haben wie ich. Und ich sage, daß ihm der Verstand genommen wurde, weil er ihm nur dazu diente, darüber nachzustudieren, wie er seine Mitmenschen am besten schädigen könnte. Er ist gut dort aufgehoben, wo er ist.«

»Ich kannte Giuseppe Scacerni«, sagte der Advokat, »aber ich wußte nicht, daß er verrückt wurde.«

»Und wenn Sie ihn kannten, war's dann nötig, mich soviel reden zu lassen?«

»Wahrhaftig, gute Frau, es wäre besser, Sie redeten weniger. Aber die Mühle ist wirklich seine, und wenn das Irrenhaus ihn entläßt, haben Sie die Pflicht, ihn aufzunehmen und zu ernähren.«

»Dann wär es besser, all diese Bücher zu verbrennen! Sie als Advokat können mir nichts anderes sagen, als was mir der Schreiber von der Gemeinde auch schon sagte?«

»Wenn das, was er sagte, richtig ist, seh ich nicht ein, warum ich etwas anderes sagen müßte.«

»Sei's drum! Aber wenn dieser Mann meine Kinder zu Bankerten stempelt und damit ihre Mutter zu etwas, das ich gar nicht aussprechen will, wo bleibt da die Gerechtigkeit? Mag sich der Kerl, wenn's zum Schlimmsten kommt, seine Mühle nehmen und sich zum Teufel scheren. Die Kinder werden ihm nicht nachtrauern.«

»Die sollten den Vater nicht verurteilen.«

»Ich verurteile ihn. Auf die Art werden auch die Tiere zum Vater.«

»Es steht geschrieben, daß man seinen Nächsten nicht verurteilen soll.«

»Ja, aber man dürfte nicht das alles durchgemacht haben, was ich durchmachte. Und daß er mir in diesem Alter noch weiter Sorgen macht, das hätte ich nicht erwartet.«

»Na schön«, endete Prosperi, »zum Abschluß wollen Sie also wissen, was für Bedingungen Ihnen und Ihren Kindern auferlegt sind. Sie haben damit recht, und um Ihnen einen guten Rat geben zu können, werde ich also die notwendigen Untersuchungen vornehmen. Wo sind Sie getraut worden?«

»In Ferrara, in der Straße delle Pettegole, im Haus seiner Tante, der Argia Malvegoli, die das Gewerbe einer Hure ausübte.«

»Diese letzte Einzelheit gehört nicht zum Tatbestand.«

»Ich will damit sagen, daß ihm das Lasterhafte im Blut lag.«

»Na gut«, sagte Prosperi. Und das pflegte er zu sagen, auch wenn eine Sache nicht gut stand, und hauptsächlich, wenn er den Belästigungen von seiten der Klienten ein Ende setzen wollte. Die pflegen ja stets mit zwei Voraussetzungen zum Anwalt zu gehen: daß er sich mit ihren Leidenschaften sozusagen verheirate und daß sie ihm die Führung der Sache vorschreiben könnten. »Entscheidend ist«, sagte Prosperi, »daß die Kinder keinen Schaden haben und sich nicht zu schämen brauchen.«

»Oh, da hört man den Ehrenmann!« rief Cecilia aus, ohne im geringsten zu vermuten, daß Prosperi der Mann war, der ihrem wiedererwachten Grimm und Zorn eine Grenze zu setzen vermochte.

Er sagte also: »Wenn ich das bin, dann hören Sie bitte ein wenig auf mit dem Gerede, beste Frau!«

»Stellen Sie sich vor, daß ich noch nicht mal angefangen habe, und zu sagen hätt' ich allerlei, allerlei, oja!«

»Ich weiß es, so seid ihr alle; aber wenn Sie jetzt nicht ruhig sind, können Sie sich einen andern Vertreter suchen.«

»Bin ja schon ruhig.«

»Also schön. Was den Vater anlangt, wär' das beste . . .«

»Daß er stürbe!«

»Haben Sie versprochen, still zu sein?«

»Ich hab's versprochen.«

»Das beste, er wäre imstande, die Ehe, falls sie sich als null und nichtig herausstellen sollte, in Ordnung zu bringen. Wenn er das nach seiner Entlassung aus dem Irrenhaus nicht kann, wäre es tunlich, seinen Geisteszustand untersuchen zu lassen und, falls er als geistig behindert erkannt wird, die Ehe zu untersagen. Verstehen Sie recht: er bleibt zwar Besitzer der Mühle, aber Sie treten als Besitzerin auf. Verstehen Sie mich?«

»Beinahe.«

»Das genügt. Und wenn er mehr als geistig behindert, wenn er idiotisch ist, muß man ihn in einer entsprechenden Anstalt gegen Bezahlung unterbringen, oder aber auch umsonst; aber sind Sie denn arm genug?«

»Arm genug?«

»Ja! Wissen Sie, was besitzlos bedeutet?«

»Ich weiß es«, sagte sie, sich erinnernd, »eines Abends zur Zeit der Überschwemmung wurde es mir klar, an einem Abend ohne Brot, ohne Arbeit, ohne Hilfe, als wir nicht einmal mehr Öl für die Lampen hatten. Aber damals half uns der liebe Gott in seiner Barmherzigkeit.«

»Jetzt ist es anders.«

»Bin ich vielleicht jetzt eine reiche Frau?«

»Sie leiden zumindest keinen Hunger.«

»So, muß man mir denn immer den Hunger als Maß vorhalten?«

»Dieses Mal nehmen Sie nicht Gottes Barmherzigkeit in Anspruch, sondern die Gerechtigkeit der Menschen, verstehen Sie? Nur die Leidenschaft, sich an diesem Manne zu rächen, läßt Sie so sprechen. Das würde ich Ihnen als Ihr Beichtvater sagen.«

»Ich bin zum Anwalt und nicht zum Beichtvater gegangen!« rief Cecilia widerspenstig, weil sie diese Worte als wahr empfand. Ihre Logik amüsierte den Advokaten:

»Sie meinen wohl, daß ich hier die Rolle des Teufels spiele?«

»Spielen Sie sie ruhig, Herr Advokat!«

Prosperi lachte von neuem: »Na gut! Nehmen wir das Beste oder doch das weniger Schlimme. Unterdessen werde ich, wie gesagt, die nötigen Untersuchungen einleiten.«

Er war in einem Alter, wo er sich noch genau an jene Umstände erinnern konnte, unter denen die Erpressung, von der ihm die Frau erzählt hatte, geschehen war: der päpstliche Staat unter österreichischem Schutz, Ferraras Belagerung, der Belagerungszustand, die zahlreichen Hinrichtungen von heimlichen Waffenbesitzern. Der Fall interessierte ihn als Episode der Lokalgeschichte, aber er hatte auch voll Ehrfurcht die naive Großherzigkeit dieser Frau erkannt, die mit ihrer Einwilligung in diese verhaßte Ehe einen Mann vom Tode loszukaufen gewähnt hatte. Ja, sie ist naiv, dachte er, beinahe ein bißchen zu sehr.

Und so fragte er, ehe er sie verabschiedete: »Sagen Sie mir mal, was haben Sie Coniglio mannaro geantwortet, als er erklärte, daß in dem Falle, wenn Sie ihn nicht heirateten, die Deutschen schon unterwegs seien, um Padrone Lazzaro zu erschießen?«

»Daß ich ihn mit diesen Händen erwürgen möchte.«

»Aber haben Sie nicht daran gedacht, daß er vielleicht doch nicht das Herz gehabt hätte, ihn erschießen zu lassen ...«

»Wenn's um seinen Vorteil ging, hatte er stets genug Mut!«

»Und was für ein Vorteil war damals im Spiel?«

»Ich«, sagte sie grollend und voller Scham. »Wenn er mich nicht auf diese Weise gekriegt hätte, hätt' er mich nie bekommen.«

»Aber glaubten Sie denn wirklich, daß ein Coniglio mannaro die Deutschen aufhalten könnte?«

»Daran dachte ich, und ich sagte ihm, daß alles nur ein Märchen sei. Aber er hatte einen Freund im Kastell, einen einflußreichen und frechen Menschen, einen von denen, die Macht hatten: haben Sie nie etwas gehört von Alpi, vom Grafen Alpi?«

»Vom sogenannten Grafen«, sagte Prosperi. »Das war eine bekannte und berüchtigte Persönlichkeit, die gewiß zu jenen Zeiten sehr einflußreich war. Ich habe ihn noch gekannt.«

»Na und?« sagte Cecilia mit erneuter Unruhe, deren Grund sie nicht erkannte. »Konnte der etwa nicht die Deutschen aufhalten und kommen lassen, hatte der nicht hinreichend Macht?«

»Er vermochte viel und war zu allem fähig«, sagte Prosperi, »fähig auch zu ...«, aber er wollte seinen Gedanken nicht aussprechen. »Schließlich sagte Alpi ja selbst, daß er zu allem fähig sei.«

Jetzt fühlte Cecilia eine große Müdigkeit und etwas wie einen Ekel vor dem Breittreten der traurigen Vergangenheit. »Herr Rechtsanwalt«, sagte sie besorgt, »alles, was ich Ihnen erzählt habe, bleibt unter uns.«

»Was man hier sagt, ist wie in der Beichte gesagt.«

II Die Nachforschungen des Rechtsanwalts Prosperi ergaben, daß diese Eheschließung nirgendwo registriert und daß sie nicht nur null und nichtig, sondern sogar betrügerisch war, indem nämlich der Abate Valmora in jener Zeit a divinis entbunden war, als er sich zu dem sakrilegischen Betrug Congilio mannaros und Virginio Alpis hergegeben hatte. Gefälscht war auch der Trauschein, den Coniglio mannaro dem Pfarrer der Guarda damals vorgelegt hatte.

»Also dann ...«, sagte Cecilia, als Prosperi nicht ohne lebhaftes Mitgefühl ihr die Tatsachen auseinandergesetzt hatte.

»... war die Geschichte, daß die Deutschen schon zu Pferd säßen, um Ihren Schwiegervater zu erschießen, sicherlich eine Falle und ein Märchen der beiden Kumpane: des Alpi – was nicht wundernimmt, wenn man weiß, wer er war – und Ihres Mannes, wenn wir ihn mal so nennen wollen. Wir können sogar sagen, daß diese Lüge ihn seinem Vater gegenüber weniger unmenschlich erscheinen läßt.«

»So bin ich also reingefallen?«

»Ihre Handlungsweise war gut und großherzig, und das bleibt sie.«

»Aber auch blöd!«

»Nein, Sie Arme; ich versetze mich in Ihre Lage, und Sie müssen das nicht sagen.«

»Verschwenden Sie nicht unnütz Ihr Mitleid, Herr Advokat; was bedeutet mir das noch in meinem Alter nach all den Jahren?«

»Ein verlorenes Leben«, sagte Prosperi. »Sie hätten einen anderen heiraten können, einen, der Sie liebte und Ihrer würdig gewesen wäre ...«

Mit einem Achselzucken antwortete sie: »Ach was! Weder ihn noch einen andern; für mich ist's gehupft wie gesprungen. Ich hab, Gott sei Dank, die Kinder gehabt, und das hat mir vollauf genügt.«

»Auch das macht Ihnen Ehre. Ein schöner und seltener Zug.«

»Gott sei Dank«, sagte sie, »ähneln ihm die Kinder nicht, aber Sie, Herr Rechtsanwalt, haben mir einen großen Trost genommen: daß ich nämlich Padrone Lazzaro das Leben gerettet hätte. Es war, als hätte es mein Vater mir aufgetragen, der bei der Überschwemmung von '39 für mich starb. Er wurde nicht gefunden, aber mir schien es, als ob er aus dem Fluß auftauchte, um mir zu sagen, daß den Padron Lazzaro zu retten dasselbe bedeute, wie ihn zu retten, und daß er es verdiene, da er ja mein Leben gerettet habe. Mein Vater hatte es mir vom Jenseits her befohlen, und nun ... nun«, stieß sie mit einem Ausbruch wilder Leidenschaft hervor, »nun begreife ich, warum Gott meinen Lazzarino selig, den ich unter Garibaldi verlor, zu sich geholt hat. Dieser Junge mußte sterben, weil es ihn wurmte, daß man seinen Vater einen Feigling nannte; und weil dieser verkommene Schurke nur Lazzarino wirklich liebhatte und die andern mißhandelte, deshalb strafte ihn Gott; dafür sei ihm ebenfalls Dank, wenn ich auch soviel dadurch habe leiden müssen.«

Prosperi dachte bei sich, daß es nicht seines Amtes war, auf diese wilde Ketzerei einzugehen. Er berichtete nur noch, daß er sich über den Zustand des Kranken erkundigt hätte, der es wirklich nahelege, ihn in einer Anstalt unterzubringen, und daß er zu diesem Zweck nicht nur die Armut der Familie geltend machen wolle, sondern die besonderen Umstände des Müllerberufs auf den schwimmenden Mühlen, welche die Überwachung eines Geisteskranken so schwierig und seine Anwesenheit auf einer solchen Mühle geradezu gefährlich machten. Bis hierher schien Cecilia zugehört zu haben, ohne zu begreifen; sie begnügte sich, zu sagen:

»Wahrhaftig, er könnte in den Fluß fallen.«

Das sagte sie in einem Ton, daß Prosperi nicht umhin konnte, zu entgegnen: »Sie wollen doch wohl damit nicht sagen, daß keiner ihn wieder herausfischen würde?«

»Ich will damit sagen, daß Gottes Gerechtigkeit einen langen Arm hat.«

»Diese Gerechtigkeit Gottes malen Sie sich ja reichlich nach Gutdünken aus. Ich möchte annehmen, daß Sie scherzen. Jedenfalls dürfte ich, falls so etwas vorkäme, nicht beim Richter über das schweigen, was Sie mir eben jetzt sagten.«

»Sagten Sie nicht, daß man hier wie im Beichtstuhl spräche?«

»Nicht um Verbrechen auszuhecken! Für wen halten Sie mich? Im übrigen sprechen Sie darüber mit Ihrem Beichtvater.«

»Ich sprach von Unglücksfällen.«

»Na gut. Hüten Sie sich vor Unglücksfällen solcher Art!«

Cecilia biß sich auf die Lippen. Auf dem Heimweg zur Mahlstelle am Nano, die einige Meilen entfernt lag, wütete sie innerlich gegen den widerlichen Coniglio mannaro, der sie nach so vielen Jahren noch in den Zustand der Todsünde versetzte. In ihrer Seele stieg die Befürchtung auf, daß die Kinder die Wahrheit erfahren könnten. Dieser Gedanke war ihr unerträglich, nicht so sehr, weil sie sich genierte oder aus der Sache womöglich Schwierigkeiten erwachsen konnten, als weil sie erst jetzt entdeckte, wie groß die düstere Leidenschaft des Mannes gewesen war, der, um sie zu besitzen und seine Gier zu stillen, weder Betrug noch Erpressung, Sakrileg noch Exkommunikation gefürchtet hatte. Die ungebrochene Einfalt ihrer weiblichen Gefühle hatte sie ihm nie begreiflich machen können. Jetzt überfiel sie die Vorstellung der Leidenschaft, der fleischlichen Lust, und ängstigte und kränkte sie, während sie überrascht bedachte, daß er ihren Körper in dieser Welt und die Hölle in der anderen gewählt hatte. In ihr, der alten Mutter, stieg eine peinvolle Scham auf, weil das Wissen um eine solche ungeheuerliche Missetat sie gewaltsam zu Gedanken trieb, die den Kindern verwehrt sein mußten. Sie hatte sich immer streng daran gehalten, ihre Kinder zur Schamhaftigkeit zu erziehen, und dabei hatte ihr das abgesonderte Leben auf den Mühlen geholfen. Wenn sie die Wirklichkeit über ihren Vater erführen, müßte sie noch in ihrem Alter vor ihren Kindern schamlos dastehen, nackt wie Noah. Das Geheimnis, das in ihrer Vorstellung die Macht der Leidenschaft und der Wollust umgab, während die Angst es vergrößerte und zu einem grauenhaften Mysterium machte, dies Geheimnis ließ sie voll Furcht begreifen, daß im Exzeß selber etwas Verführerisches und für die jungen Leute Gefährliches lag. Denn sie müßten ja erkennen, wie stark diese Macht war, die alles derartig durcheinanderschleudern konnte. Und worin bestand diese Macht? In der Brunst des Vaters und der Mutter. Cecilia hatte Furcht davor, Abscheu, gewiß, aber sie bewunderte diese Macht auch auf eine bestimmte Weise, und zwar so sehr, daß sie sich bei dem Gedanken ertappte, sie hätte vielleicht Coniglio mannaros Raserei erwidert, wenn sie in ihren jungen Jahren gespürt hätte, auf welche Weise er sie liebte. Nach so vielen Jahren rumorte es dergestalt in ihrem Fleische, während sie früher nichts von all dem gewußt hatte. Noch im unklaren darüber, was das sei, das da in ihr aufstehe, seufzte sie in ihrem tiefsten Innern. Und ihre naive Unwissenheit machte ihre Verwirrung nur noch größer. Angst überschattete sie, und die fromme Eifersucht der Mutter wandte sich in ihr gegen diese qualvolle Auferstehung der längst abgestorbenen Leidenschaften des Coniglio mannaro. »Er ist verflucht«, dachte sie, »ich will nicht mehr dran denken.« Aber die Vorstellung, daß ihm keine Zeit zur Reue zugestanden sei, erfüllte sie, die keine alltägliche und geringe Meinung vom Verlust des Seelenheils hatte, mit einem gehässigen, mit Ekel gemischten Mitleid.

Wenden wir uns der Familie Scacerni zu. Da war die älteste Tochter, Maria, die als Kind recht verständig gewesen und im Heranwachsen weiterhin klug, brav und arbeitsam geblieben war; sie besorgte den Haushalt auf den Mühlen und achtete darauf, die Schwierigkeiten auszugleichen, die bei dem empfindlichen Charakter der Brüder und dem herben und ungestümen Temperament der Mutter nicht fehlten. Maria war ein bißchen häßlich und geradezu schmächtig, dabei ohne Grazie, und ihr geduldiges Gesicht trug grobe und nicht eben verschönernd männliche Züge. Sie hatte aber schöne und ausdrucksvolle Augen. Vor der Zeit verblüht, schien sie nie jung gewesen zu sein. Doch sie war wohl zufrieden mit ihrem Los und immer heiter, und jeder fand sie nett und mochte sie gern. Ihre Mutter hielt viel von ihrem Urteil und ihrer Hilfe, sie liebte die Tochter, wie sie all ihre Kinder liebte; trotzdem zog sie wie die Brüder und Schwestern das Jüngstgeborene, Berta, vor.

Als Berta, die Lazzarino selig glich, kaum erwachsen war, besaß sie bereits einen schlanken Körper, hochbeinig, mit schönen Armen und wohlgeratenen, kleinen, beweglichen Händen und Füßen. Sie versprach, eine wahre Schönheit zu werden, und Cecilia pflegte zu sagen: »Der Herr hat mich mit meinen Kindern getröstet, aber in diesem Trost ist ein Dorn.«

Viele Überlegungen ließen sie so sprechen, während sie die drei Söhne bisher nur loben konnte und auch die dritte Tochter, Dosolina, die brav und gelehrig war, weder hübsch noch häßlich. Viele Überlegungen brachten sie dazu, weil Berta versprach, zu schön zu werden und zu stark aufzufallen und die Männer zu sehr aufzuregen, von denen man ja weiß, wie sie sind. Aber vor allem wußte sie, die Mutter, genau, wenn sie das auch mit aller Sorgfalt für sich behielt, woher diese Art Schönheit stammte: sie kam von der blonden Haarfarbe, die ja schon die Großmutter Dosolina gehabt hatte; die Eigenart der dunklen Augen, die gefährlich gut zu dem Blond standen, erinnerte leider an die Argia, die sündige Schwester der Großmutter. Das schlimme Blut der Malvegoli war durchgebrochen.

Jetzt, da sie sich an ihre Hochzeit erinnerte, dachte sie mit erneutem Groll an die laszive und dienstbereite Gefälligkeit, mit der Coniglio mannaros Tante ihr das Haus und Bett gerichtet hatte. Wie eine Mutter, hatte diese Argia gesagt; wie eine Kupplerin, sagte jetzt Cecilia, ohne daran zu zweifeln, daß sie dem Neffen geraten, geholfen und ihn aufgestachelt hatte, wenn auch nicht gerade zur Erpessung und Gewalttat, so doch zur Ausflucht und zum Sakrileg. Sie hatte sie, Cecilia, wie eine Sau behandelt. In jener traurigen Hochzeitsnacht hatte Argia sie mit gemischtem Wein betrunken gemacht. Diese abgefeimten Schmutzigkeiten brannten in ihr nun schmerzlicher als die Feigheiten des Coniglio mannaro.

Jetzt, da ihr der Anwalt den Glauben genommen hatte, daß sie die Retterin von Padron Lazzaro gewesen, und da Cecilia klar in die Vergangenheit sah, zerstörte die Enttäuschung ihre Selbstzufriedenheit und auch die gute Tat, und ihre Güte kam ihr wie eine Dummheit vor – sie bereute sie.

Nach italienischer Art ißt man zu Abend, wenn die Sonne sinkt. Im Haus des Sandoncellos auf der Paneperso waren Giovanni und Princivalle und die beiden Halbwüchsigen, Antonio und Berta, beisammen.

Es hatte eine Zeit gegeben, da der runde Tisch in dem für eine Schiffsmühle geräumigen Wohnaus groß genug war, um die Familie daran zu versammeln. Die Mutter hatte die Speisen auf dem Feldherd gekocht und auf den Tisch gebracht. Sie selbst hatte meist stehend oder auf einem Schemel sitzend die Mahlzeit, die nie lange dauerte, eingenommen. Aber der Augenblick, der eines Tages kommen mußte, war denn schließlich auch langsam, aber sicher näher gerückt: der Tisch war zu klein geworden. Die Kinder hatten nicht mehr alle Platz daran, und nach und nach hatte sich jedes sein Eckchen und Plätzchen gesucht, wo sie sich mit dem Napf oder Teller auf den Knien zum Essen niederließen. Jedesmal, wenn einer sich abgesondert hatte mit der Ungeduld der Kinder, die schon erwachsen sein möchten, hatte Cecilia dies schmerzliche Zusammenziehen des Herzens, gemischt mit einem seltsamen Wohlbehagen, erlebt, das jede Mutter kennt. In ihr freilich, die so autoritär geworden war, herrschte der Schmerz vor. Und sie sträubte sich so lange gegen die Absonderung vom Tisch, bis die Jungen, alle drei vierschrötig und einer davon stierhaft stark, nicht mehr an dem Tischchen sitzen konnten, ohne sich zu krümmen. Jetzt teilte Maria das Essen aus. Sie stand am Türrahmen angelehnt und war immer in Bewegung, da nämlich der Feldherd auf dem Sandoncello der andern Mühle war. Am runden Tisch saß jetzt die Mutter mit Berta. Da sie alle einen kräftigen und ungeduldigen Hunger hatten, sprachen sie wenig während der Mahlzeit, die sie hinunterspülten, indem sie sich aus der großen Flasche einschenkten oder das sogenannte Drittelchen hinuntergossen. Von diesem leichten Tresterweinchen, das mit einem Wasseraufguß aus den Traubenresten gepreßt wurde, konnten sie nach Belieben trinken. Hatten sie aber richtigen Wein, sagte die sparsame Cecilia, daß er den Durst schneller lösche. Sie bewahrte ihren Wein bei befreundeten Bauern in der Nachbarschaft auf, bei den Verginesi auf den Vegri della Coguazza, die ihr die Trauben lieferten; und wenn der Wein gemacht wurde, war sie im immer neuen Überspülen der Traubenreste erbarmungslos. Zum Schluß der Mahlzeit jedoch schenkte sie jedem aus einer Flasche ein Glas guten Weines ein, wie jeder, der sich anstrengt und schuftet, ihn verdient. Während sie daran nippten, wechselten sie einige Worte und scherzten miteinander, um gleich darauf zu ihren Pflichten zurückzukehren.

Auch an dem Abend, als Cecilia von Copparo zurückkam, setzten sie sich schweigend zum Essen nieder. Sie hatten Hunger und waren auch nicht gewohnt, der Mutter Fragen zu stellen. Nur Maria – und das war bezeichnend für sie – fragte, als sie die Mutter müde und ohne Appetit sah:

»Geht's dir nicht gut, Mutter?«

»Ich bin müde«, sagte Cecilia, aber das war etwas Ungewohntes.

»Du und müde, Mutter?« fragte das Mädchen.

»Wenn du's genau wissen willst«, sagte Cecilia erbost, weil der Bissen, obwohl sie kaute und kaute, nicht hinunterwollte, »ich bin auch wütend!«

»Das tut mir leid.«

»Tut mir selber leid. Aber bei gewissen Leuten, mit denen man zu tun hat, ist es das Geringste, daß man wütend wird!«

Sie dachte an Coniglio mannaro und an Argia Malvegoli, als sie das sagte, aber Maria meinte:

»Hast du Unannehmlichkeiten gehabt? Dann gib uns unser Teil ab.«

Dies Wort ließ, während eine rauhe Zärtlichkeit in Cecilia aufstieg, von neuem die Furcht in ihr erwachen vor all dem, was ihre Kinder nie wissen, ja woran sie nicht einmal denken durften. So sagte sie rasch: »Du bist meine liebe, gute Tochter, ich weiß, aber es ist nicht der Mühe wert, davon zu reden: ich bin beim Advokaten gewesen.«

Sie bemerkte sofort mit Verdruß, daß diese Nachricht nicht geeignet war, die Neugier zu stillen. Wirklich fragte auch Giovanni, den sie als ältesten Sohn mit »Ihr« anredete und dem sie, wenn er's nicht übertrieb, ein Recht zu fragen und zu wissen zugestand:

»Beim Advokaten?«

»Ja, wegen einer Ungelegenheit. Das Irrenhaus hat dem Gemeindeschreiber mitgeteilt, daß dieser Kerl nicht mehr gemeingefährlich ist.«

»Und nun?«

»Nun wollen sie ihn entlassen.«

»Und deshalb seid Ihr zum Advokaten gegangen?«

»O Giovanni, wieviel wollt Ihr noch wissen?« sagte sie mit einem Ansatz zum Scherzen. »Ich bin hingegangen, um zu sehen, ob man ihn nicht in eine Anstalt bringen kann. Und wenn auch der Anwalt sagt, daß wir nicht arm genug sind, um dort eine Freistelle für ihn zu bekommen – und darüber hab ich mich aufgeregt –, so hat er mir doch Hoffnungen gemacht.«

Die Sonne ging unter, und der Schatten begann dichter zu werden im Haus des Sandoncellos, wenn auch durch die offene Tür auf dem schmalen Gang die Sonne noch hereinblickte, aber müde und mit einem pomeranzenfarbigen Licht.

Maria lehnte am Türrahmen mit der Pfanne in der Hand, die andern schluckten geräuschvoll die Suppe, während sie darauf blies, als hätte sie sich bei dieser Nachricht verbrannt. Sie stand einen Augenblick in Gedanken versunken da. Endlich sagte sie, als wollte sie mit lauter Stimme ihren Gedanken fortführen:

»Er ist nicht mehr gefährlich?«

»Sie sagen, er ist ein Idiot, ich weiß nicht, was sie da für einen Unterschied machen«, antwortete die Mutter.

»Wenn er nicht mehr gefährlich ist, warum nehmen wir ihn nicht hierher zu uns?«

»Den?«

»Unsern Vater.«

Sie waren auf den Mühlen kaum gewohnt, den Unglücklichen zu erwähnen, und wenn es doch einmal geschah, nannte man ihn: er und der. So überraschten diese Worte von Maria alle. Man muß wissen, daß die Familie von Cecilia und Maria regiert wurde, die sich zwar gelegentlich in den Haaren lagen, die eine mit heftiger, die andere mit leiser Hartnäkkigkeit, aber immer rücksichtsvoll und mit ernsthaftem Eingehen auf die andere. Was die übrigen angeht, so hatten die beiden Größeren den Dienst in der Mühle. Und wenn die zwei Frauen drohten, es zu lange so zu treiben, sagten sie: »Wenn ihr fertig seid, laßt's uns wissen.« Diese unbekümmerte Neutralität brachte ihnen manchmal von Cecilia Namen ein wie: Salami, Tölpel und Maulaffen. Über solche Ausfälle lachten sie ausgiebig. Die Schwester Dosolina hatte keine eigene Meinung oder die dessen, der zuletzt gesprochen hatte. Von den zwei Kleinsten, abgesehen davon, daß sie sowieso noch keine Stimme im Kapitel hatten, fühlte sich Antonio zum Studieren und Lesen berufen, er allein hatte mit Hilfe des Priesters lesen und schreiben gelernt. Er war also ein Literat. So nannten ihn die Brüder, indem sie ihn gleichzeitig aufzogen und ein wenig stolz auf ihn waren. Er mischte sich in Familienangelegenheiten nicht ein. Die schöne Berta war in einem Alter, wo die Mädchen gern in Gedanken oder Scheingedanken abschweifen, weil ein Spiegelchen ihr zu sagen begonnen hatte, wie schön sie sei. Und wenn die Brüder sie dabei überraschten, drohten sie zum Scherz, sie würden es der Mutter sagen.

Es sei noch erwähnt, daß Maria, wenn sie jeweils ihre Meinung geäußert hatte, aus Bescheidenheit und Zurückhaltung niemals fragte, ob man ihr zustimme; die Mutter pflegte ebenfalls nicht weiter zu fragen, aber sie unterließ es aus Stolz und Selbstgefühl.

Bei dem Ausruf »unser Vater« schauten alle Cecilia an, aber die schien nichts gehört zu haben, und man sah auch nicht im Halbdunkel des Raumes, was für ein Gesicht sie machte. Maria wiederholte im Tone eines Menschen, der viel und lange über eine Sache nachgedacht hatte:

»Ja, warum nehmen wir ihn nicht zu uns, unsern Vater?« Und nun zitterte die Stimme des Mädchens leise. Unwillen lag darin. »Wohin soll er denn gehen, wenn sie ihn aus dem Irrenhaus entlassen?«

Mehr als an die Mutter war die Frage an die Brüder gerichtet, die schwiegen und mit diesem Schweigen ihre Antwort gaben. Cecilia fühlte das. Und jenseits des Bereiches, wo das Bewußtsein wirken und klären kann, zog sich wieder dieser Riß durch ihr Herz, jene ewige Unausgeglichenheit einer Frauenseele, die sehnlichst wünscht, die Zuneigung der Kinder für sich zu bewahren, zugleich aber vom Groll des beleidigten Weibes erfüllt ist. Sie errötete vor Zorn: »Wo er hingeh'n soll? Solange ich lebe, hierher nicht!«

»Und warum nicht?«

»Weil ich es nicht will!«

»Das ist, mit Verlaub, keine Antwort.«

»Das hast du nicht zu sagen.«

»Ihr könnt mir den Mund verbieten, aber damit wird Euer Nein nicht besser.«

»Es muß dir eben genügen.«

»Ich wiederhole, Ihr könnt mich mundtot machen, aber das ist keine Erklärung für mich und auch nicht für die andern, Mutter! Ebensowenig für Euch, die Ihr ja wißt, was gerecht ist und was nicht.«

Sie sagte es wie jemand, der sein Gegenüber liebt und dem es leid tut, recht zu haben gegen den, der ihm recht geben muß.

Cecilia wollte die andern nicht fragen. Sie sagte statt dessen höhnisch und rauh: »Oh, oh, ich weiß ja schon lange, daß du den Titel ›Mutter der Barmherzigkeit‹ in Anspruch nimmst, aber jetzt willst du mich auch noch belehren!«

In ihrer Wut suchte sie auch die andere, mit der sie stritt, zum Zorn hinzureißen. Aber Maria sagte nur: »Ihr tut nicht recht daran, Mutter, mir das zu sagen.«

»Und von dir ist's eine Unverschämtheit, mir unrecht zu geben.«

»Dann verzeiht mir, aber regt Euch nicht grundlos auf.«

»Grundlos?«

»Dann sagt uns doch den Grund!«

Marias ständige Bemühung, die Ansicht der Brüder in dieser Angelegenheit zu erfahren, ließ Cecilia außer sich geraten. Plötzlich fühlte sie sich im Unrecht. So sagte sie ein wenig stotternd, im Ungestüm des Zornes: »Der, dieser – dieser Mann, nach dem, was er verdient hätte, ist's ihm noch viel zu gut gegangen dort, wo er jetzt war.«

»Wer weiß, wieviel er gelitten hat, Mutter, und wieviel er noch leidet!«

»Ah, wahrhaftig, du Mutter der Barmherzigkeit!« schrie Cecilia verletzt.

Aber Maria sagte nur: »Erinnert Ihr Euch, Mutter, als wir ihn besuchen wollten, erinnert Ihr Euch, Giovanni?«

Der ältere Bruder nickte zum Zeichen des Einverständnisses. In den ersten Jahren, als der Vater dort war, ging Cecilia einmal mit den beiden ältesten Kindern hin, um ihn zu besuchen. In der Pförtnerwohnung warteten sie auf die Antwort der Ärzte. Sie erhielten dann den Bescheid, daß er unter den Tobsüchtigen sei und man von einem Besuch abrate, um so mehr, als die Erwähnung seiner Frau allein schon genüge, um ihn rasend zu machen. Fortan hatte Cecilia sich den Weg und Zeitverlust mehr und mehr erspart. Aus Gewissenhaftigkeit hatte sie aber noch den Priester in die Beichte befragt. Der hatte ihr gesagt, daß, wie die Sache nun einmal stehe, und in Anbetracht der Entfernung und all ihrer Arbeit auf den Mühlen, es durchaus genüge, wenn sie hin und wieder Nachricht einhole. Die hatte sie eingeholt, doch mit dem heimlichen Wunsch, daß sie unverändert bleiben möchte.

Mehr als einmal vernahmen sie, während sie im Pförtnerhaus warteten, hinter den vergitterten Türen dieses Schreckensortes das grauenhafte Geschrei der Wahnsinnigen, das sie mit Ekel und Angst erfüllte. Und Ekel und Angst verfolgten sie dann auf dem Heimweg. Jetzt kehrten diese Gefühle zurück und wirkten auf Cecilia wie Gewissensbisse. Aber warum eigentlich jetzt gerade, da sie all das Unrecht und die Schuld des Verkommenen kannte und ihn bis zum Äußersten verachten mußte? Und doch blieb da in dieser Sache für sie ein Vorwurf, und da sie ihn nicht unterdrücken konnte, wollte sie das unbesonnene Mädchen diesen Ekel und diese Angst entgelten lassen: »Aber ja, gut denn, fang nur mit mir Streit an. Und sag auch noch, ja sag's schon, daß ich ihn verrückt gemacht hab!«

»Hab ich etwas Derartiges gesagt?« fragte Maria mit jenem Staunen, das einem sauberen Gewissen eigen ist. Kaum etwas regt aber einen rasenden Menschen so auf wie diese Art von Staunen.

»Hast es gesagt und doch nicht gesagt! Wirst du endlich aufhören, mich mit all diesen Fragen zu quälen?« Die Leidenschaft übermannte sie wieder, und sie sagte: »Ob ich mich daran erinnere, wie wir ihn besuchen gingen? Du hättest lieber, da du doch schon in einem vernünftigen Alter warst, nicht vergessen sollen, wer es war, der ihn bei dem Hochwasser von dem gebrochenen Deiche holte. Und ich geb jetzt denen recht, die damals sagten: er hätte das für dich nicht getan. Schluß damit! Ich tat es, damit ihr mich nicht eines Tages fragen müßtet, wo ich euren Vater gelassen hätte. Aber nicht so –«

Sie unterbrach sich. In ihrem und der Kinder Gedächtnis stieg der wilde und verzweifelte Wolfsschrei des wahnsinnigen Coniglio mannaro auf. Aber dieser Schrei, in Freiheit getan und an jenem Tag, da auch die Elemente rasten, stand im Einklang mit der entfesselten Natur, welche in diesem unmenschlichen Laut und im Getöse des Sturmes und des Flusses von der wütenden Lust ergriffen schien, sich selber zu zerstören und so zu befreien. Dagegen erregte das Gebrüll der eingekerkerten Wahnsinnigen das Entsetzen, als würden sie gequält.

»Glaubt Ihr denn, daß man den Mut und die Güte vergessen könnte, die Ihr an jenem Tage bewiesen habt?« sagte eines der Kinder zu Cecilia in das Schweigen hinein.

»Ich will gar nicht reden von den Niederträchtigkeiten, die er mir angetan hat«, fuhr Cecilia fort, sie glaubte nun, einen Vorsprung gewonnen zu haben. »Euch hat er schlimmer behandelt als Tiere, und die hier (sie zeigte auf Berta), wenn ich nicht zur Zeit gekommen wäre, um sie ihm aus den Händen zu reißen, hätte er sie mir umgebracht, dieser – ich will nichts mehr sagen!«

»Nun«, meinte Maria ein wenig lächelnd, »Prügel hat er auch mir genug gegeben!«

»Uns auch!« riefen die andern aus, aber auch sie lachten.

»Na, und?«

Giovanni sagte jetzt mit einem düstern Lächeln:

»Ihr dürft's wissen, Mutter, die Maria hat uns oftmals die blauen Flecken mit Öl oder Eiweiß bestrichen, aber sie hat uns immer aufgetragen, Euch nichts davon zu sagen, daß er uns geprügelt hatte, damit Ihr Euch nicht aufregt!«

Die andern Kinder bestätigten das, während in Cecilias zornigem Gemüt eine scheue Zärtlichkeit aufstieg:

»Ich sag ja auch nicht, daß sie nicht immer ein gutes Mädchen gewesen wäre; aber heut will sie es zu oft hören!«

»Findet Ihr?«

»Ob ich das finde? Hatte er uns nicht alle hungern lassen, wo er doch reich war? An seiner Schlechtigkeit ist er übergeschnappt, und ihr nennt ihn Vater?« rief sie empört. »Meßt mir lieber die Schuld bei, euch so einen Vater ausgesucht zu haben!«

»Das ist merkwürdig«, sagte Giovanni, der versöhnlich war und einen gesunden Menschenverstand hatte.

Maria wehrte ab: »Das ist ja alles längst vorbei!«

»Nein, es ist noch lange nicht vorbei. Ihr wißt eben nichts und könnt's auch nicht wissen, und etwas – etwas wird nie vorbei sein!«

Sie schrie das mit einer solchen flammenden Empörung, mit einem so bitteren Ton von Beleidigtsein und Kummer, daß Maria in aller Namen geängstigt ausrief: »Ich will's auch gar nicht wissen!«

»Es geht dich auch gar nichts an, und du darfst mich nicht einmal soweit bringen. Es gehört sich nicht, daß du sagst: ich will's oder will's nicht wissen. Das wär ja recht bequem! Und die Leute werden noch sagen, daß ich ihn hier nicht haben will, daß ich die böse Person sei, die nicht verzeiht! Du hättest von Anfang an schweigen sollen.«

»Und wo wollt Ihr, daß er hingeht, dieser Unglückliche?« fragte Maria verzweifelt.

»In die Hölle soll er fahren, wo er ja ohnehin schon ist, und zwar aus eigener Schuld!«

»Oh, Mutter!« flehte nun Maria.

»Ja, wirklich, Mutter, wie könnt Ihr nur so etwas sagen«, meinte Giovanni.

»Der Herr wird ihm sowieso nicht verzeihen, er hat ihm ja die Möglichkeit zur Reue genommen. Das weiß ich, eure Mutter, ich, seine Frau, ja, seine Frau!« schrie Cecilia mit einem heftigen Abscheu in der Stimme und der Bewegung, als sie nun aufstand. »Aber ich hab Gründe dafür, die nicht aufhören, sie wachsen mit jedem Flecken, der sich auf dieser traurigen Kreatur abzeichnet. Das Übel, das er mir antat und noch immer antut! Mehr will ich nicht sagen, ich, seine Frau –« Und bei diesem Wort lachte sie.

Da sagte Maria erschreckt: »Böses kann der Unglückliche ja niemand mehr tun!«

»Glaubt ihr andern das auch?« fragte Cecilia ihre schweigenden Kinder.

»Ja, auch wir glauben das«, sagte einer aus dem Dunkel des Raumes heraus; die Sonne war längst untergegangen.

»Also alle gegen mich, alle?« schrie Cecilia müde und aufgebracht. »Gegen wen hat er euch denn je beschützt! Jetzt werd' ich's euch sagen, mag's gehen, wie's will: wenn ich nicht gewesen wäre, hätt' man euch nicht einmal ins Waisenhaus aufgenommen! Ja, jetzt werd' ich meine Galle ausspucken – jetzt«, fuhr sie fort, sie fühlte, daß sie immer mehr von der Leidenschaft fortgerissen wurde und nicht mehr überlegte: »Jetzt muß alles heraus, denn ihr wollt ja die Gütigen spielen und meint, ich hätte ein hartes Herz. So sag ich's nochmals: nicht mal ins Waisenhaus hätten sie euch aufgenommen!«

»Und wo denn sonst, Mutter?«

»Auf der Straße hättet ihr um Almosen betteln müssen, zum Teufel mit den Skrupeln . . . Aber nein, mehr will ich nicht sagen!« schrie sie, da sie merkte, daß sie sich nicht mehr zügeln könnte.

Der Älteste aber murmelte nun schwerlippig: »Sagt uns alles, Mutter. Vielleicht wär's besser gewesen, nicht so weit zu gehen, doch jetzt müßt Ihr uns alles sagen.«

Zum ersten Mal wurde Cecilia etwas von seiten der Kinder befohlen, und mit einmal verspürte sie das Gewicht und die Fülle ihrer mütterlichen Rechte und zugleich, wieviel sie von diesem Recht preisgegeben hatte. Ihr Zorn ebbte ab; und sie sprach wie in Schuld, als kniete sie im Beichtstuhl, wie sie mit leiser Stimme und niedergeschlagenen Augen begann:

»Ich wollte euren Vater nicht heiraten. Ich dachte überhaupt nicht ans Heiraten, aber ihn zu nehmen schon gar nicht. Da brachte er eine gewisse Geschichte auf über Waffen, die euer Großvater Lazzaro versteckt hätte im Keller, um mich glauben zu machen, daß die Deutschen, wenn ich ihn nicht zum Manne nähme, den Großvater noch am selben Tag füsilieren würden. Ich fiel drauf rein und glaubte ihm, blöd genug, aber was vermochte ich so allein, ahnungslos und ohne Rat und Hilfe? Die Deutschen ließen damals wirklich Leute erschießen.«

»Wär er wirklich fähig gewesen, so etwas zu machen?« fragte Giovanni.

»Er war fähig, es zu sagen, und dabei handelte es sich um seinen Vater! Jedenfalls hab ich nicht bereut und bereue auch nicht, das getan zu haben, was ich im guten Glauben für euren Großvater selig tat. Er war ja für mich ein Vater, ein Ehrenmann, während sein Sohn . . . na, das genügt wohl! Was er mir angetan hat, das hatte ich ihm schon verziehen.

Aber als ich in diesen Tagen zur Bürgermeisterei und zum Rechtsanwalt ging, merkte ich, daß dies keineswegs alles war: die Ehe war ungültig, der Priester, den er rief, war exkommuniziert, man beging einen Verrat an Gott, an mir und an euch Kindern. Ihr wäret doch besser nicht geboren, wenn ihr den schon zum Vater haben mußtet. Insoweit er Gott beleidigte, möge er es ihm verzeihen, wenn er will. Auch ich könnte ihm verzeihen, wenn es sich nur um mich handelte; aber was er euch antat, das kann ich nicht verzeihen. Begreift ihr jetzt, was für ein Unrecht es ist und warum es nie aufhört; und merkt ihr, was aus euch geworden wäre – ohne mich?«

»In einem Findlingsheim«, sagte Giovanni, »wären wir gelandet!«

»Ich hatte ihm verziehen, Gott sieht mein Herz! Aber dies hier verzeihe ich ihm nicht, und wenn er jetzt heimkommt, verrückt oder nicht, gehe ich eher ins Zuchthaus. Ich sorge für Gerechtigkeit.«

Sie flößte Furcht ein mit ihrer wilden Stimme, ihren jähen Bewegungen und ihren flammenden, verzweifelten Augen und dem zerwühlten weißen Haar, so daß diese Leidenschaft und dies Gespräch im Dunkeln noch kummervoller und zuletzt unerträglich wurde.

»Trotzdem«, sagte Maria, »es muß doch eine große Leidenschaft in diesem Manne gewesen sein, um ihn zu dem zu treiben, was er tat.«

»Da haben wir's!« rief Cecilia. »Immer muß sie Dinge berühren, über die man besser schwiege. Er ist euer Vater und bleibt es; noch einmal werd' ich nicht mehr mit euch darüber sprechen. Und du, Maria, erinnere mich nie mehr an diesen Dreckskerl!«

Das sagte sie keuchend und strich mit der Hand über die Augen, als ob sie schwindlig wäre. Während der folgenden Worte der alten Müllerin fühlten die Kinder wieder, wie sie abhängig waren von dem ungeschriebenen Gesetz des Flusses, das seit alters dem einzelnen überließ, seine persönliche Ehre zu verteidigen, und allen anheimgab, gemeinsam die Ehre der Familie zu wahren.

»Seht, diese Sache kann doch nicht verborgen bleiben. Sie wollen uns ja in der Gemeinde, wie man mir sagte, auf ihre Liste setzen. Man wird davon tratschen, die Leute werden sich über alles auslassen. Dann denkt an eure Mutter, ob sie nun lebendig oder tot ist, und laßt es nicht zu, daß man sie oder euch beleidigt. Erinnert euch an das Wort, daß niemand so arm ist, als daß ihm nicht soviel bliebe, wie eine Messerlänge ausmacht –.«

»Daran zweifelt nur nicht, Mutter«, sagte Princivalle ruhig. »Was mich angeht, so hat der Brigadiere der Karabinieri gesagt, daß ich eine verbotene Faust habe.« Und indem er das sagte, legte er sie auf den runden Tisch, der davon sozusagen kleiner wurde, im Maße wie in dem engen Lichtkreis der Lampe ihre Muskelmasse noch gewaltiger erschien. Seine Bewegungen und Worte waren langsam und lässig, wie gehemmt durch ein vorsichtiges Zurückhalten der Körperkraft. Und hatte er nicht schon als kleiner Junge gehört, er solle auf seine Hände aufpassen, damit er nicht alles, was er anfasse, zerbreche und zerschlage? Von dem bisherigen Gespräch hatte er wahrscheinlich nicht viel mitgekriegt; jetzt aber, als dies gewichtige Thema in der Unterhaltung auftauchte, erzählte er von seiner »verbotenen Faust«, und diese Erwähnung, die Worte und die vierschrötigen Bewegungen ließen die Brüder lachen und die Schwestern lächeln.

»Zweifelt daran nicht, Mutter, ob verboten oder nicht, ich werd' allen Brigadieri der Welt zum Trotz, wenn Euch jemand beleidigt – ah, Kreuzsakrament!«

In Reichweite stand eine Bank aus gutem Holz, das Sitzbrett war vier Finger dick. Er hieb mit der Faust darauf, daß das Brett und die Füße der Bank zersplitterten. Halb verwirrt und halb zufrieden nahm er ein Stückchen von diesem Holz auf, zeigte es den Verblüfften und sagte: »Gar nicht einmal wurmstichig!«

Auch wem es nicht danach zumute war, der mußte lachen. Wir nehmen den Augenblick wahr, um dem Leser zu erklären, was es mit der Polizeivorschrift von der »verbotenen Faust« auf sich hatte. In jenen Jahren seit der Einigung des Königreichs waren die Ehrenhändel, die Rache und die Gewohnheit, sich auf eigene Faust Gerechtigkeit zu verschaffen, und überhaupt der alte Hang zu Streitigkeiten innerhalb der Bevölkerung nicht geringer geworden. Außerdem brachte die moderne Verbreitung der Ereignisse mittels Zeitung und Statistik es deutlich ans Licht, in welchem Maße blutige Gewalttätigkeit ihr Unwesen trieb, und man hatte recht, das Messer als eine »soziale Plage« hinzustellen.

Gegen diesen Unfug schuf man Gesetze und traf Verordnungen, die sehr wenig beliebt waren. Wenn nun einmal einer von der Polizei festgestellt und verwarnt worden war, seine Kraftausbrüche zu zügeln, die durch zerbrochene, zerquetschte oder zersplitterte Schädel und Rippen bezeugt waren, von dem sagten die Leute, daß man ihm die »Faust verboten« habe. Gebrauchte er sie dennoch, so glaubte man, daß bei seiner Bestrafung dieselben Bestimmungen in Kraft träten, wie sie für heimlichen Waffenbesitz galten. Und daran glaubten die Leute so fest, daß die Vertreter der öffentlichen Ordnung, um die Heftigkeit der Kampfhähne zu zügeln und in Zucht zu halten, die Meinung bestärkten, es bestehe wirklich so ein Gesetz der »verbotenen Faust«. Ja, es kam vor, daß sich jemand ernsthaft erkundigte, in welchem Bedarfsfalle man ihm die gesetzmäßige Anwendung der Faust zuerkenne. Und beim Ausbruch sonntäglicher Streitigkeiten auf dem Dorfplatz konnte man die urkomische Szene beobachten, wie der stärkste der Raufbolde sich in die Fäuste biß, rasend vor Gier, mitzukämpfen und voller Zorn gegen das Verbot, das ihn davon abhielt. Das war die »verbotene Faust«.

Dies angebliche Gesetz beschäftigte in diesen Tagen Principalle Scacerni, der sich bereits in jungen Jahren die polizeiliche Verwarnung zugezogen hatte. Er war stark wie ein Stier, aber einfachen Gemütes und keineswegs böse. Im Gegenteil, er war treuherzig, aufrichtig und von Natur aus eher zaghaft, aber Beleidigungen und Ungerechtigkeiten, oder was er als solche ansah, wollte er unter keinen Umständen hinnehmen. Hier genügte ihm schon der Verdacht! Gutgläubig dachte er lange und ausführlich darüber nach, um festzustellen, ob ein Grund, sich beleidigt zu fühlen, vorliege. Die Sache steckte ihm wie ein Nagel im Kopf, der dort verrostete und nicht mehr herauszukriegen war. Es kam deshalb vor, daß er Erklärungen über Beleidigungen verlangte, an die der vermeintliche Übeltäter sich überhaupt nicht mehr erinnerte oder die er nicht einmal bemerkt hatte. Aber solche Erklärung genügte Principalle nicht, und wenn man ihm keine andere geben wollte oder konnte, schien ihm dies eine Verhöhnung, welche die Beleidigung nur noch bekräftigte; in solch einem Falle wurde er gefährlich. Manch ein trauriges Subjekt hatte schon diese unschuldige, düstere Ehrlichkeit für seine Zwecke eingespannt und zu seinem Vorteil mißbraucht.

Seine Mutter wußte das alles und hatte schon Proben davon kennengelernt. Und während die andern weiterhin lachten und die Holzsplitter betrachteten, ahnte sie, daß ihre Worte geeignet waren, diesen Sohn in eine Menge gefährlicher Händel zu verwickeln. Dennoch tröstete sie das Versprechen des jungen Mannes, der sich derart fest auf seine Faust verließ, und erfüllte sie sogar mit Stolz.

»Wenn jemand Euch beleidigt«, sagte Principalle, »und sei's bloß mit einem Blick, der hat sein letztes Butterbrot gegessen, und wenn ich auch darum ›des Königs Brot essen‹ geh'n müßte!«

»Das heiß' ich: wie ein Mann gesprochen«, sagte Giovanni.

»Und daß Ihr's wißt, ich begleite Euch zur Messe«, fuhr Principalle fort. »Sind auch die Leute von der Guarda nicht schlimm, so gibt's doch auch hier genügend Lästermäuler.«

Diese Rede war nicht geeignet, sie zu beruhigen. So sagte Giovanni: »Schon gut, aber trau nicht nur deinem eignen Urteil! Berat' dich mit uns, und sonst sprich mit niemandem über diese Angelegenheit, denn es geht nur uns an, uns alle. Zum Teufel, wir haben ja, um zu beraten, sogar einen Literaten hier!«

Giovanni war der Inbegriff eines klugen, ehrbaren Müllers mit gesundem Menschenverstand, rundlich und friedfertig mit einem ausgesprochenen Sinn für das Nützliche, und, wenn's nicht zu anstrengend war, auch für's Vergnügen. Als Cecilia ihn so scherzhaft sprechen hörte, schien es ihr, wenn sie auch anerkannte, warum er die Sache so harmlos ansah, daß er alles doch ein wenig leicht und flüchtig auffaßte. Der gute Principalle lachte:

»Und was sagt unser Gelehrter?«

»Ich werd' also als Gelehrter sprechen«, sagte der Junge, »wenn ihr mich auch Murmeltier und ängstlich nennt. Ich sage, ob er uns nun auf gute oder schlechte Weise in die Welt setzte: wir sind nun mal da! Und wenn jemand unsere Mutter beleidigen würde, ist das ein Fall, wo wir uns eben auf eigene Faust Recht schaffen müßten.«

»Er spricht wie gedruckt!« riefen Giovanni und Principalle, während Cecilia zufrieden zustimmte.

»Doch wohl oder übel«, fuhr der Junge fort, »er bleibt unser Vater, und es steht uns nicht an, wenn wir nichts Gutes über ihn sagen können, einfach schlecht von ihm zu reden.«

»Und was sonst noch?« fragte Cecilia von neuem aufbrausend.

»Reden wir nicht mehr davon, und du solltest als erste schweigen, Mutter«, sagte Giovanni.

»Das sagt sich leicht! Die Irrenanstalt entläßt ihn doch jetzt!« rief Cecilia.

»Ich meine«, fuhr Giovanni fort, »ich werd' zum Advokaten gehen, und da ja der Vater hier wirklich nicht gut leben kann, seh ich zu, ob man ihn nicht in eine private Pflegeanstalt stecken kann, meinethalben muß man eben zahlen, was da zu zahlen ist. Antonio hat richtig gesprochen.«

Jetzt stritten in Cecilia die gegensätzlichsten Gefühle miteinander. Das Versprechen der Kinder hatte sie mit Stolz erfüllt, zugleich aber fühlte sie sich zurückgesetzt. Sie begriff nicht, wie es dahin gekommen war, daß sie auf ihren ersten Platz im Hause verzichtet hatte, und doch spürte sie, daß der Verzicht bereits vollzogen war. Und das Beschämende, vor dem sie sich derart gefürchtet hatte, war nicht mehr da, und es sah so aus, als ob die Kinder überhaupt nicht daran dachten. Die einzige, die sie begriffen hatte, wie es ihr schien, rückte ihr in der Seele näher: Maria, die von der Leidenschaft des Coniglio mannaro gesprochen hatte. Sie wenigstens hatte daran gedacht. Die andern – woran hatten sie eigentlich gedacht? Antonio: wir wollen nicht mehr darüber reden! Principalle, der hätte gar zu gern Händel angefangen. Giovanni meinte zu helfen, wenn er zum Anwalt ging. Und um sie, die Mutter, kümmerten sie sich wirklich um sie? War dies das Los der Eltern, daß sie vergessen wurden? Sie fühlte, wieviel Zeit vergangen war, und fühlte, während sie unter soviel wieder lebendig gewordener Vergangenheit litt, daß es gerade diese Auferstehung des Toten war, die sie an das ganz und gar Versunkene band. Es schien ihr, als wäre sie von den Kindern verraten, und zwar mehr noch durch Oberflächlichkeit als durch ungerechtes Verhalten. Wer das nicht erleben mag, muß eben sterben, wenn die Kinder noch klein sind, oder er darf keine Kinder haben. Aber was hilft's! Dem einen geben es die Kinder zu tragen, wenn sie selber wachsen und die Eltern der Vergangenheit überlassen; dem andern gibt's die Welt zu schmecken, die sich immerzu erneuert und den Alten alt werden läßt.

Als man Coniglio mannaro im Irrenhaus sagte, daß man ihn entlassen werde, als man ihm von der Guarda und von Frau und Kindern sprach, schwieg er. Es schien, als ginge er gerne zu den Seinen. Die ganze Familie war gekommen, um ihn vor dem Irrenhaus zu empfangen. Es sah aber so aus, als ob er niemanden erkannte. Er machte einige Schritte, indem er ganz gutwillig mit ihnen fortging. Wenn er auch im Gesicht bis zur Unkenntlichkeit verändert war, unterwürfig, mager, verschüchtert und menschenscheu, so war doch sein Schritt der gleiche geblieben, komisch und unausgewogen, wie er einem gravitätischen Menschen eigen ist, der mit einem plumpen Körper auf so schwächlichen Beinen geht. Die Seinen standen voller Mitleid um ihn herum. Da brach er, als er Cecilia entdeckte, in einen furchtbaren Schrei des Entsetzens aus, lief nach dem Irrenhaus zurück und wiederholte mit der Wut des Verrückten diesen seinen tierischen Schrei, der an einen heulenden Wolf gemahnte.

Wenige Tage hinterher starb er und wurde auf dem Friedhof von Ferrara beerdigt, weil die Überführung von einer Gemeinde zur andern zu kostspielig war.

In der Guarda sprach man einige Zeit recht unterschiedlich von diesem Tod, doch im allgemeinen stimmten die Leute in der Überzeugung überein, daß dadurch ein Unglück und ein überflüssiges Maul von der Welt verschwunden sei und daß er der Familie viel Last und Ausgaben erspart habe.

»Nach soviel Verkehrtem hat's Coniglio mannaro doch einmal richtig gemacht! . . . Das erste und letzte Mal! . . . Er kann durchaus vor Ärger darüber gestorben sein, daß er eine gute Tat veranlaßt hat.«

Cecilia aber beteiligte sich nicht an solchen oder ähnlichen Reden. Sie war vielmehr verstört über diesen Tod und die besonderen Umstände, die ihn herbeigeführt hatten; sie war sicher, daß Coniglio mannaro sie in jenem Augenblick erkannt hatte und daß er für einen Moment zu sich gekommen war.

»Mit bestem Gewissen«, so wiederholte sie dem Priester im Beichtstuhl, »wahrhaftig mit bestem Gewissen kann ich bekennen, daß ich in jenem Augenblick nichts gegen ihn hatte. Ich empfand sogar Mitleid und wünschte, daß er genesen möge, wirklich!«

»Das ist Christenpflicht, um so mehr als Sie mir bekannt haben, daß Sie vorher ganz andere als mitleidsvolle Gedanken für diesen Mann hatten, von dem wir leider nicht sagen können, daß er Ihr Mann war.«

»Sie wissen, Hochwürden, wie sehr er sich versündigt hat . . .«

»Sie sind hier, um sich anzuklagen, nicht ihn, der schon in der Ewigkeit gerichtet ist.«

Sie überlegte wieder, wie kurz der Augenblick gewesen war, und sie fühlte sich sehr niedergeschlagen bei dem Gedanken an die Ewigkeit.

»Es dauerte nur einen Augenblick, nicht länger. Aber in jenem Augenblick war er gesund und hell im Kopf.«

»Wissen Sie, daß vor Gott der allerkleinste Augenblick der ganzen Ewigkeit gleich ist?«

»Ich weiß es.«

»Ist das Ihr Glaube?«

»Ja, ich glaube es.«

»Und so kann die Dauer dieses Augenblicks Gott genügt haben. Beten und hoffen Sie.«

»Ich hoffe es, ich hoffe es wirklich. Aber – verzeihen Sie mir, wenn diese Frage nicht am Platz ist – warum hat er mich wie ein Verzweifelter angesehen?«

»Nun, gute Frau, die Reue, der Schreck, muß man das noch sagen? Wenn er wirklich wieder klar war, sah er in Ihnen die Ungeheuerlichkeit seines Vergehens leibhaftig vor sich. Und er dachte an die Verdammnis.«

»In mir sah er die Verdammnis?« fragte Cecilia zitternd.

»Welche Frage! Sie brachten ihm Schreck und Reue, und so kann man füglich glauben und beten, daß dies ihm nützlich war. Sie hätten damit einer großen Gnade gedient, Tochter: demütigen Sie sich und danken Sie!«

»Das wollte ich gerne, Hochwürden«, sagte Cecilia mit ganz leiser Stimme, »aber da plagt mich eine Versuchung . . .«

»Welche?«

»Warum ist er gerade in diesem Augenblick wieder wahnsinnig geworden?«

»Was geht uns das an? Ich hab' Ihnen gesagt, daß dieser Augenblick nicht unser ist und uns unbegreiflich. Sondern er gehört dem allwissenden und allmächtigen Gott, wir sprechen vom Seelenheil, nicht von dem des Körpers. Oder wollen Sie den Ruhm für sich in Anspruch nehmen, ihn gerettet zu haben, wenn er gerettet ist? Das wär nicht einmal Sünde, es wär nur Überspanntheit.«

»Ich weiß, ich weiß, aber . . .«

»Aber?«

»Ich bin hier, um mich anzuklagen, wie Sie mir sagten, Hochwürden: mir kommt ein Gedanke, der mich verzagt macht und erschreckt.«

»Man muß nicht verzagen: die Verzagtheit ist keine Zerknirschung, sondern eher eine Todsünde.«

»Ich weiß, ich fühle das.«

»Und was drückt Sie denn so nieder?«

»Daß der Herr ihm diesen einzigen lichten Augenblick gegeben hat, damit er ganz verzweifelt und als endgültig verdammt würde.«

Der Priester sprang vor Zorn auf. »Wissen Sie, woran Sie damit zweifeln? Woran Sie verzweifeln? Was Sie beleidigen, wissen Sie es?«

»Ich weiß es.«

»Sprechen Sie also«, befahl der Priester ungläubigen, ja fast geringschätzigen Tones.

»Ich zweifle an der Güte Gottes und beleidige seine Allmacht.«

»So wissen Sie es also, Unglückliche, und haben noch den Mut . . . Das ist Mut, jawohl, aber ein verruchter!«

»Ich hab' keineswegs Mut, Hochwürden. Ich denke an all das Böse, das ich über diesen Mann geredet habe, auch in Gegenwart seiner Kinder.«

»Von dieser Schuld habe ich Sie schon losgesprochen, aber es von neuem zu bereuen kann nichts schaden.«

»Ich fürchte, daß, wenn er gerettet ist, ich nichts dazu getan habe. Wenn er aber verdammt ist, so hab' ich mit meinen schlechten Gedanken ihn dazu getrieben.«

»Diese Zerknirschung ist löblich, aber sie darf Sie nicht mutlos machen. Niemand außer unserm Herrn Jesus Christus hat vollendetes Mitleid gehabt. Doch der Herr lehrte uns das Heilmittel gegen die Versuchung, die Sie mir beichten, und die Kirche lehrt es Sie, und ich lege es Ihnen nun selbst auf. Ist es etwa nicht wahr, daß die Kirche für die Toten betet und befiehlt, daß die Gläubigen es ebenfalls tun?«

»Es ist wahr. Und für seine Rettung zu beten, tut mir wohl.«

»Das ist ein guter Gedanke, lassen Sie ihn stark werden, so wird er Ihnen Kraft geben. Denn haben Sie niemals nach dem Tod eines Menschen sagen hören: So war er eben, und es ist nicht mehr der Mühe wert, darüber nachzudenken!? Begreifen Sie, wie niedrig so etwas ist?«

»Ich begreife es.«

»So beten Sie also für seine Seele.«

»Ich werde es tun.«

»Und die Versuchungen werfen Sie hinter sich.«

»Das werde ich.«

»Und wenn die bösen Gedanken wiederkommen, sprechen Sie ein Vaterunser und drei Ave Maria für die abgestorbenen Seelen im Fegfeuer und dazu die Zerknirschungsgebete und das Glaubensbekenntnis.«

»Das will ich tun.«

»So ist es recht. Und erinnern Sie sich, daß, wenn die Kirche anordnet, man möge für die Toten beten, dies nicht geschieht, weil etwa Gott sie nicht schon gerichtet hätte, sondern weil wir nicht richten dürfen.«

Cecilia versprach alles, und sobald sie diese Gebete sagte und diese guten Gedanken in sich wachhielt, wurde sie getröstet.

III Nichts rechtfertigt den Verdacht, daß Don Cipriano, da er so streng, ja ungeduldig im Beichtstuhl gesprochen, nicht in allem einem durchaus frommen und aufrichtigen Antrieb gehorcht hätte. Außerhalb des Beichtstuhles aber erforderte der Fall Cecilias und ihrer sakrilegischen Ehe Klugheit und politisches Fingerspitzengefühl. Nachdem Cecilia ihm die Missetat von Coniglio mannaro, dem Abate Valmora und dem Grafen Alpi gebeichtet hatte, dachte Don Cipriano Vernetti zunächst: »O weh, wenn das jemand erfährt, der schlechte Absichten hegt!«

Alles war in dieser Geschichte enthalten: eine unschuldige und großherzige junge Frau, die man betrog; ein volkstümlicher, alter Rebell, die österreichische Tyrannei und Pfaffenherrschaft, eine abscheuliche Erpressung und ein obszönes Sakrileg, ein unwürdiger Priester, die traurige Figur eines päpstlichen Anhängers, der mit den Österreichern sich einließ. Don Vernetti hatte keine Phantasie, aber die war in diesem Fall überflüssig.

»Wenn die Leute so etwas erfahren, das gibt einen Lärm! Und wenn sich das herumspricht und wie eine Bombe losgeht, kann ich auch noch mit hereingezogen werden als Priester, dem es an Klugheit fehlt.«

Von dieser Klugheit, worunter er nicht einmal so sehr jene verstand, die mehr oder weniger ein anderer Name für Ängstlichkeit ist, als jene, die in den Bereichen der hohen Politik zu Hause sein möchte, hielt Don Cipriano Vernetti sehr viel. Er war ein guter Priester und ein braver Mensch, und es gebrach ihm auch nicht an Mut – nur eben an Klugheit.

Wahrhaftig, Don Cipriano brauchte sich nicht vorzuwerfen, daß er ein besonderer Freund der Bequemlichkeit sei. Die weitläufige und arme Pfarrei der Guarda gab ihm Gelegenheit, zu beweisen, daß er eifrig war im Ausüben seiner Pflichten, ohne Strapazen zu scheuen oder seine Gesundheit zu schonen, die übrigens unverwüstlich war. Überdies: notfalls würde er sogar die eigene Haut aufs Spiel gesetzt haben. Das konnte er mit bestem Gewissen sagen, denn wenn er das Leben auch nie direkt hatte riskieren müssen, so war doch die Zeit dazu angetan, öfters diese Gewissenserforschung anzustellen; denn gar häufig hörte man von Gewaltsamkeiten gegen Priester und Kirche. Er fürchtete hingegen das Gerede und die Verdrießlichkeiten, die in jedem Winkel lauerten. Das war bei ihm, dem lebhaften und reizbaren Manne, nur natürlich. Die Zeitläufte, die den Klerus einer unaufhörlichen moralischen Verfolgung aussetzten, waren geeignet, eine solche Charakterveranlagung zu verschärfen, sogar bis zur Selbstverwöhnung. Seine Ansicht war, daß die Verdrießlichkeiten von selbst kämen, ohne daß man sie suchen müßte, ja, er pflegte sogar zu sagen, daß man sie meiden solle.

Nach Cecilias Beichte fühlte Don Cipriano eine große Unruhe in sich aufsteigen, da er an das Geschwätz dachte, das dieser abscheuliche Skandal erregen müßte.

Man brauchte sich nur die Meute der Priesterfresser vorzustellen! Zumindest würden sie sagen, an so einem Vorfall könne man wieder einmal die großartige Methode und die peinliche Gewissenhaftigkeit feststellen, mit der die Priester die Pfarrbücher führten.

Um Zeit zum Nachdenken zu gewinnen, hatte er beim ersten Mal, als Cecilia ihm Bericht über die Vorkommnisse gab, in seiner Verwirrung mit strenger Stimme zu ihr gesagt:

»Wie können Sie nur Sachen von dieser Wichtigkeit in so einem schwierigen, verwickelten Fall nach soviel Jahren erst vorbringen?«

»Ich hab' sie ja schließlich nicht ausgegraben!«

»Wer denn?«

»Der Advokat Prosperi.«

»Der Advokat? Ein Advokat? Und haben Sie nicht daran gedacht, daß in so einem Falle der erste Rat bei Ihrem Pfarrer gesucht werden müßte? Wissen Sie, daß über diese Sache den vorgesetzten Behörden im Erzbistum berichtet werden muß? Und wenn's nur dabei bliebe! Wenn aber erst die Zeitungen dahinterkommen?«

»Ich wäre auch zuerst zu Ihnen gekommen, Hochwürden, aber Sie müssen wissen, als ich zum Gemeindeschreiber von Copparo ging ...«

»Was, auch noch der Schreiber! Der Schreiber?«

»Wenn Sie mich nicht erzählen lassen, wie soll ich Ihnen dann den ganzen Vorgang klarmachen – verzeihen Sie vielmals.«

So mußte Don Vernetti einsehen, daß von ihrer Seite aus keinerlei Unklugheit im Spiel war. Er sprach mit Prosperi darüber, der gekommen war, um seine Nachforschungen in den Pfarrbüchern der Guarda zu betreiben. Gemeinsam mit diesem ruhigen, liberalen, aber nicht antiklerikalen Manne kam er nach verschiedenem Überlegen überein, welchen Rat sie Cecilia erteilen sollten. In primis: die Kinder waren anerkannt worden, und der Vater war damals auch in der Lage dazu gewesen. Wenn man vermied, die Sache weiter breitzutreten, ging man, ohne Schaden für die Betroffenen, unnützem Ärger, Beschwerden und Gefahren aller Art aus dem Weg. Und wegen der kostenlosen Unterbringung Coniglio mannaros in einer Anstalt wurde der älteste Sohn Giovanni ohne die Mutter vorstellig. Inzwischen aber verschwand (dieser schlimme Ausdruck stammt nicht vom Autor, sondern vom Advokaten!) Coniglio mannaro, und ergo autem verschwand die Frage selbst. Was blieb, waren die Bestimmungen, die das Standesamtsregister umgaben. Danach wurde ein jeder schuldig, der wissentlich falsche Angaben machte. Aber so wie die Sache nun lag, blieb es unmöglich, nachzuweisen, wo und wann und wie und ob überhaupt diese Eheschließung registriert war. Die der Eheschließung vorausgegangenen, sie begleitenden und aus ihr folgenden Umstände aber änderten – nach Prosperis Meinung – nichts an den Angaben, die man beim Standesamt zu machen habe, um sie mit den Angaben in den Pfarrbüchern der Guarda in Einklang zu bringen.

Der Pfarrer sagte: »Nun wissen wir also, was wir zu tun und welchen Rat wir den Scacerni vom gesetzlichen Standpunkt aus zu geben haben.«

»Was mich angeht, so kann ich Ihnen versichern, daß ich durch das Berufsgeheimnis sowieso zum Schweigen verpflichtet bin.«

»Wirklich? Dies ist das Wort eines Ehrenmannes und eines klugen Kopfes. Aus vielen, vielen Gründen lobe ich Ihre Entscheidung. Auch für die Scacernis ist es so besser, denn die Jungen sind ja heißblütig, und eine üble Nachrede oder Beleidigung würden sie nicht ohne weiteres herunterschlucken. Und daraus könnte dann eine große Sache entstehen, womöglich ein Unglück, das – Gott verhüte – ins Zuchthaus führt. Aber«, sagte er, von seinem behaglichen, zufriedenen Redestrom verführt, der überdies die kleine Beschämung, zuviel gesagt zu haben, überdecken sollte, jedoch auch ein wenig von Unruhe gepackt: »Aber da ist noch dieser Gemeindeschreiber von Copparo, der Bescheid weiß.«

»Der weiß nichts und hat auch nichts zu wissen außer dem, was de facto sich ergibt.«

»Das ist gut so, immer im Interesse der Scacerni und auch, um einen Skandal zu vermeiden.«

»Na, Hochwürden, mir scheint's, als ob auch Sie sich mit dem Gesetz über die Zivilehe aussöhnen . . .«

»Daran ist ja«, sagte der Priester, den Scherz zurückgebend, »der Valmora schuld, dieser unwürdige Gottesdiener – ja, um ihn beim richtigen Namen zu nennen: dieser Höllenbraten.«

»Nach meiner Ansicht bleibt nur noch eine Schwierigkeit.«

»Noch eine?«

»Die Kinder könnten sich benachteiligt fühlen, wenn die Mutter an der Erbschaft beteiligt wird –«

»Und das will sagen, eine unter sieben Personen verteilte Mühle.«

»Ich rede vom gesetzlichen Standpunkt aus.«

»Und ich wie einer, der die Leute kennt! Eher würden die Scacerni-Kinder auf alles verzichten, als daß sie ihre Mutter zu kurz kommen ließen.«

»Immerhin muß man sie benachrichtigen.«

»Nun, so tun Sie es denn.«

IV Alles entwickelte sich fortan in seinen vorhergesehenen Bahnen. Das Gedenken an Coniglio mannaro lebte weiter in Cecilia, gerade durch die Selbstbezichtigung, daß sie ihm zuviel Übles nachgeredet habe – und auch noch aus einem löblicheren Grunde. Es gab da noch die Erinnerung an jene alte dankbare Zärtlichkeit, die sie ihm alles verzeihen ließ der Kinder wegen, die sie von ihm hatte. Jetzt, da diese Kinder, jedes nach seiner Art, herangewachsen waren, dachte keines mehr an den Vater, nicht einmal mehr Maria. Schließlich hatte er wirklich gut daran getan, zu sterben! Jetzt fühlte sie sich im Alter getröstet und empfand eine Art von Gemeinschaft, wenn sie ohne Groll an diesen ihren düsteren, grauen, rauhen Mann denken konnte. Immerhin war er, der ganzen Welt, ja ihm selber zum Trotz, ihr Mann gewesen. Und er hatte sie wahrhaftig geliebt, die Art und Weise mochte ihm Gott verzeihen. Und das Gebet, das ihr der Priester auferlegt hatte gegen die Versuchung, zu verzweifeln, begünstigte die Rückkehr ihrer Gedanken in die Jahre der Jugend. Auch das Altern machte sie, wie ihm das eigen ist, langsam der eigenen Jugend geneigter.

Mitleid befiel sie mit dem Unglückseligen. Wie konnte es ihr damals nur entgehen, daß keiner ihn mochte, seine Mutter ausgenommen und dieser Sohn, Lazzarino, Gott hab ihn selig. Es überkam sie ein Zittern, als sie das erste Mal darüber nachdachte: der Sohn hatte ihn zu seinem Unglück gern gehabt – aus Liebe zu seinem Vater mußte er dann so jung irgendwo in der Ferne sterben. Nein, nicht nur sein verbissener Geiz, sondern auch dieser traurige Vorfall und die Grausamkeit seines Geschicks hatten Coniglio mannaro wahnsinnig gemacht. Und wer war ihm nahe gewesen in diesem Schmerz und zu irgendeiner Zeit? Niemand und niemals, nicht einmal mit einem einzigen Wort. Und sie flüsterte dem Toten solche Worte beschämt und bestürzt in aller Heimlichkeit zu. Einstmals hätte vielleicht eines dieser Worte genügt, um ihm zu zeigen, daß das Leben doch wohl besser sein könnte als seine harte, geizige, angstvolle, traurige Erfahrung, die es für ihn stets gewesen war.

Aber sie, sie hatte er wirklich geliebt, und zwar mit einer wilden Leidenschaft, die ihr jetzt dämmerte. Und sie fühlte traurig und verwirrt eine Mischung aus Kummer und Zärtlichkeit und Scham: er hatte sie geliebt, und was hatte er in ihr gefunden? Nicht das, was man eine Ehefrau nennt, das begriff sie nun. Und seltsam und bitter und peinigend kamen ihr nun zu so später Zeit Gedanken an die Liebe, da sie jetzt begriff, was ihrem Manne gefehlt hatte. Und dabei war sie alt geworden in der Überzeugung, daß fleischliche Liebe immer etwas Beschämendes an sich habe und daß darin Sünde sei und viel Irrtum, der die Menschen meist unglücklich mache und oft sogar ruiniere, in jedem Fall aber ein ausgesprochenes Übel sei. Nicht daß sie um ihretwillen es bedauerte: doch dieser Mann, so meinte sie, hätte, wenn sie ihm auf richtige Weise begegnet wäre, bei ihr Beistand, Wärme und ein wenig Leben gefunden, auf dem ehelichen Lager, das ihm statt dessen nichts als Erniedrigung eintrug, die seine Wut nur noch lebensfeindlicher und seine Leidenschaft nur noch düsterer machten.

Nie hatte er Vertrauen, nie ein zärtliches Wort von ihr empfangen, die er schätzte und sogar hochachtete! Nun fühlte sie Gewissensbisse. Wäre sie weniger kalt und verächtlich gewesen, hätte er sich nicht derart in die begangene Schändlichkeit verstrickt, ja, er hätte beichten können, bereuen, alles in Ordnung bringen. Aber war er überhaupt so schuldig an diesem Unrecht? Hatte er sich nicht vielleicht einfach auf diesen Valmora verlassen und war ebenfalls von ihm hintergangen worden? Sie fragte Don Vernetti und auch Prosperi danach, die ihr dann ihre Vermutung als durchaus möglich hinstellten. Cecilia besaß ein lebhaftes und aufrechtes Gefühl für Gerechtigkeit und ein starkes frommes Empfinden; und man weiß, was das Andenken und der Kult der Toten bedeutet in der Religion, in der sie gläubig verwurzelt war. So wandte sie das Herz ihrem Toten zu und sagte ihm, wenn sie ihn beleidigt habe, so möge er verzeihen und im Fegfeuer für sie beten, wie sie hier unten für ihn bete. Eine tiefe Zärtlichkeit erfüllte sie, tiefe eheliche Zärtlichkeit, ebenso entrückt wie unauflöslich. Da sie an die Hölle glaubte und seine wie ihre Verdammnis schaudernd in der Phantasie erlebte, wandte sie beim Gebet ihre ganze Kraft darauf, für sie beide das ewige Heil zu erflehen. Und so sehr auch die kriechende Bosheit Coniglio mannaros sie, die Lebende, noch demütigte, erhöhte sie doch in ihren Gebeten den Toten in jener ganz christlichen Auffassung von der Seele, die allein dadurch, daß sie eine erlöste Seele ist, Wert hat, und zwar im selben Maße, als sie am Geheimnis der Erlösung teilnimmt. Und wenn die Seele einmal gerettet ist, gereicht selbst ihre irdische Erbärmlichkeit dem Erlöser zum Ruhme, und alle irdische Größe wird der geretteten Seele in der Gemeinschaft der Heiligen zu einem Anlaß der Selbsterniedrigung.

Diese Gedankengänge waren ihr ganz vertraut, ohne daß sie ihnen Worte hätte leihen können: sie wohnten ihr einfach im Glauben und in der Liebe inne. Wie schwer sie zu dieser Haltung fand, das drückte sich in ihrer unüberwindlichen Abneigung aus, das Grab in Ferrara zu besuchen, wo die Reste Coniglio mannaros lagen, bis sie nach der vom Gesetz für die Armen bewilligten Zeit in das Massengrab überführt wurden.

Maria ging mit den Brüdern an Allerseelen und am Jahrestag nach Ferrara zu diesem Grabe.

»Einer muß auf die Mühlen aufpassen«, sagte Cecilia, »und da bleib ich hier.«

Das sagte sie in einem Ton, der keine Widerrede duldete, der sie selbst überraschte und sie auch beunruhigte. Aber es war nicht mehr der alte Groll gegen den Toten und auch nicht die Furcht, von neuem in Bitterkeit zu verfallen, wenn ihr auch eine gewisse Abwehr dagegen blieb, ihn sich lebendig vorzustellen, diesen hageren, mißgestalten, elenden Kerl, so wie er an jenem Tage vor ihnen gestanden hatte, als sie ihn vom Irrenhaus abholen wollten und er besessen und tollwütig geworden war, da er sie wiedererkannte. Sie hatte einen Abscheu vor diesen paar Schollen Erde wie vor einem Ort, wo die Toten erscheinen und wo der bittere Zornesrauch wieder aufsteigen konnte, alle Erinnerung an die Ängste und jahrelang erlittene Pein. Sie mochte deshalb nicht hingehen. Als sie sich wegen dieser Abneigung vor ihrem Beichtvater anklagte, beurteilte der Priester das als läßliche Sünde und gab ihr eine kleine Buße auf. Eine Prise Verrücktheit, stellte er für sich fest, haben wir ja alle, also auch die brave Müllerin.

I Keiner wird nach der bisherigen Erzählung glauben, daß man auf den Mühlen San Michele und Paneperso nichts anderes zu tun gehabt hätte, als an die Seele von Coniglio mannaro zu denken. Im Jahr '76 hatten die älteren Söhne Giovanni und Princivalle gerade angefangen, der Mutter bei der Mühlenarbeit zu helfen, während die Töchter Maria und Dosolina ihr im Haushalt beistanden. Cecilia konnte nach den schlimmen Jahren, die der großen Überschwemmung folgten, ein wenig aufatmen und begann sogar zu hoffen, daß sie sich von dem Verlust erholen würde, als am Po und gerade an der Mahlstelle am Nano etwas geschah, wovon wir berichten wollen.

Da ein Unglück niemals allein kommt, ging diesem schweren Schlag ein anderer voraus: die Mahlsteuer! Ja, dieser Schlag war noch bösartiger als der von der Natur empfangene, und er dauerte auch länger als die Folgen der Überschwemmung.

Diese berüchtigte und verabscheuungswürdige Steuer, mit der die Männer der Rechten, auf Volkstümlichkeit verzichtend, das nach '66 zerrüttete Budget zu retten suchten und damit, wie es hieß, die Ehre des Landes; diese Steuer auf den Hunger, wie das Volk sie verwünschend nannte, war '69 mit Aufruhr und Umzügen in ganz Italien hart aufgenommen worden – auch in der Emilia, wo im Gebiet von Parma und nahe bei Ferrara sowohl in der Stadt wie auf dem Land Aufstände stattfanden.

Hungersteuer war ein wilder und irreführender Ausdruck; denn diese Steuer hatte auch ein Verdienst: nämlich darauf hinzuweisen, daß das Brot, auf dem die steuerliche Abgabe lastete, nicht ausreichte, um die Mehrheit der Staatsbürger vor dem Hunger zu bewahren. Groß war das Elend und groß die Zahl derer, die in ihm lebten. Das Elend bildete eine ebenso gefährliche wie bittere Wirklichkeit, eine Übereinstimmung in der öffentlichen Meinung und eine Mehrheit, die nichts mit gesetzlicher Ordnung und Politik, dafür aber mit der sozialen oder sagen wir einfach menschlichen Wirklichkeit zu tun hatte.

Gegen die Mahlsteuer erhob sich auch ein anderes herkömmliches Gefühl in Italien, das immer schon das Volk aufgebracht hatte gegen jede Brotverteuerung, woher sie auch kommen mochte. Gegenüber jeder wirtschaftlichen und finanziellen Maßnahme erschien die Brotverteuerung als die heimtückischste, verdammungswürdigste Angelegenheit – Gott wie den Menschen gleich verhaßt. Wer das Brot anrührte, griff auch die Religion an; denn Brot und Gnade Gottes waren in der Sprache des Volkes ein und dasselbe.

Doch abgesehen von diesen Überlegungen der aufgeregten Gemüter und der wirklich schweren Steuerlast, war es schwierig, die Auflage zu errechnen und einzutreiben, und man nahm zu einem verwerflichen System Zuflucht, das allen möglichen Mißbrauch zuließ. Von alters her lehrte Erfahrung den Gesetzgeber, daß es ein beschwerliches und unmögliches Unterfangen sei, durch Beamte oder Beauftragte des Fiskus oder durch Pächter Sack für Sack beim Mahlen kontrollieren zu lassen; denn die Unordnung nimmt hierbei keine Ende, und die Bestechlichkeit der Beamten wächst ins Grenzenlose. Zu den Lehren der Vergangenheit gesellten sich neue Erfahrungen. Da ein Apparat, mit dem man automatisch das Gewicht des in die Mühltrichter rieselnden Getreides hätte messen können, niemals erfunden wurde, brachte man an den rotierenden Pfählen der Mühlen einen Zähler an, der die Umläufe des Rades vermerkte. Der Müller mußte also dem Fiskus Steuer zahlen entsprechend den Umdrehungen. Aber da nun Mühle von Mühle, ja Mahltrichter von Mahltrichter abwich, war das Ergebnis einer gleichen Umdrehungszahl jeweils verschieden, so daß man, um danach den Steuerbetrag zu ermessen, immer vorerst prüfen mußte, wieviel jede Mühle bei einer Umdrehung des Rades produzierte. Überflüssig, darauf hinzuweisen, wie ungenau und schwierig dies Verfahren war und wie es die Ursache andauernder Streitigkeiten und ständiger Untersuchungen blieb. Dazu kam noch, daß der Müller, der die Steuer dem Kunden auf den Mahlpreis schlug, gar nicht anders konnte, als sie nach dem Gewicht zu berechnen, weil ja das Mahlgut verschieden und der Kunde natürlich mißtrauisch war. Gewicht aber und Umdrehungszahl stimmten nie überein, und so fühlten sich alle – der Fiskus, die Müller und die Kunden – geschädigt, gerupft und betrogen.

Auf den Flußmühlen zumal, die von ganz und gar verschiedener Bauart waren, blieb es eine mühselige und viel umstrittene Angelegenheit, einen mittleren Wert festzustellen. Und wer die alte eingefleischte Freiheitsliebe jener Flußmüller kennt, deren tausendjährige Tradition nun ihrem Ende zuging, der begreift, mit welchen Gefühlen Mahlsteuer und Zähler auf ihren Mühlen aufgenommen wurden.

Angesichts der Schwierigkeiten und der Verzögerungen, die das Anbringen der Zähler verursachte, wurde die Steuer zunächst einmal einem Steuereinnehmer verpachtet. Das war in der Guarda ein aufgeweckter Mann mit dem Spitznamen Bragana. Schon nach den ersten Versuchen, bei den Bauern und Müllern die Menge des Mahlguts und des Mehles festzustellen, merkte er, daß dies Unternehmen keinen

Gewinn abwarf und überdies, was die Gesundheit anging, ein Zusatzgeschäft war. Da traf er ein Abkommen, wonach jeder Müller ihm monatlich soviel zuwies, daß er die Pachtsumme aufbringen konnte und noch einen guten Gewinn obendrein hatte, ohne daß er den Müllern auf ihren Mühlen lästig fiel.

Sie fanden sich nie ganz in die Steuer, immerhin aber hielten sie Bragana für einen vernünftigen Mann. Schließlich bedeutete es für manchen Müller eine Erleichterung, einen Menschen von Fleisch und Blut vor sich zu haben, an dem man seinen Groll auslassen konnte. Wenn er betonte, daß er ja diese Steuer nicht gemacht habe, antworteten sie ihm: du lebst aber davon. Sie nannten ihn ein Schwein, doch gewissermaßen herzlich, und als er »vernünftig« wurde, schenkten sie ihm gelegentlich einen halben Scheffel Mehl, nicht weil sie ihn gut leiden mochten, sondern aus Verachtung und um ihm zu zeigen, daß die Müller, selbst gegenüber einem Werkzeug des Fiskus, gern großzügig waren. Bragana nahm die Geschenke grinsend an, wiewohl er am liebsten diesen hochnäsigen Kerlen in den Hintern getreten hätte, aber es lohnte weder die Mühe noch die Gefahr. Bei Cecilia allerdings wies er die Gaben zurück, indem er sagte, er habe gar zuviel Respekt vor einer Mutter, die mit soviel Kindern unter solchen Umständen lebte. Und Cecilia, die schlecht dran war, mußte die Mitleidsbezeugungen von einem ertragen, den sie derart verachtete, daß es jedesmal fast mit ihr durchging.

Im Ganzen war die Eintreibung der Mahlsteuer einige Jahre erträglich weitergegangen. Ende Juli spürte man, etwa eine Stunde vor der Dämmerung, etwas wie einen starken Sog in der Luft. Der Tag war so drückend schwül gewesen, daß sogar das Atmen Mühe machte. In der Mitte des Flusses bildeten sich talab merkwürdige Strudel im Wasser, das aussah, als ob es koche. Wellen sprangen in die Höhe, als wolle der Fluß von dannen fliegen. Plötzlich wirbelte eine heftige Wasserhose auf, die sich bis in den heitern Himmel erhob wie ein Baum, unten breit, am Stamme schmäler werdend, höher hinauf wieder ausladend und oben in einer schwarzen Wolke gipfelnd, die mit jedem Augenblick schwärzer wurde. Es war, als ob sie zögere und nicht wisse, welchen Weg sie nehmen solle, oder als ob sie ihre Bewegung so lange zurückhalte, bis sie ihre ganze tückische Kraft versammelt habe. Sie schien den Fluß auszuschlürfen, und an den Ufern hörte man sodann die aufgesogene Welle wieder zurückfluten.

Mutter und Kinder betrachteten schreckerstarrt die fürchterliche Wasserhose. Aber als Cecilia sie näherkommen sah, wurde sie von jenem Entsetzen gepackt, das die schnellen Tiere in die Flucht jagt und die langsamen vor dem Wirbelwind sich verkriechen läßt. Sie versteckte sich mit den Kindern im Mühlhaus von San Michele, schloß und verrammelte den Ausgang und das Fenster rasch, zählte im Dunkel, mit den Händen tastend, die Kinderköpfe und flehte zum Himmel um Erbarmen. Und so, eng umschlungen, fühlten sie die Naturgewalt über den beiden Mühlen pfeifend, heulend, mit der wilden Freude der entfesselten Elemente am Werk der Zerstörung. Das Wasser unter den Schiffsbugen war völlig verschwunden, während die Hecks von der Flut in die Höhe gehoben wurden und mit lautem Aufprall zurückfielen, wobei die Planken gefährlich stöhnten und krachten und manche zerbrachen. Die Wasserhose drehte sich, warf die schweren Mühlen nach oben und unten und in jede Richtung, schmetterte gegen sie und überspülte sie. Dreimal stieß die Faust aus der Höhe zu, so wie man Säcke stopft. Dann pfiff ein anderer Wind so heftig, daß er einem den Atem nahm, und der warf die Mühlen wie Gerümpel gegen das Ufer, wo sie im Ufersand liegenblieben. Zuvor aber hatten die Unglücklichen noch mit Entsetzen den Krach und den Aufschlag eines Schiffsgerippes gehört, das gestrandet und untergegangen war. Der Stoß hatte sie alle über den Haufen geworfen, und, halb erstickt, besaßen sie nicht einmal mehr Kraft zum Weinen und ihre Glieder an sich zu ziehen. Von draußen sickerte durch tausend jäh entstandene Ritzen das lebhafte und schweigende Licht des Tages herein, der wieder heller geworden war. So schwiegen sie, erschöpft und dicht aneinandergedrängt, bis Cecilia, da sie ein Weinen hörte, sich erhob und ihre Kinder noch einmal zählte. Außer einigen Beulen und Schrammen hatten sie sich nichts weiter geholt. Sie konnte den Weinenden nur sagen: »Seid still, es ist ja nichts.« Es schien ihr, als habe sie alles vergessen, wie jemand, der im Traum Todesängste aussteht. Sie hatte Angst, gewiß, doch es gelang ihr nicht, zu begreifen, wovor, wenngleich diese Angst mit dem Licht aus den Ritzen der zersplitterten Wände auf sie eindrang.

Cecilia ging hinaus, um das Unglück anzuschauen, und bahnte sich einen Weg durch die Trümmer des Ganges.

Die Hälfte vom großen Boot der Paneperso lag seitlich auf dem Trokkenen. In das kleine Boot waren die Bugspitzen der San Michele eingedrungen, welche Padron Lazzaro Scacerni in seinen guten Zeiten, in den Zeiten der überheblichen Sprichwörter (wer zuerst kommt, mahlt zuerst; und: für eine Gans gibt's kein Morgenrot) mit schweren Metallspitzen in der Werft des alten Zimmermeisters von Occhiobello hatte versehen lassen. Es war mehr als ein halbes Jahrhundert her und das erste Mal, daß diese metallische Abwehr am Bug zu etwas diente, und man sah jetzt, wozu! Fast war es, als ob diese Angeberei einer anmaßenden Jugend, welche jene ungewöhnliche Sporenzier an den Bugspitzen gewollt hatte, ihre Strafe erlitte.

Das Wasser floß ruhig durch den Ballastraum des halb gestrandeten kleinen Tragbootes und kam gurgelnd aus mehreren Lecks am Heck heraus. Das über den Wasserspiegel ragende Plankenwerk war zerschlagen und geborsten. Die Paneperso war abgedeckt, und von dem massiven Gestell, das nackt und altersgrau zum Vorschein kam, übertrug sich jener Eindruck auf Cecilia, der bei Unglücksfällen und Verlusten immer der erste ist: sie spürte die furchtbare Größe und die ungeheure zermalmende Last, womit tote Gegenstände die Menschenseele vollends niederdrücken. Mit hängenden Armen und trockenen Augen, als ginge es sie nichts an, schaute Cecilia auf dies Bild der Vernichtung. Die Jungen hatten sie erreicht, indem sie rittlings über das Durcheinander der Trümmer kletterten und über die verstreut liegenden Gegenstände, die den Gehsteig versperrten. Alles war wie zuvor, nur daß die Sonne, dem Untergang nahe, schräg auf die Dinge fiel und unter den Trümmern der Paneperso einen längeren Schatten zog. – –

Am andern Morgen kam jemand von den benachbarten Müllern im Boot und stand nun, auf die Ruder gelehnt, in der schwachen Strömung. Als Cecilia auftauchte, fragte eine Stimme von unten:

»Oh, Frau Cecilia, hat's euch erwischt?«

»Man möchte es fast behaupten«, antwortete sie und zeigte auf die zerstörte Mühle.

»Ich meine«, antwortete jener und kam näher, »es hat doch keinen von der Familie erwischt? Gestern haben wir in solch einem Durcheinander genug mit uns selber zu tun gehabt. Doch als wir dann heut morgen Eure Mühlen in diesem Zustand sahen, haben wir Angst gekriegt – Ihret- und der Kinder wegen!«

»Es ist keiner verletzt.«

»Dann danken wir dem heiligen Antonius.«

Sie dachte daran, was für einen Spitznamen ihr die »lieben Nachbarn«, falls sie sich gehen ließe, geben könnten. Der Anblick der Zerstörung hatte ihr nahezu den Atem verschlagen, und sie hielt sich kaum noch auf den Füßen.

»Wir möchten Ihnen helfen«, fuhr der Mann, der Saladino hieß, fort. Er war ein einflußreicher Müller, den man allgemein schätzte. »Nun, seh'n wir mal, wo man zuerst Hand anlegen kann, eh Sie den Zimmermann holen.«

»Ja – jetzt . . .«, sagte sie mit leiser Stimme.

»Was ja jetzt?«

»Jetzt ist das da nicht einmal mehr Brennholz.«

»Nun mal langsam! Überlassen Sie das dem Zimmermann. Das ganze Übel kommt davon, daß die Anker nicht hielten. Sie ankerten früher mehr flußabwärts, wo der Grund besser hält. Hier müssen die Anker schwerer sein, wenn auch«, fügte er hinzu, während sich allmählich Leute um ihn, Cecilia und die Kinder sammelten, »wenn man sich auch fragen muß: was für Anker könnten so einem Sturm standhalten?!«

»Sie haben recht«, antwortete Cecilia, setzte sich auf die Erde und begann inmitten ihrer verlegen dastehenden, bleichwangigen Kinder zu weinen.

»Befehlen Sie nur, Müllerin«, sagte mit einer gewissen Heiterkeit Saladino. »Als Männer sind wir dazu da, Ihnen beizustehen. Wir wissen, was für eine Frau Sie sind.«

Und er bewies es. Es dauerte nicht lange, und die Trümmer waren von den Gehsteigen weggeräumt. Die kluge Maria suchte mit Hilfe der Brüder Hausgerät und Handwerkszeug aus dem Durcheinander heraus und stellte alles ordentlich auf den Damm. Darauf begannen sie, das in den Kielraum eingedrungene Wasser auszupumpen, und nun konnten sie feststellen, daß keine großen Lecks entstanden waren. Diese dichtete man vorläufig ab, und nachdem man einen Anker gesetzt hatte, wurde die Mühle mit der Winde angezogen und schwamm alsbald auf der Strömung. Der Kahn und das Boot waren wiedergefunden und am Ufer in geringer Entfernung festgemacht worden. Einer der hilfsbereiten Müller verstand sich gut auf's Kalfatern, so daß die San Michele in Ruhe den Zimmermann abwarten konnte.

Da die Küche an Bord unversehrt geblieben war, konnten Maria und Dosolina eine Mahlzeit aus Speck, Zwiebeln und Mehlfladen bereiten, die man unter der Asche des Herdes briet, auf dem der Teerkessel kochte.

»Wenn Sie mit Armenkost vorliebnehmen wollen?« sagte Cecilia zu den Männern, die mit großem Appetit einhieben.

Dann machte man ein Schläfchen im Schatten des Ufergestrüpps; denn die Hundstage waren erbarmungslos heiß. Selbst Cecilia schlief ein wenig. Schließlich wurde die Paneperso von den Maschinen und allem, was nur anging, erleichtert, mit Hebebäumen und Kranen hochgerichtet, auf Balken gelegt, mit Hilfe von Winden auf's Trockene gezogen und für's Kalfatern fertiggemacht.

»Jetzt, Müllerin«, sagte Saladino, »braucht man nur noch die Lecks zu reparieren. Je schneller, desto besser, wenn es auch keine Hochwasserzeit ist, doch man kann nie wissen. Gerade morgen kommt der tüchtige Zimmermann von Occhiobello, den sie Buttafumo nennen, wegen ein paar kleiner Arbeiten zu mir. Soll er auch an Ihrer Anlegestelle vorbeisehen?«

Der Abend sank herab. Die Männer gingen einer nach dem anderen.

Auf Cecilias Dankesworte antworteten sie nur, sie solle nicht soviel Aufhebens machen; man sei nun mal auf der Welt, um einander beizustehen. Cecilia sagte zu Saladino: »Vom Buttafumo hab ich sagen hören, daß er teurer als andere ist.«

»Dafür auch tüchtiger, und es gilt doch, wenn's sich nicht gerade ums Vergnügen dreht: Wer mehr zahlt, weniger zahlt.«

»Das stimmt. Ich dank' Ihnen.«

Zum Schlafen richteten sich Cecilia und die Kinder, so gut es eben ging, auf der Mühle, die auf dem Trockenen stand, wie auf der San Michele ein und sanken sogleich in einen tiefen, erquickenden Schlaf, wiewohl die Lage, die sie in der Nacht zuvor nicht schlafen ließ, dieselbe geblieben war. Doch sie kannten nun die Schäden und Schwierigkeiten wirklich, und darüber fanden sie wieder neuen Mut.

II Nach dem Mut kam die Geduld an die Reihe, die ja in die Länge gezogener Mut ist, und davon brauchten sie eine ganze Menge. Buttafumo kam, der tüchtige Meister von Occhiobello, mit seinem guten Ruf, seinem würdevollen Auftreten, seiner imposanten Gestalt und dem mächtigen Bart, ein Mann, der, voller weiser Sprüche, gar gewichtig tat und einen von oben herab anschaute.

Seine Hand im Bart, was ein Zeichen des Nachsinnens war, musterte er die Mühle, die auf dem Trockenen lag, bald aus der Nähe, bald aus der Ferne, bald außen, bald innen. Er prüfte die Balken, die höher und verborgener lagen, mit der Eisenspitze eines langen Stocks. Er ließ sich einen Hammer geben, hämmerte wild auf das arme Wrack los, schüttelte den Kopf, preßte die Lippen zusammen, rümpfte die Nase, schnaubte jedesmal vor Verachtung, wenn sich herausstellte, daß das Holz wurmstichig, verfault oder gespalten war. Er untersuchte immer gründlicher, grub aus der Schiffsverschalung das Pechwerg aus und steckte in die Löcher seinen Finger so tief, wie nur möglich, hinein. Er rüttelte an den verrosteten Nägeln, zog sie heraus und warf sie weg. Er rüttelte an den Balken und stieß inmitten der Staubwolken pustend den Atem von sich. Cecilia war schmerzlich und peinlich berührt von diesem Benehmen, und sie begann sich schon unruhig zu fragen, ob er sich vielleicht in den Kopf gesetzt habe, die Paneperso zu zerstören. Als er im Triebwerk der Mühle stand, änderte er sein Verhalten, war aber keineswegs weniger beleidigend. Grinsend, nur mit zwei Fingern berührte er leicht und behutsam die Räder, das Zahnradwerk und die Wellen, tippte daran wie einer, der mit sehr zerbrechlichen Dingen umgeht. Dann trat er wieder ins Freie, betrachtete noch einmal von weitem das Ganze, schwieg aber immer noch.

»Nun, Meister?« fragte Cecilia.

Buttafumo überließ sich einem heftigen, aber lautlosen Lachen.

»Kommt Ihnen das so komisch vor?«

»Um ein schönes Feuer zu machen«, entgegnete er und ließ nun endlich seine Stimme hören, die aus einem großen Körper eigentümlich spitz und hoch wie die eines Kastrierten kam, »um ein Freudenfeuer zu machen, ist das Holz abgelagert genug, das kann man wohl sagen.«

»Es soll doch ausgebessert werden, dachte ich.«

Er schaute sie von rechts und links und geradeaus an, als wolle er sie ebenso, wie vorher die Mühle, untersuchen, doch Cecilia rief: »Hören Sie, Meister, wenn Sie verrückt sind, hier ist keineswegs ein Krankenhaus, wo man Sie heilt!«

»Verrückt, ich, der solch alten Plunder, so ein Rattennest, so einen Kapaunenstall flicken soll?!«

Es war wirklich komisch, ihn mit dieser Stimme von einem Kapaunenstall reden zu hören. Cecilia war aber nicht in der Laune, mit einzustimmen, während jener wieder in sein Gelächter ausbrach mit einer so unbeteiligten Miene, daß es wie das eines Bauchredners klang.

»Merken Sie nicht«, sagte sie, »wie ungehörig Ihr Verhalten ist?«

»Danken Sie dem Himmel, daß Sie in mir einem Ehrenmann begegnen.«

»Ich streite das nicht ab«, antwortete sie in einem Tonfall tiefster Überzeugung, »aber Sie gehen einem auf die Nerven.«

»Um diese Mühle aus den Zeiten des Matthias Coppo zu flicken, brauchen Sie ebensoviel Geld wie für eine neue. Reine Verschwendung wäre das.«

Wer eigentlich Matthias Coppo war, hat, glaub ich, niemals jemand gewußt. Sein Name ist beim Volk gleichbedeutend mit alter, abgelebter Zeit.

»Doch wenn ich es mir nun einmal in den Kopf gesetzt hab?« fragte Cecilia.

»Rausgeschmissenes Geld wär's.«

»Und wenn ich's rausschmeißen will?«

»Dann sucht Euch sonst jemand dafür, Meister Buttafumo ist zu gut für sowas.«

»Aber brauchte man denn«, fragte sie, einen merklichen Druck auf dem Herzen, »brauchte man denn viel?«

»Viel!«

»Wieviel ungefähr?«

»Sehr viel.«

»Aber wenn man sich mit einer leichten Überholung begnügte, mit einem Zurechtflicken?«

»Wollen Sie denn diese Unglücksmühle wirklich zusammenflicken lassen?«

»Nennen Sie sie, wie Sie wollen«, sagte sie leise mit heimlicher Angst.

Er schaute, seufzte, kam näher heran, gab der armen Paneperso einen Tritt, lachte von neuem und sagte: »Haben Sie denn soviel, Müllerin, um's einfach rauszuschmeißen?«

»Wieviel denn, verflixt noch einmal!?«

Im Grunde verbarg sie unter ihrem Ärger etwas wie ein ungeduldiges Wohlwollen für diesen einzigartigen Meister der Axt. Zugleich regte sich in ihr der Widerspruchsgeist. Je mehr sie ihre alte Mühle verächtlich gemacht sah, wuchs in ihr die Anhänglichkeit für das halbe Wrack, ein Gefühl, ähnlich dem eines Matrosen für sein Schiff, auf dem er lange in Glück und Unglück herumgefahren ist.

»Es geht gegen mein Gewissen«, sagte der Zimmermann. »Auf so einer Mühle riskiert man sein Leben.«

»Darum brauchen Sie sich nicht zu kümmern.«

»Darum *muß* ich mich kümmern.«

»Na, wir können alle schwimmen.«

»So denkt ein kleiner Junge, Frau . . . wie heißen Sie doch?«

»Das tut nichts zur Sache. Notfalls können Sie die Müller fragen, wo ich bekannt bin wie Sie unter den Zimmerleuten.«

»Schau an, so seid ihr alle, ihr Müller! Ich bin Zimmermann, Sohn eines Zimmermanns, Enkel eines Zimmermanns, hab dreißig Mühlen gebaut und mehr als dreihundert geflickt, doch ein Müller, der nicht stolz wär, den muß ich erst noch kennenlernen. Und jeder will sein Zeug nach seiner Art gemacht haben, die nichts mit meinem Handwerk zu tun hat. Und wenn ich dann als Meister widerspreche, heißt's: wir können ja schwimmen! Schwimmen . . . Schwimmen? Glauben Sie vielleicht, ich kümmere mich um das Leben eines Müllers? Da hab ich Besseres zu tun! Aber wenn Sie die Arbeit eines Meisters haben wollen, da muß ich schon was mitreden.«

Die Kastratenstimme piepste bei dieser großspurigen Rede, während der kräftige Mann noch einmal mit der einen Hand Stöße, mit der andern Hammerschläge und mit den Füßen kräftige Tritte gegen den Gegenstand seines plötzlichen Unmuts losließ. Und er rief: »Verfaultes Zeug! Zerfallnes Gerippe! Altes Wrack! Abfalleimer! Drecksboot! Kapaunenstall, ja wahrhaftig, ein Kapaunenstall!«

Dann hielt er inne.

»Wenn's um mein Handwerk geht, so hab ich den Namen Meister Buttafumo von Occhiobello zu verteidigen. Und wenn ihr's auch alle nicht wißt, seine Werke sind samt und sonders Meisterwerke, und von weither kommen die Kalfaterer, um sie zu sehen.«

Trotz ihrer Traurigkeit hätte Cecilia am liebsten über diesen Kauz gelacht. Da sie aber wußte, daß seine Großsprecherei wirklich auf Meisterschaft fußte, sagte sie zu ihm: »Wenn diese arme Mühle wirklich so schlimm dran ist, wird ja der, der sie wiederherstellt, um so berühmter.«

»Das stimmt«, meinte Buttafumo, von diesem Wort ins Herz getroffen.

»Bedenken Sie auch, daß ich sie schließlich gern hab, weil schon mein Vater und Großvater drauf waren.«

»Vielleicht gar der Urgroßvater!«

»Ja, der auch, Meister. Über den Daumen gepeilt und ohne daß Sie sich festlegen: Wie hoch schätzt Meister Buttafumo die Arbeit?«

»Meister Buttafumo«, sagte der und überschlug die Rechnung im Kopf, »schätzt so: Ohne mich festzulegen, ganz oberflächlich betrachtet, hem, hem, wirklich nur über den Daumen gepeilt, hem, hem, um solch eine Flickerei zu bewältigen, braucht man für Arbeit und Material einen Tausender oder zweihundert Skudi oder fünfzig Goldmarenghi.«

Cecilia stand, wie aus Stein gemeißelt, da. In ihrer Lage war das eine beängstigend hohe Ausgabe. Aber je mehr diese Zahl sie entmutigen wollte, desto stärker sprachen nun Erinnerungen aus ihren guten Zeiten mit, vor allem der Gedanke an den Mann, der sie aufgezogen und dann für sie sein Leben geopfert hatte. Auch an diesen andern, der sie aus dem Fluß gerettet hatte, der ihr wie ein zweiter Vater gewesen war, dachte sie. Und hatte sie nicht gewollt, daß die Kinder auf dem Fluß aufwachsen sollten? Auf der Paneperso hatte sie alle geboren. Und all die Leiden und die Mühsale, die Ängste und Gefahren hatten ihr die Mühle nicht weniger als die Hoffnungen und Freuden wert und teuer gemacht. Auf diesen Trümmern zog ihr ganzes Leben an ihr vorüber. Und sie sollte sie verlassen, weil sie bei der Arbeit gefährdet war? Als sie hörte, wie die Mühle geschmäht wurde, merkte sie erst, wie eng sie mit ihr verwachsen war. Zärtlich betrachtete sie jeden Gegenstand der bescheidenen Wohnung, den ihre Töchter wieder an Bord zurücktrugen. Sie erinnerte sich an die phantasiereichen und geschickten Arbeiten ihres Vaters für sie, als sie noch Kind war. Es rührte sie, die Sachen zu sehen, welche jetzt ihre Töchter, damit sie an der Sonne trocknen könnten, auf das Deck stellten. Jedermann weiß, was für die Hausfrau der Waschtag bedeutet oder der Reinmachetag, oder, um einen treffenderen Vergleich zu wählen: die Seeleute wissen, was an Bord das Schrubben und Waschen bedeutet, die täglichen kleinen Obliegenheiten, und was es heißt, nach einer langen Fahrt das Schiff zu säubern, und welche Befriedigung diese neue Ordnung und Sauberkeit geben. Drum auch versäumte der größte Seefahrer der Welt nicht, in seinem Logbuch zu vermerken, daß die Männer seiner berühmten Karavelle, als sie die Neue Welt betraten, sich endlich in Süßwasser waschen konnten.

Tausend Lire! Doch, sollte man des leidigen Geldes wegen all das, was soviel Liebe und Erinnerung in sich schloß, einfach verkommen lassen? Wie ein Verrat schien ihr das. Immerhin – tausend Lire! Sie war mehr getroffen als nach dem Unglück, da sie die Trümmer erblickt hatte, die ihr so schwer und unmenschlich aufs Herz fielen. Und plötzlich fuhr der große Meister Buttafumo jähzornig auf: »Wo nur der Idiot herkam, der so ein Leichengerüst wie das hier zusammengebastelt hat!? Bestimmt nicht von Occhiobello!«

»Guter Mann, wollen Sie die Toten beschuldigen? Jedenfalls hat die Mühle mehr als hundert Jahre gehalten.«

»Nach dem Holz, das hier vergeudet wurde, hätte sie tausend halten müssen! Wissen Sie, was man sagt? Meister Bock schnitzte sich einen Stock! Einen ganzen Wald hat man vernichtet, um daraus zwei Hundehütten zu machen, Mühlen, und die zwei Boote sind eher Regenwassertonnen oder Bütten, in die man Trauben tut. Sehen Sie nicht, wie da mit dem Holz gehaust wurde? Mit der Holzfälleraxt geschlagen und nicht mit dem Beil des Zimmermanns! Wer *die* Arbeit gemacht hat, der hat unser Handwerk geschändet. Natürlich hat die Mühle lange gehalten, doch nur, solang alles gut ging. War sie etwa leicht zu steuern? Erwies sie sich im Sturm wirklich als gute Mühle? Man hat es ja jetzt gesehen! Vom Triebwerk überhaupt nicht zu reden! Bäuerlich plumpes Zeug!«

Cecilia kannte die Nachteile der Paneperso, doch eher hätte sie in diesem Augenblick tausend Lire, die sie nicht besaß, hergegeben, als die Fehler einzugestehen. Rot vor Wut, sagte sie: »Hab ich Sie etwa um all das befragt?«

»Ich wär nicht Meister Buttafumo, gute Frau, wenn ich nicht meine Meinung sagte. Das ist keine schwimmende Mühle: das ist ein Fisch aus Blei. Eine Plunderschachtel!«

»So kommen Sie mir? So unverschämt!«

»Wissen Sie, was man aus dem traurigen Gestell bestenfalls macht?! Einen Abtritt!«

Diese dreckige Verachtung sollte der unverschämte Kerl büßen!

»Und wenn ich's Ihnen bezahle, übernehmen Sie dann die Arbeit?«

»Wenn einer unbedingt ein schlechtes Geschäft machen will, kann ich ihn nicht dran hindern«, sagte der Meister. Er sah seine Hoffnung, eine neue Mühle zu bauen, schwinden und ließ sich nun herbei.

»Machen Sie eine ordentliche Arbeit?«

»Das fragt man einen Meister Buttafumo nicht.«

»Also, Sie machen's, machen's wirklich?«

»Schon, um Sie zu ärgern.«

»Wieviel Vorschuß wollen Sie?«

»Ich begnüge mich ausnahmsweise mit dreihundert Lire oder sechzig Skudi.«

»Gut! Ich brauch nur bis zum Mittag Zeit.«

»Mittags finden Sie mich in der Wirtschaft vom Pasetto in der Guarda. Doch wer bürgt mir für den Rest?«

»Zwei Mühlen für lausige siebenhundert Lire!«

»Sind Hypotheken darauf?«

»Die legen Sie wohl drauf, Sie Raguser!«

Der aufgeblasene Mann lachte nur über das Schimpfwort.

Cecilia hatte beschlossen, das Geld für den Vorschuß auszuleihen, und für den Rest vertraute sie auf ihr Glück.

III Auch Meister Buttafumo wollte keine Hypotheken, ja nicht einmal Wechsel. Er schrieb die Schuld in sein Büchlein und sagte: »Wenn ich die Arbeit fertig hab, geb ich Ihnen Zeit bis zum Michelstag. Von da ab müssen Sie alle zwei Monat hundert Lire bereithalten, ich komm selber am Ende jeden zweiten Monats hier vorbei, um mir das Geld zu holen. Das wären demnach acht Raten in sechzehn Monaten, und so hätten Sie Ende '78 Ihre Schuld abgezahlt.«

»Und all das, was neu angeschafft werden muß, was verdorben und verloren ist? Und die Mühe und die Not?«

»Das geht mich nichts an. Ich geb Ihnen Zeit genug, aber denken Sie dran, daß ich pünktlich bezahlt sein will.«

»Und dann muß ja auch noch die San Michele ausgebessert werden.«

»Was ist das: die San Michele?«

»Die andere Mühle. Was soll's denn sonst sein?«

»Sie sind komisch! Verlangen, daß ich die Namen von allen Müllern im Kopf haben soll und die von den Mühlen dazu. Meister Buttafumo hat Besseres zu tun. Jedenfalls werd' ich sie mir mal anschau'n, werd' die Arbeit schätzen und dann auch diese San Michele flicken.«

Als er diese betrat, veränderte sich seine Stimme, die jetzt trotz des gewaltigen Körpers, aus dem sie kam, den biegsamen und langweilig zarten Klang der vox coelestis auf einer Orgel annahm.

»Oh«, sagte er mit einem Zittern, »was für eine feine Kunst, was für eine zarte Hand! Die anmutige Form von Occhiobello! Man erkennt die sofort aus tausenden heraus. Occhiobello ist für die Mühlen mehr als Cremona für die Violinen. Stradivari . . . Wissen Sie, wer Stradivari war?«

»Nein«, sagte Cecilia und verbiß ein Lachen, um ihr Vergnügen nicht zu unterbrechen. Es war ihr, als befände sie sich im Marionettentheater, in einem Augenblick, da es besonders pathetisch zugeht.

»Na, gute Frau, Sie wissen wahrhaftig rein nichts. Schauen Sie nur mal dorthin«, fuhr er begeistert fort. »Sehen Sie, wie hier das Holz des Triebwerks gebogen und zusammengesetzt ist. Die Biegsamkeit und Kraft des Kiels! Des Gerippes! Die Kraft in diesen Planken! Der Aufschwung vom Bug, so daß das Wasser drunter weggleitet und ohne Sog zum Heck durchläuft! Und wie das Rad in einem Punkt angebracht ist, der genau der Höhe des Wasserstandes entspricht. Und wie es, statt die Mühle schwer zu machen, sie regiert, ihr Leichtigkeit, Mut und Geist einzuhauchen scheint! Keine Maschine mehr, sondern ein Federball! Und wie es auf dem Wasser liegt! Herrgott, wie eine Möwe, nicht wahr?! Anmutig wie eine Ente beim Schwimmen und schnell wie ein Fisch! Ja, es ist lebendig, sag ich, wirklich lebendig!«

Er lief hin und her, rauf und runter, streichelte das tote und lebendige Werk, das Triebwerk und das Geländer auf dem Gang, das in vielen Jahren von den Tauen zerfurcht und wie poliert war. Cecilia gefiel diese große Bewunderung im guten Andenken an Padron Lazzaro, aber nicht ohne einen Stich Eifersucht, aus Liebe zu ihrer so heruntergesetzten Paneperso. Und so sagte sie: »Ja, sie schnellt sogar ein bißchen zu stark, und zwar aus einem Grund, der Ihnen entgangen ist, Meister.«

»Und das wäre?« fragte der von oben herunter.

Und nun zeigte ihm Cecilia, daß der Bug vom Seitenboot, das an der Flußseite lag, ein wenig zu ausgehöhlt war, um mehr Wasser heranzuholen. »Darum nannte sie mein Schwiegervater, es ist schon lange her, die ›Mühle Spreiz-die-Bein‹.«

»Leute, die meckern, wird's immer geben, genauso wie Esel, die schreien. Sagen Sie mir lieber«, fügte er mit erneut zärtlich werdender Stimme hinzu, »wer war der Mann, der dies Meisterwerk gemacht hat?«

»Ja, wer weiß das noch! Sie wurde gemacht, als Napoleon unterging.«

»Ja, so geht's in der Welt! So einen Meister vergißt sie! Aber«, er zeigte auf vom Feuer geschwärzte Buchstaben auf dem Tragbalken am Ausgang des großen Bootes, »da sind doch Merkzeichen!«

»Ja, von den größten Hochwasserkatastrophen. Und die Geburtsdaten der Kinder.«

»Ach, ihr Müller! So etwas habt ihr nun aufgezeichnet! Als ob das für die Welt von Bedeutung wäre!«

»Für uns schon«, sagte sie lachend.

»Aber so einen hochbegabten Meister in Erinnerung zu halten, daran hat niemand gedacht, das nennt man Dankbarkeit.«

»Er hätte selber dran denken müssen, mein Schwiegervater hätte bestimmt nicht nein gesagt.«

Buttafumo bellte: »Wir sind eben allzu bescheiden! Wenn das Werk getan ist, lassen wir's ruhig zu, daß unser Name mit dem Wasser des Flusses davontreibt. Wir sind nicht wie die hochmütige Müllerrasse, die unbedingt jedes Neugeborene aufzeichnen ...«

»Es sind unsere Kinder, Meister!«

Er machte eine wegwerfende Geste, als wolle er sagen: »Zahlen, die nicht zählen!« und fuhr dann fort: »Die Hochwasser, ja!«

»Wir setzen unser Leben ein, Meister.«

Er machte noch einmal diese wegwerfende Bewegung, als wolle er sagen: »Und wenn schon, einer mehr oder weniger.« Da lachte Cecilia mit hochgezogenen Schultern: »Meister, was wollen Sie? So sind wir nun einmal.«

»Ja, so seid ihr. Und nicht mal besonders gut geraten! Ihr verdient wirklich um solcher Nachlässigkeit willen, daß es wahr ist, was man so sagen hört.«

»Was denn?« fragte Cecilia, betroffen von der Bitterkeit in seiner Stimme.

»Ach, Unsinn! Die Regierung will angeblich die Flußmühlen verbieten.«

»Verbieten?«

»Naja, sie behaupten, die Flußmühlen stören den Schiffsverkehr und verderben die Dämme. Blödsinn, wie gesagt. Aber man weiß ja, was dieses Wolfsgeheul bezweckt: sie wollen den heißhungrigen Maschinen helfen, die das Mehl verbrennen und das Brot verderben, den Dampfmühlen. Deshalb heißt's einfach: die Flußmühlen verbieten.«

»Was soll man schon von einer Regierung erwarten, die die Mahlsteuer eingeführt hat?« rief Cecilia voller Haß und Verzweiflung.

»Sie haben recht, Müllerin. Die Welt ist eine Schurkenbande!«

»Hören Sie: Wenn die wirklich kommen wollen, diese Gottverdammten, um mir und meinen Kindern das Brot wegzunehmen – ich hab zwei Söhne, die alt genug sind, um sich zu wehren. Bis jetzt hab ich sie die Gottesfurcht gelehrt. Aber wenn diese gotterbärmliche Brut zu all den Schweinereien, die man sieht und hört, auch noch die hinzufügen will, dann drück ich ihnen, und wenn alles in Trümmer geht, das Gewehr in die Faust!«

»Da täten Sie nur recht dran.«

Aber beide fühlten in all ihrer Wut und Angst doch, daß dieser Ausbruch vergeblich sei.

»Ja, recht täten Sie dran«, wiederholte Buttafumo, »und ich hoffe bloß, daß Sie dann nicht allein bleiben mit Ihren Jungen.«

»Lieber hoff ich, daß man Ihnen ein Märchen aufgebunden hat, als mich auf die Hilfe andrer zu verlassen.«

»Hoffen wir's. Wenn das Gesetz wirklich durchkommt, sind wir ruiniert, Müller wie Zimmerleute.«

»Sie pfeifen und schmeißen Steine aufs Allerheiligste, und der Pfarrer hat mir gesagt, daß die Regierung Glöckchen und Baldachin verboten hat, wenn die letzte Wegzehrung zu den Sterbenden getragen wird. Wenn sie schon das lebendige und wahrhaftige Blut des Herrn hassen, wie sollten sie denn Achtung haben vor dem Brot der Armen? Im Gegenteil: Wo ja doch unser Herr Jesus Christ gesagt hat, daß, was man den Armen an Wohl oder Übel zufügt, ihm zugefügt wird, wär's nur ein Grund mehr, uns Übles anzutun.«

Buttafumo, im Grunde liberal, sagte: »Es fragt sich nur, ob nicht eine Pfaffenregierung, wenn sie am Ruder geblieben wär, auch die Flußmühlen verboten hätte.«

»Wir sind ja keine Kinder mehr und können uns beide gut erinnern, daß man damals von solch gemeinen Gaunereien nie etwas gehört hat.« – –

Noch auf Jahre hinaus hörte man von diesem vagen, bedrohlichen Gerede. Cecilia erschrak, wenn sie davon hörte, stets von neuem und sah schwarz, als ziehe den Fluß ein Gewitter herauf.

Sie hatte in der Guarda auch sagen hören, daß in jenem Jahr, nach der Wahl vom 18. März, die Regierung gewechselt habe, und hatte gefragt: »Wie? Ist denn Vittorio Emanuele nicht mehr dran?«

»Vorläufig noch«, hatte Bracciemezzo geantwortet, »bis Garibaldi die Republik ausruft.« Und Pizzacarino hatte grinsend bemerkt: »Es bleibt aber nicht bei der Bürgerrepublik, die ja nur ein Räuber in gelben Handschuhen ist. Und wenn Garibaldi aufhören möchte, wird er noch schneller als Vittorio Emanuele verschwinden; denn ohne Gleichheit ist die Freiheit bloß ein Geschwätz!«

»Immerhin wird uns die Linke in der Regierung verschaffen, was sie kann«, hatte der Wasserwächter gesagt.

»Solang es nicht alles ist, ist es gleich nichts! Wir wollen weder Könige noch Päpste, weder Regierung noch Vaterland, weder Priester noch Söldner. Die internationale Vereinigung der freien und gleichen Arbeiter wollen wir, und keine Herren und keinen Gott!«

Das waren die bekannten Schlagworte, die Andrea Costa, der berühmte Biondino, gerade in der Romagna verkündet hatte. Aber Cecilia, von ihren Befürchtungen verfolgt, achtete gar nicht darauf.

»Wird diese neue Regierung die Mahlsteuer aufheben?« fragte sie.

»Sicherlich!« rief Bracciemezzo. »Drum kommt sie ja an die Macht. Nieder mit Sella!«

»Man muß noch anderes als die Mahlsteuer aufheben!« grinste Pizzacarino mit der üblichen doktrinären Überlegenheit.

»Für mich ist nur die wichtig! Wer ist denn jetzt an der Regierung?«

»An der Stelle von Minghetti und Cantelli sitzen jetzt Depretis und Nicotera.«

»Gehupft wie gesprungen«, sagte der Anarchist mit verächtlichem Achselzucken.

»Ich will mir diese Namen merken«, sagte Cecilia. »Wenn sie die Mahlsteuer nicht aufheben, erklär' ich sie für die größten Lügner der Erde!«

IV

Als die Paneperso neben der überholten San Michele wiederhergestellt war, kehrte sie mit der ersten Flut, welche Mitte September die Ufer überspülte, auf den Fluß zurück, und mit dem unaufhörlichen Tanzen ihres Bugs schien sie zu sagen, daß man sich in die Jahre schicken müsse, und Jahre hatte sie ja genügend auf dem Buckel.

Cecilia ging die geringschätzige Meinung, die Buttafumo von ihrer Paneperso hatte, nicht mehr aus dem Sinn. Es kam ihr so vor, als gucke die Mühle matt und widerspenstig drein. Vielleicht war sein Rat, sie ihrem Schicksal zu überlassen, doch gut gewesen. Die größten Schäden am Gerippe waren geflickt, doch am Triebwerk hatte der Zahn der Zeit allzuviel genagt. Die Maschine arbeitete schlecht, krachte leise, seufzte in den ausgeleierten Angeln, schüttelte sich in den lockeren Gelenken, und die Zahnräder griffen zuviel oder zuwenig ineinander. Hin und wieder brach sogar der oder jener Zahn aus, und dann hieß es, in großer Hast das Rad anhalten, damit nicht die Maschine sich selber auffraß.

Auch das Wasserrad hatte bei dem Unglück schwer gelitten. Das größte Rad auf dem Po, hatte der unverschämte Zimmermann gesagt, und das dämlichste zugleich! Wie stark es mitgenommen war, sah man an der Unzahl frischer Holzstücke, an den Ausbesserungen der Pfähle. Das viel zu Neue im viel zu Alten hielt nicht auf die Dauer zusammen. Immerzu waren Ausbesserungen an Bord erforderlich. Giovanni und Princivalle behoben zwar schnell die Schäden, aber schließlich kommt eben für Mühlen wie für Menschen ein Alter, wo man sagt, die Maschine tat's, solange sie konnte, und man muß sie jetzt gehen lassen, wie sie kann. Sie erneuern zu wollen, offenbart und beschleunigt nur den Verfall des ganzen Getriebes. In ihrem Innersten empfand Cecilia, sooft die Paneperso zu sagen schien, daß sie nicht mehr könne, selber Altersmüdigkeit. Dauernd hatte man kleine und große Ausgaben, der Verdienst ging verloren, Kummer und Mühe waren noch das Geringste.

Pünktlich alle zwei Monate, wenn das Geld fällig war, kam Meister Buttafumo und fragte dann: »Na, wie geht's dem Gerippe?«

»Wie's eben geht.«

»Ich hab's Ihnen von vornherein gesagt: Sie ist ein altes baufälliges Haus, das man besser einreißt und von Grund auf neu errichtet.«

»Mir genügt sie schon.«

»Ja, Ihnen. Aber . . .«

Sie zählte ihm die Bankscheine hin, meist Ein- oder Zweilirescheine, die man Cavurrini nannte, weil die ersten dieser Ausgabe das Bildnis des Staatsmannes trugen. Das höchste waren Fünflirescheine. Jeder dieser Scheine stellte das Brot dar, das sie sich vom Mund absparten, sie und die Ihren, um die Summe zusammenzukratzen. Und die Scheine bedeuteten zugleich: Kummer, Not und die Mühsal, Kunden, die in Mehl zu zahlen gewohnt waren, um Entlohnung in Geld anzugehen – oft auf bittende, beschwörende Weise. Und wenn sie keines hatten oder sich nicht dazu bequemten, mußte man das Mehl nach der Guarda fahren und es dem Bäcker Castorino anbieten. Der setzte heuchlerisch seine freundlichste Miene auf und bedeutete ihnen, daß er schon die ganze Vorratskammer voll habe und er Cecilia nur abnehme, um der Armen einen Gefallen zu tun, und dann drückte sie der Erzgauner im Preis.

Den Kunden mußte man jedesmal von seinem Elend und den Schulden berichten. Die schauten dann kritisch auf die Paneperso und meinten: »Warum haben Sie sich's nicht mit *einer* Mühle genug sein lassen?«

Wie sollte sie es ihnen erklären? Wußte sie es doch selbst kaum mehr. »Es ist eben mein Schicksal«, sagte sie achselzuckend.

Und die andern sagten: »Allein schon ihr Name . . .«

»Ja, das Unglück«, schloß sie dann.

Auf den Mühlen der Scacerni hatte einst trotz Hunger und Verzweiflung eine Stunde die fromme, wackere Mutter gestärkt. Aus ihr holte sie sich auch jetzt Trost und Mut. Denn die Armut wurde von Tag zu Tag drückender und schließlich zu einem Kreuz. Überdies hielt man Cecilia für schuld an ihrem Elend. Von allen Seiten traten Forderungen an sie heran. Außer den Schulden bei Buttafumo mußte sie den Bragana für den Fiskus bezahlen. Und obendrein gab's nur Papiergeld und überhaupt lausige Zeiten.

»Eine Dreckswelt«, sagte sie abschließend.

Was hatte es ihrem Vater bei den Leuten eingebracht, daß er ein überlegener kluger Mann war? Wurde er nicht der Narr von der Paneperso genannt? Niemand, außer vielleicht irgendein Alter aus Fossa d'Albero oder von der Zocca, erinnerte sich seiner mehr. Und da sie nun betagt war, wußte sie nicht einmal, wieviel von der Art des Mannes, den seine Mitmenschen einen Narren hießen, in ihr selber steckte.

Mit all dem war's aber nicht zu Ende. Eines Tages kam Bragana mit fremden Leuten zur Anlegestelle. Judas mit seinem Knechtshaufen rückte heran. Steuerbeamte und zwei Arbeiter, die den Umdrehungszähler anbringen sollten.

Da steigen sie herauf, suchen und schnüffeln umher, ohne überhaupt um Erlaubnis zu fragen. Fast wie die Eigentümer benehmen sie sich und bringen an den Pfählen Rollen an, welche diesen jämmerlichen Apparat bewegen sollen.

»Für alle hundert Umdrehungen ist soundsoviel zu zahlen.«

»Aber die Mühle«, sagt Cecilia, »arbeitet viel schlechter als die andere.«

»Das wollen wir erst mal sehen.«

Nachdem sie die Probe gemacht und das Ergebnis in einem Büchlein vermerkt haben, setzen sie für jeden Mahlgang die Steuersumme fest, die den Umdrehungen entspricht. Die Steuer verändert sich, je nachdem ob man Korn oder minderwertiges Getreide mahlt. Darum sagen sie: »In dieser Mühle werden Sie Korn mahlen und in jener Mais, Hafer und Roggen.«

»Danke«, sagt sie mit einer vor Erniedrigung gequetschten Stimme. »Und wenn ich nur Korn zu mahlen kriege?«

»Dann lassen Sie eben den Mahlgang vom Mais unbenutzt oder umgekehrt.«

»Das wird ja immer besser. Den Kunden sag ich dann, sie möchten warten, bis es dem Zähler paßt!«

»Tun Sie nicht so! Wir wissen, daß man die Mühle, die für weißes Mahlgut bestimmt ist, nicht für gelbes verwenden darf, und umgekehrt.«

Cecilia biß sich auf die Lippen. Die waren durchtrieben und wußten rein alles.

Sie fügten hinzu: »Jedenfalls verbietet es Ihnen von Stund an das Gesetz. Wehe Ihnen, wenn wir dahinterkommen, daß der Mahlgang für gelbes Mahlgut Spuren von weißem aufweist.«

»Das heißt also, daß ich in meinem eigenen Haus nichts mehr zu sagen hab.«

»Wenn Sie den Anweisungen zuwiderhandeln, hier ist die Liste mit den Strafen.«

»Danke für soviel Güte.«

»Sie können sich ja, was die Unkosten betrifft, an Ihren Kunden schadlos halten.«

»So? Kann ich das?«

»Gewiß. Wenn Sie aber darauf verzichten, käme Ihr Name als der eines guten Staatsbürgers in die Zeitung.«

»In der Zeitung werd' ich nur stehen, wenn ich eine Dummheit begehe. Wollen Sie mich auch noch aufziehn?!«

»Keineswegs, aber was die Dummheit angeht, sehen Sie nur zu, daß Sie nicht etwa die Umdrehungen der Zähler fälschen. Beim ersten Mal gibt's eine Geldstrafe, beim zweiten Mal das Dreifache davon und beim dritten Mal Gefängnis und Wegnahme der Mühle, die dann versteigert wird.«

»Steht das auf diesem Blatt?«

»Natürlich, und damit's alle sehen können, heften Sie es an einer gut sichtbaren Stelle an die Wand.«

»Sie tun, als wären Sie hier zu Hause. Glücklicherweise kann ich nicht lesen.«

»Das macht nichts. Unkenntnis des Gesetzes schützt nicht vor der Strafe.«

Hier wollte Bragana auch etwas sagen: »Solange ich die Pacht von der Mahlsteuer einzog, haben Sie mich beschimpft, soviel es Ihnen beliebte. Jetzt mit diesem Gerät werden Sie mir wohl eines Tages zugestehen –«

»Mit diesem Gerät«, sagte Cecilia, ohne ihn zu beachten, »wen soll ich dafür segnen, für dies Ding da?«

Sie antworteten ihr nicht, als ob sie doch nur unnützes Zeug rede. Sie aber beharrte darauf: »Na, wen soll ich dafür segnen?«

»Den Fortschritt«, antwortete ihr Bragana.

»Kommt man dafür auch ins Gefängnis, wenn man vom Fortschritt sagt, was man von ihm hält?«

»Hauptsache, Sie beleidigen nicht den König noch die Staatsgewalt. Was den Fortschritt angeht«, sagte lachend der Steuerbeamte, »so könnt Ihr darüber sagen, was Ihr wollt.«

»Na, dann muß er wohl eine große Viecherei oder ein toller Betrug sein.«

»Ganz, wie Sie wollen. Nur nicht mit der Zunge ausrutschen!«

»Mir scheint dieser Zähler eine richtige Beleidigung, so als ob wir alle Diebe wären.«

»Ach, wirklich? Wenn Sie wirklich ein ruhiges Gewissen hätten, warum regen Sie sich dann so auf?«

»Wegen der Unverschämtheit. Man hat ja schließlich Blut in den

Adern und kein Wasser. Ich fühle mich jetzt nicht einmal mehr Herr meines Eigentums!«

Der Zorn der freimütigen Müllerin amüsierte die Herren prächtig, diese Häscherbande, diese Sklavenaufseher, diese Blutsauger, wie sie die Kerls bei sich selber hieß. Und Bragana, der liederliche Zöllner und Duckmäuser, sagte betont: »Eines Tages werden Sie mir noch nachtrauern, gute Müllerin. Bestimmt!«

»Bei Gott«, rief sie aus und erhob ihre Arme zum Himmel, »das wär dann nur ein Zeichen, wie traurig die Zeiten geworden sind!«

Und alle lachten über die grimmige Herabsetzung des Bragana.

Unterdessen liefen die Mühlen, und der Zähler verzeichnete jede hundertste Umdrehung mit einem Federschnicken, ein Geräusch, das Cecilias Ohr sehr widerlich klang. Sie meinte, selbst in hundert Jahren gewöhne sie sich nicht an diesen Laut, und sie musterte das Zifferblatt des Zählers wie die unflätige Visage eines Gegners. In ihrer Miene arbeitete dabei der geduckte, doch maßlose Zorn eines Fuchses, den man geschnappt hat.

»Und wenn«, fragte sie, »die Maschinen leer laufen, verzeichnet das der Zähler auch?«

»Natürlich.«

»Und das nennt sich Gerechtigkeit?«

»Aber warum soll denn die Mühle leer laufen?«

»Zufällig, wenn mal niemand da ist, der merkt, daß die Räder nur zum Spiel sich drehen, oder wenn die Klappe am Kornlauf klemmt, oder wenn das Glöckchen überhört wird. Was versteht ihr denn schon da von diesen Dingen?«

»Da heißt es eben recht gut aufpassen.«

»Als ob wir nichts anderes zu tun hätten! Und dann, wenn der Fluß groß ist, darf man das Wasserrad gar nicht abstellen, weil die Strömung einem stehenden Rad zusetzt. Und manchmal kommt's vor, daß kein Getreide da ist, oder alle müssen nur aufpassen, daß der Mühle nichts zustößt, zum Beispiel, wenn der Fluß mit Eis geht. Was dann? Dann läuft der Zähler leer, und ich muß die Umdrehungen doch zahlen?«

»Dann lesen Sie eben«, sagte der Beamte, »die Umdrehungszahl von dem Augenblick ab, von dem an die Maschine durch höhere Macht leerläuft ...«

»Ich kann nicht lesen.«

»Und Ihre Kinder?«

Auch sie waren da, stumm und erbost.

»Der da lernt gerade«, sagte Cecilia, auf den kleinen Antonio deutend mit einer Geste, in der fast Ekel steckte, wie wenn irgendwelche Vertrautheit mit dem Zähler den Betreffenden in ein schlechtes Licht setze.

»Also, wenn Sie die Zahl, die ich eben erwähnte, abgelesen haben, füllen Sie wieder den Mühltrichter und vermerken die Zahl, die der Zähler in der Zwischenzeit erreicht hat. Sodann subtrahieren Sie das vom Zählerstand und haben die Zahl der Leerläufe . . .«

»Machen Sie mich nicht schwindelig!«

»Aber verstanden haben Sie mich. Natürlich zahlen Sie zunächst.«

»Natürlich, ich hab nichts anderes erwartet.«

»Zunächst, sag ich, zahlen Sie, und dann können Sie eine Eingabe machen, der natürlich hinreichende Beglaubigungsunterlagen beiliegen müssen.«

»Auf vorgeschriebenem Stempelpapier?«

»Natürlich! Sie setzen darauf auseinander, wann, wie lange und durch welche höhere Macht die Mühle leer lief. Alsdann werden Sie den zuviel gezahlten Betrag zurückerhalten.«

»Wenn's Gott gefällt.«

»Wenn die Sache von dem zuständigen Beamten überprüft und erledigt worden ist.«

»Nennen Sie das alles bitte Fortschritt, damit ich sagen kann, was ich darüber denke. Aber damit ist's noch nicht zu Ende.«

»Noch nicht?«

»Nein. Die Maschinen auf meinen Mühlen gehen entweder beide, oder beide stehen still. Und wenn ich gerade auf der einen gelbes Mahlgut und auf der andern nichts zu verarbeiten habe, was dann?«

»Dieser Fall darf eben nicht eintreten.«

»Ich muß aber das mahlen, was man mir bringt. Und immer eilt es den Kunden.«

»Dann lassen Sie eben ein Triebwerk machen, das eine Maschine von der andern trennt.«

»Zahlt mir das die Regierung?«

»Die Regierung auch noch dafür aufkommen! Das ist Ihre Sache, Frau. Im übrigen haben Sie sich allein nach dem zu richten, was hier schwarz auf weiß steht.«

»Nicht einmal nachts mehr«, beharrte sie aufsässig, »wird man ruhig schlafen können mit diesem Zähler am Halse!«

»Kurz und gut«, sagte der Beamte, »wenn das Rad sich dreht, dreht sich auch der Zähler. Behalten Sie das wenigstens im Kopf!«

»Wie ein Mühlrad dreht sich's schon darin. Gott straf doch den verflixten Zähler! Bin ich hier noch Herr auf meinen Mühlen oder bin ich's nicht mehr?! Und wenn ich mal die Grille hätte, meine Mühlen leer laufen zu lassen?«

»Dann zahlen Sie eben nicht für's Mahlgut, sondern für die Grille«, sagte der Beamte.

»Ich kenne meine kluge Müllerin nicht mehr«, sagte honigsüß Bragana.

Cecilia schwieg. Nun hielt man sie auch noch für töricht! Wie gerne hätte sie sonst gesagt, daß sie eher die Tragboote aufreißen und die Mühlen absacken lassen möchte, als sich solch unverschämtem Verlangen zu fügen. Und so fragte sie mit einer Bitterkeit, als hätte sie Galle im Mund: »An wen hab ich zu zahlen?«

»Alle drei Monate wird einer von uns den Zähler ablesen und die Summe eintreiben.«

»Und das Merkblatt, damit Sie es ständig vor Augen haben, nageln Sie am besten dort an!«

»Unter dem Bild vom heiligen Antonius, unserm Schutzpatron?! Den Schimpf ihm antun?! Gotteslästerung wär das! Geben Sie her! Ich häng den Wisch auf, wo es mir paßt. Soviel Freiheit hab ich wohl noch?«

»Immer zu, solang Sie sich nicht strafbar machen. Sonst setzt es Geldbußen, Gefängnis, Beschlagnahmung der Mühlen.«

»Da fehlt ja nichts.«

»Richten Sie sich also danach.«

»Aber . . .«, sagte sie.

»Wenn und Aber ist das Einmaleins der Dummköpfe«, sprichwörtelte Bragana.

»Aber«, sagte Cecilia, ohne ihn zu beachten, »hat die Regierung nicht versprochen, die Mahlsteuer abzuschaffen?«

»Versprochen oder nicht, wir haben lediglich die Vorschrift auszuführen.«

Cecilia rief: »Jetzt weiß ich, was ich vom Fortschritt zu halten hab!«

Sie gingen davon, und Cecilia heftete das Merkblatt, dies Blatt der Knechtschaft, an die Wand, die am weitesten von der des heiligen Antonius entfernt lag. Sodann spuckte sie drauf, hob die beiden Kleinen hoch, damit sie dasselbe täten, und fauchte: »Das ist die Regierung, die versprochen hat, die Mahlsteuer abzuschaffen!«

Doch das war ein kärglicher und bitterer Trost. Da hatte also der Bragana doch recht behalten, und man trauerte dem widerlichen Eintreiber nach.

Unterdessen schwoll die Mahlsteuer, die bisher für den Doppelzentner weißes Mahlgut zwei Lire, für gelbes achtzig Centesimi betragen hatte, durch die Tüchtigkeit der Zähler prächtig an.

Es war, als spüre man in seinem Innern ein Übel, das sich von unserm Blut und Atem nährt. Immerzu hörte man Rollen sich drehen, hörte man das scharfe Knarren der Zahnräder, das Schnickschnack der Feder bei jeder hundertsten Umdrehung. Immerzu. Das Übel nagte an der Mühle, vergällte einem Tag und Nacht.

Cecilia sagte: »Jetzt versteh ich die Galeerensträflinge, jetzt weiß ich, was Zwangsarbeit ist.«

Es hatte sich in ihr festgebissen. »Es ist so«, rief sie, »als hätten sie zwischen meine Mühlen einen Krebs geschmissen, der sie zernagt.« Sie klagte der guten alten Zeit nach. Mitunter erinnerte sie sich wohl, daß selbst der Papst Mahlsteuer erhoben habe, ja, auch er, doch nicht mit solchen Schikanen.

Die Leute begannen, Cecilia schwierig und lästig zu finden. Man nannte sie eine bockbeinige, filzige Ziege. Aber ihr Geiz kam ja aus der Not, und um zu begreifen, daß sie sich gegen den Zähler so sperrte, mußte man ihr feines Ohr haben, das, von Geschlecht zu Geschlecht ererbt, stets auf den leichten, geflügelten Lauf der Mühlen gerichtet, im Schlaf noch ihr meldete, ob sie matt oder schwer gingen, zu wenig oder übermäßig fraßen oder nur ein wenig schäkerten beim Leergang.

Sodann mußte man seine Zeit richtig einteilen, die Mühlen voll ausnutzen und Versprechen halten, damit nicht der Kunde, der oft von weither kam, auf sein Mehl warten oder den Weg zweimal machen mußte und deshalb schließlich der Mühle fernblieb, zumal er im Sommer, gerade dann, wenn der Fluß kümmerlich und seicht lief, am wenigsten Zeit hatte.

Allein schon darum, weil sein Laut den Mühlgang störte, mißfiel Cecilia der Zähler. Genügt doch einem feinen Ohr der kleinste Mißton einer Saite, um ihm die schönste Musik zu verleiden. Zudem verdarb einem der Zähler jede Lust an der Arbeit, weil er das Gefühl einflößte, daß man nicht mehr aus eigenem Antrieb schaffe – jener einzigen Freiheit in der Fron unseres Daseins, das man im selben Maß haßt, als es uns knechtet.

V

Es kamen traurige Jahre, frostige Winter. Was war das für ein Leben auf den Mühlen in der trockenen eisigen Luft, die in die Lungen biß, wenn man um die kümmerliche Kohlenpfanne vor dem Herd saß oder in den Nächten die beiden Ältesten im Dunkel um die Mühlen herum das Eis brechen mußten, damit es die Boote nicht zerquetschte! Der Frost ließ die Mühlräder einfrieren, und so war's um Arbeit und Brot geschehen. Die Kunden zogen mit dem Sack anderswohin, und wenn sie einmal Bekanntschaft mit den Dampfmühlen machten, kehrten sie womöglich gar nicht mehr zurück. Auf den Feldern erfroren anno '79 Pflanzen und Bäume, und als der Frühling kam, war es jammervoll mit anzusehen, wie viele keine Blätter und Blüten mehr trieben.

Es regnete dauernd, Kälte und Nebelschwaden lagen über der Ebene. Den ganzen März hindurch hielt es so an, den April und noch den größten Teil des Mai, bis dann ein Hochwasser kam und der Po in der Gegend von Mantua und im Bondesanischen durchbrach. Seit dem letzten Unglück waren keine sieben Jahre vergangen, und die Unglücklichen vom Bondeno sahen schon wieder den Strom auf ihren Feldern – nur mit dem Unterschied, daß er sie damals im Herbst heimgesucht hatte, während er jetzt im Frühjahr kam und die Ernten vor der Zeit fraß. Freilich hatte er diesmal nur dürftige Ernten zu verzehren! Es regnete, und wenn die Sonne einmal für eine Stunde durchkam, war es, als ob sie nur mal höhnisch nachschauen wolle, wie weit die Verwüstung da unten gediehen sei. Manche klagten darob die Planeten, andere die Sonnenflekken an, wieder andere die menschlichen Vergehen, die Gottes Langmut erschöpft hätten.

Wegen der Flüsse gab's ein großes Geschrei über Vernachlässigung ihrer Dämme. Man warf der Regierung vor, sie habe nur Geld für Feste, Feierlichkeiten, Empfänge und Reisen des Königs, für Denkmäler und Bauprunk, wie er in Rom und Florenz getrieben wurde, und für Rüstungen, die zur Politik des Dreibundes geführt hätten. Diese Politik fanden die einen zu ehrgeizig, andere wie einen Verrat an der Irredenta und alle, angesichts der großen Not, allzu kostspielig.

Der Antrag auf Abschaffung der Mahlsteuer kam nicht durch; dafür debattierte man lange und hitzig über die Zivilehe und Gesetze, die sie endgültig verankern sollten:

»Die Mahlsteuer bleibt, dafür retten uns Zivilehe und womöglich auch Scheidung vorm Hungertod. Seht nur, das bringt uns noch ins Schlaraffenland!«

Politik und parlamentarischer Redeschwall erschienen den Hungerleidern als Luxus und Zeitvergeudung, als Verhöhnung und Mißachtung des Hungers, eines richtigen, ausgewachsenen Hungers.

Mit dem Gesetz findet sich auch seine Übertretung. Zur Umgehung der Mahlsteuer verfiel man auf soviel Kniffe und Schliche, daß man damit ein großes Kapitel im Buch der Steuersünden füllen könnte. Beim Zähler etwa nahm man einfach das Band von den Rollen, was man »die Kordel wegtun« hieß.

Die dreistesten und gierigsten Müller belasteten obendrein den Kunden mit der Steuer, auch wenn sie ohne Zähler mahlten. Der Kunde jedoch witterte leichthin den Betrug und wanderte zu Müllern ab, die diskreter oder, wie man verschmitzt sagte, »ehrlicher« vorgingen.

»Wie ist denn Italien eigentlich geworden?« fragten die Radikalen. »Durch Verschwörungen und Aufstände. Gemäßigte und Konservative, die jetzt Staat und Besitz angeblich achten, wenigstens es von uns verlangen, wie sind sie denn nach Mailand, Venedig, Florenz, Neapel und Rom gekommen? Indem sie die rechtmäßigen Herren verrieten, überfielen und ausraubten. Wir werden dasselbe tun, den Bürger einfach enteignen und so die allgemeine Gleichheit schaffen.«

Kurzum, die Begriffe von Staat und Eigentum, Recht und Redlichkeit gerieten damals ins Schwanken und mit ihnen die Müller, die, wenn sie ohne Zähler mahlten, »diskret« den Gewinn mit dem Kunden teilten.

Cecilia ging im gerechten Scheiden der Anteile mit größter Strenge und Genauigkeit vor; sie verachtete den Verdacht der Parteilichkeit noch mehr als den des Geizes. Sie scheute sich auch nicht, ihre Schärfe »Gerechtigkeit« zu nennen. Sie sagte geradezu: »Meine Gerechtigkeit ist bekannt.«

VI

Damals, als Cecilia vom Gemeindeschreiber wegen Coniglio mannaro nach Copparo bestellt wurde, besprach sie mit jenem, wie mit dem Rechtsanwalt Prosperi und danach mit ihrem Beichtvater, auch diesen Punkt in der Zuversicht, daß einem reuigen Sünder nach seinem Heimgang, wenn nicht durch sein Verdienst, so doch durch die Barmherzigkeit Gottes alles vergeben würde.

Nach einem schweren Anfall der Mailändischen Rose mied Cecilia vom ersten Frühlingstag an sorgfältig die Sonne. Nie ging sie aus dem schattigen Innern ihrer Mühlen heraus, ohne sich in ein Tuch zu hüllen, das nur die Augen hervorlugen ließ. Sie schützte sich ferner mit einem großen Schirm aus Wachstuch und – eine besondere Neuheit an ihr – mit Handschuhen. Alles – Handschuh, Kopftuch, Kleid und Schirm – ganz in Schwarz. Ernst und streng sah sie so aus, während die Augen, wenn sie durch die Öffnung im Kopftuch guckten, alterslos schienen, immer noch lebhaft und kühn, doch mit dem nachdenklichen, forschenden Blick eines Menschen, der seine Erfahrungen stückweis machen mußte.

Die Steuer hatte sie schon einmal auf frischer Tat ertappt und verwarnt, ein zweites Mal ihr, anno '79, weil das Jahr kläglich und unheilvoll gewesen war, die Strafe erlassen. Beim dritten Mal drohte ihr, außer der Geldbuße, der Entzug ihrer Mühlen und womöglich noch Gefängnis.

I

Wo die Steuerbeamten einen Verdacht hatten – und den hatten sie bei allen Mühlen – tauchten sie plötzlich in schnellen Ruderbooten oder hinter den Dämmen und Uferbüschen auf. Sie hatten Spitzel und Auskunftgeber, sie verhörten, stellten Aussagen gegeneinander und quälten die Müller weidlich.

Wenn sie vom Lande her auftauchten, war es geraten, sich schnell zu verdrücken, und man ließ die Beamten sich erst einmal die Kehle heiser schreien. Erst dann setzte man sie über an Bord. Inzwischen hatte man den Zähler wieder angeschlossen, eine Arbeit, zu der eine gewisse Zeit erforderlich war. Wenn man den Zähler abhängte, war am Strande der Guarda zum Aufpassen ein Junge, der anscheinend dort herumspielte.

Die Müller entschuldigten sich wegen der Verzögerung immer auf die gleiche Weise: »Wir haben geschlafen.« Oder: »wir hatten gerade alle Hände voll.« Oder: »wir haben gerade die Mühltrichter aufgeschüttet.« Oder einfach: »wir haben nichts gehört.«

Wenn die Finanzer schimpften und fluchten, sagte Cecilia: »Nun zeigt mir mal den Erlaß, der von mir verlangt, daß ich müßig herumstehe, bloß um auf die Steuerleute zu warten! Sie benutzen mein Boot, um hier rüberzukommen? Ich verlange nicht, daß ihr für meine Bequemlichkeit da seid, aber ich bin's auch nicht für die eure!«

Ja, sie war streng und spröde geworden. Das blieb sich immer gleich.

Und die Finanzer sagten: »Sie, Müllerin, stehen schon auf der schwarzen Liste. Einmal sind Sie davongekommen, das zweite Mal hat man Ihnen verziehen, beim dritten Mal zahlen Sie für alle drei Mal!«

Sie machte eine Geste sorgloser Verachtung, doch insgeheim zitterte sie. Und wenn die Beamten zu Wasser kamen, waren sie und die Ihren um die Spitze der Guarda doppelt so schnell da und fuhren mit der Strömung an die Mühlen heran, indem sie sich schlimmer als die Galeerensträflinge unter der Peitsche sputeten. Es blieb nicht einmal mehr Zeit zu rufen: »Zurück mit euch!« wenn sie am Schiff auftauchten. Sie kletterten blitzschnell wie Teufel herauf, als wären es Seeräuber beim Entern.

»Wenn Sie mich mal nachts so überfallen«, kündigte ihnen Cecilia an, »– ich sag Ihnen das nur, um ein Unglück zu verhüten – macht Sie einer meiner Jungen stumm. Denn nachts kommt hier niemand herauf, wenn er nicht zuvor laut und von weitem seinen Namen, Vornamen, Heimat und Beruf genannt hat. Wir haben hier immer ein geladenes Gewehr.«

»Dann würden Sie allerdings beim Schwurgericht landen.«

»Ja, was sollen wir denn warten, bis die Landstreicher hier oben sind – eine Frau mit sechs Kindern?«

»Was für Landstreicher?«

»Na, tun Sie nicht so!«

Die Finanzer hatten bei diesen Wutausbrüchen oftmals ihren Spaß: »Was für Landstreicher, he?«

»Ja, denen geht ihr aus dem Weg. Es ist ja auch einfacher, eine Witwe und Waisen zu belästigen, als auf Landstreicher zu schießen.«

Das traf die Beamten in ihrer Eigenliebe: »Sie, Frau, wissen wohl noch immer nicht, daß die öffentliche Sicherheit gerade den Waffen der Königlichen Karabinieri zu verdanken ist.«

»Die Übeltäter züchtigen und das Land von ihnen säubern, das müßte Ehrensache aller sein, die ein Gewehr und einen Dolch haben, um die ehrlichen Leute zu verteidigen.«

»Bei Gelegenheit also auch uns Finanzer!«

»Eine solche Gelegenheit kommt nie!«

»Na, man muß Sie um Ihrer Dummheit willen bemitleiden, wenn man Sie so reden hört.«

»Danke schön! Unterdessen machen sich die Straßenräuber breit.«

Auch das stimmte. Die Wegelagerer trieben sich bewaffnet auf den Straßen und auf dem Fluß herum. Ja, sie hatten die Frechheit, in die Häuser einzudringen – sogar in den Dörfern und Vororten der Städte.

Mehr noch als der Eifer des Amtes reizte Cecilias hochmütige Art die Beamten. Den Zähler abzuhängen, ging immer schneller, wurde aber von Tag zu Tag gefährlicher. Da der große Heilige Antonius bereits genug zu tun hatte, die Mühlen vor den Gefahren des Wassers und Feuers zu beschützen und vor den Wegelagerern, sicherte sich Cecilia gegen Steuerbeamte, die man mehr fürchtete als jeden andern Feind, bei der Madonna von Atrio wie dem Heiligen von Padua, der große und kleine Wunder vollbringt, und obendrein noch bei dem heiligen Gaetan, der ja »Vater der Vorsehung« genannt wird.

In den ersten Zeiten, in den Tagen des großen Dammbruches, also als Cecilia an der Mahlstelle des Nano ankerte, war sie darauf bedacht, mit den andern Müllern des Ortes in gute Nachbarschaft zu kommen. Eine engere Verbindung strebte sie nicht an. Man erinnert sich noch, wie der angesehene Müller Saladino beim Unglück der Paneperso ihr höflich Vorhaltungen machte, daß sie, als sie einen Ankerplatz suchte, keinen von jenen, die schon lange an der Anlegestelle lebten und demnach mehr als sie wußten, um Rat angegangen habe.

Sie steckte diesen Vorwurf ein, weil er berechtigt schien. Doch hätte man sie nicht besser rechtzeitig darüber unterrichtet, daß man für diesen Flußgrund viel stärkere Anker brauchte? Aber weder Saladino noch die andern Müller erteilten gern ungebeten Rat. Cecilia hatte außerdem, indem sie den Vorwurf hinnahm, gezeigt, daß sie Zurückhaltung zu schätzen wisse, und daraus erwuchs ihr die Hochachtung, ja sogar das Vertrauen der andern. Und solange nicht das Zählergespenst Aug und Ohr auf den Mühlen belästigte, verblieben Cecilia und Saladino in gegenseitiger Hochachtung. Dann kam sie um Rat zu ihm, der ja Besitzer von drei großen Mühlen an der Anlegestelle der Pisserbrücke war – (der Name lautet nun mal so, der Autor kann nichts dafür!) – und dort einen schönen Grund mit Wohnhaus hatte. Er war in dieser Pogegend der reichste und angesehenste Mann und besaß hinreichend Autorität und Verstand, um Tadel wie Zustimmung zu erteilen. Er stand an der Spitze der Müller, die zusammen mit den seinen ungefähr zehn Mühlen auf dem unteren Fluß liegen hatten.

Nicht nur aus Not, sondern auch aus dem Gefühl für ihre Unabhängigkeit wehrten sich die Müller gegen die Mahlsteuer. Der Zähler schloß alle zu einer Art Gilde zusammen, die sie mit dem echten alten Wort Gheldra belegten. Man könnte ebensogut von einer Feme gegen die Mahlsteuer sprechen.

Saladino hatte zu den Zusammengerufenen gesagt: »Die Steuerleute werden schon sehen, was dabei herauskommt, wenn sie's mit der Gheldra der Müller vom unteren Po aufnehmen. Macht ihr alle mit?«

»Wir machen mit.«

»Bei der ersten Bedrückung haben wir klein beigegeben. Drum ist die Unverschämtheit hochgekommen, und zwar so hoch, daß die Kerle diesen verfluchten Zähler einbauten. Und wenn wir auch geduldig sind, so sind wir noch lange keine Dummköpfe. Die Jacke haben wir uns ausziehen lassen, die Hosen nicht!«

»Die Hosen nicht!«

»Wer den Krieg will, soll ihn haben.«

»Ja, der soll ihn haben. Hoch die Gheldra!«

An der Mahlstelle von Mazzacrocco lag die Mühle von Scansafrasca. Es brauchte schon guten Willen, um sie als Mühle zu erkennen; denn seit langem waren die Räder zahnlos und das Triebwerk zerbrochen, die Maschinen steckengeblieben in den aus dem Leim gegangenen Verschalungen. Ein Wrack im Schatten des Ufergestrüpps, verfaulte sie an dem einsamen Ort und diente ihrem Herrn als Unterschlupf.

Scansafrasca ging am liebsten auf die Jagd mit Schlingen und Schnüren oder heimlich fischen oder ein bißchen auf den Feldern stibitzen. Er war klein, flink, unauffällig wie ein Blatt im Busch. Seine Schultern hingen, er konnte die Glieder toll verrenken, war geschmeidig, leichtfüßig und lautlos, dergestalt, daß man sagen konnte, er gehe nicht, sondern er gleite, wie sein Name – Scansafrasca, Leisetreter – ja auch besagte, durchs Gebüsch, ohne es zittern oder knistern zu lassen. Selbst wenn er nichts zu verheimlichen hatte, bewegte er sich auf diese Weise, als wolle er sich verbergen oder entfliehen. Immer schien er auf den Zehenspitzen zu gehen, immer hielt er die Hände versteckt, auch wenn sie leer waren. Im Gegensatz dazu waren die Augen offen und freundlich und unschuldig wie bei einem Kinde.

Die Kinder hatten ihn gern, während ihm die Erwachsenen seine kleinen nächtlichen Diebereien verziehen: hier ein Huhn, dort ein paar Eier, Obst, wenn's gerade reif war, Getreide von der Tenne, Tomaten, die man zum Trocknen in die Sonne gelegt hatte. Er stahl der Jahreszeit und der Gelegenheit entsprechend nach einem gewissen Plan, der seine Diebstähle gerecht auf alle Güter im Umkreis verteilte. Er stahl so geschickt, daß ihn nie einer schnappte, und er verstand's, die wachsamsten Hunde nicht zu wecken und die bösesten sich zu Freunden zu machen. Er stahl mit so viel Maß und Zurückhaltung, daß der Beklaute hinterher glaubte, ihm ein Almosen gegeben zu haben. Scansafrasca war so stolz, daß er eher vor Hunger gestorben wäre, als um etwas zu bitten. Wenn ihm einer seine Diebereien vorhielt, leugnete er sie nicht, schlug auch nicht die Augen nieder und verteidigte sich nicht. Er versteckte bloß die Hände, als ob sie dran schuld wären und er sich ihrer schämte. Manche lachten auch darüber, besonders, wenn jemand anderem etwas weggekommen war; manche erbosten sich, doch die böse Laune verging rasch wieder, und nie war's einem in den Sinn gekommen, ihn anzuzeigen, nicht nur aus altem Abscheu, den Angeber zu spielen, sondern weil man ihm seine Tätigkeit zugestand, wie den Armen das Recht, zu betteln und Ähren zu lesen. In diesem Verhalten lag echte Nächstenliebe, ebenso wie in dem Stolz des schnurrigen Strandräubers noch ein Rest von jener Freiheit und Unabhängigkeit des einstigen Flußmüllers lebte.

Wenn man sagte: »Heut nacht ist hier Scansafrasca vorbeigekommen«, wollte man ihn damit nicht mehr beschuldigen als den Marder oder die Ratten, mit denen er es an Geschicklichkeit aufnehmen konnte. Geradezu erstaunlich, wie scharf er bei Nacht sah und wie gut er sich am hellen Tag zu verstecken wußte. Schon ein kleines Loch genügte ihm dazu, ein kleiner Strauch, die großen Schollen nach dem Pflügen. In einer Furche konnte er sich wie ein Hase verbergen, ja noch besser als der Hase; denn der verrät sich manchmal den Jägern durch seine weitaufgerissenen, furchtsamen Augen. Vielleicht war Scansafrasca wirklich überzeugt, daß nur, falls man überhaupt von Schuld reden konnte, seine blitzschnell stibitzenden Hände daran schuld waren, wenn sie zitternd durch das Loch im Hühnerstall glitten, um Leben und Schrei in der Kehle des Huhns zu ersticken, ohne die auf der Stange Danebenhockenden aufzuwecken.

Zur Stunde, wenn die Schatten länger werden und sich in die nahe Nacht verlieren; wenn der Abendstern vor Einbruch der Nacht zeigt, wie gewaltig er strahlen kann; wenn der Stallknecht nach dem Wetter ausschaut, indes die Arbeiter, vom Felde heimkommend, ihr Werkzeug im Gestell aufhängen, sich an den gedeckten Tisch setzen und die Glokken das Ave Maria läuten und einladen, der armen Seelen zu gedenken; wenn die Hausfrau draußen mit schmeichelndem Laut die Hühner zum Stall lockt, sie zählt und wiedererkennt, für dieses ein zärtliches Wort, für jenes, wenn's zu spät kommt, einen Vorwurf hat und sich über die beunruhigt, die sich verirrten und nun draußen Unterschlupf finden müssen – zu jener Stunde sagten die Hausfrauen aus der Umgebung in drohendem, beschwörendem Tone: »Laß du dich nur von Scansafrasca erwischen!« Und die Ungehaltenen fluchten sogar: »So soll dich doch der Scansafrasca schnappen!«

Darüber lachte er nur. Doch wenn man ihn verdächtigte, ein Werkzeug oder Kleidungsstück genommen zu haben oder gar Geld, woran er nur mit Schrecken dachte, oder irgend sonst einen Gegenstand, der nichts mit dem zu tun hatte, worauf er ein bescheidenes Recht zu haben vermeinte, war er empört und sagte mit der größten Treuherzigkeit von der Welt: »Denkt ihr etwa, ich sei ein Dieb?«

»Vielleicht nicht?« sagten dann jene, die ihn noch nicht richtig kannten.

»Anderleut Sachen rühr ich nicht an«, pflegte er darauf zu entgegnen.

Wenn es auch, wie Saladino gesagt hatte, keine Angelegenheit für Kinder war, so bediente sich doch die Gheldra zu gemeinsamem Nutzen des kindlichen Gemütes von Scansafrasca.

Die größeren unter der aufgewecken, frühreifen Nachkommenschaft der Müller nahmen alle natürlich teil am Krieg gegen die Steuerleute, aber sie hätten wohl bald die Geduld verloren, hätte ihnen nicht der wackere Schelm gefällig und gewandt in diesem hinterlistigen Kampf beigestanden.

Es ging darum, den Fluß und den ferraresischen Strand zu überwachen. Strenggenommen konnten die Zöllner auch vom venetianischen Ufer herüberkommen. In diesem Falle mußte man sich eben unterwerfen.

»Wollt ihr vielleicht Krieg führen ohne einen Schuß?« rief Saladino, »und zur See fahren ohne Sturm? Dann bindet euch einen Mühlstein um den Hals und stürzt euch in den Fluß oder laßt die Kordel am Zähler, damit ihr in Frieden und brav eure Steuern zahlt.«

Scansafrasca stellte, ehe die angesetzte Stunde kam, den Zähler abzuhängen, Wachtposten auf. In seinem Leben zwischen Strauch und Strand lernte er jedes Gebüsch, jeden Baum kennen, jeden Pfad, jeden Unterschlupf für Tier und Mensch am unteren Po.

Aus dem Ufergestrüpp ragte eine sehr hohe, schlanke, spindelförmige Pappel. Sie rührte sich im zartesten Hauch des Windes, der von dem verhangenen Horizont der großen Ebene zum Zenit strebte, als wolle er den Himmel höher heben und zugleich herabbringen, so daß man bisweilen die Lust verspürte, sich auf der Erde auszustrecken und in die Höhe zu starren, um sich in der unermeßlichen Tiefe des Äthers ausruhend zu verlieren.

Vom Wipfel dieser Pappel übersah man die Wohnhäuser der Guarda, von Alberone und Cologna, den Glockenturm jenseits Vallonas, die Dächer und das Wiesengrün und die je nach den Jahreszeiten gefärbten Felder wie alle Straßen und Wegkreuzungen von Alberone und der Brücke am Nano. Das Ufer war hier eine dicht durchwucherte Wildnis. Sie erstreckte sich breit vom Bogen der Guarda bis zu den Passi di Sant'Antonio, bildete eine Landzunge gegenüber dem alten Wald von Sant'Antonio und wurde dann wieder enger. Von der großen Pappel übersah man den Strom bis zur Guarda und sämtliche Mühlen flußaufwärts der Landzunge. Für die Mahlstellen flußabwärts setzte Scansafrasca einen Beobachter in die Krone einer einsamen großen Ulme hinter dem Damm. Von der Pappel bis zur Ulme konnten sich beide Wachtposten verständigen mittels verschiedenfarbiger Tücher. Auf diese Weise gab jeder den Müllern seines Blickfeldes Nachrichten weiter. Die größte Gefahr stellten die Boote dar, die mit der Strömung rasch und unvermittelt an der Landzunge und am Bogen der Guarda auftauchten. Solchen Überfällen waren vor allen andern die Mühlen Cecilias ausgesetzt. Jedoch, nicht aus Kuchenteig gemacht, fand sie sogar Gefallen an der Gefahr und tat die Kordel nicht nur tagsüber vom Zähler ab, sondern auch nachts, ja, mitunter selbst in stockfinsteren Nächten, wo ihr allein das Glück gegen eine Überrumpelung helfen konnte.

Saladino sagte ihr ganz offen, daß sie zuviel aufs Spiel setze, doch sie entgegnete auf seine besorgte Warnung nur trocken: Saladino und die andern müßten sich eben langsam daran gewöhnen, daß die Mühlen der Scacerni zuvörderst die Gefahr anlockten und dadurch den folgenden teilweise ersparten. Ja, sie erklärte voller Stolz und mit einer gewissen Bitterkeit: »Wir sind der Prellbock vom unteren Fluß.«

»Dafür ist Ihnen die ganze Gheldra dankbar«, sagte Saladino.

II Flußabwärts von der Guarda lag ein immer breiter werdender, von den großen Überschwemmungen regelmäßig heimgesuchter Strand. Auf dieses herrenlose Stück Land hatten sich die Ärmsten nach der Überschwemmung geflüchtet und dort kümmerliche Hütten errichtet; unter ihnen die Bauern von Ca'Morgosa. Dort siedelten sich auch, wenn man so sagen darf, die Annichini an, die man in der Guarda nirgendwo mehr litt, seit sie immer zanksüchtiger und unzugänglicher wurden und den Mietzins, falls sie ihn hatten, in den Schenken verbrauchten. Wegen dieses ständigen Umherziehens, was der Volksmund »streunen« nennt, hieß man jenen Strand die »Anlegestelle der Streuner«. Eine ziemlich unbarmherzige Benennung, sofern man bedenkt, daß der Fluß die meisten obdachlos gemacht hatte und ihre Lebensweise sehr jämmerlich war, zumal sie bei Überschwemmungen immer wieder ihre Hütten verlassen und mit all ihrem armseligen Hausrat auf die Dämme flüchten mußten.

Immerhin bezahlten sie weder Steuer noch Miete, und der Fluß bildete dort, wenn er sein Bett verließ, lediglich einen stehenden Tümpel. Die Streuner hoben allmählich mit Schotter, gestampfter Erde, Reisigbündeln und Pfählen den Grund unter ihren Hütten, zwischen denen, auch zum Damm hin, Pfade liefen – etwas, was man am Po häufig antrifft und was schon in vorgeschichtlichen Zeiten unsere Ahnen mit dem sogenannten Meerland machten; denn im Tal von Padua begann die Kultur mit jenem ersten Pfahl, den man einschlug, um festen Grund zum Hausbau zu schaffen. Seitdem hat man nicht aufgehört, Pfähle einzurammen. Die Streuner besorgten sich, besonders seit dort die Annichini das Übergewicht gewannen, Pfähle, Reisigbündel und Steine aus den Vorräten der Deichinstandhaltung und vom Holz der Wäldchen, die man am Ufer gepflanzt hatte, um hiermit die Dämme zu flicken. Und sie taten, als wüßten sie nichts von den strengen Verboten der Obrigkeit.

Bei jeder Überschwemmung ließ der Fluß äußerst fruchtbaren Schlamm zurück. Den verwandelten einige der Streuner in Gärten, und aus diesen Gärtchen, die ihnen die Vorsehung vergönnte und der Fluß so selbstlos düngte, zogen sie das beste Gemüse der Guarda.

»Was vom Fluß kommt, gehört uns«, erklärten die Streuner.

»Mit welchem Recht?«

»Mit dem handgreiflichen Recht«, sagten die Annichini, stets bereit, zu diesem Beweismittel zu greifen.

Bauern wie die Verginesi mieden tunlichst die verwegene Rasse der Streuner, doch mancherlei umstürzlerische Redensarten derselben ließen sie mit jenem bedächtigen Grübeln, das ihrem Stande eigen ist, darüber nachsinnen.

Für die Müller hingegen, gewohnt, mit jener Sorte Menschen zu verkehren, bedeutete solches Gerede nichts. Die Streuner und die Scacerni lebten in enger Nachbarschaft, und der Fluß machte das Leben auf der Mühle dem am Ufer sehr ähnlich. Und doch hatte sich die herkömmliche Abneigung zwischen Cecilia und den Annichini, einst nahezu vergessen, wieder vertieft, wiewohl über die Zeiten der Antonella und all den Haß so viel Jahre hinweggegangen waren wie beim Dammbruch Fluten über die Äcker des Coniglio mannaro.

Früher hatte sie die Annichini heimlich »Viecher« geheißen. Jetzt fügte sie hinzu: »Man tut damit dem lieben Vieh unrecht, denn schließlich ist es so, wie Gott es gemacht hat; er hat ihm eben keine Vernunft gegeben.«

Aber als ihr Zweitgeborener, Princivalle, in ein Alter kam, wo er eigentlich vernünftig werden sollte, steckte er ausgerechnet mit »Smarazzacucco«, dem Schlimmsten der Annichini, häufig zusammen, und Cecilia, wie es meist so geht, kam erst spät dahinter. Smarazzacucco, was soviel wie Vogelscheuche bedeutet, war übermäßig lang und dürr wie eine Puppe, die man im Feld aufstellt, um damit Vögel abzuschrekken. Es schien so, als hätte seine Mutter, da sie ihn in ihrem Schoß trug, aus dem angerührten Teig eine allzu lange Fadennudel gedreht. Man sagte den Streunern eine unverwüstliche Rasse nach. Jedenfalls muß sie erstaunlich zäh gewesen sein, weil Smarazzacucco, geil und unersättlich wie ein Affe, sie nicht ganz verschandeln konnte. Dabei gefiel er den Frauen nicht einmal. Doch das kümmerte ihn nicht weiter: er verfolgte und erpreßte sie hinterlistig und schamlos, bösartig und rücksichtslos. Außerdem gelang es ihm auf die abgefeimteste Weise, seine Opfer gefügig und mitschuldig zu machen, sei es im Verführen oder beim Aufwiegeln und sonstigen Gewalttätigkeiten. Unsäglich träg und ungelenk, hatte er eine Art sich zu bewegen, sich auszustrecken, zu sitzen, daß es aussah, als streue er seine mißratenen Knochen einfach in die Gegend. Seine Hütte war die armseligste und engste, und wenn er hineinschlüpfte oder herauskroch, war es, als ob er seine Glieder ineinanderschlänge oder entknäuele. Gesicht und Blick waren grau und finster wie Kohlenschlacke. Raubgierig, niederträchtig und allgemein gefürchtet, machte er bei Flußräubern den Hehler. Von selber warf er sich zum Beschützer der »Streuner« auf. Er lebte mehr nachts als am Tag und lauerte jungen Bräuten und Mädchen auf in einsamen Winkeln oder im Gebüsch, wenn sie zum Waschen an den Fluß gingen. Dann sagte er zu ihnen: »Wenn du nicht dicht hältst, sag ich, du hast geschrien, weil ich dir nichts geschenkt hab. Du weißt, die Leute glauben alles.«

Und dann schnüffelte er ihnen nach und drohte, ihrem Vater, den

Brüdern oder dem eigenen Mann zu verraten, er habe sie mit dem oder jenem im Gras ertappt. Und verhielt es sich nicht so, erfand er es, immer fest davon überzeugt und von der Erfahrung belehrt, daß die Leute leichthin etwas Schlimmes glauben. Und so hatte er viele Mädchen, selbst außerhalb der Streuner, sich hörig gemacht; darunter welche, von denen es, weil sie keineswegs leicht zu haben waren, niemand vermutet hätte. Ja, er brachte es so weit, daß ihn die Mädchen trotz Verachtung und Angst doch nicht so abstoßend fanden. Zuerst fügten sie sich ihm, und schließlich gefiel es ihnen sogar, wie ja mitunter das Schaudererregende anziehend wirkt. Geradezu unverfroren suchte er Umgang mit ehrbaren Leuten und prahlte ihnen gegenüber mit seiner argen Schläue und seinen Gaunerstreichen. Er lebte zwar kläglich, hatte aber immer Geld. Wenn er wollte, konnte er – so bei Principalle Scacerni – eine schmeichlerische, einnehmende Miene zur Schau tragen.

Aus vielerlei Gründen ärgerte er gern die Müller; denn er und seine Kumpane beneideten sie als Besitzende und als Leute, die, stolz auf ihr uraltes Handwerk, ein bißchen von oben herab blickten.

Cecilia sagte: »In den Gärten der Streuner brauchst du nur Sellerie zu pflanzen, und es wuchern Wegelagerer heraus.« Jedesmal, wenn man erzählen hörte, daß Wegelagerer sich einer Mühle genähert hatten, um Korn und Mehl, Geld und Schmuck zu rauben und sogar die Frauen zu schänden, so zweifelte sie nie daran, daß Smarazzacucco irgendwie dabei im Spiel war, und sie hatte es ihm auch schon ins Gesicht gesagt.

An Bord der San Michele und Paneperso jedenfalls paßte man gut, und zwar bewaffnet, auf. Cecilia selber war eine gute Schützin. Zudem lagen andere Mühlen und das Dorf in der Nähe, und als der Hehler Smarazzacucco seinen Komplicen einmal vorschlug, auf den Mühlen der Scacerni »was zu holen«, stellten sie ihm frei, selber dort hinzugehen. Überdies war es zur Anlegestelle des Tampinelli nicht weit. Der, sonst ein friedliebender Mensch, fertigte einmal drei Wegelagerer derart ab, daß einer hierbei umkam und ein anderer daheim gerade noch Zeit zur Letzten Ölung fand. Das ließ sich Smarazzacucco gesagt sein. Allein schon Principalle überbot ihn an Muskelschmalz.

Die Kluft zwischen Cecilia und Smarazzacucco, der Müllergilde und den Streunern erweiterte sich noch mehr durch Scansafrascas Kniffe, die eine Überrumpelung seitens der Zöllner ausschalten sollten. Was auf dem Fluß vorging, blieb höchstens Bragana verborgen, nie aber den Streunern und zuallerletzt den Annichini. Dauernd trieben die sich auf dem Wasser oder am Ufer herum, lauerten Vögeln und Fischen auf, steckten eng umschlungen im Buschwerk und ihre Nase in alles, nur so zum Zeitvertreib.

Smarazzacucco streifte umher, um nicht aus der Übung zu kommen, und beschnupperte die Mühlen der Scacerni gerade dann, wenn man die Kordel am Zähler abtat. Hierbei grüßte er nachdrücklich Cecilia, die ihm kaum dankte, und wünschte ihr derart Glück, daß es wie ein Heraufbeschwören des Unglücks klang. Einmal äffte er, um Cecilia zu foppen, die Signale so vollkommen nach, daß auf ihren Mühlen ein großes Durcheinander entstand und alles von Angst gepackt wurde. Dies entsprang einzig seinem boshaften, unstillbaren Vergnügen, jemanden zu quälen und zu verärgern. Mit wahrer Wollust ließ er die Müllerin fühlen, daß er sie jederzeit in die Tinte tunken könne.

»Dreckskerl! Verdammter Spitzel!« rief Cecilia voll Galle und Wut.

Smarazzacucco beklagte sich bei Principalle darüber und setzte die Miene eines Biedermannes auf: »Deine Mutter schimpft mich einen Spitzel. Wär ich das aber, brummtet ihr allesamt schon im Gefängnis. Stimmt's nicht, Princivalle?«

Der gute, ungeschlachte Kerl, langsam im Denken, doch ungestüm im Verlangen nach Recht und Redlichkeit, fand die Beschwerde des andern nicht unangebracht.

Smarazzacucco erschlich sich Princivalles Vertrauen und Freundschaft, weil ihm dessen Muskeln recht brauchbar schienen. Gegebenenfalls mußte man nur den harmlosen Tölpel davon überzeugen, daß es ein Unrecht wiedergutzumachen gelte. Vorläufig schmeichelte ihm Smarazzacucco, indem er Princivalle mit Sie anredete und ihm zu verstehen gab, wie hoch er ihn schätze. Der aber war gerade in dem Alter, wo es die größte Begierde erwachsener Jungen ist, wie ein Mann behandelt zu werden.

»Sie, der Sie doch für die Gerechtigkeit sind, Princivalle ...«

»Ja, das war nicht recht von Mutter«, sagte er nachdenklich.

»Meinetwegen dürfen Sie nie schlecht von Ihrer Mutter reden.«

»Von der Sache red ich. Nicht von ihr«, sagte Princivalle feierlich.

Auch daran, an dieser steifleinenen Art, in die sich Princivalles Harmlosigkeit kleidete, fand Smarazzacucco loses Gefallen:

»Von Verleumdung, guter Princivalle, blieb ich mein Lebtag nie verschont. Auch vor Gericht nicht, wo meine Feinde sogar dreist aufs Evangelium schworen ...«

Seit 1876 schwor man nicht mehr auf das Evangelium vor Gericht. Smarazzacucco zielte entweder auf frühere Vorfälle oder auf höheren Nachdruck seiner Behauptung.

»Es gibt soviel feige Verleumder, Princivalle, aber ich mach mir nichts draus. Haben sie mir schaden können? Brot, um meinen Hunger, und Weiber, um mein Bedürfnis zu stillen, hab ich noch immer gehabt. Nur leid tut's mir, wenn mich jemand, den ich achte, etwa Ihre Mutter, verleumdet.«

Princivalle, sichtlich zerknirscht und wie alle Einfaltspinsel geneigt, mehr in Bausch und Bogen zu verdammen als zu unterscheiden und abzuwägen, schloß die Faust gegen alle Verleumder wie Gerichte und rief: »Faul steht's um die Gerechtigkeit in der Welt. Ganz anders müßte alles verlaufen.«

Smarazzacucco wog mit einem glatten zärtlichen Blick diese Faust der Gerechtigkeit für den Kopf von irgend jemand, dem er sie zu schmecken geben wollte, und meinte:

»So geht's in der Welt. Doch Sie brauchen nicht davor zu bangen. Jemanden mit so einer Faust wird keiner verleumden, und an Brot und Weibern kann's Ihnen nie fehlen.«

Princivalle stand da nachdenklich und betrübt, aber das über die Weiber, die ihn von Tag zu Tag mehr aufregten und ihm Blut und Atem stocken ließen, ging ihm wohlig ein.

Auch in dieser Hinsicht war Cecilia streng und paßte gut auf. Sie bediente sich dazu der mütterlichen Autorität. Und die moralischen und religiösen Gebote hatten ihr geholfen, die Söhne auf dem rechten, guten Pfad zu halten.

Was Giovanni anging, war sie beruhigt. Er war ein Duckmäuser, der es seit etlichem mit leichten Mädchen aus der Gegend hielt, ohne daß die Mutter Verdacht geschöpft hätte. Sie fürchtete nur, wie sie sagte, für diesen großen Kerl von Princivalle, der sich wegen seiner täppischen Schüchternheit, unter der es jedoch brannte, bisher noch nicht an Mädchen wagte und sich nun quälte; denn er befand sich in einem Alter, da eine solche Zurückhaltung ungewöhnlich ist.

Die strenge Mutter, die ihren Jungen einst verbot, sich vom Damm zu entfernen, damit sie die kleinen Burschen im Auge behielt, hätte am liebsten auch jetzt noch verhindert, daß sie an Land gingen, um dort herumzuschlendern. Selbst als Giovanni bereits ein Schnurrbart gewachsen und Princivalle groß und stark geworden war, sagte sie, wenn sie gingen: »Ich versteh' gar nicht, warum ihr immer so gern an Land geht. Was macht ihr denn da? Schleifsteine dreh'n?«

Giovanni lachte: »Sind alle Schleifsteine am Land?«

»Die, die ihr sucht, bestimmt.«

Princivalle ärgerte sich heimlich. Er hatte schon einen Beleidiger mit der Faust geduckt und den Schädel von einem unverschämten Prahlhans zerschlagen – Beweise seiner Männlichkeit, um derentwillen ihn ein Polizist eingeschüchtert hatte mit der »verbotenen Faust«. Seine Mutter aber behandelte ihn noch immer als einen Jungen mit ihrem »Wo gehst du hin?« »Wo bist du gewesen?« Er entgegnete meist: »Ich weiß es nicht.« »Ich erinnere mich gar nicht mehr, wo ich war.«

»Wie, du erinnerst dich nicht mehr? Wie ist das möglich? Willst du mich zum Narren halten?«

»Ich erinnere mich nicht mehr, weil Ihr mich mit diesen langweiligen Fragen anödet.«

So stritt sie sich mit ihrem Sohn herum, aber jetzt war's wohl zu spät dafür. Es erging ihr wie vielen strengen Eltern, die nicht an sich halten können, wenn ihre heranwachsenden Söhne keine Befehle mehr ertragen, höchstenfalls noch auf einen guten Rat hören. Aber den verstehen in solchen Fällen die Eltern nicht zu geben noch die Kinder anzunehmen.

»Schimpf und Schande, geradezu gottslästerlich, daß ein wohlerzogener Sohn, den ich Selbstachtung und Anstand lehrte, in diesen Schweinestall von der Anlegestelle der Streuner läuft.«

»Was ist denn dabei?« fragte er, in der Tat etwas unsicher, ob er jenen Leuten die Stange halten dürfe.

»Sag mir, mit wem du umgehst, dann sag ich dir, wer du bist.«

»Also bin ich kein anständiger Kerl mehr?« sagte er gekränkt und gequält, gereizt und halsstarrig.

»Eher ein dämlicher Kerl, wie ich diesem Spitzel, deinem Kameraden Smarazzacucco, schon sagte.«

»Woher weißt du, daß er ein Spitzel ist?«

»Er wirkt ganz so.«

»Das genügt nicht. Das ist ungerecht.«

»Hör auf mit deiner Ungerechtigkeit! Wenn eines schönen Tages die Zöllner uns überrumpeln, weiß ich schon, wer den Spitzel gemacht hat. Aber warum vergeud ich meine Zeit damit, tauben Ohren zu predigen? Geh nur, geh zu deinen sauberen Kumpanen! Du bist ihrer und Smarazzacuccos würdig.«

Cecilia schüttete erregt dem und jenem ihr Herz aus über diesen braven Tölpel, der auf einen Sträfling und Galgenstrick hereinfiel.

Wenn Nächte mit schlechtem Wetter kamen, ließ sie den Zähler aushängen und keinen Zweifel aufkommen: »Bei diesem Wetter kann man schlafen und sauber mahlen. Das ist vom lieben Gott geschickt, damit man es den Zöllnern heimzahlt!«

Der Müller Saladino warnte sie: »Padrona Cecilia, seien wir nicht zu vertrauensselig. Weshalb sollen die Zöllner bei schlechtem Wetter nicht auf den Fluß kommen? Mir scheint, Sie machen's wie jener, der es, wenn er's sagt, gleich tut und sich noch Beifall klatscht bis zu dem schönen Augenblick . . .«

»Wenn ich Ihnen etwas vorheulen werde, Saladino, dann erst dürfen Sie sagen: Ich hatte recht. Ich hab Sie gewarnt.«

Sie war wirklich unduldsam geworden gegen Rat und Beschwichtigung. Doch ihr Schicksal ging Saladino nicht so nah wie das gemeinsame; denn die Zöllner würden wahrscheinlich, wenn ihnen einer ins Garn lief, der ganzen Müllergilde das Leben sauer machen.

In der Tat hatte Princivalle in einem Augenblick von Mitteilsamkeit und Selbstgefühl dies Geheimnis dem Smarazzacucco anvertraut, und jetzt, von Natur zum Lügen unbegabt, bangte er, daß seine Mutter ihm diesen begangenen Fehler aus dem Gesicht ablesen könnte. Darum brach er in Flüche aus und hob die Fäuste zum Himmel. Er bereute es, geschwätzt zu haben, war zornig über sich selber und fürchtete nun die mütterlichen Ermahnungen. Er wagte es nicht mehr, wieder auf die Gerechtigkeit zurückzukommen; denn er war seiner Sache nicht sicher und hatte überdies zuviel Respekt – vor seiner Mutter noch mehr als vor der Gerechtigkeit.

Er hätte gern herausgefunden, ob sie mehr wußte und wann und wie sie zu diesem Wissen gelangt war. Aber er fürchtete, es damit nur schlimmer zu machen. Es ging ihm ganz gegen den Strich, bei schlechtem Wetter den Zähler auszuhängen, was doch seine Mutter sehr kaltblütig tat. In diesen Abscheu legte er seinen ganzen Starrsinn.

Cecilia sagte, ihn aufmerksam musternd: »Tue recht und scheue niemand. Warum tust du denn plötzlich so ängstlich?«

Es war eine stürmische Herbstnacht, der Fluß ging mit Hochwasser; Südwind und Ostwind wühlten ihn abwechselnd auf, sprangen um hundertachtzig Grad auf der Windrose hin und her. Der glühend heiße Südwind fuhr pfeifend von Land her gegen die Mühlen und jagte kurze, wütende Wellen quer über den Fluß; der regenschwere Ostwind peitschte hohe Wellen auf. Beim Umspringen des Windes türmten sich die Wogen schäumend. Beim kurzen und seltenen Aufreißen der Wolken erschien ein bleicher, unglückverheißender Mond in der schwarzen Nacht.

Cecilia sagte händereibend: »Das ist eine Nacht. Da kann man die Kordel getrost abtun!«

Princivalle wußte nur zu gut, daß es unnütz war, ihr zu widersprechen, aber er versuchte es doch: »In Pontelagoscuro sollen die Zöllner einen neuen Unteroffizier haben. Einen ganz durchtriebenen Burschen. Wir sind schon gar zu oft davongekommen, heut aber hab ich so eine böse Ahnung.«

Sogar die Mutter mußte lachen, so fremd klang dies aus seinem Munde. Giovanni sagte: »So einen Luxus erlaubst du dir? Ich hab gedacht, böse Ahnungen haben nur hohe Herren.«

Princivalle sagte: »Das Abendessen wird mir schwer im Magen liegen – bei diesem Wetter, das uns so durcheinanderschüttelt.«

Wie merkwürdig, daß er sich heute beklagte, er, der geborene Müller und wohlvertraut mit allen Beschwerden seines Berufs!

»Um deinen Magen in Ordnung zu bringen«, sagte Cecilia, »geh mal auf die San Michele und tu die Kordel ab.«

»Ich gehe«, sagte er unwillig und räkelte sich müde, »aber wenn etwas passiert, ich hab euch gewarnt.«

Giovanni trat zum Auslugen auf den Gehsteig der Paneperso. »Hast du sie abgetan?« fragte er, als er Princivalle zurückkommen sah.

»Ja, ich hab sie abgetan.«

»Jetzt halten wir gut die Augen offen.«

»Wozu? Wenn das Zollboot kommt, sind wir wegen ein paar lumpigen Lire Verdienst glatt ruiniert. Und das heißt ihr rechnen!«

Der Wind pfiff derart, daß sie, um sich zu verständigen, beinah schreien mußten. Der Mond hatte sich nun ganz verkrochen. Dicke Tropfen, vom wütenden Wind herangeschleudert, klatschten ihnen beißend ins Gesicht. Cecilia war im Bootshaus, und hätte es nicht ihr Starrsinn verboten, hätte sie am liebsten selber wieder den Zähler eingehängt. Es war eine beängstigende Nacht, und der Gedanke, daß ein überraschender Besuch Geldstrafen, Gefängnis, Beschlagnahme, Ruin bedeutete, ging ihr nicht aus dem Sinn.

»Das sind Schirokkogedanken«, sagte sie bei sich und versuchte, ihre Angst abzuschütteln. »Die hat mir dieser Dummkopf Princivalle eingeblasen.« Sie hörte Giovanni auf dem Gang: »Ein Hundewetter!« Und Princivalle: »Meinethalben könnt's noch schlimmer sein. Wenn dieses Weibsstück nur nicht so halsstarrig wär . . .«

»Hör jetzt auf«, sagte Cecilia und steckte den Kopf hinaus, »hör auf, derart respektlos von deiner Mutter zu reden! Schämst du dich nicht? Glaubst du vielleicht, daß nicht auch mir die Angst im Genick sitzt? Doch wenn ich immer darauf geachtet hätt, wo wärst du wohl jetzt? Wer hätte die Schulden bezahlt? Wer hat diese Unglückskiste hier über Wasser gehalten? Und du hast böse Ahnungen! Gib's lieber zu, daß du bei deinen sauberen Kumpanen nicht das Maul gehalten hast. Und jetzt hast du Angst, daß sie in Pontelagoscuro uns verpfeifen. Dein schlechtes Gewissen und nicht der volle Bauch plagt dich.«

»Ich hab gesagt«, schrie Princivalle in heller Angst auf, »daß man heut nacht nicht den Zähler aushängen soll!«

»Halt's Maul«, knurrte Giovanni. »Still! Aufgepaßt!«

Die tatkräftige Alte war mit einem Satz neben ihm: »Was ist los?«

»Ich glaub, ich hab was gesehen . . .«

Principalle rief, durchs Dunkel spähend: »Ein Boot! Ich hab's gesehen! Es rudert direkt auf uns zu.«

»Räuber vielleicht«, rief Cecilia.

»Hoffentlich!« stieß Giovanni hervor. »Rasch die Gewehre her! Und du, Antonio, häng schleunigst den Zähler ein!«

An der Decke des Bootshauses schwankte eine Lampe. In ihrem bißchen kärglichen Licht tauchte das Gesicht von Princivalle auf. Er redete wie im Traum: »Zu spät. Wir sind verloren. Höchstens, daß man ihn noch auf der San Michele einhängen kann.«

»Ein Mann«, schalt Cecilia, »ein Mann weiß, was er jetzt zu tun hat! Nimm ein Gewehr und schieß auf die Kerle!«

»Um ins Zuchthaus zu kommen?«

»Wieso?!«

»Es sind doch die Finanzer!«

Der sie angreifende Wind schien ihre Wut anzufachen: »Woher weißt du das?!« schrie sie mit verzerrtem Gesicht.

»Bloß so . . . ich hab's euch gesagt . . .«, stotterte er, wie von einem Wachtraum überwältigt.

»Ein dreckiges Gewissen hast du! Das macht dich feig!«

»Ich bin nicht schuld dran«, sagte er mit einer seltsamen, stumpfsinnigen Trägheit.

»Und wenn's schon so ist, dann mach eine Kanne Petroleum auf und leg Feuer an die San Michele! Dann bleibt uns wenigstens die Paneperso!«

Diese verzweifelte Aufforderung rüttelte Princivalle wach.

Giovanni rief, in die Verzweiflung mit einstimmend: »Antonio und die Mädchen hängen hier auf der Paneperso schon den Zähler ein! Sie werden's noch rechtzeitig schaffen.«

Das Boot, sich mühselig durch den aufgewühlten Fluß arbeitend, näherte sich, und eine Stimme schrie aus dem Dunkel: »Hallo, ihr von den Mühlen! Die Steuer ist da! Reicht uns mal eure Leiter runter!«

Sie legten sich in die Ruder, um nah heranzukommen. Princivalle rührte den Laufsteg nicht an. Er sprang auf die San Michele. Es dauerte nicht länger, als man braucht, um Feuer aus dem Stahl zu schlagen. An Bord der San Michele flammte ein Licht auf, wuchs im Nu und drang in der schwarzen Nacht grell durch jede Fuge des Mühlenleibs. Feuerrote Glut erfüllte ihn. Das alte mürbe Holz krachte. Gierige Flammen züngelten durch die Ritzen und Spalten, loderten hervor, zeichneten den Umriß der San Michele. Der Wind saß im Feuer und blies.

»Sie brennt!« schrie Princivalle lauter als der Sturm, mit einem tollen Jauchzen in der Stimme. »Rette sich, wer kann! Die San Michele brennt! Feuer, Feuer! Ah, wie sie brennt!«

Cecilia lag auf den Knien: »Madonna, rette uns! Herrgott, wir sind in deinen Händen!«

Die San Michele tanzte auf den Wellen im grellen blutigen Schein ihrer Flammen und erhellte das Boot der Finanzer, das sich mit den Rudern fernhielt. Schwarz gegen das brennende Schiff abstechend, stand der junge Principalle da, aufrecht, mit gewaltigen Schultern, die das Feuer beinahe streifte. Mit aller Kraft arbeitete er am Buganker, um das Feuer von der Paneperso abzuhalten.

Um eine Wassermühle flott zu machen, bedurfte es mehrerer Arme. Diesmal genügten zwei. Als Principalle das Petroleum ausgegossen und angezündet hatte, zerschnitt er die Taue und zog das eine, woran der Anker hing, straff. Bald war die Strömung zu stark, um gegen sie aufzukommen; bald halfen ihm die Heckwellen, dann aber barst der ganze schwimmende Feuerstoß auseinander, spie schaukelnd und rollend Funken und Flammen und drohte jeden Augenblick dem Mann auf den Rücken zu stürzen.

Auf der Paneperso begriff man längst, daß Principalle, um die Feuergefahr zu mindern, riskierte, bei lebendigem Leib zu verbrennen. Die Dächer der Häuser und der Loggia flammten lichterloh und fielen stückweise ins Wasser. Principalle aber zog am Anker. Das ganze Schiff, soweit es aus dem Wasser ragte, brannte, die Flammen brüllten im Wind. Principalle zog weiter am Anker. Glühende Holzstücke fielen in den Fluß, man hörte ihr zischendes Verlöschen. Principalle schien von rotem Dampf und schwarzem Rauch und dem Funkengeprassel völlig verschlungen.

Cecilia schrie, sich auf die Brust schlagend: »Herr, hab Erbarmen mit uns! Erbarm dich meines Sohnes!«

Der Feuerstoß war niedriger geworden, der Aufbau fast abgebrannt, das Schiff ragte kaum noch aus dem Wasser. Auf dem Bug des treibenden Trümmerhaufens stand immer noch Principalle und schlug die Funken aus Kleidern und Haaren. Mit ruckhaftem Reißen am Ankerseil brachte er endlich die glühende Feuerpfanne, die einst ein Schiff war, zum Kentern. Man sah, wie sich das große Boot im Nu mit Wasser füllte und, vom Gewicht der Maschinen nach unten gezogen, im Abgrund versank, verschlungen vom Fluß, der nun wieder, wie zuvor, stockfinster wurde.

»Herrgott«, schrie die Mutter inmitten ihrer Kinder, »straf mich! Ich hab ihn hineingehetzt! Herr, Herr, erbarm dich unser! Hilf uns! Nur du allein kannst es. Und wär's zu spät . . .«, doch mehr brachte sie nicht heraus.

Giovanni sprang ins Boot und zwang die kleine Barke durch die Wellen. Am Ort des Schiffsuntergangs hörte man die Finanzer. Sie riefen nach dem Verunglückten. Aber die Strömung hatte ihn schon ein gut Stück flußabwärts getrieben, und es verging geraume Zeit, bis er mit starker Stimme antwortete: »Ohe! Ohe!«

Die beiden Boote hielten scharf darauf zu. Langgezogene Rufe ertönten: »Ohe, ohe, ohe, ohe!« Kurz und gelassen antwortete zuweilen Principalle. »Mut, Mutter«, sagten die Töchter, »sie suchen ihn ja. Hörst du? Sie rufen einander zu.«

Doch jemanden bei Hochwasser und dieser Nacht im Fluß zu finden, ging nicht so leicht.

»Ohe, ohe, ohe, ohe!«

Die Rufe entfernten sich flußabwärts in die Finsternis, der Strom schäumte und schnob.

»Laß uns hoffen, Mutter, laß uns hoffen!«

Unterdessen hatte Antonio, wenn sie ihn auch Literat nannten, nicht den Kopf verloren und den Zähler wieder angeschlossen.

Auf Cecilias welken Backen, in ihren alten, müden Augen trockneten die Tränen, auf ihrer Stirn der kalte Schweiß, und ihr Gesicht wurde aschgrau. »Was soll ich hoffen? Ich hab ihn ins Verderben gestürzt. Das ist die Strafe für meine Sünden.«

Es war kein Schrei der Empörung, sondern das matte Seufzen eines Menschen, der nicht mehr weiterkann: »Der Herr hat seine schwere Hand auf uns gelegt.«

Wie lange dauerte das? Die Verzweiflung hat nicht Zeit noch Worte.

Von neuem erschollen Rufe auf dem nächtlichen Fluß. Antonio schwang eine Laterne zum Signal. Die Stimmen kamen näher und riefen: »Ohe, ihr von der Paneperso! Wir sind's. Die Leiter herunter!«

Cecilia hielt ihr Gesicht in den Händen vergraben und rief: »Sagt mir nichts! Morgen fahren wir den Fluß hinab und warten, bis er auftaucht.«

»Ich bin schon aufgetaucht, Mutter.«

Sie wollte ihren Ohren und Augen nicht trauen, sie konnte die grenzenlose Glückseligkeit nicht fassen, daß der Fluß ihr den Sohn lebendig zurückgegeben hatte. Er stand vor ihr, barfuß, verfetzt, versengt, verdreckt, verrußt, durchnäßt, doch groß und stark. Und er lachte und sagte: »Wie, Mutter? Habt Ihr vergessen, daß unser heiliger Antonius vor Feuer und Wasser beschützt?«

»Bist du's wirklich, Principalle? Lebst du noch?«

»Und ob! Quicklebendig! Ein bißchen Wasser freilich hab ich geschluckt. Schmeckte nicht besonders. Tat wohl not. Mußte den großen Brand löschen.«

»Oh, Principalle!«

»Laßt es, Mutter, sonst werdet Ihr naß.«

Seit langem schon umarmte Cecilia keines ihrer Kinder mehr, doch Princivalle fand sich jetzt in ihren Armen, die ihm mit einemmal gebrechlich und wie geschrumpft schienen. Er spürte, wie sehr sie von durchgestandener Angst und zugleich von Seligkeit erschüttert war.

»Ihr werdet naß, Mutter«, sagte er noch einmal, gutmütig und verlegen. »Oh, was habt Ihr denn? Na, schau mal!«

Cecilia weinte. Das waren sie nicht gewohnt. Sie weinte vor Glück. Und er sagte: »Unkraut verdirbt nicht, Mutter.«

»Ach, ich hab schon geglaubt, ich hätte dich in den Tod geschickt.«

»Wieso denn, Mutter? Das Feuer ist doch von selber ausgebrochen.«

Die Beamten, die in diesem Augenblick mit Giovanni und Antonio hereintraten, nachdem sie den Zähler auf der Paneperso in Ordnung gefunden hatten, schienen jene Ansicht nicht zu teilen.

»Sie«, sagte der Unteroffizier zu Princivalle, »zieh'n Sie sich mal andere Kleider an, Sie müssen mitkommen.«

»Wie denn, wo all mein Zeug auf der San Michele verbrannt ist, als sie Feuer fing?«

»Feuer fing, Feuer fing? Werden ja sehen, ob da nicht Brandstiftung vorliegt.«

»Was heißt hier Brandstiftung?«

»Werden Sie schon noch dahinterkommen.«

»Derweil erfrier ich mir die Knochen.«

»Er kann doch derart naß und bei Nacht nicht einfach mitgehen«, sagte Cecilia. »Wohin denn überhaupt?«

»Nach Pontelagoscuro.«

»Ausgerechnet! Bei so einem Wetter und so einem Zustand wird er bestimmt krank.«

»Schaffen Sie trockenes Zeug für ihn bei. Er muß unter allen Umständen mit.«

»Ah, ins Gefängnis, was?« stieß Cecilia hervor. »Warum grad brave Männer? Weshalb nicht Depretis und Nicotera!«

Von den Genannten drückte der eine schon lange nicht mehr seinen Sitz im Innenministerium, und der andere war inzwischen zweimal Ministerpräsident gewesen, aber die Mahlsteuer – die war geblieben. Darum waren jene Männer, weil sie ihr Versprechen, die Mahlsteuer aufzuheben, nicht gehalten hatten, in Cecilias Augen »die beiden größten Lügner der Welt«. Der Unteroffizier, Cecilia nicht weiter beachtend, sagte nachdenklich zu den Finanzern: »Ich seh hier nicht klar.«

»Maria«, rief Cecilia, »steck doch dem Herrn Unteroffizier ein Licht auf!«

»Was fällt Ihnen ein, Sie?!«

»Meiner Mutter«, unterbrach ihn der kluge Giovanni, »fällt gar nichts Besonderes ein. Sie hat nur so dahergeredet aus lauter gutem Gewissen. Oder war vielleicht der Zähler nicht in Ordnung?«

»Der schon. Aber der auf der andern Mühle, die angeblich von selber Feuer fing?«

»Natürlich«, platzte Princivalle dazwischen, »ich hab sie aus purer Lust angezündet, um damit meine Pfeife anzustecken. Und wenn ihr mich noch länger frieren laßt, zünd ich gleich noch die Mühle hier an.«

»Lassen Sie das dumme Geschwätz!«

»Herr Unteroffizier«, sagte Giovanni, »halten Sie uns für so dumm, eine Mühle anzuzünden wegen ein paar hundert Lire Strafe? Eine Mühle kostet ein paar ordentliche Tausender. Das wär ja ein feines Geschäft!«

»Eh«, sagte der Unteroffizier argwöhnisch, »ein paar Hundert? Wo Sie zum dritten Mal rückfällig sind?«

»Was heißt das nun wieder? Rückfällig?«

»Werden Sie schon noch merken.«

»Und wenn all die Wörter, die Sie gebrauchen, Herr Unteroffizier, auf dem Zettel hier gedruckt ständen, wär's doch umsonst. Bei uns nämlich kann keiner lesen oder schreiben.«

»Niemand«, sagte Antonio, der es doch konnte.

Princivalle, dem sein Bad im Fluß den Verstand aufgefrischt zu haben schien, merkte, daß Giovanni den Unwissenden spielte, und es gefiel ihm so gut, daß er in lautes Gelächter ausbrach und rief: »Nur wer lesen kann, zahlt Steuern!«

»Derartige Späße werden Ihnen beim Richter wenig nützen!« sagte der Unteroffizier erbost. »Und jetzt kommen Sie mit, so wie Sie sind! Genug Zeit vertrödelt!«

»Ich friere», schrie Princivalle, »ich friere! Und die Brandwunden tun mir entsetzlich weh! Hier an den Händen und im Gesicht und hinten im Nacken! Au, au, auweh, uff, uff, oh, oh, wie das brennt! Ach, Mutter, Mutter! Nehmt eine Feder und salbt mir damit die Wunden, aber sanft, ganz sanft und behutsam! Schon das Draufpusten tut unmäßig weh. Au – au!«

Er brüllte, blies, heulte stärker als der Sturm und rief die Muttergottes an, den heiligen Antonius nebst San Rocco.

»Schau mal an! Kurz zuvor schienen Sie noch munter wie ein Fisch im Wasser. Und jetzt plötzlich dieser gewaltige Schmerz!« rief der Unteroffizier höhnisch.

»Hätten Sie ihn nur!« schrie ihm Princivalle aus vollem Herzen zu.

»Schluß jetzt! Salbt ihn ein. Dann wird gegangen, ob naß oder trocken.«

Maria sagte scheu, als sie Principalle salbte: »Ich hab noch einen alten Anzug von dir. Ich flick gerade an ihm. Er ist ganz zerfetzt.«

»Für den Ort, wo ich hinmuß«, heulte Principalle, weiter den Wehleidigen spielend, »ist der noch viel zu gut! Gott segne dich. Nadel und Lappen halten eine Familie zusammen.«

Auch dieses Sprichwort brüllte er mit einer Lautstärke hinaus, die einem das Trommelfell sprengen konnte. Immer weiter lärmend hielt er der Schwester seinen Kopf ihn, dem das Feuer den Haarschopf abgesengt hatte und nun noch runder und massiver schien, flehte sie an, ihn doch noch mehr einzureiben.

»Hilfe!« schrie er, gut gesalbt und glänzend. »Ich ersticke! Ich komm um!«

»Wenn Sie nur umkämen!« schrie der Sergeant.

»Lassen Sie es sich gesagt sein und lassen Sie es sich von einer Mutter sagen: Dies ist kein christliches Mitleid, Herr Sergeant«, rief Cecilia.

»In Pontelagoscuro wird der Arzt schon feststellen, ob er diesen großen plötzlichen Schmerz wirklich verspürt.«

»Ihrem Doktor trau ich nicht!« schrie Principalle. Er verzog sich nach hinten, um sich umzukleiden, und stöhnte: »Madonna, halt deine Hand über mein Haupt, hier und in Pontelagoscuro, damit ich nicht jemand den Hals umdreh!«

»Die Madonna würde es dir«, sagte Giovanni und reizte damit auch die Finanzer zum Lachen, »sicherlich auch mit Salbe einreiben.«

»Geh'n wir«, befahl der Sergeant. Seine Untergebenen nahmen Principalle, der jetzt mit tiefer, dunkler Stimme heulte, in ihre Mitte. »Und wenn Sie sich sträuben, haben wir Handschellen dafür.«

»Ein unschuldiges Lamm!« rief Cecilia. »Doch wenigstens – Dank dir, heiliger Antonius – ist er von Feuer und Wasser gerettet! Und Unrecht wird Jesus Christus richten.«

»Darüber wird vorerst das Gericht entscheiden«, meinte der Sergeant.

»Ich will's Ihnen erzählen, Herr Sergeant«, sagte Principalle, »wie's eigentlich zuging. Denn der Schimpf, den man mir antut, brennt mich noch mehr als das Petroleum. Ich hab das Öl versehentlich in die brennende Lampe nachgeschüttet. Das ist alles. Ich halt die Kanne in den Händen, und plötzlich fährt eine Flamme heraus. Ich schmeiß sie weg, und im Huipfui – ich weiß selber nicht, wie's zuging – steht alles in Flammen. Da hieß es nur noch: den Brand rasch von der Paneperso wegdrücken, damit sie nicht auch noch in Flammen aufging. Gottlob verlieh mir der heilige Antonius soviel Kraft. Ihm allein dank ich's.«

Er brachte das vor, den Kopf gesenkt wie ein Ochse unterm Joch, wenn die Erde hart und schwer ist. Es schien, als wolle er durch etwas hindurch: durch den Verdacht, durch die Mauer des Gesetzes und einer feindseligen Welt, durch die Wand des Schicksals und einer lästigen Wahrheit!

Der Sergeant sagte mit höhnischem Gesicht: »Wenigstens bin ich froh, daß Ihre Wunden Sie augenblicklich nicht mehr so schmerzen.«

»Die Wut hat mir den Schmerz vertrieben.«

»Und das Gefängnis wird Ihnen die Wut vertreiben.«

Princivalle lachte laut auf, und das versprach nichts Gutes. Cecilia sagte, um ihn zu beschwichtigen: »Sag immer die Wahrheit, wie du's bisher getan hast. Da kann dir niemand was antun. Wir steh'n ja als Zeugen für dich ein.«

»Auch das Gefängnis wird ihm helfen, die Wahrheit zu sagen«, bemerkte der Sergeant mit tückischer Miene.

Es war nicht bloß eine herkömmliche Meinung aus den Zeiten der Folter, sondern sie wurde immer wieder genährt von Gerüchten und Skandalen, wonach man im Gefängnis, um Geständnisse zu erpressen, Grausamkeiten beging.

Princivalle sagte: »Schon gut, ich komme, Sergeant. Aber die Hände auf den Rücken gebunden, das vertrag ich nicht. Da werd' ich wie ein Tobsüchtiger. Ich möcht nicht, daß ein Unglück im Boot passiert!«

Der Sergeant lachte aufreizend. »Vertrauen Sie sich uns nur an!«

»Ich sag's Ihnen nochmals: Binden Sie mir nicht die Hände auf den Rücken. Sonst passiert's. Beleidigungen vergeß ich selbst in hundert Jahren nicht. Da bin ich wie ein Krokodil!«

Es wäre interessant gewesen zu erfahren, woher er diese psychologische Notiz über das Krokodil hatte, aber die Zeit war knapp. Er brachte das, unterstützt von seiner gedrungenen Gestalt, mit so viel Nachdruck vor, daß es den Häschern ratsam schien, sacht vorzugehen. An Bord der baufälligen Paneperso, die auf den Wogen und unter den heftigen Windstößen ächzte, war in dieser Nacht eine wie aus antiken Tragödien heraufwehende Luft voll grimmiger Leidenschaften, so daß die Finanzer Lust bekamen, sich fortzumachen. Vielleicht fielen auch dem Sergeanten Flußgeschichten von anno dazumal ein, und falls der junge Kerl, wie zu vermuten war, wirklich die Mühle angezündet hatte, paßte das ganz gut in den Kranz jener alten Begebenheiten. Wenn sie ihm handgreiflich kamen, war der Bursch wohl imstande, den ganzen Kahn einfach umzukippen. Seltsam genug, als er ins Boot stieg, waren jedenfalls seine Worte: »Leb wohl, Mutter. Ich mach mal eine Reise wie die Herren, denn rudern müssen die Zöllner. In Bälde werd' ich zurück sein. Entweder find ich Gerechtigkeit oder ich werd' sie mir verschaffen. Da geht nicht viel Zeit drüber weg.«

Die Morgendämmerung konnte nicht mehr fern sein, aber die Sterne waren immer noch wolkenverhüllt, und vom nahenden Frühlicht war in dieser düsteren Nacht nichts zu bemerken. Nur an der Ermattung und Starrheit der Glieder spürte man, daß viel Zeit verstrichen war.

Giovanni dehnte sich: »Was für eine Nacht!« sagte er.

Sie hatten weder Kraft noch Mut, um das Ereignis und seine Folgen zu überblicken. Was stand noch bevor? Cecilia saß da und starrte verstört vor sich hin. Die Mädchen bereiteten zwei Lager für Giovanni und Antonio, die bis dahin auf der San Michele geschlafen und nun ihr Hab und Gut verloren hatten.

Giovanni ging hinaus, um nach dem Wetter zu schauen. »Auch morgen«, berichtete er, »setzt es einen Tag voller Südwind und Sturm.«

Es gab da so viel unselige Möglichkeiten, die man ins Auge fassen mußte, doch gegenwärtig schien ihnen das unaufhörliche, marternde Schaukeln und Rollen des Schiffes am schlimmsten.

»Princivalle schläft wenigstens in einem festen Bett dort, wo sie ihn hinbringen.«

»Hoffentlich tun sie ihm nichts Böses an?« Cecilias Stimme war derart verändert, daß die Kinder sie kaum wiedererkannten.

»Sei nur ruhig, Mutter, und geh jetzt schlafen.«

»Ich kann nicht. Die Leute sagen immer, daß diese Sklavenhalter Hand anlegen an die Gefangenen!«

»Die Leute sagen so viel! Es wäre schlimm, wenn alles stimmte. Princivalle hat ja den Kerlen klaren Wein eingeschenkt!«

»Sie dürfen ihm nichts tun, das Gesetz verbietet es«, meinte Antonio.

»Das ist so richtig das Urteil eines Literaten«, sagte Giovanni. »Doch sie haben bestimmt Respekt vor ihm. Deutlich genug hat er ihnen gesagt, daß er hält, was er verspricht.«

»Diese Schurken! Ein Sohn aus meinem Fleisch und Blut in ihren Händen! Und ich hab ihn dahin gebracht!«

»Man konnte nicht anders, Mutter. Wenigstens haben wir die Paneperso gerettet.«

Jetzt tauchten vor ihnen wieder Kummer, Mühsal und Knauserei auf, die nun noch schlimmer würden. Die alte und abgenutzte Mühle genügte nicht mehr, um alle Münder zu stopfen. Einer mußte wohl anderswo Müllerbursch werden, ein Mädchen zu den Bauern gehen.

Im traurigen Morgengrauen schien der lästige Wind noch einmal alles wiederholen zu wollen, damit es ja kein Verschnaufen gebe. Man sorgt sich, man rackert sich ab, und kaum ist ein Unglück vorüber, kommt ein noch schlimmeres.

III In Ferrara, wohin Principalle von Pontelagoscuro überführt wurde, dauerte die Untersuchung nicht lange. An dem Tag, da er aus dem Gefängnis in Ferrara entlassen wurde, kehrte er ohne einen Pfennig in der Tasche zu Fuß heim, abgerissen, ja förmlich zerlumpt. Nur an den Füßen hatte er ein Paar neue Schuhe, die ihm seine Mutter besorgt hatte und die er im Gefängnis nicht hatte einlaufen können, so daß sie ihn nun schmerzten.

Als er frei umhergehen konnte, schien ihm das gar nicht mehr so wichtig wie in den Tagen der Gefangenschaft. Ja, er war nahezu enttäuscht. Er war die Stadt nicht gewohnt, und in dieser Aufmachung mit den zerlumpten Kleidern und den brennenden Schuhen an den Füßen kam er sich armselig und lächerlich vor. Er schämte sich und wünschte nichts, als schnell vor die Stadt zu kommen, um sich die Schuhe auszuziehen und so wenigstens unbehindert gehen zu können.

Als er sich von den Schuhen befreit hatte, fühlte er Hunger, und die sechzehn Meilen bis zur Guarda kamen ihm mit diesem Hunger im Leib sehr lang vor. Aber das war Gott sei Dank gesund und vertrieb dies Gefühl schläferiger Gleichgültigkeit, das ihm von der Gefängniszeit her in den Knochen steckte. Er schritt ordentlich aus. Die Schuhe hatte er mit den Schuhbändern zusammengebunden und über die linke Schulter geworfen, so daß ihm einer lustig auf den Rücken, der andere auf die Brust herabbaumelte. Er dachte, daß er wohl den Eindruck großer Sparsamkeit mache, da er an einem ziemlich frischen, wenn auch heiteren Wintertag so die Schuhe schonte, und er lachte vor sich hin. Er hatte Schwielen an den Fußsohlen, so daß er weder die rauhe Straße noch den Frost zu fürchten brauchte. Weit mehr drückte ihn die Angst vor all dem Elend, das er nun auf der Mühle zu sehen bekäme. Ein unbestimmter und düsterer Groll erfüllte ihn und wurde im Dahinschreiten immer bitterer, weil er an all die Ungerechtigkeit dachte, die auf den Seinen lastete.

Hätte er klar nachdenken können, wär's ihm möglich gewesen, sich eine Vorstellung von dieser Ungerechtigkeit zu machen, sein Zorn wäre weniger groß und bitter gewesen. Daß man das Gesetz durch das Aushängen des Zählers verletzt hatte und was es bedeutete, daß es überhaupt so ein Gesetz gab, das kam ihm gar nicht in den Sinn. In seiner Vorstellung waren Zähler und Mahlsteuer eine böse Erfindung, bei der es darauf ankam, wer hinreichend Klugheit und Mut besaß, sie zu hintergehen. Der Zähler war für ihn so etwas wie die drei Übel der Litanei – Pest, Hunger, Krieg –, die Gott schickt, um die Christenheit zu prüfen. In der Zeit, die er im Gefängnis zubrachte, war es ihm aufgegangen, wie ungeheuerlich seine Tat, die Mühle in Brand zu stecken, doch gewesen sei. Er begriff nicht mehr, wie er sich zu einer solchen Handlung hatte hinreißen lassen, die im selben Maße, als sie in seiner Phantasie wuchs und ihn mit Angst erfüllte, die Ursache, der sie entsprungen war, verkleinerte und auslöschte. Ja, die Ursache war für ihn eine Albernheit, eine Feigheit, ein verabscheuungswürdiges Ding, eine Falle, erfunden von jemandem, der sonst nichts zu tun hatte, als ehrliche Leute, die sich um ihre eigenen Angelegenheiten kümmerten, zu belästigen und zu schädigen. Wer die Schädlinge und Lästigen waren, kümmerte ihn nicht weiter: es waren ja nur Zöllner, es war die Regierung, kurz, alles, was außerhalb seiner Mühle lag: die Welt! In seiner Erinnerung leuchtete hell die Flamme von dem Augenblick an, da er das Petroleum in den Kielraum gegossen und mit dem Feuerstahl das Werg angezündet hatte. Er hatte kaum mehr Zeit gehabt, aus dem Mahlhaus herauszukommen. Die Flamme wurde rot, knackte, ächzte, zerging. Jetzt erst erinnerte er sich, daß er gelacht hatte mit einer Trunkenheit, die stärker war als die vom Wein. Er hatte am Anker gezerrt, weniger um die nahe Paneperso zu retten, als um eine wilde, tolle Hitzewelle in Kopf und Körper einzudämmen. »Wie gut es zündet, wie schön es brennt!« hatte er lachend in Nacht und Sturm gebrüllt, während von den gespannten Armen und dem gekrümmten Rückgrat eine Kraft ausging, die ihn mit Stolz und zugleich mit Schrecken erfüllte, eine Kraft, die auf aufgewühlten Wassern die schweren Boote am Tau tanzen läßt. Er hatte geschrien und Flüche mit verzweifeltem Jauchzen über das so gut brennende Holz geheult, das ihm das Rückgrat beizte und versengte, bis er sich in den Fluß warf, als die San Michele absackte. Aber was hatte ihn dazu verführt? Eine Albernheit, eine Erfindung von Leuten, die nichts anderes zu tun haben, als ihren Mitmenschen mit der Abgefeimtheit des Teufels Schaden zuzufügen. Daher sein Zorn, der wuchs, je mehr er der Unglücksstätte näher kam; ein frischer Zorn, denn im Gefängnis war er immerzu und ganz von der Angst, die ihn selbst nachts aus dem Schlaf riß, erfüllt gewesen, sich durch Sprechen im Traum zu verraten. Er durfte doch nichts anderes sagen als: Ich weiß nicht . . . es fing zu brennen an, als ich Petroleum in die Lampe nachschüttete . . . Die Kordel abtun? Ich weiß nicht, was das heißt. Wegen seiner vielen »Ich weiß nicht« hielt ihn der ausfragende Richter für einen Idioten und maß seiner Behauptung, er habe den feuergefährlichen Stoff in die brennende Lampe nachgegossen, immer größere Wahrscheinlichkeit zu. Eine unerhört dumme Fahrlässigkeit, aber von ähnlichem waren täglich die Zeitungen voll. Ehe er ihn freisprach, fuhr der Richter ihn wütend an: »Ich weiß nicht, ich weiß nicht! Merken Sie denn nicht, daß Sie dadurch wie ein Dummkopf wirken?«

»Was soll ich schon wissen?«

»Naja, wenn einer derartig blöd Petroleum in eine Lampe nachschüttet!«

Hätte Princivalle begriffen, daß man damit der Versicherung seiner Unschuld glaubte, wäre ihm vielleicht ein Lächeln gekommen, das dem Richter verdächtig geschienen hätte. In jeder Art von Verhör und Streit zwischen verschiedenen Parteien hat gerade der einen großen Vorteil und bereits halb gewonnen, der sich nicht klüger dünkt als sein Gegenüber. Erst als er den Kerker verließ, begriff Princivalle, wer hier schlauer gewesen war. Doch er kam nicht dazu, darauf stolz zu sein, da ihn nun der Zorn übermannte und verdüsterte.

Jetzt erst überlegte er: wer hat uns denn verraten? Nach einem Ereignis, das eine ganze Familie ins Unglück gerissen hatte, nur wegen eines lausigen Zählers, traute er niemandem mehr. War Smarazzacucco der Spitzel gewesen? Selbst die eigenen Brüder hätte er verdächtigt, so sehr verlangte es ihn, seinen Haß auf jemanden aus Fleisch und Blut auszuschütten.

Nach der Grabesstille im Gefängnis hatte ihn das Sprechen und Laufen der Leute auf der Straße ein wenig trunken gemacht, so daß nun im Schweigen der braunen Felder draußen auf dem Lande sein Kopf verwirrt war. Er ging langsam, und nach einer kurzen Wegstrecke hörte er einen Schritt hinter sich näher kommen. Er hatte keine Lust auf Gespräch oder Begleitung, darum verlangsamte er seinen Schritt in der Hoffnung, daß der andere Eile habe und ihn überholen und allein lassen werde. Statt dessen rief der ihn an.

Es war der junge Luca Verginesi, den seine Familie mitunter ein wenig erstaunt betrachtete, weil er angeblich aus der Art schlug. Während in allen Verginesi das Blut heftig pulste, schien er beinahe zu sehr in seine Gedanken verstrickt, abwesend und verträumt, als ob das, was den Seinen wichtig war, ihn wenig anginge. Er war mit sich und seinen Träumen allein, wie alle jene, die geboren sind zu ihrer eigenen Gesellschaft mit ihrer Phantasie und ihren Gefühlen. Über seine Träume hätte er nichts aussagen können, denn sie waren ganz körperlos. Seine Gefühle lernen wir noch kennen. Tatsachen und Dingen setzte er weder Widerstand entgegen, noch überließ er sich ihnen; genauso hielt er sich aus den Leidenschaften seiner Familie heraus. Immer schien er zur Nachgiebigkeit geneigt, damit nur nichts und niemand über den Punkt hinausginge, wo er mit sich allein sein wollte oder vielmehr allein bleiben mußte. Das merkten alle, mitunter voller Verachtung. Wenn sie ihm sagten, daß er nicht wie die andern wäre, war sein Erstaunen aufrichtig, und es gelang ihm kaum, sich mit seiner Einsamkeit zu verteidigen, die niemanden zuließ, in einem gewissen Sinne nicht einmal sich selber;

denn die lebte ganz auf eigene Kosten. Die Mädchen, denen der hübsche Junge gefiel, meinten, er sei verzaubert. Er spielte gern Geige, weshalb man ihn wohl »Orbino« hieß, was soviel wie der »kleine Blinde« bedeutet. Es gab so viel arme Blinde, die Violinspieler waren, daß die Vorstellung des Instrumentes sich leicht mit dem der Blindheit verband. Von Kindheit an hatte Luca nach dem Gehör spielen gelernt, Arien und Tänze, die er auf Festen, Hochzeiten und ländlichen Serenaden vortrug. Sie nannten ihn zwar Orbino, aber er hatte große, lebhafte Augen, und die Mädchen fanden gerade die besonders schön.

Er näherte sich Principalle und sagte wie zum Gruß:

»Guten Tag, du! Bist du wieder hier?«

»Ja.«

Sie liefen eine Weile schweigend dahin, dann sagte Orbino:

»Gehst du heim?«

»Ja. Und du?«

»Ich auch.« Das Gespräch wollte nicht recht in Gang kommen.

»Wie geht's so?«

»Gesundheitlich gut.«

»Ach«, seufzte Orbino, um zu zeigen, daß er das Unglück der Scacerni kannte, daß es ihm leid tat und er ihnen wohlwollte. »Ach! Und dort, wo sie dich festhielten, wie war's da?«

»Im Winter kalt, im Sommer heiß.«

»Ach, du Armer! Glücklicherweise war ja die meiste Zeit, die du drin gesessen hast, Übergangszeit.«

»Denk dran, wenn du auch mal rein mußt.«

Orbino lachte. Er hatte ein schönes, frisches, helles Lachen. »Muß denn jeder mal rein?«

»Früher oder später ...«

Sie schwiegen wieder. Dann sagte Orbino: »Seit die Vegri della Coguazza ihren Herrn wechselten, ist geradezu die Räude bei uns ausgebrochen. Dieser neue Grundherr, der Clapasson, ist ein lästiger Kerl. Mit ihm geht's noch an, doch mit Großonkel Luca ist überhaupt kein Auskommen mehr.« Er seufzte im Dämmer, während sie dahingingen, so tief, daß nun Princivalle lachte.

»Ich weiß auch nicht, wie ich mit meiner Mutter auskommen soll nach dem Unglück, das uns betroffen hat. Das ist schließlich noch mehr als ein lästiger Grundherr.«

»Da hast du wohl recht, aber ein Sandkorn im eigenen Schuh drückt dich mehr als ein Nagel im Schuh des andern.«

»Und wenn's so ist, lieber Orbino, was geht mich die schlechte Laune vom Großonkel Luca an?«

»Ich nehm doch auch Anteil am Mißgeschick deiner Mutter und von euch Scacernis.«

»Dein gutes Herz in Ehren, Orbino, aber verschwend es nicht.« Princivalles Stimme klang rauh, er sah sehr zugeknöpft aus.

»Was heißt das?« sagte Orbino unwillig. »Sind wir nicht Freunde von alters her, als du noch ein Junge warst und ich noch ein Kind? Und unsere Familien? Wir tragen an einer Last, ihr an einem Unglück. Gerade in solcher Lage muß sich die Freundschaft beweisen.«

»Du meinst es gut, lieber Orbino, doch wenn das Leben von Freunden zu ungleich wird, endet eben die Freundschaft. Ihr seid wohlhabende Bauern, die Zeit haben, ihr – Sandkorn zu pflegen. Wir, lieber Freund, sind nun ruinierte Müllersleute: der Nagel, Orbino, und was für ein Nagel, im Schuh. Meine armen Schwestern haben nicht einen Heller, um sich auch nur einen Lappen für ihre Aussteuer zu beschaffen. Sie können nicht mehr ans Heiraten denken. Nur noch daran, daß sie nicht ins Gerede kommen; denn die Armut legt auch solche Nägel in die Schuhe, und wer ins Elend gerät, wird das brandige Schaf in der Herde.«

»Weißt du denn schon etwas?«

»Von der Räude?« fragte Princivalle mit rauhem Gelächter.

»Daß eure Mutter zwei als Mägde wegschicken will?«

»Hübsche Neuigkeiten!«

»Bin ich dran schuld?«

»Das gerade nicht.«

»Hättest du so etwas nicht erwartet?«

»Eigentlich schon.«

»Dosolina soll zu Castorino gehen, dem Bäcker an der Guarda, und die andere . . .«

»Welche andere?«

»Maria bleibt auf der Mühle, um deiner Mutter zu helfen.«

»Also Berta . . .«

»Berta möchte deine Mutter in der Nachbarschaft haben, weil sie noch so jung ist.«

»Das ist klug von Mutter.«

»Mir scheint's auch richtig«, sagte Orbino lebhaft und erleichtert. »Man verhandelt, daß Berta zu uns auf die Vegri della Coguazza kommt.«

»Zu euch, auf die Vegri?«

»Von uns würde sie wie ein eigenes Kind gehalten.«

»Auch von dir?«

»Natürlich! Wie eine Schwester wird sie mir sein.«

Princivalle blieb mit einem Schlag stehen. »Orbino, laß uns aufrichtig reden. Hier geht's ja nicht bloß ums Geigen.«

»Ich hab nichts zu verbergen.«

»Ich glaub schon, daß die Deinen meine Schwester wie eine eigene Tochter behandeln wollen, wenn schon Magd immer Magd bleibt. Doch Mägde, wenn sie so jung und schön sind wie Berta, nicht etwa, weil sie von uns kommt . . .«

»Du kannst sogar sagen: wenn sie so brav sind –«

»Meinetwegen! Junge, hübsche Mägde wie Berta in einer Familie, wo junge Männer sind wie du etwa, die kommen an als Mägde und gehen nachher als . . .«

»Sprich so etwas nicht aus, Princivalle! Es ist deiner Schwester nicht würdig noch meiner oder deiner!«

In seinen Worten lag so viel Empörung, daß Princivalle nicht weitersprach. Verwirrt blieb er stehen und sagte: »Würdig oder nicht, es müßte dann nicht mehr wahr sein, daß der Mann aus Feuer und die Frau aus Werg ist! Ich wundere mich nur über meine Mutter, daß sie ausgerechnet dich und Berta in eurem Hause zusammenbringen will.«

»Deine Mutter weiß überhaupt nichts«, sagte Orbino unschuldig.

»Noch heute abend werde ich ihr sagen, daß du in Berta verliebt bist, mein Bester! Dann wird sie sich hüten, Berta zu euch zu schicken.«

»Das wirst du nicht tun!«

»Was sonst? Meine Schwester etwa verkuppeln?«

»Wo hast du denn nur gelernt, so zu sprechen?«

»In der Welt, Orbino!«

»Da wärst du besser im Gefängnis geblieben.«

»Schönen Dank, Orbino!«

»In der Welt gibt's auch Ehrenmänner. Und ich will Berta doch heiraten.«

»Verheiratet könnt ihr leben, wo ihr wollt. Doch zuerst heiratet wirklich. Und willst du sie ohne Aussteuer und Mitgift nehmen?«

»Was schert mich Aussteuer und Mitgift! Schon als kleiner Bub hab ich sie gern gehabt. Gott soll mich mit Blindheit schlagen, wenn ich nicht die Wahrheit spreche!«

Princivalle entgegnete, von Lucas heiligem Ernst erschüttert: »Ich glaub dir. Doch meinst du, meine Mutter wird sie so ohne alles hergeben?«

»Da bau ich ganz auf dich, Giovanni und Maria, daß ihr eure Mutter so weit bringt, nicht aus Stolz Berta unglücklich zu machen.«

»Na schön. Aber die Deinen?«

»Das steht augenblicklich gar nicht in Frage. Großonkel Luca ist einfach unlenkbar infolge der Streitereien mit dem neuen Herrn. Und du weißt, daß man bei uns zu Hause nichts ohne seine Einwilligung tut. Gegenwärtig redet er sogar davon, die Pacht zu kündigen. Unerhört, wie? Es wär jetzt nicht der rechte Augenblick, ihm zu sagen, daß man eine Familie gründen will. Denn wenn er wirklich aus der Pacht tritt, wissen wir nicht, was anfangen. Notfalls muß ich mich eben von der Familie trennen.«

»Um herumzufiedeln und Berta dann mit dem Tellerchen Almosen einsammeln zu lassen?«

»Auch das, wenn sie nur mitmacht.«

»Das sieht dir ähnlich. Doch hat dich Berta so gern, daß sie so etwas auf sich nähme?«

»Das ist's eben«, seufzte Orbino. »Wenn ich ihr vor eurem Unglück vom Heiraten sprach, hat sie nicht ›nein‹ gesagt.«

»Aber auch nicht ›ja‹, armer Orbino?«

»Auch nicht ›ja‹. Aber jetzt hat sie mir gesagt, wenn sie als Magd in unser Haus käme, dürften wir nicht mehr davon reden, und wir zwei müßten einander sein wie Leute, die sich nie gekannt hätten. Nur unter dieser Bedingung betritt sie unser Haus.«

»Da hat sie recht.«

»Sie ist eben die allerstolzeste von euch allen!«

»Hast du ihr das gesagt?«

»Natürlich. Hab ihr auch gesagt, daß ich sie nun noch mehr als je zuvor liebe; daß ich sie immer lieben werde, hab ich ihr gesagt.«

»Dann, mein armer Orbino . . .«, Princivalle brach in ein geradezu flegelhaftes Gelächter aus.

»Ohne dir zu nahe zu treten –«, sagte Orbino, »wenn man dich so lachen hört, weiß man genau, mit was für Frauen du verkehrst.«

Princivalle war sprachlos. Teils gerührt, teils beschämt, bezwang er den Lachreiz, den die Erinnerung an Frauenzimmer, die er kannte, hervorrief, und sagte mit ehrlichem Tonfall: »Hast recht, Orbino. Aber . . .«

»Hier gibt's für mich kein Aber!« rief Orbino heftig. »Ich hab Berta versprochen, mich an ihren Wunsch zu halten, so lange bis wir nicht als ehrbares Brautpaar vor den Altar treten können. Doch wenn du deine Mutter aufstachelst, Berta anderswohin zu schicken, am End' sogar weiter weg, dann wird sich irgendwer anders in sie verlieben – denn jeder, der sie sieht, verliebt sich in sie –, und dann wird sie womöglich den heiraten, und ich werd' sie nie mehr wiedersehen. Bist du denn nie verliebt gewesen, Princivalle?«

»Nein«, antwortete der. »Die, mit denen ich umgeh, verläßt man, wie man sie nimmt.«

»Dann weißt du nicht einmal, was die Liebe ist; weißt nicht, wie man unter einem eifersüchtigen Gedanken leidet. Doch denk daran, daß ich dir das alles als einem Ehrenmann anvertraut habe, und bedenk auch, daß ich die Hand dabei aufs Evangelium hielt.«

»Ich muß dir schon glauben, und ich glaub dir.«

»Und du darfst nichts deiner Mutter sagen!« rief der Jüngling leidenschaftlich. »Im übrigen kannst du ja mit eigenen Augen sehen, wie alles läuft. Und wenn sie weiter wegkommt, so bedenk, wo du schon von Gefahren sprichst, daß in jedem Haus junge Männer und demnach Gefahren sind. Und dort nimmt man nicht so viel Rücksicht wie ich.«

»Das stimmt. Und wenn meine Mutter mich fragt, werd' ich ihr zu euch raten.«

»Und ich versprech dir, daß sie nur dem Namen nach Magd ist.«

»Immerhin dem Namen nach.«

»Glaubst du, daß mir das weniger leid tut als dir?«

Die beiden jungen Männer kamen an der Gabelung des Pfades an, der auf der einen Seite zur Mahlstelle am Nano führte, auf der andern zu den Vegri della Coguazza. Dort schieden sie voneinander.

Der Verliebte war recht zufrieden, wenn er auch seine Hoffnungen noch für lange unerfüllbar sah. Der andere wäre es auch gewesen, wenn sich nicht in seine Befriedigung, eine ehrliche, aufrichtige Seele kennengelernt zu haben, eine traurige Verstimmtheit gemischt hätte. In einem Menschen, in einem Freund und – in diesem Fall sogar – in einem künftigen Verwandten soviel Gutherzigkeit vereint zu sehen, das gehörte zu den seltenen Vorkommnissen. Aber Princivalle spürte, zwischen Stolz und Gedemütigtsein schwankend, in sich eine traurige Lust am Streit aufsteigen, ja er hätte sogar gerne jemanden beleidigt. Wenn doch nur, so dachte er, seine Familie sich ihm abgeneigt zeigte, damit er streiten und irgendwo seine Wut auslassen könnte. Gegen wen war er eigentlich aufgebracht? Gegen die ganze Welt. Und da die zu groß ist, suchte er irgend jemanden, mit dem er anbändeln könnte. Ja, er wünschte, daß die Seinen ihm ein Unrecht antun möchten.

Doch als er aus der Ferne die uralte Paneperso erblickte, die unter Tausenden nicht ihresgleichen aufwies, da fühlte er eine Regung von Zärtlichkeit, als sähe er einen Freund wieder, einen, der es aufrichtiger meinte als die vom Ufer der Streuner. Wir haben diesen klotzigen Princivalle nicht besser oder schlechter hingestellt, als er war, doch es verhielt sich wirklich so, daß die düstere Paneperso, deren geflickte Hausaufbauten ihr graues Alter noch mehr hervorhoben, für den Ankömmling das Gesicht eines Freundes hatte. Er sah in dieser Bootsmühle einen jener zähen Alten, an die sich keine Krankheit heranmachen kann, weshalb sie denn an Altersschwäche sterben.

An der Mahlstelle traf mit ihm zusammen, dicht am Ufer in einem leichten Bötchen vorbeifahrend, der lange Scansafrasca.

»Hallo, ihr von der Paneperso!« schrie mit gewaltiger Stimme Principalle. »Schlaft ihr noch um diese Zeit?« Und, die Stimme mäßigend, aber nur ein wenig, denn es gefiel ihm, so auszubrechen, rief er zu Scansafrasca: »Was für ein guter Wind treibt dich her, Scansafrasca?!«

Das Stimmchen des schmächtigen Mannes schien ähnlich dem eines kleinen Windes, der mit geringer Kraft in einem dünnblättrigen Laubwerk raschelt. Er antwortete: »Man hing heut früh den Zähler aus. Ich geh aufpassen. Weißt ja, wohin.« Seine Worte gingen halb in der wispernden, abgenutzten Stimme unter; er sprach mehr mit seinen Gesten.

Unterdessen bevölkerte sich der Gehsteig der Paneperso. Fröhlich tauchten die beiden Brüder in grauen Kleidern aus grober dicker Wolle auf, die Mutter und die Schwestern in schwarzen Kopftüchern, worunter sich ihre Ohren verbargen. Ohne daß es sehr kalt war, biß einen doch die Luft. Ihn mit ihren Stimmen und Armen willkommen heißend, schienen sie zu frösteln, während der zerlumpte Heimkömmling in seinem zerfetzten Sommerzeug in bester Laune dastand und nicht an die Kälte dachte. Mit Donnerstimme rief er noch vom Deich herab: »So ist's recht! Nur die Zöllner übertölpeln!«

Der Uferstreifen zwischen Fluß und Damm war an dieser Stelle schmal. Scansafrasca gab Principalle aus dem Bötchen ein Zeichen, zu schweigen und herunterzukommen, damit er ihn an Bord rudere. Doch Principalle schien es eine köstliche Rache, daß die Seinen schon wieder dabei waren, die Obrigkeit zu hintergehen, und er zollte ihnen weiterhin laut Beifall. Dann erst lief er ans Ufer hinab und setzte sich ins Boot. Das ging, als er einstieg, so tief, daß es beinah Wasser schöpfte. Er sprang an Bord der Mühle mit einem derartigen Schwung, daß dabei Wasser ins Boot schwappte und Scansafrasca, der voller Mitgefühl lachte, es ausschöpfen mußte, um sich nicht mehr als die Füße zu nässen.

»Da schau mal an«, lachte Giovanni. »Um ein Haar, und du hättest den Scansafrasca untergetaucht!«

Und Principalle mit einem herzlichen Schlag auf Giovannis Schulter: »Seit wann tut ihr die Kordel wieder ab?«

Es schien, als habe er nichts anderes im Kopf. Da umarmte ihn seine Mutter fest und wortlos, als er gerade sagte: »So ist's recht, so ist's richtig, so ...« Er unterbrach sich, überrascht von Cecilias Umarmung, und sagte, als erinnere er sich: »Ach ja! Kein Grund, sich zu ängstigen, Mutter. Und Ihr seht ja, daß ich noch einmal davongekommen bin.«

»Ich hatte so Angst, daß sie dir etwas antäten«, sagte sie.

Princivalle bemerkte, daß sie keuchte vor Erregung, und beinah hätte er mit einem derben Scherz erwidert, doch er sagte nur: »Jetzt können sie mir nichts mehr tun. Jetzt ist die Angst vorbei, was, Mutter?«

»Aber ich denk noch dran und werde immer dran denken, daß ich es war, die dich in diese schreckliche Sache hineingehetzt hat.«

»Was blieb uns denn anderes übrig, Mutter?«

»Aber ich, deine Mutter, hätt's nicht tun dürfen.«

»Seit wann hast du, unsere Mutter, uns denn Angst gelehrt?«

»Princivalle hat recht«, sagten alle.

Cecilia war stolz auf ihre Söhne und die Anerkennung ihrer Verdienste. Und sie antwortete Princivalle, als nehme sie die andern zu Zeugen, mit schwerer Stimme: »Jedenfalls hätt' dich deine Mutter in jener Nacht nicht beleidigen sollen.«

Princivalle fühlte, daß er nicht zulassen dürfte, wie seine Mutter sich immerzu anklagte; es ging ihm gegen sein Ehrgefühl. So sagte er nun: »Wenn ich doch selber damals glaubte, daß dieser Kerl von Smarazzacucco hier herumgespitzelt hat, kann von Beleidigung nie und nimmer die Rede sein.«

»Außerdem«, sagte Maria, »für deine Kinder gibt's von dir keine Beleidigung.«

»Das hat die Maria ganz richtig gesagt«, rief Princivalle, »sprechen wir also nicht mehr davon!«

Und dann beeilte er sich, die Dinge ins Lächerliche zu ziehen: »Im übrigen haben sie mich im Gefängnis wie einen Herrn behandelt; sie gaben uns bloß zu oft Bohnensuppe zu essen und als Abwechslung mal Erbsen.«

»Hier gibt's auch nichts andres«, sagte Cecilia lächelnd.

»Hier will ich gern siebenmal die Woche Bohnen essen.«

»Sagen wir sechsmal«, meinte Maria, »Sonntags können wir doch noch ein bißchen Fleisch in den Topf tun. Manchmal kriegt man ja auch ein paar Fische. Und dann die Fladen auf Müllerart.«

»Ah, wie gut«, rief Princivalle und tat so, als leckte er sich genäschig die Lippen.

»Maria«, sagte Cecilia, »heut wollen wir Princivalles Heimkehr feiern, und da machst du schöne Fladen!«

»Ja, Mutter.«

Antonio, der das Netz ausgeworfen hatte, kam überdies mit einem schönen Hecht, der das festliche Mahl noch reicher machte. Cecilia sagte: »Der Bäcker Castorino hat ein Mädchen nötig, das ihm beim Brotbacken hilft.« Sie hütete sich, Magd zu sagen. »Er hat mir versprochen, daß er Dosolina nimmt.«

»Tut dir's leid, Dosolina?« frage Princivalle.

»Wenn's nicht anders geht . . .«

»Und Antonio«, sagte Cecilia, sich beeilend, um alle unangenehmen Nachrichten rasch loszuwerden, »Antonio hat Glück gehabt. Der Gutsherr Clapasson findet, daß er eine gute Handschrift hat, und nimmt ihn, damit er bei ihm die Buchführung lernt. Aber er darf nicht wissen, wie es zum Brand der San Michele kam. Er weiß nichts davon, daß wir die Kordeln abtaten. Er denkt, es sei ein Unglück gewesen!«

»Nett von ihm!« sagte Princivalle, »aber er ist es nicht allein, der so denkt.«

»Nein?« fragte Giovanni.

»Na, wär ich denn sonst jetzt frei?«

»Ja, schon. Das stimmt.«

»Also«, sagte Princivalle zu Antonio, »du wirst ein Herrenleben führen.«

»Solange er lernt, kriegt er nur das Essen und Unterkunft.«

»Aber er kleidet mich auch neu ein«, sagte Antonio.

»Wahrhaft ein Literat, ich seh' schon, du wirst noch Doktor.«

»Der Pfarrer hat ihn empfohlen«, sagte Cecilia.

»Glaubt der denn auch, daß es ein Unglück war?«

»Er hat ein Werk der Barmherzigkeit vollbringen wollen, als er unser Unglück sah. Und Berta«, fügte sie eilig hinzu, »Berta nehmen die Verginesi.«

»Da man schon etwas unternehmen muß«, sagte Princivalle schwer, »ist's besser so. Wir wissen ja, daß es nette Leute sind; und Berta bleibt hier in der Nachbarschaft.«

»Das hab ich mir eben auch gesagt. Und wenn der Herr uns ein paar gute Jahre gibt, können wir, hab ich mir ausgerechnet, in fünf Jahren so viel auf die Seite legen, wir vier, die wir hierbleiben, daß wir wohl eine neue Mühle bauen können. Und da können wir auch eine kleine Mitgift für die Mädchen zusammenbringen oder doch wenigstens alle zusammen wieder hier wohnen.«

»Außer Antonio, der ja dann Doktor sein wird und sicherlich nicht mehr das Leben von uns armen Müllern teilen möchte«, sagte Giovanni.

Aber der Scherz zog nicht, wenn auch Antonio lachend sagte: »Siehst du jetzt ein, daß Lesen und Schreiben doch zu etwas dient?«

»Ich hab den Richtern, auch ohne lesen zu können, etwas vorgemacht«, sagte Princivalle.

Antonio freute sich auf die künftige Arbeit, wenn es ihm auch mißfiel, daß er so weit von der Familie weg mußte. Er sagte: »Sobald ich am

Verdienen bin, werd' ich mithelfen, die Summe für eine neue Mühle zusammenzubringen.«

»Kinder«, sagte die Mutter, »bitten wir den Herrgott, daß wir mit seiner Hilfe eines Tages alle wieder, wie jetzt, hier beisammen sind. Dann kann ich in Frieden scheiden.«

Maria sagte: »Nein, Mutter, laß uns lieber hoffen, daß du dann mal endlich ein wenig ausruhen kannst.«

»Ausruh'n werd' ich, so oder so, ausruh'n bestimmt. Aber mein Ehrgeiz ist, daß ihr alle wieder Müllersleute werdet. Darum bitte ich Gott, daß er mir die Gesundheit erhält.«

Ehe sie sich zu Tisch setzten, schlossen sie, da Scansafrasca seinen Wachdienst beendet hatte, die Zähler wieder an. Und während Principalle wieder über die Finanzer spöttelte, sagte Cecilia, die früher darin doch so scharf gewesen war: »Eigentlich ist in diesem Jahr die Steuer derart erniedrigt worden, daß es kaum mehr lohnt, die Kordel abzutun.«

»Es geht hier um das Prinzip! Man muß sich rächen.«

»Wünschst du das so sehr?«

»Eh!« sagte Princivalle verlegen, »nach all dem Schaden, den sie uns zugefügt haben, soll man sich nicht mal rächen für diese verdammte Mahlsteuer?«

»Die Regierung setzt aber die Steuer jedes Jahr herunter, und es scheint so, als ob sie überhaupt bald aufhörte.«

»Ja, aber dafür werden die andern Steuern erhöht, hab ich sagen hören.«

»Das ist was anderes. Aber die Verunglimpfung der Müller hört wenigstens auf. Was wahr ist, bleibt wahr: ich hätt' es nie und nimmer für möglich gehalten, daß Depretis und Nicotera Wort halten würden.«

»Das schon, aber was ändert das an dem Unglück, das sie uns angetan haben?«

»Trotzdem bleibt es Tatsache, daß Depretis und Nicotera keine solchen Lügner sind, wie ich geglaubt habe.«

IV

Die Woche war noch nicht herum, als der Sergeant der Karabinieri mit einem Soldaten erschien. Sie kamen an Bord. Sie wollten das Alter der Scacernijungen wissen.

»Genau weiß ich's selber nicht«, sagte Cecilia, »und ich möcht ja keine falschen Angaben machen. Hab ich recht?«

Sie heuchelte jene Dienstbeflissenheit, die so schlecht das böse Gewissen verhüllt.

»Versuchen Sie, sich zu erinnern, Müllerin«, riet ihr der Sergeant, der sich übrigens nicht wunderte. Er kannte diese Art von Unbekümmertheit und auch die Folgen, so wie sie sich aus den lückenhaft geführten Pfarrbüchern ergaben. Bei der Übergabe dieser Bücher an die Standesämter wurde die Unordnung noch größer. Dabei wirkten auch der Verdacht und das Übelwollen der Bevölkerung mit, die in jeder Art von Listen und Registern nur Mittel zur Bedrückung der Armen durch den Staat erblickte. Häufig versuchte man, sich um seine Pflichten zu drükken, und manchmal sträubten sich die Leute mit aller Gewalt gegen die Tätigkeit des Standesamtes, gegen die Volkszählungen, Aushebungen und Steuern.

Der Sergeant sagte: »In den Gemeindebüchern von Copparo ist die Geburt als ungewiß vermerkt, und die Bücher von der Pfarrei der Guarda waren in einem tiefgelegenen Gemach aufbewahrt und haben bei der Überschwemmung vom Jahr '72 Feuchtigkeit abbekommen. Das mag wohl stimmen . . .«

»Wenn es nicht einmal die von der Gemeinde genau sagen können, die doch alles wissen«, sagte Cecilia mit einer einfältigen Miene, der die träumerische der Söhne entsprach, »wenn es nicht einmal die Pfarrbücher aussagen können, wie kann ich mich daran erinnern, ich, die ich die Mailändische Rose hatte und dabei das Gedächtnis einbüßte? Außerdem machte damals alles mein Mann, der im Irrenhaus starb, Herr Sergeant!«

»Aber schließlich hat doch nicht Ihr Mann die Jungen geboren!« sagte der gutmütige Mann.

»Ich hab sieben geboren, und da können Sie sich vorstellen, daß man sich bei einer solchen Zahl leicht um ein oder zwei Jahre vertut. Außerdem haben die Unglücksfälle mir das Hirn geschwächt.«

»Dann tut's mir leid für die Jungen, aber die zwei größten werde ich in diesem Fall als widerspenstig gegen die Aushebung angeben müssen.«

Wenn es auch heutzutage als einzigartig erscheinen mag – die Scaerni hatten wohl von der Aushebung reden hören, sich aber weiter nicht darum gekümmert. Dann hatten sie es von Tag zu Tag verschoben, hatten vergessen, sich einschreiben zu lassen, indem sie ein wenig darauf vertrauten, daß sie nicht auf der Liste stünden oder daß es sie nichts angehe. Sie verharrten noch immer auf ihrer Ansicht, es sei von Vorteil, so wenig als möglich mit der Regierung zu tun zu haben. Ihr erster Gedanke war, daß die Gefängniszeit von Principalle ihnen immer weitere Unannehmlichkeiten eintrüge.

»Die genauen Geburtsdaten wurden auf einem Türpfosten eingebrannt«, sagte Cecilia. »Übrigens kann keines von uns lesen . . .«

»Lassen Sie mal sehen, ich werd's lesen«, sagte der Sergeant.

»Gern, aber das war eben auf der Mühle, die verbrannt ist.«

»Großartig! Das hätten Sie gleich sagen können!«

»Ich red, wie ich's versteh.«

Ihr Gedanke ging voller Dankbarkeit zum Priester, denn auch sie glaubte nicht recht an die Feuchtigkeit, die die Bücher verdorben haben sollte. Jedenfalls war sie ihm dankbar, daß er sich so klug und zurückhaltend benommen hatte.

»Wo geh'n Sie hin?« fragte der Sergeant Principalle, der eben hinausgehen wollte.

»Ich hör, daß eine Maschine leerläuft.«

»Hier geht jetzt keiner von Ihnen beiden raus.«

»Jaja«, sagte Cecilia, »der Zähler läuft ja auch, wenn der Mahltrichter leer ist. Hauptsache, die Regierung kassiert. Was geht's sie an, wenn wir vor Hunger sterben? Geh du mit Dosolina, Maria.«

»Zwanzig Jahre sind sie sicherlich«, sagte der Sergeant und betrachtete scharf die beiden jungen Männer.

»Sie sind schnell gewachsen«, sagte Cecilia, »alle miteinander. Auch ihr ältester Bruder war mit dreizehn Jahren schon so groß, daß er mit Garibaldi ziehen konnte.«

Sie hatte sich nie dieses vaterländischen Verdienstes gerühmt, aber jetzt kam ihr in den Sinn, daß diese Erwähnung der Familie dienlich sein könnte. So beschloß sie ihre Rede feierlich und jede Silbe betonend. Statt dessen sagte der Sergeant: »Ah, an dessen Alter erinnern Sie sich genau, an die hier dagegen . . .«

Cecilia unterbrach ihn voller Unwillen: »Er starb mir unter Garibaldi zu Mentana. Solche Daten vergißt eine Mutter nicht.«

»Da haben Sie recht«, sagte der Sergeant; »aber das kann doch Ihrem Gedächtnis nachhelfen. Zur Zeit von Mentana, waren da diese beiden schon geboren?«

»Ja«, antwortete sie und dachte daran, daß es ihr nichts nutzte, allzu Unwahrscheinliches zu sagen, das von gar zuviel Zeugen bestritten werden konnte.

»Schon lange geboren?«

»Sie waren sehr klein.«

»Wie alt etwa, vier oder fünf Jahre?«

»Ja, wohl so ungefähr.«

»Na, da haben wir's ja! Einer ist mindestens zwanzig, der andere schon darüber hinaus.«

Cecilia unterbrach ihn voller Angst: »Aber wenn ich mit den Mädchen hier allein bleibe, wie soll ich die Mühle weiter in Betrieb halten? Was bleibt mir da für Hoffnung? Daß die auch noch verbrennt? Sollen wir alle betteln geh'n? Hat man kein Mitleid mit uns?«

»Vorerst können Sie mal hoffen, daß sie vielleicht eine hohe Nummer kriegen, der eine oder der andere oder auch alle beide. Oder vielleicht werden sie auch bei der Untersuchung zurückgestellt, obgleich«, fügte er hinzu und zeigte auf Principalle, »dieser Mannskerl wohl schwerlich durchkommt. Aber mitunter findet man ja auch bei einem Riesen eine schwache Stelle. Jedenfalls müssen sie jetzt mit uns kommen. Über ihren Fall werden die vorgesetzten Behörden entscheiden.«

»Schon wieder? Genügt's nicht, daß sie mir den einen, den hier, den stärkeren, schon einige Monate eingesperrt haben? Genügt's nicht, daß sie ihn endlich als unschuldig entlassen mußten?«

»Hören Sie, gute Frau, jetzt geht's ja um was anderes, jetzt handelt es sich um die Aushebung und den Militärdienst.«

»Was soll ich schon davon verstehen?«

»Sie wissen wohl gar nichts. Das haben Sie oft genug gesagt, aber wir müssen eben unsere Pflicht tun.«

»Ah, hat die Regierung also beschlossen, uns zu ruinieren? Dann sagen Sie's nur gleich! Soll ich denn nur noch dran denken, wie ich vor Hunger krepieren werd'?«

»Ich versteh, daß in Ihrem Falle die Einberufung eine unangenehme Sache ist, aber . . .«

»Sie müssen ja Ihre Pflicht tun!«

»Allerdings. Und wenn Sie das Gesetz befolgt hätten, würde man Ihnen jetzt nicht die beiden auf einmal wegholen und sie zudem nicht als widerspenstig verdächtigen!«

»Und dieser Verdacht?« fragte Cecilia voller Zweifel.

»Hoffen wir, daß die Richter anerkennen, daß Sie gutgläubig das Gesetz übertraten«, sagte der Sergeant, »und daß vorläufig wenigstens nur einer zu den Waffen muß.«

»Dann bleibt mir nichts übrig, als auch diese Mühle hier anzuzünden.«

Kaum hatte sie das gesagt, biß sie sich auf die Lippen, und der Sergeant sagte: »Da ist also die andere nicht aus Versehen in Brand geraten?«

Cecilia dachte: so alt mußt' ich werden, um zu lernen, daß man mit den Polizeibütteln nicht herumstreiten soll, weil sie auf jedes Wort aufpassen. Aber der wackere Soldat beabsichtigte nicht, sich in diese Angelegenheit zu mischen.

Und wenigstens diesmal kam sie ohne Schaden davon, und auch die Angst ging bald vorüber.

Inzwischen war Cecilia schnell zu Don Vernetti gelaufen. Der gehörte zwar nicht zu den Priestern, die aus Haß gegen die Regierung der »Usurpatoren« die zum Heeresdienst Aufgerufenen lehrte, mit was für betrügerischen Kniffen man sich vom Militärdienst befreie. Aber er war auch nicht entschlossen, aus der Nachlässigkeit der Scacerni, um derentwillen sie sich nun wieder in Bedrängnis befanden, viel Aufhebens zu machen. Vielmehr wollte er ihnen beistehen, daß sie mit einem blauen Auge davonkämen. Das schien ihm ein Werk, wenn nicht gerade der Gerechtigkeit, so doch der Menschlichkeit. Und wenn dazu ein Verschweigen oder sogar eine halbe Lüge beitragen konnte, das war verzeihlich, sehr verzeihlich sogar.

»Wenn die Schreiber in den Gemeindebüchern von Copparo Ihren Jungen ein paar Jährchen weniger aufschreiben, so wird Jesus in den Büchern des Jüngsten Gerichtes nichts über das Lebensalter vermerken. ›Und ich sah die Toten‹, sagt der Seher von Patmos, ›die großen und die kleinen; und die Bücher sind geöffnet‹. Es sollten vielmehr die Beleidiger und Verfolger seiner Braut, der Kirche, sich darum kümmern, daß sie im Buch des Lebens vermerkt sind. Denn wer nicht darin aufgeschrieben steht, der wird ins Feuermeer geworfen! Darauf sollten sie achten, die, welche so viel Wert auf ihre Bücher und Listen und Register legen.«

Hier muß vermerkt werden, daß eine solche Beredsamkeit gegenüber Cecilia verschwendet war. Sie hatte keine heiligen Texte nötig, um überzeugt zu sein, daß der Pfarrer ein verdienstvolles Werk tue und daß jedes Buch der Regierung von Übel sei. Don Casimiro bestätigte also, es sei aus den verdorbenen Büchern der Pfarrei hervorgegangen, daß Giovanni kaum über zwanzig, Princivalle noch nicht einmal ganz so alt sei. Damals in den Engpässen und der allgemeinen Unsicherheit der Regierung von Depretis schien es ratsam, bei den Aushebungen weitherzig vorzugehen und großzügig bei Übertretungen. Sei es nun das eine oder andere oder alles zusammen, jedenfalls wurde den beiden Angezeigten kein Prozeß gemacht. Bei Giovanni stellten die Ärzte außerdem einen Defekt fest, den er überhaupt nicht beachtet hatte. Daher pflegte er später zu sagen: »Ich war nicht tauglich zum Militärdienst, trotzdem bin ich seit dreißig Jahren nicht einen Tag krank gewesen!« Und als er auf dem Sterbebett lag, so erzählt man, dachte er an die Ärzte von der Militäruntersuchung und sagte: »Vom Militärdienst haben sie mich zurückgestellt wegen eines Magenleidens, dabei sterb' ich nun an Lungenentzündung!«

Bei Princivalle konnte man wahrhaftig keine körperlichen Mängel feststellen, aber er hatte das Glück, beim Los eine hohe Nummer zu ziehen, so daß auch er bald auf die Mühle zurückkam.

»Schau mal an«, sagte Cecilia, »mit der Gerechtigkeit haben die Scacerni doch Glück! Auch dieser Schelm von Vater hat sich ja wieder aus dem Gefängnis herausmanövriert!«

Wer schließlich am meisten Angst ausstand, war Antonio; denn hätten die beiden Brüder oder auch nur einer von ihnen zum Militär gemußt, wär's mit Schreibtisch, Feder, Büchern und Tintenfaß vorbei gewesen und er hätte Müller spielen müssen. Die Angst ging vorüber, aber sie war groß gewesen – so groß wie sein Traum, einmal ein Schreiber zu werden.

Wenn sonntags nach der Messe an der Guarda, wo sich die zerstreute Familie traf, die Mutter mit Maria ihn ein Stück zurückbegleitete bis nach Cattarusco, wo Clapasson sein Kontor hatte und wo auch Antonio wohnte, traf sie öfters den Gutsherrn, der sich einen Ruhetag gönnte. Er war mit Antonio sehr zufrieden und fing bald an, mit der Müllerin ungemein leutselig zu reden. Er lobte und achtete sie aufrichtig. Er, der ein großer Arbeiter war, betrachtete sie, die so viel in ihrem Leben gearbeitet hatte, mit Respekt und Wohlwollen. Er begründete seine Sympathie für die tüchtige alte Müllerin und die ganze Familie Scacerni damit, daß er sagte, in ihr lebe die Kraft und nüchterne Tugend des alten italienischen Handwerkerstandes wieder auf.

Für sie war Clapasson, der dem Fortschritt und der Industrialisierung anhing, eine Ausnahme, zumal er behauptete, das Mehl, das über die Steine der Flußmühlen laufe, sei besser als das aus den modernen Dampfmühlen. Er stimmte also Cecilia und den Flußmüllern zu, wenn sie sagten, daß die Dampfmühle das Mehl erhitze.

Der Mühlenbrand allerdings hätte ihm bedenklich vorkommen und eine überraschende Seite im Charakter der Flußmüller zeigen können. Aber Cecilia nahm einfach an, daß Clapasson von den Steuerunterschleifen und dem Anzünden der Mühle nichts vernommen habe. In Wirklichkeit lag die Sache, wenn man Clapassons Charakter mit in Betracht zieht, noch günstiger für sie; denn er hatte sich einfach geweigert, die Geschichte zu glauben. Und dann war es jedesmal schwierig, ihn von etwas zu überzeugen, wenn er sich die gegenteilige Meinung in den Kopf gesetzt hatte.

Seine Hochachtung beschränkte sich nicht auf Worte und herzliche Höflichkeit, die er Cecilia zukommen ließ. Nachdem er Antonio bei sich aufgenommen hatte, gewährte er ihm bald einen Geldzuschuß. Außerdem ließ er bei den Scacerni all sein Getreide mahlen und auch das von einem Mehlhandelsabkommen, das er mit den Bäckern der Umgegend abgeschlossen hatte. Das war eine sichere Arbeit für jede Zeit und Jahreszeit und bedeutete, für den besten Kunden zu mahlen, den es in der großen Gemeinde von Copparo gab. Bald war's die einzige Arbeit, denn die Paneperso arbeitete Tag und Nacht, ohne eine einzige Stunde Leerlauf, nur für ihn, und sie schaffte es kaum. Er war so zufrieden mit der

Arbeit, daß er der Müllerin sagte: »Schade, Frau Cecilia, daß Sie nur noch eine Mühle haben, denn ich könnte Ihnen auch für eine zweite, ja womöglich für drei Arbeit geben.«

Das ließ sich Cecilia gern von ihm wiederholen. Schließlich enthüllte sie ihm ihr Vorhaben, eine neue Mühle zu bauen, es fehlten ihr nur noch einige tausend Lire; sie war schon drei Jahre dabei, die erforderliche Summe zusammenzusparen. Clapasson dachte eine Zeitlang darüber nach, denn er war nicht der Mann, der sein Geld ohne Sicherheiten aufs Spiel setzte. Er wußte, daß, eine Flußmühle herzustellen, allerlei kostete, daß sie aber, wenn man sie verkaufen wollte, nicht mehr viel wert war, wo doch von Jahr zu Jahr die Konkurrenz der Dampfmühlen sich stärker fühlbar machte, so daß die Müller auf dem Fluß keine neuen mehr bauten und nicht einmal mehr die alten, wenn sie abgenutzt waren, flicken ließen. Außerdem blieb das Gerücht hartnäckig im Umlauf, daß wegen der Schäden, die die Mühlen an den Dämmen und am Flußbett verursachten, die staatlichen Bauämter und die Gesellschaft der Flußschiffer sowie die Gemeinden und Provinzen, die ans Ufer des Po angrenzten, das Verbot der Flußmühlen ernstlich anstrebten. Die Scacerni waren zwar ehrenhafte Leute, aber sie besaßen weder ein Stückchen Land noch ein Haus, was für eine Hypothek ausreichte. Trotzdem streckte Clapasson das Geld vor, und Meister Buttafumo von Occhiobello verkündete auf dem Gestell der zweiten San Michele:

»Das ist mein letztes Werk, denn die Welt geht ja aus den Angeln. Aber es wird mein Meisterwerk, mein Moses von Michelangelo, die Frucht von vierzig Jahren Kunst und Meisterschaft, eine Stradivari unter den Mühlen . . . Wissen Sie, Müllerin, wer Stradivari war?«

»Natürlich, das haben Sie mir schon gesagt: einer, der Gitarren und Leiern in Cremona machte.«

»Leiern und Gitarren? Violinen, verdammt nochmal, Geigen, die besten Geigen der Welt! Paganini . . . . Wissen Sie, wer Paganini ist?«

»Den hab ich noch nicht kennengelernt.«

»Potzsakrament! Aber warum beklag ich mich dann, daß ich so wenig berühmt bin? Paganini war der größte Geiger der Welt, so daß die Unwissenden sagten, er habe einen Pakt mit dem Teufel geschlossen. Und als er einst seine Stradivari beinahe verspielt hätte, wollte er sich aufhängen!«

»War der aber verrückt!«

»Wie? Paganini verrückt?«

»Warum spielte er denn um sie, wenn sie ihm so teuer war?«

»Wir, wir Künstler – denn in meinem Fach bin ich auch einer –, ein bißchen merkwürdig sind wir ja alle.«

»Da ich nur einen Künstler kenne, nämlich Euch, lieber Meister, muß ich sagen, daß Ihr danach ein großer Künstler seid.«

»Wahrhaftig?« rief der mit seinem Sopranstimmchen, zufrieden wie ein Osterlamm. »Jaja, ein bißchen verrückt sind wir Künstler schon alle: wir Geiger, Maler, Dichter, Schiffsbauer!«

»Dankeschön für das bißchen!« sagte Cecilia lachend und ging, nachdem der Vertrag geschlossen war, mit ihrem Sohn Giovanni davon. »So einen Verrückten kann man kein zweites Mal finden, und wenn man sieben Jahr um die Erde zöge.«

»Aber in seinem Handwerk kann er wirklich was.«

»Das ja! Und ich bin sicher, daß er ein Meisterwerk schafft.«

»Es war auch Zeit, denn die arme Paneperso hält sich nur noch mit den Zähnen, und jedes Hochwasser verkürzt ihr das Leben.«

»Arme alte Mühle, die hat wahrhaftig was ausgehalten!«

Mutter und Sohn kamen auf der Deichstraße in einer kleinen, offenen Kutsche beim müden Trott eines gemieteten Pferdes von Occhiobello nach Santa Maria Maddalena und an die Polesella, wo sie den Fluß auf der Fähre überqueren wollten. Sie redeten ruhig und zufrieden.

»Es ist ein großes Glück, Mutter, daß Herr Clapasson uns geholfen hat. Ohne den hätten wir eines Tages ohne Mühle dagesessen, wenn man auch zugeben muß, daß Principalle überm Flicken der Paneperso ein großartiger Kalfaterer geworden ist.«

»Ja, das muß man zugeben.«

»Aber wo kommt man hin mit Stücken und Flicken!«

»Arme Paneperso! Die hat zuviel mitgekriegt!«

»Ein großes Glück für uns – die neue Mühle.«

»Ja, Giovanni, danken wir Gott. Aber man muß ihm sein Geld zurückgeben, und das wird schwer halten.«

»Das leugne ich nicht. Aber es gibt ja auch für lange Zeit Arbeit und Sicherheit. Und von jetzt an wird er uns noch mehr geben, um bald sein Geld wiederzukriegen.«

»Um so mehr als die Jahre kärglich sind wegen der schlechten Kornpreise.«

»So wird wenigstens das Brot billig.«

»Ja, aber die Bauern verdienen dann nicht mehr genug, wenn sie Korn säen. Wo soll das noch hinaus? Verstehst du so etwas, Giovanni? Mir scheint, die Welt steht auf dem Kopf!«

»Ich hab sagen hören, es sei die Konkurrenz von dem Getreide, das aus Amerika kommt?«

»Aus Amerika? Mit Schiffen? Aber nun schau mal, was man alles erleben muß! Haben die denn dort drüben hinterm Meer so viel Korn übrig? Und gibt's so viel Schiffe, um uns hier derartig in die Quere zu kommen?«

»Es scheint so.«

»Dann springt also, wenn man hier in der Alten Welt endlich alles soweit geregelt hat, eine neue aus dem Nichts, die alles wieder durcheinanderbringt?«

»Ja, leider.«

»Aber dem Clapasson wird es hoffentlich nicht gerade einfallen, wo wir sozusagen seine Müller geworden sind und gar keine andern Kunden mehr haben, kein Korn mehr anzubauen?«

»Ich glaub's kaum.«

»Und weshalb nicht?«

»Dann hätt' er uns ja nicht gerade jetzt das Geld geliehen.«

»Ja«, sagte Cecilia nachdenklich, »ja, das stimmt.«

»Hör mal, Mutter, ich meine fast, das Glück hat angefangen, uns liebreich anzusehen.«

»Um Himmels willen«, rief sie halb scherzend, halb erschreckt, »sag so etwas nicht! Es versteht keinen Spaß!«

Trotz des Aberglaubens waren sie so zufrieden, daß sie hin und wieder lachten, doch leise und unauffällig, als wollten sie sich nicht von dem wetterwendischen, empfindlichen Glück auf leichtsinniger Tat ertappen lassen.

I »Sind wir schließlich nicht für freie Liebe?«
Die Diskussion fand statt in einem für sozialistische Zirkel eingerichteten Lokal, in welchem einige Bänke und Stühle standen. An der Wand hingen die Bilder von Andrea Costa, Karl Marx, Amilcare Cipriani, dessen Verurteilung zu fünfundzwanzig Jahren Zuchthaus wegen Totschlags kurz zuvor die Aufstände von Ancona hervorgerufen hatte. Außerdem gab's noch einige Bilder von Persönlichkeiten aus der Gemeinde und der Gemeinschaft der Internationalen. Es waren das humanitaristische Demokraten, Leute also, die – wie man schon beim Fall des Korporals Barsanti bemerkt hatte – nicht einsehen wollten, wie sehr umstürzlerische Tendenzen gefördert wurden, wenn die Justiz in ähnlichen Fällen nachsichtig oder gar schlaff vorging.

Konsequenter und auf ihre Art schärfer war die Gesinnung des Epicarmo Raibolini. Sein Zirkel nannte sich Liga und erhob von den Besuchern einen Monatsbeitrag von sechs Soldi für Sozialausgaben. Raibolini wies auf Fälle wie den des Barsanti hin und empfahl sie der Nachahmung, weil diese Kampfesweise allein die Fundamente dessen, was er bürgerliche und kapitalistische Ordnung hieß, erschüttern könnte: die Justiz und die Verwaltung, das Heer, den Staat und überhaupt den Begriff Vaterland. Er verwies damit auf den in großen Buchstaben auf der Wand des Lokals verzeichneten Leitspruch: »Proletarier aller Länder, vereinigt euch!«

Die Müller von der Paneperso in ihrer Unabhängigkeit stellten darum für Raibolini Leute dar, die kaum zu beeinflussen waren und sich seinem Willen gänzlich entzogen. Überdies waren sie auch noch die Müller des Grundherrn Clapasson geworden. Bedurfte es weiterer Beweise? Clapasson galt als die Seele der herrschaftlichen Reaktion, als der Hauptausbeuter, als Gründer und Rückgrat der Besitzer-Vereinigung »Kapital und Arbeit«. Er war es, der die Forderungen der Arbeiter in jeder Weise angriff und schon mehr als einen Streikversuch der Tagelöhner hatte scheitern lassen. Um ihn zu treffen, meinte Raibolini, müsse man ihn in ein schlechtes Verhältnis zu den Bauern bringen. Raibolini erkannte den Nutzen, den die gemeinsame Sache davontrüge, wenn die Bauern gegen die Besitzenden von der Guarda und von Ro in den Streik träten. Er sah dabei nicht nur seinen eigenen Einfluß wachsen, sondern er stellte sich vor, was für eine Schmach und Niederlage es für Clapasson und seinesgleichen, auch für die wurzelständigen, vom Eigentumsrecht abhängigen und im wirtschaftlichen Bereich konservativen Demokraten bedeuten würde, wenn es gelänge, die Bauern zu den sozialistischen Lehren zu bekehren und sie im sozialen Kampf für die Eroberung der Scholle einzusetzen.

Die Hilfe kam Raibolini ganz unerwartet von Clapasson selber, der sich in die Angelegenheiten seiner Verbündeten von »Kapital und Arbeit« einmischte und in das patriarchalische System, das die ökonomischen Grundlagen der Landwirtschaft bis dahin bestimmte, eine Bresche legte, ohne an die Einbuße zu denken, welche die moralischen Prinzipien dadurch erleiden mußten.

Durch das Sinken der Korn- und Hanfpreise war er zu einem lauten Parteigänger der Schutzzölle geworden. Überdies forderte er Befreiung von der Grundsteuer. Im übrigen war er sehr verärgert über die Tatsache, daß die Deputierten aus dem Ferraresischen samt und sonders einen scharf radikalen Kurs steuerten. So wollte er nicht mit ihnen verhandeln und, wie er sagte, sich durch den Umgang mit ihnen nicht beschmutzen. Dadurch war ihm aber auch die Möglichkeit genommen, irgendeinen Einfluß auf die Gesetzgebung auszuüben. So blieb ihm nur übrig, sich, wie sein Temperament es wollte, allein zwischen seinen vier Wänden auszutoben. Aber er hatte sich auch vorgenommen, energisch und fleißig die Bodenkultur auf seinen Ländereien zu verbessern, angefangen mit den Vegri della Coguazza, um auf diese Weise die Verluste mit besser verkäuflichen Produkten auszugleichen. Er dachte sogar daran, den alten Pachtvertrag mit seinen Bauern neu zu gestalten.

Aber gerade dieser Versuch Clapassons, das alte Pachtsystem abzuändern, erschien als ein gewaltsamer Eingriff, und vor allem die Verginesi mußten das so empfinden. Für sie hatte das alte System unter dem früheren Herrn eine große Unabhängigkeit mit sich gebracht. Keiner der beiden Partner dachte daran, zu untersuchen, ob auf der einen Seite der Pachtvertrag mißbraucht oder auf der anderen nachlässig aufgefaßt wurde. Und jetzt stieg in den Bauern lebhaft und heftig die Erinnerung hoch an die patriarchalisch-freundliche Art der alten Besitzer, und sie beklagten bereits ihre verlorengegangene Freiheit. In dieser Katzenjammerstimmung erschienen natürlich die früheren Herrn freundlicher und menschlicher, als sie es je gewesen waren.

Clapasson sagte zu den Brüdern Verginesi: »Nun ratet einmal, wieviel mehr Vieh wir ernähren könnten? Soviel, um noch eine dritte Familie auf den Vegri della Coguazza anzusiedeln.«

»Eine dritte Familie?«

»Erschreckt nur nicht. Im Grunde bin ich mit euch zufrieden, wenn ihr nur nicht so dickköpfig wäret; wenn ihr nur meine Idee verstehen wolltet, daß Herr und Pächter zusammensteh'n müssen für das gemeinsame Interesse. Ich hab gar nicht die Absicht, euch fremde Leute auf die Vegri della Coguazza zu setzen. Ihr habt ja junge heiratsfähige Leute in der Familie. Gebt doch einem der Burschen eine Frau, der kann dann in dem Haus am Ronco di Tagliacane wohnen, das ich dort bauen will. Ja sogar zwei von euren Jungen könnten heiraten. Einer besorgt die Felder, der andere den Stall. Stimmt's etwa nicht, daß ihr heiratsfähige junge Männer habt?«

»Ja, das stimmt schon.«

»Na, und?«

»Ein anderes Haus bauen? Ich seh die Schulden wachsen«, sagte Angelino.

Clapasson hatte sich vorgenommen, nicht wieder wütend zu werden: »Ich lob deine Vorsicht. Doch alle hier in der Gegend wissen, daß ich nicht einer von den Grundherrn bin, die ihren Pächtern Schulden aufhalsen, um sie dann an der Gurgel zu packen.«

»Was wahr ist, bleibt wahr«, gab Angelino zu.

»Ich sehe ein, daß die Ausgaben, um ein neues Anwesen aus dem Ronco herauszuholen, zu belastend sind. Darum will ich die Familie vom Ronco daneben als Unterpächter aufnehmen. Das bedeutet, wie ihr wißt: Jahreskontrakt, Entlohnung in Geld und begrenzte Beteiligung an den Ausgaben und Erzeugnissen. Das werden wir schon festsetzen in einer Art, daß diese dritte Familie der Verginesi gut auf dem neuen Sitz leben kann.«

»Als Unterpächter?« fragte Luca bestürzt. »Das ist ja beinahe schon Tagelöhner – und das uns, die wir schon viele hundert Jahr lang hier Pächter sind!«

»Je mehr ich mich anstrenge, meine Geduld zu bewahren, desto mehr versuchen Sie, mich drum zu bringen. Am Pachtverhältnis etwas zu ändern – ist das denn schon Häresie?«

Mit diesem Spott wandte er sich nicht so sehr gegen den Pächter als gegen seine Widersacher in dem Besitzerverband »Kapital und Arbeit«. Diese beschuldigten ihn, daß er die Reformen übereile.

Luca Verginesi begnügte sich mit der Antwort: »Gnädiger Herr, wenn Sie sich schon auf unsere Kosten lustig machen mit Worten, die wir nicht verstehen, so tun Sie's halt. Aber ich sag, daß, einen Vertrag zu brechen, wie den von den Vegri della Coguazza, und eine Familie, wie die von uns Verginesi, auseinanderzureißen, der Einfall eines Mannes ist, der eben fremdes Blut hat und von auswärts hierhin verschlagen wurde.«

Clapasson wurde rot bis zu den Ohren.

»Was für eine Frechheit erlauben Sie sich da, guter Mann? Was für Blut ich hab, wo ich herkomme? Aus einem Land, das lassen Sie sich gesagt sein, wo es keine solchen Tölpel wie Sie gibt. Aber ich werd' euch schon den Kopf zurechtsetzen. Wollen Sie gefälligst einsehen, was für ein Dummkopf Sie sind? Sie sagen, ich reiß Ihre Familie auseinander, wenn ich Ihnen vorschlage, sie zu vergrößern. Und haben Sie nicht selber gesagt, daß Sie genügend passende junge Leute, ja sogar zuviel, im Haus hätten? Der Junge, der Orbino heißt, um nur einen zu nennen, scheint mir doch aufgeweckt und arbeitsam.«

»Vom Vieh versteht er gar nichts«, murmelte Luca.

»Für die Ställe muß eben ein anderer her, und Orbino kann ja die Felder bestellen. Übrigens hat er ja bereits eine Braut, und ich könnt' mir gar keine bessere denken als diese Berta Scacerni. Ich schätze ihre Mutter wirklich hoch.«

»Wir auch«, gab Luca zu, der unter andern Umständen warm zugestimmt hätte; doch jetzt war er so von Gram und Ablehnung erfüllt, daß er hinzufügte: »Von Berta kann man wirklich nichts Schlechtes sagen, aber Orbino kann nichts außer Violine spielen, mag er auch sonst ein guter Kerl sein.«

»Da sieht man Ihre Verbohrtheit, Luca Verginesi!« rief Clapasson. »Über Ihr eigenes Blut reden Sie Schlechtes, ohne jedes gerechte Empfinden und gegen Ihre eigene Überzeugung. Sie schätzen diesen Jungen bestimmt so wie ich, und jetzt verleumden Sie ihn! Nennt sich das Gewissen? Sie sollten sich schämen, und nichts weiter!«

Angelino kam dem verdutzten Bruder zu Hilfe:

»Natürlich stimmt's, daß Orbino ein tüchtiger Kerl ist, und ich freu' mich, wenn der gnädige Herr es sieht. Aber eine Heirat wird die Cecilia Scacerni nie zulassen, wir kennen sie da nur zu gut – so ohne einen Heller Mitgift und ohne ein Laken Aussteuer, wie die Berta jetzt dasteht.«

»Die Scacerni kommen schon wieder hoch, denn sie sind tüchtige Leute. Darum helf ich ihnen und werd' ihnen auch weiter helfen. Doch was vergeud' ich meine Zeit mit euch! Nur das eine laßt euch noch gesagt sein: Entweder ihr geht auf meine Vorschläge ein, oder es wird euch zu Ostern gekündigt – auf den Michelstag. Denkt genau darüber nach, denn Ostern ist bald.«

Damit überließ er sie ihrem Ärger und ihren Sorgen. Sie waren wirklich sehr erschreckt, ja, von dieser Drohung wie vom Blitz getroffen. Und während sie auf die Vegri della Coguazza zurückkehrten, käute jeder seinen eigenen Zorn wieder. Sie sahen ein, daß man sich den Anordnungen des Herrn unterwerfen müsse, aber sie taten es mit so schlechter Laune, daß sie in eine wahre Verzweiflung hineingerieten.

»Es wird wohl besser sein, von dieser Sache den Jungen nichts wissen zu lassen.«

»Kein Wörtchen!« sagte Angelino. »Seit wann mischt man sich denn in Liebesangelegenheiten von jungen Leuten?« Und gleich darauf fragte er: »Aber ist's wirklich wahr, daß Orbino in diese Scacernitochter verliebt ist?«

»Ich hab davon reden hören«, sagte Luca, dann schwieg er und meinte wiederum: »Über sie kann man nur Gutes sagen.«

»Dann wär's wohl besser gewesen, sie nicht ins Haus zu nehmen.«

»Aber wer hätte sowas gedacht?«

Und nach einem erneuten Schweigen fügte Angelino hinzu: »Daß der uns nun auch noch Hochzeiten befehlen will!«

»Freilich«, sagte Luca, »ich muß schon sagen, daß ich dem Orbino keine bessere Frau wünschen könnte.«

»Aber es ist doch eine Unverschämtheit!«

»Und dann: als Unterpächter!«

»Und den Vertrag brechen!«

»Und uns kündigen!«

Hier schwiegen sie und machten den Mund nicht mehr auf bis zu den Vegri della Coguazza.

»Hoffentlich sagt der Herr nichts zu Orbino«, schloß Luca.

»In dem Falle, so leid es mir für die Müllersleute tut, müßte ich Berta auf die Mühle zurückschicken. So eine Unverschämtheit, uns noch die Frauen aufzunötigen, das laß ich mir nicht gefallen!«

»Und wenn Orbino nicht damit einverstanden ist?« fragte der andere.

»Wenn er nicht will, steht's ihm frei, auch aus dem Haus zu gehen.«

Unterdessen gingen auch die Jungen der Verginesi die Reden hören, die Raibolini im Zirkel der Liga an der Guarda hielt. Doch diese Reden des Vorsitzenden der Liga erfüllten die Zuhörer mit Zweifel und Schrekken – eine einzige ausgenommen, die er immer häufiger hielt: er beschimpfte nämlich den Grundbesitzer Clapasson und nannte ihn den »Zar aller Guarden«. Und er drohte immer aufs neue, gegen ihn etwas in Szene zu setzen, um ihn den Arm des Volkes fühlen zu lassen. Er wollte vor allem Clapasson höhere Löhne für die Tagelöhner und bessere Pachtverträge für die Bauern abnötigen. Damit fing er die Bauern und Tagelöhner größtenteils für seine Liga. Und er wies in seinen Reden bekümmert auf die Verräter der guten Sache hin, auf jene, die Clapasson mit Geld zu sich herübergezogen habe, damit sie ihm als Streikbrecher dienten. Man müsse Mittel finden, um sie zu strafen, ohne dabei zu scharf vorzugehen, wodurch Clapasson das Recht bekäme, das Gesetz anzurufen, das Heer, die Karabinieri, die Strenge des Gerichtes. Es gab ein Mittel: sie wie Pestkranke zu behandeln und dadurch der Verzweiflung und dem Hunger auszuliefern. Das brachte man den Anhängern bei und nannte die Sache Boykott und die Arbeitswilligen Streikbrecher. Unter den bezeichneten Streikbrechern des Clapasson sah man an der Spitze die Müller Scacerni, die dem Raibolini und der Liga nicht nur feindlich, sondern mit Verachtung gegenüberstanden. Hinzu kam, daß sie jetzt das Brot des Clapasson aßen, von ihm Arbeit hatten und die Hoffnung, die San Michele wieder zu erbauen. Von diesen verdächtigen Umtrieben wußten die Müller fast nichts, da sie sich nur um ihre eigenen Angelegenheiten kümmerten. Und als Raibolini den Smarazzacucco, der einer von seinen Helfern und Boten war, auf die Paneperso schickte, um ihnen auszurichten, daß sie ihr Schicksal nicht an das des Clapasson binden sollten, welcher der erste und Hauptfeind der Liga sei, da antworteten Cecilia und ihre Söhne mit Verachtung und Wut einfach, die Liga und ihre Mitglieder sowie ihr Anführer sollten zur Hölle fahren. Und sie trugen dem Boten auf, klar zu berichten, daß man an Bord der Paneperso nie jemand außer Gott gefürchtet habe und sich keinerlei Unverschämtheiten unterwürfe. Und Princivalle fügte noch hinzu: wenn vielleicht Epicarmo Raibolini selber kommen wolle, könne er ihm beibringen, wie man die Zangarini mit dem Mund aus dem Powasser fische.

Epicarmo verzichtete darauf, diese neue Art Fischfang zu erlernen; doch er beobachtete unablässig die Beziehungen zwischen den Müllersleuten und Clapasson, besonders Antonio Scacerni, den Verwaltungsangestellten des Gutsherrn, und verfolgte das Gerücht, das Orbini und Berta schon verlobt hatte. Und er erklärte: »Ich hab die Scacerni als Feinde der Liga in meinem schwarzen Buch notiert. Es ist nicht gut, mit ihnen allzu befreundet zu sein. Sagt in meinem Namen den Alten im Haus Verginesi, daß es ihnen schlecht bekäme, jetzt an Heirat zu denken; denn der größte Feind der Liga ist der Grundbesitzer Clapasson, und seine Freunde und die Freunde seiner Freunde sind unsere Feinde. Wer nicht mit uns ist, ist wider uns.« So sprach Raibolini. Die Verginesi aber, die fürchteten, daß ihnen gekündigt werde, ließen Clapassons Drohung dem Anführer ausrichten.

»Das soll er nur versuchen!« antwortete der.

»Und wenn er's versucht?«

»Ich möcht's gar nicht anders haben. Damit vergeht er sich gegen das Gesetz, und das wär' die beste Gelegenheit, ihn wissen und fühlen zu lassen, wer wir sind. Wir machen einen Proteststreik, den er sich nicht träumen läßt, und fürs erste sorgen wir dafür, daß er sein Getreide nicht mehr in der Gegend hier mahlen lassen kann. Ich mach ihm schon das

Leben sauer, ihm und seinen Anhängern, daß sie wegziehen müssen: ich werd' den Zar der ganzen Guarda verjagen, verjagen, ja verjagen!«

Er war ganz heiter geworden, dieser Epicarmo, der sonst immer bitter und spöttisch war. Die Verginesi aber waren's nicht so sehr. Doch sie fühlten, wie sehr die Dinge schon ihren Lauf nahmen, so daß man wohl nichts mehr rückgängig machen konnte, und wie ihr Los bereits von der Liga abhing. Das schien um so mehr zu stimmen, als der Gutsherr es nicht bei Drohungen beließ, sondern immer gleich zum Präfekten nach Ferrara ging, um die geringsten Vergehen der Liga anzuzeigen, die sich unter dem Vorwand eines Vergnügungsvereins getarnt hatte.

So sagte also Raibolini, frei von jeglichem Zeifel:

»Mit dem Boykott werden wir die Gegner erschrecken und die Streikenden zusammenhalten. Und wenn der Streik beim ersten Mal zusammenbricht, werden wir die Streikbrecher boykottieren. Und mit guten Exempeln, die jedem deutlich zeigen, wie ein Verrat belohnt wird, bereiten wir einen neuen Streik vor. Und so weiter, bis einer zum Ziel führt. Gegen Streikbrecher darf der Boykott keinen Tag und keine Stunde aufhören. In jedem Falle muß er durchgeführt werden, sogar noch mehr, wenn kein Streik ist. Der Streikbrecher darf keinen Frieden und keinen Atem mehr haben: nur den Priester zur Letzten Ölung.«

II Der Gutsherr Clapasson hatte seine Anhänger in einem besonderen, von ihm geführten Verein zusammengeschlossen. Exponiert durch die Unternehmungen des Anführers Raibolini, fand er wenigstens in einem Punkt alle einverstanden: daß man das Übel von Anfang an ausrotten müsse. Als er aber alle seine Untergebenen, die nicht jede Verbindung mit der Liga abbrächen, zu entlassen drohte, rieten ihm einige, doch nachgiebiger zu sein. Sein Weg sei aber der einzig richtige und überzeugende, entgegnete er; und die Mehrheit stimmte ihm bei und beschloß, ihren Bauern denselben Entscheid vorzulegen.

Es war gar nicht nötig, die Bauern und die landwirtschaftlichen Arbeiter der beiden Dörfer zum Streik aufzurufen; es genügte, daß Clapasson jene Forderungen an die Verginesi stellte und diese, weil sie sich dagegen weigerten, das Gut verlassen mußten. Raibolini lag daran, allen zu zeigen, wie bei den Anhängern der Liga alle für einen standen und einer für alle. Der Verein »Kapital und Arbeit« unterstützte Clapassons Anzeige, daß die Liga ein Geheimbund sei mit umstürzlerischen Zielen, den Klassenhaß aufstachele, zum Streik schüre und die Freiheit der Arbeit verletze. Der Streik breitete sich allgemein aus. Am selben Tag erschien Smarazzacucco auf der Paneperso und wollte die Müllersleute einschüchtern, daß sie nicht mehr für den Clapasson mahlten.

Die neue Mühle, die zweite San Michele, war auf dem Stapelplatz von Occhiobello schon gut vorangekommen, und das verdankten die Scacerni der Arbeit, die ihnen der Gutsherr gab, und seinem Darlehen. Aber auch ohne dieses Interesse und ihre Dankbarkeit wären die Müller schon über die Frechheit der Aufforderung des Smarazzacucco in Wut geraten. Cecilia fragte ihn, ob er besoffen oder verrückt sei.

»Natürlich bin ich verrückt«, sagte der und grinste.

»Anders kann ich's mir auch nicht erklären«, sagte Cecilia trocken.

»Hoffentlich«, fügte Principalle ruhig hinzu, »hat's deiner Gesundheit nicht geschadet.«

»Es hat mir ordentlich geschadet!« sagte Smarazzacucco mit einem Ausdruck, als ob er sich großartig belustige. »Aber was den Rausch angeht, den werd' ich mir ansaufen an dem Tag, da der Streik mit dem Sieg des Proletariats endet. Und ich versprech' euch, daß dies für euch Streikbrecher kein schöner Tag sein wird.«

»Er ist wahrhaftig verrückt, schmeißt ihn raus«, sagte Cecilia und drehte sich um.

Giovanni war vorsichtiger und wollte wissen, was das Wort Streikbrecher bedeute und um was für einen Streik es sich handele. Als er's wußte, fragte er: »Und was geht das uns an?«

»Wer Clapasson nicht boykottiert, wird selbst boykottiert. Das ist die Vorschrift der Liga.«

Wieder ein Wort: boykottieren, das man auf der alten Paneperso nie gehört hatte und das nun eine Erklärung brauchte. Principalle brach in ein gewaltiges Gelächter aus, besonders, als Smarazzacucco berichtete, daß niemand mehr mit den Boykottierten sprechen würde. Und als er nun noch hörte, daß der Apotheker ihnen sogar die Medizin verweigern werde, sagte Principalle:

»Ehe wir mal zum Apotheker geh'n, wird wohl ein bißchen Salz in deinen Kürbis und in den von Raibolini kommen, der dich mit diesem dämlichen Auftrag herschickt. Sag ihm jedenfalls, daß er mal selber kommt, damit ich ihm den Kopf hoble.«

Giovanni sagte zu dem Boten, der sich immer mehr aufspielte: »Wir können nicht die Arbeit zurückweisen, die uns der Gutsherr gibt, denn davon leben wir.«

»Wovon ihr lebt, das kümmert die Liga nicht. Die Vorschrift ist, daß man für Clapasson nicht arbeiten darf.«

»Du willst wohl, daß ich dich zu den Fischen schick, da kannst du denen ja die Vorschriften dieser deiner Liga mitteilen, dieser Liga von . . .« Aus Dezenz können wir hier nicht mitteilen, woraus für Princivalle die Liga bestand.

»Was Besseres fällt dir wohl nicht ein«, erwiderte Smarazzacucco. »Ins Wasser werdet ihr euch selber stürzen – aus Verzweiflung nämlich! « Das rief er bereits vom Ufer her, an Bord hatte er der »verbotenen Faust« doch nicht getraut, und er rief auch noch: »Die Zeit der Unverschämtheiten ist vorbei! «

»Jaja«, rief Giovanni, nun auch wütend, »das, was du uns heute zugemutet hast, ist wohl gar nichts! «

»Auf Wiedersehen, ihr Streikbrecher! « schrie der Kerl mit höhnischem Gelächter.

Princivalles Stimme dröhnte ihm nach: »Auf Wiederseh'n, du krummbeiniger Hund! « Furcht hatte niemand von ihnen und noch weniger eine Vorstellung davon, was für einer Gefahr sie sich aussetzten.

Am folgenden Tag erschien Berta auf der Mühle. Sie legte das Päckchen mit ihren Sachen ab: die Verginesi hatten sie entlassen. Die Müllersleute waren noch so weit davon, zu begreifen, was ein Boykott war, daß Cecilia scharf fragte: »Was hast du denn angestellt?«

»Ich? Nichts! «

»Da haben also die Verginesi keine Arbeit mehr?«

»Nein, im Gegenteil, mit den neuen Arbeiten vom Ronco werden sie neue Kräfte nehmen müssen, beim Ende des Streiks, versteht sich, und wenn die Dinge so laufen, wie sie hoffen. «

»Und warum haben sie dich dann entlassen?«

»Aber wißt ihr denn nicht, daß wir boykottiert werden?«

»Boykottiert werden wir hier auf der Paneperso, aber wir pfeifen drauf und mahlen Korn, für wen wir wollen und wieviel wir wollen und solange wir wollen. Aber du . . .? Man schickt jemand grundlos weg und läßt die Leute womöglich noch was Böses vermuten – von einem Mädchen, das seine Pflicht tut? Wie? Wie kommen die Verginesi dazu, sich so zu benehmen?«

»So benehmen sie sich und alle anderen streikenden Bauern aus der Gegend der Guarda und von Ro. «

»Die andern geh'n uns nichts an, aber die . . . Und die Freundschaft?«

»Das ist eben Boykott. «

»Hör auf! Was hast du damit zu schaffen? Mahlst du etwa Korn für den Gutsherrn?«

»Ich bin eine Scacerni. «

Cecilia schwieg. Sie fing an zu verstehen. Princivalle aber nicht: »Sie mögen's nennen, wie sie wollen, es ist eine Gemeinheit. Orbino muß mir darüber Rechenschaft geben, er, der so freundlich tat und mir gesagt hat, daß er dich heiraten will.«

»Wir haben uns verlobt«, sagte Berta und brach in Tränen aus.

Sie standen alle auf der Loggia, die an dem hellen Frühlingstag sich auf den leuchtenden Fluß öffnete. Cecilia, die unter andern Umständen bei der Nachricht von der plötzlichen Verlobung Schwierigkeiten gemacht und sich dagegen gewehrt, ja womöglich die Tochter mit Vorwürfen überhäuft hätte, streichelte nun mit der alten, hornigen Hand mütterlich sanft und leicht den Kopf des Mädchens, das, die Hände vor dem Gesicht, lange und verzweifelt weinte.

Auch die gute Maria war zu der Schwester gekommen und stand nun da mit hängenden Armen; und in ihrem Gesicht war die Bestürzung zu lesen, daß alle hilfreiche Güte hier nicht helfe, diesen Schmerz zu lindern. Und beide Brüder waren darüber bestürzt; denn auch sie begriffen, daß etwas in diesem Leid der Schwester über die rauhe Einfachheit ihrer Art und Gefühle hinausging, etwas, das keinen Trost wollte und wofür alle Worte armselig und zu holperig waren.

»Dreckswelt!« rief Principalle beinah träumerisch mit halber Stimme.

Die Arme hob nun ihr tränennasses Gesicht und sagte gedehnt: »Es tut mir leid, daß ich so zurückkomme und euch neuen Kummer mache, als ob ihr nicht schon genug hättet. Aber auch Geld hab ich nur wenig. Es tut mir leid, euch solche Unbequemlichkeiten zu machen. Hätt' ich nur was gespart . . .«

»Sag das nicht«, rief die Mutter, unwillig über die Rührung, die sie überkam. »Eine Tochter wie du, die ihren ganzen Lohn zum Bau der neuen Mühle hergab, was konntest du schon sparen? Du denkst doch wohl nicht, daß wir das vergessen haben? Aber«, brach sie aus, »der Herr läßt die Ungerechtigkeit der Bösewichte anwachsen bis zu dem Punkt, wo er kommt und ihnen zeigt, wie er straft.«

Principalle lehnte an einer Wand der Loggia, als laste ein Gewicht auf seinen gewaltigen Schultern. Er sagte: »Was die Verginesi getan haben, ist eine große Schuftigkeit, und da sollen sie nicht so glatt davonkommen! Jemand muß mir Rechenschaft geben.«

»Wer?« fragte das Mädchen traurig.

»Orbino auch. Ihr habt euch doch verlobt, und er läßt dich im Stich . . . Das wär ja ein schöner Ehemann gewesen!«

»Schweig, Principalle!« sagte Cecilia.

»Nein, Mutter, laß ihn nur reden«, sagte Berta.

»Ein schöner Ehemann! Ein Feigling!«

»Bist du fertig?« fragte Berta mit fester Stimme.

»Und wenn der nicht den Mut hat, allein auszugehen, kann er ja seine Brüder mitbringen, da werd' ich's mit allen dreien auf einmal aufnehmen. Und ich will nicht mehr der Sohn meiner Eltern heißen, wenn ich sie nicht mit meinen Händen köpfe wie Hanf auf der Breche.«

»Nein, Princivalle, nein, das darfst du nicht tun!«

»Und warum nicht?« sagte er und entblößte mit einem wilden Lachen sein weißes, starkes Gebiß.

»Orbino hat alles getan, was er konnte: er hat sein Wort und unsern Verspruch nicht zurückgenommen«, sagte Berta und hob den Kopf.

»Und warum ist er dann nicht schon hier? Er hat dich allein weggehen lassen. Warum hat er dich nicht begleitet?«

»Auch das ist ihm verboten; und dann, glaub mir, wär's nur noch schlimmer geworden. Auch die Verginesi sind an dieser Sache nicht schuld. Sie haben mich wie eine Tochter behandelt, aber ihr wißt eben nicht, was Boykott ist, Streik, Vorschriften der Liga.«

»Dann sind also alle im Haus der Verginesi herrenlose Hunde? Aber nein, nach dem, was du gesagt hast, gehorchen sie ja. Da befiehlt also irgend jemand, einer hat die Schuld!«

»Die Liga befiehlt.«

»Die Liga, wieviel Köpfe hat die Liga? Ich sag: einen, und den will ich zertrümmern!«

»Weißt du überhaupt, was die Liga ist?«

»So ungefähr schon! Jedenfalls ein Scheusal mit so viel Köpfen, als ob es keinen hätte?«

»Gerade deshalb ist sie so schlimm.«

Princivalle verstummte, er spürte etwas Schwerwiegendes in Bertas Worten und zugleich etwas Wahres.

»Der Kopf von dem Lindwurm, der Kopf dieses Tausendfüßlers ist der Raibolini!«

»Wußtest du das nicht?« fragten die andern, die erstaunt dem mühseligen Nachdenken folgten, das die Stierstirn von Princivalle in Falten legte.

»Der Raibolini!« Und er brach in ein ungeheuerliches Gelächter aus. »Dieser halbe Buckel mit den krummen Beinen, dieser Krebs, dieser Hängearsch! Raibolini befiehlt! Ich will mal sehen, wie er's mit mir aufnimmt!«

Jetzt erinnerten sie sich der dritten Schwester, Dosolina, die so unscheinbar war, daß sie nie an sie dachten, wenn sie die Schwester auch jeden Sonntag in der Kirche sahen, wo die Familie sich traf. Aber man sprach mit ihr kaum mehr als Guten Tag und wie geht's. Ein tüchtiges, in keiner Weise auffälliges Mädchen. Sie war eine gute Magd beim Bäkker Castorino geworden, wie sie auf der Mühle eine gute Müllerin gewesen war. Sie arbeitete soviel wie nötig, war pünktlich ohne Eile, fleißig ohne Übereifer, beklagte sich nie über die Arbeit, suchte sie aber auch nicht, war nicht traurig noch heiter, nicht hübsch noch häßlich.

»Wenn der Bäcker Castorino sie entläßt«, sagte Maria, »muß auch Dosolina hier noch schlafen.«

»Aber meinst du denn, daß auch sie drankommt?« fragte Cecilia.

»Wer weiß?« antwortete Maria und hob die Schultern.

Beinahe wie eine Antwort kam Dosolinas Stimme vom Land herüber. Auch sie war unterm Boykott. Principalle brach wieder in ein gewaltiges Gelächter aus; all das belustigte ihn ungeheuer.

»Jetzt fehlt nur noch Antonio«, rief Giovanni, »dann ist die Familie wieder vollständig wie zu unsrer Kinderzeit.«

»Das waren Zeiten«, Cecilia erinnerte sich an so vieles, »da kannte man noch nicht derartige Ungerechtigkeit.«

Die Berichte, die Dosolina über den Boykott gab, glichen denen, die sie schon kannten. Castorino hatte sie unter vielen Entschuldigungen entlassen – mit dem einzigen Unterschied, daß die Verginesi Berta den ganzen Monat bezahlten, während bei Dosolina vom Lohn die Tage abgezogen wurden, die am vollen Monat fehlten.

»Wie kleinlich«, sagte Giovanni.

Sie brachte vom Dorf noch eine andere Neuigkeit mit: daß sie nicht nur sich weigern müßten, für irgendeinen Anhänger von »Kapital und Arbeit« zu mahlen, sondern daß auch der Antonio Scacerni innerhalb von drei Stunden seine Anstellung als Buchhalter in der Verwaltung des Grundbesitzers Clapasson aufzugeben habe.

»Die Antwort werd' ich dem Raibolini selber geben«, rief Principalle und sprang ins Boot, um ans Ufer überzusetzen; und wenn er auch ungeschlacht war, so konnte man doch an diesem Sprung sehen, daß er die elastische und geschmeidige Beweglichkeit besaß, die man in den scheinbar trägen, schwerfälligen Bewegungen von großen Affen oder Bären bewundert.

»Wo geht der Junge hin?« fragte Cecilia.

Aber er war schon am Ufer, und Giovanni sagte: »Man merkt, daß ihm ein Einfall gekommen ist.«

»Wenn nur kein Unglück passiert«, sagte die Mutter.

»Unterdessen geh ich wohl am besten zu Herrn Clapasson; so höre ich dann auch Genaueres darüber. Traut ihr Frauen euch, hier allein auf der Mühle zu bleiben?«

Cecilia antwortete mit einem unwilligen Achselzucken:

»Was fällt dir ein? Ich bin nur um den Jungen besorgt, daß er keinen

Fehler macht. Du weißt, wie er ist, wenn ihm etwas in die Quere kommt. Oh, seine Fäuste! Aber wir haben ja schon Schlimmeres durchgemacht.«

»Wenn's so ist . . .« Giovanni stieg auch ins Boot.

Man weiß, daß die Flußmüller ohne den Bäcker auskommen konnten, und zum Metzger gingen sie auch nur selten. An Bord der Paneperso hatte man genügend Vorräte an Salami und Speck. Die erste Schwierigkeit tauchte auf, als man Öl brauchte für die Fladen nach Müllerart und für's Gemüse. Sie nahmen dazu gewöhnlich eßbare Kräuter, die auf den Feldern und an Wegrainen wuchsen. Aber Dosolina und Berta kamen eines Tages zurück und sagten, die Bauern hätten es verboten, daß sie auf ihren Feldern sammelten. Nun mußte man sich mit dem wenigen begnügen, das man am Strand und am Deich fand. Nach Speiseöl und Petroleum ging Principalle auf die andere Seite des Flusses. Aber nach ein oder zwei Versuchen baten ihn auch dort die Kaufleute höflich, sie doch nicht in Streit und Unannehmlichkeiten mit den Leuten von der Guarda zu bringen. Sogar wegen Salz mußten sie sich an Clapasson wenden, der in Cattarusco die notwendigsten Lebensmittel und Wein an die Boykottierten verkaufen ließ. Principalle wurde klargemacht, daß er sich zu keinerlei Ausschreitungen hinreißen lassen dürfe.

Jetzt ging er mit seiner verbotenen Faust still durch die Gegend, warf wilde Blicke in das Gesicht von jedem, den er traf, während die Leute taten, als hätten sie ihn nie gesehen oder gekannt. Es kostete ihn so große Mühe, sich zu beherrschen, daß er schließlich zu Giovanni sagte, *er* möchte doch die Gänge machen. Sonst würde er doch noch etlichen den Hals umdrehen wie Hühnern.

Einer der wenigen, der zu den Boykottierten hielt, war Scansafrasca, der jetzt, wo es seit einiger Zeit keine Mahlsteuer mehr gab, wieder auf der Paneperso erschien. Die andern von der früheren Müllergilde waren vorsichtig. Die Scacerni verlangten aber auch gar nicht, daß jene ihre Kunden verlören, um so mehr als die Müller durch den Streik ihre Arbeit auf das tägliche Mindestmaß verringert sahen.

Den Scacerni dagegen nützten Streik und Boykott; denn Clapasson schickte sein Getreide und das von andern Grundbesitzern weiterhin nur zur Paneperso. Und er hatte schon Vorschuß für jede notwendige Zahlung angeboten, um Meister Buttafumo zur Eile zu treiben, damit er endlich die zweite San Michele fertigstelle. Nach den ersten Schwierigkeiten ließen sich so viele Streikbrecher in den ärmeren Gegenden jenseits des Po und im Ferraresischen anwerben, daß die dringendsten Arbeiten getan werden konnten. Die Behörden hatten, aufgestachelt von Clapasson, eine halbe Kompanie Infanterie geschickt, die in einem

Vorratsschuppen von Clapasson in Quartier lagen. Die Gegenwart der Soldaten gab dem Raibolini Wasser auf die Mühle. Er hatte nämlich angeordnet, keine Gewalttätigkeiten gegen die Streikbrecher auszuüben. Aber im selben Maße wie der Haß wuchsen in den Streikenden die ersten Zweifel über den Ausgang ihres Kampfes. Als die neue San Michele, vom Meister Buttafumo beschleunigt geliefert und von einem Schlepper der Flußschiffahrtsgesellschaft mit Seilen stromauf gezogen, neben der Paneperso anlegte, um Tag und Nacht weißes und gelbes Getreide für die Herren zu mahlen, grübelten die Streikenden voll Staunen darüber nach, daß der Einfluß Raibolinis nicht mal bis Occhiobello reichte, und das wär' doch nötig gewesen. Denn die Welt bestand nicht aus dem Streifen Erde zwischen Ro und der Guarda, und die Herren hatten Mittel und Möglichkeiten, mit denen sie weiter kamen als die Streikenden, die trotz aller Hart- und Starrköpfigkeit im Grunde schon den Streik verloren sahen.

Auch Raibolini fing an zu merken, daß seine politische Strategie die Faktoren falsch berechnet hatte. Wäre er gebildet gewesen, so hätte er die Entschuldigung der Generäle nach einer verlorenen Schlacht gebraucht und von »Imponderabilien« gesprochen. (Wenn aber die Generäle gewinnen, haben sie immer »alles einkalkuliert«!) Schon mehr als einer und sogar solche, die aus Abenteuerlust die wildesten Schreier gewesen waren, sagten ihm nun, daß er die Liga schlecht leite, wenn er nicht zuvor die Mittel, über die man verfügte, und die Schwierigkeiten richtig berechnet habe. Ein Streik, hieß es jetzt, der sich auf einen so kleinen Landstrich erstrecke, müsse zusammenbrechen, und zwar aus vielen Gründen, die sich ja immer gegen den, der die Partie verliert, zusammenballen. Jetzt warf man ihm vor, daß er die Ligamitglieder der Rache aussetze. Die wild und hochmütig gewordenen Herren würden dann ihr Mütchen an den Armen kühlen. Nahezu alle wünschten den Frieden, bevor noch der erste es wagte, ihn laut vorzuschlagen. Manch einer fing auf eigene Rechnung damit an und vertraute den herrschaftlichen Versprechungen, daß denen verziehen würde, die vor der Erntezeit wieder an ihre Arbeit zurückkehrten.

Die Zahl der Abtrünnigen wuchs, und was den Boykott anging, so gaben die Scacerni mit ihren beiden Mühlen ein sprechendes Beispiel dafür, wie man einem Streik entgegentreten, ihn ertragen, ja ihn verlachen könne, um zum Schluß sogar noch aus ihm Nutzen zu ziehen.

Über den Streik lachen, das besorgte dieser wilde Bär Principalle mit einer unverschämten Offenheit. Er befand sich in einem Alter, wo gewöhnlich die Menschen mit Wachsen aufhören, er aber wuchs weiter in die Länge, besonders aber in die Breite. Wenn man ihn auf der Straße sah, dachte man an einen wandelnden Turm. Ging er zum Dorfe, und das tat er oft aus Prahlerei, so schritt er an den Häuschen entlang, wo man ihn, den Boykottierten, absichtlich übersah, und begann seine weißen Zähne zu zeigen und ruhig zu lachen. Und wenn er damit die Straße vor sich reinfegte von Menschen, sagte er vernehmlich: »Großartig! So gefällt's mir.«

Eine Unverschämtheit, die einem das Blut in Wallung brachte. Seine Kraft schien die Luft zittern zu machen. Und wenn in den Menschengruppen irgendwo Raibolini auftauchte, dann ging Principalle noch mehr geradeaus und schaffte sich Platz mit den Worten: »So gefällt's mir, ihr Herren von der Liga!«

Das war eine teuflische Herausforderung! Unterdessen wetzten die Verräter der Sache die Erntesicheln, denn die Ernte war nahezu reif.

III »Es bleibt uns nichts übrig, als die Felder in Brand zu stecken, ehe die Herren ihre Ernte sicher in die Scheuern gebracht haben«, meinte Smarazzacucco.

»Red nicht so dumm daher!« sagte Raibolini. »Stell dir vor, was für eine Heidenarbeit das wäre! Aber wenn man bloß ein paar kleine Brände da und dort anlegt, erreicht man nur, daß die Herren zu schreien anfangen und die Bauern erschreckt sind, ohne daß dabei etwas für uns herausspringt. Man brauchte vielmehr eine Tat, eine einzige, aber eine, die ins Schwarze trifft.«

»Was denn für eine?«

»Wenn ich das wüßte, würd' ich keine Zeit mit Geschwätz verlieren. Man brauchte etwas, das Herren und Streikbrecher entzweit.«

»Was die Streikbrecher angeht«, sagte Smarazzacucco, »so weiß ich etwas, was vielleicht ganz gut zieht . . .«

»Aber das sag ich dir von vornherein: wenn das, woran du denkst, gerade das Gegenteil ausrichtet, hast du die Schuld.«

»Ich glaub', daß ich mich darauf verlassen kann.«

Smarazzacucco juckte es, den unerschrockenen, halsstarrigen Principalle auszunutzen und die Kraft seiner verbotenen Faust sinnvoll einzusetzen. Er verachtete ihn noch mehr als früher, jetzt, da die Politik sie getrennt und er, Smarazzacucco, im häufigen Umgang mit dem Anführer der Liga sein wahres Wesen entdeckt hatte. Er hoffte, Principalle, den er für dumm wie einen Stier hielt, dessen Kraft er ja auch hatte, durch seine Kniffe und Schliche hereinzulegen.

Dieser Principalle ist einer, so dachte er, dem man das Joch auflegen muß wie einem Ochsen, der er ja ist! Einer, den man wie einen Handschuh anziehen kann, den man nach Gefallen so und so umstülpt. Ein taugliches Objekt! Zumal jetzt, wo er herumlungert, wo er wütend ist und nur rot sieht! Den müßte man am Ring führen wie einen Tanzbären! Den müßte man reizen wie einen Stier und dann die Ketten losmachen und ihn auf den Richtigen wie auf ein rotes Tuch loslassen! In diesen Zeiten ist so ein Tier unbezahlbar.

Smarazzacuccos Groll hatte sich mehr und mehr in Haß verwandelt, seit den alten Lüstling die Weiber an der Anlegestelle der Streuner voller Ekel zurückwiesen, während Princivalle, gleich einem gewaltigen, tüchtigen Sultan in seinem Serail, bei den Streunerweibern gern gesehen war.

Jetzt, da die Scacerni boykottiert wurden, suchte Smarazzacucco seine alte Erpressermethode wieder aufzunehmen. Nun muß man wissen, daß es diesen Weibern völlig gleichgültig war, ob die Müllersleute boykottiert wurden oder nicht, und hinsichtlich Princivalles hatten sie rundweg erklärt, daß sie, was ihre Liebschaften anging, keinerlei Einmischung von irgendeiner Liga der Welt dulden wollten, und sie verhöhnten Smarazzacucco und fielen sogar über ihn her. Er mußte alles, wie sehr es auch nach Galle schmeckte, hinunterschlucken, den Spott und die Lächerlichkeit und manchen Schlag und Kratzer! Es kam also seine Eifersucht auf Princivalle hinzu, die er für sich behalten mußte, um sich nicht erneut lächerlich zu machen und nicht auch noch von ihm wie von den Weibern oder gar noch schlimmer behandelt zu werden.

Er begann wieder, ihm eine herzliche Miene zu zeigen, und eines Tages begrüßte er ihn mit Überschwang.

»Na, du alte Bohnenstange«, sagte Princivalle, »hat der Boykott aufgehört?«

»Warum?«

»Ich seh', daß du weniger ungezogen bist.«

»Ach, Princivalle, wenn ich's Ihnen sagen könnte . . . wenn ich sicher wäre, daß uns hier keiner überrascht . . .«

Während er das sagte, lugte er vorsichtig spähend umher. Dann fügte er eilig hinzu: »Glaubst du etwa ernstlich, Princivalle, daß ich dir nach einer so alten Freundschaft wie der unsern übel will? Aber die Sache, der Streik, die Idee, die Liga . . .«

»Piß ich drauf«, versicherte ihm Princivalle mit der Kürze, die der Rede soviel Kraft verleiht, »wie ich's auch an der Tür eurer Liga tat.«

»Glücklich du, der das kann. Mit zwei solchen Armen, wie du sie hast.«

»Ich hab nicht nur die Kraft der Arme, sondern auch die eines sauberen Gewissens.«

»Mir würden die Arme genügen, und ich muß dir sagen, daß ich allein schon deshalb nicht mit so einem Freund wie dir brechen möchte. Du mußt die Notwendigkeit einsehen, Principalle.«

»Ich seh' sie ein.«

»Das tröstet mich, wirklich, das tröstet mich sehr.«

Der Schurke wußte den honigsüßen Ton eines schmierigen Heuchlers anzunehmen und einen Mann zu spielen, an dem der einfältige Principalle keinen dunklen Flecken finden konnte. Und so kam er ihm wieder näher. Es genügten ihm wenige Tage, nicht mehr als drei, vier Begegnungen. Und er erfand Geschichten über Raibolini, die voller Gewalttätigkeiten und Betrügereien waren. Er malte die Geschichten mit großer Sorgfalt und in den lebhaftesten Farben aus. Da gab es düstere Zusammenkünfte im Zirkel, und die Liga selbst war nur ein Bündel aus Unverschämtheit, Übeltaten und wilden Erpressungen. Und er bat, um Himmels willen keiner lebendigen Seele auch nur ein halbes Wort davon mitzuteilen, wenn er ihn nicht der Rache ausliefern wolle.

»Sie können es sich nicht vorstellen, was die fertigbringen.«

»Eh, wer weiß das nicht! Bin ich vielleicht nicht boykottiert? Aber was haben sie gegen uns ausrichten können?«

»Sie sind boykottiert, Sie sind, verzeihen Sie den Ausdruck, ein Streikbrecher. Sie sind für die Legisten nicht das, was ich bin, wenn man herauskriegte, wie ich hier mit Ihnen spreche.«

»Nun, was schon?«

»Ein Verräter«, das hauchte er ihm ins Ohr und spielte den bis über die Ohren von Angst erfüllten Mann.

»Da hätten sie ja auch nicht unrecht«, sagte Principalle gutmütig.

»Ah?« sagte der andere und dachte: das wirst du mir noch bezahlen! Und er fuhr fort: »Meinen Sie, Principalle? Jedenfalls zu Ihnen hab ich Vertrauen. Sie werden mich nie verraten. Also Sie müssen wissen, der Anführer hat unter dem Zirkel einen unterirdischen Raum, einen großen Keller, wo er Leute auf die Folter spannt. Weißt du, was Folter ist?«

»Ich hab«, sagte ganz nachdenklich der gute Koloß, »auf dem Jahrmarkt von Copparo die Bilder von der spanischen Inquisition gesehen«, und indem er daran dachte, bekam er vor Abscheu eine Gänsehaut.

»Da hast du ja eine Vorstellung. Aber bis jetzt begnügt sich der Raibolini noch mit Prügelstrafen. Schon mehr als einer hat sie gekriegt, den sah man dann, wenn er aus dem Zirkel ging, mit breiten Beinen davongehen, als ob er in die Hosen gemacht hätte. Sie sagen nichts, weil sie Angst vor Schlimmerem haben, und aus Scham, daß es jemand erfährt. Aber die Schläge brennen! Und weißt du, wen er sie austeilen läßt?«

Er fühlte, als er das sagte, daß in dem andern der Ekel zum Zorn anschwoll.

»Wen also?«

»Die, denen man noch nicht so traut, die Neuen in der Liga, die zuerst mit dem Beitritt gezögert haben. Man weiß ja, daß die dann die Eifrigsten werden. Verstehen Sie, was ich riskiere, wenn ich mit Ihnen darüber spreche?«

»Die Haut vom Hinterteil!« sagte der mit einem Lachen, aber doch voller Grimm.

»Wo auch immer, die Haut empört sich nach gewissen Behandlungen. Aber Sie nennen mich wenigstens nicht Verräter.«

»Ich versetz' mich in deine Lage«, sagte der gute Principalle wie zur Entschuldigung.

»Ja, versetzen Sie sich nur hinein! Mein ganzer Verrat, wenn Sie es so nennen wollen, besteht darin, daß ich mit Ihnen rede, daß ich Ihr Freund bin. Und darum hab ich gewisse Sachen, gewisse Unverschämtheiten nicht anhören können, ich bin vor Wut fast geplatzt. Blut ist kein Wasser, und in unsere Freundschaft hat sich die Politik nicht einzumischen.«

»Ja, was hab ich damit zu tun?«

»Principalle, sie wollen in der Liga demnächst auch die Streikbrecher verprügeln.« Indem er das sagte, tat er noch geheimnisvoller.

»Mich? Das wird man ja sehen! Der erste, der Hand an mich legt . . .«, seine Stimme dröhnte.

»Still, um Himmels willen! Sprich leise! Vor dir haben sie Angst. Aber sie sagen, sie wollen es auch den Frauen der Streikbrecher geben.«

Principalle antwortete heiser, weil ihm die Wut die Kehle zuschnürte: »Wenn sie mir eine Schwester anrühren, mach ich sie zu Fleischmus, um's den Hunden vorzuwerfen.«

Über das Gesagte hätte man lachen können, aber die Miene flößte Schrecken ein.

»Und wissen Sie, wen man ausgesucht hat, um die Hiebe zu geben?«

»Der Hundekerl kümmert mich nicht!«

»Orbino, den Verginesi.«

»Orbino?«

»Ich hab dir ja gesagt, wie man die Auswahl trifft und warum.«

»Und er – er würde wie ein Galeerenaufseher so eine Gemeinheit begehen?«

»Die Liga befiehlt, da muß man gehorchen, auch wenn's darum geht, um's mal so zu sagen, eine Frau, eine von den Streikbrechern auszupeitschen. Und dann, Orbino . . . Du siehst ihn wohl seit einiger Zeit nicht mehr?«

»Seit wir boykottiert sind.«

»Ah, er ist gegen früher sehr verändert. Im übrigen, an so einem Schwager verlieren Sie nichts.«

»Was hat das damit zu tun?« fragte Principalle erstaunt.

»Orbino? Ach, wie vergeßlich ich doch bin!«

»Warum?«

»Ich wollt dir nichts davon sagen, denn es sind im Grunde vielleicht nur Worte, und aus Worten kommt oft Unglück.«

»Wenn du weniger hermachtest, wär mir's lieber! So machst du einem nur den Kopf voll und schwer.«

»Wenn diese Worte nicht jemand von Ihrer Familie beleidigt hätten, wären sie mir zu einem Ohr rein und zum andern raus gegangen.«

»Beleidigt? Meine Familie?« er fuhr zusammen, er hatte an der Angel angebissen.

»Leider. Und wenn ich deine Arme gehabt hätte, würd' ich jetzt nicht drüber reden: da hättest du inzwischen gehört, daß ich die Dinge in Ordnung gebracht habe. Aber ich hab nicht deine Arme und verbotene Faust, ich werde alt!«

»Was haben sie über uns gesagt? Wer hat's gesagt?«

»Aber versprich mir, vernünftig zu sein, Principalle, daß du ruhig bleibst . . .«

»Ich versprech dir, daß auch du gleich die verbotene Faust zu schmekken kriegst, wenn du noch länger hinterm Berg hältst!«

»Das wäre ja noch schöner! Da sieht man, wohin man durch zuviel Freundschaft gerät! Ich hab dich gern gehabt von kleinauf, erinnerst du dich nicht dran? Nein, nein, ball nicht die Fäuste! Werd' nicht ungeduldig! Du hast es mir aus der Nase gezogen. Aber gib acht, daß dir's nicht hochsteigt, bleib ruhig. Vielleicht ist nicht allein der eine daran schuld, wenn's auch gerade bei ihm besonders häßlich ist. Ja, es sind auch Weiber im Spiel, und du weißt ja, die schaffen mit ihrer spitzen Zunge immer Übles.«

»Weiß ich, weiß ich. Jetzt schieß los!«

»Ich möchte von vornherein sagen, daß es natürlich Entschuldigungen gibt, auch wo man's nicht vermutet.«

»Zum Teufel mit den Entschuldigungen und den langen Vorreden.«

»Geduld, Principalle, nur Geduld, vielleicht stammt die boshafte Bemerkung gar nicht von dem, den ich meine, sondern von irgendeiner andern Person.«

»Von wem also? . . . Gar von Orbino? Was hat Orbino über uns gesagt?«

»Siehst du, ich hab's nicht sagen wollen.«

»Orbino sagt also . . .«

»Ich möcht es dir nicht sagen ...«

»Los! Pack aus!«

»Er sagt, daß er mit deiner Schwester, mit der schönen Berta, als sie noch eine armselige Magd im Haus der Verginesi war, mit Verlaub, ins Bett ging und daß er, um's gerade herauszusagen, nichts mit ihr habe anfangen können. Aber sie, deine Schwester, sei schlimmer als ... ach, ich will's nicht sagen.«

Princivalle keuchte: »Jetzt mußt du alles sagen!«

»Es ekelt mich, ich hab Abscheu, aber ich gehorche. Das sind seine eigenen Worte: Schlimmer als eine hitzige Hündin sei sie, und er sagt, daß es keinen Graben und keinen Pfad und kein Gebüsch an den Vegri della Coguazza gebe, wo sie sich nicht hingelegt habe, ja, sie habe ihn geradezu genötigt, und zwar so sehr, daß er, wenn sie auch hübsch sei, sich geekelt und keine Lust mehr verspürt habe und schließlich über den Streik und den Boykott froh gewesen sei, weil sie ihn von ihr befreit hätten!«

»Orbino?« knurrte Princivalle wütend, gequält und geradezu gepeitscht von den häßlichen Worten und Vorstellungen, in denen der andere, während er sie erfand, schmutzig schwelgte. »Orbino, der sich mit ihr verlobt hat? Über sie, die ihn so liebt?«

»Er sagte, daß er die Verlobung versprochen habe, um so einen Blutegel abzufertigen, aber daß er nicht so blöd wäre, sich Hörner setzen zu lassen, die er bei so einer Frau bestimmt kriegen würde. Und dann, nachdem er sie ja zur Probe gehabt hat, sagt er, daß sie auch keine Kinder kriegen kann. So schweinische Weiber, das sind seine Worte, sind unfruchtbar. Zu Bertas Ehre, wenn man das Ehre nennen kann, sagt er nur – und an dieser Stelle lachte er über euch und eure Mutter und nannte euch allesamt Dummköpfe –, daß sie, als ihr sie ihm ins Haus gesetzt habt, noch Jungfrau gewesen sei, das könne er mit Sicherheit sagen.«

»Man wird sehen, wer zuletzt lacht! Man wird bald sehen, wer der Dummkopf ist!« schrie wild aufbrausend Princivalle.

»Ruhig, Princivalle! Sei vernünftig! Vielleicht hat man ihm diese Unverschämtheit nur in den Mund gelegt. Aber er hätte ja schließlich nicht Geschmack dran zu finden brauchen, den er offensichtlich daran findet, meinst du nicht auch? Er dürfte nicht sagen, daß, wenn's auf ihn fiele, er der Berta mit wahrer Lust die Hiebe gäbe, weil sie nichts anderes verdiente.«

»Du hast wie ein wahrer Freund gehandelt«, sagte Princivalle und hielt ihm die Hand hin, die dieser zu drücken sich nicht schämte, »und ich danke dir für alles, was du mir gesagt hast.«

Während er, sich mühsam bezähmend, das sagte, zeigte sich um so schrecklicher in seinem Gesicht, seinen verdrehten, blutunterlaufenen Augen und dem geschwollenen Hals seine Wut. Jedes Wort kostete ihn eine Anstrengung, um nicht loszubrüllen.

»Wenn ich deine Arme hätte«, sagte Smarazzacucco, ähnlich einem Verfertiger von Explosivstoffen, der die Wirkung seiner Mischung wie etwas, das ihm selber Furcht macht, im voraus berechnet, »hätt' ich dir das gar nicht erst gesagt, denn das ist immer eine mißliche Sache.«

»Das geht mich an«, murmelte Princivalle und hob die geballten Fäuste, »mich geht's an, mich . . .« Als wollte er seinem inneren Aufruhr einen Auspuff verschaffen, ließ er die großen Fäuste auf die Brust hämmern, die laut und tief widerhallte von den kräftigen Schlägen.

Als der Hetzer das sah, fühlte er eine Kälte über seinen Schopf laufen, wenn er daran dachte, daß seine Erfindung vielleicht herauskäme und er dann die Kraft und Wut der verbotenen Faust selber schmecken müßte. Er wollte das von vornherein ausschalten:

»Paß auf, Freund: Orbino wird behaupten, daß er das alles nie gesagt hat!«

»Wer verleumdet, ist auch feige.«

»Ich wiederhole, daß es vielleicht irgendeine Frau auf den Befehl Raibolinis ausgestreut hat. Ich möchte nicht, daß du dich nur auf mich verläßt. Ich kann mich ja irren.«

»Mir genügt's. Wen soll ich fragen? Die Ligisten? Sie nennen sich so, weil sie alle miteinander verbunden sind, ich reiß diese Bande auseinander.«

Smarazzacucco verdammte den Augenblick, da er diesen Auftrag übernommen hatte, um so mehr als Princivalle nun vollständig erstarrt sagte: »Orbino . . . Orbino, der vorgab, so gut mit mir zu stehen, mit meiner Schwester . . .«, und hier brach er in einen Schrei voll tierischer Wut aus: »Beim ersten Mal, wo ich ihm begegne, bring ich ihn um!«

»Siehst du, siehst du, wie du bist? Sei doch vernünftig . . .«

Smarazzacucco wollte eine übereilte Handlung, um daraus gegen die Streikbrecher Kapital zu schlagen, aber nicht eine derartige Gewalttat. Entsetzt hing er sich ihm an den Arm, um ihn zurückzuhalten und zu besänftigen, aber der andere befreite sich, als hätte ihn ein Sonnenstich verrückt gemacht, mit einem Ruck und ging voller Wut nach den Vegri della Coguazza.

IV »Principalle, was sagst du mir da? Nein, das kann nicht sein!« Scansafrasca war niemals beim Reden so aufgeregt gewesen wie jetzt, während Princivalle nur kurz die Achsel zuckte.

»Princivalle, was hast du getan?« sagte Scansafrasca mit Tränen in der Stimme.

»Ich hab's dir gesagt, Scansafrasca.«

»Und ich kenn dich doch schon von kindauf an, und du warst so gut damals!« In diesen Worten mischte sich Entsetzen und Mitleid.

»Die Versuchung, guter Mann. Ich bin ihr zum Opfer gefallen. Aber ich bin nicht zu dir gekommen, um darüber zu reden, ich hab keine Zeit zu verlieren.«

»Was kann ich für dich tun?«

Scansafrasca glaubte, als er ihn so entschlossen sprechen hörte, er sei zu ihm gekommen, um seine Hilfe zu erbitten für ein Versteck oder Flucht.

»Für mich nichts, ich bitte dich für mich um nichts.«

»Für wen also?«

»Es handelt sich um ihn, diesen Armen.«

»Jetzt geht es ihm besser als uns.«

»Mög' der Herr dich hören, aber ich hab dir noch nicht gesagt, daß ich ihn in den Fluß geworfen hab. Ich wußte nicht mehr, was ich tat. Frag mich nicht, warum ich's getan hab, ich könnt' dir's nicht erklären. Als ich ihn hab sterben sehen und er mir gesagt hat: ›Ich hab deine Schwester immer geliebt, sage ihr das‹, da war mir so, als träumte ich. Wie in der Hölle war ich, häßlicher kann's dort nicht sein. Bester Mann, ich weiß nicht mehr, vielleicht wollte ich fliehen. Wer böse ist, ist ja auch feige.«

»Ich verstehe, Princivalle.«

»Nein. Kannst du dir überhaupt vorstellen, wie das ist, wenn Verdammte der Hölle entfliehen möchten? Aber jetzt weiß ich, wem ich ausweichen wollte: meiner Schwester Berta! Kannst du das verstehen? Ich soll ihr jetzt sagen: ich hab ihn umgebracht . . . Mit diesen Händen vor meiner Schwester und vor meiner Mutter erscheinen . . .« Er sah mit Entsetzen darauf. Und nun entdeckte er auf seinem groben hanfleinenen Hemd einen roten Fleck und stöhnte auf. Er begann von neuem:

»Mit diesen Händen . . . Dazu fehlt mir der Mut, ich hab ihn auch jetzt noch nicht. Aber jetzt, Scansafrasca, du kennst den Fluß besser als irgendwer sonst. Heut nacht oder morgen, spätestens morgen nacht wird er auftauchen: du weißt wo. Ich hab ihn in das Loch geworfen zwischen La Pontiga und der Braglia. Du kannst mir sicherlich sagen, wo der Fluß ihn wieder heraufbringen wird. Du weißt es gut«, fügte er mit leiser, zitternder Stimme hinzu, »du weißt gut, daß die Toten, die im Fluß schwimmen, beleidigt sind, wenn sie nicht jemand empfängt.«

»Wirst du denn den Mut dazu haben?«

»Er hat gesagt, daß er mir verzeiht, Scansafrasca. Und außerdem: was soll mir denn jetzt noch Angst machen?«

»Hast recht, Unglückseliger! Und ich weiß auch, wo er auftauchen wird: an den Passi di Sant' Antonio ist ein Wirbel, ganz nahe von hier. Doch wenn er nicht noch diese Nacht auftaucht, wird ihn der Fluß ans abschüssige Ufer jenseits von Fossasamba treiben, nahe am Bogen von Berra. Da täuscht man sich nicht, jeder taucht abwärts von der Landzunge der Guarda an einer dieser beiden Stellen auf, wenn nicht das Hochwasser ihn ins Meer treibt, aber jetzt ist ja keines.«

»Dann ist keine Zeit zu verlieren. Es ist schon Nacht. Begleitest du mich, Scansafrasca? Bist du so sehr mein Freund, um das zu tun?«

»Ja, Principalle, aber . . .«

»Aber?«

»Ich weiß, daß er es nicht mögen wird.«

»Er hat mir verziehen; er sprach zu mir wie ein Unschuldiger, wie einer, der schon im Paradies ist.«

»Aber du hast noch nicht getan, was er von dir verlangt. Die Toten wollen nur einen, der sie geliebt hat, wenn sie auftauchen.«

»Das ist wahr«, seufzte der Mörder.

»Wenn du und ich da sind, wird er beleidigt sein. Ich bedeute ihm nichts, du bleibst immer der, der ihn umbrachte. Wenn er auftaucht, will er sie, sie hatten sich ja so lieb! Dann bleibst du nicht mehr sein Mörder, dann erst kannst du sagen: er hat mir verziehen. Vorher nicht, guter Junge, vorher nicht. Du mußt ihm gehorchen.«

Er hatte diesmal nicht als verdrehter, wunderlicher Mann mit Gesten und Geflüster gesprochen, sondern fest und mit klarer Überzeugung. Aus der Qual, in die seine Worte den andern versetzt hatten, stieg das Gewissen, vom Feuer des Vorwurfs geläutert, auf:

»Du hast recht, ich muß ihm gehorchen. Ich wollte es um eine Nacht hinauszögern, um eine Stunde, man ist bei gewissen Anlässen feige. Du hast mir die Augen geöffnet. Ich danke dir dafür. Aber tu mir noch einen Gefallen: geh zu unserer Mahlstelle. Ich kann mich dort nicht mehr zeigen. Geh und ruf meine Mutter und meine Schwester. Sag ihnen, sie möchten, sie und Berta, sich etwas zum Zudecken für die Nacht mitbringen und soviel Brot, als sie für die Zeit brauchen, die sie draußen sein müssen: einen Tag und zwei Nächte. Wenn ihr dann kommt, werd' ich ihr alles sagen. Denk dran, daß ich's ihm noch einmal schwöre, bei seiner Seele, die uns vernimmt und bei dem, was von ihm hier in diesem

Wasser übrigbleibt. Und bedenk, daß er vielleicht heute nacht schon hier ist. Und wenn du zurückkommst, schick zuvor meine Mutter zu mir, daß ich zuerst mit ihr spreche. Willst du mir diesen Freundesdienst erweisen?«

Sie waren auf der verfallenen Mühle von Scansafrasca an der Anlegestelle von Mazzacrocco. Schon seit geraumer Zeit hatte der lange Julitag mit seinem kurzen, sommerlichen Sonnenuntergang sich geneigt. Scansafrasca fuhr mit dem Boot ab und verschwand in der mondlosen Nacht.

Und wie die Zeit verging und die beiden Frauen bald kommen mußten, rief Princivalle die Hilfe der Muttergottes an, daß sie ihm die Kraft gäbe, alles seiner Mutter und seiner Schwester zu sagen, ihnen, die nun eine solche Botschaft hören mußten. Der Gedanke an seine Mutter quälte und tröstete ihn, weil sich ja eine Mutter keinem Schmerz ihres Kindes entzieht, sondern ihn mit ihm teilt. In diese Gedanken flüchtete er sich, wie ja auch die Todesangst im Manne das Bild der Mutter aufstehen und ihn nach ihr rufen läßt.

Er seufzte: »Herr, verlaß mich nicht!«

Er wurde erhört. Als die beiden Frauen ankamen, fand ihn Cecilia kniend vor.

Da Scansafrasca den Frauen die Botschaft ausrichtete, antwortete er auf ihre ängstlichen Fragen nur: »Er wird's euch sagen.« Mit seinem leichten, eiligen Schritt ging er ihnen voraus. Die Angst ließ keine anderen Fragen aufkommen, und so langten sie an. Scansafrasca hielt Berta am Ufer auf.

»Geh'n Sie zuerst, Mutter Cecilia, sprechen Sie zuerst mit ihm.«

»Mutter«, sagte Princivalle auf den Knien und fuhr fort zu beichten, »ich hab mich mit Orbino gezankt, weil ich glaubte, daß er Berta verraten und schlecht über sie geredet hätte. Wir haben uns gestritten, ich hab mit den Fäusten zugeschlagen. Er ist mir unter den Händen gestorben, Mutter, gestorben. O Mutter, warum hast du mich in die Welt gesetzt?«

»Du hast . . .?«

»Ich hab ihn umgebracht, Mutter. Knie dich hier mit mir nieder und bitte Gott, daß er mich strafe und mir verzeihe, ich bitte dich darum, wie ich Christi Mutter darum bat.«

Cecilia gehorchte. Es gibt keinen Schmerz, der eine Mutter von ihrem Sohne zurückstößt, auch nicht der Vorwurf, warum sie ihn geboren habe.

»O Herr, hab Erbarmen mit diesem Sohn und seiner Mutter; Muttergottes, erbarm dich unser!«

Princivalle weinte.

»Wer wird es diesem Kind sagen?« fragte Cecilia nach ihrem Gebet.

Er zögerte mit der Antwort: »Du, Mutter.« Er erhob sich mit einem Ruck: »Er liegt im Fluß, er. Scansafrasca weiß, wo er auftauchen wird. Berta, die ihn liebt, muß ihn in Empfang nehmen. Wenn sie's nicht tut, ist er beleidigt. Und ich, ich hab's ihm auch geschworen.«

Sie setzten über. Und wie es schon einmal in dieser Nacht geschehen war, schrie er nun auch noch vor der Schwester, die in Angst dasaß und wartete. Er lag auf dem Boden, das Gesicht zur Erde, und schrie:

»Berta, meine Schwester, ich hab ihn umgebracht, deinen Liebsten; ich hab ihn umgebracht, Berta! Sein letztes Wort war, er habe dich geliebt, immer geliebt. Er hat's mich schwören lassen, daß ich's dir sage, und jetzt weißt du, wie sehr er dich geliebt hat. Er liegt im Fluß; wenn er auftaucht, mußt du ihn in Empfang nehmen. Um deiner Liebe willen, tu es, denn bei jedem andern, du weißt es jetzt, wäre er beleidigt. Denk, er hat mir verziehen, mir, nur damit ich es dir sagen soll. Sonst würde ich nicht den Mut dazu aufbringen. Aber du sollst nicht den Anblick seines Mörders ertragen müssen. Gehe mit Scansafrasca, der weiß, wo er auftauchen wird. Ich«, fügte er hinzu und stand auf und sprach das in die Nacht hinein, die ihm das Gesicht verschleierte, »ich werde weiter hinter euch bleiben. Wir dürfen keine Zeit verlieren.«

Daß man nicht am Schmerz stirbt, ist ein Geheimnis. Es war wohl die Größe des Schmerzes, die die Unglückselige am Leben hielt, und es war die ungeheuerliche Zumutung, die ihr diese Stimme im Dunkel und ihr geliebter Toter stellten: Sie ging hinter Scansafrasca her.

»Und nachher«, sagte Principalle, seine Mutter festhaltend, »nachher, weißt du, was mir dann zu tun noch übrigbleibt?«

»Was willst du noch tun?« Ihre Stimme war fest und streng.

»Ich will zu den Karabinieri gehen. Aber er wird in kurzem auftauchen. Geht fort im Namen Gottes!«

Das war Bitte und Befehl zugleich, mit dem Recht eines, der sich zur Sühne entschlossen hat und sich davon nicht freimacht noch sie umgehen will; eines, der vor nichts mehr Angst hat.

»Sein Name sei gelobt«, sagte Cecilia im Davongehen.

Die beiden Frauen folgten Scansafrasca, ohne einander beizustehen, als ob nur die rauhe Kraft des erbarmungslosen Schmerzes sie aufrechthielte und jede menschliche Regung sie zermalmen könnte. Mit festem, sicheren Schritt folgte Principalle.

Das Gebüsch am Ufer der Bucht bei den Passi von Sant' Antonio war dicht und wild, es reichte bis zu dem steilen Abhang, den der Fluß sich gegraben hatte. Cecilia und Berta sprachen Gebete. Hin und wieder, wenn Verzweiflung und Weinen sie zu übermannen drohten, erhoben sie heftiger ihre Stimmen. Scansafrasca hielt sich an einem Bäumchen und beugte sich über den Fluß, um zu spähen. Princivalle verkroch sich im Gestrüpp, um der Schwester seinen Anblick zu ersparen, wie er es ihr versprochen hatte.

Der Fluß strömte leise und gleichmäßig dahin, er leuchtete in der hellen, sommerlichen Nacht, und der große Stern Jupiter spiegelte sich im Wasser, auf dem man die Wirbel sich langsam bilden und auflösen sah. Hin und wieder mischte sich ein weiter entfernter kleiner Strudel in das gleichmäßige Rauschen der Strömung mit einem kurzen Sauggeräusch, das sich fast anhörte wie ein Aufschluchzen. Das Geräusch war so leise, daß man es nur in der Nacht vernehmen konnte. Die Nacht war voller Stimmen, aber sie klangen aus weiter Ferne, da die Ankunft der Betrübten die Vögel verscheuchte. Scansafrasca spähte weiter aufmerksam auf die Strömung, und als er den Morgenstern sah, sagte er, der den Lauf des Flusses so gut kannte: »Er ist schon vorüber, er wird weiter talabwärts antreiben.«

Von seiner Versicherung überzeugt, führte er, während die Sterne bleicher wurden, die Traurigen zu der anderen Stelle, die er kannte.

Jetzt fiel hart das Morgenlicht auf die Hilflosen. Die Nacht kam ihnen nun kurz vor, während sie ihnen zuvor endlos schien.

Sie eilten, der Führer voraus, durch's Gestrüpp, Princivalle hinterher. An der Straße des Hauptdeiches verließen sie das Gebüsch. Sie kamen an den noch schlafenden Häusern von Cologna vorbei. Sie stießen auf einige Frühaufsteher, die voller Neugier auf die Frauen schauten. Einer hielt Princivalle an und fragte ihn grüßend: »Woher um diese Stunde?«

»Es ist einer in den Fluß gefallen.«

»Nun, dann weiß ich, wohin ihr geht«, antwortete der andere in einem Ton voller Ehrerbietung und Mitleid und ging davon.

Sooft sie jemanden trafen, zogen sich die beiden Frauen die Kopftücher vors Gesicht.

Als sie an die bestimmte Stelle des Flusses kamen, mußten sie einen ziemlich breiten Streifen Land durchqueren, der mit Bäumen bestanden war, dann in Gebüsch überging und schließlich in einem Strand voller Schlamm und Sand endete. Der Ort war wirklich ganz einsam. Mutter und Tochter stützten einander: das Entsetzen, dem sie nun ins Angesicht schauen sollten, ließ ihre Herzen schneller schlagen, raubte ihnen den Atem und ließ sie fast zusammenbrechen.

»Ehe er auftaucht«, sagte Scansafrasca, der ihnen ihre Erschöpfung ansah, mehr zu sich selber, »wird ein gut Stück des Morgens vorbeigehen.«

Und die Zeit wurde ihnen lang.

Der Strand, vom niedrigen Wasser nur leicht berührt, war schon warm und schwül.

»Setzt euch hier nieder«, sagte der Führer und zeigte den beiden Frauen einen schattigen Busch. Er fügte hinzu: »Aber sprecht die Gebete leise, bis er auftaucht.«

Der ängstliche, unheilige Verdacht, es könnten die Gebete dem Toten mißfallen oder aber Jenem, der vielleicht Macht besaß über den noch nicht gesegneten, in der Nacht des Flusses und der Dämonen dahintreibenden Leib, verdüsterte den Tag und paßte in die schwarze Wolke ihres Schmerzes.

Die Strömung wurde vom gegenüberliegenden Ufer zurückgeworfen und kam auf diesen Strand zu, wie um ihn zu reinigen, um hier auszuruhen wie in einem Schoß. Bei Hochwasser mußte es hier laut und voller Wirbel sein. Die Farbe des Wassers zeigte, wie tief er sein Bett gegraben hatte. Aber bei Ebbe stand das Wasser nahezu still.

Talauf stellte sich Princivalle hin, talab Scansafrasca. Er streckte sich auf dem Sand aus, stützte sich auf die Ellenbogen und starrte auf den Wasserspiegel. Princivalles massige Gestalt stand abseits. Auch er starrte auf das tiefe, müde Wasser. Er stand so ruhig, daß er wie ein Baumstamm wirkte, wie sie das Hochwasser an das verwüstete Ufer spült; dort ragen die toten Stämme hoch, als wollte sie der Fluß halbwegs neu pflanzen. In der Luft, auf dem Wasser und zwischen den Pflanzen schwoll mit der schnellwachsenden Hitze des Sommermorgens das Leben der Insekten summend an. Man hörte eine Zikade, eine andere antwortete, wieder andere fielen hastig ein; es schien, als riefen sie die Glut der Sonne an, die ihnen so angenehm war. Rasch wurden im Gebüsch tausenderlei Naturlaute lebendig.

Berta sagte mit der Stimme eines vom Schmerz betäubten Kindes: »Mutter, wie gerne wäre ich tot!«

»Armes Kind!«

»Mutter, wie ist's denn gekommen, wie konnte das geschehen?«

»Ein Unglück, liebe Tochter, ein Unglück! Er hörte sagen, dieser Arme habe dich verraten und schlecht über dich geredet. Sie haben gestritten, und dieser unselige Princivalle hat starke Fäuste.«

»Und was wird er jetzt machen?« In ihrer Stimme klang ein Zittern des Abscheus.

»Er wird sich den Karabinieri stellen.«

»Warum?«

»Um zu büßen, Berta. Jetzt kannst du es nicht verstehen. Aber eines Tages wirst du Mitleid mit ihm haben, auch wenn du ihm nicht verzeihen kannst.«

Es entstand ein langes Schweigen, als wäre den beiden Betrübten der Atem ausgegangen. Dann sagte Berta:

»Mutter, die Mannsbilder werden ein Stück Brot brauchen.«

»Die Mannsbilder« ist ein Ausdruck, wie ihn die Hausfrauen gebrauchen. Es lag Mitleid darin oder mehr noch der Wunsch, daß der wilde Bruder auch sie töten möchte. Berta nahm ein Brot aus dem Korb und ging zu Principalle. Ihre Mutter schaute atemlos auf die beiden. Der Schritt auf dem Sande war leise. Als sie nahe bei dem unbeweglichen Bruder war, streckte sie die Hand nach ihm aus. Sie vermochte nicht, ihn anzusprechen; sie hielt, das Gesicht ins Kopftuch vergraben, ihm das Brot hin. Er nahm es schweigend entgegen, schweigend kehrte die Schwester zurück. Cecilia ihrerseits trug dem andern das Brot hin:

»Nehmen Sie, Scansafrasca. Entschuldigen Sie, daß ich nicht eher daran gedacht hab und Sie Hunger leiden ließ nach allem, was Sie für uns getan haben. Entschuldigen Sie, wenn ich nichts anderes habe, und wenn Sie den Durst mit Wasser aus dem Fluß stillen müssen.«

Sie brachen das Brot und aßen es langsam mit kleinen Bissen. Mit jedem Bissen würgten sie zugleich ihre Angst hinunter und ihren Kummer. Aber die beiden Männer hielten unentwegt ihren Blick auf den Fluß gerichtet. Das Wasser roch nach Schlamm und Algen. Die Augen konnten kaum mehr sehen vor dem vielen Licht und der allzu langen, schmerzlichen Anspannung der Nerven.

Sie waren wie blind, als ob die Sonne alles verfinstere: den Himmel, die Zeit und die Seelen, die nicht einmal mehr fragen können, warum sie so viel leiden, und das Bewußtsein verlieren für die Zeit, die dahinströmt wie der Fluß, der an den flachen Strand herantreibt, als wolle er hier sterben. Und es war, als ob die Sonne im Licht alles töte in einem erbarmungslosen Schicksal, welches die Stunde des Unglücks schickt, um darzutun, wie sie sich um uns kümmert in jenen glücklichen Stunden, wenn wir das Schicksal gut und gesegnet nennen.

Wenn sich die Sonne über der grenzenlosen Ebene erhebt und nichts ihr entweichen kann; wenn sie die Luft über dem Strom schwer macht und den heiteren Himmel ganz ohne einen Tropfen Regen erbleichen läßt, dann verkündet allein ein Zittern in den höchsten Bäumen das nahende Gewitter. Ein ähnliches Zittern lief durch die Seele und rührte an die Schultern dessen, der unbeweglich auf das Wasser starrte, das ihm bald den Mann zutragen sollte, den er erschlug. Die andern verspürten, ohne daß er einen Laut von sich gab, gleichsam in ihrem Nacken, was nahte. Mit einem tödlich kalten Erschauern erhoben sie sich.

»Er taucht auf«, rief Scansafrasca mit leiser Stimme, »er kommt, er kommt nach oben!«

»Berta, nun ist's an dir!« sagte die Mutter und drängte sie ungestüm gegen das Wasser.

Und Berta stieg ins Wasser, während der, der sie zur Witwe gemacht hatte, sich vom Fluß zurückzog. Der Tote tauchte auf. Cecilia und Scansafrasca warteten steil aufgerichtet, und ohne an den Mörder zu denken, von Grauen und Mitleid ganz starr, als wollten sie das Mädchen mit den Blicken stützen, damit es nicht vornüber ins Wasser fiele, wenn's auch für Berta besser gewesen wäre, zu sterben.

Mit gesenktem Kopf und langsamem Schritt, der im Sand versank, näherte sich der Mörder demütig seiner Mutter:

»Wenn ich hier stehenbleibe, beleidige ich ihn. Jetzt, da er auftaucht, darf er mein Gesicht nicht sehen!« Und als er das sagte, spiegelte sich in seiner Miene eine entsetzliche Erinnerung. »Ich gehe«, fügte er wie zur Entschuldigung hinzu, »um jemand zu suchen, der mir ein Boot leiht für dies Werk der Barmherzigkeit, das ihr ihm antut«, und er zeigte mit dem Daumen über die Schulter auf den Fluß, »und das ihr auch mir antut.«

Cecilia hörte ihm kaum zu. Sie achtete auf etwas ganz anderes. Aber als sie hinter dem Schuldbeladenen herblickte, da wurden ihr sein Ausdruck und seine Worte zu einem unauslöschlichen Vorwurf: sie, seine Mutter, hatte ihm nichts mehr zu sagen! Und daß selbst die Mutterliebe nicht groß genug war, um sich in solch einem Falle aufteilen zu können. Im Gegenteil, sie brachte es fertig, das unglücklichere ihrer Kinder zu verlassen, das für eine Liebe dankte, die sie, seine Mutter, ihm nicht mehr gewähren konnte.

Das Wasser schimmerte grünlich, und darunter verfärbte es sich in dunklen, dichten Schatten. Langsam zwischen zwei Wellen, langsam und mit ausgebreiteten Armen, als ob er sich der süßen Kraft des Schlafes hingäbe, und auf dem Gesicht treibend, so wie das Wasser ihn empfangen hatte, tauchte der Tote aus jenen dichten Schatten ans Licht der Oberfläche. Es war jene die Körper aufquellende Kraft des Wassers und die Lichtbrechung, welche den Körper des Toten, als er aufstieg, ins Maßlose vergrößerten. Er tauchte zusammengekrümmt vom Gewicht des Kopfes und der Füße auf dem Spiegel des stillen Wassers auf. So landete er, langsamer als das Wasser floß, mit einer beinahe unmerklichen Bewegung, besonders grausam für das Mädchen, das ihn erwartete. Sie trat ins Wasser, bis über die Knie, über den Gürtel, bis zur Brust. Es schien, als gäbe sie acht, es nicht zu bewegen, gleichsam als wolle sie nicht seinen Schlaf stören, voller Mitleid, voller Liebe. Und vorgebeugt wartete sie ein wenig. Als sie nun den irdischen Rest, der ihr von dem Geliebten übrigblieb, berührte, als der Auftrag ihrer entsetzlichen Pflicht beinah erfüllt war, stieg Scansafrasca in den Fluß und half ihr den Toten am Ufer bergen.

Aber als sie ins seichte Wasser gelangte, reichte ihre Kraft fast nicht mehr aus, das ungeheure, widerliche Gewicht der Leiche, deren Glieder nachschleiften, aufs Trockene zu ziehen. Es war ein so abstoßender Anblick, daß Scansafrasca in großer Eile Cecilias Schal darüber warf.

Berta schloß ihre Augen und hielt, am Ufer kniend, Orbinos Stirn in ihren Händen, damit der Schlamm sie nicht verunreinige. Scansafrasca drehte den Körper auf den Rücken. Cecilia legte ihm die Arme in Kreuzform auf die Brust. Und sie bedeckten ihn von neuem bis zum Halse. Berta saß da mit dem geliebten Kopf auf den Knien und hielt die Augen immer noch geschlossen. Ihre Mutter begriff, daß man sie nicht hintergehen dürfe. Auch Berta durfte sich nicht selber aus Feigheit betrügen. Ihr zerrissenes Herz durfte nicht zu verzweifelter Tröstung gelangen. Ewig würde es ihr leidtun, wenn sie nicht den Mut dazu aufgebracht hätte, ihn jetzt anzuschauen. Eine neue Gewalttat war hier nötig, und Cecilia hatte den Mut dazu, nachdem sie das Kreuz geschlagen hatte.

»Tochter, schau ihn an«, flüsterte sie, »öffne die Augen und schau ihn an.«

Die brennende Sonne trocknete bereits sein Gesicht. Das Wasser hatte es fast zärtlich gewaschen und hatte ihm auch die Augen zugedrückt, die jungen Haare über die Wunde im Nacken gelegt. Das Gesicht war unversehrt. Der Tod verlieh diesem Antlitz eine Kraft, einen Ausdruck, der erschreckend und zugleich heiter war, ewig unter der vergänglichen Sonne. Er war noch schöner als zu Lebzeiten: der Tod hat mitunter einen so behutsamen, mitleidsvollen Schlag, daß ihm Verzeihung wird von jenen, die er traf.

Unter ihren aufmerksamen Augen wurde das Gesicht schmäler, sie glaubte, ein Lächeln zu entdecken. Sie hatte es erwartet. Sein Geist hatte, er er sich ganz trennte, versucht, seiner Herzensfrau noch einmal zuzulächeln. Und die Vision verschwamm. Mit einem von Zärtlichkeit zerrissenen Herzen sank das arme Mädchen ohnmächtig in die Arme seiner Mutter.

Während Cecilia die Schläfe der Ohnmächtigen netzte, wollte Scansafrasca den andern rufen, daß er nun nicht länger mehr zögere; aber es hielt ihn etwas davon zurück, die Stimme zu erheben neben jenem, der in seiner feierlichen Totenblässe alles mit Schweigen erfüllte.

Principalle erschien auf dem Fluß, er ruderte wie ein Verzweifelter.

Sie legten Orbino ins Boot.

Es war ein langes, niedriges Boot mit zwei stehenden Rudern; Scansafrasca am Bug, Principalle am Heck. Für jeden lagen zwei Ruder in den hohen Gabeln. In ihrer Mitte lag der Tote.

»Oh, Mutter, hättest du mich doch fallen lassen, so ginge es mir besser!« sagte Berta, aber Cecilia erwiderte mütterlich:

»Werd' nur nicht krank, so naß!«

Nein, niemand war es gegeben, sie zu trösten.

»Was tut's schon, Mutter!?« sagte das Mädchen.

Sie waren nicht länger allein. Es erschienen Leute, die sich um sie herumstellten, durcheinander redeten und immer näher kamen. Drum beeilten sich auch die Frauen, ins Boot zu steigen. Principalle stieß es mit einem Ruder vom Ufer ab. Die beiden Frauen rückten sich, als wollten sie eine Kirche betreten, das Tuch auf ihrem Kopf zurecht.

»Also ...«, sagte Cecilia, um sich vom Vergangenen zu lösen, und holte den Rosenkranz hervor.

Die beiden Männer entblößten ihr Haupt. Die Frauen, mit dem Rosenkranz im Schiffsraum kniend, sagten mit lauter Stimme die Gebete und fügten an jedes Vaterunser, zwischen den Ave Marias, ein De Profundis und ein Requiem an.

So also, mitten in der Natur, auf dem Fluß, gab den Trauernden jene äußerste Liebe Worte in den Mund und in ihre Seelen, Worte, die sich an die Barmherzigkeit und das ewige Leben wandten und den Himmel um Huld anflehten – für die Toten wie für die Lebenden.

I Die Müllerin Cecilia überlebte die alte Paneperso, die nunmehr rasch baufällig wurde, nur um wenige Jahre. Neben ihr hatte die neue Mühle angelegt, die zweite San Michele. Giovanni Scacerni, den sie Schichirotto nannten, brachte mit Hilfe der drei Frauen das Unternehmen vorwärts, zu dem er manchmal noch einen Knecht hinzunahm. Es halfen ihm seine Schwestern Maria und Berta und seine Frau, die er sich, um sein Müllersblut zu erhalten, von einer Mühle geholt hatte – anders als Antonio, der Federfuchser, der eine Tochter von Leuten heimgeführt hatte, deren Augen und Füße durch das Hocken über den Registern geschwächt waren. Die hätten nichts mit einer Pomühle anzufangen gewußt; sie hätten sie höchstens als Brennholz verbraucht. Aber die Hoffnung von Schichirotto, bald einen Erben zu haben, blieb vergebens. Er hatte es zwar inzwischen zu einem bescheidenen Wohlstand gebracht und sogar ein bißchen Ackerland hinzugekauft, doch seine Frau blieb unfruchtbar. Und als Schichirotto so vergrämt dahinlebte, trat etwas ein, woran niemand gedacht hätte.

Die bescheidene, unauffällige Dosolina versah von neuem ihren Dienst im Dorf, nunmehr bei den Söhnen des Castorino. Sie gab vor, sich so ans frische Brot gewöhnt zu haben, daß die Müllerfladen ihr nicht mehr schmeckten. Überdies bekam ihr das Festland besser. Und es waren ja auch mehr Frauen als nötig an Bord. Auf dem Festland wurde die Dosolina in nahezu kanonischem Alter, als sie schon welk und häßlich war, eines schönen Tages schwanger. Das Gelächter in der Gegend wuchs noch, als sie demütig versicherte, daß sie den Namen ihres Verführers nicht kenne.

Schichirotto raste, fluchte und schwor, er wolle sie nie mehr sehen, und wenn sie ihm unter die Augen käme, bringe er sie um. Und wenn die Söhne von Castorino sie auf die Straße setzten, so solle sie sich zum Gebären in irgendeinen Graben legen. Und auch Berta rümpfte die Nase über diesem unanständigen, lächerlichen und beschämenden Ereignis. Sie bewahrte in ihrer Seele eine erhabene Erinnerung – die von Jahr zu Jahr reifer wurde und die, man kennt das ja, die Zeit verklärte, als ob die Natur es nicht wagte, etwas von außen her zu verwüsten, was innen so schön war.

Cecilia hatte vor ihrem Hinscheiden alle Kinder, zumal aber Berta, flehentlich gebeten, niemals den Unglücklichen zu vergessen, der seine Missetat abbüßte. Der Arme aber hätte, was Schichirottos Hoffnungen anging, nie den Mut aufgebracht, sich zu verheiraten, selbst wenn er noch frühzeitig genug aus dem Zuchthaus entlassen worden wäre. Cecilia drang in Berta, sie möge ihm verzeihen.

»Aber ich hab ihm ja schon verziehen«, sagte Berta.

Bis zum letzten Tag sagte Cecilia immer wieder ängstlich: »Hast du ihm auch wirklich verziehen, was er dir angetan hat?«

Am Tag, da sie die Letzte Ölung empfing, sagte Cecilia noch einmal ganz einfach: »So verzeih ihm doch!«

Berta kniete wortlos an ihrem Bett. Und da die Mutter, als hielte nur noch dies sie am Leben, sie fernerhin stumm mit den Augen darum bat, sagte Berta:

»Ich weiß nicht, ob ich das darf.«

»Frag das die Muttergottes von den Sieben Schmerzen.«

Bis zum letzten Augenblick fand diese Cecilia Worte, welche die Kinder beeindruckten und ihr die Kraft gaben, über sich selbst hinauszuwachsen. Angesichts der Sterbenden hatte Berta dem Bruder verziehen. Nun ekelte es ihr noch mehr als dem Bruder vor dieser jämmerlichen Dosolina, und ihr Schweigen wog schwerer als sein Toben.

Seit langem war nicht mehr die Rede von Maria. Sie blieb immer die gleiche und machte wenig von sich reden; sie tat immer nur Gutes, ohne dafür Dank zu erwarten. Das Gute war ihr so natürlich, daß es sie keine Anstrengungen mehr kostete. Sie war tugendhaft, ohne es zu wissen. Nach dem Unglück mit Principalle und Orbino hatten Mutter und Schwester sie in den langen Tagen des Schmerzes und Kummers nahe um sich gehabt. Sie hatte ihnen beigestanden, sie ermutigt, mit ihnen gelitten, so feinfühlig und behutsam, daß die beiden das Gute, das sie ihnen in ihrer Verzweiflung erwies, kaum gewahrten. Es wirkten nur ihre Blicke, ihre sanften Worte, ihre hilfreiche Zärtlichkeit. Ihr Wesen hatte es an sich, daß man sie vergaß außer in Zeiten, wo die andern litten und man sie brauchte. Als Cecilia und Berta es endlich bemerkten, konnten sie nicht einmal sagen: sie hat so viel getan. Gewiß, sie hatte manches getan, aber was war es eigentlich gewesen? Sie hatte ihnen beigestanden, wenn Verzweiflung und Entsetzen sie nachts in ihren Müllerkojen heimsuchten. Berta verlor halb den Verstand über Visionen und Träumen voller Blut, Schlägereien, Umgebrachter und im Fluß Ertrunkener. Und alles drehte sich um ihren Toten und um ihren Bruder. Maria konnte diese Vorstellungen zerstreuen, bannen, sie konnte Berta die Erlösung im Weinen bringen und im Schlaf. Mit ihrer Hand die Lampe beschirmend, ging sie dann zur Mutter; sie wußte, daß die alte Frau mit aufgerissenen Augen dalag, mit Augen, die vor Angst starr und heiß waren. Sie hörte sie mit leiser Stimme fragen: »Warum hat man uns eigentlich gesagt, daß es Gerechtigkeit und Barmherzigkeit gibt? Hab ich das verdient? Aber wenn die Hölle schon hier beginnt, dann ist's ja gleich, wenn ich nachher verdammt werde.«

Als sie das sagte, durchfuhr die unglückliche Alte ein Schauder. Es schien ihr, als hörte sie den Teufel, wie er mit feurigen Augen und glühenden Nüstern und krummen Krallen draußen am Eingang der Mühle sich wand und schnupperte und im Rauschen der Strömung knurrte. Sie sagte der Maria Sachen, die sie nicht einmal dem Priester anvertraut hätte, Gedanken, die ihr einst den Mut nahmen, zur Beichte zu gehen: »Wenn die Hölle hier beginnt ... ohne daß ich verdammt wäre ...«

Die Tochter sagte kein Wort, sie bat sie auch nicht darum, mit ihr gemeinsam zu beten. Sie betete neben dem Leidenslager der Unglücklichen, lange und demütig, mit Inbrunst und Hingabe betete sie. Es war, als zöge sie Dornen aus, einen nach dem andern; als gelänge es ihr allmählich, ihre Mutter von diesen Qualen zu erlösen. Die Alte legte schließlich eine Hand auf den Kopf der ergrauten alten Jungfer und sagte: »Geh schlafen, du Arme, du hast es auch nötig. Der Herr erhört dich; solange du hier bist, kann jener nicht herein.«

Die arme Alte schlief ein, aber Maria war beim Morgengrauen so vergiftet von Müdigkeit und Schmerz, daß sie nicht mehr einschlafen konnte. Und sie war die erste, die aufstand und sich an die Arbeit begab, denn das Lager war auch ihr unerträglich geworden, aber sie sagte niemandem etwas davon.

»Wie machst du das nur, Maria?« fragte Cecilia, wenn sie sich erinnerte, daß sie noch gemeinsam das Morgengrauen hatten kommen sehen. »Du bist schon auf? Wie kannst du das nur aushalten?«

»Ich brauch nur wenig Schlaf, ich bin wie die Katzen, die nachts immer unterwegs sind und tagsüber vorgeben zu schlafen, um auf die Ratten zu lauern.« Sie konnte sogar noch scherzen.

»Gott segne dich und vergelt's dir!«

Und als man Principalle verurteilt hatte, war Cecilia eine von den wenigen, ja, wie sie glaubte, die einzige, die begriff, daß der Sohn seine Strafe selber gewollt hatte. Sie fühlte geradezu einen großen Stolz, ja einen wahren Hochmut, und – wie anfällig ist doch der Mensch! – sie prahlte sogar ständig damit.

»So muß es ein Mann machen: ich hab gefehlt, jetz büß' ich dafür. Ja, der ist ein Mann, sag ich euch, ein echter Scacerni.«

Das wiederholte sie so oft, daß man ihr ein bißchen angeödet entgegnete: »Meine Liebe, was blieb ihm denn anderes übrig, als seine dreißig Jahre anzunehmen?«

»Du Esel! Er hat den Richtern gesagt, daß er ihnen dafür dankt, das hat er getan.«

»Na, einen kleinen Stich habt ihr ja immer schon alle gehabt, ihr Scacerni. Euch kann man ja nichts übelnehmen!«

»Ich bin ja dumm, wenn ich mit Leuten wie euch überhaupt rede! Ging er vielleicht nicht von selbst zu den Karabinieri, um sich anzuzeigen?«

»Das schon«, unterbrach sie der Bragana mit einem Grinsen, »denn fliehen ist leichter gesagt als getan. Es sind heutzutage nicht mehr die Zeiten der päpstlichen Gendarmen. Die Täler sind nicht mehr wie einst. Wenn damals jemand in den Busch ging, holte ihn niemand mehr raus. Geh'n Sie doch, Müllerin, ich würd' Ihnen das alles nicht sagen, wenn Sie nicht so hochmütig wären. Er wußte, was er tat, und vielleicht hat man ihm schon vor der Tat geraten, wie er sich verhalten müsse: die Ehre der Familie, die Reue . . . die Komödie hat ihm genützt.«

»Genützt, verdammter Schwätzer? Dreißig Jahre!«

»Und das Zuchthaus, na? Er konnte ja auch lebenslänglich bekommen, für heute, morgen und für immer, wie die Zuchthäusler sagen. Während so – bei guter Führung – bei irgendeiner Amnestie oder gar einem Gnadenakt wird die ›verbotene Faust‹ wieder herauskommen: lebendig und stark genug, um andere zu erschlagen.«

»O Sie, Sie! Sabbernde Giftzunge du! Wenn er doch dich erschlüge!«

Sie kam von solchem lästerlichen Geschwätz immer ganz aufgebracht auf die Mühle zurück. Nur Maria nahm ihre wütenden Ausbrüche mit Schweigen und wie aus weiter Ferne hin. Das hatte sie endlich auch bemerkt, und sie meinte: »Aber du, Maria, du sagst nichts, gar nichts?«

»Zu denken, Mutter, daß man für den Armen nichts tun kann! So viele Jahre, die er fern von uns abbüßen muß!«

Cecilia hatte sie angeschaut und den Kopf gesenkt:

»Du bist würdig, noch den Tag zu erleben, wo er heimkehrt, was mir, seiner Mutter, nicht mehr vergönnt sein wird. Du bist würdig, ihm zu erweisen, was ich nicht mehr kann: gut zu ihm zu sein und zu allen andern. Gott segne dich, Maria!«

Als Dosolinas Fehltritt bekannt geworden war, bedrückten Schichirotto Schande und Spott und das Geschwätz der Leute – es war eine richtige Narretei! Er hatte Angst vor der Welt und beschimpfte und verfluchte nun die Schwester. Da schnürte Maria ihr Bündel und verließ, ohne etwas zu sagen, die Mühle. Es war das erste Mal, daß sie das tat, aber sie wußte immer im richtigen Moment das Notwendige zu tun. Sie ging, um der Gebärenden beizustehen. Dosolina wohnte in einem dunklen Zimmerchen, das zur Bäckerei gehörte. Sie schämte sich in ihrer Verlassenheit vor der Schwester. Das vernachlässigte Menschenkind hatte immer dort auf einem Lotterlager geschlafen, weil es am ersten Abend ihres neuen Dienstantritts bei den Bäckern gerade frei war. Sie saß nun schamrot da in dieser ihrer lumpigen Armut.

»Du, Maria, du bist so ordentlich und peinlich sauber, wie wirst du dich nur in diesem Stall zurechtfinden?«

»Oh, meine Liebe! Denkst du nicht daran, wer in einem Stall geboren wurde? Wenn ich auch nicht«, hatte sie heiter hinzugefügt, »hier Ochs und Esel oder die Krippe sehe!« Und als sie das sagte, fing sie an, aufzuräumen und sauberzumachen, und bereitete alles Notwendige vor.

Aber als das kleine Wesen auf die Welt kam, waren wirklich nicht einmal die Krippentiere da, um es mit ihrem Atem zu erwärmen. Maria stand nicht nur der Schwester bei, sondern versah auch noch deren Dienst, damit sich die Bäcker nicht zu beklagen brauchten. Und auf die Mühlen kehrte sie nicht zurück, auch nicht, als die Wöchnerin sie nicht mehr nötig hatte. Wenn nicht Maria gewesen wäre, hätten die Bäcker die Magd samt ihrem Bankert mit Schimpf und Schande aus dem Hause gejagt. Statt dessen empfanden sie nun Respekt vor der armen Mutter. Warum blieb nun Maria also noch weiterhin dort? Sie fragten sie nicht, im Gegenteil, sie sahen sie von Tag zu Tag lieber; denn das war überall das Geschenk dieser bescheidenen und guten Person. Sogar Schichirotto hatte, als er sie nicht zur Anlegestelle am Nano zurückkehren sah, besorgt bei ihr anfragen lassen, wann sie heimkommen werde.

Sie hatte dem Boten bescheiden, wie immer, aber entschlossen mitgeteilt:

»Sagt ihm, daß ich demnächst meine übrigen Sachen abholen lasse.«

»Was?«

»Meine Sachen. Ein Fuhrwerk wird man nicht dafür brauchen.«

»Ja, wollen Sie denn die Mühle verlassen?«

»Die Mühle nicht, aber meinen Bruder. Und da ja die Mühle ihm gehört, zieh ich aus.«

»Aber warum denn?«

»Weil er nicht daran gedacht hat, daß für uns, für ihn und für mich, das Vorgefallene einfach das Unglück einer Schwester bedeutet und sonst nichts! Er aber sieht nur darauf, was die Leute sagen, ich bleib nicht bei ihm. Ich bleib bei der Unglücklichen. Gott kümmert sich nicht um das Geschwätz der Welt. Seine Barmherzigkeit ist dort, wo sie gebraucht wird. Jedenfalls, wenn er uns auf die Probe stellen will, so weiß Gott, warum er's tut, er bestimmt. Christus richtet uns, und nicht diejenigen, die tratschen.«

Die Bitterkeit, mit der sie diese letzten Worte gesprochen hatte, wandte sich mehr noch gegen Antonio, der nun Prokurist geworden war, ein Mann, den man respektierte und hochschätzte. Er hatte Maria anempfohlen, sich nicht die Schwester aufzuhalsen, sondern ihn gewähren zu lassen. Er wollte den Skandal vermeiden, indem er Dosolina einfach ins Mütterheim geschickt und den Säugling ins Findelhaus gesteckt hätte. Er wollte der werdenden Mutter sogar hundert Lire geben, damit sie sich irgendwohin verziehen könne und aus Rücksicht auf die Familie nicht mehr zur Guarda käme.

Das hatte Antonio selber dem Schichirotto erzählt, als er hinging, um sich mit ihm zu beraten, nachdem ihnen von Maria die Nachricht über die Geburt des Kindes zugegangen war. Antonio sagte:

»War das nicht ein vernünftiger und großzügiger Vorschlag?«

»Und was hat Maria geantwortet?«

»Mit einer Kränkung.«

»Und was für einer?«

»Ich erinnere mich nicht mehr im einzelnen an die Worte dieser dummen Person!«

Schichirotto las ihm an den Augen ab, daß er sich sehr wohl erinnerte.

Marias Worte waren sehr unzweideutig ausgefallen: »Man sieht, dein Verstand reicht gerade noch für deine Zahlen aus, du hast ihn dabei abgenutzt und bist nur noch ein blöder Federfuchser. Wer hat dich die christliche Liebe gelehrt? Unsere Mutter hätte Dosolina verdroschen, aber nicht im Stich gelassen. Laß dich doch begraben – dich und deine Rücksichten!«

Schichirotto hatte ihre Antwort erraten und heimlich gutgeheißen. Er suchte nun sein eigenes Unrecht bei Dosolina wiedergutzumachen und auch bei Maria, die endlich zur Mühle zurückgekehrt war. Und kurze Zeit, nachdem es entwöhnt war, wurde das Kind an Bord gebracht. Maria sorgte für es. Bald konnte man bemerken, daß der Junge seines Namens würdig war, er hieß wiederum Lazzaro Scacerni. Der Name war zweimal gesegnet und in guter Erinnerung. Die Zuneigung des Onkels war so groß, daß er diesen letzten Sprößling des Müllergeschlechts zu adoptieren gedachte.

»Wenn du nicht gewesen wärst«, sagte er manchmal scherzend zu Maria, »wär' der Erbe ins Findelhaus gekommen. Aber ja, du ...«

Maria ging dann immer rasch hinaus, denn Lobreden behagten ihr nicht, die hatte sie sich nur von ihrer Mutter gefallen lassen, eben weil's die Mutter war und sie auch sparsam damit umging.

Nach so viel Ereignissen schien es, als ob für die Scacerni auf der zweiten San Michele nun ruhige, wenn auch ein wenig langweilige Jahre gekommen wären. Die alten Mühlen auf dem Flusse verschwanden eine nach der andern, neue baute man nicht mehr infolge des Verbots der staatlichen Baubehörden oder wegen der Konkurrenz der Dampf- und elektrischen Mühlen. Der Beruf der großen Schiffszimmerleute von Occhiobello war nahezu ausgestorben. Allmählich drohte auch der Beruf der Flußmüller zu verschwinden. Die alte Gilde am unteren Flusse löste sich auf, und die zweite San Michele blieb allein übrig und mit ihr das verfallene Wrack von Scansafrasca – so, wie gewisse Ruinen die Jahrhunderte überdauern. Diese Tatsache verschaffte den Scacerni mehr Kunden, wohlvertraute und der Mühle freundschaftlich zugetane Leute. Die Vorfälle aus der Welt, selbst aus nächster Umgebung der Mahlstelle, erreichten die San Michele nur vom Hörensagen und wurden gelassen aufgenommen.

Schon in jenem Jahr 1889 hatten von all den großen Neuigkeiten, die das Geschrei des Volkes verkündete, die Leute von der San Michele nichts gehört. Der schlechte Stand der Staatsfinanzen, in diesem Jahr schlimmer als seit langem, war weiter keine Neuigkeit. Im übrigen gehörte so etwas nicht zu den Tatsachen, die man auf der Mühle wichtig nahm.

Woran man sich dort erinnerte, das waren die Schneefälle von '88, die weder früher noch später je derart groß waren; die ewige Angst vor der Cholera, die, von ahnungsvollen Menschen »die Krankheit der armen Leute« genannt, schon '85 aufgetaucht war; das Übel der Influenza, das '90 und '92 neu aufgetreten war, von dem man nie zuvor gehört hatte und das auch damals noch nicht Spanisches Fieber hieß, sondern Russischer Katarrh. Man erinnerte sich an den Wirbelsturm von Polesella, dem die zweite San Michele wie durch ein Wunder entging. Am 19. Juli '92 stieg er den Fluß herauf, verwüstete die Felder und die ganze Gegend und verheerte auf der Straße von Ro eine berühmte Pappelallee. Man nannte diesen Sturm: die göttliche Rache, denn am Abend zuvor hatte sich in einer Kirche an der Polesella ein häßlicher Auftritt gegen die Priester abgespielt. Der Wirbelwind fuhr gerade dorthin, deckte die Kirche ab, zerbrach und beschädigte das dicke, massive Mauerwerk und trug die profanen Orchesterinstrumente fort, die bei der Szene mitgewirkt hatten. Im Bürgermeisteramt wütete der Sturm ebenso am Dach, an den Möbeln und Büchern. Dies legte man als Rache gegen die Steuern aus. Unter anderm sog er aus einem Fenster der Kaserne einen Karabiniero und trug ihn auf ein Dach, zum Schrecken derer, die ihn liegen sahen und dann weidlich lachten, als man sich erinnerte, wie bei diesem Flug die »Schinken« seiner Uniform geflattert hatten.

Von Jahr zu Jahr wurde der Krieg in Afrika heftiger und langwieriger. Man pries den soldatischen Mut; man hörte von Irrtümern in der Kriegführung und von endlosen Parlamentsdebatten, wodurch das arme Volk zu den üblichen schmerzlichen und voreiligen Schlüssen kam, daß die Regierung und die Herren sich nicht um das Elend des Volkes kümmerten. Dies Elend war und blieb eine Tatsache. Der eine will es wohl, doch kann er's nicht. Der andre weiß es und tut's nicht. Der dritte kann es und will es nicht. Der vierte tut es und versteht es nicht zu tun. Das ist der Lauf der Welt.

Die mancherlei Schwierigkeiten in den öffentlichen Finanzen, belastet durch Moratorien, gesuchte Auswege und Ausflüchte, ließen es schließlich zu der Krise der staatlichen Geldwirtschaft, der Banken und des Steuerwesens kommen. Das Signal gab der Skandal der Römischen Bank im Jahr '92, als man hinter heimliche Notendrucke kam.

Was erfuhr man nun in der Familie der alten Handwerker, der Flußmüller, vom ganzen Verlauf dieser öffentlichen Dinge? Nichts, was sie unmittelbar betroffen hätte, nichts, worüber sie sich weiter den Kopf zerbrachen. Freilich wurde ihnen über dem Kampf um einen besseren Lebensstandard des Volkes die Erinnerung an den weit zurückliegenden, vergessenen Streik an der Guarda zum Vorbild. Von den Kämpfen nun, die sich mehr und mehr ausbreiteten und im Ferraresischen besonders heftig waren, wurden unsere Flußmüller Scacerni diesmal nicht berührt. Sie kamen in ihren altväterischen, anmutigen Mühlen den kleinen Aufträgen nach, dem täglichen Bedarf der Uferbewohner, ob diese nun Streikende waren oder nicht. Und an das schicksalhafte Vorkommnis, das sie betroffen hatte, erinnerten sie sich wie an ein Unglück, und zwar an ein Unglück von der Art, wie es zusammen mit großen Weltereignissen die Jahre im Gedächtnisse festhält und heraushebt – im großen Fluß der Lebensjahre einer Familie.

1905 verwüstete der fürchterliche Wirbelsturm zusammen mit der Guarda ein gutes Drittel des ferraresischen Gebietes. Man entsinnt sich vielleicht der Episoden umstürzlerischen Wahnsinns wie jener etwa, als die Bootsbrücke von der Polesella zerstört wurde. Während all dieser Zeit trug eine Scacerni lebendig in ihrer Erinnerung ihre treue Liebe zu einem Toten. Jemand Gewisses aber nährte aus seiner Erinnerung den späten und langsam wie die Jahre im Gefängnis reifenden Entschluß, seine Untat zu büßen. Auf der Mühle lebte man in jener Ruhe, welche manchmal das Glück den Überlebenden schenkt, als reichten die paar Meter Wasser, die sie vom Ufer des Nano trennten, aus, sie zugleich auch von der Welt zu trennen. Man könnte scherzend sagen, daß ihnen »die Sonne der Zukunft« nicht schien, ja, nicht einmal die gleiche Sonne wie der übrigen Welt. Und wenn man sagen hörte, daß fürchterliche Streiks das Vieh in den Ställen sterben ließen; daß die Ernten auf den Feldern verkamen; daß irgendwo ein maßlos gehässiger Boykott die

Streikbrecher verfolgte; daß es zu tätlichen Kämpfen und Ausschreitungen gekommen war; daß Demonstrationen und Aufmärsche ganze Gegenden verheerten; daß der Schrei nach Land die Menschen forttrieb, nach Land, das sie von Gott und vom König oder neuerdings von Giolitti oder Enrico Ferri forderten – wenn man von all dem auf der Mühle hörte, kam es hier wie ein schwacher Widerhall an und wie eine Erinnerung an Träume.

Und so viele Dinge auch in der Welt geschahen, die Scacerni hörten nur gleichmütig zu, und es war, als ob sich in ihnen aus Trägheit jene stolze Sicherheit des antiken Handwerks und der alten Müllerrasse erneuerte, die zu sagen pflegte, daß die auf dem Festland gut reden hätten – wenn sie aber aus Korn Mehl machen wollten, müßten sie doch zur Mühle laufen. Wie sagt man noch in jener Gegend? Ich begnüg' mich; und scherzend fügt man hinzu: weil ich ein armer Teufel bin.

Der Scherz sagte mehr aus, als sie dachten. Denn es war nun rund hundert Jahre her, seit jener Mann mit dem Müllerhandwerk auf dem Po begonnen hatte, jener Lazzaro Scacerni, der Pionier oder der »Pontoniere«, wie man im italienischen Heer sagte, das der Vizekönig Eugenio anführte in der Zeit des Napoleonischen Krieges in Rußland.

II Wäre Cecilia noch am Leben gewesen, die öfters von der fürchterlichen Nacht des Übergangs über den Vop hatte erzählen hören, so hätte sie Giovanni und die andern daran erinnert, als nun Lazzaro, der kleine, zu den Waffen gerufen und den Pionieren zugeteilt wurde. Aber Cecilia war schon zwanzig Jahre tot. Es war offensichtlich, daß man die Flußmüller zu dieser Waffengattung einberief, um ihrer einzigartigen Geschicklichkeit willen, die mit dem Aussterben ihres Berufes von Jahr zu Jahr seltener wurde. Überdies wurde mit dem Aufkommen der Maschinen vielerlei Handwerk immer bequemer, Handwerk, das einst auf dem Fluß die Bevölkerung geschickt und kräftig erhielt: das der Fischer, der Schiffer, der Fährleute, und natürlich das der Müller von den schwimmenden Mühlen.

Als die Frau des Schichirotto erfuhr, daß ihr Adoptivsohn, den sie mindestens ebenso liebte wie einen leiblichen Sohn, zu den Pionieren eingezogen sei, stieß sie einen Seufzer der Erleichterung aus. Weit davon entfernt, alten, versunkenen Erinnerungen Raum zu geben, dachte sie nur daran, daß, falls es Krieg gäbe, der Junge geringeren Gefahren ausgesetzt sei als bei anderen Waffengattungen. In Europa war schon Krieg, und man hörte, daß auch Italien in Kürze eintreten würde. Schichirotto selber dachte in seiner väterlichen Zuneigung, daß man nicht jeden Tag einen Fluß überqueren müßte, und wenn es auch für die Pioniere unangenehme Augenblicke gäbe (Krieg ist eben Krieg), so wären sie doch nur kurz.

Die alten Müller waren alle in ihrer Jugend Pioniere gewesen. Zu denen ging er, um sich zu unterrichten. Die wußten ihm nun in einer Art, die ihm heiß machte, zu erzählen, was es bedeute, allen voran unterm Feuer des Feindes eine Brücke zu schlagen.

Dabei redeten sie gar nicht von den Gefahren auf dem Fluß, denn über so etwas brauchten sie ihn nicht zu belehren.

Es endete damit, daß er wütend über sie wurde: »Seid ihr denn im Kriege gewesen?«

»Nein.«

»Und all diese großen Gefahren, wo habt ihr sie bestanden, wo? Bei den Manövern? Mit Platzpatronen?«

Einer, der älteste, hatte die Schlacht von '66 mitgemacht. »Mit Platzpatronen? Bei den Manövern? Als Cialdini über den Po setzte, ich kann euch sagen, was da für ein Lüftchen auf dem Fluß wehte, gerade hier in unserer Gegend.«

»Und er kam rüber?«

»Hier nicht. Ich erinnere mich, daß er abzog und Borgoforte bei Mantua belagerte.«

»Hat man dort Brücken gemacht? Schoß man?«

»Ich weiß es nicht. Dort war ich nicht dabei.«

»Na also! Aber wenn man euch zuhört, glaubt man, ihr wärt Eisenfresser.«

»Was heißt: na also! Krieg ist Krieg!«

Und der Krieg kam. Lazzaro fing an, Postkarten aus der Kriegszone zu schicken. Anstelle der Briefmarke sah man Fahnen und Wappen. Er schrieb darauf immer, sie sollten zu Hause beruhigt sein, denn er stehe mit seinen Booten und dem andern Brückenmaterial weit hinten, um Übungen zu machen wie in der Garnison. Bei diesen Karten bereute es Schichirotto zum ersten Mal, daß er nicht lesen und schreiben gelernt hatte. So mußte er nun Geduld haben und zu diesem und jenem laufen, um sich die Karten vorlesen zu lassen. Aber wenn er sie nur sah, wußte er, daß Lazzaro lebendig und gesund war.

Der Krieg erfüllte derweil sein furchtbares und blutiges Werk, er dauerte. Hin und wieder hörte man sagen, daß der Sohn von diesem oder der Mann von jener gefallen sei. An Bord der San Michele setzte sich nach und nach eine Überzeugung fest, die zwar ein wenig feig und träge und sozusagen aus dem Egoismus der Zuneigung entstanden war: daß Lazzaro nicht vom Tod, ja nicht einmal von der Gefahr berührt werden könne. Er kam im Winter auf Urlaub, schön glänzend und dick, wie die Seinen voller Freude sagten, denn für die Leute aus dem Volk ist es, wenn jemand gut im Fleisch sitzt, ein Zeichen von Gesundheit. Seine Erzählungen befestigten Schichirotto in seinem unerschütterlichen Gleichmut. Was Lazzaros Gesundheit anging, so duldete die volkstümliche Überzeugung in diesem Fall keinen Widerspruch. Die alten Leute von der Guarda erinnerte er geradezu erstaunlich an seinen Urgroßvater: das gleiche stattliche Aussehen jener so gebieterischen Erscheinung; dieselbe Kraft, die man nicht so sehr aus Muskeln und Knochen ablas, als aus dem ganzen Wuchs erriet und aus einem Irgendetwas, das flink und stark in der Bewegung wie in der Ruhe war. Im ganzen ein schöner Mann, der den Vergleich mit seinem Urgroßvater aushalten konnte. Glich er ihm auch im Gesicht? Hier waren die Meinungen der Alten geteilt: in den Zügen wohl, aber der Ausdruck dieses modernen Lazzaro Scacerni war herzlicher, gutmütiger, gewissermaßen freundlicher und liebenswürdiger. Man weiß, daß Padrone Lazzaro jedenfalls schwieriger und ziemlich stolz war. Die Alten erinnerten sich an ein gewisses Hochziehen seiner Augenbrauen, wenn seine Augen vor Zorn oder Verachtung funkelten. Bei dem jungen Lazzaro beobachteten sie das nicht. Er hatte nicht den buschigen, schwarzen Bart. Außerdem hatte, wie man so ungefähr wußte, der alte Lazzaro sehr viel mitgemacht mit einem gewissen Raguser hierzulande und dann mit Napoleon in der Welt draußen. Der dritte Lazzaro hingegen war wohl nur im Kriege, um sich zu mästen. Wie der Alte als Junge gewesen war, das konnte keiner von ihnen sagen, weil sie damals noch nicht lebten. Gang und Miene waren ähnlich, die Stimme ganz die gleiche. Die Alten sagten: »Wenn ich die Augen zumache und dich sprechen höre, werd ich in alte Zeiten versetzt und glaube nicht, daß Padron Lazzaro gestorben ist.«

Der bejahrte Schichirotto beglückwünschte auf seine Art die ältliche Dosolina, die immer noch in der Bäckerei diente: »Fehler hast du ja nur einen begangen. Freilich den happigsten, den du dir leisten konntest. Aber es ist nicht einmal schlimm, denn nach und nach ist was Gutes draus geworden.«

»Jetzt sagst du aber ungereimtes Zeug«, erwiderte sie, der die Augen lachten, wenn sie ihren Sohn erblickte.

»Du hast ganz gut daran getan, ihm den Stempel von uns Scacerni aufzudrücken, denn dir, Dosolina, sieht er nicht für einen Sechser ähnlich. Ausgezeichnet auch, daß du den Vater so geheimgehalten hast, denn so konnte ich ihn adoptieren, und die zweite San Michele wird einen Müller haben, wie's nötig ist.«

Böse Zungen hatten verbreitet, der Vater wäre so geheimgehalten worden, weil es ein verheirateter Mann sei; andere meinten, es wär ein herumlungernder Zigeuner gewesen; wieder andere, es wäre ein bettelnder Klosterbruder gewesen. Sie fügten noch hinzu, daß, um sich an Dosolina zu vergnügen, es den guten Appetit eines Bettelbruders gebraucht hätte. Daher stammt die Glosse: Das Tier ist nach dem Beischlaf traurig, außer Mönch und Hahn. Gleichviel, die Glückwünsche des Schichirotto zielten in diese Richtung. Dosolina aber sagte voller Achtung vor ihrem Sohn: »Na, laß schon! Wär's nicht besser, du schwätztest weniger dumm daher, vor allem in Gegenwart des Jungen!«

Doch sie dachte nicht daran, beleidigt zu sein, weil sie dem Müller Giovanni für seine Liebe zu ihrem Lazzaro dankbar war. Und er sagte:

»Ist das dumm, wenn ich's auf Müllerart sage, wie ich muß?«

»Na laß schon. Du weißt gut, was ich sagen will.«

»Lazzaro, deine Mutter weiß dich nicht zu schätzen.«

Und alle lachten kräftig. Aber bald war der Urlaub vorüber und der Junge wieder abgereist. Er ließ mehr als eine in der Gegend seufzen wegen seiner so anmutigen und vorzüglichen Eigenschaften.

Die verschiedenen Kriegsereignisse gingen vorüber. So auch die Schlachten, die man die vom Isonzo und den Altipiani nennt. Der Krieg war an den Piave gekommen, und im Juni 1918 war die letzte Offensivkraft der kaiserlich-königlichen Truppen zusammengebrochen. Das sollte den Untergang der alten Donau-Monarchie einleiten.

Auf der Mühle lebten sie ruhig weiter. Sie wußten nicht, daß auch ihr Lazzaro in jener Schlacht im Feuer gewesen war. Sie wußten auch nicht, daß die in den Sommermonaten erfolgten großen Truppenübungen an Furten, Fähren und Brücken die Vermutung nahelegten, daß bald ein großer Flußübergang stattfinden müßte.

III Die Stunde für die Pioniere hatte geschlagen. Denn wenn es unter dem feindlichen Feuer und bei dem sintflutartigen Hochwasser jenes Herbstes an Brücken im Hinterland und mit den Brücken an Verpflegung, Munition und Verstärkungen gefehlt hätte, dann wäre etwas geschehen, das man ermessen kann, ohne etwas von Kriegsgeschichte zu verstehen.

Jetzt handelte es sich weniger darum, Brücken zu schlagen, als sie zu halten. Davon hing es ab, ob die Schlacht gewonnen würde oder nicht. Und wenn sie schon nicht gewonnen würde, so mußte man wenigstens verhindern, daß es ein großes Unglück gäbe.

In den ersten Oktobertagen hatte Scacerni mit der Kompanie, der er angehörte, gerade das Flößen der Dienst- und Fährboote beendet. Man hatte die großen Boote und das Brückenmaterial heimlich in Schluchten und Gestrüpp geschafft in jenem Überbleibsel der alten venetianischen Buschwildnis, nahe einem Ort, wo der Fluß gegen Montello hin läuft. Der Ort heißt Fontana del Buoro. Dort hatten sie eine der sieben für die achte Armee vorgesehenen Brücken zu schlagen, die Brücke B. Aber die Schwierigkeiten wurden dann so groß, daß gerade drei beendet und nur zwei mit großen Blutverlusten und gewaltigen Anstrengungen gehalten werden konnten.

Diese Männer der Praxis hatten eine genaue Vorstellung von den unsäglichen Strapazen, die auf sie warteten. Sie kannten ja die Flüsse von ihren ständigen Erkundungsfahrten. Sie wußten, was das hieß: eine gebrochene oder bedrohte Brücke, und mit welcher Gewalt die Strömung das Balkenwerk auseinanderriß und davontrug, und sie wußten, was es dann für die Pioniere bedeutete, eine solche Brücke wieder an Ort und Stelle zu befestigen.

Die Brücke B wurde getroffen und wieder instand gesetzt, einmal und zweimal und viele Male, unmittelbar unter dem feindlichen Feuer und über dem Fluß, der anschwoll und immer bedrohlicher wurde. In jener Nacht und dann am Tage des 28. Oktober erkannten die Leute jenseits des Piave jenen Zustand, in dem der Soldat nicht mehr zwischen Sieg oder Niederlage wählen kann, nicht einmal mehr zwischen Siegen oder Sterben; er kann nur noch sterben für die Ehre, für die Fahne. Aus Belagerern in Belagerte verwandelt, griffen sie nun an, um nicht auf dem Fluß umzukommen. Und sie griffen an wie Verzweifelte, wie Leute, die am Rande des Untergangs stehen. Von allen Seiten angegriffen, gingen sie selber nun überall vor, zwei Nächte ohne Schlaf, zwei Tage ohne Nahrung. Sie sahen die Munition dahinschwinden, die Hoffnung und die Kräfte, ohne andere Aussicht, als bis zur letzten Kartätsche und bis zum letzten Mann zu kämpfen. Auf der Ebene von Sernaglia am 28. Oktober 1918 gab es viel ungewöhnliche und verzweifelte Tapferkeit, und was ihre Tugend noch größer machte, die Tapferen konnten nicht einmal wissen, daß an den Flügeln die große Schlacht langsam zu ihren Gunsten verlief. Ihr Opfer wurde ausschlaggebend für die Schlacht und den Krieg, denn hätten sie nachgelassen, so hätte man an diesem Tag verloren.

Während die Flugzeuge auf die Ebene Vorräte abwarfen, die zwar die Moral hoben, aber nicht den Erfordernissen genügten, ruderte Scacerni auf den wiedereingesetzten Fährbooten, um die unbenutzbaren Brükken, die zu weit fort waren, zu versorgen. Am Abend des 28. arbeitete er daran, die letzte Brücke B bei Fontana del Buoro zu schlagen, die dann auch nicht mehr unterbrochen wurde.

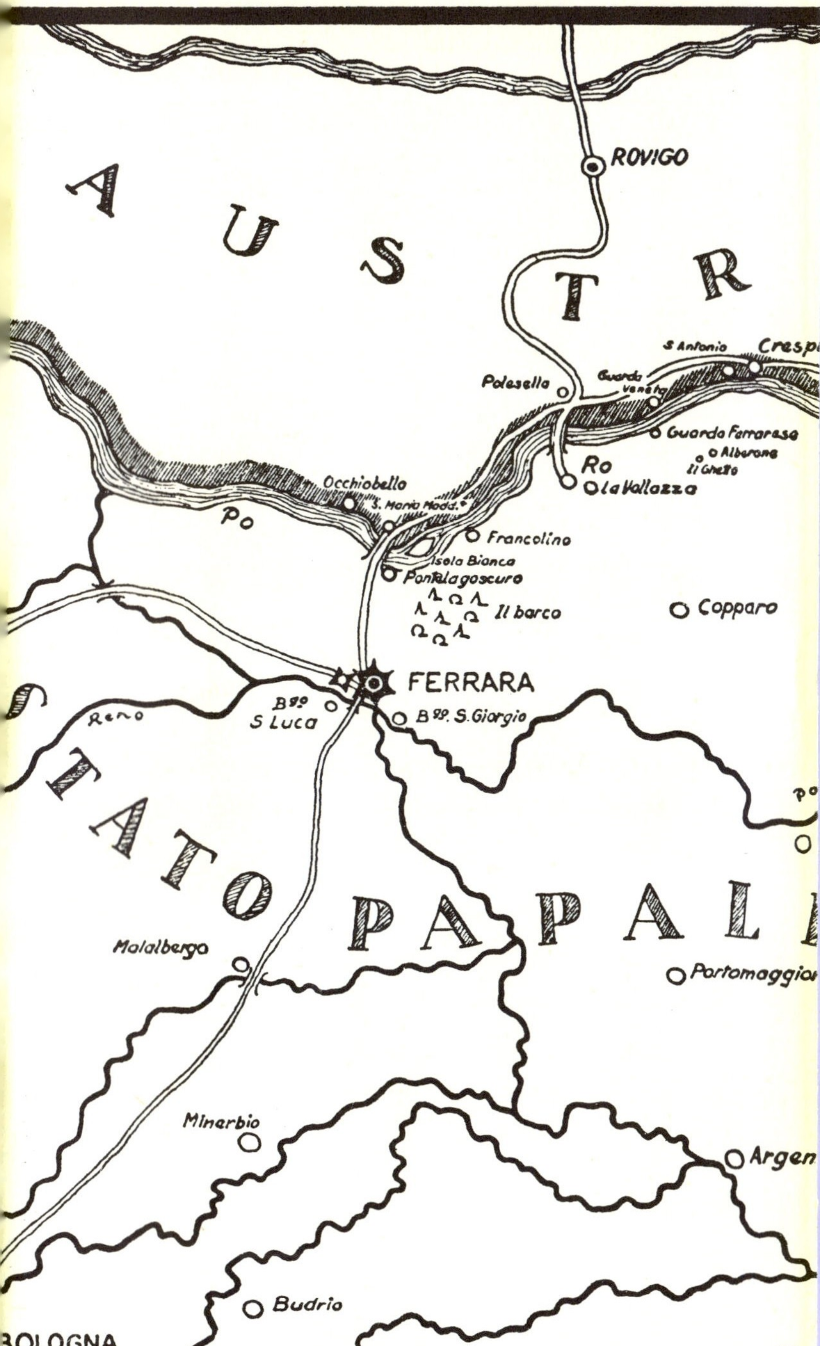
ROVIGO
A U S T R
S Antonio
Crespi
Polesella
Guarda Veneta
Guarda Ferrarese
Alberone
Il Ghetto
Ro
La Vallazza
Occhiobello
S. Maria Madd.
Po
Francolino
Isola Bianca
Pontelagoscuro
Il barco
Copparo
FERRARA
Bgo S Luca
Bgo. S. Giorgio
Reno
STATO PAPALE
Malalbergo
Portomaggior
Minerbio
Argen
Budrio
BOLOGNA

Am Ende, mitten in der Nacht, war er so müde, daß er nicht mehr dort weggehen konnte, um so mehr als er von Soldaten in dichten Haufen umdrängt war. Er war so müde, daß er nur noch eines wollte: wenigstens ein bißchen schlafen. Er kroch in ein Boot unter dem Bohlenbelag. Vor Tag am Morgen des 29. weckte ihn der Hagel der Artillerie, die an diesem Tag am Piave zum letzten Mal von den österreichischen Linien herüberschoß. Er hatte so tief geschlafen, daß er sich, als er aufwachte, nicht daran erinnerte, wo er war. So stand er eine Zeitlang dösend da. Die Brücke zitterte und bebte wenige Spannen über ihm, der da im Nachen ausgestreckt war. Sie ächzte und krachte unter den Tausenden von Schritten. Er konnte sich in seinem Halbschlaf nicht orientieren und wußte nicht einmal, nach welchem Ufer sie liefen. Aber während man draußen schoß, erblickte er über dem Heck des Bootes – der Tag stieg in der Morgendämmerung des Herbstes ohne Sonne prunklos auf – die Ufer, erkannte sie und fühlte freudig die Kraft dieses menschlichen Strömens über den Planken der Brücke: an diesen Schritten und an der unversehrten Brücke merkte er, daß man am Siegen war.

Als einer Lazzaro auftauchen und sich die Augen reiben sah, rief er ihm ein Scherzwort zu: »Hallo, Pionier, hast du gut geschlafen?«

»Wie ein Toter«, antwortete er und lachte.

Wer weiß, ob das nicht ein Vorgefühl war?

Der Possenreißer war schon vorbei und hörte nicht mehr.

Auf dem gurgelnden Fluß, am Ufer und auf der noch kurz zuvor kriegslauten Ebene dehnte sich nun, da die Schlacht vorübergezogen und hinter die nebligen Hügel gewichen war, die große Stille. Und mit der Stille kam eine dürftige Tagesdämmerung, als ob die Ebene aufatmen wollte, um, hell geworden, in ihren Frieden heimzukehren.

Der stolze Strom schien wieder seiner Freiheit und der Natur zurückgegeben.

Es fielen die letzten verstreuten Schüsse auf der Ebene von Sernaglia. Den Fluß würde kaum mehr ein Geschoß erreichen. Eines jedoch platzte über der Brücke. Das Wort von vorhin wurde zum schicksalhaften Zeichen. Der Schuß traf so jäh den Kopf des Lazzaro Scacerni, daß der Tod ihm nicht mehr die Morgenröte des Sieges im Blick verdunkelte. Mit dieser Morgenröte endeten die Taten und Leiden der Müller vom Po, jene Taten, die in der Nacht eines unsagbar weit zurückliegenden Unglücks begonnen hatten, auch auf einem Fluß, verloren in der Zeit, die geht und kommt mit den Tagen, wie jedwedes Ding im Geheimnis Gottes.

ROVIGO
AUSTR
S. Antonio
Cresp
Polesella
Guarda Veneta
Guarda Ferrarese
Alberone
Il Ghetto
Ro
La Vallazza
Occhiobello
S. Maria Madd.
Po
Francolino
Isola Bianca
Pontelagoscuro
Il barco
Copparo
FERRARA
Bgo S Luca
Bgo. S. Giorgio
Reno
STATO PAPALE
Malalbergo
Portomaggior
Minerbio
Argen
Budrio
BOLOGNA